浙江师范大学中国诗学研究丛书

中国诗学

第一部 形式论

骆寒超 陈玉兰◎著

中国社会科学出版社

图书在版编目（CIP）数据

中国诗学（第一部　形式论）/骆寒超、陈玉兰著．—北京：
中国社会科学出版社，2009.5
ISBN 978-7-5004-7749-5

Ⅰ.中…　Ⅱ.①骆…②陈…　Ⅲ.诗歌-文学研究-中国
Ⅳ.I207.22

中国版本图书馆 CIP 数据核字(2009)第 081003 号

责任编辑　郭晓鸿(guoxiaohong149@163.com)
特邀编辑　张　剑
责任校对　王兰馨
封面设计　李尘工作室
技术编辑　戴　宽

出版发行　中国社会科学出版社
社　　址　北京鼓楼西大街甲 158 号　　邮　编　100720
电　　话　010—84029453　　传　真　010—84017153
网　　址　http://www.csspw.cn
经　　销　新华书店
印　　刷　新魏印刷厂　　装　订　广增装订厂
版　　次　2009 年 5 月第 1 版　　印　次　2009 年 5 月第 1 次印刷
开　　本　787×1092　1/16
印　　张　47.25
字　　数　1090 千字
定　　价　99.00 元

凡购买中国社会科学出版社图书，如有质量问题请与本社发行部联系调换

前　言

诗学有广义与狭义之分。前者研究的对象是文学，后者则研究诗本身。它们同归属于文学学范畴。

东西方“诗学”这个术语都出现得较早。西方古希腊时代“诗学”一词就广泛使用了。亚里士多德《诗学》一书，就率先用它命名。该书的内容表明：诗学研究文学是生活的模仿这个大问题，同时还探讨了戏剧文学中的悲剧模式。在东方印度“吠陀”时代，就以“诗庄严”（诗修辞）命名提出了诗学的概念，到 11 世纪正式以“诗学”一词取代，研究的是诗性（特殊性）、诗图、功用、诗因、诗型、灵魂、诗德和诗病，还致力于探求创作中的形式技巧，词语意义的构成，鉴赏中的审美经验、审美意识。到现代，诗学这个术语更成了作家创作、文本构成、读者接受等方面的美学原则和规则的总称，在文学领域中广泛地使用着。赫鲁肖夫斯基在《诗学·批评·科学》中认为：诗学就是“把文学作为文学的系统研究”，他还这样具体地说：

> ……它要解决“什么是文学”这个问题，以及由这个问题引起的其他一切可能产生的问题，诸如：什么是语言的艺术？文学有哪些形式和种类？某一文学流派或文学思潮的本质是什么？某一特定诗人的“艺术”或“语言”系统是什么？故事是如何构成的？文学作品有哪些具体的方面？这些方面是如何组成的？文学作品文本中如何表现“非文学的现象”？等等。[①]

从这种对诗学所作的理解中让人感到：诗学和文学理论没有多大的差别，可以互用。著名的文学理论研究家韦勒克就是这样做的，不过，从传统诗学沿袭下来的内涵看，作为以文学研究为对象的诗学，更偏重于文学的内部研究。俄国形式主义者托马舍夫斯基在《诗学的定义》中说：“诗学的任务是研究文学作品的结构方式。”托多洛夫在《结构主义诗学》中更明确地说：

> 诗学与个别作品的释义相反，它的目的并不在于道破作品的意义，而在于辨认每部作品所赖以产生的总的法则。它与心理学、社会学等等这些学科不同。它

① 王先霈、王又平主编：《文学批评术语词典》，上海新文艺出版社 1999 年版，第 133—134 页。

> 致力于从文学内部探求这些法则。因此诗学是一种既抽象又内在地理解掌握文学的学科。诗学的课题并不是文学作品本身。它所考察的是一种特殊的语言——文学话语的属性。于是任何作品都被认作是一种抽象结构的展现，是这结构具体铺展过程中各种可能性中的一种可能性的体现。因此，这门科学所关注的不是实在的文学而是可能的文学，换句话说，它所关注的是文学之所以为文学的抽象属性，亦即文学性。①

这是一番很有分量的话，不仅论述了诗学偏于文学的内部研究，并且还具体地提出这场内部研究属于对文学存在方式的抽象概括。

以上种种有关诗学的见解，定位于文学上，所以这些全是广义的诗学的见解。

狭义的诗学则定位于诗歌自身，它只对诗歌作探求。由于广义的与狭义的诗学都属于文学学范畴，所以狭义的诗学对诗歌规律的探求是可以和广义的诗学对文学规律的探求相对应的，它的侧重点是对诗歌的内部研究。

对体现为存在方式的这场诗歌的内部研究，韦勒克、沃伦在《文学理论》中这样认为：这不是探索“一个包含标准的体系，而要把它看成是由几个层面构成的体系”，而“每个层面隐含了它自己所属的组合”②。根据这样的说法，他们采纳了波兰学者英伽登的意见，把内部研究分作几个层面。综合一下，大致可分为四个：一、声音层面；二、语言层面；三、意象层面；四、形而上层面。这里的“声音层面”，在韦勒克、沃伦看来是“包括谐音、节奏和格律的”③，属于节奏体式，也就是形式层面。对于研究诗歌自身的、狭义的诗学来说，强调内部研究这四个层面，中西方的侧重又有所不同。大致说，西方以语言形式的实体分析为主，而中国则以意象空间的隐喻分析为主。当然，“为主”不等于“唯一”。西方诗学在强调语言形式的实体分析中，也关注意象空间的隐喻分析；中国诗学在强调意象空间的隐喻分析中，也关注语言形式的实体分析。由于这种侧重点的不同，使中西诗学呈现出不同的风格。西方诗学在着重对语言体式进行诗体分析中，呈现出概念准确、推断明晰的特色；中国诗学则重在对意象空间进行非语言的意会中呈现出类似性感受和浑然性妙悟作探究。

为中国诗学所侧重的意象层面和形而上层面，在韦勒克、沃伦的《文学理论》中还有些具体解释。有关意象层面，他们还这样说：“意象和隐喻即所有文体风格中可表明诗的最核心的部分需要特别探讨”，这是因为它们常会“难以觉察地转换成存在于象征和象征系统中的诗的特殊世界”，而“我们称这些象征和象征系统为诗的神话”④。有关形而上层面，他们谈到“通过这一层面艺术可以引人深思”。此外，他们还把形而上层面和意象层面结合起来说：“这两个层面都可以包括在‘世界’这一层面之中。”⑤ 由此说来，中国诗学之所以侧重这两个方面，实在意味着它是以神话思维为本的，强调

---

① 王先霈、王又平主编：《文学批评术语词典》，上海新文艺出版社1999年版，第134页。

② 韦勒克、沃伦：《文学理论》，刘象愚等中译本，江苏教育出版社2006年版，第168页。

③ 同上书，第174页。

④ 韦勒克、沃伦：《文学理论》，第174页。

⑤ 同上书，第168页。

对引人深思的形而上象征境界作追求。

中国诗学的哲学基础是“天人合一”观。刘熙载在《艺概》中就说过“诗为天人之合”的话，这个观念派生出齐物论：物即是我，我即是物，在“神会于物”（王昌龄《诗格》）中达到物我两忘则成了它的最高的境界。由“神会于物”进而作“神与物游”（刘勰《文心雕龙·神思》）的齐物感应，则使继此而来的一场意象空间的构筑，显示为在浑然一体的自然中截取一段，而仍以自然的面目而不是人为的面目出现，以使它更有利于纯任自然延伸的想象活动和具有更多“兴”的因素，让天机自张、妙契自然的兴发感动功能机制埋藏其中，把意象空间推向“超以象外”的境地，而求取“象外之象”。这一种突破有限的“象”、从有限到无限的意象空间，也就体现出通向宇宙本体和生命本源的“道”。这样一场递进关系反映着：中国诗学是站在诗的本质特征的制高点上，来为自己定位的。

中国诗学站在这样一个制高点上来观照诗歌，无疑会对诗本体，特别是汉诗，提出一套属于自己的价值判断。大致说这种价值判断从如下三方面显示出来：

其一，对语言形式作价值判断。中国诗学把语言形式看成诗歌本体构成中不可或缺的要素。白居易《与元九书》中提出：诗乃是“根情、苗言、华声、实义”这四个要素的综合，这个说法中属于语言形式的“苗言”与“华声”就占了一半，足以见出中国诗学对语言形式建设的强调。特定的诗歌语言形式对意象空间构筑是具有决定性意义的。没有特定语言形式来具现意象空间，也就不可能有意象空间的存在。这就是语言形式在诗歌本体中的价值。不过中国诗学同样也看到了另一面，如同《文心雕龙·物色》中所说的：“情以物迁，辞以情发。”可见没有和意象空间相适应的具现，也就没有这种语言形式的真正价值。但中国诗学又提出：诗须超越特定的语言形式而去追求一种“言有尽而意无穷”的境界。这样提是可以理解的，因为语言形式既然是意象空间的具现，那么，当司空图在《二十四诗品》中提出“超以象外”，去追求“象外之象”后，相应也该有对“言外之意”的意会。从现象上看，这是中国诗学对语言形式与意象空间的关系具有辩证的认识，但从更深处看，这实是“天人合一”观派生的那个“神会于物”“神与物游”的齐物境界在语言形式观上的深刻体现。

其二，对意象空间作价值判断。中国诗学可以认为是一种体验诗学，或者感兴诗学。直觉体验也就是兴发感动。说体验诗学也好，感兴诗学也好，凸显的是意象空间构筑中“兴”的因素的增加。甚至可以进一步说，这里凸显的是把构筑意象空间变为构筑兴象空间。所以，中国诗学特别强调意象空间构筑中要设置兴发感动的功能机制。尤其令人惊异的是中国诗学把诗与非诗的区别也归根于有没有兴发感动的功能。王夫之在《姜斋诗话》中就这样说：“诗言志，歌咏言。非志即为诗，言即为歌也。或可以兴，或不可以兴，其枢机在此。”这里需要解释一下“兴”与“兴象”两个术语。“兴”有多种说法，我们不妨说“兴”就是主体面对天然时空的存在引起的一种无我的直觉体验。如果这一说法可以认可，那么，如下一段有关“兴象”的说法也很可取：“如果意象的产生是‘物’对于‘心’的一种自然的触发，意象结构中‘意’、‘象’融化一体，‘自我’沉沦到‘世界’之中，只呈现世界的‘自相’，这种意象就称之为‘兴象’。”由此说来，一方面，“‘兴象’是主体的某种忘我状态所达到的无我之境，没有明确的预在情绪，没有清楚的意念，没有‘搜求于像’这样有意为之的搜求活动，似乎是纯任自然，缘境而发。”而另一方面，“它仍以自然的面目出现，而不是以人为的面目出现”[①]。综合以上所说，可以看出：中国诗学对兴发感动功能的如此重视，对意象空间的兴象化，对纯任自然的无我之境价值判断如此高，也是“天人合一”观派生的那个使主体“神会于物”“神与物游”的直觉境界在意象抒情上的深刻体现。

其三，对诗本体作价值判断。中国诗学把“诗”看成诗人与宇宙相沟通的桥梁，通过与天相通的“人”——诗人，可以把握到宇宙的“道”。这实是通过对诗性智慧的探秘对诗作出一场十分崇高的价值判断。这里所说的诗性智慧是一种初人所特有的感性和幻象的玄学。从这种诗性智慧中可以看到独特和永恒性的人类特性，它表现为创造各种神话和以隐喻方式使用语言的能力。在《庄子·天下》中，庄子有“独与天地精神往来而不敖倪于万物”的说法。如何做得到这一点呢？王夫之在《庄子解》中概括为“即物以物物”五个字，意即“接近（‘切中’）事物，以事物本身的存在方式去接近（‘切中’）事物”[②]。由此看来，作为中国诗性智慧的最生动的体现者，庄子是以齐物的态度、直观的方式去对待自我与众生万物间的关系的。所以诗性智慧其实也可以说是一种精神生活的方式。中国诗学承接了这一份诗性文化传统是必然的，因为最能表示人类生活本质的方式是诗，惟其如此，也才有“诗者，天地之心”之说。值得指出，作为语言文学之一种的诗，要能真正具有这种诗性智慧，关键是写诗的人要有一颗“天地之心”。这“天地之心”，即宇宙的基本法则。中国诗学强调诗人要有这样一颗能够把握宇宙基本法则的诗心，强调诗要能够体现出宇宙的基本法则，这和西方强调理性，强调逻辑推理去把握世界，显然大异其趣。所以说到头来，外在的一切若与内在的“人心”相值而相取——如同王夫之在《诗广传》中所说的，也就成为诗了。这种诗显示为“诗心”所关注的每一项意识内容都具有相应的客观对应物，而诗本体也就成为对世界意义作象征性的表现了。凡此种种实系诗心对宇宙的直觉感应。所以中国诗学对诗本体作出能使人与宇宙相沟通的价值判断，实在也是“天人合一”观派生的那个使主体“神会于物”“神与物游”的直觉境界在诗本体理解上的深刻体现。

综合以上三点，可以证实：中国诗学之所以和西方诗学的侧重点不同，偏于对意象层面和形而上层面的探讨，的确意味着中国诗学是以神话思维为本的，因为神话思维是以神话为内容与形式的思维方式，它本身就是“天人合一”观和“齐物论”的直接派生物，而它所具有的直觉性、整体性、自发性、象征性和情感性的特点，也正是“神会于物”“神与物游”等感性体验活动的必然结果。

这种受神话思维方式所支配的中国诗学，对具有几千年历史的中国诗歌的特性是具有某种决定性意义的。大致说这种特性显示在三个方面：一、形体格式上，结构的圆美化，语言的隐喻化，体式的回环化；二、意象空间上，外象的如实化，内质的原型化，功能的感兴化；三、真实世界上，外层的本体化，中层的意境化，底层的象征化。这三个方面的风格特征，其实也就是中国诗歌存在方式的三个层面，这存在方式

① 乐黛云等主编：《世界诗学大辞典》，春风文艺出版社1993年版，第624页。

② 刘士林：《中国诗哲论》，济南出版社1992年版，第48页。

的三个层面，以它们的互补共存构成了中国诗歌的内部特征。

诗学是以对诗作为内部研究为主的工程。我们对中国诗学的研究也因此分以下三部展开：

第一部：以形体格式构建为核心展开的《形式论》；

第二部：以兴寄意象感发为核心展开的《抒情论》；

第三部：以本体象征表现为核心展开的《真意论》。

目　录

第二卷　语言论

第三卷　体式论

绪　论

从形式论的将研究《中国诗学》中的形体格式，也就是诗体。

诗体是文体的一种，是文体在体格和风度上的一种展现。不过也正是在体格和风度上，"诗文各有体"——如同陈师道在《后山诗话》中所引黄庭坚的这句话那样。胡应麟也因此在《诗薮·内编卷一》中说："文章自有体裁，凡为某体务须寻其本色。"《诗薮·外编卷一》中进一步说："诗与文，体迥不类。文贵典实，诗贵清空；诗立风神，文先理道。"那么，诗体的这种"清空"、"风神"、"本色"具体指的是什么呢？胡应麟还作了深入的探求。在《诗薮·外编卷一》中说："盖作诗大法，不过兴象风神、格律音调。"在《内编卷五》中说："作诗大要不过二端，体格声调、兴象风神而已。"这里"体格"主要指诗歌结构类型，即体裁、体制和格局，"声调"指诗歌节奏、韵律。"兴象"指含情感的形象，"风神"指形象所传达的意致、神韵和理趣；"兴象风神"指诗歌的精神内涵。在这位诗学理论家看来，"体格声调有则可循，兴象风神无方可执"，但二者之间有内在关系："作者但求体正格高，声雄调鬯，积习之久，矜持尽化，形迹俱融，兴象风神，自尔超迈。"但如果"格律卑陬，音调乖舛"，则"风神兴象无一可观"了。这是颇显辩证的说法，把体格和风度在一个新高度上统一起来，这就是风格。所谓"风格"，马克思在《评普鲁士最近的书报检查令》中也说过：就是构成"作家的"精神个体性的形式，是作家的精神的"存在形式"，是作家在作品中表露出来的"自己的精神面貌"。这和胡应麟的说法可谓不谋而合。由此说来，对汉语诗体作研究，实是对与主体的精神性紧紧联系在一起的诗歌艺术风格的考察。

那么诗歌艺术风格包括哪些方面呢？

中国古典诗学理论家认为，汉语诗歌的艺术风格包括结构、语言和节奏三个方面。《王直方诗话》载："谢朓尝语沈约曰：'好诗圆美流转如弹丸。'故东坡答王巩云：'新诗如弹丸'，及《送欧阳弼》云：'中有清圆句，铜丸飞柘弹'。盖谓诗贵圆熟也。"对这番话，有学者这样作阐释："所谓圆熟，指诗的文气畅达，语句浅近而不生涩，而且珠圆玉润，琅琅上口。这样的诗歌历来受到人们的赞赏。"[①] 这是可信的。我们循此深入下去，当可以这样说："文气畅达"是结构的问题；"语句浅近而不生涩"是语言的问题；"琅琅上口"是节奏的问题。唯其如此，才使一代又一代中国古典诗学探

① 张葆全主编：《中国古代诗话词话辞典》，广西师范大学出版社 1992 年版，第 128 页。

求者对结构、语言与节奏体式作出了深入的思考与探求，显出他们对诗体风格的重视。

先看结构。古典诗学中有过许多有关构思、布局的见解。宋韩驹在《陵阳室中语》中说："作诗必先命意，意正则思生，然后择韵而用，如驱奴隶；此乃以韵承意，故首尾有序。今人非。次韵诗，则迁意就韵，因韵求事，至于搜求小说佛书殆尽，使读之者惘然不知其所以，良有以也。"清贺贻孙《诗筏》中说："古诗之妙在首尾一意而转折处多，前后一气而变换处多，或意转而句不转，或句转而意不转；或气换而句不换，或句换而气不换。不转而转，故愈转而意愈不穷；不换而换，故愈换而气愈不竭。善作诗者，能留不穷之意，蓄不竭之气，则几于化。"朱庭珍在《筱园诗话》中则说："诗人搆思之功，用心最苦。始则于熟中求生，继则于生中求熟。"他还对此作出阐释：搆思之初是审题立意，然后"沉思独往，选意炼词"，选择他人未写过的来写，寻求他人未发现的角度切入，故是"熟中求生"。但完成此过程后，就进入"烹炼"、"剪裁"而"振笔疾书"阶段，又须"于生中求熟"了。可见古典诗学理论家对结构的问题考虑得十分深入。

再说语言，中国古典诗学对此最为重视，杜甫曾有"语不惊人死不休"的话，足可作这一态度的代表性言论，并且还流传下来许多重视诗歌语言的典故，如《苕溪渔隐丛话》载贾岛的选择"推敲"，《诗人玉屑》载郑谷的"一字师"，宋吴开《优古堂诗话》载张先的获得雅号"张三影"，明李日华《恬致堂诗话》载意象化词语"粘天"的"一字之妙，递相祖述"，宋洪迈《容斋诗话》载王安石的改定"春风又绿江南岸"中的"绿"，等等，皆可见出"语不惊人死不休"之精神。旧诗中强调炼字、炼句，追求警句。刘体仁《七颂堂词绎》中说："唯片言而居要，乃一篇之警策。词有警句，则全首俱动。"吕本中《童蒙诗训》中对陆机《文赋》中的话作了这样的发挥说："陆士衡《文赋》云：'立片言以居要，乃一篇之警策。'此要论也。文章无警策则不足以传世，盖不能竦动世人。如老杜及其他唐人诸诗，无不如此。但晋宋间人，专致力于此，故失于绮靡而无高古气味。"提出诗歌语言须警策但又不能太过，足见其对"语不惊人死不休"的辩证认识。这种认识还深化到整体诗歌语言在主体潜意识感应中对表现事物底蕴的功能探求。清潘德舆在《养一斋诗话》中说了如下一段话："'辞达而已矣'，千古文章之大法也。东坡尝拈此示人，然以东坡诗文观之，其所谓达，第取气之滔滔流行，能畅其意而已。孔子之所谓达，不止如是也。盖达者，理义心术，人事物状，深微难见，而辞能阐之，斯谓之达。达则天地万物之性情可见矣。此岂容易事，而徒以滔滔流行之气当之乎？以其细者论之，'杨柳依依'，能达杨柳之性情者也。'蒹葭苍苍'，能达蒹葭之性情者也。任举一境一物，皆能曲肖神理，托出豪素，百世之下，如在目前，此达之妙也。《三百篇》以后之诗，到此境者，陶乎？杜乎？坡未尽逮也。"此处"辞达"，已深化到对任何事物做到"曲肖神理"，"托出豪素"；对诗中"深微难见"之义能阐明曲中。这就要求诗歌语言须展示对象世界的深层意蕴。

最后再说节奏形式。古典诗学中对体现节奏形式的声韵音律谈论得最多。沈德潜在《说诗晬语》中提出"古人意中有不得不言之隐，借有韵语以传之"的说法。这里很值得注意的是“借有韵语以传之”，说明他已感觉到潜隐之情的传达靠音韵声律的声音的象征最奏效，因此他接着说：“诗以声为用者也，其微妙在抑扬抗坠之间；读者静气按节，密咏恬吟，见前人声中难写、响外别传之妙，一齐俱出……”又说：“诗中韵脚，如大厦之有柱石，此处不牢，倾折立见。”陆时雍在《诗镜总论》中说：“凡情无奇而自佳，景不丽而自妙者，韵使之也。”甚至还说：“有韵则生，无韵则死；有韵则雅，无韵则俗。”他们把声韵音律在诗体中的地位提得何等高。谢榛在《四溟诗话》中提出“诗文以气格为主”，而气格在他看来主要指音韵格律。所以说，“诗法妙在平仄四声，而有清浊抑扬之分”，“夫四声抑扬，不失疾徐之节，唯歌诗者能之”。诗既如此，那么词呢？也一样。清孙麟趾在《词迳》中说：“阅词者不独赏其词意，尤须审其节奏。节奏与词意俱佳，最为上品。”沈祥龙在《论词随笔》中说：“词贵协律与审韵，律欲细，依其平仄，守其上去，毋强改也。韵欲纯，限以古通，谐以今响，毋混叶也。律不协则声音乖，韵不审则宫商乱。虽有佳词，奚取哉？”这种种都表明古典诗学中，对节奏形式相当重视。

对以结构、语言、节奏形式为实质内容的诗体的极度重视，何尝只是在古典诗学中，新诗中也同样如此。艾青在《诗论》中的一些见解值得一提。他说：“由于不同的声音的高低、快慢、扬抑，我们分别着：百灵的歌，夜莺的歌，杜鹃的歌……和人类的歌。”这意味着形式风格是区别不同文学形态的标志，因此他进一层明确地说：“诗是诗，不是歌，不是小说，不是报告文学。”[①] 可见，在艾青看来，作为文体的一种，诗体自有其表现特征。从这一点出发，他重视对诗的结构、语言和节奏形式的探求。在结构上，他提出：“一首诗必须具有一种造型美，一首诗是一个心灵的活的雕塑。”[②] 还认为：“连草鞋虫都要求着自己的形态，每种存在物都具有一种自己独立的而又完整的形态。”[③] 因此，他要求诗人“应该有如画家一样的掺合着自己情感的构图”[④]。在语言上，他认识到“语言是诗的原素，诗是语言的艺术”，因此“诗的创作上的问题，语言是最重要的问题之一：诗人必须为创造语言而有所冒险——如采珠者为了采摘珍珠而挣扎在海藻的纠缠里，深沉到万丈的海底”[⑤]。他认识到诗的语言应该是一种“不受单一的事物所限制的语言”，是“艺术的语言”，“最纯粹的语言”，因此诗歌语言“必须含有思想与情感”，“必须富有暗示性和启示性”[⑥]。至于诗人，则对“字与字、词与词、句子与句子”必须“具有衡量它们的轻重的能力”，“知道它们之间的比重”，以“使它们在一个重心里运动，而且前进”[⑦]。在节奏形式上，他认为“不要把形式当作魔术的外衣——一切的魔术都是假的”，也“不要把形式看作绝对的东西——它是依照变动的生活内容而变动的”[⑧]。在此基础上他亮出了一个诗歌形式观念：“宁愿裸体，却决

---

① 艾青：《诗论》，新新出版社 1946 年版，第 29 页。

② 同上书，第 33 页。

③ 同上书，第 10 页。

④ 同上书，第 35 页。

⑤ 同上书，第 48 页。

⑥ 同上书，第 48—50 页。

⑦ 同上书，第 52 页。

⑧ 同上书，第 28 页。

不要让不合身材的衣服来窒息你的呼吸。”[①]“目前新诗的主流，是以自由诗的崇高的、素朴的散文，扬弃了脚韵与格律的封建羁绊，作为形式。”[②]且不管这种种言说不免缺乏点功能性探求，但他对诗体能从结构、语言和节奏形式三方面出发加以重视与探求，是值得珍视的。

由此看来，把诗体风格概括为由结构、语言和节奏形式三部分组成，这在汉诗中还是合于实际情况的。其实，域外诗歌也大致如此。托多洛夫在《语言科学百科辞典》中说“文体是一种结构特性”；斯坦伯格在《作为人文学科的文体学》中认为，文体也就是文学作品中的“词语模式”；而阿伯拉姆斯在《文学术语汇编》中则把文体的第一个特征定为“音位的（语音的形式、音步或韵律）”[③]。

西方诗学中对诗体确也集中在结构、语言与节奏形式这三方面发表过不少中肯的意见。布瓦洛在《诗的艺术》中说：“你写作之前先要学构思清楚”，“尤其要注意的是那语言的法程”[④]，并且在第一章的一开头就说：“不管写什么主题，或庄严或诙谑，都要情理和音韵永远配合。”[⑤]这位“对于文艺体裁作了比较细致的区分”的诗学理论家就是如此地看重诗体风格中结构、语言和节奏形式这三大特征的。20世纪的文学批评大师、加拿大学者诺思罗普·弗莱在《批评的解剖》中对诗体的三大特征也作了考察与充分论析。在结构上，他把诗歌文本看成是一个隐喻，而对隐喻表达的构思特征，他十分看重，说：“在任何时代的诗歌中，具体与抽象的融合，思想的空间方面与观念方面的融合，始终是每一种体裁中诗意形象的主要特征。”因此，他推崇17世纪“玄学派”追求的“理智化的形象”的结构特征，认为“它具有典型的巴克罗风格，足以表达一种丰满的构思之感”，而且肯定了在“一种富于机智和矛盾之感”的布局中产生的“重力和张力”是“这种构思之基础”最佳的选择。这位善于作系统性思考的学者，还从结构出发联系到语言与节奏形式作进一步论述。他认为“创作过程中”的第一步是“用言辞为构思打个最初的十分粗略的草稿”，接着是第一个诗节“‘突如其来’闯入脑海”后，“就得构想同样形式的其他诗节与之相配”，并“运用弗罗伊德从睡梦中追溯到的所有微妙心机”来选择词语，“把词语纳入定式”，而此时的创作主体须“努力使词语尽可能接近更富反复、更有力的音乐节奏”。而这是造成“联想的节奏”的韵律表现，这样的韵律具有“催人入眠”的独特的“魅力”，能“通过自身搏动着的舞蹈节奏，诉诸人们不由自主的肉体反应”，因此，这“十分接近魔术”的功能，能和“那种潜在的玄奥或梦幻般的定式”——以语言充实了的结构相呼应。[⑥]从这些引述中可以见出这位文学批评大师对诗体三大特征作系统性思考与整体性论析的深刻性。这些也进一步证实，诗体风格具体地显示在结构、语言与节奏形式三方面。

值得指出：西方诗学中对诗体三大特征虽作了如弗莱这样系统性的思考，却对诗

---

① 艾青：《诗论》，第32页。

② 艾青：《诗与时代》，见《诗论》，第90页。

③ 王先霈、王又平主编：《文学批评术语词典》，上海文艺出版社1999年版，第217—221页。

④ 伍蠡甫主编：《西方文论选》上卷，上海译文出版社1979年版，第294页。

⑤ 同上书，第289页。

⑥ 诺思罗普·弗莱：《批评的解剖》，陈慧等中译本，百花文艺出版社2006年版，第399—418页。

体形式产生之源的探求不如中国诗学中深远。当然，此项工作西方诗学家也还是在做的，如爱伦·坡在《诗的原理》中对声韵音律在诗体中的存在及其作用，曾作过这样具体而深入的论析：

……我确信以下几点，而且感到心安理得：音乐通过它的格律、节奏和韵的种种方式，成为诗中的如此重大的契机，以致拒绝了它，便不明智——音乐是如此重要的一个附属物，谁要谢绝它的帮助，谁就简直是愚蠢；所以我现在毫不犹豫地坚持它的重要性。也许正是在音乐中，诗的感情才被激动，从而使灵魂的斗争最最逼近那个巨大目标——神圣美的创造……从人间的一张竖琴，也能弹奏出天使们不可能不熟悉的曲子，这就使我们时常感到惊人的愉快。因此，毫无怀疑，我们将在诗与通常意义的音乐相结合中，寻到了发展诗的最最广阔的领域……可是，还须解释几句。我认为，那个最纯洁、最升华而又最强烈的快乐，导源于对美的静观、冥想。在对美的观照中，我们各自发现，有可能去达到予人快乐的升华或灵魂的激动；我们把这种升华或激动看作诗的感情，并且很容易把它区别于真理，因为真理是理智的满足；或者区别于热情，因为热情是心的激动。①

这一番语言节奏激发情感的言说是很深刻的，也有利于我们加深对诗体风格一个方面的认识，但爱伦·坡并没有论及作为激发独特情感的语言节奏方式本身由何而来的问题。这正像斯威夫特在《语言学和文体》中说的，在西方诗学家看来文体是“在不同的表达方式中的选择”②，至于为什么作这样的选择而不是那样的选择，却鲜见有考虑。托多洛夫在《语言科学百科辞典》中干脆说：“文体体现在语言中而不是表现在使用者的精神上。”③ 看来诗体风格的三大特征是不必同创作主体的精神意向挂钩的。但中国古典诗学理论家却不这样认为。刘勰在《文心雕龙·物色》中说：“春秋代序，阴阳惨舒，物色之动，心亦摇焉……岁有其物，物有其容，情以物迁，辞以情发。”钟嵘在《诗品·序》中说：“气之动物，物之感人，故摇荡性情，形诸舞咏，照烛三才，晖丽万有；灵祇待之以致飨，幽微借之以昭告，动天地，感鬼神，莫近于诗。”由此可见，这些古典诗学理论家认为：情生于外物而有对内心之触动，而“辞以情发”——这“辞”即诗体的三大特征。这意思无非是：独特之情发，才有对三大特征之选择和充分的运用。这也意味着情气乃声词之源，由情气而声词，才是诗之源。有鉴于此，明徐祯卿在《谈艺录》中才说了这么一番话：

情者，心之精也。情无定位，触感而兴，既动于中，必形于声……然引而成音，气实为佐；引音成词，文实与功。盖因情以发气，因气以成声，因声而绘词，

① 伍蠡甫主编：《西方文论选》下卷，第500—501页。

② 王先霈、王又平主编：《文学批评术语词典》，第217页。

③ 同上。

因词而定韵，此诗之源也。然情实眑眇，必因思以穷其奥；气有粗弱，必因力以夺其偏；词难妥帖，必因才以致其极；才易飘扬，必因质以御其侈，此诗之流也。

这段话可注意的是：徐祯卿把诗人文本创造中选择什么样的声韵格律归之于"触感而兴"所得的情，因此，由情气而生声成词为"诗之源"；但仅凭此不够，因此他又提出作为"诗之流"的思力才质，他特别强调欲对眑眇之"情"作深入探求，穷其奥妙，要靠"思"，即独特的思维方式。这可是相当精辟的见解，即诗人如何由把握诗歌世界而到表现诗歌世界，乃是由诗人独特的思维方式来定的。表现诗歌世界是结构、语言和节奏形式的问题，即诗体风格的问题。这样看来：什么样的诗体风格，或者什么样的结构、语言和节奏形式，和主体的思维方式有着必然的关系。

这启发了我们：要对汉语诗体系统进行研究，得从汉语诗人的思维方式出发。

那么思维方式有哪几种？古典汉语诗人和现代汉语诗人把握世界的思维方式是否有所不同？如有不同，又各是怎么一种思维方式呢？

一般说来思维方式有两种，一种是神话思维，另一种是逻辑思维。

所谓神话思维，是以神话为内容与形式的思维形态。神话是原始人为说明一个民族的自然观、社会观，用不自觉的艺术方式创作的超自然现象的故事，在现代文学理论中指作品中一系列的象征所构成的一个特殊的总体象征。所以神话是一种神秘的幻想，而这种以建立在假想、错觉基础上的神秘的幻想为对象的思维方式，是一种具象化的象征思维，是一场"戏剧性地表现了我们隐藏最深的本能生活和宇宙中人类的原始认识"[①] 的隐喻活动的体现。所谓逻辑思维，是以客观真实关系的抽象概念为内容与形式的思维。它表现为人们在对客体真实的认识过程中借助于概念、判断、推理反映客体现实的过程，它欲达到的目的是用科学的抽象概念揭示事物的本质，表述对现实认识的结果，所以它是一种抽象化的分析—演绎性思维，是一种表述我们抽象地规范社会与自然生态、主观地推断人和社会及自然关系的推论活动的体现。

由此看来，神话思维和逻辑思维在人类把握世界的过程中显示为对立统一的关系。这两种思维统一在人类对世界的认知过程中。当然，在这认知过程中，这两种思维采用的方式可以互为补充，但作为思维形态则是不同的。其不同大致可以归纳为如下几点：

一、神话思维是直觉的，逻辑思维是分析的。卡西尔在《语言与神话》中说："在神话形式下，思维并不是自由地支配直观材料"，相反，"这种形式的思维反倒被突然呈现在面前的直觉所俘获"。直觉就这样地决定了神话思维的内容。在这种思维中，"文明所发现的，不是直觉经验的扩展，而是直觉经验的终极界限"。这样，直觉就把概念、逻辑等抛在一边，使作为逻辑思维体现的"理智同一性的特点恰恰与神话思维的特点相对立"[②]。

二、神话思维是整体混沌的，逻辑思维是层次有序的。在神话思维中，"没有什么

① 马克·肖勒尔：《威廉·布莱克的政治远见》，转引自王先霈、王又平主编《文学批评术语词典》，第190页。

② 转引自王先霈、王又平主编《文学批评术语词典》，第531页。

‘所指关系’和‘意义’，心智所关注的每一项意识内容都被直接‘翻译’成具有实际在场性和效应性的术语”。也就是说，它的每一个意识内容都具有相应的客观对应物，因而也就能对这一客观对应物进行感兴，以致使得“思维不是以一种自由观照的态度面对其材料，不是力图理解这些材料的结构和它们成系统联系，也不是分析这些材料的作用和功能，相反，它只是被一个整体印象迷住了”[①]。这个只凭直觉的整体印象作为理解客体的前提也就显出了神话思维具有的是无须“所指”也不求“意义”的混沌性，而其对立面，即以自由观照的态度对其材料作观照，观照中充分分析理解它们的结构及结构间系统联系的思维活动，也就显出了既有所指也寻求意义的层次有序的逻辑思维特性。

三、神话思维是自发的，逻辑思维是自觉的。神话思维并不发展成经验内容，也不去寻找什么“原因”与“结果”，而只满足于接受单纯的现存之物，也就是说：“这种思维趋向于将全部自发性活动都看作是接受性活动，把人类的全部成就都看作是赐来之物。”[②] 诚如法国人列维·布留尔在《原始思维》中所说的，神话思维出现在“神魂颠倒那样一些状态中”，这时“思维与客体交融，它不仅在意识形态的意义上而且也在物质的和神秘的意义上与客体互渗”[③]。因此，这是一种天人合一观作用下主观消融于宇宙的本能自发性思维活动。但逻辑思维却发展成主体的自觉经验，对客体的接受是主观的、自觉的、分析性的。也诚如列维·布留尔所说：“逻辑思维不能容忍矛盾，只要它发现矛盾，它就为消灭它而斗争。”“理性要求变得越强，越是习以为常，逻辑思维就越不能容忍那些能够被证实的矛盾和谬误。”[④] 这意味着逻辑思维是一种理性的自觉。

四、神话思维是隐喻的，逻辑思维是解析的。神话作为一个隐喻，是对世界意义象征性的表述。神话思维的象征性表现为它时常以隐喻的方式而非逻辑的方式形成对世界的看法。荣格因此说：“所有自然的神话化过程，如夏季、冬季、月亮和雨季等等并不意味这些客观现象的比喻，而是内心世界象征的表现，是心灵中无意识的戏剧化——即反映于自然界的种种事件。”[⑤] 逻辑思维的演绎性表现则是以解析的方式而非神话的方式形成对世界的把握。韦勒克、沃伦在《文学理论》中论及惠特曼的诗时说“惠特曼诗歌创作方法的特点是一种分析式的展示法，即将某些巨大而平行的范畴逐条解析开”，还说他“酷爱开列清单，条分缕析”，而“这种逐条解析法的全部效果不是造成复杂性，而是简明性”，“他首先逐条摆出他的项目，然后大量地解剖它们”，[⑥] 这一种“分析式的展开法”或者解析法，就是以转喻联想来显示的逻辑思维。

五、神话思维是通情的，逻辑思维是达理的。卡西尔在《语言与神话》中说：“在

① 转引自王先霈、王又平主编《文学批评术语词典》，第531页。

② 同上。

③ 列维·布留尔：《原始思维》，丁由中译本，商务印书馆1997年版，第429页。

④ 同上书，第449页。

⑤ 同上书，第191页。

⑥ 韦勒克、沃伦：《文学原理》，刘象愚等中译本，第212—213页。

神话思维中，我们发现的正是这种客观化和实在化，也就是说各种情感都具有了自己的形状和外貌。”“好像这些情感是一个外在的存在物。”[①] 因此，神话思维又是一种使情感对象化的精神状态。值得指出：神话思维在采用直觉把握对象中显示为一场感兴活动，由此而生情绪想象，由情绪联想而获得一片蕴涵许多想象构造力的意象世界，从而走上了通情之路，唯其如此，才使“各种情感都具有了自己的形状和外貌”。逻辑思维正好相反，这种思维在把对象抽象化为概念把握中，显示为一场分析推理活动，由此而生知识联想，并由知识联想而获得一片蕴涵许多联想解析力的类比世界，从而走上了达理之路。唯其如此，才使各类事理都具有了自己的穿戴和面具。

神话思维和逻辑思维在人类探求客体世界的认识中对立统一地存在着，终极却是统一的，过程是对立的。而一切审美形态都出现在过程中。因此，两类思维方式以其对立中的互补关系催生了审美形态，又大大地活跃了审美活动。但不论怎么说，神话思维始终永葆青春——纵使随时代的发展、科学的昌盛而逻辑思维愈精密、愈深入人类应对世界的思维活动。有关这一点，列维·布留尔在《神话思维》中有相当精彩的论析。他把神话思维称之为原逻辑思维，并把二者比照着说了这么一段话：

逻辑思维的特征如此明显地不同于原逻辑思维的特征，以致一方面的进步似乎事实上必陷另一方于退步。我们禁不住要作出这样的结论：当逻辑思维硬把自己的规律加在一切智力运算的身上时，原逻辑思维归根到底必将彻底消失。但这样的结论是草率的，站不住脚的。……如果说逻辑思维不能容忍矛盾，只要它一发现矛盾，它就为消灭它而斗争，那么，原逻辑的和神秘的思维则相反，它对理性要求是不关心的。它不寻找矛盾，但也不避免矛盾。即使与一个严格符合逻辑定律的概念系统为邻，对它也毫不发生作用或者只有很小的作用。因而，逻辑思维永远也不能继承原逻辑思维的全部遗产。那些表现着被强烈感觉和体验的互渗、永远阻碍着揭露逻辑矛盾和实际的不可能性的集体表象，将永远保存下来……生动的内部的互渗感足可以抵消甚至超过智力要求的力量。……

在逻辑思维最进步的民族中间，这些集体表象和这个思维类型（这些集体表象就是这个思维类型的证明）的无限持久性，可以使我们理解到：为什么从最完美的知识（除了那些纯粹抽象的知识）那里得到的满足永远是不完全的。与愚昧无知比较，至少与有意识地愚昧无知比较，知识无疑意味着对它的对象的占有；但是，与原逻辑思维所实现的互渗比较，则这种占有永远是不完整的、不完全的而且可以说是表面上的。一般说来，知识就是客观化，客观化就是把自己以外的必须知道的东西作为一处外在的东西而加以具体化。相反的，原逻辑思维的集体表象所保证的彼此互渗的实体之间的联系又是多么密切啊！互渗的实质恰恰在于任何两重性都被抹煞，在于主体违反着矛盾律，既是他自己，同时又是与他互渗

① 《文学批评术语词典》，第531页。

> 的那个存在物。要了解这种完全的占有与包含着真正的认识的客观化的理解不同到什么程度，甚至不需要把原始民族的集体表象与我们的实证科学的内容作比较。①

从这段引文中也可见出：神话思维总是要长存下去的，而逻辑思维也总是会越来越发展下去的，这也意味着：种种审美形态将随两种思维方式的对立统一而不断催生，并活跃下去。问题是审美形态——具体点说在诗歌这一审美形态中，究竟以神话思维为主呢还是逻辑思维为主？雅各布森在《语言的两极与语言的失语症》中提及话语的进行会沿着两条不同的路线发展，一条是通过类似关系导向另一个话题用隐喻方式，另一条是通过邻接导向另一个话题用换喻方式。然后他说："在俄国抒情诗歌中隐喻的结构处于优势，而在英雄史诗中则是换喻方式占优势。"他还进一步说"浪漫主义和象征主义文学流派中隐喻的方式占有绝对优势"，而"换喻的优势构成了所谓现实主义倾向的基础"②。这里的隐喻方式或结构，是神话思维的产物，而换喻的方式或结构则是逻辑思维的产物。由此看来，神话思维适宜于以直觉隐喻为本的抒情诗，逻辑思维适宜于以分析演绎为本的叙述文学（如小说、散文）。

在汉语诗歌中，旧诗是以神话思维为本的；新诗却深受西方影响，以逻辑思维为本。

不同的思维方式也就在诗体上显示出不同的体系。结构上，旧诗是圆美流转类结构体系，新诗是方美直向类结构体系；语言上，旧诗是点面感发类语言体系，新诗是直线陈述类语言体系；形式上，旧诗是回环节奏类形式体系，新诗是推进节奏类形式体系。

我们将对此进行深入的探讨。

---

① 列维·布留尔：《原始思维》，丁由中译本，第449—450页。

② 转引自俞建章、叶舒宪《符号：语言与艺术》，上海人民出版社1988年版，第193页。

第一卷　结构论

结构在文学中是一个使用得极其广泛、包孕性很大的概念。韦勒克、沃伦在《文学理论》中曾经"把一切需要美学效果的因素称为'结构'"，因此在他们看来，结构包括了"内容和形式中依审美目的组织起来的部分"[①]。福勒在《现代批评术语词典》中也认为：结构"即作品在展开中的统一性"[②]。这些见解是把结构看成为创作构思与文本构成统一于一个展开过程的关系网，所以他们所指的是广义的结构。对文学结构还有另一种理解，如俄苏符号学家什佩特在《美学片断》中说："结构是具体的构造。"[③] 布鲁克斯在《释义误说》中也认为："表明结构的那种统一原则似乎就是平衡与协调类内涵、态度和意义的原则。"[④] 由于他们把文学结构局限于文本的组织构造，所以这些看法实属狭义的结构。基于这样的思考，我们可以把文学（也包括诗歌研究）中的结构观分为两类：凡研究广义结构的，乃出之于创作—布局的结构观；凡研究狭义结构的，则出之于文本布局—操作的结构观。显然，在诗歌创作中，前一种结构观致力于探求创作过程中意象世界的构思、陈情律，后一种结构观则仅着目于文本构成中形式范围的布局、操作律。我们研究中国诗歌的结构当基于前者，而前者其实是包含着后者因而是更具包孕性的。

需要指出的是：创作过程中意象世界的构思组织规律是由创作主体的观物态度和感物方式所决定的。观物态度和感物方式在诗人中一般可分为两种类型。一类是主体怀着天人合一的观物态度去面对世界，直觉感应的察物方式融入对象；另一类是主体怀着以人定天的观物态度去面对世界，分析推论的感物方式占有对象。这两类诗人之所以在观物和感物上具有这种不同，是由他们不同的思维特征所决定。前一类诗人所拥有的是神话思维，而后一类诗人所拥有的则是逻辑思维。

神话思维是以神话为内容与形式的一种思维方式，直觉性在其中具有支配的地位，而心智所关注的每一项意识内容则都具有相应的客观对应物，它们作为材料结合在一起，这类思维则不去对它们的结构关系作分析，而只摄取某个整体印象来成为理解某一外在客体为前提，故神话思维显示出以整体代部分的思维特征，也使得作为材料的

---

① 韦勒克、沃伦：《文学理论》，刘象愚等中译本，三联书店 1984 年版，第 147 页。

② 转引自王先霈、王又平主编《文学批评术语词典》，上海文艺出版社 1999 年版，第 174 页。

③ 同上书，第 175 页。

④ 同上。

外在客体（或客体符号）只能在这种整体即印象中才会成为思维的对象而被理解。因此，这一类思维常以感性隐喻而非理性逻辑的途径形成对世界的看法，此看法因而也就“具有自己的形状和外貌的情感性”[①]，这也决定了神话思维和兴发感动的血缘关系。值得指出，列维·斯特劳斯在《野性的思维》中把神话思维看成是“类比的思维”，而霍克斯在《结构主义和符号学》中进一步对此作解释说：“这里含有‘视角的互换’这样一层意思。在这种互换中，人和世界通过作为‘意义系统’发生作用的‘分类系统’互相映照。‘类比的思维’的功能是把一系列结构‘差异’或‘对立’强加给世界，而这个文明的所有成员都得承认这些‘差异’或‘对立’，然后‘类比的思维’提出：这些思维可以以类比的方式联系起来，因为人们感到它们的差异都是类似的。因此，我们只要对‘上’和‘下’、‘热’和‘冷’、‘生’和‘熟’等对立起来的类比作一分析，就可以洞悉每一种文化所感觉到的特定‘现实’的本质。”[②] 神话思维所具有的这种特性决定了诗人们具有天人合一的观物态度和直觉想象的感物方式，而反映在他们以构思—布局为标志的结构追求上，也就拥有构思中具象感兴的抽象化，布局中对称平衡的回环性相统一的圆美流转类结构体系。至于逻辑思维，则是以事物的抽象为内容与形式的一种思维方式，分析性在其中具有支配的地位。这是一种从以人的意志框定客观世界出发的思维。它在对客观世界作把握中显示为借助分析、判断、推理及由此导致的科学抽象概念来揭示事物的本质、采用分析—演绎来表述对现实的过程的认识特征。因此，这一类思维常常以理性逻辑而非感性隐喻的途径形成对世界的看法，这种看法因而也就具有表象的知觉关联的理念性。这决定了逻辑思维和分析推论的血缘关系。值得指出：逻辑思维总体体现为事物的抽象推演所导致的环环相扣、直线递进的展开特征。正是这样的思维特征决定了诗人们具有以人定天的观物态度和知觉联想的察物方式，而反映在他们构思—布局为标志的结构追求上，也就拥有构思中抽象比拟的具象化、布局中分析演绎的递进化相统一的方美直突类结构体系。

旧诗是神话思维的产物，在总体上追求圆美流转类结构体系；新诗是逻辑思维的产物，在总体上则追求方美直突类结构体系。那么这样的结论是如何得出来的呢？我们将通过对新旧体诗结构理论的梳理与创作实践的考察，予以详细论证。

---

① 卡西尔：《语言与神话》，转引自王先霈、王又平主编《文学批评术语词典》，第531页。

② 王先霈、王又平主编：《文学批评术语词典》，第532—533页。

上篇 旧诗的圆美流转类结构

古典诗论中有人提出："凡作文之道，构思为先。"① 构思是结构的一部分，既然认定"构思为先"，也就意味着为诗当结构第一。事实也正如此。李渔在《闲情偶记·词曲部》中就响亮地提出过"结构第一"的口号。而同时，"构思为先"也表明构思是结构的第一阶段。在这第一阶段中，有人认为"必先命意"②。陈仅在《竹林答问》中进一步说，"意定而后谋局"，局定后，"于是从首至尾，一路结构，惨淡经营，迨全诗在胸，下笔迅写"。这就涉及文本的组成形态，成为结构的第二、第三个阶段了。由此看来，古典诗论家谈结构也是把它作为构思、造境与布局的综合形态来对待的。既如此，对旧诗的结构策略进行梳理，也当从构思论、造境论与布局论三方面入手。

第一章 通意脉途径

散见于诗话、词话中零零星星有关艺术构思的见解若综合起来，当可以发现，旧诗中艺术构思包含以下几个方面的内容：重立意发想，抓切入角度，定主导意象。

第一节 立情意重想象

在古典诗学理论中，立意不仅是构思的头等大事，也是全诗命脉之所在。王夫之说："无论诗歌与长行文字，俱以意为主，意犹帅也，无帅之兵，谓之乌合。"他还认为"烟云泉石，花鸟苔林，金铺锦帐"等各种题材，"寓意则灵"③。韩驹在《陵阳室中语》中提出"作诗必先命意"，并说："意正则思生，然后择韵而用，如驱奴隶；此乃以韵承意，故首尾有序。"他还告诫说："凡作诗须命终篇之意，切勿以先得一句一联，因而成章，如此则意多不属。"那么这"意"由何而来呢？刘勰《文心雕龙·物色》说："春秋代序，阴阳惨舒。物色之动，心亦摇焉……岁有其物，物有其容；情以物迁，辞以情发。一叶且或迎意，虫声有足引心。况清风与明月同夜，白日与春林共朝

---

① 遍照金刚：《文镜秘府论·论体》。

② 韩驹：《陵阳室中语》。

③ 王夫之：《薑斋诗话》。

哉！是以诗人感物，联类不穷。流连万象之际，沉吟视听之区；写气图貌，既随物以宛转；属采附声，亦与心而徘徊。”刘勰还举了不少这样那样因“物色之动”而使“心亦摇焉”的例子。至于“心摇”，是会有“意之发生”的。这样的“意”显然是诗人受现实生活的感发而获得的思想感情。而“属采附声，亦与心而徘徊”，可见“意”对诗歌创作中的构思，确“犹帅也”。那么这“意”指的是什么呢？指的其实是“情”、“志”、“神”的综合。赵翼在《瓯北诗话》卷九评吴梅村诗说：“然有意处则情文兼至，姿态横生。”可见“有意处”之“意”即“情文兼至”的“情”，故常常“情意”合说。“意境”中之“意”也常指“情”，因为“情”是“意境”之核心。“意”也可与“志”相通。许慎《说文解字》中对“诗言志”这样作释：“志，意也。”袁枚在《续诗品·崇意》中说：“虞舜教夔曰‘诗言志’，何今之人，多辞寡意？”这“寡意”之“意”亦即“言志”之“志”。“意”又可与“神”通。欧阳修《盘车图》说：“古画画意不画形，梅诗咏物无隐情。忘形得意知者寡，不若见诗如见画。”“意”既兼有生命体特具的“情”——情绪，“志”——精神和“神”——直觉，也就比单独的“情”、“志”、“神”更具有生命意味、灵魂感应的特征。所以古典诗学的构思理论总是以立意为其起点、决定全局创构工程及美学价值之基础的。冒春荣在《葚原诗说》中就说：“不能命意者，沾沾于字句，方以避熟趁生为工。若知命意，迥不犹人，则神骨自超，风度自异。仅在字句求新者，犹村汉著新衣，徒增丑态而已。”沈德潜在《说诗晬语》中甚至提出“以意运法”的主张：“所谓法者，行所不得不行，止所不得不止，而起伏照应，承接转换，自神明变化于其中。若泥定此处应如何，彼处应如何，不以意运法，转以意从法，则死法矣！”

但古典诗学虽强调构思以立意为主，这“意”却并不是无标准的。欧阳修《六一诗话》记有梅尧臣论诗的话：“诗家虽率意，而造语亦难，若意新语工，得前人所未道者，斯为善也。”这里提出了意贵新的意见。李渔在《窥词管见》中更强调“词意贵新”。他说：“文字莫不贵新，而词为尤甚。不新可以不作。”而词之新在他看来又可分为意新、语新、字句新三种，三者中又以“意新为上”。近人蔡嵩云在《柯亭词论》中还进一步说：“作词之法，造意为上，遣词次之。欲去陈言，必立新意。若换调不换意，纵有佳句，难免千篇一律之嫌。”这可见他已不满足于“立意”、“命意”的抽象言辞，而主张不沿袭他人之意而自出新意；还要考虑这“新意”须随“换调”——诗体的不同——而改变要求，提出了形式对内容的制约性，这是很可珍视的。

从立新意发展到造新意，根本点当然在于“出新”。而“出新”也的确当借某些外在因素起作用，使有些本来并不那么新的“意”倒能新了起来。《柯亭词论》中蔡嵩云提出：“小令犹诗中绝句，首重造意。”并说：“作小令须具纳须弥于芥子手段，于短幅中藏有许多境界。”这是小令的体裁决定了其意境的压缩性特征，强化了言有尽而意无穷的兴发感动功能。这“意”纵使并不十分新也因了能以浓缩的象征出之而特具“出新”之感。不过“立意”也好，“造意”也好，其“新”毕竟还是具有客观标准的。古典诗学对构思必先立意之“意”应具有的“新”提出了两条标准。首先一条是，这“意”必须是穷通人道的。所谓穷通人道，首先要求“诗中须有人”。清人吴乔在《围炉诗话》中说：“人之境遇有穷通，而心之哀乐生焉。夫子言诗，并不出于哀乐之情也。诗而有境有情，则自有人在其中。”这就是说，构思必先立的意应该是随人之境遇而引发的“心之哀乐”，哀乐之情乃人性的自然体现，自有人道之尊严，所以提倡诗必须写真实的人，也就是对穷通人道之“意”的追求。对此观点清代佚名作者所撰《静居绪言》中有更深入的阐释：“诗，人情也。人道以夫妇始，故多帏房燕婉之辞。《离骚》有风人之思，故托之美人香草，以见其悯世嫉俗之志。”由此说来，“意”乃是最能穷通人道的“人情”，即来自人间社会关系之情和出于人性终极要求之情相复合之情。由于这种人情化之“意”最真实地存在于人世间日常生活中，因此，李渔在《窥词管见》中认为这种“人情”之新并不在“寻常闻见之外”，而是在“习见习闻”中。所以一个诗人怀着一颗赤子之心，在“习见习闻”的现实中发现并真情地表现人情，也就会获得高标准的“意新”。不过这类出新的“意”毕竟来自于现实层面，幅度不大，也不能够深远。因此，古典结构诗学中把“意新”的最高类看成是“天人之合”。“天人之合”是中国极其重要的哲学思想，一般称为“天人合一”。张岱年在《中国哲学大纲》中曾对这一哲学思想作了这样的阐释：

> 中国哲学有一个根本的观念，即“天人合一”。认为天人本来合一，而人生最高理想，是自觉的达到天人合一境界……天人既无二，于是也不必分别我与非我。我与非我原是一体，不必且不应将我与非我分开。于是内外之对立消弭，而人与自然，融为一片。西洋人研究宇宙是将宇宙视为外在的而研究之，中国则不认为宇宙是外在的，而认为宇宙本根与心性相通，研究宇宙亦即研究自己。中国哲人的宇宙论实乃以不分内外物我天人为其根本见地。

这段话极为精当。而一个民族所特具的美学观——包括诗学观也总是受其哲学思想影响的。刘熙载在《诗概》中引用《诗纬·含神雾》中“诗者，天地之心”的话，然后说：“此可见诗为天人之合。”汉代纬书说的“天地之心”的“心”，指天理天道，刘熙载认为“天地有理、有气、有形，其实是与器本不相离”的，因此他认为：天地不免是抽象的无形的“道”，即宇宙运行律的体现，也是有形可感的“器”，即周而复始、盛衰循环、运行不息的宇宙本体的显示。现在既然天人无二，宇宙本根与心性相通，则意味着诗人若能把握天地生存之“道”，就得把自己融入宇宙，成为宇宙存在之“器”，在艺术构思中若要有最高类的“意”，只有追求“天人之合”，在周而复始、盛衰循环、运行不息且有形而具体可感的“宇宙”——这大“器”中去感应出天地运行律——这大“道”，如此把握住的“意”才最高、最新。中国古典结构诗学中这种超越社会人际层面而在“天人之合”中去“立意”的构思路子，由于受周而复始的宇宙运行律影响，而使旧诗的构思艺术之最高类——“情意”，具有圆美流转的特征。

值得指出：情动于中会引发浮思联翩，伴随立意而来的也会是神思逸想——艺术想象展开。古典诗学的构思，对随意动而生的逸想十分看重，因为按想象展开的心理趋势，随之而来的是情态纷呈、意象环生。陆机在《文赋》中就这样论及神思逸想中一系列的问题：

其始也，皆收视反听，耽思傍讯，精骛八极，心游万仞。其致也，情曈昽而弥鲜，物昭晰而互进；倾群言之沥液，漱六艺之芳润；浮天渊以安流，濯下泉而潜浸。于是沈辞怫悦，若游鱼衔钩，而出重渊之深；浮藻联翩，若翰鸟缨缴，而坠曾云之峻。收百世之阙文，采千载之遗韵；谢朝华于已披，启夕秀于未振；观古今于须臾，抚四海于一瞬。……罄澄心以凝思，眇众虑而为言……课虚无以责有，叩寂寞而求音。

这里涉及“神与物游”中“意”的物化——即心灵的具象化过程，这是最值得注意的。这位文学理论家显然时刻不忘把逸想生而情态纷呈、意象环生这一现象提到艺术审美的高度来考察，因此他会作出这样的结论：“课虚无以责有，叩寂寞而求音。”就是说：写诗是一个从无到有的创造过程，当“澄心凝思”还是虚无之时，无形无声的内在思想感情——“意”，在构思中就得借意象及意象群表现出来，使无形者可见可感，使无声者可听可诵。刘勰在《文心雕龙·神思》篇中对艺术想象在构思中的重要作用作了更全面、系统、深刻的阐释。他认为神思逸想一旦开始，就会出现这样的情况：“寂然凝虑，思接千载；悄焉动容，视通万里。”这就是“神与物游”，对诗人来说就会出现“眉睫之前，卷舒风云之色”，而“神思方运，万途竞萌”，“登山则情满于山，观海则意溢于海”。这么一来也就临到“独照之匠，窥意象而运斤”的时候了。这位古典诗论大家其实已点出这是一场感物动意而逸想共生，逸想展开而情态纷呈的现象，而归结的实是审美想象带起的一片原生态意象的浮现。

但为什么说情态纷呈所浮现的是原生态意象呢？

诗歌的艺术构思在感物阶段，其实不仅仅是“物色之动，心亦摇焉”的由景生情，更是将诗人本有的情性或即时兴起的情绪投射、融化到借想象、联想而出现的客观景物或事物之中，将物情化，借物抒情。对此，廖燕在《李谦三十九秋诗题词》中以秋物为例，这样论述了物与情的关系：

万物在秋之中，而吾人又在万物之中，其殆将与秋俱变者欤？虽然，秋，人所同也；物，亦人所同也；而诗则为一人所独异。借彼物理，抒我心胸。即秋而物在，即物而我之性情俱在。然则物非物也，一我之性情变幻而成者也。性情散乱则为物，万象复聚而为性情，故一捻髭搦管而能随物赋形，无不尽态极妍，活现纸上。

显然，由审美想象召唤而来的种种记忆表象——如同这里的“秋物”，已非客观原物，而成了“我之性情变幻而成者”，这就是原生态的意象，是“意”的一个方面的物化表现，但由于这一物化表现还没有经诗性语言物化，更没有经“意脉”检定和筛选而纳入流动的渠道——意象组合系统中，因此我们还只能说那是原生态意象的浮现。不过，不能轻视这一场浮现。我们晓得：“意”——或“情意”，是虚体抽象的存在，它通过被它激活的神思逸想才获得物化形态。而神思逸想一经被情意所激活，也就具有一种可持续展开的惯性力。因此，神思逸想又反作用于情意，使之在扩展“情意”的物化形态中也能拓展情意的延伸幅度。情意的延伸既显示着它对记忆中的生活表象作持续移情的特征，也强化了移情中对生活表象作筛选的潜功能，于是就出现了如《文心雕龙·神思》中所谓的“独照之匠，窥意象而运斤”的情况了。而这就是原生态意象经筛选后向审美意象作转化，这使得情意的延伸也就成了情意的意象化延伸，这场延伸轨迹也就成了意脉的流通。如同《神思》篇所说的，此举可是“谋篇之大端”。

那么，这一场“谋篇之大端”是如何具体地展开的呢？

第二节　抓切入角度

情意的意象化延伸如何成为全局意脉流通的现实？古典诗学的结构论因此进一步提出：需要经历一场兴会妙悟的艺术发现，发现构思的核心。这核心指的是两个方面：一是选准切入角度，二是把握主导意象。

“兴会”与“妙悟”都出现于情意激活神思逸想之际，即在一片情态纷呈中突发心物交融，从而深化了情意的阶段，也就是原生态意象经筛选而转化为审美意象，并在意象组合的群体中发现主导意象、恍悟意脉流通之切入角度的阶段。

先看“兴会”。这一术语即今天通用的灵感。“兴会”最早出自沈约《宋书·谢灵运传》，陆机在《文赋》中把它说成“应感之会”：“若夫应感之会，通塞之纪，来不可遏，去不可止。”清方适珪在《昭明文选·大成》中这样释“应感之会”：“应感，物感我，我从而应之……心与物会合之时。”所以“兴会”指心物会合所激发的创作灵思，它来自于创作主体直接观照所得。葛立方《韵语阳秋》中说：“自古工诗者，未尝无兴也，观物有感焉，则有兴。”但它确是“来不可遏，去不可止”，具有突然偶发与瞬时易失的特性，是一种潜意识活动。这一种感物方式具有极大的创造功能：诗人在对外物心灵化的过程中创造审美意象。可以这样说：在神思逸想、情态纷呈中出现于诗人心中的一大堆生活表象只有通过“兴会”才能经历潜意识筛选而获得高格的主导意象和由此带引出来的意象群体。宋包恢《敝帚稿略》这样形容这类意象的高格：“有穷智极力之所不能到者，犹造化自然之声也。”他甚至说能“极天下之至精”。

“妙悟”由“兴会”延伸下来，是构思中进一层的艺术思维活动。“妙悟”这一术语来自佛教，它指的是写诗时产生犹如学禅者领悟佛性一般的认识上的飞跃，领悟诗的真实世界及其艺术特性。说具体点，指的就是在心物冥会、物我一体的状态中领悟诗性本体，达到对诗歌世界最深入的把握。妙悟即今天的艺术直觉，是处于感性认识与理性认识之间的一种特殊的心理活动形式，它既有感性认识的特点：不须逻辑分析、判断而直接感知对象，又有某些知性认识的特点：深深把握对象的“真意”[①]，这种只可意会、不可言传的认知方式，正是妙悟精义之所在。“妙悟”有如下特点：首先是直接观照。有人对此说过这样的话：“夫以应目会心为理者，类之成巧，则目亦同应，心亦俱会。应会感神，神超理得。”[②] 所谓“应目会心”，即眼观外物而心有所悟。诗人直

① 陶渊明：《饮酒》诗中有句：“此中有真意，欲辩已忘言。”

② 宗炳：《画山水序》，见《四库全书》本张彦远《历代名画记》卷六所引。

观情态纷呈的外在世界而得此“应会感神”，再“神超理得”于其中能“应会”的外物，顿然转化为审美意象。其次妙悟还具有整体把握对象的特点。在妙悟者看来，无论一山一水，一花一草，任何审美对象都是存在于一个充满生命情韵的整体中而不可分割的。当诗人从情态纷呈中潜意识地把握到某个生活表象，使之转化为主导意象后，也会让妙悟——艺术直觉继续发挥作用，以这主导意象为起点和中心，吸附一批与之相应合的意象，组成一个动态意象组合系统，构筑诗歌世界。对这一整体把握的妙悟特点，明代徐祯卿在其《谈艺录》中称之为“诗之妙轨”：“大抵诗之妙轨，情若重渊，奥不可测，词如繁露，贯而不杂；气如良驷，驰而不轶！”可说道出了妙悟浑然有序、整体把握的特点。最后妙悟还表现为入神物化，并在物我交融、主客一体的“冥漠恍惚之境”中悟出未来诗歌世界的全局雏形，如同董逌在《广州画跋》中所说的：“一悟之后，万象冥合。”既然围绕主导意象而冥合众多意象于心，悟得全局雏形，这时的诗人当也会在潜意识中发现进入诗歌世界之门豁然洞开于眼前，即切入角度随之被发现了。总之，这三大特征决定了“妙悟”乃是超乎寻常之悟，也证实了严羽在《沧浪诗话》中的一句名言：“诗有别趣，非关理也。”

从“立意”、“逸想”到“兴会”、“妙悟”，经过一系列构思艺术的处理而形成一个意象组合体，找到意脉流贯的切入角度后，这种构思活动就为未来完形的文本定下了这样的审美目标：“故其妙处透彻玲珑，不可凑泊，如空中之音，相中之色，水中之月，镜中之像，言有尽而意无穷。”这是妙悟派诗学理论家严羽提出来的。

在历代诗话词话中生动地记载着许多按上述那条“诗的妙轨”而获得意脉流通的构思案例。宋人罗大经在《鹤林玉露》中说：“作诗必以巧进，以拙成。”这里的“巧进”指的是意脉流通的第一步：发现切入的角度；“拙成”指的是主导意象的抓准和意象组合系统的浑然天全，是意脉流通的第二步。因此，我们将对“发现独特角度切入”、“抓准主导意象展开”这两类案例作一番分析。

先看切入角度的发现。

如果说把全局的构思行为看成是对一种意境氛围的追求，那么这里所说的切入角度的寻求，其实是寻求意境营造的感兴起点，而这从严格意义上说，乃是可遇而不可求的瞬间妙悟之所得。大体说，在构思中进入这独特的角度具现为从一事、一语、一念切入。

宋人吴曾在《能改斋词话》中这样记载了苏轼写《戚氏》的本事：“东坡元祐末自礼部尚书帅定州日，官妓因宴索公为《戚氏》。公方与坐客论穆天子事，颇讶其虚诞，遂资以应之。随声随写，歌竟篇就，才点定五六字，坐中随声击节，终席不问它辞，亦不容别进一语，且曰：足为中山一时盛事耳。”[①] 这段本事不仅道出苏轼才思之敏捷，更显价值的是：他身处迷离恍惚的宴饮氛围中，受妓索稿时，正巧与友人谈穆天子传的荒诞虚幻而引起联想，激发灵感，灵悟到以穆天子传事作为切入角度，进入“肆华筵”，“尽倒琼壶酒”；“缥缈飞琼妙舞”，“宛若帝所钧天”这样光怪陆离中恣意尽欢的醉梦人生境界，这是以一物切入，发现独特角度的典型例证。苏轼写《定风波》的本

① 吴曾：《能改斋漫录》卷十七，《四库全书》本。

事在宋人杨湜《古今词话》中记载得更有意思：东坡初谪黄州，独王定国以大臣之子不能谨交游，迁置岭南。数年后，定国被召还京师，东坡正掌翰林院。一日，王定国置酒与东坡会饮，出宠姬点酥劝酒。这是一位"眉目娟丽，善应对"的美姬，东坡问她："岭南风物，可煞不佳。"点酥应声道："此身安处是家乡。"东坡叹其善应对，即赋《定风波》词相赠。这首词歌唱了一位天生丽质、神态洒脱、内心豁达的女郎，营造了一个包孕和谐人生、无虑年华、随遇而安精神的氛围境界，"其句全引点酥之语"——"此身安处是家乡"这一句话成了激发东坡艺术直觉、进入这一片意境氛围圈的独特角度。显然，能否以这个角度进入全局意境氛围的营造，没有灵悟点酥这句高远人生的应答语是办不到的。

值得指出：旧诗构思艺术中对切入角度的寻求，更重要的体现途径是从一念切入。所谓"一念"，更近于"妙悟"之实质。如上所述，妙悟作为一种艺术直觉，既有感性认识的特点：不待逻辑分析、判断而直接感知对象；又有理性认识的特点：深深把握对象的理性内容。所以由妙悟而得的"一念"作为构思切入意境营造的角度就特别具有功能价值。大体说：这"一念"可以体现为从侧面切入的角度。清人吴乔在《围炉诗话》中把郑仲贤的《送别》诗作为从侧面寻找切入角度的例子来进行评析。该诗是这样的："亭亭画舸系春潭，只待行人酒半酣。不管烟波与风雨，载将离恨过江南。"吴乔评析说："人自离别，却怨画船。"写别情不从人如何别离这个正面角度出发，而由画舸这个侧面入手来写，自给人一种含蓄新奇的诗的感受，这就是吴乔说的"诗出侧面"的道理。这"一念"也可以体现为从反面寻找切入角度，也就是走一条以翻叠为切入点的思路。所谓翻叠，或是将前人的旧事旧语取过来用，在前人的旧事旧语上翻叠一层正意；或是将自己的原意故意推翻，使原意再翻上一层。这"一念"作为切入角度，能使全局包容原意与新意，两层意思回环重叠，层折有味，可谓新巧。清代周容引其父之言，在《春酒堂诗话》中揭示杜牧诗《赤壁》设问立意的特点："杜牧之咏《赤壁》诗云：'东风不与周郎便，铜雀春深锁二乔。'今古传诵。容少时大人尝指示曰：'此牧之设词也，死案活翻。'"这话的意思是，杜牧为咏赤壁之战的构思所选的切入角度是从反面落笔，假设胜负双易位，历史形势改观及二乔所受的凌辱，来暗示对东吴可能带来的恶果。杜牧这种以反说其事、倒立其意的"一念"为切入角度的构思策略，清人赵翼在《瓯北诗话》中还有更透彻的论析："杜牧之作诗……多作翻案语，无一平正者。方岳《深雪偶谈》所谓'好为议论，大概出奇立异，以自见其长'也。"他除提出《赤壁》，还举了《题四皓庙》、《题乌江亭》，从史论角度看，可说是"非确论也"，但从诗看，以翻案角度进入构思，这样的"一念"可算是奇巧警策，是诗人"恐流于平弱"的一种努力。杜牧这样的追求正是将旧事旧语反过来说。另一种将原意推翻，在原意基础上再翻上一层的做法更显新巧。如李觏《盱江集》的绝句："人言落日是天涯，望极天涯不见家。已恨碧山相掩映，碧山还被暮云遮。"在这里，原意是望极天涯而见不到家，已觉愁怨；现在以碧山掩映天涯落日，推翻原景而生的原意，但翻上一层，更不见家，更觉愁怨；而此时暮云又来遮碧山，对推翻上一层原景而生的原意，又翻上一层，欲见家是更渺茫了，此时愁怨也就更甚。和此有异曲同工之妙的是贾岛的绝句《桑乾》："客舍并州已十霜，归心日夜忆咸阳。无端更渡桑乾水，却望并州是故乡。”明人王世懋《艺圃撷余》中说，一日他见谢枋得批注：“旅寓十年，交游欢爱，与故乡无异，一旦别去，岂能无情？渡桑乾而望并州，反以为故乡也。”不觉大笑，觉其大谬，并说：“余谓此岛自思乡作，何曾与并州有情。其意恨久客并州，远隔故乡，今非唯不能归，反北渡桑乾，还望并州又是故乡矣。并州且不得住，何况得归咸阳。”王世懋在这里虽没有指出这是艺术构思中翻叠的翻叠这个切入角度达到的审美效果，但他也已感到这种构思中新巧的“一念”。正是选择了这种翻叠之翻叠的切入角度，才使贾岛这首诗如周容在《春酒堂诗话》中所说的：“结构筋力，固应值得金铸耳。”值得一提的是施补华《岘傭说诗》中一句话：“李义山‘君问归期’一首，贾长江‘客舍并州’一首，曲折清转，风格相似。”而近人俞陛云在《诗境浅说续编》中也针对李商隐的《夜雨寄北》说：“清空如话，一气循环，绝句中最为擅胜。此与‘客舍并州已十霜’诗，皆首尾相应，同一机轴。”古典诗论家把《桑乾》和《夜雨寄北》看成曲折清转、风格相似或“首尾相应，同一机轴”，不是没有道理的，它们都是超越一般的翻叠而是以翻叠之翻叠作为构思切入角度的，不过二者也有不同。《桑乾》翻叠之翻叠是向前进一层，而《夜雨寄北》不是递进，原诗是这样的：“君问归期未有期，巴山夜雨涨秋池。何当更剪西窗烛，却话巴山夜雨时。”这首诗当然也如沈厚塽《李义山诗集辑评》引纪昀的话那样，采用了“探过一步作收”的构思策略。但其切入角度却属于否定之否定：漂泊他乡，夜深思亲，乃一种美丽；但滞留巴山，又当夜雨，思亲却是忧伤。从美丽到忧伤，是第一层否定。接着是在巴山夜雨中设想异日回乡，亲人相聚，于剪烛西窗时将此夜之忧伤细诉，则此时此地的忧伤也变美丽了。这里，从忧伤到美丽，当是第二层否定。这么一来，否定之否定是回到了原点。所以，这首从美丽的忧伤发展到忧伤的美丽的诗确是“一气循环”，是“循环往复，别开境界”，不同于《桑乾》的递进。正由于“别开境界”，所以《夜雨寄北》虽和《桑乾》都营造了一个思乡怀亲的意境天地，但由于切入角度的差异而使前者的思乡怀亲“此意更深”，如同桂馥在《札朴》中所说的那样。

第三节　定主导意象

在古典诗学的构思理论中，“寻求切入角度”与把握主导意象是处在双向交流关系中的，可以互动。可以说，不少主导意象是从诗人发现独特角度相伴而来或派生出来的。元人范梈在《诗学禁脔》中谈到，唐有无名氏诗《思夫》，称它的构思特征是“一字贯篇格”。诗是这样的：“自从车马出门朝，便入空房守寂寥。玉枕夜寒鱼信杳，金钿秋尽雁书遥。脸边楚雨临风落，头上秦云向日消。芳草又衰还不至，碧天霜冷转无聊。”范梈认为这首诗是以“初联‘守’字贯篇”。这“守”可说是抒情主人公“思夫”颇佳的切入角度，但这个“守”存在于“便入空房守寂寥”中，“空房守寂寥”因而成为这首诗在构思中把握到的主导意象。正是这个主导意象进一步吸附了一批与之相应合的意象，从而形成了一个意象组合系统，如同范梈这样剖析的：“次联、颈联思夫之切，守寂寥之气象，泪之落，发之消，守之切而情之至”，意思就是通过“空房守寂寥”引发出来的“玉枕夜寒”、“金钿秋尽”、“鱼信”、“雁书”、“脸边楚雨”、“头上秦云”等意象，围绕主导意象“空房守寂寥”而在两个对句中形成一个意象组合系统，以感兴象征来暗示她为夫“守之切”，思夫“情之至”。而尾联则以“抚时已迈，望车音之不至”，把“空房守寂寥”推向空间的迢迢和时间的茫茫。显然，在这首诗里有切入角度和主导意象互动的关系存在。清人薛雪在《一瓢诗话》中认为李商隐的名篇《锦瑟》中“无端”二字是关键，“通体妙处俱从此出”。这“无端”是《锦瑟》构思全局的切入角度，意味着：从自己一生的经历可以验证种种生命遭际的最后只是一个“惘然”，因此，这场宿命哀感在李商隐本人看来，是说不清的“无端”而已。这是基于感性而又有一定理性成分的一场人生“真意”的恍悟，以此为构思的切入角度，选择得既新颖又具深刻性。可是，“无端”又是在“锦瑟无端五十弦，一弦一柱思华年”中存在着，已和“锦瑟”、“五十弦”、“柱”、“华年”血肉相连在一起，成为李商隐在构思过程中把握住的主导意象。薛雪所谓“通体妙处，俱从此出”，从更大的意义上看，指的是由“无端”为主导之主导意象推演出来的意象组合系统而显出的“妙处”。这位诗学家也正是从这个认识出发而作出了这样的解释：“锦瑟一弦一柱已足令人怅望年华，不知何故而有此许多弦柱，令人怅望不尽；全似埋怨锦瑟无端有此弦柱，遂至无端有此怅望。即达若庄生，适迷晓梦；魂为杜宇，犹托春心。沧海珠光，无非是泪，蓝玉玉气，恍若生烟。触此情怀，垂垂追溯，当时种种，尽付惘然。对锦瑟而兴悲，叹无端而感切。如此体会，则语神诗旨，跃然纸上。”可以明白，首联作为主导意象，才引出颔联、颈联以及尾联一连串与之构成感兴应合的意象，形成一个可以隐示“锦瑟无端五十弦，一弦一柱思华年”具体内容的感兴意象组合体。

以上例析还使我们引申出一个新问题：既然古典诗学的构思策略把寻找切入角度和选择主导意象置于互动关系中，以致造成切入角度或就是或派生出主导意象，主导意象或就是或派生出切入角度，那么这二者当会是形影相随的；再说切入的角度一般总是在全局一开始构思就须显示出来的。既然如此，则主导意象也总会在全局一开头就亮相。这样的推测当并非毫无根据：古典诗学的构思策略很醒目的一条是强调全局的开头，即文本的第一句或首联。情况的确如此。清人沈祥龙在《论词随笔》中也说：“诗重发端，唯词亦然，长调尤重。有单起之调，贵突兀笼罩，如东坡‘大江东去’是；有双起之调，贵从容整炼，如少游‘山抹微云，天粘衰草’是。”清人冒春荣在《葚原诗说》中说：“起联须突兀，须峭拔，方得题势。”宋人吴沆在《环溪诗话》中说：“首句要如鲸鲵跋浪，一击之间，便知其有千里之势。”凡此种种说法，无非意味着一点：主导意象的把握，如能和切入角度的选择结合起来，对于文本进入全局的构思时，意义很大。我们常说写诗须要有起势，这可是个得势的问题。

不过，主导意象也自有其独立性，并不是非得在一开头就和切入角度结合在一起不可。旧诗的创作实践也证实：优秀的诗篇起句采用平实诗句然后一步步深入者，也不在少数。主导意象的独立性存在同样可以推动切入角度向全局的展开，收到意脉在全局流贯的效果，只不过这推动作用大多通过主导意象在形成自身的意象组合系统中达到，因为意象组合作为一个系统是必须和意脉切入角度相呼应的。所以，主导意象——意象组合体——意脉入角——意脉流通是一个层层递进、顺势呼应的关系。唯其如此，才使我们进一步认为：主导意象不管在全局的哪一处存在都是允许的，只要它能起到如贺贻孙在《诗筏》中说的那样："一句之灵，能使全篇俱活。"古典诗学的结构论也就在这样的背景下提出了诗眼、警句在艺术构思上而不是诗歌语言上所具美学价值的问题。这可是构思策略上值得重视的一条。

关于"诗眼"，杨载在《诗法家数》中这样解释："诗要炼字，字者眼也。"这似乎简单了一点——单从语言现象上去认识。刘熙载在《词概》中对陆辅之在《词旨》中称所谓"词眼"者，"仍不过某字工，某句警耳"颇有微词，进而说："余谓眼乃神光所聚，故有通体之眼，有数句之眼，前前后后，无不待眼光照映。"因此，"若舍章法而专就字句，纵争奇竞巧，岂能开阖变化，一动万随耶。"这是很有见地的。王士祯在《古夫于亭杂录》中谈到"诗眼"还举例说："虞伯生《送袁伯长扈驾上都》诗中联云：'山连阁道晨留辇，野散周庐夜属櫜。'以示赵承旨。子昂曰：美则美矣，若改'山'为'天'，'野'为'星'，则尤美。虞深服之。盖炼字炼句之法，与篇法并重，学者不可不知，于此可悟三昧。"王士祯这番话不仅以改"山"为"天"和改"野"为"星"而显示出对"诗眼"的追求，并且还进一步意味着：一句诗因个别字用得特别精警突出固然好，但只有使整首诗大放光彩才算真正好。这些见解都表明古典诗学的结构论对"诗眼"的追求总把和章法结构紧紧联系作为审美高层次来看待的。宋祁有《玉楼春·春景》："东城渐觉风光好，縠皱波纹迎客棹。绿杨烟外晓寒轻，红杏枝头春意闹。浮生长恨欢娱少，肯爱千金轻一笑。为君持酒劝斜阳，且向花间留晚照。"唐圭璋在《唐宋词简释》中称此词的整体境界是"风流闲雅"，并分析："起两句，虚写春风春水泛舟之适；次两句，实写景物之丽，绿杨红杏，相映成趣"，又说下片"一气贯注，亦写劝人轻财寻乐之意"。而他特别提出"红杏枝头春意闹"中的"'闹'字尤能撮出花繁之神，宜其擅名千古也"。可见"红杏枝头春意闹"能显示出"花繁之神"，而这"花繁之神"是体现"风流闲雅"境界的意象群——以"縠皱波纹"、"客棹"、"绿杨"、"烟"等自然意象和"浮生"、"欢娱"、"千金"、"酒"、"斜阳"、"花间"等人事意象围绕"红杏枝头春意闹"而组合成意象系统感发出来的，"红杏枝头春意闹"也就成了全诗的主导意象，而此句中所用的"闹"由于是惜春之意具体化、形象化了，使春有了动态感、拟人性，表达了春色的生动景象，唤起接受者许多春景春意的感受联想而成了"诗眼"，这个显示主导意象的句子也成了警句，所以如同刘体仁在《七颂堂词绎》中说的，"红杏枝头春意闹"因一"闹"字而"卓绝千古"。可惜刘体仁在这里只看到作为"诗眼"的"闹"对"红杏枝头春意闹"这个主导意象的形成、警句的成立所能起的作用，而没有像唐圭璋那样能看到对"风流闲雅"整体境界起的作用。值得特别称道的是王国维，他在《人间词话》中说："'红杏枝头春意闹'，着一'闹'字而境界全出。"这就把"诗眼"和具有"诗眼"的警句同这首词的全局构思联系起来了。因"诗眼"之"闹"而成警句之"红杏枝头春意闹"，也就这样牵动了全局，诚如刘熙载在《词概》中说的，达到了"一动万随"的境界。上面我们已经略提及贺贻孙在《诗筏》中说的一段话，不妨在这里全部引出："炼句炼字，诗家小乘，然出自名手，皆臻化境。盖名手炼句如掷杖化龙，蜿蜒腾跃。一句之灵，能使全篇俱活。炼字如壁龙点睛，鳞甲飞动，一字一警，能使全句皆奇。若炼一句只是一句，炼一字只是一字，非诗人也。"这是很值得深思的；炼字炼句的追求，诗眼警句的追求，必须具有"一句之灵，能使全篇俱活”这一构思意义上的价值。

这也就涉及“句”与“篇”的关系了。袁枚在《随园诗话》中说过一段话：“诗有有篇无句者，通首清老，一气浑成，惜无佳句令人传颂。有有句无篇者，一首之中，非无可传之句，而通体不称，难入作家之选。二者一欠天分，一欠工夫。必也有篇有句，方称名手。”王国维在《人间词话删稿》中说：“唐五代之词，有句而无篇。南宋名家之词，有篇而无句。有篇有句，唯李后主降宋后之作，及永叔、子瞻、少游、美成、稼轩数人而已。”这两位古典诗学理论家无疑是十分清楚地看到了有篇无句与有句无篇对诗歌文本审美价值的不利影响，但他们只看到这一现象而没有追究其问题的实质。袁枚对这种现象的出现归结为或天分不够，或功力不足，而没有追究到构思策略上去考虑。这其实是一个需提到理性自觉的高度在构思过程中去解决的问题。篇与句的关系从古典诗学的构思论出发，是解决得了的，即：（一）艺术构思要提倡炼字炼句，确立主导意象赖以浮现的诗眼和获得具现的警句，有诗眼才有警句，有警句才有主导意象的具现形态，有主导意象才有得以体现其流动的意象组合系统；（二）主导意象的获得，和能使全局得以意脉流通的切入角度有必然关系，切入角度依靠主导意象直接或间接体现出来。意脉从特定的角度切入后，其流通和主导意象感发出来的想象、联想的导引有必然关系，并始终和体现主导意象流动的意象组合系统密切呼应，意象组合系统成了意脉流通轨迹的具现，意脉流通轨迹则浸透着由主导意象派生并驱使的意象组合系统；（三）在意脉流通的全局构思中，主导意象的具现形态——警句的营造扮演了这个阶段极重要的角色。刘体仁在《七颂堂词绎》中所说“词有警句，则全首俱动”，就说明了一切。所以从章法结构出发，重视炼字炼句，追求警句，反映出古典结构诗学已确立了一条相当好的构思策略。

值得注意的是，作为构思起点的立意，所立的情意乃存在于主导意象——所谓神光凝聚处。情意在神思逸想驱动下总有一股向全局流通的潜在趋势，而在大多数情况下，主导意象总和切入角度相应合，会在这场意脉流通的发端处亮相，因此如上所述，古典诗学的结构论对文本的发端十分重视：“须突兀，须峭拔”，须“如鲸鲵跋浪，一击之间便知其有千里之势”。也如前所述，意脉由切入的角度开始流通，其具现的轨迹是由主导意象派生、体现主导意象流动趋向的意象组合系统。这种种表明，在意脉流通中，主导意象直接或间接都在起着统率的作用。现在我们又说主导意象是“意”的神光所聚之处，那似乎也意味着主导意象在意脉流通中是起统率作用的，追究其根本，这和情意本身有着密切关系。如此推测没有错。“意”其实是通过主导意象的流动决定着构思的全局，这一点古典诗学的结构论所持观点十分鲜明、坚定。前已约略提到沈德潜在《说诗晬语》中明确提出作诗当“以意运法”，还发挥说：“所谓法者，行所不得不行，止所不得不止，而起伏照应、承接转换，自神明变化于其中”，而如若“不以意运法，转以意从法，则死法矣!”但这里牵涉到一个“意”的性质问题。我们前已论及，古典结构诗学中有关“立意”的“意新”有个最高标准，那就是在“天人之合”的宇宙感应中去寻求，即把自己也融入宇宙，在宇宙周而复始运行不息的“大器”中去感应出生命永恒循环这个宇宙运行律的“大道”。正是从这个生命四季轮转、盛衰更替、生命周而复始、永恒循环的宇宙运行律中去把握最高类的“意”，决定了这个

"意"具有圆美流转的构成特点，由此也波及神光凝聚的主导意象以及由它派生和形成的意象组合体系也必具有圆美流转的特征。明人陆时雍《诗镜总论》中说："古人善于言情，转意象于虚圆之中，故觉其味之长而言之美也。"所谓"意象虚圆"，"虚"指不泥于具体事实；"圆"指玲珑剔透，浑然一片。这是圆美流转的特征。而这又影响到意脉流通的轨迹，由于它的具现形态是由主导意象派生的意象组合体系，因而使这个流通轨迹也会是圆美流转的。

意脉流通的轨迹显现为圆美流转的特征，可从古典结构诗学对文本全局构思的特殊要求中看出，那就是发语与结语的首尾呼应。胡仔在《苕溪渔隐丛话》中说："凡作诗词，要当如常山之蛇，救首救尾，不可偏也。"可见十分重视发语与结语要相呼应，一意贯串。清人李佳在《左庵词话》中说："词贵有意，首尾一线穿成，非枝枝节节为之，其间再参以虚实、反正、开合、抑扬，自成合作。"这就更明确告诉我们：词的首尾所谓"一线穿成"的"一线"就是"一意"，就是贯通发语与结语的意脉。贺贻孙在《诗筏》中除了同样提出"古诗之妙在首尾一意"以外，还进一步说："发语难得有力，有力故能挽起一篇之势；结语难得有情，有情故能锁住一篇之意。能挽起一篇，故一篇之情亦动；能锁住一篇，故一篇之势亦完，两相容也。"这意思就是发语要撒得开，结语要收得拢；由撒得开而得势起到收得拢而蓄意终，由此显示出来的意脉流通也就显现出一条开合轮转轨迹，这在意脉流通线上，显出意脉也已成了圆美流转的流通特征。我们这样概括也不是没有根据的，刘勰在《文心雕龙·熔裁》篇中早就提出了"首尾圆合"的话。

总之旧诗在构思阶段，无论是立新意还是通意脉，都不是以逻辑推论作依据的方美直突，而显示为以直觉感发作依据的圆美流转。清人江顺治在《词学集成》卷六中提出："词要放得开，最忌步步相逢；又要收得回，最忌行行逾远。必如天上人间，来去无迹方妙。"这大概受谢榛的影响。谢榛在《四溟诗话》中提出一个"诗贵乎远而近"的命题说："凡静室索诗，心神渺然，西游天竺国，仍归上党昭觉寺，此所谓'远而近'之法也。若经天竺，又向扶桑，此远而又远，终何归宿？"他因此对陆机《文赋》中"精骛八极，心游万仞"不以为然："此但写冥搜之状尔！"而对祖于陆机的唐刘昭禹诗"句向夜深得，心从天外归"则加称颂，认为"尤知远近相应之法"。这是从诗人的精神活动着眼来看诗艺术构思的说法，进一步表明古典诗学中的构思论就是要讲究远而又近、去而复返的意脉流通轨迹，这样的轨迹不是直突的，而是流转的，不是方美的，而是圆美的。

第二章　情景建构

中国古典结构诗学包括三大部分，一是运思，二是造境，三是布局。在对运思作考察后，我们的结论是古典结构诗学提倡运思的圆美流转，对造境作考察，可以预先说：结论也一样。

第一节　情景辩证法

造境也就是创造意境。意境的创造和“情”与“景”有莫大关系。

“情”与“景”是诗歌世界的根本内涵。而举凡宇宙存在的时空，生命体现的情意，都可概括在情景中。从这个意义上看，诗歌世界的博大精深建构，确实离不了情景。由此说来，感兴机制的安装以作情景交融的设置是十分重要的。因此谢榛在《四溟诗话》中说：“作诗本乎情景，孤不自成，两不相背”；“诗乃模写情景之具，情融乎内而深且长，景耀乎外而远且大。”李渔在《窥词管见》中也说：“作词之料，不过情景二字。”他并且认为：好诗的条件是写得明“眼前景”，说得出“心上情”二者的结合。在诗歌创作中，对情景既如此推崇，也就会使其价值获得升华。提倡“词以境界为最上”的王国维，就直接把情景论纳入“意境”论中，建立了一个以情景关系为核心的意境理论体系。他在《人间词话》中说：“能写真景物、真感情者，谓之有境界，否则谓之无境界。”因此，刘熙载在《词概》中说：“词或前景后情，或前情后景，或情景齐到，相间相融，各有其妙。”方东树在《昭昧詹言》中说得更具体：“诗乃摹写情景之具，情融于内而深且长，景耀于外而真且实，或作情多，或作景多，皆有偏而不融之病。”这些说法中除了方东树非议或作情多或作景多认为是病，说得不够确切外，其余的均值得重视，反映着：造境的设计其实就是诗人对“情”与“景”关系的设计。具体点说，就是使景因情而气韵生动，情因景而曼衍悠扬。

但古典诗学中，对情与景之间的功能关系看法并不全一致。有一种看法是它们在建构诗歌世界中有主次之分。沈祥龙在《论词随笔》中说：“咏物之作，在借物以寓情”；“感时之作，必借景以形之。”这意味着：景物只是一种手段，以达到抒述性情的目的。谢榛在《四溟诗话》中肯定“作诗本乎情景”后又说：“景乃诗之媒，情乃诗之胚，合而为诗，以数言而统万形，元气浑成，其浩无涯矣！”他认为情是主要的，是诗之生命的胚胎、灵魂，景则是诗人借以抒情的媒介手段。顺着这个思路走下去，也就出现了吴乔在《围炉诗话》中的判断：“夫诗以情为主，景为宾。景物无自生，唯情所化。情哀则景哀，情乐则景乐。”这个主宾论有一定合理性，因为诗毕竟以抒发情感为其天职，但缺乏一点辩证认识。另一种看法是情与景在建构诗歌世界中没有主次之分，而是在双向交流的前提下相互包孕的关系。宋人范晞文在《对床夜话》中举了一些实例，分析了情与景之间有“景中之情”和“情中之景”的包孕关系，然后说：“固知景无情不发，情无景不生。”这样的关系说明情与景在诗歌世界中并无主次而是一种相互制约、双向交流关系。王夫之是研究诗中情景关系最深入的一位。他在《薑斋诗话》中说：“情景名为二，而实不可离。神于诗者，妙合无垠；巧者则有情中景、景中情。”又说：“关情者景，自与情相为珀芥也。情景虽有在心在物之分，而景生情，情生景，哀乐之触，荣悴之迎，互藏其宅。”的确，景物尽管五光十色，一味去摹写，会觉得板滞坐实；情思纵然千头万绪，一味去抒怀，也会感到虚玄空泛。因此让情景处在景生情、情生景的互动状态中，形成情中景、景中情的包孕关系是十分重要的。王国维在《人间词话》中说：“诗人必有轻视外物之意，故能以奴仆命风月；又必有重视外物之意，故能与花鸟共忧乐。”这“以奴仆命风月”般受轻视的外物显然体现为“情中景”，而“与花鸟共忧乐”般受宠爱的外物则体现为“景中情”。和王夫之的看法一样，情景在这里是在同一个双向交流的平台上，并不存在主次之分。把情景的关系作这样的认识，是十分辩证的。值得指出的是：情景关系的这两种看法，其实可以统一起来。如果说把情定为主而把景定为宾，是为造境中的主观感受确立核心地位，那么把景看成情中景、把情看成景中情，让情与景不分宾主共存于同一平台的看法，则意味着所造之境乃是一个因“情”而发的“景”和因“景”而生的“情”有机结合的形态。所以，对情景关系的两种看法，是在情是向情转化的景，景是向景转化的情——这样一种辩证认识的前提下获得统一的。而这也就进一步意味着：情景只有在主观感受的统率作用下才能使这场交融具有“化工之妙”，从而完成对意境的营造。不过，纵使如此，毕竟也还存在着交融的程度——谐和或浑成以及交融的侧重——偏情或偏景诸方面的问题。由此也就产生了造境中的不同设计。清人张德瀛在《词征》卷一中谈“情景交融”时说：“词之诀曰情景交炼。宋词如李世英‘一寸相思千万绪，人间没个安排处’，情语也。梅尧臣‘落尽梨花春又了，满地斜阳，翠色和烟老’，景语也。姜尧章‘旧时月色，算几番照我，梅边吹笛’，景寄于情也。寇平叔‘倚楼无语欲销魂，长空黯淡连芳草’，情系于景也。词之为道，其大旨固不出此。”这是说在情景交融的基础上还可以表现出各种形态，既有“情语”，又有“景语”，既有“景寄于情”，也有“情系于景”，都是围绕情景交融而展开的。

对造境的设计方案，还可以有许多提法，我们综合一下，可分四种，即：情景互映、触景生情、因情设景、情景浑成。

第二节　情景互映

这一类设计具体点说就是以情景双绘造境。这双绘说是沈祥龙在《论词随笔》中提出来的。他反对词中“但知作情景两分语”的做法，认为应该追求“景中有情语，情中有景语”，因此提出“情景双绘”的主张，但与这主张相应，他举的实例是秦观的“落红万点愁如海”这样的句子。从这个例句倒确实可以见出其“双绘”的，先绘景“落红万点”，后抒情“愁如海”，这样一种“双绘”其实是“情景两分”而又互映的。这种造境中情景关系的设计扩展成篇章可以看得更清楚。刘熙载在《词概》中就说到“词或前景后情，或前情后景”以造境的情况是大量存在的，并认为它们的“相间相融”是“各有其妙”的。造境中这一类情景互映在旧诗创作中是一直被采用，并且也为古典诗学理论家所大力肯定的。且举《古诗十九首·明月皎夜光》为例，该诗共十六行，前八行就专写景：

明月皎夜光，促织鸣东壁。
玉衡指孟冬，众星何历历。
白露霑野草，时节忽复易。
秋蝉鸣树间，玄鸟逝安适。

这是对秋夜自然景物和环境客观如实的表现，从中透发出来的一片凄清情调使这几行写景诗句具有一种感发孤独和惆怅的特异功能。接下去八行则专写情："昔我同门友，高举振六翮；不念携手好，弃我如遗迹。南箕北有斗，牵牛不负轭；良无盘石固，虚名复何益！"诗人在这里通过自身被新贵的旧友遗弃的申述，倾诉了内心的怨望，发泄了他对世态炎凉的感慨。正是这种由怨望与感慨导致的生命惆怅情怀，强化了前八行的"景"的凄清；也正是前八行写景形成的环境氛围，以其兴发感动之功能而强化了这种由怨望与感慨导致的生命惆怅情怀。显然，这是双绘互映以造境的设计。胡应麟在《诗薮·内篇》卷二因此而认为：这首诗前半部分是"千古言景叙事之祖"，且又拿后半部分"深情远意"的直抒与之"交错"，可说是做得"结构天然，绝无痕迹"，因此，他对这首诗以虚实互映的造境设计大加赞赏："非大冶熔铸，何能至此？"杜甫的五律《旅夜书怀》也是情景互映造境的一种设计：

细草微风岸，危樯独夜舟。
星垂平野阔，月涌大江流。
名岂文章著？官应老病休。
飘飘何所似，天地一沙鸥。

对这首五律情景关系的设计，李维祯在《唐诗隽》中这样说："首二句言夜景，景近而小者。中一联言江景，景大而远者。后乃言情作结。"这就是说：前四句是写景，后四句是抒情。那么这前实后虚的"双绘"设计是否能达到互映呢？是达到了的。首二句细草微风，危樯独舟，虽"景近而小者"，却也正如浦起龙在《读杜心解》中所说的："正尔凄绝。"颈联"星垂"二句，历来有"二语壮远"的共识，却也有如同郭浚在《增定评注唐诗正声》中那样深一层的看法："意实凄冷"。的确，这四句所写之景，给人以天地壮远中自我生命孤凄的感兴。至于后四句确系"言情作结"：颈联的五、六句，金圣叹在《杜诗解》卷三中说："丈夫一生学问，岂以文章著名？语势初欲自壮，忽接云但老病如此，官殆休矣！看他一起一跌，自歌自哭，备极情文悱恻之致。"这是天不佑我、壮志难酬的宿命悲感。结束的两句，喻守真在《唐诗三百首详析》中认为是"承上直下"的，这也很确切。正如同清初黄生辑《唐诗矩》中说的："'一沙鸥'何其渺；'天地'字，何其大，合而言之曰：'天地一沙鸥'，语愈悲，气愈傲。"也如洪仲在《苦竹轩杜诗评律》中说的：这七、八两句"悲情愈甚"。总之，后四句这般直接写情，体现为自我生命孤凄的抒怀，而这是和写景的前四句意脉完全相通的。所以，《旅夜书怀》所采取的情景双绘谐合，可说是以虚实互映造境的典范。再看看词中情况。大抵词比近体诗更喜采用这一类造境的设计，其上下片往往不是先景后情，就是先情后景。唐圭璋在《唐宋词简释》中就有不少处如此作释。如这样释牛希济的《生查子·春山烟欲收》："此首写别情。上片别时景，下片别时情。"李煜的《乌夜啼·昨夜风兼雨》："此篇由景入情，写出人生之烦闷。"范仲淹的《苏幕遮·碧云天》："此首，上片写景，下片抒情。"晏殊的《清平乐·红笺小字》："此首上片抒情，下片写景。"柳永的《倾杯·鹜落霜洲》："此首上片写景，下片抒情，脉络甚深。"鲁逸仲

《南浦·风悲画角》："此首写旅思，上片景，下片情。"张孝祥《六州歌头·长淮望断》："此首伤时事……上片写陷落区域之景象，下片抒个人之忠愤。"辛弃疾《水龙吟·登建康赏心亭》："此首上片写景，下片抒情。"等等。且以范仲淹的《苏幕遮·碧云天》来作一分析。原作是：

碧云天，黄叶地。秋色连波，波上寒烟翠。山映斜阳天接水。芳草无情，更在斜阳外。

黯乡魂，追旅思。夜夜除非，好梦留人睡。明月楼高休独倚，酒入愁肠，化作相思泪。

这首词，彭孙遹《金粟词话》中认为"前段多入丽语，后段纯写柔情"，所以"遂成绝唱"。这里前段的"入丽语"，也就是沈谦《填词杂说》中所说的"赋景"，综合这二人的见解，也如同现代学者唐圭璋所说的"上片写景，下片抒情"。可惜古典诗学家并没有对这种能使文本"成绝唱"的设计加以深入探索。倒是唐圭璋在《唐宋词简释》中作了细致的分析："上片，写天连水，水连山，山连芳草；天带碧云，水带寒烟，山带斜阳。自上及下，自远及近，纯是一片空灵境界，即画亦难到。下片触景到情，'黯乡魂'四句，写在外淹滞之久与乡思之深。'明月'一句陡提，'酒入'两句拍合。'楼高'点明上片之景为楼上所见。酒入肠化泪亦新。"就是说，这首词是以景先情后而互映来完成"绝响"之造境工程的。

但须指出：情景双绘不单显示为相生关系，也可以是相克的，由此导致的是：在造境中，不仅情景相生能互映，情景相克甚至能强化互映，究其原因乃在于：当情和景相反时，会在情景谐和中造成一股因物我冲突而内外反衬的张力。这一点，古典诗学理论家是充分意识到的，他们从大量旧诗创作现象中概括出了造境中这一设计特征。王夫之在《薑斋诗话·诗绎》中对《诗经·小雅·采薇》末章作赏析时这样说："'昔我往矣，杨柳依依；今我来思，雨雪霏霏。'以乐景写哀，以哀景写乐。"写远征士兵当初离家远征，心情沉重，却以春风杨柳这样的美景反衬；如今退伍归来，心情舒畅，却以雨雪交加这类悲哀景象反衬，这反倒使诗中的哀乐感染力强化了，王夫之虽然没有把这一设计的审美现象提升为具有张力的理论，倒也确揭示了谐和互映中一条独特规律。贺裳在《载酒园诗话》中肯定了金昌绪的《春怨》婉曲回环，但他更肯定套《春怨》又发展了《春怨》的另两首七绝："令狐楚则曰：'绮席春眠觉，纱窗晓望迷。朦胧残梦里，犹自在辽西。'张仲素更曰：'袅袅城边柳，青青陌上桑。提笼忘采叶，昨夜梦渔阳。'或反语以见奇，或循蹊而别悟。"应该说贺裳这"反语以见奇"的艺术敏感是可取的。可惜他更没有把这一场设计的关键揭示出来，即情景相克而生的审美张力作用乃是"反语以见奇"的审美依据。但话说回来，王夫之也好，贺裳也好，甚至另几位古典诗学理论家毕竟从大量旧诗中发现了造境设计中存在着因情景相克而强化互映的审美效应。对此，我们可以举实例来看。如《古诗十九首·回车驾言迈》，共十二行。前四行是写景，后八行是抒情发感慨。先看这后八行："所遇无故物，焉得不速老！盛衰各有时，立身苦不早。人生非金石，岂能长寿考？奄忽随物化，荣名以为宝。”这是从人生寿命的短暂惊悟到“立身不早”，因而抒发了沉沦失意的慨叹。情调是迷惘、凄凉和颓丧的，但用以感发这类情思的，却不是雪雨飞霏、木叶纷扬，而是用了这么四句来写景：

> 回车驾言迈，悠悠涉长道。
> 四顾何茫茫，东风摇百草。

这写的是春天的景色：回车于悠悠长道，只见四野茫茫、东风浩荡、百草曳摇，春的世界来到人间，可对于我们“回车”的抒情主人公而言，却生命的春天已逝，“所遇无故物”了，那些属于他那个春天的记忆也在奄忽之间全“随物化”了。因此他“焉得不速老”！这就是一种情景相克的设计，而由此激发出来的审美张力，也显然强化了造境中的情景互映。这一点吴淇也看到了，他在《选诗定论》中就指出：按常情，“宋玉悲秋，秋固悲也”，但“此诗反将一片艳阳天气”写出来，去反衬“衰飒如秋”的情怀，“其力真堪与造物争衡，焉得不移人之情”？他还继续这样阐发：“盖草经春来，便是新物；彼去年春，尽为故物矣。草为东风所摇，新者日新，则故春日故，时光如此，人焉得不老！老焉得不速！”这些话对此诗审美性能独特性的发掘是十分深入的。再如周邦彦的词《满庭芳·夏日溧水无想山作》，上片写江南初夏景色，下片抒漂流之哀。上片这样写：

> 风老莺雏，雨肥梅子，午阴嘉树清圆。地卑山近，衣润费炉烟。人静乌鸢自乐，小桥外，新绿溅溅。凭栏久，黄芦苦竹，拟泛九江船。

以一串实景显示的意象组合体，提供给我们的是熏风披拂、浓阴永昼的季节暖色感，莺老梅肥、乌鸢自乐的生命成长感以及凭栏小桥、绿波溅溅的生意活泼感，这样一片江南初夏的美景在宁静以致远的氛围中流荡着一片万物欣欣然各享赋生的感兴。但换头后，可是充分地抒发了他的浪客漂泊之哀，其心之凄恻、情之难遣溢于言表。显而易见：景之暖色与情之冷色，颇不相配。陈廷焯在《白雨斋词话》卷一中对此现象作了这样的议论：“美成词，有前后若不相蒙者，正是顿挫之妙。如《满庭芳》上半阕云：‘人静乌鸢自乐，小桥外，新绿溅溅。凭栏久，黄芦苦竹，拟泛九江船。’正拟纵乐矣，下忽接云：‘年年。如社燕，飘流瀚海，来寄修椽。且莫思身外，长近尊前。憔悴江南倦客，不堪听，急管繁弦。歌筵畔，先安簟枕，容我醉时眠。’是乌鸢虽乐，社燕自苦，九江之船，卒未尝泛。此中有多少说不出处，或是依人之苦，或有患失之心。但说得虽哀怨，却不激烈，沉郁顿挫中别饶蕴借。后人为词，好作尽头语，令人一览无余，有何趣味。”他是充分肯定这种景之暖色与情之冷色聚合之合理性的，认为这显示了艺术传达上的“顿挫之妙”。这没有错，所憾的是他没有把“顿挫之妙”上升为另一意义上的情景双绘互映追求，这可是造境中追求情景相克之张力的一项新颖布局策略。

第三节　景因情设

这一类实是以景造境活动，说具体点就是立足于景的情中景设计。古典诗学虽未明确说到把客观之景化为主观之景，并以此作为设计的切入点，但在具体论述中，却已意会到了这一点。吴乔在《围炉诗话》中说："景物无自发，唯情所化，情哀则景哀，情乐则景乐。"这意味着：景一进入诗歌创作视野以后，就已不是客观自在的景物，而是主观操纵的景物。况周颐在《蕙风词话》中也说："宇内无情物，莫如山水。眼前循山一径、行水片帆，乃至目极不到，即是天涯。古今别离人，何一非山水为之间阻。明王泰际《浪淘沙》云：'多应身在翠微间，归看双鸾妆镜里，一样春山。'由无情说到有情，语怨而婉。"况氏的话无非也是："宇内无情"的"山水"，进入诗创作时，就受到"古今别离人"——诗人的移情作用控制，而使"无情物"变成"有情物"了。因此可以这样判断：造境所涉及的"景"，其实就是主观之景而非客观之景。沈祥龙在《论词随笔》中曾提出过一句口号："万象皆为我用。"这就把造境中的"景"是主观之景说得更透彻了。

于是，这主观之景在古典诗学的结构论中也就被分成两类。宋人范温在《潜溪诗眼》中把诗中写景之语分为"形似之语"与"激昂之语"。所谓"形似之语"写的景，"如镜取形，灯取影也，故老杜所题诗往往亲到其处，益知其工"；所谓"激昂之语"写的景，则是经主观意图予以变形过的，正像杜甫《古柏行》中所写的："霜皮溜雨四十围，黛色参天二千尺。"用这种"激昂之语"来写古柏这一景物，"初不可形迹考"，然"不如此则不见柏之大也"。这意思是：诗中的景，虽是主观的景，也还可分为"如镜取形"的如实之景和"初不可形迹致"的变形景。这个分类，在清人乔亿的《剑溪说诗》中说得更明确透彻。他说："景有神遇，有目接。神遇者，虚拟以成辞，屈宋以下皆然，所谓五城十二楼，缥缈俱在空际也。目接则语贵征实，如靖节田园、谢公山水，皆可以识曲听真也。"他把诗中造境所用之景分为神遇之景与目接之景，确更明确一点。所谓神遇之景是诗人想象而成，"虚拟成辞"，要求景真；而"目接之景"则是诗人描摹自已亲眼所见，要求景实。如此看来，在因情设景、化实为虚的造境中，此项设计也可分为两类，即情化景物和借景言情。

所谓情化景物，也就是景物随诗人的情感变化而变化。对此，吴乔在《围炉诗话》中谈杜甫《春望》时说过这么一句话："'感时花溅泪，恨别鸟惊心'，花鸟乐事而溅泪惊心，景随情化也。"意思就是：花鸟本系娱人之物，本应让人感到悦目动听，但因诗人感时恨别，见鲜花、听鸟鸣竟有花溅泪、鸟惊心等景变形之感，而这可是情化所致。个别诗句如此，全首诗也颇有采取情化景物、使景变形的策略的。《诗经·小雅·出车》是一首情化景物的诗，其设计颇值得品味。此诗题为《出车》，可见全诗之实景限定在兵车出动准备"城彼朔方"、"狎狁于襄"的征途景象，而不是像有的研究者所说是写随统帅南仲出征平定西戎旋归路上的景象。全诗六节，前三节实写出征，从天子授命、将士整队、兵车出动、战旗飘飘、直向北方，都写得细致而有层次感，气势肃穆而紧逼，情调悲慨而高昂。但后面三节却完全脱离前三节出征的环境实况，而变成了凯旋归途景象，也改变了前面那种肃穆、紧逼、悲慨、高昂的情绪氛围，不仅出现了“喓喓草虫，趯趯阜螽。未见君子，忧心忡忡；既见君子，我心则降”这样在草虫鸣叫、斯螽蹦跳的舒心环境中一个女子在惊喜地迎接丈夫的场面，也出现了这么一片天地同欢的喜庆表现：

> 春日迟迟，卉木萋萋。
> 仓庚喈喈，采蘩祁祁。
> 执讯获丑，薄言还归。
> 赫赫南仲，玁狁于夷。

这可是在肃穆庄严的出征场面上叠印出来的一个蒙太奇镜头，或者说是诗人通过抒情主人公——出征将士征途中满怀必胜信念的激情幻化出来的一片虚拟景象，而这正是出征之“景”随诗人和他的抒情主人公内心情感之变化而变化出来的变形。对这场非实叙的变形景象的设置，王夫之在《薑斋诗话》中有过议论，他对这场造境的新颖设计，称之为“取影”。他先拿王昌龄的《青楼曲》和《小雅·出车》联系起来论析“取影”的主张，认为这场蒙太奇叠映——出征途中将士想象自己凯旋回乡就是一种“取影”的布局，在这立论的基础上又进一步作了细致深入的以虚景造境的分析：“征人归矣，度其妇方采蘩而闻归师之凯旋，故迟迟之日、萋萋之草，鸟鸣之和，皆为助喜。而南仲之功，震于闺阁，室家之欣幸，遥想其然；而征人之意得可知矣。乃以此而称‘南仲’，又影中取影，曲尽人情之极者也。”还值得指出，《出车》以出征实景与“遥想”虚境相叠合以造境的布局是和谐自然的。不妨再看看李白的《望庐山瀑布》和雍陶的《望君山》。《望庐山瀑布》是这样的：

> 日照香炉生紫烟，遥看瀑布挂前川。
> 飞流直下三千尺，疑是银河落九天。

日照之下，紫烟浮荡的香炉峰边这条瀑布，其飞流遥看竟有三千尺长，如同银河落于九天，这一景观确如刘云在《唐诗品汇》中所说：“奇夐不复可道。”就情化景物以造境而言，这道奇观可是“以一己之精神面貌融入景物之中”① 的一场景变形表现，不过，这是情化景物中属于扩张的设计。再看《望君山》：

> 风波不动影沉沉，翠色全微碧色深。
> 应是水仙梳洗处，一螺青黛镜中心。

雍陶所写的也是情化景物以造境的一首七绝。刘永济在《唐人绝句精华》的评解之中

① 刘永济：《唐人绝句精华》，引自富寿荪选注，刘拜山、富寿荪评解的《千首唐人绝句》上，上海古籍出版社1985年版，第187页。

曾说过这首“雍诗新奇”[①] 的话，这是对的。它之能够变得新奇，也出之于情化景象的新颖设计：远望中的洞庭君山竟然打入了诗人的感觉情绪，把它虚化为“一螺青黛镜中心”，而这是情化景物中一种缩微。以上两场情化景象在设计中对主观化之景虽或扩张或缩微，但不仅无损于所造之境，且能使其具有感发的情味深远和感应的圆美流转。

再谈借景言情。

借景言情的设计有两点值得提出来：第一，这“景”虽也受主观控制，但基本上还是如实的、有一定客观独立性的景，不像上面那种那样，实景高度主观化到变形。所以这是目接之景，如同上已提及乔亿在《剑溪说诗》中说的：“目接则语贵征实，如靖节田园、谢公山水，皆可以识曲听真也。”第二，这“景”不像上面那种那样因情而发、受情支配，而是情寓于景的设计，而这样做才使那种基本上是如实的“景”具有借景言情的功能。古典诗学中，对这类借景言情的设计有过不少精辟见解。蒋兆兰在《词说》中提出过一句口号：“词宜融情入景。”贺裳在《皱水轩词筌》中说：“凡写迷离之况者，止须述景”，就像“小窗斜日到芭蕉，半床斜月疏钟后”那样，“不言愁而愁自见”，而“时复见灯残，和烟坠金穗”更是景中“自含情无限”。总之，在他看来，“景中含情”是填词最基本的要求；无情之景在诗中是“死”的景物，只有有情之景，方为“活”的景物。况周颐在《蕙风词话》中说得更明确：“填词景中有情，此难以言传也。元遗山《木兰花慢》云：‘黄星。几年飞去，澹春阴，平野草青青。’平野春青，只是幽静芳倩，却有难状之情，令人低徊欲绝。善读者约略身入景中，便知其妙。”在这里，“景中有情”再次道出了旧诗造境设计中的一条美学原则；景在诗中并非纯粹自然界之景，而是融合了诗人思想情感之景。“平野草青青”本是句景语，但景语中蕴涵了无限的情韵，从而创造出了优美的意境。沈祥龙在《论词随笔》中还对专咏某一物以显出以景造境的“咏物诗”提出了“借物以寓性情”的美学要求：“凡身世之感，君国之忧，隐然蕴于其内，斯寄托遥深，非沾沾焉咏一物矣。”他还举王碧山咏新月之《眉妩》、咏梅之《高阳台》、咏榴之《庆清朝》，认为皆别有所指，故其词郁伊善感。这就是说：咏物诗词并非为咏物而咏物，而是在咏物中暗透情感意志。他认为“借物以寓性情”就是要求物通过寓情含志而具有更多的意蕴，从而具备感人的魅力。就旧诗的创作实际看，在以景造境的设计系统中，借景言情比情化景物更受诗人们的青睐，特别是词的创作中，这类造境的设计更流行。大致说，借景言情有两类设计方案，一类是动态叙事以言情，另一类是静态素描以言情。所谓动态叙事以言情，是对人生事象的过程性叙写，类似于一首袖珍叙事诗，但即使是“袖珍”式的，容量极小，创作主体也能从中作定向联想—暗示的设计。大致说这一类设计在《诗经》中已颇能见到，汉魏六朝的抒情诗——包括乐府民歌，大都在走这一条设计路子，如同《汉书·艺文志》所说的，是“感于哀乐，缘事而发”。《古诗十九首》、阮籍的《咏怀》以及陶、谢之作，在走这一条设计路子上有代表性。《诗经·国风·蒹葭》写抒情主人公对“伊人”的寻踪，是人事的过程性叙写，如第一节：

① 《千首唐人绝句》下，第526页。

蒹葭苍苍，白露为霜。所谓伊人，在水一方。

溯洄从之，道阻且长。溯游从之，宛在水中央。

这节诗的前四行是设静景以凸显“伊人”：荻苇青苍、白露似霜的秋晨，她就在河对岸，这景是明丽、清朗的，但又不免有秋的感伤；“伊人”是存在的，但“盈盈一水间，脉脉不得语”，不免有难通款曲的惆怅，这些感伤、惆怅之情是潜藏在对人与衬景的客观如实描述中的。后四行则设寻踪之动景，以凸显“伊人”之难求，上游寻“道阻且长”，下游寻“宛在水中央”，四方奔走，总是失望，这失望之情，也是潜藏在四处不见的客观如实叙写中的。这就是借景言情，其设计策略则是对不即不离、若有若无的“宛在水中央”作强化表现。而全诗共三节，其余两节叙写的内容基本一样，除了“在水一方”变为更显具体的“在水之湄”、“在水之涘”，“道阻且长”变为更显难走的“道阻且跻”、“道阻且右”，特别是“宛在水中央”一再重复，既造成全诗文本的复沓，也显出寻踪的反复不停、遥无了期，而借过程性人生事象叙写以借景言情的设计策略也得到了强化。贾岛的《寻隐者不遇》也是很典型的一种以人事作过程性叙写来借景言情之作，造境之设计更委婉莫测，原诗是这样的：

松下问童子，言师采药去。

只在此山中，云深不知处。

这也是首袖珍叙事诗，写得颇顿挫生姿。王文濡在《唐诗评注读本》中说它“一问一答，四句开合变化，令人莫测”。这一艺术敏感有其合理性，也就是说，这一场过程性人事叙写设计得一波三折，确有“令人莫测”的审美效果。清人徐增在《而庵说唐诗》中说过一段分析细致的话：“夫寻隐者不遇，则不遇而已矣，却把一童子来作波折，妙极！有心寻隐者，何意遇童子，而此童子又恰是所寻隐者之弟子，则隐者可以遇矣。问之，‘言师采药去’，则不可以遇矣……曰‘只在此山中’，‘此山中’见甚近，‘只在’见不往别处，则又可以遇矣。岛方喜形于色，童子却又云：‘是便是，但此山中云深，卒不知其所在，却往何处去寻？’是隐者终不可遇矣。此诗一遇一不遇，可遇而终不遇，作多少层折！”若说这场人事的过程性叙写确能达到较多的借景言情审美效果，那就得归功于采用一波三折的办法以达到“愈近愈杳”之设计十分高妙！再看静态素描以言情的设计。这一类诗以景造境的设计已排除景象、事象的过程性表现，完全是语言的素描来透现主体的情意。不过也可分为差距不大的两类：一类是静景表现后作画龙点睛式的情意点破。汉魏六朝这一类诗的设计大多如此。阮籍的《咏怀》第一首是这样：

夜中不能寐，起坐弹鸣琴。

薄帷鉴明月，清风吹我襟。

孤鸿号外野，翔鸟鸣北林。

徘徊将何见？忧思独伤心。

这诗的第一、二句是事象的客观叙写，也属“景”的表现。如果说以景造境之“境”的创造，靠的是作为意象的“景”组合在一起的，因此特具兴发感动功能，那么这两句作为一个意象组合体自身感发功能并不强，只是整个文本所形成的意象组合系统中的引子，具体点说就是引出第二联（三、四句）和第三联（五、六句）所内含的以四个实景组合成的意象组合体。这些意象组合体以月照房帏、风吹衣襟感发出来的深宵氛围来凸显孤独哀婉、宿鸟哀鸣，而特显其潜在的感兴魅力，所以说这个文本真正的（或者说更大的）兴发感动功能就在这中间两联，不过从造境的整体设计来看，第一联与第二、三联毕竟是在一起的，它们共同担负着这样的职能：借意象感发力来对夜深人静中主体历史的孤独、现实的悲凉导致的失眠、不安心情作动人的表现。按意象抒情的一般规律，这个文本到第六句也就可以了，但从以景造境的设计规范看，首尾要求应合，这首诗若到第六句结束，那首联“夜中不能寐，起坐弹鸣琴”没有应合的尾联。要求有相应的尾联有两个办法，一是再用两句事象的客观叙写，另一是用两句直接点化“夜中不能寐，起坐弹鸣琴”的内在原因，这首诗采用了第二个办法，以“徘徊将何见，忧思独伤心”来把借景言情之情提点了出来。这不失为可取的设计路子，适当使用——特别是前面意象组合系统比较隐晦、感发功能不能马上让人把握准时，这种提点是有好处的。阮籍的诗，如钟嵘在《诗品》中所说的：“专用比兴，患在意深”，结尾处用提点还是很合适的。不过，从这一类借景言情的设计来说，毕竟有点有违于借景言情。这在后来的近体诗、词中就不大采用让“情”自己站出来言说一番了，而是借景来言情到底了。这特别表现在唐宋词中。我们可以举不少唐宋词作，它们借景言情是贯彻到底的。如李煜的《望江南·闲梦远》、冯延巳的《清平乐·雨晴烟晚》、晏殊的《踏莎行·小径红稀》、秦观的《浣溪沙·漠漠轻寒上小楼》、贺铸的《浣溪沙·楼角初消一缕霞》、姜夔的《点绛唇·燕雁无心》等。不妨看一看李煜的《望江南·闲梦远》：

闲梦远，
南国正清秋。
千里江山寒色远，
芦花深处泊孤舟。
笛在月明楼。

对这首词，陈廷焯在《词则·别调集》卷二中说：“寥寥数语，括多少景物在内。”的确，这说得上是一幅江南山水平原清秋图。唐圭璋在“写江南秋景如一幅绝妙图画”的赞赏前提下，作了这样的分析：“‘千里’句，写秋来江山之寥廓，与四野之萧条。‘芦花’句，写远岸芦花之盛，与孤舟相映，情景兼到。末句，写月下笛声，尤觉秋思洋溢，悽动于中。”为什么说“悽动于中”呢？他认为：“孤舟，见行客之悲秋；笛声，见居人之悲秋。”为此，他还引用了张若虚《春江花月夜》中的两个句子：“谁家今夜扁舟子，何处相思明月楼。”并说：“后主词，正与之同妙。”[①] 这分析得十分深入。所

① 唐圭璋：《唐宋词简释》，上海古籍出版社1981年版，第33页。

谓“闲梦远”，就是幽思迢遥之意，在清秋寥廓江山、千里寒色的环境氛围中感发出来的是对世界怀有旷远悯心者的幽思，这幽思是怎么个内涵呢？他不像阮籍那样作直接提点，而是用结束两句的两组意象的组合体来感发，即借用“芦花深处泊孤舟，笛在月明楼”之景来言情，而这两个对位的“景”也正像张若虚《春江花月夜》中那两句诗所感发的意境一样，是人世间游子、思妇无法团聚的旷远的哀感，而这种哀感只有在清秋萧条的季节氛围中最易诱发，所以使全诗达到借景言情浑然一体的审美效果。以“闲梦远”起，到“笛在月明楼”的景语结，也应合得十分和谐、有机，富有设计意义上纯粹、圆美流转的意味。王国维在《人间词话》中认为后主“俨有释迦、基督担荷人类罪恶之意”，从结尾两句的借景言情及全篇首尾应合、圆美流转的造境设计中，都得到充分的体现。这样的借景言情，从古典诗学的情景关系设计角度看，是相当高格的。

第四节　情随景生

这一类实是一场以情造境活动，具体点说即立足于情的景中情设计，但它化虚为实以造境。有关它的设计策略在诗话词话中颇能见到一些议论。宋人范晞文在《对床夜话》中对周弼所编《三体唐诗》中的话加以发挥说：“不以虚为虚，而以实为虚，化景物为情思，从首至尾自然如行云流水。”王夫之在《薑斋诗话·夕堂永日绪论内编》中说：“情、景名为二，而实不可离，神于诗者，妙合无垠，巧者则有情中景，景中情。”至于“景中情”，他指的是“以写景之心理言情”，亦即把主观感情以附着景象的抒情心态展示出来。清人方世举《兰丛诗话》中说：“诗有不必言悲而自悲者，如‘天清木叶闻’、‘秋砧醒更闻’之类，觉填注之为赘。”这就是悲之情随景而生发。况周颐在《蕙风词话》中说得更明确深刻：“善言情者，但写景而情在其中。”这些古典诗学理论家的话无非指设计关键乃在于：必须把情随景生发凸显出来。但这么一来就出现了两个问题。首先一个是以情造境的设计岂不是和以景造境成了一回事？其次一个是王国维在《人间词话》中提出，“境非独为景物也，喜怒哀乐亦人心中之一境界”，并以此为据进一步说凡能写“真感情者”，谓之有境界，否则谓之无境界。这岂不是说设计以情造境时，“情”并不一定非随景生发不可？这是需要作出解释的。先说第一个问题。以情造境与以景造境的设计意义倒是一样的，都是为了创造诗歌优美而深远的意境，但设计角度与方法是不同的。以景造境立足于景，设计的核心方针是因情设景；以情造境则立足于情，设计的核心方针是以景发情。我们前面有诸多论析，可以使我们为以景造境的设计归纳成这么一个表：

情渗透过程性事象

立足于景—由景获得感兴<　　　>因情设景而造境

情感发凝定性景象

至于以情造境的设计思路，上面已提及不少古典诗学理论家的诸种言论，我们也可以归纳成这么一个表：

过程性事象催动情

立足于情—被情激活联想<　　　>因景生情而造境

凝定性景象串联情

把这两个造境设计表作一比较当可以明白以景造境和以情造境有如下两点不同：第一，设计立足点不同，前者立足于景，后者立足于情；第二，造境途径不同，前者借情设景，后者借景生情。由此看来，以情造境的设计和以景造境的设计不可能是一回事。再看第二个问题。这和第一个问题有密切关系。若我们肯定以情造境的“情”是具有激活生活联想的功能时，那么面对王国维关于人的喜怒哀乐——情绪也可以用来直接构成诗中意境的这个问题，可以欣然同意而不认为这和以情造境的设计必须凸显情随景生发相矛盾，因为看来单纯的情——喜怒哀乐的情绪，由于具有激活生活联想的功能而显得并不单纯，其背后隐藏着许多受激活的联想召唤而来的生活事象和自然景象，供以情造境中景生情之用。值得指出的是，对上述两个问题我们作出这样的解释是否妥当、富有合理性，这是一个方面的问题，可以暂不管它们，使我们有兴趣的倒是对这两个问题的解释其实涉及对诗歌中有关“情”与“景”真实形态的问题。上述解释使我们进一步发现：旧诗中的“景”，是受景支配且按过程性事象之隐喻功能去展现的动态情思和按凝定性景象之感兴功能去感发的静态意绪；旧诗中的“情”，是受情支配且按情思的流动轨迹去演示的过程性事象和按意绪的显现要求去印证的凝定性景象。说得更扼要一点，“景”就是存在于主观视域中的景，具有感发情意的功能；“情”就是存在于客观环境中的情，具有激活景象联想的功能。本着这样的认识，我们有理由说古典诗学研究中两位大家对“景语”和“情语”的说法都有偏颇之嫌，一位是王夫之，他在《薑斋诗话·夕堂永日绪论内编》中说：“不能作景语，又何能作情语邪？”对此，我们可以反问一句：“不能作情语，又何能作景语邪？”另一位是王国维，他在《人间词话删稿》中说：“昔人论诗词，有景语、情语之别，不知一切景语皆情语也。”对此我们也可以反说一句：“一切情语皆景语也。”唯景至上或唯情至上都是缺乏辩证的认识，以致不自禁地把“情”与“景”在造境中割裂开来，对立起来，把旧诗中的“情”与“景”的真实形态也搞糊涂了。这个搞糊涂，对以景造境的影响也许不是最显著的，因为进入诗歌视域的景多少都具有点兴发感动功能，自能发情，只不过情感密度不同而已。但对以情造境的影响就显著多了，因为进入诗歌视域的情，激活联想的功能差别很大，以致大多直接抒情，让情绪赤条条表现出来，往往余味不多，情致不足，意境也就不深远。因此对旧诗中以情造境的设计作考察之前，对“情”的形态必须有一个比较辩证的科学认识才是。

现在就回过头来继续考察旧诗中以景生情造境的设计。前面我们已把这一项设计的关键归纳为一句话：必须把景发情凸显出来，也就是说：在这场造境活动中，不允许把“情”赤裸裸地显现。以景生情以造境的设计可以分为两大类：一类是立足于情，景与情潜共存；另一类是立足于情，景与情显共存。

先看第一类。说立足于情，让景与情潜共存，这种设计从造境的外在现象看，当然不过是情意赤裸裸的显示，也就是说，以实化虚的特征在文本中是潜在的，但这种裸现的情意是经过提炼、因而是高度集中的，是浓缩了的“情”，其机制激活联想的潜能也特大，无须让相应的“景”在文本中实际出现，而设计成一种潜共存状态，这是极有味的。清人赵翼在《瓯北诗话》中曾说：“‘年年岁岁花相似，岁岁年年人不同。’此刘希夷诗，无甚奇警，乃宋之问乞之不得，至以计杀之，何也？盖此等句，人人意中所有，却未有人道过，一经说出，便人人知其意之所欲出，而易于流播，遂足传当时而名后世。”说到这里后，他还举王维“劝君更进一杯酒，西出阳关无故人”而发挥说：“至今脍炙人口，皆是先得人心之所同然也。”这见解自有其值得玩味之处：所谓“人人意中所有”、“人心之所同”，这种共有、同感现象的发生乃出于情意感慨高度集中，且成为一种普遍的人性提纯之故，以致使情意感慨激活联想的潜能得以高强度的发挥，使人一接触这些赤裸裸的情意感慨，就会在心中引发类似的联想，点醒共有的记忆、经验，进入共同的意境中。赵翼这番话虽没有把此类造境设计提升为一种情意潜共存的理论，却已有了感性的把握。唐王驾妻有七绝《古意》：

夫戍边关妾在吴，西风吹妾妾忧夫。
一行书寄千行泪，寒到君边衣到无？

这首诗在周敬等辑、陈继儒等点评的《唐诗选脉会通评林》中被周敬称为“至情至苦”之作，唐汝珣则称“浅而近情，宜为世赏”。黄叔灿辑的《唐诗笺注》中甚至称它“情到真处，不假雕琢”，“几成天籁”。这都说明：《古意》是以情造境的诗，是“情到真处”而“不假雕琢”——即无须借景物来烘染、感发，而是以情意裸现来造境的诗。并且如同司空图在《与王驾评诗书》中所言，这位诗人是“长于思与境偕”的，也就是说他是追求以情造境，并且设计得相当和谐有机的。这些评语合于《古意》的审美实况。可惜他们没有进一步看出：它虽以情意裸现以造境，却有不少与此情相应合的景与情潜共存着。此诗既是一种“情到真处”的“至情”的抒发，则表明此情是高度集中、浓缩的，其激活联想的潜能也会特强，从而潜隐地吸附于其周边的“景”只须稍作联想，就不难在接受者心里浮起鲜明的形象——“景”，如“西风吹妾妾忧夫”、“寒到君边衣到无”这样的诗句，就潜藏着多少想象得到的思夫、忧夫“至情至苦”的事象；而第三行凭一“寄”字又在直率的悲思情语中埋下多少似若可见的——如同彻夜辗转反侧、晨起倚楼望远等场景。但所有这些“景”却被以景生情造境的设计者——王驾之妻全埋在联想里面，文本中是见不到的。当然，《古意》能达到这样的审美效果也还有着设计者的巧：它虽以裸现的情造境，裸现得却不够彻底，这些被已到“真处”的情还是在设计时被置于大的生态背景中的，即“情”还是和“边关”、“吴”、“西风”、“一行书”、“衣”等并存在一起的，只不过这些作为“景”的事象、物象有点浑漠抽象，作为生态背景而不作化虚为实的表现。类似的设计如杜荀鹤的七律《自叙》：“酒瓮琴书伴病身，熟谙时事乐于贫。宁为宇宙闲吟客，怕作乾坤窃禄人。诗旨未能忘救物，世情奈值不容真。平生肺腑无言处，白发吾唐一逸人。”这里的“酒瓮”、

“琴书”之类也不过是生态背景，决非化虚为实的追求。不过也有一种真正说得上以裸现情意造境的设计，陈子昂的《登幽州台歌》很是典型：

前不见古人，后不见来者。

念天地之悠悠，独怆然而涕下。

这一首古风浑浑漠漠，无迹可显，离情景交融的意象之“丰腴”，实差远矣，但它却被人传诵千古，这是为什么？清人黄周星辑评的《唐诗快》中这样说：“胸中自有万古，眼前更无一人。古今诗人多矣，从未有道及此者。此二十二字，真可泣鬼。”这几句评说，分量是够重的。有三点值得重视：第一，说“胸中自有万古”，指陈子昂的抒情视域是扩展到整个宇宙的；第二，说“眼前更无一人”，指这首诗不在具体的世态人事上着目；第三，说自古至当年的诗人“从未有道及此者”，指的是宇宙空间无垠、宇宙时间无尽，而个人在宇宙时空坐标上显得如此渺小，以此等感慨情思造境还未见到。如果我们这样分析黄周星的评语近于真实的话，那么，这宇宙情思要达到至真切的把握只能凭直觉感应，而直觉感应所能仰仗之“景”也只能是浑浑漠漠，难有具体可显之迹的，这就涉及“情”在以情造境中也只能是纯粹的裸现。值得注意的是这种“胸中自有万古，眼底更无一人”所通向的意境设计是一场以无限扩大的宇宙“情”的高度浓缩来造境，这使得高度浓缩的宇宙“情”所具有的那股激活联想的潜能也是无限大的，真正可以做到“思接千载，视通万里”，在“精骛八极”中感召来很多相应合的宇宙“景”与之潜共存。清人张谦宜在《絸斋诗谈》中这么说：“子昂胸中被古诗膏液熏蒸十分透彻，才下笔时便有一段元气，浑颢驱遣，奔赴而来，其转换吞吐，有掩映无尽之致，使人寻味不置，愈入愈深，非上口便晓者比。”这段话对我们很有启发的是提出陈子昂作为《登幽州台歌》的作者，“下笔便有一段元气”。这“元气”，便是出于对宇宙直觉感应的情绪气势；也正是这股属于大宇宙的“情”势，以其特有的激活联想的潜能，“浑灏驱遣”，无垠的宇宙景象“奔赴而来”，以致使赤裸裸表现的宇宙情思，在造境的设计中，于“转换吞吐”间，“有掩映无尽之致”，正是这一场以裸现之宇宙情造境，才能凭最高格的情景潜共存的设计来达到最高规格的完形。

再看第二类：在以情造境中，让“景”与“情”显共存的设计。大致说来，情景显共存的设计可有两种做法，一种是以情催动过程性事象再深化情；另一种是以情串联凝定性景象再深化情。以情催动过程性事象再深化情以造境指的是情发景景又生情的一种设计。所谓事象流变体现为过程性，这其实是一种袖珍叙事诗情节段的体现。这个由情催发的“情节段”以其感发功能催动和深化情意。唐人绝句中有两首以情造境的设计几乎完全一样的诗，即都采用以情催生过程性事象再感发、深化情的做法，一首是李白的五绝《玉阶怨》，另一首是杜牧的《秋夕》。先看《玉阶怨》：

玉阶生白露，夜久侵罗袜。

却下水晶帘，玲珑望秋月。

关于这首五绝，是有两个情节段的。一个是前二句：立于阶前，因露侵罗袜而抒情主人公退入帘内；后二句：夜永不眠，下帘望月自遣。场景的变化，显系着事象的流变。清高宗弘历类编《唐宋诗醇》引有蒋杲评说："玉阶露生，待之久也；水晶帘下，望之息也，怨而不怨，唯玩月以抒其情焉。此为深于怨，可以怨矣。"《李太白诗醇》中引翼云的话："虽不说怨而字字是怨。"这些都表明，此诗"字字是怨"，是立足于情、以情造境的一种设计，但这是以情发景而景又生情的，故以实化虚，让两个情节段——过程性事象来催生情，而这两个事象间显示出有机的流变，又使怨情加浓、深化的。再看杜牧的《秋夕》：

银烛秋光冷画屏，轻罗小扇扑流萤。
瑶阶夜色凉如水，卧看牵牛织女星。

这也是一首抒发闺情幽怨的诗，也是两个情节段，从前二行的初夜写至后二行的夜深。清人朱之荆的《增订唐诗札抄》中说："烛光屏冷，情之所由生也；扑萤以戏，写忧也；看女牛，羡之也。"对后者的说法，除了"扑萤以戏，写忧也"与意象感发之特征不全相附，实系写孤居无聊以扑萤自娱；"看牛女，羡之也"之说也可深入一步：从侧面托出愁怨，其他评说都较确切。但更值得注意的是黄生选评《唐诗札抄》中引"苕溪渔隐"的一句话："其幽怨之情不待明察而自见也。"这就是说《秋夕》也是以情在景中景再生情来造境的一种设计。这"景"也是由两个情节段为标志的两个事象，至于情节段的发展，显示为从初夜静院到深宵卧房怨女在不同场景中的不同活动。值得指出的是：这首诗的特征是，怨情催生了两个情节段，情节段的流变又深化了怨情。孙洙《唐诗三百首》中就有这个说法，认为这首诗"层层布景"得大有"通身灵动"之感，并认为这是"逗出情思"的依据。这倒是说中了以情造境的一类设计特征。当然，就这两首诗造境的设计，凸显的还是"景"，"景"对"情"的催动作用是潜在的，故总感到这种设计灵动性还不足，这让古典诗学家又提出了让情直接现身的造境策略。李清照的《声声慢》就显出设计的这种进展趋向：

寻寻觅觅，冷冷清清，凄凄惨惨戚戚。乍暖还寒时候，最难将息。三杯两盏淡酒，怎敌他晚来风急。雁过也，正伤心，却是旧时相识。满地黄花堆积。憔悴损，如今有谁堪摘？守着窗儿自独，怎生得黑！梧桐更兼细雨，到黄昏点点滴滴。这次第，怎一个愁字了得！

这首词如同唐圭璋在《唐宋词简释》中说的，"纯用赋体，写竟日愁情，满纸呜咽"。全作分上下片，上片写晨起空房游走，心难安顿，唯以喝淡酒解闷，受晓风逼人，望孤雁经天而魂若有所失的悲情——这是第一个情节段；下片写整日守着窗儿，等待天黑，唯有对空庭无人，叹黄花瘦损，听雨打桐叶而挨尽黄昏——这是第二个情节段。第一个情节段以"乍暖还寒时候，最难将息"、"正伤心"等来直抒情何以堪，来直接催动淡酒晓风、旧雁横空那些过程性事象流动来深化，鲜明地表现了情景关系中以情设景的特征；第二个情节段以“怎一个愁字了得”凄叫出人何以待，来直接催动孤影长日、细雨黄昏那些过程性事象的流动，同样鲜明地表现了情景关系中以情发景的特征。而全作一开头用了“寻寻觅觅，冷冷清清，凄凄惨惨戚戚”这十四个叠字，是“愁”以裸现形态表达的大集中，也是以情造境中笼罩全局的“情”的凸显。历来诗话词话中对李清照这十四个叠字不知说了多少“奇绝”、“妙绝”、“绝唱”等话，却鲜见有说到点子上的。唯有刘永济在《唐五代两宋词简析》中的一段话倒是一语中的的，他这样说：“一个愁字不能了，故有十四叠字，十四叠字不能了，故有全首。”这就是说：这十四个叠字对“愁”所作既强烈又鲜明的表达，是催生全诗意境的关键，但其动力之源则是上片与下片情节段的发展、过程性事象的流变。所以这是在情景显共存中，情催动过程性事象以造境的那一种特佳的设计。现在再来看情景显共存中以情串联凝定性景象再在景象的兴发感动作用下深化情意以造境的设计。这也许是情景关系中立足于情、以情造境最具现代色彩的一种设计。也就是说，以预设一条直接抒情线索贯串始终，在这条线索的几个须要突出、强化的点上，则采用多种与之能建立感兴对应关系的凝定性景象贴附于上，以对这条预设的直接抒情线上须突出、强化的“情点”进行渲染，这些凝定性事象之间却并没有内在的必然关联，甚至表面上看似各自孤立、风马牛不相及的。不过直接抒情的“情”却作为一条串联线把在这些点上的凝定性景象串联了起来，从而形成一个内在意境融洽、有机而外在关系各不相属，只是硬性在直接抒情这条串联线上连成的一个整体。这时，这些套在串联线上的凝定性景象则起着点染抒情点的作用。这一种设计，古典诗学理论家们是注意到了，并作为一条设计经验归纳了出来。刘熙载在《词概》中就这样说：“词有点染。柳耆卿《雨霖铃》云：‘多情自古伤离别，更那堪，冷落清秋节。今宵酒醒何处？杨柳岸，晓风残月。’上二句点出离别，‘冷落’、‘今宵’二句，乃就上二句意染之。”的确，在以情造境的设计中，先在直接抒情线上确立几个重要的抒情点，然后用相应的凝定性景象作进一步的点染，是很见审美效应的。我们不妨举一些例子来分析。东汉的梁鸿写过一首极简单却又极奇特的诗《五噫歌》，是这样的：

陟彼北芒兮，噫！
顾瞻帝京兮，噫！
宫室崔嵬兮，噫！
民之劬劳兮，噫！
辽辽未央兮，噫！

这其实是一首用几个长叹象声词形成的一条直接抒情线串联成的抒情诗。这一场以情造境的设计，凸显着抒情主体对官府豪奢、淫逸，人民穷困劳苦、社会无边黑暗的愤懑之情。在这条奇特的直接抒情线上，诗人设置了五个以“噫”显现的点，再用五个凝定性景象来对几个点作点染，它们是：登北邙、望京城、叹宫殿、哀民生、哭未央。显而易见，这首诗的“情”是一串“噫”，生发出五个凝定性景象去点染“噫”，没有任何关系的说明，纯粹由“噫”把它们串联在一起来完成这场以情造境工程，设计是相当巧妙的。当然，《五噫歌》还显得单纯原始了一点。后来的近体诗——特别是律诗里，这类情景显共存、以情串联凝定性景象以造境的结构追求就复杂而现代化多了。且拿李商隐的《锦瑟》来作一分析。诗是这样的：

> 锦瑟无端五十弦，一弦一柱思华年。庄生晓梦迷蝴蝶，望帝春心托杜鹃。
> 沧海月明珠有泪，蓝田日暖玉生烟。此情可待成追忆，只是当时已惘然。

这是一首伤悼年华的诗，历来解释纷纭，歧见主要出在颔联与颈联。这两联四行诗全凭四个意象群的兴发感动功能来抒情，而这四个意象群各自都是凝定性景象与典故十分复杂的组合，至于四个意象群之间的外在组合关系，实际上是一种拼合关系，没有显示出任何关联，所以这两联各自的内部以及两联之间是怎么一种关系，纯从外在语言结构上去考察的确是很难搞清楚，怪不得元好问在论诗绝句中要发这样的感慨了："望帝春心托杜鹃，佳人锦瑟怨华年。诗家只爱西昆好，独恨无人作郑笺。"那么该如何来认识相互间的关系和评价它们在以情造境中的意义呢？我们认为对于两联的景象与典故不能坐实于抽象比附及表层逻辑的演绎关系，而要从综合的印象出发来确立深层隐喻的连锁性感发关系。因此，这两联中颔联作为"景"的实体——"庄生"梦蝶和"望帝"化鹃两个典故的延伸，使人兴发感动出一个从梦的瞬间迷乱到心的永恒哀怨的综合印象；颈联作为"景"实体——鲛人泣珠和良玉生烟，两个景物的幻化使人兴发感动出一个从心的无边哀怨到梦的飘然消散的综合印象。值得指出：颔联是属于时间的，颈联则属于空间，它们虽因分属时间与空间而表层综合印象不同，却也可以在深层隐喻外确立起连锁感发关系，即从时间上对虚无人生的执著到空间上对人生虚无的神往。正是出于这种连锁感发的深层隐喻关系，才使这两联为《锦瑟》体现出以情串联凝定性景象，从而实现了由情发景递进为由景生情的造境设计。为什么这样说呢？这是因为《锦瑟》系伤悼青春年华之作，而贯串全作的就是一条哀命运无端、生涯无奈的直接抒情线。清人薛雪在《一瓢诗话》中曾提及这首诗，认为贯串全作的"全在起句'无端'二字"，而"通体妙处俱从此出"。他还这样作具体解释："锦瑟一弦一柱，已是令人怅望年华，不知何故有此许多弦柱，令人怅望不尽，全似埋怨锦瑟无端有此弦柱，遂致无端有此怅望，即达若庄生，迹迷晓梦；魂为杜宇，犹托春心；沧海珠光，无非是泪；蓝田玉气，恍若生烟。触此情怀，垂垂追溯，当时种种，尽付惘然。对锦瑟而生悲，叹无端而感切。如此体会，则诗神诗旨，跃然纸上。"这段话把哀命运无端这条直接抒情线梳理了出来。显然，他对中间两联同首尾二联之直接抒情相呼应的凝定性景象所具的感发功能作了充分肯定：主体就借这中间二联来进一层"触此情怀"、"垂垂追溯"的，从而使"叹无端而感切"也获得了动人的强化。由此看来，《锦瑟》用情串联凝定性景象来展开以情造境的这场设计是相当有机的，且显示出了特异的造境功能。近体诗与词多有采用这种以情造境的设计。不可否认：这种设计从文本外在现象看总给人一种琐碎感。《锦瑟》之所以一直被人看成是难懂的诗，就在于当中两联景象与景象并不关联引起的。词中这种琐碎感更强。沈谦在《填词直说》中曾说："贺方回《青玉案》：'试问闲愁都几许？一川烟草，满城风絮，梅子黄时雨。'

不特善于喻愁，正以琐碎为妙。”这里出现的“烟草”、“风絮”和“梅雨”都是并不关联的景象的拼合，给人以琐碎感，但内里却与“闲愁几许”这情的直抒相呼应，是受“闲愁”串联的。这反而曲折有致，造境更妙。这种并不琐碎的琐碎沈谦是予以肯定的，不过对另一些缺乏读诗经验者总免不了要有非议。李商隐的遭遇如此，吴文英更如此。这位爱写慢词的诗人，更大量采用这种设计。张炎在《词源（下）》就认为它们“质实”而“凝涩晦昧”，以致“如七宝楼台，炫人眼目，碎拆下来，不成片段”。这同《锦瑟》遭到非议的理由全同：难读懂。从诗学角度看，诗之难读懂大抵出于两类情况。一类是以极度的苦思冥想代替意象的感应，这就使人面对文本既无法获得情思的感兴，也难以把握所思者何。这就是晦涩，是要反对的。另一类是采用这一种以情造境的设计，对此我们不妨再说一遍，这个设计是让一串由“情”而生“景”（这“景”包括景象和典故）相互间在直接抒情线上作无任何外在联系的拼合，凭各个景象自身的兴发感动功能去和抒情线上对应的“情”作相呼应的感发。由于这串“景”之间无任何外在的关联，只是靠一条直接抒情线把它们串联在一起，所以如果这条起串联作用的直接抒情线不明确或接受者把握不住，以致使这一串“景”各自在接受者的感受中无法形成一个感兴系统，建立不起相互间的内在关联。这种和直接抒情线的脱节也就会给人以“琐碎感”，确也会给人一些难懂的感觉，因此这一串拼合在一起像“七宝楼台”的“景”虽一个个“炫人眼目”，但“碎拆下来”会有“不成片段”的张炎之叹了。但一当直接抒情的串联线明确了，被接受者把握住了，也就能读懂了，并因此而使文本更曲折有致，以情造境得更幽深。李商隐的《锦瑟》一类律诗，吴文英的《八声甘州·陪庾幕诸公游灵岩》一类慢词，就都因此类情况而被后人讥为“七宝楼台”的，而恰恰也因采用了这一类以情造境的设计而使古典诗学在这一类造境的设计上显出了与当今世界结构诗学相通的现代色彩。周济在《宋四家词选序论》中说：“梦窗奇思壮采，腾天潜渊。”在《介存斋论词杂著》中说：“梦窗每于空际转身，非具大神力不能。”叶嘉莹在《拆碎七宝楼台——谈梦窗词之现代观》中说：“梦窗词之遗弃传统而近于现代化的地方，最重要的乃是他完全摆脱了传统上理性的羁束，因之在他的词中，就表现了两点特征：其一是他的叙述往往使时间与空间为交错之杂糅；其二是他的修辞往往凭一己之感性所得，而不依循理性所惯见习知的方法。”[①] 这种种对吴文英词的艺术追求的肯定无疑是很可贵的，但如果我们能把吴文英的诗艺追求集中在这类以情造境的设计上来展开，也许更能看出他在中国诗学——特别是结构诗学上的贡献了。

总之，立足于情，以情串联凝定性景象造境，既是以情造境中最具创新意义的，也是调整情景关系以造境的设计中最具现代价值的。

第五节　情景浑成

这是造境设计中最高类实践方案。

---

① 《迦陵论词丛稿》，河北教育出版社 1997 年版，第 63 页。

在前面的论述中可以看出：调整情景关系以造境的设计有一个前提：情与景是两家，只不过在造境中或侧重情或侧重景，或情与景双绘谐和，说白了，主体（情之体现者）与客体（景之体现者）之间还是泾渭分明的，所造之境还难以达到绝对时空中的物我共融。现在要考察的这类造境设计，追求的是情景浑成、虚实合体，所要达到的审美终极目标，则是创造出一个绝对时空中物即是我、我即是物、物我同一以致物我两忘的宇宙感应境界。正是在这个意义上，我们认为这一类造境对于古典诗学来说是一项最高类的设计追求了。

那么这一项设计具有哪些现象特征呢？首先，这种造境是浑茫一片、不知何者为景、何者为情的。周济在《宋四家词选目录序论》中论及周邦彦的《兰陵王·柳荫直》，认为这首词的主旨乃是“客中送客，一‘愁’字代行者设想，以下不辨是情是景，但觉烟霭茫茫，‘望’字、‘念’字尤幻。”这浑茫一片的意境就点明了这首词是属于情景浑成、虚实合体的。其次，这种浑成的境，显示着情与景的关系有着化工之妙。王夫之在《薑斋诗话·夕堂永日绪论内编》中对佳诗造境中情、景、物之间的关系提出了这样的标准：“含情而能达，会景而生心，体物而得神，则自有灵通之句，参化工之妙。”这就是说：蕴蓄胸臆的诗情而能表现得充分生动，领会景象的意味而能感发得深远新颖，描绘事物的形态而能传神得玲珑高妙，这三者若能充分做到，其所造之境也就达到天造地设般化工之妙了。其三，这种浑成得有化工之妙的境，显示为不言情而情自现，不言景而景自显。清人方世举在《兰丛诗话》中说：“诗有不必言悲而自悲者，如‘天清木叶闻’、‘秋砧醒更闻’之类，觉填注之为赘；有不必言景而景自呈者，如‘江山有巴蜀’、‘花下复清晨’之类，觉刻画之为劳。”这就是说：由于情景浑成已具化工之妙，以致显情而呈景、呈景而显情，若再作情的“填注”或景的“刻画”，那就是画蛇添足，“为赘”、“为劳”了。值得指出：这情景浑成的三个造境特征，显然是以超越相对时空而进入绝对时空、泯灭物我界限而进入物我两忘为设计前提的。不过，进入绝对时空和物我两忘，对生活于地球生态环境的人来说，其现实性只存在于一种心灵表现中，或者说这只是一场灵觉之所得。黑格尔曾对这种心灵表现——灵觉在艺术创造中的价值说过一段话：“艺术必须有一种通过心灵来理解的内容意义。这种内容意义固然直接显现于外在事物，而这外在事物却不是现成的、俯拾即是的，而是由心灵创造出来的，既能用以认识那内容，又能用以表现那内容的。”这段话中，“内容意义”其实就是“情意”，“直接显现”这种内容意义的“外在事物”，即“景象”。在黑格尔看来，艺术——诗中的这种“外在事物”——“景”，“是由心灵创造出来的”，或灵觉所把握住的，所以真正的诗中用以造境的情景，其实都是经过心灵再创造的产物。而这才是在造境中真正能体现诗的质的规定性的设计。为此，黑格尔还继续说了如下的话：“只有到了人成为精神方面的自觉者，摆脱了生活的直接性，从而获得了自由，认识到客观世界是外在的、和自己对立的时候，人才会对客观世界有散文性的看法。”[①]这里的“生活的直接性”就是自然蒙昧状态的生活方式，对客观世界的“散文性的看法”就是抽象的凭知解力的看法。因此，只有坚持从自然蒙昧状态的生活方式出发，

① 黑格尔：《美学》第2卷，商务印书馆1997年版，第24页。

亦即从绝对时空和物我两忘的感应出发来作造境的设计，才有最高类的诗的创造；若以抽象的知解力来造境的设计，那就只能是散文的创造了。所以从情景浑成三大特征出发来设计造境，确是具有最高类创造意义的。

这种情景浑成以造境的设计，在传统结构诗学中被分成两种类型，一种是众生万物皆备于我，另一种是我融入众生万物。在王国维的《人间词话》中它们分别被称为“有我之境”与“无我之境”。他这样说：“有有我之境，有无我之境。‘泪眼问花花不语，乱红飞过秋千去’，‘可堪孤馆闭春寒，杜鹃声里斜阳暮’，有我之境也。‘采菊东篱下，悠然见南山’，‘寒波澹澹起，白鸟悠悠下’，无我之境也。有我之境，以我观物，故物皆着我之色彩。无我之境，以物观物，故不知何者为我，何者为物。古人为词，写有我之境者为多，然未始不能写无我之境，此在豪杰之士能自树立耳。”王国维总结了古体诗中情景浑成的造境设计情况，分出这两种类型，合于古典诗学结构探求的实际，而出现这么两类设计形态的根本，乃在于情景浑成中主客体之间矛盾的主要方面的转化。有我之境显示为情景浑成中的主体——情发生者取胜的造境设计倾向，无我之境显示为情景浑成中的客体——景自在者取胜的造境设计倾向。在王国维看来，主体性强的有我之境奔跃荡动，有向前不断推进之壮美；客体性强的无我之境则宁静淡远，飘逸优美。这样两类境及其性能之差别是存在的，却也并非绝对如此，在情景浑成中还是相辅相成、互为补充的。但众生万物皆备于我与我融入众生万物，作为一种设计途径，毕竟还是不同的。我们在此不妨分头作一考察。

先看以众生万物皆备于我为思路作有我之境的设计。

清沈祥龙在《论词随笔》中说：“榛苓思美人，风雨思君子，凡登高吊古之词，须有此思致。斯托兴高远，万象皆为我用，咏古即以咏怀矣。”这段话中，“万象皆为我用”是很值得注意的。这位古典诗学理论家本意也许只是指诗人在创作中须将万事万物万象化为艺术材料，凭诗人选择、剪裁、加工，从而创造出艺术形象。但这个口号却发出了比这意义要深远得多的信息：在情景浑成的造境设计中，作为“景”的万物是由“我”生发的“万物”，因此，如同“情”属于“我”的情一样，“景”也是属于“我”的景，也须在“我”的幅员内浑成。基于这样的认识，我们来分析一下屈原的抒情长诗《离骚》。

《离骚》“在自由幻想的梦幻般的世界中驰骋感情”[①]，这是大家都看得到的，但从把握世界的角度看，它是怎么一首诗，历来研究者几乎一致地认为是屈原抒发忠君爱国之情的作品，直到近些年来才有人从生命价值追求的高度来认识这首诗。如刘士林在《中国诗哲论》中论及这首诗时就提出“现在要抛开我们过去所熟稔的‘忠君爱国’等说法”，“更加确切说，（《离骚》现象）乃是一种宇宙意识的觉醒”[②]。杰拉·约翰逊在《〈离骚〉：屈原解除痛苦的诗》中还把这首诗“解作诗人对生命意义、宇宙真理的

---

① 竹治员夫：《〈离骚〉——梦幻式叙事诗》，转引自马茂元主编《楚辞资料涉外篇》，河北人民出版社 1986 年版，第 225 页。

② 《中国诗哲论》，济南出版社 1992 年版，第 97—98 页。

追求，同时也是他个人为回复自我的斗争和自我完成的叙述”①。正是从生命价值追求的高度去看《离骚》，我们方能看出这是一首立足于众生万物皆备于我而作有我之境之造境设计的诗。全诗共373行，按四行一韵合为一节，共92节，“乱曰”一节6行，合成93节。这样一首长诗，根据“吾将上下而求索”这一生命上征—沉降交替律，由五个单元结构而成。第一单元从“帝高阳之苗裔兮”的第一节起到“沾余襟之浪浪”的第45节，共180行。这一单元写抒情主人公“唯庚寅吾以降”以后在人间的“求索”。先是求“美政”，辅佐君王在政坛干一番事业，但君主“不察余之中情”，“反信谗”而迁怒于他。政坛失败使他转入教坛“求索”：“滋兰之九畹”，“树蕙之百亩”，“畦留夷与揭车”，“杂杜衡与芳芷”，但到头来是“哀众芳之芜秽”，即他抚育的一代人也“竞进”、“贪婪”，“各兴心而嫉妒”，变质了。这使他对沉降人间、在社会生活中寻求生命价值感到了失望，既不接受女媭要他“通脱”一点的劝说，又向重华陈辞欲坚守原则到底。作了这么一番反思之后，他准备退出是非的政坛环境，“回朕车以复路”、“将往观乎四荒”，另求生命价值追求新路了。这一单元中，根据阿尼玛原则，让“君”与“余”不断作性别转换，又以“余”、“树蕙”、“滋兰”等来作情景浑成表现，已适度显出众生万物皆备于我以造有我之境的设计特色。第二单元从“跪敷衽以陈辞兮”的第46节起到“相下女之可诒”的第55节止，共40行，写抒情主人公结束沉降人间而上征天堂作生命价值的新追求。神奇的幻觉和跳跃式联想使抒情主人公把日、月、风、云、雷、凤凰都调动起来，为抒情主人公向天堂求索生命价值而组成一支车队，载着他去帝宫求玉女，但结果是“吾令帝阍开关兮，/倚阊阖而望予”，他又一次感到“世混浊而不分兮，/好蔽美而嫉妒！”无奈他只好济白水、登阆风一游春宫，跑遍天国而发出“哀高丘之无女”的长叹：上天求索失败了。但一念及“及荣华之未落兮，/相下女之可诒”，他决定从上征转为沉降，重回人间求索生命价值了。这一单元已较充分地体现出“在自由幻想的梦幻般的世界中驰骋感情”了。众生万物已全方位地为“我”所调动，在皆备于我的情景浑成中造出了一片有我之境。第三单元从“吾令丰隆乘云兮”的第56节起，到“周流观乎上下”的第83节，共112行。这一单元的生命价值追求承上一单元，以求女为主要表现，不过这是再次沉降人间以求索的。先是追宓妃而无果，又去寻简狄和二姚，但依旧是一片令人失望的“闺中邃远”，于是在茫然中他去向灵芬与巫咸问卜，得到一个“远逝而无狐疑”，故决定再次上征，“周流观乎上下”。这一单元中抒情主人公追求的对象全系似人非人、似仙非仙的神话传说中的美人。黑格尔曾说：“不管神话看来多么荒诞无稽，夹杂着几多幻想的偶然的任意的成分，归根到底它总是由心灵产生的……”又说：创造神话的时代，古人“不用抽象思考的方式而用凭想象创造的方式把他们的最内在最深刻的内心生活变成认识的对象”。这些话表明：像《离骚》中的美人以及抒情主人公与她们打的交道，都是一种心灵的产物，是从众生万物皆备于我出发的有我之境的设计。第四单元从“灵芬既告余以吉占兮”的第84节起到“蜷局顾而不行”的第92节止，共36行。这一单元全是再次上征漫游天国的抒叙，宇宙间许多景物都被拿来为我所用了：飞龙驾车，云霓扬旗，凤凰先导；

① 转引自陈炳良著《神话·礼仪·文学》，台北联经出版事业公司1986年版，第131页。

过流沙，渡赤水，越不周。抒情主人公想象飞动得瞬息万里，体现出精神生活的最大的自由放纵和欢欣，但“忽临睨夫旧乡”，一切全改观了：“仆夫悲余马怀兮，/蜷局顾而不行”这一场再次上征中生命价值的追求猛来一个逆转：旧乡热土怎舍，高飞远走多难，上征途中又出现沉降迹象。这个单元设计的有我之境最是动人，大起大伏，扣人心弦。第五单元是“乱曰”以下的最后一节，六行。承上述几次升降中的生命价值追求，抒情主人公求美人“国无人莫我知”，求美政“莫足与为美政”。按常情，这种种确逼得他“又何怀乎故都”了，但他走不成，只得从天国再次沉降，“从彭咸之所居”。这彭咸所居之处，俞樾曾从《悲回风》中“凌大波而流风兮，/托彭咸之所居；/上高岩之峭岸兮，/处雌蜺之标颠”而考证出：“盖登山涉水，皆是从彭咸之所居。”①萧兵则一方面肯定彭咸之所居同水有必然的关系，同时又提出“从彭咸之所居”是“从水登岸再追寻彭咸于高岩”。他还考证出“彭咸与巫咸皆兼掌山川”，是“山水之神”②。可见彭咸所居处在山水之间，山属“上”，水属“下”，《离骚》的抒情主人公一再说“吾将上下而求索”，这和以神话显示的彭咸这个宇宙精魂不断在山水之间上下飞翔的存在是相呼应的，隐示着这是宇宙生命永恒的存在状态。所以“吾将从彭咸之所居”实是一个意象符号，成了《离骚》抒情主人公“上下而求索”这一生命运行轨道的缩微，隐示着生命价值的追求没有终极而只有过程，即生命价值存在于永恒地作上下求索的过程中。这一单元“吾将从彭咸之所居”显然也体现着众生万物皆备于我这一类情景浑成的特征。综上所述我们可以说，《离骚》中的“情”与“景”都一样，是在“我”的幅员内存在着的，也是在“我”的幅员内才得以获得浑成的。而顺着自我主宰宇宙的造境设计路子，《离骚》的完成文本中所有的景物事象，都作皆备于“我”的景物事象，与“情”浑成一片了。这种情景浑成以造境的设计，也就必然会造出一片有我之境。有我之境是奔跃的、荡动的、进击而壮美的。《离骚》所具有的也正是这样一种境界。

这种自我主宰宇宙的有我之境设计，屈原之后还有不少诗人在追求。李白的《日出行》就如此。这首诗的抒情主人公和羲和对话，追问“历天又入海”后的六龙“所舍安在哉”，又代万物立言：“草不谢荣于春风，木不怨落于秋天”，和宇宙对话，追问“谁挥鞭策驱四运”。正是从这种自我主宰宇宙万物的生存感应出发，使抒情主人公——诗人李白这个创作主体，发出了这样的高歌：

> 吾将囊括大块，
> 浩然与溟涬同科。

这样的抒情，的确显示出从万物皆备于我中完成的情景浑成，周珽在《唐诗选脉汇通评林》中因此赞叹它“精奇玄奥”，日人近藤元粹在《李太白诗醇》中也因此而有了“匪夷所思”之感；郭沫若则在致宗白华的信里也说：“我尤爱他最后一句，你看是不

① 转引自《楚辞通故》第2辑，齐鲁书社1985年版，第64—65页。

② 萧兵：《楚辞与神话》下，江苏古籍出版社1986年版，第326页。

是‘我与天地并生，与万物为一’、‘本体即神，神即万汇’呢？”显然，郭沫若已看出李白这首诗具有一个万物皆备于我的有我之境。这样一种情景浑成的造境设计，在张孝祥的《念奴娇·洞庭青草》中更有动人的显示。这首长调的词，上片写他八月近中秋的一个晚上扁舟一叶过洞庭时的感兴。正是身处“玉鉴琼田三万顷，着我扁舟一叶。素月分辉，明河共影，表里俱澄澈”中，他有了“悠然心会”，使主体开始进入“我”与宇宙共融的境界中。但其造境工程并未到此驻足。过片，他以念及岭表经年中“孤光自照，肝胆皆冰雪”来和天地间“表里俱澄澈”相呼应，从而再次“悠然心会”到这“素月分辉，明河共影”于“玉鉴琼田三万顷”的宇宙“澄澈”，实系一场情景浑成的心灵创造。于是，如同潘游龙《精选古今诗余醉》卷十一所言的：“孤光自照下非唯形骸尽损，即乾坤不知上下也。”主体也就进一步有万物皆备于我的感兴了。在“稳泛沧浪空阔”中他就这样高歌开了：

尽吸西江，细斟北斗，万象为宾客。
扣舷独啸，不知今夕何夕。

这种自我主宰宇宙的气概，确称得上是“英姿奇气”了，冯金伯《词苑萃编》卷五《品藻》中因此说：“方其吸江酌斗，宾客万象，讵知世间有紫微青琐哉！”总之，这一场情景浑成以造境，所造出的乃是“最为杰特”的有我之境，以致王闿运《湘绮楼评词》中竟作了如此赞叹式的比较：“飘飘有凌云之气，觉东坡《水调》有尘心。”

再看以物我同一到物我两忘为思路作无我之境的设计。

王国维提出的无我之境，同写诗无我不是一回事。袁枚在《随园诗话》中说过一句响亮的话：“作诗，不可以无我，无我，则剿袭敷衍之弊大。”这是指作诗要有自己的感触，自己的构思，自己的风格。无我之境则指在进行这一类造境中，情景浑成不要求在“我”的幅员内进行，它是独立的自在的存在，“情”则隐于“景”里，或者说“情”乃是隐于以“景”发“情”这一感发机制中的存在。所以无我之境的“境”显示为情景浑成中“景”能感发“情”的那个感发机制。这就是说：造无我之境的设计的总策略是以物观物，而核心方案则是如实具现那个有着能感发独特情思之机制的“景”。因此无我之境的存在形态是客观的、具体而如实的“景”的呈现。从这个意义上说这“景”其实已是个象征符号。说起符号，如同黑格尔所说的：“在艺术里我们所理解的符号就不应这样与意义漠不相关，因为艺术的要义一般就在于意义与形象的联系和密切的吻合。”他还说：作为象征符号，“所要使人意识到的却不应该是它本身那样一种具体的个别事物，而是它所暗示的普遍性的意义”[①]。这些话和造无我之境的“景”联系起来看，这“景”必须在造境中作特具兴发感动功能的设计，这样做既能显示情景浑成，又能暗示比作为具体的个别事物之“景”本身更具普遍性的意义——也就是达到某种象征的效果。所以以情景浑成造无我之境的设计由于依赖比兴的感发功能而更具有通向象征艺术的性能，这是我们在考察造无我之境中不得不首先考虑到的。

① 黑格尔：《美学》第2卷，商务印书馆1997年版，第11页。

王国维论无我之境时引用了陶渊明《饮酒（五）》中“采菊东篱下，悠然见南山”作为以物观物的例证。大多古典诗学理论家论析造境时，采用的是析句的方式，而不顾及全篇，结果整个文本的情况却一片模糊。《饮酒（五）》的造境论析也如此。这首诗写抒情主人公在天气日佳时采菊东篱而不经意间望见南山以及飞鸟相与飞归南山，表现出一种以物观物的超越态度，以致究竟“我”是归鸟还是归鸟是“我”也难以分首席，让悠然自得中物化的主体在以物观物的目光中表现出了无我的景：幽美淡远的物类——“菊”、“东篱”、“南山”及“日夕佳”的“山气”和自在自足的众生——“飞鸟”，从而让此“景”感发出来的、有关万物各得其所、委运任化的感悟——情致与之浑然一体，象喻出“心远地自偏”、“此中有真意”等牵涉宇宙特性的“普遍性的意义”。但全诗能真正显示出情景浑成、以物观物中造无我之境的设计者，不过是“采菊东篱下，悠然见南山。山气日夕佳，飞鸟相与还”四行，至于此前四行——“结庐在人境，而无车马喧。问君何能尔，心远地自偏”，以及此后两行——“此中有真意，欲辩已忘言”，却是叙写和说明，属于主体以我观物的外在情思。它们渗入情景浑成，也就多少破坏了一点以物观物，稀释了无我之境，淡化了此中的象征意味。所以《饮酒（五）》在整个文本中造无我之境的设计，还不是很典型的。这不单是陶渊明的问题，魏晋南北朝时期的古体诗人作品中可以说都存在这种造境设计不精密的问题。近体诗情况就不同了。大体而言，近体诗中用情景浑成、以物观物作无我之境的设计相当精密。这种设计追求可形成两类无我之境：体认类与体悟类。

体认类无我之境的设计，关键是不按生存景象自然存在状态作如实表现，而是有意为之地安排景象，让定向联想与欲“暗示的普遍性的意义”相呼应，达到在体认中对智性的认知。如王维的《临高台送黎拾遗》：

相送临高台，川原杳无极。
日暮飞鸟还，行人去不息。

此诗向来被定位于“言别情”，沈德潜《唐诗别裁集》认为它“写离情而不露情态”，蒋一葵《唐诗选汇解》认为它“景中寓情不尽，‘飞鸟还’有一段想望在内”；刘永济在《唐人绝句精华》中也说：“二十字中‘不明言别情，而鸟还人去，自然缱绻。”这些不是没有道理的，因为诗题已定位在“送人”。但清人徐增在《而庵说唐诗》中有过一句话：“此纯写临高台之意，勿呆看一字，方有得。”虽然他对此所作的阐释并无多少新意，倒是很有启示意义的。不妨从四行诗的四个景象联系起来看主体的有意安排，品味其“有意”之所在。“临高台”而送别，望川原旷远而无涯际，大有众生万类存在于苍茫宇宙的感兴隐示，而就在这个辽远得苍茫的背景上，出现了两个相交替的意象：“日暮飞鸟还，行人去不息。”“飞鸟”与“行人”在宇宙中同属生命体，在这日暮时分，“飞鸟还”而“行人去”的交替虽难免感发着几分离情别绪的感伤，但更多的感兴却是在生命存在的交替中对宇宙循环运行律的体认，这才是“临高台之意”最纯粹的显示。李锳在《诗法易简录》中称王维的另一首诗《辛夷坞》为“幽淡已极，却饶远韵”，称《鸟鸣涧》为“一片化机，非复人力可到”，把这种“远韵”、“化机”的无我之境追求置于《临高台送黎拾遗》，也许更显得合适。杜甫的《绝句·两个黄鹂鸣翠柳》也是四行诗四个景象作有意安排之作。原诗是这样的：

两个黄鹂鸣翠柳，一行白鹭上青天。
窗含西岭千秋雪，门泊东吴万里船。

这是两组对句，每组内部以及两组之间都无外在联属，四个景象全具有特异的兴发感动功能，因此，景成了向景转化的情，是以情景浑成造无我之境。但就其造境的设计言，有个特点，即两对四个景象外在看虽无联属，各自兴发感动的实质内容是相呼应的，内在的联属紧密，所以设景是有意为之的。且说第一个对句“黄鹂鸣翠柳”与“白鹭上青天”，一安静一飞动，构成了众生共存的和谐；第二个对句“西岭千秋雪”与“东吴万里船”，一永恒一旷远，构成了万物互聚的协调。所以两对景象有意为之的安排，目的是通过意象化景象内在的感兴呼应所造的无我之境，让接受者能获得这样一个体认：众生万物聚合成的是一个合于宇宙平衡律的世界。有人这样评解此诗：“一句一事，若不相联属，要能构成一幅画面。”① 这画面可以说是构成得相当成功的，是一幅宇宙生态平衡和谐图，只不过我们是从无我之境中体认出来的。

体悟类无我之境的设计在古体诗中比体认类要更显圆熟、成功一些，其关键是按生存景象自然存在状态作如实的表现，是无意为之的一场景象自在聚合，让感兴情味与欲暗示的普遍性的意义相呼应，达到在体验中对“真意”的感悟。如孟浩然的《宿建德江》：

移舟泊烟渚，日暮客愁新。
野旷天低树，江清月近人。

有关这首诗，刘永济在《唐人绝句精华》中说：“诗家有情在景中之识，此诗是也。”这就是说：四行诗中以“舟”、“烟渚”、“暮”、“客”、“野”、“天”、“树”、“江”、“月”、“人”组合为一体的景象，实系向景象转化的漂泊情思，因此，情景是浑成的。值得指出：上述这一批景象的组合完全是合乎自在状态而非有意为之的。为此，我们必须倍加注意它们内在的呼应关系，不能简简单单定位在“客愁”或者更具体地定位为“江边独泊与旅程孤寂之情”②。清人刘宏熙等选评的《唐诗真趣编》论析这首诗时，认为前二句“烟际泊宿，恍置身海角天涯，寂寞无人之境，凄然回顾，弥觉客行之远，故云‘客愁新’也”。这是确切的。他又认为后二句“野唯旷，故见天低于树；江唯清，故觉月近于人”。这作为鉴赏者的艺术感觉也是敏锐的，但他对此感觉提升为“清旷极矣”，似乎不尽如此，也许补上一句“也亲切极矣”更全面一点，因为“天低树”是天对漂泊者亲近了一点；“月近人”是月对漂泊者亲切了一点，因此，它们作为来自

① 富寿荪选注：《千首唐人绝句》上，上海古籍出版社1985年版，第251页。
② 同上书，第70页。

生命之故乡、灵魂之家园的情思，对漂泊者来说，倒是具有某种心灵慰藉意味的，若说这种设计是为了达到“意远”的造境效果，不是没有理由的。因此我们很难认同像沈德潜在《唐诗别裁集》中所说的“下半写景而客愁自见”。应该说“下半写景而生命故乡之温情自见”更合于景象的兴发感动真实。基于这样的认识，还可进一步说：此诗前二行与后二行之间在貌似关系脱节中呈现出一种化解客愁式的递进。既如此，那么是否可以得出如下的结论：这一场无我之境的设计，导向了对生命的故乡、灵魂的家园的神秘体悟呢？我们的回答是肯定的，而这也就使《宿建德江》成了一首以情景浑成以造体悟式无我之境特佳的诗。

说《宿建德江》造体悟式无我之境的设计为特佳，那么崔颢的《黄鹤楼》这一类造境设计该是最佳的了。原诗是这样的：

昔人已乘黄鹤去，此地空余黄鹤楼。
黄鹤一去不复返，白云千载空悠悠。
晴川历历汉阳树，芳草萋萋鹦鹉洲。
日暮乡关何处是？烟波江上使人愁。

此诗前四句金圣叹《选批唐诗》卷三（下）认为：除第二句写“黄鹤楼”，其余三句“皆是写‘昔人’”，第一句写昔人，第三句“想昔人”，第四句“望昔人”，这四句全是景象与事象的组合。后面四句，金圣叹认为：“五六只是翻跌‘乡关何处是’五字。言此处历历是树，此处萋萋是洲，独有目断乡关，却是不知何处。”可见后四句是写乡愁。前三句也是景象，最后一句“烟波江上使人愁”是借景抒情，起画龙点睛的作用。根据这些可知：此诗凸显的是“景”（即景象、事象），但又体现为“景”是向“景”转化之“情”的特点，是属情景浑成以造境的一类设计，只不过所造的是体悟类无我之境，有浓郁的宇宙感兴色彩。向来对这首诗评价甚多，《沧浪诗话》甚至说“唐人七律诗，当以崔颢《黄鹤楼》为第一”。多数评者以“气势阔宕”（冯班《才调集评》）、“神韵超然”（胡应麟《诗薮》）、“鹏飞象行，惊人以远大”（王夫之《唐诗评选》）、“意得象先，神行语外”（沈德潜《唐诗别裁集》）、“渺茫无际，高唱入云”（高步瀛《唐宋诗举要》）等称颂它，范大士在《历代诗法》卷十中干脆说此诗“乃太空元气忽然逗人笔下”所致。他们都敏感到了诗中流荡着的这层宇宙感兴氛围，却讲不出个所以然。俞陛云《诗境浅说》中说得才近于到位：“谓其因仙不可知，而对此苍茫，百端交集，尤觉有无穷之感，不仅切定‘黄鹤楼’三字着笔，其佳处在托想之空灵，寄情之高远也。”其实此诗首句“昔人已乘黄鹤去”就为全诗的宇宙感兴作好铺垫。“黄鹤楼”据《太平寰宇记》中《武昌府》记载云：“昔费文祎登仙，每乘黄鹤于此楼憩驾，故名。”可以想见它是仙人驾鹤遨游神天的中间停靠站。而据《列仙传·王子乔》所云，王子乔亦乘鹤而成仙的，“乘黄鹤”于是作为一个典故已成通向神天仙境的影射，“黄鹤”本身也被赋予了原型象征性能，象征着这是一个能“与众神沟通”的精灵[1]。以此再回

① 檀明山主编：《象征学全书》，台海出版社 2001 年版，第 328 页。

观此诗，“白云千载”飘走了无数岁月，黄鹤也再不飞来，眼前晴川上汉阳树历历可见，芳草中鹦鹉洲萋萋能求，但通向神天仙境之路，已音信渺茫，再难寻求。于是，暮色苍苍、烟波茫茫中，我们的抒情主人公也不禁向冥冥的神天仙境发出喟叹：生命的故乡、灵魂的家园在哪里呢？就这样，《黄鹤楼》以其特显“阔宕”的造境工程，造出了这一片富有宇宙感兴的体悟式无我之境，而所谓“托想之空灵，寄情之高远”也就全出之于这么一场造境设计。

像《黄鹤楼》这样的诗，其体悟式无我之境通向的是真正象征艺术的高度。黑格尔在论及象征及其暧昧性时认为：“如果思考活动还没来得及把那一般性的观念独立地掌握住，因而还不能把它独立地表现出来，这样也就还没有把表现一般意义的那个感性形象和这个一般意义本身分别开来，而是混而为一”时，这“混而为一”现象在艺术中达到的“就是象征”，并不可避免地出现了“象征的暧昧性”①。以这样的认识来看《黄鹤楼》之所以让人感受到“渺茫无际”、“神韵超然”甚至几疑有“太空元气忽然逗入笔下”，也正在于崔颢把表现宇宙感应的这个无我之境和人类在潜意识中始终存在着的那个向往生命故乡的情结没有借理性分别开来，而是混而为一的缘故。无我之境——在其是体悟式无我之境之所以特显高格，也就在于这种合而为一的浑茫，这种暧昧的象征。而这正是旧诗以“天人合一”的观物态度把握世界和物我两忘的感物方式表现世界这类创作传统的集中体现。

以上考察的是古典诗学结构策略的第二大部分：造境设计。

作为一种结构策略，中国旧诗致力于通过意境的创造来抒情，是对世界诗歌的一大贡献。而作为一种设计策略，旧诗采取协调情景关系的造境，显然具有非同一般的审美价值。如果说情景双绘以造境是虚实互映的追求，景与向景转化的情交融以造境是以虚化实的追求；情与向情转化的景交融以造境，是以实化虚的追求；而情景浑成以造境是虚实合体的追求，那么，由此造成的意境必然借情景协调而体现为一种恒定的虚实互转律。在造境中，这场恒定的虚实互转是归属于操作范畴的。而作为一条互转律，则具体显示为转意象于虚圆中的特征。前已提及，“实”指“景”（即景象、事象、物象），“虚”则指“情”。虚实互转即情景的双向交流。而情是向情转化的景，景是向景转化的情，情景的双向交流最终形成意象，这样的意象不能简单地说就是如实的“景”象，因为它来自于情景的双向交流，也就不可能泥于具体事实（景象、事象、物象），却也因此而能给人留下想象余地，故在亦实亦虚中的这意象因有“虚”化的迹象而显得灵动。再说，情景双向交流引起的虚实互转使因此而生的意象也变得亦实亦虚、浑然一片、玲珑透剔，自有联想环生于意象，因而意象有了圆转的完美。所以，在造境的设计中，虚实互转律也就成了转意象于虚圆中的规律性特征。这使我们想起明人陆时雍在《诗镜总论》中的一段话：“古人善于言情，转意象于虚圆之中，故觉其味之长而言之美也。”他在这里对诗歌造境以“言情”的设计提出了一个价值判断：在通过虚实互转、意象浮现、组合等一系列活动后，这场设计会显示出一种“味之长”、“言之美”的虚圆美。这和传统结构诗学中追求圆美流转型结构总方向是一致的。因

① 黑格尔：《美学》第2卷，商务印书馆1997年版，第13页。

此，也可以这样说：造境设计的虚圆美追求使我们进一步看出：中国旧诗追求的结构体系属于圆美流转型。

第三章　布局措施

布局在古典诗学中比构思、造境更受重视，诗话词话中凡涉及结构的，大多奉布局为上。张谦宜在《䌹斋诗谈》中就说："好诗只在布置处见本领。"范温在《潜溪诗眼》中说："然而自古有文章，便有布置。讲学之士不可不知也。"南宋无名氏《诗宪》中也说："文章必谨布置。"这里的"布置"就是"布局"，他们都强调布局的重要性。清人吴乔《围炉诗话》中进一层说："诗而从头做起，大抵平常，得句成篇者，乃佳。得句即有意，便须布局，有好句而无局，亦不成诗。"这可是把布局与文本的美学价值紧密相连起来说明其重要性了，也就是说：诗有精彩诗句但缺乏合理的布局，是"亦不成诗"的。姜夔在《白石诗说》中也说："作大篇，尤当布置；首尾匀停，腰腹肥满。"他提出"大篇有开阖，乃妙"，他在另一处发挥说："波澜开阖，如在江湖中，一波未平，一波已作。如兵家之阵，方以为正，又复是奇；方以为奇，忽复是正，出入变化，不可纪极，而法度不可乱。"这个"法度"，也就是布局的基本原则，是违反不得的。

"布局"和"构思"、"造境"是有区别的。构思偏于运思：命题立意、神思逸想、意脉流通等是它所要关注的；造境偏于陈情：情语景语、情景交融等是它所关心的；布局偏于安排：对称平衡、起承转合等才是它所要关注的。从三者的比较中可以看出，布局限于文本构成的微观范围，比较具体，多一点操作成分。站在布局自身立场看，它只限于文本构成范围，涉及首尾前后的有机应合、逆折过程的自然转换等整体造型的操作。

在古典诗学的结构论中，布局大致说有三项基本要求。首先一项是语脉贯穿，整体完整。刘勰在《文心雕龙·附会》中说："是以附辞会义，务总纲领，驱万涂于同归，贞百虑于一致，使众理虽繁，而无倒置之乖，群言虽多，而无棼丝之乱；扶阳而出条，顺阴而藏迹，首尾周密，表里一体，此附会之术也。"这里的"附会"，即章法，刘勰在这里提出将构思而得的意象化材料在"贞百虑于一致"的原则下构成一个整体——"首尾周密，表里一体"，在《镕裁》篇里说的"首尾圆合，条贯统序"，《章句》篇里说的"内义脉注，跗萼相衔，首尾一体"，也都是同一个意思。此后的诗学家也都提出这样的要求，如朱庭珍《筱园诗话》中就指出：一首诗应该"自起至结，首尾元气贯注，相生相顾，熔成一片。"姜夔在《白石诗说》中还因此批评有头无尾、全局不统一完整的现象："多见人前面有余，后面不足；前面极工，后面草草"，他还举整体完整的典范之作与之对比，告诫不讲究整体完整者"不可不知也"。其次是协调一致，和谐有机。这是指文本构成中各部分、诸要素间要相辅相成，相关相连，巧妙地结成浑然一体。张谦宜在《䌹斋诗说》中说："诗如人身，自顶至踵，百骸千窍，气血俱要通畅，才有不相入处，便成病痛。”以生命的有机构成来比拟文本各要素的和谐搭配，是很能说明问题的。王骥德在《曲律·论章法》中以建造宫室之规式来比拟文本各部分的有机安置，并说：“作曲者亦必先分段数，从何意起、何意接、何意作中段敷衍，何意作后段收煞，整整在目，而后可施结撰。”并且还明确说：“此法……为歌诗者皆然。”这种和谐协调，还表现在文本构架的匀称自然上。胡应麟在《诗薮》中就以“体骨匀称”、“肌骨匀称”等语来要求布局应具备的这类特征。有人谈近体诗的转柁和词的过片也涉及对匀称自然的要求。贺贻孙《诗筏》中谈到七绝的转柁：“七言绝句，其法或前以散起，后二句对接；或前二句对起，后以散结……其转换之妙全在第三句。”李渔在《窥词管见》中说：“双调虽分二段，前后意思必须联属；若判然两截，则是两首单调，非一首双调矣。”“即使判然两事，亦必于头尾相续处用一二语或一二字作过文。”所引话中，贺贻孙是说近体诗构架事，转折得妙必须协调匀称；李渔的话则说双调词要过片得好必须呼应自然，以达到浑成一片的审美效果。其三是对立统一，曲折有致。这是古典诗学的布局中最醒目的追求目标。如果我们说旧诗之布局追求整体完整，那是对立统一中的完整；如果我们说旧诗的布局追求和谐有机，那是对立统一中的有机。沈祥龙在《论词随笔》中说：“章法贵浑成，又贵散也。”这就是对立统一的辩证看法。的确，这种对立统一的布局要求是时时被古典诗学家们挂在口头上的。李佳在《左庵词话》中说到诗在完成“首尾一线穿成”后，提出这样的主张：“其间再参以虚实、反正、开合、抑扬，自成合作。”这就是在布局中要让四对矛盾处在对立的统一关系中展开。蒋兆兰在《词说》中论及布局时也提出“虚实相生，顺逆兼用”的要求。刘熙载在《诗概》中说：“伏应、提顿、转接、藏见、倒顺、缩插、浅深、离合诸法，篇中、段中、联中、句中均有取焉，然非浑然无迹，未善也。”这意味着对立关系在布局中必作“有取”之举，但要安排得“浑然无迹”才对，这是布局须对立统一十分具体的议论。但这种对立统一追求的是什么呢？南宋《诗宪》中有句话值得注意：“布置者，谓诗之全篇用意曲折也。”这位佚名作者提醒了我们：创造对立统一的布局追求和造境的曲折有致是相呼应、求一致的。这种曲折有致来自于虚实相适、疏密相间，而作为其对立面的“平铺稳布”则要反对。李东阳在《麓堂诗话》中就说：“若平铺稳布，虽多无益。唐诗类有委曲可喜之处，唯杜子美顿挫起伏，变化不测，可骇可愕。”刘熙载在《词概》中对词多转而显示曲折有致更作了大力肯定，他说：“一转一深，一深一妙，此骚人三昧，倚声家得之，便自超出常境。”在这里，“转”与“深”结合起来了，曲折与有致结合起来了，这“深”，这“有致”，是能引文本进入妙境的。因此，沈祥龙在《论词随笔》中说：“词贵愈转愈深。”贺贻孙在《诗筏》中也提出：只有“愈转而意愈不穷”，“愈换而气愈不竭”才显出“古诗之妙”。

布局在古典诗学中属于操作性质。对此，古典诗学理论家谈得最多，大致说包括两大方面：布局的法度和布局的方式。

第一节　布局的法度

诗歌创作在布局问题上要不要有统一的法度，这在古典诗学中有过不同看法。赞成者不少，这当然同诗人们在长期创作实践中约定俗成地确立起一套谋篇经验有关。作为这套经验的提纯，元人杨载继《金针诗格》之后在《诗法家数》中进一步探讨了“律诗要法”，从而提出“起承转合”之说，这不仅对律诗，也对绝句、词、小令的谋篇法度都起了原则规范的启示作用，所以明清之际主张谋篇要有法度的识见日益多了起来。沈德潜在《说诗晬语》中说：“诗贵性情，亦须论法。乱杂而无章，非诗也。”为此，他还系统地探讨了律诗的谋篇法，认为“起手贵突兀”、“三、四贵匀称，承上斗峭而来，宜缓脉赴之；五、六必耸然挺拔，别开一境”，“收束或放开一步，或宕出远神，或本位收住”，等等。清人庞垲在《诗义固说》中更从哲学的高度来立论谋篇定法之必要：“天地之道，一辟一翕；诗文之道，一开一合。章法次序已定开合，段落犹须匀称，少则节促，多则脉缓。促与缓皆伤气，不能尽淋漓激楚之致。观古歌行妙处，一句赶一句，如高山转石，欲住不能，以抵归宿之处为佳。”这些说法都有相当的合理性。清人方东树却在这个问题的思考上走得远了。他在《昭昧詹言》中这样说：“有法则体成，无法则伧荒。率尔操觚，纵有佳思佳语，而安置布放不得其所，退之所以讥六朝人为乱杂无章也。”这位桐城派的主要人物是把该派的“文法”，也就是他津津乐道的“文、理、义”中的“义”用到诗歌谋篇的法度上来了。因此他进一步作了这样的发挥：“义者，法也。古人不可及，只是文法高妙，无定而有定，不可执著，不可告语，妙应从心，随手多变。”这是认为诗歌创作只要按一定的法式、法则便可成功，否则便显得鄙俗浅陋，乱杂无章。这实在是打着拥戴“起承转合”的旗号，把杨载的“起承转合”说推向了极端的说法。在方东树以前早有人不同程度地把“起承转合”推向极端的，方东树不过是集谋篇模式化的大成者，扮演了这股僵死理论势力的主要代表角色，因此一直以来遭到反对也是可以理解的。明人陆时雍在《诗镜总论》中就已比较温和地反对“起承转合”的模式化：“少陵五言律，其法最多，颠倒纵横，出人意料。余谓万法总归一法，一法不如无法。水流自行，云生自起，更有何法可设?”所谓“万法总归一法”指的是诗歌的谋篇要随其欲表现的对象——客观生活及与之相应的主体情意之变化而变化的，否则就会失去事物原有的天真和诗的自然天趣，因此不能拘泥于“起承转合”之类法规模式，而这么一来，当然等于无法了。王夫之的反对立场更明显，在《薑斋诗话·夕堂永日绪论内篇》中他说：“起承转合，一法也。试取初盛唐律验之，谁必株守此法者？……陋人之法，乌足展骐骥之足哉!”他更以“死法”来批驳诗歌谋篇之模式化倾向：“诗之有皎然、虞伯生，经义之有茅鹿门、汤宾尹袁了凡，皆画地成牢以陷人者，有死法也。死法之立，总缘识量狭小。”那么识量如何不狭小？丢弃“死法”后可有“活法”吗？有！所谓治法就是“信笔写去”。陈廷焯在《白雨斋词话》卷七中说：“词有信笔写去，若不关人力者，而自饶深厚。此境最不易到。余曾赋《鹧鸪天》一阕云：‘一夜西风古渡头。红莲落尽使人愁。无心再续西洲曲，有恨不登舴艋舟。残月堕，晓烟浮，一声欸乃入中流。豪怀不肯同零落，却向苍波弄素秋。’书以俟教我者。”这是强调天工自然。从某种意义上说，反对者也走得远了。同一切艺术一样，诗毕竟是创造性的事业，反对雕琢追求天然是对的，但若认为可以根本不考虑艺术创造的审美内在规律，谋篇的审美规范要求，一味天然主义也是行不通的。因此在谋篇要不要法度上，又出现了折中的——或者说比较辩证的说法，就是说要法而不拘于法。明人李东阳论诗强调“法度”，他认为“唐人不言诗法”而自有法度，故“诗必盛唐”，而“宋人于诗无所得”，却大谈诗法，其实是由于“去唐远”而不真讲诗法之故。但是李东阳在《麓堂诗话》中除了提出上述那种标榜盛唐诗的法度外，又提出不拘泥于法度的变通观点。他说：“律诗起承转合，不为无法，但不可泥。泥于法而为之，则撑拄对待，四方八角，无圆活生动之意。”朱庭珍《筱园诗话》中论及作五古长篇时说：“作五古大篇，离不得规矩法度，所谓神明变化者，正从规矩法度中出。”但他又说：“用法须水到渠成，文成法立，自然合符，毫无痕迹，始入妙境。”他又针对谋篇要不要法度发表了相当精彩的看法：“诗也者，无定法而有定法者也。诗人一缕心精，蟠天际地，上下千年，纵横万里，笔落则风雨惊，篇成则鬼神泣，此岂有定法哉！”但诗又有“起伏承接，转折呼应，开阖顿挫，擒纵抑扬，反正烘染，伸缩断续”等谋篇要求，故又有定法。在有定法与无定法之中作诗，最重要的一点，在朱庭珍看来是：“作诗者以我运法，而不为法用。”故他倡导“始则以法为法，继则以无法为法。”总之，运用“无法之法”在朱庭珍看来才是“活法妙法”。清代另一位诗学家徐增对谋篇的法度问题提的主张还要辩证。他在《而庵诗话》中说：“诗盖有法，离他不得，却又即他不得。离则伤体，即则伤气，故作诗者先从法入，后从法出，能以无法为有法，斯之为脱也。”他还说：“诗法虽多，而总归于解数：起承转合。”这就是谋篇的有法无法。

法度的核心内容：整体策略要求。

谋篇涉及文本外在结构的问题，而采取何种策略来谋篇又是和文本特定的审美要求联系在一起的。古典诗学中虽对谋篇缺乏一点从神话思维的观物视角和天人合一的感物方式出发制定策略方针的自觉，却倒也提出了几条在谋篇中便于操作的主导原则。但值得指出：这既来自于创作经验的归纳，更多的还是诗性审美体验的提纯。胡应麟在《诗薮》卷五中曾论及对律诗的谋篇，提出了这些要求：“五十六字之中，意若贯珠”，而“不失回旋曲折之妙”，“言如合璧”，而“绝无参差扭捏之痕”；当中二联“对不属则偏枯，太属则板弱”；各联之间“必须极精切而极浑成，极工密而极古雅，极整严而极流动”；整篇而言，必须做到“圆畅、变化”等“数者兼备，乃称全美”。这不仅是对律诗，也可以说是对整个旧诗在谋篇上的最高要求。从这里我们可以看出：古典诗学理论家对谋篇的整体策略要求大致是这么三个方面：一气相生以求篇章浑成；委婉曲折以求意蕴深远；环环相扣以求传情圆熟。先就一气相生以求篇章浑成来看。朱庭珍在《筱园诗话》中提出：“律诗谋篇，贵一气相生。”他的意思是要让“格调意味，音节法度”在谋篇中贯通，“无斧凿痕”，这样才能使篇章达到“精光熊熊”的浑成境界。清人江顺诒说得更具体，他在《词学集成》卷六中就明人俞彦《爰园词话》中有关立意命句而谋篇的一段话加以评论说：“命意一时也，命句又一时也。屈音以就意，屈句以就调，则就意之时，即就调之时。枝枝节节而为之，未必浑成矣。”江顺诒是主张“词宜浑成”的，因此他反对谋篇中把命意与命句分出先后，把“音”、“意”、“句”、“调”区别开来的做法，在他看来，这种“枝枝节节而为之”的谋篇是难以使篇章浑然一体的，而须让“音”、“意”、“句”、“调”一气相生才是。陈廷焯在《白雨斋词话》中则进一步提出了具体要求：“作词气体要浑厚，而血脉贵贯通。”这就是说不仅要让“音”、“意”、“句”、“调”一气相生，还要求有一个血脉贯通的完整构架来作保证。当然，谋篇须重立构架的思想沈义父在《乐府指迷》中就已提出了：“作大词，先须立间架，将事与意分定了。”但这还只是要求起一种“分定”的作用，陈廷焯却提出要让构架来“将事与意”等贯通成一体——一气相生，立构架在谋篇中的价值就更凸显出来了。再看委婉曲折以求意蕴深远。在古典诗学中强调诗贵含蓄蕴藉，这含蓄蕴藉体现在结构——特别是谋篇布局中，则强调曲折多转。刘熙载在《艺概》中说：“绝句取径贵深曲。”徐荩山在《汇纂诗法度针》中说：“愚谓绝句之妙在婉曲回环，令人含咏不尽。”杨载在《诗法家数》中说：“绝句之法要婉曲回环。”清人林昌彝在《射鹰楼诗话》中说：“七绝诗宜深不宜浅，善婉曲而不善平直。”如果说所引的这些都是就绝句的谋篇布局而言，那么南宋佚名诗学理论家在《诗宪》中针对所有诗的谋篇布局说了一句话：“布置者，谓诗之全篇用意曲折也。”这些都说明诗的谋篇布局贵曲折。那么曲折如何体现呢？多转！吴乔在《围炉诗话》中就说：“七绝唐人多转，宋人直下，味短。”贺贻孙在《诗筏》中把多转的结构美学价值提到意蕴深远的高度，他首先提出：“古诗之妙，在首尾一意而转折处多，前后一气而变换处多。”然后说：“故愈转而意愈不穷”，“故愈换而气愈不竭。”刘熙载在《词概》中也把“转”与“深”结合了起来：“一转一深，一深一妙，此骚人三昧，倚声家得之，便自超出常境。”沈祥龙在《论词随笔》中也说：“词贵愈转愈深。”凡此种种都说明：诗歌在谋篇布局中致力于转折而达到婉曲的功能，也就能获得一唱三叹、回味无穷的审美效果，进入意蕴深远的感受境界。再看第三方面：环环相扣以求诗情圆熟。环环相扣可以指两个方面：一方面指句与句的承接勾连关系，另一方面指情意的正逆应合关系。在古典诗学看来，谋篇中要考虑做到意连句圆。因此，这和上引“七绝唐人多转，宋人多直下”的“直下”——情意流变的逻辑推演化不是一回事，和情意委婉曲折的美学表现也并不矛盾。杨慎在《升庵诗话》中引用杜甫的《绝句·两个黄鹂鸣翠柳》等诗后说：“绝句者一句一绝”，但他又说：“乐府有‘打起黄莺儿’一首，意连句圆，未尝间断，当参此意，便有神圣工巧。”对金昌绪这首绝句称颂之为“意连句圆”，这对谋篇的一种特点是揭示出来了，但并无详细论析。曾季貍在《艇斋诗话》中转述了韩驹对《春怨》“意连句圆”的解说，认为这是一种环环相扣。曾季貍十分赞同，也举了“皆此机杼”的几首诗，如张籍的《哭孟寂》“曲江院里题名处，十九人中最少年。今日风光君不见，杏花零落寺门前”。可以见出他们所谓的“意连句圆”指的是谋篇中应当句句相扣，衔接紧密，诗意畅流而下，圆转润滑。谋篇中的环环相扣除了体现为语脉以外，还体现为意脉。王世贞在《艺苑卮言》中论到七言歌行的意脉时，对情意环环相扣的流变脉络作了形象的阐述：“其发也，如千钧之弩，一举透革。纵之，则文漪落霞，舒卷绚烂。一入促节，则凄风急雨，窈冥变幻。转折顿挫，如天骥下坂，明珠走盘。收之，则如橐声一击，万骑忽敛，寂然无声。”这是以一场千骑出击、纵马疆场，正面冲杀、侧面奇袭、鸣金收兵的整个战斗全过程环环相扣的描述来比喻七言歌行的传情须从开端、发展、变化、转折以及收束的流变脉络环环相扣的表达。这样的环环相扣显示的乃是事象流变过程的序列，而这是出于宇宙运行节律的本然逻辑的显示。唯其如此，才使杨载的起承转合类谋篇布局说虽也遭到过这样那样的议论，但也始终是古典结构诗学中谋篇布局理论的基础，因为正是这起承转合说，集中地显示为环环相扣以求传情圆熟的特征。

再看首尾腰腹关系的法度。

一首诗大体分发端、结尾和腰腹三部分，古典结构诗学中论及谋篇布局时，对这三者各自的性能和在布局中的价值论述得较多。作为一首诗发端的首句，朱庭珍《筱园诗话》中说："凡五七律诗，最争起处，凡起处最宜经营。"若"起笔得势，入手即不同人，以下迎刃而解矣！"因此他主张"贵用陡峭之笔，洒然而来，突然涌出，壁立于千仞，则入手势便紧健，气自雄壮，格自高，意自奇。"沈祥龙《论词随笔》中也说："诗重发端，唯词亦然，长调尤重。有单起之调，贵突兀笼罩，如东坡'大江东去'是，有对起之调，贵从容整炼，如少游'山抹微云，天粘芳草'是。"沈义父在《乐府指迷》中还提起句具体的布局："大抵起句便见所咏之意，不可泛入闲事，方入主意。咏物尤不可泛。"冒春荣《葚原诗说》则论及对起之调的起联："起联须突兀，须峭拔，方得题势，入手平衍，则通身无力气矣。"他还进一步谈到起联的具体布局："有开门见山道破题意者，有从题前落想入者，亦有倒提逆入者，俱以得势为佳。"总之，诚如元人陆辅之《词旨上》所总结的："对句好可得，起句好难得，收拾全借出场。"结尾也是十分被看重的。李渔在《窥词管见》中就提词须"善于煞尾"的主张。沈义父《乐府指迷》中说："结句须要放开，含有余不尽之意"，因此他认为"以景结尾最好。"清人沈谦《填词杂说》也谈到结句如何安排的问题，认为："填词结句，或以动荡见奇，或以迷离称隽，着一实语，败矣！"因此他主张"结句以空灵为佳。"但贺贻孙在《诗筏》中对结句的布局提出多样化的主张："诗有极寻常语，以作发局无味，倒用作结方妙者。如郑谷《淮上别故人》诗云：'扬子江头杨柳春，杨花愁煞渡江人。数声风笛离亭晚，君向潇湘我向秦。'盖题中正意，只'君向潇湘我向秦'七字而已，若开头便说，则浅直无味，此却倒用作结，悠然情深，令读者低徊流连，觉尚有数十句在未竟者，唐人倒句之妙，往往如此，姑举其一为例。"当然，这种寻常语作结是要有特殊条件的，就是前面要不断作铺垫，或写景或抒情，这才能使寻常诗有深远悠长的意味，作为结句的一种布局，自然是别具一格十分可取的。"腰腹肥满"在旧体诗词的谋篇布局中十分受重视，这尤其反映在律诗上，当中二联就特别受青睐。旧题白居易撰的《金针诗格》对律诗四联中的"腰"——三、四句的第二联颔联与"腹"——五、六句的第三联颈联就特别强调其在谋篇布局中非同一般的重要地位，说第二联"欲似骊龙之珠，善抱而不脱也，亦谓之'撼联'者，言其雄赡遒劲，能捭阖天地，动摇星辰也。"说第三联"欲疾雷破山，观者骇愕，搜索幽隐，哭泣鬼神。"词也重视腰腹——词的换头处，亦即词意的转折处。沈祥龙在《论词随笔》中说："词换头处谓之过变，须词意断而仍续，合而仍分，前虚则后实，前实则后虚，过变乃虚实转换处。"如果说古典诗学中的谋篇布局强调的策略要求是委婉曲折以求意蕴深远，那么词的换头过变处起伏转换的布局由于要达到的目的是增加词的委婉曲折，那也可见出词中腰腹肥满之重要了。不过，相形之下处于转枪处的"腹"——也就是律诗中的第三联（五、六句）、绝句中的第三句过变处，尤受重视。清人方世举在《兰丛诗话》中就说："七律八句五、六最难，此腹耳。"他因此特别强调对这第三联要采取据难运思、因事施技，“跳出局外，以求理足；又敛入局中，以使气昌”。杨载《诗法家数》中也提出第三句作为转柁处的重要性：“绝句之法，要婉曲回环，删费就简，句绝而意不绝，多以第三句为主，而第四句发之。”刘体仁《七颂堂词绎》中则提出“古人多于过变处言情”，其理由是“其意已全于上段，若别作头绪”，则“不成章矣”。为了保证整首诗立意的统一，填词在过变处一定尽可能言情，以免词作“头绪”紊乱。当我们对首尾腰腹分头考察了它们在旧体诗谋篇布局中所扮演之角色和各自的重要性以后，也不能不进一步指出：在谋篇布局中更重要的价值还是在它们相互间的关系中。先说首尾关系。对于旧体诗来说，首尾关系一直以来是十分受重视的。胡仔在《苕溪渔隐丛话》卷二中曾提出：“凡作诗词，要当如常山之蛇，救首救尾，不可偏也。”宋人吴沆在《环溪诗话》中说：“首句要如鲸鲵跋浪，一击之间，便知其有千里之势；于落句要如万钧强弩，贯金透石，一发饮羽，无复有动摇之意。乃有一分可摇，即不能为断句矣。”在首尾关系上，讲得最透彻的是贺贻孙。他在《诗筏》中首先提出在布局中，虽须首尾一意，但必须看到各自在谋篇中的价值。他说：“发语难得有力，有力故能挽起一篇之势；结语难得有情，有情故能锁住一篇之意。能挽起一篇，故一篇之情亦动；能锁住一篇，故一篇之势亦完。”这种呼应而互动的说法，是相当辩证而有系统论意味的。如此等等论说总括起来可以用一句话来表达，如同清人江顺诒在《词学集成》卷六中所说的：“词要放得开……又要收得回。”再来看首尾腰腹的关系。对于诗歌文本的篇章结构，古典诗学中有三段说与四段说两种说法。三段说就是把篇章分为首——腰腹——尾这么三段。元人王恽有一个三段的说法。王士祯在《带经堂诗话》中曾引用他的话：“入手当如虎首，中如豕腹，终如虿尾，首取其猛，腹取其楦穰，尾取其螫而毒也。”而另一位元代散曲家乔吉也有一个三段说，陶宗仪在《辍耕录》中有这样的记载并作过阐释：乔吉“论作今乐府法亦云：‘凤头，猪肚，豹尾。大概起要美丽，中要浩荡，结要响亮”。两种三段说所提供的两类相互关系是否具有普遍规律性是可以讨论的，把“腰腹”不分开，合称“豕腹”、“猪肚”以至把律诗的当中二联、绝句的二、三句看成篇章中的一个单元也是可取的。但探讨一些规律性的理论问题中国古典诗学理论家爱用模棱两可的比喻来言说的恶习，往往使其理论阐述不得要领，大概也于此可见。其实这只是感觉而已，很难说明首尾腰腹究竟有怎样的关系。不过，上面已提及的贺贻孙在《诗筏》中不仅相当出色地论述了谋篇布局中首尾之间的辩证系统关系，还对首尾与腰腹的关系也发表了精辟的见解：“古诗之妙在首尾一意而转折处多，前后一气而变换处多，或意转而句不转，或句转而意不转，不转而转，故愈转而意愈不穷；不换而换，故愈换而气愈不竭。善作诗者，能留不穷之意，蓄不竭之气，慢几于化。”这就是说：在首尾一意中，首与尾一挽起一锁住，一起势一发情，既相呼应，也互动，共同来为腰腹间的转折起一份推动和制约的作用，即既让腰腹部充分展开意象抒情布局的转折多变，又将其圈定在首尾一意的界限中，从而在意愈转愈不穷、气愈转愈不竭中把不穷之意留住，不竭之气蓄起，使一场谋篇布局如有化工之妙。篇章结构也有四段说，除首与尾以外，腰与腹也分开了。四段说先是从律诗的谋篇布局中概括出来的，最早可见于托名白居易撰的《金针诗格》，《诗人玉屑》引其说称“第一联谓之‘破题’”，“第二联谓之‘颔联’”，“第三联谓之‘警联’”，“第四联谓之‘落句’”。基本上都是用一些不着边际的比喻谈四段各自在篇章中的特点。后来杨载在《诗法家数》中把《金针诗格》中的四段说作了引申和发展，以“起承转合”来论律诗章法，改名称为“破题”、“颔联”、“颈联”、“结句”。并称第一联的“破题”为“起”，第二联的“颔联”为“承”，第三联的“颈联”为“转”，第四联的“结句”为“合”，这就凸显了四段之间的内在关系。杨载还为此作了具体的阐释：

> 破题，或对景兴起，或比起，或引事起，或就题起。要突兀高远，如狂风卷浪，势欲滔天。颔联，或写意，或写景，或书事，用事引证。此联要接破题，要如骊龙之珠，抱而不脱。颈联，或写意、写景、书事，用事引证，与前联之意相应相避。要变化，如疾雷破山，观者惊愕。结句，或就题结，或开一步，或缴前联之意，戒用事，必放一句作散场，如剡溪之棹，自去自回，言有尽而意无穷。

这段话就说得较到位了。作为一段抒情，的确大致上存在着“起承转合”的过程，唯其如此，才使针对律诗谋篇布局之用的“起承转合”四段说，也被沿用在绝句、词等上面。如清人马鲁《南苑一枝集》中就说：“绝句四句内自有起承转合。”可见一斑。清人冒春荣对四段说的“起承转合”的内在联系还有更深入的探讨。他在《葚原诗说》中说：“近体以起承转合为首尾腰腹，此脉络相承之次第也。首动而尾随，首击则尾应。腹承首后，腰居尾前。不过因首尾以为转动而已。是故一诗之气力在首尾，而尾之气力视首更倍，如龙行空，如舟破浪，常以尾为力焉。唐人佳句，二联为多，起次之，结句又次之，可见结之难工也。”但杨载和冒春荣阐释四段之关系时，对于颈联或绝句第三句的重要性没有强调，从一种以婉曲求意境幽深的谋篇布局总体要求看，律诗的颈联、绝句的第三句是转柁处，具有关键意义。试以绝句为例来看看前人的说法。沈德潜在《唐诗别裁》中就记有这么一条：“杨仲弘论绝句，以第三句为主，第四句发之。盛唐多与此合。”清人王楷苏在《骚坛八略》中说：“七绝全要在第三句着力，须为第四句留下转身之地。第三句得势，第四句一拍便着。”等等。这“腹”部虽重要却难工。如前已引述的方世举的《兰丛诗话》中就说：“七律八句之五六最难，此腹耳。”的确，这转柁处是负有愈转愈深之使命的，非得考虑多方面的照应不可，虽想做得恰如其分，却总难免捉襟见肘，照应不周。

第二节　布局操作原则（一）

古典诗学中，布局既要考虑法度的大原则，也得解决布局中实际的操作方式问题。大致说，操作原则可归为三类：起承转含类、并置均衡类和二者综合类。

先看起承转合类。布局中如果把“起承转合”奉为金科玉律之信条来株守，是会导向公式化、程式化、千人一面、千篇一律之弊端的。但此法也有合乎情事起讫的一面，而情事起讫之内在流变律也决定了“起承转合”具有环环相扣之性能。唯其如此，才使诗歌文本中起承转合及其环环相扣的表现，不受制于分析—演绎，也不属于逻辑推理关系。这种按情事起讫为依据的起承转合，决定了旧诗的结构艺术要求于布局的是部分之间显示为曲折流动、灵转畅达的组接关系，整体则显示为一体浑成、充分自足的存在状态，而布局要求于操作的则是环环相扣的流动、曲折灵活的转换、自然有机的贯通、前后呼应的完形。值得指出：这四点操作要求中，环环相扣的流动与前后呼应的完形相结合，对布局能起一种相互关联中获得的互动作用；曲折灵活的转换与自然有机的贯通的结合，则能起一种以变化转换达到的婉曲作用，而以互动求婉曲和以婉曲显互动则能使一场布局活动呈现为婉曲回环①的结构形态特征。有关这种种，我们可以举一些实例来阐析。

《西洲曲》是南朝乐府民歌，《乐府诗集》将它列于杂曲，是《吴歌》、《西曲》最成熟精致阶段的代表性诗篇，抒唱了一个青春少女对情郎的绵绵思念和梦恋情景。全诗的布局就遵循情事起讫的起承转合。诗是这样的：

> 忆梅下西洲，折梅寄江北。单衫杏子红，双鬓鸦雏色。西洲在何处，两桨桥头渡。日暮伯劳飞，风吹乌桕树。树下即门前，门中露翠钿。开门郎不至，出门采红莲。采莲南塘秋，莲花过人头。低头弄莲子，莲子青如水。置莲怀袖中，莲心彻底红。望郎郎不至，仰首望飞鸿。鸿飞满西洲，望郎上青楼。楼高望不见，尽日栏杆头。栏杆十二曲，垂手明如玉。卷帘天自高，海水摇空绿。海水梦悠悠，君愁我亦愁。南风知我意，吹梦到西洲。

它共32行，四行一转韵。从“忆梅下西洲”到“风吹乌桕树”这8行，是情事的“起”，诗篇的“破题”，写的是痴情少女在落梅时节“折梅”寄给江北的情郎，表达她怀念梅花开时西洲的幽会，并望再度幽会西洲，因为去那儿并不远，“两桨桥头渡”即可的。但盼等到时临仲夏，“双鬓鸦雏色”的人儿也该著上“杏子红”的单衫了，还是不见人来呢！此刻“日暮伯劳飞，风吹乌桕树”，形单影只的“他”，莫非来了吗？这是现实人生中坠入情网者情思百转回肠的真实写照。这同杨载在《诗法家数》中论“破题”须“或引事起”是相合的。而到“风吹乌桕树”止，到底所盼的人儿来了没有呢？还是一个悬念，也合于杨载对“破题”的总体要求：“要突兀高远，如狂风卷浪，势欲滔天”——有一种大起大落的蓄势存在着。从第9行的“树下即门前”到第20行的“仰首望飞鸿”，是情事的“承”，写的是“开门郎不至”的大失所望，引痴情少女“出门采红莲”，具体地写了她在“南塘”中的“采莲”、“弄莲”和“置莲”，历来评此诗者都注意到“莲”与“恋”的谐音，“莲子”与“怜子”、“莲心”与“怜心”的双关，这不是没有道理的，既“采”又“弄”还“置”莲，都系对她心头挥之不去的恋意的暗托。但更值得注意的是“莲花”、“莲子”、“莲心”都是意象，它们具有一个共同的象征原型：“莲”。从象征学的角度看，世界各民族都把“莲”放在特别

① “婉曲回环”之说，出于杨载的《诗法家数》。我们本拟称为“应合回环”，可以和后面将要论及的“复沓回环”相并列，现考虑到婉曲多转本是以相互应合为条件的，既然前已有人用“婉曲回环”，也就传承此说，不再标新立异。

重要的象征文化位置上，有一个重要原因是它“被人们比作生命之源的理想中的外阴形象”[①]，意思就是具有某种性的原型象征意味。所以在这“承”的阶段，表现了坠入情网的少女发生在潜意识中的一场性本能活动，只不过是通过“采莲”、“弄莲”、“置莲”等原型象征来暗示而已，说简单一点，所“承”的是一场性的梦恋。但结果是“忆郎郎不至”，梦恋中醒来后现实依旧是空虚的。这是随“起”而生、大起大落的第一阶段。这么说，大起大落的情事在这首诗中莫非还会有可能出现？是的，但不能在原有所“承”之情事上加码，须别开生面——“转”，于是也就有了从“仰首望飞鸿”引出的另一段大起大落的情事，即从第21行“鸿飞满西洲”起到第28行的“海水摇空绿”。这一场转柁显示为抒情主人公撇开性本能的白日梦而进一步专注于对情郎的现实性盼等。如果说“起”时出现的“日暮伯劳飞，风吹乌桕树”是出于殷切盼等情郎出现的现实的希望，现实的期待破灭后的心理补偿是刺激出一场性本能的梦恋，那么性本能的梦恋消失后，作为心理补偿的则是重新移情于殷切盼等，只不过由此刺激出来的已是非现实的期待。正是这种非现实的期待，显然比现实的要近于潜意识，因而更持续、更强烈也更痴。可不是吗？在抒情主人公的潜意识里，这场盼等已是“鸿飞满西洲”了。我们有鸿雁传书的传说，已成典故，这“鸿飞满西洲”以一个“满”字而充分表现出这种非现实的期待已到如痴的地步；至于“望郎上青楼”，明知“望不见”也还要“尽日栏杆头”的望，这痴进一步到了登峰造极的地步。但结果呢？“海水摇空绿”——天海茫茫，杳无音讯。所以这一场“转”，转出的情事更近于潜意识的大起大落。而转出的这场曲折幽深境界也就形成一个绝望的希望的蓄势。“转”既得势，“合”就一拍便着；“转”得之势是绝望的希望，则能“发之”的“合”便因此能有推宕之可能：把非现实的期待推宕成超现实的期待。于是从第29行“海水梦悠悠”起到末了的“吹梦到西洲”，就有了情事的“合”：由于这以前两次期待的大起大落，使痴心得何等深的抒情主人公终于懂得这一切都只不过是“海水梦悠悠”般绝望的希望而已，命运决定了只能“君愁我亦愁”，那也就只能借“南风”来“吹梦到西洲”幽会了。这可是从非现实的期待中挣脱出来，走向了超现实的期待了。所以结尾这句“吹梦到西洲”和首句“忆梅下西洲”是应合的，这应合既是“君”与“我”幽会之处的呼应，也是“君”与“我”现实的期待和超现实的期待的呼应，从而使这场布局借起承转合的操作规范而显出了婉曲回环的结构特征。只不过经这一场曲折转换的回环使“西洲”和期待都升华了，前者升华为神圣的象征，后者升华为宿命的象征。至此为止，我们已对《西洲曲》的布局规范——起承转合的特征作了论析。那么，为这一类布局进行的操作是否也合于上面已提出的四点要求呢？不妨引用余冠英对此作品评中的一段话：

> 这首诗基本上四句一换韵，像是许多五言绝句联缀而成。但语语相承，段段相绾，首尾相顾，浑然成篇。换韵处往往用“钩句”承接，形成反复回环、余味无尽的情韵。[②]

---

① 檀明山主编：《象征学全书》，台海出版社2001年版，第373页。

② 余冠英、韦凤娟编选：《古诗精选》，江苏古籍出版社2002年版，第250页。

这是确切的。其实我们对此诗布局的起承转合规范作具体考察中也已对类似这样的品评意见作过分析了。

起承转合类布局的操作规范，在绝句中体现得最成功，也最为绝句作者遵循。不妨看看李白的《秋浦歌》第十四首：

炉火照天地，
红星乱紫烟。
赧郎明月夜，
歌曲动寒川。

《李太白全集》王琦注说："秋浦有银有铜，此篇盖咏镕铸之景也。"即表现夜间冶炼铜或银时情景。全作的起承转合十分明显。起句"炉火照天地"，一个空间意象组合体破空而来，境界开阔，颇为得势；"红星乱紫烟"也承接得好，使起句开阔的动态视觉境界更奇幻、更迷离恍惚。但李白并没有在这个空间意象组合体上继续加码，按起承转合规范，他在第三句就转柁，转出来的是"赧郎"、"明月"与"夜"这三个意象组合成的诗行。根据提出起承转合说的杨载的意见，处在转折位置上的第三句与第二句之间的关系是"相应相避"，即既不能与前句在情景感受上趋同，又要立于全作整体立意造境的高度与之应合。"赧郎明月夜"则以一个静态时间意象组合体，使第三句转柁得很成功，这不仅在于从空间意象转为时间意象而达到了"相避"的要求，还因为这首诗是以对生命创造美的抒情来立意的，而这种美既存在于动态的显现也存在于静态的含凝，从而达到"相应"的要求。杨载在《诗法家数》中论到绝句的宛转变化时说："至于宛转变化，工夫全在第三句，若于此转变得好，则第四句如顺流之舟矣。"李白这首五绝的第四句——"合"，就是"顺流之舟"般的一场推宕。这"歌曲动寒川"由于是从时间上已显出静态境界的"赧郎明月夜"中发出的，因此，如同"鸟鸣山更幽"一样，"歌曲动寒川"推宕得好，使转句的静态听觉境界更迢遥，更深邃幽渺。所以这首诗从"起"、"承"二句空间性的动态视觉表现转换为"转"、"合"二句时间性的静态听觉表现，便令诗所造之境因宛曲多转而显得更深沉，把生命创造美展示得更雄阔旷放。特别值得一提的是起结二句的关系，是视觉与听觉的应合，是动与静的应合，是开阔与深沉的应合，更是以力挽起一篇之势与以情锁住一篇之意的应合。以上种种，就是以起承转合为特征的布局的具体显示，充分体现了绝句宛曲流转的结构特色。

第三节　布局操作原则（二）

这一类操作遵循的是并置均衡——对称美的规范要求。所谓对称指的是以实在的或假定的基线为中心，在其左右、上下作同形的比照性设置。由此说来，对称是自然美的根本要素，赫尔曼威尔在其《对称》一书中说："平面上的圆，空间内的球，因为具有完全的旋转对称性，毕达哥拉斯学派把它们看作是完美的几何学图形。"为此，他还引用了诗人安娜·威克汉姆对世上神圣的存在体献上的诗句："神啊，你是伟大的对称。”作了这样的赞美后，这位“对称”研究学者还指出：“人们都一致地依据这个概念去理解秩序和美以及完善，并努力加以创造。”① 古田敬一也说：“对称的原理是自然界万象的普遍原理，人类共有的理念。在中国人方面，其哲学尤其根深蒂固，《易》的阴阳原理成为他们世界观的基础。这个思想方式浸透到了日常生活的底层，并成为他们的文学的对偶表现的基础。”② 他还进一步认为：对称的思想对于文学的构成——特别是中国文学的构成来说是至关重要的，“不单体现在文章表现的字句的构成法③上，在一部文学作品的主题构成上也有鲜明的表现”④，“对偶的思想不单限于对句，例如在构成诗的各小节的相互间，或在构成小说的情节结构中，也可以见到。”⑤ 提起中国文学特别是中国诗歌中有关对称的问题，就叫人想起对句。不过，独立存在的对句只是语言上的对称，当对句被置于谋篇布局中，则是结构上对称的问题。所以，诗歌结构上的对称除了也须考虑对句以外，的确还得考虑其他更多的方面，诸如节与节之间时空、情景、意象群、主题思想等来自于形上而非音上的对象的对称。值得指出：对称并不就只是同类同质的东西的互映，真正意义上的对称是两个相反的东西——异类或异质的比照。两个异类或异质的东西相对比的存在，由于双方逆向互映的作用而能创造出新的世界，这就是对称在诗歌结构中带有本质意义的功能。需要提出来的是：对称分两类，一类是并置式对称，另一类是均衡式对称。并置式对称不论是同类同质的单线互映，或者是异类异质的复线对比，对称性能是稳定的，以此来布局，其结构就能具有平静的审美情趣。均衡式对称也有同类同质的互映或异类异质的比照关系存在，但不一定左右形式相同。当然，即便如此，也还可以通过时间、空间、数量的变动或根据力学原理的调整取得左右的均衡，而正是这“变动”、“调整”，使均衡式对称的性能是不稳的，以此来布局，其结构则具有灵动的审美情趣。值得指出，这两类对称的左右形式都能以一种相对关系导致的存在、互动及互映、比照导致的旋转对称性为条件而获得一种调和，从而造出一片新世界——意境的深化。

就旧诗布局遵循并置式对称的规范要求而进行操作而言，在近体诗以前采用得较多，可以说越上古的越多，而近体诗以后，包括绝句、律诗和词、散曲小令，可就鲜见了。这是因为以并置式对称的要求来布局，在意象抒情复杂化的情势下，要求严格做到是十分困难的。并置式对称最适宜于造对偶句，但要想用于谋篇布局，即一个诗文本全用对偶句构成，谈何容易，只有意象抒情十分原始、简单的情况下才能得到普遍采用，但大多也只是较原始的对句的叠合，而在句式构成较复杂的情况下要求作非格律层面上而是严格的对偶层面上节与节的对称是很难的，因此实施者寥寥。就上古诗歌而言，《诗经》中有不少篇的布局确是以并置对称的要求来操作的，如《樛木》、《螽斯》、《芣苡》、《鹊巢》、《甘棠》、《蒹葭》、《伐檀》、《硕鼠》、《无衣》、《狡童》、《东方之日》等，均是。这些诗从格律角度看，具有高度的复沓性，从谋篇看，节与节之

① 转引自古田敬一著：《中国文学的对句艺术》，李淼中译本，吉林文史出版社1989年版，第1—2页。
② 同上书，第5页。
③ 指对偶句。
④ 《中国文学的对句艺术》，李淼中译本，第11页。
⑤ 同上书，第9页。

间做到了严格意义上的并置对称。如《萚兮》：

萚兮萚兮，风其吹女！叔兮伯兮，倡，予和女！

萚兮萚兮，风其漂女！叔兮伯兮，倡，予要女！

这一首少女邀请恋人同歌共舞的诗，以风萚起兴，渲染出一种欢快活跃的气氛，一种渴求的呼唤、期待和恋的沉醉，表现在节奏上，是圆舞曲式的复沓回旋；反映在布局上，则以节与节同质原始意象相应并置的圆美类操作来显示其“旋转对称性”。就中古诗歌而言，汉赋的骈体与齐梁时代的形式主义追求，使这期间的文人诗在接受《诗经》、汉乐府风格的基础上，流行一种风尚：采取整篇用对句构成并置式对称方式来谋篇布局。如被认为是陶渊明所作的《四时咏》：“春水满四泽，夏云多奇峰，秋月扬明辉，冬岭秀孤松。”这是由四个对句构成的绝句，显示为以时间的空间化意象群作并置或对称的布局，它的“旋转对称性”给人以结构的圆美感。当然，这不是一首上等的诗，缺乏情的抒发。可惜作为一种富有特色的布局操作，写者不多。谢灵运的《登池上楼》、《登江中孤屿》，孔稚珪的《游太平山》、沈约的《石塘濑听猿》、吴均的《山中杂诗·山际见来烟》、王籍的《入若耶溪》、阴铿的《五洲夜发》等，倒也有这类追求意向，不过变调了。他们采取两句一对而自成一节的办法，故只是节内用并置式对称，未能在节与节之间也如此来作谋篇布局。这种专注于节内布局的并置或对称操作法从此一直被沿用下去，而再不见有《萚兮》这样从整篇着眼的。杜甫的五言《绝句·两个黄鹂鸣翠柳》、王维的六言绝组诗《田园乐》、杜甫的七律《登高》等承袭都如此。如《登高》：“风急天高猿啸哀，渚清沙白鸟飞回。无边落木萧萧下，不尽长江滚滚来。万里悲秋常作客，百年多病独登台。艰难苦恨繁霜鬓，潦倒新停浊酒杯。”这就是两句可成一节、两两相对，节内是并置式对称，但整体谋篇并不采用这种布局操作法。但你能说它就不具备“旋转对称性”、不显圆美了吗？那倒也不见得。吴农在《初白庵诗评》卷上中评此诗说：“八句俱对，一气折旋。”看来这首诗的布局还是具有“折旋”——“旋转对称性”的，那折旋指的是什么呢？

这就需要进一步来考察布局中的均衡式对称了。

均衡式对称实系广义的对称，在诗歌的谋篇布局中是一场时与空、情与景、真与幻、动与静等方面在以意境为中轴线而充分保持均衡以求得“旋转的对称性”——这一结构美的追求，这种对称和语言的对偶并不存在必然关系，纯粹是意境体现的均衡，所以这类对称广延性、伸缩性、灵动性较大，比之于并置式对称，更能使谋篇布局达到“旋转的对称性”的美学要求。因此，旧诗谋篇布局中采用均衡或对称就较多，特别在并不讲求外在的格律结构均衡美的词曲中，更为通行。如李白的《菩萨蛮·平林漠漠烟如织》：

平林漠漠烟如织，寒山一带伤心碧。暝色入高楼，有人楼上愁。玉阶空伫立，宿鸟归飞急。何处是归程？长亭更短亭。

显然这首诗属于格律意义上的结构并不均衡匀称，从语言对偶的角度看，也谈不上对称。但我们会发现它具有一种“旋转的对称性”结构美，即能给人以结构上的圆美之感，它的上下片可以说是在“日暮客愁新”的意境作中轴的两侧、男女抒情主人公两地相思的均衡性对称表现。当然，历来评此词的都把它看成是单线直下的一场闺思。但许昂霄在《词综偶评》中却说“玩末二句，乃是远客思归口气。或注作闺情，恐误。”这是颇有见地的。就上片说，意象的关键词是寒山、平林、暝色、高楼；下片的意象关键词是空阶、宿鸟、归程、路亭，是两类意象化生态环境的均衡或对称感发出了不同的抒情氛围。上片的情景是寒山暮烟引发深闺怀人的绵绵盼等愁，下片的情景是宿鸟飞急引发游子思归的迢迢行役愁，是两类经不同氛围渲染的愁绪以均衡或对称显示的两地相思。作为一种新颖的、借均衡或对称谋篇布局成的两地相思型结构，如果把屈原的《湘君》、《湘夫人》合为一个文本，就是很典型的这类谋篇布局的体现。我们后面还要论及的新诗中徐志摩的《两地相思》、严杰人的《烽火情曲》也都属此类。总之，这类均衡式对称的布局，在词曲里还可以举出不少例证，如张孝祥的《念奴娇·洞庭青草》就是以“我”融于宇宙和宇宙融于“我”的均衡式对称。吴文英的《风入松》就是以昔年清明西园楼前别时情景与今日清明西园依旧而人去楼空的情景，作均衡式对称，这样的布局实在是两类空间化时间的对称，在人生乃宿命之空茫这一中间轴两边平分惆怅。

这类布局其实何止体现在词曲，在近体歌行里也不同程度地被采用了。张若虚的《春江花月夜》可说是传统结构诗学中特具结构艺术之作，其成功也得归功于均衡或对称的布局。这首抒情长诗四行一转韵，形成四行一音群这样一种类似分段的格式，因此它36行诗可分9段。根据此诗诗情进展的层次，可划分为如下章节：

第一章

一

春江潮水连海平，海上明月共潮生。
滟滟随波千万里，何处春江无月明！

江流宛转绕芳甸，月照花林皆似霰；
空里流霜不觉飞，汀上白沙看不见。

二

江天一色无纤尘，皎皎空中孤月轮。
江畔何人初见月？江月何年初照人？

人生代代无穷已，江月年年只相似；
不知江月待何人，但见长江送流水。

第二章

白云一片去悠悠，青枫浦上不胜愁。

谁家今夜扁舟子？何处相思明月楼？

第三章

一

可怜楼上月徘徊，应照离人妆镜台。

玉户帘中卷不去，捣衣砧上拂还来。

此时相望不相闻，愿逐月华流照君。

鸿雁长飞光不度，鱼龙潜跃水成文。

二

昨夜闲潭梦落花，可怜春半不还家。

江水流春去欲尽，江潭落月复西斜。

斜月沉沉藏海雾，碣石潇湘无限路。

不知乘月几人归，落月摇情满江树。

这样的分章分节分段示意着很多内容。先看第一章的两节，每节两段，共四个音群——四段，写“春”、“江”、“花”、“月”、“夜”这些大自然瑰丽景色组合成的宇宙境界和由此诱发出来的一片思古幽情。其中第一节两段写大海、春潮、茫茫的月光、滟滟的大江，以及月光中芳甸流霜、花林似霰的一片莹澈境界，十分细腻地呈示了一个无边的空间。第二节两段写明月多情临长江、江天交融成一色时，遐思“江畔何人初见月，江月何年初照人”的问题；在明月中天空待人，长江无语送逝水里慨叹“人生代代无穷已，江月年年只相似”的历史，十分动人地呈示了一场无尽的时间。无边的空间是“宇”，无尽的时间是“宙”，所以这两节意示着宇宙一体。现在且跳过第二章，先来看第三章。它和第一章的布局完全是均衡式的对称，也是两节四段，表现的是异空间、同时间中的一男一女望明月而相思绵绵，其中第一节的两段写空闺思妇，在明月踏波穿帘、照临床帏时分，设想到她所眷恋者也许正和自己在“隔千里兮共明月”，于是产生了一层愿自己融入月光而去“流照君”的幻想。但在波影缭乱、月光难度中，幻想只能是破碎的。这一意象群所显示的是一个女性的相思愁绪。第二节两段写暮舟游子在春残梦断、月沉海雾时分，思及佳节年华易逝、故土家园难返，于是产生了乘月而归的幻想。但月已沉落，唯雾水孤舟、怅恨无尽而已。这一意象群显示的是一个男性的怀乡哀感。至此为止，我们并没有充分证据可以肯定这一章是人类中的一对相思男女在望月而互作相思，空闺思妇眷恋的那位“君”，客舟游子欲归的那个“家”，都是指向不明的。能够较踏实地思考的只有这么一点：女性代表“阴”、男性代表“阳”，这两节意示阴阳和合。现在再转回来看第二章。它只有一个音群共四行的一节，却具有特殊的功能：是对第一章总结性的“继往”，也是对第三章提示式的“开来”。具体而言：前两行写青枫浦上飘走的白云，激发出一种时间茫茫、空间渺渺的宇宙感受——这是对第一章的“继往”。后两行写扁舟江上的游子和明月楼头的思妇对此浩浩天宇、悠悠岁月勾起自身隶属谁家、应归何处的生命感应，而以一对男女的相呼应来显示阴阳和合——这是对第三章的“开来”。总之，这首抒情长诗第一章立足于宇宙本体，完成宇宙本体一统的原型象征使命；第三章立足于生命本原，完成生命本原一体的原型象征使命；第二章则是第一、三章各自原型象征内容相结合的缩微，它既是一中轴线，使其两侧以宇宙本体一统与生命本原一体而完成了这首长诗均衡式对称的布局；它又是这两大原型象征在均衡式对称的布局中升华为一个具有东方神秘文化意味的新世界——宇宙本体与生命本原大合体的缩微。由这种均衡式对称的布局展现的《春江花月夜》结构艺术，也就因此而在魔方般神秘的宇宙象征中显示出对称结构的旋动性能，达到圆美境界。

第四节　布局操作原则（三）

但古典诗学中最具功能价值的布局是起承转合与对称均衡的并用，让环环相扣、前后互动、首尾呼应处于匀称调和的内在制约下，使布局进入稳定中变动、变动中稳定的和谐状态，而这样的布局也就导致结构真正达到了圆美流转如弹丸——如同谢朓所要求的那样，具有一种珠圆玉润、剔透玲珑的圆熟美。在中国文学史上，可以被目为精品的大致显示着这种结构美。可以举些例子。例如陶渊明的《归园田居》（二），历来被评为精品之作，就有着这样的“二结合”的布局特征，原诗是这样的：

1. 少无适俗韵，性本爱丘山。误入尘网中，一去三十年。
2. 羁鸟恋旧林，池鱼思故渊。开荒南野际，守拙归园田。
3. 方宅十余亩，草屋八九间。榆柳荫后檐，桃李罗堂前。
   暧暧远人村，依依墟里烟。狗吠深巷中，鸡鸣桑树巅。
4. 户庭无尘杂，虚室有余闲。久在樊笼里，复得返自然。

这首诗自述离开仕途、归居田园，抒发了他这一“归”甚适其本性的新鲜感受、欣喜之情。我们把它分为四段。第一段第1—4行，是“就题起”的“起”，一开头就把自己适俗走仕途看成是“误落尘网”，并对自己多年来的违心之举表示了遗憾，这为以后的抒情作了铺垫，是颇得题势的。第二段第5—8行，是“承”，写意书事。“羁鸟恋旧林，池鱼思故渊”这个平易而又情意深蕴的对句是对“守拙归园田”的动因的形象化诠释，也是承接第一段并对“起承”之间内在的情绪逻辑作推演的主要依据。但这内在的情绪逻辑却还未充分展开，显示为“骊龙之珠，抱而不脱”的性能。真正大展开的是第三段第9—16行，这段对上一段来说是一次递进式的“转”，即对于比较抽象化的“恋旧林”、“思故渊”转向以具体而富有兴发感动功能的意象群来感发他恋之真、思之切。这一段花了8行四个对句，每一个对句自身是并置式对称的，四个对句之间则是均衡式对称，特别值得注意的是前两组对句（第9—12行）是近处的表现：宅园、林木，让人亲切可爱；后两组对句（第13—16行）是远处的表现：村巷、炊烟，令人遐思悠长。这远近两组镜头的均衡对称，能给人以特异的旋动美感，作为整个文本布局中核心的这一个段落，不仅因处在“转”的关键位置上，显出了“愈转愈深”的特定功能，也因对称均衡使这一段在发挥“转”的功能中显出内在调和匀称的制约作用，更因这一段从“转”的地位转向第17—20行的第四段时，其调和匀称而回旋的对称性也强化了第四段“合”的势能，这就是以“久在樊笼里，复得返自然”对第一段“性本爱丘山”作呼应的强化，因为“呼应”也须建立在调和、匀称以致回旋的基础上。由此看来，《归园田居》（二）起承转合的布局在“转”的段落处作对称均衡的安排能促使布局的互动流转更具有匀称圆美的性能，结构获得行云流水般自然的圆熟美。我们还可以举张可久《殿前欢·离思》（二）为例：

月笼沙，十年心事付琵琶。
相思懒看帏屏画，人在天涯。
春残荳蔻花，情寄鸳鸯帕，香冷荼蘼架。
旧游台榭，晓梦窗纱。

这首小令抒唱了一个少女在春末夏初的月夜对离别十年的恋人苦苦思念的伤感情绪。它的布局也是遵循起承转合的。第1—2行，是“起”，开门见山，写月明之夜抒情主人公用琵琶弹拨出苦恋十年而郁在心头的全部痛苦，颇得题势。第3—4行是承接上段，坦露出抒情主人公连曾那么吸引过她的“帏屏画”也因对相思的绝望而“懒看”了，因为“人在天涯”。这实在是把琵琶上拨弹出来的心事进一步推向现实困境的具体诉说。第5—7行是“转”，连用了三个对句，以其所蕴藏的意象群兴发感动出青春已在无望的相思中消逝的生命困境。显然，从当下的哀怨转向宿命的哀怨无疑是扩大了、深化了哀怨的内容，或者说是升华了哀怨的层次。这一场“转”使抒情主人公在经历了生存永恒的困惑后也就只能以无奈的回忆来稀释（不可能消解!）宿命的哀怨，于是诗篇也就进入了第8—9行的“合”的段落。这场在“晓梦”中“旧游台榭”的回忆和“起”段在“月笼沙”中的琵琶诉说的十年心事是呼应得很好的，因为“十年心事”就出之于“旧游台榭”；而“旧游台榭”则构成了“十年心事”的主要内容。但值得指出：这首尾呼应得好是同“转”的段落采用并置式对称的布局分不开的。这里使用的三个对句就显示为一种并置对称的关系，它们以同一主题重复三次的意象群布局，使借此感发出来的生存困惑感具有往复来回、无法排解的人生永恒无奈特性，而把这层无奈感向第四个段落——“合”的段落作推宕后，势必把这层无奈向绵绵无尽的往事回忆作推宕，从而强化了首尾相呼应的功能。所以“转”这个段落采用的三个对句，以其既并置又均衡式的对称而使全诗流转类起承转合的布局在关键部位插入了均衡对称，使全诗因互动呼应而生的流转进一层获得了均衡调和而生的圆美性能。刘大杰在《中国文学发展史》中认为张可久“以骚雅蕴借为最高境界，形成他那种唯美婉丽的作风”[①]。

① 《中国文学发展史》下，百花文艺出版社1999年版，第259页。

如果说蕴借的境界来自于婉丽的作风，那么婉丽的作风很大程度上见之于结构的圆美流转，《殿前欢·离思》（二）正是体现张可久圆美流转类结构美的代表性诗篇。

在布局中采用起承转合与对称均衡相结合来获得圆美流转型结构艺术的，数律诗的成就最高。这同律诗一方面最讲究布局的起承转合，另一方面颔联、颈联各自都是并置式对称的，而相互间又与均衡式对称有关。律诗的结构艺术只有从这种布局的“二结合”出发来探求，才能为共价值作出确切的定位。这里且引用李商隐七律《无题·相见时难别亦难》来作一考察。原诗是：

相见时难别亦难，东风无力百花残。
春蚕到死丝方尽，蜡炬成灰泪始干。
晓镜但愁云鬓改，夜吟应觉月光寒。
蓬山此去无多路，青鸟殷勤为探看。

对这首七律，作《李义山诗解》的清人陆昆曾说过一句：“八句中真是千回万转。”这感觉是确切的。李商隐是按起承转合的要求来布局的。首联写的是抒情主人公这段刻骨铭心之恋的背景性内容：在“东风无力百花残”的惆怅季节里，“我”与“你”好不容易见了面却又匆匆离别，要让心灵接受这一事实是多么艰难，于是颔联在承接这一份人生无奈中“我”就索性把郁结于心的块垒伴和着情绪冲动大胆地倾诉了出来，这就是以围绕“春蚕”、“蜡炬”形成的两个意象群来隐喻“我”对“你”爱恋的至死不渝。而这两大意象群之间的关系是以对句来体现的，布局上显示为并置或对称，其功能则是应合这一份至死不渝之情，提供给人毫不动摇的稳定感，并强化所诉之情来回往复缭绕心头的无法排遣性。“承”也就因这种并置式对称的布局而得以强化。颈联是一个转折，把抒情主人公爱得至死不渝的情意作了别开生面的表现，即一方面设想她定因时刻思念自己而愁容难展，另一方面则表现自己也为此而终日哀吟，这里显露着激情之后的深情，而这是通过两人不同时空中的生活实况交互映衬表现出来的。这种时空意象群的交互映衬，也采取对句来表现，因此也具有并置性对称的布局特色，并能以此来呼应和强化这种深情——我们晓得，深情是情受理念净化、除掉浮躁之后的浓缩、凝定，它自有呼唤布局稳定的潜在要求。颈联对颔联所作的这一场别开生面的转折，对这首诗至死不渝的抒情意旨不仅是愈转愈深的，而且也使原联得以顺水推舟，即从经历于现实的忧伤、激情和深情的抒发后，进入到对心灵作重新组接的阶段，这是对灵肉失衡这场生命大骚动的超越，却又是无奈的超越：让梦与幻想化成的“青鸟”去“殷勤”探看，也是无奈的期待。无奈的超越也好，无奈的期待也好，都是虚幻与宿命感的反映。唯其如此，才使尾联对首联发出了呼应，完成了“合”的使命。以上所述是这首七律名篇起承转合的布局特征，但它——也包括所有律诗独特的结构艺术，还和颔联、颈联的对句设置分不开的。不错，我们上面已经提及两组对句各自在“承”、“转”处所起的作用，但没有论及它们在全篇布局中的价值。首先需把一点肯定下来：律诗之布局显示为起承转合与对称均衡的有机结合，这是和上面已分析过的《归园田居》（二）和《殿前欢·离思》（二）相同的。但《无题·相见时难别亦难》和后二者在“二结合”上毕竟还是有区别的，那就是它和所有律诗一样在“承”和“转”两处都采用并置式对称的对句。那么，律诗这样的设置比起其他也采用起承转合布局的诗体来，还有哪些优点呢？我们认为有两点。首先一点是：承接处的颔联和转柁处的颈联都用对句，自身都是一种并置式对称，但相互间却成了均衡式对称。均衡式对称有这么两联，对共计四联的律诗来说，可是占了一半，这对律诗起承转合中环环相扣、前后互动、首尾呼应的整体布局所起的和谐、匀称、协调，并借此达到流转中显圆美的结构艺术来说，其内控作用也就更显著有力。其次一点是：律诗首联与尾联固然因“起”与“合”一线联属而显现为相互照应关系，颔联与颈联则以“承”与“转”逆向联属也显现为相互照应关系，这样两组联属照应关系在一个结构体内固定的存在，也就会显出一场情思流动中的内在旋律进程，我们不妨以“ABBA”来标志旋律进程线。这“A”与“B”的关系就是“抑”与“扬”（或“扬”与“抑”）、“降”与“升”（或“升”与“降”）等的节奏关系。“ABBA”线显示为“抑扬扬抑”（或“扬抑抑扬”）这样回环的旋律化节奏形态；如果“A”和“B”构成的是“ABAB”关系，则这条“ABAB”线显示为“抑扬抑扬”（或“扬抑扬抑”）这样持续的单调节奏形态。以此一说法来回观《无题·相见时难别亦难》，则可以说：由于中间两联是激情、深情——强烈情绪的表达，节奏感是升调，属“扬”；首联的忧伤感和尾联的超越感则相应显示了降调，属“抑”。因此这首七律具有“抑扬扬抑”的旋律化节奏进程，显示为使人沉静的心灵流转。不过，这种“抑”——能够沉静人的节奏感由“扬”——持续鼓舞人的节奏感在对比中反衬出来，强化起来。使人沉静的心灵流转（其他律诗的旋律化进程也可能显示为“扬抑抑扬”——能振奋人的心灵流转）要得到充分体现，一个极重要条件是当中两联（“BB”）以两组对句显示的均衡或对称，这两组对句以其“旋转对称性”而把兴奋人（在其他律诗中可能是沉静人）的节奏感应强化了，从而也以强有力的反衬作用而推进这首七律沉静心灵流转的旋律化进程。所以律诗中间两联以对句显示的均衡式对称设置，使全诗的布局更具流转回环的特征，从而使律诗充分显示出结构的圆熟。

综上所述，传统结构诗学奉圆美流转为诗歌结构的最高类型。

中篇　新诗的方美直向类结构

在研究中国结构诗学的一开始，我们已提出：从总体看，旧诗是圆美流转型结构，而新诗则是方美直向型结构。对旧诗结构所下的这个结论，前已论析，那么新诗又何以见得是属于方美直向型的呢？这是个更复杂也更值得考察的问题，因为新诗中论及结构的远没有旧诗中的多，而在创作实践上，迄今为止新诗的结构也还是纷繁杂乱的，要想为它归纳出一个规范体系来也更加困难。当然，话也得说回来，约定俗成的策略原则倒也可以寻踪。

新诗初期主张走圆美流转结构之路的，可说是大有人在，并因此而使这类结构原则成了新诗发生与成长期美学标准一个重要的方面。1920 年代初，宗白华对郭沫若的诗就这样说："你诗形式的美同康白情的正相反，他有些诗，形式构造方面嫌过复杂，使人读了有点麻烦……你的诗又嫌简单固定了点，还欠点流动曲折。"又说："你的小诗的意境也都不坏，只是构造方面还要曲折优美一点，同作词中小令一样，要意简而曲，词少而工。"① 闻一多在 1920 年代中后期写的两篇文章中谈到诗的结构时也取圆美流转的标准，在《论〈悔与回〉》② 中针对陈梦家、方玮德同题的两首抒情长诗，发表了这样一段有关结构的话：

> 我认为长篇的结构应拿玮德他们祖上那一派的古文来做模范。谋篇布局应该合乎一种法度，转折处尤其要紧——索性腐败一点——要有悬崖勒马的神气与力量，再翻开《古文字类纂》来体贴一回，你定可以发现其间艺术的精妙。照你们这两首看来，再往下写三十行五十行未尝不可，或少写十行二十行，恐怕也无大关系，艺术的 finality 在哪里？

在《谈商籁体》③ 中他又说：

> 总之一首理想的商籁体应该是个三百六十度的圆形，最忌的是一条直线。

这些话表明当年确有人十分重视结构要走传统之路。而这又何尝只有宗白华、闻一多

---

① 《三叶集》，上海亚东图书馆 1923 年版，第 26—27 页。

② 《新月》第 3 卷第 5、6 期合刊。

③ 同上。

如此，朱自清等也都持同一见解。

但曾几何时，新诗的结构观念就有了变化，似乎圆美流转已经过时，该改弦更辙了。对传统发出挑战的是两类人：一类是强调诗是冲击式情感抒发者，另一类是强调诗是人生经验表现者。

强调诗是冲击式情感抒发者，大多是为时代彻声高歌的诗人，特别是革命罗曼蒂克派诗人。这批诗人有一个信条，如同胡风所说的："时代精神底特质要规定诗的情绪状态和诗的风格。"[①] 从1920年代后期起，阶级斗争和民族斗争都日益严重，左翼诗人为时代斗争而歌唱的激情推动他们把诗美标准完全定位在战斗号角的功能价值上，强调呐喊、呼号、召唤式的抒情，这就要求组织结构上的直接传达而反对曲折含蓄。茅盾写于1932年的《徐志摩论》在否定了徐志摩的人和诗的同时，也否定了《我不知道风是在哪一个方向吹》这样的文本精致的圆美结构特色。文中指出：作为"形式上的美丽"的标志，这个文本的确"章法很整饬"，但不过是"一点'回肠荡气'的伤感情绪"的咏叹手段而已，因此，"圆熟的外形，配着淡到几乎没有的内容"的结构艺术追求，乃是这位"末代诗人"那种"生活和意识在文艺上的反映"。作为左翼文学的代言人，茅盾对徐志摩诗作出的审美判断似乎意味着追求结构上"回肠荡气"的"圆熟"，是和布尔乔亚"感伤的情绪"表现联系在一起的。而茅盾另一处则称颂左翼诗人蒲风的诗为"刚健质朴"。何谓"刚健质朴"？有人认为是指"犹如进军的冲锋号"[②]，这就是一种奋力进击而非回肠荡气的美学追求。从一个特定角度看，这意味着茅盾是颇赞赏方美直向型结构的，而为时代而歌唱的左翼战斗诗人，也的确成为传统结构诗学的挑战者了。对此，田间最突出。当年这位具有冲击型抒情个性的"战斗的小伙伴"，被美学家吕荧称之为"人的花朵"，认为他所写的是"突击、战斗、急旋的诗篇"，最大特色"不是和谐，而是富有远射力的急旋"，即"要求集中诗的火与力的手法，要求富于感情的远射力与燃烧力的旋律"，因此，这些文本成了"没有章法的承合"，而不是那种"和谐的旋律，整体的字句，柔和的色调，完整的叙述与描写"[③]。就是说，田间在诗歌文本的组织谋篇中，应合了"突击"的感情、"富有远射力的急旋"而彻底排除了圆美流转，追求着方美直向的结构。再说，强调诗是人生经验表现者范围较广，既有按社会生活经验写作的现实主义诗人，也有按生命存在经验写作的智性现代派诗人。出于社会生活经验成为政治命题，而以这类命题来写成诗的诗人，常以编一段小情节事件，在层层分析推进的叙述作用下来印证这"经验"，由此产生的直向结构很多，此处不赘。值得来谈谈智性现代派。这个立足于生命存在经验而作智性表现的诗派对方美直向的逻辑结构最感兴趣，因为他们最信奉诗是经验的传达[④]，经验是人生体验长期积累后的理性综合提纯，强调经验传达使他们在创作中确立以分析推演替代直觉展示

① 《四年读诗小记——〈我是初来的〉代序，并作为〈七月诗丛〉底引言》，《胡风评论集》中，人民文学出版社1984年版，第350页。

② 蔡清富：《蒲风的诗歌和诗论》，《蒲风选集》上，海峡文艺出版社1985年版，第42页。

③ 吕荧：《人的花朵》，《吕荧文艺与美学论集》，上海文艺出版社1984年版，第265—282页。

④ 这一说法，来自于里尔克。唐湜在《论意象》中认为"诗就是情感"的说法早已过时，并引述里尔克的话说："诗并非如人们所想的只是情感而已，它是经验。"

的传达路子和结构策略。在这方面，卞之琳最是突出。李广田在《诗的艺术——论卞之琳的〈二十年诗抄〉》中论章法时说：

> 首先，我们就发觉，作者最惯于由某一点说起，然后渐渐地向前扩伸，进一步又由有限的推演到无限的。在这情形，作者仿佛只给读者开了一个窗子，一切境界都在那窗子后边，而那窗子仿佛是无尽的。[①]

在作了这种总体论述后，李广田还具体分析了几首诗的结构，认为：这样的诗“就用了这种推演的章法在助成那意义上的推演”[②]。这就明白地告诉了我们：卞之琳为了传达“那意义上的推演”而采用了“这种推演的章法”。不仅仅是卞之琳如此，可以说几乎智性现代派诗人在结构问题上都偏于“这种推演的章法”。郑敏在《诗的内在结构——兼论诗与散文的区别》中说：

> ……诗人的感觉长时期为他储存了大量的资料，诗人观察世界，思考问题，体验生活，经历感情的风波，这不过是诗的素材的积累，这些素材要变成诗的内容，必须经过一次艺术观、灵感、想象对它们的发酵和催化，在这过程中内容就显现在某种逻辑的安排里。这时结构就诞生了。

在这里，说结构是诗歌内容的“某种逻辑的安排”，很值得注意。此段引文后面，她还补充说：内在结构“是化成文字的思想，与获得思想的文字以及它们的某种逻辑的安排。”这句引文稍有语病，因为“化成文字的思想与获得思想的文字”是指内容，是不可能与“它们的某种逻辑的安排”并列在一起而成为内在结构的，恕推测郑敏的本意该是“化成文字的思想与获得思想的文字的某种逻辑的安排”，即内容的某种逻辑的安排。至于郑敏所认定的内容，根据文义，则是指与文字辩证地结合在一起的思想。由此看来，郑敏在这里所说的内在结构实是对一种本质上属于理性却又让灵感、想象发酵和催化过的思想的逻辑安排。这样的逻辑安排当然是建立在分析推演的基本思路上的。所以郑敏对新诗结构的主张是和卞之琳在创作实践中显示的结构特征相应合、一致的，即是在推崇方美直向的逻辑结构。

鉴于以上所述可以明白：新诗草创和成长阶段，还没有丢弃传统结构诗学的经验，一些诗人创作中还在遵循着圆美的结构原则，但随着社会斗争激烈，诗人要为时代讴歌，配合政治宣传的写作风尚日盛；西方诗潮涌入，“诗是经验的传达”这一舶来品流行，出于分析—演绎的方美直向型结构就大受青睐，以致新诗的结构让逻辑的策略原则占了上风，而在创作中，这一类结构也呈现出一道新的风景。

那么这一道全新的风景具体显示在哪些方面呢？这可从分析性构思、心灵性综合、递进性布局这三方面来考察。

---

① 《诗的艺术》，开明书店 1946 年版，第 14—15 页。

② 同上书，第 15 页。

第四章　通意脉新径

立意发想是传统结构的逻辑起点，也是新诗结构的总纲。不从立意发想出发来考察结构，很可能会陷入工匠式的技艺分析，淡化了心灵创造工程的美学意义。那么新诗中的立意发想和旧诗比较有什么自己的特点呢？

立意的“意”在传统结构诗学中被看成是介于“情”与“志”之间的一种生存感受。古人之所以这样看待，是出于如下的认识观念：情、意、志都属于生存感受范畴，感受是感觉与知觉的总和，偏于感觉的感受会激起和主体相应合的情绪，我们称此现象为感应、体验，在传统诗学中也就是“情”与“意”的融合；偏于知觉的感受会触发起与主体相应合的理念，我们称此现象为感触、经验，在传统诗学中也就是“志”与“意”的融合。一个诗人面对生活世界如果没有在心灵中产生独特而强烈的生存感受，也就不可能获得诗性体验，当然更不存在对诗性经验的提纯了。所以“立意”首先要求主体对生活有真实的感受，即或从感应而来的诗性体验，或从感触而得的诗性经验。所以“立意”可分两类：一类是立情意，立的是随主体生活感应而来的独特体验；另一类是立志意，立的是随主体生活感触而来的独特经验。传统结构诗学中所谓“立意”，立的主要是情意，是体验；而现代结构诗学中所谓“立意”立的主要是志意，是经验。我们之所以说“主要是”，乃出于如下的思考：旧诗和新诗在结构问题上的立意，虽有区别，但不是绝对的，只是侧重面不同而已。同是旧诗，甚至同是唐人五绝，戴叔伦的《过三闾庙》：“沅湘流不尽，屈子怨何深。日暮秋风起，萧萧枫树林。”作为结构的总纲，它以“怀古苍凉之思”① 立意，是体验所得的情意，算是传统结构诗学中“立意”的正宗。但王之涣的《登鹳雀楼》：“白日依山尽，黄河入海流。欲穷千里目，更上一层楼。”这是“穷目之观更在高处”② 的立意，经验所得的志意，是传统结构诗学中立意的异类。这说明，立情意写体验与立志意写经验都是合理的，可以共存，只不过传统结构诗学从整体看立意还是以前者为主。至于新诗，侧重点是在后者。

新诗中立情意写体验，并随之采用圆美流转型结构来完成文本营造工作，数量相当大，成功率也相当高。这里不妨举几个例子。一个是艾青写《大堰河——我的保姆》。且看一本艾青的传记里这样记述这位诗人在狱中写此诗时的立意过程：

> 1933 年 1 月 13 日，一场江南的初雪已悄悄儿逼近了黄浦江。傍晚，照例站在监房铁窗下的艾青，望着灰蒙蒙的天上纷纷扬扬的雪花出神已好长时间了，一阵莫名的伤感掠过心头，他突然全身冷得发抖。从身上的冷激起了他追求温暖的心

---

① 俞陛云：《诗境浅说续编》。

② 唐汝询：《唐诗解》。

情。但谁曾经给过他温暖呢？亲娘吗？没有！只有乳娘给过。真的，“奶妈对我来说，比我的亲娘更亲，所以当我感到冷时，就想起了她给我的温暖。”① 可是亲爱的乳娘已长埋地下。他不能不想起乳娘那座荒草遍生的坟墓，想起乳娘家屋檐枯死的瓦菲和被典押了的一丈平方的院子，想起久已逝去的童年生活。他想得那么远，那么神往，那么温暖又那么悲哀。一队雪鸦嗷叫着，飞过肃穆的城市上空，雪花飘得更密了……难友们都已进入梦乡，可他还站在铁窗下，心，似乎也随着嗷叫的雪鸦，飞在苍茫的夜天，向钱塘江方向飞去。对乳娘的感恩和对她命运的愤慨不平之情，汇合在一起，如此猛烈地顶开了艾青灵感的闸门，使他忘掉了周围的世界，就着囚室外幽暗的路灯，在拍纸簿上飞快地写着……②

这段文字的根据是传记作者之一骆寒超于 1980 年 8 月 9 日听艾青谈《大堰河——我的保姆》写作动因的记录；类似的话艾青对别的采访者也讲过，所以有较高的可信度。从这段文字里可以见出艾青写这首成名作真实的立意发想。主体在监狱里望见暮色苍茫的天空纷纷扬扬飘起雪花——这一特定的生存境界使他感兴出一个囚徒思亲的哀愁和对人世不平的悲悯，正是这二者顺理成章的推演而联结出一条立意线索。这里所立之意显然出于情意体验，而全作起承转合与对称回环的布局也和这情意体验应合，从而相当成功地显示了圆美流转的结构特征。何其芳写《我为少男少女们歌唱》有一个比艾青写《大堰河——我的保姆》时间更长一点的感兴郁结过程，在《关于〈生活是多么广阔〉》一文中他谈及 1942 年 1 月至 3 月间所写的一组短诗时这样说：

……我现在还记得很清楚，那是一个清早，我坐在窑洞的门口，望见山底下浮着白雾，空气里带着露水似的微冷，黎明在变成白天，就像花朵在慢慢地开放。在这样的早晨的静寂中，山底下的工人们打石头的声音飘散在山谷里，一声一声地听得很真。我知道他们是在为了建筑新的房屋而劳动。我也就坐在桌子面前开始写我无声的短歌。过了一些日子，在这样的环境里我写了《我为少男少女们歌唱》。我感到早晨、希望、未来，正在生长的东西，少男少女，这些都是有着共同点的，都是吸引我们去热爱的。当我们的心完全倾向于它们和他们的时候，当我为它们和他们歌唱而感到巨大的幸福的时候——

轻轻地从我琴弦上
失掉了成年的忧伤，
我重新变得年轻了，
我的血流得很快，
对于生活我又充满了梦想，
充满了渴望。

那首短歌就是以这样几行结束的。

① 奇俊：《大堰河——我的保姆》，《关于艾青》，第 52 页。

② 骆寒超、骆蔓：《时代的吹号者——艾青传》，杭州出版社 2005 年版，第 57 页。

显然，从富有感兴氛围的黎明环境中获得的这一场对生存世界的直觉感应，使何其芳的心灵里激发出了一股“感到巨大的幸福”的情绪，从而确立了他构思《我为少男少女们歌唱》的情意线：“对于生活我又充满了梦想，/充满了希望。”这也是来自于强烈的直觉体验而决非分析—演绎后的经验提纯。因此，这首诗也就以一个起承转合、呼应流转的圆美布局与之应合。

这种以直觉体验出发立意的传统结构诗学路子，对一大批诗人具有风格学上的意义，特别是1920年代中后期活跃于诗坛的一批致力于情调审美的象征派诗人，他们坚持在创作中追求直觉体验，追求立情意，追求圆美流转结构，最典型的是王独清、穆木天和戴望舒。穆木天在《谭诗——寄沫若的一封信》里，提出他要写一首关于月光的诗，“表现月光的运动与心的交响乐”，这样的诗美追求就是外在世界与心灵的神秘互动，因此他认为写诗“最忌说明”。这就是新诗的立意要从直觉体验出发而不是从分析经验出发。从这一点出发，穆木天还提出一个感应世界须具有浑融统一性的主张。他举了杜牧的七绝《泊秦淮》来说明。认为这是“由朦胧转入清楚，由清楚又转入朦胧”的浑融统一，而“官能感觉的顺序”，“感情激荡的顺序”和“一切音色的律动”，都是呈“持续的曲线”的。与这些主张相应合的是：他在诗集《旅心》——特别是其中的《苍白的钟声》、《鸡鸣声》等作中，充分体现了立情意为起点的圆美流转结构。王独清更是一个重直觉体验而立情意、重“音、色感觉的交错”、讲究布局回旋的情调型诗人。因此，他在诗集《威尼市》以及《我从Café中出来》等作中充分地体现了这种圆美流转类结构。戴望舒除了写《我的记忆》等作的一段短时间，有点现代派的倾向，终其一生，基本上是一个追求情调的象征派诗人，十分强调表现由直觉体验而得的情绪，作为结构的起点，他在立意上也坚持以情意为贯串全诗结构的中心。在《诗论零札》中他说：“诗当将自己的情绪表现出来，而使人感到一种东西，诗本身就像是一个生物，不是无生物。”① 这是指诗的内外在组织——结构须有机统一。他曾经这样说：“诗的存在在于它的组织……批判别人的诗说如‘七宝楼台，炫人眼目，拆碎下来，不成片断’，是一种不成理之论。问题不是在于拆碎下来不成片断，却是在搭起来是不是一座七宝楼台。”② 正是这种见解体现了他对新诗须继承圆美流转型结构传统的认识，体现在诗歌创作中也就有中国新诗在结构上最显传统精髓的《雨巷》。这首诗吸取了词曲长短句有机结合的经验，营造出一个富于顿挫回环感的格律结构，而这是和主体“希望逢着一个丁香一样地结着愁怨的姑娘”在“雨巷”中飘过又“像梦一般地”消失了的那种情调十分合拍的，这种情调是以心境恍惚、人生追求犹疑和生活迷茫为基础的。也就是说戴望舒这首诗的立意是从血雨腥风的动荡时代直觉感应着自身的无所适从、彷徨无地出发的。这作为结构的起点，决定了《雨巷》具有往复回旋的圆美流转特性。

但是，新诗结构的立意，更偏于从立志意、写经验出发。这种偏重潜在地出现在1920年代以后，而到1940年代以后，则出现理论提倡的显在状态。这里试举郭沫若的

---

① 《现代》第2卷第1期。

② 《戴望舒资料三种》，转引自龙泉明、邹建军著《现代诗学》，湖南人民出版社2000年版，第82页。

诗《泪浪滔滔》之争来看看。1921年3月底郭沫若返回上海准备开展创造社的事业时，他在日本赁住的房子房主人提出要收回，这等于他在日本的妻儿要被驱逐出门。这时安娜夫人勇挑重担，叫丈夫顾自去沪，搬家迁址之事由她承担。郭沫若在沪三个月后返回日本，带孩子在旧居门口逗留了一会，想到自己漂泊无依的凄凉和旧居易人的感伤，写下了《泪浪滔滔》一诗。徐志摩读了后曾著文评论，言下之意说郭沫若这样的诗是滥情表现，这引起成仿吾愤而反驳，后来郭沫若在写自传《革命春秋》时也说了这么一段话："我那《泪浪滔滔》的一首诗，被已故的'诗哲'（徐志摩）骂我是'假人'，骂我的眼泪'就和女人的眼泪一样不值钱'的那首诗，便是在这一天领着大的一个儿子出去理发时做的。我们绕道走去，在以前的旧居前缠绵了一会，那里还没有人住，有两三位木匠在那儿修理，我也就走进去，在那楼上眺望了一回，那时候的眼泪真是贱，种种的往事一齐袭来，便逼得我'泪浪滔滔'了。"[①] 这场争论结合结构中的立意，颇有令人回味之处。徐志摩和新月诗派的同人一样，写诗倾向于节制情绪。这种节制的操作途径只能是用分析—演绎来抑制直觉感应，迫使体验过早提纯为经验，徐志摩也就因诗思的冷艳化而被目为"诗哲"。以"诗哲"的目光去看待有强烈的伤感情绪的《泪浪滔滔》，非议也就在所难免了。故这场争论正反映着如下这点：在1920年代新诗坛，按直觉体验而立情意已在一些诗派、诗人中让位给按知觉经验而立意了。情绪的节制推广开来、深化下去，必然会矫枉过正。从1930年代末期起，出现三种有关立意的主张：先是徐迟在《抒情的放逐》[②] 中，从反对抗战时诗中抒发感伤情绪出发而一概反对抒情，也就是说他是从反对感伤的角度来提倡"抒情的放逐"的。接着，袁可嘉在1940年末期进一步从反对政治感伤性出发来反对抒情。这位诗学理论家在《论现代诗中的政治感伤性》一文中，对诗的感伤性表现出强烈的不满，他显然是把浪漫主义、情绪、感伤三者紧密连接在一起来看诗的，而对这"三合一"，他统称之为情绪感伤性，并作了这样的阐释：

> 情绪的感伤不外两种形式：一是富有敏锐而不深厚的感性的人们常常有意地造成一种情绪的气氛，让自己浸淫其中，从假想的自我怜悯及对于旁观者同情的预期取得满足，觉得过瘾。有些是外在环境给予了方便或可有可无的刺激而引起，更多的则是自身决然的"陶醉"。旧日才子型的文人最容易落于这个自制的圈套，有不少坏的词曲给我们做了证人。见落叶而叹身世就是标准的一型。这类感伤的特质是绝对的虚伪，近乎无耻的虚伪。从这一基本的认识出发，现代人发现了感伤的更多的属性——也就形成了我们所要说的次一种形式，而笼统地指一切虚伪、肤浅、幼稚的感情，没有经过周密的思索和感觉而表达为诗文，便是文学的感伤。[③]

---

① 郭沫若：《学生时代》，人民文学出版社1979年版，第95页。

② 《顶点》创刊号，1939年7月。

③ 袁可嘉：《论新诗现代化》，北京三联书店1988年版，第53页。

这段话把一些率性抒发情思之作看成具有“感伤”特质，并表示出他强烈的反感，指责“见落叶而叹身世就是标准的一型”，而这是“绝对的虚伪，近于无耻的虚伪”。他还以“现代人”的目光来看这种现象在创作中出现，是“没有经过周密的思索和感觉而表达为诗文”之故。这其实是对“浪漫主义＋情绪＋感伤”这个“三合一”创作风气的反感与批判，目的是借此凸显写诗需“经过周密的思索”这个立意的主张。兰棣之在《坚持文学的本身价值和独立传统》一文中因此认为这是承继1920年代梁实秋等新月诗派同仁反对创造社的感伤主义态度、1930年代卞之琳等在创作中坚持“非个人化倾向和戏剧性处境”以及这些前辈“往节制的、客观化的、象征主义的方向在走”的经验的，并明确地说：袁可嘉这种观察、思考和诗论，“客观上是与他的前辈有一脉相承的渊源”[①] 的。值得指出：让感情“经过周密的思考”后用来立意，在袁可嘉的理论体系中指的是凭思想、经验而立意。在《新诗现代化——新传统的寻求》中袁可嘉在提及瑞恰兹的批评理论时说：“艺术作品的意义与作用全在它对人生经验的推广加深，及最大可能量意识活动的获致。”并认为这体现着“少数新诗现代化尝试者”的“改变，且有感性的革命号召”。因此，他以“感性改革者”代言人的身份提出：诗人要追求“诗篇的经验价值的有效表现”，而“诗篇优劣的鉴别纯粹以它所能引致的经验价值的高度、深度、广度而定”[②]。这个主张一直在沿袭下来。穆旦在1975年9月致郭保卫的两封信中也把写诗的立意看成是立思想、立经验。其中一封信谈到他1940年初写的《还原作用》，说这类诗“是仿外国现代派写成的”，是“不用陈旧的形象或浪漫而模糊的意境来写它”的，并说它们的特征是“每一首诗的思想都得要作者去现找一种形象来表达”，而对于读者来说，“必须对这里一些乱七八糟的字的组合加以认真的思索，否则你不会懂它”。所以就诗的结构的逻辑起点而言，“要明白无误地表现较深的思想”，以及“用形象和感觉表现出来”。[③] 另一封信中谈到奥登时说：“奥登说他要写他那一代人的历史经验，就是前人所未曾遇到过的独特经验”，而“我由此引申一下，就是，诗应该写出‘发现底惊异’”[④]。所谓“发现的惊异”，当指诗人对奇特而新颖的人生经验的猝然而获。“感性改革者”的这种强调结构起点是立思想、立经验的主张，到1980年代以后更被大力提倡。王家新在《关于诗的一封信》中说：“如果我们今天仍抱着诗的专职在于抒情这样的回答，那就仍将在错误中徘徊，”“我们从拜伦、雪莱那里得到的，不应该是一种摆脱不掉的影响，而是一种‘反作用力’。这种反作用力将促使我们在写诗时，通过自己的全部经验想象着、组织着、思索着，直到从笔上一点一点地滴下自己的血，那时你才可能从这个世界上提炼出一种更本质、更有价值的诗意。”[⑤] 看来，“感性改革者”在立意上立思想经验的改革已达到坚定而不存在一点回旋余地的程度了。

总之，在立意上，新诗淡化立情意而强化立思想经验即立志意，看来已成不可更

---

① 转引自袁可嘉《论新诗现代化·附录》，《论新诗现代化》，第238页。

② 同上书，第6页。

③ 曹元勇编：《蛇的诱惑》，珠海出版社1997年版，第229页。

④ 同上书，第223页。

⑤ 北京大学五四文学社：《青年诗人谈诗》，第137页。

替之势。这既在智性现代主义诗歌创作中得到重视，也同样在现实主义或准现实主义的创作中受到青睐。我们不妨举一些代表性文本作一场立意的分析。

前面我们已引述过李广田在《诗的艺术——论卞之琳的〈十年诗草〉》中说过的有关卞之琳章法特征的话："作者最惯于先由某一点说起，然后渐渐地向前扩伸，进一步又由有限的推演到无限的。"对这种向无限的推演，李广田在分析《雨同我》一诗中说，该诗表现在章法上就是"一生二，二生三，三生万物"，而这种章法的推演在他看来乃是"在助成那意义上的推演"。也就是说，卞之琳诗中所立之意，乃是以逻辑推演状态存在的思想经验。他还进一步拿卞之琳的另一首诗《第一盏灯》来谈。该诗是这样：

> 鸟吞小石子可以磨食品。
> 兽畏火。人养火，乃有文明。
> 与太阳同起同睡的有福了，
> 　可是我赞美人间第一盏灯。

李广田就说了这样一段分析的话：

> ……如《第一盏灯》一首，就用了这种推演的章法在助成那意义上的推演。第一句是比喻，所谓者即下一句的说明。第三句一抑，第四句就扣到本题。想象人间的第一盏灯是很美的，这是一种充满诗意的象征。这象征人类的文明，文明由于火，人养火，（"兽畏火"）曾历了多少困难，正如鸟用小石子在胃囊中磨食物而得消化、能营养。这里的"第一盏灯"又岂止是说的第一盏灯，一切发现与发明，无论大的或小的，总是光辉的，莫不如此。于是，在这文字的推演中，诗人所提示的境界也更伸张了一步。①

这段话把四行诗的意象之间的关系都分析清楚了，这是一种比喻关系的推演。说得相当到位，不过内中也有一点，即"一切发现与发明，无论大的或小的总是光辉的"，李广田的分析似乎没有强调：这是合于理性逻辑关系的推演的。还值得补充一点：说"这是一种充满诗意的象征"，如能改成"这是一种充满哲意的比拟"也许更贴切些，因为"象征"建基于感应世界的体验，比拟则更多地出于感知世界的经验，而"诗意"出之于直觉感应的体验，"哲意"则建基于分析感知的经验。所以《第一盏灯》的立意是标准的立思想经验。

李季的诗是属于中国式革命现实主义的，它们很能配合政治宣传、思想教育之类，反映在结构的起点——"立意"上，也是立政治思想、社会经验。出于这一类"立意"、结构得相当和谐匀称且给读者以新奇或新鲜感的作品可以举出《师徒夜话》和《向昆仑》。《师徒夜话》通过师徒下班后走在下工路上一段对话抒述了一个巧遇故事：

---

①　李广田：《诗的艺术》，第15—16页。

师傅责备徒弟开闸门时没用力气，徒弟在焦愁中讲出他手臂使不出力的原因：原来他过去是一个侦察兵，解放战争中他曾只身在一户农家屋顶上抵抗敌人的攻击，肩膀受过重伤，从此他臂膀使不出劲来。听了这席话师傅才晓得当年在他家屋顶上孤身击退敌兵、英勇负伤的战士竟是他现在的徒弟，故事到此戛然而止。评论此诗者说："这样，不尽欲言，使读者在无穷的想象和回味中体会诗人所要表达的道理：师徒之间在战争年代建立起来的血肉关系，在建设油田的战斗中变得更为亲密。"[①] 值得注意的是评者认为李季巧妙地编了这个新奇的小故事，构思的巧，是出之于"所要表达的道理"，也就是说，其立意是立一番政治宣传、思想教育之道理，小故事之小情节的每一步推进，都是深化这番道理的理性逻辑推演的体现。李季的长诗《向昆仑》在立意上也值得注意。有评论指出：这首长诗中，"回忆像一根无形的线，联系了昨天、今天和明天，也把三边和玉门的战斗和今天地球上各个角落的正义斗争联结了起来"，而"关于革命，关于理想，关于国际上的斗争却成了中心话题。"这就是说：《向昆仑》是凭借一对邂逅于戈壁滩的战友的回忆把一桩桩社会人生事件和一个个时代斗争场景串联成一条"无形的线"展开中心话题的。这可是结构的起点——"立意"一场动态存在的充分显示。在评论者看来，这样的一场"立意"，其实是"诗人向我们讲道理"，只不过"当诗人向我们讲道理时，不是如一般抒情诗那样的直接出来说话"，而是"安排了简单的事件"来作传达的，因此在文本结构中，"抒情的进行井然有序，脉络清楚"[②]。这些分析相当有见地，意示着这首长诗由于在构思的一开始就很明确，是以讲"关于革命，关于理想，关于国际上的斗争"的"道理"作为立意之依据的，"立意"的这种明确化，也就决定了全诗的文本结构总是受制于理性分析推演因而"井然有序，脉络清楚"地展开的。

梁小斌《中国，我的钥匙丢了》是一首十年动乱后社会现实的寓意诗，或者说是迷失的一代重新寻求真善美的寓意诗。作为构思的核心——"我的钥匙丢了"是作者从日常生活中得来的，如同《〈中国，我的钥匙丢了〉是怎么写出来的》一文中开头就说的："这首诗的构思萌芽源于我在车间更衣时丢了钥匙这桩小事。"这件令人心烦的小事，引起工段长的嚷嚷："钥匙丢了，就见不到人啦，他躲起来干什么？"这"让我瞬间产生一种怪异的温情感"。令人心烦的小事反换来人情的温暖，触动他的心：坏事会变好事。但接着在干活中出了件大事："带班师傅早已向我交代过：启动翻斗车的电源开关内线让电工'瞎接'给接反了，所以胶木盒上的'开'就是'停'，而'停'则指示着启动。"平时习惯了不会有什么的，但"我"因钥匙丢了心情混乱了一阵子，在开关操作中反应不过来，"开"就是开，"关"就是关，结果闯了一场不小的祸。师傅训他："你糊涂，开就是停！"这又触动了他：现象的一面会是实际的另一面。这坚定了他坏事变好事的念头和写诗的冲动："我应该已经有一把钥匙，而它的象征意义也在所不难，有如'芝麻开门'。"由于"人闯了祸自然产生我要回家的念头"，他在回家的路上，写起诗来："我仍然没有逃脱钥匙已经在握的抒情确指，我写着写着，溢美之词

① 宫苏艺等：《论李季的石油诗》，《社会科学战线》1980年第3期。

② 谢冕：《写不尽革命情怀——喜读李季的长诗〈向昆仑〉》，《光明日报》1964年7月4日。

大肆泛滥，终觉没有写到点子上。”后来，他和朋友去保健院看望朋友产后的妻子，这妻子以能生个孩子而自豪，并说了一句：“我要喝一碗鱼汤。”命令丈夫去办，丈夫反应不及时，她还不耐烦地说：“你的耳朵难道聋了？”从自豪到内心召唤，再到命令，情思的一脉相承，使作者“听到了诗歌的借鉴力量，”也就是从日常生活中恍悟到一个经验：即使发生的是一桩小事，也会在生活中引起一系列相应的连锁反应，并非“关”就是“开”、“坏”成了“好”那种二极互转的同一，而是一石激起千层浪式的顺势反应。于是他说：

> ……我要把最初的构想结结实实地落实在“我的钥匙丢了”这句最终的白话上面。立刻，赞美感顿时成为失落者的惨痛。这惨痛的声音还得有一个倾听者，我很容易就在“钥匙丢了”前面冠以“中国”二字。[①]

这就是说他终于有了一项人生经验：“发现的惊喜”，相应的也就有了这样的立意：当我的钥匙丢了，这美好的一切也就都无法办到。这所立之意，是从上述已介绍过的一桩桩比拟性事件的发生以及对这些事件间比拟性关联所作的分析、推论中概括出来的，也就是说：立的是具有寓言意味的思想经验，即志意而非情意。这志意由于出之于“钥匙丢了”的抒情主体和“中国”建立起来的对话关系，也就使这层寓意在所立之意的流变中获得了扩展和深化，诗篇在结束处这样写：

> 我在这广大的田野上行走，
> 我沿着心灵的足迹寻找，
> 那一切丢失了的，
> 我都在认真思考。

这就深邃地象征出了迷失的一代在心灵的迷惘中开始对丢失“钥匙”年代的生态环境作历史反思。但必须看到：作为结构的起点，这一场立意是来自于理性分析、逻辑推论的经验。

这种种都表明，新诗中的立意，的确更偏于立思想经验，即立志意，而疏远了由传统结构诗学沿袭下来的立情绪体验即立情意的策略路子。

值得指出：作为结构起点，在构思的第一阶段，立意总是和发现联系在一起的，旧诗如此，新诗也不例外，只不过旧诗以强调神话思维显示出立意更偏于与想象共生，这同它的结构体系建基于天人合一的观物态度和直觉感应的感物方式分不开。新诗则以强调逻辑思维而显示出命意更偏于与联想挂钩，这同它的结构体系建基于以人定胜天的观物态度和分析—演绎的感物方式分不开。显然，想象和联想有相通之处，都以从这一事物到他一事物的飞翔而显示为情意的推移，它们的功能是使诗歌世界不至拘囿于狭窄的空间与局促的时间里。但它们的区别也是明显的。想象是以直觉感应为依

① 王燕生、谢建平主编：《一首诗的诞生》，第30页。

据的个体全部精神存在的表现力，具现为在情绪的投射与触发下经验向未知的出发，因此它拥有超越时空的变形手段和意象感兴关系的原创功能，在构思中既随立意而激活，又给立意带来隐喻地显示情意的潜能。联想则以事物唤起的类似的记忆为依据，是一种心智自觉的表现力，具现为经验与经验的相呼应，因此它拥有规范时空的复现手段和意象印证关系的组合功能，在构思中也随立意而被激活，却给立意带来分析地显示志意的潜能。当然，诗歌创作中联想总比想象要活跃一些，旧诗中重想象，但它起用大量的典故，也正是它重视联想的表现。

完成了从立意到发想的步骤后，构思也就进入了第二个阶段。这是一场随发想的展开而建立起意象网络，从而获得意脉贯通的构思深化活动，起点是发想。新诗的发想偏重于联想，也并非没有偏重于想象的。的确，新诗中随立意而来的，在发想上也不乏以神思逸想为标志，展开第二阶段的构思活动的。在这方面，郭沫若很有代表性。

郭沫若“女神时代”的诗，大多是神思逸想的产物。促成他高度发挥想象的，一方面固然是他总是从直觉感应出发立情意的，另一方面也在于他习惯于从神话世界中获得灵感，而神话思维则是主体直觉感应地立意和神思逸想地发想的基础。因此，他“女神时代”的诗，构思的第一阶段就显示出他的结构诗学走了一条情性的路子。唯其如此，当他的构思进入第二阶段后，他的发想的展开完全依凭神话思维的想象逻辑，由此勾勒出来的则是一条情性意脉贯通线。在《神话的世界》一文中，他说：“神话的世界是从人的感性产出，而不是从人的智性产出。”又说：原始人“在自然现象之前，感受着多种多样的情绪，而把这些情绪各各具象化、人格化，遂使无生命的自然，都成有生命的存在”，这一来也就产生了神话世界。因此在郭沫若看来，想象的展开所凭依的那个想象逻辑乃存在于如下一些关系中：让诗人“在自然的镜中投射出自体的精神活动”，使他“对于未知的自然界如对亲人”，“听见群星的欢歌”，“听见花草的笑语”，“感觉得日月的光辉如受爱人的接吻”，“窥察得岩石的秘密如看透明的水晶”[①]。所有这些“便是诗人创造性想象力的表现”，而想象逻辑也就成了充分推动创造力的表现。如诗剧《凤凰涅槃》，它写成于1920年1月20日，而构思的第一阶段——立意与发想则完成于这之前两天，即1920年的1月18日。那天他在给宗白华写的信里这样说：“我现在很想能如Phoenix一般，采集些香木来，把我现在的形骸烧毁了去，唱着哀哀切切的挽歌把它烧毁了去，从那冷净了的灰里再生出个‘我’来。”[②] 这是诗人在民主解放激情冲击下主体欲毁灭受封建道德污染的旧我，重造受个性主义熏陶的新我的一场立意。与此相应的神思逸想则寄寓在凤凰涅槃的神话传说上。当构思进入第二阶段，这火焚旧我、再造新我也就成了发想展开的切入点。从这个切入点进入深化构思的层次后，发想展开的第一项工作是选定以“凤凰”为主要意象，派生出一串意象：“丹穴山”、“香木”、“烧”、“凡鸟”、“生潮”、“更生的凤凰”、“凤凰和鸣”等，并让想象逻辑充分地展现其作用，即主观情思意绪向神话世界高度投射，主体和神话世界中的宇宙融为一体，与众生万物交流，在自然的荣衰有序中感悟生命的周而复始、生生

① 郭沫若：《文艺论集》，人民文学出版社1979年版，第160—163页。

② 《三叶集》，第11页。

不息，等等，完成了由凤凰涅槃而再生的一个动态意象群系统，并使毁灭旧我、再造新我的意脉得以在象征、隐喻的潜在功能作用下，在直觉感应中贯通。总之，这类出之于神话主体而从立意发想到发想—意脉贯通所形成的一个直觉感应式的隐喻性构思网络，因此这是情性的，是“在自然的镜中投射出自体的精神活动”的一种构思。对此，废名早就有所发觉。他在《谈新诗》中这样说：

……郭沫若的诗是直抒的，诗人的感情碰在所接触的东西上面，因为是诗人的感情碰在所接触的东西上面，所接触的如果与诗感最相适合，那便是天成，成功一首好诗。

这个说法是有见地的。“所接触的东西”是客观世界或“自然的镜”，主体的情意（或自体的精神活动）投射在客观世界上，或者“自然的镜”中，所显示的是情意的隐喻，主体精神活动的影子，这不是出之于分析的联想而是出之于直觉的想象。废名凭艺术感觉对郭沫若“女神时代”的诗说了这么一段话，虽较含混和抽象，但细加分析当可以明白：他实在是在对郭沫若“女神时代”的诗，采用从想象出发的隐喻性构思作出了大力的肯定。

但从总体看，新诗中像郭沫若这样采用从想象出发的隐喻性构思毕竟不是主要的，新诗更侧重于采用从联想出发的分析性构思。值得提醒：这联想明确点说是指分析—演绎性联想，简称理性联想。

分析性构思也是从立意—发想开始的，只不过这里有一点值得注意，统观大多数新诗之所以不自禁地采用分析性构思，乃出于新诗的立意更偏于立思想、立经验。分析性构思是贯串着一条看若无形的分析—演绎线的。而这思想、经验在构思的第一阶段出现，无疑成了这条分析—演绎线的逻辑起点，至于与立意共生的发想，即联想活动，在构思第二阶段选定主导意象、建成意象网络、获得意脉贯通中，也必然是受这条线所控制的，即联想活动的展开也必须应合于逻辑起点的向前推行，去浮现主导意象、组合意象网络，并使意脉贯通显示为递进式流动的状态。如果说，隐喻性构思不能丢掉想象逻辑线，那么，这分析性构思也不能忽视体现出分析—演绎性能的联想逻辑线。

值得来回忆一下新诗批评史上的一桩公案：如何阐释《圆宝盒》之争。

1936年刘西渭写了篇评卞之琳诗集《鱼目集》的文章，涉及其中一首诗《圆宝盒》。刘西渭主观上想对这首诗作很高的估价，因此在正式批评它以前说了一大堆新诗坛创新的好话，其中有：“从前我们把感伤当作诗的，如今诗人却在具体地描画。从正面来看，诗人好像雕绘一个故事的片段；然而从各方面来看，光影那样匀称，却唤起你一个完美的想象的世界，在字句以外，在比喻以内，需要细心的体会，经过迷藏一样的捉摸，然后尽你联想的可能，启发你一种永久的诗的情绪。这不仅仅是‘言近而旨远’，这更是余音绕梁。言语在这里的功效，初看是陈述，再看是暗示，暗示而且象征。”[①] 接

① 《李健吾批评文集》，珠海出版社1998年版，第113页。

着他对《圆宝盒》就“迷藏一样的捉摸”起来，并把它定位在因人生都是“装饰”而有“说不尽的悲哀”上。显然，刘西渭那时还没有警觉到这样的诗要阐释它须从分析性构思出发，而分析性构思是有着一条所有权操在诗人自己手中的分析—演绎线的，结果对此诗以“装饰”定位竟被卞之琳写文章反驳说：“显然是‘全错’。”[①] 并明确地说：“此中‘装饰’的意思我不甚看重，正如在《断章》里的那一句‘明月装饰了你的窗子，你装饰了别人的梦’，我的意思也是着重在‘相对’上。”原来卞之琳写这首诗时的立意或者逻辑起点，以及这个逻辑起点推演出来的，是一条以“相对论”的哲学思想做骨子的分析—演绎线。要想猜透这首诗的“谜”，就得接受诗人自己提出的“重在‘相对’”这个观念，接受诗人自己在《关于〈圆宝盒〉》一文中对“圆宝盒”的象征义提示——说到头来，就是那条分析—演绎的联想线才是，否则，会被作者看成“全错”。那么《圆宝盒》到底该如何去理解呢？作者非要人从“相对论”去看不可，刘西渭则还是坚持从“装饰”的角度去看，这桩公案一直未了结，不过有一点倒是明白的，要读“懂”这样的诗，预先了解诗人的分析性构思意图十分要紧，立意这个逻辑起点忽略不得，发想展开时的联想逻辑线更要抓紧，因为它的构思是建立在分析—演绎基础上的。创作实践也可证实这一点。先看看废名的一首小诗《街头》：

行到街头乃有汽车驰过，
乃有邮筒寂寞。
邮筒 PO
乃记不起汽车的号码 X
乃有阿拉伯数字寂寞。
汽车寂寞，
大街寂寞，
人类寂寞。

这首诗以生存寂寞这个哲理思考来立意，此“意”即作为构思起点——也可以说是构思的切入角度，而在伴随此意而生的发想展开过程中，这个逻辑起点的推演也就形成了一条借分析—演绎出现的有关“世界大寂寞”的联想逻辑线，顺着这条线促使存在于意象网络中各意象间的关系的联想一步步推论出生命大寂寞之无边——这一场智性认识。具体地说：这首诗从众生大寂寞的体验出发展开理性联想，找到“大街”、“汽车”、“邮筒”、“阿拉伯数字”这四个具象物，并以联想的逻辑推论把它们拉起这样的关系：汽车驰过边上立着“邮筒 PO”的大街，“汽车”不会去关怀“邮筒 PO”，而“邮筒 PO”也记不起“汽车的号码 X”即那个阿拉伯数字，至于这个“阿拉伯数字”当然也不会去关心大街的。因此，从“街头”这条都市风景线上存在的不仅是“邮筒寂寞”，也有“阿拉伯数字寂寞”、“汽车寂寞”、“大街寂寞”，而推而广之，这实在是人类寂寞，世界寂寞。对客观世界存在物作如此细微的体认，以致把构思第一阶段以

① 卞之琳：《关于〈鱼目集〉》，引自刘西渭《咀华集》，文化生活出版社 1936 年版，第 153 页。

"生存大寂寞"这一经验来立意这一回事在发想的展开中借联想逻辑作用不断作推演，愈推愈远，从而把这场大寂寞愈挖愈深刻了。显然，这里出现的"邮筒 PO"、"大街"、"汽车的号码 X"等，作为"意象"只是符号而已。作者也并不想要去考虑兴发感动之功能，他感兴趣的是这些符号如何建立一个统一的关系。所以，这样的构思是建基于分析性的策略的。

卞之琳的《雨同我》，构思策略也是分析性的。李广田论及这位诗人的章法时说："作者仿佛只给读者开了一个窗子，一切境界都在那窗子后面，而那境界仿佛是无穷的。"所谓"开了一个窗子"，其实就是有了一个属于"经验"的立意，一个发想的逻辑起点，发想展开的切入角度；所谓"一切境界都在那窗子后面"，则是由主导意象带引起来的意象网络给予意脉的充分延伸与贯通；所谓"那境界又仿佛是无穷的"，则是指发想展开中联想逻辑精密细致地层层推演所达到的、由奇妙的关系所生的启示效果。原诗是这样的：

"天天下雨，自从你走了。"
"自从你来了，天天下雨。"
两地友人雨，我乐意负责。
第三处没消息，寄一把伞去？

我的忧愁随草绿天涯，
鸟安于巢吗？人安于客枕？
想在天井里盛一只玻璃杯，
明朝看天下雨今朝落几寸。

对这首诗，李广田在《诗的艺术——论卞之琳的〈中年诗草〉》中这样分析：

……第一二两句是分写两个朋友在埋怨雨，第三句就由自己大量地一口承当："两地友人雨，我乐意负责。"从两个朋友又想到第三点："第三处没消息，寄一把伞去？"就当句笑话说吧，我想断章取义地引用下面的话来作为说明，就是："一生二，二生三，三生万物。"一个人应当为多少人担心呢？于是"我的忧愁随草绿天涯"，"民吾同胞，物吾与也。"我所关心的岂止人，一切有生我都担心它在"雨"中的情况，"雨"，自然就是雨，但也可以就是那"不已"的风雨，世界上不尽的苦难都是的，故曰："鸟安于巢吗？人安于客枕？"真是，一草一木，一角一落，都分得我的忧愁。无可如何，我只好把一只杯子放在天井里，明朝看看天下的雨落了几寸。一叶落而知天下秋，从我的小杯子里我可以看见普天下淋成了什么样子。①

① 李广田：《诗的艺术》，第 15 页。

这分析是很得体的。所谓“一生二，二生三，三生万物”正是分析性构思在发想展开中达到的效果，这样一场建立在严密的理性逻辑关系上的发想的展开，则是联想一环扣一环层层推演所达到的。

新诗中写得比较成功的作品，在很大意义上是和构思中追求“奇”的效果分不开的，因为新诗对旧诗来说显得新，有一个极重要的原因是诗人获得灵感的对象已从大自然移向日常生活、平淡事象，要在日常生活、平淡事象上发现诗的东西，一要有新意品赏，二要借新趣吸引。前一项要求决定了新诗越来越追求多少带点玄虚的智趣；后一项要求则决定了新诗越来越追求构思的“奇”。我们说穆旦的诗创作是20世纪新诗中特具现代色彩的，究其根本大概也就在追求智趣与奇。特别是构思上追求奇，如有名的长诗《防空洞里的抒情诗》，短诗《轰炸东京》、《葬歌》等，而直到晚年也没有改变，如《冥想》、《友谊》、《好梦》、《爱情》等。在1975年8月22日写给郭保卫的第一封信中谈到写诗，他就说写诗的奥秘是“要把普通的事奇奇怪怪地说出来”，还说：“能保持一种好奇，使人想知道‘后事如何’，这在故事诗是必不可少的。”[①] 而这个“奇”要做到，必须在理性联想上下工夫，在构思中牢牢抓住那条联想逻辑线。上面提及废名的《街头》、卞之琳的《雨同我》，甚至李季的《师徒夜话》，都是借理性联想达到的构思上的奇的显示，但还没有到穆旦的程度。在构思上可以和穆旦的奇一比高低的，当今诗人中洛夫算得一个。他有一首短诗《金龙禅寺》，是这样的：

晚钟
是游客下山的小路
羊齿植物
沿着白色的石阶
一路嚼下去

如果此处降雪

而只见
一只惊起的灰蝉
把山中的灯火
一盏盏的
点燃

诗第一节就奇：晚钟响而催游客下山，此处把“晚钟”拟喻成“下山的小路”，这是联想的作用，机敏的联想逻辑使发想展开的第一步就反常，却也合道。小路两旁种着羊齿植物，字面上的“羊齿”从与“植物”的组合中抽出来，作意象来看待，也就和“嚼”有了关系，于是“羊齿植物”与“白色的石阶”之间建立起沿着后者“一路嚼下

① 曹元勇编，穆旦著：《蛇的诱惑》，第220页。

去”的拟喻关系，也暗示着人们沿着有羊齿植物装饰的石阶下山，这也是联想的功能和联想逻辑的作用使联想的进一步展开反常也合道。这一来，如同李元洛在《江涛海浪楚人诗——论台湾诗人洛夫的诗歌创作》中所说的，把“在金龙寺的晚钟声中，游客沿着长满羊齿植物的石阶小路而下”[①] 这一平淡事件写奇了。第二段只有不成句的一行。“晚钟暮雪”的组合是别具禅境的[②]，给人以肃穆、苍茫、沉静、悠远感，但这里只是“如果”——一种假设，且句子中断，这暗示着“降雪”只是心象的一次闪现，构不成完整的意念，而金龙禅寺外这一片禅境也只是浮现在主体刹那感觉中即刻消失的幻象，随即是第三段：“惊起”的“灰蝉”是“降雪”这一片心象在灰苍苍暮色中的实像移置，映像替代，至于灰蝉“点燃”一盏盏“山中灯火”，是一般的理性联想和联想逻辑所致。所以，此处的五行诗则是从第一、二段的禅境转移到第三段的“人境”，故前二段与这一段形成两种生存境界的对照，一静一动，一幽一明，一虚一实，表现了人对自身欲超脱而又无法超脱的生命生态的顿悟。平淡的事象竟被表现得处处见奇，全出之于分析—演绎的联想，是靠联想的逻辑组合完成的一场瞬间感觉的过程性叙写。杜牧有七绝《江南春》：“千里莺啼绿映红，水村山郭酒旗风。南朝四百八十寺，多少楼台烟雨中。”是雨中寺景，和洛夫《金龙禅寺》的暮中寺景，虽不完全可比，但毕竟都写“寺景”，但前者写得平实，后者写得离奇，前者发想的展开采用想象感兴，后者发想的展开采用联想推论，前者作感觉的跳跃化呈示，后者作感觉的过程性叙写，前者走隐喻性构思之路，后者走分析性构思之路，区别当显而易见。

这种分析性构思除了给新诗带来现象世界中的玄思和平淡生活中的奇趣以外，更值得珍视的是一些立意中追求立思想经验进行构思的诗人，在发想展开的过程中，借理性联想的作用，使“真意”或“智性”命题获得诗性印证。鲁迅在《摩罗诗力说》中提出要追求“诗力”的主张。新诗显然更易显出逼人的诗力，因为诗力获得的基本条件是情感有理性的渗透，或者说情感受理性的蒸馏而升华为“真意”，那就对审视现实和历史的穿透力才更强。这种渗透或者蒸馏依靠的就是由理性联想导致的分析性构思。如艾青的诗《煤的对话》。所立之意是一个坚定的思想信念：即使受着最惨酷的迫害，被压迫者的灵魂也还是不死的，只等机会一到，他们就会复活，向旧世界燃烧起反叛的怒火。随立意而生的发想以“煤”作为主导意象，以与煤的对话作为发想展开的切入口，而这场以对话为标志的发想活动，显示为以煤的自然科学生态特性作为贯穿意脉的内在逻辑线来展开理性联想：问“你住在哪里”，回答“我住在万年的深山里/我住在万年的岩石里”；问“你的年纪——”，答曰：“我的年纪比山的更大/比岩石的更大”；问“你从什么时候沉默的”，答曰：“从恐龙统治森林的年代/从地壳第一次震动的年代。”这是顺着一条经煤的生态特性为依据的内在逻辑线，一步步展开理性联想，并把这场发想活动推向高潮的。于是我们看到如下一席最高类对话了：

---

① 李元洛：《缪斯的情人》，第 276 页。

② “晚钟暮雪”总和寺庙联系在一起构成禅境，洛夫自己在《湖南大雪》中就有“雪落无声/……寺庙睡了而钟声醒着”之句。

你已死在过深的怨愤里了么？

死？不，不，我还活着——

请给我以火，给我以火！

这可是理性联想推演到最高潮的表现，一股被压迫着忍耐着并永远期盼着反叛时机到来的信息、意志、激情，汇成一股强大的“诗力”向我们逼来！说它意境不浓、绕梁三日的韵味不足，都对；说它理性分析演绎意味重，也对。说它发想的展开是逻辑推演性的，是分析式构思，也对，但不妨补充一句，也只有这样才能使新诗结构获得诗力的建构——这可是传统结构所缺乏的。

第五章　心象建构

在论及传统结构时，我们从多种角度考察了“情”与“景”的关系，情景交融、情以景显、景以情现，这是旧诗创作者在结构探求中十分关注的方面，究其原因，源于意境之创造乃是最高的审美理想，而这一项造境工程则是靠情景关系的独特处理得以完成的。所谓独特，即景大于情，一首旧体诗，纯粹写景是正常现象，因为以景造境在古典诗人的心目中是合理的，也容易办到；纯粹写情即直接抒情，就少见了，因为以情造境在古典诗人的心目中似乎不合理、不容易办到。新诗却不同了。对此，孙绍振有过论述。他认为在旧诗中除《离骚》和五七言歌行体的部分作品以外，“情景交融的意境、情和景的平衡”，成了传统结构中很高的审美规范。接着他说：

一方面，它是高度艺术成就的结晶，为每一代诗人提供了很高的艺术感觉的范本，另一方面对于这个感觉规范以外的审美可能性是一种无形的罗网。新诗的兴起带来新的冲击波，首先取得胜利的是郭沫若那火山爆发式的感情，也就是浪漫主义的极化……的感情。这种感觉以冲决一切罗网的声势铺天盖地席卷而来，冲破了情景交融规范的一统天下的局面，产生了情大于景、情冲破景的新的感觉规范。感情在对社会环境和自然景物的感觉有了更大的主动性，感情对于审美感觉有了更大的独立性，感情可以不完全依附于外在景物或人物的感觉而独立成诗，甚至可以对景物或人物施加强烈的影响直至在外在形态上使之幻变，内在属性上使之转换。①

在说了这段话后，他不无欣喜地说：“这自然是诗的审美规范的一大解放，这是一次伟

① 孙绍振：《审美形象的创造：文学创作论》，海峡文艺出版社 2000 年版，第 392 页。

大的解放，它首先扩大了新诗的感觉容受性，提高了感情的表达力。”① 这些论述是相当精辟的。新诗的这项变化，无疑受到西方诗学中强调直接抒情传统的影响，再推论下去，是与受西方以人定天的观物态度和逻辑思维的感物方式的影响分不开的。情大于景显然存在着冲破以意境抒情的极大可能性和相当程度的现实性，所以新诗陈情结构的重心已从千百年来人们习惯于创造意境以陈情转向以心物综合以陈情了。创造意境以陈情出之于景感发情，景大于情而凸显想象功能；心物综合以陈情则出之于物印证情，情大于景而凸显联想功能。基于这样的认识，我们将对新诗的陈情结构策略从物理感觉的生理综合、生理感觉的心灵综合、心灵感觉的智慧综合这三个方面来考察。

第一节　生理综合

正像没有感觉就不存在生命的世界一样，没有感觉也就没有诗。人和动植物一样都具有对环境的感应，而由此而生的就是感觉，这种感觉是外物刺激人的感受器而生的生理反应活动。单独的一个感受器所接受的外物信息，或者说单独的物理感觉对生命适应环境来说是片面的，对生命体甚至可以说是不存在的，表象的物理感觉必然存在于生理综合关系中，是一种有厚此薄彼的配合，所以在生理综合关系中，视觉、听觉显得更重要。在表象世界中，凡同一外物对人的五种感受器的刺激，后者所提供的信息刺激强度是不同的，这既使得生理综合的配比不一致，同时也使得生理上情绪反应的侧重点也不同。感觉的归属是情绪，情绪是生理反应。所以诗歌创作中，物理感觉的生理综合，也就要求对情绪的唤起以及综合。但是也有一种诗，只是对表象世界物理感觉的外在综合，而不具备生理综合，它也可以被表现得逼真，却缺乏情绪感受，也就缺乏诗之为诗的价值。旧诗中我们读到这样写雪景的谐趣诗：“江山一笼统，井上黑窟窿。黄狗身上白，白狗身上肿。”这首诗也充分地调动了分析—演绎的联想，把农村雪景逼真地呈现了出来，但没有生理综合介入，唤不起情绪感受。它只是押韵的幽默小散文。新诗中也不是没有这类诗，特别是草创期的新诗中。如康白情的《车行郊外》：“好久不相见了，/又长出了稀稀的几根青草；/却还是青的掩不了干的。/几处做庄稼的男女/踞的踞着；/走的走着；挖的挖着；/铲的铲着——/正散着在那里办他们底草地。/仿佛有些正笑着；/却远了也认不清楚。/呜——呜，一溜我们就过去了。/他们伸了伸腰，/都眼睁睁地把我们盯着。”这写郊外农民在田间劳动的一个场景，完全是表象世界的纯物理感觉的综合表现，说它远近相承的方位觉、视听相近的视听觉、动静比照的动觉，倒也综合得有一定的有机性，但面对这批多少有点漠然的农民的劳动生活，主体的情绪反应也同样漠然。这说明这些物理感觉的生理综合十分稀薄，是一篇极冷情的小散文。1940 年代康定有一首《村庄剃头匠》：

请你坐在磨盘上，
你的帽子他戴上，

① 《审美形象的创造：文学创作论》，第 392 页。

把领口卷在脖子里，
一条粗布围着你，
按住你的头，不准动，
狠狈的按在瓦盆里，
冷水从头顶上浇下来，
浇得你长出一口气，
土肥皂头上转两转，
指甲抓着你的头皮
洗完了拍一声巴掌。

这是第一节，写洗头；第二节，同样细致地写剃头，其最后一行相应地表现剃头匠同样的一个动作："剃完了拍一声巴掌！"第三节写捶背，最后一行也相应地是"弄完了拍一声巴掌"。"剃头三部曲"的这一表象世界的物理感觉表达得很具体，甚至不乏生动，最后，作者还写了带有总结性的一节：

临走不给一个钱，
过年过节两升豆。

这可是宗法制农村风情画龙点睛的一笔，大有变相的物物交换之趣。应该说，三套剃头程序中三个系列的物理感觉表现，是很合乎表象世界真实的，但同样，主体的情绪是稀薄的，也就难说有完全的生理综合。不过，这首诗表象的物理感觉通过语言在文本中的把握已多少有点情绪意向，如果主体能在情绪意向上再进展一点，使生理综合得以大致完成，也就使这一套物理感觉有了意象化意味。臧克家的《歇午工》就更前进了一步。这首诗是这样的："放下了工作，/什么都放下了，/他们要睡——/睡着了，/铺一面大地，/盖一身太阳，/头枕着一条疏淡的树荫，/这个的手搭上了那个的胸膛。/一根汗毛，/挑一颗轻盈的汗珠，/汗珠里亮着坦荡的舒服。/阳光下，铁色的皮肤上/开一大片白花，/粗暴的鼾声/扣着呼吸的匀和。/沉睡的铁翅盖上了他们的心，/连个轻梦也不许傍近，/等他们静静地/睡过这困人的正晌，/爬起来抖一下，/涌一身新的力量。"这完全是夏天正午工人在马路边树阴下歇午这一片表象世界的诸种物理感觉有机的综合。当年，茅盾就这样说："这首诗写劳动者静的姿态，可称'诗中有画'"，这是因为臧克家是拿着他的"诗的照相机"在人生中拣取"风景线"拍下来的缘故。但鉴于单纯的表象物理感觉综合重了些，茅盾因此认为它"就缺乏一种'力'，一种热情"。[①] 老舍也指出：臧克家写这首诗时，似乎有点"顾不及把思想和感情连成一片在能呼吸的活图画里"[②]。他们无论说这首诗是"诗中有画"的"画"也好，是"能呼吸的活图画"也好，都表明这场物理感觉作生理综合还是有成功之处的，因为

① 茅盾：《一个青年诗人的烙印》，《文学》第1卷第5期。
② 老舍：《臧克家的烙印》，《文学》第1卷第5期。

“缺乏一种热情”毕竟还有情绪刺激出来的；“顾不及把思想和感情”在“活图画里”连成一片，情绪在“活图画”里毕竟多少还是有存在的，而我们晓得：物理感觉作生理综合是否成功的标志是物理感觉潜在的生理综合中多种物理感觉有没有刺激出情绪来，既然有，生理综合大体说是完成了。而这一来，《歇午工》中多侧面的物理感觉的生理综合也就在一定程度上有了意象组合的意味，也就是说，表象世界刺激出来的物理感觉只要有情绪内涵，也就成为了意象。由此看来，陈情结构策略第一个方面该显示为主体须具有表象感应——生理综合——潜隐情绪——意象组合这样一个心物交感循序递进的认识。从这个认识出发，陈情结构在物理感觉的生理综合层次上还是颇出现一些好诗的，就是说还出现了比《歇午工》更强化一点情绪刺激，因此更具有从物理感觉的生理综合中转化过来显示出意象组合意味之作。我们不妨举几个例子来分析一番。

析例之一是蔡其矫的《船家女儿》：

诞生在透明的柔软的
水波上面，
发育成长在无遮无盖的
最开阔的天空下；
她是自然的女儿，
太阳和风给她金色的肌肤，
劳动塑造她健美的形体，
那圆润的双肩从布衣下透露，
那赤裸的双脚如海水般晶莹，
强悍的波涛留住在她眼睛。
最灿烂的
是那飞舞着轻发的额头，
和放在桨上的手，
当她在笑，
人感到是风在水上跑，
浪在海面跳。

这首诗塑造了一个健美的船家女儿的形象，对她和围绕她的一片表象世界，主体感应出来的物理感觉，大致是两大类：一类是表现她同“透明柔软的水波”、“最开阔的天空”和整个大自然相依存的特征，给人以不羁的野性中寓有妩媚温柔的印象；另一类是表现她的肌肤、形体、双肩、双脚、眼睛、额头、手与海天辉映交融的存在，给人以静态中见动态的感觉，这两大物理感觉终于因文本的最后三行——“当她在笑，/人感到是风在水上跑/浪在海面跳”这听觉向视觉挪移的第三类物理感觉作为聚焦点，获得了以自由飞扬的情绪感受为特征的生理综合。为什么这样说呢？且梳理一下这场生理综合的特征：这乃是以野性的温柔化、静态的动态化、听觉的视觉化这三者的综合。

从生理节奏的角度看，野性的温柔化是“扬”向“抑”转化；静态的动态化是“抑”向“扬”转化。所以《船家女儿》的前十三行，以第五与第六行作为分界，成两个节奏段，生理综合使它们显示为“扬抑”向“抑扬”的转化，这就给人以兴奋、鼓舞、飞动的情绪感受。最后三行听觉的视觉化，是直线的持续，“笑”在这里显然是乐音，或叫谐和音，它“稳定，继续不断”、“有规则的振动”，使人“血流加增，脉跳加快，呼吸加深加快”，“精神鼓舞”①；至于听觉挪移到视觉的“风在水上跑”，“浪在海面跳”，一方面，“视”感觉为最美的感觉，另一方面特定的视觉对象是对“急速动作的观察”，有“难窥见其经过”② 的持续飞动感，因此显示为“扬”的持续节奏。所以这一场物理感觉的生理综合，显示为“抑扬扬……”的节奏感，从中透现出来的情绪也就因此有自由飞扬的快感。所以，《船家女儿》中三组物理感觉经生理综合而成三个意象群的递进式组合结构。

上面我们已提及新诗情大于景，大有冲破意境陈情的传统。那么像《船家女儿》这样以物理感觉的生理综合是否也属冲破意境陈情的传统格局呢？我们认为既是又不是。首先，这首诗的物理感觉综合成一体看，是物理感觉，这十分有利于传统的以景造境及其浑漠性审美体现，但实际上这一场“一体化”是受生理综合的操纵而具有过程性组合特性的，一般说，传统意境的构成是排斥过程性的，因为过程性出之于分析—演绎，显示为直线推进，而意境追求属静态的浑漠，给人以宁静而致远、浑漠而生直觉感发的超验感应。所以，强调生理综合有超越物理感觉而走向意象印证化逻辑倾向；其次，这首诗的物理感觉孤立起来看，又不全像是物理感觉，而心理感觉化了，如“太阳和风给她金色的肌肤”，“强悍的波涛留住在她眼睛”等，都有主体的情意打入，从而具有一种在分析—演绎的联想作用下使表象适度变形来作印证抒叙的倾向。这一些都证实新诗的陈情策略在向超越意境束缚的自由解放之路上走。值得指出：所谓诗的抒情自由若不是定位在超越意境而是定位在超越物理感觉的生理综合，以求得赤裸裸的直接抒情，至少在中国的诗艺传统中是不现实的一种提倡。为此我们想拿郭沫若的《新生》作析例之二来谈。原诗是这样：

紫罗兰的
圆锥。
乳白色的
雾帷。
黄黄地，
青青地，
地球大大地
呼吸着朝气。
火车

① 张耀翔：《感觉心理》，工人出版社1987年版，第112页。
② 同上书，第187页。

高笑
向……向……
向……向……
向着黄……
向着黄……
向着黄金的太阳
飞……飞……飞……
飞跑，
飞跑，
飞跑，
好！好！好！……

这首诗孙绍振曾这样说："在《女神》中郭沫若的感觉也还没有完全地从生理感觉中解放出来，因而还不是充分自由的。稍不留神，强大的生理感觉的惯性，就可能复辟。他在写了当时感觉最超越的《地球，我的母亲》和《凤凰涅槃》之后，在他回国途中乃至回国以后的作品中，又有一些向生理感觉倒退的倾向。其中以《新生》最为突出。"他还针对这首诗感慨地说："诗的感觉是很容易失去的，不是向感情的综合和净化升华，就向生理的芜杂倒退。"[①] 对这一看法，我们觉得有可以商榷之处。向物理感觉倒退，意思大概指的是倒退到物理感觉的自综合以造境来约束诗情的自由抒发，这在特定情况下倒确有必要作超越，但这是对意境的超越而不是对物理感觉的生理综合超越。物理感觉可能是芜杂的，但生理综合后，一般说物理感觉就不会芜杂了。《新生》就不存在物理感觉的芜杂。这首诗建筑在视觉上，是对光色与动静两类物理感觉的生理综合，这综合并不芜杂，而是一场生理对表象世界相当有序的物理感觉综合反映，大致说，从表象感觉的配置看，这首诗的光色是从"紫罗兰"向"乳白"再向"黄金"推演的。这个推演序列很值得注意，从生理综合和情绪流变看，由"紫罗兰"（的圆锥）向"黄金"（的太阳）——即兰向金黄的光色推演，至少暗示着如下两个方面：一个是冷向热的转化，因为"兰和绿（尤指淡兰和淡绿）使人联想到森林和寒水，而引起凉觉，故称为'冷色'"，而"红和黄（尤指淡红淡黄）使人联想到太阳和烈火，而引起温觉，故称为'暖色'"[②]。另一个是从安宁向跃动、冷静向热烈、消沉向鼓舞、慢向快的转化。[③] 而全诗以"地球大大地/呼吸着朝气"为界，前后两截，前半截——雾帷中地球呼吸着朝气，是静态；后半截——火车高笑着飞向太阳，是动态，这和前面的光色的感觉转化是完全合拍的。这场生理综合使表象的物理感觉激发出来的情绪是从宁静向急越、低迷到高亢、漠然到兴奋、冷峻到热烈的。这虽主要是生理上的情绪反映，却也已显出了生理综合的感觉在向心灵综合的知觉转化。尤可注意的是这里

① 孙绍振：《审美形象的创造：文学创作论》，第 393—394 页。

② 张耀翔：《感觉心理》，第 179 页。

③ 同上书，第 184—186 页。

有些意象已从物象向心象转化，如“地球大大地/呼吸着朝气”，“火车/高笑……/向着黄金的太阳……/飞跑”。在这种转向心象的过程中，因夹带上一些直接抒情如“飞跑/好！好！好！”进一步显示出：物理感觉经生理综合，可以出情绪，可以让物理感觉转化为物象的意象，甚至心象的意象，为向心灵综合过渡打下坚实的基础。

更何况，这样的陈情策略既保持一定的意境抒情，又冲破了意境的拘束，获得较多的抒情自由度。

第二节 心灵综合

上述有关生理的综合更多显示为一种人对客观世界本能的感应，以及这种感应按表象世界依存关系作本然存在的感觉表现；心灵的综合则是对生理的综合的超越，或者说是对物理感觉及其表现的发展。超越的是本能的感觉反射，发展的是从物理感觉进向心理感觉。所以，这一场心灵的综合达到的目的是客观世界的主观化，表象感觉的直觉化。正是这主观直觉，能使得心灵的综合中物象、景象都成为心象。而这心象作为物象、景象对内心情绪的实体投影必然会是客观存在的适度变形，所以心象的综合在不同程度上会导致感应幻化的迹象；同时，这心象作为内心情绪借物象、景象的象征体现，又必然会是客观存在的适度虚拟，所以心灵的综合在不同程度上会导致感受抽象化。由此看来，心灵的综合作为心物关系的秩序建设中一项重要的陈情组织策略，需要我们对三个方面作深入考察，即心灵的显表象综合，心灵的幻表象综合和心灵的潜表象综合，由此也就出现了三类心灵综合形态。

第一，显表象心灵综合的陈情。

这其实就是标准的意象抒情。有一种提法说诗性意象是纯感觉的，这既不对又对。纯粹的物理感觉，在很大程度上只是感觉表象即物象、景象的摄取，感应性能是存在的，但审美感受的层次不高，因为它没有受心灵的洗礼，而诗毕竟是心灵的事业。但是，诗性意象毕竟是主体对客观世界感觉的摄取，然后再和心灵消融的产物，从这个意义上说，诗性意象和感觉表象是脱不了干系的，更深入一步，还可以这样说：通常角度看诗歌创作中心灵综合以陈情，总是从感觉表象开始的，只不过这表象必须经心灵的洗礼——心理感觉化而化为心象，也就是抒情意象，才得以展开。由此可见：凡是以意象抒情的，必须追求一条从物理感觉转化为心理感觉之路，而心灵综合也得显现为心灵的表象综合，其中显表象综合在诗的抒情活动中更是大量存在的，不仅旧诗中情景交融是这一策略的反映，新诗中也如此。试举几类例证。

一类是显表象心灵的意境化综合，体现为意象群作意境感发来进行抒情，其中有一些颇能给人以情景交融的古典遗韵，如林庚的《春野》：“春天的蓝水奔流下山/河的两岸生出了青草/再没有人记起也没有人知道/冬天的风哪里去了//仿佛傍午的一点钟声/柔和得像三月的风/随着无名的蝴蝶/飞入春日的田野。”这首诗的第一节写出了如同“池塘生春草，园柳变鸣禽”般不知不觉地春天骤来的感觉，这里采用了两个感觉表象：化雪后的“蓝水”流下山，水流过的河两岸长出了青草，它们在有意为之的心灵综合作用下，有机的汇融勾连地组合了起来，成了两个意象：“色之深青曰蓝”，因此，这里的“蓝水”和“青草”即蓝与浅蓝的配合，而“冷色最能和某浅色（Tints，一称浅调）调和，蓝和浅蓝……最使人起美感”[①]，这美感来自于两种色彩意象有机组合所感发出来的意境美，即安宁、柔和、悠远的早春季节美感发出来的安宁、柔和、悠远心境，消融“傍午的一点钟声”，来强化心境的悠远韵味；消融“三月的风”，来强化心境的柔和韵味；消融“无名的蝴蝶/飞入春日的田野”，来强化心境的安宁。这种消融是相当成功的一场心灵综合活动，而由此感发出来的意境，则同古典遗韵一样有相当好的抒情效果。洛夫的《窗下》比林庚的《春野》进了一步，感觉表象从一开始就进入了心灵综合的圈子，同样是营造意境而抒情，意境也显示流动感：

当暮色装饰着雨后的窗子
我便从这里探测出远山的深度

在窗玻璃上呵一口气
再用手指画一条长长的小路
以及小路尽头的
一个背影

有人从雨中而去

这诗写远望暮雨而思念远行的友人。第一节“暮色装饰雨后的窗子”，这个感觉表象立即被心灵综合而消融于由此感觉表象所引发的暮野山遥路远的心理感觉里，所以这一节两行作为两个意象的组合，呈现出具有意境的心灵综合特征。第二节四行，是对一个事象的具体描绘，它们作为感觉表象，因了“窗玻璃”、“小路”、“背影”消融于心灵综合也就获得了一场奇特的组合，而这个组合体因此具有了对一缕思念的隐示意象组合体。第三节只有一行：“有人从雨中而去”，则是对第二节隐示意象组合体的一个点化，用的虽是作为感觉表象的事象，却更是一种心理感觉表现，所以这里也有着心灵显表象的综合。总之，这三节诗由三个从物理感觉转化为心理感觉并由显表象显示的意象群，也就在富于流动感的心灵综合中完成了意境化抒情。

另一类是显表象心灵的递进化综合，体现为意象群作情思递进来进行抒情，这一类综合已显示出超越情景交融这一古典遗韵的特色，如艾青的《沙》：“太阳照着一片白沙/沙上印着我们的脚印/我们走在江水的边沿/江水在风里激荡/我们呼叫着渡船的过来/但呼声被风飘走了。”这首诗有六个感觉表象勾连着组成一体，即太阳照着沙滩——沙滩上留着人的足迹——足迹是我们走在大江边留下的——大江上水浪正在激荡——水浪声中我们呼唤摆渡者过来——呼叫声被风刮走了。这六个表象可以归纳为三类感觉：第一、二行，江边沙滩上留着我们的足迹，是视觉；第三、四行，江中风浪激荡，是动觉；第五、六行，呼叫声被风刮走，是听觉。它们是层层递进的。这种

① 张耀翔：《感觉心理》，第180页。

从视觉到动觉再到缥缈的听觉方才消逝的递进过程，给人以从抑到扬再到抑的情韵节奏感，有一种沉吟味；而且，这种感觉表象转化成的意象的层层递进式组合，是脱离了表象本然依存状态而受制于心灵综合之要求的，因此这场综合相当真实而又强烈地体现出主体心灵中的郁勃情绪，也反映着抗日战争时期我们民族悲慨壮烈的心态特征。再如山莓的《绿色的春天》：

春天来到的时候
我看见树林在发绿，
河水在发绿，
山岳在发绿，
田野在发绿，
小甲虫在发绿，
连白胡的老头都在发绿，
绿色的血液
滋润着辛劳的土壤，
土壤里生出来的
是绿色的希望！

这首诗写诗人在春天到来时的感觉：世界处处都在发绿。这“发绿”是他从大量春天的生活感受中选择定的核心感觉，当他把握住这个核心以后，就开始作感觉表象的递进式发射，即树林、河水、山岳、田野、小甲虫也都在发绿了。在这种种来自于春天表象世界的多种物理感觉的刺激下，主体显然激活了超越生理综合的情绪想象，把递进式发射的物理感觉向白胡子老头都在“发绿”的心理感觉作质的递进，生理综合也向心灵综合转化，这结果使主体进一步作心理感觉表象的放射状递进，既然人都已在“发绿”，则人的血液也会“发绿”了，那么把发绿的血液向绿血滋润土壤递进，受绿血滋润的土壤向土壤孕育“绿色的春天”递进，而绿色的春天则向它能发出绿苗递进，绿苗向它能显示“绿色的希望”递进。凡此种种，都依顺了春天乃属生命与希望这个想象逻辑定式面对感觉表象作出递进式组合，这一场心灵的递进式显表象综合是有机且有序得颇有分寸的，体现了主体的情思从有限的实体性向无限的象征性线性地展开的趋势。

再一类是显表象心灵的提纯化综合，体现为意象群作隐意提纯来进行抒情。这一类心灵的显表象综合则显示出对物之心象化这一现代新韵作呼应的特色。如蔡其矫的《夜泊》：“港湾内布满了渔船小小的灯光，/在水底下都变成了光明的杉树；/可是夜在海上撒下薄薄的雾，/却连最明亮的月光都穿不透。/我听见微波在向船诉说温柔的话，/但桅杆上的风旗却还在与风搏斗；/那些落帆而停泊在一起的船队，/在梦中也还未忘记它风波的路。”全诗共八行，两行一个意象组合体，共四个单元。前两个单元，即第一、二行与第三、四行，都是显表象的生理综合，但第一、二行港湾内是一片安宁、光明的感觉表象，第三、四行大海上却是一片迷蒙阴沉的感觉表象，这两类物理感觉的鲜明对照，不能不让人感到这是一种有意为之的安排，从而显示出生理综合向心灵综合过渡的迹象，不过还不能说这两个单元的两个意象组合体也已是从物理感觉向心理感觉的完全转化。但到后两个单元，即第五、六行与第七、八行，则已是显表象的心灵综合了。不仅第五、六行，“我听见微波在向船诉说温柔的话”和“但桅杆上的风旗却还在与风搏斗”，纯是心理感觉的产物，第七、八行说落帆停泊的船队在梦中也还未忘记船队的“风波的路”，更是一种心理感觉。所以前两个单元的物理感觉其实成了后两个单元心理感应充分作意象化表现的铺垫，而整个文本在显表象层层推演中完成了一个和谐的心灵综合，而这场综合的聚焦点则是：港湾夜泊的船队“在梦中也还未忘记它风波的路”这一永远向往生存搏斗的情思提纯，以至使这一场心灵的显表象综合达到了抒情的至美高度，当然这一场“提纯”实是对一种隐喻的点化。唯其是点化，也就使心灵的综合总是方美直向的。再谈谈张烨写于“文革”大动荡年代的《无题》：

骚动不安地在黑暗中走来走去……
四周寂静，月光凉如金属
听不见树叶的颤动
听不见窗子的簌簌声
蛐蛐从脚背跃过也没留下它爱唱的歌
只有月光的金属声
串起一条无形的铁链
在灵魂深处响起

这首诗以“骚动不安地在黑暗中走来走去”这个心理感觉带动全篇，又以“月光凉如金属”与“四周寂静”的互映作为核心感觉展开一系列显表象的综合。由于这个核心也是个心理感觉，和第一行的心理感觉相呼应地作着心灵综合，因此，第三至第五行虽系物理感觉，也进入了这场显表象的心灵综合圈子，但假如这场综合到此为止，那只是完成了一般心物互映的抒情。张烨没有到此驻步，所以最后三行，从“月光的金属声”这个由心理感觉拟喻成的意象延伸出去形成的意象组合体展开了处于感性感发与理性分析之间的联想，即“月光”阴凉如“金属”，“金属”之“声”也因阴冷而联想到“铁链”之“声”，而这“铁链”只是幻觉联想的产物，是“无形的”，故“铁链”之“声”只不过是“在灵魂深处响起”，因此，这最后三行的意象组合体完全是心理感觉的显示，它们和前面五行的显表象相呼应，完成了一场特别有机的心灵综合；而它们又不只是和前面五行相呼应而已，而是对前五行所凸显的那一脉“在黑暗里走来走去”的“骚动不安”作了出色的提纯，点化出一个生活在社会大监狱里的精神囚徒那种痛苦感受的深沉。这样一种显表象的提纯式心灵综合，作为一种策略，是更具有陈情活动的结构价值的。

第二，幻表象心灵综合的陈情。

所谓幻表象即表象的虚幻化。表象是正常感觉反应中的存在物，但如果这感觉不正常，是带着强烈主观因素的直觉，由此把握住的表象，也就成了幻表象。所以，我们可以这样说：幻表象指的是表象处于组合关系中或和环境对应关系中时，被违反感觉刺激系统的生理性感觉所把握或被违反约定俗成的社会心态的心理性感觉所把握的对象。这使幻表象可分为事态的和心态的两种。在新诗的心灵综合类陈情中，幻表象的心灵综合也可分为生态幻表象心灵综合和心态幻表象心灵综合两种基本形态。

所谓生态幻表象的心灵综合，显示为物理感觉的错乱，不合存在的常规。唯其如此，才具有激活联想的异样力度。如郑敏的《音乐》：

站在月光的阴影里，
我的灵魂是清晨的流水，
音乐从你的窗口流出，
却不知你青春的生命
可也是这样的奔向着我？
但若我们闭上了眼睛，
我们却早已在同一个国度，
同一条河里的鱼儿。

诗写的是“我”“站在月光的阴影里”，听自己眷恋的人弹奏的音乐声传来，骤感到两人的灵魂已经合体。对郑敏早期的诗，唐湜在《郑敏静夜里的祈祷》一文中曾这样说：“她抒说爱是一条光滑的鱼身，会无声地逃走，但爱着的那梦间，那在一切苦痛中滑过的片刻，却孕育着一种永远的默契，永久的爱。”① 这话虽并非专指《音乐》，但也可以明白，《音乐》中“同一条河里的鱼儿”的“鱼儿”，指爱。看来，诗中的“河”与“鱼儿”是郑敏作心灵综合时两个核心表象。那么它们是如何显示出来的呢？先看“河”之来源。诗中一开头就说：站在月光的阴影里的“我”，“灵魂”化成了“清晨的流水”，而这时“音乐从你的窗口流出”，“音乐”作为一个人的灵魂的表征，那么，“你”的灵魂也从“你的窗口”流出来。写到此，文本还补上两行：“却不知你青春的生命/可也是这样的奔向着我？”这意味着：“我”的与“你”的灵魂的“流水”负载了各自的“青春的生命”，于是，灵魂化成的两股负载“青春的生命”的“流水”在“月光的阴影里”汇流了，这当然全是用一些幻表象来作心灵综合的。至于又说这“流水”是“清晨的流水”，系隐示这两股灵魂的“流水”是汇流在清晨一样既光明又有希望的环境中的，这可是幻而又幻的幻表象。接着最后三行，用“但若”承上而接下，是一个转折，是对“却不知你青春的生命/可也是这样的奔向着我？”这个设问句所作转折性的呼应，就是说无需考虑是否“奔向着我”，我们的青春生命只要丢开现实（“我们闭上了眼睛”），在灵魂化成的“流水”——“同一个国度”、“同一条河”中“早已是”“鱼儿”了，也就是同样地在爱着了。所以这三行中“国度”、“河”、“鱼儿”显然已是三个幻表象，顺着文本前五行已开始的心灵综合，以心理感觉的身份，自自然然地综合了进去，从而完成了一场幻表象的心灵综合活动。值得指出：任何一个存在于心灵

① 唐湜：《新意度集》，三联书店 1989 年版，第 147 页。

综合中的幻表象，化为意象后，都是具有隐喻性的，而这样的心灵综合，也就显示出隐示性的陈情策略特征。这种策略特别有利于欲表现自己又要隐藏自己的那一类陈情。郑敏的《音乐》是如此，舒婷的《路遇》更是如此：这首诗表现了主体与旧日恋人突然邂逅路上以致一瞬间冲动得精神失常、官能错乱、幻感纷呈的心理反应。第一、二节就这样写：

凤凰树突然倾斜
自行车的铃声悬浮在空间
地球飞速地倒转
回到十年前的那一夜

凤凰树重又轻轻摇曳
铃声把碎碎的花香抛在悸动的长街
黑暗弥合来又渗开去
记忆的天光和你的目光重叠

从这两节看，一场强烈而措手不及的情感大地震，硬是把主体积压在意识底下整整十年的心绪都震出来了，甚至把视觉、听觉、嗅觉、肤觉、内官觉的功能全打乱了。且不说这首诗常被引用的第一节如此，就看第二节的第二行“铃声把碎碎的花香抛在悸动的长街”，“铃声”而能“抛”，是听觉错乱，“花香”是“碎碎的”，又能让“铃声”“抛”，是嗅觉的错乱，“抛”“花香”在“长街”，是视觉的错乱，“长街”在“悸动”，是内官觉的错乱。因此，这首诗无论是“凤凰树”、“自行车的铃声”、“地球”，或“花香”、“长街”、“黑暗”、“天光”，这些物理感觉全转化为心理感觉，以清一色的幻表象，成全了这一场应合情感大地震之需的心灵综合。诗的第三节——也是最后一节是这样：“也许一切都不曾发生/不过是旧路引起我的错觉/即使一切都已发生过/我也习惯了不再流泪。”这是理性世界的回归，却也是对上两节幻表象的心灵综合作含蓄的推演，正像宋代女诗人唐婉回赠陆游的那首《钗头凤》最后的那一行“瞒！瞒！瞒！”一样。以幻表象的心灵综合来陈情，毕竟不是明说、直说，是强烈情感的隐喻性演示，而这最后一节对幻表象的心灵综合的推演，也无非是一种“瞒”的点化。

如果说上述生态幻表象的心灵综合来自于主体接受直觉刺激而对外在世界产生幻觉，其幻表象有更多物理性的迷乱，那么，心态幻表象的心灵综合则来自于主体接受直觉刺激而对内在世界产生幻觉，其幻表象也就有更多心理性的恍惚。如冯至的《蛇》，是诗人看了毕亚兹莱的画《蛇》，直觉到与自己内心中敏感的触点：生活寂寞感、存在阴冷感正好相融，因而写成的。因为蛇是细长、冰冷和给人阴郁之感的，所以一开头诗就这样写：“我的寂寞是一条长蛇，/冰冷的没有言语——/姑娘，你万一梦到它时，/千万啊，莫要悚惧。”把自己的寂寞视为一条冰冷而无言的长蛇，是对物理性感觉表象在心灵综合中的幻觉化；又说少女若梦到这样一条蛇时，也不要怕，是主体在神秘的想象恍恍惚惚展开中把内心那一缕寂寞的温柔寄寓在“蛇”身上了。而正是这种恍恍惚惚的想象，在心灵综合中还继续在发展下去：

它是我忠诚的侣伴，
心里害着热烈的相思：
它在想那茂密的草原——
你头上的，浓郁的乌丝。

它月光一般轻轻地，
从你那儿潜潜地走过；
为我把你的梦境叼了来，
像一只绯红的花朵！

神秘地设想着“蛇”心怀热烈的“乡思”——相思，正从“你那儿走过”，还“把梦境叼了来”，这些都是因内在直觉刺激而生的心理感觉进一步的心灵综合。而正是这场综合中感觉表象的虚幻化延伸所特具的发想潜能，和谐而有机地围绕“你”而展开，把“我”对“你”那种温柔而隐秘的爱意，细腻而热烈的恋态，以及孤寂、阴冷中求温暖、慰藉的心境，在这场幻表象的心灵综合中得到深沉而隽永的表现。和冯至这首《蛇》幻表象心灵综合以陈情的单纯性有所差别的，是殷夫的《地心》，它的这类综合显得更复杂一些，是一种纯心态表现凭主体内在的直觉刺激在想象中展开的心灵综合。先看第一节：

我微觉地心在颤战
于慈大容厚的母亲身中，
我枕着将爆的火山，
火山的口将喷射鲜火深红

这“地心的颤战”是一种幻动觉，“枕着将爆的火山”则是幻视觉，诗人所摄取的表象全是心理感觉化的，而这种心理感觉则来自诗人对社会即将出现一场翻天覆地大变动的预感，因此这些全成了幻表象，直接进入心灵综合的轨道。但接下去就有所不同了：

冷风嘘啸于高山危巅，
暮气狰狞地四方迫拢，
秋虫朗吟颓伤歌调，
新月冷笑着高傲长松。

青碧的夜色，秋的画图，
吞噬了光明的宇穹，
我耳边震鸣着未来预言，

一种，呵，音乐和歌咏。

这却全是靠外在表象世界刺激而生的直觉感应，同上一节内在直觉感应而生的幻思幻动的幻表象并不一致，但它们一经组合，就特别能使人产生似虚似实，似幻似真的多重想象。这些想象因幻与真的对比而形成一股巨大的张力，促使内在直觉而生的幻表象与外在直觉而生的幻表象在预感到时代即将大动荡这一心态统率下，在更紧密而有机的交融中，完成了心灵的综合，从而激发出了不可抑制的情绪：

我枕着将爆的火山，
火山要喷射鲜火深红
把我的血流成小溪，骨成灰，
我祈祷着一个死的从容。

可以说，在心态幻表象的心灵综合中形成的这片情绪世界，巍然立起了一位直面死亡而无所畏惧的时代斗士形象。这一类借心灵综合以陈情的策略，说到底还是一场外在世界心灵化抒情这一心象建构总体策略的深化。在中国新诗史上，采用心态幻表象的心灵综合以抒情而获得大成功的人，首推冯雪峰，他在上饶集中营所写的一批囚歌——《灵山歌》、《真实之歌》，大都具有这类心象建构特色；新时期以来，岑琦的一批长诗，尤其是统称为“殉道者三部曲”的《闻一多之歌》、《朱自清之歌》和《雪峰之歌》，也全是按心态幻表象心灵综合写成而获得极高诗美价值之作。

第三，潜表象心灵综合的陈情。

潜表象其实就是无表象，无表象也就不存在意象。因此，潜表象心灵综合的陈情也就是非意象抒情，或者说就是直接抒情。直接抒情在旧诗中是不多的，新诗中大量存在，是接受西方影响的产物。直接抒情虽以情感的直接裸现为特征，但也并非就不需要作心象建构了。我们之所以称潜表象而不说无表象，也就是因为这类心灵综合表面看是纯情感的汇流，深层处却埋藏着一般不易察觉而要靠接受者发挥联想才能把握得到表象的一种心灵综合，因此称它为潜表象。当然，从更深入一步看，把潜表象说成无表象也无不可，因为这类表象是靠接受者发挥再创造的联想才能获得的，并不存在于文本之中，只不过是直接抒情的情感里面暗伏着某种能激活接受者联想的契机。所以说到头来，潜表象心灵综合的一个先决条件是促使心象建构抓情感，重点抓两项，一是选择想象激活率强的情感，二是建立想象激活率强的抒情措施。对于前一项，也就是提高激活想象的情绪质量，这不属于新诗结构论范畴，这里暂且不讨论。至于后一项，寻求一种特别能激活想象、联想的措施，则是心象建构中十分重要的一项工作，因为新诗中由于情绪完全隐蔽于感觉表象而作赤裸裸的呈现会出现一种危机：想象、联想无法展开以至变得空泛。为避免这种危机，就得寻求激活想象的措施，故我们有必要作详细的探索。应该说这种措施并不繁复，不过是确立一套营造情感张力所应遵循的原则，这就是情感的极化和无极化。

对情感作极化表现在新诗中最常用，因为这是使情感产生张力最行之有效的途径。

福勒在《现代批评术语词典》中说："一般而论，凡是存在着对立而又相互联系的力量、冲动或意义的地方，都存在着张力。"① 这启示我们：情感的张力一般也总是在情感能量上强化的一极与弱化的一极对立统一关系中产生的，不过也不排除在单极强化中形成情感张力的可能性，因为单极强化的起点与终极虽不是情感对比的两极，却毕竟也存在着起点的弱化与终极的强化的对比，这也是引发张力的基础，只不过这样的张力毕竟要弱一些。所以，我们可以从情感的单极强化和二极强化两种不同的情感张力构成措施中来考察。

所谓单极强化，就是把裸现的情绪向某一极方向作能量的增大，直到超越现实的极限而进入非凡现实的境地。浪漫派作激情抒发最爱采用这一措施，郭沫若就如此。他的一些名篇就按单极强化来进行心灵综合，的确大大激活了联想，使接受者能把握到一个跃动的、奋进的、欣欣向荣的潜表象世界，如《晨安》，全作说不上有精致的或奇巧的结构布局，只是一连向二十八个对象作出"晨安"的问候，但我们是不能忽略每一个问候的，无论就自然现象看或是就人类史看，这些对象都是非凡的创造物或创造者，诗人在晨光中惦念它们或他们，也不是无故的，其实是把它们和他们全看成壮丽的晨光世界的组合体了。正是虔诚问候之情的单极强化，大大地激活了接受者的联想，在心灵综合中把那些受联想召唤而来的潜表象都浮现出来，凭心灵综合起来，完成了一个伟大、雄强的，光明、跃动的表象世界，即一个非凡的、洋溢着创造人生的心象。还值得注意：主体为之发出"晨安"的对象先后排列的次序大有讲究，体现着虔敬之激情一步步作能量上的增大。而到了"晨安，太平洋呀！太平洋呀！太平洋上的诸岛呀！太平洋上的扶桑呀！扶桑呀！扶桑呀！还在梦里裹着的扶桑呀！"这股激情的蓄势可说已到了极限。于是，诗人十分有机地把喷涌着的情绪来一个大飞跃，那就是结局的两行：

> 醒呀，Mesame 呀！
> 快来享受这千载一时的晨光呀！

情绪的蓄势已达到高"水位"，现在闸门一开，情绪马上直泻，全都汇入"千载一时的晨光"中了。晨光之壮丽已超越现实的极限，因非凡的直觉刺激而进一步激活了情绪想象，民族有望和生存光明的种种潜表象在字里行间隐约浮动，并经心灵综合而汇成一个创造至美的心象呈示出来。艾青的《时代》也是一首直接抒情的诗，它的潜意象心灵综合显示的情绪张力比郭沫若的《晨安》更大。之所以能如此，和它直接抒情中作单极强化很成功有关。艾青曾这样回忆自己写这首诗的情况："到延安后，我有一股极其神圣的向往之情涌动在内心，总觉得一个伟大而又严酷的时代定要到来，会把我卷带到既痛苦又狂喜的新境界去。那些日子我老是站在窑洞门口出神地望着远天。有一次，突然心里像感受了什么奇迹，幻觉出现了，这就有了《时代》一诗中最初的句子：'我看见一个闪光的东西，/它像太阳一样鼓舞我们的心，/在天边带着沉重的轰

① 王先霈、王又平主编：《文学批评术语词典》，上海文艺出版社 1999 年版，第 287 页。

响，/带着暴风雨似的狂啸，/隆隆滚辗而来……’这十分神秘也更其真实的心境，也就成了我写这首诗的起点。”[①] 他还说：“我的真实思想，是希望把自己全心全意地献给这个伟大的时代。”[②] 这些话反映着艾青是强烈地向往着这个伟大而严酷的战斗时代的，所以他发出了一串激动得难以自控的直接抒情：“我向它神往而又欢呼”，“追赶着它”，“带着一个生命所能发挥的热情”，由于热爱这个时代，使他进而强烈地爱上与时代联系在一起的一切，并发出狂热的呼声：“我要求更多些，更多些呵/给我生活的世界。”他还在寻求着足够响亮的语言“抒发我的激情于我的狂暴的呼喊/奉献给那使我如此兴奋，如此惊喜的东西/我爱它胜过我曾经爱过的一切”。这种赤裸裸地抒发出来的热爱时代、追求时代和献身时代的激情是一层层加码的，也就是说这种激情在不断的单极强化着，并已到了高水位的情绪蓄势，等待着升至极情的地步。果然，赤裸裸的激情抒发终于达到极化地步了：

> 为了它的到来，我愿意交付出我的生命
> 交付给它，从我的肉体，直到我的灵魂
> 我在它的面前显得如此卑微
> 甚至想仰卧在地上
> 让它的脚像马蹄一样踩过我的胸膛

这追求与献身时代之情是已达到白热化程度了的，单极强化到最后已极化到一种飞跃，一种浪漫主义的高扬。诚如别林斯基在论及莱蒙托夫时所说的：“他对生活的渴求是这样强烈，为了一瞬间热情的陶醉，为了一刹那感情的充实，情愿牺牲他的全部将来，全部希望，全部剩余的一生。”[③] 艾青这最后的三行就是“一瞬间热情陶醉”、“一刹那感情的充实”而以死来完成激情的飞跃。正是这一飞跃，也就能使激情获得难以估量的张力，以至于在接受者的情绪感应中联想的激活率也特强，带出了一个战斗时代的表象世界，那么丰富又那么多彩，这就是潜表象，它们在心灵综合中完成了一个时代殉道者光辉的形象塑造，而这个形象其实是以向世界开放的精神和健旺的生命力相交融的心象表现。类似这样作心象建构的，郭沫若的另一首诗《天狗》、艾青的另一首长篇抒情诗《向太阳》、陈辉的《献诗——为伊甸园而歌》等，都也十分成功。

再看以潜表象心灵综合来作心象建构的第二类措施：直接抒情的二极强化。这是把裸现的情绪向对立的二极各作量上的增大，再对它们作心灵综合。显然，这一场心灵综合会引发出比单极强化更大的情绪张力，促使情绪从现实的极限向非凡现实的极限飞跃。二极强化也是直抒激情的浪漫派诗人为寻求情绪张力所青睐的一项措施。郭沫若又是这方面的代表。他的《我是个偶像崇拜者》就是个很好的例子：

---

① 根据1984年12月29日晚上艾青与本书笔者之一骆寒超在北京京西宾馆的谈话记录。

② 杨匡汉、杨匡满：《艾青传论》，上海文艺出版社1984年版，第159页。

③ 满涛译：《别林斯基选集》第2卷，上海文艺出版社1964年版，第465页。

我是个偶像崇拜者哟！

我崇拜太阳，崇拜山岳，崇拜海洋；

我崇拜水，崇拜火，崇拜火山，崇拜伟大的江河；

我崇拜生崇拜死，崇拜光明，崇拜黑夜；

我崇拜苏伊士，巴拿马，万里长城，金字塔；

我崇拜创造的精神，崇拜力，崇拜血，崇拜心脏；

我崇拜炸弹，崇拜悲哀，崇拜破坏；

我崇拜偶像破坏者，崇拜我！

我又是个偶像破坏者哟！

诗的前七行，把天地间能体现自我创造精神者全看成为值得崇拜的偶像，并作了情绪直抒的极化表现；后三行来了个 180 度的大转折，又把所有偶像的破坏行为当作崇拜的偶像，同样作了情绪直抒的极化表现。显然，这首诗是一个二极强化的对立统一体，直接抒情因了两类极化情绪共存中对比而激发出一股高强度情绪张力，激活了接受者的想象联想，才带出了一串潜表象来作一场在对比中隐含内在逻辑关系的心灵综合，完成了一种精神意绪的抒发：创造是一种自由的表现，是个性充分发挥的产物，因此值得把伟大的创造当作偶像来崇拜；但对创造者来说，崇拜偶像又是对个性的扼杀，因此也得破坏。这正是反对封建专制、追求民主自由的“五四”时代精神意绪的心象化体现。类似这样的做法，有闻一多的《口供》、《春光》等。《口供》中“我”有一颗包容世界的高洁的爱心：“我爱英雄，还爱高山”，“我爱一幅国旗在风中招展”，“我的粮食是一壶苦茶”，这是对爱世界爱得高洁之情层层加码的极化表现，但接着一转，这样写：

可是还有一个我，你怕不怕？……

苍蝇似的思想，垃圾桶里爬。

这是对人的心灵深处还存在着肮脏的一面作极化的表现，而高洁与卑俗两种对立情感各各极化地统一在一起，张力是相当强的。由此激活的联想对潜意象的打捞和心灵综合使这一场表面看是直接抒情之作颇给人以顿挫之感。蔡其矫的《祈求》更典型，诗人一方面对世界发出一片祈求之情：祈求“炎夏有风，冬日少雨”，“祈求爱情不受讥笑/跌倒有人扶持”，“祈求歌声发自各人胸中/没有谁要制造模式/为所有的音调规定高低”，这是从祈求美到祈求爱，从祈求爱到祈求人性的同情，祈求同情到祈求自由民主——这一个方向的平民情感层层递进的极化表现，但接着他又把祈求之情转到相反的方向作极化表现：

我祈求

总有一天，再没有人

像我作这样的祈求！

显然，二极强化而又对立统一的存在，产生了一股情绪激活联想的张力，由此激起的一串潜表象在心灵综合中完成了一个热爱祖国、向往民主自由、呼唤人性归来者的心象塑造。应该说新诗中情感二极强化的直接抒情比单极强化的要多一些，也更具魅力一些，因为如同福勒所谓的：前者是一个"存在着对立而又相互联系的力量"的地方，张力必然存在，在激活联想上也必然会更强一些。不过，这也启发诗人们新的思考：情感二极强化所生的张力既来自于二极对立的同向极情化，那么，如果情感二极对立的逆向极情化即对一极情感作量上增大而对另一极情感作量上减缩，即以情感的量的强与弱对比来作心灵综合如何呢？尝试的结果是激活联想以浮现潜表象的功能更佳。于是，这种心灵缩合的心象构成策略确立了。

这不同于孙绍振所说的"感情的无极强化"。孙绍振提出"追求微量的感情动人，以尽可能抑制情感的流量为基本审美规范"[①] 来阐明"感情的无极强化"，这是对的。这实在是个节制情感的问题，由新月诗派首先提出来，徐志摩、梁实秋——特别是梁实秋多次在文章中提出反对创造社的滥情主义，主张节制诗中情感；到1940年代，九叶诗派的唐湜、袁可嘉更以里尔克、艾略特的言论为依据，反对情感的放纵，要求理性制裁诗情；至于到20世纪末更被一些人以零度写作为由，奢谈诗情的冷凝了。应该说这种提法是有其合理性的，但这种"无极强化"只是感情（诗情）上的问题，这和心灵综合中的直接抒情当然也有一定的关系，但毕竟不是一回事，我们不能说用"微量的感情"或"尽可能抑制情感的流量"来进行直接抒情就是好的，说到底用情感的无极强化——即用抑制的情感来赤裸裸地抒发，是很难在心灵综合中收到抒情审美效果的，要收到好效果，只有在心灵综合中使情感单极强化或二极强化，而情感二极强化中，同向强化固然好，逆向强化更好。为什么这样说呢？这源于二极同向强化是情感二极作同样的张扬，对于接受者来说，初次碰到，其张力确能使直接抒情增添一份打入接受者心灵中去的激奋，联想的激活率因此也高，但一味作情感二极的张扬会在接受者心中产生感受疲劳，联想激活率也会下降。而二极逆向强化，是情感一极张扬，另一极抑制，形成一种对比，对比中反差因极化而增大，联想的激活率也就会大大提高，能更有利地完成潜意象心灵综合。值得指出：我们不应该轻视二极逆向强化中两股对立情感的情感量因极度的反差所生的对比效应。这里不妨拿闻一多的《发现》来作一分析：

我来了，我喊一声，迸着血泪
"这不是我的中华，不对，不对！"
我来了，因为我听见你叫我；
鞭着时间的罡风，擎一把火，
我来了，不知道是一场空喜。
我会见的是噩梦，哪里是你？
那是恐怖，是噩梦挂着悬崖，

① 孙绍振：《审美形象的创造——文学创作论》，第414页。

那不是你，那不是我的心爱！
我追问青天，逼迫八面的风，
我问，拳头擂着大地的赤胸，
总问不出消息；我哭着叫你，
呕出一颗心来，——在我心里！

眼前的祖国不像是自己想象的那样，主体从历史到现实四处探寻，始终找不到真正的祖国——这的确把憎恶国家腐败黑暗、渴望她能光明的情感强化到了极限，一片张扬的声势。但忽然一转说：“我哭着叫你，/呕出一颗心来，——在我心里!”从极张扬的一极，忽转向极抑制的另一极。这么一句不动声色的话，使一片嘶喊得几近声嘶力竭的激动猛地变得极平静了。这种情感二极逆向的强化，确能产生特殊的感受效果，使接受者的感受中心从一片张扬猛移向一片平静，联想的激活率确实有超常的强度，潜表象心灵综合也就使诗人爱祖国爱得既虔诚又绝望痛心、真正美的祖国只是心愿而已的意绪传达得多么真实、生动而深刻。这种大起大伏的情绪直接抒发在冯雪峰写于上饶集中营的囚歌《灵山歌》、《真实之歌》中有更动人的表现，特别是像《夜》、《露光》、《醒后》等作，最是典型。《醒后》的意识流意味很浓，它是从这样一场梦境开始的：“梦见高山崩倒，我压毙在里边，但又挖泥洞穿出。”于是“深黑的遮布已经远退”，“我醒过来了”。现实又怎么样呢？“浓绿的墙又这样闷重地压着我/又这样开给我一个小小的洞，/送给我淡黄的尖刺的光!”这就开始了他因失去自由、真理遭受凌辱之痛苦、愤怒情绪的强化表现：“那生命中最美的观念！/那美中最美的姿影！/都首先来偷袭着我的灵魂，/都一飞到，就给我重重的一击！……/哦哦，我实在疼痛，/我受不住，/我几乎要哭出来！……”这种“被自己的心里的隐秘的波动所刺痛”、“被圣洁的惊颤所刺痛的悲愤之情，完全是以张扬裸现的，接着是：

哦，我懂得的，生命的美的电流！
你隐秘的力！你支配我就是！……
几滴冷泪从我眼睛两角静静地垂下了，
而我脸上却似乎浮着平静的微笑。

这前两行是对前面一连串为被黑暗势力所囚禁的悲愤和对人生真理和生存自由的渴求所绞痛之情作抒发的总结，使这场直接的抒情向一极的方向作极其骚动不宁的张扬达到顶点，但后两行的情绪猛地一转，如同从高山顶巅跌入了万丈深谷，内心的狂乱变成了外在表现的极端抑制——“我脸上却似乎浮着平静的微笑。”这种巨大的落差使对立情绪之间所生的张力远远高于二极的同向强化所能达到的，而相应的联想激活率比闻一多的《口供》还要高。这类直接抒情具有非同一般的审美感受冲击力，也反映着潜表象心灵综合只要操作得自然，对心象的构建会显出特异功能来。

在新诗的心象建构策略探求中，心灵的综合比生理的综合更为新诗创作者所重视，这一种心象建构策略有两点是颇值得重视的。首先一点是：它特别能显示出新诗的心物关系和旧诗所强调的情景关系不同。后者不论怎么寻求情景的有机统一，最终还是达到一种情景交融：情融于景，或景融于情的融合关系，但前者的心物关系始终立足于“心”，即以“心”为中心，“物”——包括景象、事象，在新诗的心物建构中没有独立存在的可能，物总是心化之物，让表象世界在心灵的综合中都化为心灵的世界。其次一点是新诗强调心灵综合以建构心象，最能显示新诗的方美直向型结构关系，因为心灵的综合总体现为诗情陈述的递进性，直线递进性，而鲜见有往复回旋的圆美流转特色。也正是这两点建构心象的策略的存在和充分的使用，大大有利于心灵综合推向更高的结构诗学境界：智慧的综合。

第三节　智慧综合

心象建构可采取生理综合的策略，也可采取心理综合的策略，但以此构成的心象，只是主体感受人世生态种种现实现象时所得体验的结晶，而不是灵觉超人世生态中种种宇宙规律时所得智悟的结晶。作为智悟的结晶，这一类心象的构成，则来自主体对表象感应作智慧的综合。

表象感应作智慧的综合涉及对此感应提升为主体的感受、感知的问题。感受与感知是一种递进关系。一个诗人对表象世界的感应提升为感受，也就是情的产生；到这一阶段写诗，即超越感觉综合而进入心灵综合作抒情，是心物建构的一般现象，正常，但缺乏深刻性。只有让感受递进为感悟，也就是智的产生；到这一阶段写诗，则是超越心灵综合作抒情，这是心物建构特殊现象，非常能显出深刻性。所以，从心象的心灵综合转化为智慧综合，实是诗歌的情性转化为智性。但新诗中对智性的理解是颇有分歧的。颇有一些诗人和诗学理论家把智性等同于理性。余光中在《现代诗的名与实》中就这样说过：“‘主知’原是古典主义的精神之一，批评大师艾略特……认为 17 世纪诗人邓约翰的作品里，机智（wit）和激情（passion）是融合在一起的，但是到了 18 世纪，诗人抑激情而扬理性，19 世纪的诗人则反过来抑知而扬情。”[①] 从“抑激情而扬理性”和“抑知而扬情”的对位比较中可以见出：余光中心目中的“知”就是“理性”，郑敏在《中国诗歌的古典与现代》中甚至把“知性”等同于“概念”而与感性对立[②]，但另有些诗人却不这样认识。提出写诗更重智，在新诗坛不敢说最早但算得上较早的一位是柯可，即金克木。他在《论中国新诗的新途径》[③] 中提出 1930 年代“新起的诗”，认为有三个“内容方面的主流”，头一个“主流”就“是智的”，即有一批诗人已在“以智慧为主脑”写诗，他认为，这是一批“新的智慧诗”，特征是“避免感情的发泄而追求智慧的凝聚”，因此它是“以不使人动情而使人深思为特点”的。他还认为：写这类诗的诗人“本质上是感伤的重情的人”，因此他们写“新的智慧诗”是以情为基础、从情出发的“情智合一”诗，这也就决定了其“智慧”虽是追求“人对大宇

① 《余光中选集》第 3 卷，安徽教育出版社 1999 年版，第 75 页。

② 参见郑敏《诗歌与哲学是近邻——结构—解构诗论》，北京大学出版社 1999 年版，第 315 页。

③ 《新诗》第 4 期，1937 年 1 月 10 日出版。

宙的认识”，但“要非逻辑的”，因为这种“智慧”乃是“类似参禅的人的悟道”。对“智慧”，对“主智”作了这样的认识后，柯可认为这种“以智慧为主脑”的诗，和“旧的所谓说理诗不同”，“因为这并不是用诗的形式去说明一个道理”，也和“卖弄聪明做警句的诗”和“兼哲学家的诗人所做的哲理诗”都不同。显然，柯可对“智性”的认识和余光中、郑敏是有所差别的：柯可从情性出发，余光中等则是从理性出发的。那么新一代人看法如何呢？

新一代诗学理论家是偏向于从理性出发走向智性的。游友基在《九叶诗派研究》中提出“何谓智性”时作了多方面的判断，多少有点认识的混乱和不明确，但结语倒十分明确：“总之偏于理性领域，体现理性精神。”① 陈仲义在《中国朦胧诗人论》中说得更具体些。他肯定智性“比理性低一档次”，他又说：“它尽管比理性低一档次，但仍尚未脱尽‘思维本能’，因此它也是诗歌走向哲理升华的一把‘拐杖’。当诗人展开思维运动时，心理场同时涌泛潜意识流与显意识流，多种层次的心绪、体验，多种感觉、知觉在相互渗透冲突汇合中，不是径直提升为一种带有判断推理的思辨色彩，形成思索的理性，而是充分的感性展开，感性本身就体现了深刻的理性。”② 这意思绕了一些弯子后终于可以明白：智性指的是诗人在“充分的感性展开”中“展开思维运动”，从而形成一种“思索的理性”。这里引起我们注意的是两点。一点是智性是思维运动——思索的产物，它不是“径直”而是通过“感性展开”的曲折后“提升”为“判断推理”的，这就是智性不排斥逻辑思辨。另一点是智性实属通过感性展开而达到的理性。对智性的这些思考来自于西方。艾略特认为知性诗“是许多经验的集中，集中后所发生的新东西”。所谓“经验的集中”，是人的情性体验转向为抽象概括、理性提纯。至于这种能显示转向——提纯的“集中”的发生，艾略特还特别指出：“既非出于直觉，亦非由于思考。”③ 从另一角度看：人的情性体验转化为理性经验，既有赖于直觉，也有赖于思考。有关这样的提法，瓦雷里等说得更具体而形象，这就是“把思想还原为知觉”，“像你闻到玫瑰香味那样地感知思想”，等等。瓦雷里就不断在作这样的追求。梁宗岱在《保罗·梵乐希先生》中说，“他像达文希之于绘画一般，在思想或概念未形成浓丽的色彩或影像之前，是用了极端的忍耐去守候、极敏捷的手腕去捕住那微妙而悠忽之顷的……可是与其说梵乐希以极端的忍耐去期待概念化成影像，毋宁说他底心眼内没有无声无息的思想，正如达文希底心眼内没有无肉体的灵魂一样”，唯其如此，“深沉的意义便随这声、色、歌、舞而俱来，这意义是不能离掉那芬馥的外形的，因为它并不是牵强附会在外形底上面，像寓言式的文学一样，它是完全濡浸和溶解在形体里面的，所以瓦雷里所追求的智性，其实是智慧底戏剧的观念”④。由此可见主智的诗在西方的认识很明确也很一致，必须让高度的肉体感觉参与抽象概念——理性的诗意造型。而今天新诗中以余光中、郑敏、陈仲义为代表的那种从理性走向智性

① 游友基：《九叶诗派研究》，福建教育出版社 1997 年版，第 139 页。

② 陈仲义：《中国朦胧诗人论》，江苏文艺出版社 1996 年版，第 226 页。

③ 艾略特：《传统与个人才能》，见《二十世纪文学评论》上，上海译文出版社 1987 年版，第 138 页。

④ 梁宗岱：《诗与真·诗与真二集》，外国文学出版社 1984 年版，第 18—21 页。

的认识，也就完全出于西方这些诗学家的见解，今天新诗坛也已几近共识。

如果把余光中、陈仲义他们关于智性的构成串成一条逻辑线，那就是：超表象预设哲思理意——哲思理意寻求观念联想——观念联想构成印证意象——印证意象演绎智性顿悟。这是一条从理性推演向智性的逻辑递进线，理性是逻辑起点。由此看来，心象以智慧综合建构，要解决的根本问题是情、事与理的综合，其实情、事、理的综合，作为一种特殊的结构内容，古典诗学理论家也早就论及了。叶燮在《原诗》中就认为诗法当以客观事物的理、事、情为依据，并这样说：诗文“其道万千，余得以三语蔽之，曰理，曰事，曰情，不出乎此而已”，“故法者当乎理，确乎事，酌乎情，为三者之平准，而无所自为法也。”他主张从根本上看是否符合客观事物的理、事、情来把握诗法和衡量诗法的得失，而不是把诗法仅仅理解为起承转合三类。这见解是有其深刻性的。不过，古典诗论家在提出诗法以理、事、情的综合为依据后，没有进一步深挖主导倾向，新诗学就不同了。从上面一系列的论析可以看出：这三者的综合在新诗中是有主导倾向的，即理大于并且必须大于事与情。因此，我们对心象的智慧综合，将从如下三个方面来考察：理与情智慧综合；理与事智慧综合和理与境智慧综合。

（一）通情达理的心象智慧综合

这一场综合大致分两步走，即从情随理顺到通情达理。

情随理顺也可以叫顺理成情。在诗歌创作中所抒之情如果没有适度的理性渗入，那只是一片混沌、零乱的情绪而已，够不上诗情的标准，即便勉强用来写成诗，要想抒发得有较高的诗美价值也会相当困难。鲁迅在致窦隐夫的信中曾这样说：“我以为感情正烈的时候，不宜作诗，否则锋芒太露，能将‘诗美’杀掉。”[①] 这里所说的“感情正烈”，指的是一种激情状态。鲁迅的意思是：写诗若单凭激情会“使‘诗美’杀掉”。与这样的说法相似的，是郭沫若在《文学的本质》中的一席话：“感情到顶强烈的时候，我们的观念的进行反而有停止的时候。我们如过于快活或者过于不快活，我们每每呆滞得说不出话来，便是这种观念停顿的表现。所以这样的感情是不能成为诗的。”[②] 这是认为诗的专职在抒情的浪漫派诗人讲的话，他比鲁迅更明确地提出：“激情要渗入理性，要受理性制约，或者说只有将情理顺，才可用来写诗。”这可是郭沫若的经验之谈，或者说这是受过教训后说的话。不妨回顾一下郭沫若在“女神时代”写的诗，如《晨安》、《天狗》、《光海》、《梅花树下醉歌》等，由于只凭一时的激情而没有受制于理性的调节，结果是直着嗓子的喊叫，以致弄得如废名所说的“感情有时写不出说不出”。他批评郭沫若《梅花树下醉歌》“从‘梅花！梅花！我赞美你！’一直写到‘破！破！破！我要把我的嗓带唱破！’我觉得还是不中用的”；又批评《夜步十里松原》“一直写到‘我的一枝枝的神经纤维在身中战栗’，虽然是把他的枝枝的神经纤维在身中战栗都告诉我们了，我们还是觉得作者是写不出，故隔靴抓痒的说一句”。[③] 郭沫若那些不渗入理性因素、不以顺理成情来写成的诗，倒还只是个作者“说不出”的问题，到

① 《鲁迅全集》第12卷，人民文学出版社1981年版，第556页。

② 郭沫若：《文艺论集》，人民文学出版社1979年版，第224页。

③ 废名：《谈新诗》，人民文学出版社1984年版，第157—158页。

柯仲平写的《海夜歌声》、田间写的《中国，农村的故事》，那简直到了语无伦次、颠三倒四的地步。杨骚批评《中国，农村的故事》，认为那是田间"在那儿拆烂污"，"在那儿浪费纸张，和读者开玩笑"[①]。说田间这样写诗是"拆烂污"也许多少有点冤枉他，根本问题是他没有顺理成情来写诗。这是一个教训：情不受理性节制，诗写不好。

理大于情，在建构心象的智慧综合中，就这样被新诗的结构策略肯定了下来。

那么，当情随理顺以后，新诗中的"情"是怎么个样子呢？可以说这"情"已不是自然状态的情，而隐含着逻辑因素。这就是说：在这一场"通情达理"的智慧综合中，首先要关注的是"情"，特别是"情"中的情感逻辑。

与旧诗有所差异的是新诗确存在一个情感逻辑的问题，这是分析性联想导致的。现代文明提供给今日社会的是一个更严密的逻辑结构关系，建基于这个逻辑结构上的时代则显示为出之于高度分析性能的理性精神，人的情感是社会时代的真实反映，因此，由分析性联想导引出来的情感逻辑，在新诗的抒情事业中堂而皇之地出现并扮演重要角色，也是不足为奇的。我们可以举一些各类生活情感的诗来看一看。如田间的《假使我们不去打仗》：

假使我们不去打仗，
敌人用刺刀
杀死了我们，
还要用手指着我们骨头说：
"看，
这是奴隶！"

这是一首采用反说来激励中国人民奋起抗战的爱国主义抒情诗，第一行是一个假说，第二、三行是假设延伸的结果，它们合于因果关系；第四至第六行则是推论。也可以作这样看：第一行是假设，第二行至第六行则是对假说的判断。不管从哪个角度看，这情感是具有逻辑推演性能的，而从这反向的假设所激发出来的悲愤之情再回到正面肯定来看，一种出于反向映衬的分析联想更强化了一个情感命题：只有抗争才能避免屈辱，才能求生。这首诗的情感逻辑是十分明显的。它堪称具有情感的"抗争辩证法"。再看看刁永泉的《往事与随想》：

居住在天国的不一定都是神。
居住在人间的不一定都是人。
居住在地狱的不一定都是鬼。

神到了人间一定比人更平凡。
人到了地狱一定比鬼更微贱。

① 杨骚：《感情的泛滥——〈在故乡〉读后感及其他》，1936年11月25日《光明》第1卷第10号。

鬼上了天堂一定比神更神气。

这首诗是对畸形社会中一些人被敬奉为神、另一些人堕落成鬼的怪现象所作的愤怒抒情。第一节中对“神”、“人”、“鬼”抱怀疑的说法是从世俗关系中提炼之所得，而由这种畸形关系激发出来的情感含有分析因素当然不言而喻。第二节进一步对抱怀疑的情感作演绎，展开的“神”、“人”、“鬼”之间复杂的关系作分析性的感受传达：“神”是人造的，由于他的神光是虚假的，反比正常生活的人要不诚实，故当他被拉回到人间会“比人更平凡”；“人”是鬼怀的，由于他作为人就不合格，比正常生活的人要虚伪，故当他一旦被打入地狱会“比鬼更微贱”；“鬼”是人化的鬼，这种“鬼”比一般鬼也不如，但一旦让他上了天堂，暴发户心态促使他“比神更神气”。显然，从这种畸形社会中的畸形现象所激发出来的情感，具有内在逻辑性。

既然顺理成情的“情”具有逻辑推演性，那么以理与情作智慧综合所造的心象必然显示为通情达理了。以这样一场通情而达理的智慧综合才使新诗这一类心象建构超越意境而获得抒情审美新的高度。

冯雪峰的《搏斗》和北岛的《宣告》值得提出来考察一番。

《搏斗》是冯雪峰在上饶集中营时写的。在那些被囚禁的岁月里，诗人对人性与兽性、正义与邪恶、光明与黑暗之间生死搏斗的体验很深，这种体验由于多次的发生，刺激人的心灵，已化为人生的理性经验：在情绪的直接抒发中，激情渗透了分析性：“光明和黑暗竞走，/强者和强者搏斗，/黑暗终于最后遇上了强大的敌手！”而当“黑暗正在准备最后的败走”时，总要“留下荒土和血海作为他的偿还”的。这是诗人在炼狱中所获得的一场场十分真实而深刻的搏斗体验提升为经验理性而渗透在激情中的必然显示，于是，这一场顺理成情的极致，不仅使主体的义愤之情具有了辩证的性能，并且以情感逻辑的推演，促成主角超越上饶集中营具体而有限的搏斗生活范围，进入他对天地间正义与邪恶斗争之必然结局的深层次感悟：

强者和强者搏斗，
黑暗要最后的败走！——
黑暗留下荒土和血海才败走，
　光明呵，没有这些，又怎见你胜利的坚固和真实？

看来，人生存在着一条法则：正义与光明想要获胜就一定得付出血的代价。诗人就遵循这个法则而让情感推演出这点哲理感悟：为了战胜邪恶和黑暗，正义与光明的追求者必然要付出惨重的牺牲，因此对于个体生命在搏斗中化为一片血海应该受到鼓舞，而无须哀伤；为了牢牢地把握胜利，正义与光明的事业也必然要付出重大的代价，因此对于搏斗后世界变成一片荒土，也应该毫不足惜。所有这些的感悟，就是从被囚于集中营的这位革命诗人准备为革命而献身的情感中升华出来的。这就叫通情达理的智慧综合。

《宣告》是献给被“林江”反革命集团残害的遇罗克的。诗篇代这位真理殉道者在生命的最后时刻向世人作临终告白：“我并不是英雄，/在没有英雄的年代里，/我只想做一个人。”他只是为了做一个人而不是做一个英雄而去死的，这个赴死的情感定位是富有分析意味的，充满维护人道尊严的辩证逻辑；“我只能选择天空/决不跪在地上/以显出刽子手们的高大/好阻挡自由的风”——他在生与死之间，宁可选择死而“决不跪在地上”，那样会显出刽子手们的高大，妨碍对自由的追求，这个怒斥千夫所指、决不辱志的情感定位同样富有分析意味，充满维护民主神圣的辩证逻辑。正是这场顺理成情的情感的逻辑推演，推出了诗篇的最后一段：

从星星般的弹孔中
将流出血红的黎明

这是以大义凛然、慷慨赴死显示的正义激情升华出来的、社会历史发展必然规律的感悟：为真理与正义而死，将激起更多仁人志士的觉悟，投入反法西斯独裁统治的斗争，而这也就会迎来自由民主的黎明到来。这样的感悟是理性生存信念的体现。所以《宣告》中主体的心象建构，也来自通情达理的智慧综合。

从顺理成情推向通情达理，表面看这场心象的建构是理大于情达到的，实质上，通情达理之“理”已是超越顺理成情的“理”，而具有对生命规律的智性意味，所以新诗的心象建构中这一场理与情的综合已智慧化，故称其为智慧的综合。

（二）触景生理的心象智慧综合

这一场综合也分两步走：顺理设景，触景生理。在抒情意象的构成中，事象与景象是同一回事，因此，这里的“景”也就是“事”。

顺理设景在古典诗学中不是没人提出并在创作中体现过，但新诗中的顺理设景，实受西方影响。里尔克在很早时期就提出“诗不是情感——诗是经验”[①]的命题，那么“经验”是什么呢？艾略特认为“一种思想是一种经验”[②]。这两人的话连起来可以得出这样的关系：诗是经验，是思想而不是情感表现。艾略特在同题文章中还有这样的话：“对于邓恩来说，一个思想是一种经验，修饰他的感性。”[③]这话的重要性在于“修饰他的感性”。意味着诗歌中的经验思想要用来“修饰”感性形象——事象、景象，这就是顺理设景。这种顺理而设景的追求，在里尔克创作的第二阶段显示得十分明显，写于1903年的《豹》，如袁可嘉所说的：在这里“里尔克是用自己的思想歪曲了（实际是拔高了）豹”[④]这个“物”。这就是顺理设景。提出过“任何真正的诗人都善于正确的逻辑推理和抽象思维”[⑤]这一说法的法国诗人瓦雷里，一生都在作这种追求，因此梁宗岱在《保罗·梵乐希先生》中说瓦雷里“像达文希之于绘画一般”，致力于把“思想或概念练成秾丽的色彩或影像”[⑥]。总之，在西方后期象征派、现代派的智慧综合中，这种

① 《里尔克精选集》。

② 艾略特：《玄学派诗人》，见赵毅衡选编《“新批评”文集》，百花文艺出版社2001年版，第47页。

③ 同上书，第47页。

④ 袁可嘉：《欧美现代派文学概论》，广西师范大学出版社2003年版，第17页。

⑤ 马新国主编：《西方文论史》，高教出版社2004年版，第331页。

⑥ 梁宗岱：《诗与真·诗与真二集》，外文出版社1984年版，第18页。

让抽象理念（思想经验）来寻求“修饰”并控制事象、物象、景象的策略，对心象建构是行之有效并广为采用的。新诗的智慧综合也采用这种策略，具现为主体预先设立一条理念逻辑线，并依此为准来对众多知觉表象进行客观对应的典型选择。大致说，新诗中的理性逻辑线和西方略有不同，除了也采用西方后期象征派、现代派津津乐道的哲理意念线之外，还有一条社会意义线。

先看哲理意念逻辑线上顺理设景的情况。1920 年代初，宗白华写了一批小诗，朱自清认为是“以诗说理”的“所谓哲理诗”[①]，但宗白华不是个爱直接说理的诗人，他总是顺理设景以体现的，如《太戈尔哲学》：

森林中伟大的沉郁
凝成东方的寂静
海洋上无尽的波涛
激成西欧的高蹈

这首诗表现的是寓东西方文化于一炉的太戈尔生命哲学观念。在主体看来，太戈尔具有一种存在的奔跃与归依的悠远相结合的生命体认，因此他顺理而设景，前两句选“森林”这景象和“沉郁凝成东方的寂静”这事象，后两句选“海洋”这景象与“波涛激成西欧的高蹈”这事象，并顺着理念逻辑线，将两组“景”对照地组合成一体，即以幽深与壮阔、静与动、东方与西欧对立统一的设景来应合主体预设的哲理意念；或者说：这首诗用来作智慧综合的两组景，是直接受预设的哲理意念所选派和摆布得相当有机的。郑敏有抒情短诗《岛》，比《太戈尔哲学》更跨前了一步。原诗是这样：“这样一座深深伸入远海的岛屿/在我们看不见的极远处/也埋着她的岩岸/海风和水波自四方袭来，/舐着，击着，啄着，/欺骗的与诚实的，/我敢说她是极心愿的/将她的肢体伸展至远处。/若是，海上出着温暖的太阳，/我相信我看见一个/突现在溶化了的身体里的/痛苦的灵魂/那是为她曾有过的/梦似的记忆。”看得出主体写它也是预设了一个哲理意念的：生命价值的寻求换来痛苦的灵魂。正是这个意念选择了一批相应的“景”，来作隐示。大致说，第 1—3 行是第一个单元，有两个“景”：“岛屿”喻生命，“极远处也埋着岩岸”喻未来；它们组合隐示生命价值的寻求指向未来。第 4—8 行是第二个单元，有两个“景”：“海风和水浪”喻生命价值寻求中境遇之莫测；“极心愿的将肢体伸展至远处”喻坦然接受顺逆而继续前行；它们的组合隐示寻求的勇往直前无所畏惧。第 9—15 行是第三单元，有三个“景”：“太阳”喻光明的未来；“痛苦的灵魂”喻价值寻求的虚无；“梦似的记忆”喻生存的遗恨；它们的组合隐示生命寻求终极的苍凉。以三组“景”有机组合成的这样三个单元，显示为顺理性逻辑线层层递进的设景，是理性对感性“修饰”的成功。我们说《岛》的顺理设景更跨前一步指的是：郑敏是“用自己的思想歪曲了（实际是拔高了）”岛作为喻体的实际表现性能，赋予了

① 朱自清：《中国新文学大系·诗集·导言》，《中国新文学大系·诗集》，上海良友图书印刷公司 1935 年版，第 4 页。

"岛"的精神气质、灵魂感应，而这些则是《太戈尔哲学》所不具备的。

再看社会意义逻辑线上顺理设景的情况。这一条理性线所涉及的是人生体验和政治意念。顾城有一首小诗《弧线》：

鸟儿在疾风中
迅速转向

少年去捡拾
一枚分币

葡萄藤因幻想
而延伸的触丝

海浪因退缩
而耸起的背脊

对于这首诗，顾城在《关于〈小诗六首〉的通信》中曾说："《弧线》外表是动物、植物、人类社会、物质世界的四个剪接画面，用一个共同的'弧线'相连，似乎在说：一切在运动，一切进取和退避，都是采用'弧线'的形式。"值得注意"一切在运动，一切进取和退避都是采用'弧线'的形式"这句话，可以说是顾城预设的一条理性逻辑线——对一种生存经验作诗性传达的企图，这人生经验说白了就是生活之路决非直线运行，而是呈弧状在运动流转：进取的会转向退缩，退缩的也会转向进取，兴盛会转向衰落，衰落也会转向兴盛。凭着这个出于社会经验对生存规律的认识，主体在大量知觉表象中选择了四个对应得比较典型并且有一定比拟价值的"景"，按理性逻辑线把它们组合起来，分四节构成一个整体，从而完成了顺理设景的心象建构工作。这首诗虽并不像有些人把它说得神乎其神般的好，但作为一种写法，值得注意。再如陈敬容的《力的前奏》，它很有顺理设景的代表意义。原诗是这样："歌者蓄满了声音，/在一瞬的震颤中凝神；/舞者为一个姿势/拼聚了一生的呼吸//天空的云，地上的海洋/在大风暴来到之前/有着可怕的寂静//全人类的热情汇合交融/在痛苦的挣扎里守候/一个共同的黎明。"这首诗写于 1947 年，它有一个预设的政治性斗争理念：人民斗争的大爆发依赖长期痛苦的沉默中力量的蓄积。正是这一政治理念选择了四组"景"来形成四个诗节。第一、二组的两组景，象喻斗争之力的蓄积，第三节有一大组"景"："天空的云，地上的海洋/在大风暴来到之前/有着可怕的寂静"，进一步象喻出一种"可怕的寂静"中有着斗争之力的蓄势；第四节再递进一层，以更大的一组事象化的"景"：(人民)"在痛苦的挣扎里守候/一个共同的黎明"，来象喻 20 世纪 40 年代后期国统区政治低气压下的时代特征：一场人民大解放斗争在总爆发前，也正以神异的沉默在展示着"力的前奏"。这样的顺理设景，使诗中的"景"——事象、物象、景象不仅受政治理念所控制，并且在"景"的组合系统中存在的前三类景，无论歌者蓄声，舞者聚姿以显示力的前奏，或者风暴来到前天空的云与地上的海洋可怕的寂静显示的力的前奏，也都染着政治理念色彩，这也证实了此诗顺理设景的成功乃出之于——如同上面已提及的艾略特那句话："一个思想是一个经验，修饰他的感性。"这是理性修饰感性的成功。

但顺理设景只是理与事（景）智慧综合以建构心象的第一步。当然，这一步是这场智慧综合中绝对不可少的，或者说只有走稳了这一步，才能使这场智慧综合凭借"抽象肉感化"或"思想知觉化"的形态来充分体现。而这"抽象肉感化"或"思想知觉化"的形态也就是一种触景生理——紧随智慧综合第一步后跨出的第二步。

从顺理设景跨向触景生理，其实也就是理性"修饰"感性再进而为感性"修饰"理性。那么所谓触景生理，或者感性"修饰"理性，到底是怎么一回事呢？这就又要提及瓦雷里和艾略特。如上所述：在瓦雷里看来，真正的诗人都善于正确的逻辑推理和抽象思维，而触景生理中的"景"又本是顺理而设的，那么触此"景"而生进一层的"理"，也就既有逻辑推理性，也有感性因素蕴涵着吧！这样的推理没有错，瓦雷里即是这般认识和处理触景生理这件智慧综合事儿的。梁宗岱在《保罗·梵乐希先生》一文中介绍瓦雷里说："他……在思想或概念来练成秾丽的色彩或影像之前，是用了极端的忍耐去守候，极敏捷的手腕去捕住那微妙而悠忽之顷的——在这灵幻的刹那顷，浑浊的池水给月光底银指点成溶溶的流晶；无情的哲学化作缱绻的诗魂。"他又说："与其说梵乐希以极端的忍耐去期待概念化成影像，毋宁说他底心眼内没有无声无色的思想，正如达文希底心眼内没有无肉体的灵魂一样"；"这意义是不能离掉那芳馥的外形的。因为它并不是牵强附在外形底上面，像寓言式的文学一样，它是完全濡浸和溶解在形体里面，如太阳底光和热之不能分离的。它并不是间接叩我们底理解之门，而是直接地、虽然不一定清晰地诉诸我们底感觉和想象之堂奥。"[①] 正是这样的认识，使瓦雷里把触景生理说成是一种"抽象的肉感"[②] 追求。艾略特则相应地提出了"思想知觉化"。在《玄学派诗人》一文中，艾略特针对一种创作现象提出"感性脱节"的说法，认为：玄学派诗人能在诗中做到"像闻到一朵玫瑰的芬香似地感到他们的思想"，可是，"自十七世纪以来，一种感性脱节开始了"，因此他主张学习玄学派诗人那种"容下任何经验的感性的技巧"[③]，这指的就是"用具体的客观形象来表现抽象的思想情绪的手法"，而这"就是思想知觉化"[④]。以上种种说法，在袁可嘉的《西方现代派文学概论》一书中作了这样的概括：

"思想知觉化"的创作方法要求用"知觉来表现思想"，"把思想还原为知觉"，以及"像你闻到玫瑰香味那样地感知思想"（艾略特）……或者更理论化一点，叫做思想找到了它的"客观对应物"，情绪找到了它的"等值物"（庞德），意思是一个：要通过恰当的形象来启发思想，感染情绪，而不靠直接的表白或说教。[⑤]

① 梁宗岱：《诗与真·诗与真二集》，第18—20页。

② 参见袁可嘉《欧美现代派文学概论》，第17页。

③ 赵毅衡主编：《"新批评"文集》，第47页。

④ 智量、熊玉鹏主编：《外国现代派文学辞典》，上海文艺出版社1999年版，第37页。

⑤ 袁可嘉：《欧美现代派文学概论》，第17页。

这段话总体说是概括得好的，不过值得商榷的是“更理论化一点”的那一句：“通过恰当的形象来启发思想。”这意味着：我们所说的触景生理是拿“景”去“启发”“理”，是通过理性联想以达到逻辑推论性认识的，这似乎和瓦莱里从触觉化（肉感）艾略特从嗅觉化（闻到玫瑰香味）感知“理”的说法并不那么一致。当然，从纯感觉表象而得理，从严格意义上说也并不科学，但瓦莱里、艾略特在此提的感觉表象（触觉、嗅觉）是顺理设景中渗透了“理”的“景”（事象、物象、景象），是定向化为知觉才得以完成触景生理，把新一层次的理直接提纯出来的。因此，在新诗的心象建构中，一批成熟的诗人在作触景生理的智慧综合中，懂得从顺理设景进到触景生理的内在逻辑关系，才能真正达到瓦莱里的“抽象肉感化”或艾略特的“思想知觉化”的要求。我们可以举些诗例来分析。

卞之琳的《断章》是坚持能从顺理设景出发进行触景生理的智慧综合的，原诗是这样：

你站在桥上看风景，
看风景的人在楼上看你。

明月装饰了你的窗子，
你装饰了别人的梦。

这首诗卞之琳自己说同他的另一首诗《圆宝盒》一样，“是着重在‘相对’上”①。这是主体预设的一个哲理意念，然后顺理设景而找来一串“景”——事象、物象（包括心象和景象），并分两组作了互为对应的组合，第一组的“你”和“看风景的人”、“桥”和“楼”、“看风景”和“看你”；第二组的“明月”和“你”、“你的窗子”和“别人的梦”，分别进入对应的关系中，然后完成了一个依“理”组合成“景”的组合整体，让接受者能触此“景”而生一层像能闻着玫瑰的香味一样深一层并真切地去感知大至宇宙自然、小至人与人之间关系的“相对”观念。但为什么通过受预设的“理”控制的“景”的组合整体在接受者“触”到后能把预设的相对观念变得更深一层更真切地得以把握呢？这就要看顺理而设的这个“景”的组合体比一般景的组合体具有更集中的感发倾向，以及由此带动起来的定向理性联想功能。《断章》是具备的。虽然，这首先要归功于主体顺理而设的“景”选择得十分典型，即每组内部的每一行的“景”本身都是美得具有绘画感且能令人兴发感动而生悠远遐思，而每组两幅“画”和整体两组“画”组合在一起更能生这种审美效果。其次，还要归功于组合中接受严格的理性意图控制，这就是扣住相对性关系，而这是靠顶针加互动的手法达到的。第三，更要归功于各个“景”——亦即意象及其组合体具有极强感发功能的丰盈性，这种丰盈性促成接受者获得更多更深远的感性遐思，每一组两行间两个“景”的并置，不仅只是一种因相对而生的理性感知关系，更有一种因“装饰”而生的情性感受关系。但这“装饰”

① 卞之琳：《关于〈鱼目集〉》，载刘西渭《咀华集》。

又是建立在相对上的，即互为装饰。我们得感谢发现《断章》中存在装饰关系的刘西渭，更得感谢他在装饰关系中感受到“悲哀或者迷怅”[1]。但装饰关系的“悲哀或者迷怅”感却由于是“相对”的，更获得了强化和深化，而这也反转来强化、深化到感同身受地对“相对”观念的把握。第四，尤要归功于两组“景”各自内部的互为装饰还扩大到相互间的装饰，即第一组“景”（第一个诗节）以外在生存装饰现象和第二组“景”（第二个诗节）以内在精神装饰现象作人生内外在相互装饰，从而获得装饰的递进、悲哀感的递进，特别是感同身受地把握相对感应的递进，所以这首诗的智慧综合有外象的回环流转和内象的直线递进特征。在心象建构中同样体现了新诗的直向方美型结构体系。

从《断章》中似乎能使我们更进一步发现：这一场从顺理设景进到触景生理的智慧综合，关键的一点是抓观念和联想的相辅相成最终合成一体。可以这样说：顺理设景是观念及观念的联想线预设的阶段，触景生理则是激活联想及联想的观念线确立的阶段。根据这样的认识，我们不妨再拿冯至的《十四行集》中《我们站立在高高的山巅……》来看看。冯至显然也是预设了一个哲思理念的，即宇宙生命可以互转。这个观念预设后，主体展开了观念联想，寻找和选择了一批“我们”站立在高山之巅展望山野的“景”，并以顺理设景的原则把它们组合起来：“我们”竟“化成面前广漠的平原/化成平原上交错的蹊径”，还进一步发现：“我们走过的城市、山川，/都化成了我们的生命。”并且道路和流水相互关顾着，天风和飘云彼此呼应着——这种种被畸变、扭曲了的事象、物象、景象组合体，又反转来激活了新一层联想，在内在灵魂世界中扩大观念联想，进一步显示万物与“我们”的呼应和转化：

我们的生长，我们的忧愁
是某某山坡的一棵松树
是某某城上的一片浓雾

我们随着风吹，随着水流
化成平原上交错的蹊径
化成蹊径上行人的生命

这是触景生理中非常重要的阶段，即从前二节“景”的组合体激活联想，推出这两节的“景”的组合体和随之促成的观念联想的扩大，以致随“松树”化成“我们的生长”、“浓雾”化成“我们的忧愁”，“我们”也化成“交错的蹊径”和“行人的生命”而生顿悟，悟到了宇宙物质生命原是永远处在相互转化中的这一道理。这样一种智慧综合是显得极其自然的，究其根本是主体善于借观念联想引接受者对自然与“我们”之间关系作细致深入的体认，获得联想观念，从而达到触景生理的智慧综合。

以上两例都有这样一个共同特点：从顺理设景到触景生理中，观念联想的展开是

---

① 参见《李健吾批评文集》，珠海出版社1998年版，第114—116页。

紧紧扣住预设之观念明线的。但另有一些诗人——尤其是台湾现代派诗人和新时期以来大陆朦胧派诗人，这种观念联想的展开依凭的是观念隐线，因此，一不留神会让接受者如坠五里雾中，不知其所以然，但一等恍悟，触景生理之举会带给接受者理趣盎然之感的。如台湾诗人洛夫的《焚诗记》：

把一大叠诗稿拿去焚掉
然后在灰烬中
画一株白杨

推窗
山那边传来一阵伐木的声音

我们虽不知道洛夫写此诗的初衷，但可以看出他预设了这样一个哲思理念：众生万类总显示为新陈代谢。这提供给主体一个观念联想，从而选择了三个“景”：诗稿、白杨和伐木声，并以焚诗稿，又在灰烬中画白杨并忽儿听得窗外传来伐木声——这么三个事象组合起来。这场组合有些怪诞：灰烬中画白杨是非现实之举，窗外传来伐木声似乎和前面没关系，有点儿节外生枝的突兀。但正是这一场组合的奇特怪异，倒特具激活联想的功能，从而推动了这样一场联想观念的寻求：诗是心灵的声音，诗稿有生命体的象征意味，诗稿焚毁后又在其灰烬上“画一株白杨”，这是暗喻生命从死亡到新生；但新生后怎么样呢？“白杨”是生命体，而就在这时从“山那边传来一阵伐木的声音”，这里有暗示，即：“白杨”也还是要被砍伐掉的。所以这一场怪诞联想提示给我们的就是生命总处在新陈代谢中，处在否定之否定的生存周期中，而这就是触景生理，就是对有关宇宙规律、生命奥义的观念“像闻到一朵玫瑰的芬香”般的把握。

这种出于非现实之举的怪诞联想当然是主体对所选之“景”及其组合作主观变形的反映，这对由此展开的观念联想具有特别的隐喻作用，且能对联想观念的推进具有几分隐蔽的意义。因此，这种触变形之景以生理的智慧综合追求，对于一些不便明说的有关社会命题作此类的传达特别有利。北岛的一些诗大都是这样做的，如他的《关于传统》就很典型。原诗是这样的：

野山羊站在悬崖上
拱桥自建成之日
就已经衰老
在箭猪般丛生的年代里
谁又能看清地平线
日日夜夜，风铃
如纹身的男人那样
阴沉，听不到祖先的语言
长夜默默地进入石头

搬动石头的愿望是

山，在历史课本中起伏

这首诗预设的社会政治观念是很明显的：旧传统以其谎骗性成了历史沉重的负荷。顺着观念的联想线，主体找到一批“景”：“野山羊”、“拱桥”、“地平线”、“风铃”、“纹身的男人”、“长夜”、“石头”，并在第一场组合中顺观念联想线组成几个事象：一是野山羊站在悬崖上；二是拱桥建成之日已衰老；三是千百年来谁也看不清地平线；四是风铃取代了祖先的语言如纹身的男人那样阴郁地响着；五是长夜进入了石头；六是搬动石头成山而在历史课本中起伏。这六大事象之间没有外在的必然联系，是孤立地存在着而很难让联想把它们组成一个有机整体的，于是有了第二场组合，顺联想的观念线把它们打通，连成一体，那就是：我们民族如同野山羊本来可以自由地奔向更为广阔的世界，但由于拱桥自建成之日起就已衰老而无法到达彼岸，只得站在悬崖上，这使得在无穷无尽的、如同箭猪般凶险丛生的年代里，谁也无法“看清地平线”，也听不到祖先真正的语言，日日夜夜只有风铃声如同纹身的男人那样阴沉地伴着长夜默默地进入石头，而搬动石头的愿望则是垒成绵延不绝的山在历史课本中起伏。这一段话是我们对这首诗几组事象跳跃幅度不小的阐释性组合，之所以能使这场组合在一定程度上达到连成一体的效果，或者说在如此大跨跳的事象间能使联想得以打通，靠的是主体预设的观念线在暗中串联。唯其如此，才使第二场组合中各个事象连成一体所印证出来的这一个旧传统经其谎骗性成了历史沉重的负荷的反传统观念，因观念联想的打通而有了“像闻到玫瑰的芬香”般的真切把握。值得注意的是，这场事象组合中不仅各个事象间的跨度大，非得把潜隐的观念线拉出来并借它来打通联想关系不可，而且，各个事象间的组合是奇特的非现实之举，甚至怪诞到不可思议的程度，如“长夜默默地进入石头/搬动石头的愿望是/山，在历史课本中起伏”，就怪诞到不可思议，反倒具有特强的刺激性，激活联想。北岛的诗大多是以这样的智慧综合来建构他对种种社会政治命题的心象的，机智、隐晦却又能给人以抽象观念的肉感刺激。

（三）造境悟理型心象智慧综合

作为智慧综合以建构心象的核心内涵，通情而达理的理是由情提纯出来的，触景而生理的理是由景印证出来的，那么造境以悟理的理是怎么来的呢？我们认为是由境比照出来的。所谓的造境以悟理这一说法并不是没有来历的，艾略特早就提出过。在《传统与个人才能》中他一再强调：作为一个诗人，由“生活中特殊事件所激发的感情”同“诗里的感情”必须分开，在他看来，诗人得之于生活的感情是个人的、主观的，它要成为诗，须经历一场“非个人化”的过程，即将个人的、主观的感情转变为客观的、普遍的艺术感情的过程，这种艺术感情其实已不是我们一般理解的感情，而“是许多经验的集中”，即许多主观感情抽象出来的经验的集中，究其实质是感情经过分析推论后归纳出来的抽象理念。我们所说的智慧的综合，就是这样那样经验性智慧的综合，也可以说是理意的智慧综合。但这场综合毕竟是在诗性创造工程中进行的，因此这理意的智慧综合必须诗性化。为此，艾略特在该文中又进一步说：“这些经验”的显示“最终不过是综合在某种境界中”。这样的话实是造境以悟理最明白不过的说法，可是在新诗理论界对现代派艺术所作研究，特别是对艾略特的“非个人化”、“思想知觉化”的研究中，几乎没有人顾及过，但造境以悟理确是智慧的综合中极重要的一项策略。问题是这里的“境界”或者我们说的“境”到底是什么？由“境”之比照以悟“理”又究竟是怎么回事？这倒是要好好考虑的。我们认为这“境”指的是具有感兴功能的氛围，“境”之比照以悟理指一种氛围的对照互映，也就是说：主体在对一场氛围——“境”的营造中，经虚实、动静与时空的对照互映会产生一种“此中有真意，欲辩已忘言”的顿悟，而这也就产生造境以悟理的智慧综合了。

由此说来造境悟理可以从造虚实、动静和时空互映这三类境以悟理。我们将对此作出考察。

先看第一类：造虚实比照互映之境悟理。

造虚实互映之境悟理，指以内宇宙的心灵存在与外宇宙的客体存在所造的两类“境”相互映衬比照中主体对生存规律的顿悟。如宗白华的《夜》：

黑夜深，
万籁息，
远寺的钟声俱寂。
寂静——寂静
微渺的寸心
流入时间的无尽！

这首诗的前三行是客体外象所造静的实境，后三行是心灵内象所造静的虚境，这虚实两类境比照映衬达到的当会是这样的心理活动效果：人在一个绝对沉静的境界里，会出现远离尘世进入与宇宙绝对时空对应的心理状态中，于是，不仅现实社会中的自我成了孤零零、赤裸裸、一无牵挂的自我，并且自我的过去、现在和未来也不复存在，因为这已是“微渺的寸心/流入时间的无尽”了——这个“时间”就是无始无终的宇宙绝对时间，这一来，也就会在主体心中发生对生命旷远存在的顿悟，悟出来的就是宁静以致远的哲思理意。显然，这是一场造虚实互映之境以悟理很合适的例证。再举郑敏的《金黄的稻束》来看一看：

金黄的稻束站在
割过的秋天的田里。
我想起无数个疲倦的母亲，
黄昏路上我看见那皱了的美丽的脸，
收获日的满月在
高耸的树巅上，
暮色里，远山
围着我们的心边，
没有一个雕像能比这更静默。

肩荷着好伟大的疲倦，你们
在这伸向远远的一片
秋天的田里低首沉思，
静默。静默。历史也不过是
脚下一条流去的小河，
而你们，站在那儿
将成为人类的一个思想。

这是一首虚境、实境不断比照互映和推演递进中形成的诗。第一、二行与第三、四行是第一个单元，“金黄的稻束”这实景与“无数个疲倦的母亲”这虚境相比照互映。由这单元推演下去，是第二个单元第五至第九行“满月”、“远山”同“雕像”组合成的实境与第十至十二行“肩荷那伟大的疲倦”的“你们”同在“秋天的田里低首沉思”组合成的虚境相比照互映。这一单元的实景因了“稻束”和“满月”、“远山”等自然景象交融在一起而扩大，加浓了感兴氛围意味的“静默”，而虚景因了“肩荷着那伟大的疲倦”的“你们”在“秋天的田里低首沉思”而深远，也加浓了感兴氛围意味的沉思。所以第一单元实境与虚境的比照互映所悟得的还只是生命创造与衰退这一过程一般性感知，一种比拟性认识的体现。到第二单元，实境的扩大与虚境的深邃，在氛围比照互映的强化中所悟得的，已是生命存在形式的心灵性感知，一种象征性认识的升华。可见以境悟理是大大递进了一步。于是，诗篇的智慧综合又递进到第三单元，在一片“静默”中，虚实从比照互映进入共融：第十三、十四行是虚（“历史”）向实（“小河”）融；第十五、十六行是实（“你们”）向虚（“思想”）融：“金黄的稻束”脚下的“小河”虚化为永恒奔流的历史——时间的象征，而从创造到衰退这一个过程作为对生命存在形式的认识——“人类的一个思想”，则实化为站立在“小河”边的那束“金黄的稻束”，正是这二者的比照互映而使人有了“此中有真意”的更高一层次的顿悟：创造与衰退的过程是生命亘古存在的形式。就这样，这首诗出色地完成了虚实对比互映以造境悟理——这一场建构心象的智慧综合。

再看第二类：造动静比照之境悟理。

造动静比照之境特别能悟理，出于这样的原因：凡静境被动境骚扰，或动境被静境凝定，文本所造之境两极对立，心理效应也会出现比虚实对立更显强烈的反差，从而滋生出一种带有很浓的感兴意味的比照分析，并在逻辑分析推动下进一步激活联想而获得顿悟。我们不妨来看看艾青的《青色的池沼》。该诗前两节是这样的：“青色的池沼，/长满了马鬃草；/透明的水底/映着流动的白云……//平静而清澈……/像因时序而默想的/蓝衣少女，/坐在早晨的原野上。”到这里，池沼“平静而清澈”的静境是充分地得到了显示，尤其是以一个蓝衣少女的具象来比拟，强化了这片静境的氛围感。但艾青的心象建构是不满足于到此驻步的，他超越了静境，这样写：

当心呵——
脚蹄撩动着薄雾

一匹栗红色的马
在向你跳跃来了……

静境被动境骚扰了，心理感应出现了极大的反差，反差促成处于两极的动静之境带有分析性的比照，所造动静之境具有了感兴功能的逻辑推论，从而激发出多彩的、渗透观念的联想。这诚如端木蕻良在《论艾青》一文中所说的："在艾青的原诗里，他可以把蓝色的池沼象征为理智，把一匹栗红色的马象征为情感；他可以把蓝色的池沼象征为意识，把跳跃的马象征为时代；把池沼比作空间，把马比作时间；把蓝色比作生命的静的状态，把赤色比作生命的动的状态；他可以把池沼比喻作女性美，把马喻为男性美；把池沼比为思想，把马形容为革命……"[①] 把一组组对立而统一的观念联想推演出来，是否全合理是一个方面的问题，暂且不论，有一点可以肯定下来：动静之境的比照确能激发带有感觉与分析相交糅的联想，并使文本的整体之境的属性改变，进入悟境。悟出什么来呢？可以认为是：真正完整和谐的审美存在应是对立统一体；也可以认为诗人悟出了一种认识生活、把握世界和创造艺术形象的法则：都是对立统一体。

卞之琳的《一块破船片》是一首神秘而又难解的诗，但它创造了境界，这是动静比照的境界。原诗是这样：

潮来了，浪花捧给她
一块破船片。
　　　　不说话
她又在岩石上坐定，
让夕阳把她的发形
描上破船片。
　　　　她许久
才又望大海的尽头，
不见了刚才的白帆。
潮退了，她只好送还
破船片
　　　给大海漂去。

这首诗可分为四个单元：第一、二行系第一单元，是个动境；第三至第六行系第二单元，是个静境；第七至第九行系第三单元，也是个静境；第十至第十二行系第四单元，又是个动境。因此这首诗所造的动静比照之境显示为由"动静静动"这样各各相抱的两类境界呈包孕形态的比照，在这里，第一与第四单元显示为潮来了又退了，是以天地间永恒地奔流着海潮的大海体现的动境；第二与第三单元则显示为"她"坐定在岩石上，潮来时接受破船片，潮退时又送还破船片，是以天地间永恒地守望着大海的女

① 《文学创作》第2卷第5期。

性体现的静境，并以静境为内核，动境为外延进行动静之境的比照。而作为比照中这动静二境相联系的中介是“一块破船片”，这块破船片来自动荡的大海，和动境相连；又让夕阳把“她”的发影描在破船片上，这块破船片又印有“她”的标识，和静境相连。因此，这首诗中动境与静境在比照中形成的整体境界是感兴意蕴与分析因素的有机交融，说它有感兴意蕴，指的是“浪潮”、“破船片”与守望大海的“她”以及三者之间所建立的关系都非现实，不可思议，是十分神秘的；说它有分析因素，指的是“大海”奔腾的永恒性和浪潮涨落的暂时性相比照能激活有关时间存在永恒与暂时相对应这个观念的象征性联想，“她”的存在的必然性和让夕阳来描的发影的偶然性相比照，能激活有关空间存在必然与偶然相对应这个观念的象征性联想，因此可感到这种比照的设计有着精密的逻辑推论。全诗整体境界有机交融而成的感兴分析性能真正达到有机交融，则是借“一块破船片”在“大海”与“她”——或动境与静境之间所起的串联、中介作用，“破船片”本身的存在是空间上的偶然性与时间上的暂时性，“破船片”串联的“她”与“大海”的存在则是空间上的必然性与时间上的永恒性。就这样，动静之境比照而得的感兴的神秘与分析的象征所激活的观念联想，使主体把握住了更大幅度上的顿悟：宇宙是时空必然的永恒与偶然的暂时的统一。在心象的智慧综合中，《一块破船片》的造境悟理有极精致动人因而也极显功能效应的表现。

再看第三类：造时空比照之境以悟理。

在心象的智慧综合中，造时空比照之境以悟理也许是最通行的。由于空间是空间中时间的凝定，提供了历史的必然律；时间是时间中空间的奔跃，展示着生命的永恒性，因此在时空的比照中整体境界感兴与分析杂糅的情况也更为复杂，对“真意”的顿悟也显得分外真切而深邃。且举昌耀写于1982年的《鹿的角枝》来看看。写这首诗是受他案头的一件艺术品——鹿的角枝的触动。原诗的第一节是：“在雄鹿的颅骨，有两株/被精血所滋养的小树。/雾光里，/这些挺拔的枝状体/明丽而珍重，/遁越于危崖，沼泽，/与猎人相周旋。”这些诗行对美丽的鹿、鹿的精血滋养的角枝以及与猎人周旋的鹿的矫健姿影的空间存在作了表现，无论“挺拔的枝状体”出没于“雾光里”，或者碎蹄“穿越于危崖、沼泽”，都极具生动性，所以作为呈现于现实生态的空间之境，显示着空间中的时间凝定，给人以生态相对存在中的生命的美、自由的美。接着是：

若干个世纪以后，
在我的书架
在我新得收藏品之上，
我才听到来自高原腹地的那一声
火枪。——
那样的夕阳
倾照着那样呼唤的荒野，
从高岩。飞动的鹿角，

猝然倒仆……

……是悲壮的。

这是由那件鹿的角枝艺术品引起的回想。鹿的角枝艺术品是空间的存在，而一切的回想都是时间性的，主体看着艺术品回想往事，那高原腹地的火枪声，倾照的夕阳，荒野，高岩，鹿的猝然倒仆，都极具悲壮性。所以作为显现于往昔生态的时间之境，显示着时间中的空间变异，给人以生态绝对存在中的毁灭的美，悲壮的美。因此，上一节的空间之境和这一节的时间之境既显出比照，又显出比照中十分复杂的感兴分析因素，唯其十分复杂，才使激活联想的潜能特大，也使联想的观念化倾向特显著，从而使主体超越了对鹿的角枝的单纯抒情，而达到了对历史的智慧的象征和对生命的真意的顿悟的高度，那就是：历史是生命短暂的存在美与永恒的毁灭美对立统一的造型。所以昌耀的这首诗其实是在写历史，以鹿的角枝——一件艺术品作象征，对生命史作哲学的感悟，从而完成主体对智慧作有血有肉的综合。

西川的《在哈尔盖仰望星空》则更具有时空比照以造境悟理的复杂性与魅力。这是一首主体融入超验世界的宇宙感应诗，它写的是西川在青藏高原一个叫哈尔盖的火车小站旁仰望星空时的一种幻思。全诗大致符合起承转合的布局模式，从第一至第五行是“起”，原文是：“有一种神秘你无法驾驭/你只能充当旁观者的角色/听凭那神秘的力量/从遥远的地方发出信号/射出光来，穿透你的心。”这是一种来自时间之悠远的神秘，因为“从遥远的地方发出信号/射出光来，穿透你的心”，是个“光年”的意象，因此作为布局中的“起”出于时间之境；从第六行至第九行是“承”，原文是：“像今夜，在哈尔盖/在这个远离城市的荒凉的/地方，在这青藏高原上的/一个蚕豆般大小的火车站旁。”这是一种来自空间之蛮荒的神秘，因为写的是青藏高原一个荒凉的小火车站旁的空间环境，作为布局中的“承”出于空间之境。这两个单元作为一场现实时空之境的比照，由于“境”纯粹出于感兴分析因素不高，而只是强化了对历史神秘的感兴和生存的孤独感兴，或者说是为下面造境悟理中激活联想的感兴功能作准备。从第十行至第十七行是“转”，原文是：

我抬起头来眺望星空
这时河汉无声，鸟翼稀薄
青草向群星疯狂地生长
马群忘记了飞翔
风吹着空旷的夜也吹着我
风吹着未来也吹着过去
我成为某个人，某间
点着油灯的陋室

这个“转”是从“起承”中的现实时空之境转向超现实时空之境，是从现实世界转向宇宙世界的超验神秘追求。这一单元的前四行表现的是：眺望星空，是“河汉无声，鸟翼稀薄”，反顾大地，则见“青草向群星疯狂地生长”，而“马群忘记了飞翔”，这里所造的是超现实的空间之境，“鸟翼”之显示为“稀薄”、“青草”之能向“星空”“疯狂地生长”，“马群”之能有“忘记”还能“飞翔”都是超现实的空间存在。后四行表现的是：“风”不仅“吹着空旷的夜也吹着我”，更“吹着未来也吹着过去”，而“我”在“风”中竟“成为某个人”、“某间点着油灯的陋室”——这里所造的是超现实的时间之境。“风”显然指绝对时间，能“吹着未来也吹着过去”，即绝对时间中“未来”与“过去”是一样的：“风”使“我”成为属于未来的“某个人”，也成为属于过去的“某间点着油灯的陋室”，都是超现实的时间存在。所以，这个单元是超现实时空之境的比照。既然这里所造的时空之境都属超现实的，也就具有极强烈的超验神秘感，作为“境”的感兴成分也是浓的；唯其都属超现实的，则对绝对时空的关系的把握必然会在一定程度上依凭分析推论，并导致想象受联想逻辑的渗透。所以这一单元超现实的时空之境的比照会给接受者一个方面的顿悟：宇宙乃是万物汇通与古今合体的存在。作为“转”的这个超现实时空之境与“起承”两个单元合成的现实时空之境也构成了比照关系，现实与超现实的对应比较是建立在极强的联想逻辑推引的基础上的，从联想逻辑很强的比照中推引出来的是这么一场顿悟：现实世界是精彩而广大的，但还有一个更精彩更广大的超现实世界，具有更神秘的魅力值得我们去探求，于是出现了这首诗的第四个单元：

而这陋室冰凉的屋顶
被群星的亿万只脚踩成祭坛
我像一个领取圣餐的孩子
放大了胆子，但屏住呼吸

这里“祭坛”这个意象是值得研究的，它由“陋室冰凉的屋顶”变来，“陋室”则是“我”变成，就是说“我”成了祭坛，是被群星的亿万只脚踩成的“祭坛”，也就是说像“陋室”一样古老而寒碜的“我”被漫漫长夜踩成了神秘而神圣的祭坛，这多少隐示着封闭而衰颓的古东方文明；但“我”又作为“某个人”，却已感受到还有一个更精彩更广大的世界存在，且具有更神秘更吸引人的魅力。因此要超越古老而封闭的东方文明世界，大胆而又不乏敬畏之心地去做一个“领取圣餐的孩子”。这可是对全诗开头的呼应，是全诗的“合”。而这场“合”是承接前面几个单元的联想逻辑而展开的，因此具有一种为全诗时间之境与空间之境在比照中顿悟的最后一道工序——提点的价值，提点出：生命世界是一个精彩、广大而又神秘的动态存在，值得依赖、追求和不断地超越。

新诗近一个世纪的结构探求中，《在哈尔盖夜望星空》一诗以造境悟理型心象智慧综合的文本典范性，获得了独特的诗美价值。

第六章 布局新措施

布局即布置。如前所述，古典诗学对它就相当重视。南宋无名氏在《诗宪》中说："布置者，谓诗之全篇用意曲折也。"元陆辅之《词旨》（上）中也说："制词须布置停匀，血脉贯穿。"这些见解都把布局定位于结构中具体的操作要求。新诗是在西方逻辑思维为本的诗学观念与创作实践影响下发生的，所以在结构问题上它也弃传统的圆美流转而取方美直向，而相应的，作为结构的一个极重要方面——布局，也从传统操作方式中超越出来，具有了新的法度和独特的实践路子。

第一节 布局的新法度

新诗布局应循的法度，在相当一部分人中还是主张对称均衡、圆美流转的，叶公超在《论新诗》[①] 中就说："中国文学里有一种极有效力的对偶和均衡的技巧，在旧诗里用得很多，但在新诗里，它们仍是很有用处的。"他还把此"技巧"作为布局的理论原则来提倡："均衡的原则是任何艺术中最基本的条件，而包含对偶的均衡尤其有效力。重复律一方面增加元素的总量（Massiveness），一方面产生一种期待的感觉，使你对于紧跟着的东西发生一种希望。"但新诗中对偶均衡的布局主张毕竟已是少数，多数人主张的是逻辑安排。

所谓布局的逻辑安排，李广田称之为"推演的章法"，也就是"由一推到二再推到三的那种章法"[②]，这位诗学理论家在论及冯至的《十四行集》时还大力称赞了十四行体的章法特征："层层上升而又下降，渐渐集中而又渐渐解开……是最宜于表现沉思的传统的。"[③] 这也是推演的章法。李广田当年还只是提"推演"而不提"逻辑"，到1980年代以后则被更新潮的年轻诗学理论家提出来了。徐敬亚在《崛起的诗群——评我国诗歌的现代倾向》中就称颂向传统发起挑战的"新诗潮"诗人在"诗中都有较强的理性加工痕迹"，"他们的思维的图像""是理智的飘线"[④]，因此他们追求"理性式的构思"，在布局上流行"断层推进式"，而这"是靠感情流动和逻辑性"[⑤] 的。逻辑的安排就这样提出来了。值得指出的是：这种逻辑的安排既是推演式的，那从一般理解看，当然会是一种线性布局，其实不全然如此。茅盾当年曾对臧克家的长诗《自己的写照》和田间的长诗《中国，农村的故事》的布局作过一番比较，在他看来，《自己的写照》的布局并不很理想，认为："作者在布局剪裁方面很费过心血的，然而我还觉得有些材

① 《叶公超批评文集》，珠海出版社 1998 年版，第 61 页。

② 李广田：《诗的艺术》，第 15、20 页。

③ 同上书，第 106 页。

④ 杨匡汉、刘福春编：《中国现代诗论》下，花城出版社 1986 年版，第 458 页。

⑤ 同上书，第 449 页。

料他大概舍不得剪去，一并放着，以致抽不出手来把紧要场面抓住用全力对付而在全书中形成几个大章法。没有了大章法，全书就好像一片连山，没有几座点睛的主峰了”，因此这首诗“全部缺少了浩浩荡荡的气魄”。对于《中国，农村的故事》，他认为：“觉得好像看了一部剪去了全部‘动作’而只留下几个‘特写’几个‘画面’接连着演映起来的电影”，“假使我们不是读而是用眼光扫过”，“也还有些浩浩荡荡的气魄”[①]。这个看法在徐敬亚研究“新诗潮”诗人的布局时以“块状诗歌结构办法”的主张予以发展了。上引徐敬亚的文章中说：“他们诗中出现的往往不是连贯的线而是断续的点，诗中的空白处在明显增多，”“其内部黏合力靠的不是事件的客观情节性”，而靠的就是这种“感情流动和逻辑性”。[②] 这是很可注意的一种布局现象，是中国新诗坛大力引进西方现代主义诗歌新途径而产生的布局新观念所致。

郑敏在诗的布局问题上虽然还没有达到徐敬亚那样的观念高度，创作实践中也很难说已闯出一条全新的布局途径，却还可以说是新诗坛最重视诗的结构布局者之一，这不仅反映在她的诗歌创作中，也显示在她的一篇长论文《诗的内在结构——兼论诗与散文的区别》[③] 中。这篇论文所说的内在结构，是“非文字的、句法的结构”，指的是对抒情材料的组织安排，或者说程序。这个对抒情材料作组织安排的程序追求，其实就是对一种布局策略的追求。在郑敏看来，布局策略必须定位在异于小说、戏剧的“突出的含蓄”上，而含蓄必须通向领悟，甚至顿悟。领悟也好，顿悟也好，达到的目的不是别的，是理性认识，或者美其名曰智慧性认识。问题是：诗的含蓄如何办得到？“含蓄”中如何埋下暗示或启示的功能机制，以使接受者能有领悟或顿悟？这是布局策略——或如郑敏的专用术语“内在结构”中更值得作考察的。她说：“情节的安排是悲剧的灵魂，在诗里意念、意象的安排（即诗的内在结构），也是诗的灵魂，它决定一首诗的生命的开始、展开和终结”，“诗必须在运动，在展开，才能给读者带来顿悟。这种展开和运动的方向决定了诗的结构。有的诗由于没有内在的结构就不能有层次地将读者引向‘顿悟’，这种诗是一个死胎。”那么如何“展开和运动”？在郑敏看来需要在诗的传达机制中有个独特装置：

> ……诗人在写诗前要经过一个感性、理性的升华。诗人的感觉长时期为他存储了大量的资料，诗人观察世界、思考问题、体验生活、经历感情的风波，这不过是诗的素材的积累，这些素材要变成诗的内容必须经过一次艺术观、灵感、想象对它们的发酵和催化，在这过程中内容就呈现在某种逻辑的安排里，这时结构就诞生了。[④]

这段话也证实了在现代诗人的目光中布局程序就是某种逻辑安排。新诗的布局是一种

---

① 茅盾：《叙事诗的前途》，见杨匡汉、刘福春编《中国现代诗论》上，第316—318页。

② 同上书，第449页。

③ 郑敏：《英美诗歌戏剧研究》，北京师范大学出版社1982年版，第19—49页。

④ 郑敏：《英美诗歌戏剧研究》，第44页。

逻辑的展开。

一般而言，布局是指诗人为了体现统一的主题思想和美学要求而对作品的抒情事件的发展、场景设置和具体细节所做的组织安排。但在俄国形式主义者看来，布局还有更重要的价值。布克洛夫斯基就认为："布局是标志诗歌作品作为意义整体的各种手段的复合体。"[1] 这话一方面强调了布局作为一种特殊的建筑艺术的重要性，同时也顾及布局与内容的关系，即布局为体现"意义整体"服务。日尔蒙斯基在《诗学的任务》中十分重视"程序"，并说："诗歌的研究，也像其他任何艺术的研究，要求确定它的材料和那些借以使用材料去创造艺术作品的程序。"[2] 在这里，"使用材料去创造艺术作品的程序"就是布局，这意味着布局是材料与程序的对立统一，于是布局也就成了兰色姆所提出的"构架与肌质"关系的体现。兰色姆认为"一首诗有一个逻辑的构架，有它逐步的肌质"。构架是指诗中的"一个中心逻辑或者情景或者可以用语言发挥的核心"，肌质是"一些活的、局部的细节"，肌质的作用就在于对构架的逻辑内容形成"阻碍"，使诗含有"言外之意"，获得多种价值。[3] 有一点值得注意：这种构架与肌质关系的提出，是和索绪尔提出语言的横组合与纵聚合相呼应的。索绪尔的这个语言学思想经布拉格学派的雅可布森的"极化"和"对等原则"的研究有了进一步的发展。雅可布森还进一步把它引向语言"诗性功能"的研究，提出了一个著名的论断："诗性功能把对等原则从选择轴引向组合轴。"另一个布拉格学派成员穆卡洛夫斯基则从索绪尔语言学思想中悟出了一部文学作品的结构问题，特别是结构的系统整体性问题，这些影响了法国结构主义文学理论的创立。该派认为文学作品是一个由各种因素相互联系而成的一个封闭的结构整体，它们的本质不在于它们的结构要素，而在于构成整体结构的各要素之间的联系。因此，这批学者总试图在各种文学形式要素的联系中抽象地建构起关于文本的结构模式，而且——如同罗兰·巴尔特所说的，"建构的方式必须要表现出这个客体中起作用的（'各种功能'的）规律"[4]。我们以此结合雅可布森所提出的"诗性功能把对等原则从选择轴引向组合轴"的主张来看，可以对构架与肌质的关系获得这样一个认识：横组合的组合轴即构架——体现为意图的逻辑线，亦即所指；纵聚合的选择轴即肌质——体现为多种"局部的细节"可供选择的对等原则，亦即能指。在对文本作布局中，组合轴上先立下所指，即确立具有意图逻辑线的构架，然后把选择轴上存在的多种"局部的细节"——也就是可充当意象的景象、物象、事象所体现的肌质，按对等原则分别置于构架中欲作强调修饰的相应部位，以达到所指的目的，从而完成内容与形式浑然一体的诗文本布局活动。这样的布局是新型的。其构架作为横组合轴上一条意图逻辑线，不是单一的直线，而体现为按对等原则置于意图逻辑线上相应部位的肌质——"局部的细节"（景象、物象、事象）的"点"的串联或缀合。不过，这也依赖意图逻辑线所特具的分析推演功能而使"点"得以有机串联，能

① 转引自智量、熊玉鹏主编《外国现代派文学辞典》，第 63 页。

② 方珊等译《俄国形式主义文论选》，北京三联书店 1989 年版，第 213 页。

③ 转引自王先霈、王又平主编《文学批评术语词典》，第 228 页。

④ 罗兰·巴尔特：《结构主义活动》（盛宁译），见王逢振等编《最新西方文论选》，漓江出版社 1991 年版，第 106 页。

指对所指的作用得以层层展开，同时也因“点”与“点”自身具有按对等原则聚合的功能，在组合轴上它们也会有脱离对构架的依附倾向，甚至阻碍构架意图逻辑线推演的性能，诚如兰色姆在《纯思辨的批评》中所说的：“每一个细节都可以加以扩充，而扩充的方向和要义并无关系。”肌质的作用就在于对构架的逻辑内容形成“阻碍”，使诗“含有言外之意”，获得多种价值。[①] 维姆萨特和布鲁克斯在《文学批评简史》中对兰色姆的观点还作了深入的阐释说：“一首诗既有肌质，也有构架。肌质虽与这首诗的逻辑无任何关系，但肌质能够影响诗篇的形态；它的影响能‘阻碍’论辩之进行，所以肌质与逻辑缺乏关联，变得反而十分重要。由于肌质的存在，诗里的论辩不能单纯地朝前进展，它可以被阻碍，可以被分开，甚至它的成功也可能受到威胁，于是，这于论辩便愈加复杂。最后，我们还是获知了诗篇的逻辑论辩，但我们也已觉悟到逻辑无法处理的真实存在。”[②] 这些见解的重要性在于：为诗歌文本布局提出既按理性逻辑层层展开，又超越逻辑控制而扩大肌质活动，从而导致这场布局在对立统一的关系中文本因此而获得更多“言外之意”，且潜在地提供逻辑分析所难以到达的真实存在的奥义。这正是现代布局观对逻辑布局的推进、发展。

正是在这样的认识基础上，我们认为徐敬亚提出今天新诗的布局“不是连贯的线”而“是断续的点”的连接，从而使“诗中空白处在明显增多”的那种“诗歌结构办法”，颇值得珍视，这表明：结构主义诗学所提倡的构架与肌质对立统一的观点在今天新诗布局探求中已有自发的反映。易言之，这种“块状诗歌结构办法”代表得了新诗布局的新法度。当然，这法度是徐敬亚从“新诗潮”的创作实践中概括出来的，走近“新法度”是自发的，作为一场布局上的诗学理论探讨，免不了简单化一点，理论性不够强。这使得徐敬亚20年前提出的说法在今天新诗创作中虽已得到体现，有了新的推进，但诗学理论界却至今并不见得有多少重视，更遑论继续深入作探讨了，这是一场遗憾。现在我们回顾以“断续的点”连接的那种布局，其实也不能忽略那条意念逻辑线在为“连接”各个点起一种潜在规范作用，这是因为：“点”与“点”（即局部的细节）之间在已定点的组合轴上按对等原则的连接，其实是意图逻辑线上那些定点处采用不同的“点”（“局部的细节”）作相应的修饰而展开、扩大，以致使这些“点”与“点”也有了相应的关联的缘故。说到底，肌质是对作为所指性的构架作能指性的逐步修饰，它可以在一个个逐步处“阻碍”构架的活动，却无法阻止构架拖着它在逻辑程序中层层展开。因此，新诗布局的新法度还须深入一步的探讨，那就是：我们必须注意到，今天的布局观毕竟是建立在逻辑程序基础上的，即布局达到的所指的终极，或构架的最高层次是理性的领悟、智慧的顿悟。郑敏对内在结构或布局的考察，就归结到哲理。在《诗的内在结构——兼论诗与散文的区别》中就说：“有这样的诗，作者竭力用激动的文字渲染着诗行，努力作细节的描绘，但终因没有好的内在结构，失去了方向，而不能引读者入胜，最后并不能使读者有什么震撼心灵的领悟，读者走出了诗篇后感到作了一次没有收获的旅行，虽然沿途也看到一些花草。在一篇散文或小品文

---

① 引自王先霈、王又平《文学批评术语词典》，第288页。

② 同上。

中细节、描绘、叙述可以占很重要的地位。但在一首诗中这些是相当次要的。人们要求的是在极短的时间里突然领悟那更多、更富哲学意味、更普遍的某个真理。”[①] 由此看来，新诗的布局必须抓所指的构架，而驱使能指的肌质为其服务——发挥修饰的功能。这也就使我们考虑到：考察一首诗布局的途径，可以尝试这样做：用一句话（可以是一个陈述句型、判断句型或主从、并列的复合句型）把所指——即构架的意图逻辑中心线抽象出来，然后根据语言结构中主、谓、宾、定、状这几个成分来定出文本布局中的主事、施事、受事这三个主要成分及作定、状之用的修饰成分，然后依语法序列把它们各就各位地在组合轴上组合或按对等原则聚合，由此当能显示文本布局中沿意图逻辑线（或所指线）肌质的相应聚合，展开修饰性的活动（能指活动），也可见出主体意图的重心及肌质修饰的着重点，更可以看出肌质富有“阻碍”性的修饰同架构拖着肌质作层层推演中二者因冲突而激发出来的顿悟——所指的终极或构架的是最高层次，即郑敏所一再强调的哲学意味。

根据以上所述的布局新法度，我们来对新诗中层层展开式、逻辑依附式、虚实共融式、似真实幻式这四大布局类型作出考察。

第二节　层层展开式

层层展开式布局是新诗中最普遍的。那是由一个特定的意图逻辑线串联起来的一串对等的意象群组合体，相互间以适量的感发度或比拟度在量上的差异而呈稳定的推演之势，层层展开，从而在逻辑推演线上把主体的意图作了感知的深化，让接受者领会到某种哲思理意。这类布局的关键是意象群在意图逻辑线上如何做到级差性的递进。这种递进在有些文本中外在显得不易觉察，要到组合轴上意象群组合的结束后再统观全组合轴上的进程，方能发现这里存在着层层展开的内在逻辑，并获得回味式的领悟。如臧克家的《三代》：

孩子
在土里洗澡；
爸爸
在土里流汗；
爷爷
在土里葬埋。

土里洗澡、流汗、葬埋这三类不同生存状态，在组合轴上作了三代人的分别显示，好像是一种并列组合，其实不然。三代农民虽有年龄、辈分的级差，但他们都是农民。在土里洗澡、流汗、葬埋都是他们和泥土相依为命这同一生存内容的表现，因此三代农民的这三类生存状态又反映了中国农民在三个年龄段级差中始终离不开泥土的同一

① 郑敏：《英美诗歌戏剧研究》，第43页。

命运，当然，这里也有不动声色的递进：农民从生到死都离不开泥土。臧克家在构架搭建时先是立下一条意图逻辑线的：中国农民亘古的不幸是生生死死都被捆在土地上，然后又以三类不同生存状态的意象以貌似并列实质是以内在的逻辑递进来显示布局上的层层展开。但在构架的搭建中像这种意图逻辑线设置并不多，较多的是意图的外在逻辑线串联起来的意象群以逻辑递进显示布局的层层展开，并且在递进到最后时往往显示为带点轻度跳跃或转柁式跳跃的总结性推演。如穆旦的《智慧之歌》，在创作前搭建的构架贯穿着一条独特的意图逻辑线：走到幻想尽头的“我”对凋残的往事惋惜而痛苦。这条意图逻辑线很难说具有多少吸引接受者的效能，在组合轴上，一连五个意象群充当的肌质，对意图逻辑线上几个定点的凋残往事及主体对它们的惋惜和痛苦都作了相当有感发性的修饰，如：“有一种欢喜是青春的爱情，/那是遥远天边的灿烂的流星，/有的不知去向，永远消逝了，/有的落在脚前，冰冷而僵硬。//另一种欢喜是喧腾的友谊，/茂盛的花不知道还有秋季，/社会的格局代替了血的沸腾，/生活的冷风把热情锻为实际。”等等。在构架所立的意图逻辑线上，这些对定点处作修饰的肌质被构架挟持着在逻辑线上作了步步推演，从而使布局也层层展开了，不过，此处肌质这种不知变换的修饰实在过多，引起接受者的感受疲劳是可以预料的，因此到文本的最后一节，主体对肌质的修饰猛地来了一个转柁：

> 但唯有一棵智慧之树未凋，
> 我知道它以我的苦汁为营养，
> 它的碧绿是对我无情的嘲弄，
> 我咒诅它每一片叶的滋长。

这是肌质对构架作“阻碍”的典型例证，这一举措显然要打破意图逻辑，但恰恰也是这一逆向修饰的布局使构架获得了“言外之意”：在封建法西斯的愚昧统治时代，知识越多被看成越反动，真是“理也可奈何”，所以“智慧之树未凋”是对自己苟且生存“无情的嘲弄”，着实令人越痛苦，以致“我”要咒诅“它每一片叶的滋长”了。这一转折使布局在轻度跳跃中显出了深化一层的逻辑推演，并有了对全局的总结性领悟。

但层层展开式的布局，让肌质在组合轴上按意图逻辑线作级差的平稳推演，给接受者的感受联想激活率不可能很高，很难说能获得多少领悟，甚至连领会一点什么也不可能深。现代结构却要求一个文本的构成能有一种突然提升出某点哲思理意，使接受者进入顿悟境界的潜能埋藏。这是布局不可推却的责任。因此这一代新诗人在对层层展开式布局作探求中，更致力于步步推演过程中的突然飞跃，以达到对意绪突然作哲理的升华。这种飞跃有两种状态：一种是挟着一个意象群飞跃，让意象群感发出能令人顿悟的哲思理意，另一种是直接升华为一场顿悟。不妨举两首构架类似的诗来看一看。一首是魏巍的《午夜图》，另一首是昌耀的《雕塑》。《午夜图》写于抗战中期救亡图存最艰难的日子里，魏巍显然预先搭设了一个构架，以一个判断所指所体现的意图逻辑线贯穿，那就是：在重兵围困的山村中，平静地坐在灶边添灶火的战士就是我们的民族。在构架的定点处，魏巍用了一批富于气氛渲染功能的肌质予以修饰，形成了这样一幅《午夜图》：午夜时分，敌人正分路向驻扎着晋察冀反扫荡斗争司令部的山村扑来，但这个台风中心式的山村反显得异样的平静，电话机铃声不时在响的司令部，葫芦架那边，灶火正熊熊地燃着，一个战士坐在灶边，让"滚过大雷雨的胸膛"半袒露着，并"一块一块，把劈板投向灶火"，神态镇定自若："谁能从这个战士的灵魂，/看出我们被重兵围困?"诗人显然以油画般的笔法，推出了一个动人镜头，来体现八路军临危不惧、满怀必胜信念的精神。这一切确写得淋漓尽致了。但魏巍接着猛然推出了一个新的镜头，把灶火边坐着的战士作了这样一场飞跃的表现：

午夜里，
红艳艳的灶火
照花了我。
看哪，葫芦架那边
山风呼啸中，
坐着的是我们的民族……

这是画龙点睛的一节，使这个文本有了动人的哲理升华，给接受者以这样的顿悟：人民战士在反法西斯战争最严酷的日子里依旧镇定自若，证明我们民族对这场战争具有必胜的信念。而这顿悟是从这一串有机地组合在一起的意象群感发出来的，这是画龙点睛的一笔。《雕塑》以浓墨重彩的笔浮雕出一个拉重车前行的形象，然后来一个哲理提纯的飞跃。昌耀的构架也以一个判断所指体现：茹苦负重奋力前进的拉车夫是一尊先行者的雕塑。这作为一个存在于组合轴上的意图逻辑线，又让几类肌质共修饰意图逻辑线上几个点。就是说：要对"茹苦负重"、"奋力前进"以及拉车夫作肌质的修饰，于是我们看到了文本中对这三个点所作的修饰竟给人以如此强烈的雕塑感："像一个/七十五度倾角的十字架/——他，稳住了支点，/挺直脖颈，牵引身后的重车。/力的韧带，/把他的躯体/展延成一支——/向前欲发的闷箭……"这些冷静的描绘是对客观对象经过分析、具有一种和意图逻辑线上几个点十分应合的修饰性表现，如对"奋力前进"所作的修饰是："力的韧带/把他的躯体/展延成一支——/向前欲发的闷箭"，就活现出高度集中的人力发射形态。但主体并不满足于对客观雕塑的审美，他要在"向前欲发的闷箭"上有一种哲理的提纯，象征的升华，于是后一节也就来了一场意念飞跃：

——历史的长途，
正如此多情地
留下了先行者的雕塑。

这是很结实的一个诗节，给接受者以画龙点睛式的顿悟，不过，这意念飞跃并不是借意象感发出来的，而是直陈所感所思，这样做反倒更有力感。

值得一提的是：层层展开式布局中步步推演的一类，构架大都属于陈述式所指，肌质的修饰大都集中在受事部位；飞跃升华的一类，构架则大都属判断所指，肌质的修饰则大都集中在主事部位。这一布局规律很可注意。何其芳的《听歌》是属于步步推演类布局，其构架可以抽象为这么一句话："我听见了迷人的歌声。"——是陈述式所指，肌质的修饰就集中在受事部位。第一节是："我听见了迷人的歌声，/它那样快活，那样年轻，/就像我们年轻的共和国/在歌唱她的不朽的青春。"这里的"那样快活，那样年轻"和"共和国在歌唱她的不朽的青春"，作为肌质都是"迷人"的具象化，修饰"歌声"自然十分动人。后面一连四节，每节的意象群都对"迷人"能作动人的感发，且能以肌质身份进一步强化构架中的受事"歌声"，如第二节："就像早晨的金色的阳光/因为快乐而颤抖在水波上，/春天突然回到了园子里，/花朵却带着露珠开放。"这是以"阳光"、"春天"、"花朵"组成的意象群对歌声迷人的嘹亮的修饰；第五节："然后又唱得那样温柔，/像少女的眼睛含着忧愁，/和裂土而出的植物一样，/初次的爱情跃动在心头。"这是以"少女"初爱时甜蜜的忧愁来对歌声迷人的温柔的修饰。而最后一节则是平稳推演达到最高点了，从布局的角度看也得来一次总结性的修饰，于是：

呵，它是这样迷人，
这不是音乐，这是生命！
这该不是梦中听见，
而是青春的血液在奔腾！

在这里以"生命"、"梦中听见"、"青春的血液在奔腾"组成的、具有更高审美意义的意象群作肌质对"歌声"之迷人作修饰，这就使"听歌"中感受到的"迷人"也递进到更高一个层次。显然这是平稳地推演中一次幅度不大但带点总括性的递进表现。艾青的《春》属于飞跃升华类布局，其构架的意图逻辑线是明确的：被枪杀在龙华的志士的血滋润着大地，催开了桃花，也点缀出了春天；作为所指，则可以抽象为这么一句话："春所来之处是郊外的墓窟。"——是判断式所指，当然，这属于谬理判断，肌质的修饰集中在主事部位。对主事的这场修饰幅度极大，先是对"春"作修饰，而修饰"春"，则先是修饰"桃花"——"龙华的桃花"以及桃花在龙华的开放，而还未涉及春天。文本以"春来了，/龙华的桃花开了"拉开序幕。我们晓得，龙华是国民党上海警备司令部所在地，在这里枪杀过无数革命者，艾青就从这层关系入手，发挥想象与联想，在继"春来了，/龙华的桃花开了"之后，来表现是在什么情景下、依靠什么才使桃花在龙华开放：

在那些夜间开了
在那些血斑点点的夜间
那些夜是没有星光的
那些夜是刮着风的
那些夜听着寡妇的咽泣
而这古老的土地呀

随时都像一只饥渴的野兽
舐吮着年轻人的血液
顽强的人之子的血液

这就是说：桃花是开在杀人的黑夜的，而种着桃花的这块土地是渗透着志士的鲜血的。接着，诗人抓住“顽强的人之子的血液”大幅度地拉开去，把“桃花”爆开的原因和过程作了细致的描绘，来对“春”的出现作了神秘、奇幻而又悲壮的修饰：

于是经过了悠长的冬日
经过了冰雪的季节
经过了无限困乏的期待
这些血迹，斑斑的血迹
在神话般的夜里
爆开了无数的蓓蕾
点缀得江南处处是春了

经这修饰，构架的意图逻辑线充分地获得了感兴逻辑体现，也就是说：春所来之处已被上述多个意象群显示的肌质在逻辑线的几个点上作出了强化的修饰，从而让接受者已能感悟到这一点：春天所来之处是顽强的人之子倒下的地方，是有他们的血液渗透着的地方，是血迹斑斑的夜所盘踞的地方，是没有星光、刮着风、有寡妇咽泣声传开的地方。不过，这里提炼出来的理悟还缺乏一点警策性和强刺激效果，而一种意念提纯的渴望显然已形成一股蓄势，等待着有一次布局中的飞跃出现，于是有了最后一节：

人问：春从何处来？
我说：来自郊外的墓窟。

这一场飞跃相当漂亮，警策性的提纯是一个顿悟：时代的春天要靠顽强的志士的鲜血生命换来，并且一定能换来。但请注意：这场层层展开后突然的飞跃和哲理提纯，是靠谬理判断所指的主事部分作了非同一般的强化修饰才达到的。可以说：谬理判断类所指作为构架，若想在层层展开的布局中获得飞跃和哲理提纯，操作上是强化对主事的修饰。

第三节　逻辑依附式

提出这一类布局也是指意象群显示的肌质对意图逻辑线显示的构架作修饰关系的一种安排。这种肌质对构架作修饰关系的安排表面看和层层展开式布局似乎没有多大差别，其实不然。应该说这二者有一点是相似的，即以意象群显示的肌质在构架几个定点上作修饰时，由于构架以意图逻辑线显示，故作修饰的肌质之间也会随意图逻辑线的逻辑推演而建立相互间的联系，但是层层展开式布局这种逻辑联系是外在的，可以一目了然，而逻辑依附式布局中的这种逻辑联系则是内在的，外在看肌质之间几乎毫不关联。所以，后一种布局中，受意象群依附的是一条内在的意图逻辑线，这种布局不显外在的逻辑推演，而总显示为内在的演绎递进。大致说，这一类布局可分为肌质的情境逻辑化依附和意念逻辑化依附两种。

所谓以肌质作情境逻辑化依附亦即以意象群显示的肌质在意图逻辑线上作定点修饰，修饰策略则是情境感兴。由于定点修饰所依附的是内在逻辑线，用情境感兴作修饰更适应于内在逻辑递进。因此，情境感兴的修饰所递进到的是一种体悟。且举邹荻帆的《蕾》来看：

一个年轻的笑
一股蕴藏的爱
一坛原封的酒
一个未完成的理想
一颗正待燃烧的心

诗篇题名《蕾》，意味着此诗的构架——或者说组合轴上的所指系“至美境界存在于生命之花将开未开之际”。而为之作修饰的肌质——包括“年轻的笑”、“蕴藏的爱”、“原封的酒”、“未完成的理想”、“正待燃烧的心”这四个意象，相互间不具备任何外在关联，但又都具有情境感兴功能，以对等原则聚合在组合轴上，一起来定点修饰。由于这种修饰出于情境感兴，故各肌质之间又存在着潜隐的逻辑关联。所谓逻辑关联，指这四个肌质性意象对“生命之花将开未开之际”作修饰中相互间是否存在着以情境感兴级差显示出来的推演递进关系，回答是肯定的。所谓“年轻的笑”，是对青春信念的暗示，“蕴藏的爱”是对人生执著的暗示，“原封的酒”是对生命潜力蕴蓄的暗示，“未完成的理想”是对目标确立的暗示，“正待燃烧的心”则是对热情满怀的暗示。由此看来，“青春信念→人生执著→潜力蕴藏→目标确立→激情满怀”这一个过程确很真切地感发着“生命之花将开未开之际”的特性，同时也可以看出：这一个过程潜隐地体现着它们之间的有机推演、逻辑递进。再如宋清如的《有忆》：

我记起——
　一个清晨的竹林下
　一缕青烟的缭绕
我记起——
　一个浅灰色的梦里
　一声孤雁的长唳。
我记起——
　一丛灿烂的玫瑰间
　一匹青虫的游戏。

我记起——

　　一阵萧瑟的晚风中

　　一片槐叶的飘堕。

这一首抒情诗给人以轻盈飘忽剔透玲珑的感受，构架十分简单：“我记起了多彩世界。”这个所指有没有贯穿一条意图逻辑线呢？有的，那就是这个多彩世界是生命节律的逻辑组合。只不过没有明显表露出来而已。以四个意象群显示的肌质对构架定点处所作的修饰，表面看不出有任何逻辑依附，因此是外在各自孤立的存在，但感兴情境使它们在深层处有了隐喻性的联系。当然，这种感兴情境存在着级差，因此在组合轴上各肌质聚合的前后，显然受着内在逻辑的安排。“一个清晨的竹林下/一缕青烟的缭绕”，有春的清亮；“一个浅灰色的梦里/一声孤雁的长唳”，有秋的苍茫；“一丛灿烂的玫瑰间/一匹青虫的游戏”，有夏的繁茂；“一阵萧瑟的晚风中/一片槐叶的飘堕”，有冬的萧条。这里有“春—秋”与“夏—冬”节律的轮替，隐示着生命节律以轮转、更替或新陈代谢为表征的内在逻辑性。正由于以上四个意象群显示的肌质对构架作内在逻辑依附的修饰是集中于“我记起了多彩世界”这个陈述所指的受事部位，也就使这场以情境感兴为修饰手段而对“多彩世界”作多侧面表现的布局达到了内在逻辑推演的审美高度。也正是在这样的推演中，文本激活了接受者的感兴联想，获得了体悟：生存的多彩才属于这个世界。

以肌质作意念逻辑依附的布局亦即以意象群在意图逻辑线上作定点修饰，修饰策略则是意念印证。由于定点修饰所依附的是一条外在逻辑线，意念印证更适应于外在逻辑，也更能显出其布局上层层展开中递进的特色，而由此递进出来的则是一种理悟，且举青勃的《要》来看：

要世上没有枪炮

要夜里没有狗吠

要乡下没有饿殍

要城市里没有妓女

要翅膀上没有绳子

要人民没有叹息

要门上没有锁

要心和心没有距离

要人类再没有半个坏蛋

要地球上没有一块地方发霉

这首诗写于1940年代中后期的国统区，是一首表现社会现实黑暗、广大人民痛苦、诗人祈求改朝换代的诗。贯穿构架的是一条明显的意念逻辑线：我们要一个没有黑暗的世界。这个陈述型所指无疑要让受事部位加强，因此对“一个没有黑暗的世界”作了定点修饰。这场修饰有两个值得注意的地方。一个是用以修饰的肌质虽说是意象，其实只是意象符号，“枪炮”、“狗吠”、“饿殍”、“妓女”等都是具象的抽象物，它们的兴发感动功能极其淡薄，只是用这些意象符号来印证主体的意念，如“枪炮”、“狗吠”印证战争暴行；“饿殍”、“妓女”印证被剥削者的穷困；“绳子”、“叹息”印证强权统治下人民失去自由的痛苦；“锁”、“距离”印证世风日下，人与人失去信赖感；“坏蛋”、“地方发霉”显然印证坏人当道。另一个是这些意象符号是定点依附在那条明晰的意图逻辑线上的，它们虽无本身的关联，却有大范围的意义的关联，是意义与事象、物象之间的“对号入座”，唯其如此，才使它们之间的组合显示出层层推演的特征。全诗十行，两行一个意象组合体——或一个肌质单元，五个单元的布局完成的是这样一场超越于上述那个抽象的陈述所指、更显得具体而多层次的直线递进式陈述：“我们要一个没有战争、没有穷困、没有压迫、没有猜忌，也没有坏人当道的社会。”而这是靠意象作意念印证的能指活动达到的一场生存理念。在激烈的社会斗争中，这种布局的诗富有极强的煽动性效果。

值得指出：这种以肌质作意念逻辑依附的布局既可以做得像《要》这样比较明显的意象印证，也可以做得不那么明显，甚至是很隐晦的意象符号印证。之所以这样，全在于有一些意象作为符号相互间实在太无对等原则下感发性的隐喻关联了，更何况它们大都定点依附在一条不明晰的意图逻辑线上，愈加助长了这种布局的隐晦性。这对于一批怀有难言之隐心态来写表现自己与隐藏之间的诗的诗人来说，是最适宜的一种布局策略。北岛的诗大都出于这种布局，特别是越到后来在激情消退而理性加强的状况下所写的诗，更热衷于用这种布局，还有废名、卞之琳等本来不以激情见长而专注在深思中提取人生经验来写诗的，也爱用这种布局。北岛的《古寺》值得一提。这首诗共 23 行，1981 年第 5 期《上海文学》上发表时，前有一段小引，认为“民族化不是一个简单的戳记，而是对于我们复杂的民族精神的挖掘和塑造”①。虽不全是针对这首诗发的，但可以看出他写《古寺》的基本意图。因此这首诗的构架贯穿着这样一条逻辑线：“我们民族的灵魂是一个沉沦的心理结构。”应合总体预设的意图，北岛把布局的重心置于判断对象——“沉沦的心理结构”上，他用了六个意象群，分六个单元作定点修饰。第一个单元是第 1—3 行：“逝去的钟声/结成蛛网，在柱子的裂缝里扩散成一圈圈年轮”——这是钟声逝去的意象群，是对“民族灵魂是封闭的”这一意念作印证；第二个单元是第 4—6 行：“没有记忆，石头/山谷里传播过回声的/石头，没有记忆”——这是石头无知的意象群，对“民族灵魂是愚昧的”这一意念作印证；第三个单元是第 7—10 行：“在小路绕开这里的时候/龙和怪鸟也飞走了/从房檐上带走喑哑的铃铛/和没有记载的传说”——这是传说荒老的意象群，对“民族灵魂是古旧的”这一意念作印证；第四个单元是第 11—13 行：“墙上的文字已经磨损/仿佛只有在一场大火之中/才能辨认”——这是文字陈旧的意象群，对“民族灵魂是衰颓的”这一意念作印证；第五个单元是第 14—18 行：“荒草一年一度/生长，那么漠然/不在乎它们屈从的主人/是僧侣的布鞋/还是风”——这是土地卑贱的意象群，对“民族灵魂是麻木的”这一意念作印证；第六个单元是第 19—23 行：

---

① 转引自洪子诚、程光炜编选的《朦胧诗新编》，长江文艺出版社 2004 年版，第 19 页。

残缺的石碑支撑着天空
也许会随着一道生者的目光
乌龟复活起来
驮着一个沉重的秘密
爬出门槛

这是残碑神秘的意象群，对"民族灵魂是阴郁的"这一意念作印证。所以这一场以判断型所指显示的布局，这六个意象群显示的肌质作为定点修饰的六个单元，为了强化"一个沉沦的心理结构"中的"沉沦"，从六个侧面进行修饰相当成功，但它们在横组合轴上的组合，从外象看是无机的，"钟声"和"石头"没有关系，和"龙"、"怪鸟"、檐角的"铃铛"，和"文字"、"荒草"、"僧侣的布鞋"、"风"、"石碑"、"乌龟"都各各孤立的，不存在可连接可过渡，是一种空白、绝缘的关系。对这种布局，北岛在上面提及的那则小引中曾说："我试图把电影蒙太奇的手法引入自己的诗中，造成意象的冲击和迅速转换，激发人们的想象力来填补大幅度跳跃留下的空白。"[①] 这话说明他作这种新颖的布局是自觉的，只不过激发人们的是一种理性联想力，他似乎还没有意识到。陈仲义在论及这首诗的"思想价值和力度"时说："他解剖《古寺》：为什么消失的钟声会在裂缝的柱子里扩散年轮？为什么龙和怪鸟带走喑哑的铃铛？为什么复活的乌龟爬出门槛带着古老的秘密？在这首诗里，被隐蔽的时间、传说、文字、历史含纳着某种麻木、古老、封闭的心理结构，乃至社会模式、民族情性。"[②] 可以说：这位诗学理论家也已看出北岛有个独特的布局，即先立意念逻辑线，再作意象编码，然后对号入座去印证意念。也只有取这样的布局策略，才使不便明说或明说难免干巴巴的意念能含蓄地表达出来，给接受者以理悟。

逻辑依附或布局，是现代诗学在结构探求中较为新颖的一种布局。它的被发现与使用还是在古典诗学中，像李商隐《锦瑟》这样弄得后世"无人作郑笺"的诗，也就是这种布局导致的。所以，新诗中这类布局的文本，尤其是意念印证类布局而成的诗，就由于意象群之间没有外在显著的逻辑依附关系拼合而成，在组合轴上人为的断裂间隔反倒使联想——尤其是理性联想的激活率更高，从而成了体现方美直向型结构特性极重要的一项操作措施。为什么这样说呢？这是因为：联想受理性指使也就显出了主体预设的定向性，一旦进入意图逻辑线上的操作程序，这类联想也就使布局总显示为递进式的展开，而这和方美直向型结构那种逻辑递进是完全合拍的。唯其如此，才使这类布局肌质对构架——或能指对所指的修饰关系总显示为：第一，陈述所指构型上，强调对主事或受事的修饰，而不强调施事的修饰；第二，判断所指构型上，强调对主事或判断对象的修饰，而不强调判断本身的修饰。对此不妨举例作一考察。

先看第一种以陈述所指构型为标志的能指修饰强化的布局规律。冯至的十四行诗

① 洪子诚、程光炜编选的《朦胧诗新编》，第19页。
② 陈仲义：《中国朦胧诗人论》，第27页。

《有加利树》是陈述所指的构型，对所指作修饰强化的部位是在主事部位，这首诗的陈述所指的构型是："有加利树成了我的生命的引导。"这处于主事部位的"有加利树"为什么能成为"我的生命的引导"呢？布局中就必须强化"有加利树"的独特性能，才能使这个构型中主体的意念得以审美的体现和诗意的证实。且看原诗：

秋风里萧萧的玉树
是一片音乐在我耳旁
筑了一座严肃的庙堂，
让我小心翼翼地走入。

又是插入晴空的高塔
在我的面前高高耸起，
有如一个圣者的身体，
升华了全城市的喧哗。

你无时不脱你的躯壳，
凋零里只看着你生长：
在阡陌纵横的田野上

我把你看成我的引导：
视你永生，我愿一步步
化身为你根下的泥土。

在这里，主事的"有加利树"被修饰成"是一片音乐"，并"在我耳旁筑了一座严肃的庙堂"，而"让我小心翼翼地走入"——隐示着这株树能给人以神秘的庄严感；又被修饰成"是插入晴空的高塔"，"圣者"一般"升华了全城市的喧哗"——隐示着它能给人以超凡的神圣感；再被修饰成是"无时不脱你的躯壳/凋零里只看着你生长"的一株不断在新陈代谢中的生命树——隐示着它能给人以永恒的存在感。总之，这一株具有神秘的庄严、超凡的神圣和存在的永恒的"秋风里萧萧的玉树"，是主体在灵视中发现的一个宇宙生命，唯其如此，它才能成为"我的生命的引导"。那么，"我的生命"该属于怎么一种性质呢？于是，用来修饰"引导"的"我的生命"也受到了修饰，就是"我愿一步步化身为你根下的泥土"。所以这一场陈述所指构型的能指活动，作为一种布局的体现，达到的目的其实是指有加利树成了使"我"的生命化为永生的宇宙生命的引导。从这样的修饰关系中可以看出这类布局所属陈述所指构型的能指活动有一个规律：对主事和受事所作意象修饰须强化。冯至的《有加利树》如此，郑敏的《人们》也如此。从这首诗的文本中可以抽象出这样一个陈述所指构型："每一个身躯锁着自己的宇宙。"那么主体是否也对主事与受事作修饰的强化呢？是这样的。且看原诗第1—4行："混杂在灰白的石子下，/在海滩破碎的贝壳下，/美丽的纹石和有虹彩的蚌壳/静静的睡着了”，这是对“身躯”这个主事的第一层修饰：“身躯”是“混杂在灰白的石子下”的“美丽的纹石”和“在海滩破碎的贝壳下”的“有虹彩的蚌壳”的“身躯”。第5—8行：“人们由世界的田园走来/好像秋风里落在一起的叶子/交杂着，藏觅着，静静/的停在一堆”，这是对“身躯”的第二层修饰：是“由世界的田园走来”、“好像秋风里落在一起的叶子”并且“交杂”在一起的“人们”的“身躯”。所指主事的能指活动因这一部位作为肌质的意象相当丰盈，修饰的强化得到广泛的是显然的，这已能使人对“身躯”获得宇宙生态的神秘感应。接着诗篇这样写：

……每一个身躯锁着
自己的生命，自己的宇宙
一个硬壳的海蚌锁尽
宇宙最深的秘密
在杂乱、贫乏的深处
静静睡着“美丽”的整体
日夜勤勉的磨光他的珠子

这就进入对“自己的宇宙”这个受事部位作修饰强化了：这“自己的宇宙”是属于“纹石”、“蚌壳”、“人们”所有的，它是存在于“杂乱、贫乏的深处”的“宇宙最深的秘密”的“自己的生命”，是一个个“静静睡着‘美丽’的整体”，而这“美丽”是由于“日夜勤勉的磨光他的珠子”而得的。对受事部位“——自己的宇宙”所作的这种强化修饰综合起来看，意示着这是一个“创造智与美的宇宙”。作为施事的“锁着”显然没有作什么修饰，更无须强化。因此在这场布局活动中，这个文本构架经肌质作宇宙化的神秘修饰以后，陈述所指也就获得了逻辑递进：“众生万物自身都存在着创造智与美的宇宙”。这一类布局对陈述所指构型而言，强化的是主事与受事部位而无须强化施事部位，也可在以上分析中得到进一步证实。

再看第二种以判断所指构型为标志的能指修饰强化规律。戴望舒的《印象》是很显布局新貌的一首诗，全作是这样：

是飘落深谷去的
幽微的铃声吧，
是航到烟水去的
小小的渔船吧，
如果是青色的真珠：
它也已堕到古井的暗水里。

林梢闪着的颓唐的残阳，
它轻轻地敛去了

跟着脸上浅浅的微笑。

从一个寂寞的地方起来的
迢遥的，寂寞的呜咽，
又徐徐回到寂寞的地方，寂寞地。

这首诗的题目很有布局价值，因为诗文本全是孤立的几串意象——铃声飘落深谷、渔船航进烟水、真珠堕入古井、林梢敛尽残阳、寂寞的呜咽回到呜咽的寂寞，在横组合轴上的堆积，这可以说是主体心灵超越杂尘而向宇宙开放中所抓住的一些感觉碎片作了一场拼合，这样做会导致审美指向不明，以“印象”为题，才有可能把文本抽象出一个所指：“生之印象是一片苍茫。”这是一个判断所指构型，以意象显示的肌质把修饰定点在主事和判断对象上。其中第一节的六行是对主事“生之印象”的强化修饰：“是飘落深谷去/幽微的铃声吧”，以生之微茫修饰“印象”；“是航到烟水去的/小小的渔船吧”，以生之浑朦修饰“印象”；“如果是青色的真珠：/它也已堕到古井的暗水里”，以生之幽渺修饰“印象”。从“微茫”到“浑朦”再到“幽渺”乃是对生命陷入暗淡这一印象所作递进式的感觉表现，主事部位的定点修饰因此得到了强化的表现。第二节是主事向判断对象作判断的过渡，其中前二行——“林梢闪着的颓唐的残阳/它轻轻地敛去了”是“生之印象”的余觉，或余韵吧；而第三行“跟着脸上浅浅的微笑”则是对未来的“生之印象”，也必然会是茫然的无奈的表现。这一承上而启下的判断所指作为布局中的过渡，也就迎来了所知的推演，布局的递进的第三节。这里三行以“迢遥的，寂寞的呜咽”为中心意象。这个中心意象是“从一个寂寞的地方起来的”，又“徐徐回到寂寞的地方，寂寞地”，它对判断对象的强化修饰显然凸显出这一点理悟：人生永远是从寂寞的呜咽到呜咽的寂寞——这样荒诞地轮回而无法超越的一片苍茫。这一场对主事和判断对象作强化修饰的布局，使判断所指构型对生之印象的审美判断得到了圆满的完成。何其芳的《花环》也属这样的布局。这首诗以判断所指体现的构架其实很简单：“你是美丽的。”它以对主事和判断对象作定点修饰来显示肌质活动。原诗是这样：

开落在幽谷里的花最香，
无人记忆的朝露最有光，
我说你是幸福的，小玲玲，
没有照过影子的小溪最清亮。

你梦过绿藤缘进你窗里，
金色的小花坠落到你发上。
你为檐雨说出的故事感动，
你爱寂寞，寂寞的星光。

你有珍珠似的少女的泪，

常流着没有名字的悲伤。

你有美丽得使你忧愁的日子,

你有更美丽的夭亡。

从总体布局看这首诗,第一节是对"美丽"作修饰强化,第二、三节则是对主事的"你"——"小玲玲"作修饰强化。先看主事的"你",到底要怎么一个样子的"你"才算美丽的呢?第二节四行用了四个意象:"你梦过绿藤缘进你窗里"是以多梦修饰"你","金色的小花坠落到你发上"是以沉静修饰"你";"你为檐雨说出的故事感动"是以善感修饰"你";"你爱寂寞,寂寞的星光"是以多愁修饰"你"。第三节四行,前三行"你有珍珠似的少女的泪,/常流着没有名字的悲伤。/你有美丽得使你忧愁的日子"是以丰富的内心生活修饰"你",而第四行"你有更美丽的夭亡"则是因早夭而能超脱尘俗来修饰"你"。所以"你"经了这些意象的修饰而提供给接受者一个爱幻想的少女形象,特别是最后一行——"你有更美丽的夭亡"是肌质对构架阻塞性的修饰,更强化了她的圣洁意味。正是这样一个"你",才对"美丽的"这个对象的判断有了独特的定位,这就是第一节的四行中第一、二、四行三个意象对"美丽"的修饰:"开落在幽谷里的花最香"以孤芳自赏修饰"美丽";"无人记忆的朝露最有光"以红尘隔绝修饰"美丽";"没有照过影子的小溪最清亮"以纯净无邪修饰"美丽"。于是这样一种对主事和判断对象所作修饰性强化的布局,使文本推演到了更高的一个层次,使人感悟到:爱幻想的少女才是最纯洁美丽的。

第四节 虚实交融式

如果说逻辑依附式布局的操作途径是具象(意象、物象、事象)受制于情思意念,那么虚实交融式布局的操作途径则是情思意念受制于具象,也就是说:不论实的景象、物象、事象,或者虚的景象、物象、事象,在充分体现布局推演、操作递进的横组合轴上作有机交融才能提纯出情思意念。因此,这种布局完成的诗文本,往往是具有隐喻象征意味的,这也是新诗结构探求中最高类布局,而其操作方式则可分两种:一种是幻真互动,另一种是似真实幻。

先看幻真互动方式在这一类布局中的使用。

从诗美鉴赏的角度看,强调具象逼真和逼真具象作约定俗成的逻辑组合所完成的诗文本,只能提供现世的情思和人生的经验,而不可能进一步进入宇宙的灵思和生命的体悟。因此打破唯实主义格局,追求虚实互动的新格局,也就成了新诗布局中新的一项操作追求。所谓幻真互动中的"幻",指的是具象心灵化的显示,尤其是极度心灵化的变形显示。从新诗的总格特性而言,具象彻底的心灵化及完全心灵化的组合是不多见的,虚实共存而又幻真互动的操作,倒是新诗布局的本色。这在戴望舒的《我用残损的手掌》中有相当成功的显示。这首诗把"用残损的手掌摸索这广大的土地"作为文本布局中意象展开的逻辑起点,但这个起点处的意象却是虚实共存的:用手掌摸索"广大的土地"不是不可能,但若要用残损的手掌摸索遍 960 万平方公里的中国土地显然不可思议，所以一开始就虚实共存，共存的基础是主体摸索一幅中国地图引起的感觉幻化；而由此激发起来的想象和联想，又把这虚实共存推向“幻”与“真”的互动，来大幅度展开意象的推演与递进，幻感到“这一角已变成灰烬/那一角只是血和泥”；“这长白山的雪峰冷到彻骨/这黄河的水挟泥沙在指间滑出；/江南的水田，你当年新生的禾草/是那么细，那么软……现在只有蓬蒿，/岭南的荔枝花寂寞地憔悴，/尽那边，我蘸着南海没有渔船的苦水……”所有这些都是“无形的手掌掠过无限的江山”的幻感，但“手指沾了血和灰，手掌粘了阴暗”又有中国人民生存遭际的真实。特别是接着下去的部分

只有那辽远的一角依然完整，
温暖，明朗，坚固而蓬勃生春。
在那上面，我用残损的手掌轻抚，
像恋人的头发，婴孩手中乳，
我把全部的力量运在手掌
贴在上面，寄予爱和一切希望，
因为只有那里是太阳，是春，
将驱逐阴暗，带来苏生，
只为只有那里我们不像牲口一样活，
蝼蚁一样死……那里，永恒的中国！

这里的幻感已表现得够强烈了，却因此而深化了生态与心态的真实；生态与心态真实的这场深化，又反过来凸显了幻感的强烈，幻真互动也就达到了如此的有机。这首诗一直被称颂为是用超现实主义的独特表现写成的。超现实主义者为了获得一个“比现实世界更真实”的诗歌世界，而在创作中追求着“‘彼岸’世界，即无意识即潜意识的世界”，却也不能不看到他们是“使无意识世界与日常的理性世界共同进入‘一个绝对的现实，一个超现实世界’”① 的，这也正巧说明了幻真互动才是《我用残损的手掌》虚实交融的布局独特的一场操作。与这首诗有异曲同工之妙的，还可举出公刘的《风在荒原上游荡》。如果说虚实共存、幻真互动是和超现实表现相通的话，那么超现实主义者强调诗人要听从潜意识的召唤，写梦境，写事物的巧合，也适合《风在荒原上游荡》。公刘的这首诗显然是灵视感应的产物，显示了主体对客观世界具有幻真同化的特色。诗中的“我们”——“绿化祖国的青年团员们”和游荡在荒原上的“风”同进入主体灵的视域后，幻感与真实合体了。于是在“我们”的幻感中“风”成了一个生命体，一个流浪汉，在荒原上打着呼哨游荡着，“寻找可以过夜的地方”，而现实世界中的“我们”——正在荒原上植树造林的青年们为绿化祖国而奋斗着的生态真实，又反过来强化了自身的幻感，竟然进一层和“风”作了情感交流：

① 智量、熊玉鹏主编：《外国现代派文学辞典》，第77页。

风啊，你来吧，到我们的树林里来吧，
我们为你准备了眠床，
绿色的、凉爽的眠床，
一片叶子，一只温柔的手掌。
风啊，你来吧，来和树林交谈吧，
树林将会告诉你一切！
关于干旱，关于沙漠，
关于青年团员的理想。

这里幻真互动表现得何等动人、动情！它也许说得上是1950年代中国诗坛最出色的一首诗，它之所以出色，全在于结构的新巧，全在于虚实交融的布局采用了幻真互动的操作。这样的布局操作把文本结构纳入神秘象征的格局中了。

而神秘象征可是结构艺术最高格的一场追求。象征的，也必然是神秘的；神秘的，也定会寻向象征。虚实交融的布局确是埋有神秘象征的功能机制的，尤其当这类布局采用虚实共存、似真实幻的操作方式时。

艾青很善于作虚实交融的布局并采用似真实幻的操作方式。他的《透明的夜》、《吹号者》等作特别能显出这方面的功力。《透明的夜》写的是一群生活在草原上的“夜的醒者”——“醉汉/浪客/过路的盗/偷牛的贼”在一个“透明的夜”里闯进“牛杀场”去喝牛肉汤，啃牛骨头的场景：“‘酒，酒，酒/我们要喝。’/油灯像野火一样，映出/牛的血，血染的屠夫的手臂，/溅有血点的/屠夫的头额。”还对他们的外形和心灵都作了力的雕塑：“油灯像野火一样，映出/我们火一般的肌肉，以及/——那里面的——/痛苦、愤怒和仇恨的力。”这些表现的整个设计布局，无论从这些“夜的醒者”的行为到形态，从外形到内象，都显出客观描绘的真实，而这真实又是富有油画般审美感发力的，因此胡风高度地评价它是“最异彩”的“一幅色画”，让人感受到“充溢着乐观空气的野生的人生”，“预告了作者底另一视角和心神底健旺”[①]。这是从世俗人生角度作出的审美价值判断。但这首诗却又给人以虚虚实实难分的感受，布局中十分强调背景的氛围渲染：“透明的夜”和“狗的吠声叫颤了满天的疏星”相映；“满天的疏星”和“油灯像野火”互衬，给人以特殊的神秘感应，尤其值得注意的是上“牛杀场”喝“牛肉汤”的一串场景是被置于“夜的醒者”永远走不到头的路途中的布局，如开头就是：“透明的夜。//……阔笑在田堤上煽起……/一群酒徒，望/沉睡的村，哗然地走去……/村，/狗的吠声，叫颤了/满天的疏星。”结尾处既重复开头，又有所推进：

“趁着星光，发抖
　　我们走……”
阔笑在田堤上煽起……

① 胡风：《吹芦笛的诗人》，《胡风评论集》上，人民文学出版社1984年版，第420页。

一群酒徒，离了
沉睡的村，向
沉睡的原野
　　哗然地走去……

夜，透明的
夜！

在“透明的夜”中这一条横贯阴郁的荒野，特显得苍茫无尽的路被反复推出，也就能以其特殊性而给人以不可思议的意味，使走在这条路上的“醉汉、浪客、过路的盗、偷牛的贼”及其作派，显示了某种非现实的神秘，从而激起一种超验感应，在虚实交融中进一步有似真实幻的体悟，体悟到：在原始本能的支配下生命会无所皈依，永远成为夜的荒野的浪客。这样的布局也就使《透明的夜》的文本出现了超凡的神秘象征格局。这就是本体象征的布局操作。同艾青一样，李曙白也是很致力于这一追求的，并显得十分成熟。他收在诗集《大野》中有一些诗，如《深夜的马》、《渡口》、《夜半钟声》、《远行》、《废弃的车站》等，均很有代表性。如《废弃的车站》：

像一只鞋　废弃的车站
用旧了　被人随意
扔在夏日的荒草中
壁墙上的老式挂钟
时针和分针　将光阴
凝固在过去的某个时刻

售票口　被无数双脚
踩得凹凸不平的地面
让我觉得就在刚才
还有人在这儿排队
嘈杂的人声中各种方言
陌生而亲切

行车时刻表　从一长串
站名和发车时间中
我一下子就找到
我要去的那座城市
票价：7元8角
发车时间：下午5时30分

就在这儿　我还能够

守候到我的那一趟车吗？

如果没有最后一节的两行，《废弃的车站》可以说完全是写实的，并且写实得十分细腻，层次分明。李曙白抓住“废弃的车站”中三个中心意象：“壁墙上的老式挂钟”、“售票口”和“行车时刻表”展开联想，完成前三节三个意象组合体，充分地展示了“废弃的车站”作为车站原有的特征，却又在这些特征背后隐埋着作为一个车站的功能已永远失去了的、浓重的时间之殇。若诗到第三节结束，那一份时间之殇的抒情也还是相当动人的，而这又是建基于车站确实已废弃的既定感觉印象的。所有这些都被定位在现世人生的时空感应中，由此可见主体在对文本进行布局中有一个“预谋”十分精彩，把现世人生时空感写足。于是，突然跳出了最后一节的两行：“就在这儿，我还能够/守候我的那一趟车吗？”这一个设问句使诗的结构整个儿发生了变化。现实中，车站既已废弃，若“我”还在想是否还能“守候到我的那一趟车”，只要不是精神病患者，那是根本不可能发生的，但竟然在诗人笔下严肃地发生了，可以想见这“废弃的车站”不是真实的，“我的那一趟车”是否还能等到之想的“我”以及“我的那一趟车”也不是真实的，结论只能是一个：《废弃的车站》写的是一场似真实幻的事儿，是一场神秘象征的布局的产物。在这场布局中完成的结构是一个高层建筑：“欲穷千里目，更上一层楼。”凭着这个高层建筑，我们获得了这样一场生存系统智悟：失去时机，也就失去前程。值得指出：《废弃的车站》似真实幻的布局达到的文本象征效果有凭依逻辑推理的倾向，而艾青的《透明的夜》则全凭兴发感动。应该说《废弃的车站》是新诗方美直向型结构体系较标准的体现，因而更具结构现代化色彩。

这种虚实交融的布局之所以能使结构显出高层建筑特色，具有幻化的神秘象征性能，其构架与肌质是以怎样一种修饰关系显示出来的呢？这靠的是对陈述所指或判断所指两类构型之修饰关系作谬理的强化。这里的谬理显示为横组合轴上对肌质修饰的序列规范作反约定俗成的追求。大致说可以分为陈述所指构型及其修饰关系的谬理和判断所指构型及其修饰关系的谬理两类措施。

先看陈述所指及其能指活动的谬理化布局。陈述所指作为一个构型是由主事（相当于主语）、施事（相当于谓语）和受事（相当于宾语）在横组合轴按约定俗成的规范（相当于语法修饰规范）组合成的，其主施受关系若是违背规范的组合，就成谬理组合，正因为这场组合是反约定俗成规范的谬理关系，对于接受者来说是新奇的、富于刺激作用而能提高联想激活率的，尤其是能催动分析演绎之大力开展，因此反具有较强的隐喻象征效应。这场谬理关系形成的关键是施事（相当于谓语）的作用。施事既由主事发出，又要作用于受事，对沟通主受关系极其重要，它和主事或施事的关系只要一方反约定俗成，就使构型（相当于句型）顿生谬理，而主、受间反约定俗成而施事无法从中调停，理顺关系，谬理顿生更可以想见。但这一代新诗的结构探求者对此类布局反备感兴趣，大多富有象征格局的文本结构都走这一条谬理关系之路。冯至的十四行诗最是对此项布局措施感兴趣，如《十四行集·十七·你说你最爱看这原野里》：

你说，你最爱看这原野里
一条条充满生命的小路，
是多少无名行人的步履
踏出来这些活泼的道路。

在我们心灵的原野里
也有一条条宛转的小路，
但曾经在路上走过的
行人多半都已不知去处。

寂寞的儿童，白发的夫妇，
还有些年纪青青的男女，
还有死去的朋友，他们都
给我们踏出来这些道路，
我们纪念着他们的步履
不要荒芜了这几条小路。

这首诗是个陈述所指构型，可以抽象成这样的陈述句："我们不要荒芜了心灵的原野里那几条小路。"显然，施受关系违反约定俗成的修辞规范，是一种谬理关系。导致谬理的问题出在施受关系上，即肌质在横组合轴上的能指活动——对受事"小路"用在"心灵的原野里"这一介宾结构的意象作修饰，按约定俗成的生态规范认识"小路"不可能存在于"心灵的原野里"，而"我们"也无法施"荒芜"的行为到那条存在于"心灵的原野里"的"小路"，这全是谬理关系。但诗人就是热衷于这种关系，并在修饰上作了意象的修饰性强化。首先是文本第一节以客观世界中存在的"小路"与第二节心灵世界中存在的"小路"在相互映衬中作了"比"的强化，只不过第二节第 3、4 行"但曾经在路上走过的/行人多半都已不知去处"在接受第一节第 3、4 行"是多少无名行人的步履/踏出来这些无名的小路"的修饰后自身又有所推进，即踏出心灵的小路的"行人"多半已不知去处了。于是第三节和第四节的第一行又进一步对那些已不知去处的"行人"——"寂寞的儿童，白发的夫妇，/还有些年纪青青的男女"以及他们在"我们"的"心灵的原野里"踏出"这些道路"作了具体的表现，从而又深一层强化了"心灵的原野里"的"小路"，以致使这条"小路"有点幽玄起来，使接受者引起神秘象征的感受，同时也使得"不要荒芜了"心灵之路的"荒芜"与"心路"之间原先的谬理关系化为默契。再看第四节的后二行："我们纪念着他们的步履/不要荒芜了这几条小路。"这里以"纪念着他们的步履"来修饰"不要荒芜"，因此举而使主事的"我们"与受事的"心灵的原野里的小路"建立了定向的默契，使陈述所指与能指活动有了高度完美的统一，构架与肌质在获得丰盈的结构完形，并在此基础上使结构出现了高层建筑，一种神秘象征的顿悟：心心相通的人性记忆是神圣的，永不能忘怀的。但值得指出：这种能显现神秘象征的高层结构的建立，靠的是布局中虚实交融的谬理关系。

再看判断所指及其能指活动的谬理化布局。判断所指作为一个构型，是由主事、判断（相当于“是”）和判断对象在横组合轴按约定俗成的规范要求组合成的，若是违反这种规范的组合，就成谬理的组合。判断所指及其能指的谬理化布局功能和陈述所指及其能指的谬理化是一样的，能使文本结构具有隐喻象征效应。值得指出：谬理判断所指及其能指活动的完美统一，作为一种虚实交融的布局策略，在新诗致力追求的象征结构功能中，是备受青睐的。穆旦的《诗八首》是个爱情组诗，不过穆旦并不致力于作抒情的追求，去抒唱男女相恋的热烈情感，而是在男女情爱中寻求一种顿悟，顿悟生命本体的“真意”，这是以里尔克、艾略特为代表的一路智性诗人惯走的。而判断所指及其能指活动的谬理化成了穆旦体现虚实交融这类布局的主要策略手段。且看《诗八首》的第一首：

你底眼睛看见这一场火灾，
你看不见我，虽然我为你点燃；
唉，那燃烧着的不过是成熟的年代，
你底，我底。我们相隔如重山。

从这自然底蜕变底程序里
我却爱了个暂时的你。
即使我哭泣、变灰，变灰又新生，
姑娘，那只是上帝玩弄他自己。

这首诗可以抽象出一个相当怪异的判断所指：“由我点燃的这场火灾是我们成熟的年代。”显然这布局中搭起来的构架是极谬理的，同样，能指活动中对各个定点的肌质修饰，也处处可见出谬理关系。先看“由我点燃的这场火灾”这主事部位的情况：“我”是“爱了个暂时的你”可“你看不见”的“我”；这样一个“我”是“为你点燃”这场火灾的；至于“这场火灾”是只有“你底眼睛看见”的、“使我哭泣、变灰，变灰又新生”的“火灾”。根据这种种肌质修饰关系，接受者会获得这些印象：这场“火灾”只限于“我”为“你”点燃的，它比喻男女之间由“我”主动而“你”只看见“火灾”，却看不到别的热烈恋情，或者说“你”只看见“我”的热烈，而“看不见”精神世界中“我”的真实，因此这虽是一场“使我哭泣、变灰”的“火灾”，但这样的“你”只不过是暂时的“你”，“我”也最终会是“变灰又新生”的。由此沿袭到判断对象“我们的成熟的年代”，也就使“我们”是“相隔如重山”的“我们”：“成熟”是“从这自然底蜕变底程序里”显示的“成熟”，这样一个“我们的成熟的”“年代”，也就顺理成章地只是“上帝玩弄他自己”的年代了。这些意象的谬理修饰串联成的印象是一条由谬理逻辑线左右着判断所指的整个能指活动系统，为判断谬理化激活了具有分析推论意味的联想，让“由我点燃”的这一场“火灾”在判断为“我们的成熟的年代”中突然领悟到：这场“火灾”般弥漫的情热，不过是一场性本能骚动，而性本能骚动是生理成熟的标志，也是青春生命走向成熟年代的必然。所以这种谬理判断所指及其谬理化能指活动的布局，使文本结构特别具有高层建筑的提示、顿悟作用。

但是不能不指出：无论陈述所指及其能指活动的谬理化布局或者判断所指及其能指活动的谬理化布局，之所以能达到结构的高层建筑，使文本具有隐喻象征的性能，是建立在逻辑分析推论基础上的。而这是一种结构的方美追求。

综上所述可见：新诗奉方美直向式结构体系为最高类型。

下篇　未来新诗结构的思考

百年新诗的历史，多少已形成了一套属于自己的传统，在结构建设上也不例外，从总体看，新诗的结构已走定了方美直向的路子。所谓方美直向，就是层层递进式的直线推演，我们提出的方美直向式结构体系，也就是逻辑递进结构体系，或者就说是直线结构体系。和圆美流转结构体系不同，后者也就是对称均衡结构体系，或者就称为流转结构体系。诗贵含蓄，含蓄的诗美体现很大程度上得益于委婉曲折的结构。不过，在特定时期，即社会斗争尖锐复杂时期，社会审美心理渴求抗争情意的直接契入心灵，而诗作为鼓舞真理与正义的捍卫者——人民携手奋起，同仇敌忾地去打击邪恶势力的武器，也就使隔靴搔痒式的含蓄成了累赘，不再适应，而要求性情的直露、直抒，以起一种煽动性的效果，这时采用逻辑递进的直线结构是完全合理的、必要的，但诗的审美本质属性毕竟是贵在含蓄蕴藉，特别是进入社会安定时期，社会审美心理更偏于生存情趣的品味，生命体验的咀嚼，如果再坚持直接述说的直线结构，也将成为一个抒情时代的错误。因此到20世纪后期，就有调整结构策略的意见出现，很有代表性的是李英豪写于1960年代中期的《论现代诗之张力》[①]一文。他是从提倡诗的张力的角度来检讨新诗结构体系的。他认为以“推论或演绎的方式”来形成的结构，是散文：当诗人的诗性思维，即“诗人的体验力”陷入“推论或演绎”时，也就使“诗的结构更近于散文的结构”，而“诗的张力遂减弱或短少了”，因此他旗帜鲜明地提出：“诗究非直线式的指陈。”他还进一步说：“我们虽不需要逻辑，但仍需要均衡：虽不需要全部理性化，但仍需要秩序；不是一种既有的现成的‘秩序’，而是一种未有的新的秩序。”[②]从新诗的结构建设角度看，此话分量是很重的。

看来，新诗非调整结构策略不可了。

第七章　两大结构体系的诗学认同

历史的回顾是必要的。

---

① 此文原刊《批评的视觉》，台湾文星书店1966年版，现收杨匡汉、刘福春《中国现代诗论》下，第176—190页。

② 杨匡汉、刘福春编：《中国现代诗论》下，第183页。

对诗学理论特别是中国诗学理论来说，抒情诗有圆美流转式和方美直向式两类结构体系之分，早就见诸文献资料。其中，钱钟书《谈艺录》有大量中外文献征引及他自己阐发的话，值得称道。现在我们主要根据他所提供的信息来对圆美流转与方美直向的问题作一综述。

先看对圆美流转型结构在中外诗学中的说法。

就中国古典诗学中谈圆美流转的资料而言，提出得最早的还是《南史·王衎传》所载沈约引谢朓的话："好诗圆美流转如弹丸。"[①] 但作为形体，以圆为至美由来已久。"陈希夷、周元公《太极图》以圆象道体；朱子《太极图说解》曰：'无极而太极也。'"在西方，"孔密娣女士曾在里昂大学作论文，考希腊哲人言形体，以圆为贵。"[②]"圣奥古斯丁以圆为形之至善极美者。"[③] 对形体以圆为至善极美，大概出于人类对天体作圆弧形的感应推而广之，以人法天而生的观念看，也就有了如刘勰在《文心雕龙·丽辞》中所谓"道化赋形，支（肢）体必双"的说法。这肢体必双，是一种均衡对称的体现，而这正是圆转的一种形态。有学者据此说：

> ……单个的天体呈球状，是全对称体，诸多球体合为一个庞大的星系，呈轮状，是平面对称体；而在单一天体上，气候带成对称分布，这是轴对称。人恰恰如星体，呈轴对称。不管它们以何种对称方式存在，都必"成双"，即有一"此"，则必有一彼，两了或远或近，必然对应在自然界和人类社会，除了这些严格、规整的对称之外，更多是不整齐对称，即时间、距离、质量的对称，如春夏秋冬、东西南北、江河淮济、风花雪月。这类富有变化的对称也"成双"，有了它们，世界在静止中有运动，整齐中有参差，创造了运动变化中的和谐，更进一步，人们观察外物，感觉上的对称则直接影响人们的思想感情……[④]

这段话不仅说明自然现象和人体都具有以对称的和谐显示的圆美形态，并且进一步推论到人的思想情感的存在形态、趋势也显示为圆美。《文心雕龙·体性》篇中就有"思转自圆"之说，苏籀《双溪集》后附《栾城遗言》记子由语："余少作文，要使心如旋床，大事大圆成，小事小圆转。"[⑤] 这指"心象"之美的显现是"圆成"。佛典中的感悟、觉识都和"圆"挂上钩。所谓"'圆通'、'圆觉'之名，圆之时义大矣哉"![⑥] 而"释书屡以十五夜满月喻正遍智"，如《文殊师利问菩提经》有"如来智慧如月十五日"，"《大乘本生心地观经·报恩品》第二既言'四智圆满'；其一为'大圆镜智'。《发菩提心品》第十一复详论菩提心相如'圆满月轮于胸臆上明朗'。"[⑦] 在西方，帕斯

① 钱钟书在《谈艺录》中强化为"好诗流美圆转如弹丸"。见《谈艺录》，中华书局1984年版，第112页。
② 以上均见《谈艺录》，第111页。
③《谈艺录》，第307页。
④ 王清淮：《申美论——中国文学批评原则》，中国人民公安大学出版社2001年版，第266—267页。
⑤《谈艺录》，第113页。
⑥ 同上书，第112页。
⑦ 同上书，第307页。

卡《思辨录》论[①]宙合真宰，有“譬若圆然，其中心无所不在，其外缘不知所在”[②]之说，正是这“圆”的无所不包，所以“普罗提诺言：心灵之运行，非在直线而在圆形”。“英诗人马委尔（Andraw Marvell）《露珠》诗（‘On a Dropof Dew’）亦谓露珠圆澄，能映白日，正如灵魂之圆转环行，显示天运也。”蒂克有：“一切真知、艺事与夫探本之思维必颠末衔接无少间，团栾示圆相……吾则取为心知运行之象。”[③]特别是“当世德因论师并仍谓思维之真正者，其运行必成规而圆”[④]。因此，中外诗学几乎无一例外地把诗的结构形态之最佳者定为圆美流转。“周草窗《浩然斋雅谈》卷上，元遗山《中州集》卷七皆记兰泉先生张建语，略谓：‘作诗不论长篇短韵，须要词理具足，不欠不余。如荷上洒水，散为露珠，大者如豆，小者如粟，细者如尘，一一看之，无不圆成。’”张商言《竹叶厂文集》卷二十一《钱慈伯检讨招同冯鱼山编修小集独树轩》七律自注中引了“萚石侍郎”的话：“诗之妙如轮之圆也。”何子贞《东洲草堂文抄》卷五有“落笔要面面圆”。[⑤]西方也有相同的见解。李浮侬（Vernon lee）《属词运字论》之《结构篇》中认为：“诗篇布局之佳者，其情事线索，皆作圆形。”[⑥]歌德说：“诗人赋物，如水掬在手，自作圆球之形。”丁尼生称颂彭士的诗也有“体完如樱桃，光灿若露珠”。斯密史诗剧（A life Dramu）有句云：“诗好比星圆。”[⑦]特别值得一引的是柯尔律治与友书中的话：“事迹之直线顺次者，诗中写来，当使之浑圆运转，若蛇自嘬其尾然。”[⑧]对“浑圆运转”的提倡就是圆美流转式结构的大力肯定。

相对而言，中外称扬诗学中对方美直向式结构虽也有人提倡，但声音显得稀少多了。李廷机在《举业琐言》中突出地谈了方美。他是从“行文者总不越规矩二字”谈起的，先确立了一个前提：“矩取其方。”然后说“故文艺中有著实精发核事切理者，此矩处也”，而“今操觚家负奇者，大率矩多而规少，故文义方而不圆”。[⑨]这席话有两点颇值得注意：一点是诗中凡追求“著实精发核事切理者”，其结构显示为方美；另一点是凡“操觚家负奇者”，其结构亦显示为方美。这意味着凡是按事理严密的规范谋篇是走向方美的必由之路。值得一提的是：《文心雕龙·指瑕》篇中有这么一句话：“古来文才，异世争驱，或逸才以爽迅，或精思以纤密，而虑动难圆，鲜无瑕病。”[⑩]这里说的是有两类“争驱”之文才，一类“逸才以爽迅”，显然是放纵自由率性任情者；又一类“精思以纤密”，显然是按事理逻辑的规范作深思者。在比较中，刘勰认为其中专于“虑动”者——亦即“精思”者是难以把握圆美的，那么把握的是什么呢？不言自明：是把握到方美。我们暂且不去过问“鲜无瑕病”这样对方美的贬义，倒是从“虑

---

① 《谈艺录》，第111页。
② 同上书，第112页。
③ 以上均引自《谈艺录》，第431页。
④ 《谈艺录》，第432页。
⑤ 以上均引自《谈艺录》，第113页。
⑥ 《谈艺录》，第112页。
⑦ 以上均引自《谈艺录》，第114页。
⑧ 《谈艺录》，第432页。
⑨ 同上书，第113—114页。
⑩ 参阅祖保泉《文心雕龙解说》，安徽教育出版社1993年版，第796—797页。

动难圆”中可以见出方美式结构实是从一种合于逻辑规范的“思”派生出来的。在西方，把“方”——也就是“矩”，看成是原则规范、分析推论之必然，因循原则规范而受制于理性制约，因按分析推论而受制于秩序，因此在层层推演、井然有序的方美中埋着无形有形的束缚限制。但歌德乐于方美，说：“欲伟大，当收敛。受限制，大家始显身手；有规律，吾侪方得自由。”黑贝尔也乐于方美，说：“诗家之于束缚或限制，不与之抵拄，而能与之游戏，庶造高境。”①

大致说，中外诗学中把圆美与方美比较起来谈更受关注。这不是没有道理的。钱钟书《谈艺录》多引用这类比较性的文献材料，并参以自己的见解。且看这样一段话：

……李耆卿《文章精义》云：“文有圆有方，韩文多圆，柳文多方，苏文方者亦少，圆者多”；观其所举苏文方者诸例，及下条论韩柳优劣，乃知圆方即寓轩轾之意。②

他也引用了李廷机对“圆”、“方”所作更其深入的比较的话，我们在上面谈方美时曾引用过他有关“方”的一些见解，他还对“圆”与“方”的本质属性发表过相比较的意见。《谈艺录》中全面地引了，是这样的：

……李廷机《举业琐言》云：“行文者总不越规矩二字，规取其圆，矩取其方。故文艺中有著实精发核事切理者，此矩处也；有水月镜花，浑融周匝，不露色相者，此规处也。今操觚家负奇者，大率矩多而规少，故文义方而不圆。”③

这些圆美与方美相比较的言论，我们发现《文心雕龙·定势》篇中早就有过：

夫情致异区，文变殊术，莫不因情立体，即体成势也。势者，乘利而为制也。如机发矢直，涧曲湍回，自然之趣也。圆者规体，其体也自转；方者矩形，其体也自安。

还有况周颐的《蕙风词话》卷一中，也作过此类的比较：

词不嫌方。能圆，见学力。能方，见天分。④ 但须一落笔圆，通首皆圆。一落

---

① 以上均引自《谈艺录》，第440页。

② 《谈艺录》，第113页。

③ 同上书，第113—114页。

④ “能圆，见学力；能方，见天分”的说法，夏敬观在《〈蕙风词语〉诠释》中有这样的诠评：“方者，本质，天所赋也。圆者，功力，学所致也。方圆二字，不易解释，梦窗，能方者也。白石、玉田，能圆者也。知此可悟方圆之义。”（见孙克强辑考《蕙风诗话 广蕙风词话》，中州古籍出版社2003年版，第456页）但《谈艺录》第433页中则认为此一提法“盖自六朝以还谈艺者于‘圆’字已闻之耳熟而言之口滑矣”所致，言下之意说明此提法出于时尚所厌，非本质属性之论。

笔方，通首皆方。圆中不见方，易。方中不见圆，难。

总之，以上所引的这些“圆美”与“方美”相比较的话，综合起来大致可分如下几方面的问题值得思考：其一，诗的结构确可以分两大种，一种是圆美的，另一种是方美的；其二，圆美结构水月镜花浑融一体，是出之于直觉感应的结构，方美着实精发、核事切理，是出于分析推理的结构；其三，圆美结构具有玲珑流转性，方美结构则具有严实稳定性；其四，多数意见以圆美为佳，但也承认“词不嫌方”，方美也自有其立足之地。西方诗学中，把“圆美”总看成自由的标志，而“方美”则被看成方正严密的纪律、规律的必然，用在对“圆”与“方”作比较中，强调的是二者的辩证统一，因此康德有“自由纪律性”的提法，黑格尔有“于必然性中自由”的提法，恩格斯因此认为这是黑格尔“自由即规律之认识”[①]。值得指出：“西方古俗”以圆“示时间永恒”，故有“圆永恒”之说，蒂克则以“圆”“取为心知运行之象”[②]，因此，“普罗提诺言：心灵之运行，非直线而在圆形。”也怪不得如上已引述过的那位李浮侬在《结构篇》中要把“情事线索皆作圆形”视为“谋篇布局之佳者”了。[③] 可见作为中外诗学共奉的一条本质属性，圆美流转式结构体系还是属于诗歌结构质的规定性之要求的。

对圆美与方美作比较，引申出来的其实是一场自由与规范、感受与分析、意兴与理思的比较，只不过这比较体现在两类不同的结构体系上。在西方诗学中有一种把“圆”与“方”作互转统一的思考，那么在中国的结构诗学中又怎样呢？二元对立几乎成了中国传统思维方式的模式，在结构问题上似乎也如此。《蕙风诗话》中况周颐所谓“须一落笔圆，通首皆圆；一落笔方，通首皆方”大概也是这种二元对立的反映。其实也并不全然如此，即使是况氏这则诗话的后面，他竟然又这样说：“圆中不见方，易；方中不见圆，难。”看来一个结构中“圆”与“方”共存也还是可以的，只不过是难易的问题；二元能统一也还是留有余地的。这不单是况周颐如此，在传统诗学理论家中，这样的思考倾向也是普遍认同的，只不过这种认同，也同西方类似，是在自由与规范、放纵与约束的辩证认识上反映出来的。

所谓“活法”的问题，也就在这样的背景下提了出来。

江西诗派的吕东莱（本中）论诗“讲活法”。吕氏在《夏均文集序》中说：“学诗当讲活法和活发者，规矩备具，而出于规矩之外，变化不测，而不背于规矩。”对此，钱钟书有一番话：

……乍视之若有语病，既“出规矩外”，安能“不背规矩。”细按之，则两语非互释重言，乃更端相辅。前语谓越规矩而有冲天破壁之奇，后句谓守规矩而无束手缚脚之窘；要之非抹杀规矩而能神明乎规矩，能适合规矩而非拘挛乎规矩。东坡《书吴道子画后》曰：“出新意于法度之中，寄妙理于豪放之外”；

---

① 以上均引自《谈艺录》，第439—440页。

② 《谈艺录》，第431页。

③ 以上均引自《谈艺录》，第112页。

其后语略同东莱前语。其前语略当东莱后语。陆士衡《文赋》"虽离方而遯员，期穷形而尽相"，正东莱前语之旨也。东莱后语犹《论语·为政》所谓"从心所欲不逾矩"①。

这段话是对待规矩原则的方美与按从心所欲的圆美的辩证统一的阐释。这就是说诗的"活法"是指诗歌结构之佳者应是圆美与方美的辩证统一。

旧诗认圆美流转为其根本的结构体系，新诗则认方美直向为其根本的结构体系，那么未来新诗的结构建设该走什么样的策略路子呢？从上述有关感兴自由与逻辑规范应辩证统一中似乎可以得到这样的启示：两大结构体系的交融该是经诗学史之认同的、切实可行的结构策略路子。

第八章　圆美与方美结构偏至的负效应

第一节　圆美偏至的负效应

如上一节所述，诗歌结构无论中外都可以有圆美流转与方美直向两类体系之分，它们的辩证统一从总体说则是结构建设最可行的策略路子。可惜汉语诗体的结构实际无论是旧诗或者新诗，都有点偏执一端，即如同况周颐所说的："一落笔圆，通首皆圆；一落笔方，通首皆方。"这就叫偏至。旧诗追求结构的圆美，新诗则追求方美。各走自己的体系路子。当然，这种片面性倒确也造就了不少新诗、旧诗中的经典文本，但如若过分执著一端以致偏至，那就会使诗歌——无论是旧诗还是新诗，因结构的这种偏至而带来文本建构的负面效应。

对圆美流转式结构的偏至，容易流于雕琢累赘，甚至给人以"滑"的感觉。归纳一下，偏至地使用此类结构，出现了几方面的问题。

流滑是主要的问题。所谓流滑，指的是圆美流转过于顺畅，一流到底，以致失去内在一张一弛、曲折有致的结构格局。这样的气势流动也就变成流滑线。于是，要想有气韵生动之感也就困难了。大致说，流滑出现在意义布局的对称均衡上，其表现形态均出自排偶。其中一类是意义没有多少变换和发展的——类似意义的节的排偶，这在《诗经》的原始诗歌结构形态中存在是可以理解的，作为歌舞合体而呈现的民歌结构形态，更是合理的，但在后来文人创作的词赋——特别是唐五代词中类似意义的节的排偶结构形态，出现得更多，就成为圆美流转追求的一种偏至，以致流滑化了。韦应物制有《调笑令·胡马》："胡马。胡马。/远放燕支山下。//跑沙跑雪独嘶。/东望西望路迷。//迷路。迷路。/边草无穷日暮。"这已多少有点流滑味儿。王衍制《醉妆

① 《谈艺录》，第439页。

词》更甚，原诗是：

者边走，
那边走，
只是寻花柳。

那边走，
者边走，
莫厌金杯酒。

这可是很标准的类似意义的节的排偶结构——如同俞陛云在《唐五代两宋词选释》中所说，它是蜀主衍“极写游宴忘归之致”之作，也是圆美流转结构的偏至，导致流滑是显而易见的。大致说：主体生活感受不多，不强烈，内容贫乏而强欲为诗者多会在诗篇上追求这种圆美的偏至，旧诗中如此，新诗继承古典遗风者也如此。如徐志摩的不少诗，结构上也采用这种类似意义的排偶结构，如《“我不知道风吹草动是在哪一个方向吹”》：“我不知道风/是在哪一个方向吹——/我是在梦中，/在梦的轻波里依洄。//我不知道风/是在哪一个方向吹——/我是在梦中，/她的温存，我的迷醉。//我不知道风/是在哪一个方向吹——/我是在梦中，/甜蜜是梦里的光辉。//我不知道风/是在哪一个方向吹——/我是在梦中，/她的负心，我的伤愁。//我不知道风/是在哪一个方向吹——/我是在梦中，/在梦的悲哀里心碎！//我不知道风/是在哪一个方向吹——/我是在梦中，/黯淡是梦里的光辉。”茅盾在《徐志摩论》中说：“这首诗共六章，每章四句，而每章前三句都是一样的‘章法’，所以全诗实在只有六句。”“我们可以说，首章的末句‘在梦的轻波里依洄’，差不多就包括了说明了这首诗的全体。诗人所咏叹的，就只是这么一点‘回肠荡气’的伤感的情绪；我们所能感染的，也只有那么一点微波似的轻烟似的情绪。”他还说这样的诗“圆熟的外衣，配着淡到几乎没有的内容”，是“一种‘体’”，这也许就是类似意义节的排偶呈现的圆美结构一种偏至体，它所能达到的只能是流滑的审美效果。再看另一类流滑，是一个文本全以类似意义排偶到底，它具现为圆美结构的偏至导致的排律体。排律并不就不好，它可以是意义的递进，也可以是意义的重复。只要是意义递进的排律，这样的圆美结构是值得肯定的。但如果只是类似意义作排偶到底，不注意调协，那就会助长圆美结构的流滑。魏晋南北朝时期，意义排偶到底的诗不少，如谢灵运的《登池上楼》，薛道衡的《昔昔盐》等，均是成功的圆美结构。朱光潜评《昔昔盐》“四方八面地渲染，句句对称，句句精巧”，还能在“景与情的调协”上下工夫[①]，它们之成功是因为注意到意义的递进和调协。但有些诗——特别是到近体诗时期的排律中，意义重复而非递进的排偶到底造成流滑的现象就严重了，这病症也出现在对偶到底的律诗中。如杜甫的七律《登高》：

---

① 朱光潜：《诗论》，上海古籍出版社2001年版，第171页。

风急天高猿啸哀，渚清沙白鸟飞回。
无边落木萧萧下，不尽长江滚滚来。
万里悲秋常作客，百年多病独登台。
艰难苦恨繁霜鬓，潦倒新停浊酒杯。

这首诗被人看成“杜甫最有名的一首七律”，“是‘拔山扛鼎’式的悲歌”①。潘德舆的《养一斋诗话》卷八中甚至说：“遇谓沈（佺期）诗纯是乐府，崔（颢）诗特参古调，皆非律诗之正。必取压卷，惟老杜‘风急天高’一篇，气体浑雄，剪裁老到，此为弁冕无疑耳。”胡应麟《诗薮》内编卷五中首先对此诗大力肯定：“此诗自当为古今七言律第一，不必为唐人七言律第一也。”但他又提出了批评：“此篇结句似微弱者，前六句既极飞扬震动，复作峭快，恐未合张弛之宜；或转入别调，反更为全首之累。”胡震亨《唐音癸签》卷十也说：“‘风急天高’篇无论结语腿重，即起处‘鸟飞回’三字，亦勉强属对，无意味。”黄生《杜诗说》卷九则说：“诗联宜略放松，始成调法，今更板对两句，通体为之不灵。”沈德潜《杜诗镜铨》卷十七说：“诗句意尽语竭。”在这些意见中，说诗句“似微弱”、“意尽语竭”不无道理。那么问题出在哪里呢？出在“八句俱对”，即这是相似意义的四对句子对偶到底——第一联表现的是登高所见的动态景象，隐喻着动荡、惊悸、凄清的生存莫测感；第二联表现的是登高所见的静态景象，隐喻着浑莽、苍凉、凋零的环境阴冷感；第三联是直抒主体漂泊、无依、孤苦的人生羁旅感；第四联也是直抒主体艰辛、衰残、穷愁的生活潦倒感。四联从四对八个方面立体地表现了同一个意义：身无所依的凄迷心境。但律诗的诗联，按艺术规律是应以散体为宜的，用对偶作收，往往煞挽不住，更何况这四联的四个对句，如上所述，是意义相似的，现在再以这四对意义相似的句子对偶到底，以“过整”的策略来完成圆美流转的结构，确会使这个意义的排偶“前六句既极飞扬震动”，后两句本“宜略放松，始成调法”的，但此处却“更板对两句”，以致“复作峭快”，的确“未合张弛”之道，“通体为之不灵”，即结联的情事感慨仍是颈联的延续，即没有带出新的意念和感兴，而且又是直接抒说，故缺少言外之味——如同施蛰存在《唐诗百话》中所说的：“此诗最后二句，没有结束上文，表达新的意旨。”所以，像《登高》这样的名作也反映着：相似意义排偶到底的是圆美结构的一种偏至现象，这种偏至虽使结构分外流转，但由于违背了结构流转有过而成流滑了。这类圆美的偏至追求，在那些继承古典诗学传统的新诗人中，同样犯了流滑症。郭沫若早期的诗，给人以单调，直着嗓子喊叫的感觉，如《晨安》、《太阳礼赞》等结构上都犯了这种流滑症。《我是个偶像崇拜者》总算最后二行来了个逆转，产生了因逆转而生的张力，大大冲淡了流滑。艾青的《黎明的通知》给人以结构上单调之感，也是由于相似意义的宽式排偶到底造成的。政治抒情诗人似乎很爱采用这种类似意义排偶到底以期达到反复强调的效果。如王怀让的《我们共同着——1993年8月28日，在郑州大学举行的海峡两岸诗歌朗诵会上朗诵》：“我们共同着一个炎黄一个孔子，/我们共同着一部《诗经》一部《论语》，/我们共同

① 肖涤非：《杜甫研究》下，山东人民出版社1957年版，第209页。

着拥有壮丽的二十五史，/我们共同着续写二十六史的壮丽，/我们共同着共同着一片星光一轮太阳，/我们共同着共同着一块后土一地月辉……”这样一些“我们共同着”的诗节一共有七节，收行相似意义的觉式排偶句一排到底，可说是圆美流转的极致，却也是这类结构偏至的极致，成为流滑了。

除了流滑，诗思驻步不前也是圆美结构偏至而生的问题。所谓驻步不前，就是诗思回旋有余而不显前进。当然，圆美结构能造成往复回环的情韵味还是值得肯定的，但如果这种往复回环不知节制地一直下去，圆美流转变成流滑且不说，也会因为不是意义的递进而使接受者感到气闷以至感受麻木，审美疲劳。这就是驻步不前的弊端，在圆美结构中一不小心就会发生。《诗经》中颇有些作品，如果不是同歌舞音乐相结合去看，纯粹的语言文本其结构虽十分流转，但不能不说它们是流转有余，递进不足，篇幅较长，诗节较多的文本原地踏步过久，给人单调麻木之感也显而易见，如《黄鸟》、《南有嘉鱼》、《月出》、《木瓜》，甚至《蒹葭》等等。试举《唐风·蟋蟀》来看看：

蟋蟀在堂，岁聿其莫。今我不乐，日月其除。
无已大康，职世其居。好乐无荒，良士瞿瞿。

蟋蟀在堂，岁聿其逝。今我不乐，日月其迈。
无已大康，职思其外。好乐无荒，良士蹶蹶。

蟋蟀在堂，役本其休。今我不乐，日月其滔。
无已大康，职世其忧。好乐无荒，良士休休。

这首诗共三节，每节八行，每节的第二行（“岁聿其莫”、“岁聿其逝”、“役本其休”），第四行（“其除”、“其迈”、“其滔”），第六行（“其居”、“其外”、“其忧”），第八行（“瞿瞿”、“蹶蹶”、“休休”）略有变换。但变也不离其宗，如第六行：“职世其居”、“职思其外”、“职世其忧”，不过是“职位上职责多守着点”、“职位上意外多防着点”、“职位上惊惕多怀着点”的差异而已。全诗总体说只是慨叹岁月流逝，人该及时行乐却又乐而不忘职守——一种贤士心境不痛不痒的反复诉说。这样的文本，结构上确也够圆美流转了，但诗意始终在原地踏步，能不生单调气闷之感吗？当然，还是一句话：《诗经》作为中华诗史中的初民诗歌，作为与歌舞相依守的民歌文本，出现这样的结构偏至是可以理解并且还具有一定的合理性的。但日后的文人诗，往往因了主体对生活没有真切而强烈的感受以及感受的递进、升华，就求助于这种圆美结构，在一点小感触上回环往复，制造情调，结果落得举步不前的单调，倒也不能说不多。有人写《四时咏》：“春水满四泽，夏云多奇峰，秋月扬明辉，冬岭秀孤松。”这是罗列一年中的四种自然现象，结构圆美流转得偏至，诗意驻步不前。苏轼《溪阴堂》：“白水满时双鹭下，绿槐高处一蝉吟。酒醒门外三竿日，卧看溪南十亩阴。”意象并列的铺陈，结构流转中诗意却也驻步不前了。圆美结构中的这类病象，在词曲中铺陈之风比近体诗要盛行，尤其是元曲中，利用宽式排偶句，把类似的情景意义反复咏唱已成风气，平面铺陈得繁花缤纷，但诗意原地踏步，如张可久的［双调·折桂令］《村庵即事》：

掩柴门啸傲烟霞——
隐隐林峦，
小小仙家；
楼外白云，
窗前翠竹，
井底朱砂；
五亩空无人种，
一村庵有客分茶。
春色无多——
开到蔷薇，
落尽梨花。

这春野山家的景物情事确得到了恣意铺陈的表现。全诗前八行是一段，后三行是一段。前一段具体地写了山家晚春的情景，除第一行“掩柴门啸傲烟霞”起引领作用，后面七行分别是两句、三句、两句的排偶；后一段点出春日将尽，第一行引领，后两行也是排偶。这也是圆美流转布局的结构，但在流畅、自如中，沉湎自然和谐、超然世外闲适——这样的诗意却只是一片铺陈中原地打转，驻步不前，生存感受深层意蕴的递进显然是不足的。当然，旧诗圆美流转的结构中铺陈的是情景相谐的意象，它们在原地踏步中以相似的感兴意境反复出现，能强化韵旨，虽无深层意蕴的递进，也还不至于过分单调气闷。新诗中就不同了。新诗以直接抒情或意象符号对应印证的准直接抒情为主，如在圆美结构偏至的情况下，诗意驻足不前，既无深层意蕴的递进，也难品味到回环流转中获得强化的韵致，那才有可能显出极度的单调气闷。1920 年代中期出现的王独清一些诗，颇被人称道为情调象征，其办法就是强化意义的排偶以达到结构的圆美流转，但诗意的原地踏步情况严重，读多了这类诗单调气闷之感会油然而生。不过王独清这类诗的诗意还是主情的，是一种情意复沓回环还能强化一点韵致。到 1950 年代以后，以郭沫若为代表的一批政治抒情诗人，更大力追求政治意义，以排偶形态出现的铺陈以致使结构圆美流转得偏至，一个政治概念在反复陈述中使说教的意义始终在原地踏步，其所欲达到的目的不过是对概念认知的强化。这样的圆美结构导致的单调和感受麻木情势更是严重。这种以政治概念排偶显示的圆美流转结构，到 1960 年代以后达到登峰造极的地步，被誉之为郭小川体，其圆美结构因偏至而导致诗意始终原地踏步的单调作为一种结构负面效应，一直影响到 20 世纪末一批后起的政治抒情诗人的结构追求中，上面已提及过的王怀让可说是新的代表。这里不妨来看一看他那首《五月四日》，这是对五四运动的历史意义的陈说，这是一场从政治价值出发的陈述：“在我们的日历中/这是多么重的一页！/它的分量——/如钢、似铁！//在我们的日历中/这是何等美的一页！/它的英姿——/如花、似叶！//看，从这一页日历上，/走过来李大钊——/他那黑色长袍，/裹着一腔热血！//看，从这一页日历上，/走过来毛泽东——/他那红色雨伞，/横扫一天风雪！//古老的天安门，/从这一页日历上，/站起来——/照亮了世界！//年轻的中国人，/从这一页日历上，/走下去——/走出了黑夜！//就是这一页日历，/给中国的过去/进行了——/庄严的告别！//就在这一页日历，/向中国的未来，/发出了——/热情的请帖！//这是我们/祖国的骄傲——/我们的祖国，/永远也不会泯灭！//这是我们/青年的自豪——/我们的青年，/走在时代的前列！……"这是类似意义的节的对偶、篇的排偶，有九个类似意义对偶节，十八个类似意义排偶篇组成的一个圆美流转结构，我们只抄了十节，其余的就不抄了，反正就是这样节的排偶到底而已。它的对偶可说是一种概念对课，"多么重的一页"对"多么美的一页"，"走过来李大钊"也必然得对上"走过来毛泽东"；李大钊"那黑色长袍/裹着一腔热血"，必然得对上毛泽东"那红色雨伞/横扫一天风雪"，诗凭着这样一批政治概念的对偶、排偶，确可以不断排下去，无限制地展开，无须递进，无须升华，让它原地踏步下去，以达到政治说教反复进行的目的，但这是圆美结构典型的偏至，是布局单调、感受麻木的典型表现。微观地读这样的诗，真是绊手绊脚，这可要有一点忍耐心；宏观地读，一目十行足够了。

圆美结构偏至而生的第三个问题是累赘。所谓累赘，指的是结构的虚胖，类似浮肿病人的浮肿。圆美流转的结构性能来自于均衡对称，类似意义在句与句之间的对仗，节与节之间的排偶，是其基础工程，寻"对"可以是天然的"妙手偶得之"，那当然好。但很多情况下是人为的经营，以致其"对"中"两句话差不多只有一句话的意思"，这种"意简言繁"现象确是"所忌"的[①]，而这也就直接影响了结构，虚胖现象之病根主要就在这里。还值得指出：讲究对仗，或者说追求排偶，主要是为了达到感兴象征[②]效果，即在二物对照中去生出一个新的世界。故它具有"一加一"等于"三"的艺术效果。但也不全然如此。古田敬一在《中国文学的对句艺术》中就说，"中国诗文"中的对句艺术，"具有象征性与装饰性"；它们的分别是"以简单的表现表示丰富的内容，是象征性；为了美的表现，把同一内容重复写出，就是装饰性"。这位日本学者还进一步指出："对句的象征性，常是由二个方面对照，而象征一个新的东西。对句的装饰性，常常是经过二句相互对应而具有装饰的表现。这就是以对偶作为基础的象征性与装饰性，自然而然所呈现出的独异风采。"[③] 但象征的对句比装饰的对句要进步，是优于装饰的对句的。为什么这样说呢？这是因为装饰的对句在二物对照中不像象征的对句那样会生出一个新的世界，而只是强化（靠烘染、互映）了原有的世界，所以装饰只是装饰而已，对被装饰对象的本质属性能否因此而变异不可能起决定性的作用。也唯其如此，才使对句的装饰功能强化或弱化直接影响到结构容积的大小。若装饰功能只从装饰句的量上增大去考虑，就会导致结构的臃肿、累赘，这也就是"意简言繁"

① 王力：《汉语诗律学》，上海教育出版社2002年版，第173页。

② 我们多次使用"感兴"而不用"感性"，是因为"感性"是对应于"理性"的一种思维性质，而"感兴"则是对应于"感知"的一种功能效果，它是兴发感动的产物。这里所说的"感兴象征"，指"象征"不来自于符号化意象的借代或不明指的比拟，而是指意象兴发感动而生的隐喻联想。

③ 古田敬一：《中国文学的对句艺术》，李淼中译本，第203页。

的征候。对此现象有学者在论析刘勰的《文心雕龙·丽辞》篇时曾经说过这么一段话：

> ……在讨论对句的《丽辞》篇中，刘勰区别了四种类型的对句，对其中两类他是这样论述的："反对者，理殊趣合者也；正对者，事异意同者也。"这段话包含了两个重要的观点：其一，对句中潜存的相对或相反原则，正是我们所说的对等原则；其二，对句所体现的"趣合"或"义同"，是由上下联所表现的，它也就是存在于张力之中的意义，而这张力正是由上下联所维持的，因此，这种张力所蕴涵的意义绝非语言可以穷尽的。关于这一点，我们只要看看刘勰所举的两个劣等对句就可以明白："游雁比翼翔，归鸿知接翮"，"宣尼悲获麟，西狩泣孔丘"。在这两个例子中，每联的上下句表达的意义完全相同，而且两句诗不论是分开还是合起，读来都是字尽意穷，两句之间缺少差异以维持张力，因而毫无余味可言。因此我们可以推知：所谓"趣合"或"意同"应该指产生于对句中上下联之间的新的意义，所以，差的对句，一句加一句还是一句；而好的对句，整体应大于各部分的总和。①

这段话揭示了对句的装饰性有优劣之分，劣质的装饰使对句缺乏一种张力，"读来都是言尽意穷"，"因而毫无余味可言"，只增添了一份结构的累赘。这种现象在不少旧诗——特别是近体诗的圆美结构中都可见到。白居易的《自河南经乱，关内阻饥，兄弟离散，各在一方，因望月有感，聊抒所怀，寄上浮梁大兄、于潜七兄、乌江十五兄，兼示符离及下邽弟妹》一诗，就使人有结构虚胖之感，原诗是这样：

> 时难年荒世业空，弟兄羁旅各西东。
> 田园寥落干戈后，骨肉流离道路中。
> 吊影分为千里雁，辞根散作九秋蓬。
> 共看明月应垂泪，一夜乡心五处同。

时人苏仲翔在《元白诗选注》中认为此诗与"题意""丝丝入拍"，"而一气流转，极自然宛转之妙"，"乃白诗之上乘"。这样的价值判断似乎有点失控。其实这首诗给人以强为作诗的造作病，突出的表现是"意简言繁"，结构累赘。第一联已把藩镇叛乱、战祸频生、兄弟离散、骨肉难聚之情意都表达了，但颔联、颈联用了两个对句来再作一番装饰，却并无增添多少新的意义："第三句中的'干戈'代表战争，第四句中的'骨肉'代表兄弟，这都可看成隐喻或转喻，但实际上它们都是套语；第五句中的'雁'和第六句中的'蓬'指的都是第二句中的'弟兄'。"② 我们还可补充几点："田园荒芜"也就包括在"时难年荒世业空"中，"流离道路中"、"吊影分为"、"辞根散作"也都包括在"羁旅各西东"中。这首诗的精彩处在尾联，"一夜乡心五处同"是出于真切感受

---

① 高友工、梅祖麟：《唐诗的魅力》，第158页。
② 同上书，第148页。

激发出来的一场想象飞跃，它无须用别的对句来装饰。所以颔联、颈联两个对句只是对首联的装饰，可是这没有使首联增添什么新意义，不客气地讲，这两个对句其实是累赘。如果把它们砍掉，首联与尾联合成一首七绝，不仅使诗情表现得更集中，并且因了“共看明月应垂泪”的转柁而使首联与尾联逆向映衬中出现极其和谐的呼应，特别是“各西东”和“五处同”的逆向呼应使文本的前后两段间产生了很强的一股张力，促使想象在大飞跃中把诗情推上了一个更高的层次。所以当后人认为这首诗“一气流转”时，我们不能不为这首诗当中两个对句的存在而感到惋惜。这两个对句存在，确能助长文本“一气流转”——圆美流转的结构美，却也暴露出这类结构因追求圆美而偏至，很容易导致结构的累赘。白居易这首诗就因为结构上这种累赘感而大大削弱了它的审美价值。新诗中追求圆美流转的结构若偏至也同样会犯上结构臃肿症。我们发现：当代政治抒情诗中，圆美流转型结构颇为流行，使用得又总是偏至的，这使得这类诗既有失之于流滑和原地踏步的单调，也显出了累赘。试举郭小川的《秋歌》之二中的几节来看看：“是我们，开发了祖国的一宗宗富源；/是我们，抵住了老天的一回回挑战！//是我们，度过了一道道险恶的关山；/是我们，经受了一次次困难的考验。//哦，相信我们吧，大海那边的英雄汉！/无论多大的风雪哟，也盖不住昆仑山！//哦，相信我们吧，高山那边的好伙伴！/无论多猛的洪水哟，也淹不了黄河源！//往后的生活啊，纵有千难万难，/我们的人哪，却有压不烂的钢臂铁肩！//往后的世界啊，纵有千险万险，/我们的人哪，却有吓不破的忠心赤胆!”这是现代汉语写的“赋”，但不是琳琅满目的物铺陈，而是虚张声势的情的铺陈，又是采用了同一意义的白话排偶来展开的，遵循着均衡对称的原则，结构是够圆美流转的了，可是当我们考虑到“度过了一道道险恶的关山”和“经受了一次次困难的考验”，意义完全一样，考虑到“纵有千难万难”而“我们的人哪，却有压不烂的钢臂铁肩”，“纵有千险万险”而“我们的人哪，却有吓不破的忠心赤胆”，意义也完全一样，就不能不说这些白话对偶并不具有多少装饰性，也很难说这一排到底的意义排偶究竟能增添多少新意义，只能说这些只是同一意义的排偶的累赘，患上了圆美流转结构浮肿病。

第二节　方美偏至的负效应

方美结构的偏至所引起的负效应也许更严重一些，大致反映在结构的推论化、过程化和机巧这三个方面。

所谓推论化，指结构建筑在逻辑分析的基础上。这是理性思维侵入诗歌领域最显明具体的反映。有一种推论化的诗篇布局应合宣传意图而展开，而这种意图是政治理念的产物，故应合只能是形象图解，而这种图解是否恰如其分，也非受构思过程中观念联想逻辑的制约不可。于是，推论也就自然而然地发生了。这是1950—1960年代中国当代诗坛诗篇布局上最通行的一种做法。如孙友田的《脚印》，先是设计了一个背景：矿工在井下掘进时发现“一个老的煤洞”，这是旧社会的一份“遗产”，洞里留着一个又瘦又小的童工脚印和装煤块的“一只破烂的大筐”，而主体的构思也就从这里开始，展开了应合回忆对比宣传意图的联想：也许这孩子只有十岁，“父母实在无法把他养活/含着泪送儿下了矿坑”；也许这孩子的父亲在井下丧命，他顶替名额“来给资本家重新卖命”；也许这孩子父母双亡，资本家把他骗到矿上做了“包身工”，“饥饿、劳累和皮鞭一起向他进攻”；更也许“他在这里刚想休息，/一件可怕的事情突然发生：/细小的支柱顶不住巨大的压力，/轰隆一响，地裂天崩!”这样一层层推论式联想展开到此，终于使结构进入了高潮：

他死在黑暗的地狱之内，
瘦小的尸体被同伴抬出大井，
这个清晰的脚印留到如今，
是旧社会无法抵赖的罪证！

这样的诗可以说是一份忆苦思甜的阶级教育材料，自有它为政治服务上值得肯定之处，不过作为诗，特别是作为我们正在讨论的诗的结构，我们不能不说它是理性思维制约下方美结构偏至的一种体现，导致布局的逻辑推论化。类似的情况表现在李学鳌的《门扇》中，这首诗抓住农家一爿“土房下的门扇”作构思核心，展开推论式联想进行布局的。做法是：按从革命战争年代到人民大解放的时间顺序说现在一桩桩与“门扇”有关联的中国革命斗争事件罗列一通：当年，房东大娘掩护过一个投身革命的青年，且用这爿“门扇”作床板给他搭床安睡：“来吧，孩子，/在钢丝床上睡眠，/决不会有这里舒坦。”后来又给一个从前线回来的诗人搭成一张书桌，让诗人在上面“喷出了多少诗歌的子弹”；再后来，解放战争中，这爿“门扇”又被扎成担架，上前线运送伤员；“大进军”中又用它作“结实的桥板”，“让千军万马从桥上飞过/去捣毁敌人的据点”；当受苦人终于得到解放，“门扇”又成了“人民大解放的大书中的一员，/天天教我们的后代诵念”。这是应合革命传统教育而推论式地设计出来的一桩事件的组合，这样的结构是立足于理性联想，靠逻辑推论布局而成的。它的一桩桩用以图解政治的事件，按政治意念的逻辑推演，演绎成一个方美结构，却走向概念推论的偏至，其推论化的负效应是严重的。这种推论化的谋篇布局，也被醉心于哲理观念图示者所爱。废名的《海》就如此：

我立在池岸，
望那一朵好花
亭亭玉立
出水妙善——
“我将永不爱海了。”
荷花微笑道
“善男子，
花将长在你的海里。”

诗的前四行好理解：主体显然想写出出水荷花那种出污泥而不染之美，来映衬生长这缕花魂之“池”的神圣，故有第五行的“我将永不爱海了”。但就在这时，主体将这一句中“永不爱海”之“海”和第八行中的“你的海”之“海”之间作了一场概念的偷换：前一个“海”，是自然世界之海的符号，而后一个“海”则是心灵世界之海的符号，并以“荷花”对“我”作戏剧性的言说来悄无声息地作两类符号间的推论，推论的结果是：“亭亭玉立/出水妙善”的“好花”不会存在于自然世界，只能存在于心灵世界，所以“荷花”向“我”的言说有点像佛家寻求彻悟的“偈语”：心有彻悟，世有至美。可见这首诗的布局建基于偷换概念而生比较中哲思理意的逻辑推演，或者说是方美结构的推论化偏至。由于这首诗的“池”、“海”、“好花”、“善男子”、“你的海”都是符号，而从符号间的概念偷换进到概念推论又是于显在处脱节而在潜在中完成的，因此这类方美结构的推论化偏至造成的负效应是导致文本晦涩。我们还可举出南星的《城中》。这首诗有一个借相对观念来作推论的方美结构。主体预设了一个群体人生与个体人生之间存在的相对论观念来展开理性联想、逻辑推论，展开谋篇布局。于是，“城中”的一切存在——无论是人、街巷、树木、墙壁等等，无不进入一个逻辑递进的符号系统中：这里，“向每一个过路人作态”的“商店之行列永远是年轻的”，在“追逐迅疾的车轮”的“过路人永远是年轻的”，“像一群人形的钟”一般按时“在街路上”列队走过的“武装者永远是年轻的”，在“有夜色的胡同里”的一阵阵“叫卖声永远是年轻的”，而长年让一棵老树掩映出来的“久已失修”了的“墙壁上的影子像花枝”，在那里“春风吹过了一个个季节”——也永远是年轻的，因此生活在永远年轻的“城中”的群体人生总是“没有疲乏，没有回转”，“不知道是否星辰在天”的。那么个体人生又如何呢？诗篇说：

只有几个人影静立在门外
一夜如一年，一年如一夜。
永久与暂时混合了，
让他们怀疑自己年轻或年老。

这“几个人”的个体人生也许是年轻的，却仿佛老了——“一夜如一年”么！也许是老了，却仿佛还年轻——“一年如一夜”么！真的，作为组成“城中”群体人生的一部分，他们的人生也是“永久”，而作为游离于“城中”群体人生的个体，他们的人生是“暂时”的。所以对于这几个人来说，“永久与暂时”是相对的，他们尽可能去“怀疑自已年轻或年老”。南星就是在这场相当复杂的比较关系中作有机的逻辑推演，才完成了一个递进式的方美结构，这种结构由于推论化的偏至，使所有意象都成了符号的组合，从中推论出一个年轻与年老、暂时与永久、个体与群体等等的相对观念。由于这些全是符号化的观念印证与推论，因此这种方美结构的偏至造成的负效应同样是晦涩。值得提醒的是：新诗的方美结构由于推论化偏至是出于符号化意象印证（图解）所导致的纯概念性推论，所以负效应较严重。旧诗中同样有方美结构，也出现了推论化偏至所生的负效应，但其严重性倒不及新诗，这是因为它们方美结构的推论化偏至是以感兴意象有机组合作推论的，在推论中凭了意象的感发功能而把握到一些情思理念，虽然推论的分析演绎性很强，使井然有序的方美结构中意象的感发功能受到一定程度的削弱，却也不至于会在意象的概念印证中造成过分晦涩的负效应，如朱熹的《观书有感》之一："半亩方塘一鉴开，天光云影共徘徊。问渠哪得清如许，谓有源头活水来。"布局虽有推论化偏至之嫌，但这毕竟是对客观事物关系本身的推论，在这分析演绎关系中的事物本身还是具有一定的意象感发功能的，所以方美偏至的负效应还不至于很大，接受者对读书使人聪明的理念还是能在一定的诗意中把握住的。相比较而言，新诗中如南星《城中》这样的相对论认识，其诗意把握就较少一点。

方美结构的情节化偏至所造成的负效应也不小。一般说情节总显示为过程性，所以这其实是情节过程化偏至。情节过程可以是明线的，也可以是暗线的。先看明线情节过程化偏至的负效应。这类偏至结构的布局是编一段小情节，在情节发展过程中寄托一点情思。小情节总显示为明线的过程，有意为之性很强，读者可以一目了然，寄托的余味也就不多。新月诗派中，颇有些人喜欢写小情节的诗，过程性的布局中寄托一点情思；1950—1960 年代的当代诗歌中更猛刮编小情节写诗之风，李季、闻捷的这类追求很有代表性。闻一多写有《国手》："爱人啊！你是个国手；/我们来下一盘棋；/我的目的不是要赢你，/但只求输给你——/将我的灵和肉/输得干干净净！"这是首没有爱之热情的情诗，作者十分冷静地编了一个小情节，而这小情节又是世俗化的生活内容——与所爱的人下棋来拟喻，从中寄托一点靠理性联想才能让人明白的爱恋之意。这种意象的表达枯燥乏味也就不可避免。朱湘的《当铺》也走这条结构的路：

美开了一家当铺，
　专收人的心；
到期人拿票去赎，
　它已经关门。

这也是一首小情节诗。有评价说："本诗在冷淡平静的叙述之中相当曲折隐晦地传达了作者对美的执著追求，表现了诗人沉醉于审美的强烈激情。"[①] 说这首诗是"在冷淡平静的叙述"中展开是确切的，但要说它"表露了诗人沉醉于审美的强烈激情"有点言过其实。这首诗的"激情"是几近零度的，它是在主体十分冷静中挖空心思想出来的一首拟喻化小情节诗。全诗由"当铺"，典当物"人心"、赎票、"关门"等组合成一个以典当与赎不回典当物的小情节显示的意象组合体，而这是借推理关系才组合得有机的。由此串联成的意念符号系统就以典当关系来对一个有关美的观念作印证。这个意象符号系统的兴发感动功能被表现得极弱，尤其因为把"美"与"人心"之间的关系拟喻成十分世俗化——以致庸俗化的典当过程，这个意象组合体即使还可能存有一丝感发功能也会削弱殆尽，剩下的只能是观念联想支配下的逻辑推论。因此这诗文本以过程化小情节显示的方美结构是极偏至的。比起新月诗派来，1950—1960 年代的当代诗坛所流行的小情节诗，方美结构偏至所产生的负效应就更严重。闻捷有一首爱情诗

① 徐荣街、徐瑞岳主编：《古今中外朦胧诗鉴赏辞典》，中州古籍出版社 1990 年版，第 109 页。

《种瓜姑娘》，写的是天山脚下有一位种瓜姑娘枣尔汗，她种的东湘瓜远近闻名，引得不少小伙子前来求爱："把胸中燃烧的爱情/倾吐给亲爱的姑娘。"枣尔汗终于用一只歌回敬了他们，表达了自己选择恋人的标准："枣尔汗愿意满足你的愿望，/感谢你火样激情的歌唱；/可是，要我嫁给你吗？/你衣襟上少着一枚奖章。"这是首情节诗，情节编织的核心——或者说逻辑起点是美和爱的决定性标准是劳动好，因此这一段小情节的发生、发展和终极都受这个标准所制约，并以此为逻辑起点把情节推演开去，递进的动力也全出于大家都热爱劳动的心。于是，以此心作动力对这场方美结构作情节推演的偏至追求，其负效应也就大了：一则这个小情节平淡无奇，无法使其具有感发功能，只有政治教育中的认知作用；二则爱情等同于劳动好，婚嫁作为爱情的高级形态决定的是"一枚奖章"，那是违反人性真实的荒唐事。也需要指出：小情节编造得离奇一些是有好处的，是减少结构偏至引起的负效应的一条途径。不过如若编造得过分离奇怪诞，是矫揉造作的恶性发展，对方美结构来说，负效应同样严重。这里不妨举一首夏宇的《甜蜜的复仇》来看看：

把你的影子加点盐
腌起来
风干

老的时候
下酒

这也是首小情节诗，对人的记忆作了经验性的表现，但这情节是离奇荒诞的，情节构成先是立了一条明线：记忆到老年唤起时就越有回味之余地。这条明线的逻辑起点则是把"记忆"拟喻成"你的影子"，再把"记忆"存在于心中拟喻成"影子"加盐腌起来，再风干，如同腌制的鱼鲞经久不烂而可食一样，只等"老的时候"拿它"下酒"，意示老年时回想起来特别津津有味。这个离奇荒诞情节只是主体按上述明线所展开的一场借印证式虚幻联想编织起来的，充分显示着由苦思冥想加逻辑推论而成的理性布局。抽象在此是具象化了，但这具象只是用来作印证（图解）有关记忆这个抽象经验之用的。所以这个诗文本方美结构的情节化偏至虽能给人以一种离奇的新鲜，增添一点趣味，却又因了这种抽象的拟喻化荒诞具象和离奇情节过分的人为性，反凸显了方美结构那种有意为之的逻辑分析性能，也强化了这类结构的负效应。与《甜蜜的复仇》那种偏至布局相呼应的还可举出北岛的《遭遇》。只不过《遭遇》为布局所确立的不是一条明线，而是暗线，如果这个诗文本没有像现在这样的题目，暗线倒真难以发现。这条暗线把一场凭分析演绎展开的印证式虚幻联想串联了起来，编织成了这样一个小情节："我"曾被拘于那批想让历史倒退者所据扎的洞穴，但在最后时刻，他们全在洞中化为"欲望的耻骨"，而"我"被拒斥于洞外，得以汇入前进的人流。全诗是这样的："他们煮熟了种子/绕过历史，避开战乱/深入夜的矿层/成为人民//在洞穴的岩画上/我触摸到他们/挖掘的手指/欲望的耻骨/回溯源头的努力//仅在最后一步/他们留在石壁中/拒我在外//我走出洞穴/汇进前进的人流。”诗共有四节，在对暗线串联成的小情节作转述中，原诗第一、二节仅被概述成“‘我’曾被拘于那批想让历史倒退者所据扎的洞穴”，其实原诗还有对“那批想让历史倒退者”作更丰富的表现，但这些都不是感兴意象的感发式表现，而是意象符号的理性比拟印证，说“他们煮熟了种子”是印证扼杀生机；又说“他们”“绕过历史，避开战乱/深入夜的矿层/成为人民”，是印证“他们”不以战争颠覆政权而是在历史的假象中冒充人民在阴暗的洞穴中干黑暗勾当，说“在洞穴的岩画上/我触摸到他们/挖掘的手指/欲望的耻骨/回溯源头的努力”，是印证“我”发现了“他们”躲在阴暗的洞穴中欲开历史倒车的可耻行径。可以看出，所有鸡零狗碎不见外在连贯的具象（物象、事象、景象）拼合成的一段小情节线似暗若明，又有点离奇，若明白了它们之间的理念串联暗线，当能进一步看出，这些全是非感兴、无兴发感动功能的符号化意象各自孤立地依附在情节暗线各个定点修饰处。这样荒诞的情节、离奇的布局，只能在作政治理性意识的图示上发生作用，诗意地把握这意识的功能是极弱的，而这也证实了方美结构的离奇情节化偏至，由于人为做作和符号印证，反而强化了结构负效应。北岛的诗越到后来越抽象、空泛以及谜一样的难解，同方美结构的这种虚幻化情节偏至走向极端分不开，而这种极端之所以出现，也正是情绪感受极稀薄，理性冲动取代感性冲动所导致的。

总之，新诗采用的方美结构以情节过程化偏至的布局导致的结构负效应是严重的。究其病根，一方面是编织小情节的布局策略对于抒情审美来说并不很有利，因为情节的编造是在分析演绎作用下逻辑过程的产物，抒情中因此会掺入过量的理性成分，这于诗歌审美不利；另一方面则在于意象井然有序地在作过程性组合中，由于意象大多成了理念印证符号，感发功能被理性联想作用下的“比”所替代，由此形成的一个小情节也只是这样那样观念思想的图解。旧诗中同样存在方美结构的情节过程化偏至，结构负效应也存在。譬如在绝句中，短短四行诗也可以编一个小情节。金昌绪的《春怨》、贾岛的《寻隐者不遇》、王建的《新嫁娘词》、崔颢的《长干曲》等均如此。如金昌绪的《春怨》：“打起黄莺儿，莫教枝上啼。啼时惊妾梦，不得到辽西。”张端义的《贵耳集》说：“‘打起黄莺儿’云云，一句一接，未尝间断。”李锳《诗法易简录》也说：“此诗有一气相生之妙。”这是说出了此诗结构之特点的，反映着这些古典诗学家已感觉到这样的文本是出于对生活现象高度提炼成一个小情节的布局策略，它的情节过程性也决定了布局必须“一句一接”、“一气相生”。不错，这样的诗是方美结构，一气直下的，但也免不了情节过程化的偏至。虽后人称颂者甚多，但结构负效应也还是存在的。徐荩山的《汇纂诗法变针》中就说：“前人教人作绝句，令熟读‘打起黄莺儿，莫教枝上啼。啼时惊妾梦，不得到辽西’等诗，谓自肺腑中一气流出。愚谓绝句之妙，在婉曲回环，令人含咏不尽；若但于此，恐格调卑弱，潮流于轻率油滑而不可救治矣。”这段话是值得深思的。徐荩山显然是站在维护圆美结构的立场上说话的，而说“一句一接”、“一气相生”的布局是“轻率油滑，格调卑弱”，实是对方美结构中情节过程化偏至的不满。也说明古人也看出方美结构的这种布局偏至的结构负效应，但平心而论，《春怨》比起新诗中的《国手》、《当铺》、《种瓜姑娘》、《遭遇》来还是要高明的，结构负效应也要淡化得多，原因在于它的意象不是符号化的，特别是第三、四行，由此组接成的小情节不是作理念的图解，而是具有想象飞跃之感发功能的。

方美结构的机巧化偏至，是造成结构负效应的第三种表现。就实际情况看，机巧有好的一面，构思中的巧思就是值得肯定的。但如果机巧过分，就成为讨巧，走上了讨巧的路，结构的审美效应往往会适得其反。大致说这种机巧化的偏至——也就是讨巧，可以分两类表现，一类是卖关子，另一类是搞虚拟。

卖关子一类讨巧，就是在布局时有意把表现对象藏头遮面，搞得扑朔迷离，直到终了才揭穿谜底，让接受者恍然大悟，并借此获得一点品赏奥妙的余味。不能不说借此取悦于读者的结构措施，不是诗创作的正路。不过，在几十年的中国新诗中，这类卖关子并不鲜见，尤其是为图解政治而写诗之风盛行的年代，布局的这类歪路子特别受诗人们青睐，有些还精于此道。李季就是其中的一个。他的《师徒夜话》、《客店问答》等，就因为卖关子而特有名气，当年还颇受好评。《客店问答》写的是西北路上的一家客店里，一位大娘和一个年轻女旅客作了一场对话。对话的过程是这样：大娘觉得女旅客不像本地人，就问上哪儿去，答说去新疆；又问是去探望在新疆工作的父母兄弟还是去旅游，答说是去探望部队里的爱人。在经过这一番有意为之而又不厌其烦的铺垫后，作者又进一步让大娘发出感叹："呵，千里路上去找你的男人，/你这个大嫂真是刚强。"这"大嫂"的称谓是一个巧设，引出了女旅客一句喜剧性的回答："我还没有结婚，请你叫我姑娘。"卖关子到此，事情兜拢了，"客店问答"就进入了一个新的层次，借以完成图解政治的最后一笔。大娘在惊叹中又问："呵哟，你还没有结婚！/那你是为了什么要去新疆？"年轻女旅客答："好大娘，就是为了结婚嘛，/因为他在建设新疆没有时间请假回家乡。"这画龙点睛的一笔——一场革命精神教育进行得恰如其分、恰到好处。严辰的《黑小子》也想在卖关子中搞上点喜剧味。诗写的是农场选举人民代表，男女老少都参加了；一批家属围在一起说说笑笑议论着该选谁好，"何大妈"说选三区的拖拉机手黑小子，因为他干活利落灵巧，"他使唤的那头钢铁快马，/总是挂着红旗到处奔跑"。有人看她那么称赞黑小子，就逗她是不是为闺女相过亲了。何大妈回答得振振有词："我和他一不沾亲，二不带故，/也没见过他是丑是俏，/可是，我要有个姑娘，/就准愿她把那样的小伙子来找。"结果代表三人选出来了，两个男的是场长和老赵，还有个是姑娘："那姑娘二十出头，/黑黑的脸蛋多么俊俏。"怎么黑小子没选上？何大妈很失望，还有点愤愤不平。这时旁边有人笑眯眯地说："大妈，你不认识那姑娘？/她就是全场闻名的拖拉机手，/黑小子——这是大伙儿送她的外号……"作者藏起"黑小子"的性别装傻，以期引起接受者出其不意大感惊讶的效果，目的是提供给人一点很深的理性印象：这个姑娘干活像小伙子一样带劲。这只是卖关子追求趣味而已，提供给人的感受性是十分淡薄的。当然《客店问答》和《黑小子》多少还有点喜剧味儿，布局卖关子虽让人感到有意编造的痕迹，但做得还算聪明，不至于负效应到令人生厌。孙友田的《煤车向前飞》就做得更差劲一些。诗是这样的："一辆煤车向前飞，/推车的是哪个老伙计？//看劲头，像小李，/小李勇猛性子急。//看推法，像老纪，/老纪胆大心又细。//看速度，像老齐，/老齐有股牛脾气。//煤车到站忙停住，/大伙上前比眼力。//推车的扬脸擦把汗，/都错了，/原是咱的丁书记。"这里喜剧味也感不到了，全属卖关子搞政治印证，巧得有点过分了。综合这三例可以看出：这类卖关子的布局，是出于主体理性联想使然，方美结构是层层推演、递进的，正巧也为这一层层揭示谜底的讨巧提供了方便。

搞虚拟也是一种讨巧，弄得好，也能有极高的细节审美价值。艾青写于1954年的《维也纳》，避开具体描绘这座城市的现实状态而把它虚拟为一个“患了风湿症的少妇”，“面貌清秀而四肢瘫痪”，“两眼呆钝地望着窗户，/一秒钟，一秒钟地/在挨受着阴冷的时间”，这不是虚张声势耍花枪，而是抓这座城市的精神气质，虚拟得有韵味，巧中有动人的深刻，有极高的结构审美价值。但是有些人搞虚拟是耍花枪，哗众取宠，往往初读感到新鲜，再读就有人为做作之嫌，理性认知无趣了。如路易士的《7＋6》。“7＋6”是“13”，这个数字在西方认为是不吉利的，主体就在“13”这个西方数字观念上耍花枪了：他先把“我”是拿着一根手杖、咬着一个烟斗的形象作了勾勒，然后“巧思”开了：“数字7是具备了手杖的形态的，/数字6是具备了烟斗的形态的”。于是“拿着手杖7/咬着烟斗6”的“我来了”，这个“我”是“手杖7＋烟斗6＝13之我”，是“一个最不幸的数字”，“我”的身上就有了宿命之不幸的预兆了：“哦，一个悲剧！/悲剧悲剧我来了，/于是你们鼓掌，你们喝彩。”这场花枪耍得不乏水平，把主体玩世不恭的性格充分地耍出来了。这实是在做一场玩弄观念的构思布局的游戏。类似这般讨巧的，还可在不少当代诗人的诗中见到，即使在20世纪新诗事业中卓有建树的洛夫，也不可避免。他追求超现实主义，有些诗巧得不错，有些却失控，以致走了耍花枪的套路，如《临流》：

站在河边看流水的我
乃是非我
被流水切断
被荇藻绞杀
被鱼群吞食
而后从嘴里吐出的一粒粒泡沫
才是真我
我定位于
被消灭的那一顷刻

对“非我”的认识和对“真我”的定位在临流自鉴的观照中去把握，是好的。但“万物静观皆自得”的思索原是很微妙的心理自然流程的显示，正像“采菊东篱下，悠然见南山”，这种“悠然”的心领神会，就是这种心理自然流程的体现，进入诗中，更无须理性经验的道破。洛夫却借“流水切断”与“荇藻绞杀”这“我”的影子，又让“鱼群吞食”下去，而后又变成鱼嘴中吐出来的一粒粒泡沫来显示“真我”，并点破“真我”乃定位于“被消灭的那一顷刻”，这种种都出于分析演绎，是观念联想在卖巧，所以初看很新奇，但一当理清虚拟印证的理性思路，就会让人感到虚张声势的人工味。当然，洛夫的巧是和对客观世界作观念联想的细腻分不开的，所以还有可取之处。北岛的《触电》，虚张声势的讨巧才严重。原诗是这样的：“我曾和一个无形的人/握手，一声惨叫/我的手被烫伤/留下了烙印/当我和那些有形的人/握手，一声惨叫/他们的手被烫伤/留下了烙印/我不敢再和别人握手/总是把手藏在背后/可当我祈祷/上苍，双手合十/一声惨叫/在我的内心深处/留下了烙印。”这是完全受理性支使，安排的伪荒诞。有人对它评价甚高实在没有必要。其实，在理性联想作用下集合几个意象群来印证和诠释这样的理性认识关系本无不可，社会文明对个人有制约，个人对社会文明参与者有影响，宗教意识对心灵有决定性作用。与这相应合的是：布局的层层推演递进所显示的方美结构，也适应于去诠释这些哲理意念。但反复地以“一声惨叫”中手“触电”和心“触电”来表现，就暴露出这是完全受理性支使的准荒诞构思，给人以露骨的人为、廉价的夸张、造作过度的不自然之感，这种虚拟化布局是典型的耍花枪，虚张声势地讨巧的集中表现，因此，其结构审美的负效应比《7＋6》、《临流》是更要严重的。

值得指出，旧诗中，方美结构较少，方美结构的机巧化偏至更是少见，究其原因，乃在于：旧诗以感兴意象有机组合而兴发感动出意境来抒情为根本的结构艺术特色，寻求离奇怪诞的陌生化布局的短期审美刺激效应不是它的所长，因此旧诗虽也有方美结构及其布局中这样那样偏至引起的负效应，但机巧化的布局却是极少见的。

第九章　圆美与方美辩证统一的结构新径

综上所述我们可以明白：作为诗学中一个极重要的探求课题，结构是极其重要的，并且，诗歌结构根据神话思维与逻辑思维的不同特征，可分为圆美流转式与方美直向式两类体系。但必须看到：在诗歌创作的质的规定性要求中，虽立足于神话思维，但毕竟还是要让神话思维与逻辑思维作双向交流的，这也决定了一个民族的诗歌史和它的每一代诗歌史中，这两大结构体系虽有谁主谁次、侧重面不同的情况，但不论怎么说，这两大结构体系总体看还是共存的，总体现为：在立足于某一结构体系的前提下，这两股势力寻求相互渗透以致交融。我们在前面虽把旧诗判定为是走圆美流转式结构体系之路，把新诗判定为是走方美直向式结构之路，只不过是就主要倾向而言，而非纯然划一地如此。其实，如上所述，专走某一条结构路子都是一种偏至行为。当然，在特定情况下，这种结构偏至有可能创作出诗文本的精品，但在一般情况下，这种结构偏至会出现种种结构审美的负效应——这是我们在本节的第二、三部分充分地分析过了的。因此，中国诗学在结构上的康庄大道应该是这两大结构体系的有机交融。当然可以有立足点的不同，但立足点定下后两者的有机交融是必须的。

旧诗是立足于圆美结构的。这是一个前提。在此前提下，古典诗人自发地在探求两大结构体系的双向交流。在他们有关结构的潜意识中，似乎圆美与方美不是二元对立而必须排斥方美结构的。况周颐在《蕙风词话》卷一中就明确地说过“词不嫌方”[①]的话。而近人夏敬观根据对词的结构的考察后，也说：“梦窗，能方者也。白石、玉

① 孙克强辑论《蕙风词话　广蕙风词话》，第4页。

田，能圆者也。”[①] 况周颐在《蕙风词话》中还说过一句相当重要的话：“圆中不见方，易；方中不见圆，难。”[②] 此话的重要性有四点：一、肯定了一个诗文本的结构可以有方美与圆美的结合；二、结合是有主次之分的，或圆中见方，或方中见圆——这一点是从二结合难与易的角度提出来的；三、圆美结构毕竟是结构诗学中具有质的规定性价值的，即使圆美结构偏至，排斥方美结构的渗入也无妨，获得结构审美的较高效应仍是容易的；四、方美结构毕竟是逻辑推论的产物，它独立存在于诗文本中，若不让圆美结构渗入，要想获得结构审美的较高效应，那是困难的。显然，况周颐此论是站在旧诗奉圆美结构为结构正宗的立场说话的，但也不排斥方美结构。可以认为这些古典诗学理论家对结构问题上两大体系间的主从关系说得还是辩证的。

问题是：况周颐提出“方中不见圆，难”这个判断，还引起我们另外的思考。

从一般的认识看，“方中不见圆，难”之难，指的是难以达到结构审美的更佳效应，这能给我们这样的启发：新诗奉方美结构为正宗，但如若不和圆美结构结合起来，形成一个新的结构体系——走结构的第三条道路，那是不行的。但这个“方中不见圆，难”还可以有另外的解说，指的是方中须显圆，但若要做得极自然、天衣无缝般让人视而“不见”，很难，况周颐在说这句话之前还说过：“词中转折宜圆。笔圆，下乘也；意圆，中乘也；神圆，上乘也。”也说过：“能圆，见学力；能方，见天分。”[③] 对上一句话，夏敬观在《〈蕙风词话〉诠评》中说：“转折笔圆，恃虚字为转折耳。意圆，则前后呼应一贯。神圆，则不假转折之笔，不假呼应之意，而潜气内转。”[④] 看来况氏提倡“转折”得“圆”其实就是方中见圆的意思；而所谓的“方”，他着眼在结构上转折的表现，而这种转折的“方”若要得到圆美的表现，借“虚字”来完成，那是“下乘”；借“前后呼应”来完成，是中乘，意圆；若既不借虚字，又不借呼应，而是“潜气内转”则是上乘，是神圆，只有“潜气内转”功，才出之于天分。由此可见，况周颐认为一种具有转折而显递进的结构要显得不露痕迹、自自然然、天衣无缝，才是方中见圆，而这样的“圆”是只有凭天分而不凭学力而得的“神圆”。因此，要做到“方中不见圆”——转折和递进得不露痕迹，确实是很“难”的。这使我们对况氏这句“方中不见圆，难”进一步受到启发，也就是说：立足于圆美结构而作圆美与方美结构二结合的，应该在圆美流转的布局中要求显示转折和递进，即不能原地踏步；立足于方美结构而作方美与圆美结构二结合的，布局中要求感觉不到转折和递进地显示转折和递进的痕迹，即不能暴露转折和递进。显然，这才真正体现出圆美与方美两大结构体系相结合的辩证法，具体点说圆美结构是向圆美转化的方美结构，而方美结构则是向方美转化的圆美结构。明乎此理，才使我们对新诗未来结构的建设有可能确立较科学的定位原则。

首先，未来新诗结构建设的宏观原则可以是：整一代诗歌的结构格局不宜提倡立

---

① 夏敬观：《〈蕙风词话〉诠评》，收孙克强辑论《蕙风词话　广蕙风词话·附录二》，见孙克强辑论之该书，第456页。

② 《蕙风词话　广蕙风词话》，第4页。

③ 孙克强辑论《蕙风词话　广蕙风词话》，第4页。

④ 同上书，第456页。

足于圆美、方美两类结构中的某一类为前提，然后作它们的二结合。无可否认，就诗学的传统规范要求而言，诗歌结构应以圆美流转为本，对此我们前面已有论述。但不能不看到：随着现代化进程的加速和涵盖面的拉开，现代诗人所把握的诗性世界真实已不单纯是主体对客体存在直觉感应的真实，而是在心灵综合中的心象化真实，因此体现为外在感应向内在沉思的递进，或者内在沉思向外在感应转化。唯其如此，才使新诗未来的结构，既可以是立足于圆美流转体系，然后圆美与方美的二结合，也可以是立足于方美直向体系，然后方美与圆美的二结合。可以这样说：前一类二结合的结构，能显示出主体从外在感应向内在深思递进这一类把握诗歌真实世界的特征；后一类二结合的结构，则能显示出主体从内在深思向外在感应转化这一类把握诗歌真实世界的特征。这种结构新趋势，是新诗现代化不容忽视的内涵。

其次，未来新诗结构建设的微观原则可以是：每首具体创作的诗，其结构格局应提倡立足于圆美或方美结构为前提，然后作它们的二结合。这样提倡是考虑到如下一层原因：每一首诗的独创性总是从主体把握诗性世界的独特性出发的，而这又潜在地决定着结构的格局。如果这种诗性世界把握的独特性是外在感应伸向内心体验，那就会是一种纯情的诗。与此相应，结构在更多的情况下会是立足于圆美流转式的二结合；如果这种诗性世界把握的独特性是内在思索寻求外物契合，那就会是一种沉思的诗，与此相应，结构在更多的情况下会是立足于方美直向式的二结合。当代的新诗越来越有一种从纯情深化为体悟的趋向，沉思作为抒情的一种类型，也越来越受到提倡，这也决定了新诗未来的创作中，结构问题有必要提倡“相体裁衣”，即按把握诗性世界的独特性，是写纯情的诗还是写沉思的诗，来决定结构是立足于圆美的二结合还是立足于方美的二结合。

第三，未来新诗结构建设的核心原则可以是：让兴发感动的均衡性与分析演绎的递进性作辩证统一。均衡性与递进性在一般情况下是二元对立的，但如果能辩证地对待，那就会是对立的统一，结合到诗歌创作中表现世界的活动，也就是须让结构在谋篇布局中创造条件，让意象组合体既发挥感性功能又发挥印证功能，即既是兴发感动的，又是分析演绎的。对意象组合体的这种功能设置，应当由结构来完成。所以有必要把结构理解为一种抒情功能机制。唯其如此，才使我们有理由把谋篇布局中的均衡性与递进性更看成诗思获得审美深化的关键性环节，而不只看成是纯技巧性的操作。所以，既抓意象组合体的双重功能——感兴与印证，又抓这双重功能和谐地体现于操作实践，是这个核心原则必须考虑的问题，说具体点，要设计一种相对稳定的——类似古典诗学中起承转合般稳定的结构布局：寓逻辑推论于回环往复，以显兴发感动的印证；寓回环往复于逻辑推演，以显分析演绎的感兴。这样的原则是可以成为圆美与方美辩证结合的触媒。

以上就是我们认为新诗未来必须调整结构策略的理由和调整中应遵循的一些原则设想。一般认为结构不是诗学中主要的问题，这是一个误解。其实结构是诗体建设之首，必须提到议事日程上。所以在总结过去新旧诗结构经验教训的基础上，我们再来深入探求新诗未来的结构建设，但此处我们只能提出以上一些原则。

第二卷 语言论

上篇 旧诗的点面感发类隐喻语言

旧诗有其本体构成的独特性。从生态学角度看，也即从旧诗存在的文化语境看，这种独特性首先得益于我们民族十分注重让个体生命与宇宙（自然）共融的“天人合一”感应形态；同时还得益于我们民族爱从“兴象环生”的生存境界中去寻求至美，享受人生，穷通事理。因此，我们的先人在审美心理活动中，对意象、意境和感兴体验有一种出于本能的亲和感，这使得传统诗人在审美创造中，会潜意识地让直觉感应和印象记忆叠合在一起，以致不论以物观物、以我观物或者物我两忘、物着我色，抒情主体在寻求诗情诗意中总会和“物”搅在一起，从对象世界中获得直觉印象，激发情绪想象，摄取意象，感发意境，从而品尝出情味意趣，而这也决定了中国传统诗人在使用语言写诗时，总会情不自禁地采用一种独特的语言体系，那是主体对直觉印象作心灵综合时，直接拿那些由外物感发而得且按对等原则选择出来、摆脱邻接序列关系的词语在组合轴上组合成的一种点面感发类隐喻语言体系。这一个负有感兴意象载体使命、以文言为标志的诗性语言，并不等同于作为一般社会交际手段的文言，它不仅在词法上词性不稳、人称缺失、时态含混，句法上也语序错综、成分省略、关联断隔。正是这些，使旧诗整个语言体系显示出形态奇特、结构破碎、意指朦胧等反常现象。然而，反常反合常道，破碎方显完整，朦胧更具多义。易而言之，这种种语言表现策略特别有利于形成点面感发类语言，并以其特具之功能来刺激接受者外在的感觉跳跃与内在的心灵综合，使之加大力度来应合特定的感应形态，使接受者能通过这样的语言策略来获得灵思妙悟。①

① 参阅叶维廉《语言的策略与历史的关联——五四到现代文学前夕》、《中国现代诗的语言问题——〈中国现代诗选〉英译本绪言》二文，见《中国诗学》，三联书店 1992 年版，第 209—272 页。

为此，我们将首先对旧诗的语言理论作出历史回顾，然后再通过词法、句法等方面来深入考察旧诗的语言体系及其表现策略。

第一章 旧诗语言理论的历史回顾

由于“天人合一”观在我们民族文化心理结构中一直是个超稳定的存在，这就不仅影响到中国传统诗人立足于神话思维来把握真实世界始终不变的特性，更决定了旧诗始终奉点面感发类隐喻性功能为艺术追求目标，并以此来确立自身之诗性语言体系。这样一个语言体系的存在我们可以从先秦两汉到宋元明清历来有关旧诗的语言理论见解中得到证实。同时也可以说：历来的旧诗语言理论共同显示为围绕这一语言体系、对这一体系进行多方面阐释、深入探索并使之更丰富、更完整而展开的特色。当然，诗歌语言理论必然会随着时代思潮的变迁、审美趣味的调整和诗歌历史的发展而日趋科学化、系统化，并最终促成一种诗性语言体系之确立。因此，我们对旧诗的语言理论作历史回顾，有必要分如下几个阶段来进行，那就是：第一，宋以前诗歌语言理论；第二，两宋诗歌语言理论；第三，金元明清诗歌语言理论。

第一节 先秦至南北朝的诗歌语言理论

包括先秦两汉、魏晋南北朝在内的这一个阶段，是中国诗学的草创期。就诗歌创作而言，这阶段从《诗经》、《楚辞》起，经过两汉的乐府歌行发展到魏晋南北朝而有五言体诗之大盛，这可说已把中国传统诗歌从破土而出到茁壮成长的过程整个包括进去了。创作实践提供出许多有关汉语诗歌构成规律性的经验，而诗性语言适应直觉感应地把握诗歌世界的探求所取得的经验尤多，值得珍视。可惜令人深感遗憾的是：这些来自实践的诗性语言构成策略和运作方式，当年鲜有理论的提纯，有的只是一些现象上零碎经验的记录。不过，这阶段纵使留给后人的旧诗语言理论既匮乏又缺失体系概括的深广度，倒也还是有人提出了一些精辟而足以发后人深思的见解，为日后旧诗语言体系的确立铺设了畅通之路。

理论来自于实践，且总是落后于实践的。先秦两汉的诗创作就提供了不少用以构筑点面感发类隐喻语言体系的实践经验。就以楚辞语言为例来看看。楚辞对诗性语言的追求有相当程度的自觉性，在如下这些词法、句法的习惯性运作中，已为点面感发类隐喻语言的体系构成提供了可贵的经验，那就是：第一，在词语的选用上，采用具有感兴意象的隐喻、象征功能的词语。如“高阳”、“重华”、“彭咸”、“哲王”、“灵氛”、“女嬃”、“简狄”、“宓妃”、“羲和”、“望舒”、“飞廉”、“山鬼”、“河伯”、“大司命”、“湘夫人”、“帝子”、“宿莽”、“长洲”、“菱衣”、“荷裳”、“桂棹”、“山皋”、“方林”、“九天”、“飘风”、“玄云”、“冻雨”、“九嶷”、“江湘”、“四海”、“苍鸟”、“鹈鴂”、“凤凰”、“青虬”、“辛夷”、“幽兰”、“萧艾”、“女萝”、“杜若”、“薜荔”、“洞庭波”、“目眇眇”、“回风之摇蕙”等等。第二，复合词的感觉化构成，不仅可感甚至能通感，如“流沙”、“旷宇”、“飞雪”、“明烛”、“雷渊”、“紫贝”、“木叶”、“翠帐”、“芳椒”、“荷屋”、“玄玉梁”、“辛夷楣”、“白霓裳”、“芳菲菲”、“烂昭昭”、“石磊磊”、“独茕茕”、“邈浸浸”等等。第三，对偶句的使用，如“屈心而抑志兮，忍尤而攘垢。”（《离骚》）“采薜荔兮水中，搴芙蓉兮木末。”（《湘君》）“悲莫悲兮生别离，乐莫乐兮新相知。”（《少司命》）“青云衣兮白霓裳，举长矢兮射天狼。”（《东君》）等等。第四，打破词序规范，句式错综，如“国无人莫我知兮”（《离骚》）、“淼南渡之焉如”（《哀郢》）、“蹇将憺兮寿宫”（《云中君》）、“何变易之可为”（《思美人》）等等。除此以外还大量起用虚词、用诘语、设问句、反问句等等。总之，如刘勰在《文心雕龙·辨骚》中所说的“朗丽”、“绮靡”、“瑰诡”、“耀艳”、“惊采绝艳”的诗性语言追求早在进行了。然而，先秦两汉对旧诗语言的理论提纯却几乎没有。勉强说《左传·襄公二十五年》所记孔子的那一句“言之无文，行而不远”，算是第一次涉及诗性语言理论的问题。但也有学者认为此语“并不是在宣称文辞的修饰美化是文学的极致，而只是将修饰美化作为一种使言得以‘行远’或者说使之有更大效果的手段去加以强调”，因此“言之无文，行而不远”说是建立在“达到某种实用的目的”[①]上的。但这毕竟是第一次提出了文辞修饰美化之重要性。可以这样说：在文学——尤其是其中的诗歌之存在价值已开始受到重视的先秦，这样的言说已显示出语言审美在某种程度上的意识觉醒。所谓值得珍视，也就在这个意义上。当然，这以后相当长一段时间里，也就是说在诗歌尚未彻底获得审美独立性的两汉，要求能出现诗性语言追求的自觉，并进而能概括成一种理论意识见诸文字，是不现实的。局面的改观要到东汉末年《古诗十九首》的产生，这个组诗影响之所及，促成建安诗歌时代的出现。这也是一个向抒情个性化、词采华美化方向发展的诗歌时代——如同楚辞时代相似。不同于后者的是：从建安时代开始，中国才有围绕诗之为诗的诗学理论著作出现，其中堪称典型文本的是曹丕的《典论·论文》，该文不仅指出“文以气为主”的主张，还以“诗赋欲丽”说为诗歌语言特具的审美功能独立价值作了标榜。他这样说：

> 夫文本同而末异。盖奏议宜雅，书论宜理，铭诔尚实，诗赋欲丽。此四科不同，故能之者偏也，唯通才能备其体。

显然，曹丕已把诗赋从其他应用性文体中分离了出来。在这种文体自觉意识的观照下，曹丕竟能以“丽”作为诗赋的主要特征，反映着在他的观念里，“诗赋在很大程度上是以审美为目的的”[②]。理论学说毕竟是实践经验的提纯，曹丕这一说法，也正是从他所处的“建安诗歌”本身追求语言藻饰之华美绚丽中得出来的。钟嵘《诗品》中称誉曹植的诗“骨气奇高，词采华茂”、“体被文质”、“粲溢今古，卓尔不群”，称王粲的诗“文秀而质羸”，都表明这批“建安派”对语言形式的追求已十分自觉，且取得的成就

① 刘若愚：《中国的文学理论》，田守真、饶曙光中译本，四川人民出版社1987年版，第157页。

② 陈伯海、蒋哲伦主编：《中国诗学史·魏晋南北朝卷》（归青、曹旭著），鹭江出版社2002年版，第55页。

甚高。值得庆幸的是：曹植、王粲等比屈原、宋玉等“楚辞派”要幸运，不仅曹丕在他们的诗歌实践中感悟出“诗赋欲丽”来，他们自己也把创作实践中得到的经验作了记录，成为中国诗学史上一份财富留传了下来。如创作中已多用对偶、且能讲究文辞色泽的曹植就留下不少重视诗性语言的言说。在《前录自序》中，他提出优秀的诗歌作品应该“质素也如秋蓬，摛藻也如春葩”；在《与吴季重书》中，更强调诗歌的“文采委曲，晔若春荣，浏若清风”。不过，以创作取胜的曹植这些有关诗歌语言的点滴主张毕竟不及曹丕的“诗赋欲丽”影响大。能够超越曹丕这一言说的，是西晋太康时代的陆机。这位诗人被钟嵘《诗品》中称为“太康之英”。他在《文赋》中提出“诗缘情而绮靡”说，从内容和形式两方面为诗的质的规定性定下了标准尺度。所谓“缘情”即指诗歌因情感激动而创作，这情虽也包括“大我”之社会情感，但更偏于“小我”的生存感受，如羁旅之苦，怀乡之愁，人生苍凉之叹，儿女相思之哀等等；所谓“绮靡”，指语言形式上的华美，在陆机看来，对于诗歌要求“其会意也尚巧，其遣言也贵妍。暨音声之迭代，若五色之相宜。虽逝止之无常，固崎锜而难便”——声音象征之美，也要求“藻思绮合，清丽芊眠，炳若缛绣，凄若繁弦”——色彩意象之美。因此，“诗缘情而绮靡”不仅显示出中国诗学中句法意识的觉醒，更为以审美为核心的诗学观念的形成发出了先声。当然，无论是曹丕的“欲丽”说，或者陆机的“绮靡”说，还只是泛论诗歌语言的重要性而已，它们在初步确立旧诗语言体系上还解决不了实际问题，必要的是具体思路。魏晋南北朝时期，能对这具体思路起开通作用的，是沈约和刘勰。

在考察沈约和刘勰具体的诗性语言理论之前，我们还须为他们的具体化追求找一找渊源，这就是《易传》的“言意象”论。此说出自《易传·系辞上》，其问世时间约在战国中后期。《系辞上》中有这样的话：“子曰：‘书不尽言，言不尽意。’然则圣人之意其不可见乎？子曰：‘圣人立象以尽意，设卦以尽情伪，系辞焉以尽其言。变而通之以尽利，鼓之舞之以尽神。”崔憬这样阐释：“伏羲仰观俯察，而立八卦之象，以尽其意……文王作卦爻之辞，以系伏羲立卦之象，象既尽意，故辞亦尽言也。”[①] 可以猜度《系辞》的作者无非说：人的有些意思——特别是包括灵思、智悟、情味、理趣等微妙的心理觉识是只可意会不可言传的，须采用“象”来作比兴提示。“言象意”说的基本内容也就是如此。其实《老子》首章中早就提出“道可道，非常道”，《系辞》（上）进一步提出了“非常道”的具体方案，即言以明象、立象尽意。“言象意”说就建立在这样一层递进关系中。这对诗歌创作很有启发，它表现为两个方面：首先，“立象尽意”启发了诗歌创作中比兴的运用，章学诚在《文史通义·易教》中说：“《易》之象也，《诗》之兴也，变化而不可方物矣。”“《易》象虽包括立艺，与《诗》之比兴，尤为表里。”钱钟书《管锥篇》中也说：“‘象’也者，大似维果所谓以想象体示概念”，“盖与诗歌之托物寓旨，理有相通[②]”。这表明“立象尽意”用在诗歌中就是通过“象”来象征内心的“意”。其次“言以明象”意示着诗歌创作对语言的本质性要求是“明

① 孙星衍：《周易集解》下，上海书店1993年版，第605页。

② 钱钟书：《管锥篇》第1册，中华书局1996年版，第11页。

象”。这是因为“象”及其比兴提示最终也还是要通过“言”，所以“言”虽不能直接尽意，但可协助“象”间接尽意，其作用不可或缺。王弼在《周易略例·明象》中说：“尽意莫若象，尽象莫若言。言生象，故可寻言以观象；象生于意，故可寻象以观意，意以象尽，象以言著。”[①] 钱钟书把此移到诗歌上，说：“诗也者，有象之言，依象以成言。”[②] 那么“象”到底包括哪些方面呢？《文史通义·易教》中说：“象之所包广矣，非徒《易》而已……雎鸠之于好逑，樛木之于贞淑，甚而熊蛇之于男女，象之通于《诗》也。”这是就能起比兴作用的物象、事象而言的。其实，还可包括景象、史迹等等，关键是能对“意”起比兴作用。由此说来这“象”在诗歌中其实就是意象，“立象以尽意”就是意象借兴发感动力而发挥其审美功能，而“以言明象”则意味着诗性语言乃是意象化语言，说具体点：诗性语言是意象的具体形态。由此说来，诗既以意象抒情，意象又须以语言而具现，或者说显示意象之抒情，要靠言语活动中的兴发感动功能，那么语言在诗歌活动中作用之重大当不言而喻。所以，“言象意”说之提出并被应用于诗歌创作中，为这一阶段的诗学理论家提供了一条思路：诗歌中关于语言的问题是极重要的，它具有具现意象和展开意象之兴发感动活动的职能，而这样的职能又是不可替代的。那么这个职能完成好坏的标准又是什么呢？是要达到“得象而忘言”的程度。王弼在《周易略例·明象》中说：“故言者所以明象，得象而忘言；象者所以存意，得意而忘象……”[③] 我们把这话逆向地说那就是，立象尽意而象可忘，以言明象而言可忘。这可是很难达到的境界，因为要让“言象意”浑然一体、天衣无缝，内容成为向内容转化的形式，形式成为向形式转化的内容。所以，在诗歌的“言象意”的辩证关系中，“得象忘言”并非“是无诗”[④] 的，而是得到最高类之诗的。由此看来，诗性语言要达到语言就是“意”——内容、情感，就是有意味的语言。认识诗性语言竟然具有这样的思路，也就潜在地影响着并启发了沈约与刘勰的语言探求。

沈约借助四声的发现对诗歌语言的声音构成提出了具体规定，在《宋书·谢灵运传》中说：

> 若夫敷衽论心，商榷前藻，工拙之数，如有可言。夫五色相宣，八音协畅，由乎玄黄律吕，各适物宜。欲使宫羽相变，低昂互节；若前有浮声，则后须切响。一简之内，音韵尽殊；两句之中，轻重悉异。妙达此旨，始可言文。

这里所谓“宫羽”就是指四声，“浮声”、“切响”相当于《文心雕龙·声律》中的“声有飞沈”，指声调中的平声、仄声。所以沈约声律说的核心内涵是重视诗歌语言中如何调配四声以求得音律上抑扬顿挫的美感。沈约对此说颇自负，说“自骚人以来，多历年代，虽文体稍精，而此秘未睹”。甚至认为“张蔡曹王，曾无先觉；潘陆颜谢，去之

① 《王弼集校释》下，中华书局1960年版，第609页。

② 钱钟书：《管锥篇》第1册，第12页。

③ 《王弼集校释》下，第609页。

④ 钱钟书：《管锥篇》第1册，第12页。

弥远。世之知音者，有以得之，知此言之非谬。如曰不然，请待来哲。”这话并不过分，因为正是沈约最早对造句之法在声音上进行了阐述，强调了具体的法在诗歌语言——具体说在句中与句与句之间的运用。我们今天对此说从中国传统诗歌语言理论上而不是从形式上予以介绍，乃在于它正是上述“言象意”说的具现。为什么这样说呢？这就要提到对“象”的界定。一般说“象”指的是景象、物象与事象。除了事象，前二类“象”之具现一般说是来自于视觉的，但难道就不可以有来自于听觉吗？当然也可以，只不过来自听觉的“象”是一场“声音的象征”。这意味着，诗性语言中以声律来显示“声音的象征”的那个被象征对象，也是意象，只不过这意象听觉把握到，而它在“言意象”的辩证发展过程中，同样能显出以言明象、立象尽意的审美功能。声律的追求导致对诗歌中音乐美效果的获得。苏珊·朗格在《情感与形式》中说，“音乐的作用不是情感刺激，而是情感表现”，展现的是“主体的情感想象而不是他自身的情感状态”，即“表现着他对于所谓‘内在生命’的理解”[①]，因此，音乐美是一种“有意味的形式”之美，而这意味则就是“高度综合的感觉对象”[②]。苏珊·朗格又逆向地从意象美出发论析了诗歌中声律对于意象创造以及立象尽意的特异功能，认为必须充分估价声律及与其“高度综合的感觉对象”之间的关系的重要性，甚至说“这种语言的韵律节奏”具有“一种神秘品格”，因为，“赋予语言以节奏的强调性发音，发音中元音的长短，汉语或其他难得了解的语种的发音音高，都可以使某种叙述方式比起别的方式来显得更为欢愉，或显得倍加哀伤”，“往往会影响人们关于词汇原意的情感”。[③]这些说法足以证实：沈约所倡导的声律说所达到的“声音的象征”意象所特具的那种对情思的兴发感动作用，且颇合乎“言象意”之间的内在规律，或者说：声律说是对中国传统诗歌“言象意”关系中有关“言”最早作出的具体而系统的理论探求。因此，说沈约是中国传统诗歌语言理论的开山祖师也并不过分。

沈约的声律说虽也属于诗性语言范畴，但毕竟和作为思维物质外壳的语言本体意义并不具有很贴切的关系，而更重在形式本体方面的价值，这是我们以后探讨旧诗的形式系统时还要深入论析的。从本体论角度率先明确而具体地提出一套汉诗语言理论主张来的，无论是本阶段或者整个中国传统诗学建设时期，应推刘勰。这位诗学理论大家把自己对诗性语言的多方面思考，综合成一个系统，写进了《文心雕龙》中。当然，刘勰承袭了沈约的声律说。在《文心雕龙·声律》中他说了这么一大段话：“凡声有飞沈，响有双叠。双声隔字而每舛，叠韵离句而必睽；沉则响发而断，飞则声扬不还。并辘轳交往，逆鳞相比；迕其际会，则往蹇来连，其为疾病，亦文家之吃也……左碍而寻右，末滞而讨前，则声转于吻，玲玲如振玉；辞靡于耳，累累如贯珠矣。是以声画妍蚩，寄在吟咏，吟咏滋味，流于字句，风力穷于和韵。异音相从谓之和，同声相应谓之韵。韵气一定，故余声易遣；和体抑扬，故遗响难契。属笔易巧，选和至难；缀文难精，而作韵甚易。虽纤意曲变，非可缕言，然振其大纲，不出兹

① 苏珊·朗格：《情感与形式》，中国社会科学出版社1986年版，第38页。

② 同上书，第42页。

③ 同上书，第299页。

论。”这就是说，他和沈约一样，主张诗性语言要讲究声调之美，平仄交替，飞沉结合，如同“辘轳交往，逆鳞相比”，而正是凭这些，才使他把握到一种抑扬顿挫的音乐美。当然刘勰是既接受又发展了沈约的声律说的，他那“异音相从谓之和”的观点是接受了沈约的低昂互节、轻重悉异的说法；但他对韵提出“同声相应”的要求，沈约没论及。所以刘勰对沈约的声律说的发展不在于“和”而在于“韵”。但在传统汉诗语言理论上，声律说对沈约来说是终点，对刘勰来说却是起点。他越过以声律显示的“声音的象征”，而进入了对诗性语言本体的探讨。他特别强调诗歌中的藻采之美，且认为这才是诗性语言形态的本体要求。至于如何体现藻采之美，他提出了两个方面的具体主张，一方面是属于词法的，另一方面则属于句法。刘勰在词法上提出两点。一点是在《事类》中专论了用典，以为“明理引乎成辞，征义举乎人事”，要求使事用典，“不啻自其口出”，即在“事类”化成特定的词语中要贴切自然。因此，提倡用典其实是一场扩大诗性词语的事。用典的“典”、使事的“事”，就统称为典故。“典故”是一种含蓄的或间接的指称，它既与现实问题相关，又与历史事件相联，二者在相互比较中显示相似之处，借此提供机会以使诗人来描述或评论现实问题。值得指出：“由于环境、动机、人物关系等背景材料都隐含于典故之中，详细的解释就被简略的暗示所取代了。当提到某个历史人物或地点时，所有与之相关的意义和事件都会随之俱出；而当典故运用于现实的题材之中时，就为道德行为提供了活动的环境。”因此，用典可说是“速写式历史的运用”①。这就使用典涉及扩大诗性词语的两个问题：一个是：用典构成的词语乃是历史事件的速写或浓缩，这使得在构成这类词语中必须埋下一个借类比联想达到暗示功能的机制。因此，刘勰此举还启发人去探求词语之诗情蕴涵如何强化的途径。另一个是：用典构成的词语出现于诗中时，其指涉不仅是与之相似的过去或现在的事件，而且是永恒的原型，因此，刘勰此举也启发人在诗性语言探索中去寻求和构筑一些具有象征意象定位的词语。可以说，旧诗词语中有关典故词语一直受到诗学理论界的关注，和刘勰的率先提倡之功是分不开的。再一类是刘勰正式提出了词汇可分虚实而虚词自有其重要性的问题，在《章句》篇中，他说：“诗人以‘兮’字入于句限。《楚辞》用之，字出句外。寻‘兮’字成句，乃语助余声，舜咏南风，用之久矣，而魏武弗好，岂不以无益文义耶！至于夫、惟、盖、故者，发端之首唱；之、而、于、以、者，乃札句之旧体；乎、哉、矣、也者，亦送末之常科。据事似闲，在用实切。巧者回运、弥缝文体，将令数句之外，得一字之助矣。”这就是说虚词虽无意义，但绝非可有可无，用之得当可取得良好效果，能使句子句群组织得更显严密。当然，强调虚词是诗歌中分析推论关系向诗性语言渗透的标志，故掌握其使用之“度”是十分重要的，刘勰还未充分意识到这一点，但他率先看到虚词对调整实词之间关系的价值，是很值得重视的，为日后的诗学理论家对旧诗词法上虚实词的进一步探讨起了很好的铺垫作用。刘勰对句法方面的理论贡献是对骈偶对仗的论述。他是从本体论的角度来论述对偶在句法上存在之必然性的。在《丽辞》篇中他这样说：“造化赋形，支体必双，神理为用，事不孤立。夫心生文辞，运裁百虑，高下相须，自然成对。”他

① 高友工、梅祖麟：《唐诗的魅力》，李世耀中译本，上海古籍出版社1989年版，第163页。

在此基础上提出了言对、事对、反对、正对四种对偶，并进行了比较。言对系文字上的对偶，事对系用典上的对偶；反对系意义相反之对偶，正对系意义相同、性质相似的对偶。在这些方面的比较论析中，刘勰虽然也认为文句两两相对中，“玉润双流，如彼珩佩”是美的，“左提右挈，精味兼载”也美，但进一步思考中，他还是作出了“反对为优，正对为劣”的断语。按这位诗学大家的说法，反对是“幽显同志”，正对是“并贵共心”，着眼点在一幽一显的差别。透过这种现象上意义差别，我们还可以看出：这里还存在着句群组合方式上内在规律不同的问题。反对的上下句意义相差等于是两极的差异，组成对偶，就会在极强的对比中显出极大的语言张力——如同古田敬一在《中国文学的对句艺术》中所说的：“由于相反的两者的融合交错，产生出一种新的东西。”[①] 而正对的上下句意义上相同或相似，语言张力也就无法产生，从语言审美角度看，自然相对为劣了。对偶是中国传统诗学中句法理论的核心内容之一，而刘勰则成了总结创作中的对偶现象、第一个提出对偶理论的人。

第二节　隋唐五代的诗歌语言理论

隋唐五代甚至包括了北宋初年的这个阶段，诗歌语言理论已从较泛的言说转向对语言审美及其运作方式的探讨，具体点说就是讨论诗歌语言的法度、规则。当然，这和那一阶段的诗人们在创作实践中探求到有关诗家语的经验十分丰富分不开。这里有一个关键人物，他因了自己在创作中探求到一大批诗家语的法度经验而推动了这一阶段诗学理论家去对诗性语言作深入的思考，此人即杜甫。杜甫说过“语不惊人死不休”的话，可以见出：那一代诗人具有一种高度的语言自觉精神。他还说过“佳句法如何”、“晚节渐于诗律细”，透露了他对语言法度、运作方式的重视。这里特别值得提及的是他创作上惊人的成就，在后人看来，很重要的一点正来自一个“诗家语”营建的成功。胡应麟在《诗薮·内篇》卷五中论及杜甫的诗时说：“气象雄盖宇宙，法律细入毫芒。”这正是对他追求的诗家语在诗歌文本建构中所起作用的大力肯定。可以说：杜甫的语言追求，价值就在于“他改变了以前的诗歌以语法上较为规范的自然语言为主要语言的传统，代之以语法不太规范的‘诗家语’，使诗的语言从表达型语言变为表现型语言”[②]。表达型语言是一种分析推论的逻辑语言，重在对客观对象之特征、相互关联及其本质的把握与传达，十分注重语言构成中约定俗成的规范性。表现型语言则重在对客观对象经诗人心灵综合而化为自我心象后的传达，这样的传达是主观而非客观的。因此它是出之于诗人心灵的一种直觉情绪表现，这也就决定表现型语言是反约定俗成的规范要求的。这种变化为另一种属于诗家语的法度、规则的建立奠定了基础。当然，说杜甫是关键人物并不等于只他一人提供了实践经验。可以说唐代诗人大多痴迷于语言的魅力，陶醉在诗家语的种种探求之中，特别是中晚唐出现的一大批苦吟诗人就是这种痴迷、陶醉的明证。贾岛在《送无可上人》中就有这样的诗句：“两句三年

① 古田敬一：《中国文学的对句艺术》，李淼中译本，吉林文史出版社1989年版，第99页。

② 王德明：《中国古代诗歌句法理论的发展》，广西师范大学出版社2000年版，第56页。

得，一吟双泪流。知音如不赏，归卧南山秋。”最典型不过地表达了他们对诗家语追求的痴迷。无疑，这是诗歌语言理论建设之大幸。一时间出现了一大批论诗家语的文字，它们大多收在诗格、诗说等著作中，而上官仪的《笔札华梁》，元兢的《诗髓脑》，王昌龄的《诗格》、《诗中密旨》，皎然的《诗式》、《诗议》，托名白居易的《金针诗格》、《文苑诗格》，齐己的《风骚旨格》，托名贾岛的《二南密旨》，徐寅的《雅道机要》等，都收得较多。我们就根据这些著作谈及诗性语言及其运作方式，归纳成几个问题来回顾。

如果说这一阶段的诗歌语言理论偏于对法度、规则即审美运作策略上的探讨，倒也并不等于说这一阶段的传统诗学理论家对诗性语言审美观的确立不重视，恰恰相反，奢谈语言运作策略的王昌龄、皎然们，是从新颖而独特的诗性语言审美观出发来展开言说的。桂林僧景淳在《诗评》中说过这么一段话，可以作这一阶段诗性语言观的代表：

> 诗之言为意之壳，如人间果实，厥状未坏者，外壳而内肉也。如铅中金、石中玉、水中盐、色中胶，皆不可见，意在其中。使天下人不知诗者，视至灰劫，但见其言，不见其意，斯为妙也。

这很重要。20世纪从西方传来的一些言说，即语言是思维的物质外壳的理论，景淳在这里早就提出来了。但更值得注意的是如下这点：所谓“但见其言不见其意”的“妙”，就妙在景淳不仅把“诗之言”——诗性语言看成情意的物质外壳，并且还以“石中玉”、“水中盐”等来比拟一首成功的诗中的情意其实就是语言。这和俄国形式主义所提示的诗性语言“自身拥有价值”的理论何等相似。托多洛夫在《批评的批评》中认为：“实用语言在自身之外，在思想传达和人际交流中找到它的价值，它是手段不是目的；用一个学术性一点的词来说，实用语言是外在目的的。相反，诗歌语言在自身找到证明（及其所有价值）；它本身就是它的目的而不再是一个手段，它是自主的或者说是自在目的的。”[①] 正是从这样的诗性语言观出发，这一阶段的诗学理论家在词法上、句法上的运作策略也都在促使语言自身拥有价值，并为达到有意味的语言境界而作努力。

先看词法上有关诗性词语的积聚途径及词语在组合过程中如何运作的理论策略。这可从三个方面来综合与回顾，那就是：纳文化定位词语、集映带陈套词语和重发端转折虚词。

诗性语言中的词语是意象构筑最需要的物质材料，根据景淳那种“石中玉”、“水中盐”的说法，这应该是一批有意味的词语，强调意象化。从这个意义上说，传统诗学在探求词语建设途径中选择文化定位的词语是很重要的一条词语积累策略。徐寅在《雅道机要》中提出了一批可入诗的词汇，如“日月、雨露、白昼、残晖、圆月、残月、珍珠、鸳鸯、荆榛”等等，它们能作为诗性要求的最佳选择，乃在于都有“明物

① 王先霈、王又平主编：《文学批评术语词典》，上海文艺出版社1999年版，第260页。

象，如日月比君明也”这样不同于外意的内意存在，而这就是一种传统色彩的文化定位。《雅道机要》中进一步说：“残月，比佞臣也。珍珠，比仁义也。鸳鸯，比君子也。荆榛，比小人也矣。”于是，“残月”、“珍珠”、“鸳鸯”、“荆榛”就这样进入诗性词语库了。托名白居易撰的《金针诗格》中也说：“日月比君后，龙比君位，雨露比君恩泽，雷霆比君威刑，山河比君邦国，阴阳比君臣，金石比忠烈，松柏比节义，鸾凤比君子，燕雀比小人，虫鱼草木各以其类之大小轻重比之。”于是又一批有传统文化定位的词汇“日月”、“龙”、“雨露”、“山河”、“金石”、“松柏”等进入了旧诗词语库。托名贾岛撰的《二南密旨》在提出“四时物象节候者，诗家之血脉也”后，举陶潜《咏贫士》诗中的“万族各有托，孤云独无依”说：“以孤云比贫士也。”显然，“孤云”也是有文化定位的，从而进入了诗性词汇库。他还提出一批超越四时物象因而更多样的词汇，如“钟声”、“石磬”、“琴瑟”、“九衢”、“笙箫”、“舟楫”、“兰蕙”、“珍珠”、“飘风”、“苦雨”、“霜雪”、“波涛”、“幽石”、“孤峰”、“山色”、“山光”、“乱云”、“碧云”、“乱峰”、“黄云”、“孤烟”、“白云”、“涧云”、“谷云”、“云影”、“烟浪”、“野烧”、“江湖”、“荆棘”、“池井”、“宫观”、“楼台”、“殿阁”、“红尘”、“故国”、“家山”、“乡关”、“松声”、“竹韵”、“竹影”、“松竹”、“桧柏”、“松影”、“溪竹”、“乡国”、“黄叶”、“落叶”、“孤灯”、“冻云”、“残霞”、“片云”、“木落”、“猿吟”、“藜杖”等等，在这位诗学理论家看来，它们当然也都有文化定位，可入诗。如“松竹、桧柏，此贤人志义也”，“兰蕙，此喻有德才艺之士也”，“黄云、黄雾，此喻兵革也”，“猿吟，比君子失志也”，这里有一些是有一定的意象感发力可寻踪的，却也颇有一些牵强附会，今天看来十分可笑，但既已有了文化定位，也就会在旧诗语言中发挥一定的诗性功能。所以这种词汇积聚的思路最值得珍视。旧诗词语积聚的另一条思路是皎然在《诗议》中谈到的一些习惯性的词语构成，如“‘送’字之中，必有‘渡头’字”之类，这种约定俗成得已成习惯性的词语构成，皎然认为是可行的，就值得提倡。不过这只是在构词上得以成立。在他看来，从“创词”上要求却不够，为此他这样说：“时人赋孤竹则用‘冉冉’，咏杨柳则云‘依依’，此语未有之前，何人曾道？谢诗曰：‘江菼亦依依。’故知不必以‘冉冉’系竹，‘依依’在杨。常手傍之，以为有味，此亦强作幽想耳。”于是他提出这条词语积聚的思路必须建基于“创词”，即要像谢朓一样既依势推演组词成语，又要“自我独致”地“创词”。这种主张，《文苑诗格》中也可见到。托名白居易的认为“语”成于“影带回合，三向四通，悉皆流美”，这“影带回合”指的就是依势推演，组词成语，而“三向四通”则指的是须寻求“创词”的多条渠道。这二者的结合，才会积聚得起能“流美”的诗性词语。这一阶段传统诗学的还有一条思路是不排斥虚词，在发端、转折处提倡使用虚词。杜正伦的《文笔要诀》中说：“属事比辞，皆有次第。每事至科分之别，必立言以间之，然后义势，可得相承，文体因而伦贯也。”为此，他举了一大堆虚词并详述其功能。如“斯乃”、“诚知”、“何知”、“固知”、“遂令”等，其作用乃是“并取下言，证成于上也。（谓上所叙义，必待此后语，始得证成也，或多析名理，或比况物类，不可委说）[①]”又如“假令”、“纵令”、

① 括号中文字原本作夹注。

“纵使”、“设令”、“设使”等，其作用乃是“大言彼事，不越此也。（谓若已叙前事，‘假令’深远高大则如此，此终不越）”又如“岂令”、“岂使”、“岂容”、“岂其”、“讵令”、“讵可”、“岂在”、“安在”等，其作用乃是“叙事状所求不宜然也。（谓若揆其事状所不令然，云‘岂令’其至于是）”再如“若乃”、“尔乃”、“若其”、“然其”等，其作用乃是“复叙前事，体其状也。（若前已叙事，次便云‘若乃’等，体写其状理）”再如“莫不”、“咸欲”、“咸将”、“尽欲”、“皆”、“并”等，其作用乃是“总论物状也”。再如“何以”、“何可”、“岂能”、“讵能”、“奚可”等，其作用乃是“因缘前状，论可致也。（若云自非行如彼，‘何以’如此）”再如“自可”、“自当”、“斯则”、“然则”等，其作用乃是“豫论后事，必应尔也。（谓若行如彼，‘自可’致如此）”从这些例子中可见出：即使在近体诗高度发展的时期，虚词也并不是一概排斥的。虚字的运用，是诗性语言渗入逻辑分析的标志。传统诗学在词语建设中对虚词的重视，正反映着旧诗虽以隐喻语言为主，但毕竟也还有必要融入逻辑语言，只不过虚词在旧诗语言中是控制使用的。

这一阶段对于句眼的问题也提出来了。句眼是介于词法与句法之间用词选择的策略追求。一般说句眼以在动词上作选择为多。句眼在创作实践中早被诗人们把握到了，但提炼为一种经验，并上升为理论规律，则有一个过程。崔融《唐朝新定诗格》在论及《十体》中的“飞动体”时说：“飞动体者，谓词若飞腾而动是。”并举了一些例子，如刘孝绰《月半夜泊鹊尾》中的“月光随浪动，山影逐波流”，这乃是用“动”和“流”来显出诗句的“飞动”；论及《清切体》时说：“清切体者，谓词清而切者是。”举崔信明《送金敬陵入蜀》中的“寒葭凝露色，落叶动秋声”，这也意味着因“凝”与“动”而显出诗句的“清切”。可见崔融对句眼已有自发的把握。王昌龄在《诗格》的《诗有五用例》中说：“用事不如用字也。古诗：‘秋草萋已绿’。郭景纯诗：‘潜波涣鳞起。’‘萋’、‘涣’二字用字也。”这可以说是第一个明确地提出了句眼现象，可惜也没有正式提出“句眼”。托名白居易的《金针诗格》中“诗有四练”：“一曰练句，二曰练字，三曰练意，四曰练格。练句不如练字，练字不如练意，练意不如练格。”中国传统诗学有个精神内容至上的积习实在难改，这段话中把抽象的“意”、“格”提得很高，就是这种积习的集中反映。其实练句、字、意、格都是极重要的，在诗境表现中不过是各司其职，并且是互为因果的，不能说谁更重要。但这段话毕竟把练字练句的问题提出来了。释神彧在《诗格》的“论诗有所得字”条中说：“冥搜意句，全在一字包括大义。贾岛诗：‘秋江待明月，夜语恨无僧。’此‘僧’字有得也。郑谷《咏燕》诗：‘闲几砚中窥水浅，落花径里得泥香。’此‘香’字有得也。”这可是出于因一字而牵动全局的练字思路，也是设置句眼更自觉的显示。不过他们也还没有使用“句眼”来点明。那么“句眼”是什么时候正式提出来的呢？我们查到释保暹《处囊诀》中有这么一段话，是极其精彩的：

> 诗有眼。贾生《逢僧诗》：“天上中秋月，人间半世灯。”“灯”字乃是眼也。又诗：“鸟宿池边树，僧敲月下门。”“敲”字乃是眼也。又诗：“过桥分野色，移石动云根。”“分”字乃是眼也。杜甫诗：“江动月移石，溪虚云傍花。”“移”字乃

是眼也。

经过几代诗人创作的经验积累和诗学理论家不断的经验提纯和规律探求，到保暹时才终于把练字练句的审美核心内涵以“句眼”这一个著名的专用术语提纯了出来。当然，所谓句眼其实只是个练字的问题，但练字离开一个句子甚至一首诗的语境是练不出所以然来的，所以句眼的提出标志着这一阶段诗学理论家们对语言理论的探求，已从词法向句法深化下去了。

这一段的句法理论比词法理论要丰富得多，那一代诗学理论家对旧诗的句法理论是通过对偶、上下句关系、句势、血脉的探求显示的。

对偶论是这一阶段贯穿始终的一个关注对象。对偶可分为声对和义对两类。我们这里要考察的对偶属于语言系统的义对，声对则归入于形式系统，此处不谈。初唐的上官仪在《笔札华梁》中首先对对偶方法作了归纳，提出了包括的名对、隔句对、双拟对、连绵对、回文对、等义对在内的二十种对。的名对即工对、正名对，如“东圃青梅发，西园绿草开”，无论“东圃”与“西园”或者“青梅发”与“绿草开”，都是正名属对。隔句对是不按常规那种第一句对第二句，第三句对第四句，而是第一句对第三句，第二句对第四句，间隔而对，如“昨夜越溪难，含悲赴上兰；今朝逾岭易，抱笑入长安”。双拟对就是“一句之中所论，假令第一字是‘秋’，第三字亦是‘秋’，二‘秋’字拟第二字，下句亦然。”如：“夏暑夏不衰，秋阴秋未归。炎至炎难却，凉消凉亦追。”回文对则是诗句顺逆相对，如“情亲由得意，得意遂情亲；新情终会故，会故亦经新”等。上官仪提出句法的对偶类型，是基于他在《论对属》中这样一个认识：“凡为文章，皆须对属。诚以事不孤立，必有配匹而成。”“在于文章，皆须对属。其不对者，止得一处二处有之。若以不对为常，则非复文章。”值得注意的是这位诗学理论家在“论对属”中说的这一句话：“夫对属者，皆并见以致辞。”这就是说对偶显示于句法的，应是并列复合句。这见解十分重要。可以进一步说：主张对偶是提倡诗中多用并列复合句，或者说：不用并列复合句就不能说是诗歌文本。那么旧诗中为什么要如此重视对偶——并列复合句呢？有什么特异的审美功能吗？王昌龄在《诗格》的《论文意篇》中提出：“凡诗，两句即须团却意，句句必须有底盖相承，翻复而用。”其目的乃是：让“包天地而罗万物，笼日月而掩苍生”的诗思在传达中显示出“四时调于递代，八节正于轮环”这一直觉感应审美运行轨迹，而对偶——并列复合句的大量采用，是展示这轨迹所采用的一项极佳语言策略。因此，这位诗学理论家、绝句写作圣手引用了梁湘东王《诗评》中那句“作诗不对，本是吼文，不名为诗”的警语并大加赞赏。这透露出一点信息：传统诗学理论家已本能地感到，诗性语言不应该是线性陈述的分析逻辑式结构，而应该是往复轮环的感兴隐喻式结构。这一阶段是几乎每一个诗学理论家在言及诗性语言时，都要大篇幅提及对偶的分类，这当然有必要，不过能从美学的高度论及对偶并认识到它具有诗性语言建设之策略价值，如王昌龄者，还不多。

对偶问题其实也是个上下行关系的问题。旧诗中一个诗行是一个句子，甚至是几个句子，如“月落乌啼霜满天”就是一行包括三个句子。旧诗中的对偶当然也有当句对，更多情况下却是上下行的句对，这就形成以上下行关系显示的并列复合句形态。但上下行的关系并不总以对偶的并列复合句显示的。《文苑诗格》的“依带境”条说：“为诗实在对属，今学者但知虚实为妙。古诗云：‘日暮碧云合，佳人殊未来。’此上句先叙其事，下句拂之。古诗：‘昏旦变气候，山水含光辉。’此并先势，然后解之也。”这就为上下行提出两类关系：“昏旦变气候，山水含光辉”是并列复合句的关系，而“日暮碧云合，佳人殊未来”，则是上句叙事而下句作补充说明，属主从复合句的关系。王昌龄首先提出的这种上下句的关系在皎然《诗议》中还以“诗有十五例”作了更细而全面的分类。值得指出，《文苑诗格·依带境》对上下句关系中“先势”的提法，实际上反映着这一阶段的诗学理论家把上下句的关系看成是一种“势”的关联，因此他们在探讨上下句的关系中推出了一个“势”的问题。“势”作为文本构成标准和批评术语，刘勰在《文心雕龙·定势》篇中早就有论述，但主要指体势，作为“句势”用于语言构成，要到这阶段才正式出现。“势”，力也，徐寅在《雅道机要》中就说：“势者，诗之力也。如物有势，即无往不克。此道隐其间，作者明然可见。”张伯伟在《全唐五代诗格汇考》中认为这“势”体现于句法，“指的是上下句在内容上或表现手法上的互补、相反或对文所形成的‘张力’”[①]，这是很有见地的。这一阶段对句势的说法，是针对两句（行）诗而言的，更偏于上下句的搭配安排，正是搭配中正反顺逆的不同而产生互补中并列或主从的关系的不同，而这种不同一方面使上下句因有“势”在起作用，而形成复合句形态，另方面使上下句因“势”利导而成的复合句显出了“张力”。这是强化诗性语言意象化功能极好的策略手段。王昌龄在《诗格》中提出“诗有学古今势一十七种”。这十七势虽有不少是关于诗怎样开头、怎样含蓄、如何结尾、如何处理景与理的关系等的，却也有好几势涉及句法，即“句势”，如第八势“下句拂上句势”，即“上句说意不快，以下句拂之，令意通”，说得更具体点就是以下句来补充上句，使两句构成一个完整的整体——主从复合句，让意思表达得更完整。第十一势是“相分明势”，即：“凡作语皆须令意出，一览其文，至于景象，恍然有如目击。若上句说事未出，以下一句助之，令分明出其意也。”并举崔曙的“田家收已尽，苍苍唯白茅”为例，这其实也是以下句补充上句，但强调的是“景”，使写景完整，不像第八势着重“意”，目的是“令意通”。但这一“势”也和第八势一样，利导出来的是个主从复合句。第三势是“直树一句，第二句入作势”，即“题目外直树一句景物当时者，第二句始言题目意是也”。王昌龄举自己的诗《送邬赍觐省江东》诗：“枫桥延海岸，客帆归富春。”这是一个并列复合句，以“客帆归富春”而呈现送别之题意，却又以“枫桥延海岸”而暗示出“天涯若比邻”的意绪，这语言的暗示功能靠两个并列句子因比兴而生的张力作用达到。总之，作为“第一次将势的问题引入到句法的讨论上来”[②]的王昌龄，“十七势”的提出对这阶段诗性语言建设有特殊意义。王昌龄的提倡，大大影响了晚唐五代的诗学理论家，一时谈句势成风。其中以齐己在《风骚旨格》中所提“诗有十势”最为著名。这些“势”列有奇特的名目，令人难以索解，一直受后人非

① 张伯伟：《诗格论》，《全唐五代诗格汇考》，江苏古籍出版社 2002 年版，第 31 页。

② 王德明：《中国古代诗歌句法理论的发展》，广西师范大学出版社 2000 年版，第 37 页。

议。清薛雪在《一瓢诗话》中说："唐释齐己作《风骚旨格》，六诗、六艺、十体、十势、二十式……皆系之以诗，不减司空表圣。独是十势立名最恶，宛然少林棍谱，暇日当为易去乃妙。"齐己的"十势"是：（一）狮子返掷势；（二）猛虎踞林势；（三）丹凤衔珠势；（四）毒龙顾尾势；（五）孤雁失群势；（六）港河侧掌势；（七）龙凤高吟势；（八）猛虎投涧势；（九）龙潜巨浸势；（十）鲸吞巨海势。在齐己的影响下，五代徐寅在《雅道机要》的"明势含升降"条中列有八势，大多和齐己相同，但狮子返掷势、毒龙顾尾势、龙潜巨浸势、鲸吞巨海势无，增加了孤峰直起势、云雾绕山势，另"猛虎投涧"作"猛虎跳涧"。释神彧的《诗格》也有"十势"，除保留齐己的狮子返掷势、龙潜巨浸势，其余的改为芙蓉映水势、龙行虎步势、寒松病枝势、风动势、惊鸿背飞势、离合势、孤鸿秃鹰势、虎纵出群势。将三家名目作一综合，可得二十种"势"，当然其中颇有一些是属于体势的，但也有一些属于句势，似有提倡复合句的意味。如狮子返掷势，齐己举的例子是"离情遍芳草，无处不萋萋"。这实是个主从复合句，"无处不萋萋"是定语从句，修饰主句"离情遍芳草"中的名词性宾语"芳草"，即离情染遍了无处不萋萋的芳草。这一"势"属于王昌龄所说"上句说意不快，以下句拂之，令意通"的"下句拂上句势"，即用下句来补充说明上句。那为什么要称为"狮子返掷势"呢？"返"是关键字，即返回来作用于前面的主句。因此这是对以上句为主、下句为从属的一种主从复合句型的形象化说法。又如猛虎踞林势，齐己举"窗前闲咏鸳鸯句，壁上时观獬豸图"。就此例看，这是个并列复合句，以感觉的悠闲一骚动两极对比而生的张力来显示并强化主体心境的复杂状态，而"猛虎"作为本体，给人的印象是极动的存在，但现在却"踞林"，给人以不可思议的极静感觉，这二元对立性并列的形象化意象，对并列复合句的句势是最恰切的比拟。又如神彧提出的风动势，所举例是"半夜长安雨，灯前越客吟"，就诗意看，"灯前越客吟"是因为"半夜长安雨"而引起的，所以这是个主从复合句，"半夜长安雨"作为原因状语从句对主句的谓语"吟"作修饰，而神彧以"风动势"来比拟也是极形象的。因为"风动"在人的实际感觉中不是风自动在动，而是因风吹物而生，物动造成风在动的错觉，因此"风动"应指"因风而动"，具体点说是"因为风吹而物动了"，可见"风动势"是对原因状语从句修饰主句谓语这一句势所作的形象化说法，是对主从复合句的比拟。总之，被后人视为少林棍谱的齐己等所提句势的怪名，从句例的客观分析来看，实是对各种复合句句型所作的比拟性概括说明。当然，这样的比拟实在太隐晦了一点。值得指出的是从王昌龄开始到五代为顶峰的这场句势的标榜，反映着这一阶段的诗学理论家不仅已注意到诗性语言中已出现复合句，更在探求着复合句的两种构成模式。

有人因此提出了血脉说，首创者是王叡。《炙毂子诗格》中，王叡提出"两句一意体"。"诗云：'如何百年内，不见一人闲。'此二句虽属对，而十字血脉相连。"又提出"句病体"："诗云：'沙摧金井竭，树老玉阶平。'上句五字一体，血脉相连。其'树'与'玉阶'是二物，各体血脉不相连。"从例句分析可以看出这个血脉说是对复合句须有意义逻辑关系的一种提倡。"如何百年内，不见一人闲"，看似两句，实属一句。其句意显示为逻辑推论，所以也就"血脉相连"，句势一气直下。"沙摧金井竭"是个因果复合句，"沙摧"是"金井竭"的原因，而"金井竭"是"沙摧"的结果，因逻辑推论而得以“血脉相连”，句势贯通。“树老玉阶平”中“树老”和“玉阶平”难以建立逻辑推论关系，也就被看成血脉不连、句势难通、语调不顺了。这样的提倡不只是王叡一人，徐寅在《雅道机要》中也有“叙血脉”的说法，认为：“凡为诗须洞贯四阙，始末理道，交驰不失次序。”所谓追求“理道”、不失“次序”地“叙血脉”，也就是追求由逻辑推论来规范的复合句。看其现象而究其实质，可以见出：这些五代的诗学理论家借追求句法上的血脉相连，在提倡诗性语言构成的逻辑规范，这颇值得注意。隋唐五代是中国传统诗歌最繁荣时期，在诗歌语言上，也是以点面感发的隐喻化倾向来作为基本特征的。但这些人的言说显然有一种把诗性语言引向线性陈述的逻辑化倾向，这岂不是要把中国传统诗歌的语言体系来一个根本性改变吗？其实不然。我们不妨把话拉开一点来说：句法上血脉说的提出正是近体诗到达登峰造极之际，而近体诗是最单纯地使用点面感发的隐喻语言的，或者说也是最不讲究“理道”、“次序”等逻辑规范的。这好不好呢？好的，不过若把这极端化，亦即使诗性语言根本不守语法逻辑规范，彻底乱了约定俗成的语言信息传达渠道，那么在诗歌创作中势必会使某些相互依存的事象、物象化情思难以表达清楚，也难以传达给接受者，造成晦涩费解。这也就意味着隐喻语言必须适量掺入逻辑语言的语法规范，以使血脉相连。当然，提倡血脉说的本意倒也并不想借此否定隐喻语言体系。这从此说的始作俑者王叡所举诗例就可以看出。在他的心目中，不遵奉语法规范的隐喻语言同样可以显示出血脉贯通，并和遵守语法规范的逻辑语言共存于文本构成中，共同完成文本构成的血脉贯通。在《炙毂子诗格》的“一篇血脉条贯体”中就这样说：

> 李太尉诗云：“远谪南荒一病身，停舟暂吊汨罗人。”此诗首一句发语，次一句承上吊屈原。“都缘靳尚图专国，岂是怀王厌直臣。”此二句为领下语，用为吊汨罗之言。“万里碧潭秋景静，四时愁色野花新。”此腹内二句，取江畔景象。“不劳渔父重相问，自有招魂拭泪巾。”此二句为断章，虽外取之，不失此章之旨。

李德裕这首七律我们可以这样来分析：首联是个条件延伸复合句，首句发语，次句承上吊屈原，条件延伸关系在句势上显示为“顺”势；颔联是个选择判断复合句，由对属的两句借“都缘……岂是”这个关联词组成，作为“吊汨罗之言”，其选择判断关系在句势上显示为“反势”；颈联是个并列互动复合句，对属的两句借对等原则下隐含的关联组成，作为“取江畔景象”营造氛围映衬的并列互动关系，在句势上显示为“正”势。尾联是个因果推论复合句，由非对属的两句借“不劳……自有”这个关联词组成，作为总结全诗之旨的因果推论关系，在句势上显示为“逆”势。这里所谓的“顺”、“正”，指的是不加关联词任其自然流贯、因而排除逻辑分析构建复合句的一种句“势”显示，从节奏律动看，这是“扬”。所谓“逆”、“反”，指的是使用关联词来作人为流贯，因而凭依逻辑分析来构建复合句的一种句势，从节奏律动看，这是“抑”。所以李德裕的这首诗从句势到篇势，显示为“顺反正逆”，节律上显示为“扬抑扬抑”。于是，也就有了“一篇血脉条贯”。但这场“血脉条贯”凭依的是句法上两大措施：并列复合句和主从复合句并重，感发语（隐喻语）和分析语（逻辑语）并用。这就足以证实从提倡句势到进而提倡血脉，这一阶段的诗学理论家既提倡复合句的使用，又自发地认识到诗性语言须是点面感发的隐喻语言和线性陈述的逻辑语言妥善的结合。

第三节　两宋诗歌语言理论

两宋是诗歌语言理论系统化集大成的阶段，其理论的核心是探讨诗句的结构与美学功能。这一阶段的诗学理论家已从隋唐五代孤立地探讨诗句构成技法大大跨前了一步，即能把形而下上升为形而上，在诗家语的审美效应上来作理论提纯了。因此，这一阶段诗性语言探讨具有这样一个特点：它以句法为核心形成了一个切近科学性的理论系统。

句法之说也就在这一阶段正式提出来了。首提者是王安石。龚明之在《中吴纪闻》卷三“方子通”条说：“方惟深，字子通……最长于诗……凡有所作，荆公读之，必称善，谓深得唐人句法。”这以后，苏轼、黄庭坚、朱熹、杨万里等均谈诗必谈句法，句法成了诗家语——或诗性语言理论的一个既集中、简洁明了又通俗、普泛化的称谓了。句法作为诗句构筑的法度和运作方式，这一阶段大多是以杜甫诗歌的语言作为标准对象归纳出来的。由于杜甫的诗歌在宋代就已被奉为最显诗美高格的文本，因此，以杜诗语言为标准定出的句法，也就具有中国传统诗学中更近于诗家语质的规定性的特色。这大致表现在三个方面：一是句法能潜藏诗歌风格的奥秘。吕本中《童蒙诗训》说：“前人文章各自一种句法，如老杜‘今君起舵春江流，予亦江边具小舟’，‘同心不减骨肉亲，每语见许文章伯’，如此之类，老杜句法也。东坡‘秋水今几竿’之类，自是东坡句法。鲁直‘夏扇日在摇’、‘行乐亦云聊’，此鲁直句法也。学者若能遍考前作，自然度越流辈。”这席话说明：对于成熟的诗人来说，一家自有一家的句法，他的诗歌的密码、奥妙就隐藏在句法中，而我们要解剖他们，最好的办法就是从解剖其句法入手，模仿一个诗人，捷径就是“精其句法”。范温在《潜溪诗眼》中提出：“句法之学，自是一家工夫。”这在理论上进一步表明了诗人的创作个性是与他独特的句法紧密相连的。二是句法还潜藏着诗情信息的密码。两宋诗学理论家固然有从句法求风格密码之举，但更多的则是从句法求诗情信息密码，并以此来证实他们的句法理论更近于诗性语言的质的规定性。这里反映着：两宋诗学理论家们把句法看成对诗句作艺术处理之法度、诗歌运用语言艺术之规则。对此，清人冒春荣在《葚原诗说》卷一中有一番话可说是道出了两宋诗学理论家探求句法之初衷：“句法有倒装横插、明暗呼应、藏头歇后诸法。法所从生，本为声律所拘。十字之意，不能直达，因委曲以就之，所以律诗句法多于古诗，实由唐人开此法门。后人不能尽晓其法，所以句多直率、意多浅薄，与前人较工拙，其故即在此。”这就是说：句法是因了诗意在诗歌文本中必须“委曲以就”而“不能直达”的原因而探求出来的，如若“句多直率”，也就会有“意多浅薄”之弊。《苕溪渔隐丛话》前集收蔡絛《西清诗话》，内中有这样一则记载：“王仲至召试馆中，试罢作一绝题于壁云：‘古木森森白玉堂，长年来此试文章。日斜奏罢长杨赋，闲拂尘埃看画墙。’荆公见之甚叹爱，为改作‘奏赋长杨罢’，且云：‘诗家语如此乃健。’”显然，“奏罢长杨赋”是顺写，这顺写出来的“长杨赋”，用以作为自荐的暗示，早成了众人皆晓的陈套语，可以说“长杨赋”在这里不过是自恃才高、欲求赏识的代号，同朱庆余的《闺意上张水部》一样，不过是“妙于比拟”，并无多少感兴情味的直率表达。但“奏赋长杨罢”，却不同，它作为诗句的实意不改，但倒以取势，这“势”就是凸出“长杨”，即此赋是《长杨赋》而非它，是才高自负欲自荐之心情的特指，因此这一词序的倒装能强化“长杨赋”的意象感兴功能，或者说此诗的诗情信息之密码就藏在语序倒装的句法中。三是句法还使构句打破常规，以产生陌生化的美感强刺激效果。这个打破常规就是反语法修辞规范构句，或语序倒装，或成分省略，或词性转换。这一阶段的诗学理论家在围绕句法而展开的诗家语建设中确立起一个追求“句健”与“句峻”的观念，而到黄庭坚以后，此观念更深入人心。他们为取得句“健”与“峻”的效果，就普遍地认为构句之法度要打破常规，而对拗句、倒句等非常欣赏。吕本中《紫微诗话》中载有吴俦的主张，说他“偿诲诸生作文须用倒语”，这样做“则文思自然有力”。严有翼《艺苑雌黄》中说“语颠倒而于理无害”，黄彻在《碧溪诗话》中主张学习古代大诗人“作诗多有奇变之语”。王得臣在《麈史》中论诗家语时说：“杜子美善用故事及常语，多离析，或倒句，则语峻而体健，意亦深稳矣。如‘露从今夜白，月是故乡明’之类是也。白乐天工于对属，寄元微之曰：‘白头吟处变，青眼望中穿。’然不若杜云‘别来头并白，相见眼终青’尤佳。”所谓“离析”，就是语序不规范。他认为一个词语若拆开使用甚至倒用，反而会使构句显出刚健奇峻，而这是一种陌生化效果。范晞文《对床夜话》卷上中说过：“五言律诗固要帖妥，然帖妥太过，必流于衰。苟时能出奇，于第三字中下一拗字，则帖妥中隐然有峻直之风。”《诗人玉屑》卷二引胡仔的话说：“律诗之作，用字平侧，世固有定体，众共守之。然不若时用变体，如兵之出奇，变化无穷，以惊世骇目。”这里的变体、拗体，从句法看，都是反约定俗成的语法规范构成的诗句。这样的构句，“如兵之出奇”，“有峻直之风”，“惊世骇目”，这就是陌生化造成的审美强刺激效果。至于黄庭坚，则一生都在为探求句法规律而作着奋斗，而奋斗的侧重点则是反常道构句，以造成陌生化效果，那是有目共睹的，自不待言。总之，这一代诗学理论家所标榜的句法以及由此提纯出来的诗家语法度规则，确实是更接近于诗性语言那种质的规定性要求的。

但两宋诗学理论家提出的“句法”究竟包括哪些内容呢？从论及他们认为句法潜藏着诗歌风格的奥秘和诗情信息的密码来看，这个术语似乎不只限于构句方面的法度规则，而有着更为广泛的内涵。我们可以从惠洪的《天厨禁脔》和魏庆之的《诗人玉屑》卷三、卷四中感觉到：两宋诗学理论家不仅将诗句的结构组织方法列入句法中，而且也将诸如夺胎换骨、点铁成金以及诗歌的风格、内容、题材等也看作句法。但实际上，两宋句法理论的核心还是探讨诗句的结构及其美学功能。诗句的结构立足于句的构造法度，但句的构造要靠词语，因此下限涉及词法；句的构造涉及复合句显示的句群，因此上限涉及章法或连续性句法。有学者认为：“字包括在句之中，而篇章则由句构成，所以句法其实包含着字法，而章法实际上也是以句法为前提的。所以诗人之能事，其实最主要地表现在造句之工。而最能见诗法之精及诗人一家之诗法，就在于句法。创造独特的诗歌风格，也必须有独到的句法作为保证。”[1] 这是有见地的。因此，

① 钱志熙：《黄庭坚诗学体系研究》，北京大学出版社 2003 年版，第 193 页。

我们对两宋诗性语言理论的总体回顾，也将从词法、句法和连续性句法三方面展开。

范温在《潜溪诗眼》中有一句名言：“好句要须好字。”这意味着考察句法的问题就得从词法开始，而对词法的探索首先得从扩展词语开始。两宋诗学理论家则是从“点铁成金”来扩展词语的，或者说这阶段诗家语中有关词语的积累大多和“点铁成金”的追求结合在一起。

“点铁成金”的说法始于黄庭坚，王君玉和范温承其后而发扬光大。但三人所提“点铁成金”的侧重点并不相同。黄庭坚的“点铁成金”是旧词语刷新的问题。他在《答洪驹父书》中说：“自作语最难。老杜作诗，退之作文，无一字无来处。盖后人读书少，故谓韩、杜自作此语耳。古之能为文章者，真能陶冶万物，融取古人之陈言入于翰墨，如灵丹一粒，点铁成金也。”黄庭坚所说之“铁”指的是古人之陈言，“金”指的是经过改造的语言。可以看出，黄庭坚的“点铁成金”，着重的是词汇的来历与点化，这是对“世间好言语，已被老杜道尽”这一后人所面临的语言困境的一次突破。显然，黄庭坚十分重视诗性词汇的积聚与使用，但他积聚词汇的途径是向古人求索。他认为世间好的诗性词语——亦即意象化词语，已被古人用尽，要想拓展词语的供应范围，捷径只有一条：拿古人诗歌文本中所谓“陈言”、“套语”来改造、翻新，以收化腐朽为神奇之效。于是一个旧词语（“陈言”、“套语”）在不同的语境中作不同的改造，以故为新，也就可以衍生出无数的诗性新词语。这种以新警的立意为“灵丹”对陈言、套语——亦即典故成语重新熔裁，以化腐朽为神奇的语词建设策略，显然不该以“剽窃之黠”讥讽，而应把它看成诗家语探求中的一项创见。王君玉所说的“点铁成金”是俗词语出新的问题，“铁”是指通常的俗语词，“金”则是指进入高雅诗境后雅化了的俗词语，他强调的是对俗词语的升华。在《西清诗话》中记录了一则王君玉的话：“诗家不妨间用俗语，尤见工夫。雪止未消者，俗谓之待伴。尝有雪诗：‘待伴不禁鸳瓦冷，羞明常怯玉钩斜。’待伴、羞明皆俗语，而采拾入句，了无痕迹，此点瓦砾为黄金手也。”这也是扩大词语供应范围行之有效的途径。范温所说的“点铁成金”是涉及一般词语超越平庸的问题，“铁”指的是没有“句眼”的平常句子中用来作一般表达的词语，“金”则指应合特定语境把一些处于关键部位的字通过不同方式的锤炼而化为“句眼”并使之具有特异功能的词语。这是提高一般词语的诗性功能十分可贵的探求思路。所以范温的“点铁成金”，对两宋诗学理论家的诗性词语建设，比黄庭坚、王君玉的“点铁成金”说价值更高。究其原因乃在于范温是通过“置字有力”、“一字之工”的“置字”策略思考来谈“点铁成金”，亦即把抓关键字的运用提到词法探求的前沿阵地了。

抓关键字的运用就是确立一条“置字”精当的策略，黄庭坚在《跋欧阳元老诗》中说：“子勉作唐律五字数十韵，用事稳贴，置字有力。”这意味着两宋诗学理论家在词语扩展的问题上提出的基本主张是如何置字稳健有力，尤其是通过“一字之工”来探求“置一字”而动全局的问题。而这实际上也是古人早已说及的“句眼”的问题。魏庆之编《诗人玉屑》卷六有“一字之工”条，这样说：

诗句以一字为工，自然颖异不凡，如灵丹一粒，点铁成金也。浩然云：“微云淡河汉，疏雨滴梧桐。”上句之工，在一“淡”字；下句之工，在一“滴”字。若非此两字，亦焉得为佳句也哉！如陈舍人从易偶得杜集旧本，文多脱误，至《送蔡都尉》云“身轻一鸟”，其下脱一字。陈公因与数客各用一字补之，或云“疾”，或云“落”，或云“起”，或云“下”，莫能定。其后得一善本，乃是“身轻一鸟过”，陈公叹服。余谓陈公所补四字不工，而老杜一“过”字为工也。如钟山语录云：“暝色赴春愁”，下得“赴”字最好，若下“起”字，便是小儿语也。“无人觉来往”，下得“觉”字大好，足见吟诗要一两字工夫，观此，则知余之所论，非凿空而言也。

范温《潜溪诗眼》中有专论一字之工的炼字一条：

世俗谓乐天《金针集》殊鄙浅，然其中有可取者：“炼句不如炼意”，非老于文学者不能道也。又云“炼字不如炼句”，则未安也。好句要须好字，如李太白诗“胡姬压酒劝客尝”，见新酒初熟，江南风物之美，工在“压”字。老杜《画马诗》：“戏拈秃毫扫骅骝”，初无意于画，偶然不成，工在“拈”字。柳诗“汲井漱寒齿”，工在“汲”字。工部又有所喜用字，如“修竹不受暑”，“野航恰受两三人”，“吹面受寒风”，“轻燕受风斜”，“受”字皆入妙。老坡尤爱“轻燕受风斜”，以谓燕迎风低飞，乍前乍却，非“受”字不能形容也。至于“能事不受相促迫”，“莫受二毛侵”，虽不及前句警策，要自稳惬尔。

这些言说有助于我们了解黄庭坚关于“置字”的具体内容。我们还可看洪迈《容斋诗话》中记王安石追求“一字之工”的情况：

王荆公绝句诗云：“京口瓜洲一水间，钟山只隔数重山。春风又绿江南岸，明月何时照我还。”吴中士人藏其草，初云“又到江南岸”，圈去“到”字，注曰“不好”，改为“过”，复圈去而改为“入”，旋改为“满”，凡如是十许字，始定为“绿”。

从这些例子中可以见出，两宋诗学理论家的置字即抓关键字——诗眼之法是以稳切、有力为基本条件，以“入神”为最高境界的。这种“置字”的严肃也就是求字眼的严肃。抓“句眼”是字法问题也是句法问题，它可说是处于字法向句法过渡阶段中。我们在前面就已提及北宋初年“九僧”之一的保暹在其《处囊诀》中首先明确提出并使用了“句眼”，王安石、黄庭坚也很重视句眼，但他们都只是客观地指出这一构句现象，没有从理论上去探讨句眼对句子的作用。惠洪在《冷斋夜话》中说：“造语之工，至于荆公、东坡、山谷，尽古今之变。荆公曰：‘江月转空为白昼，岭云分暝与黄昏。’（《登宝宫塔》）又曰：‘一水护田将绿绕，两山排闼送青来。’（《书湖阴先生壁》）东坡《海棠》诗曰：‘只恐夜深花睡去，更烧红烛照红妆。’又曰：‘我携此石归，袖中有东海。’（《又登蓬莱阁下……》）山谷曰：‘此皆谓之句中眼，学者不知此妙语，韵终不胜。'”黄庭坚就只是提出这种“妙语”现象而已，至于王诗中的“转（空）”、“分（暝）”、“排（闼）”，苏诗中的“花（睡）去”、“有（东海）”等，为何如此传神，却只以诗中眼一笔带过而不作阐释。范温不同，他看出了所谓句眼是处于诗句关键部位的那个经过锤炼的关键词。在构句中重用关键词，涉及的不只是如何恰如其分地选词的问题，更是使整个句子的表达从庸常变得非凡、一般言说变得情致无限的问题。和范温相呼应的是方回，他在《桐江集》卷四《跋俞则大诗》中说：“一首中必有一联佳，一联中必有一句胜，一句中必有一字为眼。”为了深入论析这一见解，他还在同书卷十四中举杜甫《晓望》：“白帝更声尽，阳台曙色分。高峰寒上日，叠岭宿霾云。地坼江帆隐，天清木叶闻。荆扉对麋鹿，应共尔为群。”并说此诗“以‘坼’字、‘隐’字、‘清’字、‘闻’字为眼。此诗之最紧处。”这“最紧处”实际上就是最能体现作者用意的关键字存在之处。但紧接着又一个问题出来了，关键词——或者诗眼，该用哪类词来充当？明白点说就是，句眼用实字好，还是虚字好？对此，两宋诗学理论家又作了深入的探讨。

在回顾隋唐五代诗性语言理论时，我们曾提及实词、虚词，那是颇广泛地论及它们在诗性语言中各自发挥功能的问题。这一阶段论及实词、虚词当然也有这类较广泛的探讨，如黄庭坚认为“诗句中无虚字方雅健”（《苕溪渔隐丛话》前集卷第五十《诗眼》所载），范温在《潜溪诗话》中干脆说“句中当无虚字”，吴沆在《环溪诗话》中接受了张右丞关于一句说多件事的主张，认为张右丞以“唯其实，是以健，若一字虚，即一字弱矣”作为立论的基础是很可取的，并进而把一句说多物改为重叠语，即实词的排列，“唯其叠语故句健，是以为好诗也”；“盖不实则不健，不健则不可为诗也。”这是反虚崇实的提法，针对的是句法中要重用实字。范晞文在《对床夜话》中很赞同周弼所谓的“唐人家法”，认为“以四实为第一格，四虚次之，虚实相半又次之”，这“实”与“虚”既指“景”与“情”，也指“景”所显示的实字和“情”所显示的虚字，因此，作为第一格的“四实”句是全由意象（“实”，景物）词组成，中间无虚词。可见他们也标榜实词。罗大经在《鹤林玉露》中编卷六中说：“作诗要健字撑拄，要活字斡旋。如‘红入桃花嫩，青归柳叶新’，‘弟子贫原宪，诸生老伏虔’。‘入’与‘归’字，‘贫’与‘老’字，乃撑拄也。‘生理何颜面，忧端且岁时’，‘名岂文章著，官应老病休’。‘何’与‘且’、‘岂’与‘应’乃斡旋也。撑拄如屋之有柱，斡旋如车之有轴，文亦然。”这里的“健”字即响字，一般指以动词为主的实词，“活”字指虚词。这段话的意思是构句要用健字——实词来承担核心任务，它是构句最有力的支柱，能使诗句立得住、站得稳。也要用活字——虚词来斡旋，使句子活动起来不致板滞。所以罗大经的说法颇有值得注意之处：构句主要靠实词，却也离不开虚词，这是很辩证的认识。但他似乎更强调活字，即虚词来斡旋，使句子流动，这表明他对虚词的影响作用超过一般地重视。这位南宋诗学理论家的意见反映出此阶段诗歌句法理论上有了新认识，即对词法中的虚字有了新认识，值得青睐。楼昉《过庭录》中说：“文字之妙，只在几个助辞虚字上……助辞虚字，是过接斡旋千转万化处。”方回在《桐江集》卷五《吴尚贤诗评》中提及陈师道四句诗中竟用了八个虚词，很赞赏。他说：“诗中四句下端、能、敢、恨、肯、著、宁、辞八虚字，近时诗人唯赵章泉颇能得此法，诗律精深。”他还在《瀛奎律髓》卷四十三中说：“凡为诗，非五七字皆实之为难，全不必实而虚字有力之为难……句之中以虚字为工，天下之至难也。”甚至还说：“要妙在用虚字以斡实事，不可不细味也。”这是进一步强调：运用虚字能使句子变得生动活泼不死板。值得指出：这一阶段对实字、虚字在诗家语中作较广泛的功能探索，很难说比之上一阶段有更大的理论突破，要说有所突破乃在于两宋诗学理论家对实字、虚字在诗眼上的功能探索才有较大功能价值。他们首先看到句眼也须以实字为主，上面已提及的北宋诗人潘大临提出句法中“响字”的问题，按所举例看，诗人反复推敲提炼而得的那个富有表现力的实字即“响字”，且“其实就是今天我们所说的诗眼、句眼”①。蔡梦弼《杜工部草堂诗话》引吕本中语曰：“诗每句中须有一两字响，响字乃妙指，如子美‘身轻一鸟过’、‘飞燕受风斜’，‘过’字、‘受’字皆一句响字也。”这“过”、“受”同样是以实字充当的句眼。因为“诗歌语言中那种最富于生命表现力的词汇也被称之为眼”②。罗大经在《鹤林玉露》中提出，在诗句的构成上，“要十分注意‘健字’”的运用。“健字”从罗大经所举的例看，也就是响字、实字（尤其是实字中的动词），也就是句眼，它在句子的构成上承担的是“撑拄”这一构句的核心任务。由此可见，两宋诗学理论家总体上还是承袭上一阶段那种崇实见解的。至于句眼，乃诗句关键处有力凝集的词，说这个句眼词须以实字充当大概不足为奇。但也值得注意：这一阶段，特别在南宋，虚字也已受到诗学理论家关注了，让句眼以虚字充当也有人提出来了。叶梦得《石林诗话》卷中说过一段话：“诗人以一字为工，世固知之，唯老杜变化开阖，出奇无穷，殆不可以形迹捕，如‘江山有巴蜀，栋宇自齐梁’，远近数千里，上下数百年，只在‘有’与‘自’两字间，而吞吐山川之气，俯仰古今之怀，皆见于言外。《滕王亭子》‘粉墙犹竹色，虚阁自松声’，若不用‘犹’与‘自’两字，则余八言凡亭子皆可用，不必滕王也。此皆工妙至到，人力不可及，而此老特雍容闲肆，出于自然，略不见其用力处。”这席话告诉我们：杜甫诗中的虚字都是诗句关键所在，他能以这些虚字充当句眼，且做到了出神入化。方回在《瀛奎律髓》卷四十二谈到“用力着意”的句眼时，引用了陈师道《赠王聿修、商子常》三四句：“贪逢大敌能无惧，强画修眉每未工”，并这样说：“‘能’字、‘每’字乃是以虚字为眼，非此二字，精神安在？善吟咏古诗者，只点缀一二好字，高唱起而知其用力着意之地矣。”范晞文在《对床夜话》中谈到杜甫对句眼的追求时说：“予近读其《瞿塘两崖》诗云：‘入天犹石色，穿水忽云根。’‘犹’、‘忽’二字如浮云著风，闪烁无定，谁能迹其妙处。他如‘江山且相见，戎马未安居’，‘故国犹兵马，他乡亦鼓鼙’，‘地偏初衣裌，山拥更登危’，‘诗书遂墙壁，奴仆且旌旄’，皆用力于一字。”可见他对句眼以虚字充当是多么赞赏。这表明：如果我们承认“用力于一字”的句眼是表现作者精神的，那么只能“以虚字为眼”才能有效地达到这个目的。在句眼采用哪一类词上，这一阶段诗学理论家从崇实词渐渐地向崇虚词转化的迹象表明：旧诗的诗性语言已从唐诗隐喻语言的一统天下中突破出来，有用逻辑语言来渗透的迹象出现了。值得注意：这不是取代而只是渗透，

① 王德明：《中国古代诗歌句法理论的发展》，第106页。
② 葛兆光：《汉字的魔方》，第176页。

或者说：这只是立足于隐喻语言而让隐喻语言与逻辑语言双向交流；这只是立足于实字而让实字与虚字在发挥句眼的功能中按语境而定，可以用实字充当，也可以用虚字充当。罗大经就一再提出要健字撑拄、活字斡旋，也就是说在句眼上实字与虚字酌情选择来充当，而不偏于一端。这是两宋诗学理论家在词法上对句眼建设提出的新策略。

句眼的探求还引出一个“以物为人”的句法新课题。方回在《桐江集》中论及句“健峭”的问题时，曾引了杜甫《刘稻咏怀》的三、四句“寒风疏草木，旭日散鸡豚”，并这样评说：“三四乃诗家句法，必合如此下字，则健峭。”这说法可以理解，因为第三句“疏”、第四句“散”是在谓语部位的动词，能让主语、宾语建立起一种拟喻关系，以它们充当句眼也就理所当然了。因此可以这样说：选择“疏”、“散”这样的动词安置于能使主语“寒风”、“旭日”与宾语“草木”、“鸡豚”建立起奇特关系的谓语部位，也就使两个诗句与日常交际用语区别了开来，显出诗家语特殊的句法功能，使诗句具有非凡的表现力。具体说来就是：句眼处的这些关键字大多须或明或暗地让诗句具有拟人化功能。这一点启发了两宋诗学理论家，使他们在词法向句法过渡中，发现了一条以物为人的表现新径。《观林诗话》载：“山谷云：余从半山老人得古诗句法云：‘春风取花去，酬我以清阴。’”在此例中，“春风”能取“花”，更以能“以清阴”来“酬”我，让“春风”作行为主语，“我”为接受者的宾语，此一做法，使两个诗句的句眼——“取”、“酬”成了以物为人的功能机制。吴沆在《环溪诗话》中说：“山谷诗文中无非以物为人者，此所以擅一时之名，而度越流辈也。然有可有不可。如‘春去不窥园，黄鹂颇三请’，是用主人三请事；如咏竹云：‘翩翩佳公子，为致一窗碧’，是用正事，可也；又如‘残暑已趋装，好风方来归’，‘苦雨已解严，诸峰来献状’，谓残暑趋装，好风来归，苦雨解严，诸峰献状，亦无不可。”黄庭坚的这种追求，吴沆还予以颇高的评价：“以物为人一体，最可佳，于诗为新巧，于理未为大害。”

这一阶段的诗学理论家还从“以物为人”引出了一个构句中模式套用的思考，集中反映在黄庭坚提出的夺胎换骨说中。夺胎换骨是“以故为新”思路的体现。惠洪在《冷斋夜话》中有这么一条：“山谷云：诗意无穷而人之才有限，以有限之才追无穷之意，虽渊明、少陵不得工也。”这就意味着“以故为新”十分重要。那么如何做呢？惠洪又说：“然不易其意而造其语谓之换骨法，窥入其意而形容之，谓之夺胎法。”夺胎法是夺古人诗中意象而生发开来的一种追求，它属于“偷意”的行为，和语言没有必然联系。从句法的角度看，换骨法才是必要的，所谓“不易其意而造其语”，其实是指诗句在基本的立意上借鉴前人，但在语言上则按前人的构句模式而另作创造，体现为化用前人诗句之语脉的捷径式追求。王得臣在《麈史》卷中说到杜审言与宋之问唱和，有“雾绾青条弱，风牵紫蔓长”。而杜甫则有“林花著雨胭脂落，水荇牵风翠带长”。王得臣因此说：“虽不袭取其意而语脉盖有家风矣！”这其实就是一场语脉的袭用，构句模式的套用。“风牵紫蔓长”是以“风”作为行为动词的主体的，即“风”被人化而能“牵紫蔓”了。这种建立在主谓宾谬理关系上的语脉是从“以物为人”发展出来的，把它看成一种构句模式，被杜甫化用成“水荇牵风翠带长”，本义是“风牵着像翠带那样长的水荇"，无非也是"风"被人化而能"牵"水荇了。由此可见杜甫此句实系杜审言那句的语脉袭用，构造模式的套用，而从黄庭坚开始就把这种化用前人诗句称之为"不易其意而造其语"的换骨法。我们称换骨法是"以物为人"引出来的，倒也并非抓了杜审言与杜甫的例子随意判断，而是可以举出许多例子来作进一步证实的。如庾信《月》诗中有"渡河光不湿"，杜甫袭其"以物为人"之语脉而作"入河蟾不没"，杨万里在《诚斋诗话》中针对此现象而提出"用古人句律而不用其句意，以故为新，夺胎换骨"。惠洪《天厨禁脔》卷中载有这么一条："《春风》：'有情芍药含春泪，无力蔷薇卧晓枝。'又'白蚁拨醅官酒熟，紫绵揉色海棠开'。前少游诗，后山谷诗。夫言花与酒者，自古至今，不可胜数，然皆一律。若两杰则以妙意取其骨而换之。"这几个诗例，无论芍药含泪、蔷薇卧枝，或者白蚁拨醅、紫绵揉色，各以"含"与"卧"、"拨"与"揉"为两两相应的句眼，并进而显出其语脉皆来自"以物为人"。

以上我们从词语拓展、点铁成金、置字求工、诗眼为贵、虚实互补、以物为人等方面的考察中回顾了两宋诗学理论家对字法及字法向句法过渡中有关诗家语的建设策略。在奢谈句法成风的时代，单是这些方面的回顾是不够的，我们还得对句法和连续性句法中反映出来的诗家语句式构成这个新课题作深入探讨。

诗性语言中的句同日常交际语言中的句一样，以陈述句"主语＋谓语＋宾语"为基础，判断句以"主语＋系词＋表语"为基础，主语、宾语和表语前面可以加定语修饰，谓语前面可加状语修饰，后面可加补语。这是约定俗成的句式，涉及成分、词性和语序三个问题。在宋以前，特别是唐代近体诗产生后，句式上盛行成分省略、词性转化和语序颠倒，但两宋以前的诗学理论家对创作实践提供的这些现象鲜有提纯为理论规律的。这一阶段情况就不同了。

先看成分的省略。这一阶段诗句中成分省略很受诗学理论家们关注。这种省略有三类：一类是主语、定语、状语的省略，成为光秃秃的谓宾关系；另一类是谓、宾、状、定都省略，成为光秃秃的主语；再一类是连接词、介词等属于虚词的省略。两宋诗学理论家们在凭感觉摸透这些省略句的状况后，有了自觉的审美思考。温庭筠的《商山早行》中两个诗句："鸡声茅店月，人迹板桥霜。"李东阳在《麓堂诗话》中说："二句中不用一二闲字"，只"提掇出紧关物色字样"。可不是吗？如果"闲字"存在，这两个句子应该变成这样："鸡（啼）声（响起时）茅店（上）月（还挂着），（而早行）人（足）迹（也已印在）板桥（的薄）霜（上了）。"经我们把有关省略的成分和关联词一补足，原本两句十个字竟扩大成三十个字，或者说这两个理应用三十个字的诗句省略了二十个字，只用了"紧关物色"的十个字，这样做是不是意思会传达不完整、不清楚呢？两宋诗学理论家不这样认为，他们从这个句式结构中反看出了诗意传达有超越"意之壳"——语言实体而传达得更完整、更清楚的特异功能。欧阳修在《六一诗话》中引梅圣俞评这两句诗说："作者得于心，览者会以意，殆难指陈以言也。"范温在《潜溪诗眼》中也说："古人律诗亦是一片文章，似语无伦次，而意若贯珠。"这些说法似乎表明他们自发地看到了诗性语言应该是"得于心"的直觉语言，也只有以"心"——直觉去把握这种大幅度成分省略的语言构成现象，才能使接受者面对残缺不全的句式而"会以意"，"意若贯珠"。词性转化作为一场句法理论的探讨也在这阶段提到传统诗学的语言议事日程上来了。按照旧诗的传统认识，“词”实是“字”[①]，词性不作名词、动词、形容词、副词、介词这样的分类，而只有“实字”与“虚字”的区别[②]。那么，何者为实词，何者为虚词呢？有学者对古汉语予以梳理整合，认为：实词包括实者实物名词，如“天、桃、诗、书”，以及“半实”或“半实死”者非实物名词，如“声、情、阴、阳”；虚词包括“半虚”者量词如“层、番、毫、端”，“虚死者”性状词如“长、短、高、低”，“虚活”者动作词如“腾、听、观、想”，还有“半实活”者“体之用动作词”如“怀、思、面、育”等[③]。启功更干脆，把今之所谓词划分为“实字”、“虚字”后，又按西方语法来析分，提出：“实字即包括今之所谓名词，虚字即包括今之所谓动、状、附、介、叹等类。”他还沿袭黎锦熙在《新著国语文法》中的观点：“凡词，依句辨品，离句无品。”更明确地提出：“这两类又都不是定而不可移的，它们之间，有时虚字实用，实字虚用。代、附在文言文，实是虚字一类，尤其灵活。”[④] 可是大量虚实互转、词性活用现象在古汉语中频频出现，如“君君，臣臣，父父，子子”。“君臣父子”本名物字，句中后一字即属此“词性”，而前一字则虚用其体、化实为虚成动词，可称实字虚用，或名词转化为动词，这就是词性转化。一般说，两宋诗学理论家的词性转化，就是化实为虚和化虚为实。不过，对这个句式构成上的问题在北宋几乎还没有专门谈到，南宋才正式提出来，究其原因在于：南宋以前总是崇实反虚的，到南宋才改变这种一边倒的局面，罗大经等提出虚字能起斡旋作用，能使诗句活起来的说法，标志着南宋诗坛已确立了虚字的崇高地位，而周弼、范晞文等则进一步有了化实为虚和化虚为实的说法。周弼在《唐贤三体诗法》中，把唐律诗中间的四句分为三格，四实为第一格，四虚次之，虚实相伴又次之。他的“实”即“景物”，“虚”则指“情思”，所以所持此说之初衷实可归于情景间的抒情结构范畴，但鉴于“景物”是以实字呈示的，而“情思”是一种性状动态，以包括动词、形容词、副词、介词、连词在内的虚字呈示，因此也就同语言接上了关系。范晞文因此对此说甚感兴趣，在《对床夜话》中，他一方面对周弼“四实”为第一格给以很高评价，认为“中四句皆景物”而能“于华丽典重之间有宽厚之态，此其妙也”，却又指出：“间有过实而句未飞健者，得以起或者窒塞之讥。”他因此更关心周弼对虚字的重视，这样说：“‘四虚’序云：‘不以虚为虚而以实为虚，化景物为情思，从首至尾，自然如行云流水，此其难也。否则偏于枯瘠，流于轻俗，而不足采矣。’姑举其所选一二云：‘岭猿同旦暮，江柳共风烟。’又：‘猿声知后夜，花发见流年。’若猿，若柳，若花，若旦暮，若风烟，若夜，若年，皆景物也。化而虚之者一字耳，此所以次于四实也。”范晞文对周弼这段话赞赏的不是全用实字，也不是全用虚字，而是立足于实而化实为虚，或者说他赞赏的是实词转化为虚字的策略。“岭猿同旦暮”实是“同旦暮着”，

① 易闻晓在《中国诗句法论》中说：“在传统的中国语文学当中，就一向只有‘字’的概念，而未闻‘词’的称述。‘词’的概念乃借自西方的词法观念，汉语初以单音呼物，而汉字以独字适应语言单音，故独字为词，是为必然……若于两字相合，亦称‘双字’或‘骈字’而已。”（齐鲁书社 2006 年版，第 138—139 页）

② 参考易闻晓《中国诗句法论》，第 156—163 页。

③ 申小龙：《旧诗人文精神论》，转引自易晓闻《中国诗句法论》，第 162 页。

④ 转引自易闻晓《中国诗句法论》，第 161 页。

“江柳共风烟”实是“共风烟了”，“旦暮”和“风烟”作为“景物”的实字转化为充当动状的虚字，即名词转化为动词了；“猿声知后夜”实是“知于后夜”，“花发见流年”实是“见于流年”，“后夜”和“流年”以化实为虚的名义显示为名词转为用作状语的副词。这样的策略使“旦暮”、“风烟”、“后夜”、“流年”既实又虚，在句式中既能保持以实字显示而获得全句意象的密集，又能因以实化虚而使句子不至于实字意象密集导致“窒塞”，且能借由实化来的虚字的斡旋而显出“自然如行云流水”之感受功能。范晞文受周弼的启发而进一步从化虚为实对词性转化作了探讨，在《对床夜话》中总结杜甫“以颜色字置第一字”的句法特征时就把化虚为实的思考提了出来。他这样说：“老杜多欲以颜色字置第一字，却引实字来，如‘红入桃花嫩，青归柳色新’是也。不如此，则语既弱而气亦馁。他如‘青惜峰峦过，黄知橘柚来’，‘碧知湖外草，红见海东云’，‘绿垂风折笋，红绽雨肥梅’，‘红浸珊瑚短，青悬薜荔长’，‘翠深开断壁，红远结飞楼’，‘翠干危栈竹，红腻小湖莲’，‘紫收岷岭芋，白种陆地莲’，皆如前体。若‘白摧朽骨龙虎死，黑入太明雷雨垂’，益壮而险矣。”这里值得注意的是“以颜色字置第一字，却引实字来”的说法。所谓颜色字，指表示颜色的词，它们如“红”、“黄”、“蓝”、“白”、“黑”，从词性上看，都是形容词，古汉语中所谓虚字，放在句式“第一字”即主语位置上，也就有了一般以名词充当的行为动作主体——主语的功能，而名词总是实字，因此，作为虚字的颜色字置于“第一字”，也就“引实字来”了，有了以虚化实的词性转化。说明白点，颜色字是形容词，在句式中是只司定语之职的，现在改变了人或物作为行为动作主体——主语的常规，而以颜色字的形容词担当主语，作为行为动作的发出者，能使接受者视觉上受到强烈的刺激，颜色生命化，使诗句有了丰富的内涵和新鲜感。若按常规句法——颜色字作定语来写，比较一下，确实不是“语既弱而气亦馁”，而是语既强而气亦盛了，而这是靠以虚化实为表征的词性转化获得的。

比较而言，语序错乱是两宋诗学理论家探讨句式时谈得最多的，也是他们的句法理论中一项极重要的内容。王安石不仅重视句眼，提出过“吟诗要一字两字功夫”，也极重视语序颠倒错乱的艺术效果。上面我们已提到他改“日斜奏罢长杨赋”为“日斜奏赋长杨罢”，且说“诗家语如此乃健”，陈善《扪虱新话》卷八也记有王安石读杜荀鹤《雪诗》：“江湖不见飞禽影，岩谷唯闻折竹声”后，认为它们的后三字应颠倒次序改为“禽飞影”、“竹折声”更好。这就是他敏感到语序错综能产生特强审美效果的生动例子，也成了他提出的、作为表现型语言的“诗家语”一项本质性标志。在王安石的带动下，两宋很多诗学理论家提倡语序错综，范晞文在《对床夜话》中提出“以颜色字置第一字”的句式，就是一种打破常规语序现象，对这类句式的标榜其实也就是对语序错综的提倡。惠洪在《天厨禁脔》的“错综句法”条引了杜甫的“红稻啄残鹦鹉粒，碧梧栖老凤凰枝”，王安石的“缲成白雪桑重绿，割尽黄云稻正青”，郑谷的“林下听经秋苑鹿，江边扫叶夕阳僧”，认为这是“三种错综”，并作这样的分析：“以事不错综则不成文章。若平直叙之，则曰‘鹦鹉啄残红稻粒，凤凰栖老碧梧枝’。而以‘红稻’于上、以‘凤凰’于下者，错综之也。言‘缲成’则知白雪为丝，言‘割尽’则知黄云为麦也。”值得注意的是他看到了“以事不错综，则不成文章”。问题是：语序颠倒错乱，从诗家语的角度看到底有多少美学价值？这也引起了两宋诗学理论家的关注。以句法就声律是当时流行的说法，语序颠倒来自于声律的要求。使声律更和谐当然是语序颠倒错乱一个方面的功能反映，但也有人从语势有力的角度来看。沈括在《梦溪笔谈》卷十四中就说："盖欲相错成文，则语势矫健耳。"吕本中《紫微诗话》中记有这么一条："未改科已前，有吴俦贤良为庐州教授，尝诲诸生：作文须用倒语，如'名重燕然之勒'，则文势自然有力。"更有人从语峻而体健的角度来看的。王得臣在《麈史》中说："杜子美善于用故事及常语，多离析，或倒用其句，盖如此则语峻而体健，意亦深稳矣！"孙奕在《履斋示儿编》卷十"炼字"条中有"凡倒著字，句自爽健也"的说法。这些虽都只是凭艺术感觉的言说，语焉不详，但对后人还是颇有启示意义的。

以上是对这阶段单行诗句的句式构成规律的考察，那么，两宋诗学理论家对连续性句法中以两行显示的句式构成规律的探求又是怎样的呢？大致说可归纳成三种类型来考察，即：两句一句型、两句一意型、两句意远型。

两句一句型句式指的是上下句属于一个句法结构。罗大经在《鹤林玉露》乙编卷四中有这么一则记载："叶石林云：'杜工部诗，对偶至严，而《送杨六判官》云：'子云清自守，今日起为官。'独不相对，切（疑'窃'之误）意'今日'字当是'令尹'字传写之讹耳。'"罗大经对此提出自己的看法说："余谓不然。此联之工，正为假'云'对'日'。两句一意，乃诗家活法。若作'令尹'字，则索然无神，夫人能道之矣。"这一场诗家语"官司"是值得我们来思考的。古人论诗歌语言中的句式问题，老是把一种语言构成现象和对偶扯在一起，其实对偶只是一种复合句的构成现象，或并列复合句，或主从复合句。叶梦得是从并列复合句类对偶的角度来看这个上下句关系的，所以要把"今日"改成"令尹"。罗大经虽然也扯到对偶上，但他从主从复合句的角度看，"今日"并非"传写之讹"，杜甫用了"今日"，不会使这一联"索然无神"，倒是很显神采的，因为这一联上下句属于一个句法结构，一个表现条件关系的主从复合句，当然，罗大经"两句一意"来反驳叶梦得并不确切，应该是指"两句一句"。这大概是那时还不通行"复合句"这个概念和术语之故。葛立方在《韵语阳秋》中说："梅圣俞五字律诗，于对联中十字作一意处甚多。如《碧澜亭》诗云：'危楼喧晚鼓，惊鹭起寒汀。'《初见淮山》云：'朝来汴口望，喜见淮上山。'《送俞驾部》云：'何时鹢舟上，远见炉峰迎'……如此者不可胜举，诗家谓之十字格。"这里的"十字作一意"其实也不确，从诗例看，也是十字作一句，即主从复合句，如《碧澜亭》的这一联就是以因果关系建立起来的主从复合句："危楼喧晚鼓"是原因状语从句，修饰主句"惊鹭起寒汀"中的谓语"起"的。只有方回对这个"两句一句"的术语使用得正确。他在《瀛奎律髓》卷十四中举黄庭坚《和外舅夙兴》中的一联"短童疲洒扫，落叶故纷披"后说："先言扫，后言叶，十字一句法。"此等言说足以表明：这样的上下句内容上往往是因果、顺接关系，下句从属于上句或上句从属于下句，或下句紧接上句，时间上一前一后而不是并列平行的关系。在旧体诗语言审美习惯中，诗，尤其是近体诗的一联上下句要么各自独立，要么是并列复合句的关系，而后者虽也复合，却很难说是两句一句的，所以方回认为这种"十字一句法"是活法的表现。因为方回还对贾岛《寄宋州田中丞》中“相思深夜后，未答去秋书”这样的上下句关系大加赞赏：“初看甚淡，细看十字一串，不吃力而有味。浪仙专用此体，如‘白发初相识，秋山拟共登’，如‘羡君无白发，走马过黄河’，如‘万水千山路，孤舟一月程’，皆句法之变也。”

以两句一意来建立起上下句句式也还是存在的。罗大经所说“两句一意乃诗家活法”，其实是把两句一句型和两句一意型句式都包括在内的，所以他除了提倡两句一句型句式，也同样标榜两句一意型句式，在《鹤林玉露》中他就这样说：“唐人喜以两句道一事，曾茶山诗中多用此体。”这“两句道一事”其实就是两句一意。方回在《瀛奎律髓》卷十四中也举了黄庭坚《和外舅夙兴》中另两句：“蓬蒿含雨露，松竹见冰雪”，认为这联是说“如蓬蒿之人含雨，不如松竹之足以见冰霜也。意当如此，两句元只一意”。可见两句一意型句式就是上下句在语法上选择并列复合句关系，是一种重复表现同一个意思的句式。这种句式在当年较为流行。当然，这种流行会带来一定的副作用，但这得归罪于对偶中字对的强调，而不能过多责怪两句一意型并列复合句式。《蔡宽夫诗话》中说：“晋宋间诗人造语虽秀拔，然大抵上下多出一意，如‘鱼戏新荷动，鸟散余花落’，‘蝉噪林愈静，鸟鸣山更幽’之类，非不工矣，终不免此病。其甚乃有一人名而分用之者，如刘越石‘宣尼悲获麟，西狩泣孔丘’，‘虽好相如达，不同长卿慢’等语，若非前后映带，殆不可读……”这不是没有道理的，但从那些例句中可以见出这是两行词语硬对引起的负面效应。如果能撇开词语的对偶而重在句对——两句一意型并列复合句式就不仅不至于患“此病”，还能达到诗性表现的多重效果。沈括在《梦溪笔谈》中说：“王荆公以‘风定花犹落’对‘鸟鸣山更幽’，则上句静中自动，下句动中有静。”这种多重效果还被罗大经名为“互体”效应。罗大经在《鹤林玉露》中说：“杜少陵诗云：‘风含翠筱娟娟静，雨浥红蕖冉冉香。’上句风中有雨，下句雨中有风，谓之互体。杨诚斋诗云：‘绿光风动麦，白碎日翻池。’上句风中有日，下句日中有风。”以上下句意思互相包容来显示的这种两句一意型并列复合句追求，其诗家语的多重审美功能确不可低估。当然，两句一意具现于并列复合句的并列关系，必须做到“妙合自然”，这一点两宋诗学理论家也是注意到的。周密在《弁阳诗话》中说：“对偶之佳者，曰：‘数点雨声风约住，一枝花影月移来。’‘柳摇台榭东风软，花压栏杆春昼长。’‘天下三分明月夜，扬州十里小红楼。’‘梨园弟子白发新，江州司马青衫湿。’数联皆天衣无缝，妙合自然。”这段话可以说是使两句一意型并列复合句式走上坦途的保证。

两句意远型句式之被发现及对其语言审美功能之理论提纯，是两宋诗学理论家最显理论出新、探求诗家语最具价值的。发现“两句意远”并把这一语法现象率先作内在规律探求的，是葛立方。这位诗学理论家在《韵语阳秋》卷一中说了这么一段精彩的话：

> 律诗中间对联，两句意甚远，而中实潜贯者，最为高作。如介甫《示平甫》诗云：“家世到今宜有后，才士如此岂无时。”《答陈正叔》云：“此道未行身有待，古人不见首空回。”鲁直《答彦和》云：“天于万物定贫我，智效一官全为亲。”

> 《上叔父夷仲》云："万里书来儿女瘦，十月山行冰雪深。"欧阳永叔《送王平甫下第》诗云："身行南雁不到处，山与北人相对愁。"如此之类，与规规然在于媲青对白者，相去万里矣。鲁直如此句甚多，不能概举也。

葛立方显然明确地提出了一种意甚远地作上下句组合的新颖复句句式。作为一种全新句式的构成形态，在葛立方以前就有人发现了。费衮《梁溪漫志》卷四记述了苏轼教人读《檀弓》，黄庭坚"谨守其言，传之后学"，使费衮也深感到"《檀弓》诚文章之模范"，尤其感到句与句组成句群颇有特色，"事不相涉而意脉贯穿，经纬错综，成自然之文，此所以可法也"。范温在《潜溪诗眼》中也说："古人律诗亦是一片文章，语或无伦次，而意若贯珠。"这二人和葛立方不约而同地提倡两句意远的新句式，反映了两宋诗学理论家对王昌龄他们提倡的"下句拂上句"已试图超越，对"合掌"等弊端欲作矫枉。不过，这二人对两句虽意远而实属"意脉贯穿"、"意若贯珠"的言说，只是一种泛论而已，不像葛立方，拿"潜"字来大做"贯"的文章。所以，葛立方虽与众不同地提出了意甚远的句式构成，但重点实在是：意甚远的上下句深层处有着隐含的联系。可以这样说：他显然以"潜贯"表明句与句可以不受外在语法修辞的制约而获得另一类联系。那么这另一类联系是怎样进行的呢？有人从奇特句式引起外在特异功能上去考虑。胡宿有诗《飞将》："曾从嫖姚立战功，胡雏犹畏紫髯翁。雕戈夜统千卢卫，缇骑秋畋五柞宫。后殿拜恩金印重，北堂开宴玉壶空。从来敌国威名大，麾下多称黑矟公。"方回在《瀛奎律髓》中这样谈这首诗："凡诗，读上一句初不知下一句如何对，必所对胜上句，令人不测乃佳。此篇是也。"也如陈长方在《步里客谈》卷下所说："古人作诗断句，辄旁入他意，最为警策。如老杜云'鸡虫得失无了时，注目寒江倚山阁'是也。黄鲁直《水仙花》诗亦用此体云：'坐对真成被花恼，出门一笑大江横。'"的确，这些诗例使人读了上一句不知下一句该如何，读了下一句不知和上一句究竟有何关系，这样拉大两句间的距离，硬性让它们合在一起以至"令人不测"的做法，只能说是借用奇特句式导致的外力强刺激作用来唤醒高度跳跃的联想，来建立深层处隐含的联系。但这和葛立方那个"两句意甚远而中实潜贯"的说法似乎并不一致。葛立方是说两句外在"意甚远"而内在（"中"）"潜贯"，"潜贯"依凭的是内在自身的作用。这里存在着一个如何作"潜"在地"贯"通的问题需要探索。我们不妨拿葛立方那段话中所引黄庭坚两句诗"万里书来儿女瘦，十月山行冰雪深"作典型例子来分析。它们确是"中实潜贯"的，靠的是"中"——内在的自身功能即作为隐喻的意象特具的兴发感动功能。上句"万里书来儿女瘦"的意象感发功能极强，借这功能隐喻着漂泊他乡的"我"亲人难聚的悲感；"十月山行冰雪深"的意象感发功能更强，隐喻着浪迹异地的"你"风尘孤旅的艰辛，同出于沦落天涯的抒情氛围把这两个意甚远的诗句拢在了一起，于是它们也就有一场"中实潜贯"——隐含的联系了。所以葛立方似乎已本能地把握住对等原则作用下的句式构成途径。这里我们再次发现两宋诗学理论家对诗家语的探求，其实就是不自觉地在对点面感发类隐喻语言作构成规律的理论提纯。

综上所述，可以说，两宋的诗歌语言理论已接近于体系化，有集大成的意味了。

第四节　元明清诗歌语言理论

如果说两宋诗学理论家通过词法、句法和连续性句法的探讨，已初步形成了一个比较接近于创作实践经验的诗家语理论体系，那么元明清阶段的诗学理论家则是在继承这个集大成之成就的基础上进一步完善并深化了这个体系。元明清阶段共六百余年，这一段漫长岁月出现的一批诗家语理论，和上一个阶段相比，说不上有特大的差别，诗性语言构成的基本思路是相通的，这当然要归功于两宋诗学理论家的探讨已进到近乎顶峰的境界，却也并不能认为元明清阶段的诗性语言理论就并不具有自己的个性特点，恰恰相反，自己的个性特点是既存在又十分鲜明的。大致说，表现为三点。首先一点是重点探讨了虚实字配比、句眼设置、词序错综和上下句组合这四个方面的审美理论依据；另一点是展现了这些理论依据的内在辩证性；再一点是从这些颇具辩证性的理论中提纯出了传统汉诗诗家语的本质属性。正是这三大个性特点，才使这个阶段的诗家语理论体系得以完善与深化。因此，我们在本节中将以这三大理论个性特点作为探讨的具体对象，来对本阶段语言理论作一回顾。

先看虚实字配比的理论。

这是个老问题，从隋唐五代开始，诗学理论界一直在谈。而言说的倾向总是崇实抑虚占优势。这种情况到南宋才有所改变，如楼昉在《过庭录》中就说："文字之妙只在几个助辞虚字上……助辞虚字是过接斡旋中千转万化处。"罗大经接受了楼昉这个虚字在句子构成中能起斡旋作用的影响，却也没忘掉实字的地位，在《鹤林玉露》中提出："作诗要健字撑拄，要活字斡旋。"这可是既崇实又扬虚的。对诗句中虚实字的配比关系，能比较辩证地看待。到元明清阶段，崇实抑虚的片面认识又有所抬头。元代署名杨载撰的《诗法家数》中论及律诗要法时说："须多下实字。字实则自然响亮，而句法健。"对虚字则说句子的"中腰虚活字，亦须回避"①。元范德机门人集录的《总论》中有这样一段话，曰："或有谓：断句之法，在善于贴字面。贴字之法，在于用实。梅圣俞《送马廷评至余姚县》：'晓日鱼虾市，秋风橘柚船。'五字皆实，故健。如章仲由学之乃曰：'鱼虾腥市井，橘柚压江船。'贴两字便虚弱，不知此说何如?'曰：'是。如温庭筠《早行》诗：'鸡声茅店月，人迹板桥霜。'五字皆实，亦健。及后来华翠微盗其句，乃曰：'鸡翅拍斜茅店月，马蹄踏破板桥霜。'贴四尖新字于其中，便觉软弱小巧，意味短。"② 这是典型的崇实抑虚——这"虚"甚至包括动词。元代佚名者撰《诗法源流》中说："吾尝亲承范先生之教曰：'诗贵乎实而已。'"③ 与之相应，也有人抑实崇虚。如明李东阳在《怀麓堂诗话》中就说："盛唐人善用虚，其开合呼唤，悠扬委曲，皆在于此。"他把盛唐诗歌语言的成功归之于"善用虚"，并骄傲地说"此予所独得者"。但从总体说这个阶段对虚实字在句中的作用，像罗大经一样辩证对待，已

---

① 张健编著：《元代诗法校考》，北京大学出版社2001年版，第19页。

② 同上书，第215页。

③ 同上书，第240页。

成共识。颇有意思的是上引“承范先生之教”的范德机，在由他的“门人集录”的《总论》中另有这么一段“门人”与范德机的对话，门人问：“大抵实一字则健一字，虚一字则弱一字矣。此说如何？”范作了一番耐人寻味的回答：“此说固是。但亦有全虚而意味无穷者。如杜诗：‘万事无成虚过日，百年多难未还乡。’‘世乱郁郁久为客，路难悠悠长傍人。’……大抵用景物则实，用人事则虚。一诗之中，全用景物，则过实而窒；全用人事，则过虚而软。故作诗之法，必要虚实均匀，语意和畅，而后为尽善也。”[1] 看来实字、虚字在构句中是各司其职，同样重要的了。托名袁枚撰的《诗学全书》就干脆对二者都作了大力肯定：“实字句者，字字俱要典雅。盖诗无实字则句不庄重，而实字中又要带活动之意乃佳。”“虚字句者，字字要灵活。盖诗中无虚字则未免板滞，而虚字切不可入于油腔滑调。”赵翼在《瓯北诗话》卷九中特别着眼于虚实字的辩证关系。首先他肯定了“七律不用虚字，全用实字”，如“杜樊川‘深秋帘幕千家雨，落日楼台一笛风’、赵渭南‘残星几点雁横塞，长笛一声人倚楼’、陆放翁‘楼船夜雪瓜洲渡，铁马秋风大散关’，皆是也。”认为这些写景诗句就很成功，并且还对吴梅村“以之叙事，而词句外自有余味”这种“独擅长处”更为赞赏，认为“皆不著议论，意在言外，令人低徊不尽”，但又对像《送冯子渊总戎》中“十二银筝歌芍药，三千练甲醉葡萄”这样“杂凑成句”不满，认为“其病又在专用实字，不用虚字，故撑运不灵，斡旋不转，徒觉堆垛，益成呆笨”。而让虚字作适当的配合，确能避免这些弊端，并举例：“杜诗五律，究以‘江山有巴蜀，栋宇自齐梁’一联为最，东西数千里，上下数百年，尽纳入两个虚字中，此何等神力。”在这些比较辩证的言说中，最值得注意的是谢榛的说法。

谢榛在《四溟诗话》中的一些说法，似乎是前后矛盾的，这大可探究。他先说：“律诗重在对偶，妙在虚实。子美多用实字，高适多用虚字。唯虚字极难，不善学者失之。”这是对虚实字皆肯定的，但接着说：“实字多则意简而句健，虚字多则意繁而句实，赵子昂所谓两联宜实也。”这意思是用实字多值得肯定，用虚字多要否定。但接着又说“五言诗皆用实字者，如释齐己‘山寺钟楼月，江城鼓角风’，此联尽合声律，要含虚活乃健”，这又对用虚字作肯定而对多用实字作否定了。这种颇显矛盾的言说，初看令人困惑不解，但谢榛似乎不察，反觉得这样言说才有深意似的，因此反倒说：“诗中亦有三昧，何独不悟此耶!”那么究竟该如何理解谢榛的认识呢？他说了：“七言近体，起自初唐应制，句法严整。或实字叠用、虚字单使，自无敷演之病。”这才点明了他对虚实字在构句中终极的配比关系，即在构句中，既可用实字，也该用虚字，但最好以用实字为主而适量掺以虚字。而一联全用实字或全用虚字那是断断行不通的。这是很辩证的思考，不仅超越了两宋诗学理论家在虚实字上的认识，也成了元明清这一阶段对这一问题最合于创作实践之经验的提纯。但还值得再进一步说：谢榛所提出的这个虚实字在构句中作用的辨证理论还被他进一步提纯出一条有关诗家语的本质性规律。在《四溟诗话》卷四中他说了这么一句话：

---

① 张健编著：《元代诗法校考》，北京大学出版社 2001 年版，214 页。

> 凡多用虚字便是讲，讲是宋调之根。

这说法令人有石破天惊之感。所谓“讲”便是叙说，是一种合于分析演绎关系、合于约定俗成之语法规范的线性陈述性言语活动，这样的言语活动所使用的语言则显然是一种逻辑推论的语言，而不属于点面感发的直觉隐喻语言。那么虚字用多为什么会变“讲”、会使诗家语变成日常社会交流的语言呢？原因就在于虚字基本上是一种转折、关联、使事理能井然有序地达到理性传达之目的的词，它的功能就是强化语言的语法逻辑规范，而严守语法规范的语言是会使信息传达流畅、明晰、合于理性准确度却远离诗性直觉之传达的。那么又为什么说是“宋调之根”呢？所谓宋调，即宋诗的格调。宋诗强调理趣追求，因此其格调偏于传达抽象的智慧，而不像唐诗侧重具象的感兴表现。这种事理传达的诗学追求必须做到层层推演、条理清楚，这也就决定了传达的工具语言也该多用虚字。宋调的诗学追求如果没有采用多虚字而使言语活动纳入严密的逻辑推论性语言结构中，那是难以达到其目的要求的，因此“讲是宋调之根”的说法既合理又深刻。

谢榛在虚实字配比的问题上提出来的“多用虚字便是讲”的理论，我们说能给人石破天惊之感可不是虚妄之言。在谢榛提出后多年，清代的冒春荣在《葚原诗说》中写了这么一段话：

> 虚字呼应，是诗中之线索也。线索在诗外者胜，在诗内者劣。今人多用虚字，线索毕露，使人一览略无余味，皆由不知古人诗法也。

把虚字看成能起诗句串联作用的线，这就表明“多用虚字”的语言会成为一种分析推论有序、语法规范严密的线性陈述性逻辑语言。一般说，诗句的诗思线索体现为外在意象语言在对等原则作用下作感兴隐喻式联系，而只有这样才是可取的，如果靠构成诗句内在的虚字来体现，那是拙劣的，因为诗思的传达贵在委婉曲折、含蓄朦胧，这才是“线索在诗外者胜”的道理，如果让“线索”在诗内，即多用虚字串联呼应，使诗思的传达一览无余、清晰分明，失其含蓄朦胧、回味无穷的韵致，当然不行。把这再提纯到诗性语言之本质要求看，若用过多虚字导致的线性陈述类逻辑语言来充当诗家语，也就不合适。

所以，从谢榛和冒春荣对虚实字在诗句构成中如何配比的言说来看，这一阶段的诗学理论家对诗家语的理论认识，无疑已接近诗性语言质的规定性要求了。

再看句眼设置的问题。

元明清诗学理论家在对诗家语作理论探求中，句眼设置的问题也成了热门话题，不过有关的理论见解很大一部分是炒两宋的冷饭。托名袁枚撰的《诗学全书》有这么一段话：

> 诗句中之字有眼，犹弈中之有眼也。诗思玲珑则有诗眼活，弈手玲珑则有弈眼活。所谓眼者，指玲珑处言之也。学诗者当于古人玲珑处得眼，不可于古人眼

中寻玲珑。若穿凿一二字，指为古人之诗眼，此乃死眼非活眼也。但从来论诗者，五言以第三字为眼，七言以第五字为眼。诗眼用实字，自然老健；用响字，自然闳亮；用拗字，自然森挺。学者最宜留心。又诗中句法，有用两实字落脚者，有用单实字落脚者，有用虚字起头者（即虚接法）……有用实字起头者（即实接法）。句中有用活字者，有用健字者。诗中之炼字，如传神之点睛。一身灵动，在于两眸；一句精彩，生于一字。或炼第二字，或炼第三字，或炼第五字，或炼第二与第五字，或炼第七字。

这段话从诗眼的实质、诗眼产生的条件、诗眼的作用、诗眼的位置这四个方面，来论述这个经久不衰的话题，从某种意义上可说是诗眼研究的集大成之论。当然，多数内容还是前人已说过的，原创新意称不上多。其超越两宋言说诗眼之处是抬出“玲珑”二字与诗眼挂上钩。玲珑系灵活、灵巧之意，就诗而言，诗思的玲珑实指诗性联想的活跃，诗思的玲珑处则系诗性联想之激活点。当我们从“眼者，指玲珑处言之也”的角度看诗眼，诗眼也就是诗思展开中联想之激活点。由此说来，“玲珑处得眼”也意味着得在联想激活点上设置诗眼。所以说“一身灵动在于两眸，一句精彩生于一字”点明了诗眼处那个充当诗眼的“字”，背负的重任乃是用以激活与特定之诗思相应合的联想。《诗学全书》中对诗眼之实质及诗眼产生之前提的理解与由此阐发出来的诗家语认识高度，显然大大超越了两宋诗学理论家对这一问题的思考范围。

《诗学全书》中对诗眼中另一些问题的提法虽沿袭两宋，原创新意固然不多，但在另一些元明清诗学理论家的言说中却多少也能见出有发展两宋之处。就诗眼该用实字还是虚字而言，这阶段基本上沿袭两宋的看法，即都可充作诗眼。清黄生在《杜工部诗说》中提出五十二种句法，“实眼句”、“虚眼句”就列于首要地位；《唐诗评》中提出六十种句法，再次列入“实眼句”、“虚眼句”。但它们沿袭中也还是有所发展的，特别表现在实字作诗眼上。两宋已用“活字”称虚字，用“健字”称实字，在两宋多数诗学理论家眼中，实字不包括动词而只是名词而已，到这阶段动词基本上已被划归实字，因此也就有从“健字”派生出一个“响字”。这个“响字”，宋代的潘大临、吕本中早已提出过，但他们的着眼点是“响字”标志着诗眼的位置而已，虽举句中响字即动词，但并不注意词性。这阶段“响字”才正式被看成是动词标志。《诗学全书》中就提出以响字充当的实字“要带活动之意乃佳”。而这也就影响到实字作诗眼的既可以“健字”充当也可以“响字”充当。这倒是对两宋的一次发展。元佚名者所撰的《沙中金集》中“眼用实字”条说：“凡诗眼用实字，方得句健。”这个实字也就是健字。根据五言以第三字为眼、七言以第五字为眼的原则，这位无名理论家所举的诗例有韩偓的“星河秋一雁，砧杵夜千家”和许浑的“风传鼓角霜侵戟，云卷笙歌月上楼”，这“秋”、“夜”与“霜”、“月”作为以名词充当的诗眼，确实称得上是“健字”。他又在“眼用响字”条下说：“潘邠老云：‘七言诗第五字要响，五言诗第三字要响，所谓响者，致力处也。”他举诗例有许浑的“万里江山分晓梦，四邻歌吹送春愁”和高翥的“浅滩淘落月，远村纳残星”，这“分”、“吹”和“淘”、“纳”作为诗眼，以动词充当，确实算得上是“响字”。清冒春荣《甚原诗说》中也说：“诗句中有眼，须炼一实字，句便雅健，”诗例是杜甫的“行云星隐现，叠浪月光芒”和司空曙的“古砌碑横草，阴廊书杂苔”。这以名词充当诗眼的“星”、“月”和“碑”、“书”，确实称得上是“健字”。他又提出诗句中“须用一响字”充当诗眼更佳，所举诗例是李白的“白沙留月色，绿竹助秋声”和岑参的“孤灯燃客梦，寒杵捣乡愁”，这以动词充当诗眼的“留”、“助”和“燃”、“捣”，确实称得上是“响字”。由这些回顾可以看出：这一阶段在对实眼句作理论思考中，以动词性的“响字”作为实字来充当诗眼，确显示出对两宋的超越。

那么诗眼应该设置在哪个位置上呢？上面已约略提到五言在第三字，七言在第五字，但元明清发展了这个位置，如五言诗句，杨载在《诗法家数》的“律诗要法”条下说：“五言字眼多在第三，或第二字，或第五字，或在第二及第五字。”配合这个说法，《诗法家数》也举了大量的诗例，如“字眼在第三字”的，举杜甫的“鼓角悲荒塞，星河落晓山”，这“悲”、“落”确实是诗眼的标志；“字眼在第二字”的，举杜甫“碧知湖外草，红见海东云”，这“知”、“见”；“字眼在第五字”的，举杜甫“香雾云鬟湿，清辉玉臂寒”，这“湿”、“寒”；“字眼在第二、五字”的，举杜甫“地坼江帆隐，天清木叶闻”，这“坼”、“隐”和“清”、“闻”，也确实是诗眼的标志。这就是说诗眼的位置不一定在某个固定位置，并且并不一定一句只有一个诗眼。元无名作者的《诗家正法眼藏》中就说：“句中要有字眼，或腰，或足，或膝，无一定之处，最要的当，所以要炼字下字者是也。”杨载《诗法家数》也说：“诗中要有字眼，或腰，或膝，或足，无一定之处。”再一个是一句中诗眼数该多少才合理的看法，这阶段的诗学理论家也是发展了两宋的。一句一个诗眼，是最普遍的，这不用多说。一句两个诗眼，上面提到杨载《诗法家数》中提出五言诗句的诗眼也有“在第二及第五字”，我们认为这已是发展了两宋的。更值得注意的是两宋没有提出一个诗句诗眼数的极限，本阶段杨载在《诗法家数》中提出来了：“诗句中的字眼，两眼者妙，三眼者非。”《诗家正法眼藏》也说：“诗句中有字眼，两眼者妙，三眼者非。”这也是对两宋的发展。

但在诗眼问题上，本阶段的诗学理论家对两宋有较大发展、甚至是超越两宋诗学理论家的，则是胡应麟的“浑涵论”。在《诗薮》内编卷五中他说了这么一段话，是借追求浑涵来反诗眼的：

> 盛唐句法浑涵如两汉之诗，不可以一字求。至老杜而后，句中有奇字为眼，才有此句法，便不浑涵。昔人谓石之有眼为研之一病，余亦谓句中有眼为诗之一病，如“地坼江帆隐，天清木叶闻”，故不如“地卑荒野大，天雨暮江迟”也。如“返照入江翻石壁，归云拥树失山村”，故不如“蓝水远从千涧落，玉山高并两峰寒”也。此最诗家三昧；具眼不能辨之。

显然，在胡应麟看来，“句中有奇字为眼”会使语言不浑涵，并由此断定“句中有眼为诗之一病”。这个逻辑关系要理清，得从对“浑涵”的实际内容作考察入手。《诗薮》内编卷五在上引的话后面又说：“（杜甫）句法之化者，‘无风云出塞，不夜月临关’，‘露从今夜白，月是故乡明’，‘江山有巴蜀，栋宇自齐梁’，‘近泪无干土，低空有断云’之类，错综震荡，不可端倪，而天造地设，尽谢斧凿。”又说：“‘无边落木萧萧下，不尽长江滚滚来’、‘二仪清浊还高下，三伏炎蒸定有无’、‘永夜角声悲自语，中天月色好谁看’、‘绝壁过云开锦绣，疏松隔水奏笙簧’，句中化境也。”从这两段中可以看出：胡应麟心目中的“浑涵”是从“天造地设、尽谢斧凿”的语言化境中导引出来的。问题是这种语言化境又是靠什么造成的呢？“尽谢斧凿”，不搞诗眼，固然是走近“天造地设”的重要通道，但语言化境很难说全靠语言构成的“自然天成”，从某种角度说，它毕竟还是得依赖某一类人工的。那么这又是怎样一类人工呢？胡应麟当然不会去求一字之工的诗眼，在他看来，似乎要依靠“错综震荡，不可端倪”的句式构成。这并非没有道理。从诗学的内在规律来审视，追求一字之奇的诗眼，即追求诗思特定段上的联想激活点，联想之激活能达到意象之浮现和促进意象之流动，这意味着诗眼具有牵一发而动全身的功能，故追求诗眼的终极目的乃是为了意象之浮现与流动。但也必须看到：正像牵一发而动全身的牵力终究有限，动全身的动量往往不大一样，凭一字之奇的诗眼，联想激活力也是不容作过高估价的，更何况一字之奇的诗眼用多了，成为鉴赏套路，显出做作、不自然而使“奇”也会钝化。胡应麟大概看出了这隐患，才提出“浑涵论”来。“浑涵”也是一种审美功能，它不同于凭一字之奇来牵一发才动全身，是直接动全身的事。但怎么动呢？于是就有了“错综震荡，不可端倪”。我们晓得，在诗歌文本中，意象总是语言化的，而意象经浮现而流动所完成的一场意象组合，乃是一个错综的存在，它反映在语言表现上，也就会引出句式构成的错综。反之，句式的错综震荡，也必然会强化意象之浮现、流动和组合力度。而这种句式构成的“错综震荡，不可端倪”，也就带来了“浑涵”一片。这我们可以从胡应麟所举诗例，如杜甫的“露从今夜白，月是故乡明”、“无边落木萧萧下，不尽长江滚滚来”、“永夜角声悲自语，中天月色好谁看”等句式错综中见出浑涵之美，而不是一字之奇的诗眼美。以标榜浑涵来超越两宋沿袭下来的诗眼美，在这阶段并不止胡应麟一人，清代的黄生在《杜工部诗说》卷五评《洞房》一诗时说：“如此起，如此转，如此结，章法、句法、字法皆极浑沦无迹，五言律品上之上者也。”这“浑沦无迹”可是同胡应麟“句法浑涵”的逻辑遥相呼应的，他们共同显示出对两宋诗眼论的超越。

由此说来，对诗眼作超越的理论依据当是句法的错综。作为诗家语建设上一项极其重要的内容，句法错综具现为对语序颠倒错乱的追求。这项内容其实是两宋以前就在谈论的，元明清的诗学理论家谈它大致也是一场炒冷饭的事儿。元无名氏撰《沙中金集》有“错综句”条，提出“二句移换之法，尤为诗家之妙矣”。诗例举杜甫的“红稻啄残鹦鹉粒，碧梧栖老凤凰枝”，并这样阐释：“若直叙之，则曰：‘鹦鹉啄残红稻粒，凤凰栖老碧梧枝’，而以红稻碧梧在上，凤凰鹦鹉在下，错综之也。”又举休斋“溶溶院落梨花月，淡淡池塘柳絮风”，并这样阐释：“以‘梨花院落溶溶月，池塘柳絮淡淡风’二句换移之，即前错综之法。”如此等等。但不难发现，这是对北宋释惠洪《天厨禁脔》和魏庆之编《诗人玉屑》中同一条目之例释的转抄而已，没有新意。冒春荣在《葚原诗说》中提出一种倒插句法，举杜诗例“织女机丝虚夜月，石鲸鳞甲动秋风”，并说：“顺讲则‘夜月虚织女机丝，秋风动石鲸鳞甲’”。这也是颠倒词序，使句子变异。但没有对这一构句现象的功能价值作出美学的思考，也有点炒冷饭，无特别新意。《诗学全书》有段话尚可注意："倒装句，要不错综则不成文章，此即诗家炼句法。若顺叙则直率而少蕴借。"这倒是看出了以语序错乱构句的审美功能价值。但托名袁枚的该书作者接着又说："蔡宽夫曰：诗句忌用功太过，盖炼句则意不足，语工而意不足则格力必弱，此自然之理也。老杜'红稻啄残鹦鹉粒，碧梧栖老凤凰枝'，可谓精切，在杜集中本非佳处，不如'暂止飞乌将数子，频来语燕定新巢'为天然自在。故知语虽同出一人之手，而优劣自异，信乎诗之难也。"这些话表明两点：一是语序错乱可增加诗句的"蕴借"之美；二是语序错乱如果失控，不自然至极，难免有矫揉造作之弊，在鉴赏中会给接受者带来心理反感，以致削弱"格力"。这些言说是中肯的，在一定程度上发展了这个话题的思考，但总体说来发展和超越两宋处也不多。

值得指出：元明清诗学理论家中，也还是颇有人对上述论题明显有所发展甚至有所超越的。黄生在倒装句的分类上大大发展了两宋。张籍的《寄李渤》中有"春山处处行应好"，黄生在《唐诗评》中认为："言'应行处处春山好'，倒转句法始健。"这表明经他改后的这句"应行处处春山好"是标准的倒句。在这项探索中，黄生除了打出前人早已说过的倒装句以外，还提出一种新的倒装句。在《杜工部诗说》卷八评"红稻啄残鹦鹉粒，碧梧栖老凤凰枝"时说："（此二句）旧谓之倒装句，余易名倒剔。盖倒装则韵脚俱动，倒剔不动韵脚也。"在评杜诗《陪郑广文游何将军山林十首》之五的"绿垂风折笋，红绽雨肥梅"时说："上一下四，本折腰句。五字有数层意，又层折句。至于散圻五字，抽换可得数联。唐人自有此一种句法，予目为鹿卢句。"他还发现在诗序错乱的组句中有一种现象是一联的上下句某些词语调换。这可是更大范围的词语错乱，他命名为博换句，杜甫《中宵》的最后一联"亲朋满天地，兵甲少家书"，他在《唐诗评》卷一中认为是"以兵甲、亲朋字博换成句，本云'兵甲满天地，亲朋少家书'。"黄生还举白居易《春题华阳馆》末二句"落花何处堪惆怅，头白宫人扫影堂"，认为"本是'影堂何处堪惆怅，头白宫人扫落花'，却将四字转换，后人从不晓此法也"。这也就是博换句法。的确，黄生对语序错乱句法的分类，是他以前嗜谈倒句者"从不晓"的。无疑这是对两宋一大发展了。吴见思对倒句的审美功能的认识也比两宋有所发展。他在《杜诗论文》中这样谈倒句：

> 倒句如"翠深开断壁，红远结飞楼"，盖翠而深者，乃所开之断壁；红而远者，则所结之飞楼。极为奇秀。若曰"飞楼红远结，断壁翠深开"，肤而浅矣。如"绿垂风折笋，红绽雨肥梅"，盖绿而垂者，风折之笋；红而绽者，雨肥之梅。体物深细。若曰"绿笋风垂折，红梅雨绽肥"，鄙而俗矣。如"红稻啄残鹦鹉粒，碧梧栖老凤凰枝"，盖红稻也，乃鹦鹉啄残之粒；碧梧也，乃凤凰栖老之枝。无限感慨。若曰"鹦鹉啄残红稻粒，凤凰栖老碧梧枝"，直而率矣，余可类推。

这段话举了三条杜诗的例子来阐释他对于倒句审美功能的估价，认为杜甫这种语序错乱的安排，可以造成"极为奇秀"、"体物深细"、"无限感慨"的效果，如果老老实实按日常交际语言的语法要求来规范语序，很合于逻辑推论因而很顺畅、很明晰地传达了事理性状，那反而会使诗性言语活动"肤而浅"、"鄙而俗"、"直而率"，因而不可取。这些可取与不可取，吴见思是点到为止的，并未作细致的阐释。但正是这些点到为止的言说，我们若能深入体会，当可见出它们之倒句理论有发展了两宋的价值。何以见得呢？举“绿垂风折笋，红绽雨肥梅”来再阐释一番。吴见思认为像这样词序错乱的倒句，能把“体物深细”充分显示出来，究其原因大概在于：（一）使简单的陈述句变为主从复合句，就是说“红绽雨肥梅”，按规范语序的排列该是“红梅雨绽肥”，一个简单被动句，只说了一件事，表达了一层意思。但经语序错乱排列成“红绽雨肥梅”，则有了两个句子，是“红绽”和“雨肥梅”的复合，说了两件事，表达了两层意思，显出了意象之密集和感受的多元化；也可以看成一个主从复合句：“凭了雨肥梅而红绽”，条件复合句，显示出意象组合之有机和感受的立体化。如此种种，使这个诗句的语言张力特强，因而也就在言语传达中显出“体物深细”来了。而老老实实写成“红梅雨绽肥”不就确显得“鄙而俗”了吗。（二）“绿”、“红”原是形容词，作定语用，应是“绿笋”、“红梅”的组合，但词序一错乱排列，这两个形容词也就转化成了名词，且以主语的身份而置于动词前，成为“绿垂”、“红绽”的主谓句，又以错乱提供的自由而把它们置于各行的最前面，因此显出了特异的功能：人接触这两行诗首先让感觉刺激度特强而感觉反射也特快的颜色状态扑入人的感官，而红绿两种颜色不仅对人的视觉冲击尤其大，给人蓬勃生机之感也特别强烈。这就表明诗家语的语序错乱对诗思的传达特具审美效果。

还值得提一提李东阳，因为他对语序错乱特别感兴趣。在《麓堂诗话》中他这样说：“诗用倒字句法，乃觉劲健。如杜甫‘风帘自上钩’，‘风窗展书卷’，‘风鸳藏近渚’，‘风’字皆倒用。至‘风江飒飒乱帆秋’，尤为警策。”这位明代诗学理论家对倒句用“劲健”二字来作出审美价值判断，这对倒句的功能价值是一场了不起的感性发现。“劲健”在这里乃指诗句更有气势力度。李东阳对此只是点到为止，然后举几个诗例，所以要深入理解倒句之“劲健”说，也只得按这些诗例来求索。“‘风’字皆倒用”意味着按正常语序应该是“帘风”、“窗风”、“鸳风”，这一来，“风”是主语。但经颠倒，语序成“风帘”、“风窗”、“风鸳”后，就有了两种解释的思路：一种是“帘”、“窗”、“鸳”成主语，而“风”成为定语，从这个角度看，诗句不能说不“劲健”，不过就阅读感受而言，气势不够盛，力也略嫌不足。另一种是“风”从名词转化为能显示行为动作的词，而“帘”、“窗”、“鸳”成了“风”的宾语，“风帘”、“风窗”、“风鸳”成了动宾短语，这一来整个诗行也就成了一个兼语句，“帘”、“窗”、“鸳”既是“风”之宾语，又是“自上钩”、“展书卷”、“藏近渚”的行为主体——主语。采用这样的措施，诗句在阅读心理中才显得气势大盛力更足，真正“劲健”了。这后一种理解特别能使我们感到：语序的错乱可以促进词性向多元转化，这一来，也就既能强化陌生化效果，又能使句子的构成类似压缩饼干般结合得更紧凑、更紧密，在紧密关系中显示更多姿多彩的动状，从而大大强化了表现的复杂性，弱化了陈述的单一性。至于“风江飒飒乱帆秋”，李东阳的“尤为警策”也很有识见。这样的倒句让我们发现：语序颠倒幅度特大，词性转化的频率越高，动状表现的层次更多且有立体感，于是诗句确实更“劲健”了。所以倒句的功能效果以“劲健”来评价，正显示出李东阳对语序错乱这个热门话题的言说颇为新颖，是超越了两宋诗学理论家的言说的。遗憾的是：

李东阳也还只是一场感性的超越，要说提到理性的高度，显然是远为不够的。

语序错乱的句法活动大都是在一句诗（也就是一行诗）中展开的，即使是谈一联诗，如上引“绿垂风折笋，红绽雨肥梅”，也只是各谈各的语序错乱，对偶两句互不相关。独有黄生提出的博换句，涉及一联上下句的某些词语调换，于是语序错乱的句法活动也就扩大到上下句之间的关系，以致成为一种连续性句法活动。这连续性句法活动，也就带引出一个上下句的组合关系问题。这个问题在两宋阶段是立足于对偶论上展开讨论的，即偏于把上下句的平行组合关系或主从组合关系从对偶的一联出发。到元明清时期，对偶论已从热门话题转为一般言说，上下句组合的理论规律探索也已不限于对偶句讨论，重心定位于上下句纯粹的组合关系。唯其如此，原先谈上下句关系从平行组合和主从组合出发，到这阶段也改为从上下句相属或相离出发来展开讨论了。当然，这改变没有使上下句关系的思考离开其基点，即最终还是个并列复合句与主从复合句的问题。

上下句相属是两句成一句的现象，或下句因上句，或上句因下句。在这方面谈得最多也颇系统的，是吴见思。他在《杜诗论文》中谈到“二句一连”时，这样说：

> 五言律有二句一连者：“小子幽园至，轻笼熟奈香。”有四句一连者：“避暑云安县，秋风早下来。暂留鱼复浦，同过楚王台。”七言律有二句一连者：“花径不曾缘客扫，蓬门今始为君开。”有四句一连者：“得归茅屋赴成都，直为文翁再剖符。但使闾阎还揖让，敢论松竹久荒芜。”

吴见思这段话讲得有点含混，以致复杂化了。他所谓“一连”，也就是“一句”，“两句一连”即“两句一句”，两宋早已提及，这实在就是一个复杂的简单句，是纯粹从句式构成着眼的。吴见思所举“小子幽园至，轻笼熟奈香”即如此。《木天禁语》列有十七种句式，其中“两句成一句”所举诗例也如此。“屡将心上事，相与梦中论”只是双谓语的一个简单句。“萧萧千里马，个个五花纹”是双主语的一个简单句。但吴见思又把“两句一连”看成“两句一意”，两宋也已提及。这实在是一个并列复合句，他所举的“花径不曾缘客扫，蓬门今始为君开”就是如此。谢榛在《四溟诗话》卷三中说：“凡作诗文，或有两句一意，此文势相贯，宜乎双用”，也正是这个意思。他举骆宾王《题玄上人林泉》中的并列复合句“芳杜湘君曲，幽兰楚客词”，认为：“皆句意虽重，于理无害。”但这可要当心，用得不好是一种多余的累赘。谢榛在说了上面的话后又指出：“至于太白《赠浩然》诗，前句云‘红颜弃轩冕’，后云‘迷花不事君’，两联意颇相似；刘文房《题灵祐上人故居》诗，既云‘几日浮生哭故人’，又云‘雨花垂泪共沾巾’，此与太白同病。兴到而成，失于检点。”这个批评是中肯的。从这个话题他还引出了一个判断：“意重一联，其势使然；两联意重，法不可从。”这个说法表明，在“于理无害”的情况下，一联的两句一意也未尝不可。但两联意重则法所难容。所以在上下句相属的问题上，谢榛这句“两联意重，法不可从”是对两宋的超越。但令人遗憾的是，作为后起于他的吴见思，不仅从“一意”角度提倡“两句一连”，还进而提倡“四句一连”，那可更是“法不可从”了。

在上下句相属的问题上我们还得谈到吴见思，他在《杜诗论文》中是这样说的："有下句因上句者，如'野径云俱黑，江船火独明'，以云之黑，益见火之明也。有上句因下句者，如'风月自清夜，江山非故园'，以故园之不见，悲清夜之空徂也。有下半句因上半句者，如'水净楼阴直'，楼阴之直，以水之净也。有上半句因下半句者，如'山昏寒日斜'，山之昏，以日之斜也。"他先从一联两句（两行）来说相属关系，有"下句因上句"，所举例实系一联是个条件复合句，"上句因下句"所举例则是因果复合句。可贵的是他还从一行两个分句来谈相属关系。"下半句因上半句"的"水净/楼阴直"是个因果复合句，"上半句因下半句"的"山昏/寒日斜"，是个时间复合句子。这一行两分句相属而成复合句的思考，也是两宋所未及的。

这阶段在谈上下句关系中，见解有超越两宋的，是关于上下句相离合的言说。其中谢榛有代表性，戴叔伦有诗《除夜宿石头驿》："旅馆谁相问？寒灯独可亲。一年将尽夜，万里未归人。寥落悲前事，支离笑此生。愁颜与衰鬓，明日又逢春。"谢榛在《四溟诗话》卷三中这样评说："体轻气薄如叶子金，非锭子金也。凡五言律，两联若纲目四条，辞不必详，意不必贯，此皆上句生下句之意。八句意相联属，中无罅隙，何以含蓄。"谢榛批评这首诗像"叶子金"而不是"锭子金"，分量很轻，理由是上句生下句，句与句联属，没有给读者提供想象空间，因而没有含蓄蕴藉，这意味着这位诗学理论家是反对上下句相属而主张它们相离的。为此他将戴叔伦的这首诗改成这样："灯火石头驿，风烟扬子津。一年将尽夜，万里未归人。萍梗南浮越，功名西向秦。明朝对清镜，衰鬓又逢春。"这是改得相当成功的。尤其是第一联，改"旅馆谁相问，寒灯独可亲"为"灯火石头驿，风烟扬子津"，最是精彩。理由是：（一）把上下句语脉相连而过分清晰的，改得相离而朦胧；（二）把事件的线性叙述改为意象的并置显现；（三）以此造成相离的上下句建立起外在的跳跃与深层的隐含联系。这就反映了谢榛的"意不必贯"而各句应该独立的主张。《四溟诗话》卷一中有谢榛改杜牧《清明》诗的记载：

> 杜牧之《清明》诗曰："借问酒家何处有？牧童遥指杏花村。"此作宛然入画，但气格不高。或易之曰："酒家何处有？江上杏花村。"此有盛唐调。予拟之曰："日斜人策马，酒肆杏花西。"不用问答，情景自见。

这段论诗虽不及上例精彩，但谢榛反对上下句相属，主张改连属为并置以求跳跃的主张同样是显而易见的。所谓"气格不高"之病根同样伸展到连属上。除了谢榛，李东阳的"唐人句法"论，其实也认为以上下句相离为好。他在《麓堂诗话》中这样说："'月到梧桐上，风来杨柳边'岂不佳？终不似唐人句法。'芙蓉露下落，杨柳月中疏'有何深意？却自是诗家语。"细品所举非唐人句法与唐人句法的诗例，可以看出：李东阳对上下句相属的关系是合乎以非唐人句法为由来否定的，他所肯定的唐人句法，诗例就是"芙蓉露下落，杨柳月中疏"，这类句法其实是一种上下句相离的关系。在他看来，诗家语只有建立在上下句相离的关系上。这样的感性发现虽没有提纯为理论，但对我们是有提示意义的。也就是说：只有让诗行之间建立在对等原则上的组合，以达到外在的疏离和深层处隐含的关联，而这正是点面感发类隐喻语言在句法上最具本质属性的反映，李东阳说这“自是诗家语”是很深刻的见解。

在考察了这一阶段的诗学理论家在虚实字、句眼、语序错综、上下句关系这四大诗家语建设的具体问题沿袭或超越两宋的种种言说后，我们有必要进一步来考察他们对诗家语的总体认识。可以说在这个问题上，元明清的诗家语探求者所发表的理论主张，是远远超出两宋的。

首先一点是他们通过对“意”、“句”、“字”三者关系的思考，全面而系统地确立了诗家语的体系。可以说元明清诗学理论家已能以相当辩证的目光去看待诗性语言“意”、“句”、“字”三方面的关系了。由此达到的认识乃是：作为意象化语言的诗家语，其构成是既有机又完整的。在元黄清老所撰《诗法》中有对这方面极好的一番言说。他率先提出“大凡作诗先须立意”，这本是老生常谈，但黄清老的“意”不是抽象的思想意志，而是具象化的：“意在于假物取美，则谓之比；意在于托物兴辞，则谓之兴；意在于铺张实事，则谓之赋”，如是这些“贵圆活透彻，辞语相颉颃”且“涵蓄有余不尽”的具象化之意，也就“如空中之音，虽有所闻，不可仿佛；如象外之色，虽有所见，不可描模；如水中之味，虽有所知，不可求索”了。这“意”实在就是意象；而“意”——意象是必须“以言发之”的，于是他进一步说：“意既立，必须得句。句有法，当以妙悟为上。”“句既得矣，于句中之字，浑然天成者为佳。”在按逻辑关系推引出意、句、字以后，他就这样来言说这三者之间的关系：

> 总而言之，一诗之中，必先得意；一意之中，必先得句；一句之中，必先得字。先得意，后得句，而字在于其中，不待求索者，上也。若先得句，因句之所在而生意，或先或后，使意能成就其句之美者，次也。若先得字，因字而生句，因句而生意，意复与句皆成其字之美者，又其次也。故意也，句也，字也，三者全备，为妙悟。意与句皆悟，而字有亏欠，则为小疵。若有意无句，则精神无光；有句无意，则徒事妆点。句意俱不足，而唯于一字求工，何足取哉！然意之所忌者，最忌用俗，最忌议论。议论，则成文字而非诗；用俗，则浅近而非古。句之所忌者，最忌虚中之虚，实中之实。须虚中有实，实中有虚。字之所忌者，最忌妆点，最忌衬贴，盖非本句之所有，而强牵合以成之，是又不可不知。诗法中千万言语，大意皆不出于此矣。①

这段话有几点很值得注意：第一，要为意象语言化而觅诗句，也要为语句意象化而求字工，意、句、字三者是一种逻辑推演关系。第二，意、句、字三者俱备，且按上述逻辑推演线展开言语活动，是一场意象语言的浑成美追求，属上等的语言策略，若“先得句”而“生意”，“意能成就其句之美”，在按上述逻辑推演线展开言语活动时，虽“字有亏欠”，也“小疵”而已，那是意象语言的技巧美追求，属次等的语言策略；若因字而生句，因句而生意而句意俱不足，唯求一字之工且欲求“俱不足”的意与句

① 张健编著：《元代诗法校考》，第339页。

“皆成其字之美”，那是意象语言的猎奇追求，属末等的语言策略。第三，由于“先得意，后得句，而字在其中”，因此，诗家语重在意象语句化和语句意象化之互动，“写”则是顺势而生而已，要关注的乃是“有意无句则精神无光”，“有句无意则徒事妆点”。第四，对诗家语建设来说，若“意”是抽象议论，则无诗句的意象化可言，只不过是分析推论性“文字”，而非诗的文字。第五，诗家语要求诗句既“实中有虚”，又“虚中有实”，这意味着词性可在构句中转化，关联词可在构句中适当使用；要求语词不作堆砌、装饰、点缀之用，这意味着非本句之所有而强牵合乃字法之大忌。正是这几点，表明：元明清诗学理论家对诗家语的整体认识已接近于诗的质的规定性要求，且能以其认识的全面系统而显示出他们已完成点面感发类隐喻语言的体系建构。显然，这远远超越了两宋。

其次一点是：元明清诗学理论家在诗家语问题上，比起两宋来大大拓展了思考的范围，从诗性语言本身的构成规律的探求与理论策略的提纯扩大到了把诗家语与形式——说具体点即句法与格律挂起钩来作思考，从而探求出这二者之间存在着一种无论对诗性语言建设或者体式构成都是极其重要而密切的关系，如从立足于语言来看，可以毫不夸张地说：没有那一套传统的诗歌格律，也就不会有传统的诗家语。这个观点是冒春荣在《葚原诗说》中提出来的。他这样说：

> 唐人多以句法就声律，不以声律就句法，故语意多曲，耐人寻味。后人不知此法，顺笔写去，一见了然，无意味矣。如老杜“清旭楚宫南，霜空万里含”，顺之当云“万里楚宫南，霜空清旭含”也。“北归冲雨雪，谁悯敝貂裘”，顺之当云“谁悯貂裘敝，北冲雨雪归”也。“野禽啼杜宇，山蝶梦庄周”，顺之当云“庄周山蝶梦，杜宇野禽啼”也。玩此可以类推……句法有倒装横插、明暗呼应、藏头歇后诸法。法所以生，本为声律所拘，十字之意，不能直达，因委曲以就之，所以律诗句法多于古诗实由唐人开此法门。后人不能尽晓其法，所以句多直率，意多浅薄。

这段话是针对唐人的律诗而说的。在冒春荣看来，当律诗中句法与声律发生矛盾时，是句法迁就声律，而不是声律迁就句法。而律诗之所以句法特多，乃是由于迁就声律而不能顺笔写去所致。唯其如此，才使得词性转化、成分省略、语序颠倒错乱。从而因陌生化效果而导致律诗避免一目了然的直率传达，而显出委曲含蕴的意味。众所周知，日常交流语言总要求符合语法规范，但诗家语——尤其是律诗的诗家语却因为声律所拘而不得不破坏约定俗成的语法规范，从而使诗歌语言异化成反语法规范的诗家语。当然，冒春荣是就律诗中语言与声律的实际关系引申出“句法就声律”这个理论的，古体诗声律不是太严，语言受声律牵制不是最厉害，反语法规范的变异现象一般说也不是很严重，但即便是古体诗所用的也还是诗家语，和日常交流语言毕竟有差别，因为古体诗也同样有声律要求，只不过程度不同而已。所以说诗家语是“句法就声律”的产物，不仅适用于近体诗，同样适用于古体诗，并且还可以更进一步说：凡是追求格律的诗，其语言必然要求反语法规范，运用多种句法。反之，按照语法规范、句法顺而不变异的语言来写诗，要想真正达到声律美的效果也是不可能的。由此说来，冒春荣这场“以句法就声律”的言说，其理论价值是很高的，它导引出一条思路：凡是迁就声律的诗家语必然是一种反语法规范的隐喻语言；而只有用这种诗家语来写诗，才能使诗歌最终走上律化之路，否则任何孤立的声律方案设计，都是虚幻的。

有鉴于此，说元明清的诗学理论家已为中国传统诗歌提纯出一个完整而系统的语言理论体系，已无可怀疑了。

第二章　旧诗的词法

在对旧诗语言理论作出回顾以后，我们将深入考察这种隶属于点面感发类隐喻语言体系的诗家语独特的词法与句法。

本节先谈词法。

诗家语在词法上就已不同于日常交际语言，它有自己的审美特质，即具象性与隐喻性。这缘于诗家语词法的终极目的是词语的意象化。意象是具体化的感觉，故总是具象形态的；意象还须内蕴诗情诗意，且一般总借具象兴发感动出来，故又总是隐喻的。由此说来，达到词语的意象化目的正是诗家语词法独特性之显示。再说词法作为诗家语在词语问题上所欲遵循的法则，具体而言是三项：词语营构、分类及其隐喻功能。有鉴于此，我们将立足于旧诗词语建设既要求具象、又要求有隐喻功能的审美特质，再结合旧诗创作实践所提供的经验，来对诗家语之词法内容作一番深入考察。

第一节　词语的积聚与新构

诗性词语的积聚与新构，是诗歌语言的基础工程，旧诗也不例外。

中国旧诗的诗性词语建设，《诗经》无疑是首期工程。《诗经》中的诗原是上古流传的民歌，一种民间口头创作，后经孔子整理编纂而成。其语言属于以夏言为基础的口语。楚辞阶段出现了以屈原为首的文人创作。由于这种创作属于个体性，必然会较多地体现出个人创造精神，这种创造精神也醒目地显示在诗歌语言上。屈原是个生动的例子。他既继承了以夏言为本的《诗经》语言特色，又作了发展。具体做法是在夏言中掺入楚国方言口语，扩大了诗性语言的幅度，同时又对以夏言、楚语相混杂的口语进行提炼改造，从而使楚辞所用语言脱离了方言口语的原始单纯状态而趋向文人化，典雅、华美而又有层次感，为旧诗从此走上民歌语言同文人语言有机交融的诗性语言建设之路定下了方向。而作为诗性语言基础工程的词语之积聚与新构，这一方向性特点更鲜明。就以楚辞中屈原的诗篇而论，楚方言口语中的一些有着审美文化意味的词语掺入的就有几十个，其中实词有“离骚”、“纷”、“扈”、“江离”、“纫”、“搴”、“莽”、“凭”、“谣诼”、“侘傺”、“步余马”、“婵媛”、“修远”、“灵”、“轫”、“睇”、

"陆"、"梦"等，虚词类有"羌"、"謇"、"欸"、"些"等①。值得指出：一代诗歌中的语言——特别是其中的词语聚积所达到的层次水平，从此以后就以文人诗为标准了。汉魏六朝文人诗中的词语，除了基本词汇的正常继承可以不论外，一些具有审美文化意味的非基本词汇，也往往从先秦诗歌中沿袭下来。王云路在《汉魏六朝诗歌语言论稿》中就举一些实字与虚字来论证。实字如"落英"，这个非基本词汇最早见于《离骚》："朝饮木兰之坠露兮，夕餐秋菊之落英。"到六朝文人诗中，就被广泛采用，如潘岳《河阳县作》有"落英陨林趾，飞茎秀陵乔"，宋苏彦《秋夜长》有"零叶纷其交萃，落英飒以散芳"，谢灵运《初去郡》有"野旷沙岸静，天高秋月明。憩石挹飞泉，攀林搴落英"，萧衍《游钟山大爱敬寺》有"落英分绮色，坠露散珠圆"② 等等，都作"飘谢的花"这一意象化词语之用继承了下来。又如"薄"，在《诗经》中本是作为发语之用的虚字，《诗·小雅·六月》中："薄伐玁狁，以奏肤功。"汉魏六朝诗中大量沿用，如谢惠连《豫章行》中有："轩帆溯遥路，薄送瞰遐江。"鲍照《还都道中》有："久宦迷远川，川广每多惧。薄止闾边亭，关历险程路。"谢灵运采用诗骚中特有的非基本词语更普遍，如《燕歌行》中："谁知河汉浅且清，展转思服悲明星。"这"展转思服"语出《诗·周南·关雎》："求之不得，寤寐思服。优哉游哉，展转反侧。"《登上戍石鼓山》："佳期缅无像，骋望谁云惬？"这二句源出屈原《九歌·湘夫人》："登白薠兮骋望，与佳期兮夕张。"③ 汉魏六朝文人诗的词语积聚所达到的层次还反映在对俚俗口语的吸收上，这种吸收在当时的文人诗创作中可说是相当流行的。谢灵运在这方面最具典型性，他的诗歌凡是语言采用俚俗口语的，往往写得分外清新自然。如《东阳溪中赠答》之二有："可怜谁家郎，缘流乘素舸。但问情若为，月就云中堕。"这就是对吴歌的模仿，"可怜"、"谁家"、"若为"等都是口语词④。鲍照以写乐府诗著称，《拟行路难》中就掺入了一些口语词汇，如"意气"、"蹀躞"、"弃置"、"何况"、"簸荡"、"何言"、"历乱"、"索寞"、"流浪"、"直得"等。"加餐饭"是古乐府民歌中习用的词语，口语化程度极高，《古诗十九首》中就有出现，"思君令人老，岁月忽已晚。弃捐勿复道，努力加餐饭。"文人诗中也吸收了。如蔡邕在《饮马长城窟行》中有："客从远方来，遗我双鲤鱼。呼儿烹鲤鱼，中有尺素书。长跪读素书，书上意何如？上有加餐饭，下有长相忆。"这里的"加餐饭"已有点抽象化，借指多保重之意。后来杜牧在《送杜顗赴润州幕》中有："直道事人男子业，异乡加饭弟兄心。"这里的"加饭"表保重之意就更加明显了。"荡子"是妻子对孤身在外的丈夫的称呼，这也是俚俗口语词，民歌中早在使用，如《古诗十九首》中有"昔为倡家女，今为荡子妇。荡子行不归，空床难独守"。文人诗中也吸纳了。如《梁诗》卷十六刘孝绰《古意》有"荡子十年别，罗衣双带长"。《隋诗》卷四薛道衡《豫章行》有"荡子从来好留滞，况复关山远迢递"。又如"忽如"，俚俗口语中有两种意义，都在民歌中大量使用，后又被许多

① 以上均参见黄凤显《屈辞体研究》，湖南人民出版社 2002 年版，第 73—74 页。

② 参见王云路《汉魏六朝诗歌语言论稿》，陕西人民教育出版社 1997 年版，第 27 页。

③ 同上书，第 31 页。

④ 同上书，第 43 页。

文人诗所吸纳。其一指“如同”，“就像”。曹丕《大墙上蒿行》有“人生居于天壤间，忽如飞鸟栖枯枝”。杜甫《峡中览物》有“巫峡忽如瞻华岳，蜀江犹似见黄河”。孟浩然《蔡阳馆》有“听歌疑近楚，投馆忽如归”。其二指“倏忽”。《晋诗》卷十八《杂歌谣辞·安帝义熙初谣》中有“芦橙橙，逐水流。东风忽如起，那得入石头”。《宋诗》卷十一《清商曲辞·襄阳乐》中有“恶见多情欢，罢侬不相语。莫作乌集林，忽如提侬去”。文人诗也大量吸纳。何逊《和司马博士咏雪》有“凝阶夜似月，拂树晓疑春。萧散忽如尽，徘徊又复新”。李白的《上元夫人》有“手提嬴女儿，闲与凤吹箫。眉语两自笑，忽如随风飘”。这些例子是不胜枚举的。

诗性词语的积聚，还有一条途径是把前人诗中一些有突出审美价值的词语作引申或调整，以旧貌换新颜而显风采。如“搔首”，《诗·邶风·静女》有：“爱而不见，搔首踟蹰。”“搔首”即以手搔头，系焦急地等待所特有的举动。到汉魏六朝诗中，此词动作性已不甚明显而引申为状思念、表忧伤之情貌。江淹《效阮公诗》：“搔首广川阴，怀归忠如何？常愿汉初服，闲步颍水阿。”孙万寿《远戍江南寄京邑亲友》中：“羁游岁月久，归思常搔首。”皆此一引申之例。这个引申义在唐宋也广泛被采用，如陆游《秋夜将晓出篱门迎凉有感》中：“壮志病来消欲尽，出门搔首怆平生。”又如“窈窕”，状美好貌。《诗·周南·关雎》中：“窈窕淑女，君子好逑。”到中古诗中，引申为举止轻盈、姿态优美，从大范围看，也是美好貌，但“窈窕淑女”中此词表静态美，六朝诗中却有所引申，用来表动态美了，如《晋诗》卷十九《清商曲辞·子夜四时歌·春歌》中：“情人戏春月，窈窕曳罗裾。”又《夏歌》中：“轻袖拂华妆，窈窕登高台。”《月节折杨柳歌·八月歌》中：“夜闻捣衣声，窈窕谁家妇。”吴均《赠柳真阳》中：“朝衣茱萸锦，夜覆葡萄卮。联翩骖赤兔，窈窕驾青骊。”让“窈窕”与“联翩”相应，其动态的美好表达之意就更其明显。但“窈窕”还有进一步表曲折宛转和辗转义的，这就在引申的扩大中显出转义来了。《晋诗》卷八曹摅《赠石荆州》中：“撼柯石行难，窈窕山道深。”谢灵运《于南山往北山经湖中瞻眺》中：“舍舟眺回渚，停策依茂松。侧径既窈窕，环舟亦玲珑。”这些例中的“窈窕”已是曲折宛转之义。《晋诗》卷十一李颙《涉湖》中：“高天淼若岸，长津杂如缕。窈窕寻湾漪，迢递望峦屿。”陶渊明《归去来兮辞》中：“既窈窕以寻壑，亦崎岖而经丘。”这二例的“窈窕”表“辗转”，那就是转义了。至如“沃若”这样的词，最初表润泽貌，《诗·卫风·氓》中有“桑之未落，其叶沃若”。而江淹的《杂体诗·谢法曹惠连赠别》中：“擿芳爱气馥，拾蕊怜色滋。色滋畏沃若，人事亦销铄。”丘迟的《玉阶春草》中：“发溜始参差，扶阶方沃若。杂叶半藏蜻，丛花未隐雀。”此二例的“沃若”似当为茂盛之意，是《氓》中“沃若”之引申义。但沈约《西地梨》中：“列茂河阳苑，蓄紫滥觞隈。翻黄秋沃若，落素春徘徊。”此处“沃若”已与“徘徊”同义相应。沈约还有《侍宴乐游苑饯徐州刺史应诏》中：“沃若动龙骖，参差凝凤管。”何逊《寄江州褚谘议》中：“夫君颇留滞，骖騑未沃若。伊家从入关，终是填沟壑。”卢思道《河曲游》中：“金羁自沃若，兰棹成夷犹。”这三处的“沃若”与“参差”、“留滞”、“夷犹”相应，进一步表明“沃若”已从“润泽貌”彻底转义为“徘徊”了。转义是和常义脱钩的，因此，当转义再进一步，也就会出现一种可能，词汇借代义的不断转义。如“三五”本作农历十五满月的借代词，何逊《与苏九德别》中有："三五出重云，当知我忆君。"但唐末又转义作为十五六岁妙龄少女的借代词，如陈后主叔宝《舞媚娘》中有："楼上多娇艳，当窗并三五。争弄游春陌，相邀开绣户。"这"当窗并三五"就是十五六岁少女的借代。又如"青蝇"，《诗·小雅·青蝇》中有："营营青蝇，止于棘。谗人罔极，交乱四国。"这"青蝇"成了"谗言之人"的借代词，但发展下去，又成了"凭吊者"的代称。刘禹锡《遥伤丘中丞》中就有："何人为吊客，唯是有青蝇。"李贺《感讽》五首之二有："都门贾生墓，青蝇久断绝。寒食摇扬天，愤景长肃杀。"总之，词语从常义的引申到转义再到借代和借代词的转义，使同一形态的词语可以分化出好多个新词语。值得指出，一般词义的引申丰富了词语的意义，也扩大了词语的使用范围，是词语不脱本义的延展；转义，特别是转义的借代和借代的再转义，往往是特定文化内涵介入的结果，特征是词语与本义脱钩，这可是一条诗性词语扩大的捷径，大量典故词语的产生即源于此。

无可否认，一切继承、继承中的引申与转义，是诗性词语建设中极其重要的策略措施。然而，历史证实着这一点：以重构的办法积聚——或者说旧貌翻新词语固然在旧诗词语建设中很重要，但以新构的办法积聚词语则是更其重要、甚至带有根本性质的策略措施。

新构诗性词语是一项创造性工程。这项工程是从两大审美心理基础上矗立起来的：一是直觉感应，以物观物；二是印象摄取，以我观物。

由于从"天人合一"出发的直觉感应，决定了中国传统诗人在新构诗性词语时往往采取以物观物的思路，以致他们总把现实的人世生态和超现实的宇宙生态叠映为一，因而在双向交流中总以人世生态命名宇宙生态，构成词语。如"天衢"一词，基于天空之高远广大，四通八达，故以人间之通衢命名之，杜甫《自京赴奉先县咏怀五百字》中就有"天衢阴峥嵘，客子中夜发"之句。再如"玉轮"，以滚辗的玉白轮子命名天际西行的月亮，李贺《梦天》中就有"玉轮轧露湿团光"之句。它如"银浦"，以波光闪闪之"浦"命名天河星座，有李贺《天上谣》中"银浦流云学水声"一句为证。当然，沉湎于以物观物、物物双向交流活动中的传统诗人有时也以超现实的宇宙（自然）生态来命名人世生态，从而构成词语的。如以"流霞"命名一种美酒，李商隐《花下醉》中就有"寻芳不觉醉流霞，倚枕沉眠日已斜"之句；又以"秋霜"命名白发，如李白《秋浦歌》之十五中"不知明镜里，何处得秋霜"之句；以"浮云"命名游子，如韦应物《淮上喜会梁州故人》中有"浮云一别后，流水十年间"之句；再如以"青女"命名寒霜，以"素娥"命名月亮，这种"神"的"人化"，在李商隐《霜月》"青女素娥俱耐冷，月宫霜里斗婵娟"二句中就非常典型。总之构筑这一类词语并非出于实用理性的比拟，而是主体融入自然、宇宙之中从而直觉到"天人合一"的产物。

旧诗新构词语构筑生命力特强的是以我观物，也即主体凌驾于对象世界之上的印象摄取。以我观物的词语构筑路子说白了就是跟着感觉走。凡是在对象世界中感觉到并留下了记忆的印象，就可以摄取来构筑成具有感兴体验之美的词语。这可以分作两类：第一类是由感觉而生的借代词语，如"苍穹"（天），"红尘"（繁华人世间），"边尘"（边疆战争），"空碧"（一望无际的天光水色），"绿云"（竹林、树林），"残红"（落花），"冷红"（深秋残花），"飞流"（瀑布），"流霜"（月光），"赤烧"（野火），"霜吹”（寒风），“红艳”（鲜花）等等。如“赤烧”来自通红的视觉和炽热的体表感觉，作“野火”的借代。李端《茂陵山行陪韦金部》就有“古道黄花落，平芜赤烧生”之句。“流霜”来自于霜天月光有若浮动的视觉感受，用作“月光”的借代，如张若虚《春江花月夜》中“空里流霜不觉飞，汀上白沙看不见”之句。“冷红”来自于深秋看花所引起的红色视觉和严冷的温度觉以及“冷”与“红”的联觉，用作“深秋残花”的借代，李贺《南山田中行》中“云根苔藓山上石，冷红泣露娇啼色”一句就有此词。“霜吹”既来自于深冬寒风锐利之势犹如吹气之急逼，又来自于因风冷而联想到霜之凛冽，或者说这词语来自于肤体觉、听觉、温度觉与视觉打通的联觉，用作“寒风”的借代，孟郊《寒地百姓吟》中有“霜吹破四壁，苦痛不可逃”之句。“红艳”来自于对鲜红与娇艳的对象的感觉，用作“鲜花”的借代，李白《清平调》之二有“一枝红艳露凝香，云雨巫山枉断肠”之句，吴融《途中见杏花》有“一枝红艳出墙头，墙外行人正独愁”之句。第二类是由感觉而得的偏正结构或并列结构词语。传统诗人构筑偏正结构的词语时，特别讲究让主体感觉情绪融入对象，使之成为物着我之感觉色彩的偏正词语。如“飞桥”，因凌空架设之桥给人以欲飞之感而得，张旭《桃花溪》中有“隐隐飞桥隔野烟，石矶西畔问渔船”之句。又如“暗雨”，因夜雨给人暗黑之感而得，白居易《上阳白发人》中有“耿耿残灯背壁影，萧萧暗雨打窗声”之句。又如“流莺”，因莺啼清亮圆转而引起“流”之感而得，韩偓《春尽》有“惭愧流莺相厚意，清晨犹为到西园”之句。“芳岁”，出于烟花三月万紫千红，因而对春日也引起“芬芳”之联觉，才有此别致的词语构筑，包融的《送国子张主簿》中有“坐悲芳岁晚，花落青轩树”之句。物著我之情绪色彩的偏正词语，是从感觉出发以构筑词语的深化。如“恨紫愁红”这个词组十分奇特，“紫”安能“恨”？“红”安能“愁”？全是悲哀的诗人把自身哀愁移情于花之故。温庭筠《懊恼曲》中有：“悠悠楚水流如马，恨紫愁红满平野。”又如“伤心碧”，“碧”属青蓝色，这种色彩确能给人空茫、孤独以致淡漠哀愁之感，诗人把这一脉感觉情绪融入对象，使之染上自己的情绪色彩，于是也就形成了这样一个偏正结构的词语。李白的《菩萨蛮》词中有“平林漠漠烟如织，寒山一带伤心碧”之句。再如“寒砧”，江边捣衣石——“砧”并不存在“寒”或者“暖”，而是日暮时分游子闻及江边砧上捣衣声引起衣单身寒之乡愁，再移情于砧声之所得，沈佺期《独不见》中有“九月寒砧催木叶，十年征戍忆辽阳”句；李煜《捣练子令》中也有“深院静，小庭空，断续寒砧断续风”之句。除此以外，还有“愁烟”、“哀笳”等等，皆此类。还有一类旧诗词语是两个感觉对象的载体，以两个独立名词并列构成，这使得读者不以主从关系去感应，而能同时接受两路感应，故所负载的意象密度大，感受信息蕴涵也比偏正结构的要多。如“水风”，是“水”与“风”并列构成的词汇，很难说是指带水分的湿风还是由风飘溅起来的水花，总之能给人水之湿润风之清凉、水之温柔风之妙曼的浑融感觉。温庭筠《梦江南》中有：“水风空落眼前花，摇曳碧云斜。”柳永《玉蝴蝶》中有：“水风轻，蘋花渐老；月露冷，梧叶飘黄。”又如“烟花”，是繁花如光雾弥漫，还是迷雾如花香浮荡，不得而知，总之是光感色味嗅觉的混合。李白的《送孟浩然之广陵》中有“故人西辞黄鹤楼，烟花三月下扬州”之句。又如“梦雨”，是梦一般飘忽的雨，还是雨一般迷离的梦，也很难说清，总之是幻觉的现实感，也是现实的幻觉感。李商隐在

《重过圣女祠》中有“一春梦雨常飘瓦，尽日灵风不满旗”之句。除此以外，像“花树”、“风雷”、“云帆”、“烟水”、“海日”、“蓼烟”、“苇风”等，也都是借这类结构的词语来对印象作更密集的展示，对感受信息作更丰富的发散。

以上所论都属传统诗歌中有关词语积聚中重构与新构的问题。但这些诗性词语以原词为主呢还是以新词为主呢？我们这样提，是出于古汉语中单字词与多字词——或者干脆说“字”与“词”的争论也波及旧诗的词语建设——对此不能不予以关注，因为这可同旧诗确立语言体系关系极密切，所以我们得趁此机会来对旧诗词语建设中单字词与多字词如何调整好关系来作一番思考，并借此引出一个新的话题。

古汉语中有关字词关系的争论，起于西方语法观念的引入，影响之所及，出现了两种意见——如同启功在《汉语现象论》中所说的：“一种意见是：一个‘字’的叫做‘字’，两个字以上的叫做‘词’。另一种意见是：从一个字起，至几个字，都可以叫做词。”启功倾向于后者，认为“从文言文讲，一个字的也是词”，“我甚至认为汉字没有一个不是词的”。据此他提出“单字词”与“多字词”的概念，并说：“‘单字词’不但具有‘词汇’的资格，而且还有非常广泛的作用和极其巨大的功能……并非必须借助于另外某些单字来拼合才能成一个词汇。”我们无意于作“字”与“词”的争论，却赞同启功关于“单字词”与“多字词”的提法，只不过我们感兴趣的是旧诗语言中的单字词、多字词各采取什么样的途径来发挥语言审美功能，而这可是牵涉到作为意象的载体，特定的意象及意象组合对它们所产生的影响问题。

一般说来，单字词偏于作原生态意象的载体，而多字词则偏于作非原生态意象的载体，如“天”、“地”、“山”、“水”、“花”、“鸟”等，是泛指的原生态意象，其语言载体全是单字词，而“艳阳天”、“黄土地”、“火焰山”、“泥浆水”、“玫瑰花”、“百灵鸟”等，则是指的非原生态意象，其语言载体，全是多字词。原生态意象是以独立存在的具象来显示的，因此，它非得更偏于用不加任何主观修饰制约的光秃秃的单字词作载体不可。对于诗人来说，要把握这种原生态意象，凭的是面对具象而作不受分析演绎限定的直觉感应，作为其载体的单字词也必然要应合这种直觉感应，于是就出现了一个新情况：在旧诗中，大量存在的单字词成了确立点面感发类语言体系的基础。非原生态意象是以受主观分析限定的具象来显示的，因此它偏于用受主体制约因而带有人为修饰性的多字词作载体。对于诗人来说，要把握这种非原生态意象，凭的是面对具象而作受分析演绎限定的知觉体认，于是就出现了另一个情况：在旧诗中，日益增多的多字词成了点面感发类语言体系受分析演绎渗透的基础。值得指出的是：随着社会的发展，科学文明的昌盛，人的逻辑思维能力的日趋强化，世界在越来越脱离自然本体的独立性而变为人脑认知的存在，作为承载原生态意象的源词——单字词将会衰落，而承载非原生态的新词——多字词将会不断进入汉语的词汇家族，这是历史发展的必然。而这一历史性的必然，对旧诗受神话思维制约来把握诗歌真实世界的直觉感应的发扬，以及由此派生的点面感发类隐喻语言的体系巩固，都并不有利。但是，一味强调神话思维及由此导致的直觉感应来写诗，诗本体会让情感失去现实人生的依附，诗文本也因为只采用点面感发类隐喻语言而成了“电报密码”，以致作为一种心灵事业的社会交流难以畅通。所以，旧诗词语建设中，单字词的大量积聚与多字词的大量新构的并存，是一种合理的正常现象。

创作实践也证实了我们上面那一番话。

大致说，近体诗中的五言体比七言体采用单字词的比例要高得多，而五言律绝所含意蕴——“真意”并不因为比七言少了两个字而有所削弱，反给人以更为深广的感觉，这是什么缘故呢？在我们看来，是因为采用了比七言律绝比例更高得多的原生态意象，而这也正是五言律绝采用单字词比例比七言更高的根本依据。原生态意象对人而言，是独立的存在，但当它化为意象载体的单字词，或者说对文本而言，它只有在组字关系中才有存在的审美价值。如温庭筠的五绝《商山早行》中这两行：

鸡声茅店月
人迹板桥霜

它们是“鸡”、“声”、“茅”、“店”、“月”、“人”、“迹”、“板”、“桥”、“霜”的组合，这十个单字词虽代表十个原生态意象，但如果脱离文本中它们这场组合关系，每个单字词都是光秃秃的，无疑不会有多少审美价值，但它们相互间一经这样的组合，就完成了一个自然生态最真实的造型，并因此而能很客观地把接受者引进这个生态圈，让他们自动地体验早行者告别山野客店踏上隆冬征途的情景，并从中诱发出人生行旅无比艰辛的心境。自然生态圈是个“圈”，是由纯自然景象所构成的十个原生态意象的载体——十个单字词组合而成的，接受者对这个“圈”所生的直觉感应，亦即把处于组合关系中的十个单字组以其“源词”性能而让接受者获得有关原始生态的真实体验。我们读五言律绝，总字数那么少，光秃秃的单字词又比成分修饰颇讲究的多字词要多，却总感到意蕴反要比七言的深广，究其原因就在这些地方。其实何尝是意蕴深广，五言律绝的诗思似乎也比七言的要高远，甚至，“此中有真意”的那一类智性宇宙觉识在五言律绝中也有更多的体现，究其原因也在于由单字词承载的原生态意象多，组合得有机。譬如王维的《鸟鸣涧》中有一句：

夜静春山空

如果不留意，我们会把这行诗看得很平常。其实这行诗大有深意，是“宁静以致远”这一宇宙“真意”直觉感应的体现。若要探其奥秘，当从“夜”、“静”、“春”、“山”、“空”这些单字词承载的五个原生态意象按自然生态作组合入手。这几个单字词展现的自然生态圈能把接受者吸纳进去，身临其境地去直觉感应出深夜春山的寂静，并由这寂静体验而去获得一种“空”——冥冥中浮起心头的一脉天地间的旷远感。这场直觉感应的确是很合于“宁静以致远”的宇宙律的。从这些例子中可以见出：单字词在旧诗的词语建设中地位很高，不能小视它。不过把单字词积聚得很多，在创作中作绝对多数的使用，写成一篇篇“电报密码”诗，也是不切实际，行不通的。在《诗经》时代，双字词、多字词已渗入文本的诗行建构中，不用说经历千年，到唐以后，诗性词汇中的多字词更是大量增加了，否则，诗歌文本都变成“电报密码”本，不仅让诗思难以流转畅通，弄得读来别扭，并且清一色地采用以单字词承载的原生态意象来组字成诗篇，读诗时不时让接受者去作直觉感应，既不可能，也会让他们读得太累太玄，更何况没有一点创作主体理性的掺入，去作直觉提纯，也使人读后会不知所云。值得一议的是如下这个例子——柳宗元的《江雪》：

千山鸟飞绝
万径人踪灭
孤舟蓑笠翁
独钓寒江雪

这是千古名篇，有万物共融而又特立独行这一辩证统一的宇宙律渗透在诗思中。如果把它按源词所显示的原生态意象作自然生态组合，来传达这一片“真意”，那么文本中“众鸟”、“高飞”、“万径”、“孤舟”、“独钓”、“寒江”这几个双字词，似乎得改成“山鸟绝/径人灭/舟笠翁/钓江雪”，这一来，全用单字词作原生态意象载体，岂不更好！但实际上这样一“缩”，缩成了一份“电报密码”，文本提供的自然生态情境和直觉感应“真意”都显得相当淡薄。柳宗元的文本告诉我们：是“众鸟”而不是一只鸟“飞”，不是一般的“飞”而是“飞绝”；是“万径”而不是一条径的“人踪”灭，且不只是某一径上而是“万径”上所留下的“人踪灭”；是“孤舟”上的蓑笠翁而不是一般舟上的蓑笠翁；是“独钓”而不是一群人钓雪，且不是一般的“江”上雪，而是“寒”江上的雪。让这种用分析演绎新构的多字词加入，这首诗方能显得诗情多姿多彩的流转，诗思也才会有更多“真意”的提纯。以此来回观我们改成三言体的文本，那实在显得太枯涩了。

但随即一个问题出现了。我们上面已说到，多字词是受主体制约因而带有人为修饰性的非原生态意象的载体，它是受分析演绎渗透的一种词语，在某种意义上说，多字词是线性陈述类逻辑语言的基础，旧诗中多字词的大量新构，会对旧诗所采用的点面感发类隐喻语言体系造成威胁。更何况无视传统诗歌中多字词的大量新构及其在诗性语言建设中的功能价值，甚至排斥它，也只会把旧诗的点面感发类隐喻语言体系建设从词语上开始走向僵化，这同样也是一个威胁。那该怎么办呢？有人因此作了探求，走了一条折中的路：把多字词拆开，各嵌入单字词，形成一种新构式的重构词语，而传统诗学理论家也因此把这种构词法作了归纳，提出一套“拼字法”的原则，林纾在《春觉斋论文》中就有一大段话对此法作了解释：

古文之拼字，与填词之拼字，法同而词异。词眼鲜艳，古文则雅炼而庄严耳。其独出心裁处，在能自加组织也。

词中之拼字法，盖用寻常经眼之字，一经拼集，便生异观。如“花柳”者，常用字也，“昏暝”二字亦然；一拼为“柳昏花暝”，则异矣。“玉香”者，常用字也，“娇怨”二字亦然，一拼为“玉娇香怨”，则异矣。“烟雨”者，常用字也，“颦恨”二字亦然，一拼为“恨烟颦雨”剀异矣；“蜂蝶”者，常用字也，“凄惨”

> 二字亦然，一拼为"蝶凄蜂惨"，则异矣；"绫罗"者，常用字也，"愁恨"亦然，一拼为"愁罗恨绮"，则异矣……
>
> 至于古文拼字，原不能一着纤佻，然用此拼法集庄雅之字，亦足生色。盖拾取古人用过字眼，便嫌饤饾，故能文者恒自拼集，以避盗拾之嫌。如《汉书·扬雄传》："勒崇鸿垂"，崇，驰；"鸿"，大也。颜师古注谓："勒崇名而垂鸿边耳。""勒垂"、"鸿崇"，皆拼集也。"骋嗜奔欲"，由"骋奔"、"嗜欲"而拼集……《循吏传》："于是倾资扫蓄，犹有未供。""资"、"蓄"二字，有何奇异？拼之以"倾"、"扫"，则朝廷虐政，一望令人骇然。[①]

这个"拼字法"是以虚实二字为主，又取虚实相同二字修饰之，成二字词形态相对而情意相同的词语构成格局，说具体点，即以两个并列词组（AA'、BB'）各拆开成A、A'、B、B'这么四个单字词，然后再交叉拼合成AB、A'B'——这样一种格局。这实是从两个二字词拆分又交错拼合成为另外两个新字词，再把它们拼合成一个新字词。所以这一类新构词语可以说是一类"新新构"的词语，它们当然不是作为原生态意象载体、能成点面感发类隐喻语言构成之基础的单字词，却也不是体现分析演绎性能、作为线性陈述类隐喻语言构成之基础的多字词，因为一般的多字词既体现了分析演绎的性能，其词或词组、短语的构成必然是严遵逻辑推论的，但此类多字词的构成却显出反逻辑推论倾向，"柳"安能"昏"，"花"安能"暝"，于是"柳昏花暝"显出某种直觉感应而得的无理，而这可是一场对逻辑推论的解构。这一来，这一类新构的多字词，为立足于点面感发的隐喻语言体系而让隐喻语言与逻辑语言求得统一打下了基础。此类"新新构"词语还可举"云鬟雾鬓"、"宠柳娇花"等等。清李继昌在《左庵词话》中就说："作词须用词眼，如潘元质之'燕娇莺姹'，李易安之'绿肥红瘦'、'宠柳娇花'，梦窗之'醉云醒月'，碧山之'挑云研雪'，梅溪之'柳昏花暝'，竹屋之'玉娇香怨'……"说这是追求词眼倒未必，追求新的词语构成倒是真的。

第二节　典故词语

除了重构与新构诗性词语，旧诗还致力于典故词语的构造。

典故词语在旧诗词语中也很独特，它以不同的单字、多字词搭配而成，因此它既可以说是重构也可以说是新构。典故本身是一段具有较高历史文化价值的小故事，但它又必须以特定词语的组合来呈现，这就有了所谓的典故词语。这里值得注意如下两点：首先，"一个典故有两个极点：一个与现实问题相关，一个与历史事件相连，二者互相比较，而比较的目的则在于显示它们的相似之处，从而提供机会以使诗人描述或评论现实问题。"[②] 其次，故事——历史事件中的"环境、动机、人物关系等背景材料都已蕴涵于典故之中"，因此典故词语具有"简略的暗示"性能，在诗性言语活动中显

① 林纾：《春觉斋论文》，人民出版社1959年版，第87—88页。

② 高友工、梅祖麟：《唐诗的魅力》，李世耀译，第161页。

示出“压缩式历史的运用”的功能。由此说来，我们拿基本词汇和普通词汇按“语用事”或“意用事”的原则[1]重构成的典故词语，是内涵着联想契机的，这也就注定了这类词语会具有借代意义。因此还可以进一步说典故词语都是意象，都是符号。中国传统诗学中这场特具的词语构筑思路，和西方诗学中对词语作“图样—标志”性能的思考很接近。沃尔夫冈·凯塞尔在《语言的艺术作品》中从主导动机的考察出发专门研究了“图样”和“标志”。他提出：“图样是固定的样板或者思想和语言的图案”，而经人们千百年诗性审美活动没有被淘汰而是流传了下来的这样一些“固定的样板”——“图案”，“定会掩藏着”“从个别灵魂的感情经验得来的”东西，这东西就是原型，于是作为某个原型具现的凭附物“样板”、“图案”——或者说一个物象、一种状态、一道风景、一场事件的“图样”，也就有一种魔幻般的审美功能。对此，凯塞尔说：“一个成功的风景布景将要流传好几个世纪，一些特定的舞台设计就是这样得来的：草地，小溪，柔和的风，鸟儿的歌声，等等，这种图样有时候已经变成为真正的动机，特别是在十七世纪的诗里。假如我们没有这种图样的传统知识，一切想要从这样的布景中去确定当时作家的自然感情的研究，那都要落空。”他还为此举了些例子：“在西班牙格罗·德·奥罗的抒情诗中，泉水之旁受伤的鹿的图样一再用来表达寂寞的基督徒的灵魂的痛苦。”这位诗学理论大家还因此而赞叹：“许多这类图样的丰富意义是这样的伟大和完善，这样地充满了情感，以致它们再也不能消失了。”凯塞尔还因此而主张“开辟一个领域”——标志学，以“标志”指涉“图样”，并说：“一个标志就是一个符号，这个符号代表一个特定的意义。”可不是吗？“变色龙”是“谄媚的象征”，“棕树是忠实的象征”，“一个站在水中的人”“仰望着他上面一株树的结满了果实的树枝”则“表现为贪婪的象征”；而这“变色龙”、“棕树”等“图样”也统成为暗示的标志，至于“每一个相应的暗示”，在巴洛克时代的诗人们“大家都理解”，“同时作品中也充满这些东西”[2]。介绍了沃尔夫冈·凯塞尔的理论后，我们再回到典故上来。这个作为“图样”的“标志”，其表现的语言若一经浓缩化而成词语，岂不也就是中国的典故？因此，如同“标志”的暗示功能，“只有从图样的历史才能够达到中心”[3]那样，“典故”指代职能的发挥也只有让接受者“清楚地了解”其“史实”——“历史的原型”才得以实现。唯其如此，才使得我们欲构造能打通历史与现实相似性的典故词语，必须深刻地把握“历史的原型”。

这方面的例子是很多的。大致可分为三类：用事比拟事理，用事激发情思和用事感兴境界。

先看用事比拟事理。如“济川舟”，典出《尚书·说命上》，记殷高宗以傅说为相，“命之曰：‘朝夕纳诲，以辅台德。若金，用汝作砺；若济巨川，用汝作舟楫；若岁大旱，用汝作霖雨。’”这里以“济川舟”比拟宰相，柳永《瑞鹧鸪·吴会风流》中有“旦暮锋车命驾，重整济川舟”，用以祝美对方将得以施展宰相之才。又“狐首丘”，典

① 高友工、梅祖麟：《唐诗的魅力》，李世耀译，第163页。

② 沃尔夫冈·凯塞尔：《语言的艺术作品》，陈铨中译本，第79—87页。

③ 同上书，第84页。

出《礼记·檀弓上》："太公封于营丘，比及五世，皆反葬于周。君子曰：'乐，乐其所自生；礼，不忘其本。古之人有言曰狐死正首丘，仁也。'"故这个典故词语比拟为不忘故土。陆游《百岁》中有"壮心空似骥伏枥，病骨敢怀狐首丘"之句，即用了这个典故词语。"冲天翼"典出《韩非子·喻老》："楚庄王莅政三年，无令发，无政为也。右司马御座，而与王隐曰：'有鸟之南方之阜，三年不翅，不飞不鸣，嘿然无声，此为何名？'王曰：'三年不翅，将以长羽翼；不飞不鸣，将以观民则。虽无飞，飞必冲天；虽无鸣，鸣必惊人。'"这是比拟贤士待时而动。贯休《遇叶进士》有"自愧龙钟人，见此冲天翼"之句。又"田单术"，典出《史记·田单列传》：燕攻齐，破齐七十二城。田单孤守即墨，"收城中得千余牛，为绛缯衣，画以五彩龙文，束兵刃于其角，而灌脂束苇于尾，烧其端。凿城数十穴，夜纵牛，壮士五千人随其后。牛尾热，怒而奔燕军，燕军夜大惊。"以此比拟武将智计，唐胡曾《咏史诗·即墨》有"固存不得田单术，齐国寻成一土丘"之句。从所举此四例看，所用典故词语只是以一个比拟性的压缩故事来暗示一种事理。

再看用事激发情思。如"楚奏"，典出《左传·成公九年》："晋侯观于军府，见钟仪，问之曰：'南冠而挚者，谁也？'有司对曰：'郑人所献楚囚也。'使税之。召而吊之。再拜稽首。问其族，对曰：'伶人也。'公曰：'能乐乎？'对曰：'先父之职官也，敢有二事？'使与之琴，操南音。"此借楚囚操琴奏南音之"事"来激发出一片思念故国家园之情。骆宾王《幽挚书情简知己》有"自悯秦冤痛，谁怜楚奏哀"之句。"泣铜驼"典出《晋书·索靖传》："靖有先识远量，知天下将乱，指洛阳宫门铜驼叹曰：'会见汝在荆棘中泣耳。'"此系借预感和幻思形成之"图样"来激发邦国子民难逃一劫的悲慨之情。李商隐《曲江》有"死忆华亭闻鹤唳，老忧王室泣铜驼"之句。"陇头梅"典出南朝宋盛弘《荆州记》："陆凯与范晔相善，自江南寄梅花一枝，诣长安与晔，并赠花诗曰：'折梅逢驿使，寄与陇头人。江南无所有，聊赠一枝春。'"此典借赠梅之事以激发主体对朋友的思念之情。宋之问《题大庾岭北驿》有"明朝望乡处，应见陇头梅"之句。"越吟"典出《史记·张仪列传》："（秦）惠王曰：'子（陈轸）去寡人之楚，亦思寡人不？'陈轸对曰：'王闻夫越人庄舄乎？'王曰：'不闻。'曰：'越人庄舄仕楚执珪，有顷而病。楚王曰：舄，故越国鄙细人也，今仕楚执珪，贵富矣，亦思越不？中谢对曰：凡人之思故，在其病也。彼思越则越声，不思越则楚声。使人往听之，犹尚越声也。今臣虽弃逐之楚，岂能无秦声哉？'"此典用事奇，颇能激发思乡之情。李曾伯《沁园春·乔宾王有和再用韵》中有："问讯南楼，劳还西戍，君为楚歌侬越吟。"用"越吟"表达对浙江嘉兴故园的深切怀念。从所举四例看，所用典故词语是以一个感染力很强的小故事来激发情思的。

再一种是用事感兴境界。如"镜中鸾"，典出《艺文类聚》卷九十引南朝宋范泰《鸾鸟诗序》："昔罽宾王结置峻卯之山，获一鸾鸟，王甚爱之，欲其鸣而不能致也，乃饰以金樊，飨以珍羞。对之愈戚，三年不鸣。其夫人曰：'尝闻鸟见其类而后鸣，何不悬镜以映之？'王从其意，鸾睹形悲鸣，哀响冲霄，一奋而绝。"此典特具象征色彩，以离奇的悲剧事件感兴出一种不耐孤栖、向往自由，不惜以身殉志的生存境界。李商隐《无题四首》之三有"多羞钗上燕，真愧镜中鸾"之句。"相思树"典出干宝《搜神记》卷十一：“宋康王舍人韩凭，娶妻何氏，美。康王夺之。凭怨，王囚之，沦为城旦……凭乃自杀。其妻乃阴腐其衣。王与之登台，凭妻遂自投台。左右揽之，衣不中手而死。遗书于带曰：‘王利其生，妾利其死，愿以尸骨，赐凭合葬！’王怒，弗听。使里人埋之，冢相望也。王曰：‘尔夫妇相爱不已，若能使冢合，则吾弗阻也。’宿昔之间，便有大梓木生于二冢之端，旬日而大盈抱。屈体相就，根交于下，枝错于上。又有鸳鸯，雌雄各一，恒栖树上，晨夕不去，交颈悲鸣，音声感人。宋人哀之，遂号其木曰‘相思树’。相思之名，起于此也。”此典之情事特离奇悲壮，能感兴出一片恋情永恒、生死相依的生命境界，宋石孝友《鹧鸪天·屏障重重翠幕遮》有：“相思树上双栖翼，连理枝头并蒂花。”“易水风”，典出《战国策·燕策三》：荆轲替燕太子丹刺杀秦王，出发前，“太子及宾客知其事者皆白衣冠以送之，至易水上，既祖，取道，高渐离击筑，荆轲和而歌，为变徵之声，士皆垂泪涕泣。又前而为歌曰：‘风萧萧兮易水寒，壮士一去兮不复返。’复为慷慨羽声，士皆瞋目，发尽上指冠。”此则情事萦绕着一层悲剧气氛，特具为正义而慷慨赴难之感兴境界，唐许浑《送从兄归隐兰溪二首》之二有“衣忆萧关月，行悲易水风”之句。“刘郎”，典出南朝宋刘义庆《幽明录》“汉明帝永平五年，剡县刘晨、阮肇共入天台山取谷皮，迷不得返”，望山上有一桃树，遂采桃充饥。后遇二女子，姿质妙绝，见刘、阮，“便呼其姓，如似有旧，乃相见忻喜，问：‘来何晚邪?’因邀还家”，“至暮，令各就一帐宿，女往就之，言声清婉，令人忘忧”，其地草木气候常如春时。二人半年后还乡，子孙已历七世。此典系一则传奇故事，以神秘的生命氛围感兴出一片超现实境界，给人以爱、美与自由相结合的生命至美遐思。李商隐《无题四首》之一有“刘郎已恨蓬山远，更隔蓬山一万重”之句。总之，从所举四例看，这类典故词语大多以其内涵情事的奇异神秘性，兴发感动功能极强，因此语义已不只具有一般的暗示，而具有原型象征之功能，象征着超现实的至真生命境界。

我们把典故词语分作三类来考察，也意味着此类重组的词语是可以分为三个等级的。典故词语有属于自身特具的审美功能：暗示。而暗示可以分为三类：一类是借喻式暗示，这就有了用事比拟事理的典故词语；另一类是隐喻式暗示，这就有了用事激发情思的典故词语；再一类是象征式暗示，这就有了用事感兴境界的典故词语。以用事比拟事理的那类典故词语我们不妨称其为替代词语。王国维《人间词话》中曾说“词最忌用代字”，并拿周邦彦《解语花》中“桂花流瓦”为例，认为它是“隔”，意谓“桂花”无非是换一个说法来替代“月光”而已，从美学角度看并无增加一点新的内容。我们上面提到的“济川舟”、“田单术”都不过是对宰相、对武将智计作借喻式的替代，作为典故词语的诗性功能是低层次的。用事激发情思的那类典故词语，我们不妨称之为可感词语，这是因为所用之“事”可感，能借此感应到一缕特定的情思，“楚奏”也好，“越吟”也好，都能使我们品尝到一点韵味，一种乡国之思的哀感，作为典故词语的诗性功能是高一层次了，可以说古典诗歌中典故词语多数属这一类。不过，它们只提供一些现世人生的情思，说到具有原型意味的生命体验，却提供不多。用事感兴境界的那类典故词语，我们不妨称之为袖珍象征词语，这是因为所用之事能把我们带入一种深邃、悠远、庄严的超现实生命境界。若用典故词语，于诗境无补是不行的，于诗境有补也要达到对生命原型的升华上。高友工、梅祖麟在《唐诗的魅力》中说过这么一段话：

> ……当一个词在诗中出现时，它不仅指称某个特定的事物，而且也代表了该事物所属的类别；当一个典故出现于诗中时，它所指涉的不仅是与之相似的过去或现在的事件，而且是永恒的原型。①

值得指出：典故从内容看，是一段小故事，有小小的情节，但它必须物质形态化才能在诗中起作用，所以我们这里谈的典故，实指一种特殊词语，具体点说应该叫典故词语。典故词语是旧诗词语的重要来源之一，而它的构成，也自有其独特性。一般说典故词语的构成有四类，即典故化情事中抓关键词语，典故化诗句中择典型词语，意境感发点上求隐喻词语，精神托寓物上定借代词语。

所谓典故化情事中抓关键词语，指这么一层意思：典故总是有一段小小的故事情节的，在向人作传达的言说系统中，总会有几个关键性的词语，作为这一个系统的符号标志被凸显出来，可以代替小小的故事情节，或者说作为对典故情事的缩微，于是，这些关键性词语也就成了典故词语。由于典故大多靠古人在日常生活中发生的那些典范性的、富有文化意蕴的情事构成，因此这类典故词语也必然是大量的，如"沧州"、"樵风"、"兰兆"、"灞桥月"、"白登道"、"十二楼"、"星槎"、"胡笳夜月"、"一舸五湖"、"梦草池塘"、"玉笛暗飞声"等等。还值得指出：这一类典故词语由于是直接从典故内含之情事中提取而成，而作为关键性词语，它们不过是小故事的缩写符号，所以它们作为意象化存在的理由，要靠"小故事"本身的感知功能，典故词语本身显得平平常常，若纯粹从语言层面上寻求诗性，是淡薄的。如"兰兆"，典出《左传·宣公三年》："郑文公有贱妾曰燕姞，梦天使与之兰，曰：'余为伯儵，余而祖也，以是为而子，以兰为国香，人服媚之如是。'既而文公见之，与之兰而御之。辞曰：'妾不才，幸而有子，将不信，敢征兰乎？'公曰：'诺。'生穆公，名之曰兰。"这是传说春秋时郑文公妾燕姞梦天使赠兰花并说"以兰为子"，既而侍寝文公，果然生子，后以"兰兆"指怀孕。如骆宾王《艳情代郭氏答卢照邻》中："离前古梦成兰兆，别后啼痕竹上生。"暗示卢照邻上路前郭氏已有身孕。"兰兆"虽然构筑得平平，但作为缩写"小故事"的关键词语，倒是抓得准的，所以它还说得上是一个概括"小故事"有特色的言说符号，问题出在其内含的"小故事"虽离奇却并不怎么神秘，因此作为古典诗语，诗性语言的生命力算不得强。又如"星槎"，典出晋张华《博物志》卷十："旧说云，天河与海通，近世有人居海渚者，年年八月有浮槎去来，不失期。人有奇志，立飞阁于槎上，多赍粮，乘槎而去。十余日中，犹观星月日辰。自后茫茫忽忽，亦不觉昼夜。去十余日，奄至一处，有城廓状，居舍甚严，遥望宫中多织妇，见一丈夫牵牛渚次饮之。牵牛人乃惊问曰：'何由至此？'此人具说来意，并问此是何处。答曰：'君还至蜀郡，访严君平，则知之。'竟不上岸，因还如期。后至蜀，问君平，曰：'某年月日有

① 高友工、梅祖麟：《唐诗的魅力》，李世耀译，第168页。

客星犯牵牛宿。’计年月，正是此人到天河时也。”后人因此以这个典故来暗示浮海寻求至美神境的理想精神。显然，传达这则“小故事”的关键词语是“星槎”，用这个词语来作为表现这段离奇情节的缩写符号，是最合适不过的。可珍视的是这个典故词语内含的“小故事”不仅离奇而又神秘，能给人以不可思议的幻想，而且抓准了关键词构筑成“星槎”，也显示了神异的魅力，“槎”本是竹做之筏，此处竟以星做而成“星槎”，这确实神奇但神奇得美，美得令人浮想联翩，因此从纯粹的语言层面看，“星槎”这个典故词语也构筑得貌似平常而不平常。刘禹锡《逢王十二学古入翰林因以诗赠》中有“厩马翩翩禁外逢，星槎上汉杳难从”，以“星槎上汉”喻指王十二荣升翰林学士之速之奇，及自己的钦佩之情。吴融《汴上观》中有“殷勤莫碍星槎路，从看天津弄杼回”，用星槎漂往银河事以表现黄河奔流的宏伟气势。史浩《采莲令·练光浮》有“玉阙葱葱，镇锁佳丽春难老。银潢急、星槎飞到”，化用“星槎”，暗比采莲女为玉宫仙女，赞美她们的娇美。刘克庄《最高楼》中有“臣少也，豪举泛星槎”，以“泛星槎”表明自己早年情感的高迈。这多种诗例足以证实这一典故词语的诗性生命力。像“星槎”这样构筑词语成功的经验也体现在许多这一类典故词语的构筑中，如“胡笳夜月”典出《晋书》卷六十二《刘琨传》：“（刘琨）在晋阳，尝为胡骑所围数重，城中窘迫无计，琨乃乘月登楼清啸，贼闻之，皆凄然长叹。中夜奏胡笳，贼又流涕歔欷，有怀土之切。向晓复吹之，贼并弃围而走。”这段“小故事”的关键词是“胡笳”与“夜月”，这二词的拼合，能造成悲慨苍凉境界，易诱起深宵荒野背井离乡者的怀恋家园亲情、倦于人生争夺之情绪。作为概括这段情节、缩写此种情事的标志性传达符号，选这两个关键词并予以拼合是完全抓得准的。由于两个关键词无外在关联的拼合，造成内在的隐含关联，使这个典故词语构筑得相当不平常，加之这则典故内含的情事又不同凡响，寓有攻心为上的人性感发深意，故“胡笳夜月”是有魅力的。李曾伯《沁园春·庚寅代为亲庭寿》中有“羽檄秋风，胡笳夜月，多少勋名留汉关”。这里暗以刘琨比鸿禧主人，暗示他当年的边功，也十分贴切而有韵味。

旧诗的典故有很大一部分是直接出自诗句的，即往往前人佳句被后人化用，传之久远，成为一个文化情结，于是有关这一佳句的情境也会变成典故，而如果有人在这种典故化诗句中选择具有很强意象感发功能的词语来代表全句，也就构成了又一类典故词语。由于这一类典故词语是直接从佳句中提取得来，该提取哪些，是有几点原则要求的。一点是构成诗句的各个词语中，以寻求最显具象化的实字为本；另一点是这些具象化的实字，以最具兴发感动之魅力者为本；再一点是这些最具兴发感动魅力的实字在原句中拼合成的意象体以最能体现诗句的意境者为本。按这三点原则要求从诗句中提取的典故词语也是大量的，如“飞光”、“心曲”、“飞蓬”、“芒鞋”、“灵涛”、“征鸿”、“丁香结”、“易水寒”、“白云乡”、“赤阑桥”、“紫烟客”、“临歧恨”、“巴山夜雨”、“西风残照”、“月落乌啼”、“人面桃花”、“鸡声茅店”、“枫叶荻花”等等。如“飞蓬”，典出《诗经·卫风·伯兮》中“自伯之东，首如飞蓬。岂无膏沐，谁适为容”。在“自伯之东，首如飞蓬”中，的确只有“飞蓬”这个实字最能把“妇人夫不在无容饰”传神地道出，因此它就以形象之逼真而被日后的诗人们所采用，传承下来而成为典故词语。但纯粹从语言层面看，这个偏正结构比较平实。只有跳出直接比喻义而化用，才能有较高审美效果，如魏了翁在《卜算子·次韵虞夔宪刚简新作巴绿亭》中有“满眼飞蓬撩乱，知几几，未膏沐”。这是以妇女头发散乱形容巴绿亭周围碧草茂密，倒颇传神。跳不出直比，审美效果就不佳，薛涛《段相国游武担寺病不能从题寄》中有“依心犹道青春在，羞看飞蓬石镜中”。这“飞蓬”就是自述病中憔悴状貌的婉转言说，有形象的逼真，却无更多回味，原因在于作为典故内含的小故事平常，而偏正结构的修饰关系又无新鲜的感觉提供。“飞光”就不同了。这个词语典出沈约《宿东园》：“飞光忽我遒，岂正岁云暮。”李贺《苦昼短》：“飞光飞光，劝尔一杯酒。吾不识青天高，黄地厚。唯见月寒日暖，来煎人寿。”二者皆以“飞光”意示时光流逝，寄寓人生之感慨。由于此二诗言说岁月流逝、生涯匆促十分深沉，发人遐思无限、感慨久远，内含之情事是动人的，而构成此词语之偏正结构关系不寻常：“光”系视觉而“飞”系动觉，它们间的修饰关系能促成联想的活跃，提供感觉的新鲜，以致使以“飞光”拟喻日月东起西沉、四季你盛我衰不断更迭的流年有如“飞”之感，能给人以灵思，所以这个典故词语的诗性生命力就强多了，如朱敦儒的《临江仙·堪笑一场颠倒梦》中有：“流水滔滔无住处，飞光忽忽西沉，世间谁是百年人。”言说对岁月流逝之感慨就十分传神。类似词句还可举许多例证，如“丁香结”，典出李商隐《代赠二首》之一：“楼上黄昏欲望休，玉梯横绝月中钩。芭蕉不展丁香结，同向春风各自愁。”“丁香结”指丁香丛生的花蕾，形似一团难解的紫结，而“紫色”有忧思郁积难消的意味，因此“丁香结”从语言层面看，构筑得十分成功，因为这里渗透着一种言说愁绪的新鲜感觉，而典故内含之情事又颇具韵旨，所以其诗性生命力很强。程垓《满江红·忆别》中有：“愁绪多于花絮乱，柔肠过似丁香结。”借“丁香结”表现愁肠之郁结。贺铸《石州引·薄雨初寒》中有：“欲知方寸，共有几许清愁？芭蕉不展丁香结。”这里直用李商隐全句来隐喻抒情主人公的“几许清愁”，相当成功。而蔡伸《念奴娇·当年豪放》中的“茂绿成阴春又晚，谁解丁香千结”，更把“丁香结”化开来用，喻愁苦之情难解。再如“鸡声茅店”，典出温庭筠《商山早行》：“晨起动征铎，客行悲故乡。鸡声茅店月，人迹板桥霜。”这是一幅羁旅山村野店，凌晨赶早上路的人生行役图，曲折地表现浪迹他乡、客心伤悲的情怀，作为一种生态与心态综合的情境显示，无疑“鸡声茅店月，人迹板桥霜”的显示力更强，而“鸡声茅店”则是核心中的核心，后人从诗句中把它提出来，充当典故词语，无疑是看到了它具有牵一发而动全局的不可替代的作用，能把人生行役之感伤情调充分地感发出来。至于从语言层面谈它的构成特征，也是极好的，那是“鸡声”和“茅店”两个具象化实字的并列组合，无外在的关联，却因能够共同形成一个羁旅行役的感伤情境而获得相互间的内在关联。类似的构筑法，“西风残照”、“枫叶荻花”、“云窗雾阁”、“春梦秋云”、“月落乌啼”都如此。这样的典故词语可以提炼一大批，只要旧诗众多佳句对后人来说还没有失去鉴赏生命力。

再一种是意境感发点上求隐喻词语。这是选择意象词语拼合成典故词语的一种做法，它要求无论是言说典故化情事所用的关键词语，或者提炼典故化诗句的典型词语，只要具有意象化功能，都可选择并作有机的拼合，以形成隐喻词语，决定性的条件乃是否在典故营造意境的感发点上，即词语的选择与相应的拼合都要发生在意境感发点上，同时又要为强化意境的感发起作用。值得指出：这类典故词语在构筑中相关词的选择与拼合的自由度比较大，因为它可以按一定原则在上述两类典故词语中自由地选择与错综地拼合成这一类典故词语，所以这一类典故词语的产生更是大量的。如“逝川”、“冷枫”、“梦草”、“天骄”、“梅驿”、“一叶秋”、“王孙草”、“西洲梦”、“碧云暮”、“汉南树”、“灞陵雪”、“舟横野渡”、“梧桐秋雨”、“长笛倚楼”、“陇水呜咽”、“长安乱叶”、“佳人空谷”等等。这一类典故词语的构筑偏重于意境感发点上作寻求和定位，所以我们得把它的意境感发功能视为构筑的主要目标。“逝川”很能显示这种目标追求，它典出《论语·子罕》：“子在川上曰：逝者如斯夫，不舍昼夜。”凭着这句以岁月的流逝而对人生发出感慨的话系出于孔子之口，就足以把一层浓郁的文化氛围——独特的、出之于圣人情结的文化意蕴感发了出来，于是日后的诗人就在这句话的意境激活点上挑选出“川”和“逝”来拼成“逝川”这个典故词语，并使它成了这句话的缩写，集中地感发着生如逝川不舍昼夜在流失的心境。这当然是一次成功的典故词语构筑。不过，从语言层面看，这个词语脱掉文化意境的外衣就显得平常了。王勃《秋江送别二首》之一有“已觉逝川伤别念，复看津树隐离舟”。这里以“逝川”切送别之地，并借以烘托伤别的感叹，倒还是好的。李白在《古风·十一》中有“逝川与流光，飘忽不可待”，以“逝川”感叹时光流逝，也有深意。但像王维《过沈居士山居哭之》中的“逝川嗟尔命，丘井叹吾身”，这里的“逝川”完全是表岁月流逝的符号，符号的形态如能提供一点感觉的新意，则符号本身也会有诗性意味，但这里的“逝”加“川”的构成，没有达到这一点，所以后人许多用“逝川”者，大多在文本中只起符号作用，如说有意境感发性，也不过是圣人情结外加的文化意境而已。但“一叶秋”这样的典故词语就不同了。“一叶秋”典出《淮南子·说山训》：“见一叶落，而知岁之将暮；睹瓶中之冰，而知天下之寒。”这席话是散发着一层对寒冬岁暮将至的意境氛围的，而激起这层意境氛围依凭的乃是“叶落”、“岁暮”与“瓶冰”、“天下寒”及相互间的关系上，唐代诗人就从这席话的意境激活点上，选择了“叶落”与“岁暮”之间的关系而引申出“一叶知秋”、“一叶惊秋”、“一叶鸣秋”等典故词语，但它们有一个词语构筑上的缺陷，过多关注“叶”与“秋”外在的逻辑推演关系，后来干脆把“知”、“惊”、“鸣”也去掉，成为“一叶”加“秋”的“一叶秋”，这个典故词语就构筑得十分成功了，成功在于“一叶”与“秋”之间不作逻辑关连而让对等原则来支配，使二者在内在的感发功能上有了隐含关联，这样一个出于感兴内在关联的隐喻词语，其鉴赏生命力就十分强了，因为“一叶秋”把《淮南子》中这一席话凝成了一个剔透玲珑而无杂质的小小意境体。说白了，这就是一个成功的意象化典故词语。这使得唐以后的诗人不断地用它，如钱起的《长信怨》中有“长信萤来一叶秋，蛾眉泪尽九重幽”，渲染冷宫的凄凉；杜牧《留题李侍御书斋》中有“独立千峰晚，频来一叶秋”，以“一叶秋”点明季节，很有色彩感。“长安乱叶”也属这种构筑。此词典出贾岛《忆江上吴处士》：“闽国扬帆去，蟾蜍亏复圆。秋风起渭水，落叶满长安。此地聚会夕，当时雷雨寒。兰桡殊未返，消息海云端。”此诗为忆念离长安而去的友人而作，诗中写到自己所在的长安已是秋风频吹、落叶纷飞的季节，故有“秋风起渭水，落叶满长安”之句。这个名句因此形成了一个典故。由于全诗意境的激活点就在这两句描述的情景范围中，因此后人有以“渭水西风长安叶”、“渭水西风黄叶满”、“秋风渭水、落叶长安”等充当典故词语。周邦彦《齐天乐·秋思》中有“渭水西风，长安乱叶，空忆诗情宛转”，把“落叶满长安”缩成“长安乱叶”，和“秋风起渭水”缩成的“渭水西风”组合成两个意象群，合成一片岁暮苍凉的意境。但这毕竟和贾岛诗句中的意象化词语组合相差不大。其实这两行诗所形成的意境最关键的激活点还是“落叶满长安”，周邦彦把它缩成“长安乱叶”比缩成“长安叶”、“黄叶满”、“落叶长安”要传神得多，因为用一个“乱”修饰“叶”，就可以把“满”、“黄”修饰“叶”、“满”补足叶落都包括进去，而“乱”之来源乃“秋风起渭水”，用了“乱”加“叶”也可以感兴联想起“乱落”之源头乃“秋风渭水”，故这一个意象群词语可省略，于是表现这两行诗之意境只需“长安乱叶”足够，从而贾岛这两行富有典故意义的诗的境界也就只需以“长安乱叶”来激活了，这个典故词语也就这样形成。周密的《扫花游·九日怀归》有“正长安乱叶，万家砧杵”，以“长安乱叶”来感兴出秋深时羁旅怀乡者的怅然哀感。总之，这类典故化诗句在意境激活点上组合词语既要选意象化实字，又要把其他感兴功能不强的实字和虚字尽可能删除，在求得原诗句高度缩微的原则下完成其典故词语的构筑。其他如“长笛倚楼”、“梧桐秋雨”、“陇水呜咽”、“舟横野渡”等也都是靠这一类典故词语的构筑而取得成功的。

第四种是精神托寓物上求借代词语。典故词语中有一类构筑途径是借代。借代词语内在所拥有的当然有一个“小故事”，而正是这个“小故事”，成了某种精神的托寓物，显现它的物质外壳也就成了拥有借代之功能的典故词语。这样的典故词语的构筑较简单，在语言层面上只不过直接提炼拥有可供精神托寓之“小故事”的借代词，而无须考虑意境感发点上陌生化的词语组合问题。而在其他几类典故词语的构筑中，不但要经过选择，而且相互间在组合中还须考虑到如此构筑成的典故词语如何获得陌生化效果，使接受者产生新奇的感觉，但为精神托寓而寻求借代的这类典故词语在构筑中却无需考虑这些，它要关注的无非是对内含的“小故事”能作最佳的选择。说明白一点：构筑借代性典故词语，决定性条件是这典故词语内含的“小故事”对某一点精神的印证是否贴切、生动而且深刻。鉴于这类“小故事”延展的幅度毕竟有限，故此种典故词语难以构筑得很多。不过，我们也还是可以举出不少，如“沉湘”——刚正不阿以身殉国之忠的托寓；“夷齐”——气节为重不耻施舍之诚的托寓；“天骄”——慓悍民族之魂的托寓；“桃源”——幻求乐土之梦的托寓；“沧洲”——红尘归隐之意的托寓；“燕丹客”——捍卫正义慷慨赴难之真的托寓；“填渤澥”——坚忍不拔之气的托寓；“苏武节”——固守节操坚贞不屈之心的托寓；“纫兰为佩”——品质高洁之德的托寓；“高山流水”——知音相求之美的托寓；“越鸟南枝”——生不忘本之情的托寓，等等。值得指出：以精神托寓构成的借代类典故词语大多以平实的词语组合来呈现，没有过多的花哨。如“夷齐”，典出《史记·伯夷列传》：“武王已平殷乱，天下宗周，而伯夷、叔齐耻之，义不食周粟，隐于首阳山，采薇而食之……遂饿死于首阳山。”这个“小故事”已转化为汉民族视气节为重的一个中华人文情结，深印在我们的心灵中，因此，缩写成“夷齐”的伯夷、叔齐已是气节的借代词，当然是一直被诗人们采用的典故词语，如李白《梁园吟》中有：“持盐把酒但饮之，莫学夷齐事高洁。”这里说“莫学”夷齐其实是对他们气节之“高洁”更高层次的赞颂。不过这里也存在一点不足，如果不了解《史记·伯夷列传》提供的这个“小故事”，“夷齐”就会失去借代的作用，更何况平实的词语组合也提供不出多少新鲜的审美感觉。“桃源”的情况就好一点。它典出陶渊明的《桃花源记》，作为人间乐园的借代已是家喻户晓，作为典故词，它借代功能如此之强当然和《桃花源记》这个“文化遗存”有莫大关系，但从字面上看，“桃源”多少能提供一点关于桃花之源头究竟是什么的悬念，促人遐想。王绩《游仙四首》第三中有“斜溪横桂渚，小径入桃源”，王维《春日与裴迪过新昌里访吕逸人不遇》中有“桃源一向绝风尘，柳市南头访隐沦”，刘长卿《过郑山人所居》中有“寂寞孤莺啼杏园，寥寥一犬吠桃源”，孟浩然《高阳池送朱二》中有“殷勤为访桃源路，予亦归来松子家”，等等，对“桃源”所怀种种悬念的探源，同“桃花源记”的文化情结当然有决定性关系，但也不排除这个典故词语偏正构词的某种诱惑力。可不是吗，有人用“武陵源”，就不及“桃源”被采用得广泛。“燕丹客”也如此。它典出战国末年荆轲在易水边别燕太子丹去关中行刺秦王而壮烈牺牲的故事，骆宾王《送郑少府入辽共赋侠客远从戎》中有“不学燕丹客，空歌易水寒”。这一典故词语的诗性功能也靠这个“小故事”所提供的文化情结，但“燕丹”之“客”的偏正结构也多少能起一点此“客”非同一般之“客”的悬念。词语构筑的某种奇特性对充当借代的典故词语能起一点审美补充作用，我们是应该注意到的。还可以举“高山流水”来看一看。“高山流水”典出《列子·汤问》：“伯牙善鼓琴，钟子期善听。伯牙鼓琴，志在登高山，钟子期曰：‘善哉，峨峨兮若泰山。’志在流水，钟子期曰：‘善哉，洋洋兮若江河。’伯牙所念，钟子期必得之。”因此就有了“高山流水”这个典故词语，作知音相求这一美意之借代，文化情结同样对诗性审美能起决定性作用。不过，用“高山”和“流水”这两个偏正结构的名词作并列组合，即使接受者不太了解典故本身之“小故事”，也能有新奇感，联想到“高山”与“流水”应合会有一种两心息息相通的暗示。这是典故词语作借代而又超越借代的成功构筑。但我们还得提及另一种情况，这要从“越鸟南枝”谈起。“越鸟南枝”典出《古诗十九首》其一“行行重行行，与君生别离。相去万余里，各在天一涯。道路阻且长，会面安可知。胡马依北风，越鸟巢南枝”，作为依恋故乡、永不忘本之情的借代。这首诗的文化情结对这个借代词的诗性审美作用也是决定性的，但“越鸟”和“南枝”的并列组合，不同于“越鸟巢南枝”的逻辑化线性陈述，这样的组合能创造出一种对等关系，它们字面上似乎是互不相关的拼合，内在却有隐含的关联，所以这个作借代用的典故词语，就有极强的隐喻功能。但是唐以来的诗中采用这个典故词语作依恋故乡、永不忘本情意之借代的，往往会省略一个“南”字，如张九龄《南还以诗代书赠京师旧僚》中有“思绕梁山曲，情遥越鸟枝”。不能不看到，“越鸟南枝”变“越鸟枝”使得这个典故词语纯粹属借代来的一个“越鸟巢南枝”的符号，“南枝”对“越鸟”来说是有特定的感情暗示性的，而“枝”对“越鸟”只不过是所巢之树枝而已，张久龄之所以要省略“南”，为的是五字句只能是五个字，“南”字不得不省，但这样一来，这个典故词语的意象功能没有了，只剩下符号功能，这是只着眼于借代导致的一场典故词语构筑的失误。

综上所述我们可以说：因为新构的词语与重构的典故词语多姿多彩、富有成效地大量产生，旧诗的语言建设已为词法活动打下了坚实的基础。

第三节　实字与虚字

词语积聚与新创固然是旧诗词法活动极其重要的方面，但还得看到：词类划分与词性定位是同样重要的方面。

旧诗划词类、定词性自有其特殊性，和西方的标准不同。旧诗划分词类较简单，只有实字词和虚字词两类。这样简单的划分不仅涉及定词性，还导致词性活用更容易，转化更方便。

按西方语法，词类分名、动、形、副、介，这几类以外，还有连词、数词、量词、叹词。中国的实字、虚字词如何同西方的词性分类相对应呢？启功作了这样的概括："……现在把前人所谓的虚字、实字按'葛郎玛'来折合，实字即包括今之所谓名词；虚字即包括今之所谓动、状、附、介、叹等类。"① 这种对应是确切的，只不过"状"、"附"这两个术语与现在通行的词性称谓不合，不妨作这样的言说：实字词即实物字，即今之名词；而虚字词则包括动作字，即今之动词；性状字，即今之形容词；附字即今之副词；介语字即今之介词，衬语字即今之语助词，接语—转语字即今之连接词；叹语字即今之感叹词，等等。但也有古典诗学理论家把动作字、性状词归入实字词的，宋罗大经《鹤林玉露》中提出"作语要健字撑拄"，这"健字"无疑指实字，而用以"撑拄"之"健字"肯定是指有力的字，显然是动作字，即动词，可见罗大经已把动词划归实字词。清王鸣昌《辨字诀》和课虚斋主人的《虚字注释》则在对虚字作分类中干脆排除了动作、性状字。这样一来，动作字、性状字在虚实分类上就难以定位下来。而这也就反映出旧诗的虚、实字词从类别的划分上看有点含混。王筠在《说文释例》中说："古人造字，不为文词而起，必无所用虚字，如'之'者，出也；'焉'者，鸟也；'然'者，火也；'而'者，毛也，皆古人之实字，后人借为虚字耳。"此一说法有力地表明：汉语词汇从娘胎里起就已种下虚实难分之根了。词类划分的基础是词性。旧诗所用虚实字是如何定性的呢？这方面申小龙在《汉语语法学——一种文化结构的分析》、易闻晓在《中国诗句法论》中，均有很深入的研究。综合他们的见解大致是这样分词性：第一，实字词有两种，一种是"实"字，即实物名词，如"天、桃、诗、书"等；另一种是"半实"字，或称"半实死"字，即非实物名词，如"声、情、阴、阳"等。第二，虚字词有四种：一种是"半虚"字，即量词，如"层、番、毫、端"；另一种是"虚死"字，即性状词，如"长、短、高、低"等；第三种是"虚活"字，即动作词，如"腾、听、观、想"等；第四种是"半实活"字，即"体之用动作词"，如"怀、思、面、育"等②。对虚实字的两大类词性作了综合概括后，易闻晓这样说："所有这些都还属于所谓'体词'，'体'者本也，本则不变，则此'体词'之分，固亦稳定不变。"③ 这一结论从"体"与"用"的关系而言是确切的，但从"体词"内部的

① 语出启功《汉语现象论》，转引自易闻晓《中国诗句法论》，齐鲁书社 2006 年版，第 161 页。

② 申小龙《汉语人文精神论》中所述，转引自易闻晓《中国诗句法论》，第 162 页。

③ 易闻晓：《中国诗句法论》，第 162 页。

词性而言，似乎并不稳定："半实死"字岂不一半是虚字词性；"半虚"字也岂不一半是实字词性，而动作词用"虚活"岂不成了实字词性，"体之用动作词"也岂不有一半成了实字词性。易闻晓也看到了这点，因此说了如下一段话：

然而所谓虚实之"体"，在古人实亦说无定准。所谓实字，始则仅指名物之字。周伯琦说："古人制字，皆从事物上起，今之虚字，皆古之实字。"（四库本元周伯琦《六书证伪》）此去"事物"乃谓实物，实物有形可视、有实可指，称名以符之，造字以指之，故谓名物字，如"天"、"地"、"山"、"水"、"花"、"草"、"树"、"木"之类。指名物者以其指实一物而不虚，故谓实字。实者有义，而或亦以表动作性状之字有义而视为实，如杜甫"鼍吼风奔浪，鱼跳日映山"、"旌旗日暖龙蛇动，宫殿风微燕雀高"，"吼"、"奔"、"跳"、"映"、"动"为动作字，"暖"、"微"、"高"则为性状字，元人《总论》皆视若实字，而以为造语字无虚设云。但其"实义"乃非可视可指之实，故诸名物之字，其义为虚，所以申小龙氏将它归于"虚活"一类。古人也有作如是观者，如刘长卿《使次安陆寄友人》："暮雨不知溳口处，春风只到穆陵西"、钱起《乐游原晴望上中书李侍郎》"不知凤沼霖初霁，但觉尧天日转明"及《长信怨》"鸳衾久别难为梦，凤管遥闻更起愁"，谢榛以为"不知"、"只到"、"但觉"、"难为"、"更起"皆虚字（《四溟诗话》卷四）。其中"不、只、但、难、更"固属虚字，但"知、到、觉、为、起"则犹有实义，是犹"吼、奔、跳、映"之类，都是动作字，如《总论》视之为实字三类，或亦以此。不过动作词的"实"义，究竟不如名物字之可指可视的实义为实，较之于名物实字，则诚属虚字，而比照"不"、"只"等"副词"之类，则意义为实。究竟孰虚孰实，因人说法而异，虽无一定标准，固亦不妨错用。然而仅自大体言之，则名物字为实，此一定者也，故称"实死"，而语助词若"之"、"乎"，连接字如"以"、"而"，数目字如"万"、"千"，附字如"不"、"只"之类则为虚字，是亦一定者也，故谓"虚死"。其他则表动作、性状及意愿字如"肯"、"能"等，皆以虚实相半，用之可虚可实。

这一大段话中值得注意的是"究竟孰虚孰实，因人说法而异"，这的确是"无一定标准"的了。由此可见：虚实字的定词性是不稳固的。

总之，虚实字类别的含混和性质的不稳，共同反映着一个问题：旧诗虽凭依"朴素的辩证法"而划分了词类、定位了词性，却因此项工作做得太含混、太不稳固而导致词语采用上应该以实字词为主还是以虚字词为主一直争论个不停，闹不清楚。

这类例子是不少的。

推崇实字反对用虚字的理论开创者大概是黄庭坚，他提出"诗句中无虚字方雅健"的主张。吴沆等人也赞同此说。在吴沆的《环溪诗话》中引了张右丞正面推崇实字排斥虚字的话："唯其实，是以健；若一字虚，即一字弱矣。"这句话是张右丞在提倡一句话说多件事中提出来的，全段话是这样的：

……杜诗妙处人罕以能知。凡人作诗，一句只说得一件物事，多说得两件。杜诗一句能说得三件、四件、五件物事。常人用诗，一句只说得一里内，杜诗一句能说数百里，能说两军州，能说满天下。此其所为妙。且如“重露成涓滴，稀星乍有无”，也是好句，然“露”与“星”只是一件事。如“孤城返照红将敛，近市浮烟翠且重”，亦是好句，然有“孤城”，也有“返照”，即是两件事。又如“鼍吼风奔浪，鱼跳日映山”，有鼍也，风也，浪也，即是一句说得三件事。如“绝壁过云开锦绣，疏松夹水奏笙簧”，即是一句说了四件事。至如“旌旗日暖龙蛇动，宫殿风微燕雀高”，即是一句说五件事。唯其实，是以健；若一字虚，即一字弱矣。

吴沆是很赞同这种说法的，他在《环溪诗话》中就以此看法来评韩愈与李白，认为：“韩愈之妙，在用叠句，如‘黄帘绿幕朱户闲’是一句能叠三物；如‘洗妆拭面著冠帔，白咽红颊长眉青’，是两句叠六物。”从这些现象中他得出结论：“唯其叠字，故事实而语健……是以为好诗也”，“盖不实则不健，不健则不可为诗也。”这些说法对后人影响很大。清冒春荣在《葚原诗说》卷一中也说：“以五字道一事者，拙也，见数事于五字则工矣……如高适‘大都秋雁少，只是夜猿多’，马戴则云‘楚雨沾猿暮，湘云拂雁秋’，‘猿’、‘雨’之外更道数事。”在诗行语词容量极其有限的情况下强调多用实字、密集意象的这种提倡，反映在创作实践中的确也成了一种风气。《漫叟诗话》中记载了一则杜甫改诗的事：杜甫《曲江对酒》一诗中有一名句“桃花细逐杨花落”，宋徐师川说在一士大夫家见到此诗原稿，“其初云：‘桃花欲共杨花语’，自以淡墨改三字。”这一改当然改得好，把生机盎然的春天景象写活了，而究其原因也就在于改虚字为实字。《诗人玉屑》卷八《锻炼》中也记有类似改诗的事。曾吉甫七律诗中有一联：“白玉堂中曾草诏，水晶宫里近题诗。”韩子苍把它改为“白玉堂深曾草诏，水晶宫冷近题诗”，改“中”、“里”两个指示方位的虚字为两个实字“深”、“冷”，在没有增加字数的情况下给诗拓展想象，增加了堂深宫冷的感觉，确实“迥然与前不侔”了。上面提及率先在理论上崇实抑虚的黄庭坚，在自己的创作中也遵循了自己的主张。他的一联诗“桃李春风一杯酒，江湖夜雨十年灯”被张耒大加赞赏，叹为奇语，其实只不过全用了实事。总之，如同谢榛在《四溟诗话》中所说的：“实字多则意简而句健，虚字多则意繁而句弱。”有一批人是把实字捧上天而把虚字看得一文不值的。但是，南宋以后把虚字捧上天的主张也出现了。率先高举崇虚大旗的也许是楼昉，他在《过庭录》中说：“文字之妙，只在几个助辞虚字上……助辞虚字，是过接斡旋千转万化处。”[①] 楼昉的主张启发了罗大经，他在《鹤林玉露》中提出作诗不但要健字撑拄，也“要活字斡旋”，这“活字”即虚字。他还举例说：“‘生理何颜面，忧端且岁时’、‘名岂文章著，官应老病休’，‘何’与‘且’字、‘岂’与‘应’字，乃斡旋也。”这“斡旋”所起的作用则是“如车之有轴般”的。这二人强调诗思的承接、转折、递进的重要性，而在这些关键处显示诗思千转万化之灵动性能的，就得依据虚字来斡旋。方回受了他们的

---

① 涵芬楼本《说郛》第22册卷四十九。

启发，在《瀛奎律髓》卷十二中明确提出“诗中不可无虚字”。方回也谈诗眼，他认为诗眼是存在于“诗之最紧处”的字，这“最紧处”可以是那个处于意象组合体中的兴发感动触点，若能于此触点上用妥一字就能有境界全出之效果，这里的“字”就该用实字；但也可以是最能体现主体之诗思、承接、转折、递进的关键处，此处若能用妥一字，则能有使诗人之主体精神毕现之效果，这里的字就该用虚字。方回所提倡的“诗之最紧处”，是指后一种，他提倡此处用的诗眼字显然是虚字，因此他在《瀛奎律髓》卷十一中对陈师道《赠王聿修商子常》的三四句“贪逢大敌能无惧，强画修眉每未工”作了这样的评说：“‘能’字、‘每’字乃是以虚字为眼，非此二字，精神安在？善吟咏古诗者，只点缀一二好字高唱起，而知其用力着意之地矣。”叶梦得在《石林诗话》中还说了这么一段话：

> ……诗人以一字为工，世固知之，唯老杜变化开阖，出奇无穷，殆不可以形迹捕，如“江山有巴蜀，栋宇自齐梁”，远近数千里，上下数百年，只在“有”与“自”两字间，而吞吐山川之气，俯仰古今之怀，皆见于言外。《滕王亭子》“粉墙犹竹色，虚阁自松声”，若不用“犹”、“自”两字，则余八言凡亭子皆可用，不必滕王也。

这是以具体诗行的分析把虚字的地位强调了出来，特别是“江山有巴蜀，栋宇自齐梁”，靠“有”、“自”两个虚字而把“远近数千里”那股“吞吐山川之气”和“上下数百年”那片“俯仰古今之怀”都表达了出来，确也是很有见地的。这种提倡也影响了诗歌创作。宋吴可在《藏海楼诗话》中就有一则自己用虚字能取得极强效果的体会，他曾为人临帖题诗，前两句是“游戏墨池传十体，纵横笔阵扫千军”，它们对仗工整，并无什么不好，但他后来把“游戏”改为“漫戏”，把“纵横”改为“真成”，并说自己这一改改成了两个虚字，“便觉两句有气势，而又意脉联属”。正是这种种，使清袁仁林在《虚字说》中说了这么一番话：“千言万语，止此数个虚字，出入参伍于其间，而运用无穷，此无他，语虽百出，而在我之声气，则止此数者，可约而尽也。”这可是把虚字捧上了天，实字却不在他的眼里。他说用虚字可充分表达“我之声气”，不是没有道理的。唯其如此，才使他对客观直陈现象世界而重用实字，不放在眼里了。

对虚字、实字在诗中究竟何者重要，可说是各执一端，莫衷一是，其实是都重要。但出现这种分歧、这场争论，倒也并非无谓之举，而是反映着旧诗词法上划词类、定词性的含混不稳定，尤其因为动作字、性状字既可作虚字，又可作实字的模棱两可现象，加剧了虚实字的这种对立。这一情况对旧诗的词语建设来说，实在是不能不引起注意的。如上引杜甫的两行诗“江山有巴蜀，栋宇自齐梁”，都说“有”、“自”是虚字，但从汉语造词历史来考察，“有”是存在动词，要正式确认它是虚字，必须把它放在“句子的句末”，“才能实现虚化”为语助词①。“自”，“本为名词鼻义”，后来转化为

① 陈宝勤：《汉语造词研究》，巴蜀书社2002年版，第117页。

“已称代词”，又“转化出方式副词‘亲自’义”，“转化出限定范围副词为‘独自’义”，“还转化出表示顺乎情理的情志副词”①。从杜甫这两行诗看，“有”只能定位于“存在动词”，因为它不在句末，不可能成为以语助充当的正儿八经的虚字。“自”无疑是情志副词。由此看来，一个是动词身份，一个是副词身份，它们不可能是“虚死字”，说是“虚活字”才恰当一些，但上面已提及古典诗学理论家中有种意见是动作字、性状字得归入实字。由此说来，岂不是杜甫这两行诗是因为“有”、“自”两个实字用得好才成佳句的？我们当然没必要也无意于与古典诗学理论家叶梦得等人去争辩，之所以要和叶梦得开一场“抬杠”的玩笑，无非想再一次说旧诗虚、实字的类别划分实在太含混，性质定位太不稳固，才弄得以谁为主的争论闹个不休。若从词法控制的旧诗词汇组织系统看，虚实字不过是系统中各司其职却也必然可以相互呼应甚至作词性转化的。

的确，古典诗学理论家及诗人们终于超越了虚、实字以谁为主的争论，并且竟然利用词类划分的含混和词性定位的不稳固，来深入探求词类活用、词性转化这个旧诗词语建设中的大问题了。

旧诗采用的文字是文言。作为书面交际的工具，文言就是“词无定性”、“词无定类”的。章锡琛在《马氏文通》校注本中说到汉字与西方词法的差异：“字无定义，故无定类；而欲知其类，当先知其上下之文义何如耳。”② 黎锦熙也早在 1930 年在所著《新著国语文法》中提出“凡词，依句辨品，离句无品”的著名论断。③ 启功则在《汉语现象论丛》中也认为文章“字无定性”、“性质太滑”，故“用法太活”④。唯其如此，才使文章中虚字词、实字词这两种词类在句中常常虚字实用、实字虚用。易闻晓在《中国诗句法论》中对“词无定性”、“词无定类”、“虚实互转”的现象说过一段精辟的话：

> ……这种情形多数表现为名物字用如动作字和性状字、性状字用作名物字和动作词。前者例如子曰“君君、臣臣、父父、子子”（《论语·颜渊》），而荀子因复益以“兄兄、弟弟”及“农农、士士、工工、商商”之言（《荀子·王制》），此叠字之前一字，即名物字用为动作字之例。又《孟子》“馆于上宫”、“填然鼓之”、“许子冠乎”之“馆”、“鼓”、“冠”字亦然。名物字用作性状字，则如李斯《谏逐客书》“蚕食诸侯”、《汉书·陈胜项籍传》“豪杰蜂起”及王勃《滕王阁序》“雄州雾列，俊采星驰”，“蚕”、“蜂”、“雾”、“星”皆本为名物字，今活用如性状字，以直接修饰动作；又“蛇行”、“牛饮”之类，也是如此。性状字用作名物字，如《左传》“贱妨贵，少陵长，远间亲，新间旧，小加大”（隐公三年），其“贱”、“贵”、“少”、“远”、“新”、“旧”、“小”、“大”皆性状字，而活用为名物字，大约

① 陈宝勤：《汉语造词研究》，巴蜀书社 2002 年版，第 132—134 页。

② 章锡琛校注本《马氏文通》，中华书局 1988 年版。转引自易闻晓《中国诗句法论》，第 159 页。

③ 参见易闻晓《中国诗句法论》，第 159 页。

④ 同上书，第 158 页。

相当于“贱人”、“贵者”之类（“亲”则本名物字）。是即申小龙氏所谓“性状之虚涵盖事物事象之实”，成语如“因小失大”、“推陈出新”、“舍近求远”尚且保留这一用法。性状字用如动作字，则《孟子》“老吾老以及人之老，幼吾幼以及人之幼”（《梁惠王下》）及“孔子贤之”（《离娄下》）、“匠人斫而小之”（《梁惠王下》），后一“老”、“幼”因性状字用作名物字，但前一“老”、“幼”及“贤”、“小”则性状字用作动作字，是则“性状之虚涵盖动作之实”。①

这些实例的确充分证实了文言中虚实字“字无定性”、“性质太滑”、“用法太活”的词法特色。这可是大好事，大大有利于诗性词汇的词类活用、词性转化。

旧诗所划定的实字词、虚字词，在诗人的实际运用中，也的确需要这种词类的活用、词性的转化。一般说，实字在诗行中用得多能使意象密集，但密不通风不是好事。范晞文在《对床夜话》中就认为“有过于实而句未飞健者，得以起或者窒塞之讥”。他以“堆积窒塞而寡于意味”来表达对崇实抑虚的不满。此一意见是立足于如下这个基点的：多用实字能增加意象，意象的挤压却并不一定能增加情思；要使密集的意象透风，只有让直陈的情思掺入，而要这样做只有在关键处使用虚字词。但既要多用实字词，又要让虚字词发挥作用，是一对矛盾，如何处理呢？范晞文因此借用周弼之口提出“以实为虚”的主张，且认为只有这样诗行才会出现“自然如行云流水”般的局面。用“行云流水”来比拟“以实为虚”说明实字的虚化具有双重功能，一是此实字毕竟还是有名物意象特征的，如“云”、“水”；二是此实字因虚化而起了虚字的作用，故实字所负载的名物意象也就不会再挤压在一起，是“行云流水”般流通了。如清黄周星《次韵王于一述梦见赠》有“瞿峡云千舫”句，是“瞿峡”、“云”、“千舫”三个名物字所负载的实体意象既很密集又互不关联地组合在一起，有点“窒塞”之感，若把“云”虚化为动作词看待，则成为“瞿峡云遮住千舫”，这一来不仅意象流动了，且能“化景物为情思”而使得主体的迷茫感油然而生，“云”从实字转化为虚字，有动作性，又仍能适当保持名物字的本体特性，这个诗行也就活起来了。又如唐罗隐的《登夏州城楼》中一联：

万里山川唐土地
千年魂魄汉英雄

这个诗例中，“万里山川”、“唐”、“土地”和“千年魂魄”、“汉”、“英雄”堆积成一组意象，两行诗意象密集，外在互不相关，情思传达有点窒塞之感。现在把“唐”、“汉”两个名物字虚化为动作字，成为“万里山川唐遍了土地，千年魂魄汉成了英雄”，句子就活了，意象也“行云流水”般流动了，情思也行云流水般渗透出来了。同样，“以虚为实”也在范晞文论杜甫诗“以颜色字置第一字”中提了出来。他说：“老杜多欲以颜色字置第一字，却引实字来。”所谓颜色字即性状字，属虚字，杜甫爱把它置于句首。

---

① 易闻晓：《中国诗句法论》，第157—158页。

“却引实字来”，不就意味着以虚化实？他举杜甫诗句“红入桃花嫩，青归柳叶新”，认为“不如此则语既弱而气馁”。这“红”、“青”作为表性状的形容词置于句首，成为表动作的动词“入”、“归”的行为动作发出者，不仅在视觉上对人造成一种强烈的冲击，虚字的颜色便因此而有了旺盛的生命活力，便情思不抽象、不浮滑而是富于意象质感地传达，显然是很成功的。又如胡仔在《苕溪渔隐丛话》中提到孟浩然的一句诗：“微云淡河汉。”认为此句之工“在一‘淡’字”，并说若非此一字，“乌得而为佳句哉”。这“淡”是性状字，属虚死类，虽不易转为实字采用，但孟浩然把它转为动作字，成为虚活类来使用，“微云”与“河汉”之间因这个虚活化了的“淡”所显示的动作功能而建立了关系，意象流动了，情思不再枯涩，而是在意象与意象之间鲜活地流淌了出来，并且，“淡”本身又还具有性状的性能，能使“微云”与“河汉”这两个名物字因“淡”的性状而使流淌出来的情思也有了虚静、悠远、超然的韵味。范晞文在《对床夜话》中说：“虚活字极难下，虚死字尤不易，盖虽是死字，欲使之活，此所以为难。”是说得颇确切的。而孟浩然把这个“淡”从虚死的形容词转化为虚活的动词用，说得上是很好的例证。

由此看来，旧诗的词类划分虽因含混、词性定位虽因不稳固而引起了一点副作用，但这也大大有利于词类活用、词性转化，强化了通感联觉功能，使诗家语的词汇建设得以取得更近于诗的质的规定性的成就，而旧诗点面感发类隐喻语言体系如何让线性陈述的逻辑语言体系作渗透，也因词法上这一词语功能策略的有效体现而打下了基础，应该说是件大好事。

但接踵而来的是又一个问题需要解决：这词类的活用、词性的转化在一个具体的句子中如何灵活显示呢？这就需要从字有“体”、“用”之别谈起。

清阎若璩在《古文尚书疏证》中说：“凡字有体有用，如‘枕’，上声，体也，实也；去声，用也，虚也。”这就是说，像“枕”这样的词，在句中读上声是名物字，属实字，但如果读成去声，是动作字，变成虚字了。这个上声“枕”，“实也”乃是其“体”，体词是一定的；去声“枕”，“虚也”，乃是其用，用无定准。司空图《华上》有“五更惆怅回孤枕”，此“枕”读上声，是名物字，属实字。皮日休《三羞诗三首》其三有“枕土皆离离”，此“枕”读去声，已转为动作字，属虚字。这是一场虚用实字、化实为虚的词性转化，以声调的变化而显示其“用”的特性。大抵名物字用作动作性状字，皆以声调之变而显示其词类转化。词类活用，如“君君、臣臣、父父、子子”，前一“君”、“臣”、“父”、“子”就都变异实体词之声调而显示虚用其体、化实为虚的词性活用。当然，也同样有变异体词声调而显示虚字实用、化实为虚之用。这是属于声调变异类临文活用途径。词类性质之灵活显示还可以有另一条临文活用之途径，那就是“以意为主，唯意之所需而变其虚实”①。清谢鼎卿《虚字阐义》说：“本实字而轻取其义，即为虚字，本虚字而重按其理，即为实字。”这倒是更其方便的途径。“轻取”与“重按”随意之所需而行，即分虚实，实在是灵活至极的。温庭筠的“鸡声茅店月，人迹板桥霜”都用名物字，本来会有堆砌之感的，但“茅店”、“板桥”这两个实字

① 易闻晓：《中国诗句法论》，第165页。

“轻取其义”，于是全行诗也就能略化板滞而给人以灵动之感了。再如杜甫《登高》中两行：“风急天高猿啸哀，渚清沙白鸟飞回。”这一联竟涉及六事，名物字虽堆积一起，却并不觉得其滞涩，是靠的什么？靠的是重按“急”、“高”、“清”、“白”这几个表性状的虚字，而轻取“风”、“天”、“渚”、“沙”这四个名实义，这一来也就有了虚实相生之致。说白了，这两行诗并不是要诉说此地有风、天、渚、沙的存在事实，而是要强调主体的感觉：风之急、天之高、渚之清、沙之白，重按轻取，全凭依主体心意之所需而已。这种适度调整词类词性的措施，虽达到的只是词类之准转化，词性之活用却是货真价实的。这种灵活妙用更可取。

以上所论虚实字的问题，都是从词法角度出发的。从句法出发探讨构句中虚实字的功能及其配比关系，尚有很多内容，将在下一节论述。至于词法上的虚实字问题有必要再提及一点：旧诗延续两千多年，在词汇建设上，虚字问题较多，并且其所受之重视、使用之多义各个阶段有别。大抵六朝以上，虚字使用很普遍，我们可以举出一些连词、介词、助词等纯粹的虚字词来看看。如“其”、“之”、“以”、“岂”、“仍”、“如”、“向”、“已”、“欲”、“更”、“欲得”、“渐应”、“那堪”、“既已”、“如欲”、“慎莫”、“如……终当”，有必要就用，丝毫不受控制。如“岂”，表示期望的语气，阮籍《咏怀》诗中有：“抗身青云中，网罗孰能制？岂与乡曲士，携手共言誓。”“更”即反而，表示转折，曹植《赠白马王彪》：“郁纡将何念？亲爱在离居。本图相与偕，中更不克俱。”如“既已”，既然之意，江淹《杂体诗·卢郎中谌感交》中：“逢厄既已同，处危非所恤。”如“如……终当”，系假设复合句的关联词，吴均《边城将》有：“轻躯如未殡，终当厚报君。”但到近体诗大发展时代，由于绝、律体限定是四行、八行，律诗还得讲究当中两联的对仗，而整个诗行又限定是五字、七字，字词组合还得考虑平仄的谐调。要遵守这种种清规戒律，最终得归于词语的高度浓缩，凡可有可无的词要尽可能精简。由于近体诗特别注重以意象造境的兴发感动或抒情，作为造象主要材料的名物性实字就被超常的重用，表示动作、性状的准实字——动词、形容词和部分副词受到次等的重用，而表示关联、转折、疑问、语气的虚字则被轻视，尽一切可能把精简对象落实在它们身上，因此，虚字在唐诗中大减。但时间越久，崇实抑虚在创作实践中的副作用——特别是情思流转受阻塞的弊端越严重，加上宋以议论为诗之风盛行，因此在抒情方式上也相应地让受一定的逻辑制约的直接陈情、如实叙事的策略替代受感兴支配的意象造境以感发情思的策略，而受逻辑制约的陈情述事，非得借重虚字来建立起种种分析—演绎关系不可，于是，虚字在宋诗中又受到重视。特别是到南宋，诗学理论家罗大经等对虚字斡旋作用大力肯定。而作为诗余的词强调借景抒情、景与情的表现以及二者间的有机关系的确立，都有一定的逻辑要求，因此虚字之身价倍增，而随之显示出的抒情抽象化倾向也必然导致实字在诗行中的出勤率大为降低。于是在诗词中虚字之使用量不仅远超唐诗，也比六朝及六朝以前的诗中要大得多，如“才”、“但”、“然”、“恰”、“当……”、“……后”、“比及”、“便不”、“假如”、“便是”、“便使”、“不管”、“不以”、“不论”、“不因”、“才时”、“才始”、“趁时”、“从初”、“从自”、“打初”、“划地”、“大都”、“得似”、“底许”、“几多”、“定必”、“定是”、“合当”、“何是”、“何为”、“假若”、“假或”、“可能”、“可知”、“可是”、“莫且”、“莫许”、“宁如”、“且是”、“甚般”、“甚莫”、“是则”、“兀自”、“须当”、“须是”、“任使”、“也似”、“依还”、“则甚”、“直恁”、“折莫”、“几多般”、“应……故教”、“便纵有……更”，等等。如“但”，置于祈使句中，加强祈使语气，柳永词《斗百花》其三：“长是夜深，不肯便入鸳被，与解罗裳。盈盈背银釭，却道你但先睡。”又如“划地”，却、反而之意，转折用，辛弃疾《念奴娇·书东流村壁》有：“野棠花落，又匆匆过了，清明时节。划地东风欺客梦，一枕云屏寒怯。”又“假若”，即使、纵然之意，王喆《集贤宾》词上片有：“假若金银过北斗，置下万顷良田，盖起百尺高楼。儿孙自有儿孙福，莫与儿孙作马牛。”又如“任使”，纵使、纵然之意，《能改斋漫录》卷十七《乐府·以张志和渔父词为浣溪沙、定风波》中有：“任使有荣居紫禁，争如无事隐青山，浮名浮利总输闲。”又如“便纵有……更”，“便纵有”意为即使有，和“更”连成一个让步句的关联语，柳永的《雨霖铃》有：“便纵有千种风情，更与何人说。”又如“应……故教”，是因果句的关联语，晁补之在《贵溪在信州城南其水西流七百里入江》中有“应会逐臣西望意，故教溪水只西流。”宋代诗词风行用虚字，发展到元代，在元曲小令中更大量吸收俗语中的转折、递进、让步等关联词语及语助词、语气词，使虚字的队伍进一步扩大了。如“一径”（一直）、“一谜里”（一味地）、“才此”（刚才）、“兀的不”（怎不）、“也是”（抑或、还是）、“也索”（须要）、“比似”（比起，与其）、“不争”（假使、不但）、“可甚么”（算什么）、“且做”（即便）、“白甚”（为什么、无故地）、“则故”（只管）、“则甚么”（做什么）、“争些”（险些）、“更做道”（即使）、“怕不待”（岂不想）、“便做道”（即使是）、“总然”（即便）、“能可”（宁可）、“猛可里”（突然）等等。如“兀的不”，《西厢记》第一本第三折中：“可喜娘的脸儿百媚生，兀的不引了人魂灵。”又如“不争”，《汉宫秋》第二折有：“不争你打盘旋，这搭里同声相应，可不差讹了四时节令。”又如“总然”，《风光好》第三折有：“总然你富才华，高名分，谁不爱翠袖红裙?”又如“能可”，《潇湘夜雨》第二折中有：“能可瞒昧神祇，不可坐失良机。”又如“一谜里”，《魔合罗》第三折：“你个无端的贼吏奸猾，将老夫一谜里欺压。”凡此种种都表明旧诗（包括词、曲）由于宋元以后直接陈情、如实叙事的一步步强化，也相应地强化了诗性语言构成的逻辑性能，从而影响到虚字的被重视。

总之，旧诗的词法中，由于有了虚字、实字的分类，而词类又划得含混，也就影响到词性的不稳定，可以活用，是大好事，是决定旧诗采用点面感发式隐喻语言的基础，但我们也得看到：宋以后虚字受到重视是不能忽视的现象，这在一定程度上动摇了这个基础。所有这种种都在旧诗的句法中明显地反映出来。

第三章　旧诗的句法

积聚与新构旧诗词语的问题解决以后，须进一步来对组词成句进行探讨。旧诗语言建设中组词成句应循的原则，就是旧诗的句法。

本章第一节《旧诗语言理论的历史回顾》曾提及谢榛《四溟诗话》卷四中如下的

话："凡多用虚字便是讲，讲则宋调之根。"也提及冒春荣《葚原诗说》卷一中如下的话："虚字呼应，是诗中之线索也……今人多用虚字，线索毕露，使人一览无余味，皆由不知古人诗法也。"这些说法，我们曾作了这样的阐析：古典诗学理论家也已经发现诗家语中虚字多用，会使诗句的构筑明显地有一条串联线存在，那是一条分析演绎的线，其功能是强化句子的陈述性——"讲"。现在我们把这个阐析同"古人诗法"之实践结合起来，当可以发现：上述言说其实也意味着：诗家语之功能不应该是多用虚字的线性陈述，即"讲"，而宜于多用实字来按对等原则使这些实字并置，造成互映同感式关系，而排除逻辑推理，从而形成一场点面感发，即"兴"。所以，多用实字更重要的意义是使诗家语的深层处埋有一种隐含关联，显示出特有的隐喻性。这可是涉及诗家语功能结构的问题。有鉴于此，我们认为：旧诗的组句原则就该从这么一个功能结构中提炼出来。

这是考察旧诗句法的基点。

值得指出：事物总是处在互为因果之关系网中的。若认为旧诗句法的考察得从上述基点出发，那么我们可以作出这样的预测：旧诗句法的考察将会提供给我们不少"非流行的东西"。如果和日常交际语言相比较，我们当会发现这"非流行的东西"就是：由这样一种句法所决定的句式具有强烈的陌生化色彩。当然并不只是旧诗句法会导致句式的陌生化，凡世界上所有的诗性语言——真正的诗性语言，其句法所导致的也都会如此。西方诗学理论家是把逻辑语言和散文语言相应合，而隐喻语言则和诗歌语言相应合的。黑格尔在《诗学》第三卷下册的第三章论及诗的表现时提出"把诗的文字和散文的文字以及诗运用语言的方式与散文思维中运用语言的方式区别开来"[①] 的主张，又在《泛论诗的语言》中进一步提出："诗不仅一方面要防止表现方式降落到平凡猥琐的散文化领域，另一方面要避免宗教信仰和科学思考的语调。诗尤其要避免可以破坏形象鲜明性的凭知解力的生硬的割裂和联系以及下判断作结论之类哲学形式，因为这些形式会立即把我们从想象的领域里搬到另一个领域里去。"[②] 他其实以知解的逻辑性表现与感发的隐喻性表现之不同来区分散文和诗的语言性能的。沃尔夫冈·凯塞尔在《语言的艺术作品》的《句法与诗》一节中对这一话题作了进一层的言说："在一切语言中，刚好在句法中（也可能在词汇中）和其他种类形成对立，因而就有了一个惹人注意的特殊地位的范围，就是诗的语言。"[③] 这个诗性语言的"特殊地位"说及其与其他种类语言的"对立"说，凯塞尔还作了这样的发挥："我们实在不觉得诗的句法中的'非流行的东西'，我们毫不考虑地接受了诗中语言的大部分较自由的构造。它们在散文中非常引人注意。为了更准确地理解这种组合的性质，我们开始把它们作为诗句来解释……但是我们发现在诗句中它们引起很少的注意。"[④] 这种"诗的句法中的'非流行的东西'"是很可注意的，具现在组句活动中即句式构造的陌生化。对陌生化，

① 黑格尔：《美学》第3卷下，商务印书馆1959年版，第56页。

② 同上书，第64页。

③ 沃尔夫冈·凯塞尔：《语言的艺术作品》，陈铨中译本，第166页。

④ 同上书，第167页。

霍克斯在《结构主义和符号学》中发表过很精辟的见解。这位西方学者是从探讨诗歌独特的存在方式出发来谈陌生化的。在他看来，“诗人意在瓦解‘常规的反应’”，“重新构造我们对‘现实’的普遍感觉，以使我们最终看到世界而不是糊里糊涂承认它。”为此，他认为“诗歌的目的就是要颠倒习惯化的过程，使我们如此熟悉的东西‘陌生化’，‘创造性地损坏’习以为常的、标准的东西”[①]，以便最终构筑一个焕然一新、能充分体现心灵自由的诗意境界。那么这个在我们意识中习以为常、不得不为此而作“创造性地损坏”、使之“陌生化”的东西是什么呢？是语言。语言原初是人在想要认识和把握世界的原始冲动中产生的，本属于来自诗性直觉的创造活动，但随着人类历史与民族文化的发展，语言也渐次失去其应有的新鲜可感性。诗学要求于诗人的是在认识和把握世界中能保持基于直觉的原始冲动，故相应地特别要求诗人重新发掘和揭示语言身上的这种诗性本质，清除逻辑推论、语法规范蒙在语言身上的概念阴影，使诗性直觉的语言复活，而由此导致的则是在诗歌语言构筑中有最显著的陌生化体现。因此，在对诗歌语言的句法作考察时，句式构造的陌生化现象是很值得关注的，对此，俄国形式主义理论家什克洛夫斯基认为：诗歌语言组句的陌生化不外乎着眼于提高作品的可感性，使人们感觉到它而不是仅仅认知它。[②] 这就叫反常合道。

由此看来，考察旧诗句法必须特别注意其反常合道性，并牢牢把握其反常而合道的辩证关系。

第一节　反修辞逻辑组句

反修辞逻辑组句是旧诗句法反常合道的第一个特征。

作为一种反常现象，违反修辞逻辑组成的句子，在旧诗中反能“合道”，是指更合于深入传达主体对世界的诗性感应真实。应该说，旧诗句法中的这一场反常而合道的组句活动，是旧诗语言体系的一种策略性呈示，反映着古典诗人在诗性语言追求中竭力排斥分析演绎、理性推演的态度。

此类组句显现出以主谓宾为主的一场句式构成的反修辞逻辑现象。这现象可分为两类：一类出于通感（联觉）所生的拟想活动，不妨称之为通感谬理组句；另一类出于以物观物所生的拟想活动，不妨称之为拟态谬理组句。它们的总称就是修辞谬理组句。现在分而述之。

先看通感谬理组句。

通感是指感觉相互作用的一种情况，它或者是一种已经产生的感觉引起另一种感觉的兴奋，或者是一种感觉的作用借助另一种感觉的同时兴奋而得到加强的心理现象，其表现是各种不同感觉的相互替代。如见红而引起暖的感觉，见蓝而引起冷的感觉，这是视觉与肤体觉的通感。在诗歌创作中，通感是诗人感受现实生活的一种形式。它可分为三种：感觉通感、表象通感和双重通感。通感的使用可以把不易把握的事物属

---

① 霍克斯：《结构主义和符号学》，中译本，上海译文出版社 1987 年版，第 61—62 页。

② 参阅赵一凡等主编《西方文论关键词》，外语教学与研究出版社 2006 年版，第 342 页。

性鲜明地表达出来。但是把通感引入句式构成的活动中，违反修辞逻辑的情况就会出现。且举些例。

陆机《拟西北有高楼》抒写一位佳人高楼弹琴，诗中把她美艳姿容与悦耳琴声结合起来写，有"哀响馥若兰"的句子，竟说她哀婉的琴声，也渗透着她的肌肤的气息，而有兰花一样的芳香。"哀响"是声音，属听觉，被感觉成"馥"，散发芳香，真说得上"鼻有尝音之察，耳有嗅息之神"[①]了。"哀响"能"馥若兰"是反修辞逻辑的，此句显然成了反常组合，却动人地传达出了听觉向嗅觉转化的通感。王维《山中》有"空翠湿人衣"。"空翠"作为一种颜色"湿"了人衣，是色觉向肤体觉转化的通感，但由此导致主语与宾语的关系违反修辞逻辑。这里句式组合反常，却倒加深了读者对"空翠"的美感印象。在《过香积寺》中王维还有"日色冷青松"之句。"青松"的冷色感竟然使照入松林的阳光也冷了几分，是视觉向肤体觉转化的通感，句式也违反修辞逻辑，是一场组句的反常活动。李贺的联觉能力特强，因此反常组合的句子也特多。他在《美人梳头歌》中有"玉钗落处无声腻"一句，写美人梳发，发长铺地，玉钗沿发滑落，不仅不碎，且无声之声有滑腻感，用了这个"腻"，句子组合反常，却让听觉转为触觉，使肩披浓柔秀发的美人形象得到了细致而贴切的表现。他的《王濬墓下作》有"松柏愁香涩"，说墓地松柏之香是"愁香"，以"愁"这个动词活用为副词，去修饰由"香"这个形容词活用为动词而作的谓语，又让"涩"这个形容词活用为副词作补语去补足"愁香"——把"愁香"得"涩"的感觉传达了出来，这里有几层感觉转化：从心理感觉"愁"转为嗅觉"香"，又从嗅觉"香"转为味觉或触觉的"涩"——这么三类感觉的通感。而"香"本身无所谓愁与不愁，至于"香"到"涩"的程度也反常，但如此做才展现了两层反修辞逻辑的意思。这样一个句子的反常组合，不仅十分奇特，且把松柏阴里的墓地凄寂逼人的氛围很有刺激性地表现了出来。其他如赵彦端《谒金门》中的"波底夕阳红湿"之句，也极有情味。说"夕阳红"，这正常；在水波里有一片"夕阳红"，也正常；但此句却说水波里这片"夕阳红"竟然"湿"了，就反常。"红"而有"湿"感，是因为这是水波中映出的夕阳光而非一般的夕阳光，于是可以由视觉向触觉转化，这场感觉转化因了"湿"充当谓语而起了极大的推动作用，使反修辞逻辑的组句活动既反常又合道。当然，此句出自冯延巳《南乡子》中那句"细雨湿流光"，而冯延巳的句子更好，因为"湿"的是"流光"——年华，一个抽象的对象，通感不仅更显感应世界中的超越意味，而且使更具深远宇宙感应的意象浮现了出来。

再看以物观物之拟想促成的拟态谬理组句。这一类组句可以和通感沾上点边，也可以不沾边。总体来看，这种通过对客观世界的细察，于直觉感应中产生拟态感性联想而构成的拟喻化意象语言，正是天人合一、以物观物的流韵触发诗人进入拟想活动的产物。这样的审美追求，在唐以后的诗人和诗学理论家中有更自觉的显示。前已提及南宋吴沆在其《环溪诗话》中就针对黄庭坚说："山谷诗文中无非以物为人者，此所以擅一时之名，而度越流辈也。"这种"以物为人"显示在句法上即拟态谬理组句。一

---

① 钱钟书：《通感》，见《七缀集》，上海古籍出版社1982年版，第71页。

般说来，对实景细察引起直觉拟想，并由此产生主谓宾关系反修辞逻辑之反常组句者较多，如王维《过香积寺》中“泉声咽危石，日色冷青松”两句，都不是出于约定俗成之认识的组合。后一句前面已分析。“泉声咽危石”则是直觉拟想的产物，泉水历尽艰难曲折在乱石堆中流过，所发出的“泉声”被拟人化为在咽泣，一个拟喻意象也就浮现了出来。元末明初唐珙（字温如）《题龙阳县青草湖》中有“醉后不知天在水，满船清梦压星河”句，意谓夜渡青草湖，醉眼看水中映现的那一片星辉满天，不禁引起诗人直觉拟想，似乎舱中夜眠者的“清梦”正压着天河。这“梦压星河”当然反修辞逻辑，却因此能以这一场拟人化表现把一个美丽的拟喻意象浮现出来。值得进一步指出的是：这“泉声”与“危石”、“清梦”与“星河”两对实体之间通过动词谓语“咽”、“压”建立起反约定俗成的认识关系，构成的句子虽组合反常，却能调动读者拟想活动，对作为对象世界的“眼前景”产生了更真切的感应体验。其他我们还可以举唐沈佺期《古意》中的“九月寒砧催木叶”、元黄庚《西州即事》中的“山吞残日没，水挟断云流”、宋张耒《初见嵩山》中的“数峰清瘦出云来”等，也全是拟态谬理组句。值得指出：传统诗人一经掌握了以拟想来反常组句的语言策略，又会进一步把此策略在实践中深化下去，那就是建立实象与虚象之间的拟态关系，使读者能感应得更旷远幽深。清王以敏《秦淮晚泛将有武昌之行》中有“六代寻春花有泪，大江流梦月无声”，这后一句中的“梦”是抽象的，不可能被“大江”流走，但这里就用了拟态谬理组句，硬性让大江把“梦”流走了。这个反修辞逻辑的反常句式就合道。试想人生岁月如流、世事如梦，“大江流梦”岂不合道？这里不妨再拿两组可资比较的诗句来检讨一下。一组是都写洞庭湖的。孟浩然《临洞庭湖赠张丞相》中有“气蒸云梦泽，波撼岳阳城”句，诗人拟想水气能蒸腾浩浩“云梦泽”，浪波能撼动巍巍“岳阳城”，如此构成了两个无限地放大了的巨型拟喻意象，写出了有限空间中实象的洞庭湖无比雄伟的气派和无比巨大的声势。杜甫在《登岳阳楼》中却说“吴楚东南坼，乾坤日夜浮”。他拟想此湖之汪洋浩瀚足能把吴楚两国相接之广野坼裂为二，也能叫乾坤日夜浮沉其中。这种虚写为主、虚实结合的拟态表现，虽使句子呈示为反常的组合，却进一步强化了读者对对象世界的感兴体验，感应出一种超时空的、阔大而深远的意境。再如同样表现风中江景，杜甫在《曲江对雨》中有“水荇牵风翠带长”，以“牵”这一动词来建立“水荇”与“风”之间的拟态关系，句子显示为实写对实写的反常态组合，不过，这只能把风中江河之景写得很生动而已。李白在《横江词》中则有“一水牵愁万里长”一句，以江水牵愁，当然也是拟态，但句子是实写对虚写的反常态组合，因此能把立体的感兴体验深化为情绪传达。此外，如郑燮《小廊》中的“乱鸦揉碎夕阳天”，是具象对具象的拟态；方岳《泊歙浦》中的“人行秋色里，雁落客愁边”，则是具象对抽象的拟态。这种反修辞逻辑的反常组句，同样是合道的，且能使意象更鲜明动人地浮现出来。

修辞谬理组句作为反常合道的生动显示，在旧诗中很是普遍，这表明此类组句“底气”很足。这“底气”来自于强调句眼的设置。而句眼设置的强调又是和旧诗语言的词性转化十分方便有密切关系。词性转化即词类活用，我们在上一节《旧诗的词法》中考察旧诗词类划分、词性定位时，已作了充分的论析，认为：“旧诗的词类划分虽因含混、词性定位虽因不稳因而引起一点副作用，但这也大大有利于词性转化、词类活用，强化了通感联觉功能，使诗家语的词汇建设得以取得更近于诗的质的规定性的成就。”但这段话是立足于旧诗的词法而言的。从词法角度看词性转化、词类活用不过是一种存在现象；可是从句法角度看，那可是旧诗组句的重要手段。尤其对修辞谬理组句，更是必不可少；而在为修辞谬理组句设置句眼时，这一手段尤能得到充分发挥。

在本章第一节《旧诗语言理论的历史回顾》中，我们已介绍过古典诗学理论家对“句眼”（或“诗眼”）的看法。释保暹在《处囊诀》中率先提出“诗有眼”的主张，并举杜甫诗“江动月移石，溪虚云傍花”为例，认为“‘移’字乃是眼也”。两宋诗学理论家提倡“一字之工”，用来探求“置一字”而动全局的问题，这其实就是探求“句眼”。《诗人玉屑》卷六编入了范温《潜溪诗眼》中的一段话：“诗句以一字为工，自然颖异不凡，如灵丹一粒，点铁成金也。浩然云：‘微云淡河汉，疏雨滴梧桐。’上句之工在一‘淡’字，下句之工在一‘滴’字。若非此两字，亦焉得为佳句也哉……”从这些论述可以看出：范温等通过“一字之工”来言说的“句眼”，其实就是处于语句关键部位的那个经过锤炼的关键词。在组句中重用关键词能使整个句子的表达从庸常变得非凡，一般言说变得情致无限。那么，什么叫关键词？它以哪些字词来充当呢？对此，我们在前面也介绍过：在古典诗学理论家看来，关键词是一些以实字充当的健字。吴沆《环溪诗话》中说自己很赞成张右丞的话：“唯其实，是以健，若一字虚，即一字弱矣！”他还据此而作了发挥：“盖不实，则不健；不健则不可为诗也。”罗大经在《鹤林玉露》中也有“作诗要健字撑拄”的话，并举杜甫诗“红入桃花嫩，青归柳叶新”为例，说“‘入’、‘归’乃撑拄也”。这些言说综合起来无非说作为关键词的健字即句式构架中能负起撑拄重任的实字。那么有“撑拄”之健能成为句眼的实字在句式中被置于哪个位置呢？我们不妨举一些公认是“健字”、“句眼”的关键词，看看它们在句中的位置究竟在哪里。如王维《过香积寺》中“泉声咽危石，日色冷青松”句之“咽”、“冷”，李白《秋登宣城谢朓楼》中“人烟寒橘柚，秋色老梧桐”句之“寒”、“老”，杜甫《禹庙》中“云气虚青壁，江声走白沙”句之“虚”、“走”，陈与义《巴丘书事》中“四年风露侵游子，十月江湖吐乱洲”句之“侵”、“吐”，李洞《上崇贤曹郎中》中“药杵声中捣残梦，茶铛影里煮孤灯”句之“捣”、“煮”，陈泊《蓝溪闲居》中“露侵僧履兰三径，春入农歌雨一犁”句的“兰”、“雨”；李攀龙《怀宗子相》中“春来鸿雁书千里，夜色楼台雪万家”句的“书”、“雪”，郑燮《小廊》中“乱鸦揉碎夕阳天”句之“揉碎”，王安石《泊船瓜洲》中“春风又绿江南岸”句之“绿”，白居易《琵琶行》中“梦啼妆泪红阑干”句之“红”，李贺《唐儿歌》中“一双瞳仁剪秋水”句的“剪”；杜甫《闻斛斯六官未归》中“荆扉深蔓草”句的“深”；刘宰《长林场海边道上》中“山翠扑征鞍”句的“扑”；韩翃《酬程延秋夜即事见赠》中“砧杵夜千家”句的“夜”，等等。上引例句中的一些关键词，的确说得上是“健”的，有撑拄的能力。陈与义《巴丘书事》中那句“十月江湖吐乱洲”，“江湖”下用“吐”的确令人惊叹。高步瀛《唐宋诗举要》卷六中说：“言水落而洲出也，吐字下得奇警。”由于诗人在此“穴位”——组句的关键处用了这个表达反常的健字“吐”，全句的确就撑了起来，有一种灵动的动态美，而它出现的位置则是在主语的“江湖”与宾语的“乱洲”

之间，能使主体与施受者建立关系之处，而这可是谓语的位置，用在此处之健字的身份乃充当谓语之词。旧诗句法致力于追求句意的生动性，也就是灵动的动态美，更追求句式构成的陌生化，以强化句意的新鲜感，从而引人入胜。要达到这两项目的，句式之谓语部位可是个关键之区，是画龙点睛而使整体灵动起来的“句眼”。而在此处所下的字词就显得健而有力，撑拄得起整个句子。由此说来，“句眼”多数在句式的谓语位置上，所下的字词则是动状字。那么，充当谓语的动状字归属哪类性质的词呢？从上引“十月江湖吐乱洲”的“吐”，“江声走白沙”的“走”，“乱鸦揉碎夕阳天”的“揉碎”看，是动词；从上引“秋色老梧桐”的“老”、“荆扉深蔓草”的“深”，“春风又绿江南岸”的“绿”看，是形容词；从上引“砧杵夜千家”的“夜”、“夜色楼台雪万家”的“雪”，“露侵僧履兰三径”的“兰”看，是名词。这岂不是说呈现句眼的谓语，既可用动词，也可用形容词、名词来充当？我们的回答是肯定的。古典诗学理论家一再说用作句眼的健字是实字，所谓“唯其实，是以健”即是。但除了名物词是实字，动状性质词是属于虚字的，怎么也说成实字了呢？其实古汉语中的动状性质字，都可归入“虚活”字，即准实字。这一来动词和形容词同名词一样，都可算实字，作谓语用了。这不仅显示出“字无定义，故无定类；而欲知其类，当先知其上下之文义何如耳”[①] 这个论断之确切，并且把词性转化、词类活用在旧诗句法中发挥作用的问题也引申出来了。旧诗句法中的词类活用现象大多发生在谓语部位，且基本上是名词、形容词的事，而活用的基础则是名词、形容词具有一种可以让词性自由转化的性能。这在古典诗词中例证是触目可见的。不妨看一看形容词在谓语部位的活用。如孟浩然的《游秘省》中的“微云淡河汉”，杨万里《秋日书怀》中的“一叶静边秋”，杜甫《闻斛斯六官未归》中的“荆扉深蔓草”，李益《同崔邠登鹳雀楼》中的“汉家箫鼓空流水”，“淡”、“静”、“深”、“空”这几个形容词在谓语部位都活用成动词了，但它们仍保留着形容词的性质表现，因此，这些句子的句眼能给整个句子带来微妙的新鲜感。特别值得一提的是韩偓的《效崔国辅体》（四首其二）中的“雨后碧苔院，霜来红叶楼”，“碧苔院”和“红叶楼”中的“碧”、“红”，作为形容词修饰“苔”、“叶”是正常而平实的叙写表现，但它们可以转化词性，转为动词，即“雨”“碧”了“苔院”，“霜”“红”了“叶楼”，这既保持了形容词的特性而又兼作动词用，就使这两行诗超越了叙写式的平实静态表现而有了灵动的动态美，顿然给人以新鲜感。再看名词在谓语部位的活用。如清黄周星《次韵王于一述梦见赠》中的“瞿峡云千舫”；许浑《别刘秀才》中的“更携书剑客天涯”；苏轼《是日宿水陆寺寄北山清顺僧》中的“草没河堤雨暗村”，“云”、“客”、“雨”这几个名词在谓语部位都活用成动词了，但它们也仍保留着名词的名物表现，因此这些句子的句眼能给整个句子带来另一种微妙的新鲜感。特别值得一提的是袁枚诗句“细雨苔三径，春愁笛一枝”中的“苔”和“笛”，原本都是名词，但此处却都转化了词性，活用成动词，使“细雨”和“春愁”更具象、更有立体感，全句也灵动起来，给人以超越平实叙事改变静止显出的动态美。总之，形容词、名词词性的易于转化，词类的便于活用，对原本只能靠动词来显示句眼的功能而言，

① 《马氏文通》章锡琛校注本，中华书局1988年版，第26页。

是起了大作用的，既为句眼增添了随词类活用而来的多条审美途径，也为句式提供了随词性转化而来的多样新奇形态。旧诗句法中词性转化、词类活用之功能价值，很大一部分显示在形容词、名词以其词类活用来协同动词共建句眼上。

但动词会同形容词、名词确立起来的句眼所追求的句意的生动性、新鲜感，若要能显示出更多的功能价值，只有让句眼存在于修辞谬理组句中，或者说，修辞谬理组句须依靠句眼的作用才能更强烈地显出其反常得不可思议的陌生化审美效应。对此，不妨引一段葛兆光的话：

> 诗眼的意义并不仅仅是使诗歌所描述的事物具有“动态”，而是要使这些意象具有“特殊的动态”。“池塘生春草”的“生”字算不得诗眼，而“绿荫生昼静”的“生”字才算诗眼。“池塘生春草”的“生”十分自然，没有人会把池塘里生长出春草这种现象当作不可思议的事，而“绿荫生昼静”的“生”却很别扭，绿树的树荫怎么能生出白天的宁静呢？人们在诧异之余，就要好好地思索一下“生”字的意味。要引发读者的好奇心，则必须使作者在某些程度上有些“不近常理”，而诗眼就常常是把动词、形容词用得很奇怪的一个字。换句话说，就是这个被称作诗眼的字，常常好像与作为“动态发出者”（主语）或“动态接受者”（宾语）的意象接不上茬，对不上缝，非得拐几个弯或掉几次头才能体会到这个字眼中蕴含的深意。就像上面我们所引谢灵运与韦应物那两句诗，“池塘生春草”的“生”字对于“池塘”与“春草”之间的意义连缀太直接了，它只不过是一种普遍的自然现象，所以读者一带而过，而“绿荫生昼静”的“生”字对于“绿荫”与“昼静”之间的意义连缀却是间接的。这种“生”乃是一种心理现象，是诗人特殊的感觉，你得仔细体验一下绿树成荫下一个人的感觉，才能领会到夏日午间的树荫中那种静谧与安宁——甚至还有凉爽带来的心理恬淡。正是在你不得不“仔细体验”那个字的意味的刹那停顿中，诗眼凸现了它的存在。①

这段分析是很到位的。的确，古典诗人对那个处于谓语位置用作句眼的字总要下得很别致，有意破坏主语与宾语之间的修辞逻辑，以致不能正常而是谬理地连缀起来，弄得接受者只好凭经验让思索拐上几个弯后方摸清奥妙，打通二者的关系。这种修辞谬理组句大致可分两类：一类是句眼处下动词导致的谬理组句，另一类是句眼处下形容词、名词活用作动词导致的谬理组句。下面就对这两类修辞谬理组句作些论析。

修辞谬理组句中的句眼下动词是无须词性转化的，但古典诗人懂得这个动词必须无视修辞逻辑，让拉不上关系的主语与宾语硬性连缀起来，这样才能凸显其作为句眼的存在，这是基于句眼的组织功能总是宿命地被定位在不可思议的反常、新奇、陌生化的要求上的，而只有这样做才会使那个被诗句物化的意象得到生动的浮现。杜甫的《禹庙》中有“江声走白沙”，其句眼处下的动词“走”硬性使“江声”与“白沙”连缀起来，但“江声”不能“走”，更不存在在“白沙”上走过“江声”的实际，这是典

① 葛兆光：《汉字的魔方》，辽宁教育出版社1999年版，第183页。

型的修辞谬理组句的产物。但清杨伦注的《杜诗镜铨》引王阮亭的话，说此句“写得神灵飒然”；清刘邦彦重订的《唐诗归折衷》引吴敬夫语曰：“‘走’字写江声神动。”清卢𬘭、王溥选辑的《闻鹤轩初盛唐近体读本》引陈德公的话，认为此句“作意奇动”，又说“‘走’字险，人不敢道，翻成奇警之句”①。说是“神动”也好、“奇动”也好、“奇警”也好，总之这是一个得之于“神灵”之句。江浪在白沙上推动曰“走”，是合理正常的；但浪推动要发出声的，于是江浪“走白沙”被拟喻成“江声走白沙”，是反常的，却更合理——意象受通感的作用而得到更生动的浮现。试想若用“响”、“荡”，是常人而非“痴人”的感觉与传达，意象的情趣可要淡漠多了。陈与义的《巴丘书事》中有“十月江湖吐乱洲”句，“十月江湖”本非生命，怎能“吐”，甚至“吐乱洲”？这也是修辞谬理组句。高步瀛《唐宋诗举要》卷六中认为：“言水落而洲出也，吐字下得奇警。”的确奇警！这是把“十月江湖”生命化，能发出“吐”的动作，而“洲”也拟喻成可以让生命化的“十月江湖”“吐”出来。以“吐”为句眼的组织结构虽违反修辞逻辑，但这一来，“水落而洲出”的意象被十分灵动地浮现了出来。但值得指出：这些反常而新奇的修辞谬理组句，只是物理意象的语言扭曲表现；用动词充当句眼的修辞谬理组句更有利于心理意象的浮现，这就使这一类组句进入主体内心情思隐喻表现的境界。岑参《宿关西客舍寄东山严许二山人时天宝初七月初三日在内学见有高道举徵》中有“孤灯燃客梦，寒杵捣乡愁”。李庆甲集评的《〈瀛奎律髓〉汇评》引纪昀的话，认为“‘燃’字、‘捣’字开后来诗眼之派”，是对的。清黄生辑的《唐诗矩》中说：“三四是‘客梦’时‘孤灯燃’，‘乡愁’时‘寒杵捣’，句法却以倒装见奇。”这就不确了。旧诗的句法中强调倒装，但这两句并非以此见奇，而是借句眼“燃”把“孤灯”与“客梦”、句眼“捣”把“寒杵”与“乡愁”硬性建立施受关系的反常组句而“见奇”的。由于“客梦”、“乡愁”都是抽象的内心情思，着一“燃”而使“客梦”也具体了，让“孤灯”去“燃”“客梦”，更以变形具象的灵动显示，凝定为隐喻意象而使主体的孤栖感得到生动的表现；着一“捣”而使“乡愁”也具体了，让“寒杵”去“捣”“乡愁”，更以变形具象的灵动显示，凝定为隐喻意象，而使主体的羁旅感得到生动的表现。这种以本色的动词充当句眼的修辞谬理组句，特别能体现出旧诗句法中拟喻化策略的运用，对心理意象的凝定及用来隐喻主观情思确是特别有利，类似例子还可举出很多，如唐皇甫冉《归渡洛水》中的“暝色赴春愁”，《苕溪渔隐丛话》中就说此句“下得‘赴’字最好，若下‘起’字，便是小儿语。”杜甫《曲江二首》之一中有“一片花飞减却春”，清徐增在《而庵说唐诗》中认为是“妙绝语”，“此不是公旷达，是极伤怀处。”明高棅辑的《唐诗品汇》中说这“警策之至，可以动情”。而孙奕《履斋示儿编》卷十《出奇》中对构成句眼的“减”更大为赞赏：“只一字出奇，便有过人处”；还认为这正是“灵丹一粒，点铁成金”。这其实无非是采用本色动词作句眼，借反修辞逻辑的拟喻化策略来构成意象——这样一场组句活动。而具有这种句眼胎记的意象对隐喻主观情思就特别有利。还值得一提的是唐吴融《秋色》中的“蔓草寒烟锁六朝”。句眼“锁”完成的一场修辞谬理组句，达到的审

① 以上俱引自陈伯海主编《唐诗汇评》，浙江教育出版社1996年版，第1197页。

美效应是拟喻化隐喻意象的凝定，而因此引起的新奇刺激作用，则把一缕具有宏大历史内涵的主观情思传达了出来。句眼这“出奇”的一招，强化的是沧海桑田、家国兴衰的生存大感慨。

用动词构成句眼，不需要有词性的转化，所以修辞谬理组句，出奇得不可思议度虽然很高，但陌生化刺激起来的经验联想比较单一，拟喻化意象所隐喻的实际内容也还比较单纯。由形容词、名词构成句眼存在一个词性转化的问题，不过旧诗句法中，词性纵使能转化，却不是绝对的，其“根性”还残剩着，所以词类活用中往往会显出在“两性”（形容词与动词、名词与动词）间的徘徊特质。由此导致的是：在谬理组句中，陌生化刺激起来的经验联想会曲折复杂，较其拟喻化意象隐喻的实际内容也要丰富深刻一些。

先看形容词充当句眼完成的修辞谬理组句。就一般而言，句眼上的形容词，由于“两性”特质，导致此类谬理组句的句法更适应于对拟喻意象作高层次的凝定。清蒋珊渔《清河旅次》中有“河声寒落日”，“河声”是不可能使“落日”生“寒”感的，所以这是反修辞逻辑的反常句式，但当夕阳在暮烟弥漫的秋河水流声中落下去时，会使身历其境者寥寂的听觉感和苍茫的视觉感叠成一体而生萧瑟悲凉之情绪，以致“落日”似乎也生“寒”了，因此，“河声寒落日”所凝定的意象，变形得出奇，却能使主体的心境获得深层次的隐喻表现。王维《山中》有“空翠湿人衣”，也出奇，满山碧翠即使再浓重也绝不可能淋湿人的衣服，但由形容词转化成动词而构成诗眼“湿”硬性让“空翠”和“人衣”建立起主宾间施受的关系，而这场关系却因了色彩的视觉和人躯体的肤体觉相通，感发出由山景引起的主体愉悦心绪。从这两个诗例可以看出，形容词充当句眼所完成的谬理组句，重在对内在心理感觉的隐喻。但这一类句眼在旧诗句法上更大的功能价值却在于使凝定得出奇的变形意象具有隐喻的多层次性。黄庭坚的《次韵柳通叟寄王文通》中有“春不能朱镜里颜”。“朱”即红，作为形容词充当句眼，把“春”和“朱”接上一层施受关系也违反修辞逻辑，说“春”不能把容颜再红回来，是个不成问题的问题，所以此句颇有痴人语的特色。读它时会感到出奇，读罢非得思考一下不可——这是“朱”在句眼位置上动词化效应所致。但“朱”毕竟还留着形容词的性质特征，因此这个出奇得反常的句子，因了句眼处“朱”的“双性”组织功能，使我们可以有如下几层理解：首先当然是“春”不能把容颜再红回来；其次，春天是个百花盛开的艳红季节，而句眼“朱”以其残留的形容词性能，和“春”这个行为主体相呼应，这对其季节之艳红会起潜在的强化作用，反之也会对（镜里）容颜再红回来这个句眼“朱”起强化作用；再次，这里的“春”却不能把镜里的容颜再“朱”成红颜，让接受者通过隐喻感到抒情主人公与生命的艳红季节之无缘。这几层感受通过句眼“朱”的反常组句活动而产生复杂的交错叠合关系，从而把青春不再这一强烈的生命感慨动人地传达了出来。这样的审美功能之获得，很大程度上要归功于句眼“朱”的“双性”基因潜在的作用。不妨把这个句子和白居易《渐老》中的“朱颜辞镜去”作个比较，两句意思其实很接近。同样用“朱颜”，只不过白居易从正面说，以动词“辞”为句眼作修辞谬理组句，虽也有点反常出奇，但总的说来反常得较简单直率，余味不多，而黄庭坚从反面说，以形容词“朱”为句眼，比白居易单说红颜已逝、青春难再可要层次复杂、丰富，传达曲折、生动多了。

再看以名词充当句眼的修辞谬理组句。处于句眼位置的名词也存在“双性”化的特质，故其组句出奇反常的句法更适应于对拟喻意象作多角度凝定。唐韩翃《酬程延秋夜即事见赠》中有“砧杵夜千家”。这里的名词“夜”转化为动词而充当句眼，意思说砧杵“夜”了千家。这也是修辞谬理组句，颇出奇。砧杵声是不可能使千家万户进入夜幕中的。不过，砧杵声总会在黄昏或月夜的江边响开，以致使人们一听到砧杵声起就会觉得夜已来了。这场经验联想使这个谬理句的句眼“夜”所残留的名词特征也渗透进“砧杵”——这个行为主体，以致强化了它；而千家万户既然熟悉砧杵声响起是夜来临的标志，那么，让名词活用为动词的“夜”在“砧杵”与“千家”之间搭起一条沟通施受关系的“桥”，虽组句修辞谬理，句式出奇，但这一来不但强化了“砧杵”特性，而且也强化了“千家”生态所特具的苍凉情调，更凸显了句眼的存在。清王士祯《秋柳》中有“梦远江南乌夜村”，如果把“乌夜村”当成个专门名词，此句说成“梦断在江南的乌夜村”未尝不可，但这就显得平实。如果把“乌”这个名词活用为动词，成为一个句眼，此句可说成“远离了江南的梦‘乌’了夜色中的村庄”。“梦”不可能“乌”了村庄的，这就显出其修辞谬理组句的特征，但反常往往合道。此反常句所合之道就是意象得到更真切的凝定与更生动的浮现。“乌夜啼”有一种凄迷阴郁的情调，所以“乌”在汉民族传统文化心态中给人以苍茫感，它在这个句子中虽作动词使用，但仍残留着名词的名物性能，渗透在“梦”中，使“梦”抹上一层苍茫感，但它又以动词身份作为句眼，把“梦”与“夜村”之间搭起施受的“桥”，“梦”发出乌啼之动状给予“夜村”。“梦”远离“江南”后也就成了一个像有乌在夜啼的村庄了，这是对主体凄迷阴郁心境极好的隐喻。所以名词活用成动词以充当句眼，造句出奇，却更有利于心理意象的凝定与浮现。不过，同形容词活用充当句眼一样，名词活用充当句眼更大的功能价值在于带给隐喻的多角度性。清袁枚在《借病》中有“春愁笛一枝”，“笛”是句眼，由名词转化为动词充当，确切的读法是“春愁——笛（了）——一枝”。这“一枝”来自于“笛”，因为“笛”的名物特征之一是可以计数量。“一枝”作为“笛”的数量定位在诗句中存在，“笛”必须是名词。但现在它在句眼处存在已转为动词，成为“笛了一枝”，这“一枝”也就成了“春愁”的数量定位。“春愁”是一枝一枝的吗？显然不是，所以“笛”作为句眼为“春愁”与“一枝”建立起动态美的关系，是修辞谬理，由此展开有组句活动给我们的是这一层意思：“春愁”由“笛”吹出了“一枝”。这很出奇，陌生化引起的刺激效果能把我们引入一个笛韵春夜莫名的惆怅境界，而作为这一句法特定的审美价值则来自于“笛”的“双性”功能。句眼“笛”由于还留着名词的“胎记”，因此这句颇出奇的句子除了“春愁笛（了）一枝”这样的意思外，还可以读出如下的意思：“春愁（是）笛一枝”，“春（是）愁笛一枝”，甚至经接受者潜意识中的调整，还可以读出“愁笛（是）一枝春”、“春笛（是）一枝愁”的意思。更值得一谈的是温庭筠在《送僧东游》中的“灯影秋江树”，“秋”是由名词转化为动词的句眼，确切的读法是“灯影——秋（出了）——江树”。意思是“灯影”照到江树上使人感到有一种秋春的情味了。但句式却是“灯影”发出“秋”的动作到了“江树”上，这“灯影”怎么能“秋”出“江树”呢？可见这是谬理组句，但这一来秋夜江中渔火一点照出“江树”孤影的情景确实能引起一种萧瑟凄清的、为秋天所特有的情调，以“秋”这个句眼完成的修辞谬理组句是成功的。但“秋”是“双性”的，还留有名词的胎记，在和“灯影”相应合中，“秋”作为名词能强化的空茫寥寂感，和“江树”相应合，又能强化江边残叶飘飞这种枯木的苍凉衰颓感，所以“秋”之“双性”使这个诗句可以有多种读法，所凝定的意象具有隐喻的多义性能。如也可以读成“灯影（中的）——秋——（是）江树”，即在“灯影”中显现出来的“秋”是“江树”，强调名词性的“秋”和“江树”之间的谬理判断关系；还可以读成“灯影（是）——秋——江树”，强调名词性的“秋”和“灯影”间的判断关系，和“江树”间的同位关系。这二例显示出意象高度跳跃的凝定，隐喻也显得更曲折、深邃、离奇。甚至“秋”的“双性”功能还可以让接受者对这个诗句的内在构成作潜在的调整，从而读成“秋（是）——江灯（里的）——树影”，或者“江树（的）——灯影（是）——秋”，前者强调“秋”和“树影”之间的判断关系，后者强调“灯影”和“秋”之间的判断关系，意象凝定得更怪诞，隐喻得也更曲折有致。

总之，修辞谬理组句是旧诗语言学中一项极其重要、甚至带有本质性意义的句法原则。修辞谬理即违反约定俗成的修辞规范，显示在句法中，是一场组句反常的现象，而陌生化效果则成了它不容忽视的审美功能价值。所以修辞谬理组句最能反映出旧诗句法中的反常合道特性。但必须看到，旧诗中这场出奇的组句活动得以充分展开并取得特佳成绩的根本保证，从纯诗性语言角度看，乃在于古典诗人在组句中重视建立在词性转化、词类活用基础上，可以称之为句眼的功能机制。句眼所追求的“一字之功”使它具有牵一发而动全局的意义。唯其如此，才使句眼总是凭借锤炼动词和词性转化的形容词、名词拟喻功能的发挥来完成一桩桩不同寻常到不可思议的句式组织，并通过由此凝定并浮现的意象来显示旧诗语言高水准的隐喻功能。当然，旧诗这种借句眼达到的隐喻功能，不同于借对等原则达到的隐喻功能。那么，旧诗中借对等原则达到的隐喻功能又如何显示在句法中呢？

这就需要进一步考察旧诗中反语法规范的组句活动。

第二节　反语法规范组句

反常态组句还有另一种显示，那就是以反语法规范为核心的组句。

苏珊·朗格在《艺术问题》的第十讲《谈读的创造》中一开头就提出“要把诗的语言同普通的会话语言区别开来”。在她看来，“诗人创造的是一种幻象”，“是通过某种特定的用词方式而得以实现的”，而这样的幻象即是意象，故“诗也就是意象”。有鉴于此，这位诗学理论家作出了一个判断：须“把诗的语言大体看作是造型性的而不是通讯性的”。由于诗总是以一个有机整体而存在的，故诗的幻象或意象的造型是一个系统存在物——“事物组成的整体”，而不是“各种事物的个别性质”，这也就决定了读者“期望从诗中找到含义清晰的句子”，是没有必要的，在苏珊·朗格看来，反倒“在很多时候，诗中那些难懂的部分和不易领会的含义还能创造出某种东西”。因此，“首先必要‘排除那种斤斤计较局部处的’某些地方意义的联贯性和一致性”，而去重视“另一种联贯性”，即从整体着眼，看成是“一种形式上或心境上的前后一致”。这样的幻象或意象世界，是一个通过语言完成的、“对生命、情感和意识的符号性表现”，它具有的是“造型能力”而不是“通讯能力”。因此，苏珊·朗格启示我们诗性语言“不是陈述”，它不必为了“通讯”的“明晰”而去迁就语法规范，也就是说，为了幻象造型而不是为了“通讯”的需要，诗性语言中主谓宾定状补的规范序列，在组句中允许颠倒错乱和缺失省略。①

旧诗的组句的确也存在着语序错乱和成分阙略的现象，它们作为反语法规范的特征，显示着旧诗语法的又一大规律。

先谈旧诗反语法规范的第一大特征：语序错综。

在中外语言诗学理论中，对语序错综问题是谈得很多的。这种语序错综现象在中国古典诗学中最早提出来的恐怕是宋惠洪在《冷斋夜话》中针对杜甫的名句“香稻啄余鹦鹉粒，碧梧栖老凤凰枝”的一番话：“（此联）若平直叙之，则曰：‘鹦鹉啄余香稻粒，凤凰栖老碧梧枝。’以‘香稻’于上、以‘凤凰’于下者，错综之也。”明胡震亨《唐音癸签》卷四也针对杜甫的诗说：“本言‘草碧’，却云‘碧知湖外草’；本言‘獭越鱼而溪喧’，却云‘溪喧獭越鱼’，所谓顺者倒之也。”对语序错综的意义，最早提出的则恐怕是宋蔡绦在《西清诗话》中论述的一则王安石改诗的掌故——我们在前面已提过：王安石对王仲至的《题壁》诗中“日斜奏罢长杨赋”改作“奏赋长杨罢”，且说：“诗家语如此乃健。”宋孙奕在《履斋示儿稿》卷十中论及杜甫诗时，发现杜甫多用倒句说：“倒用一字，尤见工夫。”“凡倒著字，句自爽健也。”清冒春荣在《葚原诗说》卷一中就提出“句法有倒装横插”的现象，并认为这是“不能直达，因委曲以就之”的一种策略所致，并认为许多人的诗“句多直率，意多浅薄”，乃是漠视倒装，“不能尽按其法”所致。特别值得一提的是明李东阳在《麓堂诗话》中的一段话：“诗用倒字句法，乃觉劲健。如杜诗‘风帘自上钩’、‘风窗展书卷’、‘风鸳藏近渚’，‘风’字皆倒用。至‘风江飒飒乱帆秋’，尤为警策。予尝效之曰：‘风江卷地山蹴空，谁复壮游如两翁。’论者曰：‘非但得倒字，且得倒句。’予不敢应也。论者乃举予《西涯》诗曰：‘不知城外春多少，芳草晴烟已满城’以为倒句，非耶。予于是得印可之益，不为少矣。”他既赞赏杜诗的倒字句法，又在自己的创作中运用倒字句，可见他对语序错综的好感。至于西方诗学中对于语序错综的句法现象也有很多言说。雅可布森认为：诗歌语言是“对普通语言的有组织的侵害”②。什克洛夫斯基认为：诗歌语言是“歪斜”、“别扭”、“弯曲”了的语言，“诗歌的目的就是要颠倒习惯化的过程……创造性地损坏习以为常的、标准的东西，以便把一种新的、童稚的、生机盎然的前景灌输给我们”。特伦斯·霍克斯在比较诗歌语言和日常语言时也认为诗歌语言是出于“诗人意在瓦解‘常规的反应’”的产物③，而他们眼中这种对常规的“瓦解”，对习以为常的标准的东西的“创造性地损坏”的主要标志是语序错综。沃尔夫冈·凯塞尔在《语言的艺

① 参见苏珊·朗格《艺术问题》，滕守尧等中译本，中国社会科学出版社1983年版，第135—155页。

② 引自特伦斯·霍克斯《结构主义和符号学》中译本，上海译文出版社1987年版，第81页。

③ 以上二人的话均引自特伦斯·霍克斯《结构主义和符号学》，第61页。

术作品》中则对语序错综及其意义有更具体而深入的言说，凯塞尔把句法主要地看成是“词序”——词的“次序安排的学问”[①]，因此在论述诗歌句法时，他提出“词序由美学的倾向来规定”，并对达玛梭·阿隆索认为语序错综是一种“美学价值的表现手段”引为知音，还对阿隆索论析贡拉多诗中“词序变换”的言说认为“非常正确”，因为阿隆索认为“词序变换”是“一种适当的手段，以便在许多情况之下赋给语言以一种弹性和松散性”，允许一个句子具有能使“一个意象的暗示变得轻松”的“轻灵的组合”，并且因了词序“位置变换”，“使一个词可能进入节奏的紧张中心”，“使一个诗句成为一种高妙地完整的统一体”[②]。凯塞尔还在《句法的形式》一节中从“句法的风格特点”角度来肯定成分在组句时打破语法规范作“换位”的必要性，如“主语和谓语改换位置”，就“是引人注意的风格特点”[③]。西方诗学理论家还对一些著名诗人在创作中显示的语序错综追求作了大力肯定。凯塞尔引述了希比泽尔谈贡哥拉的诗歌语言特征就是“造句的错综复杂”，并赞赏希比泽尔对这种“句的构造”解释为“是一个世界紊乱的象征”[④]。乔治·斯坦纳在《通天塔》中谈到诗人荷尔德林的语言本体论时也说：这位诗人“使用颠倒语序、把谓语与宾语分开、把名词与前面或后面的定语分开、打破谓语和定语的对称等修辞手段，制造了一种讲德语的人能懂的‘德语——希腊语’”[⑤]。

值得指出：旧诗中语序错综是仅对汉语所统一的语法规范而言的，但有些旧诗如楚辞，其诗性语言，是以楚语为基础的，楚语虽系古汉语的一个分支，总体说来合乎古汉语的语法规范，但也有一小部分合于楚语自身特有的语法规范。因此，楚辞语言中有些语序从古汉语的语法规范来衡量，是颠倒错乱的，但从楚语特有的语法规范看倒是正常的，如人称代词“我”、“余”、“吾”，在否定句中作宾语，它习惯地置于谓语前面，《离骚》中“国无人莫我知兮”，其实就是“莫知我”的词序错乱，《涉江》中“世溷浊而莫余知兮”，《惜诵》中“进号呼又莫吾闻”，其实也是“莫知余”、“莫闻吾”。又如“以”，作谓语动词用，则宾语置于前面，《离骚》中“余独好修以为常”，其实是“余独以好修为常”；作介词用，则宾语置于前面，并且此宾语又成了前一动词谓语的宾语，如《离骚》中“折若木以拂日兮”，其实是“折若木，以若木拂日兮”。这种种实出于特定地区特定方言的惯用法，说它们是语序错综也好，不是错综也好，总之这些全是从日常用语的语法现象上立论，而并非“诗家语”有意作反语法规范之举，所以要把这种现象排除在旧诗反语法规范这一反常举措的考察范围之外。从“诗家语”的句法演变总体格局看，在近体诗出现之前，语序错综的情况其实出现极少，一般说都还是以正常语序为主的。不过，这种“正常”化其实对“幻象造型”不利，所以像《古诗十九首》这样质直、自然的语言表达，被明谢榛在《四溟诗话》卷三中作了这么一番言说：“平平道去，且无用工字面，若秀才对朋友说家常话，略不作意。”

---

① 沃尔夫冈·凯塞尔：《语言的艺术作品》，陈铨中译本，第161页。

② 同上书，第165页。

③ 同上书，第186页。

④ 同上书，第187页。

⑤ 转引自葛兆光《汉字的魔方》，第80页。

这是称道呢，还是奚落，暂不去管，但“诗家语”成了语序过分完整正常、过分吻合“约定俗成”的接受顺序，从而使意义过分明确易懂的“家常话”，那显然使诗性语言失去弹性，弱化了因“陌生”、“反常”、“变形”引起的那种激活联想的强刺激效果。但从谢灵运开始，以“典丽新声”对“平平道去”的“家常话”式质直风格进行反叛，特别是从沈约开始提倡声律，让“句法就声律”的风气日盛起来，到近体诗兴起，终于使“句法就声律”成了诗人们之间铁定的“约定俗成”意识，旧诗句法终于也从“平平道去且无用工字面”的“家常语”中超越出来，走上了“诗家语”的正道，而其标志则是以杜甫为首的大力起用语序错综。

这方面的例子是很多的。如宋胡宿《泛舟》中有“一篙海客乘槎水，两桨仙人取箭风”，这是“海客一篙”、“仙人两桨”的主谓语序颠倒。王维《春日上方即事》中有“柳色春山映，梨花夕鸟藏”，是“映春山”、“藏夕鸟”的谓宾语序颠倒。清蒋珊渔《清河旅次》中有“河声寒落日，秋色老垂杨”，确切地说应该是“落日”“寒”了“河声”，“垂杨”“老”了“秋色”，现在成了主宾语序的颠倒。白居易《西湖晚归回望孤山寺赠诸客》中有“烟波淡荡摇空碧，楼殿参差倚夕阳”，是“淡荡（的）烟波”、“参差（的）楼殿”的主定语序颠倒。唐李商隐的《茂陵》中有“茂陵松柏雨萧萧”，是“萧萧雨”这一动状语序的颠倒。唐许浑《松江渡送人》中有“晚色千帆落，秋声一雁飞”，是“千帆”在“晚色”中“落”，“一雁”在“秋声”中“飞”，这是让状语处于句首的语序错乱。唐李昌符《赠供奉僧玄观》中有“夜木侵檐黑，秋灯照雨寒”，是“侵黑檐”、“照寒雨”这样补语后置的语序错乱。杜甫《江汉》有“片云天共远，永夜月同孤”，是“片云共天远，永夜同月孤”这样介词性动词倒置的语序错乱。语序颠倒错乱得最厉害的莫过于杜甫的两个名句，一个是“风江飒飒乱帆秋”，另一个是“香稻啄余鹦鹉粒，碧梧栖老凤凰枝”。前一句我们后面再说，后一联千百年来说好说坏众说纷纭，值得先来看一看。清吴景旭在《历代诗话》中说：“此为倒装句法。”在他看来正常语序应是：“鹦鹉啄残红稻粒，凤凰栖老碧梧枝。”他还引了顾修远的一段话来佐证：

> ……诗意本谓香稻乃鹦鹉啄余之粒，碧梧则凤凰栖老之枝。盖举鹦鹉、凤凰，以形容二物之美，非实字也。重在稻与梧，不重鹦鹉、凤凰。若云“鹦鹉啄残香稻粒，凤凰栖老碧梧枝”，则实有鹦鹉、凤凰矣。

这是从凸显“香稻”、“碧梧”这两个意象的角度来认识语序错综的作用，称颂杜甫这一反语法逻辑的句法追求的。宋沈括在《梦溪笔谈》卷十四中则认为“盖欲相错成文，则语势矫健耳”！这是从“句法就声律”的角度来肯定语序错综对“语势”韵致形成的作用，称颂杜甫这一反语法逻辑的句法追求。而当代学者——如易闻晓，在《中国诗句法论》中对这一联语序错综的审美价值作了更深一层的言说：

> 香稻、碧梧之置于句首者，以先入眼也，唯此乃有萧瑟之“秋兴”，若将“主语”鹦鹉、凤凰前置，则强调斯二鸟矣，与整首“秋兴”之意必有不契；既已见

> 香稻、碧梧矣，则又分别见其稀疏不多、摇落将老，乃倍增其秋兴之慨；而香稻若为鸟雀等啄，则俗意不入，且碧梧倘为山鸡等栖，则雅意顿衰。整联宛然萧瑟秋景，而宋玉悲秋，向称雅事，岂以鸟雀、山鸡等入此秋兴图轴乎？而即此悲秋之时，意绪茫然若失，又岂斤斤计较笔下所写是否合于“主谓”或“名词语”之式，且为借此一联交代事实、传达知识、说清道理乎哉！诗者以意为之主，固谓借象兴情，必不如此推求。而其“语序”则唯意所重，不拘语法结构。[①]

这一番话把语序错综的这个名联提到“强化‘秋兴’之慨”的审美高度，来对杜甫反语法逻辑的句法追求作肯定，比上面两位古人的言说要深刻一些。当然，杜甫所醉心的语序错综的句法追求到如此极端的分上，对“幻象造型”究竟有多少价值，只能是各说各的，很难作出更合于审美真实的判断。但对此类反语法规范的句法追求对“幻象造型”是有特殊意义的，倒也是可以肯定下来。我们不妨举汪滨的《寒食访北江里第》中的一联：“寒食连番雨，桃花到处村”来看看。如果词序合于语法规范，此联应该是“连番寒食雨，到处桃花村”，系定语前置的一种语序错综句法。这样的反语法规范究竟有何意义呢？对此，黄永武在《中国诗学·设计篇》中有这么一段话：

> 如果写成“连番寒食雨，到处桃花村”，便是日常的语言，便是村熟小儿的口吻，哪里值得北江诗话去赞赏！然而将小儿的凡物一颠倒，“桃花到处村”，将修饰“村”字用的“桃花”变成了主词，与常理不合，乍看几乎不通，细读却有很新奇的意趣。因为除了原有的“到处是桃花村”的平板含意外，歧义很多，还可以解释为“有桃花处就成了村落”、“桃花到处，就出现村落”、“桃花一点便红出了村落”等等，几乎有翻译不出来的语意，而死板的“村”字也随着活起来，和上句的“雨”字一样，兼含些动词的意味，这是不守日常语法所造成的灵趣。

这个说法就相当好，提出了一个语序错综能使诗句具有多义性价值的问题。

的确，语序错综能使句子具有多义的特性。说具体点，这种颠倒错位现象使诗句能打破线性逻辑思维结构，让直觉感应、印象摄取对象世界之所得可以按生态的本然得以显现，使读者通过意象载体的语言去寻觅各不相同的感应，获得多义的感兴体验。且举晏几道《鹧鸪天·彩袖殷勤捧玉钟》中的两句——“舞低杨柳楼心月，歌尽桃花扇底风”来作一探讨。这两个句子除了“舞低”、“歌尽”可以确定是属于谓语加补语的成分，其余是两句中各三个名词：“杨柳、楼心、月”和“桃花、扇底、风”，同时推出、平行呈现于读者面前。从语言结构看，它们之间的成分规范关系没有显示，因此，因了完整的语序的含混而使接受者心目中更有理由把这两个句子看成是语序错综的句式，从而让他们在鉴赏时更能自由地从对象世界直觉印象中捕捉各不相同的感兴体验，进而作各不相同的语序安排，于是就会出现像如下所拟的多义性理解：

---

① 易闻晓：《中国诗句法论》，第 202 页。

（一）楼心舞残了杨柳月，

扇底唱淡了桃花风。

（二）舞低了楼心彻照的杨柳月，

歌尽了扇底系荡的桃花风。

（三）楼阁喧闹，舞低了杨柳月，

扇影凌乱，歌尽了桃花风。

（四）曼舞楼心中，杨柳梢头月已低，

长歌扇影里，桃花丛中风已尽。

（五）杨柳梢头明月，已被楼心彻夜曼舞得沉落，

桃花丛中香风，已被扇底通宵长歌得散尽。

侧重面不同的这五种译述不言而喻展示出对这两句诗理解的多义性。黄永武说“这是不守日常语法造成的灵趣”，斯言诚然。

现在再来谈旧诗反语法规范的第二大特征：成分阙略。

诗歌句法中成分阙略现象的存在实况与审美评价，中外诗学理论家也颇多言说。中国诗学语言理论中这方面的言说，可以张右丞、吴沆、范晞文、李东阳等为代表。范晞文在《对床夜话》中提倡省略句，他以杜诗为例，举“紫收岷岭芋，白种陆池莲”，认为这是“紫（因）收岷岭芋，白（因）种陆池莲”的省略。这种成分阙略的提倡，是因范晞文推崇多用实字、“四实为第一格”——即主张写诗得像唐诗那样将大量意象挤压在一起，追求压缩饼干式的句法分不开的。可惜他在推崇省略句时没有同崇实抑虚以求意象具足明确挂钩，李东阳倒是有意识地让二者挂上钩的。李东阳不是崇实抑虚的强硬派，在《麓堂诗话》中他还推崇盛唐人诗中善用虚字：“其开合呼唤，悠扬委曲，皆在于此。”不过，他对使用虚字是保持着警惕性的，认为“用之不善，则柔弱缓散，不复可振”。可以说在骨子里，他还是个崇实抑虚派，多少有点把虚字看成闲字。在他看来，“不用一二闲字，止提缀出紧关物色字样”，以求得诗句中“意象具足”才好。这就是崇实抑虚的反映。这种崇实抑虚其实在宋张右丞、吴沆的诗学言论中早就有反映。可惜这三位宋代诗学理论家都没有把通过崇实抑虚以求句法的阙略提升到“意象俱足”的功能价值上来立说，而明代的李东阳超越了“是以健”的抽象言说，而提出“意象具足”，实是更高明一些的。现代诗学理论家黄永武在《中国诗学·设计篇》中说：“这些实字间，由于很少应用连接词为转折，意象间的关系因省脱了连接词的局限，反而增多其自由衍伸的天地，显得意义繁富。”[①] 这已是对崇实抑虚句法导致成分阙略的功能价值更进一步作言说了。但从理论上对成分阙略作总体认识的，还是易闻晓，他在《中国诗句法论》中说：

……诗语的阙略有其种种原因，从诗的本质上说，它以缘情达意为主，而情意虚灵广大、隐约难明，根本不需成分齐全、结构紧密的语言传达于外，而只是

① 黄永武：《中国诗学·设计篇》，第86页。

> 若隐若现，点到即止，乃寓托于事象之中，唯凭读者生发感悟，想象意接；从语言运用上说，由于汉语表达本身的灵活性在诗语中的突出体现，成分的残缺并不影响情意的传达和意象的呈现；从诗的体制上说，则其句式一定，字数一定，句数一定而篇幅短小，因而必讲精炼简约，这就在至为切近的方面强使诗语简练精到，从而阙略并非必要的“语法成分”。①

说真正意义上的诗性“情意”是“若隐若现，点到即止”的，并“寓托于事象之中，唯凭读者生发感悟，想象意接”，这可说说到旧诗乃点面感发类隐喻语言体系的点子上了。可惜他说：“情意虚灵广大，隐约难明，根本不需要成分齐全……”还缺乏点理论的深入阐释。

西方语言诗学中，对句法中的成分阙略追求如同对语序错综的追求一样，是从诗情感受的幻象化与审美传达的“陌生化”为逻辑起点出发的——如同俄国形式主义者施克洛夫斯基所说的：“艺术的目的是给予事物的感受以幻象而不是认知；艺术的手段是陌生化的手段和给感受以难度和广度的困难形式的手段……”② 在西方诗歌中成分残缺作为一种句法现象，普遍能见到。沃尔夫冈·凯塞尔在《语言的艺术作品》中谈到象征主义的诗歌语言时指出：这一派诗人“企图把文学的语言从一种太‘逻辑地’构成的句法的支配获得解放”，因此他发现在马拉美的诗歌句法中出现“对于‘名词构造’的偏爱”而不及其余产生的陌生化现象。他还进一步提到葡萄牙象征主义诗人马列奥·德·萨—卡纳伊罗“有整首的诗在句中没有一个动词”的，又从象征主义诗人卡密罗·裴桑哈的诗里发现“句的概念本身在这里变得动摇”，这里的句式“不像大家所熟悉的标志着日常生活中热情语言的、小前提式的形态”，“它们听起来像叫喊、愿望和诅咒等等”，而“很难有联系的外在的语言手段”。③ 埃米尔·施泰格尔在《诗学的基本概念》中也谈到抒情诗的语言“完整的句子往往让位于句子‘部分’的或者单个词的某些松散的连续”，以致弄得“算不上一个句子”的现象，“甚至常常只留下个别的、无联系的词”的“孤零零地伫立”。④ 由此他认为抒情诗的语言中，“关联有时是不明确的，在更多的情况下，它根本就没有形成”，并由此悟到，“情调的统一性是比关联更加必不可少的”，而“语言在由并列搭配到主从搭配、由副词到连词、由时间连词到原因连词逐渐地朝逻辑的明确性发展的过程中，获得了许多东西，但在抒情式中，语言看来又放弃了这些东西”。⑤ 还是在这些让人充分地感到陌生化与令人困惑的发现与思考的基础上，施塔格尔得出了诗歌语言中的“省略句”：“省略句这个概念是说：在某一语法构造里缺了点什么，这缺少的虽是句子的一部分，缺了也无碍于理解。如果把缺少的部分加进去，那么，句子的语法搭配跟句子的意义是吻合的。但是，在我们所列举的例子里，若要添进什么而又不伪造抒情式的含义，那是办不到的。”对这种

① 易闻晓：《中国诗句法论》，第204—205页。

② 转引自托多洛夫《批评的批评》，王东亮、王晨阳中译本，三联书店1988年版，第15页。

③ 沃尔夫冈·凯塞尔：《语言的艺术作品》，第194—195页。

④ 埃米尔·施泰格尔：《诗学的基本概念》，胡其鼎中译本，第32—34页。

⑤ 同上书，第27—28页。

种句法中的“省略”现象，沃尔夫冈·凯塞尔还有一个总体的思考，在《语言的艺术作品》中，他在研究了组句中的“脱落”、“省略”现象后说：

> ……从表面上看来，这当中缺少一个句的部分：“一个美丽的故事”来代替“这是一个美丽的故事!”但是语言哲学家曾经特别强调，在真正的意义上根本没有“省略”。它不需要任何东西来补充，因为基本上并没有省了什么东西。毋宁说：事物本身是这样，句的其他部分一看执行了在外表上缺少的句的部分的功能。在这个地方显示出一种思想僵硬的学术语法和生动语言之间的差异。著名的典型的一个词的句：“火!”“救命!”在最近语言哲学讨论中曾经占过重要地位。每当日常的直接谈话重现的时候，省略的例我们在文学中常常发现。①

这是可以与易闻晓对成分阙略的言说相呼应的：中西诗学理论家都认为成分阙略是意象语言化过程中完全属于本然的事。

旧诗中成分阙略的情况又如何呢？一般说旧诗中作为主要成分的主语、谓语和宾语中主语的缺失较多，次要成分的定语、状语和补语不仅时有省略，且省略得很多，有些涉及性质、特征、情状非有修饰不可的，也总是让修饰成分融入特定词语中，紧紧结成一体，化为复合词语呈现出来，如“碧色的”草就称“碧草”，“惊飞的”沙，就称“惊沙”，“暮色里撩拨起游子伤感的”炊烟就称“愁烟”，“飘飞的”雨就称“飞雨”，“苇丛中掠过的”风就称“苇风”，“梦里也在发生的”思念就称“梦思”，“正在消逝着的”春天就称“流春”，等等，这样的构词不仅能淡化修饰关系的外在痕迹，且能使词语更富于意象化的色彩感、情味美。这和西方十分讲究形容词、副词的修饰功能形成了鲜明的对照。这种种使旧诗的诗行同西方诗、新诗有个很明显的不同，后者往往几个诗行合成一个句子，旧诗则相反，一个诗行可以包含一到三个句子，我们习惯地称为“紧缩句”。从成分的阙略看，主语的省略在旧诗中显得最普遍，尤其是以人称代词充当的主语，从近体诗以后，几乎是约定俗成地省略的。王维《竹里馆》中的“独坐幽篁里，弹琴复长啸”，主语被省略了。韦应物的《滁州西涧》中有“独怜幽草涧边生，上有黄鹂深树鸣”，谁独怜呢？主语被省略了。谓语省略的也很多，如李煜《望江南》中有“多少恨，昨夜梦魂中”，谓语“出现在”被省略了。汪元量《酬王昭仪》中有“一灯夜雨故乡心”，是“一灯夜雨唤醒了故乡心”，谓语“唤醒了”也已被省略。充当定语或状语用的介宾结构中，介词的省略也十分普遍。我们不妨举两个表现同一个意象化事件的句子来看看，一个是李白《忆秦娥》里的“秦娥梦断秦楼月”，这“秦楼月”其实是“在秦楼月色中”，省略了“在……中”的介词；另一个是温庭筠《菩萨蛮》中的“绿窗残梦迷”，这“绿窗”其实是“在绿窗里”，省略了“在……里”的介词。旧诗中次要成分的定语、状语的阙略，除了上面提到充当定语的形容词与名词结合成一个复合名词，充当状语的副词与动词结合成一个短语，它们的修饰作用大多淡化甚至隐失了以外，介词的省略使充当定语或状语的介宾结构也变成

① 沃尔夫冈·凯塞尔：《语言的艺术作品》，第189页。

了名词或动词，以致隐失了原该具有的修饰作用。上述所引例证是就某一词语或成分省略所作的论析，如果全面地看，还可发现各种省略。如“一灯夜雨故乡心”，“一灯”其实是“一灯照亮的”——一个作定语修饰“夜雨”的主谓短语；“故乡心”中的“故乡”其实是“思念故乡的”——一个作定语修饰“心”的动宾短语，完整的说法应该是：“一灯（照亮的）夜雨（唤醒了）（思念）故乡（的）心。”一个只七个字的短短的诗句，要使其成分全补足还得增添九个字。这种情况尤其典型的是唐释齐己《闻南颜上人创新居有赠》中的一个句子：

枕上潺湲月一溪。

我们把它完整地写出来就该是：

（我）（在）枕上（听到的）潺湲（的水声）（来自于）月（光照耀下的）一（条小）溪。

这个似乎残缺不全的七言句经我们一补足就得增加十八个字，多了两倍有半。可以看出这个诗句阙略了主语、介词、形容词化的动词、形容词化的名词、谓语、介宾结构形态、量词、形容词，可谓一行诗中集成分阙略之大全。那么，在一首诗中这种成分阙略的情况又如何呢？

我们不妨举孟浩然的五绝《宿建德江》为例：“移舟泊烟渚，日暮客愁新。野旷天低树，江清月近人。”每行两句，四行二十个字竟有八句之多。先看主、谓、宾。第一行：“移舟—泊烟渚”，两个小句子都省略主语；第二行：“日暮—客愁新”，两个小句子都属判断句，不存在宾语省略问题；第三行的“野旷—天底树”与第四行的“江清—月近人”各行均两个小句子，前一句是判断句，后一句算是主、谓、宾完全的结构。再看定、状、补，在这首诗中，等于全被省略了；“烟渚”、“客愁”已成复合名词，“烟”与“客”这里不能算句中修饰成分。当然，《宿建德江》决非旧诗成分阙略的极端例子，这类例子最典型的还数白朴的小令［天净沙］《春》：“春山暖日和风，阑干楼阁帘栊，杨柳秋千院中。啼莺舞燕，小桥流水飞红。”除了“院中”算不得名词，其他十三个名词词组拼合在一起，说它们是十四个句子中的主语吧，则都省略了谓语和宾语；说它们是宾语吧，则各省略了主语、谓语。这才叫成分阙略的极端例子。白朴只是把他对春天的一串感觉印象如实展示出来而已，外在关联全没有，却有内在的心理连锁式关系，那就是：诗人由对风和日丽、生气蓬勃的春天世界所作直觉印象激发出来的感兴体验，通过微妙的心灵感应，使得这十几个光秃秃的意象名词组合成了一个有机整体。而我们在这里也获得了一点启发，旧诗诗句虽光秃得像电报符号一样，反倒比新诗中起用那么多修饰词语去修饰主要成分更有激发感兴的魅力。此中奥秘何在呢？省略了所有可能导致理性分析、推论的有关成分，留下那些电报符号样的意象化名词，按主体内在感兴体验作整体性的有机搭配——这是个关键。这里不妨再举皇甫松的《梦江南》来作一论析，原诗是：“兰烬落，屏上暗红蕉。闲梦江南梅熟日，夜船吹笛雨萧萧。人语驿边桥。”它共有六个诗句，除第六句中的“驿边桥”是个介宾结构给“语”这个动词谓语作补语，其余名词、动词均阙略修饰、补足成分，第三、四句连主语也省略了，但它以“兰烬”、“屏”、“红蕉”、“梦”、“江南”、“梅熟日”、“夜船”、“笛”、“雨”、“人语”、“驿边桥”——共十一个来自于诗人直觉感应生存世界之所得、且具有悠远深长之情致韵味的意象化词语，作出色彩和谐、搭配匀称的整体有机组合，以游子客乡深宵、春雨江南，远梦驿边桥头夜别——这样一幅今宵与往昔，现实与回忆相交融的人生意境图，来把诗人生涯孤寂的心理生态充分地兴发感动出来。由此看来，旧诗句式成分虽然过多阙略，给人以光秃秃之感实在并不可怕，只要让一些富有较强感发功能的意象化词语在整体上作出与诗人内在心理连锁式结构相应合的有机组合，其审美功能就会远远超过无节制地扩张修饰成分的西方诗歌。

有鉴于此，我们要称颂旧诗句法中这一成分阙略的语言策略，它是使旧诗走向点面感发类隐喻语言体系的一条极佳通道。可以毫不夸张地说：旧诗这种成分阙略不仅合理，且值得提倡。譬如主语的阙略，特别是人称代词充当主语的省略，造成行为动作发出者是谁不能确定，反而能扩大和深化对文本的感兴体验与顿悟。李白有《静夜思》：“床前明月光，疑是地上霜。举头望明月，低头思故乡。”这首诗已传诵千古，多少游子于他乡深宵时分，偶尔抬头望月，心头都会浮起这首诗来，如同从自己心坎儿里飘出来的一般。因此可以说，这首诗的抒情形象有极其广泛的认同性。那么，原因何在呢？正是主语的阙略！实用主义者会问：是谁站在井床边，把满地月色疑为繁霜一片？是谁举头望明月，引起了思乡之情？文本当然回答不了，因为主语阙略了。但文本也完全可以回答：是你，是我，是他，是这个世界上自古至今所有羁留他乡者中的每一个人，是自古至今人类中每一个富有人性之“人”。由此看来，这首诗主语阙略得就是好，可以使抒情主人公浮了起来，成为富有人性的“人”——这个抽象概念的象征体。把人称代词充当主语的成分阙略，作为旧诗语言策略中的一项追踪下去，其依据就是自我融入客观对象，以物（我）观物（月），在物我两忘中对生命存在永恒的孤独、故乡何处千载的怀恋作了一场直觉观照，而这也真不必确认抒情主人公是谁，可以阙略主语了。

成分阙略还影响到旧诗句群（包括紧缩句、复合句）组织的特殊性，这同古典诗人在追求成分阙略中特别不爱用表关联、转折的虚字有直接关系。

先看同一个诗行的紧缩句中各个小句之间的关联情况。这些小句外在看都是并列的。真正的并列紧缩句，不用关联词语是正常的，如李白的《清平调》中的“云想衣裳花想容”，是货真价实的两个并列句置于一行中，无需关联词语是正常的。但并非并列关系，而是因果、条件、转折、让步等关系，旧诗——特别是近体诗中，所有的关联词也全被省略了。如杜牧的《过华清宫绝句》中有“一骑红尘妃子笑”，这个紧缩句的两个小句间是存在着因果关系的，即“因为一骑红尘而来所以妃子笑了”，是阙略了“因为……所以”的因果关联词语。韦应物的《滁州西涧》中有“野渡无人舟自横”，也该是“因为野渡无人所以舟自横了”，省却了因果关联词。如孟浩然《宿建德江》中有“江清月近人”。这个紧缩句的两个小句间是存在着条件关系的，即“由于江清才使月近人了”，是阙略了“由于……才使”的条件关联词语。陆游的《暮春龟堂即事》中有“花落一溪春水香”，也该是“由于花落一溪才使春水香了”，省却了条件关联词语。又如陈子昂的《白帝城怀古》中有“地险碧流通”，这个紧缩句的两个小句子是存在着转折关系的，即“虽然地险可是碧流还是流的”，是阙略了“虽然……可是”的转折关联词语。杜牧的《寄扬州韩绰判官》中有“秋尽江南草未凋”，也该是“虽然秋尽江南了可是草木未凋”，省却了转折关联词语。再如杜甫的《春望》中有“国破山河在”，这个紧缩句的两个小句子是存在着让步关系的，即“尽管国已破但山河还在”，是阙略了“尽管……但”的让步关联词语。杜甫另一首《八阵图》中有“江流石不转”，也该是“尽管江在流但石不转”，省却了让步关联词语。

再看两个诗行连贯而下合成复杂的简单句——连贯句的情况。这两个诗行作为一个连贯句虽显示为主谓关系，或者主谓与宾、主与谓宾等关系，但在语言表层上也只见其各自独立，关联词也都阙略了。贾岛《寄韩潮州愈》中有“此心曾与木兰舟，直到天南潮水头”。前行为主语加介宾结构，后行为谓语主要部分，合成一个主谓宾状复合的连贯句。又如刘禹锡《望洞庭》中有“遥望洞庭山水色，白银盘里一青螺”。这两句颇有些奇特，是因为它把宾语分开，一部分（“洞庭山水色”）在前一行，一部分（“白银盘里一青螺”）在后一行，合成一个主谓宾的连贯句。

然后，我们还得来看一看两个以上诗行形成的复合句在旧诗中的组合情况。复合句如果是并列的，当然也并不非要关联词语不可。如杜甫的七律《秋兴》（一）中的一联：“江间波浪兼天涌，塞上风云接地阴。”它们是统一在同一个肃杀、动荡、苍凉的氛围中，表达了同一类意境的，具有同一类型的诗思意旨，因此说它们是一句从外到内完全并列的并列复合句，也是显而易见的。唯其如此，它们之间无须在外在语言表现上建立关联关系，不必用关联词语——当然用了也是正常的。但是，如果是一种主从关系形成的主从复合句，情况就不同了，语法规范要求有关联词语。但旧诗——特别是近体诗、词中，这关联词语也阙略了。如温庭筠《菩萨蛮》中的“花落子规啼，绿窗残梦迷”，前一行是个时间状语从句，修饰后一行“残梦迷”的时间，合成一个主从复合句。苏轼词《卜算子》中有“拣尽寒枝不肯栖，枫落吴江冷”句，后一行作为原因状语从句，去说明前一行中“孤鸿”“不肯栖”的原因。刘长卿《送灵澈上人》中有“荷笠带斜阳，青山独归远”二句，前一行作为行为方式状语从句修饰后一行的主句“青山独归”的方式。宋诗僧昙莹七绝《姚江》中有“客船自载钟声去，落日残僧立寺桥”二句，这是因果关系的主从复合句，前一行是因，后一行是果。刘方平七绝《月夜》中“今夜偏知春气暖，虫声新透绿窗纱”二句，这是原因关系的主从复合句，后一行作为原因状语从句去表达为什么“今夜偏知春气暖”的原因。所有这些具有修饰与被修饰关系的主从复合句，相互间同样没有关联词语来显示相互关系，也好像是各自独立，互不相关的。

导致旧诗的诗行群之间出现一个引人注目的情况：大量光秃秃的意象化词语和意象密集化诗行视若无机拼合，给人以诗行破碎，诗群阻隔的感觉，尤其是律诗中间两联，大多有点井水不犯河水的样子。于是就出现了这样的事：一个句子（可以是紧缩句、连贯句或复杂的简单复合句）在抒述过程中突然会丢掉抒述的过程性——或者说突破线性陈述形态，跳出几个各自独立、没有关联迹象的意象化词语，像几个互不相干的电影蒙太奇镜头叠映在一起，使抒述因此而着上神异、灵幻的色彩，改变地上行走式的传达策略而长上联想翅膀飞了起来。王昌龄的《从军行》之四抒述苦守边疆者夜登戍楼，其中有句曰："烽火城西百尺楼，黄昏独上海风秋。"这是个复杂的简单句，抒述的是"黄昏独上烽火城西百尺楼"的事，但"海风秋"突然出现，同前面的抒述无语言层面的必然关联。因此这两句应写成这样：

烽火城西百尺楼，

黄昏独上，海，风，秋。

这"海，风，秋"若单个地看，作为意象化词语是并不那么具体而富有感兴功能的，只不过类似于电报密码化的意象符号。但如同前已说过的，必须把它们合在一起作整体来看。正像几个电影特写镜头叠映在一起，成为一个高层次的立体蒙太奇一样，合在一起的"海风秋"也才能成为一个独特的、给人以多层次、立体感的全新意象，从而让人在直觉感应中感发出一种由"海"之苍茫、"风"之凄厉、"秋"之孤寂混成的感兴境界来对"独上"作状语式的修饰。值得指出：这不是一般的抒述能获得的，只有让这场"黄昏独上"的抒述借三个意象词语同时、直接、排除任何理性分析性关联词语的呈现，进而让接受者对感觉记忆中的"海风秋"作直觉感应而激活联想、展开翅膀飞翔，才能怀着强烈的感兴意绪，深入地进入这个"黄昏独上"的境界。张祜的《听筝》写诗人在听筝时的感应："分明似说长城苦，水咽云寒一夜风。"抒述的是戍守长城者的悲苦。怎么样的苦呢？诗人推出了三个特写镜头，它们互不关联，诗行也得这样排列：

分明似说长城苦：

水咽，云寒，一夜风。

以三个叠映式特写镜头意象来表现"长城苦"，显然这是诗人于兴发感动中所把握住的一串感觉印象后，本真地同时推出的，当它们叠映在一起后，容不得他、也没必要让他去分析三者间的关系。于是，这也就决定了三个作为意象载体的词语也就互不相干地排列在一起了。孤立地看，作为意象词语，它们同样引不起接受者很多的感兴，却也因为这场排列、叠映，形成了一个大意象，对"长城苦"具有极强的感发功能。如果把"水咽"、"云寒"、"一夜风"建立起分析演绎性关联，理性地给三者的身份性能作出画地为牢的定位，那就会导致接受者在感应这个大意象时感兴境界受到损害，甚至遭到破坏。杜甫的五律《旅夜书怀》后四句——"名岂文章著？官应老病休。飘飘何所似？天地一沙鸥"，是情绪化的议论表述，有分析推论成分。如果这个文本只有这四行，诗作算不得本色呈现，必须前有意境鲜明而深阔的心象压住，才能使后四行情绪化议论顺水推舟，起一种推演提点作用。也只有这样，它才有可能成为一首杰作。所以，负有压住全局的前四行是更需要推敲的。至于杜甫，也的确作了认真推敲，终于写出了他的心象。第一、二句写诗人环顾岸边舟中的现实环境，第三、四句则写他放眼平野大江时的感觉世界：现实环境由“细草”、“微风”、“岸”这三个意象构成，感发出一种相对宁静的意趣，“危樯”、“独夜”、“舟”则表现了他生涯暂时的孤栖。感觉世界由“星垂”、“平野阔”这两个意象构成空间绝对的壮阔，由“月涌”、“大江流”构成时间永恒的奔荡。由此完成了他两大心象的真实。宁静、狭窄的现实是一种偶然存在，而跃动、壮阔的宇宙是一种必然存在。唯其如此，才使他有“名岂文章著”的不服气和“官应老病休”的愤慨。也唯其如此，才使他把自己看成天地间一只沙鸥：永恒地漂泊，寂寞地寻求。由此看来，前四句的确以意象的鲜明与意境的深阔完成了能压得住全诗的心象创造。不过，这靠的是诗人对生态环境的直觉印象敏锐的把握以及在以物观物、物我两忘中把这些出于直觉印象的意象世界以其本然存在的状态同时推出来，以独特的、割断所有语言符号的外在关联的办法，让孤立的、失去任何理性分析可能的词语连缀起来，造成句式的破碎、诗行群的阻隔。所以这四个诗行其实应该这样排：

细草，微风，岸，
危樯，独夜，舟。
星垂，平野阔，
月涌，大江流。

这么四行：每行都不成为句子，只是几个词语的堆砌，各行之间不显任何分析性关联，理性逻辑彻底排除，心理连锁真正调动，各个意象词语在一个整体中相互叠映，以促使联想展开。于是，感兴密度大了，境界开阔而深远了。此种句式破碎、诗行群阻隔的组句策略值得肯定，是传统诗人语言策略上的创举。

于是，我们进一步发现了旧诗在组句活动中因成分的尽量省略和关联词语的基本不用，反倒能让容量极其有限的语言获得最大限度的意象密集。元代散曲家赵善庆有小令［庆东原］《泊罗阳驿》：“砧声住，蛩韵切，静寥寥门掩清秋夜。秋心凤阙，秋愁雁堞，秋梦蝴蝶。十载故乡心，一夜邮亭月。”意象在这首小令有限的诗行里是高度密集的。但现在这样书写容易让内中奥妙轻轻滑走，且用现代排列法排列：

砧声住，
蛩韵切。
静寥寥门掩清秋夜。
秋心
——凤阙；
秋愁
——雁堞；
秋梦
——蝴蝶。
十载故乡心；

一夜邮亭月……

面对这样一首诗，适当介绍一下诗人经历，看来是必要的。赵善庆做过小官吏，原有一点事业心，到头来都落了空。因此当这一夜寄宿罗阳驿，孤馆秋声，国愁乡思一齐涌上心头，才迫使他写成了这首诗。诗的前二句推出“砧声”、“蛩韵”两个意象，中间没有关联词语，但同属于客乡游子心理敏感区中的“秋声”，可以作心理连锁的基础。第三句写诗人要“门掩清秋夜”，好像是要关出这“秋声”，实在是把这“秋声”关了进来。于是，孤馆深宵时分诱人的“秋声”在诗人心灵中幻化出了“秋心”、“秋愁”、“秋梦”。所以第三句是过渡，虽不显有承前启后的词语，却过渡得自然，关联得贴切。我们所说意象的密集浮现，就在这场对“三秋”的心灵感应中。作为意象载体的语言，在这三句六行中句式竟然不可思议地显示出阙略、破碎与阻隔，且给人以高度弹性的跳跃感。“秋心/——凤阙”虽省略得几成电报符号，作为一个整体却不乏感发功能，可以幻化成：一颗紫色的“秋心”中叠映着国事凋敝、民生艰辛等一系列借感兴联想获得的蒙太奇镜头；“秋愁/——雁堞”作为一个整体，感发功能更不弱，可以幻化成：一天黄沙的漠原上叠映着残堞雁行、深闺冷月——这一系列蒙太奇镜头；“秋梦——/蝴蝶”作为整体的感发功能同样很强，可以幻化成：一座柳阴的驿楼上叠映着蝶梦初醒、孤帆斜照的一系列蒙太奇镜头。最后两行是总结，把十年漂泊的家园心情全付之于“一夜邮亭月”了。意象化词语拆除关联性设置作孤立凑合，也许没有多少具体意象的密集，这并不重要，问题不在于光秃秃几个词负载了多少意象，而在于是否能在这种奇特的语言结构中埋下更多激活想象与联想的潜能。正是这些“能”的潜存，能诱发读者作再创造和补充意象，这才是我们对语言结构的根本要求。的确，像“秋心凤阙，秋愁雁堞，秋梦蝴蝶”这样不成其为句子的句子，几个光秃秃的词语拼合成的句式，反倒能强化诗句的弹性——也就是以最小容量的句子结构来把最大能量的想象与联想激活，从而使读者把埋于词里行间的潜意象再创造出来，在阅读中补充进去。这里不妨提一提苏曼殊《无题》中的后二句：“芒鞋破钵无人识，踏过樱花第几桥。”值得注意的是“芒鞋破钵无人识”这一行，是三个意象化词语孤立存在的句式，把它们合成一个整体，则出现了一个奇迹，它成了一个能激活想象、联想的“机关”，能使读者充分调动联想力，把这三个光秃秃的意象化词语当中藏着的潜意象推出来，予以补足。若译成现代汉语，就可以是这样：

芒鞋，破钵，无尽的昏晓，
异国，生街，不识的音貌。

可以这样说：将句子弄得断裂、破碎，彻底破坏句法活动中理性分析的干扰，让想象联想激活，让潜意识浮现，确是个好办法，古诗今译也得和这样的语言策略相应合。我们这个今译例句所追求的是在一定程度上体现旧诗这样的语言策略。

旧诗的组句活动导致句式破碎，组行活动又导致诗行群的阻隔，这作为一种独特的句法策略，有相当高的表现价值，有利于抒情活动从单纯的抒述向深邃的象征飞跃，获得情感向智慧的升华。王维有五律《终南别业》，抒述“中岁颇好道”的他隐居终南山的心境。诗中说忘情山水、恬静自然的他“兴来每独往，胜事空自知；行到水穷处，坐看云起时”。这两联的前一联是过程性的抒述和感慨式的议论，虽也显示他的清闲、淡泊和潇洒，但并未显得有生存情感向生命智慧的升华，只算得为这种“升华”作了铺垫。但“行到水穷处，坐看云起时”则不然。这一联两个句子承载了两个并列的复合意象，两个句子也呈现为各不相干、相互隔绝的存在形态。如果说它们之间还有着可以相通之处，那只能说前者由动态转向静态，而后者由静态转向动态，使它们在比照中关联起来。当然，这种关联也只能是抒情主体心理连锁之所得。说具体点：上句写诗人随水流随意而行，无一定目的，不觉间已来到流水尽头，无路可走，于是坐下来观赏景色，却又见到一朵朵云飘浮而起。这真是寻水之意乍尽，观云之趣又生；动态刚变为静态，静态又转向动态。这种随处生发、悠然自得的情趣，借“水穷”与“云起”两个意象以及它们的载体——两个句子在诗人心灵中相比照的巧妙组合，是颇能诱发读者悟得“无心遇合”、“处变不惊”、“绝处逢生”、“随遇而安”等自然、宇宙和人生之“真意”的，我们在这里可以感受到诗人和自然、宇宙世界融而为一、以物观物、物我两忘中那种宇宙人生“妙境无穷”的至高象征境界。而王维付之于吟咏也就采用了两个无外在关联词语的并列句式，来促使接受者心理连锁功能获得强化。传为李白所作的《忆秦娥》是名篇，却不宜停留于一个女子伤别悲秋、怀念情人杳无音讯这一层面来理解。此词上片确写伤别悲秋，从句群的结构关系看，句与句之间没有任何关联词语显示相互关系。值得注意的是“秦楼月”的一次重复，使得“箫声咽”、“秦娥梦断”与“年年柳色”、“灞陵伤别”都以“秦楼月”为核心，同时浮现出来，把主体的自我契入客观世界，作以物观物、物我两忘的直觉观照，借这阻隔式诗行群组合策略更好地显示出来。当然，人对“箫声”、“梦”、“柳”、“灞陵”桥的感兴，和对“月”的感兴可以应合，共同兴发感动出伤别悲秋的现实人生情怀，这些诗句间建立心理连锁比较容易，诗行群阻隔式组合策略为接受者进行心理连锁所起作用还不是很显著。下片就不同了：“乐游原上清秋节，咸阳古道音尘绝。音尘绝，西风残照，汉家陵阙。”同样是阻隔式诗行群组合，对“乐游原”、“清秋”、“咸阳古道”、“音尘”之间的意象感兴，即对美好的往昔生活的怀恋与茫然的期待，作为现实人生情怀可以互相应合。因此“咸阳古道音尘绝”是相对的，但是下面三句：

音尘绝——
西风残照，
汉家陵阙。

这和前面两句现实人生情怀是难以联通的，因为这是一个亡灵世界，是绝对的“音尘绝”。由此看来“音尘绝”的重复只是语言表现上的重复，对引起“西风残照、汉家陵阙”这两个意象的实质性表现来说，却是个飞跃，是从现实情怀向历史情怀的飞跃，也是从如实的社会人生境界向象征的宇宙人生境界的飞跃。因“音尘绝”从相对到绝对的过渡，使得阻隔式诗行群组合形态激发起一股强刺激力，促使接受者作更大强度的心理连锁，确立起阻隔式诗行群更深层次的内在关联，从而使“音尘绝，西风残照，汉家陵阙”这三个阻隔式诗行群推出了一个意象象征组合体，使全诗到此获得了出于感兴的顿悟：世情既逝，将一去不再；喧闹将归于平寂，繁华将走向衰颓，红尘的相对将转为宇宙的绝对。这些才是这首诗能不朽的根本所在。由此可见，阻隔式诗行群组合——这一项旧诗句法策略，对促使传统诗人把一般人事抒情推向象征境界显然能起重要作用。

第三节　对等原则与对句

如上所述：旧诗句法中的语序错综、成分阙略，作为反语法规范的具体标志，所欲达到的乃是以隐喻语言来显示意象密集。问题是：隐喻语言的特质究竟是什么？它具有怎么一种能使意象密集的功能？

这就需要论及对等原则。

我们曾经提到过苏珊·朗格在《艺术问题》第十讲《谈诗的创造》中有关诗歌语言的一些论点，譬如，说诗歌语言是“对生命、情感和意识的符号性表现”，具有幻象的“造型能力”而不是“普通的会话语言”，不具有“通讯能力”。因此诗歌语言“不是陈述”，不必为了“通讯”中的“明晰”要求而去迁就语法规范。但还有一些说法没有提及和展开论析，其实也是十分重要的。其中她还这样说：“语言是由词不达意语构成的，然而词语……不仅仅是诗人用来创造诗的材料。作为艺术品的诗是否出现，主要取决于诗人运用这些材料的特殊方式。”[①] 这就是说，考察诗歌语言的主要目标是要从创造诗的词语材料的角度进入，去探求如何以特殊的方式去处理这些材料。朗格认为：诗所采用的“这种材料”所“构成的东西”是“不同于普通的语言材料构成的东西”的，“是一种关于事件、人物、情感反应、经验、地点和生活状况的幻象”，一种“情绪萌动的幻象”。[②] 朗格并以史文朋的诗《阿塔兰塔》为例，对这种情绪萌动的幻象创造作了这样一番言说：

> ……这种萌动是从内部发生出来的，将它唤起的东西不是上述各种事物的个别属性，而是这些事物组成的整体。这样一来，史文朋的意图就相当清楚了。他想要作到的就是将种种印象堆积或是交错在一起，以便把它们各自的清晰轮廓搅混。其中所有的意象都是一个紧跟一个出现的，每一个意象都包含着特定的情绪色彩，甚至是非常浓烈的情绪色彩，然而像那种具有特定情绪色彩的确定的意象却一个也没有出现。

这段话有两点值得思考。一点是：这种“堆积或交错”在一起的印象既然是以诗性语言作“材料”来造型的，那么把这种种印象与印象之间的关系“清晰的轮廓搅混”之

① 苏珊·朗格：《艺术问题》，滕守尧等中译本，第139页。

② 同上书，第142页。

举，反映在语言造型中，必然会使“材料”之间的搭配也打破外在关系的“清晰”性。更重要的一点是——这段话中提到：以事物的印象幻成的“包含着特定的情绪色彩”的意象，都是不存在“事物的个别属性”的，而只能具有“这些事物组成的整体”属性！由此她判定：来自于“这些事物”的印象的，都不是“确定的意象”，而总是“不确定的意象”。由此可见：作为意象总体属性的一分子，这“不确定的意象”是可供多项选择的。如是也就意味着：与之相应合的语言材料——词语，甚至句子，其所指当也可以不与事物之个别属性对等，因而同样会不确定，允许可供选择地显现，以致进一层选择同类的多项并举地呈现。而一旦这成为现实，其作为语言理应具有的“清晰的轮廓”也会更被“搅混”。说具体点，也就是：反映在语言造型中也必然要使“材料”之间的搭配打破外在关系的“清晰”性。所以这一段话是苏珊·朗格对诗歌语言必须反语法规范的理论言说。值得指出：她的这一套言说把形式主义学派、符号学派对诗歌语言构成必须设立对等原则之功能机制作了很深的理论阐释。当然，通过对等原则这一功能机制的设立以获得诗歌语言拥有自身独立价值的追求是经历了一条长途的。托多洛夫在《批评的批评》一书的第一篇《诗的语言》中就大量引述了这条“长途”中的跋涉者代表性的言论，内中以引述施克洛夫斯基与雅可布森为主。施克洛夫斯基说：“诗的语言”之能达到“可感的”功能效果，依靠的“并不是词的结构而是词的组合、搭配”[①]。雅可布森认为诗“是具有独立价值的词”的“形式呈现”[②]，还认为“日常语言的外在目的很适于能指（signifiant）与所指（signifie）之间的相近关系（即音义结合的任意性），而诗的语言的自在目的则受相似关系（符号的动机）的垂青”[③]，从而提出：语言的诗功能特征是以“自在的目的决定的”，而“自在的目的以其超结构化（即重复）的独特形式表现出来”。唯其如此，才使雅可布森终于提出：“诗的功能规定了选择轴对组合轴的等值原则。”[④] 这就是著名的对等原则的提出。而配合这个原则，施克洛夫斯基又提出诗歌语言作为造象的“材料”，其外在搭配的特殊方式乃是“间隔”与“陌生”[⑤]，而内在关系则显示为“所有的材料都是有机的”[⑥]。莫里茨则从对等原则出发对这些语言“材料”的内外在关系说了一句极有分量的话：“外在合目的性的缺点应该在内在合目的性中得到补偿。物应该是自我完成的东西。”谢林也针对对等原则这样说：“从外在角度看，语言自由独立地运动着，只在自身上才是有序的，并遵循着规律性。”[⑦]

以上我们从语言哲学层面上探讨了诗歌语言设置对等原则功能机制的必然性与必要性。但对等原则具体说来究竟是怎么一回事呢？这个原则在诗歌中又如何产生新的意义呢？这是需要进一步探讨的。

---

① 托多洛夫：《批评的批评》，王东亮、王晨阳中译本，第 3 页。

② 同上书，第 4 页。

③ 同上书，第 7—8 页。

④ 同上书，第 8 页。

⑤ 同上书，第 15 页。

⑥ 同上书，第 7 页。

⑦ 同上书，第 9—10 页。

雅可布森在《语言的两极与语言的失语症》中有段话很值得注意。他说："话语的进行会沿着两条不同的语义线发展：一个话题或者通过类似关系（similarity），或者通过邻接（contiguity）而导向另一个话题。前者可以用隐喻性方式，这个术语得到最恰当的概括，后者则相应地符合于换喻性方式。因为这两种情形分别在隐喻和换喻中找到了最集中的表现……在一般的语言行为中，这两个过程都是持续发生作用的，但仔细地考察将表明：由于文化模式、个性和语言风格的影响，人们对这两种方式的运用是有所侧重的。"这位俄裔符号学家还对侧重表现说了句具体的话："在俄国抒情诗歌中隐喻的结构处于优势，而在英雄史诗中则是换喻方式占优势。"① 这就是说：语言有两种，一种是用隐喻方式显示的，就叫隐喻的语言；另一种是用分析方式显示的，就叫分析的语言。② 而抒情诗中，采用隐喻的语言是处于优势的。这一类语言大致可以作这样的解释：它是不连续的、客观的，是直接诉之于感觉并且包含了绝对时空的；产生这种语言的基础是神话思维、直觉感应；构成这种语言的依据是想象、联想导致的内在心理连锁感应，而并不依靠外在的语法作用；而这些也就决定了它在语链上的搭配是点面孤立显现与并峙的结构。

由此看来，我们说旧诗采用的是点面感发类语言就是指这种隐喻语言。

值得进一步思考的是：隐喻语言既和诗的质的规定性要求相符合，那么，充分占有这一语言体系及其言语方式的突破口是什么呢？雅可布森因此提出了一个确立隐喻的语言的核心理论：语义的对等原则。雅可布森说过如下一段话：

> 特别值得一提的是：任何一首诗所不可缺少的内在特征是什么呢？要回答这个问题，我们必须回忆一下用于语言行为的两种排列模式：选择和组合。如果一段话的主语是"孩子"，说话者会在现有的词汇中选择一个多少类似的名词，如child（孩子）、kid（儿童）、youngster（小伙子）、tot（小孩），所有这些词都在某个特定方面相对等；接着，在叙述这个主语时，他可以选择一个同类谓语——如sleeps（睡觉）、dozes（打瞌睡）、nods（打盹）、naps（小睡）。最后，把所选择的词用一个语链组合起来。选择是在对等的基础上，在相似与相异、同义与反义的基础上产生的；而在组合过程中，语序的建立是以相邻为基础的。诗的作用是把对等原则从选择过程带入组合过程。对等原则成为语序的构成手段。③

这段话特别值得注意的是：把以语法序列为依据选择相邻词语组合起来的做法同以对等原则为依据选择具有心理连锁性的对等词语聚合起来的做法作了严格的区别。暗示着：前一种组合由于是按规范序列把相邻的词与词组合，也就显示出它首先是按语法关系组合起来的，因此，这是对等原则作用于语链之外的一种组合，所导致的是分析

---

① 转引自俞建章、叶舒宪著《符号：语言与艺术》，上海人民出版社1988年版，第193页。

② 俞建章、叶舒宪合著的《符号：语言与艺术》第194页中对雅可布森提出的换喻结构的语言作了这样的阐释："他实际上是指出了换喻相对于日常概念的语言"，"表现为线性的横向组合结构"。由于"换喻的语言"费解，一般符号学著作中称为分析的语言。

③ 转引自高友工、梅祖麟著《唐诗的魅力》，上海古籍出版社1989年版，第120—121页。

推论性功能的建立；而后一种组合由于是对等原则作用于语链之内的词与词的聚合，所导致的是隐喻联想性的功能的建立。唯其如此，才显出“诗的作用是把对等原则从选择过程带入组合过程”① 这一特征。因此，“在普通语言中，相邻的语言成分是由语法结构连接的；而在诗性语言中，语法限制就不再适用了，不相邻的语言成分可以通过对等原则组合起来”②。

通过对等原则组合起来的语言，就叫隐喻语言。

根据前面引述的种种言论，我们认为这类语言的隐喻功能显示得很合于含蓄——这一诗的质的规定性要求，其显示的特殊方式及具体步骤可说是这样：具有一定成熟度的诗人在投入幻象造型工程时，往往会不自禁地在潜意识里按对等原则把能指同类项的语言材料——语词、语句在横组合轴上作相互间并无关联，各各孤立存在的外在并举，借兴发感动的相似而让它们各各聚合，从而使这些因等值性而组合在一起的语词、语句完成一场“韵致”一致的隐喻演示。值得指出几点：第一，这一场演示的实质是使横组合轴上似乎互不关联、各自孤立存在的语词、语句获得了深层处的隐含关联，而这就是含蓄得以出现的基因；第二，横组合轴上的语词、语句外在互不关联是出之于避开分析推论的语法约束的考虑，因为只有这样做，才会使语言材料能凭直觉感发而不是知解分析上的相似性而按对等原则搭配起来；第三，这样做的表层结果是导致以语序错综、成分阙略为主要标志的诗歌句法的反语法规范，而深层结构则是以光秃秃的词语、缺乏任何相互关联的句子呈现的意象的密集；第四，这样密集着的意象因能指同类项的关系，而在兴发感动总体功能作用下才得以完成隐喻，因此隐喻语言以完成意象的密集而完成自身的幻象造型。

以对等原则为内核的隐喻语言，体现在旧诗语言的句法上，则有两道展示隐喻世界的美丽风景。一道是在简单句或紧缩句中充分贯彻对等原则所导引出来的。这道风景我们在前面已作了充分的论析，不妨再举一个简单句为例来论析其由对等原则导引而致的隐喻世界。李商隐有一首著名的七绝《嫦娥》，前二句曰“云母屏风烛影深，长河渐落晓星沉”，是写现实生活的“身”的寂寞；后二句“嫦娥应悔偷灵药，碧海青天夜夜心”，则写超现实生活的“心”的寂寞。一个人的寂寞，由现实向超现实递进，由“身”向“心”递进，达到的是人生大寂寞的境界，而全作的最后一句“碧海青天夜夜心”则成了这场“寂寞”流变到顶点的表现，是整个文本的关键。如果把这一个简单句完整地写出来则是：“（在一片）碧海（似的）青天（上），（悬着一颗）夜夜（跳荡着的）（寂寞的）心。”可见这个诗句既省略了介词以及“碧海”与“青天”在介宾结构中的修饰与被修饰关系，又省略了主语与谓语，只留下了宾语的“心”，且顺理成章地省略了以介宾结构充当的处所状语对缺失的谓语的修饰关系和“夜夜”这个时间状态对缺失的动词（“跳荡着”）的修饰关系，这省略了的“心”前面的定语“寂寞的”，结果成了三个光秃秃的名物词“碧海”、“青天”、“夜夜心”，凸显出来的是三个能指同类项的意象，它们在横组合轴上聚合在一起，各自孤立，毫无关联。但无边得凄迷的

① 转引自高友工、梅祖麟著《唐诗的魅力》，上海古籍出版社1989年版，第122页。
② 同上书，第123页。

"碧海"和旷远得苍茫的"青天"上"夜夜"悬挂着一颗"心"——这一个三重叠映的蒙太奇镜头是具有难以言传的兴发感动魅力的，能令人神秘地直觉到：从宇宙时空交错点上飘来一缕宿命孤独、永恒寂寞的灵魂的哀凉。这就是由对等原则导引而得的深层处的隐含的关联，借反语法规范的语言材料作幻象造型而呈现的隐喻世界，这个世界是无法凭依分析推论所能进入的。这一场言语活动由于尽可能少在语言结构上设关联、转折等分析词语，使其意象得以密集、凸显而显示出点面感发类隐喻语言的特性，并在简单句句法上运作出了一道美丽风景。那么另一道美丽风景又是怎样的呢？那是旧诗在对偶句中充分贯彻对等原则导引出来、并借连续性句法中显示的反语法规范活动。

旧诗反语法规范造成语序错综、成分阙略，其后果是以名物字为主的几个光秃秃词语在横组合轴上的聚合，从而达到意象密集。但此举可推而广之，让无任何关联、转折词语作串联，因而让孤立存在的诗句作聚合，这倒也不是不可以的。由于这些诗句总表现为一段事象相对完整的过程，可以把它们看成一个扩大了的、显示为过程化的意象具现，因此这些诗句若能受对等原则导引，在连续性句法活动中作聚合，同样能达到意象密集的效果，并使它们虽在外象上无关联，深层处却能有隐含关联，从而凭此类连续性句法活动而幻象造型出一个更大、更多彩、也更完整的隐喻世界。这一来旧诗反语法规范的句法又在其连续性活动中出现了一项重要设置：以对等原则为依据形成的对句。我们不妨看一看王维的五绝《临高台送黎拾遗》：

相送临高台，
川原杳何极。
日暮飞鸟还，
行人去不息。

可以看出句与句之间关联词语之全部省略，而各个句中也颇多成分的阙略、语序的颠倒，若把它们补足，大概可以这样：

相送（吧），（我登）临（这）高台（望远），
（只见是）杳无极（伸展的）川原。
日暮（了），飞鸟（儿）（已纷纷）（归）还，
行人（却）去不息（在同一时间）。

坦率地讲，如果看成旧诗新译，我们也许又做了一件吃力不讨好的事，因为经补足后，原诗的意象展示性变成了事件陈述性，这样的陈述是出之于主体的分析推论且受其全方位控制的，而究其实质，这是一种理性行为。譬如"日暮飞鸟还，行人去不息"，前一句的补足还没多大问题，后一句在"行人"后补一个转折词"却"已属人为分析的加入，在"去不息"后面补上一个介宾结构充当的时间修饰语更是人为分析因素的加入，它的补足可以点明"鸟还"与"人去"是在同一时间里发生的，让接受者能从这同一时间中两种可作对比的空间现象推论出人间离合乃属宿命无奈的悲剧，如果这一

新译还多少保留着一点体验意味，感兴直觉却比原诗可要淡薄多了；而经验色彩却大为加浓，知觉理悟也比原诗要强化得多。所以这点明性的补足，不仅有点画蛇添足，还有点弄巧成拙，对原作的隐喻语言审美有一定损害。这当然是从大的方面看。若具体到句法看，这种画蛇添足式补足也起了一种对以对等原则为依据的对句关系的破坏作用。王维的原作中，前两句是“台高”与“原远”相反内容的并列——两极平衡的对句[①]，后两句是“鸟还”与“人去”，也是相反内容的并列，——两极平衡的对句。值得指出：两个对句各自的内部都是省略关联、转折词语而各各孤立、断隔的，但第一个对句，送客之殷勤因人临高台而具陈，惜别之情怀因川原无极而显隐，是借两个意象的两极对等而超越外在之孤立而获得深层关联的；第二个对句，期待之殷切因飞鸟暮归而毕露，无望之惆怅因人去不息而悉现，是借两个意象的反向平衡而超越外在对比、获得深层交融的。特别是这两个对句之间，也省略了关联，是断隔的上下两片的并合。但前一个对句以相送之事象所感发的愁绪，后一个对句以别后之景象所感发的怅情，也是等值的，它们在对等原则的导引下获得了隐含的关联。于是，这个文本就以事象与景象合成的一场幻象造型——一个大意象，使主体对送别友人的愁绪怅情含蓄而动人地隐喻了出来。清朱之荆的《增订唐诗摘抄》中说此作“只写其所见之景，而送客之怀、居人之思，俱在不言之表”，不是没有道理的。

为了阐明旧诗连续性句法活动中对等原则的存在与隐喻功能的发挥，我们已提出了对句的概念，并举王维这首《临高台送黎拾遗》来展开论证。但这里碰上了一个问题：王维这首五绝是两个对句吗？这使我们又想起杜甫的一首七绝《绝句·两个黄鹂鸣翠柳》：

> 两个黄鹂鸣翠柳，
> 一行白鹭上青天。
> 窗含西岭千秋雪，
> 门泊东吴万里船。

对这首诗，历来有许多评说。杨慎在《升庵诗话》中说：“绝句四句皆对，杜工部‘两个黄鹂’一首是也，然不相连属，即中律中四句也。”今人刘拜山在《千首唐人绝句》的《评解》中说：“一句一事，若不相连贯，要能构成一幅画面。”这些意见是颇有启发性的。的确，这首诗四个句子外在虽一句一事不相连贯，内在却能借幻象造型而成一个有机整体。究其原因，是“对”——“四句皆对”。第一、二行是一个对句，它以“黄鹂鸣翠柳”与“白鹭上青天”一静态一动态的空间平衡组成，且能体现对等原则；第三、四行是一个对句，以“西岭千秋雪”与“东吴万里船”一永恒一当下的时间平衡组成，也能体现对等原则；而这两个对句又以一空间一时间的宇宙平衡组成一个在更大范围体现对等原则的对句，它支撑起了一个空间层面上永恒的朝气与时间层面上

---

① 本来，如同“欲穷千里目，更上一层楼”所云，人站在“高台”上，可以更看清行人，但如今看到的却是遥远无边的“川原”上更模糊的“行人”影子，这样的对比系两极平衡，当可成立。

不衰的活力相交融的青春幻象造型，完成了一场对和谐生动的生命境界的意象表现。由此可见，说此诗“若不相连贯，要能构成一副画面”是对的，杜甫在这首诗中是构成了“一幅画面”的，而它实是一个大隐喻。不过我们在这里到此为止说的对句只是意对，内容对，意象关系对，而还没有考虑到杜甫的这首《绝句》同王维的《临高台送黎拾遗》虽都以受对等原则导引的对句构成文本，但后者纯粹是以意象的对等形成的意对——内容上着眼的对句，而前者却还涉及语言。曾季貍《艇斋诗话》中说：“韩子苍（驹）云：老杜‘两个黄鹂鸣翠柳，一行白鹭上青天’，古人用颜色字，亦须匹配得相当方用，‘翠’上方见得‘黄’，‘青’上方见得‘白’。此说有理。”其实何止“颜色字”对，两组对句其实各各内部词语——包括数量词、方位词、主语、谓语、宾语、定语和句式——主谓宾齐全的陈述句式，都是严格地两两相对的。这已不是一般的对句，而是深化为排偶句了。

对句的根源在于有“对”的思想，这就是以阴阳二元为基础的中国哲学思想，作为中国人的世界观，这种哲学思想就是中国诗中对句的基础。由“对”的思想导引出来的对句，西方的诗学理论家有认为可分为韵律的、语法的和声音的这么三种。詹姆斯·罗伯特·海托维尔提出韵律的对句法“是依据字数从音节方面构成的对偶”。而由于“对句大致由二句构成”，所以韵律的对句表现为“使相同字数的句子二次反复，由反复而造成节奏”的对应关系。他心目中语法的对句法，“是着眼于各个文字的意思的对应关系的名称”；至于语音的对句法，他认为“是脚韵、双声、叠韵、平仄等方面的对应”。[①] 这个分类并不那么科学，至少韵律对应的对句与声音对应的对句是可以合并为声韵对应一类的，而句式对应的对句没有列入那就不应该了。其实，他所谓“着眼于各个文字的意思的对应关系”所导致的是以意象隐喻的诗思内容作对应的对句，语法的对句法倒应该用在句式对应的活动中。以声韵的对应所显示的对句问题，我们将在节奏形式论中去谈。从语言的范畴看，以连续性句法活动所显示的对句，应该包括以意象组合关系的对称或平衡显示的句意对和以诗行组合关系的对称和平衡显示的句式对。句意对我们在上面分析王维、杜甫的诗中已有所论述，但只是就现象论现象，没有提到认识与把握事物的思考方式的高度来寻求现象背后的规律。句式对我们没有正式提及过。应该说旧诗的对句艺术是句意与句式在连续性句法活动中辩证地统一所显示出来的或对称或平衡的语言和谐艺术的表现，是旧诗点面感发类隐喻语言所特有的对等原则在句法中扩大的体现。对此作深入考察是必要的。我们将从旧诗句法的视角把句意对与句式对结合起来谈。

旧诗中的句意对显示为两类对句：一类是同种同质的东西的一元并列，使下一句的“事”和上一句中的“事”作同种的反复，从而导致它们在横组合轴上凸显出同质等价值，而由此产生的兴发感动合力也就使“事”意象间获得隐含的联系，完成了隐喻语言的装饰性功能。这一类句意对在旧诗中还是占最大量的[②]。举一些例子。陶渊明

---

① 引自古田敬一《中国文学的对句艺术》，李淼中译本，第4页。

② 古田敬一在《中国文学的对句艺术》中认为日本与西欧的对句才主要是表现为这一类型，中国诗中则不是如此，其实只要深入调查一下中国旧诗的对句，即可见并不确切。

《归园田居》有“狗吠深巷中，鸡鸣桑树巅”，这显然是同种同质的东西——“事”意象的对称，作为对句，上下句是一元性并列，虽无外在的关联，但共同兴发感动出一种宁静安适的农村生活情调，有内在的隐喻关联。韩翃《酬程延秋夜即事见赠》有“星河秋一雁，砧杵夜千家”，这里的“星河秋”与“砧杵夜”、“一雁”与“千家”，前者好像不是同种，后者好像不是同质，其实它们在对等原则导引下组合在一起后，能在感发旅人与闺妇同一相思愁怀的感伤情调上获得统一，这可是意象感兴等价值使他们建立起了深层的隐含关联。宋赵师秀的《约客》中有“黄梅时节家家雨，青草池塘处处蛙”，在同种同质的“春天”面前，这两个没有任何关联词建立外在关系的诗行，也因感兴等价值而有了内在的关联，以春天特有的、具有等价值的景象的反复强化了成长季节充盈于天地间的生机盎然情调，从而在这氛围情调中获得了两个诗行所具现的景象化意象体在隐喻世界中的关联。类似的例子还可举李白《送友人》中的“浮云游子意，落日故人情”、杜甫《春望》中的“感时花溅泪，恨别鸟惊心”、赵嘏《长安晚秋》中的“残星几点雁横塞，长笛一声人倚楼”、王安石《书湖阴先生壁》中的“一水护田将绿绕，两山排闼送青来”等等。句意对的另一类对句是异种异质——甚至相反的东西的二极对立，使下一句的“事”和上一句的“事”作异种对照，从而导致它们在横组合轴上凸显出异质等价值及由此带来的巨大张力；而由此产生的兴发感动合力也更大，使“事”意象间因对照反射而产生一个新世界，完成了隐喻语言的象征性功能。这一类句意对在旧诗中虽然所占量不大，但和日本、西方的句意对比较，却具有为他人所不及的“中国特色”。古田敬一在《中国文学的对句艺术》中说：“中国的对句使反对的东西对照，由双方互相作用构筑一个新世界。日本文学则追求同类东西的并列、重叠的节奏美。西欧文学的对句从原则上看具有后者的倾向。”①这是确切的。那么，上下句相反的两个意象体的对照又是如何显示其象征性功能的呢？大致而言，表现吟咏对象的某一部分而能抽象出整体对象的内在规律——宇宙生态的存在“真意”，也就是象征功能得以发挥之所得了。我们不妨举一些例子。《古诗十九首》之一中有“胡马依北风，越鸟巢南枝”，这“胡马”与“越鸟”是禽兽有别——异种，“北”与“南”是方位两极——异质，因此，这二行诗是相反的意象体的二极对立，但二者又可在恋乡之情上获得感兴等价值而统一起来，在比照中获得象征的意蕴：依恋乡土乃是生命之本能。王维《终南别业》中有“行到水穷处，坐看云起时”，“行”与“坐”是相反的，地上的“水”与天上的“云”是二极，终了的“穷处”与开始的“起时”又是极端不同，所以它们是截然相反的二极对立，却也在“浮游万物之表”中任随自然的闲适心境让对立的两个意象体有了对等原则导引下的感兴隐含联系，获得了此静彼动、此消彼长的宇宙运行平衡律的“真意”启迪，这就使这一句意对有了象征意蕴。李庆甲《〈瀛奎律髓〉汇评》卷二十三引冯班的话说此联“奇句惊人”；《苕溪渔隐丛话》前集卷五引苏养直《后湖集》，认为“造意之妙，至与造物相表里”，“观其诗，知其蝉蜕尘埃之中、浮游万物之表者也”。明周珽《唐诗选脉会通评林》引陆钿的话说：“盖有一种悠然会心处，所见无非道也。”所谓“蝉蜕尘埃之中，浮游万物之表”、所谓

---

① 引自古田敬一《中国文学的对句艺术》，李淼中译本，第13页。

"所见无非道"，都表明古人也已看到这个句意对具有直追宇宙律的象征意蕴内含美。陆游的《游山西村》中有"山重水复疑无路，柳暗花明又一村"，这空间感觉上的"山重水复"与"柳暗花明"是相反的，心理感觉上的"疑无路"与"又一村"是两个极端，所以这也是异种异质相比照的对立存在，但由此激起的张力又促使这二极悄然统一于一个对等关系，从而产生一个否极必然泰来、绝处定会逢生的新世界。这可是诗人顿悟了宇宙生态律后的象征表现。杜牧的《题宣州开元寺水阁》中有"鸟去鸟来山色里，人歌人哭水声中"。这一联上下行中"鸟去鸟来"、"人歌人哭"自身首先是相反的存在，而"鸟去鸟来"与"人歌人哭"之间，"山"与"水"之间，又是异种异质关系，所以它们的意象组合体，凸显着二极对立。但鸟之去来也好，人之歌哭也好，纵使大千世界不断在使同种演绎着异质的变迁，但"山色"不会变，"水声"总依旧，正是这一点使这两组意象体之间显示了对等关系，从而有了隐含的关联，并获得了生态变异而宇宙永恒的顿悟。这是富有历史感的象征表现。杨逢春在《唐诗绎》卷二十二中说其诗旨是"言人事有变异而清景则古今不变"，是道中了这一象征意图的。类似的例子还可举出不少。如骆宾王《易水送别》中的"昔时人已没，今日水犹寒"；杜荀鹤《送九华道士游茅山》中有"日日浮生外，乾坤大醉间"；杜甫《秋兴》（一）中有"江间波浪兼天涌，塞上风云接地阴"；陆游《雨夜》中的"心游万里关河外，身卧一窗风雨中"；黄庭坚《寄黄几复》中的"桃李春风一杯酒，江湖夜雨十年灯"，等等。

总之，句意对中，同种同质并列的对句和异种异质对立的对句，在旧诗的对句艺术中是同样受到重视的。前者的同义词重复和后者的反义词组合，在旧诗的连续性句法活动中也是并重的。值得指出：这两类句意对是出于不同的思考方式的。前者是单线思考的结果，而后者是二元复线思考所致。由于二元复线思考属于对立统一的辩证思维模式，体现在对句建构模式中，其二极对立因对照反射而推动二极各自向对立面转化，以致融会统一，激发出一股张力，这股张力既是对等原则全方位体现的基础，又是对等原则纵深度导引的必然，以致产生出这个新世界——一片超越隐喻的象征境界，而这一股张力可是单线思考导致的同种同质并列对所不及的，这并列对的功能在很大的程度上是装饰性的。意对中这两类对句，古田敬一在《中国文学的对句艺术》中说过这么一段话：

> ……对句，具有由对照的二句构成的特质，常由二句组成一个单位。由于这特殊条件的制约，无论是象征性，还是装饰性，自然与其他的表现不同，而呈现异色。对句的装饰性，常常是经过二句相互对应而具有装饰的表现……象征的对句优于装饰的对句。六朝骈文多装饰的对句，唐代多象征的对句。从唐代代表诗人杜甫和白居易二人来看，可以说杜甫多象征对句，白居易多装饰对句。象征对句比装饰对句更有深意，更富于含蓄性，这是毫无疑问的。

这个比较具有一定启发性。

但汉语的方块字和一字一音的特征，以及词性活用、强调崇实抑虚等等措施，特别有利于对句在句式构成上的同位对应，而这是西方与日本等国的对句艺术所无法企及的。所谓句式构成上的同位对应，也就是指对句的“精切”。王世贞在《艺苑卮言》中提到于鳞为人赋《新河》诗中一联说：“此联不唯对偶精切，而使事用意之妙，有不可言者。”所谓“使事用意”看来是就对句的内容说的，即句意对；而“对偶精切”则是指句式组织构成的精密恳切无疑了。胡应麟在《诗薮·内编五》中说：“七言律，对不属则偏枯，太属则板滞。二联之中必使极精切而极浑成，极工密而极古雅，极严整而极流动，乃为上则。”这里的“浑成”是指律诗中间二联整个儿要浑然一体，而“精切”则指句式构成部分之间的对应工密、严整，所以“精切”实是就句式对而言的，即上下句之间对应词、对应字在句中的位置相同，而这就叫句式对中的同位对应。旧诗对句艺术中的句式对在这方面十分严密。袁枚在《随园诗话》卷二中记载了一则有关尹文端论诗的事，说唐人写的一首五律中有一对句“夜琴知欲雨，晚簟觉新秋”，认为“欲雨”之“欲”与“新秋”之“新”在同位上，却不对应，主张改“新”为“宜”，使它和对应的“欲”都成助词，方能对得精切。尹文端因此而有“差半个字”之说。在对句中上下行同位处同性质的词语严格地对应的确是必要的。为什么这样说呢？我们认为对句之句式构成若能在同位处严格地安置好对应词语，对连续性句法活动中对等原则的发挥，是很有强化、促进作用的，或者说这样做能使上下行的意象组合体遵循对等原则而作内在隐含联系的向心凝聚力得以强化。我们前面举过陶渊明《归园田居》中的“狗吠深巷中，鸡鸣桑树巅”，就因为主谓状同位对应得极工密，才使这两个没一点关联词语建立关系的诗句，同种并列的对称性更显著，合力更强，更能促进对等原则的体现。也举过《古诗十九首》中“胡马依北风，越鸟巢南枝”，则因为主谓宾同位对应极工密严整，才使这两个没一点关联词语建立关系的诗句异质对立的平衡性更显著，张力更强，更能促进对等原则的体现。还有一些语序错综、成分阙略的简单句或紧缩句作并列或对立地组成对句时，由于没有关联词语来建立离合关系，又存在句式本身的复杂性、陌生化，若还在连续性句法活动中放任上下句同位对应的词语不严格一致，那就会使对句关系增添隔阂疏离度，对等原则也人为地增加几分贯彻的难度，因此，把好同位对应词语精切一致的关，并使对句整体浑成，是十分要紧的。如唐牟融《客中作》中有这样一个对句：“夜夜砧声催客去，年年雁影带寒来，”从句法上看，“夜夜”对“年年”，“砧声”对“雁影”，“催客去”对“带寒来”，都是极精切的对应，故这两行诗貌似孤立，其实相互间自有一股因句式绝对同一带起的合力，也强化了对等原则的体现。当然，这一对句的句式还比较完整，不至于令人起陌生之感，同位词语作精切对应的效果也许不是最显著。如清吴嘉纪《五月初四夜》有曰：

宿烟孤馆树，
啼雨五更鸦。

这两行诗的主语是“树”与“鸦”，而谓语及其补语“宿烟”、“啼雨”都提前，“孤馆”与“五更”是介宾结构充当定语分别修饰主语“树”与“鸦”，却省略了介词“在……里（时）的”。因此，这个对句按正常语序的完整写法应该是“（在）孤馆（里的）树宿（于）烟，（在）五更（时的）鸦啼（于）雨”。这两个语序错综、成分阙略的诗句，还省却了关联词，它们奇特得令人深感陌生地并列在一起，要想求得对偶关系的浑然一体，其难度显然比一般对句要大，但由于上下行同位的词语对应得十分精切工密，倒多少能淡化一点因陌生化带来的隔阂感，推进对等原则的体现。又如陆游的《初春吴江归舟即事》有曰：

明月吹笙思蜀苑，
软尘骑马梦京华。

这是两个紧缩句的对偶，作为紧缩句，它们也是高度陌生化的。首先是缺失了主语，其次它们内部都是因果复合的构句关系（因“吹笙”而“思蜀苑”，因“骑马”而“梦京华”），但阙略了因果关联词；“明月”和“软尘”其实是省略了介词“在……里”的介宾结构充作状语，修饰“吹笙”、“骑马”。由此看来，这两个诗句的句式构成也都是奇特而令人生陌生之感的，它们组成对句，因同位的词语对应得十分严整、精切，淡化了因陌生而生的疏离感，使对等原则得以较顺畅地体现。我们举这些例子，想要论证的无非是从句式对着目，旧诗讲究同位词语对应的严密，是完全合于诗艺规律的；同位词语若对应得不严密，不仅会减弱汉诗语言在连续性句法活动中的形式对称、平衡美，也会损害对等原则的顺畅贯彻。李白是一位豪放的诗人，他性格上的自由不羁也影响到他写律诗对也很难驯服于严谨的规定，包括当中两联的对仗也并不是那么精切工密的。如名篇《登金陵凤凰台》中的颈联：

三山半落青天外，
二水中分白鹭洲。

对这一联，屈复在《唐诗成法》卷七中认为“音节不合”；邵博在《邵氏闻见后录》卷十八中说：“欧阳公每哦太白‘三山半落青天外，二水中分白鹭洲’之句，曰：‘杜子美不道也。’予谓约以子美律诗，‘青天外’其可以‘白鹭洲’为偶也？”这一反问是十分有道理的。按同位词语对应须工密的要求看，“青天外”与“白鹭洲”确实同位对应不工。从连续性句法活动的形式美看，它们不对称，上下句在对仗上不浑成，以致影响到“对”的亲和凝聚力有微妙的减弱。但我们认为更重要的还是意象凸显和在对句有限容量中的密集受到影响。说到头来，旧诗奇特而陌生化的构句法和以对仗为标志的组句法，目的只是一个：凸显意象和意象密集。“宿烟孤馆树，啼雨五更鸦”也好，“明月吹笙思蜀苑，软尘骑马梦京华”也好，语序错综、成分阙略当然都是为了凸显主要的意象和意象的密集，而各各以对句形式组合，则是进一步强化向这一目标的努力。且拿前一个对句来作一番图示式的对偶书写，那就应该是这样：

宿烟	孤馆	树
↓↑	↓↑	↓↑
啼雨	五更	鸦

我们以“↓↑”这个版本号来标志上下句处于同位处的词语在作双向交流，从而扩大地体现对等原则。这两个可对仗的句子之所以语序如此颠倒、成分如此残缺就是为了凸显“宿烟”与“啼雨”这两个主要意象，密集这六个排除主观分析推论成分而各自作孤立存在的词语意象。如果说“宿烟—啼雨”的兴发感动等价值是凄迷之哀，“孤馆—五更”的等价值是孤栖之叹，“树—鸦”的等价值是寥落之恨，那么综合而成的抒情主人公的心境则是羁旅之愁，而“宿烟啼雨”显然是主导意象，是艺术感觉在运思中的起点。这种十分精切的同位词语对应关系因此是轻易破格不得的，因为这是形成对句浑成的有机组成部分，缺少一角也会牵一发而动全局，破坏对称平衡。《登金陵凤凰台》之颈联由于“青天外”是一个出于分析推论的主观陈述词，算不得一个独立意象，和“白鹭洲”对不起来，也就使这个语言意象构成中缺了一角，以致失去了浑成的有机性。为力矫此弊，古典诗人在以对句为标志的连续性句法活动中更力求控制虚字的使用，更下工夫避免对句用陈述性的句式构成，更强调在同位对应中采用实字。于是在旧诗中，尤其是在近体诗中，出现了很多以实字拼合成句，再将这种句式拼合成为对句的连续性句法活动，留下了大量既能凸显意象、又能使意象密集的对偶句，如杜甫在《衡州送李大夫七丈勉赴广州》中的“日月笼中鸟，乾坤水上萍”，《登高》中的“风急天高猿啸哀，渚清沙白鸟飞回”这样的对句；又如温庭筠在《商山早行》中的“鸡声茅店月，人迹板桥霜”、《送僧东游》中的“灯影秋江寺，篷声夜雨船”这样的对句；又如陆游在《秋山》中的“十里烟波明月夜，万人歌吹早莺天”、《书愤》中的“楼船夜雪瓜洲渡，铁马秋风大散关”这样的对句。特别是像黄庭坚在《寄黄几复》中这样的对句：

桃李春风一杯酒，
江湖夜雨十年灯。

这些光秃秃的意象词语拼成的两个不成其为句子的句子的对偶关系，很奇特，但情思信息的蕴含量又是那么大；而同位的词语“桃李—江湖”、“春风—夜雨”、“一杯酒—十年灯”的异质对比关系所激发出来的感兴等价值是那么高，直把两种人生境界在生命流程中对立统一的存在律作类型象征的表现，显得多么深广而又生动！这样的对句艺术可代表得了旧诗连续性句法活动的最高成就了。

近体诗中律诗句法所获得的成就，是中国诗歌语言艺术的顶峰的顶峰，它以颔联与颈联采用对句的策略展示了出来。不过这里还有两个问题非得来作一番阐释不可。

头一个问题是，律诗中的连续性句法活动为什么在颔联与颈联中要以不同的句式来组成两类对句，而不采用一个句式让四句一对到底？这涉及同一句式的对句过量会给人板滞感这个问题。但这究竟是怎样一种板滞感，或者说板滞感从何而来呢？一般说这板滞感指节奏感应的麻木。既是同一句式，同位处的音组必须是绝对同型号的，这给人的节奏感也是绝对同类属的，这等于是同位音节和句子节奏不断的反复，次数多了的确会给人带来节奏的“弹性疲劳”。但这是体式方面的问题，这里暂不展开。其实这板滞感也来自于句意对中的并列对称或对立平衡过量的重复。句意对总是要和其物化形态——作为诗歌语言主要标志的句式相应合的，正对也好，反对也好，句式也一定要做到同位的词语严格对应。这些我们在前面已论及。但现在我们还得进一步说：以句意并列对称显示的正对，同以句意对立平衡显示的反对，须交替出现，否则会有句意的“弹性疲劳”。律诗构成模式的最初设计者也许对这种种都已考虑到了，故定下它的容量是八行，当中安排四行以供对仗之用，而这也就无形中决定了：从文本有机构成这一高格标准来要求，正对与反对可以作一次交替；也就是说，可以安排两类对偶句。这一来也就影响到句式非得也变换一次不可，否则就会不适应句意对的交替。律诗中一些富有精品价值的作品，就是按这个高格的要求来对文本作有机构成的。这里我们不妨举一些例子来看一看。如杜甫《春日忆李白》的当中两联：“清新庾开府，俊逸鲍参军。渭北春天树，江东日暮云。”这颔联以庾信诗的清新、鲍照诗的俊逸来称颂李白诗的高格，显然这一联是并列对称形态的正对，句式则是“（你的）清新（像）庾开府，（你的）俊逸（像）鲍参军”。是判断句。颈联忽然宕开，写诗人自己所居的渭北一片春天的树、所忆友人李白所在的江东一片日暮的云，这正如徐增《而庵说唐诗》卷十四所说的“忽从两边境界上写来”，可见这一联是对立平衡形态的反对，和颔联不同，出现了句意对的交替，与之相应合的是句式则变成陈述句，不同于颔联的判断句。《客至》中当中两联是：“花径不曾缘客扫，蓬门今始为君开。盘飧市远无兼味，樽酒家贫只旧醅。”这颔联是对立平衡形态的反对，颈联是并列对称形态的正对，应合句意对的交替，句式也从颔联完整而顺序的简单句变为颈联的语序错综、成分残缺的紧缩句了。杜牧的《睦州四韵》当中两联是：“有家皆掩映，无处不潺湲。好树鸣幽鸟，晴楼入野烟。”颔联是反对，颈联是正对，这场句意的交替也改变了句式，两联不能以同一句子形态一对到底。李商隐的《无题·相见时难别亦难》的当中两联是：“春蚕到死丝方尽，蜡炬成灰泪始干。晓镜但愁云鬓改，夜吟应觉月光寒。”这是颔联正对与颈联反对交替，相应地在句法上也有了不同的句式构成，颔联是合于完整而顺序要求的简单句，颈联是有较多成分省略的紧缩句。值得指出：这些按文本有机构成之高格写成的精品，影响所及也使律诗创作者既努力仿效，却也渐渐因了律诗创作的普泛化，潜移默化地在对这种严格要求作调整，从而形成一个通融一点的共识：颔联和颈联可以放宽尺度，不一定在句意对这个问题上严格要求正对与反对交替，但在连续性句法活动中还是要紧守以不同句式来组成两类对句，而不让同一个句式在律诗的当中四行中一对到底——为了多少调整一点因对句所带起的感应出现“弹性疲劳”。

第二个问题是律诗的当中两联以对句形态呈现的连续性句法，反语法规范要强烈一些，而首联与尾联则较守规范，这意味着什么？也许有人会怀疑这个问题是否能够成立，我们认为是成立的。且举一些名篇来论析。如杜甫的《秋兴》之二，原作是这样的：

夔府孤城落日斜，每依北斗望京华。
听猿实下三声泪，奉使虚随八月槎。
画省香炉违伏枕，山楼粉堞隐悲笳。
请看石上藤萝月，已映洲前芦荻花。

此诗的首联、尾联就是按语法规范来进行事件言说的，特别是尾联，置“请”、“已”于句首，来构成上下句间的关联，流畅地表达了被诗人主观分析、推论渗透着的一场陈述过程。但中间四句——第三、四行的颔联与第五、六行的颈联，有成分（主语）及关联词语缺失的，还有语序颠倒的，如“听猿实下三声泪”，金圣叹在《杜诗解》卷三就说：此句“应云‘听猿三声实下泪’，今云然者，句法倒装”。而颈联也应是“伏枕违于画省香炉，悲笳隐于山楼粉堞”，也是“句法倒装”。说以对句呈现的两联反语法规范强烈一些是一眼能见的。再如李商隐的《锦瑟》：

锦瑟无端五十弦，一弦一柱思华年。
庄生晓梦迷蝴蝶，望帝春心托杜鹃。
沧海月明珠有泪，蓝田日暖玉生烟。
此情可待成追忆，只是当时已惘然。

同样是首尾二联的句子结构大致合于语法规范的完整、顺畅，特别是尾联还使用反语、转折词语，更显出一联的上下关系十分明确而且结合得紧密。但当中二联千百年来总被人指责，陆次云《晚唐诗善鸣集》卷上中说“意致迷离，在可解不可解之间”，黄子云《野鸿诗的》中说“‘庄生晓梦’四语，更又不知何所指”。叶矫然《龙性堂诗话》中以可以理解的语气说：“心绪紊乱，故中间不伦不次。”言下之意也是有所指责的。问题出在哪里呢？主要出在联内及二联之间一切关联词语全被省略，意象跳跃的跨度加大，使人对其内在对等的感兴关联把握不住，加之各句内在的虚字也省略，意象组合的聚合力和有机性也难以让人一下子发现。这是十分标准的一场反语法规范的连续性句法活动的显示。我们一再说：旧诗是以点面感发的隐喻语言为主的，而上引两首七律的当中二联，就是使用这类语言的典型，它反语法规范，既能使意象凸显，又能使意象密集。但意象抒情要得到最佳效果，并显示主体的审美导向，“导流”这一工作是不能不做的。怎么做？就是用分析、推论的线性陈述类逻辑语言掺入进去，予以点化。律诗首尾二联之所以较合于语法规范，就表明这是一些逻辑推论的语言，它们在首尾无非一起提示、一起点化的作用。所以律诗连续性句法活动意味着如下这点：汉语诗歌语言须走一条让两类语言体系共融之路。

这也表明：律诗对连续性句法的探求是成功的，为中国诗歌的语言建设指明了方向。

中篇　新诗的线性陈述类语言

新诗是五四新文化运动的产物。五四新文化运动系全面接受了西方文化——特别是西方人文思潮而爆发的，所以这一场运动致力于人性的启蒙，提倡个性解放。以西方诗歌为仿效对象的新诗，从出现的那一天起，也就把西方的个人主义请了进来，使这一代中国诗人的诗歌观念也有了很大变化：既让以人定天替代天人合一的观物思路去认识世界，也让“有我”替代“无我”的感物方式去把握世界。正是这种观物思路和感物方式，直接影响了新诗的一系列建设策略——尤其是语言建设策略的确立。众所周知：追求个人主义作为西方人文思潮的核心内涵，具现在“我思故我在”这个哲学命题中。在西方诗歌创作的运思中，这个命题具有导引意义，导引着一种指义行为，使得世界从原本“无人迹”因而是“直观的实景”的真实世界变为“我的世界”，即让以语义运思的人把原本没有关系的纷繁事物以“我”的意志作为转移，来裁定相互间的关系，提出一种说明，其结果则使西方诗歌强化了如下两点：第一，理性细分世界关系；第二，语法规范语言结构，从而按分析—演绎程序把活的现实层层剥拆开，纳入经由概念类分成的“永久的模型”。靠这一场“剥拆开来”一个事象关系的解说程序也就被导引了出来，纳入被语法严谨地规范着的“永久的模型”，以致流为超越直观事象的抽象过程。于是，具有解说性与过程性的西方诗歌语言，也就显出了它的陈述意味。值得指出的是：以语言化意象来抒情的诗，在创作过程中若要使意象的解说性推演得以实现，是须依靠理性分析打底的经验联想的；要使意象的过程性组合得以完成，则更得仰仗理性分析性打底的经验联想。所以西方陈述性的诗歌语言，除了强调语法规范以外，也对由其派生的理性分析性经验联想十分重视。而所有这些西方诗歌语言的特征，也反映着个人主义对诗歌世界的主宰。至于中国新诗，由于把西方排斥“无我”的个人主义请了过来，也就必然会在语言策略上显示为强调语法规范、重视理性分析性经验联想，而这也成了新诗与旧诗语言体系根本区别之所在。

的确，新诗的语言强调渗透理性分析的语法规范。还是在新诗草创阶段，几个五四新文化运动中的头面人物就对新诗语言要不要讲究语法的问题提出了一致的看法。胡适在《文学改良刍议》中率先宣称“须讲求文法”，认为“夫不讲文法是谓不通”①。钱玄同在《寄陈独秀》中除表明自己十分赞同“胡（适）先生所云‘须讲文法’”外，还指名道姓地指责古人：“杜甫‘香稻啄余鹦鹉粒，碧梧栖老凤凰枝’，‘香稻’与‘鹦

---

①　《中国新文学大系·建设理论集》，良友图书印刷公司 1935 年版，第 37 页。

鹉’，‘碧梧’与‘凤凰’皆主宾倒置，此皆古人不通之句也。”[①] 这样的指责无异于昭示：新诗对旧诗中的语序错综、成分省略应予以排斥，另立一套从理性分析性经验联想出发、按严密的语法规范确立起来的语言秩序。

新诗这种语言秩序所形成的是一个线性陈述类语言体系，我们将通过新诗语言确立的历史回顾及这一语言体系形成过程的分析来展开研讨。

第四章　新诗基本用语确立的历史回顾

新诗几十年的语言探求，理论上对诗性语言现代化作出了一些较科学的思考，创作上则对以白话—口语为基础并吸纳其他用语中富有审美生命力的因素以融合成一个新的用语系统，这两方面可说都留下了一代诗人、诗学理论家艰辛探求的足迹，值得作一番历史回顾。

第一节　新诗基本用语的确立过程

新诗基本用语和旧诗不同，后者采用文言而新诗则是白话。这白话作为和旧诗相区别的标志，是由胡适首先提出然后被公认的。但白话是什么？新诗的白话又是怎样的呢？

胡适发表“白话”的意见最多。他认为“白话是活文字”[②]，而“活文字者，日用语言之文字”[③]。他后来还对白话作了更具体的说明：“‘白话’有三个意思：一是戏台上说白的‘白’，就是说得出、听得懂的话；二是清白的‘白’，就是不加粉饰的话；三是明白的‘白’，就是明白晓畅的话。”[④] 本着这样的认识，他把新诗中的白话定位于“更近于说话”的语言，并发挥说：“有什么话，说什么话；话怎么说，就怎么说。这样方才可以有真正的白话诗。”[⑤] 当年，傅斯年在《怎样作白话文》中把“白话”归之于“乞灵说话——留心自己说话，留心听别人的说话”[⑥] 之所得，胡适很是赞赏，并且还把他学生的这个说法概括为“从说话里学作白话文”[⑦]。其实这说法出之于胡适，没有多少新内容。不过傅斯年倒又进一步提出：“断不能仅仅乞灵说话”，“说话的作用，并不够我们使唤”[⑧]，因此白话又要“超于说话”，“直用西洋文的款式”。这说法其实也同胡适有关系。胡适在尝试用白话写新体诗中，自认为可称“新诗成立的纪元”的，

① 《中国新文学大系·建设理论集》，良友图书印刷公司1935年版，第51页。
② 胡适：《逼上梁山》，见《中国新文学大系·建设理论集》，良友图书印刷公司1935年版，第6页。
③ 胡适：《尝试集·自序》，见《胡适诗话》，四川文艺出版社1991年版，第236页。
④ 《胡适文存》第3集第8卷《白话文学史·自序》，转引自《胡适诗话》，第508页。
⑤ 同上书，第251页。
⑥ 《中国新文学大系·建设理论集》，第221页。
⑦ 同上书，第24页。
⑧ 同上书，第221页。

是他用白话所译的美国诗人 Sara Teasdale 的《关不住了》（*Overthe Roofs*）。译文和原文的对应关系很值得研究，不妨举该诗第一节来作一比较。原文是：

> I said, "I have shut my heart,
> As one shuts an open door,
> That love may starve therein
> And trouble me no more."

胡适的译文则是：

> 我说："我把心收起，
> 像人家把门关了，
> 叫爱情深深的饿死，
> 也许不再和我为难了。"

这是直译，成分一个都不省略，转折关联词也老老实实地移植了过来，词序基本对应，没有错位现象，从原文到译文，可以说完全是按逻辑推演展开的一场线性陈述的言语活动。的确，用作新诗基础用语的白话，是"西洋文的款式"的，只不过胡适自己没有说出来而让他的学生代言了。由此说来，胡适提倡用白话写新诗的白话，有两大来源：一个来源是乞灵于日常交际中的说话；另一个来源是移植西洋语言款式，欧化。

有两个人在新诗创作中分别对两类不同来源的白话用语作了探索。一位是陆志韦，如他自己在《我的诗的躯壳》[①] 中所说，是"纯用白话做诗"的。他还为此作了这样一番发挥："唯独写情的文必须文言一致，否则不能达到文字最高的可能。这是我从语言心理学得到的很和平的主张，并不曾杂以丝毫意气。我认语言是抒情最妙的工具，我又认最能写情的文字是与语言相离最近的文字。"他这里的"语言"是指和书面文字相对应的日常交际用语，可见他是在乞灵于日常言说用语来求新诗的白话。这种新诗语言观陆志韦始终没有改变。在日后写的《再谈谈白话诗的用韵》中，他甚至这样说："我最希望的，写白话诗的人先说白话，写白话，研究白话。写的是不是诗倒还在其次。"[②] 这位醉心于用"像日常嘴里说的话"那样一种白话来写新诗的诗人，如朱自清在《诗与话》一文中所说的，"的确创造了一种'真正的白话诗'"。

还有一位致力于以欧化白话来写新诗的，是周作人。周作人 1919 年 2 月写了首白话新体长诗《小河》，胡适在《谈新诗》中称"这首诗是新诗中的第一首杰作"[③]，而愚庵在《新诗年选·一九一九》中甚至认为《小河》一出，"新诗乃正式成立"[④]。这首

① 此文收录在陆志韦诗集《渡河》中。《渡河》，亚东图书馆 1923 年版。

② 转引自朱自清《诗与话》一文，《朱自清选集》第 1 卷，第 528 页。

③ 《中国新文学大系·建设理论集》，第 295 页。

④ 转引自朱自清《选诗杂记》，《中国新文学大系·诗集》，良友图书印刷公司 1935 年版，第 15 页。

《小河》评价如此之高，除了它以寓意象征来表现个性主义这个时代主题给人以新鲜感以外，主要贡献乃是它以一种成熟而流畅的白话写成，为新诗的白话标志树立了一块里程碑。但这首可以宣告新诗成立之作所使用的白话却是欧化的。不妨引开头一小段：

一条小河，稳稳的向前流动。
经过的地方，两面全是乌黑的土。
生满了红的花，碧绿的叶，黄的果实。
一个农夫背了锄来，在小河中间筑起一道堰。
下流干了，上流的水被堰拦着，下来不得。
不得前进，又不能退回，水只在堰前乱转。

从所引诗句可看得出《小河》中的白话特色有两个：一是不像日常说话腔调的用语，而是按西方语法组织起来的欧化书面语；二是具有分析—演绎性质的线性陈述类散文化语言特征。朱自清在《论白话》中还说："他不但欧化，甚至有点儿日化，像那些长长的软软的形容句子。"[①]

但是，陆志韦式的白话和周作人式的白话，在新诗形成期的创作中似乎使用得并不那么理想，问题不少。

上面已提及陆志韦坚持着在走一条路："要诗说出来像日常嘴里说的话"那样的白话来写新诗；而在《我的诗的躯壳》里他甚至还说："我的诗不敢说是新诗，只是白话诗。"其决心之大，可以想见。不妨看《忆 Michigan 湖某夜》中的头一节：

那一天夜半 Michigan 带来万古的回声。
我陆某是何等样人，
还敢留一些彼我之见，
为过去的恩仇，握空拳，咬住牙关，发愤。

这当中二行的确是"日常嘴里说的话"，但和一般人民大众表现类似意思所采用的白话相距是十分远的，只是文人圈子里使用的话。采用这样一种"白话"来写，"写的是不是诗"对陆志韦来说的确"倒还在其次"，他感兴趣的似乎是拿文人间通用的那种酸腐的、老气横秋的用语作对白。像"我陆某"、"彼我之见"这样的诗歌语言，实在"同老百姓说话的腔调"相距极远。他还有首《航海归来》，开头一句就是："老弟呀，向前不到一箭路。"在抒情诗里竟也"老兄老弟"起来！实在俗白得可以，但要俗白得雅而有诗意。"老弟"之类称呼太世俗太贴实。本来现实交往中那套"老兄老弟"听得已够令人厌烦，现在还让它进入诗里，实在情味走调，有点煞风景。从陆志韦这样的追求中我们获得一点启示：新诗用语的白话从大众丰富多彩的生活中提炼出来，也是有条件的，即要提炼得富有情趣和诗味才行。不过，在他这些诗中的这些白话倒还能懂。

① 《朱自清选集》第 1 卷，第 355 页。

问题是好多他自认为用了“像日常嘴里说的话”写的新诗别人却不懂。朱自清《诗与话》中就说：“陆先生这些诗虽然用着老百姓的北平话的腔调，甚至有些词汇也是老百姓的，可并不能够明白如话，更不像日常嘴里说的话。”更有些被陆志韦自认为是“真正的白话诗”，且声明“是成功了的”，朱自清也认为：“在一般的读者，这些诗恐怕是晦涩难懂的多；即使看了注解，恐怕还是不成吧！”可见，这条乞灵于说话的白话，在新诗语言探求中走得不顺当。

周作人那一路的欧化白话，在朱自清的《论白话》中有一段更详细的议论：

> 周作人先生的“直译”，实在创造了一种新白话，也可以说新文体。翻译方面学他的极多，像样的却极少，“直译”到一点不能懂的有的是……写作方面周先生的新白话可大大地流行，所谓“欧化”的白话文的便是。这是在中文里掺进西文的语法，在相当的限度内，确能一新语言的面目。流弊所至，写出“三株们的红们的牡丹花们”一类句子。那自然不行。①

这一段话肯定了欧化白话能给人耳目一新之感，却也对拘泥于西方语法规范导致句法呆板、甚至出现一些不伦不类的现象进行了批评，所举“流弊”之例，可不是个别的，可以说是草创期新诗中的普遍现象。那时的新诗，不论胡适、周作人的，或者康白情、俞平伯的，若要挑诗句拖泥带水、缺乏语调韵味的刺儿，可以说比比皆是，甚至这已成了通病。如胡适在《许怡荪》一诗中的这一节：

> 我把一年来的痛苦也告诉了你，
> 我觉得心里怪轻松了；
> 因为有你分去了一半
> 这担子自然就不同了。

这确实说得很清楚明白，凭依的是讲究点语法。西方语言中动词要有完成时态标志，胡适的“白话”诗也就在四个句子的四个动词后面都加上后缀“了”，以表示完成时态：“告诉了”、“轻松了”、“分去了”、“不同了”，但要是按说话的要求，不断碰到“了”就会有拖泥带水的感觉，令人生厌。如果改成：“我向你诉尽一年的苦痛/觉得心里怪轻松/是因为有你分去了一半/这担子自然就已不同”，这就不会使人感到拖沓、松散，倒是能在“说话”的凝练里给人语调的明快感。朱自清对严格讲求语法写诗导致的白话笑话虽作了批评，但碰到自己写诗呢？也同样出现这一类流弊，如他在《满月的光》中这样写：

> 好一片茫茫的月光，
> 静悄悄躺在地上！

① 《朱自清选集》第1卷，第354—355页。

枯树们的疏影

荡漾出她们伶俐的模样。

在这里，起定语作用的形容词，以后缀“的”为标志，于是有“茫茫的月光”；名词的复数，以加后缀“们”为标志，于是有“枯树们”，而“枯树们的疏影/荡漾出她们伶俐的模样”中的“她们”，本来是可省略的，但为了每一行都要凭严格的语法规范以求表述明晰，他也还是把“疏影”的第三人称代词“她们”加上。结果呢？拖沓、散漫，没有语调感，如果改成“好一片茫茫月光/静悄悄躺在地上！/一条条枯树的疏影/荡漾出伶俐模样！”不仅精练，也有了语调韵味。我们已无法知道朱自清对写新诗强调语法规范是否同意，但从所引例子中可以看出他至少也是本能地接受了。因此，他虽写过不少新诗，也大多拖泥带水，不干净利落，在五四前后致力于写白话新诗的人中，他的诗由语感产生的韵味就比较淡薄。

值得一提的是胡先骕这位新文学的坚决反对者。他写过一篇长达二万多字的长文《评〈尝试集〉》，内中虽讲了一通意气用事的话，基本观点相当陈旧，但有些话倒真是一针见血。由于他熟悉西洋文学，自身也有一定的诗学理论修养，因此文中对“白话入诗”的一番言说值得珍视。在用俗字俗语入诗的问题上，他认为“诗之功用在表现美感与情韵。能表现美感与情韵，即俗语俗字亦在所不避”，但“其用之之法必大有异于寻常日用之语言”。[①] 他又批评胡适“认定以白话为诗”而“不知拣择之重要”，认为白话也要分别“散文之字”与“诗之字”，并引辜勒律己的话说：“散文之字，仅须表现所欲说之意义而已……但在诗中，则汝所作必过于此限，其为媒介之字，必须美丽而能引人注目，同时又不要过于美丽，致摧毁由于全诗而得之统一”，“诗之异于文者，以诗之法律必较散文为谨严，每每散文所允许之物，诗乃不能不弃去之也”。他以此判定：“胡君不知此理，但为表面上文言白话之区别。”因此在胡先骕看来，这一点乃“白话诗所以化为白话而非诗”[②] 的根由。这些批评意见其实在胡适同圈子里的人也有所反映。傅斯年在《怎样做白话文》中就说：“我们使用的白话”，是“浑身赤条条的，没有美术的培养，所以觉得非常干枯，少得余味”；“我们不特觉得现在使用的白话异常干枯，并且觉着他异常的贫——就是字太少了”。[③] 俞平伯在《社会上对于新诗的各种心理观》中，也同样表现出这种不满情绪：“中国现行白话，不是做诗的绝对适宜的工具”，“我总时时感到用现今白话做诗的苦痛”，“现在所存白话的介壳，无非是些‘这个’、‘什么’、‘太阳’、‘月亮’等字……缺乏美术的培养，尤为显明的现象”；“现在新诗里面，自然不能再用那些‘肉麻辞藻’、‘割裂典故’来鬼混，既抱了这种严格主义，往往就容易有干枯浅露的毛病”[④]，等等。这些不满意见，无非也反映了新诗以白话作合法的表述媒介有问题。

---

① 《中国新文学大系·文学论争集》，良友图书印刷公司 1935 年版，第 280 页。

② 同上书，第 282—283 页。

③ 《中国新文学大系·建设理论集》，第 223—224 页。

④ 同上书，第 353 页。

但我们也不能不注意到如下一点：胡适和他的同志们提倡用白话写新诗，有一个埋在深层处的原因，就是求人性化诗情表述的“真”。这“真”，就是自然贴切。钱玄同在《〈尝试集〉序》中认为“现在用白话做韵文”，有一个根本原因是：“用今语达今人的情感，最为自然；不比那用古语的，无论做得怎样好，终不免有雕琢硬砌的毛病。”[①] 刘半农在《我之文学改良观》中谈到何以见得“白话为文学之正宗”时说：“有同是一句，用文言竭力做之，终觉其呆板无趣，一改白话，即有神情流露、‘呼之欲出’之妙。”[②] 胡适则在《谈新诗》中举了不少例子来说明用白话作新诗表述之媒介的好处，能像他的《应该》一诗那样真切地表现“意态神情”，像康白情的《窗外》一诗那样细腻地表现情思，像傅斯年的《深秋永定门晚景》一诗那样传神地写出“朴素的真实”[③]。这些话的意思无非是说用白话写新诗更合于生活的真实表现，人性的自然传达。周作人在《平民文学》中则提出：“须以真为主，美即在其中。”[④] 由此可见：以白话作新诗的基本用语，其合法性乃在于能使新诗传情达意更显真挚贴切，因而也更显其美学价值。这可是一个大方向。既然新诗为求人性更真切的表现而定白话为基本用语，也必然会让乞灵于亲切自然的日常语调与明白晓畅的欧化言说与之应合，这一来，也就使新诗的用语经一段时间创作探求后，白话又升格为口语。所谓口语，也就是一种以北平话为基础、存在于日常语言交流中、语调极浓而又在一定程度上受制于西方式语法规范的白话变体。显然，口语比白话更贴近生活，更合于说话腔调，更亲切自然而富于流转灵动感。

从白话升格为口语，其实在新诗结束草创后已显出诗人们探求的迹象了。值得一提的是创造社诗群和新月诗派对于语言的努力。创造社诗群的成仿吾在《从文学革命到革命文学》中提到该派诗歌语言的三个方针：“一、极力求合于文法；二、极力采用成语，增进语汇；三、试用复杂的构造。”的确，他们从日常用语中吸收有审美生命力的语汇和成语，来丰富自己，这点做得较好，词法、句法上用复杂的构造，却并不大采用西方语法。所以朱自清在《论白话》中说：“他们用的虽也还是白话文，可是比前一期的欧化文离口语要近些了。”[⑤] 至于新月诗派，朱自清在《诗的形式》中特别提出其代表诗人徐志摩，说：“有些诗纯用口语，可以得着活泼亲切的效果，徐志摩先生的无韵体就能做到这地步。”[⑥] 这位诗评家还借此机会对新诗的口语追求作了一番总体估价：“新诗的白话，跟白话文的白话一样，并不全合于口语，而且多少趋向欧化或现代化。本来文字也不能全合于口语。”并且还发挥说：“文字不全合于口语，可以使文字有独立的地位，自己的尊严。现在的白话诗文已经有了这种地位，这种尊严。”[⑦] 从这些回顾中我们可以看出，在1920年代的中后期，新诗的基本用语虽已有从白话升格为

---

① 《中国新文学大系·建设理论集》，第105页。

② 同上书，第67页。

③ 同上书，第296—297页。

④ 同上书，第211页。

⑤ 《朱自清选集》第1卷，第355页。

⑥ 《朱自清选集》第2卷，第328页。

⑦ 同上书，第327页。

口语的迹象，但还只是过渡中的迹象。真正已显出用口语写新诗成功的还不多见。很关心这个研究项目的朱自清也还只能举出一位名不见经传的蜂子所写的一批“民间写真”诗。在《真诗》一文中还称其中一首《赵老伯出口》为“真诗”。且引前二节看看：

赵老伯一辈子不懂什么叫作愁，
他老是微笑着把汗往下流。
　　他又有一个有趣惹人笑的脸，
　　鼻子翘起像只小母牛。
他的老婆死了很久很久，
儿子闺女都没有，
　　三亩园子两间屋，
　　还有一只大黄狗。

朱自清评价说：“这够‘自然流利’的”，“它全用口语，所谓‘自然流利’”[①]。在朱自清看来，“新诗是读的或说的”，这个“自然流利”的口语就表现在读或说上。

新诗以口语为基本用语，要到1930年代才通行起来，并且对“口语”的内含也要到这以后才丰富起来。

关键人物是两个：戴望舒与艾青。

戴望舒提倡用口语写新诗是为了追求语吻美。

在将白话定为新诗合格的表述媒介后，新诗坛流行着一种风气：不那么重视新诗语言的二度规范，却更多地关注着声韵美，即以新月诗派为代表的一批诗人对新诗语言的音节追求。新月诗派对白话的语法规范要求一般不越轨，却花大力去创造新音节，追求声韵美。不妨拿闻一多的《黄昏》第一节为例来看：

黄昏是一头迟笨的黑牛，
　一步一步的走下了西山；
不许把城门关锁得太早，
　总要等黑牛走进了城圈。

这里是四行四个完整的句子，每一句主要成分的结构关系没有颠倒和残缺（第二至第四行的主语因太明显而作省略，这在一般书面交际语言中也是如此的，所以不能认为是追求反约定俗成的残缺美），次要成分作为修饰与被修饰的关系也没有位移。这样的诗对语法结构的态度可说是循规蹈矩的。这四个句子完全是以北平话为基础的日常用语，读来显得很流利，见不到一点诗性语言所要求的二度规范迹象。戴望舒在1927年3月以前写的诗显然受这种影响。诚如杜衡在《望舒草·序》中所说：“当时我们谁都

① 《朱自清选集》第2卷，第312页。

一样，一致地追求着音律的美，努力使新诗成为跟旧诗一样地可‘吟’的东西。”而戴望舒的这些努力在他出版的第一个集子《我的记忆》的第一辑《旧饰囊》中留存着印迹，我们只要读一读《可知》、*Fragments*、《山行》等就可看出他对声韵美的追求是多么沉迷，而《雨巷》则达到了顶点。但也就在那段创作的后期，戴望舒读了法国象征派的作品，开始醒悟到诗情的内在节奏比诗形的外在节奏要重要，因此，“他在写成《雨巷》的时候，已经开始对诗歌底所谓‘音乐的成分’勇敢地反叛了”，并且于相隔很短的时间后，他写成了《我的记忆》。杜衡是这首诗的第一个读者，“读后感到非常新鲜”——在《望舒草》的序中他就这样说，并且还进一步发挥：“在那里，字句底节奏已经完全被情绪底节奏所替代，竟使我有些不敢相信是写了《雨巷》之后不久的望舒所作。”杜衡所提“字句的节奏已经完全被情绪的节奏所替代”是从语吻中显示出来的，也就是说戴望舒的声韵美追求的实系语言表述的腔调化。所以，杜衡这句话要明确一点应改成“口语的字句的节奏已经完全被语吻化的情绪的节奏所替代”。戴望舒自己在《诗论零札》里谈到过像《我的记忆》这样的诗，认为：“诗不能借重音乐，它应该去了音乐的成分。”这“音乐的成分”当然指外在的音节节奏美，因为他还说：“诗的韵律不在字的抑扬顿挫上，而在诗的情绪的抑扬顿挫上，即在诗情的程度上。”所以他主张由语吻所体现的那种诗情节奏之美了。但用什么样的语言来表现这种语吻美呢？杜衡没有说，戴望舒自己也没有说，倒是艾青在《望舒的诗》一文中说过一句话：“这些都是现代人的日常口语，而这些口语之作为诗的语言，在当时，是一大胆的尝试。”[①] 这就是说用口语才能表现语吻美。这种现代口语超越语法规范的白话，要求显示一般人“说话”时的口吻语调，以及由特定的口吻语调中隐含着的语韵。杜衡所谓的“情绪的节奏”，戴望舒所谓的“情绪的抑扬顿挫”，其实也就是比他们早上好几年的郭沫若就提出了的“内在律”，或内在节奏。也就是我们这里所说的语吻节奏，可惜始终语焉不详。戴望舒其实也并没有讲清楚，但他的创作实践倒是逼近了实际内容，即通过直接受主体情绪支配的“说话”口吻或语调来体现特殊的语韵，感发诗情诗意。所以新诗中白话升格为口语到戴望舒《我的记忆》中才正式宣告成立。

在戴望舒的探求中，常常采用“的”、“呢”、“吗”、“吧”、“了”等语助词来极自然地显示语吻。他用“呢”来构成疑问句，显示犹豫的语吻，如《游子谣》中：“海上微风起来的时候/暗水上开遍青色的蔷薇/游子的家园呢?”“呢”有时也被他用于感叹句，以显示亲昵，也如《游子谣》中：“还有比蔷薇更清丽的旅伴呢。”他爱用“吗”构成疑问句，显示迷茫的语吻，如《深闭的园子》中，“在迢遥的太阳下，也有璀璨的园林吗?”他还常在不少诗句中用“了”和“吧”收尾。如《二月》中：“春天已在野菊的头上逡巡着了，/春天已在斑鸠的羽上逡巡着了……”这语吻显示心情轻松开朗；《寻梦者》中：“你去攀九年的冰山吧/你去航九年的旱海吧!”这语吻显示精神振奋昂扬。戴望舒把“的”（或“地”）用在诗行收尾处的情况特别多。如《灯》中：“转着，转着，永恒地……”“摇着我，摇着我/柔和地”。《印象》中：“迢遥的、寂寞的呜咽/

① 《艾青全集》第3卷，花山文艺出版社1991年版，第378页。

又徐徐回到寂寞的地方，寂寞地。"《我的记忆》中："我的记忆是忠实于我的。"《八重子》中："八重子是永远地忧郁着的。"《秋天的梦》中："秋天的梦是轻的。"《对于天的怀乡病》中："是对于天的，对于那如此青的天的。"等等。正如卞之琳在《戴望舒诗集·序》中所说的，这些是属于"微弱的渐降调"①。戴望舒还把几个语助词连起来使用，让语吻在不断流转中体现出内在情绪的消长。有"吗……呢"连用的，如《游子谣》中："游子要萦系他冷落的家园吗？/还有比蔷薇更清丽的旅伴呢！"迷茫而犹疑的语吻深化了怅然情怀。有"吗……吧"连用的，如《妾薄命》中："明天梦已凝成了冰柱，/还会有温煦的太阳吗？/纵然有温煦的太阳，跟着檐溜/去寻坠梦的玎珰吧！"《林下的小语》中："什么是我们的恋爱的纪念吗？/拿去吧，亲爱的，拿去吧/这沉哀，这绛色的沉哀。"流转的语吻显示一种从迟疑到开朗的心情转变。有"吗……了"连用的，如《霜花》中："你还有珍珠的眼泪吗？太阳已不复重燃死灰了。"《少年行》中："结客寻欢都成了后悔/还要学少年的行蹊吗？//平静的天，平静的阳光下/烂熟的果子平静地落下来了。"流转的语吻显示出从迷离到淡远的心情转变。有"呢……的"连用的，如《乐园鸟》中："是从乐园里来的呢/还是到乐园里去的！"犹豫迷茫，语吻得到了深化。有"呢……了"连用的，如《少年行》中："是簪花的老人呢，/灰暗的篱笆披着茑萝；//旧曲在颤动的枝叶间死了，/新蜕的蝉用单调的生命赓续。"一种生命之流在倏忽中转换风景的情调味十足，使语吻从迷茫的思索流转到无奈的淡远。有"的……吧"连用的，如《寻梦者》中："梦会开出花来的，/梦会开出娇妍的花来的，/去求无价的珍宝吧！"从低回到高朗。有"吧……呢"连用的，如《不寐》中："让沉静底最高的音波/来震破脆弱的耳膜吧。/窒息的白色帐子，墙……/什么地方去喘一口气呢？"语吻的流转显示出情绪从兴奋又变惘然。有"吧……了"连用的，如《小病》中："小园里阳光是常在芸苔的花上吧，/细风是常在细腰蜂的翅上吧，/病人吃的莱菔的叶子许被虫蛀了，/而雨后的韭菜却许已有甜味的嫩芽了。"语吻的流转使心情持续向轻松开朗转化。有"了……吧"连用的，如《秋蝇》中："玻璃窗是寒冷的冰片了/太阳只有苍茫的色泽。/巡回地散一次步吧！/它觉得它的脚软。"这语吻的流转显示解脱存在的轻松，深化了生命的淡远感。戴望舒有些诗中甚至把几个语助词都用进诗行，以显示语吻的流转，如《林下的小语》中：

"追随你到世界的尽头，"
你固执地这样说着吗？
你说得多傻！你去追随天风吧，
我呢，我是比天风更轻，更轻，
是你永远追随不到的。

在这节诗中可真是把"的"、"呢"、"吗"、"吧"都用上了，使得语吻在绕着圈子流转中显示出一种从疑惑到超然淡远、又转到无奈低回的瞬间情感历程。

---

① 卞之琳：《人与诗：忆旧说新》，安徽教育出版社2007年版，第194页。

总之，戴望舒的这种语吻美追求，是相当投入的，其影响不可低估，一批围绕《现代》、《水星》、《新诗》等杂志的年轻诗人，一时间竟竞相仿效。他们可说全是精神浪子，无所寄托的人生徘徊者，所以也总爱用“的”、“呢”、“吗”、“吧”，如李广田的《窗》：

随微飔和落叶的窸窣而来的
还是九年前的你那秋天的哀怨吗？
这埋在土里的旧哀怨，
种下了今日的烦忧草，青春的。

这一种既迷茫又无奈的情感存在状态也是通过“的”、“吗”构成的语吻呈现出来的，使“此情可待成追忆，只是当时已惘茫然”的情怀有了异样动人的传达。

不错，戴望舒提倡口语的语吻美是为了真实地传达一种茫然而无所皈依的情感，这种提倡近距离的影响所及虽然只能局限在李广田的《窗》这样一种人生无奈的心情格局，但远距离的影响却使新诗的语言获得更多姿多彩的表现功能。有一个现象值得提出来：受戴望舒近距离影响的诗人通过语吻去追求语韵时，往往把“的”、“呢”、“么”、“吗”等语气词放在一个诗行群最后那个诗行收尾处，而“吧”、“了”、“啊”等感叹词放在前面，结果体现出内在感情从高昂到低抑的降调特征。而远距离影响的诗人刚好相反，显示出从低抑到高昂的升调特征——深受戴望舒语吻表现策略影响的艾青就是如此。在《死地》的最后：

从死亡的大地
到死亡的大地
　你知道
那旋转着的，
旋转着的
旋风它渴望着什么呢？

我说
如有人点燃了那饥饿之火啊……

这种语吻都显示为从降调向升调流动的、兴奋我们的特征。

正是这种以语吻体现的口语美追求，使作为新诗合格表述媒介的新诗口语富有活泼流转、跌宕多姿、极具语韵美的特色。

艾青提倡用口语写诗是为了追求散文美。

新诗的口语美追求，创作上有成绩的是戴望舒；理论上作系统提倡并在创作实践中集大成者，则是艾青。

艾青在《诗论》里这样说：“最富于自然性的语言是口语。尽可能采用口语写，尽可能地做到‘深入浅出’。”[1] 为什么把口语说成“最富于自然性的语言”呢？在艾青看来那是因为口语“最富有人间味”，“不经过脂粉的涂抹”，“充满了生的气息的健康”。[2] 他又提出“诗的散文美”，并和“诗的口语美”等同起来。在《诗的散文美》一文中他提出“口语是最散文的”[3] 这一看法。后来 1980 年代再版《诗论》时，他在《前言》中更具体一点说：“强调‘散文’就是为了把诗人从矫揉造作、华而不实的风气中摆脱出来，主张以现代日常所用的鲜活的口语表达自己所生活的时代——赋予诗以新的生机。”[4] 又在《与青年诗人谈诗》中说：“我说过诗的散文美，这句话常常引起误解，以为我是提倡诗要散文化，就是用散文来代替诗。我说的诗的散文美，说的就是口语美。”[5] 既然艾青这样明确提出“二美”的一致性，那么有必要来考察一番散文语言向口语美转化的基础是什么，在艾青看来，散文语言要具有口语美的性能，以使自己获得“散文美”。欲达此目的，这位诗人认为：仰仗的是口语那种超越语法规范以适应意象情貌表现的、既简洁又传神的词语结构，以及从中显示出来的语吻。这就是说只有当散文语言在言语活动中强调表现性，而不是再现性，才会使它具有口语美。因此口语向散文美转化须服从于一个目的：给诗的形象以表现的便利。在艾青看来，诗的语言归根到底还是“以如何最能表达形象”[6] 为转移的。这位诗人自己的创作有一个特点：意象特别丰盈，众多意象在运思过程中的内在组合关系也相当繁复，这势必会出现这样的情况：格律结构的语言拘谨，容量有限，无法充分容纳艾青诗中丰富多彩的意象群，只有采用散文结构的口语，才能适应这种抒情形象的创造要求。艾青就根据自己的实践经验提出了这个见解：“散文的自由性给文学的形象以表现的便利。”[7] 在艾青看来，新诗的言语活动尤要重视大面积铺写和多情态表现，鉴于散文语言的这种叙述、描绘功能很强，大面积铺写和多情态表现的新诗言语活动就非得仰仗散文语言不可；而新诗的口语如能吸收散文语言的这种叙述、描绘功能，那么其诗性表现也会大大加强，从而显示出更多层次的口语美。从艾青自身的创作实践看，由于利用了具有散文美的口语，他的诗也才“具有一种造型美”，成为“一个心灵的活的雕塑”[8]。这情况具体表现在两个方面。首先一方面，是用散文美的口语作意象的精心雕塑和意象群的有机组合。如《吹号者》中对黎明这个壮美意象所作的雕塑：“黑夜收敛起她那神秘的帷幔，/群星倦了，一颗颗地散去……/黎明——这时间的新嫁娘啊/乘上有金色轮子的车辆/从天的那边到来……/我们的世界为了迎接她，/已在东方张挂了万丈的曙光……/看，/天地间在举行最隆重的典礼……”这是一个光色不断在变幻着的动态浮雕式意象，在几十年新诗中，对黎明这个意象雕塑得如此细致又特具神幻色彩、富有宇宙感发功能的，恐怕还没有人能超越，而能“雕塑”到这么绚丽多彩，若不用散文

---

① 《艾青全集》第 3 卷，第 38 页。

② 艾青：《诗论》，上海新新出版社 1946 年版，第 71—72 页。

③ 同上书，第 72 页。

④ 《艾青全集》第 3 卷，第 456 页。

⑤ 同上书，第 461—462 页。

⑥ 艾青：《诗论》，上海新新出版社 1946 年版，第 73 页。

⑦ 《戴望舒诗集·序》，四川人民出版社 1981 年版。

⑧ 《诗的散文美》，见《诗论》，新新出版社 1946 年版，第 73 页。

美的口语，肯定是办不到的。艾青凭依的就是散文美的口语有条不紊的描述功能和跳跃传神的抒情本领。其次一方面，以散文美的口语对抒情对象作大面积铺写和多情态呈示。几十年新诗中能面对巨大的时代内容作气势磅礴的宏观抒情者实在不多，艾青是屈指可数的一个。他的诗中，《巴黎》、《马赛》、《雪落在中国的土地上》、《向太阳》《火把》、《面向海洋》等，都具有大面积铺写和多情态呈示的抒情特色。《巴黎》中他为这一座五光十色的现代世界大都会及其喧嚣奔突、骚动亢奋的街景所作的动态表现，以及对一个从静穆悠远的生存境界中出来的东方青年居身于这个歇斯底里的世界所引起的孤独感、迷乱感交糅着的内心独语，作了全景式的抒情，是一个奇迹。《向太阳》中对武汉全市人民同仇敌忾走向街头宣传抗日，走进工厂、田野加紧生产支援抗日等群体场景的大幅度扫描；《火把》中对一个城市群众为抗日民主举行誓师大会的浩大声势、火炬大游行中动与光相结合的群众场面所作的表现，都典型地体现了用散文美的口语对抒情对象作大幅度铺写和多情态呈示的自由，确实体现了“给文学的形象以表现的便利”，而“以如何最能表达形象的语言，就是诗的语言”[①]——这一艾青的审美观念来衡量，凭具有散文美的口语写诗也证实了此举的切实可行，是新诗找到自己“诗的语言”的一座里程碑。

继艾青之后，一大批诗人也都在对口语的散文美作追求。七月诗派的口语运用就是直接继承艾青的，其中邹荻帆、绿原、牛汉等基本上都运用得纯熟自如、颇显光彩。新中国成立后还颇有一批诗人继续也按艾青这一方向在追求。蔡其矫在《迴声集》、《迴声续集》、《涛声集》里的诗，孙静轩在一大批海洋抒情诗，都为这一追求留下了不可磨灭的功绩。如蔡其矫的《夜泊》：

港湾内布满了渔船小小的灯光，
在水底下都变成了光明的杉树
可是夜在海上撒下薄薄的雾，
却连最明亮的月光也穿不透。
我听见微波在向船诉说温柔的话，
但桅杆上的红旗却还在与风搏斗；
那些落帆而停泊在一起的船队
在梦中也还未忘记它风波的路。

渔船夜泊港湾的情景，以散文美的口语自由地作海域似梦的描绘，柔情如幻的铺写，使全作显得像一幅水墨画，意境深远地透现着怀有生活热忱的一代人不断进取、永远探求的精神风貌，别有一种挥洒自如的姿态。

戴望舒和艾青提倡用口语写新诗的主张，侧重点虽然不同，但最终目标还是一致的，并且，艾青一再声称自己用口语写新诗的一切主张都来自戴望舒——即使是从口语中寻求散文美的说法也如此。在谈到诗的散文美就是口语美时，他就说：“这个主张

① 《诗的散文美》，见《诗论》，新新出版社1946年版，第33页。

并不是我的发明，戴望舒写《我的记忆》时就这样做了。戴望舒的那首诗是口语化的，诗里没有韵脚，但念起来和谐……这种口语美就是散文美。”① 这就使追求口语的语吻美和追求口语的散文美在实践中相交融有了基础。艾青自己就是这样做的。在《火把》中写唐尼在火炬游行誓师大会场发现男朋友克明和另一个女学生亲密地走在一起时，这样写她大为震惊的心理独白：

那是谁？那是谁？
和他一起走来的
那是谁？那穿了草绿色的裙装的
女子是谁？那头发短得像马鬃的
女子是谁？那大声地说着话的
又大声地笑着的女子是谁？
那走路时摇摆着身体的
女子是谁？那高高的挺起胸部的
女子是谁？

显然，唐尼失去理性般的激动心情和对“那穿了草绿色的裙装的女子”一举一动都作密切注意的神态，是艾青借特定的口语语吻和散文式铺叙描述有机结合才充分地传达出来的，这是用口语写新诗达到传神地步的典型，也是口语的语吻美和散文美有机交融的范例。其他诗人也在作着这样的努力，如艾漠，在组诗《跃进》中就显示了他用这种“二结合”的口语来抒情的成功，如其中的《走出了南方》中：“雨/落着……/阴湿的南方。//……//去远方哟！//不回头，/那衰颓的小城，/忘记/那些腐蚀的日子。//响朗地：四个！”又如《在西北的路上》：“是不倦的/大草原的野马，/是有耐心的/沙漠上的骆驼。//四个，/在西北的路上，/迷天的大风砂里。//山，/那么陡，/翻过！/风沙/扬起我们的笑，/扬起我们的歌！”这些诗中口语的语吻，能体现出一种积极进取、对人生之路无所畏惧的情味，而在散文式描叙中又有着青春生命多情态的呈示。穆旦也是艾青这种口语写诗主张的积极实践者，在《赞美》、《防空洞里的抒情》等诗里，就用口语写，显示出大面积铺写时代内容的散文美特色。从某种意义上说，新诗用白话“说话”，到用口语“说话”，是新诗语言建设的进步，而艾青、穆旦这样作语吻美与散文美相结合的口语追求，则是新诗语言建设的成熟。

但是必须看到：提倡口语，追求口语的语吻美和散文美，出于一种强化诗性语言的要求，分寸是不容易把握好的，如果功力不够，或不认真对待，很容易在语吻美的追求中出现矫揉造作倾向，在散文美的追求中出现散文化倾向。

其实，在戴望舒等提倡口语写诗的完整理论出来以前——即“白话”的称谓时期，就已有人在对语吻和散文美作追求了。俞平伯就是一个突出例子。这位诗人 1920 年代前期出版了几本诗集，似乎一直在致力于打破语法规范的诗性语言追求，尤其想在诗

① 艾青：《诗的散文美》，《诗论》，第 73 页。

里表现一种语吻。但如果用的是只讲“俗”而缺乏诗性文化内涵的口语，那么即便表现得最贴切，要上升为美的境界也是不容易的。俞平伯就犯了这个毛病。在《仅有的伴侣》里他有这样的诗节：“飞——飞他底；/滚——滚他底；/推——推他们底。/有从来，有处去/来去有个所以。/尽飞，尽飞，尽飞；/自有飞不去，滚不到，推不动的时候。”闻一多在《〈冬夜〉评论》中说：“只听见‘推推’、‘滚滚’，噜嗦了半天”，竟不知道“到底讲了些什么”。这种语吻上“故求曲折”①，其实是矫揉造作，怪不得成仿吾干脆不客气地说：“这是什么东西？滚，滚，滚你的！”② 不仅这一例，在俞平伯的第一本诗集《冬夜》里，语吻追求中的矫揉造作，据闻一多统计：“有什之六七是这样的。”③ 这话并不夸张。不妨再看看《北京底又一个早春》中的一节：“牲口，车子——走。/仔细的瞅去，再想去，/可瞅够了？可想够了？/可来了吗？……什么？/想想！……又是什么？”造作得已语无伦次，形同梦呓！他还有些语吻追求倒也已达到通俗的地步，不过这是通俗中最要命的一种——粗俗，如《哭声》一开头：

路边，小山似的起来，
是山吗？呸！
瓦砾堆满了的“高墩墩”。

这个“呸”确很口语，很显语吻，俞平伯也似乎特别爱使用，如《挽歌》第四首：“枯骨头，华表巍巍没字碑！/招什么？招个——呸！”这种语吻追求，当然说不上有什么文化内涵，也无语韵味，闻一多在《〈冬夜〉评论》中也不客气地说：“径直是村夫市侩底口吻，实在令人不堪。”④ 从这样的分析中也可以看出：五四前后冒出来的一批年轻诗人中，要算俞平伯的诗写得最莫名其妙了，特别是他的诗歌语言最是不纯。到了1930年代一批围绕《现代》、《水星》等杂志发表诗的诗人，似乎都感染了戴望舒那种“的、呢、吗、吧”来写诗，语吻倒是体现出来了，但夹带着寂寞人生的细语低叹腔调，也就融会成一股困顿茫然的抒情颓风。如孙望在《感旧》里这样写：“束发潜攻的代价呢？/四十余年的伏案/寒秀才是无补于事的。”抒写一个做了四十余年举子梦的老人的内心困顿与感慨，因一个“呢”煞尾的疑问语吻，和一个“是……的”结构的否定判断语吻形成情绪节奏，全是降调的细语低叹，韵味是够茫然的了。特别值得一提林丁《塞上》这样的诗：

使节上的华缨剥落了
白发的大使心还如往昔吗？
空见金风沾起弥天的胡沙

① 《与青年诗人谈诗》，《艾青全集》第3卷，第461—462页。
② 成仿吾：《诗之防御战》，《中国新文学大系·文学论争集》，第322页。
③ 《〈冬夜〉评论》，《闻一多论新诗》，武汉大学出版社1985年版，第29页。
④ 《闻一多论新诗》，武汉大学出版社1985年版，第45页。

北征的尘土与鼓角呢？
望着惨白的关山月
还有“来归”的梦么？
当遥夜送来毡幕的悲笳
你垂首地低叹：“故国啊……”

八行诗有五行是“了”、“吗”、“呢”、“么”、“啊”煞尾，语吻倒是十分鲜明的，能使我们感受到“说话”者低回凄惶、无所适从的心灵真实，一种借苏武持节放牧北海的故事来隐示无奈人生的韵味确很足。但必须看到：国难日益深重的1930年代出现这种腔调的诗，只能挫伤人们的爱国抗争意志，特别是面对民族斗争的大风暴即将来临而惶惶不可终日的意志薄弱者，最易接受这类抒情腔，影响之所及，这种犹豫彷徨、有气无力的语吻追求也就在诗坛大大地流行了一阵子。这种缺乏血色的病态声音，和那些年月所需要的时代强音如此不相称，很快遭到唾弃也成了必不可免的事。1939年3月，在成都召开的一次“抗战以来的诗作检讨”座谈会上，任钧说：“戴望舒之流的作品就是好到天上，也是无用的。”[①] 这是明证。所憾者是戴望舒所倡导的口语语吻美追求也连带着被丢掉了。

说到在散文美的追求中出现散文化倾向的问题，则连提倡者戴望舒、艾青也免不了。他们之所以出现散文化倾向，在于运用口语的底气还不足。这个底气指口语中的诗性化词汇不足。这个问题其实早在五四初期傅斯年《怎样做白话文》中早就提出来了。我们在前面已引述过。傅斯年的“苦痛”发展到戴望舒他们的口语，“质直”、“干枯”、“字太少”三类问题解决了没有呢？没有。戴望舒从1927年写《我的记忆》到1932年出国前，写诗45首，是他大力提倡用口语和追求口语语吻来写诗时期的作品，的确有些口语的词语，除了语吻的亲切、自然外，词语实在太“白”。大量“没有美术的培养”的“字”在追求口语的语吻美中还可入诗，给人一点新鲜感，要是追求语吻美略有削弱，则“浑身赤条条”的“字”组合成的口语在诗里出现，就会显出散文化意味，以致芜杂拖沓、令人生厌。戴望舒那时曾写《有赠》一诗，用没有“美术的培养”而“浑身赤条条”的“字”组合成的口语来写，不讲究口语的语吻美，结果写成了这样：

我的梦和我的遗忘中的人，
哦，受过我私自祝福的人，
终日有意地灌溉着蔷薇，
我却无心地让寂寞的兰花愁谢。

不比较不足以说明问题。此诗凑巧被作曲家陈歌辛看中，要拿它作影片《初恋》中的主题歌，但这般散文化语言写成的诗作歌词是不行的，因此帮戴望舒修改了一下。上

① 龙泉明编选：《诗歌研究史料选》，四川教育出版社1989年版，第29页。

引那节改成："呵，我的梦和遗忘的人！/最受我祝福的人！/终日我灌溉着蔷薇，/却让幽兰枯萎！"显而易见，修改后完全是另一副面目，显出句子的活泼、流转和词语的诗美光彩。就说最后一行："我却无心地让寂寞的兰花愁谢"是散文化的，改成"却让幽兰枯萎"，就显得有神气。"寂寞的兰花"很口语，但作为一个词汇它很"贫"，没有传统审美文化内涵，语言意象化的感发功能很薄弱，现在改成"幽兰"，和"寂寞的兰花"意思一样，但精练，并且由于传统诗词里的"幽兰"已是意象定位的，感发功能极强——是经过"美术的培养"的，就好多了。艾青也重视语吻，但更重视以散文结构的口语对抒情对象作大面积铺写和多情态显示。为了意象化抒情，他也讲究口语词汇的"美术的培养"，其途径是把句子构成得复杂、曲折、多层次化。所以，如果他写的诗无须作大面积铺写和多情态呈示，散文美的追求也就会显出散文化的倾向；如果要使"浑身赤条条"的口语词汇具有"美术的培养"的性能，而把句子结构搞得过分庞杂，故作曲折层迭，也就会显出散文化的倾向。如同时写旧中国苦难的乡村，在《献给乡村的诗》里艾青大面积的描绘和特精微的刻画只有靠散文结构的句子，因此这种散文结构的口语才显出了散文美。但在《村庄》一诗里这样写："我们所饲养的家畜被装进了罐头；/每天积蓄下来的鸡蛋被做成了饼干；/我们采集的水果，收割的大豆和小麦，/从来不会在我们家里停留太久；/还有那些年轻的小伙子借了路费出发，/一年年过去，不再有回家的消息；/只让那些愚蠢和衰老的人们，/像乌臼树一样守住那村庄。"这里不是描绘而是叙述，不是刻画而是说明，也用了散文结构的句子来写，就显出了啰唆，松散，干巴，典型的散文化倾向。由于强调用散文结构的词句，使艾青诗中的口语往往因为超越了曲折层迭的界线，在大量附加成分的拖累下显得沉滞、拖沓、不明快。他的《大堰河——我的保姆》中的连接词、转折词和"的"等虚词太多，使语感既不爽朗也不够沉着，而这正是散文语言结构的特点所导致的。艾青还喜欢用长句子，有些是用得好的，有些却让人读来感到十分繁杂别扭，不流转畅达，如《吹号者》的第一句："在那些蜷卧在铺散着稻草的地面上的困倦的人群里"，就是一例。

我们对戴望舒、艾青在创作实践中的情况作了分析后可以看出：他们追求口语的语吻美后来也走向矫揉造作，追求口语的散文美后来也走向散文化，都有其起作用的必然因素，那就是：把一些受主体的抒情个性及客体的特定环境制约而采取的口语策略措施，提升为放之四海而皆准的理论规律来对待了。特别值得提出的是：他们提倡用口语写新诗有个出发点：乞灵于生活，因为口语最出自生活实际。艾青在这方面走得更远些。"不要向'书本'去猎取句子！要向生活去猎取句子！""丰富的语言，是由丰富的生活经验产生的。一个诗人的语言贫乏就由于他不曾体验生活。"[①] 类似意见他还讲过许多。那么，生活体验得来的是指什么语言呢？他在《诗的散文美》一文里说："口语是美的，它存在于人的日常生活里。它富有人间味，它使我们感到无比的亲切。"可见他要从生活中去猎获的诗性语言就只是口语。为此，艾青还举了个例子：在一家印刷厂的墙上他看到过一个工人写给同伴的一张通知："安明/你记着那车子。"认为

① 《中国新文学大系·建设理论集》，第223—274页。

“这是美的”，“这语言是生活的，然而，却也是那么新鲜而单纯。”“这样的语言，能比上我们的最好的诗篇里的最好的句子。”[①] 对这么一张通知作这样高的评价是令人困惑的。无论怎么看，“安明/你记着那车子”也不过是一个简洁、洗练，语吻较为亲切，省略了一些不必讲对方也能理解的成分的句子而已，说白了，这只是一个“通知”，说单纯还可以，说新鲜就不见得了，至于说它是“最好的诗篇里的最好的句子”，那就过分了。我们知道诗性语言的高层次只能是意象化的语言，可是这一句“通知”只是传达了一件事，而并非意象化表现，最高明的语言体验家，也不可能认它是“最好的诗篇里的最好的句子”的。艾青如此夸张地推崇它，只能得出这样的推论：诗人只有从生活中才能寻得写新诗最好的语言——口语，而口语是最散文的，因此，有了生活，就会写出散文美的诗；没有生活，就只能写出散文化的诗。这就使我们对他提倡用口语写诗、追求诗的散文美的主张变得难以理解了。

新诗寻求基本用语，终于从乞灵于说话进入乞灵于生活了。

这种进展是合乎逻辑的。前已论及：胡适等提倡白话取代文言写诗的深层原因是求人性更真切的表现。真挚贴切的人性只有在生活中见得到；而借以传达这种人性表现的用语，势必也只有到生活中去才能真正求得，因为只有在日常生活中才能听得到富有人间味的、新鲜、单纯而又充满生的气息的“说话”，这决定了新诗基本用语只能通过从乞灵于“说话”到乞灵于生活才能探求得到。从这个角度看，戴望舒、艾青乞灵于生活以求诗性口语没有错。抗战时期，大后方讨论抗战诗歌语言时，这类看法还特别流行。在一次“我们对于抗战诗歌的意见”的诗歌座谈会上，蓬子说：“丰富诗的词汇，只有从生活中去求”，“要写战斗诗，我们不能采用旧诗、外国诗的词汇，而是要从实际的战斗生活中去学习。”[②] 老舍在《论新诗》中说得更干脆：“去从生活中提取白话，而不是东拾一个词西取一个字，来装饰诗歌。”[③] 从大原则上讲，也对。平心静气讲，谁也不会否认要深入生活、体验生活，向生活猎取句子，但要是极端化起来，那就会把那些讲得很对的原则变成空话。谁都明白：向生活猎取句子的首要条件是需有猎取的能力。没有这份能力，一切都是空谈。在这一方面，倒是胡风讲得很实在。胡风在《略观抗战以来的诗》中谈新诗的语言时就说：“诗的语言与旁的文学作品不同，是要更洗练、更凝集、更能与读者的心结合。所以，诗人必须有对于语言的感觉能力，必须有选择和运用语言的能力。”[④] 由此看来，对语言的感觉、选择和运用能力十分重要，只有具备了这三方面的能力，才能真正做到向生活猎取句子；同样道理，具备了这三方面的能力，我们还可以从书本、从多种文化中去猎取句子。任何对象的存在价值，只能是在与人发生这样那样关系中才得以显示，人要是没有特定的能力与对象发生这样那样的关系，其任何价值也显不出来。所以诗人要想在创作中富有成效地运用诗性口语写新诗，单靠投入到生活中去是不行的，主要靠诗人是否具备对语言

---

① 《诗论》，上海新新出版社1946年版，第49页。

② 龙泉明编选：《诗歌研究史料选》，第12页。

③ 同上书，第64页。

④ 同上书，第22页。

的感觉、选择和运用的能力。可是这一代新诗人中致力于白话—口语的探求者似乎很少考虑培养自身这方面的能力，满足于讲一些大而无当的门面话。流弊之所及，新诗坛似乎形成一个共识：只要深入到生活中去就能找到最生动的口语，而富于生活色彩的口语才是最好的新诗用语。

于是，提倡以口语写新诗的种种令人困惑的现象也就出现了。

第一件令人困惑的事是用方言写新诗。

用方言写新诗的首创者是谁我们不好说，但徐志摩是很受人注意的一个。这位诗人有探求精神，“竭力在摹效北平的口吻”[①] 写新诗，“得着活泼亲切的效果”[②]，把新诗的用语提到很高很纯的水平。而他竟也用他家乡——浙江峡石的方言写了首叫《一道金色的光痕》的方言诗，写一个穷老妇人求有钱的太太布施一点钱和衣服，以便给另一个在大雪天冻饿而死的老妇人作丧葬之用。全诗叙述老妇人之死以及求富太太发慈悲的一席话确写得十分流利，如开头一段这样写：

> 得罪那，问声点看，
> 我要来求见徐家格位太太，有点事体……
> 认真则，格位就是太太，真是老太婆哩
> 眼睛赤花，连太太都勿认得哩！
> 是欧，太太，今朝特为从乡下来欧，
> 乌青青就出门；田里西北风度来野欧，
> 太太，为点事体要来求求太太呀！

如果懂得点峡石方言，定会感到那口吻语调神态毕现，从中也可见出这个乡下来城里的老妇人口齿伶俐、谦恭有度，但不懂峡石话的人则会莫名其妙。就诗的要求说，只能说是活泼流利的叙写，诗质本身不高。要是再就新诗角度看，用方言写新诗这个命题就不能成立，因为新诗是白话新体为标志的，峡石土话不是白话。白话是国语、普通话，而口语又是白话的升格，峡石土话也不能归入新诗采用的口语之列。由此说来，《一道金色的光痕》不是新诗，是无须争论的。而这样的峡石方言，虽叙写事件生动流利，但它不是诗化亦即意象化的。看得出徐志摩只求把峡石方言写得生动活泼，而不是在把诗味写透上定位。朱自清曾说，徐志摩先生……《一道金色的光痕》模仿他家乡峡石的口吻，也是成功的。的确，它只是在表达口吻语调这一点上可取，才对新诗的口语化追求具有某种启发。1930 年代以蒲风为代表的一部分中国诗歌会的诗人，1940 年代以沙鸥为代表的一批四川诗人，都也致力于写方言诗。沙鸥写有《关于方言诗》[③] 的理论文章，把方言诗定位于知识分子诗人与广大农民群众相结合、学习群众语言的一座桥梁，而这种语言，在沙鸥看来充分显示着农民“被奴役”的生活中“对现

① 《朱自清选集》第 1 卷，第 355 页。
② 《朱自清选集》第 2 卷，第 328 页。
③ 沙鸥：《关于方言诗》，《新诗歌》月刊第 2 期，1947 年 3 月 8 日出版。

实的不满与仇恨”和“反抗精神”，是人性真实的生动反映。所以用方言入诗，沙鸥说成“是向广大农民群众的生活猎取句子来写诗的一项追求”，而这样的方言虽然“并不等于是诗”，却“好比色彩对于画图一样”，对诗是“一件太重要的事”。那么重要在哪里呢？在能为“今天诗歌大众化”开辟一条“必经的道路”。归根到底，这是诗为政治宣传服务的一项策略，要说“方言”对诗美表现究竟能起多大作用，诗人又如何使“方言”起诗性化的作用，那是可以不谈的——其实也是无话可谈的。于是，这些提倡者也就只能取一些方言词语在分析—演绎的线性陈述语言中作点装饰。如沙鸥的小叙事诗《这里的日子莫有亮》中的一段：

这偕要朗个振得人伤惨，
在拜堂了要捉人走，不准在屋头歇，
袁海廷哭欷欷望住李保长，
想最后求一求得一个施舍，
在大人脚下蚂蚁子能谈么话
袁海廷越觉得这日子不是人过的，
他想起种了十几年庄稼从没有吃饱过饭，
连接个婆娘都要遭人估倒打缺碗……

可以见出：词语有方言掺入，但句子结构是挺合语法规范的完整陈述，没有跳跃，没有语序错位，没有谬理化句子结构，平平实实，它反倒不如徐志摩的《一道金色的光痕》，还多少给新诗在追求口语腔调上提供一点经验。当然，它们都一样脱离了白话—口语，成了“非法”的用语。而乞灵于生活、向生活猎取句子的极端化发展，也确会使这些“非法分子”闯入新诗的用语系统中。不过，这个新诗语言探求现象，对新诗语言建设倒也还是提供了一点启示：脱离诗性语言的诗性要求来确立新诗的用语，是会走上歧路的。

第二件令人困惑的事是用“后口语”写新诗。

所谓后口语其实也还是以普通话（当年徐志摩他们追求的“北平话”）为基础，偏于日常言说的那种用语，只不过这是1980年代中期开始流行、秉承韩东“诗从语言开始”、“诗到语言为止”的观念以呈现个人日常经验为目的的一项“民间写作”追求，发展到1990年代被一批先锋诗人推向极端，以从生活场猎取句子为能事，并在创作中大力使用这样一种口语。罗振亚在《朦胧诗后先锋诗歌研究》一书中曾这样为之定位：“他们走自觉的口语化道路，但又不仅仅停留在口语写作状态，而是让口语接近说话的状态，保留诗人个体天然语言和感觉的原生态。”[①] 不过先锋诗人对后口语的追求似乎还有更深层次的审美指向。如果说当年戴望舒、艾青他们大力提倡的口语是从用语的诗情传达这个角度立说的，那么后口语作为媒介则超越了诗情传达，而是对生命存在

① 罗振亚：《朦胧诗后先锋诗歌研究》，中国社会科学出版社2005年版，第212页。

的表述。唐欣《在生活和艺术之间——简论口语诗的意义和影响》[①]中认为：先锋诗以口语入诗“就是把目光投向生命本体，让诗歌面向整个生命开放”。他还发挥说，“只有生命才是承载、消化和反映诸多文化历史因素的媒介物，只有生命才是我们唯一可以把握和认识的现实”，而“生命即我们自身、我们周边、围绕我们并同我们有关的一切”。于是，用以对生命存在作表述的，也就只能是“用普通人的、日常的、缺乏‘诗意’光泽的口语”。这样的后口语，则可以存在于“我们生存的现场”，也可以存在于“我们自身真实的生命感觉”。

这种表述生命存在的口语，在生存的现场寻找并取得较好成绩的，是“他们”派的代表人物于坚。于坚在和《新诗界》记者的谈话中曾说过一句很有分量的话：“在人类创造的语言世界中，最接近生命的语言当然是口语。”[②]这表明：较之于戴望舒追求口语语调来显示人性情怀的真切，艾青追求散文美来给“形象以表现的便利”，于坚的口语所追求的是更为广泛的在场感，以此来显示生命的本真存在。于坚自己也承认：“我的诗歌用最基本的词语（我指的是，只有这些词语才能使人类维持基本生活所必须的交流）表达了最基本的存在。”[③]沈奇在《隆起的南高原——于坚论》中这样评价这位以后口语入诗的追求者：“比起那些油漆过的语言，那些装修过的说法，于坚好像只是退回到语言的原在，说法的本初，只是将油漆剥离，装修去掉，显现出与存在之真实相融相济的朴素、坚实与从容，以及无所不在的活力。然而，这对于被知识的谎言、文化的矫饰和精神的虚妄症弄得面目不清，以至于剩下油漆和装修的现代汉诗而言，无疑是一次破天荒的、带有清场性质的‘去弊’之为。”[④]这一番溢美之词并不是没有依据的。在于坚的《往事二三》这个大组诗和诗集《便条集》中颇有些作品为表现生命存在而采用的后口语运用得平实中见深沉、朴素中显艳丽。但值得指出：一味强调从生命在场中亦即生活中去猎取句子，这样的口语并不见得都具有“美术的培养”。于坚一再声称自己“是一个用眼睛来观察事物”、“不喜欢在想象中虚构世界”[⑤]的人，他还提出“拒绝隐喻”，这只能说是他从特定的角度说的一些偏激的话，事实上在诗学意义上他真正写得成功的诗，是用心灵观察事物，是想象的，隐喻化的。与此相应合，那些诗所采用的后口语，是受过充分的“美术的培养”的，如并不被大家特别注意的《墙》就是一例。当然也不可否认，这些偏激的话也显示在实际创作中，且的确也影响了他以后的口语入诗，强调的是口语与叙事挂钩，并且，如同陈超所说，他追求着一种“诗歌语言的‘直接化’表达方式”[⑥]，追求“口语的直接”、“诗境透明”、“陈述句型”[⑦]，这固然有其正面的积极效应，却极不能忽视其负面的消极效应。沈奇对于坚评价很高，上面已提及，但连他后来也说过如下一段话：

① 《甘肃社会科学》2005年第5期。
② 《光芒涌入——首届“新诗界国际诗歌奖”获奖诗人特辑》，新世界出版社2004年版，第495页。
③ 同上书，第493页。
④ 同上书，第478页。
⑤ 同上书，第402页。
⑥ 陈超：《中国先锋诗歌论》，人民文学出版社2007年版，第156页。
⑦ 《光芒涌入——首届“新诗界国际诗歌奖”获奖诗人特辑》，新世界出版社2004年版，第259页。

一般而言，口语的语势宜于“说”，而不宜于“写”，很难拿这种语势去抒发情感经营意象，故要放逐抒情、淡化意象，拉来叙事为伍。而选什么样的“事”来“叙”以及如何“叙”才是具有一定诗性的，又成为一个考验，弄不好就变为“说事”，变为日常生活的简单“提货单”，或现象碎片的简单罗列。诗的“叙事”（无论是口语式的“叙事”还是书面语式的“叙事”），须脱“事”而“叙”，不是“说事”，而是对“事”的“说”，意象性的说，戏剧性的说，寓言性的说，或别样的什么说，总之是要成为有意味的“说”，诗性的“说”，“事”不可说之“说”。严格的讲，“口语”与“叙事”都是一种“诗性”因子含量较少的话语，若不借助和融会其他的诗歌元素，难以提炼多少真正深厚的“诗意”——虽然我们知道，没有哪种语言是先天性就具有诗性的，即或有，也正是现代诗所要警惕乃至要排斥的。但我的本意在于，如何从“口语诗”的审美效应来划分其语言功能的是与非。①

这是一段有学理性又有分寸的由衷之言，也正击中了于坚后口语入诗的弊端。我们且不谈于坚在《0档案》中那些“词语的‘集中营’”② 现象，那些“提货单”式的词语暴力挤压，就拿较为清晰的一首《便条集·331》来看一看：

婚礼的车队在长街上驶过的时候，
两辆堆满垃圾的三轮车逆向而行
附近的行人掩鼻躲开　煞风景的时候
录像的小子聪明，飞快地站到垃圾一边
他的取景框里看不到垃圾
只有喜气洋洋的车队
流畅　高贵　幸福在闪光
他尽量不呼吸旁边的空气
憋得面色青紫

这样一首诗读来当然不乏趣味，但这不是意象兴发感动出来的意境诗味，而是靠理性譬比联想获得的寓意味。如果不是分行而是散文式的排列，谁会怀疑它不是一段速写式的小散文？文本使用的是不及徐志摩流利、不及戴望舒有口吻语调感、也不及艾青那种让意象油画般凸显的铺叙口语。这种口语的确是一种从生命存在的“场”中获取的，是直接白描的表述用语。这种口语的确是一种从生命存在的“场”中获取的，是直接白描的表述用语。但即便是从生命存在“场”中猎取口语的又怎么样呢——要是这样的口语并无多少“美术的培养”。诚如张柠在《于坚和“口语诗”》一文中所说的，以于坚为代表的一批先锋诗人尽管对他们以后口语入诗说了许多来自于生命在场感的

---

① 沈奇：《怎样的“口语”以及“叙事”——口语诗问题之我见》，《星星》2007年第8期。

② 张柠：《于坚和〈口语诗〉》，《当代作家评论》1999年第6期。

玄奥话，但这其实是“一个越来越与诗歌不相干的问题”，而“一种语言的形态（口语也好，书面语也罢），在被诗人运用的时候，是如何被诗歌形式的力量所改写、修正的？这才是诗歌真正要关注的事情”。[①] 所以于坚这种以平民姿态出现、给人以亲近之感的日常用语入诗究竟给新诗语言建设提供了多少价值，是不能不令人困惑的！

令人更感到困惑的是另一种——存在于“我们自身真实的生命感觉”中的后口语。这是从“非非”派开始的。非非派提出前文化还原的主张。所谓“前文化”，“是一种在共时和历时时态上都前于文化、并一直存在和永远存在的非文化和无法文化的思维领域，它既与宇宙同在，也与宇宙中的人同在”[②]。所以前文化是一种宇宙行为。前文化还原表现在语言上是前文化语言还原，就是还原到事物本身，这一来不仅是文化语言的还原，首先是“超语义”。于是，“被文化（语义界定）之网膨胀起来的意识屏幕像孤帆一样远远离去，只剩下飘来荡去的直觉”[③]。是的，一切都成了个体自身对世界的本能直觉。这样的一种还原为前文化的语言，是充满着自足的生命的，各自以自身表现自身。如是，非非派在语言还原中，也就提出了“血液语言”、“器官语言”，即存在于“我们自身真实的生命感觉”中的后口语的真正来源。正像向生活、向生命存在去“猎取句子”一样，这种向“血液”、“器官”去“猎取句子”的口语追求，也就成了本能直觉的表述，而身体（“肉身”）也就成了表述本能直觉的“合法”媒介了。于是后口语入诗也就给诗坛带来一大批“下半身”诗和“口水诗”。对前者，多少还能见到一些以独特的口语表述技巧表现本能潜意识、直觉冲动的文本，“口水诗”则是接受了本能直觉放纵挥写的恶果，打着“平民化”旗帜，“自由无度，任意为之”[④]。有人指出，这种“先锋口语诗——口水诗”，是区别于以于坚为代表的“第三代诗歌”中的口语诗的，“他们比于坚走得更远，散漫无际的日常语言，使诗歌失去了最基本的内涵与韵味”[⑤]。被看成“口水诗”代表的赵丽华，写有《一个人来到田纳西》，原诗是这样：

> 毫无疑问
> 我做的馅饼
> 是全天下
> 最好吃的

这样的诗，的确“已经不能再具有诗的圣名”[⑥]，如果不分行，连成一个句子，也是最无光的散文句子。但不能不说：于坚的后口语入诗和这一类口水诗有两个共同点。一个是乞灵于日常生活到极端，另一个是从不作考虑一种语言的形态“在被诗人运用的时候是如何被诗歌形式的力量所改写、修正”。其实这两点的前一点是因后一点是果，

---

① 张柠：《于坚和〈口语诗〉》，《当代作家评论》1999 年第 6 期。
② 孙基林：《崛起与喧嚣——从朦胧诗到第三代》，国际文化出版公司 2004 年版，第 239 页。
③ 同上书，第 241 页。
④ 姜耕玉：《诗风与策略：口语化的叙述》，《诗刊》1999 年第 10 期。
⑤ 任玉强：《对当前“先锋口语诗”的反思》，《涪陵师范学院学报》2006 年第 3 期。
⑥ 同上。

沉湎于生活万能中而不考虑诗所需要的生活——包括所用的语言材料，都必须是审美的，这一场不考虑也就造成连锁反应式的负面效应。

沈奇说过一句话："因了叙事的天才，于坚创造了最接近散文而又最富于诗性张力的诗歌体式。"[①] 他是在称颂于坚，但创造了最接近散文的诗歌体式值不值得称颂呢？不少人从诗的质的规定性出发，认为这是低层次的，并不值得称颂，但也有人——特别是近年来也颇有人并不这样认为。其实这是一桩历史公案。中国新诗几十年的探求作为合法表述媒介的语言，从胡适根据活的文字的理论推出白话，到戴望舒、艾青根据从生活中探索语吻美、散文美的理论推出口语，再到于坚等先锋诗人根据从日常生活中寻求生命存在原生态的理论推出后口语，贯穿着一条"文"的线，这"文"就是"作诗如作文"的"文"——散文，所以新诗以白话—口语作为合法的表述媒介，以致使这一汉语诗新品种始终存在着一种散文化的倾向。而新诗几十年的历程中对此倾向其实是不断在受议论或指责。废名在《谈新诗》一书中为此说过一大段话：

> ……我发现了一个界线，如果要做新诗，一定要这个诗是诗的内容，而写这个诗的文字要用散文的文字。已往的诗文学，无论旧诗也好，词也好，乃是散文的内容，而其所用的文字是诗的文字。我们只要有了这个诗的内容，我们就可以大胆的写我们的新诗，不受一切的束缚，"不拘格律，不拘平仄，不拘长短；有什么题目，做什么诗；诗该怎样做，就怎样做。"我们写的是诗，我们用的文字是散文的文字，就是所谓自由诗。[②]

他的这一番"奇谈怪论"十分精辟，把新旧诗根本性的区别指出来了，看来新诗的表述媒介确是散文化的，散文化的语言文字则决定体式也必然会是自由体的，而废名是赞成这样的。可是，更多的人却是指责。穆木天在《谭诗——给沫若的一封信》里这样说：

> 中国新诗的运动，我以为胡适是最大的罪人。胡适说：作诗须得如作文。那是他的大错。所以他的影响给中国造成一种 Prose in Verse 一派的东西。他给散文的思想穿上了散文的衣裳。结果产出了如
>
> 红的花
> 黄的花
> 多么好看呀
> 一类的不伦不类的东西。[③]

这一番话对新诗表述媒介散文化倾向带来的负面效应可说是击中要害的。还有梁实秋，

---

① 《光芒涌人——首届"新诗界国际诗歌奖"获奖诗人特辑》，新世界出版社 2004 年版，第 479 页。

② 废名：《谈新诗》，人民文学出版社 1984 年版，第 25 页。

③ 杨匡汉、刘福春编：《中国现代诗论》上，第 99 页。

早在1930年代初写的《新诗的格调及其它》一文中就说："新诗运动最早的几年，大家注重的是'白话'，不是'诗'，大家努力的是如何摆脱旧诗的藩篱，不是如何建设新诗的根基，这时代最流行的诗是'自由诗'，和所谓的'小诗'，这是两件最像白话的诗。"[①] 从语气上看，对用白话写新诗，似乎颇不以为然。多年后，他又写了《新诗与传统》一文，把他的态度更明确地说了一番：

> 白话是散文，诗自有一种诗的文字……一般的白话能否作为诗的文字，则有问题。林琴南反对的"引车卖浆者流"的语言入诗不是完全不值得一提的谬论，其中包含着值得重视的问题。不过他没有清晰而正确的把握住罢了……[②]

看得出：梁实秋对以白话—口语作为新诗的基本用语是持否定态度的，他立论的逻辑起点很明确："白话是散文"，诗自有"诗的文字"。

综上所述可以看出：新诗采用白话—口语作为自己的基本用语既有人肯定也有人反对，那么，作为材料，新诗的基本用语究竟该是哪一类呢？梁实秋在《新诗与传统》中最后还是说了一些通融的话："白话要锤炼成为诗的文字。"这表明：在梁实秋的心目中，新诗还是以白话—口语作为基本用语的，只不过要对它作"美术的培养"，使它诗性化。他还说："现在新诗应该是就原有的诗的传统而探寻新的表现方法与形式。"[③] 这话意味着：新诗采用的白话—口语还需要吸纳传统汉语诗——包括旧诗和民歌的语言中某些富有审美生命力的因素，作为养分来丰富和强化自身。

梁实秋的思考是合于一代新诗基本用语探求者探求的实际的。于是，与白话升格为口语的过程同步，新诗基本用语探求的触角也伸向了民歌与古典诗歌。

第二节　向民歌语言吸收养分

先来回顾新诗用语吸收民歌语言作养分以丰富自己的探求历程。

中国新诗几十年中有相当大一部分精力花在如何学习民歌的讨论上，这是出于诗歌大众化的要求所致。由于把诗歌定位于向广大人民进行政治宣传教育这个目的，新诗就必须写得能让普通老百姓也懂，而想这样做则首先要求其基本用语通俗化。但是，又如何通俗呢？这个具体问题对那些通俗化的提倡者来说，自己实在也搞不清楚，以致在空空洞洞的提倡中闹出了些笑话。如竭力提倡新诗要通俗化、大众化的肖三，在延安时期为此还写过首诗，叫《我的宣言》：

> 我的诗，诚哉是，非常粗浅，
> 只希望，读下去，顺口顺眼。

---

① 杨匡汉、刘福春编：《中国现代诗论》上，第142页。

② 《梁实秋论文学》，台湾时报文化出版事业有限公司1978年版，第688页。

③ 同上书，第689—690页。

不敢说大众化和通俗化，

但求其，写出来，像人说话。

这篇“宣言”宣告肖三要让自己的诗“非常粗浅”，“顺口顺眼”，“像人说话”，那么《我的宣言》本身肯定首先会是“像人说话”的吧！但奇怪的是它一开头就来了一个“诚哉是”，后面又出现“但求其”，这是连五四初期那些放了脚仍留着脚臭气的胡适们也不会用的，离“像人说话”十分遥远，不过是典型的文言词语而已，不顺口不顺眼，很有点讽喻意味。出现这种现象，说明新诗几十年来空空洞洞提主张、发宣言的情况实在多了一点。只有主张和宣言，拿不出实践的科学方案，或者不屑于去考虑实践问题，这种风气是很不利于新诗语言建设的。当然，也不能说就没有人在默默探求。

众所周知，语言有两个构成要素：基本词汇和语法。新诗如何吸收民歌语言的养分来丰富自己，当然也得从这些方面去探求才是。当然，民歌的词汇和语法规范来自带有地域性的使用习惯，更贴近于人民群众生活实际使用的方言口语，所以从某种意义上说：向民歌吸收语言养分也就是新诗对口语作更广泛深入的探求，并不局限于吸收民歌词汇、语法规范在诗性传达中的成功经验，而扩大到对群众日常口语作更深广的诗性选择。

由于民歌的地域性决定着民歌语言具有浓重的方言色彩，所以如能把民歌中具有特定文化内涵也有较强兴发感动功能的方言语词挑选出来，纳入新诗语词库，以增强新诗语言的词汇量，实是新诗语言建设的当务之急。这工作早在五四初期不少人嚷嚷着白话词汇太贫乏时，就已有人在作探求了。刘大白在《卖布谣》里，刘半农在《瓦釜集》里都自发地作过追求。到1920年代末，这种追求终于走向自觉。譬如“日头”称“太阳”，是通行于较广泛地域的方言词汇，后来被西北民众用进了早期革命歌谣里，其中就有这样的歌谣：“一片红花山顶开，/满山满洼放光彩；/自从来了革命军，/日头月亮并肩来。”这种富有时代精神的民间创作，在1930年代初革命现实主义文学开始兴起时，也就潜移默化地影响着那一代诗人，使他们在调整自己的诗情传达策略时，瞄准了民歌中有独特兴发感动功能的词语，用来强化自己的口语表现。如臧克家写的《难民》一诗，其中有这样的句子：“日头坠在鸟巢里。”他用“日头”来代替“太阳”，有其贴切之处，因为“日头”这个词有质的具体性，而“日头”又和“石头”谐音，使人在潜意识中好像有硬度，能够给人重量感。这种词汇细微的新信息蕴涵可是“太阳”所难以提供的。现在由于它要“坠”入鸟巢，那必须给人以重量感。为了这种能指的需要，臧克家不采用“太阳”而采用“日头”可是最合适的了。当然，民歌中具有诗化意味的方言词语之所以成了可挑选的，除了它们有广泛的地域认同性，还需具备两点：一点是它必须有独特的感发功能，如上述“日头”能给人以硬度和重量感；另一点则是它也要有一定的审美文化意蕴。譬如李季的长诗《王贵与李香香》，他自己认为“不过是把散在三边那地方的许多明珠串起来罢了”[①]，这当然有自谦的成

① 引自解清《从〈王贵与李香香〉谈起》，《诗刊》1958年5月号。

分，却也不能否认这首诗确用了比例相当大的信天游中的句子，而其中一些兴发感动功能很强的词语，也就被他发现并挑中，进入了新诗词语库中，成了珍贵的词汇。如“山丹丹”这个词，就特具色彩与语调，能给人一种青春生命的美感，在陕北民歌里就有“山丹丹开花红姣姣”、“山丹丹花开红艳艳”等句子，李季正是利用了民歌中特富感发功能的词语，来为他表现李香香服务的：

山丹丹开花红姣姣，
香香人材长得好。

就这么两句，就使得香香青春少女的美艳因了“山丹丹”这个兴发感动功能颇强的词汇比拟了出来，以至多年来读者想起这个少女就会联想到“山丹丹”。这个为追求自由解放而不屈不挠和恶势力搏斗终于取得胜利的美丽少女的形象，因了《王贵与李香香》这首长诗的名满天下，而在我们的民族审美文化心理中成了追求自由的美神的化身，给予人某种神圣的象征意味，也就使“山丹丹”有了新的审美文化蕴涵。就这样，这个出之于陕北民歌的词汇“山丹丹”综合了上述两种要求而奇迹般地进入了新诗的词语库，显示出意象定位的性能，在日后的新诗创作中被广泛地采用。值得指出：这一代诗人在挑选民歌词语来丰富自己的语言表现中，多以信天游为吸收对象，信天游中的词语有很多是优美的，为其他民歌所不及。当然，民歌词语一般而言是从生活感觉直接转为言语活动的结果，朴实而单纯，原生态情味较浓，但内在的文化积淀较少，华美而隽永的再造性意趣不足，所以它们在民歌的抒情环境中，单独发挥的功能并不强，更多体现在组合关系中。这也使新诗人对民歌词语的吸收也不斤斤计较词语本身，而注重相互间的搭配，包括色调、动静、方位、情景、意境等等方面搭配的和谐。如《王贵与李香香》里有“草滩上落火星大火烧”，这是信天游中常见的，单独而言，有一定的感发功能，但没有多大深意，李季把它拿来，同现代口语中的革命词语搭配起来，成了“草滩上落火星大火烧/红旗一展穷人都红了”。这就使“草滩上落火星大火烧”既强化了兴发感动功能，又深化了意境。又如“窗棂棂开花用纸糊”原也是信天游中常见的句子，这种生活实景的原生态表现，要说感发功能也算不得很强，但一和“相思的心儿关不住”搭配，新意和深意也就出来了，这么搭配表面上看是一种递进式比喻关系，其实深层次看是一幅大的生活实景，反衬着在特定的生活色彩烘染下的心灵真实。有一首蒙古民歌这样写：

我的天，我的沙，
我的牛羊我的家！

它们由“天”、“沙”、“牛羊”和“家”这么四个词汇搭配而成。如若各各孤立起来看，所指很明确，是民歌中来自于生活本色感觉的词汇而已，由于很平常，诗人们不见得会说它们很优美，但它们吸收进新诗的语词库，一经搭配，情况就不同了：苍苍碧天下，茫茫沙原中，有一群牛羊，一个帐篷搭成的家——把这个民族的生存环境和生活色调如此逼真又意境深远地表现了出来，从“天”到“沙”，从“沙”到“牛羊”，从“牛羊”到“家”，镜头的展示由高而低、由远而近，一层层摇到眼前，然后又把这一切都归之于“我的”这样一个意识，放大地表现出来，颇富有暗示意味地凸显了民歌作者心灵的真实：“我”所有的只是天和沙原，牛羊和漂泊的家，以及由此组成的艰辛的生活，空旷的、与世隔绝的寂寞——多么旷远的一种哀愁，就这样蕴涵在这么短短两个句子中。新诗吸收民歌词语来丰富自身的用语及其表达能力采用这种策略，看来是可行的。可惜，这一代诗人没有对这种探索加以重视。

值得指出：上述民歌词语的有机搭配，并不只是个词语问题，还涉及词法与句法。

新诗语言要不要语法规范？前已提及：草创期间胡适、钱玄同和康白情、俞平伯的意见就不同，前者认为要严格遵守，后者认为要完全打破。诗性语言要是过分讲究语法，把意思表达得明明白白，会剥夺读者自由联想和再创造的权利，以致削弱情韵的回味。穆木天在《谭诗》中提出“诗的思维术”、“诗的逻辑学”的主张。他认为“用诗的逻辑想出来的文句”，应该有一个“很自由的超越形式文法的组织法”，即“诗的Grammaire”是“绝不能用散文的文法规则去拘泥他”的。[①] 所以他在《旅心》这诗集中有些诗大量省略连接词，尽可能不用虚词，打破句子结构的约定俗成。戴望舒、艾青提倡口语，一般说还是尊重语法规范的，因此他们用口语仍显得文绉绉，拖泥带水。值得指出：这两位口语提倡者强化了“虚字”的运用，倒打破了日常交际语言的规范要求。朱自清曾说过：“虚字一方面是语句的结构成分，一方面是表示情貌、语气、关系的成分。”[②] 因此，强化助词的使用，倒是很适用于戴望舒对语吻美的追求的。我们有“文从字顺”之说，应用在诗歌中，可以说成“诗从字顺”，这两位口语的倡导者，遵守语法规范，使他们的作品出现“诗不从字顺”的现象，而强化助词则出现“诗从字不顺”的现象。能不能使二者统一起来呢？在向民歌吸收语言的养分中，诗人们注意到了民歌中有一种能把上面提及的两个方面统一起来的语言策略在起作用。我们不妨举一些这方面的例子。李季在《王贵与李香香》里，有“冬里雪大来年（的）麦好/王贵就像（是）麦苗苗。”这就省掉了“的”、“是”；张志民在《死不着》里有：“明知我是个独苗苗，/我爹的眼泪（像是）钱串掉。”李苏卿在《月下控河泥》里有：“月下控河泥千担万担，/扁担儿（像是）月牙弯弯。”都省掉了“像是”，这些是词语不守语法规范的省略；又如骆文的《三套黄牛一套马》中有：“平路上送来上坡坡拉，/大车上装的是粪堆儿大。”这里的“粪堆儿大”其实是偏正结构的复合词“大粪堆儿”，“大”是“粪堆儿”的修饰成分，为了强调粪堆儿是装得满满的，所以把“大”这个修饰成分后置——这是词序的颠倒；也可以看成是一个短语：“粪堆儿堆得大”，却因口语传达中的语境关系，允许人省掉“堆得”，而把“大”凸显出来。总之不管怎么看，这是对日常用语中语法规范的违反。而上句“平路上送来上坡坡拉”中的“来”则已不是动词，而成了语气助字，按日常语言的语法要求是无须用上它的，现在用上了，也是对语法的超越。由于这首诗表现的是翻身农民分到一套大轱辘车，勤运粪，

---

① 杨匡汉、刘福春编：《中国现代诗论》上，第140页。

② 朱自清：《中国诗的特征在哪里——序王力〈中国现代语法〉》，《朱自清选集》第2卷，第379页。

猛种地，为自己劳动而自豪欢欣的心情，所以骆文在结束处还这样写：

到了那秋天，
大筐子收呀，
大镰刀割呀
收呀，割呀
囤里装来场里打

这里的“呀”、“来”等语助字更增加了自豪、欢欣的咏叹情调。由此看来，这首民歌体的诗实在是对日常用语作省略词语、颠倒成分、增加助词等超越语法规范、综合形成一种诗的逻辑文句的体现。这样经过改造的民歌语言活泼而不拘泥，跳跃而富有空白感，自由流转而透现出语吻美。是向民歌语言学习的典型。郭沫若曾经考虑过如何采用一种“新的方法来锻炼本国的语言”的问题，在他看来“最好要把方块字的固体感打成流体”，并认为如果我们能“做到了这步功夫”，让“语言能够流体化或呈流线型”，“那么抒情诗也就可以写到美妙的地步了”①。骆文说不定意识到了民歌具有“这步功夫”，所以写成了《三套黄牛一套马》这样的民歌体诗，为新诗的语言建设提供了一份经验，即根据民歌语言规律来深入探求和再造一种口语化新诗语言。从1940年代以来，也还有人做着这样的追求。在这方面，贺敬之的《回延安》是有意识改造了“信天游”固定的语言格局，使它在接近口语化的自由流转中表现出新的社会内容，获得了成功。首先是这首信天游形式写的诗打破了每节两行、前行设比和后行抒叙的语言格局，改作前行具有起兴意味的叙事而后行作抒情，两行之间留有抒叙相承续的大跨跳自由联想，如：“白羊肚手巾红腰带，/亲人们迎过延河来。”其次是这首抚今追昔中表现革命历程的诗，采用了信天游中惯用的语助词来强化自由流转，但又适当减少用“来”这样民歌化的语助词，而采用口语“呵”等，使这种自由流转更具新诗用语色彩，如“杨家岭的红旗呵高高的飘，/革命万里起高潮。”所以《回延安》是吸收民歌语言比较成功的例子。沙白、陆棨、梁上泉、李苏卿等也在作这方面的努力。沙白在《水乡行》中采用民歌中富有浓郁生活气息的词语，并很有机地搭配起来，做得十分成功，像“水乡的路，/水云铺。/进庄出庄，/一把橹。”“要找人，/稻海深处！/一步步，/踏停蛙鼓……”在这两个诗节中，无论“水云铺”、“一把橹”还是“稻海深处”、“蛙鼓”都是富有生活本色、朴素自然、不事雕琢而又华美的民歌词语，并且搭配得当，合成意象群，特具感发和联想的功能，如前一节：在水云铺的路上进进出出，老人不拄拐棍，年轻人不骑车子，而是用“一把橹”，一种意象跨跳组合中诱发的自由联想，促使这一幅水乡图境界全出。后一节写稻海深处找人，一步步行来，竟一处处都会“踏停蛙鼓”，这是民歌所特具的原生态生活意象的组合，显然韵味无穷。但这些又不全是民歌的咏叹，而有一种口语诉说味，故它是吸收了民歌词语以及这种词语的搭配艺术从而超越了民歌套路的口语化新诗。

① 郭沫若：《怎样运用文学的语言》，《沫若文集》第13卷，人民文学出版社1956年版，第28页。

根据以上看法可以肯定地说：中国新诗的用语须吸收民歌养分来丰富自己。不过，民歌语言不能取代新诗语言，因为诉说性的新诗用语和民歌采用的语言是两个不同的系统：前者是“国语”，是“普通话”，后者是方言；前者是言语活动中的情感诉说，后者则是情绪咏叹；前者可以包孕后者，却不能被后者包孕。我们曾有过一个在民歌的基础上发展新诗的时代，并且顺理成章地出现过一场以民歌语言为基础建设新诗语言的提倡热潮。这并不科学，因为新诗作为一种语言艺术，其质的规定性早就定位在写诗如说话那一类用语特性上，即使都是表现现代人的现代情感，显示现代人生意境，用白话—国语—口语写的，就叫新诗，否则，就不能叫新诗。这个命题如果不明确，或者说不想明确，那就会给新诗的语言建设带来一片混乱。

总之，新诗语言建设中吸收民歌的养分，只能作为养分来吸收，借以健全新诗诉说体用语独特而新颖的表述功能。

第三节　向旧诗语言吸取养分

再来谈新诗吸收古典诗歌语言养分的问题。

人类对事物的认识似乎有一个相同的规律：首先是矫枉必须过正，否则就无法矫枉；接着把过正部分作调整，使矫枉不至于极端化。对以语言变革为标志的新诗革命来说，也是如此。草创期的诗人为了矫枉中国传统诗歌，就坚决排斥旧诗中用熟了的那套文言词语，要彻底改用白话写诗。但是白话在那时还没有自己的诗性文化，还无法意象定位，因此当胡适提出以白话替代文言写新诗，并且他和他的同志们“尝试”了一年时间后，不满的意见就出来了。前已提及：傅斯年、俞平伯就颇有意见。那么学者该怎么办？二人开出的“药方”却不同。傅斯年提出：“想免得白话文的贫苦，唯有从他——唯有欧化。”俞平伯则提出：“现在白话有许多不够用的地方，只得借用文言来补充”——而这“是不得已的事”。年轻一代的见解对那几个老资格的新诗首创者来说，并非没有考虑到。刘半农在《我之文学改良观》中早就提出：“新文学决不能脱离老文学之窠臼。”[①] 而胡适在作于1917年的《答钱玄同》中也说过：“吾于去年（五年）夏秋初作白话诗之时，实力屏文言，不杂一字。如《朋友》、《尝试篇》之类皆是。其后忽变易宗旨，以为文言中有许多字尽可输入白话诗中。”[②] 但是，矫枉必须过正的思维定式，使他们一旦把新诗革命的大幕正式拉开，又坚决要在他们构想的诗歌王国中肃清一切文言词语。当然，这些尊重事实和科学的革新人物，毕竟懂得矫枉过正后，就得把过正部分作调整，搞极端化只会把事情弄糟。胡适经过一场否定之否定后终于认同了傅斯年、俞平伯等年轻一代的意见，这反映在他对旧诗中“陈套语”看法的变化上。

胡适和钱玄同曾激烈反对诗歌中使用陈套语。胡适在《文学改良刍议》中提出要务去“滥调套语”：“今之学者胸中记得几个文学的套语，便算诗人，其所说诗文处处

① 《中国新文学大系·建设理论集》，第67页。

② 《怎样做白话文》，《中国新文学大系·建设理论集》，第85—86页。

是陈言滥调……最可憎厌。”钱玄同在《随感录》中无情地嘲笑了某个同盟会老革命党人用滥调套语填词所闹出来的一场笑话。[①] 但后来胡适对陈套语作了客观冷静的分析，在《寄沈尹默论诗》中说：“我近来颇想到中国文学套语的心理学。有许多套语（竟可以说一切套语）的缘起，都是极正当的。凡文学最忌用抽象的字（虚的词），最宜用具体的字（实的字），例如说‘少年’，不如说‘衫青鬓绿’；说‘老年’，不如说‘白发’、‘霜鬓’；说‘女子’，不如说‘红巾翠袖’；说‘春’，不如说‘姹紫嫣红’、‘垂杨芳草’；说‘秋’，不如说‘西风红叶’、‘落叶疏林’……初用时，这种具体的字最能引起一种浓厚实在的意象，如说‘垂杨芳草’，便真有一个具体的春景，是极正当的，极合心理作用的。但是后来的人把这些字眼用得太烂熟了，便成了陈陈相因的套语。成了套语，便不能发生引起具体意象的作用了。”[②] 这段话的意思是说陈套语原是概念的，类型化的对象借用感性的、个别的对象在词语上体现的结果。也就是说：陈套语原是旧诗中用文言构成的一种意象化词语。诗是要靠意象抒情的，那么这种采用文言的意象化词语——或者如胡适所说的“具体的字”，“实在字”，倒是文言词语在诗歌文本中诗性规范的体现。但一个新鲜的审美意象用特定的词语外壳包装着制造出来，一旦被众人用多了，就会钝化，再也引不起接受者的新鲜感，难以发生审美刺激作用了。于是，意象化的这些词语也就质变成了陈套语。胡适有了这样的认识，才对自己过去极端否定陈套语作了点修正。在同一篇文章中，胡适说：“所以我单说‘不用套语’是不行的，须要从积极一方面着手，说明现在所谓‘套语’，本来不过是具体的字，有引起具体的印象的目的，须要使学者从根本上下手，学习那具体的字的手段。学者能用新的具体字，自然不要用那陈陈相因的套语了。”[③] 这些言论中还包含着两点胡适自己没有明白说出的意思：第一，陈套语原是具体的字，能引起接受者具体的印象，可见它具有意象化的性能，或者说所谓的陈套语其实是意象定位了的词语；第二，陈套语是旧诗中用文言构成的特定词语，现在肯定它们可以丰富新诗的白话词语，也就是说新诗中的白话要使得不干枯、不贫乏，就必须吸纳旧诗中这些具有审美再创造潜能、能引起具体印象的陈套语。因此，从对旧诗词语中陈套语的肯定来看，胡适已在修正过去的见解，主张“文言中有许多词尽可以入大白话诗中”了。这提法很有启示性，看来只有吸收古典诗歌的语言养分，才能使白话——口语成为新诗真正需要的用语。1920年代中期，新月诗派诗人对此作了更深入的思考，从而确立了完整而明确的认识。闻一多在批评郭沫若《女神》的地方色彩时，指责新诗语言有一味洋化而数典忘祖的倾向后说：“现在的新诗中有的是‘德谟克拉西’，有的是泰果尔·亚坡罗，有的是‘心弦’、‘洗礼’等洋名词。但是，我们的中国在哪里？我们四千年的华胄在哪里？”又说：“我要时时刻刻想着我是个中国人，我要做新诗，但是中国的新诗。”[④] 那么怎么做呢？在给梁实秋的信里闻一多提到“新诗中用旧典”[⑤] 做“中国的新诗”也

① 《中国新文学大系·文学论争集》，第365—367页。

② 同上书，第313页。

③ 《中国新文学大系·建设理论集》，第313页。

④ 《〈女神〉之地方色彩》，《创造周报》第5号。

⑤ 《闻一多诗全编》，浙江文艺出版社1995年版，第418—419页。

就是要吸收中国古典诗歌中蕴涵典实的词语，这是和胡适提出要吸收陈套语的实质是一致的。梁实秋在《新诗与传统》中还为此作了一个很明确的判断："新诗之大患在于和传统脱节。"并认为："用白话作新诗而真成为诗，并不容易，因为用赤裸裸的白话，毫无依傍，吐露心声还要意味深长，真是难上加难。白话诗不许用典故，其实典故是不可厚非的，在文字中用典故所以收经济与委婉之效……"该文在结束处还带点结论性地提出："白话要提炼成为诗的文字"，而这样的文字必须具有"合于我国固有的品味的意境美，而只有这样，新诗才能算是不悖于传统。"[①] 这意思就是：白话要成为新诗的语言必须吸纳有传统意境蕴涵着的旧诗词语，才是唯一出路。应该说：这些话代表了新月派同仁的态度。在这种自发性认识的背景下，新诗草创期的代表人物周作人趁着给刘半农的《扬鞭集》作序的机会，也说了这么一番话："我不是传统主义（Fraditionalism）的信徒，但相信传统之力是不可轻侮的。坏的传统思想自然很多，我们应当想法除去它，超越善恶而又无可排除的传统却也未必少，如因了汉字而生的种种修辞方法，在我们用了汉字写东西的时候总摆脱不掉的。我觉得新诗的成就上有一种趋势恐怕很是重要，这便是一种融化。"[②] 这个"融化论"很重要，他提醒诗坛：旧诗中富有审美生命力的词语必须融化进新诗的用语中，使得新诗用语系统更趋完整、全面。

诗人们的创作实践跟上去了。

朱湘的实践有代表性，且取得了相当好的成绩。他坚持旧诗词语纳入新诗的用语系统时要尊重和适应口语，或受制于口语句法，不能搞独立。沈从文在《论朱湘的诗》[③] 中对这种努力作了大力肯定："由于朱湘的试验，皆见出死去了的辞藻有一种机会复活于国语文学的诗歌中。"并认为这使得"新诗与旧诗也在某一意义上成为一种'渐变'的联续"。苏雪林在《论朱湘的诗》[④] 中指出朱湘诗的一个大特点是"善于融化旧诗词"："旧诗词的文词、格调、意思他都能随意取用而且安排得非常之好"，她还认为：正像北宋词人周邦彦"颇偷古句"、"多用唐人诗句隐括入律，浑然天成"[⑤] 那样，朱湘这样的行为与"偷呀，剽窃呀"是拉不上关系的，即使硬要拉上关系，也并不要紧，要紧的是"看他能否融化"，朱湘确实能够让新诗的口语和"旧诗词的文词"取得融化。苏雪林为此引《日色》中一个诗节来分析。这个诗节是：

> 苍凉呀
> 大漠的落日
> 笔直的烟连着云

在这位女批评家看来，这是"偷"用王维"大漠孤烟直，长河落日圆"。因为朱湘这两行表现苍凉境界的诗句，是以"大漠"、"落日"以及"孤烟直"在口语语境中作有机

① 《梁实秋论文学》，第690页。
② 杨匡汉、刘福春编：《中国现代诗论》上，第129页。
③ 沈从文：《论朱湘的诗》，《文艺月报》第2卷第1期（1931年1月30日）。
④ 苏雪林：《论朱湘的诗》，《青年界》第5卷第2号（1934年2月）。
⑤ 《青年界》第5卷第2号（1934年2月）。

搭配而成，而这三个词语则是王维那首诗中的核心词语，王维依靠它们再加上一个“长河”恰如其分地搭配成了两个千古传诵的名句，显示着空茫、苍凉境界。朱湘把这三个旧诗词语吸收进来——为了适合口语语调，他把“孤烟直”改成“笔直的烟”，再加上一个“云”，搭配成了《日色》中的这么三行诗。应该说这样“融化”诗很好。苏雪林因此认为朱湘对旧诗词语有“一种较高手段选择”的本领。其实朱湘真正的本领是在对这些旧诗词语在新诗用语系统中搭配的工夫。孤立地看，“大漠”、“落日”这样的旧诗词语早已约定俗成地进入新诗用语系统中了，说不上有特别苍凉的感发功能，现在经朱湘将它们在口语框子里搭配起来，倒确实显示着他对旧诗词语在吸收中予以融化的特色。这种“融化”是新诗语言建设中相当重要的一着，朱湘做成功了，林庚、马君玠等也是成功的。且以马君玠为例。这位诗人出版过一本抒发爱国深情的诗集《北望集》，它留给我们最深的印象就是拿传统诗歌语言中有审美生命力的词语融入新诗用语系统，来完成爱国主义的抒情。全集从词汇的选择、语句的构成、意象的营造一直到语吻的表现，都显示着这位诗人深厚的古典诗学功底，更显示着他的融化能力。我们只要对《北望集》略作浏览，就可看到一大批这样的词语：河山、天涯、芳草、香烛、寒潭、碧浪、琵琶、珠帘、烟岚、庐墓、干戈、征尘、青林、青丝、刁斗、吟虫、烟波、笳声、玉笛、不胜寒、一叶船、关山月、大汉魂、碧琉璃、风尘老、咸阳古道、白马银鞍、千帐灯火、西风残照、秣马厉兵、草木莽莽、小楼明月夜、疏雨湿丁香、饮马长城窟，等等。那么马君玠把这些古色古香的词语框入进口语语境是否会使现代人的生活情味变味呢？从诗集的实况看，绝不会，试引《关山月》一诗中的后半节来看：

月出皓兮，天上的明星煌煌，
照着放哨的荷戈人在碉楼眺望。
起伏的岗，连绵的岭，峰峦接天；
沃野千里，莽莽的一片，更行，更远。
啊，大邦的威仪！笳声颤动军衣；
边塞的寒风裹着含枚急走的铁骑如蚁。
此夜高楼有多少只纤手在忙？
为沙场上的中华儿女缝御冷的戎装。

出现在这些诗句中的旧诗词语如此多，却仍然使我们感到这是一首标准的新诗，因为它们在新诗中的存在，并不只是古色古香的词语本身，而是负载着传统中华爱国主义精神进入的，也许还可以说，如果不是用这一批古色古香的词语来表现，传统中华爱国主义精神也就无法真切地进入新诗的用语系统中。为什么呢？因为，语言既是工具又是材料，它不但是思维的物质外壳，也是思维本身，而这些词语用新诗用语的句法组合在一起，已经不只是词语组合体本身了，而有传统爱国主义情调的文化意蕴积淀着。正是这些古色古香、显示着爱国主义文化底蕴的词语有机的搭配，才能最大限度地呈现出传统中华爱国主义精神，要不然那就会和炎黄子孙的这种集体无意识不相适应。马君玠相体裁衣，为新诗纳入一部分还具有审美生命力的旧诗词语作出了不容忽视的贡献。

值得指出：这些具有审美生命力的旧诗词语有相当一部分就是胡适所谓的陈套语，甚至超越了陈套语的辞藻功能，具有了意象定位。

我们不应忽视中国传统诗歌中某一类词语的“特异功能”，它们特别能诱发读者的联想和想象，从而去有效地完成意象化抒情的目的。这样的词语就是意象定位了的。因此，诗人们在新诗用语的探求中有必要把身怀“特异功能”的旧诗词语找出来。一般说，具有“特异功能”、意象定位化了的词语，是长期文化心理、特别是审美文化心理在它们身上积淀的结果。也可以说：由于集体无意识在某些旧诗词语上凝聚得久了，就会把这种心理惯性力移入词语，同时吸附进多种审美文化信息，或渗透进多量集体无意识，以致使这些词语获得了意象定位的资格了。中国传统诗歌在数千年的演变中留下了这么一批意象定位的词语，即使把它们从诗篇的语境引力场中分离出来，单独存在，仍会有意象化的审美功能。如《诗经》里有一名篇，内中有“昔我往矣，杨柳依依”的诗句。名篇经千年传诵后，已化为特定的审美文化，积淀在民族审美心理中，而由这首诗带出的这个名句中的“杨柳依依”，也已不只是柳丝飘舞这个简单的所指，而有了一种无常人生无比哀远的离绪蕴涵着，以致今天的我们一接触到“杨柳依依”马上会感发出一股人生聚散无常的哀远情绪。同样的道理，王维有“劝君更进一杯酒，西出阳关无故人”的名句，“阳关”这个词汇因着这名句悲慨苍凉的境界而有了意象定位，使它不只是甘肃敦煌地区一个地名，而有了历史性苍凉和宿命性茫然的漂泊意绪蕴涵着。再如“木叶”，原出屈原《湘夫人》：“袅袅兮秋风，洞庭波兮木叶下。”屈原为什么不用“树叶”而改用“木叶”呢？这当然可以这样解释：“木”字能暗示正在落叶的树那种光秃感，它比“树”要荒芜因而能引起人更多伤感情调。这是屈原自立的一个意象化词语。但由于《湘夫人》这首诗千古传诵，诗中抒情主人公因爱情生活的荒芜内心中弥漫着一缕浓重的伤感情绪，而“袅袅兮秋风，洞庭波兮木叶下”中的“木叶”是最能见物起兴、显示这股荒芜伤感情绪的。因此也就随着名诗、名句而化为一种特定的诗性语言文化，积淀在民族审美文化心理中，使后人一见“木叶”油然而生生命荒芜、生存伤感的情绪，如果还其“树叶”的本来面目——像今天新诗中使用的口语词汇那样，就难以使独特的审美文化心理活动引发出来。由此看来，新诗的用语系统中，必须吸纳意象定位的一批旧诗词语。新诗几十年来，倒也确有一批诗人在作这方面的追求，而1930—1940年代已追求得相当有成绩。

致力于旧诗词语纳入新诗用语系统的追求，其结果使我们看到一个事实：要使“陈套语”和一般的旧诗词语融化于新诗用语系统，必须和口语作有机搭配，受制于新诗用语的句法，至于它们自身的独立审美功能则较弱，而意象定位的旧诗词语却无须考虑这种有机搭配，可以作为增生的词语，在新诗用语系统中自有其独立存在的价值。这样的事实固然有好的一面，却也造成二者在新诗用语系统中的分裂，身价大不相同，对新诗接纳旧诗词语的这项工作，也会带来不少负效应。何以见得呢？我们可以从如下两个方面见出：首先，陈套语和一般旧诗词语在一个口语框子（即口语语境）中的聚合，往往会因旧诗词语过分密集而在组合关系中出现旧诗句法复辟的现象，以致显示出对口语全面的排他性。于是，不是口语融化了它们，而是它们融化了口语。现实的情况则是：1930—1940年代的新诗中颇出现了一批陈词滥调充塞之作。试举一例：大家都会认为戴望舒是真正用口语写诗的，其实这位诗人一直在经受着旧诗词语在他创作中复辟的痛苦，且终其一生也摆脱不了这种威胁。他早期的诗，旧辞藻用得很密集，如《夕阳下》里第一节："晚云在暮天上散锦，/溪水在残日里流金；/我瘦长的影子飘在地上，/像山间古树底寂寞的幽灭。"短短四行诗，就有"晚云"、"暮天"、"散锦"、"残日"、"流金"、"古树"、"幽灵"等旧辞藻；在《残花的泪》中的前两节："寂寞的古园中，/明月照幽素，/一枝凄艳的残花，/对着蝴蝶泣诉。//我的娇丽已残，/我的芳时已过，/今宵我流着香泪，/明朝会萎谢尘土。"这里的旧辞藻更密集："古园"、"明月"、"幽素"、"凄艳"、"残花"、"泣诉"、"娇丽"、"已残"、"芳时"、"今宵"、"香泪"、"明朝"、"萎谢"，等等，古旧的气味实在太浓重。晚期的作品，旧辞藻相对减少了，但使用率也并不低，幸亏在口语中融化得好，所以古旧气味不那么浓，如《过旧居（初稿）》："静掩的窗子隔住尘封的幸福，/寂寞的温暖饱和着辽远的炊烟——/陌生的声音还是解冻的呼唤？……/挹泪的过客在往昔生活了一瞬间。"这里的"静掩"、"尘封"、"辽远"、"炊烟"、"挹泪"、"过客"、"往昔"原都是旧辞藻，当然有些已口语化，如"炊烟"、"过客"，句法也完全是口语的，因此虽有这些旧辞藻密集在一起，古色古香的，古旧的气味倒不重。中期，也就是他大力提倡用口语写诗时，他最把不准新诗的语言，《我的记忆》等诗中完全用口语，但有些诗里又忍不住让旧辞藻密集一番，如《秋蝇》里的"木叶，木叶，木叶，/无边木叶萧萧下。"尤其像《古意答客问》中这样的诗节：

> 孤心逐浮云之炫烨的卷舒，
> 惯看青空的眼喜侵阈的青芜，
> 你问我的欢乐何在？
> ——窗头明月枕边书。

这么一节诗，第一、二行旧诗词语的密集，第一、四行旧诗句法的放纵使用和第三行纯口语句子放在一起，一点不匀称，是旧诗词语和新诗用语融化的一次失败，是"死文字"的一次较大复辟。连戴望舒这样高举口语写诗大旗的诗人在实践中也如此把握不好新诗吸纳旧诗词语的问题，就更不必说对诗歌语言有"怀旧癖"的诗人了。1930—1940年代新诗在吸纳古典诗歌语言养分的问题上，确还是相当不稳定。其次，具有意象定位的旧诗词语，在新诗用语系统中如何保持不同于口语的独立性问题，1930—1940年代的诗人也没有把握好分寸。根据上面的论述可以明白：陈套语和一般旧辞藻进入新诗用语系统必须以口语句法来控制，但意象定位的旧辞藻进入这系统恰恰相反，倒要提倡反口语句法控制的精神，要不然旧辞藻在口语句法中不断运转，慢慢地会除旧更新，以致把它们那点子意象定位的性能也磨失了光彩。为了避免发生这种钝化现象，就得巧妙地保持旧诗的句法，或独创一种反语法修辞规范的句法来驾驭这些身份特殊的旧辞藻。可惜那期间的诗人们考虑不到这一点。也以戴望舒为例。这位诗人对秋天四处飘飞的树叶似乎特别敏感，在诗中把这一意象语言化时，他用过“残叶”、“死叶”、“秋叶”，但用得最多的是“木叶”。上已提及在“木叶，木叶，木叶，/无边木叶萧萧下”中，我们不会认为“无边木叶萧萧下”是口语句法，而肯定它是以旧诗句法来控制的一个句子，把“木叶”的意象定位性能凸显了出来。在《秋夜思》里有：“听鲛人的召唤，/听木叶的呼息!”“听木叶的呼息”是反修辞逻辑的句法，从中也把“木叶”意象定位的性能凸显了出来。这都是好的。但他其他地方使用“木叶”就不注意了。如《野宴》中有“那里有木叶一般绿的薄荷酒”，这里“木叶”这个旧辞藻在口语句法结构中很自然地存在着，就连“残叶”、“死叶”也不是，而只有一般“树叶”的性能。可不是吗？既然说“木叶”一般绿，那么这片“木叶”当然不会是“秋叶”了，因为秋叶是枯黄、灰暗的。《秋蝇》里有“身子像木叶一般地轻”，这也是口语句法结构，“木叶”存在于其中也就只有一般“树叶”的性能。在《微辞》里有“园子里蝶褪了粉蜂褪了黄，/则木叶下的安息是允许的吧”，《秋蝇》里有“飘下地飘上天的木叶旋转着”中的“木叶”也都是在口语句法结构中存在着，同一般“树叶”一样，全无弦外之音，“木叶”的意象定位被磨失尽了。李广田在《那座城》中有“当木叶脱尽”，还有在《一棵树》中“当木叶尽脱时，我感到舒畅而又坚实”。这“木叶”除了是“树叶”的另一种说法，就更无任何隐意了。再如，“砧声”，最初何逊在《赠族人秣陵兄弟》中有“萧索高秋暮，砧杵鸣四邻”。因此旧诗里也有用“暮砧”，如杜甫《秋兴》之一里的“白帝城高急暮砧”，也有用“砧杵”的，如钱起《乐游原晴望上中书李侍郎》里的“千家砧杵共秋声”，总之在秋暮的江边传来的“砧声”因了上述名诗名句的使用和名诗名句中所寓的游子漂泊之哀，使这个词有了意象定位。20世纪三四十年代的诗人注意到了，也就化入新诗用语系统中。如吴天籁在《秋的哀词》中就有：“在怨妇的砧杵上的，/是啊，是秋的哀词。”把砧声拟喻成“秋的哀词”，表现怨妇的生之哀怨，句法上有一定的谬理性，还是生动的，但也只把这个旧辞藻的隐意利用了一部分，而没有进一步采取特殊的句法把生之哀怨从一般生活之哀进入到生命忽如远行客的漂泊之感。到何其芳的《休洗红》中，“砧声”进入口语句法结构，则连《秋的哀词》中那一点反约定俗成的谬理性能也没有了，这时，意象定位了的“砧声”又如何了呢？且看：

寂寞的砧声散满寒塘，
澄清的古波如被捣而轻颤。
我慵慵的手臂欲垂了。
能从这金碧里拾起什么呢？

这里的“砧声”就只是“砧声”，那一点意象定位的性能全已磨失。

但新诗的语言建设毕竟在惨淡经营中一步步走向成熟，吸收古典诗歌语言作养分的问题到1950年代以后的创作实践中，有了探索性的成绩。该年代末期，陈山、丁芒、戈壁舟、陆棨等已在尝试将旧辞藻融化入口语。如丁芒写于1958年的那首气势磅礴的《过三峡》就这样写：“激流奔腾，/谷深风急，/飞沫扫雨，/声势有如赴战的铁骑。//三峡天险，/惊退多少豪杰，/谁曾想过高峡出平湖，/八阵图中？高唐梦里？”戈壁舟在《访八大山人故居——青云谱》中这样写：“一弯短墙，/几间土屋，/门前半亩残荷，/房侧几株老樟树。/数点寒鸦，/一只孤鹜。/残山剩水难入画，/这遗迹呵，/还留着亡国的凄苦。”可以看出，旧辞藻融化入口语已显得和谐起来，格格不入之感已有所减少，而这些旧辞藻本身，特别是一些意象定位的旧辞藻如“飞沫”、“铁骑”、“八阵图”、“高唐梦”、“残荷”、“寒鸦”、“孤鹜”，尤能微妙地兴发感动出一股气势或一种情调，虽然当年极“左”文艺思潮的贯彻者曾对《过三峡》这样的诗从语言上否定它的成就，但历史不会忘记这些先行者探求的功绩。从1960年代开始，中国台湾的诗人余光中、洛夫、郑愁予等对旧辞藻融化进口语作了别出心裁的探索，从1980年代起，内地诗人丁芒、唐湜、周所同、林染、秋获等也在这条探索的路上取得了新成绩。大致说来，这种探索走的是旧辞藻经口语释稀后的活用这两条路子。

所谓经口语释稀后的活用，指的是把旧辞藻各各从原旧诗的语境中抽出来，分别嵌入口语的句法结构中，即释稀后各各就座于全新的位置，又各凭自身的感发功能，在口语结构中相调和、贯通。这是一种旧的拆解，按新的意图在口语结构中重组，以再造出一种口语化意象群。应该说这是1930—1940年代的诗人已追求过的，不过拆解程度更重、重组面更大。如唐湜在《感怀（一）》里这样写：“想玉人一夜吹出了笙管，/在楼头的薄暗里低低呼唤，/招引着青鸾下临薄帷；/寂寥，一斛珍珠买不回/那少年时日片刻的清辉！”这“玉人”、“笙管”、“楼头”、“青鸾”、“薄帷”、“寂寥”、“一斛珍珠”、“清辉”等旧辞藻，在口语结构中各就各位，又共同组合成“珊瑚千尺珠千斛，难换今生二月花”这样一个情性意象群，感发出“留连光景惜朱颜”的情结性意境，使新诗的用语系统显出了丰富性。丁芒在《咏漱玉泉》中这样梦幻似地怀想当年漱玉泉边的李清照：“高墙重门锁一院清秋，/窥不见海棠绿肥红瘦，/只遥想秋千影里，帘栊深处，/玉枕纱厨，依稀有人病酒。”旧辞藻在口语的框架里各就新位，和谐有机。当然，释稀得不够，所以古色古香还是浓重了一点。郑愁予的《错误》就释稀得多了，且看全面展开抒情的第二节：

东风不来，三月的柳絮不飞，
你的心如小小的寂寞的城
恰若青石的街道向晚
跫音不响，三月的春帷不揭
你的心是小小的窗扉紧掩

这里的“东风”、“柳絮”、“跫音”、“春帷”、“窗扉”都是传统闺怨诗中习见的旧辞藻，它们作为有不同程度脂粉气的意象化词语在口语结构中的聚合，形成一个表现闺阁生存环境的意象群，而口语的释稀则使这些旧辞藻着上了一份潜隐的情感色彩，即这是“三月的”柳絮，并且不飞；这是“三月的”春帷，并且不揭；这是“若青石的街道向晚”时分的跫音，并且不响；这是如同“心”一样的“小小的”窗扉，并且紧掩着。这使得这批旧辞藻在拆解、再聚合中纷纷进入和原定职能有所不同的审美新位，感发出来的是那个深闺丽人欲拒绝“我”的造访而又春情难抑的复杂心境。这不是一般的含蓄手法所致，而是旧辞藻在口语结构中意象化信息传导的一场必然。这种探索是值得肯定的——虽然流浪才子与闺阁佳人构成的古典气太重，与现代情调的距离大了一点。

旧辞藻经口语释稀的另一种活用法是对一个固定的词语或诗句拆解开来，用口语结构使之放大——1950年代以来诗人们在这方面的探求也许更显出些成绩。美国意象派创始人庞德拆解我国唐诗词语和句子译成英语，结果找到了一条意象主义的创作路子，是众所周知的。他的拆解式翻译很值得我们思索，如对李白《古风》第六中的“惊沙乱海日”，他拆解后译为：“惊奇，沙漠的混乱。大海的太阳。”第十四中的“荒城空大漠”拆解后译为：“荒凉的城堡，天空，广袤的沙漠。”[①] 这种拆解成部件的几个旧辞藻口语化后孤立地拼合，也许我们不一定赞同，但使人惊异地发现这些部件之间始终存在着一个无形的审美引力场把它们潜隐地结合着，呈现为一个远远超越于原诗词语或句子所具审美功能的意象群，这就是中国古典诗歌的语言魅力，它们的审美包孕量是那么大，把它们拆散，用口语释稀后再作适当的连贯，是能旧貌换新颜的。这一代诗人就是从这个思路上展开了探求。如“天净沙”这个旧辞藻，在时湛的《寒鸦》中就被口语稀释后翻出了这样一片世界：“银河边蓝色的帐篷——/天净处一片星沙……”这是一次别求新境的成功探求。周所同在《梅花三弄》中把“古道西风瘦马”作了这样一番旧貌翻新：“……卷帘人/谁打马走过古道风尘！”丁芒在《咏太白楼》中把“明月出天山，苍茫云海间”作了这样一番口语稀释后的翻新：“望明月，忆天山云海/秦地陇关，那堪回首。”这都是探求得相当成功的。还有人把旧诗句中的语汇像庞德一样切割成一个个部件，作为一种新颖的意象，直接和抒情主旨接轨。如秋荻的《榴花》中有句：

> 无边的行程：鸡声，茅屋，
> 残月催着人走出荒野

这显然来自“鸡声茅店月”，但彼口语稀释的这句旧诗句子，已超越了原诗句的审美功能，为新的抒情主旨——追求至美的价值，过客只能从残月的昨宵走向新阳的明朝，作了极富感发性的抒情。近年来对这样的活用法有所发展。秋荻在《平安夜》中抒唱一位毕生投入战斗队列、踏尽千山万水寻求祖国解放的战士诗人，用了这么些旧诗词语聚成的意象群来感发：“霜风里有铁马金戈/雁横天/白草古渡黄河/那你就八千里路云和月/去高歌求索——/平安夜，圣诞的零点/中国……”在这里，“霜风”、“铁马”、“金戈”、“雁横天”、“白草”、“古渡”、“黄河”这么些有不同程度意象定位了的旧诗词语作如此独特、有机的组合，是对抒情主人公战斗生涯的意象象征显示，而“八千里路云和月”这句《满江红》里的诗句则是对抒情主人公征途迢遥的具象表现。如果联系下一行“去高歌求索”，则“八千里路云和月”倒变成一个部件，直接和作为抒情主

① 参阅李元洛《诗美学》，江苏人民出版社1987年版，第495页。

旨的“高歌求索”接轨，或者说，成了个具象化的程度状语，起一种修饰“去”的作用。类似的做法甚至更深一层的还有，如沙泉在《给——》中有：

你纵是羽剪春愁的飞燕，
可我已月落乌啼着心天！

这是“月落乌啼霜满天”的活用。在张继的《枫桥夜泊》中，“月落”、“乌啼”、“霜满天”是三个并置的意象化词语，在《给——》中被活用后，“月落乌啼”和“霜满天”之间变成了施受关系；而“霜满天”缩成“霜天”，成了对“心”的隐喻，《给——》中不说“霜天”而说“心天”，又转了个弯，是顺着“月落乌啼霜满天”这个众人皆熟的旧诗句子所作的偷天换日，略作点化，显然谁都明白这“心天”就是“霜天”。这种旧诗词语经口语释稀而进入新诗用语系统后，化作意象而被如此灵活地运用，真是别出心裁。新诗语言建设是应该重视这一份成果的。

新诗的用语是新诗表述媒介的材料，它是新诗语言的基础，而其系统的形成，则是新诗语言的基础工程建设，其重要性可想而知。根据上面的回顾，当可以明白，新诗用语系统的形成是经历了一番曲折的探求过程的。这不仅有白话取代文言的问题，也有白话提升为口语的问题，更有民歌与古典诗歌语言中有审美生命力的因素作为养分吸收进以白话—口语为表征的用语系统中去的问题。因此这一个用语系统充分地显示着立足于白话—口语的有机综合特性，为新诗语言体系的确立提供了先决条件。

第五章　新诗语言的意象化

回顾新诗用语的演变情况，可以得出这样的结论：百年新诗虽然通过这样那样途径，吸收了古典诗歌、民歌和西方诗歌的用语来丰富自己，但作为基础，还是白话—口语。需要指出：我们称白话—口语是新诗的用语而不叫新诗语言，是有特殊含义的。众所周知，语言对于文学（包括诗歌）来说，既是材料又是工具，其中的材料，也就是我们所谓的用语。但单有用语对文学（也包括诗歌）创作来说是无济于事的。韦勒克、沃伦在《文学理论》中说过这样的话：“语言的研究只有在服务于文学的目的时，只有当它研究语言的审美效果时，简言之，只有当它成为文体学（至少这一术语的一个含义）时，才算得上文学的研究。”[①] 他们还进一步补充说：“所以能够使语言获得强调和清晰的手段均可置于文体学的研究范围内：一切语言中，甚至最原始的语言中充满的隐喻；一切修辞手段；一切句法结构模式。几乎每一种语言都可以从表达力的价值的角度加以研究。”[②] 这些都表示，我们对新诗语言的研究，除了考察白话—口语作

① 韦勒克、沃伦：《文学理论》，刘象愚等中译本，江苏教育出版社 2005 年版，第 198 页。
② 同上书，第 200 页。

为其用语的确立情况以外，更要考察这种白话—口语作为工具手段在表现生活中的使用特征。

这就是新诗语言的意象化所显示的特征。

第一节 语法规范与新诗语言的意象化困境

平常我们说诗是语言的艺术当然对，不过更确切的说法应该这样：诗是意象化语言的艺术。这意味着：语言不是意象化的，也就不能成为诗的语言。王元忠在《艰难的现代：中国现代诗歌特征性个案研究》一书中，说过这么一段话：

> 诗歌语言本来是迥异于日常语言的，日常语言着重通过语义的使用而进行语感的传递，是一种表意性语言。诗歌语言则主要是通过强化语言的声音和画面组织功能而象征性的抒情，是一种表现性语言。举例如“小鹿来到泉水旁去喝水”语，这是一种日常表达，它的主要目的就是告诉我们生活中发生了什么，传递说话人所了解到的来自于生活的信息。同样的生活内容，一个诗人的表达则可能是这样的：“泉水轻轻的捧起小鹿的嘴唇。”他的语言表现给人提供的是一种明晰的画面，目的是让读者感知而不是直接地去了解诗人内心所捕捉到的或所渴望的生命与生命之间的一种和谐感。所以从日常生活语言到诗歌语言，其间有一段很长的路要诗人走。①

这段话虽然没有特别新颖的理论见解，但说得通俗而又颇得要领。古添洪在其专著《记号诗学》中介绍了洛德曼关于文学语言的理论，认为“自然语”——也就是我们的日用语言是“首度规范系统”，文学语言则“是建筑在前者之上而成为一个二度系统”的。就规范功能而言，洛德曼认为“‘自然语’已对现实世界作了‘首度’的规范，把现实世界纳入其模式里，‘文学’作为上置于‘自然语’的二度系统，则是对已为‘自然语’规范了的世界作‘二度’的规范”，而“二度系统里所特为强调的‘内容’与‘形式’之互为渗透、‘对等’以及‘歧义’（deviation）等，不免会把‘自然语’所作的首度规范世界打开。这二度规范与首度规范两者的复杂辩证关系，也正是文学系统与自然语系统的辩证关系”②。这些言说进一步强化了诗歌语言不同于日常语言。这基本上已成为一个共识，怪不得韦勒克、沃伦在《文学理论》中十分干脆地说：“日常语言只是在低级的文学类别中使用。”③ 诗，是文学类别中最高级的，由此推论诗歌语言要超越日常语言。

按上面种种说法，是否表明新诗在语言上历经几十年的探索所确定采用的白话—口语也是不妥当的？我们认为“用语”是语言材料，白话—口语作为写新诗的语言材

① 王元忠：《艰难的现代：中国现代诗歌特征性个案研究》，中国社会科学出版社2007年版，第244页。

② 古添洪：《记号诗学》，台湾东大图书有限公司1984年版，第119—120页。

③ 韦勒克、沃伦：《文学理论》，第204页。

料还是适当的，问题是它作为新诗语言的工具手段，其功能价值在新诗创作中没有得到充分体现。闻一多在《诗底格律》中就直言不讳地指责新诗人们虽然“认识了文艺的原料”，却“没有认识那将原料变成文艺必须的工具”，而即使“他们用了文字作表现的工具”，也“不过是偶然的事”①。于赓虞还说过一段更透彻的话：

> 诗既为抒情的艺术，则其情感应为完整的统一之表现，而其借以表现的工具即为文字，故文字为传达情感的桥梁。自所谓“新诗”运动以来，我们尚未看到较完美的诗篇，其原因在作者大半缺乏艺术的素养，不能使其情感的魅人之力加深推广，并且亦无造词之能力，以适合其情感的波动，表现其特有之神采，徒有情感而无表现之艺术，则其诗将缺乏感染之力；徒有技术而无真实之情感，则其诗将会死静之文字。诗为语言的艺术，而其语言之力即活动的、思考的、神秘的人生，语言因其形与音与意而成立；诗为音韵的艺术，故语言之音韵即诗之神魂，同音韵之不同，其所表现的色彩情调意义亦不一。既知诗因文字而得形，因音韵而得律，则诗必有其特殊性的文字……诗的文字之选择，一半在其所言之意义，一半在其所言之音韵。而且我们应知道，巧妙的造词与平稳的音韵，还能将超于语言的表现之神采，笼罩于诗之全体。②

这段话表明：诗所具有的特殊性文字，表现在造词、选词的巧妙上。他又引述了古列利治（Coleridge）：“诗乃以最好之字在最好之秩序中”所组成的话，然后又发挥说：

> 诗之字：古氏说诗乃最好之字在最好的秩序之中，其意即诗之造词最好最妙最适于诗境诗情之表现，而其表现又应为完整之统一，即有其最好之秩序。完美之统一！这正是一切好诗唯一的特点。诗乃一整体，其每一部分与其全体之关系，犹如人的五官四肢与其全体之关系。是故诗人应在字与字之间注意其自身之色音义。字与字之关系如此，行与行、节与节之关系亦如此。③

从于赓虞的这些见解里可以见出：新诗虽以白话—口语为基础，但要成为合格的工具，须通过特殊的词法、句法来使这基础语言具有意象化功能。

问题是这一代诗人该以什么样的方式来使词法、句法具有意象化的特殊功能。也正是在这一点上，新诗坛意见纷纭，甚至出现了极端对立的情况，给新诗语言探索增添了复杂因素。

早在新诗草创期，就已有人对用白话写诗表示了不满。如同前已提及的傅斯年、俞平伯的不满就很有代表性。但他们和胡适同一营垒，还算客气。后来的人就说得不那么客气了。梁宗岱在《文坛往那里去》中说：“我们底白话太贫乏了，太简陋了，和

① 《闻一多论新诗》，武汉大学出版社1985年版，第83页。

② 于赓虞：《诗之艺术》，《于赓虞诗文辑存》下，河南大学出版社2004年版，第588—589页。

③ 同上书，第590页。

文学意境底繁复与缜密造成反比例”；“我们底白话就无异于野草荒树底自生自灭；于是，和一切未经过人类意识的修改和发展的事物一样，白话便被遗落在凌乱、松散、粗糙、贫乏，几乎没有形体的现状里。”[①] 穆旦在《至郭保卫的信（二）》中说：“中文白话诗有什么可依靠的呢？历来不多。白话诗找不到祖先，也许它自己该作未来的祖先，所以是一片空白。”[②] 毛泽东在《给陈毅同志谈诗的一封信》中更干脆地说：“用白话做诗，几十年来，迄无成功。”[③] 不过，也有人对白话—口语作出这样那样的肯定。胡适在《谈新诗》中就拿傅斯年的《深秋永定门晚景》一诗为例指出：若不是采用白话来写，这样复杂、曲折、包含有几层意思的情景表现是达不到的。卞之琳在《戴望舒诗集·序》中对这位“雨巷诗人”改用口语写诗这样评价：“在亲切的日常生活调子里舒卷自如、敏锐、精确而又不失它的风姿，有节制的潇洒和有功力的淳朴。”[④] 叶维廉在《语言的策略与历史的关联——五四到现代文学前夕》中说：“白话的好处正因为是白话，是我们日常讲的话，不是学习得来的艺术语，所以在模拟我们实际的语调、神情态度时，比较接近……”[⑤] 出现这样两种相反意见的根源在哪里呢？我们认为这是同白话—口语要不要受语法规范分不开的。

对于白话—口语要不要语法规范，分歧历来存在。前已提及胡适、刘半农、钱玄同都积极主张要受语法规范。但他们的学生辈却坚决反对用白话写新诗还要受此束缚。俞平伯在《社会上对于新诗的各种心理观》中说：“文法这个东西不适宜应用在诗上。中国本没有文法书，那些主词客词谓词的位置更没有规定，我们很可以利用它，把句子造得很变化很活泼。”[⑥] 康白情在《新诗底我见》中说得更极端：“文法也是一个偶像。本来中国文里，没有成文的文法，就没有文法，只要在词能达意底范围里，也不宜过拘。在散文里要顾忌文法，我已觉得怪腻烦的；作诗又要奉戴一个偶像，更觉没有自由了。而且凌乱也是一个美底光景，我们只求其美何必从律。杜甫底‘香稻啄余鹦鹉粒，碧梧栖老凤凰枝’这种的倒装句法，本为修辞家所许可的，不能以通不通去责他。所以我在诗坛，要高唱‘打破文法底偶像’!”[⑦] 他这番反对新诗语言须受语法规范的话有点煽动性了。

如果说草创期关于新诗所用的白话要不要受语法规范这一话题的对立，还只是出于共同反对旧诗传统采取不同角度而已，那么，日后在这个问题上的照样对立，已提到诗性语言是继承传统而作为直觉隐喻表现的工具还是接受西方而作为逻辑分析表现的工具——这样的理论高度来讨论了。这方面具有代表性的，是废名、叶公超和林庚。

废名谈新诗有一个逻辑起点：旧诗是散文的内容诗的文字，而新诗则是诗的内容散文的文字。他说：“中国诗里简直不用主词，然而我们读起来并不碍事。在西洋诗里

① 《梁宗岱批评文集》，珠海出版社 1998 年版，第 44—45 页。
② 穆旦：《蛇的诱惑》，珠海出版社 1997 年版，第 222 页。
③ 《诗刊》1978 年第 1 期。
④ 《戴望舒诗集》，四川人民出版社 1985 年版，第 2 页。
⑤ 叶维廉：《中国诗学》，三联书店 1992 年版，第 227 页。
⑥ 杨匡汉、刘福春著：《中国现代诗论》上，第 28 页。
⑦ 同上书，第 40 页。

便没有这种情形，西洋诗里的文字同散文里的文字是一个文法。故我说中国旧诗里的文字是诗的文字”[①]，而“白话新诗是用散文的文字自由写诗。所谓散文的文字，便是说新诗里可是散文的句子”[②]。根据这样的认识，他得出一个结论：“新诗要用散文的句法写诗。”[③] 这个“散文的句法”，便是指西洋诗里使用的、讲究语法规范的逻辑分析语言。可见，废名赞成新诗使用的白话须讲究语法。这样一来，也就表明废名的另一个看法：讲究语法规范的新诗的白话，乃是一种散文化的文字。叶公超说：“西洋文字中字与字的关系是明摆出来的，用文法表明的，所以它们的组织比之中文可以说是完整。中文的句法往往有文法的意义在，而无文法的完整排列；其结果和西洋文字比较起来，中文的语句多半好像是以短的语词构成的，尤其是在文言里，中文里根本缺少连接关系的工具，所以语法的断逗短而多。同时也不能有很大而比较复杂的句子，一句里有了三个‘的’字就要倒霉的样子。西洋文字的文法结构是连接的，前后呼应的，所以有一种流动性……中国语法的种类也不如西洋文字的来得多，来得复杂（古代的语法变化还似乎比现代的多一点）。”[④] 这些话表明：西洋文字讲究语法规范，组织结构完整，句法复杂而有大容量，且有流动性，所以新诗的白话也要讲究语法规范。应该实事求是地说：废名对新诗的白话讲究语法是赞同中带点批评意味的，即讲语法的诗性语言毕竟是散文化的，而叶公超则完全倾向了西方：要讲究语法规范。

林庚的态度就不同了。他反对新诗使用的白话讲语法规范。对此话题，他的见解十分值得珍视，他认为：凡讲究语法的是逻辑语言，这不是诗性语言应具有的。从这样的逻辑起点出发，他反对新诗讲究语法规范。这位颇具有独立思考精神、见解往往别出心裁的诗学理论家，在写于1930年代初的《诗的语言》中就这样说：“诗的跳跃作用，使得诗的文字比散文更不受逻辑的束缚，因为逻辑原如走路般是连续的，诗不但打破了逻辑的束缚，同时还建立一个更解放的语言。”[⑤] 在同一篇文章里他还对诗性语言的非逻辑性作了发挥：“诗的语言则正是要牺牲一部分逻辑而换取更多的暗示。其实逻辑正如文法，本来是我们自己为了方便而规定的，原非天经地义。”[⑥] 可以说从逻辑性与非逻辑性的角度来区分散文语言和诗歌语言的，在中国诗学史上，林庚是第一人。他的这个观点坚持一生。在晚年时，林庚回答龙清涛的访谈中对此话题还有更多的言说。如龙清涛问他诗歌是否属于“某种特殊的语言”、应该“高于散文语言”时，他这样回答：“确实如此，散文语言就是生活语言，是逻辑思维。诗歌语言较含蓄悠长，不能太受散文语言——概念性语言——的制约，它应有能与散文分庭抗礼的东西，而且层次上高于散文，散文要学习它，像‘秦时明月汉时关’一句，逻辑不能成立，可它包含深远，回味无穷。散文则无法做到。”[⑦] 那么诗的语言“包含深远”、“回味无

---

① 废名：《谈新诗》，人民文学出版社1984年版，第26页。

② 同上书，第39页。

③ 同上书，第45页。

④ 叶公超：《谈白话散文》，《叶公超批评文集》，珠海出版社1998年版，第74页。

⑤ 林庚：《诗的语言》，《新诗格律与语言的诗化》，经济日报出版社2000年版，第34页。

⑥ 同上书，第35页。

⑦ 《林庚先生访谈录》，《新诗格律与语言的诗化》，第154页。

穷”的语言魅力来自哪里呢？他认为“混沌领域是更高于具体领域的，最原初的宇宙是混沌的”，而“把人带到原初的浑然的境界”的“语言也是如此”的，这样的语言“乃与生命更为接近”，因此才更有魅力。这就是诗所要追求的语言，而“散文的分析性在此显得格外有限”[①] 了。这也就点明：诗的语言是一种直觉隐喻性的语言。林庚还进一步把这种直觉隐喻性的语言归之于中国古典诗歌所拥有。在《漫谈中国古典诗歌的艺术借鉴》一文中，他作了一番言说，那是从他谈论诗歌语言的飞跃性开始的，他认为：“摆脱散文与生俱来的逻辑性和连续性，使语言中感性的因素得以自由地浮现出来”的，“也就是诗歌语言的飞跃性”。然后他结合唐诗这样说：

> ……唐诗在诗歌语言上的发展已经达到了这样的程度：那些为语法而有的虚字都可以省略，因为这些虚字都没有实感，省略了就更有利于飞跃。可是我们又不能失掉现实生活的语言，省略掉这些字，因此要经过一个漫长的掌握过程。我们新诗的这个过程还很短，就还不容易做到这一步。比方唐诗中可以完全不用“之”字，而新诗中“的”字就还不能完全不用。例如，“无边落木萧萧下，不尽长江滚滚来”，若用我们今天的话，还不得不说“无边的落木”、“不尽的长江”，省不下这“的”字。古典诗歌的语言越是具有这种特征，也就离开散文越远，这也就是“诗化”的过程，诗化而自然天成，一点也不别扭，这标志着古典诗歌语言的真正成熟。诗的语言因此才更灵活，更有弹性，一瞬间便能捕捉住新鲜的印象。[②]

这段话启发我们：第一，中国古典诗歌语言是真正能区别逻辑性的散文语言的；第二，它是能使语言中的感性因素——即直觉隐喻功能性因素自由地浮现出来的飞跃性语言；第三，达到这种飞跃性能的手段是大量省略有助于逻辑思维进行的虚字，进而达到了打破语法规范；第四，由此说来，语法规范不利于诗歌语言的飞跃性，新诗所用的白话也就不能过分讲究语法。

林庚关于建设新诗语言的见解出现在中国新诗坛大张旗鼓走欧化之路的热潮中，似乎有点鹤立鸡群的意味。西方诗歌语言偏于逻辑分析，故中国新诗坛提白话—口语须作语法规范的主张日盛。在此形势下林庚提白话—口语在新诗创作中应反语法规范也就不得不策略一点。于是，我们在他的《九言诗的五四体》中看到了他的又一个新的见解：

> 我开始分析白话与口语的不同，逐渐发现口语有许多时候是比白话更要简短的。例如：
>
> | 白　话 | 口　语 |
> |---|---|
> | 还没有吃饭 | 还没吃饭 |

① 《林庚先生访谈录》，《新诗格律与语言的诗化》，第 155 页。

② 同上书，第 117 页。

看这个月亮　　　　看这月亮
不在乎这个　　　　不在这个
谁是头一名　　　　谁是头名
这鞋是谁的　　　　这鞋谁的
新的蓝布褂　　　　新蓝布褂

至于白话说“什么时候吃饭”，口语说“多咱吃饭”；白话说“没有什么事情”，口语说“没什么事”，口语所以一般比白话要简短些。关于口语之所以反较白话为短的原因，大概由于五四以来的白话是受欧化影响较多的缘故，所以文法较详密，字数也就多些。口语是直承中国本土文法简略的传统，所以反而在“节奏音组”上更容易接替“五”、“七”言的二字尾。①

提出口语和白话都是守“文法”的，只不过白话守的是西洋文法，而口语则守的是“中国本土文法”，这是应合潮流：诗歌语言乃受语法规范。但又说：比白话要简短些的口语守的是本土文法，等于否定了白话—口语要受语法规范的说法，因为所谓的语法规范，是指西洋语法——舶来品。显然，这样提是十分策略的，不仅悄悄地否定了胡适等开始提倡新诗语言要语法规范的说法，而且还能以口语比白话要简短、更具有诗歌语言飞跃性的条件来证实中国本土文法在诗性语言建设上远较西洋文法有用，从而使我们看清了中国古典诗歌的虚字省略、语序错综、成分缺失等，并不是落后现象，恰恰相反，它在语言意象化上是必要的，值得新诗继承的，因而是先进的。

但是从新诗坛总体看，白话—口语作为新诗的工具手段，须守语法规范还是不必守语法规范，一直意见对立，纠缠不清。

梁宗岱在《文坛往那里去——“用什么话”问题》中批评了新诗采用的白话“凌乱、松散、粗糙、贫乏”的现状后说：“所谓现代诗，也许可以是有余裕地描画某种题材，或惟妙惟肖地摹写某种口吻；如果要完全胜任文学底表现底工具，要充分应付那包罗于变幻多端的人生，纷纭万象的宇宙的文学底意境和情绪，非经过一番探险、洗练、补充和改变不可。”那么如何入手去做呢？他提出“求助于罕见的字与不常有的句法”② 的主张，他还进一步说：“我们不独不能把纯粹的现代中国诗，那最赤裸裸的白话当作文学表现底工具，每个作家并且应该要创造他自己底文字——能够充分表现他底个性，他底特殊的感觉、特殊的观察、特殊的内心生活的文字。”③ 用罕见的字、不常有的句法，并且还要求创造主体自己去创造罕见的字、不常有的句法，当然是一项反约定俗成的语法规范的行为。在梁宗岱的这番议论几十年后，赵毅衡在《诗歌语言研究中的几个基本概念》一文中提出了白话—口语奇化的主张。对此，他是借介绍西方形式主义的主张提出来的：

① 林庚：《新诗格律与语言的诗化》，第51页。
② 《梁宗岱批评文集》，第46页。
③ 同上书，第47页。

……我们不妨插叙一个文学语言中的原则性问题，那就是俄国文学理论家什克洛夫斯基提出的“奇化”（OCTPA－HEHNE）原则。他认为诗歌语言的各种手段其实都围绕着一个中心问题，即是使诗歌语言不同于日常语言的习惯程序，亦即有意使语言的组合“生疏化”，诗歌语言组成的原则，就是消除语言的习惯性，延长和加强感知的过程。“艺术的手段是要使事物陌生起来，使形式有阻拒性，以便扩大感知的困难和时间。”①

这番话出现在1980年代初期，那时俄国形式主义的“陌生化”理论还没有正式引进，赵毅衡是在研究诗歌语言中顺便提及的，却以“消除语言的习惯性”，道出了赵毅衡欲对新诗所采用的白话—口语须违反语法规范的学理性提倡。

但事情并不是那么简单的。必须看到：白话—口语须守语法规范似乎已潜移默化地成了这一代新诗人中多数人的心理定式，以致使徐志摩、艾青这样有大成就的诗人也陷入既想冲破语法规范又难以冲破的两难困境中。

徐志摩和他的新月诗派同仁虽然在诗学观念上受西方影响较深，但他们毕竟是一批有较高文学修养的知识者，因此涉及诗歌上的具体问题，总能以诗学的质的规定性来判断，所以关于诗歌语言要不要受语法规范的问题，他们对一切以西方为标准并不盲从，或者说不那么赞成严格的语法规范。如梁实秋，到晚年也还在《新诗与传统》中坚持这样的认识：“白话是逻辑的，有相当的文法顺序”，“和诗的文字有出入”，“大抵诗的文字，必须精练，要把许多浮词冗语删汰净尽，许多介词不要，甚至动词也可省，有时主语根本不需点明，这和所谓‘最好的字放在最好的位置’之说颇为仿佛。”②而新诗中的白话由于受语法规范，所以在他们看来这是散文，而不是诗的文字。怀着这样的语言诗学观，使徐志摩和他的新月派同仁写的诗也不像草创期的新诗那样拖泥带水，而有一种超脱语法规范的活泼流转劲儿，如徐志摩在《再别康桥》中的“寻梦？撑一支长篙”，就是倒装；《月下雷峰影片》中的“我送你一个雷峰塔影/满天稠密的黑云与白云”，是关联词省略；《沪杭车中》的“匆匆匆，催催催！/一卷烟，一片山，几点云彩，/一道水，一条桥，一支橹声！/一林松，一丛竹，红叶纷纷”，是句子大面积的成分残缺，等等，都说明了这场诗性语言的美学追求并不按语法规范办事。不过徐志摩的这种追求是理性探索冲动引发出来的出格行为，在他灵魂深处，实在仍受着白话—口语应守语法规范的掣肘。最能说明这一点的，是他为李清照的词所作的今译《白话词十二首》。如果他能注意到这些宋词转译成白话新诗非保持其不受语法规范的本色不可，那就不会译得这样散文化了。令人遗憾的是他没有意识到这一点，如李清照原作《怨王孙·帝里春晚》中的最后三行是：

秋千巷陌人静

皎月初斜，

① 《诗探索》1981年第4期。

② 《梁实秋论文学》，第688页。

浸梨花

他却译成这样："这静悄，秋千也空着，只有向月亮浸着白白的梨花。"且不说他译得如此缺乏文采，也不说"巷陌"、"初斜"，这两个意象他没译，只说说文言形态的意象转成白话后的组合情况：第一行的"秋千"、"巷陌"、"人静"它们原显示为各自独立、无外在关联的存在，让这三个独立的意象状态能排列在一块儿的关系中相互感发而形成一片宁静安谧的意境，而不存在像译文中那样以"这"、"也"等虚字来点明三者间的依存关系和状态；第二、三行"皎月初斜"和"（月色）浸梨花"它们也是各自独立的存在，在排列在一块儿的关系中也因相互感发而形成了一片明艳柔婉的意境，而不存在像译文中那样以"只有"这样的虚字来点明关系，"白白的"这样的形容词来限定"梨花"；三行合在一起其实是写了"秋千"、"巷陌"、"人静"、"皎月初斜"、"（月色）浸梨花"这五个各自独立、让无外在关联的存在现象排列在一块儿以相互感发，从而形成一片幽渺飘逸的"小夜"意境。原作三行只有第二行是个完整的句子；第一行的三个句子，第三行的一个句子，都是大面积地省略了主要成分，变成四个光秃秃的词语的，这显然不合语法规范。徐志摩的译文却补足了主要成分（如"秋千"译为"秋千也空着"），还用关联词语把它们拉起关系（如"只有向[①]月光浸着白白的梨花"）。为什么原诗不守语法而译诗对此不作考虑呢？只能作这样的解释：徐志摩最终还是认同白话写新诗得守语法规范。当然，这认同是潜意识的。

艾青追求诗的散文美。对他来说用白话—口语写新诗要守语法规范，是顺理成章的事。但他其实也很矛盾。他的一些名篇如《巴黎》、《透明的夜》、《聆听》等中的白话—口语，很明显地表现出反语法规范的倾向。在他写的《诗的散文美》中竟然十分欣赏一个工友写给他同伴的一个通知："安明！你记着那车子！"这样普通的一个通知，被他看成是"那么新鲜而单纯"，甚至说"这样的语言，能比上最好的诗篇里的最好的句子"，这是为什么？我们在前面已论及过，认为是一种向生活猎取句子的具体反映，但没有说到另一点：生活中的用语——口语，如林庚所说是省略了一些虚字而显得比白话要简约的，这张通知正是如此，它在"记着那车子"下面还有一些需要说明白的成分却因了特殊的语境（两个工友之间心照不宣的关联内容）所起的"意会"作用而省却了，于是这句话也就得有一种飞跃性。所以说这张通知好，其实是赞赏借成分残缺显示的反语法规范追求。但艾青又毕竟是诗的散文美的提倡者。散文的语言是逻辑分析性的，要讲究语法规范，所以他有好几篇文章爱从诗句合不合语法来批评他人，如写于 1941 年的《语言的贫乏与混乱——一封关于诗的信》，写于 1950 年的《关于诗的一封信》。这些批评所采取的角度正反映着他对白话—口语写新诗要守语法规范的立场。应该说他这方面的批评有些是对的，揭示出被批评者诗歌语言的贫乏，但另有一些指责就值得商榷了。在《关于诗的一封信》里，他指责收信者有一首诗中的一个句子："但爸爸板起冬天的脸。"他是这样指责的："'冬天的脸'，你是说阴沉的脸，还是

① 这句的"向"可能是衍文。

冷酷的脸呢？把‘冬天’两个字放在这里是不恰当的。”[①] 又对那位作者在《春耕》一诗中的句子——“汗珠滚落到泥土里//（这是最好的原料呵!）”这样说：“这是象征性的呢，还是真实的呢，我们有时说用血汗灌浇土地，意思是以辛苦的劳动去培植庄稼，这原是有些象征的说法：而你现在却真的把‘汗珠’当作肥料，而且加上一个那么肯定的形容词‘最好的’，这么一来，却反而成了不合乎科学的了。”[②] 这样的指责从语言化的意象构筑角度看实在不必要，因为这种带点夸张的隐喻表现是允许的。如果按语法修辞的角度说它们“不合乎科学”，那就是另一回事了。所谓“另一回事”，表明艾青还是十分讲究新诗所采用的白话—口语须讲语法修辞规范的。

我们把徐志摩和艾青作为个案来分析，无非想探求一点：用白话—口语来写新诗，要不要语法规范？说实在的，这一代新诗人在这个问题上的心情相当复杂、充满矛盾。正是这种复杂与矛盾，也就把新诗语言的意象化推向更深一层的困境。

但这样的困境不全是坏事，它使新诗的语言建设出现了三种探求趋势：守语法规范，不守语法规范以及二者的辩证统一。这三种趋势使整个诗坛的语言建设，在其词法、句法和连续性句法活动中呈现出繁复多彩的特色。

第二节　新诗的词法

词法属于词语选择、构筑与应用的范畴，也就是今天的文学词汇学。韦勒克、沃伦在《文学理论》中曾说：“语言的研究对于诗歌的研究具有特别突出的重要性。我们这里所说的语言研究当然是指那些语言专家们通常忽略或者轻视的部分。除了在格律和音韵史中要研究一些罕见的发音问题以外，现代文学研究者不大用得着历史词法、音韵学甚至实验语言学，但他却需要语言学中一个特别的分支，那就是词汇学，即研究词汇的意义及其他的科学。”[③] 这段话明白不过地说明词法的重要性。把它和中国诗歌结合起来看，则可以说，词语的问题在诗性语言建设中不仅十分重要，并且还可以说是重中之重。叶公超在《谈白话散文》中曾论及中国诗歌语言的一个特点：“中国文字的特殊力量，无论文言或白话，多半是寄托于语词上的，西洋文字的特殊力量则多从一句或一段的结构中得出，有的语词的力量也可以运用到相当的程度，但终不及句段的力量来得可观。”[④] 这位比较文学研究者的新颖见解，足以进一步佐证：词法问题在诗歌语言探求中确系重中之重。

在中国新诗几十年来的探求历程中，诗人们是充分地意识到选词之重要性的。新月诗派的成员于赓虞在其长篇论文《诗之艺术》中就认为，“诗的辞藻之美丽及恰切，将使诗更有着媚与魔的气氛”，因此，“诗人对于字及词之含义色彩有洞彻的认识，方能运用自如，恰如其分”。至于在具体的创作活动中选用什么样的词语，他认为须“适

---

① 《艾青全集》第3卷，花山文艺出版社1991年版，第218—219页。

② 同上书，第220页。

③ 韦勒克、沃伦：《文学理论》，第197页。

④ 《叶公超批评文集》，第74页。

合其情感的波动"[①]。对此他还特别强调地说了一番话："选词乃为情思，非使情思适于辞藻；情感因恰妙的辞藻更增加其美的风韵，非使辞藻掩盖情感的灵影，因情感而变其辞藻，辞藻却不宜改变情感，正如衣饰之如美人，非美人装饰衣饰，衣饰乃所以装饰美人，情感犹如美人，它永远是主体。"[②] 有鉴于"诗之文字的选择，一半在其所含之意义，一半在其所含之音韵"，他因此还说："巧妙的选词与工整的音韵，还能将超于语言表现之神采，笼罩于诗之全体。"[③]

值得指出：随着选词之受重视，新诗词法上首先需要解决的乃是词语如何大量积累的问题，因为只有在诗性词语库中有较多"库存"，才有可能供诗人们充分选择。由于中国诗歌是重实境的，所以大多词语是凭诗人对实物、实态、实事的经验衍化构成的。经验衍化往往和诗性文化有着极密切的关系。于是，凡实物、实态、实事有社会情结、种族原型内蕴于中来展开经验衍化，以构成实境性词语的，也就成了高层次的隐喻类词语，特别具有意象化性能。这些以特定词语显示的情结、原型意象是诗性文化的表征，由我们民族自身传承下来。譬如"易水"。这不过是一条普通河流，却因为在这条河边发生过一个可歌可泣的故事：勇士荆轲以一死之决心在这里诀别燕太子，前去行刺秦王，且作歌："风萧萧兮易水寒，壮士一去兮不复返。"从此流传下来，成为一个战国时期形成的社会情结，再传承千百年化成了一脉诗性文化，渗透在"易水"这个名词中，等于把一个独特的经验衍化契机埋在里面。这一来，"易水"也就成了高层次的隐喻词语。在旧诗中也在新诗中被广为使用。同理，如"伊甸园"，这是个洋典，出自圣经，说上帝为人类始祖亚当、夏娃造了一座伊甸乐园，让他们在那里过自由自在的生活，但后来他们偷尝"禁果"，上帝就把他们逐出，并派天使守住道路，让后人再不得寻见。这故事延展开来，经历两千多年，也就变为一个难以磨灭的种族记忆。作为自由美好的幻想世界之表征，这种族记忆退而成了一脉诗性文化渗透在"伊甸园"中，这等于把一个独特的、经验衍化契机埋入内中，使"伊甸园"获得了高层次隐喻词语的资格，在新诗抒情中也被广为使用。"易水"是由中国诗性文化渗透的；"伊甸园"则是由西方诗性文化渗透的，它们都可以作为新诗意象化词语追求中具有较高层次感兴功能的词语。这样的现象不正表明：充实新诗词语库的库存量，有两条路可走：一是从中国古典诗性词语中收集，"融化"；二是从异域诗性词语中转借，归化。事情的确如此。

我们之所以如此强调增加新诗词语库中具有意象化性能的词语的库存量，是出于如下的考虑：新诗用白话代替文言的最初阶段所碰到的第一个问题就是白话还没有建立起属于自己的诗性文化传统，那时的白话词语还找不到几个够得上让意象来定位的。因此，当胡适和他的"战友"们用白话"尝试"写诗一年后，诗性白话词语不够用就嚷嚷开了："没有美术的培养"，"雅言太少"。那么如何作"美术的培养"以改变白话"雅言"不足之弊呢？如前已述：傅斯年认为"唯有从它——唯有欧化"；俞平伯认为

---

① 《于赓虞诗文辑存》下，第 588 页。

② 同上书，第 591 页。

③ 同上书，第 590 页。

“只得借用文言来补充”。

傅斯年提倡走欧化之路，指的是向异域语言索取富有文化意蕴、已经获得意象定位的词语音译或意译过来，“为我所用”。支持者甚众。郭沫若等就从圣经、古希腊神话、天方国传说等中索取到不少音译或意译的“雅言”，如“伊甸”、“方舟”、“维纳斯”、“阿波罗”、“普罗米修斯”、“宙斯”、“麦加”、“耶鲁撒冷”、“约旦河”、“金字塔”、“十字架”、“庞贝”、“巴士底”、“荆冠”、“洗礼”、“犹大”、“阿尔卑斯”、“塞纳河”、“德谟克拉希”、“蒙娜丽莎”、“可兰经”、“穆罕默德”、“红帆”等。如“巴士底”，艾青的《芦笛》中有：“今天，我是在巴士底狱里，/不，不是那巴黎的巴士底狱。”“十字架”，舒婷的《在诗歌的十字架上——献给我的北方妈妈》中有：“我钉在/我的诗歌的十字架上/为了完成一篇寓言/为了服从一个理想……”“耶鲁撒冷”，绿原在《忧郁》中有：“太阳它扇形的放射没落了，/耶稣骑着驴子回到耶路撒冷去。”特别值得一提的是像“红帆”这样的词，原出格林童话，写一个花季少女幻想着一个白马王子有一天会乘一艘红帆船而来，就天天等在海边。终于有一天红帆船真的从远处驶来，载来了一个英俊少年，圆成了她的梦想，这是象征希望的一个意象化词语，由于洋典本身就来自于一个动人的故事，所以作为异域诗性文化渗透在“红帆”中，这个词汇就特具感兴功能。秋荻的《空谷兰》中有：“重门的深宵有朝圣的幻象/罗布泊又扬起片片红帆。”从这些例证中可以看出：向异域寻求诗性词语来充实新诗的词语库存，此路可通。

俞平伯提倡走传统的路，响应者更多。胡适在对陈套语作探索后说：旧诗中的陈套语可以刷新使用，不该轻易抛弃，从而感悟到在“文言中有许多词尽可以入白话诗中”。[①] 闻一多则“主张在新诗中用旧典”[②]。周作人提出“新诗的成就上有一种趋势恐怕很是重要，这便是一种融化”[③]。这个“融化论”在提醒新诗坛：旧诗中富有审美生命力的词语必须融化进新诗白话词语中。的确，从20世纪20年代起，就一直有不少新诗人在作这方面的探求。如前已提及的：朱湘、马君玠、丁芒、唐湜等就很有成绩。总之，从新诗发生以来，诗人们都在探求着起用旧诗中富有意象感发力的词语，来充实新诗之不足。如“漠漠”，李白在《忆秦娥》中有“平林漠漠烟如织”；冰心《一句话》中则有“那天湖上是漠漠的轻阴”。“烟波”，柳永在《雨霖铃》中有“念去去，千里烟波，暮霭沉沉楚天阔”；何其芳在《砌虫》中则有“穿过日光穿过细雨雾/去烟波间追水鸟底陶醉”。“烽火”，王昌龄在《从军行》（四）中有“烽火城西百尺楼，黄昏独上海风秋”；田间在《给战斗者》中则有“疆土的烽火/在生长着”。“芒鞋”，苏曼殊在《无题》中有“芒鞋破钵无人识，踏过樱花第几桥”；绿原在《蛰惊》中有“我将芒鞋作舟叶/划行在这潮湿的草原上”，等等。正是这一代新诗人兵分两路对充实新诗意象化词语作了不懈的探求，才使新诗在并不太长的时期内，“雅言”大大地增加了。

---

① 胡适：《寄沈尹默论诗》，《中国新文学大系·建设理论集》，第312—314页。

② 《闻一多诗全编》，浙江文艺出版社1995年版，第419页。

③ 周作人：《扬鞭集·序》，《语丝》第82期，1926年2月7日。

但令人遗憾的是，这样一种探求却受到了这样那样的指责。首先是针对走欧化一路的。如前已提及的：闻一多在《〈女神〉的地方色彩》[①] 中就批评了郭沫若："现在的新诗中有的是'德谟克拉西'，有的是泰果尔、亚坡罗，有的是'心弦'、'洗礼'等洋名词。但是，我们中国在哪里？我们四千年的华胄在哪里？"其次是针对走传统一路的。戴望舒在《谈林庚的诗见和"四行诗"》[②] 中批评了林庚，认为这位诗人爱"扯一些"颇具备"古已有之的旧境界"的旧"字汇"来写诗，是"写着古诗而已"，结果他那些"四行诗中所放射出来的是一种古诗的氛围气"。这种"拿白话写着古诗"的追求，"实在是一种年代的错误"，"多少给予我们一些幻灭"。为什么会出现这类指责的局面？这是值得深思的。其实这两条路，不过是对中国传统"雅言"的继承和对西方"雅言"的借鉴，说穿了无非借用他类语言中的意象化词语来丰富自己而已。当然，单靠照搬旧诗的与西方的"雅言"是不可能完全解决新诗词语之贫乏的，重要的是新诗在继承旧诗、吸收西方中提取经验。在这方面，胡适倒是较早觉悟到了。他在《寄沈尹默论诗》一文中说到如何继承旧诗创造意象词语——"具体的字"时这样提："须要使学者从根本上下手，学那用具体的字的手段。"[③] 这是很有眼光的。

新诗自创意象化词语集中于名词。

由于中国传统诗歌中的意象大多属于指涉已抽象化的原生态单个物象，如"草"、"花"、"树"等，到此为止很少有再加细分的；而其所用的文字——文言，多为单音节词汇，名词尤甚，因此旧诗的意象载体以单音节词为主。新诗的意象大多属于能显示过程性、结构复杂、指涉具体的事象；所用的文字——白话，则有大量的附加语加在词根上，以致双音节甚至多音节词大增，因此新诗的意象载体，以复合名词或名词短语为主。正是这种种，导致新诗自创的意象化词语比旧诗要多得多。从某种角度说，旧诗的意象化词语是词根，而新诗的意象化词语则是那些词根的衍化物。如"日"，是旧诗中的意象化名词，也是词根，新诗则从它出发，衍化出了"太阳"、"日头"、"红日"、"骄阳"、"金轮"等；"月"，新诗衍化出了"月亮"、"朗月"、"皎月"、"月轮"、"月华"等；"星"，衍化出了"星星"、"明星"、"星光"、"星影"、"天星"等；"云"，衍化出了"白云"、"流云"、"沉云"、"幻云"、"云波"等；"花"，衍化出了"野花"、"娇花"、"红花"、"夜合花"、"勿忘我"等；"草"，衍化出了"碧草"、"浅草"、"野草"、"死草"、"离离草"等；"鸟"，衍化出了"候鸟"、"归鸟"、"飞鸟"、"青鸟"、"百灵鸟"等；"山"，衍化出了"大山"、"苍山"、"暮山"、"云山"、"山峦"等；"地"，衍化出了"旷野"、"大地"、"雪地"、"漠原"、"大草甸"等；"海"，衍化出了"星海"、"大海"、"远海"、"汪洋"等。"春"，衍化出了"阳春"、"花季"、"杏花天"、"艳阳天"、"芳春"等；"秋"，衍化出了"金秋"、"淡秋"、"清秋"、"三秋"、"颓秋"等。这些由词根衍化的新诗意象化词语，除了个别指涉具体的物象以外，多数还只是词根加附加修饰成分的一级衍化词语。

---

① 《闻一多论新诗》，武汉大学出版社 1985 年版，第 65 页。

② 《戴望舒诗全编》，浙江文艺出版社 1989 年版，第 695 页。

③ 胡适：《寄沈尹默论诗》，《中国新文学大系·建设理论集》，第 313 页。

新诗自创意象词语的确越来越多，但它们必须有“美术的培养”。这培养工作要求对旧诗既有“美术”继承的一面，更有发展的一面。就复合词语而言，旧诗中的浓缩形态——如“流光”、“哀笳”、“烟水”、“苇风”等，可以说俯拾皆是。新诗中也有，其中偏正结构的浓缩语还较多见，如“荒夜”，系“荒寒的夜”的浓缩；于赓虞的《夜思》中有：“这无限的时间、无限的生命在惨变，流动，/心恻恻这无着落的荒夜，一片怆情。”“阔笑”，系“开阔的笑”的浓缩，表示爽朗放肆的笑声，艾青的《透明的夜》中有：“阔笑从田堤上煽起……”，等等。并列结构的浓缩词语也有一些，如“梦谷”，系“沉梦”与“幽谷”的并列复合词，表现一种恍惚幽缈的迷幻感觉，绿原在《神话的夜呵……》中有：“从梦谷里爬出来的……/新鲜的生命呀!”“凄艳”，是形容词“凄寂”与“艳丽”平列的浓缩，表现美好年华正在消逝的感伤情绪，戴望舒在《残花的泪》中有：“一枝凄艳的残花/对着蝴蝶泣诉。”但总的说来这两类浓缩词语形态在新诗语言中大幅度地减少了。究其原因，这同语法规范不严密、省略了修饰标志“的”或连接词“和”等有关。但新诗采用的白话—口语须吸收西方经验，守语法规范这一股潜在势力影响不小，因此，合于语法规范从而膨胀开来的词语大量增加了。并列结构的膨胀词语新诗中特多，如“雨露阳光”、“桃红柳翠”、“蓝天白云”、“斧头镰刀”、“千军万马”等，也容易理解，就不多举例讨论了。此处讨论偏正结构的。这一类膨胀形态的词语构筑中，名词、形容词、动词与名词构成的复合词语特多，可以举出“心灵的处女地”、“灵魂的坟墓”、“磷光的幻想”、“浑圆的和平”、“碧绿的真实”、“透明的忧伤”、“青春的盛宴”、“挣扎的意态”、“褴褛的时间”、“肥饱的鹁声”、“复仇的风暴”等等。如“心灵的处女地”，舒婷的《献给我的同代人》中有：“为开拓心灵的处女地/走入禁区，也许——/就在那里牺牲。”“灵魂的坟墓”，刘半农的《别再说》中有：“我想到了我灵魂的坟墓，/我亲爱的祖国。”“碧绿的真实”，岑琦的《朱自清之歌》中有：“我爱碧绿的真实，不爱彩色的欺诳”；“磷光的幻想”，艾青的《浮桥》中有：“又以金色的梦/和磷光的幻想/吸引了万人”，等等。再看以名词、动词、形容词和形容词构成的复合词。如“生命的绿色”，艾青的《北方》中有：“沙漠风/已卷去北方的生命的绿色”；“决断的从容”，闻一多的《什么梦》中有：“决断写在她脸上——决断的从容……”；“坦荡的舒服”，臧克家的《歇午工》中有：“一根汗毛/挑一颗轻盈的汗珠/汗珠里亮着坦荡的舒服”；“铁力的疲倦”，臧克家在《难民》中有：“铁力的疲倦，连人和想象一齐推入了朦胧，/但是更猛烈的饥饿立即又把他们牵回了异乡”，等等。还有以名词、副词、动词和动词构成的复合词，如“韵律地扬起”，玲君的《喷水池》中有“虽然你韵律地扬起水沫的拍节，/对于你移植的地域，你沉默”；“古典地点缀”，玲君的《长明灯》中有：“冬青树古典地点缀哪，生命/沉湎在辉煌的光亮的奇异中”；“乳色地蹒跚”，秋荻的《百合花》中有“纱窗外，夜雾乳色地蹒跚，/我那心魂儿忽闪出梦幻”；“煮沸地透进”，田间的《中国，农村的故事》第一部第77节中有“呼唤的音调/煮沸地/透进/土地”；“透明地交响”，田间的《中国，农村的故事》第三部第4节中有：“扬子江/碰着/怨恨/透明地/交响”，等等。此外还有以“数词＋名词(动词、形容词)”构成的奇特数量词，再去和名词、动词、形容词组接的数量复合词，如“一径马蹄”，何其芳的《秋天（一）》中有“一径马蹄踏破深山的寂寞”；“一伞松阴”，闻一多的《也许》中有“撑一伞松阴庇护你睡”；“一纸轻寒”，辛笛的《寄意》中有“你给我带来了一纸轻寒，/正是风打窗格的时候”；“一踢马刺”，臧克家的《自己的写照》中有“当一匹倦骥吃一踢马刺/还会向前抢上一步”；“一枕记忆”，陈敬容的《静夜》一诗中有“一枕记忆/白的月色”，等等。值得提出来的是新诗意象词语构成最走俏的是短语复合词语。有主谓短语与名词、形容词构成的复合词语，如“浪花祝祷的峭岸”，北岛在《岛》中有：“只有浪花祝祷的峭岸/留下岁月那沉闷的痕迹。”等等。有动宾短语与名词、形容词构成的复合词语，它们还特多，如“饱食过稻香的镰刀”，“没有照过影子的小溪”，“凝着忍耐的驼铃声”，“奔泻着酩酊的芬芳”，“落月的沉哀”，“梳人灵魂的晨风”，“深蕴希望的音符”，“生了锈的情热”，等等。何其芳的《花环》中有：“没有照过影子的小溪最清亮。”《爱情》中有：“……凝着忍耐的驼铃声/留滞在长长的乏水草的道路上。”舒婷的《初春》中有：“奔泻着酩酊的芬芳/泛滥在平原，山坳。”张烨的《贝母——读梵高的画〈贝母〉》中有：“我抚慰的目光来自你深蕴着希望的音符。”闻一多在《红豆·十二》中有：“那里有多少年底/生了锈的情热底成分啊!”等等。还有介宾短语与名词、动词构成的复合词语，更能显示其结构膨胀性能。如“从时间的深沟里升腾起来”，艾青在《时代》中有：“我要迎接更多的赞扬，更大的毁谤/更不可解的怨仇，和更致命的打击——/都为了我想从时间的深沟里升腾起来……”“在雨的哀曲里消了”，戴望舒的《雨巷》中有：“在雨的哀曲里/消了她的颜色/散了她的芬芳。”等等。

以上几种形态的新诗“雅言”，有着构筑的内在规律。

所谓“雅言”，或者说诗性词语，即新诗词语的意象化。处在既继承传统又借鉴西方格局中的新诗，走向隐喻的意象是感兴式与印证式并重的，感兴意象化的新诗词语是直接指涉，而印证意象化的新诗词语则是变异指涉。

感兴式意象词语的自创，对一代诗人或一个诗人而言都需要有对该词语特定的审美感觉，因为这一类词语的诗境只能通过词语自身来直接指涉，其终极情况是这词语所负载的意象必须在接受者的审美感受机制上迅速而灵敏地直观反射出这种诗境。我们在上面也说到过中国传统诗歌重实境，这实境就来自具体语象的直观反射。“枯藤老树昏鸦，小桥流水人家”，那六个感兴式意象词语就是漂泊者心中那一股残秋时分天涯浪迹无依的生存实境的根本来源。这种无任何辅助措施、全凭直观反射来实现自身审美价值的感兴式意象词语要自创很难。新诗继承了旧诗的传统，并在一定程度上发展了这个传统。且拿陈敬容《律动》一诗的第一节来看一看：

水波的起伏，
雨声的断续，
远钟的悠扬……

这三行诗是三个感兴式意象词语，“水波的起伏”这个视觉意象词语直观反射出持续律动感；“雨声的断续”这个听觉意象词语直观反射出间歇持续感；“远钟的悠扬”这个听觉意象词语则直观反射出缥缈律动感。前两个意象词语一属空间，另一属时间，第三个意象词语则属时空合体的宇宙。前两个意象词语表现出了均衡复沓的节奏，第三个则表现出线性递进的节奏。正是这样一些感兴式意象词语的组合和感兴的互动，完成了一场从持续均衡到缥缈沉静的内在生命微妙的律动实境。应该说陈敬容自创的这三个感兴式意象词语是很成功的。我们不妨再引舒婷《思念》的第一节来看看：

一幅色彩缤纷但缺乏线条的挂图，
一题清纯然而无解的代数，
一具独弦琴，拨动檐雨的念珠，
一双达不到彼岸的桨橹

这些诗句表达了一种无奈到绝望的思念，四个意象词语的自创无疑是十分成功的。之所以成功，不仅因其第三、四个意象词语是感兴式的，尤其是“一双达不到彼岸的桨橹”特具兴发感动功能，还在于第一、二个意象词语在感兴功能中还渗透着一定的理性譬比因素，使这两个意象词语还有印证的色彩。这使新诗在自创意象词语中已具有从感兴式隐喻向印证式隐喻转化。这是发展传统——一个很值得注意的现象。同时也是一个重要的信息：印证式意象词语在新诗自创“雅言”中将会大量涌现。

同属隐喻审美功能的印证式意象词语在负载这一类意象中，自身显示出词语构成的反常规特征，从而使指涉因变异而达到印证式功能。所谓词语的反常规的构成大致可分两类，一类是通感，另一类是拟喻。从实质上说，通感和拟喻类都属于修辞反常规。

先看通感类意象词语在新诗词语自创中的构成情况。

所谓通感，就是感觉挪移互通。钱钟书在《通感》一文中说：

在日常经验里，视觉、听觉、触觉、嗅觉、味觉往往可以彼此打通或交通，眼、耳、舌、鼻、身各个官能的领域可以不分界限。颜色似乎会有温度，声音似乎会有形象，冷暖似乎会有重量，气味似乎会有锋芒，诸如此类在普通语言里经常出现。譬如我们说“光亮”，也说“响亮”，把形容光辉的“亮”字转移到声响上去，就仿佛视觉和听觉在这一点上无分彼此。又譬如“热闹”和“冷静”那两个成语也表示“热”和“闹”、“冷”和“静”在感觉上有通同一气之处，牢牢结合在一起……我们说红颜色比较“温暖”而绿颜色比较“寒冷”——只要看“暖红”、“寒碧”那两个诗词套语，也属于这类。

这一段话可说是对通感最好的阐释。以通感构筑意象化词语，中国古典诗人早已在作追求。新诗也承袭这一传统，自创了不少这一类词语，如“燃烧的颂歌”、“轰响的光采”、“透明的声音”、“乳色地蹒跚”、“火焰的舞蹈”、“绿色的旋律”、“银色的平静”、“凉滑的幽芬”、“软白的云层”，等等。“透明的声音”是视觉与听觉通感造成的偏正结构意象词语，绿原的《忧郁》中有“常有一个透明的声音召唤着你的名字”；“轰响的光采”是听觉与视觉的通感造成的词语——如同“响亮”一样，艾青的《吹号者》中有“当太阳以轰响的光采辉耀了整个天穹的时候”；“乳色地蹒跚”，是视觉与动觉的通感——它表现晨雾的浮荡，如蹒跚状，而夜雾是乳白色的，故有以色彩感修饰动感组合而成的意象化词语，如秋荻的《百合花》中有“纱窗外，夜雾乳色地蹒跚”；“火焰的舞蹈”是温度觉与动觉的通感造成的意象词语，陈敬容《莫扎特之祭》中有“从一切琴弦一切键盘上/撩拨出火焰的舞蹈”；“凉滑的幽芬”是温度觉、触觉与嗅觉的通感造成的意象词语，这三类感觉的相通使这个词语特别有意象功能，何其芳的《夏夜》中有“你的鬓发流滴着凉滑的幽芬”。

通感类意象词语由于其构筑的起点是感觉，所以它虽属于印证式隐喻，但还是有较强感兴功能的。作为诗性词语，这一类印证式隐喻的功能体现要比单纯的感兴式强得多，且由于它构筑的起点是感觉，其隐喻虽也是属于印证范畴，却要比拟喻类印证多点感兴联想，少点经验联想，从诗学质的规定性要求看，它更属于诗性词语。旧诗中之所以大量采用，是古典诗人历千百年的创作实践经验而终于悟得的一条诗性语言建设策略。可惜新诗这一类自创意象化词语关注者还不多，还未形成这类“美术培养”之风气，而更多人热衷的还是拟喻类意象词语的自创。

所谓拟喻，即或拟人或拟物化的隐喻，一般是以人拟物为主。拟喻能使抽象化为具体，无生命化为生命。从技巧追求的角度看这样的词语构筑，在日常语言交流中也很普遍。但从新诗意象化词语构筑的角度看，这一做法却体现着新诗语言建设中一个方面的重要策略，故有倍加讨论之必要。

前已述及新诗的语言策略主要借鉴自西方，它所采用的白话是归属于一种伴随经验联想、遵循分析—演绎程序、在线性陈述的过程中推演出来的语言系统。这也决定了新诗意象词语构筑从总体看实是受理性分析掣肘的，即在严密的语法规范下，让词语有意反修辞规范，既造成语言表层分析—演绎的程序井然，又让事象因“我”而生的存在关系有意错位，以便埋下以主观拟态的新奇性为表征的隐喻，给接受者以不可思议的感受刺激，积极调动经验联想而获得意悟理趣。这种拟喻类意象词语构筑路子和方式贯穿在实践中，能使意象词语强化如下三类功能：一是使接受者在阅读中获得经验联想的强烈刺激，以深化对理悟性审美求索；二是使抒情对象从抽象变为具象，或从一般具象变为新颖的、意象化的具象；三是给接受者直接打入创作主体的主观意图，形成审美导流。为此，我们不妨把新诗中拟喻类意象词语构筑一分为三：即具象的抽象化词语构筑，具象的更具象化词语构筑，以及抽象的具象化词语构筑，并深入地来作一番考察。

上述三种拟喻类意象词语构筑的关键其实是一致的，即在修饰及被修饰上建立起一种反修辞逻辑的拟态谬理关系，或者说创作主体让客观事象同与它没有必然依存关系的修饰成分作“张冠李戴”般的组接，使其有意违反约定俗成的思路，以造成一种非常态、指涉变异、不能作直观反射的意象，这样做的结果是：因其形态的陌生新奇而激发出一股张力，活跃起经验联想，去建立一种喻本与喻体之间不露声色的隐喻关系。这就不仅把原先的客观事象变为了不可思议的主观化事象，且因二者间有隐喻关系而更显出其独特性、新颖性。

按此策略途径，我们先来看具象的抽象化意象词语构成，如“正义的回音壁”，舒婷在《风暴过去之后——纪念“渤海二号”钻井船遇难的七十二名同志》中有：“……七十二个人被淹灭的呼吁/在铅字之间/曲曲折折地穿行/终于通过麦克风/撞响于正义的回音壁。”“回音壁”本来是十分具体的具象物，只有物质价值而无精神意义可言，现在让“正义的”这么一修饰，也就显示了二者之间的谬理关系，这可有刺激味，发人深思，于是“回音壁”也就成了有抽象意味的隐示物，使接受者在经受过经验联想后感悟到：新闻传播为七十二名蒙难者申冤的呼声是正义的，必然会赢得更大的社会反响。这一个凭谬理的组合关系造成的“正义的回音壁”，也就以具象的抽象化形态而获得了隐喻功能的定位。其他如“斗争的火焰”，田间的《走向中国田野的歌》中有：“田野啊/在中国/养育吧/斗争的火焰!”“心灵的潮汐”，曾静平的《失败者》中有：“他，就这样的起来/聚拢了又跃动的思绪/漫过南国的槟榔树/心灵的潮汐/不再漂流。”“贤良的桌椅”，闻一多的《心跳》中有：“这灯光，这灯光漂白了的四壁/这贤良的桌椅，朋友似的亲密。”等等，也都如此。再看具象的更具象化意象词语的构成。这一类以拟喻达到的隐喻关系更明显。如“残废的农村”，田间的叙事长诗《中国，农村的故事》中有：“茅屋的中国/诉说吧——/残废的农村的故事哟!”“农村”本已是很具体的存在，现在又让“残废”作修饰成分与之组接，这是违反修辞规范的，因为“残废”只对“人”或“动物”而言。这一场反约定俗成的做法，使“农村”更具象化了，正是这个拟喻类意象词语“怪胎”，反倒能促使接受者激活经验联想，使二者间形成隐喻关系，隐喻农村生机遭受到极大的摧残。附带说一句：“茅屋的中国”也使“中国”更具象化了，但这样的组接也反约定俗成，从而促使接受者在经验联想中获得了对贫穷苦难的民族隐喻关系的品赏。总之，“茅屋的中国”、“残废的农村”这两个畸形的意象词语也因此有了隐喻性的特殊功能。其他的，如“歌声的子弹”，岑琦的《雪峰之歌》中有：“唱着真实的歌你向世界走来/歌声的子弹击穿黑狱的高墙。”“溅血的震颤”，艾青的《画者的行吟》中有：“这歌里/以溅血的震颤祈祷着。”“心海的情涛”，郭沫若的《金字塔》中有：“哦哦，渊默的雷声！我感谢你现身的说教！/我心海中的情涛也已流成了河流流向你了!”等等，也都如此。特别值得一提的是抽象的具象化意象词语的构筑。如“土色的忧郁”，艾青的《北方》中有：“村庄呀，山坡呀，河岸呀，/颓垣与荒冢呀/都披上了土色的忧郁……”“忧郁”是抽象的，不可能有色彩，现在竟用“土色的”去修饰，“忧郁”有了色彩，具象化了，但这是反约定俗成地组接起来的词语怪胎。唯其怪，且怪得不可思议，才激活了接受者经验联想。由于与土地相伴终生的农民在旧中国总是苦难的，情感世界存在着一种特有的“农民的忧郁”，因此看到土地的颜色就会联想到农民，进一步联想到农民的忧郁，而“忧郁”一旦具象化为具有“土色”，也就使二者间出现了隐喻关系，这个意象词语也就具有一种隐示旧中国农民苦难的特殊功能。其他如“萎谢的憧憬”，玲君的《憧憬》中有：“有一朝，我真要吐出最后一声颤悚了，/如果像西伯利亚羊群一样的/我的头发，我的胡须，/同时我的萎谢的憧憬。”“褴褛的时间”，冯雪峰的《夜望》中有：“浑身血迹和光烂的年代/就依然跟在褴褛的时间的后头。”“饥渴的灵魂”，岑琦的《朱自清之歌》中有：“我是云，我是饥渴的灵魂!”等等，也都如此。

以上我们通过继承、借鉴和自创三个方面考察了新诗意象化词语的积聚情况，也探讨了它的构成规律。但这还只是新诗词法研究的一个方面。我们还注意到另一个方面：诗性词语如果离开意象浮现、流动的运作系统，单独地存在，那它就只不过是个普通词语或比较雅致的词语而已；相反，让它存在于运作系统中，那么即使它不够“雅”，只要恰如其分地受到安排，它也就会闪发出诗性魅力。所以新诗的词法还得研究如何把词语放在最好的位置以充分发挥它审美潜能的安排规律。这是词语在诗性审美中运用的技巧问题。这一代诗人对此之重要性是有所察觉的。1941 年初，在重庆召开的一次《关于新诗的用字和造句》的座谈会上，王亚平说过这样的话：“一个诗人如果不能技巧的使用自己的词汇，那就写不出新型的艺术作品，也造不成自己的特殊风格。”① 这是很有分量的话。而燎原在《高原精神的还原》一文中也曾这样说：“将词置放在特定的语境中，或者将它们以一种内在关系进行组合，从而使之显示特殊的意味这是语言本来具有的功能。”② 这更是为新诗意象化词语技巧地使用作了很重要的提示。

那么如何技巧地使用新诗所积聚起来的意象化词语呢？从新诗创作实际中可以概括出三类措施：按近似作主次换喻，按同性作平行举喻，按语境作对比设喻。

按近似作主次换喻是指以修饰语代替被修饰语，用工具代表事件，转换形容词等办法来突出某一词语，使其充分显示意象魅力。这种换喻及其意象词语之魅力的产生关键是联想的逻辑是否起作用。这一种做法大量存在于新诗的词法追求中，尤其显著地出现于一些艺术风格成熟的诗人创作中。艾青在这方面多有所建树。如他在《向太阳》中有：

> 早安呵
> 你来自城外的
> 　挑着满箩绿色的菜贩

在这里，“挑着满箩绿色”是不可能的，其实是“满箩绿色的菜”，这样做乃修饰语“绿色”代替了被修饰语“菜”，这一来“绿色”却因此强调了出来，让不出场的“菜”，反因此显出了异样鲜明的意象魅力。再如他的《北方》中有：

> 沙漠风
> 　已卷去北方的生命的绿色

这“生命的绿色”应该是“绿色的生命”，艾青似乎对“绿色”情有独钟似的，又一次把它凸显了出来，这次的办法是转换形容词。这种主次换喻在田间的早期诗中也时有所见。在《走向中国田野的歌》中有：“田野啊/在中国/养育吧/斗争的火焰”。这“斗争的火焰”其实是“斗争的火焰般的热情”，田间是以附加语——定语“火焰般的”来替代被修饰的“热情”，凸显了“火焰”，意象也就更鲜明动人。《故乡的手车》中有

① 龙泉明选编：《诗歌研究史料选》，第 69 页。

② 董生龙主编：《昌耀阵痛的灵魂》，青海人民出版社 2000 年版，第 87 页。

"太阳/像罪恶般/流淌"。"太阳"是不可能流淌的，是"光流"在流淌，只不过这是"太阳的光流"，修饰语"太阳"替代了省略的被修饰语，这一来，是把修饰语的"太阳"凸显了出来。在《我的田野在疯狂》中有"饥饿/膨胀年代的顽强"，这实在是"饥饿膨胀顽强的年代"，是转换形容词，这一场换喻因此而凸显出"顽强"。田间诗中的三例："火焰"、"太阳"、"顽强"，如果孤立地存在，那就不过是平平常常的词语而已，经主次换喻确实显出了词语的意象化潜能。再如北岛的《和平》中有：

在帝王死去的地方
那枝老枪抽枝发芽
成了残废者的拐杖

在这里，"老枪"是战争的工具，用来代替发动战争的"帝王"的权力："帝王"已死去，"老枪"抽枝发芽变成了"拐杖"，却又是供"残废者"用，而这"残废者"显然是发动战争的"帝王"权力的牺牲品。这场变，是幸，因为这场权力不存在了，可又是深远的不幸，隐喻着残破的人间不得不让阴影相随生存下去。这是用工具代表社会地位。由于联想的逻辑起了很重要的作用，显得颇成功的换喻使"老枪"这个平平常常的词汇有了诗性的强化，获得了意象魅力的发挥。的确，诗性词语只有在意象运行系统中作最合适的安排，才能使它有诗性，成为"雅言"。

再说按共性作平行举喻。这其实就是在行或节的统一情境中词语的聚合，因此这不同于同一词语重复所显示的叠词现象。说简约点，这是一种按对等原则的词语排列，前提是情境统一。如果说上一种按近似作主次换喻的办法来使用新诗词语，那么这一种使新诗词语充分发挥意象化潜能的做法，凭依的是联想的感兴作用。秋荻的《楼兰梦（二）》中有：

我在神游里为你招魂
碧云天，红柳地，孤烟数行

诗中所招的楼兰之魂是"碧云天"、"红柳地"、"孤烟数行"，这三个意象化词语是统一在荒漠中的楼兰的特定情境中的，那就是辽远、干涩和孤寂，而这三个词语也正是具有对这样的情境作感兴之共性的。一个诗行中这三个词语的平行举喻或排列，使这三个"雅言"具有更显意象魅力的审美功能。殷夫的《夜的静默》中有：

我想起我幼小情景……
鹤群和鸽队翱翔的乡村，
梦的田野，绿的波，送饭女人……

这第二行的一个词语，第三行的三个词语是统一在同一个平和神异、静穆悠远的乡野情境中的，具有感兴之共性。这种平行举喻，使它们相互影响，共同受惠，如果孤立地存在，如“送饭女人”，意象化功能毋庸置疑是十分薄弱的，现在让这个词在组合关系中出现，“送饭女人”也就颇具意象魅力了。贺敬之和昌耀是最善于顺共性作平行举喻这一词法追求的。贺敬之的《走出了南方》中有“春天，/浓雾的早晨；/野花——/红色的招引”。《自己的催眠》中有“这歌，/这大地，/这梦的谷……”特别是在长诗《放声歌唱》中，处处出现平行举喻，如：

……春风。
　　秋雨。
晨雾。
　　夕阳。……
……轰轰的
　　　车轮声。
嗒嗒的
　　脚步响。……

我们可以看到这是和共和国生存于奋进岁月中这一情境相应合的一场词语平行展开，也可以说是一次举喻的大积集，相互间的感兴影响力极强，每一个词语可说都因此而显示了意象魅力。昌耀在《旷原之野》里则这样写：

庄重的是：
　爬上来的半边月。
　骏马的披肩长发。
　僵持中的摔跤手。壁毯。攀树的瓠瓢
　下野地农垦兵团沙漠前沿的雄强丈夫，
　雄辩的《蘑菇湖课题》。
　……紫泥泉。

这些诗行语言所提供的悲壮而不免苍凉的生存氛围情境，是西部高原内在雄强气质所衍生的酷烈的阔大感的一场具现，是在一个单一的语言表达的世界把多元混杂的世界结合起来加以比较，并以感兴联想得以完成的平行举喻活动。任何“爬上来的半边月”、“骏马的披肩长发”，或者“壁毯”、“紫泥泉”，从整个语言情境中游离出来，它们都会变得平平常常，失去了诗性光泽。所有这些都进一步证实着一点：新诗词语意象化的主要条件是技巧地作妥善安排。

如果说上述两类新诗词语技巧地安排所获得的意象化魅力，来自于这些意象词语的隐喻性能，那么按语境作对比设喻则能使意象词语具有象征性能。这里涉及语境和词语的特殊关系问题。赵毅衡在《诗歌语言研究中的几个基本概念》中曾这样说：

所谓语境，我们一般称为“上下文”。诗歌中的任何词语都受到上下文的压力而使词意出现扭曲。科学用语其意义是固定的，不少努力做到放在任何上下文中都保持相同的语义，而文学语言意义是可塑的，是变动不居的。钱钟书先生称之为比喻的多边："看书眼如月"是说如月之明，"特携天上小圆月，来试人间第二泉"是借其圆似杯口。意义的确定是由于上下文的压力。而一定的上下文压力，使语象可以变成象征。例如美国现代诗人斯蒂文斯的一首短诗《坛的故事》首句就云：

> 我在田纳西放了一只坛子……

这上下文配置太突兀，太不配称。田纳西州太大，而坛子太小，这个逻辑上的不通就给我们提示这"坛"是个象征。至于究竟象征什么，当然要看下去才明白，因为象征的意义也是上下文给出的。[①]

这是相当有见地的话。意象化词语作为语象要获得象征的性能，只有把作为语象的词语妥善地置于语境——特定的上下文关系中才是。艾青在抗战爆发的前夜写有《太阳》一诗，一开始就这样写："从远古的墓茔/从黑暗的年代/从人类死亡之流的那边/震惊沉睡的山脉/若火轮飞旋于沙丘之上/太阳向我滚来……"在这个诗节里，"太阳"是处在这样一个语境中：上文说"太阳"是从"远古的墓茔"、"黑暗的年代"和"人类死亡之流的那边"来，却不说是从山上升起，从海平线上跃出的，这就很特殊，违反了常理；下文说"太阳"以具有"若火轮飞旋于沙丘之上"那样的气势竟是"向我滚来"的，这么壮阔的行为竟是为"我"而来，也实在不相称。这个"太阳"被安置在这样的上下文之间，可见有些特别了。也就是说"太阳"因其非常态的出现导致逻辑上的不通，也就使我们有充足理由感到"太阳"这个作为语象的意象化词语有了象征的性能，象征的是"时代"，"太阳"向"我"滚来其实是象征时代对"我"的感召。由于一个光明时代的出现总是要付出无数人的鲜血生命作为代价的，而"太阳"来自"墓茔"、"黑暗的年代"和"人类死亡之流的那边"，也正是对这一觉识的象征。艾青还在《雪落在中国的土地上》中这样写：

> 雪落在中国的土地上
> 寒冷在封锁着中国呀……

在这里，带有局部性的落雪现象竟然和如此辽阔广大的"中国"连在一起，说成"雪落在中国的土地上"是不可思议的，作为语象的"雪"和作为语境的"落在中国的土地上"不协调，不相称，这种非常态导致了日常生存逻辑的不通，这个意象词语"雪"也就具有了象征性。同样的情况是田间的《史沫特莱和我们在一起》中有：

> 她笑……
> 她笑着
> 在中国！

---

① 杨匡汉、刘福春编：《中国现代诗论》下，第355—356页。

一个外国女记者史沫特莱“笑着”是很普通的事，但诗中让“她”是“在中国”“笑着”，上下文对“她笑着”一挤压，也就使“她笑着”有了非常态的象征意味，象征着全世界正义人民对中国抗战的赞赏和抗战必胜的信念。还使我们感兴趣的是穆旦的《赞美》中这样的诗句：

一个农夫，他粗糙的身躯移动在田野中，
他是一个女人的孩子，许多孩子的父亲
多少朝代在他身边升起又降落了

诗的第一、二行表现的“农夫”是具体的、现实的、普普通通的，不过是亿万农夫中的一个，第三行突然出现“多少朝代在他身边升起又降落了”，这改朝换代具有“多少”次，非有几百年、几千年不可，以一个人的短暂生存时间和历史悠远的流变时间叠合在一起，逻辑上当然不通。所以，上文的“农夫”被下文一挤压，也就使他成了抽象的、超现实的、不平常的、亿万农夫的象征了。如果没有让第三行与第一、二行作语境的对比，“农夫”这个语象不仅成不了象征意象，而且连普通的意象化词语也算不上。

从以上三个方面的论析都表明：新诗词语的确需要多方面的长期积累，作多渠道的“美术的培养”，但最主要的是对词语作技巧的使用，尤其是新诗的词语必须在特定的诗境中作意象化的、意象—象征化的巧妙安排。

这就是新诗语言建设中有关词法的全部现实内容，而通过这些内容让我们发现一条规律：新诗词语的积聚与创新，既有继承传统、反语法规范、从而体现为点面感发类隐喻语言的一面，又有借鉴西方、守语法规范、从而体现为线性陈述类逻辑语言的一面。而新诗则更偏于后者，显示为立足于线性陈述类逻辑语言，而让逻辑语言与隐喻语言作二元综合。其具体表现则为：（一）守语法规范与反修辞规范的统一；（二）词语在意象运行系统中的安排受制于经验联想与感兴联想的统一。

第三节　新诗的句法（一）

新诗词语构成的特征为新诗句子营造打下了基础，也为其意象化的充分展开铺平了道路。

新诗句子营造的第一个特点是强调句子结构严密的语法规范，这导致句形整饬而不破碎紊乱，意旨明确而不含混其词。具体表现为主要成分一般不作省略——特别是一改旧诗中往往省略人称代词充当的那个主语的习惯，力求此类主语存在而不模糊；名词、形容词、副词的词性和动词的时态有较明确标明，关联词一般不丢弃，约定俗成的词序也不随意颠倒错位，等等。这种种做法均基于对事理的分析—演绎，欲达到对主观认定的事物生态关系作忠实而明确的陈述。如绿原的《神话的夜啊……》中有：“闪电锯断乌云。”它是一个主谓宾没有省略，句形也十分完整的简单句，是对主体所认定且强加给闪电和乌云的独特依存关系明确的陈述；或者说这是主体对事象作了分析—演绎后框定“锯断”关系明白无误的一场线性陈述。又如牛汉的《鄂尔多斯草原》这首抒情长诗中有：“那滚滚的黄河/在北中国/寂寞地湍流着/琥珀色的泪浪。”用四个诗行合成的这个句子，其实也是一个简单句，即“黄河流着泪浪”，主体经分析—演绎所制定的事象依存关系通过主谓宾多项修饰来强化，使别无他类依存可言且更显复杂的这一类关系明白无误地以线性状态陈述出来。值得指出，这个句子中充当谓语的动词时态（“湍流着”）及充当定语的形容词、充当状语的副词的词性标志（“滚滚的”、“琥珀色的”与“寂寞地”）都很明显，这样严守语法规范的目的无非是把互联、依存关系更确定也更单一。北岛的《回答》中有：“如果陆地注定要上升/就让人类重新选择生存的峰顶。”绿原的《惊蛰》中有：“从那没有灯和烛的院落出来/我将芒鞋做舟叶/划行在这潮湿的草原上”，它们都各由两个句子连接成复合句，前一例以“如果……就让……”的假定关联词使两个简单句以假设性主从关系构成一个复合句；后一例以“从……将……”的处所关联词使两个简单句以处所性主从关系构成一个复合句。因严守语法规范而决不省略复合句之间的主从关联词语，使这两例诗句的意旨被主体框定在单一的主从关系上陈述了出来。

以上种种例析无非说明：新诗语言在句法上如此严守语法规范，无非是让句子框在一种由分析—演绎而得的过程化陈述关系中。这样的句子结构关系显然是被主体限定的，而其意旨导向也就显得机械、单一，异常明确。在这里，我们不妨拿旧诗新译、新诗旧译所使用的两类句子营造作一比较。戴望舒在《谈林庚的诗见和“四行诗”》[①]中，认为林庚在《北平情歌》等中的四行体新诗（即“四行诗”）是“白话的古诗”。为了论证的需要，他把一些旧诗用四行体新诗的语言译述过来。他选择了李商隐的《日日》。该诗第二句“山城斜路杏花香”，他译成：“杏花吐香在山城的斜坡间。”应该说是颇显新诗韵味的。但作为一场句法活动，译文并不忠实。原诗“山城斜路杏花香”是三个名词性复合词语的并列呈现，从句法上看，相互间不存在依存关系和过程性陈述的特征，这是源于古典诗人在天人合一的观物态度、感物方式作用下，外在现象完全以三个光秃秃互不关联的意象词语作本然存在状态来呈现，而不是被我们主观框定为相互依存的陈述状态呈现的。但译文却把“杏花香”这个名词化为一个简单句“杏花吐香”，把“山城斜路”这两个名词性意象词语也拉上了依存关系，“山城”成了定语修饰“斜路”，“斜路”又被介词“在……间”纳入介宾结构作状语，从而使这句译诗把“山城”、“斜路”、“杏花香”三个事象全框在主观所定的依存关系中，并以严密的语法规范使它们成为有主谓宾定状成分完整且词序不颠倒的句子。戴望舒又把林庚的一些四行体新诗用旧诗的语言译述过去。如林庚的《古城》中第二句：“古城中的梦寐一散更难寻”，译句是“断梦荒城不易寻”。在这里以偏正词组“断梦”来译主谓短语“梦寐一散”，又把与“断梦”并列而无任何依存关系的“荒城”译成“古城中的”，把原来以介宾结构充当的定语（修饰“梦寐”）改成了孤立无修饰标志的名词“荒城”，割断了“古城”与“梦寐”之间的语法关联，这也足以证明：新诗句法处处严守语法规范，不同于旧诗可以随便割断语法关联。这一场语言现象无非证实新诗组句活动忠

① 《新诗》1936年第2期。

实于分析—演绎的陈述，而新诗语言策略不同于旧诗则在这一点上鲜明地表现了出来。

在对句子结构作严密的语法规范、使句型完整的基础上，新诗又进一步重视修饰成分在句中的使用。这是新诗句子营造的第二个特点。

新诗造句与旧诗所循规则并不一致，尤其是对主语、宾语的要求更显差异。旧诗不讲究对主、宾的修饰。传统诗人把握对象时追求对纯自然的存在世界加以如实呈现，以诱导接受者身历其境，去作心理连锁式感应，因此在造句中他们对主、宾作近于纯自然的、光秃秃的表现，其目的在很大程度上是排除分析—演绎掺入其中，并按雅可布森对等原则形成的语链肌质关系来达到兴发感动境界的构成效果。新诗对充当主、宾的对象世界——人与事物的态度则不同，须按照分析—演绎框定的认知系统来把握人与事物的性状与依存关系。人与事物由此获得的性状与依存关系既然出之于主观，那么人为的陈述意图势必掺入造句活动，对主、宾的修饰也定要被强调起来。同时，这又是一种互动关系。由于主、宾对修饰成分的强调使用，也使新诗能把陈述意图更有效地显示出来。

这种修饰并不单一，可分为描述性与喻示性两种。

对主、宾作描述性修饰，艾青最感兴趣，在《旷野》中有句："静寂的太空下，/千万种鸣虫的/低微而又繁杂的大合唱啊/奏出了自然的伟大的赞歌。"主语"大合唱"被"（在）静寂的太空下"这一短语、"千百种鸣虫的"和"低微而又繁杂的"两个复合词组充当的定语作了描述性的修饰。这一来，主体意旨限定了主语，使它具有繁复而又定向的感受特征。在《手推车》中有句："手推车/以唯一的轮子/发出使阴暗的天穹痉挛的尖音。""尖音"在这里被定语"使阴暗的天穹痉挛"作了描述性的修饰。显然，主体意旨限定了这个宾语，使它的感受单纯而又定向。比起描述性修饰来，对主、宾作喻示性修饰在新诗的造句活动中是更普遍的。朱湘的《有忆》中有："和平的无声潮汐/已经淹没了全城。"如果只说"潮汐已经淹没了全城"，那就成为对真实事件的陈述，而现在"潮汐"用"和平的无声（的）"这两个定语来修饰，它作为主语就被主体意旨限定，虚化为对深睡中的全城那一片安宁境界的喻示。昌耀的《山旅》中有："我不配踏勘/这历史的崎岖。也不善凭吊/这岁月的碑林。""碑林"这个宾语经"岁月的"一修饰，也就被主体意旨限定，虚化为对民族悲慨历史的喻示。值得指出：若主、宾间能让各自的修饰成分作相互呼应以完成造句活动，那就会使诗情内涵陈述得更充分。蔡其矫的《鼓浪屿》中有："黄金的沙滩镶着白银的波浪。"主语"沙滩"以"黄金的"修饰，呼应宾语"波浪"，以"白银的"来修饰，色彩对比鲜明，令人品味无穷。这样的描述性修饰相映生辉，使陈述的诗情越显出灵奇、耀目、神幻。李梦的《南国少女》中有："你流海下飘飘的东南信风/融化他祁连山头的万年积雪。"这原是一个再简单不过的句子："东南信风融化万年积雪。"但"东南信风"被"你（的）流海下（的）飘飘的"一修饰，这个主语竟虚化为对"南国少女"扬眉凝睇的喻示；"万年积雪"这个宾语被"他（的）祁连山头的"一修饰，则虚化为对北国青年苍凉心境的喻示。两大修饰成分一呼应，主体也就把一场因爱而生灵异感应的陈述内涵巧妙而含意深长地喻示出来。

在造句中，对谓语的强化，新诗和旧诗是一致的。不过旧诗只停留于谓语词自身与主、宾之间潜在感应关系的确立，如“春风又绿江南岸”中，谓语灵奇地依靠“绿”的动词化直觉显示而能和主语“春风”、宾语“江南岸”之间建立起接近于纯自然的存在关系，获得了“江南岸”境界的生成，“绿”自身却无其他成分修饰。新诗的谓语是受制于主体感觉导致的分析——演绎认知系统的，它必须成为体现陈述意旨的决定性成分，故在造句活动中特别要求对它进行修饰。这种修饰一般靠状语，也可由补语来完成。蔡其矫的《相思树梦见石榴花》中有句：“南海上一棵相思树，/在春天的雨雾中沉沉入梦。”介宾结构“在春天的雨雾中”作为状语修饰谓语“入”；敏子的《雨天》中有句：“我栖息在年华的沉寂里。”介宾结构“在年华的沉寂里”则作为补语修饰谓语“栖息”。对谓语的这种修饰可以是单一的扩张，如艾青的《向太阳》中有：“太阳/从远处的高层建筑/——那些水门汀与钢铁所砌成的山/和那成百的烟突/成千的电线杆子/成万的屋顶/所构成的/密丛的森林里/出来了……”这是用一个极其扩张了的处所状语对谓语“出来”的修饰。他的《写给小睡车里的婴孩》中则有：“你静静地睡着了/在温暖中/在芬香里/在布拉格/在维尔塔发河边/在长长的堤岸上/在母亲推着的/温暖的、柔软的/像花一样的/像云一样的小睡车里……”这是用一个扩张的处所补语对谓语“睡着了”的修饰。这种修饰也可以是复杂多元的。他的《手推车》中还有：“在黄河流过的地域/在无数的枯干了的河底/手推车/以唯一的轮子/发出使阴暗的天穹痉挛的尖音。”这也是个简单句，第一、二行是处所状语，第四行是行为方式状语，它们共同修饰谓语“发出”。新诗中由于对谓语采取种种巧妙的修饰，使得抒情意象在造句活动中不仅能更有利地浮现出来，并且在某种程度上能升华为象征，把隐意感发出来。北岛的《结局或开始》中有：“以太阳的名义/黑暗在公开地掠夺。”让“黑暗”发出“掠夺”的动作，这样一种受主体意旨作用的主谓结构已使“黑暗”能化为意象浮现出来，但“掠夺”又让“在公开地”这个状语来修饰，使主体把自我意旨打入“黑暗”更多一点，也就会使实体性意象更虚化起来。但这还不够，又让“以太阳的名义”修饰“掠夺”，这就使“黑暗”这个意象完全虚化，升华为定向象征，把林江反革命集团打着红旗对人民、实行血腥镇压的隐意感发了出来。田间在《给战斗者》中有句：“我们/曾经/在扬子江和黄河的/热燥的/水流上，/摇起/捕鱼的木船。”“我们”与“摇起”的主谓关系是现实且一般化的，虽然主语“我们”的意象也得到了浮现，却并无多少新鲜奇特感。为此，主体意旨在陈述中进一步打入：这“热燥的水流”是属于“扬子江和黄河”的，是在“扬子江和黄河的热燥的水流上”“摇起”的，谓语“摇起”经这一介宾结构充当的处所状语一修饰，不仅使“摇起”发生在不可思议的大场景中，以致引起接受者强烈的新奇感和活跃的想象，也使主谓宾完整的句子内涵从如实的基座上飘浮起来，虚拟化了，从而使“我们”有了民族象征的升华，而这一场陈述也因之进入深层处，把我们民族几千年来艰辛而勤劳地建设家园的隐意展示了出来。从这些例析中可以看出：对谓语的修饰采用非常态的凸显或渲染，使意象在造句活动中获得高度的审美象征功能，使陈述直达对象深处埋着的隐意。艾青的《吹号者》中有：“当太阳以轰响的光采/辉耀于整个天穹的时候，/他以催促的热情/吹出了出发号。”这个诗句由于谓语“吹出了”受一个非常态性凸显与渲染的时间状语——“当太阳以轰响的光采辉耀整个天穹的时候”和行为方式状语——“以催促的热情”的修饰，现象世界本来简单的一场陈述因此虚化，吹号者吹响出发号的现实意象体因此有了象征内涵。旧诗中谓语动词采用的好坏关系到是否具有“诗眼”的价值，新诗的“诗眼”价值也显示在谓语动词上，但不在谓语动词自身如何使用，而在于是否对动词强化修饰和如何修饰——这当可肯定无疑了。

总之，新诗造句活动中起用和强化主谓宾修饰成分的做法，对句子营造来说，具有两大功能：一是使句子的陈述更明确；二是借此作陈述的延伸，揭示隐意。当然，后一种功能可以是逐步的——在部分主要成分上强化修饰作用，以求得部分的或一定程度的隐意的揭示。但如果让主谓宾统一步调，同时起用修饰成分，甚至强化修饰成分呢？线性陈述是否会有更大的延伸从而揭示出更多的隐意来呢？回答是肯定的。不妨拿李梦在《南国少女》中的两行诗来看一看：

天女散花似的你用大运河桨声灯影
暗示隐约迷离的南朝风雨

这里不过是一个简单句：“你暗示南朝风雨。”主语“你”用“天女散花似的”作修饰而浮现出一个超常艳美、洒脱的“少女”意象，谓语动词“暗示”让行为方式状语“用大运河桨声灯影”来修饰，把一个秦淮夜游的意象浮现了出来，而宾语“南朝风雨”以“隐约迷离的”来修饰，则浮现出一个凄艳岁月、无常人生的意象。主谓宾陈述借延伸而得的隐意综合起来看，乃是靠“南国少女”的意象虚化成“商女”的意象所感发出来的一脉人生启悟：迷离人生的凄艳乃是苍茫历史的缩微。由此看来，主谓宾同步作修饰性的强化既使诗句膨胀，更使陈述有深远的延伸，获得定向的潜隐感受。

鉴于句子结构的力求完整，修饰成分的强调起用，新诗语言的陈述更单一，所指更明确，必然会影响到想象—联想的激活功能趋向弱化。于是一个严峻的现实问题被提出来了：如何为造句活动探求到一个给接受者以强刺激、让想象—联想重新活跃起来的办法？这使新诗造句活动的第三条策略被定出来了。那就是：采用一种虽循语法规范却反修辞规范的谬理化办法来造句。具体说：句子结构尽可能拟喻化。

句子结构的拟喻化有两类：一类是主谓宾之间建立拟喻关系；再一类是修饰成分与主谓宾之间建立拟喻关系。主谓宾之间建立拟喻关系比较普遍，最简单的莫过于用无任何修饰的主谓宾作反修辞逻辑的组合，如张烨在《隐显在长城上的面孔》中有：“钟声敲碎沉默。”“钟声”当然不可能发出“敲碎”的动作，“沉默”也不存在碎不碎的问题，也就是说：谓语动词“敲碎”就语法关系而言合于规范，主宾之间可以拉起关系，但三者间的修辞关系却违反约定俗成。因此，这只能是一场谬理的拟态活动。这一拟态功能只局限于把欲陈述之事象更具形象的新颖鲜明性。陈敬容的《窗》里有：“寂寞锁住你的窗，/也锁住我的阳光。”这是两个句子，它们有个共同的“诗眼”——“锁住”。说“寂寞”能“锁住”“你的窗”和“我的阳光”，都不可能，只不过是主谓宾的谬理组接，造成一种拟态关系。不过这两个句子情况也不全一致：说锁住“窗”是可以的，锁住“阳光”就不可能；说“寂寞”能发出“锁住”的动作当然办不到，让“寂寞”锁住“窗”是谬理，锁住“阳光”更是不可思议。因此，“寂寞锁住你的窗”是一般的反约定俗成，其谬理性功能所及的是实用的世界，也就是说所激活的联想只不过是对“寂寞使人懒得打开窗”所作的巧妙表达，作为一场陈述并无虚化迹象，属于单纯的拟喻句法；但寂寞“锁住我的阳光”却是特殊的反约定俗成，其谬理性功能所及的已是象征世界了，也就是说，所激活的联想直达对象深层处，揭示出一种隐意：“寂寞却使我丧失掉对光明的信念。”于是，这一场陈述已虚化，属于拟喻的象征性造句。我们还可以在新诗更多的判断句中发现：主谓宾之间建立层次不同的拟喻关系有两类，如何其芳的《生活是多么广阔》中有：“生活是海洋。”这个判断性陈述虽谬理却只是用“海洋”来比喻生活的广阔，是面对实用世界所作的一场单纯的拟喻化造句。绿原的《诗人》中有：“他的诗是血液。”这个判断性陈述谬理得不可思议，是对用生命写诗的象征性说法，面对精神世界所作的一场复杂的拟喻化造句。

主谓宾和修饰成分之间建立拟态，是新诗拟喻句追求的一大进展。这既涉及各主要成分和修饰成分之间的拟态，也涉及主要成分之间的拟态，显示出更为复杂的谬理性关系。何其芳的《夏夜》中有：“你的鬓发流滴着凉滑的幽芬。”说“鬓发”能有“流滴”的动作，主谓关系在语法上是成立的，但说能“流滴”出“幽芬”，则反约定俗成，不守修辞规范了，主谓宾以谬理的拟态关系形成了一个拟喻句。但这还不够，宾语“幽芬”又受“凉滑的”修饰。“幽芬”出于嗅觉，用“凉滑的”这个肤体觉来修饰，反约定俗成。因此，这个句子具有谬理的多层次交错、综合的功能，能刺激接受者活跃起新奇的联想，对出浴少女产生更鲜明动人的美感。但是这不过仅出于对现象世界的拟态所完成的拟喻句。岑琦的《朱自清之歌》中有：“记忆擦亮心灵的镜子。”说“擦亮”镜子——谓宾组接正常，但主语“记忆”不可能发出“擦亮”这个动作，所以主谓宾组接虽完全合于语法规范，但违反约定俗成的修辞关系。现在“镜子”又让“心灵的”来修饰，宾语经这一修饰，产生了拟态，和整个诗句的拟态一组接，两层谬理虽复杂交织，但体现在拟态运作上，却是有机、和谐的，大大提高了活跃联想的刺激力度，成功地完成了一个拟喻句。值得指出，这种拟态的扩大和谬理功能的致力追求所完成的拟喻句，从造句活动的角度看，还只是现象层面上诗情信息的新奇、巧妙的传达，技巧性意义更高一些。但这一代新诗语言探求者并不满足于此，还要深入到隐喻性的探求。昌耀的《山旅》中有：“壁画上丰收的麦穗/只是梦中的佳禾/挽留不住/他们年轻的生命。”这是一个复杂的简单句。说“麦穗”是“佳禾”，正常；但“挽留不住”年轻的生命，虽也拟态违反修辞规范，但这样的讲法已约定俗成，所以谬理得并不很反常。问题是“麦穗”经“壁画上丰收的”一修饰，“佳禾”经“梦中的”一修饰，统一起来，全句就显出了修辞上的谬理性。这一场拟态运作刺激联想的力度就很大，以致使陈述突入进隐意层次。在这方面，北岛有较多追求，并且一般都做得自然、有机。他的《和平》中有：“在帝王死去的地方/那枝老枪抽枝发芽/成了残废者的拐杖。”这是由一个主语、三个并列谓语和它们的宾语组接成的、合于语法规范的简单句。但违反修辞规范，是一场拟态运作，具有谬理的刺激功能；状语“在帝王死去的地方”对谓语“抽”、“发”和“成了”也作了违反修辞规范的修饰，更复杂化了全句的拟态运作，强化了谬理功能对联想刺激的力度，从而在造句过程中埋下了一个令人有意味深长之感的隐喻。如果单是“那枝老枪成了拐杖”，那只不过是平淡的陈述；

如果是“那枝老枪成了残废者的拐杖”，虽有隐喻埋下，但喻示得并不深刻。现在让“在帝王死去的地方”对三个并列谓语作反修辞规范的修饰，才把唯有结束专制统治才能化干戈为玉帛的一层隐意颇智慧地传达出来。应该说几十年来新诗的语言建设中，这一类隐喻性的拟喻句追求，越来越得到了重用，这是个大进步。艾青、绿原、穆旦、岑琦、张烨、舒婷等都很有成绩。像张烨在《隐显在长城上的面孔》中的这一句：“那黄河般肤色的静谧/覆盖着千万个故事覆盖着千万个灵魂覆盖着/世纪永恒的沉思。”作为一个拟喻句，其隐喻的幅员就特别开阔，给人的感受也更深远。

第四节　新诗的句法（二）

新诗语言建设应该包括三类活动：一是构词活动，二是造句活动，三是组句活动。在完成前两类活动的考察后，组句成群的活动也就被提到议事日程上来了。

组句活动也就是组行成句、组句成节（成章）的活动。在新诗的语言策略中，这是极其重要的，因为涉及新诗意象流动的问题。诗学理论告诉我们：意象的浮现与流动都须落实到诗歌语言上。不过，单单作为意象浮现的语言（如旧诗）和既要作意象浮现又要作意象流动载体的那种，并非同一语言体系。何以这样说呢？这要由主体把握诗歌世界的独特性出发来认识。新诗探求者学习西方，从以人定天出发来对待众生万物，因此，所把握的诗歌世界也是受主体的分析—演绎所控制的，具有以人为的逻辑关联强加于对象的特性。这导致新诗语言总带点叙说意味，有着线性陈述特征。并且，使意象组合体应合于诗歌世界，在其语言化中也反映出一种左右关联、前后承续，以致让已浮现的意象间现出互通互接的流动性。正是这种种决定了新诗的组句活动在行与行、句与句之间相应地显示为内在意象的逻辑依存与外在词语的密切关联。值得指出：这样的活动实是新诗意象浮现后必然要流动这一特性所决定的。这里有必要让旧诗与新诗的组句活动作一比较。旧诗是组句成行、组行成群、组群成篇，其活动立足于诗行，因为一个诗行可以容纳多个句子，也可以有多个独立意象在无必然关联的语言结构中浮现、并存，如杜甫《登高》中“风急天高猿啸哀，渚清沙白鸟飞回”即是例证，这使得组行成群时可以有几组意象聚合，不受分析—演绎的干扰，相互间也不发生外在的任何依存关联，意象各各独立自在地存在着，如同对象世界本然存在的那样。而这样做可是最能诱导接受者进入一个兴发感动境界的。如果掺入一点主观框定的依存迹象，这一个兴发感动境界就会削弱甚至遭到破坏。不过也得指出：正因为这当中具有兴发感动功能的境界系存在于接受者非理性的灵觉感应中，所以所指往往模棱两可，缺乏生活感知中的社会定向性，表现对大自然的感兴则可，表现对社会人生的认知则会不足。所以，旧诗的组句活动使得文本的外在层面孤立、破碎、断隔，且导致对生命的过于玄思。新诗则是组行成句、组句成群、组群成篇的，组句活动立足于诗句，这是因为一个诗句可以有多个诗行存在，也可以有多个子意象在分析—演绎过程中有机地显示出依存关系，如艾青的《吹号者》中：“在那号角滑溜的铜皮上/映出了死者的血/和他的惨白的面容；/也映出了永远奔跑不定的/带着射击前进的人群，/和嘶鸣的马匹，/和隆隆的车辆……”这里有多个子意象在一个大诗句中流动、汇聚成一个大意象。至于组句成群时则让几个大意象密切关联、承续递进，以获得更大幅度的意象流动。这种呈动态趋势的意象聚合所显示的组句活动，因出于对对象世界的感知，会使接受者进入一种理识知悟的境界。这种境界存在于接受者分析—演绎的知觉中，往往审美单一，缺乏生存感应的宇宙多向性，表现对社会人生的认识则可，表现对宇宙生命的感兴则会不足。所以新诗的组句活动使文本外在层面递进得有机、和谐，且导致对生活的过于执着。

对新诗组句的总体策略作了考察后，还必须进一步对组句活动展开的目的何在这一问题作一探讨。我们认为组句活动的目的得定位于如下两大方面：一是扩大陈述范围；二是广纳陈述信息。

展开组句活动主要的目的是扩大陈述范围，具体表现在简单句的膨胀和复合句的拓展上。所谓陈述范围，指的是对象世界静态存在的宽广度与动态存在的深远度。在组句活动中，要让简单句的膨胀能充分体现出陈述范围的扩大、意象浮现的多彩与流动的活跃，运作的办法是两条：一条是强化修饰成分，以达到静态存在的宽广；另一条是叠加谓语成分，以达到动态过程的深远。且以艾青为例。他在《吹号者》里有："在震撼天地的冲杀声里，/在决不回头的一致的步伐里，/在狂流般奔涌着的人群里，/在紧密的连续的爆炸声里，/我们的吹号者/以生命所给与他的鼓舞，/一面奔跑，一面吹出了那/短促的、急迫的、激昂的/在死亡之前决不中止的冲锋号。"这是一个简单句："吹号者一面奔跑一面吹出了冲锋号。"现在却膨胀成如此长的一个句子：主语"吹号者"用一连四个"在……里"的介宾结构充当的定语来修饰；谓语是"一面奔跑一面吹出了"这两个动词叠加而成的，用一个"以……的鼓舞"的行为方式状语来修饰；宾语"冲锋号"则用三个形容词和一个介宾结构充当的定语来修饰。作为意象浮现与流动的载体，这一个用九行诗组成的简单句是线性陈述性的，意象间相互依存、层层递进，在语言结构上的体现是主谓宾定状之间有机共存、密切关联，充分显示出分析—演绎过程的逻辑严密性，这正是新诗组句活动为达到扩大陈述范围而在一个膨胀了的简单句中的反映。但此类组句活动的最终目的还是要充分体现新诗语言的线性陈述特性，其陈述范围扩大也是为了达到动态存在深远度的显示，或者说线性陈述的具现。因此对谓语成分加强叠加和修饰是备受新诗语言建设之重视的。如果说艾青诗歌语言是一代新诗人中最具线性陈述性特色的，那么这特色明显地存在于加强谓语成分的叠加和修饰上。上引《吹号者》中诗句已可作例证。《旷野》中有一个膨胀了的简单句更是典型：

在那芦蒿和荆棘所编的篱围里
几间小屋挤聚着——
它们都一样地
以墙边柴木的凌乱，
与竹竿上垂挂的褴褛，
叹息着
徒然而无终止的勤劳；

又以凝霜的树皮盖的屋背上
无力地混合在雾里的炊烟，
描画了
不可逃避的贫穷……

这是由十一个诗行组成的简单句膨胀形态，主谓宾都有多种次要成分修饰，但它有三个谓语："挤聚着"、"叹息着"、"描画了"，这一番堆叠大大强化了谓语。这三个谓语又同时受到多项谬理与非谬理的修饰，如"以墙边柴木的凌乱/与竹竿上垂挂的褴褛"来对"叹息着"作谬理的修饰；并且又采用各种关联词语让这三个谓语处于承续、关联与层层推进中，以让其线性陈述的过程获得更深远的显示，从而使诗行中浮现出来的诸多子意象在组行成句中有了多频率的流动，扩大了陈述范围，也使一个由简单句的膨胀所构成的诗节充分体现出组句活动的运作原则。再说：欲以复合句的拓展来获得陈述范围的扩大、意象浮现的充分和意象流动的活跃，其运作办法是加强副句对主句主要成分的修饰，特别强化排比副句对主句中叠加谓语的修饰作用。昌耀的《慈航》中有："当春光/与孵卵器一同成熟，/草叶，也啄破了严冬的薄壳。"这句的前二行组成的时间状语副句是对后一行主句的谓语"啄破"的修饰，陈述的层次分明，"春光"、"孵卵器"、"草叶"、"严冬的薄壳"等意象的浮现以及从"春光"向"啄破严冬的薄壳"流动的内在关系都布局得极其有机、自然，显然使得"当春光一动严威就凋残"这一场陈述的范围扩大了。罗门的《漂水花》中有："当我用石片/对准海平面/削去半个世纪/一座五十层高的岁月/倒在远去的枪声里，/沉下去。"前三行是一个时间状语副句，修饰后三行主句中的叠加谓语"倒在"、"沉下去"，不仅修饰得很自然，强化了主句的叠加谓语，使陈述的过程性更深远，并且从副句到主句连成一体的众多浮现的意象在一个新奇的拟态关系中流动得也极有机和谐。这是相当成功的一次组句活动。清子的《情寄天涯》中有："当龙的图腾/曳着爆竹的火花/闯入你的岁月/烟花溢着醇厚的酒馨/飘洒在世界的每个角落/在我们同擎的酒杯中/一定溢满了/幸福、欢乐和光明的希望。"这是意象交叠异常繁复的句子，前三行和第四、五行是宽式排比在一起的两个时间状语副句，修饰第六至八行那个主句中的谓语"溢满了"。由于采用宽式排比，两个时间副句对"溢满了"的修饰获得了强化，使主句陈述的范围不仅扩大许多，"溢满希望"的陈述过程也更鲜明突出；而且，从喜庆的情绪氛围出发而浮现出来的一串意象也都流动自如。最具典型意义的也还是艾青，在《春》一诗里，他的组句活动通过如下的复合句得到了生动的体现：

……经过了悠长的冬日
经过了冰雪的季节
经过了无限困乏的期待
这些血迹，斑斑的血迹
在神话般的夜里
在东方的深黑的夜里

爆开了无数的蓓蕾
点缀得江南处处是春了

在这里，前三行是三个宽式排比状语副句，对四、五两行主句的两个叠加谓语“爆开”、“点缀”作修饰。排比句具有层层加码的气势旋进功能，对强化动态表现特别有利。故“爆开”与“点缀”这两个行为动作在一奇特与必然的意义上凸显了出来，更何况“爆开”与“点缀”是陈述过程中前后承续的一种关系，在主句中叠加在一起，谓语也更能显示深远旋进的气势。总之，新诗组句活动中特别强调使用叠词排句作修饰成分，着重修饰谓语，又以行为动词叠加的办法来强化谓语的承续、推演和进逼的趋势，都是为了实现组句活动的主要目的：扩大陈述范围，显示新诗语言的过程性陈述追求。

展开组句活动欲达到的另一个目的是广纳陈述信息。一般说陈述范围的大小和信息容量的多少是成正比的，但立足于组句成群的新诗，却也可以凭句群的巧妙结构，给予陈述范围并不特别深广的语言组织额外增添一些陈述信息，而这是旧诗组句活动所难以企及的。其运作途径首先一条是大力起用兼语句。兼语句可以说是一个大句子，也可以说是两个以上句子的组合。这类结构的句群最宜于构造成大的拟态意象，来拟喻一定范围的感受对象，并在拟喻功能作用下，使其容纳更多感受信息。因此，兼语组句和白话文中的兼语句群并不全是一回事，它是判断句和叙述句的组合，以判断句铺垫、叙述句展开的一场拟态意象的构筑来作为自身存在目标的。艾青的《马赛》中写他对马赛上空的太阳的感受：“午时的太阳/是中了酒毒的眼/放射着混沌的愤怒/和混沌的悲哀。”这里的第一、二行构成了一个谬理判断句。因“太阳”是“眼”这一拟态，才使“眼”兼作第三、四行的叙述句中的主语，有了“眼”，才使那场“放射愤怒与悲哀”的意象得以流动，从而使这一场兼语组句埋下了一个用来深藏隐意的拟喻，使这一场简单的陈述容纳了更多的感受信息。昌耀的《南曲》中有：“我是一枝/化归于北土的金橘/纵使结不出甜美的果/却愿发几枝青翠的叶/裹一身含笑的朝露。”五个诗行，前两行组成谬理判断句，作为拟态的铺垫；后三行是一个主从复合句，“金橘”延伸下来兼作主从复合句没有写出来的主语，谬理判断在这一个主从复合句中得到了展开，使这一场兼语组句也埋下了一个深藏隐意的拟喻，让陈述范围不大的语言结构中有更多感受信息容纳，给接受者以意绪连绵不尽的旨趣。这两例中用作兼语的词是直接从上一句转入下一句，并作了成分的换位的。也有在兼语组句中用作兼语的词在能指意义上略作变化但所指不变的情况。徐迟的《蝶恋花》中有：

你的头发是一道篱笆
当你羞涩一笑时
紫竹绕住了那儿的人家

表现一位少女的风姿情态，不作直写而采用一个兼语句群，以拟喻意象来感发青春韵致，是相当成功的，只不过第一行把“头发”谬理判断成“篱笆”后，在兼作第二、三行那个主从复合句中主句的主语时，“篱笆”成了“紫竹”，这是能指的不同，并未失去其所指。因为有了这能指的变换，才使这场兼语组句的感受信息通过特定的意象流动而容纳得更多，青春少女的风姿神态平添了连绵不尽的韵致。试想如果不是用“紫竹”而老老实实写成“篱笆绕住了那儿的人家”，旨趣就要逊色得多。

组句活动要想求得广纳陈述信息的第三条途径是大力起用和延展流水句。这里所说的流水句和旧诗中的流水对有相类似的“顺延”意味。但流水句指的是语吻（语气）的顺延——取流水般顺势流泻之意。如金克木的《美人》中有：

要听黑夜的步履声吗？
死叶又要起来飞舞了……

以“吗”结尾的疑问句和以“了”结尾的叙述句，好像没有必然关联，但因为“吗”和“了”的煞尾，使它们具有语吻上顺延的意味，这就构成了一个如流水般顺势流泻的流水句。流水句大多是用“的”、“呢”、“吗”、“吧”、“了”、“哪”等语气感叹词煞尾的句子连接而成。它可以是上引那样两行两句的连接，也可超越这个数目。常任侠的《丰子的素描》中有：“当丰子低低的唱着歌时，/溪水在微笑着吻她的膝盖呢！/在笑歌中绘出的长发是荡漾的。”是三行两句（第一、二行是个时间主从复合句）凭“呢”和“的”两个煞尾的语气词造成一体的流水句。戴望舒的《乐园鸟》中有：“是从乐园里来的呢/还是到乐园里去的？/华羽的乐园鸟，/在茫茫的青空中/也觉得你的路途寂寞吗?”这是五行三句，借“呢”、“的”、“吗”三个语气词使它们连成一体，不妨叫流水句群。那么，流水句能广纳陈述信息吗？如果我们不是机械地理解陈述信息为某一具体事理内容，而是看成人事陈述中的一种情调感应，那么流水句确能广纳陈述信息。就“的、呢、吗、吧、了、哪”这些语气感叹词来说，可分为两类语调：“的、呢、了”是降调，“吗、吧、哪”是升调。句末配以特定语气感叹词的句子全具有特定的语吻。两个以上的升调语吻句和降调语吻句有机搭配，连接成流水句群后，语吻的微妙变化会造成一种体现情绪感受律动的内在节奏，正是这种内在节奏能十分真切地传达出非意义（事理）性的感受即情韵。这就是流水句凭语吻而能广纳陈述信息的基因。根据这一认识，我们不妨拿一些流水句来作一信息源的考察。施蛰存的《祝英台》中有：“墙之东，/墙之西，/何处是永久的旅伴呢？/飘荡的恋女之心/也该悔艾了吧!”这是一个以“呢”煞尾句与以“吧”煞尾句连接成、由降调到升调作语吻流转的流水组句，于是，看透情梦荒凉、欲作悔艾之举的这一场陈述因这一鼓舞我们的情韵节奏的存在而增添上一片非意义性的情绪感受信息。秋获的《江山月》中有：“你还能记得起那个夜吗？/那夜呵，有一痕残月光的。”从升调到降调的语吻构成了沉静的情韵节奏，为不堪回首的伤感增添了一片情绪感受信息。以上流水组句均系凭升降调转换的语吻构成，情韵节奏呈现为递进状态。另有一种流水组句活动，其流水句为同一调性的句子组合，是一种以复沓回环的语吻构成的独特情韵味，能给组句活动中的陈述增添情绪感受信息。宗采的《寒夜》中有：“月亮在中天喃喃着/缩到云里去了，/铁窗下面是幽寂的。”以“了”、“的”煞尾的句子都是降调，其流水组句活动也是对降调的强化，其往复回环的语吻也能激发出生涯茫然的微妙情韵，为陈述囚徒眺望暮天的心境增添了情绪感受信息。除了降调的复沓，还有一类流水组句是升调的复沓。沈圣时的《春天》中有："鼠色的旧晨衫/算我的春装吧！/锁着眉峰的穷境/也有春天吗?"以"吧"、"吗"煞尾的这对流水句都是升调，这样的流水组句活动是对升调的强化，其往复哦吟的语吻则有一种看破人生、自我解嘲的情趣，为这场穷人的春天感兴增添了非理性的情绪感受信息。金克木的《有遇》中有："泪是热的，笑是冷的，/欺骗自己还不够吗？/反正秋风已经吹起了，/欢迎霜雪的来临吧！"这是个值得注意的诗节，其流水组句也扩大了运作范围：先看前二行，以"的"煞尾的降调句和以"吗"煞尾的升调句连成一个流水句，其语吻体现出一种鼓舞人的情韵节奏；后二行以"了"煞尾的降调句和以"吧"煞尾的升调句连成一个流水句，其语吻同样体现为鼓舞人的那一类情韵节奏，而当两对流水句连成一体，也就能以升调复沓的语吻提供给接受者以兴奋的情韵，且在陈述抒情主人公丢弃虚无、向严酷的生活发出挑战的心境中增添了非理性的情绪感受信息。

值得指出：新诗中的组句活动，不论是膨胀简单句或拓展复合句，也不论是起用兼语句或探求流水句，一经深入铺开，都会使句群扩充成节或章。这方面和旧诗不同。旧诗的组句活动是行与行的凑合，相互间内在、外在都不会显示出关联性，而是各各独立存在的。新诗是线性陈述语言，在组行成句、组句成群中，行与行、句与句的内外在关系都是密切关联的。这一方面靠大量起用关联词语，更重要的是由于从分析—演绎出发的内在逻辑存在于线性陈述中，因此在新诗组句成节（章）中，一定数量的句子作有机组合当然可以建成诗节（章），而且一个简单句的膨胀、一对复合句的拓展、一个兼语句的铺开、一对流水句的呼应，同样可以形成饱满的诗节（章），如果我们能把诗节（章）理解为是处于一定抒情逻辑关系中的众意象围绕某中心而得到圆满流动的一个单位的话。而这意味着组句成群、建节立章的问题主要不在于一个或几个句子可以组成诗节，而在于一个特定单位中能否让意象流动得圆满。这样认识的前提是线性陈述内在逻辑的存在，其结果是：语言化意象在其组合过程中作为一场显示意象间推演—流动的语言载体，就非得严守语法规范、强化主次成分、主从复合句之间关联词语的起用不可，以此来保证相互间承续—依附关系的充分显示。我们不妨拿田间的《自由，向我们来了》中如下这节来看看："九月的窗外/亚细亚的原野上/自由呵/从血的那边/从兄弟尸骸的那边/向我们来了/像暴风雨/像海燕。"这是一个如同诗题所标明的简单句，但它膨胀成了一个诗节：第一、二行以"（在）……外"、"（在）……上"的介词短语修饰主语"自由"；第四、五行以"从……那边"的介词短语修饰谓语"来了"；第七、八行又以"像……"的比拟修饰成分修饰"来了"。整个诗节体现为在严密的逻辑推演中的一场线性陈述，而为了使这一体现得以保证，也就起用了四个介词充当的关联词。又如张烨的抒情长诗《隐显在长城上的面孔》中有如下的诗节：

历史苍遒的身影在绀红的雾霭中
缓缓升起

冷视着眼前的这个幻觉似的真实
他的脸庞因痛苦而变形扭曲
但明澈的眸子却依旧
闪烁着哲学家般深邃睿智的亮光
嘴角隐显着神秘而揶揄的微笑
泛着青熠气味的音乐
钟声般掠过神秘掠过微笑

这是一个并列复合句拓展成的诗节，它的一场组句活动展开的逻辑起点是“历史”，整个诗节的各个意象是围绕一个中心——展示历史的神态情状，作相互依存的流动的，而这又受制于线性陈述严密的内在逻辑，那就是：从“历史的身影”升起到冷视眼前的真实，再递进到“历史的脸庞”变形、扭曲，然后转为“历史的眸子”依旧闪烁着智慧的亮光、“历史的嘴角”隐显微笑、泛着音乐掠过微笑……到此才完成了意象圆满的流动，而作为这场流动的一个段落成一个单元，也就自然而然形成了一个诗节。值得注意的是这场复杂曲折的意象流动还依靠组句活动中起用多个关联词语，包括“在……中”、“因”、“但”等。由此也就可以看出：新诗组句成节显示为由关联词语作中介，依靠修饰成分的强化以膨胀简单句、修饰从句和并列句的起用以拓展复合句，从而在意象圆满的流动中充分体现为受分析—演绎所制约的线性陈述——这样的语言组句策略。这条组句策略在建节中适用，在立篇章中是否也适用呢？回答是肯定的。不妨举时湛的《枫桥夜泊》来研讨一下。该诗是这样的：

你，这通天河上
不羁的精魂
以羊皮筏强蛮的激情
穿越栈道篝火
峡谷猿鸣
一蓑蓑风雨
终于幻变成姑苏篷舟
飘进丹枫岁月的那一刻啊
我那炊烟
我那霜色的暮砧
我那青藤缠绕的枫桥
盼你渔火夜泊了
——在寒山寺、钟声
天蓝的梦里……

这是一首由一个复合句扩展成篇的自由体诗。它的主句是：“炊烟、暮砧和枫桥盼着你的渔火夜泊。”其主语是三个并列名词充当的。它们中除“炊烟”只用“我那”修饰，

“暮砧”还用“霜色的”修饰，“枫桥”还用“青藤缠绕的”修饰。作了这样的修饰并且还并列地存在的三个名词，显然使人感到主句这个主语是非现实而是有象征意味的。谓语“盼”有两个修饰成分：一个是诗的前八行所形成的时间状语从句；另一个是诗的最后两行，由介宾结构所显示的处所状语。前一个时间状语从句本身是个兼语复合句：“你穿越峡谷风雨幻变成篷舟飘进丹枫岁月。”这个从句较复杂，有两个谓语：一个是“穿越”，它一方面受介宾结构“以羊皮筏强蛮的激情”作行为方式状语来修饰，另一方面它又带三个宾语：“栈道篝火”、“峡谷猿鸣”、“一蓑蓑风雨”，这使得你的这场“穿越”膨胀了，以致显出神秘色彩；另一个是“幻变成”，它的宾语是“姑苏篷舟”，这个谓宾关系也显出神秘性。“姑苏篷舟”又作了兼语句主语，即“姑苏篷舟飘进了丹枫岁月”，其主谓宾之间的谬理关系又给人以象征感受。所以这个结构十分复杂的时间状语从句本身就是非现实的虚拟象征。主句的谓语“盼”一方面受这个虚拟象征的时间状语从句修饰，另一方面还受“在寒山寺、钟声/天蓝的梦里”这个处所状语的修饰，使得整个主句的内涵飘浮了起来，获得一场完整的虚拟象征，显出独特的感发动能，能激活人象征的联想：以宁静致远的生存境界给一个经历残酷搏斗的生命神秘的感召。应该说这是个极其扩张的复合句，它凭借理性联想促成一场逻辑推演性的陈述，从而完成了更大幅度的意象流动。所以从语言的角度看，这首诗以一个复合句的扩张而完成了一次组句成篇的任务。

第六章　新诗意象的语言化

论述新诗语言的意象化，涉及的是诗性语言的语法规范问题；探讨新诗意象的语言化，涉及的则是诗性语言的逻各斯中心问题。

所谓诗性语言的逻各斯中心，系专指语言的逻辑同一性。西方诗性语言是一种建立在逻辑理性基础之上的自足的、独立的、任意的语言系统，而中国新诗，如梁实秋所断言的，“实际就是中文写的外国诗”[①]，以致养成一种亦步亦趋于西方的风气。如果说在西方诗坛，由逻各斯借助形式化的语言建立起来的那个理念世界，到 20 世纪末已成了以德里达为代表的反逻各斯中心主义者解构的对象，那么在中国新诗坛，由借助形式化的语言建立起来的那个感兴世界，到 20 世纪末则已成了逻各斯中心主义追随者解构的对象。也就是说，西方已有人要扬弃的东西中国新诗坛反倒要请进来，而其后果是：今天的新诗坛随着逻各斯中心在语言上的充分体现，而使其语言化的意象转变成具有印证化、符号化的性能。这是很值得注意的现象。

因此，有必要对逻各斯中心在新诗意象的语言化中所体现的种种情况，作一番考察。

---

① 梁实秋：《新诗的格律及其它》，杨匡汉、刘福春编《中国现代诗论》上，第 141 页。

第一节　语音触发经验联想的意象呈示

对诗性语言来说，声音十分重要。沃尔夫冈·凯塞尔在《语言的艺术作品》中说："发音本身以决定的方式呼唤出每一样客观的东西，并且创造出客观的东西的灵魂的情调。客观的东西对于这种情调的关系比对于明显的存在和现实的关系要密切得多。"[①]这使得我们有"发音的象征"[②]的说法。当然，这种由前期象征主义热衷追求的"发音的象征"，后来成了把音乐美看得高于一切的纯诗追求者的审美核心内涵，他们由此而推出一个理论：诗是直接打动接受者情感的，其语言应该像音乐一样，以声音刺激接受者的神经，激活其审美想象，而不应该借助于理智。不过也值得指出：诗性语言中还另有一种声音，不全等同于"发音的象征"，且借道于以语音触发经验联想之理智。这就是诗人在抒情中让抒情对象自身发出的声音，用一串同它对应的语言符号传达出来，能刺激接受者的听感觉，获得如临其境、如闻其声一样真实亲切的审美效果。这就是仿声语音所特具的魅力，我们不妨把它说成仿声类意象的象征。就新诗来说，追求"发音的象征"似乎不多，虽然穆木天在《谭诗——寄沫若的一封信》里说他要追求这样一种"音乐之美"："在人们神经上振动的可见而不可见可感而不可感的旋律的波，浓雾中若听见若听不见的远远的声音，夕暮里若飘动若不动的淡淡光线，若讲出若讲不出的情肠才是诗的世界。我要深涉到最纤纤的潜在意识，听最深邃的最远的不死的而永远死的音乐。诗的内生命的反射，一般人找不着不可知的远的世界，深的大的最高生命，我们要求的是纯粹诗歌……"[③]并且他还写了《苍白的钟声》那样具有一点"发音的象征"的诗文本，但真要学到魏尔伦、马拉美那样的毕竟不多，倒是仿声类意象的象征新诗中颇有成功的。徐志摩写的《庐山石工歌》就是很好的一例。此诗似乎很怪，基本上以"唉浩"、"浩唉"两个仿声词加"上山去"等几个极简单的表意语组合而成。如：

唉浩，上山去！
浩唉！浩唉！浩唉！
　　　　浩唉！浩唉！浩唉！
浩唉！浩唉！浩唉！
浩唉！浩唉！浩唉！

的确，从意义表达上看，这些诗行中的诗情几乎等于没有，不像是诗。但这是委屈了徐志摩。这位诗人在致刘勉已的信中曾说过：有一次他在庐山小天池住了一个半月，每天从一早起就听到邻近山上传来石工开山运石的"邪许"声，"一时缓，一时急，一

① 沃尔夫冈·凯塞尔：《语言的艺术作品》，陈铨中译本，第127页。

② 同上书，第126页。

③ 杨匡汉、刘福春编：《中国现代诗论》上，第98页。

时断，一时续，一时高，一时低，尤其是在浓雾凄迷的早晨，这悠扬的音调在谷里震荡着，格外使人感动，那是痛苦人间的呼号……这三段石工歌便是从那个经验里化成的"[①]，可见徐志摩在创作时是已进入抒情的氛围圈了，因此能对抒情对象发出的声音作出真实的摹写。值得一提：全诗基本词语是仿声的"唉浩"、"浩唉"，这两个仿声意象词就值得一议。生活经验提示我们："唉浩"是人使出全力把石块抬起来时发出的"邪许"，是力的前奏，"扬"的声调；"浩唉"则是抬着石块一步步前进中配合脚步节奏发出的"邪许"，是力的承续，"抑"的声调。在上引诗行中，第一行一声"唉浩"，配合力的前奏和"上山去"的目标，显示了石工们奋力而起的外在实况与内在情貌，后面四行则全是挺住重荷前进的一种声音配合，显示坚忍不拔而前的外在艰辛与内在顽强，强烈地刺激起读者的听觉联想，从而感受到石工们情绪的起伏。当然，这不是语言的意义表现，而是地道的一场仿声表演。仿声不全是直觉感应之所得，直接模拟声音会有较多理智成分掺入。我们还可举昌耀的《听候召唤，赶路》。这是一位"无名雕塑家西部寻根的爱火"照亮诗人灵感而发出的咏叹，一种宿命的荒原漂泊、永恒的西部寻根的强烈感受触动诗人仰望苍茫月色面对长天鹤唳而发出了这样的声音：

啊啊啊啊啊啊啊啊啊啊啊啊啊啊啊啊啊啊啊。
北去的白鹤在望月的络腮胡须如此编队远征。

这也说得上是奇特表现。燎原在《高原精神的还原》中对此作了这样一番言说：

……这一连串的"啊"既是作者此情此景中不绝的浩叹，又是视觉上排列有序的鹤阵，和听觉中鹤阵不绝如缕的凄清啼鸣与风声，它甚至还使我们看到鹤阵拍动翻剪的翅膀，以及一种悲剧的性色。这样的句子让我感到震惊，它超出了一个时代的诗歌语句所能激发的形式联想，也绝非刻意求取所能为，正如同李清照前无古人地以"寻寻觅觅冷冷清清凄凄惨惨戚戚"这七对叠词给中国文学史留下的那一奇观一样，我们于此想探考的，不是修辞的艺术，而是一个诗人在怎样的层位上得以看见这神示的一闪？[②]

这一席话说得很到位。这 19 个排列在一起的"啊"是 19 次仿声，是鹤群在苍茫征途中发出的声音的仿写，也是诗人——或者络腮胡须的西部寻根者带点感伤味的强烈赞叹声之仿写。当然，这种奇句的获得，也许来自于"神示的一闪"，却也是新诗意象的语言化奇妙的探求。值得指出的是：这一场以仿声为标志的语言化意象，像《庐山石工歌》中的"唉浩"、"浩唉"一样，也主要地显示为理念印证的特色，因为由这些仿声词语构成的诗行，其意象审美功能之得以发挥，出于经验联想。

超越于意象的仿声类语言呈示，是双关类语言呈示。这种利用谐音而达到意义双

---

① 顾永棣编：《徐志摩诗全编》，浙江文艺出版社 1987 年版，第 185—186 页。
② 董生龙主编：《昌耀阵痛的灵魂》，第 88 页。

关的追求，在民歌中有所显示，如南朝吴声歌曲中就有使用这种谐音双关语来表达恋情的。旧诗中也颇见有仿效的，如刘禹锡的《竹枝调》中有："杨柳青青江水平，闻郎江上唱歌声。东边日出西边雨，道是无晴还有晴。""晴"与"情"谐音，"道是无晴还有晴"是意义双关，是对"道是无情还有情"的隐射。这种利用谐音作意义双关的意象呈示，新诗中也颇重视。袁水柏的讽刺诗《万税》中这样写：

这也税，那也税，
东也税，西也税，
样样东西都有税，
民国万税，万万税！

这里的"税"和"岁"谐音，因此"万税，万万税"同"万岁，万万岁"意义双关，这意味着"民国"若要"万岁，万万岁"，老百姓只能在"万税，万万税"中过日子。杭约翰的长诗《复活的土地》，以油彩般的诗笔描绘了1940年代末期国统区政权腐败、社会动荡、民怨日深的现实以后，提出了一个问题："这是个什么日子?"紧接着诗篇这样写：

拾煤渣的野孩子知道，街头的
缝穷妇也知道，日子走到了
它的边，一阵轻微的北风
也会悄悄的向你说：
　　　　　　　快倒了；快到了！

这里的"倒"和"到"是同音，意义双关，让人既意会到旧政权已走到历史尽头，快倒台了，更让人感悟到新时代即将来到，所以"倒"与"到"的谐音双关凸显出一个处于历史交汇点上的时代意象。这种异言同音的巧妙组合，虽是间接仿声，但由听觉引起的经验联想，其刺激力不弱。又如卞之琳的《白螺壳》中：

我仿佛一所小楼，
风穿过，柳絮穿过
燕子穿过像穿梭，
楼中也许有珍本，
书叶给银鱼穿织，
从爱字通到哀字——
出脱空华不就成！

以"小楼"作意象，来显示自己精神世界的丰富而驳杂，以及最后归于彻悟人生、进入净界，是这节诗的审美追求。诗人的匠心用在"从爱字通到哀字"上，很值得注意。

"小楼"里藏着"珍本"，书叶给蛀虫蛀蚀，而凑巧这个蛀洞是"从爱字通到哀字"的。"爱"与"哀"本系两个极端，是从希望到绝望，美好向痛苦演化的两端。而"爱"、"哀"是谐音，这里就有了双关意义，促人联想：人世间的希望与绝望、美好与痛苦是可以相通的，是同一回事。但这种双关类"发音的意象"的呈示，比仿声类"发音的意象"呈示，更是借经验联想得以实现的。

值得指出：从语言诗学看双关类发音的意象呈示究竟好不好一直以来是有不同看法的。韦勒克、沃伦在《文学理论》中就这样说过："19世纪把双关语看作是一种'文字游戏'，最低级的'智慧游戏'；18世纪，特别是艾迪生则把双关语看作是一种'假智慧'。但巴罗克诗人和现代诗人却把双关语严肃地用作一种双重的含义，一种'同音异形异义'词，或'同音异义'词，或一种有意的'含混'。"[①] 把"双关语"定为"智慧游戏"，甚至说这是"假智慧"，不管说什么，至少这里凸显着一种"智慧"，而这是与情绪感兴异趣的，更多的是知觉理性。韦勒克、沃伦提到的巴罗克诗人之大力推崇双关语，乃在于他们有一种追求"乖异的矛盾语法"的兴趣，"期望达到语出惊人的效果"[②] 凡此种种均说明仿声类、双关类发音的意象都体现着语言的逻辑分析性呈示。这里值得提一提托多洛夫在《批评的批评》中对"无义语言"的言说。托多洛夫引述了雅可布森在《论诗与无义语言》中的话："严格地说，诗的语言以语音的词为目的，更确切地说，因为其相应目的的存在，诗的语言是以谐音的词、以无义言语为目的的。"又引了布瑞克的话："不论我们以哪一种方式去看待形象与语音的关系，有一点是毋庸置疑的：语音、语意的组合并不单是谐音的补充，而是对诗憧憬的结果。"这之后他自己这样说：

> ……拒绝意义的语言还是语言吗？这岂不是抹去语言音义结合、实虚共存的基本特点，并把它变成纯物理对象吗？为什么要不及物地关注那不过是噪音的东西呢？被推向极端后（对有关诗的语言形式问题的），这一回答就显示出它的荒谬性，大概就是为此。[③]

这一段诘问的话是很可注意的。可见托多洛夫对"不假任何自在性的"，"归于自身唯一物质性即语音与字母、拒绝任何意义的语言"是不赞成的，言下之意是仿声、双关谐音等都得和语义结合在一起。此观点也属于燕卜荪。燕卜荪在《朦胧的七种类型》中就引用了约翰逊对一致论的论述：

在诗的艺术中没有什么东西比使声音和意义协调一致更有赖于想象力。在这许多情况下，我们都谱写着我们想象中的音乐，以自己的性情来调节着诗歌，把意义的效果归因于韵律。这一点几乎是肯定的。[④]

① 韦勒克、沃伦：《文学理论》，第221页。

② 同上书，第229页。

③ 托多洛夫：《批评的批评》，王东亮、王晨阳中译本，三联书店1988年版，第5—6页。

④ 燕卜荪：《朦胧的七种类型》，周邦塞等中译本，中国美术学院出版社1996年版，第14页。

在引述这番话后他说："他所举的例子无疑清楚地表明了没有任何独一无二的对应方式。相反，非常相似的声音手段可以跟非常不同的意义成功地对应。"① 这些话中可注意两点：第一，声音和意义协调；第二，这协调要靠想象力。诗歌意象以仿声类、双关类"发音的象征"的呈示的确要求声音与意义协调，要从能指向所指的一体化呈示，但这一体化，或者"发音"升华为意义的象征须凭依的"想象力"，其实对仿声类、双关类而不是对直觉类"发音的象征"来说，是凭依经验联想力的发挥。这经验来自于主体对事物存在多次的直觉感应，进而提升为知觉化的经验，这经验因而是有较多理性成分的，于是也就有了"唉浩"通过仿声经验联想而获得的力的奋起之象征义，"万税"通过谐音经验联想而获得的"万岁"的象征义。这正是新诗中语音触发经验联想的意象生动的呈示。

第二节　反语法规范意象呈示

新诗中以反语法规范的语言把意象呈现出来，是对旧诗诗性语言传统的一大继承，其代表人物是林庚。

林庚晚年写的《从自由诗到九言诗》一文中谈到了自己对诗歌语言形式的长期思考与探索，说自己在出版了《夜》、《春野与窗》两本自由体诗集后，于1935年起尝试写新格律体诗。这一转向曾使他不少友人不理解，还受到过这样那样的指责，但他我行我素，依旧对此作着追求。林庚这一转向决心之大是建基于如下一点：他在创作中发现了新诗采用的白话—口语会把新诗拖向散文化。他觉识到了白话—口语是一种日常社会交流的生活用语，"需要语言愈明确愈逻辑愈好"，而诗则"需要通过语言的突破以获得精神上的超越"，因此他提出一个"诗歌语言的要求飞跃性"的主张。为了加强这场语言的飞跃性，他认为诗人们须"采用拉大语言跨度的方式"来迫使思维非得主动地凝聚力量去跳不可，借此"唤起我们埋藏在平日习惯之下的一些分散的潜在的意识和印象"。他还说："这些被掩埋的感受在一步一个脚印的语言方式之下是很难自由出现的，这时在忽然出现的大跨度空间面前，不免猛吃一惊，仿佛如梦初醒，于是展开了想象的翅膀，凝聚组合，自在地翱翔，这乃只是一种思维上天真的解放"②。但这对于以白话—口语写新诗来说却是个难题，因为出现了五四时期的"白话运动"，白话却主要"是为散文而有的，而不是为了新诗"。"散文是不喜欢拉大跨度的"，它要求"语言规范"，这对新诗可是个压力，为了"走出这一困境"，林庚进一步认为"需要面对散文规范化的压力建立起自己的语言规范化来"。所谓"自己的语言规范化"，也就是"自由地运用散文所不能有的语言跨度"。为此，他举了唐诗中的名句"秦时明月汉时关，/万里长征人未还"来作了这样一场实例分析：

……这里的"秦时明月"如何会落到"汉时关"上来呢？这个跨度在散文中

① 燕卜荪：《朦胧的七种类型》，周邦塞等中译本，中国美术学院出版社1996年版，第14页。

② 林庚：《新诗格律与语言的诗化》，第17—18页。

> 乃是不可能有的，而在七言诗中却是很自然的，这也就是诗的阵地。紧接着“万里长征人未还”，唤起那直贯汉唐两代盛世千百年间的历史边塞之情。从秦汉一跃而过！超越时光，屹立长空，乃成为唐诗中七绝的绝唱。[①]

这段话对“拉大语言的跨度”的实例分析相当到位。但遗憾的是林庚没有把“拉大语言的跨度”继续引向“自己的语言规范化”这一理论思考上去，却转向了自由体诗的分行，格律体诗的使用五言音组——林庚所谓的“节奏音组”上去，好像“拉大语言跨度”是分行或使用“节奏音组”的事了，结果把论述新诗语言的问题悄悄儿变成论述新诗体式了，有点逻辑混乱。不过上引实例分析还是能让我们明白：林庚所谓语言的飞跃性，或者“拉大语言的跨度”，其实是一种对特殊句法的追求，也就是指诗歌语言构成中设置想象、联想的激活机制，以让意象得以充分呈现的一种功能显示，而从林庚实例分析“秦时明月汉时关，万里长征人未还”来求证“语言的飞跃性”或“拉大语言的跨度”这一点看，这种让意象得以充分呈现的特殊句法针对的是突破散文语言的逻辑性左右新诗，或者说是一场反语法规范追求。

那么反语法规范因何而出现？其合理性又在哪里呢？林庚在 1948 年写的《诗的语言》一文中就有一番更好的言说。他在谈到诗歌给予的“跳跃作用”（即“飞跃性”）“使得诗的文字比散文要不受逻辑的束缚”后，举了个例：屈原在《九歌·湘夫人》中那句“嫋嫋兮秋风，洞庭波兮木叶下”的“木叶”，到杜甫的“无边落叶萧萧下”、黄庭坚“落木千山天远大”中都变成了“落木”，这使他生出了一个问题：“为什么单保留下‘木叶’之‘木’而不保留‘木叶’之‘叶’呢？”然后这样说：

> “木”字的好处，在于能暗示那将落的树叶的枯黄颜色；在于能暗示较“叶”字更坚强的一种情调，而“叶”字本身所带来的却是柔软暗绿的感觉；虽然加了一个“落”字，仍不能免于这一个暗示；这正是诗与散文的分别。“木”字径作“叶”字讲本来是不逻辑；其实所谓逻辑正如文法，本来是我们自己为了方便而规定的，原非天经地义。人类的可贵即在于能规定也能解放，而不至落于作茧自缚；诗正因为这一解放，才获得更丰富更活泼的表现力。诗的语言因此如同是语言的源头，它正如音乐、图画，都是未有语言之先的语言；它虽然是不合于平常的逻辑，我们却一样懂得更明白。如果我们无妨说散文的语言是饱经世故的，诗的语言便是最自由天真的。[②]

这段话十分重要，告诉了我们如下几点发现：第一，诗的语言系主体面对对象世界引起的直觉，印象之载体；第二，这种直觉、印象真实的语言载体，是“不逻辑”因而是反语法规范的；第三，“不逻辑”而反语法规范的诗歌语言，特别能体现由直觉印象派生，包括情调、色彩等在内的感兴韵致；第四，因此，反语法规范的语言，是未有

① 林庚：《新诗格律与语言的诗化》，第 18—19 页。
② 同上书，第 34—35 页。

语言之先的语系，是反抗以语法作茧自缚的散文语言的压力、获得解放的诗歌语言。

于是，林庚对诗歌语言须反语法规范的主张，也就把这类诗性语言须显示在句法特殊性上也凸显出来，那就是高举继承传统的大旗，在理论主张和创作实践上都致力于以语序错综、成分缺失、关联词语大量省略为标志的近体诗句法传统的继承。林庚前期的自由体诗、中期的格律体诗，都有语序错综、成分缺失、关联词省略的句法特色，尤其是中期的两部格律体诗中反映得分外突出。如拿他收在《北平情歌》中的那一首《雨巷》来看一看：

清早上霏霏的雾湿了楼台
冷清在朱门外秋雨正徘徊
一夜的寒意后寂寥长巷里
打伞的油条贩敲梆才走来

这首写旧北平雨巷晨景的诗情调很浓，第一、四行由于较多具有韵味的词语（“清早”、“霏霏的雾”、“楼台”、“打伞”、“油条贩”、“敲梆”）句法还算顺，在一定程度上是合于语法的，暂且不议。第二、三行意象不算丰盈，就只得用特殊的句法把意象凸显出来。如第三行，是“一夜的寒意后”和“寂寥（的）长巷里”两个介宾结构的短语的组合，成分是大大缺失的。至于第二句，只有“朱门”、“秋雨”两个词语的组合，作为诗句要使其意象得以充分呈现，就不得不特别强调句子的语序错综，按理这第二行诗应该写成这样：

秋雨正在朱门外冷清地徘徊

但林庚把它的语序大大颠倒错乱了，这一来这个诗行原本只呈现一个意象：“秋雨在……徘徊。”但因了他把“冷清”这个副词名词化，成为“冷清（是）在朱门外”这一个小句的主语，于是和“秋雨正徘徊”这个小句合在一起，也就使一个句子成为两句，让“冷清”和“秋雨”两个意象并列，流动地呈现出来。而且，由于“冷清在朱门外”在前，能形成一种凄寂的氛围，映衬“秋雨”的“徘徊”，也就使两个意象在叠映中强化了意境的深度。凭依一句分两句，使语言跨度拉大了，又以语言化意象的叠映，更强化了语言的飞跃性能。这种奇特的句法追求，在《秋夜的灯》中更成功。原诗是：

秋夜的灯是苦思者的伴风意寒峻地
独行者的心仍想着灯吗一点的华丽
窗下便开着客子心上的多梦寐的花
寂静的夜空无边的落叶装饰了园地

这首诗的第一行是两个小句的组合，其中“风意寒峻地”省略了谓语“袭来”；第二行是个词序错综的句子，“一点的华丽”成了个作定语修饰“灯”的形容词短语，但又让它移位到被修饰的“灯”的后面；第三行是一个省略主语成分的句子；第四行则是省略了介词性关联词语“在……中的”一个不完整句子。所以这首四行的诗，每一行都反语法规范，句法的特殊性也因此十分显著。如果我们把它按语法规范来写，则该是这样：

秋夜的灯风意寒峻地在陪伴苦思者
独行者的心仍想着那点华丽的灯吗
于是窗下便开着多梦客心上的花了
寂静的夜空无边的落叶在装饰园地

我们基本上只是调整语序。除了关联转折之需而增加了“于是”，因此又不得不把“多梦寐的客子”缩成“多梦客”以外，其余词语都不增删。这一来，诗行的意思是明白而通顺了，但诗行就变得太守语法太讲逻辑，语言不可能拉大跨度，飞跃不起来，想象、联想激活力下降，更大幅度的展开也就不可能，这一来新诗的语言的确会等同于白话这类日常语言，走向散文化了。至于诗的韵味呢？则是被冲淡了许多，因为守语法规范、讲逻辑的散文化语言会使意象的呈现受到这样那样的束缚。

像林庚这样致力于反语法规范，追求类似于近体诗奇特句法的，也还有一些新诗人在努力。李金发还更早一点这样做了。他在《月夜》里这样写：“吁，这平原，/细流，/秃树，/短墙，/无意的天涯，/芦苇。”这么一节诗，全是复合词、短语的组合，成分大量残缺，没一个完整的句子，反语法规范算是到家了。邹荻帆在1940年代写的《蕾》，是这样的：

一个年轻的笑
一股蕴藏的爱
一坛原封的酒
一个未完成的理想
一颗正待燃烧的心

这可全是以每行一个短语共4行4个短语句组合成的一首诗，没有动作和施受、主谓关系的表现，句子可是彻彻底底残缺的。而更有甚者则是金克木于1980年为纪念戴望舒逝世30周年写的那首《寄所思》之一的《夜雨》：

夜雨。
点点滴滴，点点滴滴，点点滴滴，
稀疏又稠密。
记忆。
模糊的未来，鲜明的往昔。

向北，向南，向东，向西，上天，下地，
悠长的一瞬，无穷无尽的呼吸。
喧嚣的沙漠。严肃的游戏。
西湖。孤山。灵隐。太白楼。学士台。
惆怅的欢欣，无音的诗句。
迷蒙细雨中的星和月；
紫丁香，白丁香，轻轻的怨气；
窗前，烛下，书和影；
年轻的老人的叹息。
沉重而轻松，零乱而有规律。
悠长，悠长，悠长的夜阑。
短促的雨滴。
安息。

这也说得上是首奇诗。用18个诗行组成，而每一行都是由一个或数个词组或短语组成，没有谓语，故不知道它有多少句子，也不知道这些短语是主语还是宾语或作修饰用的定语、状语、补语。这真是彻彻底底的反语法规范，无所顾忌的挣脱逻辑羁绊，达到此意图的办法则是采用了拉大语言跨度的特殊句法。唯其如此，才使意象得以凸显，获得充分的呈示。我们通读这个如同电报密码般组合成的诗文本，虽没有能一览无余地把意思看得清清楚楚，却倒也从那些凸显着的意象与意象之间互为感发，以至于激活想象、联想而形成魅力无穷的语境中，感受到语言飞跃的奇趣，进而把握到主体与逝者之间历30年而不衰的那一份深情厚意。开头四行的起兴和最后三行的推宕，如不用这种反语法规范的特殊句法来呈现意象，那就非得用上加倍的诗行来陈述不可。而按语法规范的陈述，只能使意象呈示力加倍削弱。相反的是：像“窗前，烛下，书和影；/年轻的老人的叹息”这样特殊句法的诗行由于激活了想象、联想的拉大语言跨度，反倒能把逝者的外在形象、精神个性得以传神地传达，其审美感发功能也显然是强烈的。所以林庚等人选择反语法规范的新诗语言来呈示意象之路是有意义的。

但这样的特殊句法只有在特殊的语境中才能充分发挥其诗性功能，而语境本身又是要靠这种句法奇特的句子有机组合形成的，所以拉大语言跨度的飞跃性语言的有机组合同语境之间有一种双向交流、相辅相成的关系。没有句法奇特的句子的有机组合，固然形不成感兴功能很强的语境，而句法奇特的句子要是没有能在特具感兴魅力的语境中，奇特的句法活动也会削弱甚至丧失其奇效。这可是要注意的。严阵有些诗曾在具有魅力的语境中使用特殊句法而获得成功的，如《山坞》中：“花的墙。花的院。/花的小径。/整个的山坞都睡了，/月色。梨花。是它的梦。”拉大语言跨度，充分激活感兴想象、联想，在意象呈示上颇为成功。可是有一些诗没有能形成感兴浓郁的语境魅力，也使用特殊句法，就显得只有理性点化的功能，如《梅信》中有：

村外：塘满。渠成。麦绿。

村里：牛肥。马壮。车新。

这有点像电报密码，抽象点化而已了。

我们还注意到：这种反语法规范的提倡和特殊句法的使用在旧诗——特别是近体诗中很适合，是由于旧诗特别讲究意境。旧诗中的意境大多由自然意象感兴出来，自然意象又比较单纯。因此以这类单纯的自然意象在横组合轴上按对等原则组合，容易组合得有机，从而在互为映衬中把意境感兴出来，从而充分呈现意象的深层隐喻功能。但是面对现代社会复杂的生活和现代人对世界的把握从直觉感应转为知觉经验，原是单纯的意象也向事态化的复杂存在转化，横组合轴上意象的对等所需之呼应功能，也从感兴联想转为了经验联想，于是理性不知不觉全面地渗透在现代诗歌世界的把握过程中，意象因事态陈述引起的复杂化，意象组合在受制于经验联想的情势下走向逻辑有序，都决定了反语法规范的特殊句法单纯地使用，对现代意象的呈现已不完全适应，如一味坚持使用，也就只能以抽象点化来完成理性印证，而诗歌世界的生活反映也就显出了捉襟见肘的无奈。这方面特别严重地存在于田间中后期的创作中。

由此表明：在新诗的语言建设中，过分强调反语法规范，追求特殊句法以求意象的呈现，只会使新诗表现现代世界的路越走越狭窄。在逻各斯中心这一全球语境下，新诗语言化意象呈示的策略，有必要作调整。

第三节　遵语法规范的意象呈示

其实新诗语言化意象呈示的策略，在新诗草创的混乱阶段结束后，就已在约定俗成般的向遵语法规范的方向倾斜了。

新诗是中国诗坛接受西方的影响而发生的，所以从破土而出的那一天起，西方的逻各斯中心就被热情洋溢地请了进来，因而语言的逻辑一体性也就成了新诗语言建设一个谁也扭转不了的方向。在上面我们论及以林庚为代表的反语法规范地意象呈示，在新诗几十年的语言探求中，势力并不强，扮演的只是一个边缘化角色，遵语法规范才是主角。对此我们在前面已数次提及过，不过没有作过价值判断。应该说新诗遵语法规范地呈示意象的探求，对新诗审美层次的提高，还是起了相当有益的作用的。不妨这样说，新诗坛多数杰出的诗人，大都是以遵语法规范来呈示意象的。从诗学的基本原理来看诗性语言以超越逻辑分析反语法规范为其质的规定性，那么为什么新诗遵语法规范还会对语言建设起大作用呢？这是值得作一番深入探讨的。我们认为这同新诗创作的总体倾向有关。新诗近百年创作的总体倾向，是逐渐以感情为本转向以经验为本。奥地利大诗人里尔克曾说："诗并非如人所想只是感情，感情我们已经有得够多了，诗是经验。"① 这话对向西方看齐的中国新诗人——特别是先锋诗人的影响可不小。经验来自生活体验，是主体对生活体验作综合、归纳后提升出来的规律性意识，它具有主体对客体归约的逻辑推演性能，属于知觉理性范畴。因此写经验势必会迫使诗人

① 转引自绿原译《里尔克诗集》，人民文学出版社 1996 年版，第 274 页。

以受知觉理性制约的逻辑思维方式去把握诗歌世界；而与之相应的，是表现此一诗歌世界——或者说对抒情对象作审美造型所用的工具——语言，也须具有逻辑推论化性能，于是新诗语言须受语法规范，也就顺理成章地提出来了。

以遵语法规范的白话—口语来呈示意象，新诗人中做得比较成功的不能算多。这里所谓的成功，主要指表现生活情景中写出人生经验且须达到自然有机、天衣无缝的程度而言。冯至算是做得相当成功的。被鲁迅誉为“中国最杰出的抒情诗人”的冯至，在语言上显示出三个特色：平实质朴，语法规范，线性陈述。按理，这样一种风格的语言宜于写小说，写诗似乎语言上要多点花采和虚张声势的机智巧妙，但冯至并不在乎这种外在的装潢，他看重的是从生活情景叙写向人生经验提示的那一份语言功能暗转功夫。试举冯至最早期的抒情短诗《绿衣人》来看一看他那陈述语言的暗转：

一个绿衣的邮夫，
低着头儿走路，
——也有时看看路旁。
他的面貌很平常
大半安于他的生活
不带一点悲伤。
谁来注意他
日日的来来往往！
但他小小的手中，
拿了些梦中人的运命。
当他正在敲这个人的门
谁又留神或想——
“这个人可怕的时候到了！”

这首诗采用了十分平淡而陈述的语言，把“绿衣人”从庸常人生转向超常人生的事态化意象作了审美层次相当高的呈示。诗里的这种陈述语言从直陈性转为最后三行（“当他正在敲这个人的门/谁又留神或想——/‘这个人可怕的时候到了！’”）的隐喻性，是一场自然有机的转化。能达到这样，靠的是第7—10行的设置，那是用来作这场陈述陡然转向的过渡的。其中“谁来注意他/日日的来来往往”两行，既承袭平常的现实人生，推向超常的象征人生，其中“他小小的手中/拿了些梦中人的运命”这两行，是对邮夫分信这一事态意象抽象后的拟喻化理性印证。这场无意象意义的抽象和向拟喻意象的转换，其审美功能价值相当高，使文本得以从生态表层转向深层、从生命现象转向本质、从生活如实转向象征、从命运莫测转向轮回埋下了契机。正是这些，使《绿衣人》的语境构成自然浑成，具有从如实转向隐喻的本体象征功能价值，而这些全是依凭连续性句法活动严守语法规范、逻辑推论得来的。设想处于关键处须发挥过渡性功能的四行句子，如果不严守语法规范，而以反语法规范的特殊句法来表现，写成这样：“他谁来注意/往往日日的/小小的他手中/拿了些命运手中人的。”这种含糊其辞、模棱两可的语言表达，不仅使整个语言逻辑系统那种流转的意味遭到破坏，也使诗境失去了自然浑成。特别重要的是：从生活情景的叙写向人文经验的提示，表现在该诗的语言上，本是个逻辑推演系统，这从那四个用作暗转过渡用的诗行严守语法规范的组合以及它们和前后诗行语境承续的浑然合成中可以见出。冯至的诗越到后来越爱采用本体象征，而这个“本体”往往是一个过程性事象，这种事象之所以能具有本体象征之性能靠的是陈述过程中的暗转，而所有这些审美追求又非得寄之于语言来显示不可，所以冯至的诗句越到后来越爱采用本体象征相呼应，也越偏于使用分析—演绎的陈述语言，而这是散文化的。因此，遵语法规范的特色也比写《绿衣人》等中期的诗中更见显著，这从他在1930年代以后写的诗——尤其是1941年写的那一组十四行诗中可以见出。不妨拿写于1933年的《无眠的夜半》来看看，它共四节，表现了一场戏剧化的事件：一个“无眠的夜半”抒情主人公幻感到“远方正有个匆忙的使者”在“赶他的行程”，而等到“明天的清早”时分，“他”就来到“我的门前”呼唤了。这可是以散文化的陈述语言对幻感中出现的虚拟事件所作的潜意识表现。接着诗篇这样写：

他催我快快地起来，
从这张整夜无眠的空床；
他说，你现在有千山万水须行！

我不自主地跟随他走上征途，
永离了这无眠的深夜，
像秋蝉把它的皮壳脱开。

在这两节里，前一节的最后一行——“他说：你现在有千山万水须行!”是以陈述语言呈示事态，是如实化描述意象向虚幻化象征意象转化的关键，这一行诗和前面的诗行在同一语境中组合得十分有机，而这种有机来自于以严守语法规范作铺垫，由此导引出来的是一场逻辑推演性意象流动。如果说《绿衣人》由现实向象征暗转明显地存在着直接作理性推论的痕迹，其采用的陈述语言虽以冯至一贯的作风平实地展开，却也多少给人一点随人为性而来的“隔”的感觉，那么《无眠的夜半》其意象流动虽也由如实向象征暗转，但此中理性推论却是间接的一种隐现；其采用的虽也是陈述语言，在展开中倒显出浑然天成的特征，“隔”的成分也淡化了不少。当然，有鉴于戏剧化的陈述本身就是分析—演绎的产物，因此全诗最后那一行虽采取喻体意象“像秋蝉把它的皮壳脱开”来作人生经验的提纯，仍免不了逻辑推演。更何况有“像……”这样的比喻词存在，决不缺失，而益显出其逻辑推演性了。只不过冯至是新诗坛运用语言的高手，纵使他在诗创作中惯于采用散文化的陈述语言，遵循分析演绎，严守语法规范，仍然能于语言结构的有机明晰中显出语境的浑然天成，给人以不隔之感。

冯至从生活情景的幻象化演绎中推宕出人生经验的创作追求凭依逻辑推论来促成意象浮现与流动，也就决定了他爱采用戏剧化陈述——即一种情节性的本体象征，而反映在语言化显示上，也表现为句法上各个句子词序规范、成分完整不缺，而句与句环环紧扣，紧密连接不作外在跳跃，因此，他遵语法的诗歌语言，关联词语倒无必要放纵使用。但另有一些诗人的诗性语言策略不同，既要求语法规范，又想作意义上的大跨跳。为求得二者的兼顾他们就加强了对转折、递进等关联词语的使用，来强迫句与句于外在的关联中凸显内在意义的大跨跳。这是很机巧的一项举措。卞之琳很爱作这样的追求。他的《第一盏灯》这样写：

鸟吞小石子可以磨食品。
兽畏火。人养火乃有文明。
与太阳同起同睡的有福了，
可是我赞成人间第一盏灯。

这首诗虽只这么四行，却具有丰盈的意象，而这些意象中丰富而深刻的人生经验的涵含则为人所称道。作为一首生存探求的赞美诗，《第一盏灯》第一行印证“鸟”以冒险的生存探求才得以延续生命，是可以理解的。第二行“兽”与“人”对比，前者“畏火”而永远只能是兽，后者敢于“养火”而得以具有文明，成为万物之灵。第三行“与太阳同起同睡”者，也就是跟光明而光明，跟黑夜而昏蒙者，他们真的“有福吗”。不，是对浑浑噩噩的生存方式的悖论性言说。第四行突兀地跳出一句“我赞美人间第一盏灯”。敢于制造“人间第一盏”戳破黑暗、迎接光明者同“与太阳同睡”者是两个极端对立的意象，它们平置在一起，内在意义是可以在对比中相通的，外在的意象组合呢？第四行的那个意象——“人间第一盏灯”的制造者，其实也不是突如其来的，而是以意象并置而显示对比的跨跳，措施是采用反语法规范——省略关联词语的语言来呈示，在旧诗中这样做是司空见惯的，新诗中也不乏其例，但卞之琳就是要遵语法规范，在第四行前面加上“可是”这个转折关联词。这是不是说因守语法而引发诗句拖泥带水的草创期新诗痼疾重发了呢？不然！而是对意义——人生经验作意象印证的外在语言强化，也就是说：“可是”这个转折关联词在第四行前面一放，外在语言结构就明确地表明了主体的态度：“与太阳同起同睡”的“有福”者和赞美“人间第一盏灯”者因“可是”这个转折关联词在极显明的地位处存在，益显其鄙视什么、赞美什么的精神倾向了。值得指出：人生经验在意义的逻辑推论中同生活体验在具象的兴发感动中显示相比，对语境的要求就不同。后者需要的是模糊朦胧，而它则更需要明确清晰。因此对写经验这一路的诗人来说，守语法规范的语言策略，更把目光盯住在象征关键处或逻辑推论点上关联词语的使用。卞之琳说得上是关联词语使用的行家，尤其是“可是”这类关联词语使用的行家。他的《旧元夜遐思》中也有一例：

灯前的窗玻璃是一面镜子
莫掀帷望远吧，如不想自鉴。
可是远窗是更深的镜子，
一星灯火里看是谁的愁眼？

这首诗从隔窗对望、两地相思的既平凡又复杂曲折的意象组合体中提示出相对论的人生经验。第一、二行指“我”那“灯前的窗玻璃”之镜是“她”得以“自鉴”的，第三、四行指“远窗”之镜使“我”得以“自鉴”。第三行一开头就是个转折关联词“可是”，这是对转折的强化，因此颇能凸显出宇宙万物都处于对应关系中这一哲理性经验。

新诗创作中以人生经验为内核的诗意追求，总显示为在逻辑推论制约下印证式的意象流动，而其呈示的语言在遵语法规范中，特别重视关联词语的运用。卞之琳爱用转折关联词“可是”等，即一例，不过他关联词语还不算用得多。更广泛地使用关联词语的，大有人在。如戴望舒在《我的记忆》中铺写了“记忆”与自己是“老朋友”，并且还“没有一定”地常来“拜访”后，这样说：

它是琐琐地永远不肯停止的，
除非我凄凄地哭了，
或是沉沉地睡了。
但是我永远不讨厌它，
因为它是忠实于我的。

这一节共五行，除了第一行，其他每一行开头都设置了关联词：“除非”、“或是”、“但是”、“因为”，使每行之间有了紧密的逻辑关联。又如公刘在《沉思——读摄影作品〈最后的时刻〉》中：“假如在无产阶级专政的大树上/还寄生着中产阶级政客‘同志’，/那么，但愿癖疥们牢记，牢记，/中国以哭当歌和以歌当哭的日子！”这里以“假如……那么……”串联。有了这样的关联词，诗句就有了逻辑推论意味，论辩性质的意象流动也就层层进逼地呈现出来了。吉狄马加的《我想对你说》中有：“既然是从山里来的/就应该回到山里去/世界是这样的广阔/但只有在你的仁慈的怀里/我的灵魂才能长眠”，这里有“既然是……就应该”，“但只有……才能”这些关联词语，把几行诗紧密组合起来，这一语言措施，促使诗行间的论辩因素进入了抒情活动，使诗人吉狄马加对家乡的爱能以特定的情感逻辑推动意象流动，感发出来。

的确，强化关联词语对抒情活动来说具有一种形成情感逻辑的特殊功能。何其芳在结束“预言时期”的美学风格而作《夜歌》的写作后，他的抒情诗不再像他早期的诗那样精致、雕琢，不再因为受韵律与意象的束缚而给人以拘谨感，这除了抒情方式有了改变——强化了内心独白式的激情抒发以外，更多地显示在语言的走向散文化所求得的解放。这方面突出的标志对何其芳来说是大量起用关联词语。在《夜歌（一）》中：“不要说你相信人类有着美好的将来，/但你自己是一个例外/。当大家都笑着的时候，/难道你不感到同样的愉快。”这里的“不要说……但……”“当……难道”等关联词语把情感与类似寄托情感的意象紧紧地捆在分析演绎线上呈现出来，情感及意象的流动也就有了层层推演的“情感逻辑”渗透于中了。在《成都，让我把你摇醒》一诗中的开头那三行诗——“成都又荒凉又小，/又像度过了无数荒唐的夜的人/在睡着觉”之后，何其芳竟然这样写下去：“虽然也曾有过游行的火炬的燃烧，/虽然也曾有过凄厉的警报，/虽然一船一船的孩子/从各个战区运到后方，/只剩下国家是他们的父母，/虽然敌人无昼无夜地轰炸着/广州，我们仅存的海上的门户，/虽然连绵万里的新的长城/是前线兵士的血液，/我不能不像爱罗先珂一样/悲凉地叹息了：/成都虽然睡着，/却并非使人能睡的地方。”这里的“虽然……却”的反复使用，有点放纵了。《夜歌（二）》的开头在引用《雅歌》中“我的身体睡着，我的心却醒着”的话后，这样写：

而且我的脑子是一个开着的窗子
而且我的思想，我的众多的云，
向我轻轻地飘来。

而且五月，
白天有太好太好的阳光，
夜晚有太好太好的月亮。

这里的关联词“而且”，用得近乎滥了。但我们要赞美这“滥”用，靠这个“而且”，诗人把自己纷乱的思绪和赖以寄托思绪的印象化意象紧紧串联在一起，凸显出思绪杂乱纷繁的情貌。

在上一章我们论及旧诗语言时，就提及古典诗学理论家发现虚字多用能使旧诗语言显得流利、婉转、顺畅，此话不假，上面所引的诗文本，尤其是何其芳的《夜歌（二）》这样的诗文本，就因为重用虚字中的关联词，而使文本读来有行云流水般流畅之感，这也就表明新诗具有遵语法规范的特性。而这种特性又决定了新诗语言乃归属于线性陈述类的逻辑语言体系。而我们一再说过：强调关联词语使用，强调守语法规范的这类语言，是陈述性的、散文范畴的逻辑语言。也以较多的话肯定了这类线性陈述的逻辑语言对新诗具有更多印证意味的意象呈示价值。不过，也不能不说这方面分寸若掌握不好，过分偏于诗歌世界构筑的逻辑关系，认分析—演绎为意象浮现与流动的原动力，并在此等意图下确立遵语法规范的语言来呈示意象，导致的后果必然会是诗的散文化。我们不妨举一位诗人在政治冤案得以昭雪后，为寻找同案友人的生死下落而写的一首诗。我们就不按分行形式抄引一部分在下面：

我把熟悉的朋友清点了一下，知道有几位永远再不会歌唱；你没有回音，也就把你算在里面当作安息了的灵魂。

却又很不甘心：安息了，总有安息的时间！安息了，也该有安息的地点！

我来到南京，和朋友们一起寻求确切的答案。就算找不到你自己，也要找到你的未亡人你的孤子。

当时能够得到的帮助，只有一句话：“去查户口簿！”不错，陈年户口簿记录生灵的账簿，但它们太多了，堆在一起就是庞然大物，即使我们很天真愿意再干一次傻事，也没有能耐在大海里捞针。

应该说，文字是颇流畅的，却只能说这是一段散文，连自由体诗也算不上，因为自由体诗除了要讲究节奏、语调以外，也还要避免作过多分析演绎的过程化语言陈述。但这首诗把这些方面并不当一回事，任意挥写。这正是新诗遵语法规范的散文化语言带来的通病。

第四节 遵语法反修辞规范的意象呈示

废名一再说新诗的内容是诗的，形式则是散文的。此话无疑存在着理论言说不够科学的一面，因为内容与形式是辩证地统一在一起而不能截然分开的。不过废名也的确击中了新诗散文化的要害，这种散文化在我们看来与其说主要来自于体式——自由体形式，还不如说主要来自于遵语法规范的逻辑语言。有关这方面我们在前面也已多次提及过。应该说百年新诗中涌现出来的新诗人中，看到新诗语言内含着的散文化隐患者不在少数，而富有探求精神的一些诗人也在作这样那样改造这种逻辑语言的探求。探求的结果是遵语法规范不变，但反修辞规范。

新诗语言有内外之分。外在语言指词法、句法是否遵守语法规范，内在语言则指修辞是否合于约定俗成的意义逻辑。富于诗歌语言探求精神的一批新诗人对语法与修辞应该里应外合的规律大胆地进行了调整，一种以遵语法反修辞为标志的白话—口语新形态，诗人们长期实践经验的积累，终于渐趋形成。不过，新诗的白话—口语新形态虽以遵语法反修辞为标志，但鉴于主体从哪一条途径进入反修辞的选择不同，还可以细分为三：闻一多式、田间式和穆旦式。

先看闻一多式。

这一类新诗语言新形态要求在严守语法规范的框架里凭通感来反修辞规范。前面我们已提及通感和通感化的词法、句法，而这里提的通感则指通向反修辞之路的一类语言策略。在这方面，闻一多显然是新诗语言建设中最早一个自觉地探求的。闻一多诗中如“珊瑚色的一串心跳”、“这浑圆的和平”、“静夜里钟摆摇来的一片闲适”、“绿纱窗里筛出的琴声”等反修辞约定俗成的词语很多。《收回》中“珊瑚色的一串心跳”这个词语，“心跳”是动觉，却用“珊瑚色的”色觉去修饰，由此构成的词语是违反修辞约定俗成的，但正是这一场反修辞规范，却使这“心跳”那种美得多彩有光般的心理感觉意象得到充分呈示。《静夜》中“静夜里钟摆摇来的一片闲适”这个短语，“闲适”是心理感觉，而“钟摆”是只能摇来声音摇不来“闲适”的，但钟摆的声音在静夜里听来静穆悠远而安谧，和“闲适”可以通感。这些词语中，不论偏正词组、介词短语，外在构筑都合于语法规范，但其内在组合则反修辞规范。《口供》中的“鸦背驮着夕阳”是个句子，“鸦背”怎能“驮着夕阳”，但夕阳光照在归鸦背上，似有归鸦驮着夕阳光在飞行之感，于是视觉和重量压力感觉相通，从而以反修辞规范的语言鲜明地呈现了夕光中归鸦的意象。《时间底教训》中那句“这样肥饱的鹑声/稻林里撞挤出来”，也是反修辞规范的，但更复杂一点。“肥饱的鹑声”这个偏正词组以“肥饱”修饰“鹑声”，是听觉向视觉和内感觉转化的通感化反修辞规范词语，这个“肥饱的鹑声”又是从“稻林”里“撞挤出来”。“鹑声”怎能发出“撞挤”的动作，是听觉与动觉相通完成的一场反修辞规范。总之，这样反修辞规范的奇特句子，使意象得以有高度想象与联想激活率。

艾青的诗性语言也是遵语法规范的，但又比闻一多更广泛活跃地开展着反修辞规范地构词组句，并以规范与反规范二元统一的奇特词语、句子来呈示意象。“紫色的灵魂”、“轰响的光彩”、“土色的忧郁”、“磷光的幻想”等词语，以及“饥饿的颜色/染上了他一切的言语”，“让我们的火把的烈焰……/把高高的黑夜摇坍下来/把黑夜一块一块地摇坍下来”，“斧斤的声音/铿锵地敲响了五月最初的日子”，“伸出你的光焰的手/去抚扪夜的宽阔的胸膛”等句子，都是遵语法规范却又反修辞规范的。这位诗人在《小泽征尔》中曾这样写音乐指挥家小泽征尔的感觉特点：

你的耳朵在侦察，
你的眼睛在倾听。

这是对通感现象十分形象的说法。唯其如此，才使他在《透明的夜》中这样写：

村
狗的吠声，叫颤了
满天的疏星。

“吠声”怎能“叫颤”、“疏星”呢？但由于荒村之夜声声狗吠有一种阴森惊怖的感觉，而夜愈深沉疏星才能被肉眼感到像是在颤动，且会对此夜景产生阴森惊怖的感觉。于是在同一个背景中，狗的吠声和颤抖的疏星相通了，这是听感觉和视感觉的相通。在这场通感的基础上，主体又进一步幻感到是狗的吠声“叫颤”疏星的，这已是超越生理感觉而在心理感觉层面上关系的打通，从而建立起词序正常、成分完整却违反修辞规范的句式。所以这样的句式奇特而又不奇特，能给人以回味余地。

在以通感显示反修辞规范的问题上，灰娃是继闻一多、艾青之后做得较经常也较成功的一个。这位女诗人有一种感觉相通的特殊能力，尤其是听觉和视觉的相通，在她的诗中经常出现。如《我怎样再听一次》中，她这样写：

整个夏季能随阴影亮光
摇曳着唱着日子就
转向铿锵响的华采
驶入银色清丽的梦寐。

把这一节诗的第一句作为引子排除，后三行集中凸显“日子”这个意象，说这些“日子”是“摇曳着唱着”地“转向铿锵响的华采”的，这是在呈示“日子”这个意象中听觉和属于视觉的色彩感觉相通，以听觉修饰色彩而使人对“梦寐”有明艳清丽感。由两类通感导引出来的这个遵语法反修辞规范的新诗语言新形态，把“日子”这个意象以高朗明丽的境界呈示了出来。灰娃的诗在语法规范中充分展现通感化反修辞规范的语言追求，是一道奇异的风景，除这一例外，幽幻神妙的词语句子还时有所见。在词语上，《我怎样再听一次》中有“古铜色庄严钟声”这样色彩觉与听觉通感的反修辞规范组合，《沿着云我到处谛听》中有“一阵琉璃质的笛音”这样视觉与听觉通感的反修辞规范组合。在句式上，灰娃对色彩觉与听觉相通的反修辞规范特感兴趣，如《我怎样再听一次》中有“太阳巨钟古铜色的轰鸣被擦拭”，《腾格里夜歌》中有“摇摆着铃铛紫铜色清响”，《龙水梯》中有“天顶便发出琴音冰蓝冰蓝的”，等等。还有视觉与心理感觉相通的反修辞规范，如《我怎样再听一次》中有“我迷沉在这蓝色幽冥的忧郁”，有“青色凄迷的幻梦正当消隐”等。她还有嗅觉与听觉相通的反修辞规范，如《野土·第六章·出嫁》中有“梅李子花香叮玲叮玲/在春气中浮动”，等等。值得指出：这些反修辞规范是在灰娃遵语法规范的框子里展开的。这种二元对立中统一的新诗语言新形态，本质上仍属于遵语法规范的逻辑语言体系。

再看田间式。

新诗中这一类语言新形态是在严守语法规范的理性意图下借有意为之的拟喻关系来显示反修辞规范的。在前面我们对人与物之间、物与物之间、具象与抽象之间、抽象与抽象之间建立拟喻关系作过探讨，那是对词法、句法在构词造句中具体运作的探讨。而这里提的理性制约下拟喻类反修辞规范则指反修辞的另一类语言策略。它在1920年代就已有诗人在追求了。冰心在《繁星·四五》中就这样写：“言论的花儿/开得愈大，/行为的果子/结得愈小。”“言论”和“行为”都是抽象的，不可能开花也不可能结果，冰心却以理性意图强使之物化，就是反修辞规范这一语言策略的体现。殷夫在《血字》中为了凸显“五卅”反帝斗争的伟大意义，使“五卅”以生命化的意象呈示，就采用了拟喻化的反修辞规范语言形态，这样写：“五卅哟！/起来，在南京路上走！/把你血的光芒射到天的尽头，/把你刚强的姿态投映到黄浦江口，/把你的洪钟般的预言震动宇宙!”这里的“五卅”被表现成具有生命，这作为抽象的具象呈示相当成功。冰心也好，殷夫也好，这样做是自发的，真正自觉追求这种语言策略的最早一个人可说是田间。

田间利用白话—口语而制造了一批具有遵语法规范却极端反修辞规范的新鲜词语，为当年傅斯年提出新诗词汇太贫，缺乏美术培养的语言困境打开了一个突破口，如《走向中国田野的歌》中的“罪犯的十二月”、“岁月的黑暗”，《小河》中的“死色的小河”，《母亲的泪》中的“血色的泪”、“希望的波浪”，《囚人》中的“挣扎的意志”，《我怎样写诗的》中的“残废的血泊”，等等，特别是像《唱给田野》中的“用眼泪煮熟的呼喊”，真是一个不可多得的新鲜词语。试想：“呼喊”已被“煮熟”，暗示着这反叛的怒吼声在心头再也憋不住了，而这又是用“眼泪”来“煮熟”的，暗示人民的痛苦已越积越多，非喊出来不可，但“煮熟”呼喊是不可能的，用“眼泪”来“煮熟”更不可能，这完全是有意为之地反修辞逻辑的。当然，通过这一语言策略倒把“呼喊”这个意象很鲜明、很诗意化地呈示了出来。还值得指出的是：这一场反修辞构词，特别依凭理性化的经验联想。在组句方面，田间这种遵语法反修辞的语言策略体现得更经常。在《纪念眼泪》中有：“反叛/唱着/我们心底的愤怒。”《中国牧歌》中有：“离开了牛马场/血液/和刀/在心坎里响。”《五月的夜》中有：“五更/在露棚上/散布着/战斗的音乐/这声调/拭去了/低头的哭泣。”《中国，农村的故事》中有：“让罪恶/穿过/污烂的日子/淹死自己。”“到战斗/和火焰里去/在那里/自由/和快乐生长着。”“手摇车/纺织着饥饿/怨恨。”“扬子江/载着/燃烧的/凄凉/战斗的/思想。”等等。特别像《中国，农村的故事》中这样的诗节：

在将来
我们的
头
无须再低下
生活
也无须
跪倒

这是田间早期诗作中很典型的语言风格。如果说“头/无须再低下”是普普通通遵语法规范的陈述。那么“生活/也无须/跪倒”则是很显创新特色的遵语法反修辞规范的句法。“生活”只是抽象的现象而不是生命，说生活无须跪倒，当然违反约定俗成的修辞逻辑，它作为句法创新的体现，现象上看，不过是把人不必再过屈辱生活这一点抽象意思具象化，或者就说是一场拟喻表现，但从语言策略上着眼，我们会更清晰地看出：新诗语言已越来越显示为受理性分析制约，按经验联想来展开组句活动的探求倾向。

像田间“生活/也无须/跪倒”这样的句法所反映出来的新诗语言逻辑推论化风格，在1930年代前期的确立，是很值得珍视的。今天看来已十分普通，当年可十分走红，这里无妨提及另一些人，如臧克家的《自己的写照》中有“黑暗的肥料容易催革命抽芽”，“胯下的竹马驰去了童年”，吕亮耕的《冬檐下的梦》中有“欢乐最易冻成感慨”，等等。这一类语言风格特别显著地出现在1940年代中后期绿原写的一批政治抒情诗中。这位诗人的《伽利略在真理面前》中有个名句：

文化跪在十字架脚下哭泣着

这是个严守语法规范的句子，但是“文化”竟会“跪”，会“哭泣”，违反修辞逻辑。它新奇且因抽象的具象化或者拟喻化而使意象得以富有质感的呈示。但这是受制于分析演绎，借经验联想展开的语言运作，由此呈示的意象虽也有暗示性，但系印证式的暗示，印证着宗教蒙昧时代文明蒙受的屈辱灾难。绿原这种新颖的语言风格，在政治抒情诗中还有更扩大的追求。在《复仇的哲学》中配合反饥饿运动他这样写：“贫穷的锯子/锯着/我们的劲项；/饥饿的大风车/碾榨着/我们的干燥的肉渣。”为此他呼唤人民觉醒。在《你是谁?》中这样写：“不要再埋在痛苦的茧壳里做一颗软弱的蛹/咬破你的皮肤似的墙壁，钻出来——/出来飞翔!”并发出反叛的号召：“这一次要把博爱暂时抛在流水里/让它漂走，/这一次要在青烟和灰烬中间/用火星/向旧中国的/枯萎的草原

/播种了。”并且他还把黑夜中国煽动人民起来大叛乱的巨型意象用高度拟态化的语言呈示出来：

现在，巨人似的夜
敲着暴雨点的大鼓，
在中国的
充溢着尸臭的荒野
演说起来了：
叫人起来！
起来参加
几秒钟以后的战斗！

这的确是个巨型意象，而用以呈示它的语言则完全受制于分析演绎，按经验联想展开遵语法、反修辞活动而形成的。政治论辩以具象关系显示就需要这种风格的语言，不过，太抽象的观念的具象化论辩容易走向观念的漫画式图解，有意为之性太强，如《诗人们》中："让你们的/诗的木材给/热辣辣的/政治的斧头/劈开吧……”特别像下面《你是谁?》中的诗节：

痛苦是一种危险的营养
　　要是长久地咀嚼
　　这份伤心的茶点
　　不错，我们会增加精神的钙质
　　但是——
它更会使我们的骨头
变成海绵呀！

这是机巧，是遵语法反修辞规范这一语言策略对印证式论辩意象巧妙呈示的极端化运作。在那个需要鼓动叛乱的时代，感性具象包装理性意图的印证式论辩意象在诗歌中是值得抒唱的，而呈示它的这类逻辑推论性反修辞风格，纵使极端了一点，也是值得肯定的。绿原等的这种追求，也出现在当代新诗中，一批政治抒情诗人还发展了这种语言风格。例如贺敬之，他的政治抒情诗一般不作政治抽象概念简单的印证，而致力于作政治论辩激情的印证，这激情印证由于是以遵语法反修辞规范的语言来呈示的，因此直觉想象与经验联想在这类激情印证中交融在一起，成了激情印证混合的触媒。他的《雷锋之歌》中论辩性地言说这个无产阶级战士出现的必然性，诗就这样写："我骄傲/我们阶级队伍的/生命群山中——/一个高峰/又一个高峰……”《放声歌唱》中论辩性地言说中国共产党在社会主义大建设中作为执政党的表现："在节日里/我们的党/没有/在酒杯和鲜花中，/醉意沉沉。/党/正挥汗如雨/工作着——/在共和国大厦的/建筑架上！”这是何等壮丽的一道社会风景，情的激越与理的深刻又交融得何等有机。至于像《放声歌唱》中下面的诗行：

……我看见
　　　星光
　　　　　和灯光
　　　　　　　联欢在黑夜；

我看见
　　　朝霞
　　　　　和卷扬机
　　　　　　　在装扮着
　　　　　　　　　黎明。

这是一种经心灵综合而成的具象印证。心灵综合以直觉情绪渗透为前提，而印证则是经验联想展开的必然，因此诗人让社会主义建设风貌与社会主义生活情貌高度交融，从中来诗意地论说我们共和国第一个五年计划期间生态环境的光明美好，诗篇也就给人以情的激越与理的深刻。总之，贺敬之不爱让一个抽象概念简单化地拟喻一番，以图解来呈示。但他的诗采用的这种新颖语言在意象呈示与流动中分析演绎特性，逻辑推论功能还是显著的。这一追求影响了当代新诗语言使用的陈述性逻辑语言不至于太散文化，而能有一定的感兴隐喻功能。创作“殉道者三部曲”的岑琦，他的“三部曲”从特定角度看，可说是反封建专制的政治抒情诗，这些诗的意象是直觉情绪的产物，但采用的语言近似于贺敬之那样遵语法反修辞规范的风格，以致意象流动有论辩逻辑性，但他的意象又不是抽象概念的印证，所以也像贺敬之一样，他采用有一定感兴隐喻功能却又能在逻辑推论作用下展开经验联想的这一种语言。如《闻一多之歌》中有：“啊，歌手，谁知战斗的拂晓时分/你的歌声却突然被子弹射穿。”《雪峰之歌》中有：“你用脚步编织对大地的赤诚，/大渡河的巨澜咬不住远征的帆影。”特别像《雪峰之歌》中的下面两行：

孤独是一座活火山的休眠期
它保留着自己最后的发言权

这是遵守语法规范又是违反修辞逻辑的，这是分析的又是感兴的，这是意象印证式显示的，又是隐喻式呈示的。读这样的诗句，我们感到新鲜、丰富。

由此也可见出：以遵守语法规范与违反修辞逻辑的语言呈示意象，表明新诗的语言本质上说是归属于逻辑语言体系的，但在贺敬之、岑琦等的探求中，这类语言已在悄悄儿淡化其逻辑陈述性了。

第三，再来考察穆旦式。

诗歌还有一种遵语法反修辞的语言策略，是构词组句采用矛盾逆折的办法，简称悖论式。悖论式的反修辞规范指的是在构词造句中两个间隔很短的词语或者修饰与被修饰成分之间的内在意思本应该相应一致的关系遭到违反，成了以相反因而相矛盾的意思的组合，在须臾之间硬性让它们连贯一气，从而因相反相成而给人以陌生化感觉，使接受者于悖论的印象中，顿生强烈刺激，极有力地激活了感知中的联想。由这一场似非而是的组合关系所构成的词语或句子，也就天生地蕴涵着一股张力，使其深层处的暗示印证功能得以强化。所以这个悖论式，最能显示反修辞规范之特色。这一类追求其实在旧诗的语言中也已有所显示。潘德舆《养一斋诗话》卷三中曾有过这样一则记载："东坡谓白诗[①]晚年极高妙。或问之，曰：'风生古木晴天雨，月照平沙夏夜霜。'余按此二语殊平淡，非白诗之妙者，不解东坡何以赏之。"这两句究竟好不好，是值得来论析一番的。这里的"晴天"而有"雨"，"夏夜"而有"霜"都不可能，因为"晴天"和"雨"之间、"夏夜"和"霜"之间的意义都不能呼应相通，而是绝对相反的，这就产生了矛盾逆折，以悖论来显示这两行诗的反修辞句法特征，显然能给接受者以陌生新奇之印象；须以悖论的强刺激效果，激活来自于生活经验的联想：晴天里风吹古树的声音像一阵骤雨，夏夜时月照平沙的光色像是一片飞霜。这一来出现了两层反修辞：一层是风把古木吹成一串骤雨，月把平沙照成一片飞霜；再一层是风把古木吹成一串晴天里的骤雨，月把平沙照成一片夏夜时的飞霜。于是也就有了谬理悖论的谬理悖论，提供给接受者的感受效果也就更见新鲜更显深刻了。苏轼虽然没有以悖论的语言理论来对这两行诗的"高妙"作深入分析，不过他敏感到了；《养一斋诗话》的作者不仅对此语言现象没有提到悖论式语言策略的高度来论析，并且连苏轼那样的艺术敏感也没有。这场反修辞的语言中国古典诗学理论家虽没有提升为理论，西方倒是提升了，称它为巴罗克语言风格。韦勒克、沃伦在《文学理论》中这样说：

> 巴罗克时期，典型的修辞格是似非而是的反语法、逆喻以及乖异的矛盾语法。这些都是基督教的、神秘的、多元论的比喻。真理是复杂的。有许多认识真理的方式，每一种都有自己的合法性。某些类型的真理只有通过反论或者精心设计的歪曲才能表达。上帝可以说成是与人间同形同性的，因为他是根据自己的形象创造人的；但是他又是超验的。因此在巴罗克宗教里，关于上帝的真理可以通过类似的意象来表达（如羔羊、新主义）；也可以通过一对矛盾的或相反的意象来表达，如在沃恩（H. Vaughan）的诗中，"深邃而眩目的黑暗"（deep but dazzling darkness）一句便是一例。[②]

在所举的"深邃而眩目的黑暗"这个实例中，"眩目"与"黑暗"的内在意思是无法呼应相通的，它们以乖异的、矛盾的关系组合所产生的似非而是的印象效果，就会引起一股张力，大大地激活经验联想。韦勒克、沃伦因此还说："巴罗克的头脑"很

---

① 指白居易。

② 韦勒克、沃伦：《文学理论》，刘象愚等中译本，江苏教育出版社2005年版，第227页。

奇特，“喜用一种无法预料的联合方式立即召唤出一个包括许多世界，甚至所有世界的宇宙”[1]。由此说来：强扭的瓜不见得就不甜！

在中国新诗中，这种悖论式的遵语法反修辞语言风格，出现得较早。前已提及：徐志摩的《沙扬娜拉》中有：“道一声珍重，道一声珍重，/那一声珍重里有蜜甜的忧愁——/沙扬娜拉！”这“蜜甜的忧愁”和“暗天雨”、“夏夜霜”、“眩目的黑暗”是一样的悖论风格。这以后此类语言风格屡有人追求。何其芳的《花环》中有：“你有美丽得使你忧愁的日子，/你有更美丽的夭亡”——这里的“美丽的夭亡”；《脚步》中有：“你的脚步常低响在我的记忆中，/在我深思的心上踏起甜蜜的凄动”——这里的“甜蜜的凄动”；《秋天（一）》中有：“一湾小溪流着透明的忧愁”——这“透明的忧愁”。戴望舒的《过时》中有：“我是一个年轻的老人了”——这里的“年轻的老人”；《过旧居（初稿）》中有：“寂寞的温暖饱和着辽远的炊烟”——这里的“寂寞的温暖”。余光中的《碧潭》中有：“就覆舟，也是美丽的交通失事了”——这里的“美丽的交通失事”。郑愁予的《错误》中有：“我达达的马蹄是美丽的错误/我不是归人。是个过客”——这里的“美丽的错误”。周宏坤的《又见河谷》中有：“梦自辉煌的凋谢中/一层层/醒来”——这里的“辉煌的凋谢”。李老乡的《过冰大坂》中有：“我在凝固的水上/走出了一条旱路”——这里的“凝固的水”。北岛的《宣告——献给遇罗克》中有：

从星星的弹孔里
将流出血红的黎明

值得注意“星星的弹孔”。与“弹孔”相呼应的，该是“溅血的”（指弹孔在肉体上）或者“乌焦的”（指弹孔在建筑物、树木等上），这些和“恶”、“恐怖”、“残忍”等相通。但这里与“弹孔”结合在一起的则是“星星”，“星星”是和“溅血”之“恶”、“恐怖”极端相反的“美”、“安宁”，本无法和“弹孔”之内在意思相通，现在把二者强扭在一起反倒产生了逆喻效果，暗示着：正同星星出现宣告黎明也就不远一样，这个置遇罗克于死的弹孔，也宣告着时代的黎明也会从此中流出。这种悖论反修辞语言表现，也就使这个令人悲慨壮丽的意象得以充分的呈示。

这种悖论语言风格在百年新诗中最致力追求的，是九叶诗派的穆旦。有些穆旦研究者把这位诗人的语言特征说得颇为玄奥，其实在很大的程度上穆旦不过是借鉴于巴罗克语言风格而已。如前已提及的，穆旦在致郭保卫的信中就说过写诗要有自己的发现，要新奇，出语惊人，而巴罗克语言风格，就是“喜好丰富性胜过单纯性”，“以平俗的事物类比深远的事物”，“期望达到语出惊人的效果”[2]。具体而言，也就是以矛盾逆折的构词组句办法来显示他遵语法而反修辞的作风。读穆旦的诗几乎处处可以碰到构词造句的悖论式做法，特别是1943—1948年之间所写的诗，这一语言风格特别显

① 韦勒克、沃伦：《文学理论》，刘象愚等中译本，江苏教育出版社2005年版，第227页。
② 同上书，第239页。

著。在写于1943年的《苦闷的象征》中，他说过这样的话："我们都信仰背面的力量。"这虽不是就语言风格而说的，但作为一条看待世界——包括审美的思路，可以说也是他对自己爱使用悖论式语言的一个诠释。他创造了许多悖论式词语，如《合唱二章（二）》中的"静默的声音"。《蛇的诱惑》中的"陌生的亲切"，《漫漫长夜》中的"从漆黑的阳光下"，《在旷野上》中的"绝望的彩色"、"残酷的春天"，《神魔之争》中的"从腐烂得来的生命"，《控诉》中的"安乐的陷阱"，《一个战士需要温柔的时候》中的"燃烧的寒冷"，《隐现》中的"在我们聪明的愚昧里"，等等。穆旦在造句中也充分发挥了他在语言上以矛盾逆折求机巧，从而达到出语惊人的才能。在《从空虚到充实》中有："要从绝望的心里，拔出花……"《悲观论者的画像》中有："我自己的恐惧，在欢快的时候，/和我的欢快，在恐惧的时候。"《神魔之争》中有："O回来吧！希望！你的辽阔/已给我们罩下更浓的幽暗。"《赞美》中有："许多孩子期待着/饥饿……"《诗八首·3》中有："它要你疯狂在温暖的黑暗里。"《出发》中有："你给我们丰富，和丰富的痛苦。"《阻滞的路》中有："趁这次绝望给我引路，在泥淖里。"《诗二章·2》中有："人子啊，弃绝了一个又一个谎/你就弃绝了欢乐"。《一个战士需要温柔的时候》中有："把你的丰富变为荒原。"《森林之魅》中有："美丽的一切，由我无形的掌握/全在这一边，等你枯萎后来临。"《隐现》中有："我们各自失败了才更接近你的博大和完整。"《妖女的歌》中："'丧失'变成了我们的幸福。"《冬》中有："年轻的灵魂裹进老年的硬壳。"特别是《轰炸东京》中有："炸毁它，我们的伤口才能以合拢。""一个合理的世界就要投下来。"这首诗的下面两行尤可玩味：

……每个死亡的爆炸
都为我们受苦的父老爆开欢欣。

向发动法西斯侵略战争的大本营——日本东京投下炸弹，迫使投降，这是出于战略上考虑的需要，也是使人类——特别是中国人民获得独立自由、免遭灾祸的一大举措。所以"死亡的爆炸"和"爆开欢欣"本来是绝对无法相通的，但这一场悖论式造句，却在反修辞规范中获得了更丰富的、由反面论析得来的经验联想，从而使意象得到更充分的呈示。穆旦这种"信仰背面的力量"的思路，在《诗八首·2》中有这样的诗行：

水流山石间沉淀下你我，
而我们成长，在死底子宫里。

这也是很值得注意的例子。"死底子宫"里培养出来的，正面而论当然是死亡，但这里出现的是"成长"，是悖论、逆折，"信仰背面的力量"的穆旦却以这一悖论式的反修辞规范语言表现，强刺激接受者展开经验联想，从而使生命生死互易的智性意象得到了充分呈示。如果既遵语法规范又遵修辞规范，语句就会读来畅行无阻、自然流畅，但给人的是本来就如此的印象陌生而生新奇的感觉没有了，经验联想的激活力也不强。

但穆旦就要在修辞上反约定俗成，别出心裁，使接受者活跃起对奥义的思索，诗的张力也就出来了。所以穆旦这种语言风格真正的功能价值是促使人多思。

是的，多思！这就使我们进一步明白：悖论式遵语法反修辞的语言，同样是逻各斯中心——逻辑一体化的派生物。

以上种种都证实了一点：新诗意象的语言化呈示，所凭依的是一种线性陈述类逻辑语言体系。

下篇　新诗未来的语言建设

对旧诗和新诗不同的语言体系分别作了详尽考察后，现在需要进一步探求新诗语言建设的未来之路。

沃尔夫冈·凯塞尔在《语言的艺术作品》一书中曾说：语言诗学主要“不研究每一个语言形式本身，而是研究它对于文学作品构造的贡献”。① 这意味着：对于诗歌语言研究来说，也须以文本构造中它们发挥的功能作用为重心，而不是去斤斤计较语言科学本身的问题。由此可见，旧诗与新诗的文白之分其实并不重要，重要的是旧诗采用点面感发类隐喻语言体系，而新诗则采用线性陈述类逻辑语言体系，而这么两类语言体系正是从文本构造中不同功能的语言现象里概括出来的。

不可否认，中国诗歌的这两类语言体系在实际操作过程中，各自都暴露出一些缺陷。如前所述，旧诗的点面感类隐喻语言，是神话思维的观物态度和天人合一的感物方式作用下一个直觉世界的产物，其功能之所及也就会使诗思显得扑朔迷离，令人难以捉摸。它还漠视分析、推论的观念联络作用，对语法修辞规范抱拒斥态度，导致语言表达过程中跳跃过大，断隔过多；更因过分强调词语、句子无节制的并置罗列、代表性词汇、典故的一用再用，落入俗套，以致使旧诗越到后来越缺乏语言的新鲜感。作为一种矫枉，新诗采用线性陈述类逻辑语言，而这是在抽象思维的分析态度和过程感知的演绎方式作用下逻辑世界的产物，其功能之所及，使诗思传达得清晰有序，令人一览无遗，余味不多。它还太讲分析、推理的事物抽象关系和观念联络作用，及由此而对语法强化，演绎过频，无节制起用修饰成分、复合句型，以致句式膨胀、繁复臃肿，越到后来越显出语言的散文化倾向。不过，也必须看到：旧诗毕竟有千百年历史，新诗也已走过了近一个世纪历程，它们无疑都有存在的合理性。无论点面感发结构的或者线性陈述结构的语言，在诗歌文本构造中都有着可取的功能价值。既然如此，那么新诗语言建设的未来，是否会有一种可能：让它把这两个语言体系汇通成一个全新的语言体系，来为未来新诗的文本构造作出更大的贡献？回答是肯定的。

为此，我们将从新诗语言观的调整、两大语言体系的汇通和未来语言建设的思考这三个方面展开论析。

第七章　诗歌语言观的调整

新诗的始作俑者是胡适。胡适是以白话取代文言为突破口发动新诗革命的。他称

① 陈铨中译本，上海译文出版社 1984 年版，第 121 页。

旧诗的用语——文言是“死文字”，而由他推出的新诗的用语——白话则是“活文字”。这个诗歌语言观流行了很多年，直至今天也还有人这样来言说中国新、旧诗的语言差别。当然，仅从现象上看，这自有其合理性。但从诗的质的规定性要求看，这样的诗歌语言观未必合于科学。朱光潜在《诗论》中就说：“以文字的古今定文字的死活，是提倡白话者的偏见。散在字典当中的文字，无论其为古为今，都是死的；嵌在有生命的谈话或诗文中的文字，无论其为古为今，都是活的……文字只是一种符号，它与情感思想的关联全是习惯造成的。你惯用现在流行的文字运思，可用它做诗文；你惯用古代文字运思，就用它来做诗文，也自无不可。”[①] 他又进一步说：“诗应该用‘活的语言’，但是‘活的语言’不一定就是‘说的语言’，‘写的语言’也还是活的。就大体说，诗所用的应该是‘写的语言’而不是‘说的语言’，因为写诗的情思比较精练。”[②] 这和胡适的诗歌语言观是大相径庭的。由此看来，百年新诗的语言观总是处在调整中的。

而这样的调整，正是新诗未来语言建设的策略依据。

因此，我们首先得对新诗语言观的不断调整作一回顾。

第一节　老一代的新诗语言观

这里所谓“老一代”，主要指活跃在现代诗歌时期的诗人、诗学理论家。1949 年以后他们在诗歌界虽仍有所活动，但今天已离开这个世界。他们的新诗语言观主要来自于创作实践或文本阅读中的经验，有其庞杂而矛盾的一面。

上面已提及的朱光潜，对胡适的新诗语言观并不赞同，那么他自己又是怎么认识新诗语言的呢？他在论及现代人做诗“不应该学周殷盘庚那样佶屈聱牙”后，又指出“提倡白话者”那句“做诗如说话”的口号“也有些危险”。在他看来，“日常的情思多粗浅芜乱，不尽可以入诗；入诗的情思都须经过一番洗练，所以比日常的情思较为精妙有剪裁。语言是情思的结晶，诗的语言亦应与日常语言有别”[③]。这表明他对新诗用语的口语化持反对态度。在这个前提下，他撇开文白之分，而主张在新诗语言上要有“说的语言”与“写的语言”之分，新诗的语言被他定位在“写的语言”上，然后又在“写的语言”上提倡精练和与散文化的划清界限。他说：“说话时信口开河，思想和语言都比较粗疏，写诗文时有斟酌的余暇，思想和语言也都比较缜密。散文已应比说话精练，诗更应比散文精练。”这“精练”在他看来主要表现在“文法的讲究则比较谨严”[④]。这意思是新诗的语言须以讲究语法来体现其精练的特性。他又认为“文字的功用”散文中在“直述”，诗中则“在暗示”[⑤]，因此他在诗与散文的文字应划清界限上作了如下一段发挥：

① 《朱光潜全集》第 3 卷，第 102 页。
② 同上书，第 104 页。
③ 同上书，第 102—103 页。
④ 同上书，第 103—104 页。
⑤ 同上书，第 109 页。

> 散文的功用偏于叙事说理，诗的功用偏于抒情遣兴。事理直截了当，一往无余，情趣则低徊往复，缠绵不尽。直截了当者宜偏重叙述语气，缠绵不尽者宜偏重惊叹语气。在叙述语中事尽于词，理尽于意；在惊叹语中语言是情感的缩写字，情溢于词，所以读者可因声音想到弦外之响。换句话说，事理可以专从文字的意义上领会，情趣必从文字的声音上体验。诗的情趣是缠绵不尽、往而复返的，诗的音律也是如此。[①]

这意思就是新诗和散文的语言最大的区别是它有音律，而散文并不讲究。

如此说来，新诗的语言有两大特点：守语法，讲音律。这就是朱光潜的新诗语言观。

唐弢虽写过一些散文诗，但没有正式写过诗。同朱光潜一样，他也是以学者的身份在思考着新诗的语言，对此作着学理性的言说。在《谈“诗美”——谈毛主席给陈毅同志谈诗的一封信》中，他说过这么一番话：

> 文学是语言的艺术。诗对语言提出了更高的要求，要求每一句话都能精炼、生动、新鲜、准确而活泼，既典型又带有普遍性。我们在日常生活里习惯地用“诗的语言”、“诗一样的语言”去形容别人的讲话和文字，就因为诗在语言方面的要求比其他文学样式更集中、更强烈、更有代表性。这个代表性突出地表现在艺术形象的概括中。形象是构成诗美的重要条件，诗的艺术形象的概括大体可分两个部分：一个是图画美，由情节、想象、比喻、色彩等等组合起来的图画美；一个是音乐美，由声调、音韵、节奏、旋律等组合起来的音乐美。两者缺一，不成为诗，因为抒情诗也有它的画面，自由诗也有它的规则，看来这是中外古今的通例。[②]

这段话有点含混。一方面提出诗歌语言要精练、生动、新鲜、准确、活泼，一方面又提出诗歌语言要具有图画美、音乐美。也许前一要求是大方向，后一要求是运作的具现，这样的理解要是不太偏离原意的话，那么唐弢的新诗语言观念是：新诗语言应在精练的总原则下具有新鲜、准确的图画美和生动活泼的音乐美。朱光潜的新诗语言观中还有一个要不要语法的问题，唐弢这方面就不考虑了。

总之，这两位学者的新诗语言观有两点是共同的：新诗语言要讲精练，求音律。

现在再来看看另两位既是诗人又是诗学理论家的新诗语言观。

艾青在《诗论》中显示的新诗语言观没有特别新颖之处。写于1950年代以后的一些理论文章中他也多次谈到诗的语言问题。在《诗的形式问题——反对诗的形式主义倾向》一文中，他提出“诗的语言和散文的语言是有区别的”，散文语言大致说也就是日常用语，新诗语言和它的区别不是性质上的，而“只是在加工程度上的区别”。那么这是怎么一个加工程度呢？他拿罗曼·罗兰提倡的那个“简练、单纯、明白”为标准

---

① 《朱光潜全集》第3卷，第112页。

② 《文学评论》1978年第1期。

来衡量，并作了这样的解说："只有当一个人认识了事物的本质，才能达到语言的'单纯'；所谓'简洁'，就是要说得少，又要说得好。诗还是应该写得叫人能看懂，'明白'的意思包括两方面，诗人把意思说清楚，群众看得懂……"综合这些言论，他说："诗是不是自己有一种特殊的语言呢？没有的。诗的语言也还是、而且必须是以日常用语做基础的。"[①] 只不过"比散文的语言更纯粹、更集中，因而概括力更高，表现力更强，更能感动人"[②]。这也和唐弢的说法一样，较抽象，泛论而已。但在《诗与感情》一文中他却说了这么一句话：

> 抒情诗所要求的，是诗人对世界的出于直觉的语言。[③]

这是他此前和以后都没有讲过的话，代表得了真正属于他自己的新诗语言观。把新诗的语言和直觉联系起来说，是全新的诗歌语言思路，所憾者艾青没有在这条思路上继续深入下去，提出一套语言诗学理论体系。

何其芳在创作实践中很致力于追求语言的诗化，并且对这种诗化的内在规律也有所掌握。那么他的新诗语言观又是怎么样的呢？在写于1936年的《梦中道路》中，何其芳坦陈自己是个"坠入了文学魔障"者，"喜欢那种锤炼、那种色彩的配合、那种镜花水月"，这使他对"能创造出一种情调，一种气氛"[④] 的语言表述特感兴趣，所以从骨子里说：何其芳也许比艾青更关注新诗创作中"出于直觉的语言"的运用。可是，在有关诗歌语言的言说中，何其芳似乎也变成为"精练"论者。在《谈写诗》中他批评一位初学写诗者的诗性语言是："它还写得不够经济、洗练，还没有做到将自然的语言提高为文学的语言。"[⑤] 在《话说新诗》中说："因为人类有些情感非普通的语言即散文式的语言可能表达，所以才有诗歌存在的必要。"[⑥] 这似乎又表明他潜意识地感到诗歌语言有其独特性，却总是把握不住这种不同于散文语言的特殊所在，结果也只得进入"精练"论的言说。在《关于写诗和读诗》中他这样说：

> ……文学的语言都应该是精炼的，和谐的，而且在这点上都是和口头的语言有些不同。然而诗的语言应该尤为精炼，尤为和谐。

这实在也是泛泛而论而已。不过，在何其芳的新诗语言观中，也多少有一点新的、并不空泛的实际东西。这就是他对反语法规范的特殊句法追求感兴趣，表现出认同感。在《写诗的经过》中他有这么一番话：

---

① 《艾青全集》第3卷，第341页。
② 同上书，第338页。
③ 同上书，第325页。
④ 《何其芳文集》第2卷，人民文学出版社1982年版，第66页。
⑤ 同上书，第84页。
⑥ 同上书，第250页。

……在新诗的语言上，也应该容许一些按照汉语的语法可以容许的省略和倒装句。某些欧化的句法也还是可以适当的吸收。特别是写格律诗，句法多一些变化，我想是必要的。

这倒是颇为可取。他还在《诗歌欣赏·十一》中提出新诗要学古典诗歌，“讲究炼字炼句”。他还感叹地说：“我国古典诗歌的精练和完美的传统，炼字炼句的传统，在新诗里面实在太少见到了。”这种种表明何其芳的新诗语言观虽也是个不乏空泛的“精练”论者，但他多少有点超越，提出适当使用不守语法规范的句法及炼字炼句，值得称颂。值得一提的是，他还在《〈刻意集〉·序》中说过一句话：“我只倾听那些心灵的语言。”这和艾青追求“出于直觉的语言”是一致的，在诗歌语言观上已接近其质的规定性要求。可惜也同艾青一样，没有把这一层认识提升为诗歌语言的理论规律来把握。

我们对老一代诗学理论家和著名诗人的新诗语言观作了有选择的介绍后可以说：他们的新诗语言观所确立的前提，实际上是以对日用语言的要求来要求诗性语言，故总使人感到缺乏一点从质的规定性要求上来把握诗歌语言的理论高度，特别是过分强调“精练”、“准确”、“明白”，对未来的新诗语言探求在逻辑起点上会有错位的可能。

第二节 叶维廉的新诗语言观

叶维廉的新诗语言观是很值得关注的。如果说朱光潜、唐弢、艾青、何其芳等这样那样的言说都是一些印象化的泛论，反映着他们并未确立起完整而具有哲学高度的新诗语言观，那么叶维廉就不同了。

1973年，叶维廉在美国加州大学完成了长篇论文《语法与表现——中国古典诗与英美现代诗美学的汇通》。该文全面而系统地比较了中西诗歌语言观及诗性语言实践的差异。后来，他又在《语言的策略与历史的关联》、《中国现代诗的语言问题》等论文中就某一侧面进行补充或立论的拓展，从而呈现出他具有体系性的新诗语言观。现在把这些论文归纳成几个问题来介绍与评析一下。

首先，叶维廉在这些论文中对中国旧诗与西方诗歌的语言体系作了比较，并于此中充分地肯定了中国用文言创作的旧诗在语言上的优越性。他从英译孟浩然的《宿建德江》一诗谈起，说如要英译这首诗，就得增加“许多元素”，“如主词如何决定动词的变化，如单数复数如何引起动词的变化，如过去现在将来的时态如何引起动词的变化，如冠词如何特指”，等等，还得作出许多决定：“那里要增加连接的元素，那里应否用冠词等等，繁复的限制，细分的东西。”但在我们阅读旧诗原作时，“并不一定要作这种分析的行为”，“而且往往以不作这种决定为佳”，否则“诗反而受损”。叶维廉由此悟到：“中国的旧诗所用的文言，由于超脱了呆板分析性的文法、语法而获得更完全的表达。”于是他提出：“中国旧诗借超脱语法而超脱其语言中的细分特指，从而获得了美感印象更完全的表达；而西方诗歌却凭语法规范而强固其语言中的细分特指，却使美感印象的完全表达受阻。”从这个逻辑起点出发，叶维廉又对中国旧诗的超越语法特性作了多方面的考察，并对其独特的功能价值作了评析。他考察了旧诗中“一个字而同时具有两三种的文法的用途而不需要在字面上变化”的情况，这种“词的多元性”使读者的欣赏活动更近乎诗人想象的活动；考察了以人称代词充当的主语缺失的情况，这种“没有主位的限指”，“便使词情词境普及化，既可由诗人参与，亦可由你由我参与”，“任读者移入直接参与感受”；考察了动词谓语“没有时态的变化”的情况，这种不“把诗中的经验限指在一特定的时空”的做法，可以使我们更接近“浑然不分主客的存在现象本身”；考察了组句中“连接元素”的省略情况，这种保持“美感活动的程序和印象”的做法，可以避免美感印象的“多面延展性”；考察了超脱语法的罗列并置句式的情况，这种“时空互不分割”的“反陈述”的做法，“构成了事象的强烈的视觉性”，“提高了每一物象的独立性”，“使物象与物象之间”因此“形成了一种共存并发的空间的张力”，“不违背瞬间生命真实”。① 在作出以上这些评价后，叶维廉给中国旧诗的语言以很高的评价：

> 中国诗人能使具体事象的活动存真，能以“不决定、不细分”保持物象的多面暗示性及多元关系，是依赖文学之超脱语法及词性的自由，而此自由可以让诗人加强物象的独立性、视觉性及空间的玩味。而显然，作为诗的媒介之文言能如此，复是来自中国千年来所推表的“无我”所追求的“溶入浑然不分的自然现象”之美感意识。②

这段话启示我们：中国旧诗的语言与西方诗歌的语言既有体系的不同，也反映着诗歌语言观的不同，而这不同又是由于独特的宇宙观所派生的观物运思之态度或思维方式所决定的。

其次，叶维廉进一步论述了西方诗歌语言观变异的动向及其意义。

一种诗歌语言观的确立既然受制于观物运思的态度或思维方式，那么当观物运思的态度或思维方式有了调整，势必也会影响诗歌语言观的调整，而说到头来这也是宇宙观调整的产物。西方从19世纪末开始就发生了这种连锁反应的情况。叶维廉认为：“语言与宇宙观是息息相关不可分的。”③“由柏拉图及亚里士多德所发展出来的认识论宇宙观，其强调‘自我追索非我世界的知识’的程序，其用概念、命题及人为秩序的结构形式去类分存在的这种作法”等汇成的“普遍的逻辑结构”，决定了西方的诗歌语言是“注重细分、语法严谨的语言”④。这样的诗歌语言是难以“表达一种要依赖超脱语法才能完成的境界”的，于是就出现了一批“反文化立场”的现象哲学家“都极力要推翻古典哲人（尤指柏拉图及亚里士多德）的抽象思维系统而回到具体的存在现象”。其中如“海德格尔便认为把存在现象作概念的类分便是把存在现象隐蔽，而非将之显出”；柏格森主张“浪漫主义自我的解体”，并“逐渐的使现代思想转向‘无我’

---

① 以上均引自叶维廉《比较诗学》，台北东大图书公司1983年版，第29—48页。

② 叶维廉：《比较诗学》，第55页。

③ 同上。

④ 同上书，第55—56页。

问题的思索”。他还认为“浪漫主义者妄自尊大地肯定自我对宇宙的洞知力及组织力”，这个“自我”也就“非真我”，“真我必须在本能的实生活的直觉经验中追寻，而不能从意念中建造”。这样的看法“启迪了休默”，且“间接的影响了艾略特诸诗人”。[①] 休默因此主张让“诗脱离死板符号的语言而成为视觉的具体的语言……一种直觉的语言”，而“正是这种直觉的语言”才有可能“把事物可感可触的交给读者”，“使我们不断的看到一件实物，而不会流为一种抽象的过程”。[②] 庞德提出“应该用更多的物象，少用陈述、结论”[③]。威廉斯则提出诗人须“成为一个直感物象的诗人”，“用没有先入为主的观念、没有随后追加的观念的强烈的感应方式去观事物”[④]。在引述这许多西方现象学哲学家和富有开拓精神的诗人的言论观点后，叶维廉归纳起来说：“但休默及庞德所欲求达成的理想是语法严谨、有细分说明性的英文无法达成的。是故休默要求打破语法来达致具体的表现。”而作为殊途同归的显示，则是“庞德尽量的模拟中国的语法”[⑤]。作为一种应合，他又引了罗兰·巴特对西方诗歌语言体系微妙的变异所感慨的一席话：

> 现代诗把语言中的关系破坏了，而把推论的过程减缩为一些静物的字……而字是一些垂直的物体……没有过去，没有环境。[⑥]

这也无非意味着：西方诗歌重推论的逻辑语言体系在微妙地向中国旧诗的重直觉的隐喻语言方向流变；西方的诗歌语言观在悄悄地向中国的诗歌语言观方向调整。而现代派的诗歌语言及语言观正集中地体现着这种流变与调整。

第三，叶维廉因此而提出自己对新诗未来语言建设总方针的设想。

在《中国现代诗的语言问题——〈中国现代诗选〉英译本绪言》中，叶维廉在提出了“白话和文言有很多的差异”[⑦] 后，说了这么一段话：

> 从蕴含潜力的文言转以口语化的白话来作诗的语言，我们可以觉察到这些显著的差别：（一）虽然这种新的语言也可以使诗行不受人称代名词的限制，不少白话诗人却倾向于将人称代名词带回诗中。（二）一如文言，白话同样也是没有时态变化的，但有许多指示时间的文字已经闯进诗行里。例如“曾”、“已经”、“过”等是指示过去，“将”指示将来，“着”指示进行。（三）在现代中国诗中有不少的跨句。（四）中国古诗极少用连接媒介而能产生一种相同于水银灯活动的戏剧性效果，但白话的使用者却在有意与无意间插入分析性的文字，例如上面引过的一行诗（指“国破山河在，城春草木深”——按），在刘大澄的手中就变成了：“国家

① 叶维廉：《比较诗学》，第56—57页。
② 同上书，第59页。
③ 同上书，第60页。
④ 同上书，第62页。
⑤ 同上书，第63页。
⑥ 同上书，第79页。
⑦ 叶维廉：《中国诗学》，三联书店1992年版，第246页。

已经破碎了，只是山河依然如故。”“已经”（指示过去）和“只是”、“依然”这些分析性的文字将整个蒙太奇的呈现效果和直接性都毁掉，就和那些英译将戏剧转为分析一样。使我们惊奇的是，这一类的句子经常出现在用白话写成的诗中……白话作为一种诗的语言，常常有使诗人落入这些陷阱的倾向（我之一再使用“倾向”这两个字，是因为这些陷阱是可以轻易躲过的。这种新的语言如果运用得当——如不少现代诗人所做的——无须将语言扭曲，便可以达致文言所有的效果）。[①]

这段话表明：叶维廉已清楚地意识到新诗的语言已违反中国诗歌传统的直观、直觉的隐喻语言体系，而变异成分析演绎的逻辑语言体系。

那么，新诗这类语言体系是从哪里求得的呢？从西方诗歌。叶维廉在同一篇文章里就说：“过去数十年来的大量译介西洋文学，白话受了西洋方法结构的影响，又有了很复杂的变化。”[②] 这个判断是对的。令人深思的是当西方一批“反文化立场”者要想改变西方民族以自我为中心、以人定天的宇宙观和观物运思的态度与方式，休默与庞德等且竭力想把西方诗歌的逻辑语言改为中国旧诗的直觉语言时，中国的新诗却要去把西方诗歌的逻辑语言请进来，奉为诗性语言之正宗。这是一件不幸的事，不过也有幸，因为这里显示着一种双向交流。从人类整体诗性语言的质的规定性要求看，叶维廉显然意识到这场中西诗歌语言的双向交流是很有必要的。在《语法与表现——中国古典诗与英美现代诗美学的汇通》的《结语》中，他带点感情地说：“本文一面想对中国诗的美学作寻根的认识，一面希望引发两种语言两种诗学的汇通，而希望有一天，可以真的达成文化的交融——假定西方的读者哪一天肯开怀接受部分东方的美感领域及生活风范，假定我国的读者不再过度的迷恋于物质主义自我中心的西方的思维方式和内涵。”[③] 正是在这一个认识基点上，叶维廉提出了他对未来新诗语言建设总方针的设想。在《语言的策略与历史的关联——五四到现代文学前夕》一文中，他说：“在新诗的历史场合里，我们的语言还有许多特殊的问题。比如白话和文言都是我们语言的根，我们了解到白话的任务——传达新思想。但有许多文言所能表达的境界（或者说感受、印象、意味）是白话无法表达的，我们随便说一两句例子：‘落花人独立，微雨燕双飞’，我们可以写成：‘落花里有一个人独自站着，微雨里有成双的燕子在飞’吗？再试着简化一些：‘有人独立在落花里，有燕子双飞在微雨中。’我们总觉得不妥，甚至多余。文言里，景物自现，在我们眼前演出，清澈、玲珑、活泼、简洁，合乎天趣，合乎自然。白话的写法，戏剧演出没有了，景物的客观性受到侵扰，因为多了个诗人在指点说明（落花‘里’‘有’人……）。但事物有两面的，如果我们都用文言写呢？第一，新境能不能出现是一个问题。举新诗人梁文星仿古的一句来看：‘月落梧桐墙缺处光影正微茫。’这句诗绝不能写成‘月落在梧桐墙缺处的地方，光影正像微芒。’这便完全是散文了。但用了文言句法，诗境便迂腐陈旧，落入了固定的反应里。二，白

① 叶维廉：《中国诗学》，三联书店1992年版，第250—251页。
② 同上书，第246页。
③ 叶维廉：《比较诗学》，第81页。

话的好处正因为是白话，是我们日常讲的话，不是学习得来的艺术语，所以在模拟我们实际的语调、神情、态度时，比较接近，虽然有时散文化（我们写诗时有时需要完全散文的句子，也就是在经验的进展中，突然有了模拟实际说话神情的需要）。”① 我们引了这么长一段话，想指出：叶维廉是看清楚了文言与白话在中国诗歌中各自的优缺点的，唯其如此，才使他为未来新诗提出了一个值得迫切去探求的语言方向：“在我们应用白话作为诗的语言时，应该怎样把文言的好处化入白话里。”②

这表明：在叶维廉的新诗语言观中，分析演绎的逻辑语言和直觉感兴的隐喻语言必须汇通，这才是新诗语言的出路。

第三节　郑敏的新诗语言观

郑敏是新诗创作上成就卓著的女诗人。她比叶维廉年长 16 岁，但对新诗语言作学理性探讨却比叶维廉迟了将近 20 年。也许是几十年新诗创作在语言运用上积累的丰富经验和中西比较诗学深厚的学养，使她那篇写于 1993 年初的长文《世纪末的回顾：汉语语言变革与中国新诗创作》一经发表，就以其见解的新颖而颇受学术界与诗坛的注意。在此前后她还发表了《回顾中国现代主义新诗的发展，并谈当前先锋派新诗创作》、《诗歌与文化（上）》、《诗歌与文化（下）》、《我们的新诗遇到了什么问题——今天新诗创作和评论的需要》、《中国诗歌的古典与现代》、《新诗百年探索与后新诗潮》、《试论汉诗的某些传统艺术特点——新诗能向古典诗歌学习些什么?》等，多方面地展示了她的新诗语言观。归纳一下她这种语言观，大致反映在如下三个问题的认识上：一、新诗中的白话、口语太透明；二、白话、口语作为新诗的用语须纳入心灵的书写；三、诗歌语言的根扎在无意识中。现在分头来评析。

首先看郑敏对白话、口语在新诗中太透明的观点。在郑敏看来，五四文学革命中胡适、陈独秀标榜白话取代文言作为新文学——特别是新诗的用语，产生的反面效应极大。她认为：“他们那种矫枉必须过正的思维方式和对语言理论缺乏认识，决定了这些负面效应必然出现。”在她看来，“语言主要是武断的、继承的、不容选择的符号系统，其改革也必须在继承的基础上”，但胡适、陈独秀以及他们的追随者使中国文学中沿袭千年的语言传统断裂了，改用通俗的白话，并且对这“白话”，又“只强调口语的易懂，加上对西方语法的偏爱，杜绝白话文对古典文学语言的丰富内涵，其中所积沉的中华几千年文化的精髓的学习和吸收的机会。”③ 她进而认为：作家与文字之间那种推敲的关系，形成了文学创作的话语场，而“白话文运动对于这种作家与文字间的场始终忽略，只求通达，有语法，写实。作家的心态是：有了白话文就能有‘活的语言’，因而以主人的姿态凌驾于文字之上，其结果是作品浅薄、生硬、质量下降。”她

---

① 叶维廉：《中国诗学》，第 227 页。

② 同上。

③ 郑敏：《世纪末的回顾：汉语语言变革与中国新诗创作》，引自吕进、毛瀚主编的《中国诗歌年鉴·1993 年卷》，西南师范大学出版社 1994 年版，第 353 页。

还说："陈、胡当时以为文字的唯一功能就是'白'，明白地传递信息。因此只强调语法、用俗字等有助于'白'的问题。"[①] 这些话是击中要害的。的确，由于简简单单地称白话就是"活的语言"而无视于"场"的存在关系，只考虑诗歌文本创造中文字亦即白话的按语法规范去写实，并力求"通达"，势必会使用白话写成的诗歌文本太透明。这样的意见其实在郑敏提出以前很多年，就已有学者感觉到并作为严重的问题提出来了。李长之写于1942年的《迎接中国的文艺复兴》中就说："明白清楚，就是五四时代的文化姿态……对朦胧糊涂说，明白清楚是一种好处；但另一方面说，明白清楚就是缺乏深度。水至清则无鱼，生命的幽深处，自然有烟有雾……（五四是一种）反'深奥'的态度。"[②] 为避免白话太守语法而超常透明，后来有人把白话发展成为口语来写新诗。郑敏也认为口语"是即时交流，有敏捷的特点"，"逻辑与语法在口语中要比在书面语中松散灵活得多"，但她还是认为难以避免"里外透明"的弱点。在论及新诗用语的"第二次变革"——风行人民大众的口语写诗的现象时说，这"使得汉语的透明度达到了超常的高度"。她强调说："语言的透明度往往说明它的信息贫乏单调，在正常的情况，文学的语言所要表达的层次比口语多得多，它有明确的表层，也就是透明的部分，同时又有不明确的隐层，而且不只一层，因此是耐人寻味的，含蕴深刻的。如果一句话里外透明，它不是一张漏走大量信息的符号网，就是他的作者完全不愿流露那受压抑的意义层。"[③] 与此相应的是郑敏又在《胡"涂"篇》中拿旧诗的文言与白话——口语作了一番比较，进一步对口语不宜于作新诗的用语作了一番学理性的探讨：

……古典汉语诗词由于它是"文"而非"语"，所以可以跳出日常的时空与逻辑秩序。"语"是口语，必然要符合常识性的实用的时空与逻辑秩序，但在有了清晰时空、逻辑后文本的多重可变性就受到限制，减少了诗的不可全解性，也就缩小了诗的可变性的艺术时空。拼音文字由于它是以口语为原型，在这方面先天地不如古典汉语之"文"，拼音"文"由于以口语为原型不可能不遵守日常的时空、语法的规范，因此其诗歌的艺术时空先天地受到限制。黄宗羲在《论文管见》（《历代文选》第2册第123页）中说"言之不文，不能行远"，就是说"文"比"言"要有超时空的互文性，不是停留在日常的狭义的时空秩序中。他主张要"熟读三史八家，将平日一副家当尽行籍没，重新积聚"，也就是将口语变成超出日常时空秩序的、充满新的、贯通古今的互文性的"文"。贯通古今中外就是超出常规时空秩序，其互文性带来弹性的艺术时空，内涵自然要大大超出口语与常识了，这种古典的"文"的观念形成中国古典诗歌语言的最大特点。然而我们本世纪由于追求拼音口语化，白话诗的诗歌语言失去了成为"文"的祖传优势，这是今天

① 郑敏：《世纪末的回顾：汉语语言变革与中国新诗创作》，引自吕进、毛瀚主编的《中国诗歌年鉴·1993年卷》，西南师范大学出版社1994年版，第376—377页。

② 转引自叶维廉《比较诗学》，第81页。

③ 同上书，第368—369页。

新诗在诗歌语言方面不如古典诗词的一个重要原因。[①]

这一大段话对采用以文言为用语写的旧诗和采用以白话口语为用语写的新诗作了审美层次高下的比较，进而论及：这是由于旧诗的用语能“跳出日常的时空与逻辑秩序”而新诗的用语则是陷入其中的缘故。究其实质乃是：前一类的用语是跳出了以理性逻辑细分世界，才得以充分发挥诗性媒介的功能，而后一类的用语则是陷入以理性逻辑细分世界的陷阱，以致大大地损害了其诗性媒介功能的发挥。显然，郑敏对旧诗与新诗的用语分属于直觉语言体系与逻辑语言体系的认识是相当到位的，并且也可以见出：她已敏感到作为用语的文言、白话与两类语言体系并无必然对应关系。唯其如此，才使她提出一个白话—口语须诗性转换的主张。在《世纪末的回顾：汉语语言变革与中国新诗创作》中她这样说：“以为只要怎么说、怎么喊就怎么写就能得到一首好诗，这种观念可算是早期白话诗运动的后遗症。口语不等于诗的语言，生活经历也不等于诗的内容。这中间有一个不可或缺的环节是‘语的转换’。”于是从“语的转换”论中郑敏推出了第二个新诗语言观。

这就是白话—口语作为新诗的用语，须纳入心灵的书写。

郑敏认为：弗洛伊德的理论有一大贡献，就是“人除了上意识的理性以外，还有无意识。这个无意识之中，是混沌一片、没有逻辑性的”，而“它是无形的，而且是不固定的，但它里面却积累了许多我们的祖先和我们自身的文化沉淀、欲望沉淀，任何不属于我们的逻辑范围，逻辑所不能包括的东西，都在这里面”，因此“它直接影响到创作问题”。那么这影响具体显示在哪里呢？郑敏说：“假如你觉得语言是人的理性造成的工具，自然就会强调语法、修辞，及如何掌握语言等这些东西。但是后来却发现人还有另一部分。”这另一部分就是无意识，而“语言是扎根在我们的无意识之中”[②]的。所以语言实际上有两种，一种是扎根在有意识中的有形的语言，另一种就是扎根在无意识中的无形的语言。这种无形的语言和创作又构成怎么一种关系呢？郑敏为此而提到了德里达：“德里达认为语言是一种心灵的书写，这样语言所包括的就扩大到你整个心灵的活动。”[③] 琢磨郑敏的意思，这里的“心灵的书写”所采用的语言，也就是诗歌需要的无形的语言，至于无形的语言作心灵的书写涉及的具体对象，郑敏则认为是海德格尔提出的“所云”。她这样理解海德格尔的这个术语：“‘所云’并不是什么作者的生活经验，也不是一个作者的语文知识……并非说理，而是一个作者心灵深处的声音，它不能由逻辑推理获得，它是一种充满感性的智慧”[④]，“是作者的独到的、极有个性的、只有他才有的领悟”[⑤]。在这样一些理论认识的导引下，郑敏于是说了这么一番话：

---

① 郑敏：《诗歌与哲学是近邻——结构—解构诗论》，北京大学出版社 1999 年版，第 370—371 页。

② 郑敏：《诗歌与文化——诗歌、文化、语言（下）》，见《诗歌与哲学是近邻——结构—解构诗论》，第 252—254 页。

③ 郑敏：《诗歌与文化——诗歌、文化、语言（下）》，第 260 页。

④ 郑敏：《世纪末的回顾：汉语语言变革与中国新诗创作》，《中国诗歌年鉴·1993 年卷》，第 376 页。

⑤ 同上书，第 375 页。

……当语言中有这种独到的“所云”时，语言就有了生命，至于它是文言文还是白话文都没有关系。中国古典诗词的佳作，无一不是有诗人的独特的领悟，因而诗语中满载着“所云”。语言能惊天地泣鬼神，就是因为它从“所云”中得到无限的生命力。诗人追求语不惊人死不休，就是要使得语言充满了生命力（通过其“所云”）。古典汉语虽然今天已不再是我们的日常用语，但古典诗词的语言并非“死语言”，因为我们今天仍在读古典诗词的名著时不能不为之震动，这说明好的语言由于它的“所云”给它无穷的生命，它是不会死亡的，死亡的不是古典诗词，而是人们自己的失去生命力的审美能力。反之白话文虽然是今天的语言，但白话文作品言之无物者大大的有，这种作品因为没有“所云”，实则它的语言虽生犹死，对读者毫无感召力。[①]

这番话虽然不无偏颇的地方，却提出了一些令人思索的问题。这里的“所云”其实是发生在无意识中或者说心灵中的直觉对象的直觉领悟，也可以说是由直觉所得的感性智慧。它是超逻辑推论的存在，对它作传达也就是一场心灵的书写；而作为它的传达媒介的语言，也必然是超语法规范的无形的语言，所以说作为语言的高级形态的无形的语言，是扎根在无意识中的。由此说来，无形的语言也就是直觉隐喻类语言。郑敏在这段话中高度评价旧诗的语言，认为这是中国古典诗人能从“所云”中得到无限的生命力而赋予语言所致，无非也就是说旧诗的语言是来自于抒情主体在无意识中的心灵直觉的产物，她不满意用白话—口语写的新诗，那是因为白话—口语充当了理性意识世界中以分析演绎细分串联对象的逻辑概念的传达媒介。所以说白了，郑敏提出白话—口语作诗的转换的途径是纳入心灵的书写，也即把白话—口语转换成为无形的语言——也就是直觉的语言。

那么白话—口语如何转换成直觉的语言，成为心灵的书写的合格的语言呢？这就推出郑敏的第三个新诗语言观：白话—口语要反语法反逻辑化。

在《诗歌与文化——诗歌、文化、语言（上）》中郑敏谈到后结构与后现代的语言观时说：西方这一派人“认为语言从广义来讲并非人们理性逻辑思维的表达工具，人并不能随心所欲地驾驭语言，反之语言的根深扎于人的无意识深处，在支配着人们的整个心理，因此语言（如弗洛伊德在梦的分析中所指出）的符号当被替换（displaced）时就成为‘换喻’（metonymy），当密集（condensed）时就成了隐喻（metaphor），二者都是一种修辞的比喻手法，但它们在无意识的‘梦思’中则是以一种心理活动的符号存在。”[②] 她是认同这种观点的，因为这番言说是和她心目中的直觉语言颇相通的。因此，她以这些言说为依据来评析当下我们第三代的诗歌语言观，认为：“我们的诗人们所谓的‘非修辞’实际上不过是从传统的某些修辞手法走向另一些修辞手法，始终没有脱离用语言作为表达自己意图（思维、概念与感觉）的工具，并没有进入当代的语言观，即：语言并非听命于作者，为作者完成其表达意识的工具。反之，人从说到

① 郑敏：《世纪末的回顾：汉语语言变革与中国新诗创作》，《中国诗歌年鉴·1993年卷》，第375—376页。

② 同上书，第246页。

写，从想到认识都无法跳出语言的自律功能。因此在创作中，作者的主体必须与语言进行一次无声无形的对话。”① 值得重视的是，这番评析表明郑敏又一次反对诗歌语言作为表达意图的工具，这势必会摧毁诗性语言来自无意识的心灵直觉性能，而陷入受理性逻辑制约的语法规范囚笼。而第三代诗人所孜孜以求的“非修辞”化语言，实际上仍是被理性逻辑牵着走，冲不破线性陈述防线，跳不出语法规范囚笼，在逻辑语言体系中打转。唯其如此，才使她更迫切地想把白话—口语推上反语法反逻辑化的新途径。在《世纪末的回顾：汉语语言变革与中国新诗创作》中她说：“当代语言学的研究则认为语言传达信息并不全由语法决定。语法只是逻辑的安排，一句完全合于语法的句子可以是意义含混甚至没有意义”，而“语法正确、用字通俗，并不一定能明白地传达信息”。因此她进一步指出：“组成一句话除了可见的语法和言词之外还有一些言外的因素起着无形但关键的作用。”此话怎说呢？她是这样作阐释的：人的存在包括有意识与无意识两方面，“而语言在其形成前，所谓‘前语言阶段’是发源在无意识中，到它形成时原语言中部分得到表达，部分被压制，成为反表达，又有部分被扭曲”，不过，“这些被压抑与被扭曲部分又往往如游动的光影，出入于成型的语言上，因此就产生了弦外之音、言外之意，再加上每个被用来表达的字又往往带着它们的历史痕迹，这样就形成语言的多解、朦胧或无定解。正是文学语言的这种朦胧性质使得它更耐人寻味，给文学带来更多的空间，使读者进行创造性阐释”。② 但是如果一个诗句“愈白愈透明时它的被掩盖、被压抑、被遗落的部分也必然愈大，因为当语言太透明时，反表达的作用必然大过表达的作用”。由此看来，要想使语言表现能具有弦外之音、言外之意，“不论文白都能达到这种艺术高度”③，反之，也都有可能达不到。这就表明问题不在于用文言还是白话，而在于文言也好白话也好，是不是从抒情主体的无意识中流出，挣脱了理性逻辑的控制、语法规范的约束，任凭心灵直觉把它们安排在稿纸上。于是郑敏提出了一个新诗向旧诗学习语言艺术的方向。在《中国诗歌的古典与现代》中她说：“古典汉诗一方面用其字形的图像感染读者的视觉，一方面又摆脱了理性中心（单纯理念、逻辑推理的思维）的语法观念，传递出艺术的‘悠然心会，妙处难与君说’（张孝祥《念奴娇》）的魅力。”④ 与此相配套的是，她举了一个诗歌语言扎根于无意识中因此具有心灵直觉化语言特性的诗人来作例析，他就是穆旦。郑敏在《世纪末的回顾：汉语语言变革与中国新诗创作》中论及1940年代新诗语言探求的成就时就这样说：

> ……年轻诗人中穆旦完全摆脱了口语的要求。他的语言直接来自无秩序、充满矛盾、混乱的心灵深处，好像从一个烟雾弥漫的深渊升出，落在他的笔下，语言的扭曲、沉重、不正规更真实地表达了诗人的心态……⑤

---

① 郑敏：《诗歌与文化——诗歌、文化、语言（下）》，见《诗歌与哲学是近邻——结构—解构诗论》，第246—247页。

② 郑敏：《世纪末的回顾：汉语语言变革与中国新诗创作》，《中国诗歌年鉴·1993年卷》，第377—378页。

③ 同上书，第378页。

④ 郑敏：《世纪末的回顾：汉语语言变革与中国新诗创作》，第328页。

⑤ 同上书，第366页。

对于穆旦新诗语言的实际该如何作出价值定位，那是另外一个问题，郑敏肯定他的那条语言表现路子，倒的确值得重视，对未来新诗的语言建设是有启示意义的。令人遗憾的是郑敏在文中又补充了一句："穆旦的这种诗性语言主要的来源却是西方的语言文学……"[①] 这是事实，却和郑敏这些年来大力肯定中国古典诗歌所走的直觉语言和积极倡导的新诗要向旧诗学习诗性的语言路子相矛盾了。出现这样的矛盾其实也可以理解，因为郑敏自己创作中所走的路子也是从西方通来的，只不过晚年的她在致力于中国古典诗歌的阅读与钻研中发现我们老祖宗所拥有的诗性语言原来是直觉语言的宝库，才有这些年大力肯定旧诗直觉语言的言说。但她青年时代形成的西化诗性语言的审美惯性又不是简简单单可以改变的，这就出现了上述那种看似语言观矛盾的情况。其实如同上面论及叶维廉诗性语言观时已提及的，西方以休默、庞德、海德格尔为代表的诗人与诗学理论家已发现自我中心主义细分世界导致的诗性语言逻辑化倾向是不利于诗歌真实世界的传达的，因而转向东方，向中国古典诗歌的语言路子作着真诚的探求，而郑敏也说过，西方"现代派又在三四十年代返回到它的祖先的故乡：中国诗坛"[②] 的话。据此我们难道就不可以说：穆旦的诗性语言现象和郑敏的矛盾言说，正是西方现代派返回其祖先的故乡生动的体现？

我们的估计看来没有错。郑敏的新诗语言观在涉及新诗未来的语言建设时就发表了这样的看法，那是她在论及中国新诗语言在和传统断裂，只得通过翻译借鉴西方来充实自己后说的：

> ……就这样，我们的语言慢慢走上另一条道路。这其中有好处也有坏处。好处就在于我们大量地吸收了西方的语法结构等，逐步建构了自己的白话文学语言；坏处就是我们没有把自己的语言史结合进来做到民族语言与西方语言相融合，而是把古典汉语给扔开了。

从这些话中可以看出：郑敏和叶维廉一样认为：未来新诗语言建设的方向应该是让旧诗的直觉语言与来自西方的新诗的逻辑语言有机结合起来。

对新诗诗歌语言观的调整，我们的考察也就到此。从朱光潜、唐弢、艾青、何其芳的泛论到叶维廉、郑敏的深论，反映着我们的新诗语言观越来越显出专业性、学理化的特色，并且更显得科学和辩证。这特别体现在新诗未来的语言建设必须让以新诗的白话—口语为标志的逻辑语言与以旧诗的文言为标志的直觉语言综合上。这不仅是叶维廉、郑敏的观点，也可以说是当今诗坛有识见的诗人与诗学理论家所共奉的信条。我们不妨也提一提余光中，在《谈新诗的语言》中他这样说：

> 一旦超越了起码的"纯净"之后，我们不难发现，文言宜于表现庄重、优雅、含蓄而曲折的情操，而白话则明快、直率、富现实感，许多意境，白话表现起来

---

① 郑敏：《世纪末的回顾：汉语语言变革与中国新诗创作》，《中国诗歌年鉴·1993年卷》，第366页。

② 同上书，第360页。

总嫌太直接、太噜苏，难以保持恰到好处的距离；改用文言则恰到好处。我们主张以文言，或以富于文言趣味的句法入诗，正是这个理由……

我理想中的新诗语言，是以白话为骨干，以适度的欧化及文言句法为调剂的新的综合语言。只要配合得当，这种新语言是很有弹性的。

这样的言说，是很有说服力的。

是的，“新的综合语言”——这是新诗未来语言建设的大方向。

第八章 两大语言体系的汇通

新诗语言观点经调整，对新诗未来的语言建设总算有了一个共识，就是要确立一种“新的综合语言”，让新诗的线性陈述类逻辑语言体系和旧诗的点面感发类隐喻语言体系汇通。本节将探求该如何汇通的问题。

谈论“汇通”，首先得考虑其共同基础。那么两大语言体系汇通的共同基础是什么呢？这使我们想起索绪尔、雅可布森所提倡的对等原则。按对等原则展开词法、句法和连续性句法活动，并对由此导致的隐喻作引申，才有可能使这场汇通成为事实。

像任何一场探索都必须有一个目标一样，凭对等原则及其隐喻的引申来使两大语言体系汇通，目标只能是一个：在使用一种新的语言中，必须使诗更是“诗”的。这意味着：索绪尔和雅可布森——特别是雅可布森的主张是确立诗性语言最佳的依据。但对等原则究竟是怎么一回事呢？

雅可布森在《语言的两极与语言的失语症》一文中有段话很值得注意。他说：“话语的进行会沿着两条不同的语义线发展：一个话题或者通过类似关系（similarity），或者通过邻接（contiguity）而导向另一个话题。前者可以用隐喻性方式，这个术语得到最恰当的概括，后者则相应地符合于换喻性方式。因为这两种情形分别在隐喻和换喻中找到了最集中的表现……在一般的语言行为中，这两个过程都是持续发生作用的，但仔细地考察将表明：由于文化模式、个性和语言风格的影响，人们对这两种方式的运用是有所侧重的。”这位俄裔符号学家还对各种侧重的表现说了句具体的话：“在俄国抒情诗歌中隐喻的结构处于优势，而在英雄史诗中则是换喻方式占优势。”[①] 这就是说：语言有两种，一种是用隐喻方式显示的，就叫隐喻的语言；另一种是用分析方式显示的，就叫分析的语言。[②] 而抒情诗中，采用隐喻的语言是处于优势的。隐喻的语言大致可以作这样的解释：它是不连续的、客观的，是直接诉诸感觉并且包含了绝对时

① 转引自俞建章、叶舒宪著《符号：语言与艺术》，上海人民出版社 1988 年版，第 193 页。

② 俞建章、叶舒宪合著的《符号：语言与艺术》第 194 页中对雅可布森提出的换喻结构的语言作了这样的阐释：“他实际上是指出了换喻相对于日常概念的语言”，“表现为线性的横向组合结构”。由于“换喻的语言”费解，一般符号学著作中称为分析的语言。

空的；产生这种语言的基础是神话思维、直觉感应；构成这种语言的依据是想象、联想导致的内在心理连锁感应，而并不依靠外在的语法作用；而所有这些也就决定了它的形态是点面孤立显现的感发式结构。

由此看来，我们说旧诗采用的是点面感发式语言就是指这种隐喻语言，而“诗”性语言的质的规定性要求即是隐喻语言，那也就意味着未来的新诗语言建设还得以合乎隐喻语言为本。

值得进一步思考的是：隐喻语言既然和诗的质的规定性要求相符合，那么，充分占有这一语言体系及其言语方式的突破口是什么呢？雅可布森还进一步提出确立隐喻语言的核心理论：语义的对等原则。至于什么是语义的对等原则，以及这一原则在诗歌中又如何产生新的意义等问题，雅可布森说过如下一段话：

> 特别值得一提的是：任何一首诗所不可缺少的内在特征是什么呢？要回答这个问题，我们必须回忆一下用于语言行为的两种排列模式：选择和组合。如果一段话的主语是“孩子”，说话者会在现有的词汇中选择一个多少类似的名词，如child（孩子）、kid（儿童）、youngster（小伙子）、tot（小孩），所有这些词都在某个特定方面相对等；接着，在叙述这个主语时，他可以选择一个同类谓语——如sleeps（睡觉）、dozes（打瞌睡）、nods（打盹）、naps（小睡）。最后，把所选择的词用一个语链组合起来。选择是在对等的基础上，在相似与相异、同义与反义的基础上产生的；而在组合过程中，语序的建立是以相邻为基础的。诗的作用是把对等原则从选择过程带入组合过程。对等原则成为语序的构成手段。[①]

这段话特别值得注意的是：把以语法序列为依据选择相邻词语组合起来的做法同以对等原则为依据选择具有心理连锁性的对等词语聚合起来的做法作了严格的区别。意味着：前一种组合由于是按规范序列把相邻的词与词组合，也就显示出它首先是按语法关系组合起来的，因此，这是对等原则作用于语链之外的一种组合，所导致的是分析推论性功能的建立；而后一种组合由于是对等原则作用于语链之内的词与词的聚合，所导致的是隐喻联想性的功能的建立。唯其如此，才显出“诗的作用是把对等原则从选择过程带入组合过程”[②] 这一特征。因此，“在普通语言中，相邻的语言成分是由语法结构连接的；而在诗性语言中，语法限制就不再适用了，不相邻的语言成分可以通过对等原则组合起来”[③]。我们据此分析还可以进一步获得一个认识：词语与词语、句式与句式通过对等原则而隐含地联系起来——这样的关系所构成的语言，就是隐喻的语言。值得提醒：对等原则是诗中逐步组织的基础，它把词语与词语在语链中聚合起来，把句式与句式在句链中聚合起来，借心理连锁感应构成了一种肌质关系。凡此种种与语法的缘分很浅，而汉语的语法本来就弱，到了近体诗中，由于体裁对语言容量

---

① 转引自高友工、梅祖麟著《唐诗的魅力》，上海古籍出版社1989年版，第120—121页。

② 《唐诗的魅力》，第122页。

③ 同上书，第123页。

种种的限制，语法联系就更加薄弱了，结果使旧诗语言的隐喻关系远胜于分析关系。因此在旧诗的语言中，对等原则有一种出于本能的自觉贯彻，从而确立起一个点面感发类结构的语言体系。至于新诗，如前所述是接受西方影响，从逻辑思维出发而确立起来的一种线性陈述类结构的语言体系，也即如同雅可布森他们所认为的，那是一种按语法序列形成的分析语言，在追求抒情的路上是会带来更多负面效应的。新诗的未来既然要追求合于质的规定性的诗性语言，那么在词法、句法活动中尽可能贯彻对等原则，尽可能继承旧诗语言传统，也是必然的事。这就是新诗未来的语言须让两种语言体系汇通的基础。

为此，我们将通过词法与对等原则、隐喻与语链形态、句法与隐喻引申这三个方面的系统考察，来对“汇通”的合理性与可行性作一番探求。

第一节 词法与对等原则

首先来考察诗性词语建设。

未来的新诗在诗性词语建设——或者说词法活动方面，须走这一条路：抓义位。

作为最基本的语义单位，义位是义素的综合体，是言语中围绕一个中心的一些具体意义或实际意义在语义系统中的抽象常体。正因为义位存在于语义系统中，它的抽象常体由包括基义和陪义的义值同义域结构而成，所以能体现复杂内涵的义位必然要求它的载体——词语也具有一个多元而开放的构成系统。旧诗词语的构成就具有这样的特色。令人遗憾的是当年由胡适等倡导的那一场白话新体诗对旧诗的革命中，把中国诗歌语言人为地分成文言、白话，标举白话而排斥文言，标举写新诗用白话而排斥写旧诗用的文言，这样做的后果则是首先把中国诗歌千百年实践经验形成的一个多元而开放的词语构成系统也破坏了。在胡适他们看来，新诗词语就是日常生活交流中通用的词语，因此新诗对旧诗的革命中词语的转换也不过是简简单单的一场对应变换，胡适在1916年写给任叔永等的那首“一千多字的白话游戏诗”就提供给我们那条变换思路：“古人叫做‘欲’，今人叫做‘要’。/古人叫做‘至’，今人叫做‘到’。/古人叫做‘溺’，今人叫做‘尿’”；“古人悬梁，今人上吊”；“古人乘舆，今人坐轿”；“古人加冠束帻，今人但知戴帽”，等等。[①] 实际上对应变换决非那么简单。这样的词语变换思路贯彻在新诗的词语建设中，其后果之不良可以想象。还在新诗草创阶段，傅斯年就提出用白话写新诗词汇太贫乏，俞平伯也认为新诗所用的白话“雅言”太少。这些我们在前面已具体说过。不过，随着新诗语言建设的深入开展，按“雅言”标准如何构筑新诗词语、扩充意象化词语库存的探求工作，倒也在悄悄儿进行了。具体的做法是：立足于义素多元而奇特的组合，来拓展义位层次。从这个基点出发，这一代新诗人倒也为新诗构造出一批能适应于表现现代生活内容、具有“雅言”规格的新词语。

在词汇语义学上，义素是义位的语义成分，义位就是义素之和。因此，当义位以特定的词语载体呈现时，往往让义素以象征性变体的组合方式来把现代生活内容的独

① 胡适：《逼上梁山》，《中国新文学大系·建设理论集》，上海良友图书出版公司1935年版，第36—37页。

特丰富性隐含在内，从而使义位获得了特定的义值。所以对“雅言”的探求须着眼于义值。义值有基本义值和补充义值两类，前者简称为基义，后者简称为陪义。过去的新诗，词语拓展的精力主要花在基义词语与陪义词语上。

基义是义位的核心、主导。新诗的词语探求中，要求基义展开义素的选择与组合须导向现代生活内容的蕴涵。众所周知：新诗从破土而出的那一天起就显示为：与它展开对话的世界在很大程度上已从小国寡民、静穆悠远的自然文明世界转为地球村村民争夺创新的科学文明世界。正是这一点决定了：词语的义素组合也会显示出生活内容从单一纯粹进到复杂丰富，而这也决定了义素组合中的义位，会使基义出现义值的划分，词语也具有了两类变体：出于学科义位的基义词语和出自普通义位的基义词语。先来看学科义位的基义词语。这一类词语具有学科（社团）用的专门义值，也就是词汇学的“概念义”，这方面新创的幅度不小，如天体、地球、动物、植物、热带、温带、寒带、北极、南极、赤道、世界、人类、世纪、种族、历史、社会、物质、精神、科学、政治、经济、民主、自由、人权、帝国、专制、政党、宪法、议会、唯物论、唯心论、资本主义、共产主义、宗教、哲学、文学、力学、光学、医学、质变、量变、观念、真理，等等。再来看普通义位的基义词语。这一类词语是经验意义的结晶，反映着普通人凭经验感知的表意特征和指物特征，形象意义偏重一些，这方面新创的幅度更大，如天国、伊甸园、十字架、天外来客、飞碟、火箭、飞船、飞机、火车、汽车、轮船、电话、电灯、传播、交流、交易、交际、保险、生态圈、花季、浪客、号手、科学家、医生、教师、记者、卫生、进步、落后、百货店、超市、图书馆、博览会、人际关系、革命战士、水水的、迢迢的、柔柔地、狠狠地，等等。值得指出，基义词语在旧诗中大多是一些最上位语义义素的单独显示，光秃秃的，如天、地、山、水、草、树、鸟、鱼，等等，实物在新诗中是没法抛弃的，因此毫无保留地继承了下来。但随着物质生活和精神天地的大大拓展，而单靠最上位语义义素来担当基义词语并作意象功能之发挥已远远不够，才开辟出了新诗基义词语构筑的独特途径，那就是围绕一个核心义位作层次性拓展，以形成一个幅度更大的义素综合，也就是一个基义更丰富的词语。这里且举“火车”这个基义词语的构筑办法来看一看。这个词汇系新创，其上位语义义素是“车”，系代步之工具；下位语义义素是“火”，系“能”之一种的“火力”，此处让“火”与“车”组成偏正结构的双音节词。按接受习惯这个词让人理解为是“火的车”。这么一理解，偏正结构关系就显示出言语活动中的不合常理性。而实际上这个偏正结构的修饰性关系指“挂以火力拖轮”之车[①]。于是“火车”这个基义词语就具有了变体特征，成为对“train”的超常理象征指称，而由于“train”本是新颖的科学文明的产物，因此接受者对“火车”的语言接受，也就获得了现代生活色彩的印象。

陪义则是义位的附属意义、补充义值，是一个词的基本意义之外的含义。也就是说：陪义是义位的第二级意义。陪义能使许多同义词具有微妙的差别，它是心理感受

① 马西尼：《现代汉语词汇的形成——十九世纪汉语外来词研究》，黄河清中译本，汉语大词典出版社 1997 年版，第 217 页。

得到充分显示的标志，表情达意不可缺少的手段。这对于新诗词语建设——尤其是拓展“雅言”领域来说，是非常重要的，因为陪义具有“联想的意义”，或者说使词语具有“感悟色彩”、“修辞色彩”、“表达色彩”。陪义可以分成好几种类型。在新诗中，凡按“雅俗”标准构筑的词语，陪义方面是以情态陪义、形象陪义、时代陪义和外来陪义为主的。现在分头来说一说：

一、情态陪义词语：情态陪义词语表示的是情感态度，是主体对基义（所指）的感情、态度和评价，反映的是语言共同体的喜怒爱憎、敬谦褒贬等伴随基义的主观信息。譬如闻一多，这方面就颇为讲究。他在《罪过》里有：“老头儿和担子摔一跤，/满地是白杏儿红樱桃。”这里的“老头儿”是在“老头”后缀个“儿”，就显出一种亲热的情态，如果是后缀“子”，“老头子和担子摔一跤”，就显出厌恶的情态了。《也许》中的第一节第三行，《清华周刊》初发表时是“那么让苍鹭不要咳嗽”，后来改成“那么叫夜鹰不要咳嗽”。“让”改成“叫”，就显出命令的情态，感情色彩也显得更强烈。同诗第二节第一、二行初发表时是“也不要让星星眥眼，/也不要让蜘蛛章丝”，改稿把“也不要让”改成“不许”，也同样显出命令情态，感情色彩似乎更强烈了。

二、形象陪义词语。形象陪义词语和形象基义词语有很大的不同，后者把有形象的对象概括成抽象的类，如“海、跑、跳、高、长、红、香、硬”等，而形象陪义词语显示着伴随对象的形、色、音、味等等义值。显示形态的陪义词语，如“碧云天”、“红柳地”、“帆影的河港”、“丁香的雨巷”、“阴雾蹒跚的荒原”、“没有照过影子的小溪”，等等；表示颜色的陪义词语，如赤水、红旗、“彩色的欧罗巴”、“猩红的电鞭”、“碧色的草原”、“黑色的褴褛”、“苍白的钟声”等。表示声音的陪义词语，如“蛐蛐儿”、“轰响的光彩”、“泠泠的环佩”、“笛韵的江南”、“陨声的哀远”等；表示动态的陪义词语，如“蚕食”、“蛇行”、“溅血的震颤”、“叫颤了满天疏星”、“凝着忍耐的驼铃声”等；表示触觉的陪义词语，如“冰冷冷”、“热腾腾”、“软白的云层”、“滑溜的铜皮”、“水水地瞅着”等。值得指出，在一个语义场里，有的对象没有形象，反映它的同义的义位却可以有形象陪义，这在新诗里出现了一大批。如“心潮”、“恨海”、“银声”、“梦谷”、“紫色的灵魂”、“岁月的碑林”、“颤抖的过错”、“碧色的思念”、“生命的站口”、“凉滑的幽芬”、“绛色的沉哀”、“绯红的幻想”。如张烨在《我是多么善于感受你的目光》中：

> 我踏碎了一个水晶般透明的忠告
> 颤抖的过错躲闪在
> 苦果树上

在这里，没有形象的对象“忠告”就因了“水晶般透明的”这个表示色彩的陪义词语的补充成了可感的具象；没有形象的另一对象“过错”也因了“颤抖的”这个表示动态的陪义词语成了可感的具象。何其芳在《夏夜》中：“你的鬓发流滴着凉滑的幽芬。”这“幽芬”是没有形象的对象，因了“凉滑的”这个表示触觉的陪义词语的补充成了可感的具象。秋荻在《音尘》中有：“绿色的绝望刷新了废墟。”这“绝望”也是不具象的，因了“绿色的”这个表示颜色的陪义词语的补充而显得具体可感了。总之，这些陪义词语对基义的补充，把复杂、细腻而又难以言传的心理感受十分动人地表示出来了。

三、时代陪义词语。时代陪义词语的存在，体现着义位的时间属性。由于语言的整个义位系统随时代的变迁而经常要吐故纳新、新陈代谢，使义位产生一种补充义值——时代陪义，从而产生了一批时代陪义词语。在时代陪义词语的总名目下，我们把它分为两大类：旧义位词语和新义位词语。旧义位词语包括历史上一度存在过、其所指义消亡后无义位取代的一批词语，如禅让、采邑、册立、分封、寡人、陛下、长矛、盾牌、驿站、烽火等，也包括所指仍在、古义位已消亡，另有新义位取代的一批词语，如布衣——平民，苍生——老百姓，霜笳——号角，首——头，足——脚，舟——船，冠——帽，犬——狗，芒鞋——草鞋，南冠——囚徒，木叶——树叶，音尘——音信，饮——喝，视——看，闻——听，窃——偷，吾侪——我们，汝——你，此——这里，颇——很，何其——多么，均——皆，故——所以，等等。它还包括即将消亡或消亡不久的义位虽还有，许多人还记得其意义，但现在已不通用的一批词语，如学堂——学校，工友——工人，老总——士兵，戏子——演员，堂倌——招待员，买卖人——商人，民众——人民，洋火——火柴，薪水——工资，等等。新义位词语指具有新鲜感的、进入词语系统不久的、已被社会公认的义位词语，或所指新，或表达新，如外星人、地球村、飞碟、革命、解放、跃进、阶级斗争、长征、井冈烽火、红色暴动、风雷激荡、凤凰涅槃、秋水伊人、鱼化石、反思、寻根、关爱、亮相、反馈、价位、协作、走穴、跳槽、走俏、休闲、电脑、克隆、环保、软件、打的、生态，等等。这两类时代陪义词语，对社会交际来说，前一类无疑绝大多数要被扬弃，而后一类在新陈代谢中不断产生。但是，对于中国新诗来说，却都是需要的。众所周知：语言是思想感情以及由此结晶成的民族文化的物质外壳，而民族文化是持续的，不可割断的，有千百年文化积淀的旧义位词语比只有几十年文化积淀的新词语有更多意蕴可发掘。因此可以说：旧义位词语在千百年来中国传统诗歌中使用，也有更深厚的民族诗性文化的积淀，其中有一些词语，虽或所指消亡，或义位易主，但义值并不见得失去，因为它们已经有了意象定位，因此反比新义位词语更具有韵味。譬如，“驿站”、“烽火”、“苍生”、“木叶”、“霜笳”、“南冠”、“音尘”、“芒鞋”等，就都是意象定位了的，如桂涛声《太行山上》中有：“抗日的烽火燃烧在太行山上。”如果把“烽火”改为“战火”，那种传达民族悲壮情怀的意韵显示反要淡化不少。

四、外来陪义词语。外来陪义词语是跨文化式的词语代码转换的产物，是对作为域外文化载体的异域语言作引进的一个方面，其意义在于以域外文化来充实我们的民族文化。意大利汉学家马西尼在提出汉语词汇是由“古词、借词和新词”这三个基本部分组成后，说了这么一段话：“借词和新词是词汇中的一部分，这部分的词汇是随着与其他文化（在社会或在语言上）的接触而发展、变化的，或者也可看作是语言系统内部自然演变的一种结果。在理论上，由于在接触中受到外来影响，于是吸收了某些语言的特点。这反映在词汇上，要么是直接采用其他语言中的一些东西，要么是按自己的语言体系，把这些东西加以改变，然后再采用。但在实际上，一种语言在吸收外来词时，总是或多或少地经过一些改变。”① 这是说得中肯、实在的。新诗中以借音意而转换来的陪义词语较多，其中尤以音意兼借（即音译隐含意译），和音意兼借再加类名的尤显出其补充基义的生命力，如“乌托邦”（utopia）、“图腾”（tuten）、“的确良”（dacron）、“迷你”（mim）以及“伊甸园”（Edea＋类名）等。“伊甸”和“乌托邦”的音意兼借十分成功，就意译隐含来说，“伊甸”指“伊人”栖歇之郊野，“乌托邦”则被钱玄同解释为“乌有寄托”之邦，音译之新奇与隐含意译之美丽都富有诗的韵味。陈辉在《献诗——为伊甸园而歌》中这样歌唱晋察冀边区：

啊，你——我们新的伊甸呀，
我为你高亢的歌唱。

在这里，“伊甸”已不只是表达“乐园”的外来音意兼借陪义词，而是有“圣经”文化内涵因而有更丰富的象征意蕴的意象定位词语。这种外来陪义词语随着使用时间的久长可以冲淡“译”味，旧诗中的“骆驼”、“琵琶”、“葡萄”、“石榴”、“狮子”等已使人感觉不到是外来陪义词语，当年闻一多在《女神的地方色彩》中批评郭沫若用“洗礼”、“心弦”等为洋词儿，其实这些属借意转换的“意译词”，今天看来给予我们的洋味儿恐怕已不浓了。总之，比起基义，陪义更带有较强的主体性，特别是感情、态度、评价之类的情态陪义，更是属于主体感受性且具有倾向性的语义特征，像艾青、蔡其矫、昌耀、舒婷等，使用这类陪义词语频率就较高。

在回顾了中国新诗两大词语的存在情况后可以见出：新诗“雅言”式词语是分作四条渠道去求得的。

一、以音译、意译或音译隐含意译的方式吸纳了一批域外诗性词语。音译或音译隐含意译的，如“宙斯”、“阿波罗”、“安琪儿”、“缪斯”、“普罗美修斯”、“亚当”、“夏娃”、“犹大”、“伊甸”、“欧罗巴”、“亚细亚”、“阿非利加”、“法兰西”、“美利坚”、“耶路撒冷”、“麦加”、“庞贝”、“翡冷翠”、“枫丹白露”、“香榭丽舍”、“乌托邦”、“摩托”、“瓦斯”、“咖啡”、“沙发”，等等。有纯粹意译的，如“上帝”、“天国”、“十字架”、“地球”、“世界”、“世纪”、“上议院”、“下议院”、“议会”、“红军”、“白宫”、“火车”、“汽车”、“电话”、“革命”、“民主”、“科学”、“真理”、“自由”，等等。

二、继承旧诗词语。这可分两类：一类是继承具有文化——尤其是诗性文化内涵的词语，包括还有一定生命力的典故词语，如“瑶池”、“天河”、“广寒宫”、“精卫填海”、“夸父逐日”、“杜宇”、“易水”、“阳关”、“烽火”、“斑竹泪”、“庄生梦”、“灞桥柳”、“桃叶渡”、“巴山夜雨”、“南冠楚囚”、“怒发冲冠”，等等；另一类是感觉词语的继承，如“烟水”、“流霞”、“寒砧”、“霜笳”、“冷月”、“飞雨”、“流霜”、“明笛”、“残照”，等等。

三、新创诗性词语。分三类：一类是新创现代文化内涵的词语，如“雨巷”、“死水”、“海韵”、“秋水伊人”、“凤凰涅槃”、“鱼化石”、“神秘果”、“红旗”、“天安门”、

① 《现代汉语词汇的形成——十九世纪汉语外来词研究》，黄河清中译本，第153页。

“雪山草地”、“竹矛”、“梭标”、“窑洞”、“青纱帐”、“黄河”、“扬子江”，也包括一些新典故，如“金陵春梦”、“浙江潮”、“晋阳秋”、“大渡魂”、“卢沟月”、“白山黑水”、“十月的故乡”，等等。另一类是新创的感觉词语，如“流思”、“远夜”、“亮丽”、“透明的声音”、“群星的银声”、“轰响的光彩”、“软白的炊烟”，等等。再一类是自创抽象具象化、具象抽象化的谬理词语，如“冷梦”、“笑焰”、“爱河”、“生命树”、“透明的虔诚”、“蓝色的安息”、“绿色的情愫”、“褴褛的时间”、“浑圆的和平”、“磷光的幻想”、“土色的忧郁”、“心灵的潮汐”、“时间的河流”、“苦难的浪涛”、“孤帆的黄昏”、“斑鸠的黎明”、“袋鼠的澳洲”、“希望的桅杆”、“心海中的情涛”、“在记忆里游泳”、“栖息在年华的沉寂里”，等等。

四、旧词语翻新：这不是旧诗中留有生命力的词语直接进入新诗的白话—口语中去发挥功能作用，而是把旧诗中有传统诗性文化内涵的词语——包括传统典故，把它们逼出传统诗性语境、打碎结构秩序后重新组装在现代诗性语境中，翻新出一个古色古香的现代诗性词语。这是过去新诗在词语建设中很令人注目的一次策略措施，如“晓风残月的伤感”、“霜天晓角路”、“咸阳古道的期待”、“唐韵的剡溪水”、“尺八的楼台”、“霓裳羽衣的沉迷”、“从姜白石的词中有韵地，你走来”，等等。柳永《雨霖铃》中有：“今宵酒醒何处？/杨柳岸晓风残月。”“晓风残月”隐喻着一种伤感意境，现在把它拿来作修饰成分，去修饰伤感。这一场嫁接使“伤感”获得了抽象的具象化。姜白石的词有如张炎在《词源》中所说的“如野云孤飞，去留无迹”。刘熙载在《艺概》中称他的词“幽韵冷香，令人挹之无尽”。故姜白石的词风已化为一个典故。余光中《等你，在雨中》里有句：“从姜白石的词里，有韵地，你走来。”它以“从姜白石的词里有韵地”来修饰“走来”，形成一个短语，把一个冷艳、洒脱的少女在初爱萌动中赴约的行为动状作了意境深远的传神表现。这是利用传统意境、改造构词传统的成功例子。秋荻在《生命的回望》中有：“呵，青春，咸阳古道的期待！”李白《忆秦娥》中有“咸阳古道音尘绝”之句，这里创造了一个生命大虚无的意境，“咸阳古道”也就成了意象定位的典故，现在把它翻新一下，作定语修饰“期待”，构成“咸阳古道的期待”这个翻新的词组，就比李白那句直说的诗更显示深意：回望逝去的青春、生命，对于抒情主人公来说只不过是虚无的期待和期待的虚无而已。

新诗通过以上四条路源源不断供应“雅言”，表明了新诗词语——无论是基义词语或者是陪义词语的库存都还是丰富的。从四条路的供应情况看，陪义词语的供应量远超过基义词语，特别是新创和旧词翻新两条供应线所供应的，基本上都是陪义词语，而这两处的供应可说是源源不断的。但是，从语言诗学角度看，基义词语毕竟是词法活动的主宰。可以说，在一个词法活动的总体结构中存在的基义词语，没有陪义词语的修饰补充，反倒更能发挥它的诗性传达功能。词语的聚合会激活联想，并在联想关系作用下使聚合在一起的词语形成一个语义场，而词语只有作为整体中的一部分，作为语义场的成员，才能获得共性义位，充分发挥自身的义值功能。所以从一个特定的角度看，词语的功能存在于聚合关系中，而不是靠装饰来丰富自身才能充分达到的。古典诗人对此项认识似乎自发地把握到了，他们在旧诗写作中就依靠光秃秃几个基义词语借聚合关系来达到抒情的目的。如杜牧的《江南春》：“千里莺啼绿映红，/水村山郭酒旗风。/南朝四百八十寺，/多少楼台烟雨中。”它是由“莺啼”、“绿映红”、“水村”、“山郭”、“酒旗”、“风”、“寺”、“楼台”、“烟雨”这九个光秃秃的基义词语聚合而成的，它们在春雨江南的联想关系中形成了一个春雨江南风情的语义场。如果离开这个语义场，各自都没有多大意思——因为没有陪义词语补充。这种自发追求在新诗人中并非没有，如亦门在《诗是什么》中引用过一位佚名作者写蒙古草原风情的一首小诗：“我的天，/我的沙，/我的牛羊，/我的家。”他选择了“天”、“沙”、“牛羊”、“家”这么四个同样是光秃秃的基义词，并且选择得十分有代表性，聚合关系也是自然的并置，相互间不显一点分析推论性关联，显出了有关蒙古草原生态的最确切的共性义位，从而在相通的联想关系中各自把展现草原风情义值的抒情功能充分地发挥出来了。我们举这些例子无非是说明，无须陪义补充的基义词语以光秃秃的形态在一个结构中聚合更能显出整体的感发功能，从审美机制上说，是提供给接受者以展开更多联想活动的机会，这就是词法活动中的空白逻辑。如果让每个基义词语都拖上一串陪义词语的补充，意义限定了，联想也被限制在一个范围中而不得充分展开，这样的词法活动是不自由的。旧诗中的五绝，一首诗仅二十个字，基本上是光秃秃的基义词语，容量绝小，联想范围却绝大，给接受者发挥再创造的机会反而绝多，所以它在拥有多种诗体的旧诗中最耐读。不过，实事求是地说，这种独宠基义词语的词法活动在旧诗里行得通，在新诗里是行不通的。旧诗偏执于面对宇宙自然浑莽溟漠的存在，并对之作直觉式的混沌感兴，这决定了它非坚定不移地使用点面感发结构的语言不可，而作为这一类语言最基础的词法活动，也不按分析—演绎展开，而总耽于感兴联想的神话思维，因而总是独宠基义词语作为词法活动的材料与手段，而冷淡了陪义词语。新诗面对的是人类社会井然有序的存在，并对之作分析式的清晰意会，这决定了它总是被线性陈述结构的语言所纠缠，其词法活动总难以顺混沌感兴展开，而偏于分析—演绎的逻辑思维，因而总要借重陪义词语来补充基义词语。陪义对基义的这种补充，带给新诗语言的是强化词法活动中的分析—演绎性，特别是上面提及的新诗的四条词语供应线中第三、四条——新创词语和旧词翻新词语，陪义对基义作补充而成的复合词语，大多是分析—演绎性词法活动的体现，如秋获在《生命的回望》中那行诗：“呵，青春，咸阳古道的期待。”以“咸阳古道”来修饰“期待”，与其说是感发的作用强，还不如说是通过分析—演绎而获得理性联想的意味浓。但我们又不能无视于如下的事实：新诗的“雅言”是由陪义对基义作多方面补充形成的，单靠陪义词语不行——在词法活动中，这一类词语自身独立存在的价值不大，它只能附属在基义上才能发挥大的作用，显示出自身的义值；同样，单靠基义词语也不行，因为新诗所要面对的对象世界实在太复杂、太丰富、太具有井然有序的科学文明规范，要拿这个对象世界作诗歌真实世界来把握，也非得依靠分析推论、理性联想不可，而作为这个真实世界的载体——语言，得采用线性陈述结构的分析语言；词法活动也得依靠大力起用陪义对基义的补充以激活理性联想。有鉴于此，我们还可以预言：新诗词语供应线中第三、四条线的供应量，会是越来越大，甚至会是相对无限的。相反，第一、二条供应线的供应量将是有限的。这也就意味着：新诗的词语拓展工程会使词语义位越来越稳定在分析推论性功能层次上，而词法活动的展开也会使得语义场中的联想越来越显示理性倾向。

要解决新诗词语与其词法活动的困境，还得回到前面已提及的话题上来。我们曾说过："词语的功能存在于聚合关系中，而不是靠装饰和丰富自己所能达到的。"这话是从句法活动的角度讲的。但从词法活动看，对基义词语作装饰与补充以使该词语拥有更丰富的感发内涵也未尝不可，甚至在很多情况下是有必要的。韦勒克、沃伦在《文学理论》一书中曾说："诗歌不是一个以单一的符号系统表述的抽象体系。它的每一个词既是一个符号又表示一种事物。这些词的使用方式在除诗之外的其他体系中是没有过的。"[①] 这段话值得我们思考。它共三句话，第一句中"单一的符号系统"该理解为按语法规范的分析语言，他们对采用这类语言写诗持否定态度，因为表述出来的对象只是个"抽象体系"，而诗的真实世界是与抽象体系无缘的。第二句认为诗歌中的词语既是符号又表示着事物，肯定了词语在诗歌文本构造中是属于内容范畴的材料。如果我们承认抒情诗是意象构成的，那么用来"表示一种事物"的词语其实是意象的物质呈示，因此这句话意味着要把诗歌中的词语提升到意象物化形态的高度来认识。第三句提出诗歌对词语的"使用方式"在其他文本中是没有过的，意味着词语为了意象流动的需要在句法活动中可以有一种特殊的使用方式，在词法活动中为了意象浮现的需要也可以有另一种特殊的使用方式，对前者我们将在下一节中予以考察，这里我们欲考察的是在词法活动中词语以何种特殊方式组合而不是聚合起来而形成一个更具意象浮现价值的词语的问题。具体点说，这是陪义补充基义的词语构筑办法，从过去新诗的实践经验中可以归纳为这么三类：

第一类是以奇特感觉作补充的词语构筑。这是以感觉化的陪义词语对基义词语的补充。由此组合成的新词语又可分为两种：抽象的感觉化补充和具象的感觉化补充。对抽象作感觉补充的词语，指的是基义不具体甚至是抽象成为概念的，而补充它的陪义则凸显着某一种感觉特征，如"燐光的幻想"、"土色的忧郁"、"苔痕的岁月"、"火焰的歌唱"等。"燐光的幻想"，以给人一闪即灭感觉的"燐光"去补充抽象的"幻想"，这个新创词语因此具有相当强的兴发感动功能。艾青的《浮桥》有句曰："城市……/又以金色的梦/和燐光的幻想/吸引了万人/向它呈献了劳动的血汗。"艾青在《北方》中有："村庄呀，山坡呀，河岸呀，/颓垣与荒冢呀，/都披上了土色的忧郁……"这"土色的忧郁"也是个对抽象作感觉补充的词组。"土色"能给人一种辛劳、贫困、苦难的感觉，和"忧郁"组合在一起，这个新词语也就具有很强的兴发感动功能。再说对具象作感觉补充的词语，指基义是具体的，但形象性不够，补充它的陪义词也凸显出某种感觉特征。如"丁香的雨巷"，是拿"能结雨中愁"之感的"丁香"去补充虽具体却形象性不够强的"雨巷"，它们同样以陪义与基义的偏正关系组成新词语，具有更强的兴发感动功能。秋荻在《江南春》中有："千里莺啼出梦恋的征候/丁香的雨巷，油纸伞，烟柳。"

第二类是以定位意象作补充的词语构筑。这是拿已有意象定位的陪义词语对基义词语作补充而成的诗性新词语。所谓意象定位的陪义词语是指陪义词语有特定的诗性

---

① 韦勒克、沃伦：《文学理论》，刘象愚等中译本，三联书店 1984 年版，第 201 页。

文化内涵而言的。一般说基义的所指性能强，诗性文化内涵十分贫乏，意象定位的陪义词语对基义词语作补充也就是提供给它以能指的丰富性能。由这样一些陪义和基义组合而成的词语大多表现为传统的意象定位词语（或典故）充作修饰成分去对基义词语作修饰的形态。上面我们已提及的“晓风残月的伤感”、“咸阳古道的期待”、“霜天晓角路”，或者“风急天高的万里漂”、“烽火明灭的青春”、“绿藤悬窗的幽情”、“月落乌啼着心天”、“霓裳羽衣地沉迷着”、“折杨柳里的望乡夜”、“千里莺啼出伊甸梦”、“巴山夜雨地思念”、“人面桃花辉映出”等，都属于这种追求。它们的组合也许不合语法修辞规范，如“巴山夜雨地思念”，从语法修辞的角度看，用“巴山夜雨”作状语去修饰动词“思念”，完全破坏了规范要求，但“巴山夜雨”因了李商隐的七绝名篇《夜雨寄北》而有了诗性文化的蕴涵，获得意象定位，以这个陪义词语去补充“思念”，就自然而然地在“思念”上脉动着伤感得甜蜜和甜蜜得伤感的韵味。又如“绿藤悬窗的幽情”，按现代汉语的语法要求，应该是“绿藤悬窗般的幽情”，但诚如韦勒克、沃伦所言：在诗中“这些词的使用”虽在“其他体系中是没有过的”，但也允许，只要能使不具体的基义词“幽情”得到陪义词“绿藤悬窗”的充分补足。这目的显然是达到了，因为“绿藤悬窗”出之于何其芳的名篇《花环——放在一个小坟上》中：“你梦见绿藤悬进你的窗里”，所以这个陪义词是有诗性文化内涵的一个意象定位词语，并且，“绿藤悬窗”本身也是很具有对“幽情”作兴发感动功能的陪义词语，和“幽情”一组合，能给人以“绿藤悬窗”即“幽情”，“幽情”即“绿藤悬窗”的感受。这方面，秋荻的诗中多有显示，如《凉州词》中：“我有黄沙白草的美丽/威远楼声声羌笛/折杨柳里的望乡夜/冷月皎如雪。”“折杨柳里的望乡夜”，就是这一类构词取得的成果；《雪茄——呈陆游》中：“可鉴湖只给你柔曼的荇藻/荇藻、柳林/酒旗风飘回的沈园/钗头凤栖老月亭。”“酒旗风飘回的沈园”，同样是如此。

第三类是以逆折张力作补充的词语构筑。这也可简称为张力补充，这样构成的词语不在于陪义词以语义补充基义词，而在于它们以义素两极对立组合而生鲜明比照的张力，来促成基义的强化。旧诗里颇多这类构筑思路作用下形成的新词语，如白居易诗里有这么两行：“风生古木晴天雨，月照平沙夏夜霜。”这是两个结构关系较为复杂的短语，用现代汉语来表达大概可以这样：“此风吹老树飘雨的晴天；此月照沙滩流霜的夏夜。”就义值看，“晴天”和“夏夜”是基义词，“雨”和“霜”则是陪义词，而“风吹古木”和“月照平沙”则是省略介词的介宾结构，作为行为方式状语对“雨”（即“飘雨”）和“霜”（即“流霜”）的修饰。所以说明白点，它们其实不过是“雨的晴天”、“霜的夏夜”的偏正结构词语，但“雨”和“晴天”、“霜”和“夏夜”是对立的两极，它们间的组合，或者说“雨”对“晴天”的补充、“霜”对“夏夜”的补充，都会产生一股对比烘染的张力，强化了基义词“晴天”与“夏夜”。新诗中曾也有诗人对这一类构词思路不自觉地加以接受。如失眠者对于“夜”有无尽之感，一般说法是“长夜难明”，但在新诗中，有人就不爱用“长夜”而爱用“远夜”，并且，出于对词汇的敏感，我们也能感受到“远夜”比“长夜”更有韵味，如绿原在《憎恨》中有：“不问风和野火是怎样向远夜唱起歌……”如果把这行诗中的“远夜”改成“长夜”，会是杀风景的。那么这是什么缘故呢？可以作这样的解释：“夜”是个时间感的词，“长短”

衡量时间的语感较浓，如果是“长夜”，那只是一般的时间维度上的补充关系，联想激活的力度不足，这样的偏正组合词的感发功能也不会很强。如果改“长”为“远”，“远近”是衡量空间的，“远夜”是以空间补足时间。时空系两极，“远”与“夜”的组合会产生一股逆折张力，强化了烘染功能，也就强化了“夜”的感发力。如此组成的新词语“远夜”也就能给人以立体的语感。至于绿原那首诗中，让“风”和“野火”连在一起推出来的“夜”就给人以辽远感，因此用“远夜”更见贴切了。又如“轰响的光彩”这个偏正词组，以属于听觉的“轰响”去补足属于视觉的“光采”，陪义与基义是两种感觉类型，它们组合在一起也会产生逆折张力，不仅强化了基义“光彩”，也使这个新词语立体化，给人以多元的感发。艾青在《吹号者》中就有：“而当太阳以轰响的光采/辉煌了整个天穹的时候，/他以催促的热情/吹出了出发号。”类似这样构成的词语在新诗中还可以见到不少。如徐志摩《沙扬娜拉》中：“道一声珍重，道一声珍重/一声声珍重里有蜜甜的忧愁”——这里的“蜜甜的忧愁”；何其芳《花环——放在一个小坟上》中：“你有美丽得使你忧愁的日子，/你有更美丽的夭亡。”——这里的“美丽的夭亡”，等等。这些陪义与基义对立统一的词语，都存在着张力，使新词语的感发功能更强。

以上三条诗性词语的构筑路子，使新诗产生出一批即使独立存在感发功能也极强的新词语，它们即使只在词法活动中也能具有意象浮现的价值。但这里碰到一个问题：这些新词语之所以能获得意象浮现似乎靠的是分析原则，而不像是遵循对等原则的组合。其实这是个误解。的确，陪义词与基义词相组合以获得新义位的一条构词路子，外在的分析性关系是明显的，确实不需要隐含的关联，但实质上在更深层处它们还是隐含着对等的关联的；作为一场词语组合，这条构词路子所遵循的仍是对等原则。为什么这样说呢？有三点理由：

一、这类新词语的陪义功能来自于或现实感觉或传统意象或逆折张力，这三大来源有一个共同特征：使这类新词语的陪义对基义作补充。从更显内在的功能看，是一种兴发感动的烘染关系，如林庚在《五月》中有：“苇叶的笛声吹动了满山满村。”这“苇叶的笛声”中的“笛声”是能给人以清亮感的；五月的芦苇在风中会发出碎脆声，也能引起人的清亮感，所以这个新词语以陪义词“苇叶”给予人细碎清脆的感觉来补充基义词“笛声”，它们能感发出相似的声音韵味。由于生活给人的感觉经验就是如此，因此，“苇叶的笛声”在接受者心目中偏正关系虽属分析推论，但“苇叶”自身的兴发感动功能却能促成它与基义“笛声”建立感觉互通的关系。

二、陪义词与基义词既然存在着兴发感动功能作用下的感觉互通，那就会在它们的结构形态上系绕一层借感性联想而得的情绪氛围，确立起一个共同的语义场。语义场是以共性义位为核心形成、相互制约且具有相对封闭域的词的集合。[①] 索绪尔的学生巴利曾把它称为“联想场”。这表明语义场与联想存在着必然关系。新词语中的陪义与基义虽是补足与被补足的关系，但它们存在于同一语义场——同一的兴发感动氛围圈中，这个场或者这个圈又是个具有相对封闭性的词的集合，于是感觉互通也进一步成

---

① 参阅张志毅、张庆云著《词汇语义学》，商务印书馆2001年版，第77页。

为感觉互补，而陪义词与基义词虽在形式上只有偏正关系，实质上因感觉真实的互通、互补、相互制约而使它们之间已是一种平等关系。如沙泉在《给……》中："你纵是翅剪春愁的飞燕/可我已月落乌啼着心天。"这里的"月落乌啼着心天"这个动宾短语来自于张继《枫桥夜泊》中的"月落乌啼霜满天"，基义"心天"即"心灵的霜天"的缩微，"月落乌啼"因张继的名诗提供给我们一个情绪化的感兴：这是霜飞时分的境界，所以陪义词"月落乌啼"和由"霜天"化来的基义词"心天"并不存在谁制约谁的问题，而是感觉互通、互补、相互制约也因而平等的关系。

三、这类新词语陪义与基义的关系既然实质上是平等而非从属的，那也就意味着这条构词路子已使词法超越了分析推论性。而"月落乌啼着心天"这个动宾短语具有一个相对封闭的语义场，它作为一个新创词语在共具的兴发感动氛围圈——语义场中，陪义与基义表面上虽是从属的组合，却也显示出反语法修饰的谬理关系，因而在外在层面上进一步摆脱了分析推论性，所以新诗如能坚持走这一条构词路子，也就会使词法活动首先显示为对线性陈述结构的分析语言的反叛。而在相对封闭的语义场中，陪义与基义由于借感发关系组合起来，结果会出现二者难分彼此的情况，以致在表层关联之下还获得一种隐含的关联，这是由兴发感动的氛围圈——具有激活情性而非理性联想促成的，这样的关联所生出的隐喻功能，其实就是兴发感动功能。由此说来，这一类新词语构成的词法活动，是让陪义与基义词在平等的关系上作感觉互通、互补的感发性组合，因此可以说这就是按对等原则展开的词法活动。秋荻在《浪淘沙》中有："风急天高的万里漂/雁唳到天涯。"这"风急天高的万里漂"，在表层上是"风急天高"对"万里漂"的补足，它们是偏正关系，表达"万里漂"的艰险；但由于这个陪义词来自于杜甫的名句："风急天高猿啸哀"，故"风急天高"具有生之莫测苍凉的兴发感动功能，"万里漂"同样内蕴着命运莫测的苍凉意味。二者共寓于这一感兴氛围圈中而显示为实质上的对等原则的体现，还会在深层处隐含地关联成一个隐喻，隐喻着莫测人生的感受。至于以逆折张力作补充的那类词语构筑，陪义与基义虽是两极的存在，但同样可以共寓于同一个兴发感动氛围圈而进入同一个语义场，因为对立词的聚合，同样能体现对等原则。

总之，新诗语言建设中词语的拓展是一件大事，虽然它们在新诗词语库中存量已不少，但从诗性语言质的规定性要求看，必须走一条能体现对等原则的新词语构筑路子，为此而展开的词法活动，必须坚持陪义与基义的感发性组合关系才是。而我们也必须看到：只有使新词语的构筑建基于兴发感动的功能，才能反映出新诗语言的隐喻特性。

第二节　句法与对等原则

在上面，我们把新诗语言中新词语的构成与对等原则挂起钩来，并强调：对等原则对新词语充分发挥文本构造功能具有决定性意义。基于这样的认识，我们还可以进一步获得这样的认识：对等原则实是诗歌语言文本局部组织的基础，它把词语与词语连接起来所形成的句法活动，外在显示为语链形态，内在则转变为抒情肌质。但必须看到：如何选择最合适的词语以与主题词语形成对等关系，并借此展开句法活动以连接成一个语链，使内在的抒情肌质更具有隐喻性能，是十分重要的。

对一首成功的诗的真正接受实际上就是发掘出语言文本中字面以外的意义，这种意义是不可能从诗的语序中把握到的，只有在我们对词语——作为意象的物化形态所感发起来的记忆联想序列中才能找到。与这相应的是：在文本构造中抒情主体欲寻找最合适的对等词语，也必须从一批对等词语中找出字面意义之外存在的、相互间记忆联想更贴近因而在意义上有更多共同点的词语。所以，由意象化词语所感发的特定的记忆联想是对等词语能进入语链的基本条件。在这方面，旧诗中是做得相当好的。温庭筠的《商山早行》中有“鸡声茅店月，/人迹板桥霜”，它们之所以能成为千古名句，就在于每一句三个名词作为对等词语选择得非常好，作为意象化词语它们都能使接受者激活一串栈石星板、骤山骤水、深秋早行的记忆联想。可不是吗？“鸡声”、“茅店”与“月”在一个语链中连接起来，确能于字面意义之外把记忆联想激活，使我们获得旧时的远行人客店早起、仓促起程的感兴情境；“人迹”、“板桥”和“霜”激活记忆联想的功能也很强，使我们获得旧时的远行人披星戴月、踏霜苦旅的感兴情境。显然，这些正反映着创作主体对纳入语链的这些对等词语的选择十分到位。杜甫的名句“月涌大江流”，两个对等的主谓短语“月涌”、“大江流”的选择也很恰当；由于处在特定自然景色烘染的情境中，“涌”和“流”在肌质互感中确立起这两个主谓短语间极一致的记忆联想关系，以致使这两个对等短语在记忆联想作用下感兴出一个共同的深层意义：在月与大江并存的生态环境中搏动着无比雄强的宇宙之力。再如下面两个诗句：

云笼远岫愁千片
雨打归舟泪万行

在这里，第一句中的短语“云笼远岫”通过特具的兴发感动功能所激活的记忆联想，使我们能从字面意义之外感应到有关阴郁怅惘的新一层意义，且和“愁千片”的“愁”对等得十分贴切，一同进入了语链；第二句中的短语“雨打归舟”通过特具的兴发感动功能所激活的记忆联想，使我们从字面意义之外感应到有关凄凉哀伤的新一层意义，且和“泪万行”的“泪”也对等得十分贴切，一同进入了语链。我们还可以来议一议王安石在《泊船瓜洲》中的一个名句：“春风又绿江南岸。”洪迈在《容斋诗话》中说：“王荆公绝句诗云：‘京口瓜洲一水间，钟山只隔数重山。春风又绿江南岸，明月几时照我还。’吴中士人藏其草，初云‘又到江南岸’，圈去‘到’字，注曰‘不好’，改为‘过’，复圈去而改为‘入’，旋改为‘满’，凡如是十许字，始定为‘绿’。”这一改的确好，使谓宾短语“又绿江南岸”更鲜明更有实体感。这一则诗话也成了寻求最能和“春风”对等的实体词语进入语链的生动例证。这条语链中，“春风”、“绿”、“江南岸”三个词不仅在美丽的江南这个字面意义上可以对等，它们还能激活我们的记忆联想：“春风”吹到之处会出现一片标志生命成长、生机无限的“绿色”，而“江南岸”是个已有特定文化内涵的定位意象词，具有与江南春天相连的原型意味，白居易在一首绝句中这样写：“曾栽杨柳江南岸，一别江南两度春。遥忆青青江岸上，不知攀折是何人？”这就是说，“江南岸”能激活我们一个有关春天的记忆联想。如此说来，这三个对等词除了字面上的对等意义外，还有字面意义之外十分一致的新一层感兴隐意：生机无限的青春光景已经来到。如果把“绿”写成“到”、“过”、“满”等，它们由于抽象化的或过程性的语义特征而决定自身激活接受者记忆联想的功能不仅十分薄弱，也难以引起青春生机的定向感发。

从以上这些旧诗对等词语最佳选择的例证中，我们可以得到两点深刻印象：一、这些对等词语基本上是实词而非虚词，可以说以对等原则导引着进入语链的词语，是结结实实的、沉甸甸有质感的实体的物化形态，抽象化的、概念性的那些词语是尽可能被排除了的。二、这些在对等原则下定位于语链中的词语，其字面意义也许难显对等甚至绝不对等，然一旦在语链中并置则能显示出新一层意义上的对等关系，而这新一层意义之获得，不是靠分析—演绎，不是凭外在的语法强制作用，靠的是这些词语共具的定向记忆联想功能。

无可否认，传统诗人并不懂得对等原则，更不可能有意识地把具有隐含联系功能的词语作最佳选择后纳入语链，这完全是凭他们神话思维的观物态度和直觉本能的感物方式所决定的点面感发类语言行为。那么新诗人呢？由于新诗是接受了西方诗学的影响才破土而出的，也就决定了新诗人总体上说是凭逻辑思维的观物态度和分析演绎的感物方式所决定的一种线性陈述类语言行为，因此，他们更不可能有意识地引入对等原则，把具有隐含联系功能的词语作最佳选择后纳入语链。

不过新诗人中毕竟也还有人不自觉地让对等原则进入语链，选择能确立隐含关系的最佳词语。这方面闻一多的探求值得注意。如《口供》中：“我不骗你，我不是什么诗人，/纵然我爱的是白石的坚贞，/青松和大海，鸦背驮着夕阳，/黄昏里织满了蝙蝠的翅膀。”这里隐示诗人所爱的是三个对象：坚贞的操守、肃穆的心性、安宁的情趣。第二行用“白石的坚贞”点明了操守，可以不论；至于第三行，以“青松”、“大海”、“鸦背驮着夕阳”三个在外象上难建立对等关系的词语纳入语链，却以各自的感发功能给予我们这样的记忆联想：“青松”的苍劲，“大海”的空间开阔，“鸦背驮着夕阳”的时间悠远，它们之间又以共同隐含着的肃穆心性相互联系了起来，在语链中取得了对等词语最佳的选择。第四行以“黄昏里”、“织满了蝙蝠的翅膀”两个在外象上也可以建立对等关系的短语纳入语链，又以各自的感发功能给予我们这样的记忆联想：“黄昏里”的朦胧，“织满了蝙蝠的翅膀”的古旧的宁静，它们之间又以共同隐含着的安谧的情趣，在深层处联系了起来，从而在语链中也取得对等词语最佳的选择。在闻一多其他一些诗歌文本里还可以发现不少类似的追求，但并不出于自觉。可以看出这是他熟读传统诗歌后拿旧诗语言行为本能地在新诗中运用的体现。殷夫也有在语链中作最佳词语选择的追求，不过他比闻一多做得单纯。在《夜的静默》中有这样的句子：“我想起我幼小情景，——/鹤群与鸽队翱翔的乡村，/梦的田野，绿的波，送饭女人……”这第三行三个对等词语选择得极佳，它们在外象上也可以在田园风光上对等起来，但由于都具有很强的兴发感动功能，都能激活对暮春江南农村梦幻情调的记忆联想，从而在更深层次处取得了隐含的联系。这种追求由于纯粹是自发的，所以新诗人都只是偶一为之。直到1950年代中后期，在大力提倡向民歌、旧诗学习以发展新诗的潮流中，学习旧诗语链中最佳对等词语选择的积极性才大为提高，严阵是突出的一个。他在《杨柳渡夜歌》中有这样的语链：“月三竿，江水似流烟，/杨柳渡头杨柳暗。”这里三个词语都具有宁静、透明、美的如幻似真的感性功能。在语链中也就有了隐含的对等联系。但严阵也没有在这条路上探索下去，那毕竟也还是一种自发的语言行为。到20世纪末期，诗坛受了结构主义原理和雅可布森对等原则的影响，才有人比较自觉地从隐含联系的角度去选择最佳的对等词语。如秋获在《楼兰梦》中有这样的诗行：

> 一页绿色的世界史哪去了
> 我的天，我的沙，我的楼兰。

这第二行中，“天”、“沙”和“楼兰”在外象上可以有联系，而“天”和“沙”虽是光秃秃的名词，但连在一起具有“天地”的原型象征意味，给人以空间无边辽阔的记忆联想，于是“楼兰”是座古城的特殊意义就凸显了出来，它们之间隐含的联系也就使这三个对等词语形成的内在肌质飘忽起来，显示了生命独特的生态隐示意味。这样的对等词语在语链中的综合，也就因为更其旷远的宇宙时空感应而获得了非常态的选择。这些例证预示着：在未来新诗句法活动中，选择词语而在对等原则下结合起来，构成具有隐喻意味的肌质，那是完全有可能的；并且作为一种语言行为，在白话—口语中这样操作也完全行得通。

当然，按对等原则选择词语，要求的是具有直观反映的、兴发感动功能强的意象化实体词语，而不是分析性的、逻辑推论功能强的概念词语。不过这也不能绝对化，因为即便在旧诗最典范的文本中，上述要求也不可能完全做到。新诗从破土而出起就是采用了线性陈述结构的逻辑语言，理性分析早已渗透到了它的骨子里，亦即诗性词语的构成里。就说对等词语系统中的拟态类词语，如“时间的河流”、“灵魂的坟墓”、“正义的回音壁”、“真理的十字架”、“浑圆的和平”、“生命树”、“欲望潮”、“爱海”等，它们有着扩大新诗词语库存的最大潜能，也可以将之归入未来新诗对等词语系统中。实践也证实：过去几十年新诗史中，这类联想拟态词语已作为对等词语大量进入新诗文本。譬如闻一多《静夜》里的句子：

> 这神秘的静夜，这浑圆的和平。

在这个语链中，“静夜”与“和平”是可以对等的，因为“静夜”时分人众安眠，万物也就趋向于和平状态了。但“和平”这个词汇抽象了一点，如果这个语链削减成“这神秘的静夜，这和平”，那意义只到外象上的对等为止，没有特别新意。现在以“浑圆的”去修饰“和平”，“和平”也就具体了，而“浑圆”给人以丰盈美满的情味，“浑圆的和平”和“神秘的静夜”通过记忆联想，也就超越一般情况下人们安息平和的语意而有了安逸舒适、美满幸福的情境浮现，于是这两个词语也就有了隐含的联系。但这里也产生了一个问题：以“浑圆的”去修饰“和平”，“和平”获得的具体性并不来自直观感应，而是出之于经验联想。就是说：“浑圆的和平”这个拟态词汇是靠分析性构成的。那么，当我们肯定闻一多这个诗句是对等原则的产物时，是否意味着逻辑分析词语也可进入遵循对等原则的语链中呢？回答是肯定的。对等原则并非只在纯粹的隐喻性语言中才能得到体现，分析性语言的某些因素也可以渗透进去。如此看来，我们还可以进一步推论：以线性陈述为标志的分析性语言，在某些方面是可以和以点面感发为标志的隐喻性语言互相渗透融合的。这个结论暂时还不必急于下，但分析性词语可以进入对等原则作用下能显示隐含关系的句法活动中，是可以肯定下来的。我们不妨再引时湛在《别情》中的两个诗行来作进一步的考察：

呵，莫问我此刻拥有的精神财产
渺远的心波，晓风残月的杨柳岸

这里的第二行，对等原则体现得十分成功："渺远的心波"也好，"晓风残月的杨柳岸"也好，它们都是凭分析构成的词语。后一个词语原是"杨柳岸晓风残月"这句柳永词的翻新，柳句原是三个词语建立起对等关系而来的，但到这里成了一个词语："晓风残月"成为修饰"杨柳岸"的定语，这一来，"晓风残月的杨柳岸"成了以柳永那个名句的诗性文化为依据构成的分析性词语，但由于"晓风残月"这个修饰成分本身也是具体的，且特具兴发感动功能，使"晓风"与"残月"因此能构建成具有隐含联系的对等词语，所以"晓风残月的杨柳岸"既有经验联想性功能，也有兴发感动性功能，作为意象的物质形态，这两个在语链中并列结合的对等词语所构成的肌质，也就特别富于审美感受功能。

而这对新诗来说也就显示为也可以遵循对等原则作对等词语的现代选择，且让我们发现：未来新诗两大语言体系融合的探索此路可通。

但我们必须明确下面这一点：按对等原则选择恰如其分的词语以建立隐喻关系，毕竟要有词语在语链中结合的独特方式来作保证才是，因此也就有必要来进一步考察通过词语在肌质中的互感作用如何得以最大限度地实现的问题。

这可以从如下几个方面来展开：

首先，要分清语链和语序的关系。作为诗性语言，其质的规定性要求是：句式上要求聚词成链而不是组词成序，即要语链形态而不是句式规范。具体点说，诗性化句式要求纳入其中的词语不是邻接（相邻关系）性组合，而应该坚持对等（类似关系）性组合。所谓邻接性组合，指的是句式在一条语法序列线上把各个相邻的成分按部就班地组合。所谓语法序列是服从于分析演绎要求的，因此，这样的句式对于以点面感发为标志的隐喻语言，当然不需要，而以线性陈述为标志的分析语言也不应该要。所谓对等性的结合，指的是句式在一条无序列规范可言的语链线上，把各个有记忆联想共同点隐含的词语的结合。显然，这样的语链形态是服从感兴联想要求的，因此其句式对于以点面感发为标志的隐喻语言，当然会采纳，而以线性陈述为标志的逻辑语言也应该采纳。唯其如此，才使旧诗的句式出现了一连串违反语法规范的现象，诸如词序颠倒、成分残缺、修饰淡化、词性变异、人称不明、关联模糊等；而新诗的句式，除了词性也间或保持着可以变异的传统，其他方面总体上说均严格按语法规范操作，和旧诗的句式特征刚好相反，诸如词序规范、成分完全、修饰强化、人称明确、关联讲究。凡此种种，我们在前几章中已详细论析过，此处不赘言。需要指出的是，新诗按语法序列把邻接词语组合成句的这种句式追求，成了新诗采用线性陈述语言体系的基础，以致畸形地发展了逻辑语言，为新诗的散文化、理性化大开方便之门，也为新诗无法蕴藉含蓄、难以进入情境世界提供了条件。所以新诗近一个世纪的历程中，像如下这些概念分析性的、横向叙说性的散文化句子，实在太多了：

他也许爱我，
也许还爱我
但他总劝我
莫再爱他。

——胡适《一念》

这段时间中他通身的知觉都已死去

——闻一多《李白之死》

关于他的“可怜又可笑的爱情”我是一些也不知道。

——戴望舒《断指》

她含着笑，提着菜篮到林边的结冰的池塘去。

——艾青《大堰河——我的保姆》

我曾经和我最早的朋友在一起，坐在草地上读着书籍。

——何其芳《我想谈说种种纯洁的事情》

她是在恋恋不舍地望着她那么挚爱的儿女和对她都那么好的穷苦的亲戚和邻居。

——胡风《光荣赞》

保甲长照样用左脚跪在县长面前，用右脚踢打老百姓，如此类推，而成衙门。

——绿原《给天真的乐观主义者们》

随着少年时期的远去，我即已扬弃了批判的心念

——曾淑美《催眠曲 VI》

他为他的错觉懊恼，立即去注意一把牙签了。

——于坚《啤酒瓶盖》

人类充满了可以相互亲近和与所有物体亲近的尊严。

——张小波《城市人》

酒罢之后，他用热汤洗面，敷脚，底气贯通。

——宋渠、宋炜《一个故事》

这些新诗的句式，完全是分析的、叙述的，它们是一种很合于语法序列的散文句式，从诗歌审美的角度说，它们实在“散文美”不起来，只给人以拖沓、冗长、啰嗦的感觉，一览无遗，没有韵味，只有理性推演。胡适还对他自己这种句式得意地说：这些“意思神情都是旧诗所达不到的”，而“‘他也许爱我——也许还爱我’这十个字的几层

意思，可是旧体诗能表达得出的吗？”[①] 新诗如果再坚持这样的句式来作为审美追求的目标，等候它的只能是在散文的泥淖中愈陷愈深的命运！令人不无遗憾的是：我们的诗坛“语境”至今还依然把这种按语法序列去组词成句的句式形态作为诗歌语言建设的方向。

不过，在过去新诗的语言探求中，半自觉地以对等原则为依据聚词成链，追求隐含对等的句法结构，也还是不乏其人的。我们最早见到的是郭沫若在《笔立山头展望》中，在抒唱“大都会的脉搏呀！/生的鼓动呀”之后他这样写：

打着在，吹着在，叫着在，……
喷着在，飞着在，跳着在，……

这是两个非常奇特的诗行，全是光秃秃的动词，每一行三个，并置地聚成两个语链。虽然每一链的三个动词在外象上并不存在相互间的关系，但“打着”、“吹着”、“叫着”也好，“喷着”、“飞着”、“跳着”也好，都会引起我们对动与力的联想。也就在这个共同的联想点上，每个语链中的三个动词确立起了隐含的对等关系，构成了对日本门司这座跃动、喧嚣的现代都会动与力的精神气质动人的隐喻。我们还可以提出徐志摩来谈一谈。他对这类遵循对等原则的句法活动似乎更感兴趣。《沪杭车中》一诗写主体坐在奔驶着的火车窗口，观赏车窗外飞掠而过的自然风光，用这样一些诗行：“匆匆匆！催催催！/一卷烟，一片山，几点云影，/一道水，一条桥，一支橹声，/一林松，一丛竹，红叶纷纷。”这个诗节很值得注意：是四个词语对等的语链构成的。第一个语链“匆匆匆，催催催”，由两个拟声词建立的对等关系，这是一种如沃尔夫冈·凯塞尔所说的“发音的象征”在起作用。凯塞尔说：“发音本身以决定的方式呼唤出每一个客观的东西并且创造出客观东西的灵魂的情调。客观的东西对于这种情调的关系比对于明显的存在和现实的关系要密切得多。”[②] 这就是说：“匆匆匆，催催催”作为火车奔驶的拟声词更易激活接受者的记忆联想，以一种匆忙催促的感兴情调使这两个词建立起隐含的关联。后面三行，各行都以三个名词聚合成语链，当中没有关联词语，在外象上也能各以三个物象（“烟”、“山”、“云影”……）的横向并置而给人以物象飞速掠过迅捷变换之感，这又能激活记忆联想，以飞掠而过的快速运行感发情调，进一步隐含地关联起来。这种词语以对等原则聚合而成的语链形态也就隐喻出了现代科学文明世界具有力的矫健的动人姿影。徐志摩在这首诗中还有这样的诗行：

深深的黑夜，依依的塔影；
　团团的月彩，纤纤的波鳞。

每一行两个对等词组聚成语链，因此形成的肌质由于是月夜西湖之抒情构架的一部分，

① 《中国新文学大系·建设理论集》，第296页。
② 《语言的艺术作品》，陈铨中译本，第127页。

因此它们既有外象上的对等关系，也有联想中的共同点：如梦似幻、宁静悠远中自然和谐、人生飘逸的美感使它们有了隐含关联。这种美感也就因这种句法活动而有了隐喻的体现，而无须用语法序列邻接词语以成的分析性句式形态来明显地说明，于是也就有这两个诗行后面另两个诗行："假如你我荡一支无遮的小艇，/假如你我创一个空幻的梦境！"这场"假如"后面怎么样呢？"欲醉已忘言"了。类似这样在对等原则指引下聚词成链的句法活动，过去新诗中还可以找到不少例证。林庚作品中就不少，如他的《秋深》中有句曰："北平的秋天故园的梦寐轻轻像帐纱/边城的寂寞渐少了朋友远留下风沙。"近年来秋荻也对此在默默地作探求，如在《江南春》里有："千里莺啼出梦恋的征候/丁香的雨巷，油纸伞，烟柳。"这第二行就是遵循对等原则的一场句法活动典型的体现；吴汶的《菱塘》中："秋风，倾斜的塘岸/竹棚上的扁豆结了花球。"这第一行也显示着这类句法活动。

高友工和梅祖麟在《唐诗的魅力》中曾说："隐喻关系不仅表现在互相关联的并列名词之间，如前例（指杜甫的诗句：'浮云游子意，落日故人情。'——引者按）所示，而且也表现在那些处于较大语法结构中的成分之间。"① 这很值得注意。旧诗里很多词语对等聚合的句法，实际上除了像温庭筠《送僧东游》中"灯影秋江树，篷声夜雨船"、马载《灞上秋居》中"落叶他乡树，/寒灯秋夜人"、苏轼《鹧鸪天》中"乱蝉衰草小池塘"等那样才是绝对排除语法序列以外，大多都还是若隐若现地存在着语法序列的，譬如赵嘏的《长安秋望》中"残星几点雁横塞，长笛一声人倚楼"，"残星几点"与"雁横塞"是对等词语，"长笛一声"与"人倚楼"也是对等词语，但每个语链中的一组对等词语又都合于语法序列："雁横塞"与"人倚楼"都是主谓宾结构的叙述句子；"残星几点"与"长笛一声"省却了"在……时"、与"在……中"，这两个介词短语是作状语去修饰谓语"横"与"倚"的。温庭筠的《苏武庙》中有："云边雁断胡天月/陇上羊归塞草烟。"它们由"云边雁断"与"胡天"、"月"聚成第一个语链，由"陇上羊归"与"塞草"、"烟"聚成第二个语链。在第一个语链中，"云边雁断"是合于语法序列的一个主谓句，"云边"前面省略介词"在"，实系"在云边"作处所状语修饰"断"，而"胡天"和"月"是两个名词，不仅外象上可对等，通过记忆联想共同的一点——苍凉的情境，还使它们进一步有了隐含的关联，于是一个合于语法序列的短语与两个光秃秃对等的名词在这个诗行中聚合了，体现出对等原则受语法序列的渗透，或者说是二者的统一。"陇上羊归塞草烟"情况也如此。总之，旧诗句法活动中，已显示出对等关系和邻接关系相交融的和平共处现象。至于新诗中，我们前面再三强调句法要建立在聚词成链的对等原则的基础上，这多少使人感到有点极端化。其实这是策略性的提法，是为了打破组词有序的语法规范一统句法天下的格局而有意矫枉过正的做法。新诗在接受了西方影响，让逻辑性语言流行诗坛近一个世纪、造成了一股习惯势力的作用下，要想彻底丢掉线性陈述的语言体系是不可能的，完全回到旧诗的点面感发的语言体系，也是办不到的，最好的办法是二者在双向交流中融会成一体。而这种意图要想充分实现，关键是句法，也就是说，让对等原则与语法序列在句子中

① 《唐诗的魅力》，李世耀中译本，第127页。

共融是最要紧的。如果说在句法上旧诗是语法序列向对等原则渗透以达到两大语言体系在句法上的共融，那么新诗则须对等原则向语法序列渗透以达到两大语言体系在句法上的共融。新诗中这种共融可以有判断句形态和叙述句形态两类。在正常的语法修辞关系中，判断句中引入对等原则的语链，如时湛的《马其顿之恋》中：

肃穆的大厅因谁的流盼
从此有青春梦，杨柳依依

“从此有青春梦”是个合于语法序列的判断句，只不过省略了人称主语，而“杨柳依依”则又和“青春梦”对等成一个语链，这两个词语有个记忆联想的共同点：都能给人一片春天的感兴情境——《诗经》中“昔我往矣，杨柳依依”，就作为诗性文化，隐示着春天的勃勃生气。因此它们还在深层次上有隐含的联系。因此，这第二行是个较正常地嫁接成的判断句。陈述句引入对等语链的，如秋荻《天姥山》中：

峡谷，暮岚，山亭微茫了——
这不是绿岛，是一颗凄凉

“山亭微茫了”是个合于语法序列的陈述句，只不过谓语“微茫”是形容词作动词用的词性改变而成的。“峡谷”、“暮岚”则和“山亭”聚成了一个对等语链，并因这场聚合而能激活接受者对天姥山的记忆联想，使它们之间有了隐含的关联，隐喻着一种李白在《梦游天姥吟留别》中已经定位了的越地山水文化的神秘、悠远而苍凉的情味。因此这第一行也就成了较正常地嫁接成的陈述句。新诗中这种让对等原则语链嫁接到语法序列句式中去的新颖句法，还在新诗句法探求中显出新的变异迹象，那就是嫁接要反语法修辞逻辑化，形成既不像语法序列组词成句、也不像对等原则聚词成链的怪胎句式，这恰恰大大强化了逻辑陈述意味和感兴隐喻意味的融合。反语法修辞逻辑的判断句嫁接了对等原则语链的，如易华在《少女素描》中：

睫毛下凝眸是一脉逝水，数声鸠鸣

说“凝眸”是“逝水”、“鸠鸣”，这样的判断是违反修辞常理的。被判断出来的并不是抽象的性质特征，而是两个意象化的具体词语，它们都具有兴发感动的特异功能：似水年华迢遥流逝，能无留恋光阴惜朱颜的伤感？而伤感之际，斑鸠一声声渴求的呼唤更令人产生季节的惆怅，所以这两个词语有着记忆联想的共同点，因而凭借以隐含的关联而确立起一个对等原则的语链，却又作为“凝眸”神态所隐含的少女内心情思的隐喻性传达。唯其如此，才使不可能是“一脉逝水”和“数声鸠鸣”的“凝眸”更其真切地成了“一脉逝水”和“数声鸠鸣”了。白苹的《漠原情思》中：

八月的相思凄艳了水风沙

说“相思”能有“凄艳”这样的动作发出来，是反常理的，又说戈壁滩上的一片“水、风、沙”能被“凄艳”也是讲不通的。总之，这个句子按语法修辞规范去看，是经不起事理分析与演绎的。但“水”、“风”、“沙”是漠原形成的大特征，在环境荒凉的意义上，它们有外显的对等，在记忆联想所及的生命荒芜的意义上，它们又隐含地关联着，从而构成一个按对等原则形成的语链，并成了“凄艳”的宾语。从形容词词性变换成动词的“凄艳”作为谓语，作用于这个语链而达到的是一场反常合道的、由分析性与隐喻性融合而成的奇特情思——美丽的忧伤。

由此看来，把以对等原则聚词而成的语链嫁接在以语法序列邻接词语的新诗句式中，形成一种具有综合意义的全新句式，恰会是未来新诗把两大语言体系予以汇通的基础，也会是新诗从散文语言转为诗性语言的方向，因为只有采用这种嫁接措施才有可能保证新诗首先在肌质中充分发挥隐喻功能。当然，要让隐喻得以超越句子而在整个诗歌文本中发挥功能，还得从句法活动转为章法活动、从肌质推向构架，从中扩大嫁接范围，为隐喻创造引申的条件才是。

第三节　连续性句法与对等原则

这就需要进一步来研究嫁接与隐喻引申的关系了。

新诗审美传达的最高位价值如同诗本体一样，是隐喻，因此，也如同诗本体一样，新诗的所有艺术手段都要服从于隐喻的需要，我们探索未来新诗的语言建设，其终极目标也是促使文本最大限度地发挥隐喻功能。因此在深入探索、扩大思考未来新诗语言的问题时，得把前面多次提及的“隐喻”究竟包括哪几方面含义先来作个较确切的说明。

什么叫隐喻——或者暗喻？对此燕卜荪曾说，这“是对一种引人注意的形象进行观察，观察中包含的若干要素的综合也就是暗喻”。他还进一步指出：“它是一种复杂的思想表达，它借助的不是分析，也不是直接的陈述，而是对一种客观关系的突然的领悟。”[①] 这段话表明：隐喻是对事物之间那种客观关系的突然领悟。这个概括是可以派生出三个具有关键意义的问题的。第一个是客观关系指什么？我们这样理解：这“关系”具现为：诗人对事物在作多方面观察中引起了记忆联想，并凭这些记忆联想将这些方面综合成一个类似的因而可以统一在一起的关系；另一个是：突然的领悟是怎么回事？可以认为这是对通过记忆联想而统一在一起的关系突然有了超越庸常意义、发现更悠远的生态关系、从而产生“此中有真意”的一种把握；再一个是对客观事物的突然的领悟，凭依的是什么？对此，燕卜荪只是说这领悟并非分析而得，也难以直接陈述出来，却没有深入一层来阐明。就我们的理解，指的是对引人注意的对象进行观察中的兴发感动或者说一种直觉感应。可以这样说：对对象的领悟所凭依的是凭直觉而得的兴发感动，而当对象进入诗歌文本，成为意象化的语言时，接受者的领悟所凭依的是兴发感动而成的直觉感应，二者都通向一个功能：激活记忆联想。所以说到

① 燕卜荪：《朦胧的七种类型》，中国美术学院出版社1996年版，第2—3页。

底，隐喻和记忆联想脱不了干系，记忆联想则和兴发感动脱不了干系。因此，诗歌文本作为诗性语言的形态结构，其特点如同前面论及遵循对等原则的语链发挥隐喻功能时已一再提及的那样，字面的词语排列是一种意思，而在这个词语排列下还存在着一个平行、并列的意义结构，我们不妨把它称作“垂直”的结构，而对于这个结构的解析也如同前面一再提及的，要靠接受者的记忆联想来完成。索绪尔在《普通语言学教程》中就对这种垂直的结构指出：“在话语之外，各个有某种共同点的词会在人们的记忆里联系起来，构成具有各种关系的集合……它们在某一方面都有一些共同点。”[①] 所以这个垂直的结构其实存在于人们的脑子里，是属于个人的语言内部宝藏的一部分，管它叫联想关系，这样的垂直结构也可称垂直的联想结构。[②] 因此，存在于这个结构中的词语也就成了意象的物化形态，它们能把潜藏着的人的记忆对象提示出来，以类似或者类比作为前提而集合成一个完整的印象。这个存在于垂直的联想结构中的印象，对接受者来说是含混朦胧的，“或多或少是牵强的”[③]，对不同的接受者来说甚至会是歧义的，却也因此而具有一诗多义的价值。我们因此称这个印象为隐喻，而能充分体现出这种隐喻功能的语言，也就与以自然语言构成的日常话语有了质的区别，即作为概念思维与诗性思维的物化形态的区别，而称之为隐喻的语言。

隐喻及其在诗歌文本中的物化形态，也就是这些内容。

一般而言，诗歌文本中隐喻就是意象，隐喻的语言就是意象的语言。[④] 因此，在句法活动中，实体词语就是物化形态的意象，作为句子构成的基础的词语通过对等原则聚合成的语链，我们一再肯定它具有特异的隐喻功能，其实也就是意象浮现的功能。因此，当句法活动扩大范围进入章法活动后，存在于语链中的肌质性隐喻也会推进到存在于句链中的构架性隐喻，而标志则是意象的流动了。不过，不论语言活动的扩大，或者隐喻功能的推进，万变不离其宗：必须坚守对等原则。旧诗从句法扩大到章法的活动过程中，通过从语链转向句链来体现对对等原则的坚守，这一点语言策略传统是新诗更值得继承的。

旧诗在句法活动中对语链的隐喻形态的确立，是对等原则生动的体现，这一形态有不少特征，已如前所述的。不过，其中有两个特征还值得提出来并追求其何以如此的原因。一个是词语在语链中关联词完全省略，只有几个孤零零的词并无语言联系的聚合；另一个是修饰成分尽可能被省略，只有几个光秃秃的词语隐含地关联着。为什么这样做呢？这是因为：关联词的存在是词语间存在语法序列的一种反映，会破坏对等原则而使语链建立在分析推论关系上；省略修饰词语是不让出之于分析、推论的陈述性来左右语链，以致破坏对等原则的贯彻。燕卜荪在《朦胧的七种类型》中就说：

---

① 转引自俞建章、叶舒宪著《符号：语言与艺术》，上海人民出版社 1988 年版，第 198 页。

② 参考《符号：语言与艺术》，第 198—199 页。

③ 赵毅衡编：《新批评文集》，百花文艺出版社 2001 年版，第 345 页。

④ 高友工、梅祖麟的《唐诗的魅力》中这样认为：“说某种语言是意象的，就是指其中词与词之间缺少句法联系或仅有松散的联系，因此近体诗的印象是散漫的，片面的；说某一语言为隐喻语言（在严格意义上），则是说其中词与词之间的关系，不受句法的妨碍，而是按对等原则结合的。前者我们强调的是构成的部分，即组成近体诗的材料；后者我们所注意的是各部分结合的方式。”见该书中译本，第 124 页。

"修饰语是用来分析直接陈述语的字眼。"① 古典诗人在创作中的确是通过对关联词语和修饰成分的省略来尽力避免线性陈述侵人进句法活动，本能地在维护着对等原则的。新诗的句法活动则基本上成为分析世俗人生状态后一次次概念的演绎，成为陈述生态世界中一场场抽象的概括；于是我们也就读到了这样一些既表现得曲曲折折，又具有语法的绝对精确性的诗句，如戴望舒的"我知道你愿意缄在幽暗中的话语"②。还有卞之琳的"骄傲于被问路于自己"③。而"骄傲于被问路于自己"这样的句子还被人作了十分高的评价："不但是用了一个'于'字，而且层叠地用了两个'于'字，我们就觉得这句子特别柔婉而有力"，"传达了那诗中人物的一种特殊心情与姿态，一种曲折层叠的境界"④。其实这里所写的独特心态是经陈述者分析后以十分精密的语法序列邻接词语而成的一场抽象化陈述。新旧诗这种句法活动的差异毋庸置疑很大，不过这毕竟还只是在句法活动范围内发生的事，就新诗从汉语点面感发的隐喻语言传统中脱轨出来的现象来讲，险情还不至于到不可收拾的地步。但进入连续性句法活动后，险情才真的到严重的地步了。

这也得从旧诗的连续性句法活动及其导致的意象流动等一连串情况谈起。

意象浮现是发生在句法活动范围内的，旧诗中的句法活动对意象浮现的控制能力很强，表现在两方面：一是必须在垂直的联想结构中浮现，这是从质上控制意象的浮现；二是语链中以对等原则聚合的词语作为形成垂直的联想结构的基础：实质性的短语成了营造这一基础的重要材料，这是从质量双管齐下对意象浮现所作的拓展性控制。前一方面上一节已谈得较多，不再多说。后一方面是新提出的，值得多谈几句。其实旧诗中以对等原则聚词语以成的语链对句法活动来说不是唯一依靠的力量，大量文本证实，必须让合于语法序列而邻接词语而成的语链嫁接，否则句法活动在好多场合将会寸步难行，如王昌龄《从军行》中的"黄昏独上海风秋"。这"海风秋"是词语的对等，而"黄昏独上"则是词语的邻接，因此这一行诗实在是分析语言嫁接于隐喻语言而在一个语链中句法活动的独特显示。不过，"黄昏独上"不能算是一个合于语法序列的独立句子，充当状语的"黄昏"本是个介宾结构"在黄昏时"，只不过被省略了"在……时"，人称主语和宾语也全被省略了，因此它实际上只是个短语而已，这个诗行实际上是"黄昏独上"与"海"、"风"、"秋"这四个词语按对等原则聚合成的语链，对等关系因此而扩大了。于是，由这一语链所形成的垂直的联想结构更显得复杂、丰富，隐喻肌质中的感发功能也更强，而意象浮动的质量也大为提高。再如卢纶《塞下曲》（二）中的"林暗草惊风"，则由判断句"林暗"与被动句"草惊风"聚合成的一个诗行，它们都不是词汇，也不能称短语，而是两个合于语法序列的句子合成，但由于它们都是客观世界本然状态的表现，尤其"草惊风"，更是动态存在的本然表现，而语言行为如果是面对具体对象的本然关系而不是将其抽象化为概念的逻辑推论关系，那么

---

① 赵毅衡编《新批评文集》，第345页，周邦宪等的中译本中这句话译为："用作形容词的词是用来分析一个直接的陈述的。"似乎没有《新批评文集》中的译文明确。

② 戴望舒《有赠》中的句子。

③ 卞之琳《道旁》中的句子。

④ 李广田：《诗的艺术》，开明书店1946年版，第31页。

词语按照语法序列邻接也可以真实地表现本然的对象世界，于是其存在价值也就可以等同于实体的词语，从而可以按对等原则聚合成语链，在垂直的联想结构中感发出一个对阴郁、险恶而神秘莫测的生存世界的隐喻。我们举这两个例子无非想说明：旧诗中一般说句法活动所及的对象是具体的、本然状态的存在，而不是通过主观分析一演绎而抽象地陈述出来的过程性存在，所以即使是按薄弱而松散的语法序列邻接起来的句子，也可以按对等原则聚成一个语链，形成一个具有更丰富而复杂的垂直的联想结构，从而感发出一个更其深广的隐喻，使肌质关系中意象的浮现也更其频繁。这些都反映着旧诗的句法活动也非得扩大不可。既然对等原则可以超越词语间的对等而允许在缩微的句子间作对等的体现，那么当句法活动扩大成为一个句子作一个诗行时，对等原则要是再在句与句之间体现，岂不是这场句法活动竟扩大成超越语链形态而在句链中的对等？我们的回答是肯定的，而这么一来，旧诗的句法活动也就成了连续性句法活动，隐喻也将在整个文本中显示其统领全局的功能作用，意象也将突破肌质关系中的浮现而成为在构架关系中的流动了。

这场连续性句法活动的出现和对等原则从聚词语成语链发展到聚句子成句链来体现，突出地显示在律诗法定地设置的两个对句中。旧诗中，对句是一种很重要的、以“趣同”或“义合”① 的方式体现对等原则的句链形态，它既要求语义的对等，也要求句法的对等。五律中的对句如温庭筠《商山早行》中的“鸡声茅店月，人迹板桥霜”；《送人东游》中的“高风汉阳渡，初日郢门山”；《送僧东游》中的“灯影秋江寺，/篷声夜雨船”。从语链中词的对等到句链中句的语义、句法的绝对对等，都十分标准。七律中的对句如杜甫在《蜀相》中：“映阶碧草自春色，/隔叶黄鹂空好音。”《秋兴八首》之一中：“江间波浪兼天涌，/塞上风云接地阴。”《登高》中：“风急天高猿啸哀，/渚清沙白鸟飞回。”从语链中词语的对等，到句链中句式的对等，也是标准的。至于两联中，联与联句法虽不对等，但两个对句在隐含的关联中形成的隐喻义则总是对等的，如李商隐《无题·相见时难别亦难》中这两个对句：

春蚕到死丝方尽，
蜡炬成灰泪始干。
晓镜但愁云鬓改，
夜吟应觉月光寒。

在这里，属于颔联的第一、二行都是时间复合句，句法是对等的；颈联的第三、四行都是条件复合句，句法也对等。虽然它们都是按语法序列作词语邻接并显示出对事物的分析推论的关系，但各联的对句由于垂直的联想结构都是在爱情忠贞不渝这个隐含的关联中形成的——前一联隐喻至死不变的永远，后一联隐喻两地相思的无尽。如果我们根据语气、语境来辨识人称主语，当可以把它们新译成这样：“我这段痴情，幻现

① 刘勰在《文心雕龙·丽辞》篇中讨论对句时，提出四种类型的对句，对其中的正反对这样说：“反对者，理殊趣同者也；正对者，事异义同者也。”

为春蚕，/到死丝方尽难续难断；/你那颗悲心，化成了烛焰，/成灰泪始干无悔无怨。/深闺卷帘时，盈泪低叹，/画屏，晓镜，你愁老容颜；/他乡漂泊中，敛眉长吟，/月光，暮砧，我寒透灵感。”这就能看出，两联四句中呈现着的这一对人苦恋之情是以相抱式的组合方式（男女女男）组成句链，体现对等原则的，这不仅有语言外象上更大范围的关联，更有字眼背后隐含的更大关联，让一串浮现出来的意象从“春蚕”、“蜡炬”流到“云鬓改”、“月光寒”，会聚成一个意象组合体，把这场双向交流得如此复杂而强烈的苦恋在更深广的联想结构中隐喻了出来。因此，由两联四个对应关系的句子聚合成的语链，纵使在章法活动中免不了有分析的语言因素渗透其中，也不会影响其对等原则的体现和隐喻功能的作用。除了律诗的两个对句充分地体现了聚句子成句链中的对等原则，绝句、词和小令中也同样可以作对等原则的体现，并且章法活动还能把此举推向整个文本。如李煜的《捣练子》：“深院静，/小庭空。/断续寒砧断续风。/无奈夜长人不寐，/数声和月到帘栊。”全诗以“深院静”、“小庭空”、“寒砧”与“风”、“夜”和“人不寐”、“月”与“帘栊”等五组中心词语或对等聚合或邻接组合成一个语链，它们各自所含的词语都在垂直的联想结构中完成了隐含的关联，第一、二、三行都具有此境凄寂的隐喻功能，第四行具有此情孤苦的隐喻功能，而第五行则以迷离清寥的情境隐喻功能真切地体现了亡国之君不堪忍受之人生凄苦，至于这三类隐喻又可以统一在联想更趋一致因而更其深远的一场隐含的关联中，为了更好地把握住这些诗行在句链中联想感受的趋同，我们不妨把它新译在下面来看一看：

这深深的大宅院
静寂无人
空空的小庭
唯有秋叶落纷纷
宫墙外，烟水寒圹
暮砧几响，风数阵……
呵，无奈的远夜
不寐的魂
听遍了断断续续声
入帘栊，带着月痕

毋庸置疑这个以对等原则合成的句链，由于各个语链也以对等词语聚合成，且在隐含的关联中让意象（如“暮砧”与“风”、“月”与“帘栊”等）得以浮现而体现其隐喻功能；这也就使自身呈现为意象的流动，且以众多流动的意象汇成的一个意象组合体，来兴发感动出对文本整体的隐喻：生之终极唯有孤苦。此中可见：连续性的句法活动对扩大对等原则的体现是起了极重要作用的。

值得谈一谈旧诗的连续性句法活动在扩大对等原则的体现中也实际存在着隐喻语言与逻辑语言互补共存的问题。在诗歌文本中，隐喻语言出现在外在句式的语法关系较弱而词语的构成（特别是名词性复合词）倾向于表现感觉性能的情况下，而当句式的语法关系较强且分析的明晰度超过感觉的强度时，就出现分析语言。这在近体诗及词中随处都可以得到证实。律诗中的中间两联大都使用隐喻语言以显示感性特征和个体对象，而连续性句法则经常出现在尾联，用以统一前面几联中出现的各种事物，如杜甫的《蜀相》："丞相祠堂何处寻，/锦官城外柏森森。/映阶碧草自春色，/隔叶黄鹂空好音。/三顾频烦天下计，/两朝开济老臣心。/出师未捷身先死，/长使英雄泪满襟。"这颔联和颈联两个对句是很合标准的，显示意象组合关系的隐喻语言，但尾联是个原因复合句，是标准的逻辑语言，既统一了前面出现的各种意象化事物，又通过这个因果复合句把隐喻诸葛亮的崇高精神引申到一个更高的价位：这位忠贞之士带给一代代历史创造者以永恒的哀感。这一场隐喻引申的功能就是靠逻辑语言达到的。律诗如此，绝句何尝不是如此。绝句的结构一般说以第三句为界分前后两片，第三句十分重要，起一种转舵的作用。大抵说结构的上片采用隐喻语言，下片的转舵往往采用设问、因果、时间等关联词语以形成一种主从复合句的形态，而这就是逻辑语言了。李商隐的《嫦娥》可作例证："云母屏风烛影深，/长河渐落晓星沉。/嫦娥应悔偷灵药，/碧海青天夜夜心。"这首绝句的上片以"云母"、"屏风"、"烛影"的对等聚合完成了第一个语链，隐喻抒情主人公独处的凄寂；以"长河落"、"晓星沉"的对等聚合完成了第二个语链，隐喻她长夜的难寐。它们又以对等原则聚成一个句链，在同一记忆联想作用下完成了隐含的关联，隐喻着孤栖无依的生态。这上片两行相互间的关系，体现为隐喻语言的特征。下片的两行都是受推论关系作用形成的条件复合句，体现为逻辑语言的特征，"孤寂之况，以'夜夜心'三字尽之"[①]，是对孤栖无依作隐喻的引申，显示出超越具体生态苦况而进入宇宙永恒孤寂的生命律象征意味。这情况也反映出旧诗中的两种语言确能互补共存，并且这样做才使旧诗的隐喻功能推向了更高境界。不过，分析语言的渗入也有一个规范要求：由关联词语引发出来的这场隐喻引申，其引申的整体过程可以是分析语言，但其终极又必须是具体的、以对等原则聚合词语的隐喻语言的表现。这首诗下片虽是个条件复合句——分析语言的具现，但其主句"碧海青天夜夜心"不是个完整的、由语法序列连接起词语来的句子，而是三个对等词语聚合的语链，隐喻着万古悠悠此心永无希望改变命运的那一脉天地间长存的哀感。因此，这个条件复合句实际上是隐喻语言"碧海青天夜夜心"嫁接于逻辑语言"嫦娥应悔偷灵药"的奇特语言形态。由此也可以进一步看到：旧诗中两种语言的互补共存，其中逻辑语言大多是让隐喻语言嫁接的存在形态。这也就显示着：旧诗总体说还是以点面展示为标志的隐喻语言体系。

旧诗中连续性句法活动导致意象的流动和大面积组合，促成隐喻功能的扩大。这种种带有鲜明的隐喻语言内在规律性的情况，对新诗无疑是有很重要的参考价值的。

那么新诗中连续性句法活动过去是怎么个情况，未来应该是怎么个样子呢？

在上一章论述新诗语言时我们已经谈到了这个问题：由于采用了线性陈述为标志的逻辑语言，强调语法规范和大量起用修饰成分，已使过去新诗语言在句法活动——特别是连续性句法活动中，无论句式或章节都大大地膨胀开了。对此我们曾从陌生化、

① 沈德潜：《唐诗别裁》，转引自富寿荪选注的《千首唐人绝句》下，上海古籍出版社 1985 年版，第 756 页。

新颖性、给形象表现以便利等方面作出过肯定。但这种情况对新诗的抒情功能是利大于弊还是弊大于利却并未作出较全面的判断。这里不妨说：过去新诗里坚持单一地使用以线性陈述为标志的逻辑性语言体系，并从这个体系出发展开句法活动和连续性句法活动，对于充分发挥抒情功能都是弊大于利的。除非出于这一语言体系的句法活动和连续性句法活动坚持让采用对等原则聚词语而成的语链或聚句子而成的句链与之嫁接，否则，继续抛弃对等原则作用下的隐喻感发而陷入推论原则作用下的抽象述说，将会是未来新诗继续弱化抒情功能的逻辑起点。

过去新诗的句法活动和连续性句法活动对抒情功能弊大于利的情况可以从两个方面来检讨。首先一个方面是强化笼统抽象的叙事，弱化了表现功能。几十年新诗表明，即便是有经验的诗人，也始终摆脱不掉在句法活动中笼统地叙事的做法，如戴望舒写了《雨巷》后不久，即背叛了“雨巷”的路子，从写《我的记忆》开始突然提倡完全按口语的腔调写诗。此举在戴望舒自己和他的朋友看来，是“字句底节奏已经完全被情绪底节奏所替代”[①]，是摆脱外在音乐的羁绊而寻求到了内在音乐。其实写《雨巷》时（也包括这以前）戴望舒倒是在自发地接受旧诗语言传统，如《不要这样盈盈地相看》中这样的句法活动：“静，听啊，远远地，在林里”，就是一个以对等原则聚词语而成的语链；《雨巷》中则有这样的诗节反映着连续性句法活动：“撑着油纸伞，独自/彷徨在悠长、悠长/又寂寥的雨巷，/我希望逢着/一个丁香一样地/结着愁怨的姑娘。”这是一个以对等原则聚句子而成的句链。到写《我的记忆》后，他成了逻辑语言的忠实追求者，抛弃了对等原则在句法活动中的体现。像《我的记忆》中这类所谓词句的节奏被情绪的节奏所替代的语言行为，其实是对用逻辑语言写诗的倡导，因此这样的诗缺乏兴发感动的隐喻功能也是势所必然的，甚至这样一些句子不断地在他的诗歌文本中出现：“老实说，我是一个年轻的老人了。”（《过时》）“我将对你说那只有我们两人懂得的话。”（《到我这里来》）“我已为你预备了在我算是丰盛了的晚餐。”（《祭日》）等，也出现了作为连续性句法活动的产物——这样的诗节，如在《过时》中：

是呀，年轻是有点靠不住，
说我是有一点老了吧，
你只看我拿手杖的姿势，
它会告诉你一切；而我的眼睛亦然。

这哪里有一点借意象语言提供的隐喻功能，以让接受者在兴发感动中品味到诗的韵味，有的只是世俗生活琐碎的、不免笼统抽象的陈说。当然这种笼统抽象的陈说有人做得巧妙一点。如余光中在《满月下》中有这样一场连续性的句法活动完成的诗节：“那就折一张阔些的荷叶/包一片月光回去，/回去夹在唐诗里，/扁扁地，像压过的相思。”对此他自己说：“情调原是古典的，但语法是现代的，因为作者用的是白话的腔调。”这番话其实并不确切，应该这样说：情调是现代披着古装的，且是十分讲究语法的，

① 杜衡：《望舒草·序》，《戴望舒诗全编》，浙江文艺出版社1989年版，第53页。

因为作者用的是促人分析一下的语言腔调。这种聪明讨巧的写诗路子，使用逻辑语言当然最合适。第二个方面是强化分析推论的说理，弱化了感发功能。几十年新诗实践也表明：越是穿着“现代”外衣的诗人，更摆脱不掉在句法活动中分析推论地说理的做法。如写过《现代化和我们自己》的张学梦，现代到念念不忘在句法活动中以分析科学原理推论现代人生定为诗学追求的最大目标。在他的文本构建中，句法活动所完成的是这样一些句子：“大自然并不特别在意我们的存在和文明”（《人与自然》），“知识毒害了心灵，滋养了理性”（《面对宇宙》），“不难想象那决定了麦子性状和穗实的也统辖着我们的脑系和心田”（《人类基因图谱》）等。也出现了在连续的句法活动中完成的这样一类诗节——如在《人类基因图谱》中：

确有物理学的总根源。这一片
尚待破译的细胞里的语言，
拨开肤色、种族、语系和排异反应的枝蔓
訇然覆盖在人体解剖图谱的上面。
同一符号，同一注音，同一释义
一部阅读人类生命奥秘的共同的词典。

这确是对人类基因图谱的性质、特征、功能价值和发掘人类本原的意义所作的巧妙说明，有分析、综合、概括、推论，全诗各个句子中的词语都按语法序列连接起来，特别像第二句：“这一片尚待破译的细胞里的语言，拨开肤色、种族、语系和排异反应的枝蔓，訇然覆盖在人体解剖图谱的上面。”主从复合的句式结构，冗长的修饰成分和频繁的修饰被语法规范连接得井然有序，把“理”说得很巧妙，很透彻，但不论句法活动或连续性句法活动所反映出来的都是一种让人去“思”的逻辑语言行为，想从此中去兴发感动出一点韵味来是不可能的。当然张学梦使用这类句法说理还不够巧妙，不够聪明，穆旦比他是远远要高出一头的。穆旦是用逻辑语言巧妙地说理（这个“理”被卞之琳等人美其名曰“经验”）的能手。在《发现》中穆旦用逻辑语言相当机警地把“我”初涉爱河时的心态这样细致地分析和精密地推论了出来：“在你走过和我们相爱以前，/我不过是水，和水一样无形的沙粒，/你拥抱我才突然凝结成为肉体；/流着春天的浆液或擦过冬天的冰霜，/这新奇而紧密的时间和空间。”我们应该承认这样的句法和连续性句法活动从机智巧妙地说理上说，是反映了一场成功的语言行为，但和质的规定性的诗性语言——以点面感发为标志的隐喻语言是两类体系的，其句法和连续性的句法活动大大异于对等原则作用下的隐喻感发功能，而深深地陷入逻辑分析中了。

诗，无论是创作或鉴赏，都是对世界直觉感应式的把握，而不是逻辑推论式的占有，所以它要求通过语言机制获得一种感发功能，而不是分析功能。对诗的这一质的规定性特性纵使在特定时期可以被更新诗歌观念的人所漠视，甚至不屑一顾，但随着审美实践中经验与教训的不断积累，这一质的特性总还是会被具有较高诗学修养者所接受，从而也会有一些诗人去自发地探求新诗语言体系的调整之路，特别是在句法或连续性句法活动中，致力于体现句链中的对等原则和扩大隐喻的功能范围。过去新诗致力于文本中这方面的探求是不乏其例的。

大致说：新诗句法和连续性句法的活动中遵循对等原则、采用隐喻语言的情况并不少见，诗行群、诗节和整个文本中都会有发生，且具有三点显著标志：一是关联词语省却，二是修饰成分收缩，三是对等词句起用。如宗白华的《断句》：

心中的宇宙
明月镜中的山河影

这是对等原则聚合成的句链，它们之所以能对等，是在于映在心中的宇宙是虚体，同映在明月中的山河是虚影一样，因此它们在缥缈虚幻的记忆联想中有了隐含的联系，隐喻着那一缕幽渺的宇宙感兴：大千世界原是相对的虚幻存在。两个诗行之间没有关联词存在，如果把它们写成“心中的宇宙是像明月镜中的山河影一样的”，那就因了限定定向关联而削弱了联想，淡化了隐喻感发的幽秘邈远，而成了现实关系的说明。绿原的《航海》在写了“人活着/像航海”后，来了这样一个诗节：“你的恨：你的风暴/你的爱：你的云彩”这两行诗，每一行都是以对等原则聚合成的，“恨”与“风暴”在力的搏斗上隐含地联系着；“爱”与“云彩”在美的自由上隐含地联系着，而这两行之间也以对等原则聚合成一个诗节，在显示两类生存境界的对等词语中显示多彩人生，完成了对“浮生”的隐喻，使它们既省略了任何关联词语，也把修饰成分收缩到几近极限的地步。在句法或连续性句法活动中作类似的对等原则的诗节组合，还可举出不少，像徐志摩在《她是睡着了》中：“她是睡着了——/星光下一朵斜欹的白莲；/她入梦境了——/香炉里袅起一缕碧螺烟。”李金发的《迟我行道》中：“远处的风唤起橡林之呻吟/枯涸之泉滴的单调。”何其芳的《花环》中：“开落在幽谷里的花最香，/无人记忆的朝露最有光，/我说你是幸福的，小玲玲，/没有照过影子的小溪最清亮。”舒婷的《思念》中：“一幅色彩缤纷但缺乏线条的挂图，/一题清纯然而无解的代数，/一具独弦琴，拨动记忆的念珠，/一双达不到彼岸的桨橹。”等等。连续性句法活动中，以对等原则聚合的诗行群或诗节还可以聚合成整个文本，在架构中呈示对等原则。冯乃超的《现在》：

我看得在幻影之中
苍白的微光颤动
一朵枯凋无力的蔷薇
深深吻着过去的残梦

我听得在微风中
破琴的古调——琮琮
一条干涸无水的河床
紧紧抱着沉默的虚空

我嗅得在空谷之中
馥郁的兰香沉重
一个晶莹玉琢的美人
无端地飘到我底心胸

这是由三个对等诗节聚合成的、充分体现对等原则的文本。它在每个诗节的构架中，都由两个对等的诗行群聚合成。第一个诗节是借“幻影”和“微光”、“蔷薇”和“残梦”这四个意象汇流成的意象群，使两组诗行隐含地关联成一个具有感发幻忆功能的隐喻。第二个诗节是借“微风”、“破琴”同“河床”、“虚空”汇流成的意象群，使两组诗行隐含地关联成一个具有感发幻望功能的隐喻。第三个诗节是借“空谷”、“兰香”同“美人”、“心胸”汇流成的意象群，使两组诗行隐含地关联成一个具有感发幻美功能的隐喻。于是这三个诗节也发生了对等关系，即在残破人生的记忆联想作用下隐含地关联起来，形成一个在文本整体构架中存在的、能感发生之幻灭的大隐喻。类似这样在文本整体构架中体现对等原则的连续性句法活动，还可在不少新诗文本中见到，如林庚的《长夏雨中小品》：“微雨的清晨，/小巷的卖花声；/花上的露，/树旁的菌，/阶前的苔，/有个蜗牛儿爬上墙来。”邹荻帆的《蕾》：“一个年轻的笑/一股蕴藏的爱/一坛原封的酒/一颗正待燃烧的心”；艾青的《无题》：“那边的山上没有树/那边的地上没有草/那边的河中没有水/那边的人没有眼泪”；蔡其矫的《绿》：“阳光穿过杨树林/闪烁片片绿色的金箔；/青苗在原野展开，/大地是一块绿色的玉；/你在路上跑过/风吹头发/扬起一缕绿色的云。”等等。这些例子中显示着，不仅语链中词语与词语、句链中句子与句子都具有隐含的关联性能，而且这是靠记忆联想确立起来的，还可见出诗行中、诗行间词与词、句与句一般要用的关联词绝大多数被省略了，并且修饰成分也确实几乎不用。

值得特别提一提林庚。这位诗人一直默默地探求以点面感发为标志的隐喻语言来写新诗，并且总是半自觉地在句法和连续性句法活动中尽可能体现对等原则。这些努力在诗集《春野与窗》、《北平情歌》中尤显出成就。在这两本诗集中的不少诗，不仅尽可能以对等原则来展开句法和连续性句法活动，并且还总在尽可能排除语法规范的侵入，避免用修饰成分，因此若用白话必具的语法规范要求去看他的这些诗，总会使人感到句子不大通，成分残缺严重，一时间会让人感到读不大懂。其实正是这些令人有不通之感的诗歌语言行为，恰恰成了贯彻对等原则、尝试用隐喻语言写新诗的典范。如《夏之深夜》：

静夜的自然生出了黄月海样的窗外
那树梢的鸟树梢上的天树下的蓝色
窗外寂静的我的旧园林门在哪里呢
童年的梦寐如一缕烟云淡淡的流过

若按语法序列的规范要求，这四个诗行都有些不通，追求意义表达明晰者读了当然会感到不知所云，但它们恰恰每行都是对等词语聚合成的语链，含着隐喻，而四个诗行的四个隐喻又都具有隐含的对等关联，因此整体文本有个借兴发感动方能把握住的隐喻，隐喻着一脉神往生命的童年和家园的“静夜思”。类似这首诗那样关联词语省略、主要成分残缺、修饰成分收缩、语序颠三倒四的句法活动，在林庚不少诗里出现，可说是新诗句法和连续性句法活动中的成分省略能手。从某种意义上说林庚是新诗坛唯一一位坚定不移地接受旧诗传统、按对等原则用点面感发为标志的隐喻语言来写新诗的诗人，虽被人讥之为“拿白话写着古诗”[1]，其实他对新诗语言建设的贡献是不容低估的。在句法和连续性句法活动中他独往独来的作风，应引起后人珍视和实事求是的研究，恰如其分地给以价值定位。我们不妨再拿他一首《春晓》来看一看。它是这样写的：“邻院的花香随着野风/黄昏的家门蝴蝶飞出了/没有梦的昨夜留恋什么呢/无声的荒草变了颜色/远处杜鹃啼/一声一声的/双燕如青春的影子/掠过微黄的窗外。”从这个文本里的确可以认识到林庚是一位省略能手，诗中一些成分、关联词语和必要的过渡性句子都省略了，读它以后能感受到一些东西，却又难以讲清楚，只有把省略的地方补起来看看：

邻院的花香随着野风（飘散）
（使）黄昏（时）的家门（里）蝴蝶（都）飞出（去）了
（啊，美丽的春宵多么令我沉醉）
（那些）没有梦的昨夜（还）留恋什么呢
（不过，时光毕竟在悄悄流逝——）
无声的荒草（已渐渐）变了颜色
远处杜鹃（的）啼（泣）
（也正在）一声一声的（唤春归去）
（看，）双燕（就）如青春的影子
掠过微黄的窗外，（消失在苍茫远方！）

把二者对比着来读的话，不得不承认，还是原作读来有韵味，我们的这一份补足恰恰是帮了倒忙，以逻辑语言来改造隐喻语言，以语法序列来破坏对等原则，思路倒是脉络分明了，达意功能倒也做得细致清楚了，被扬弃掉的恰恰是肌质中的词语与词语、构架中句子与句子之间凭记忆联想浮现和流动起来的意象以及这些意象汇流成的一个具有强烈的兴发感动功能的隐喻——在时序的律动中感受青春易逝的旷远之哀。当然我们得承认，林庚对胡适等发动的这场中国诗歌中的白话革命反叛得早了些，他借用旧诗的传统经验，欲以点面感发式隐喻语言来改造已在新诗中养成使用习惯的线性陈述式逻辑语言，也难免有矫枉过正的倾向。的确，他的这些诗，特别是收在《北平情歌》里的——如上引《夏之深夜》这样的作品，对于已读惯新诗的人来说，似乎比读旧诗还不顺畅和难以把握。这就反映着他还不理解改造新诗语言无论从中国诗歌与世

---

① 戴望舒：《谈林庚的诗笔和“四行诗”》，《戴望舒诗全编》，浙江文艺出版社1989年版，第696页。

界接轨或者适应现代中国人的诗性审美心理来说，只能走一条嫁接的路。说具体点，要以两大语言体系汇通为前提，立足于已在新诗中养成使用习惯的线性陈述的类逻辑语言，再用点面感发类隐喻语言作嫁接，而这在我们看来才是未来新诗语言建设的新途径。这样的主张我们是一再坚持的，并且已在《语链与句式嫁接》这一节中对句式中的嫁接作了探讨，但那只是在较单纯的句法活动中展开的事，现在我们要深入一层对连续性句法活动中如何展开嫁接作一番考察。

这场嫁接也就是将新诗文本构造中两类语言体系进行交融。昌耀这一追求是具代表性的，他的《踏着蚀洞斑剥的岩层》、《夜行在西部高原》、《峨日朵雪峰之侧》、《车轮》、《江南》、《莽原》、《驿途：落日在望》、《纪历》等，都程度不同地显示了两类语言体系的交融。《纪历》共四节，第一节提出抒情主人公在这片荒原沼泽边的默悼："默悼着。是月黑的峡中/峭石群所幽幽燃起的肃穆。/是肃穆如青铜柱般之默悼。"总体说这里的三个省略了主语的句子，是按语法序列形成的逻辑语言，不过从中也可以看出也多少有一点对等原则渗透的意味。再看后面三节：

劲草……
风声……雨声……
风雨声……

马的影子随夜气膨胀。
大山浮动……牛皮靴
吸牢在一片秘密的沼泽，
——是了无讯息的
默悼。

黎明的高崖，最早
有一驭夫
朝向东方顶礼。

"默悼"的对象是谁呢？文本一直没有说明。所引的第一节（也是全诗第二节）的三行完成的一个句链，是充分体现了对等原则的一个隐喻语言行为，语境激活的记忆联想是相同的：生态的苦难艰辛。正是在这一点上它们才能隐含地关联起来，形成一个苦难人生的隐喻。所引第二节前三行是按对等原则构成的句链，使人在同一的语境联想中形成一个无比痛苦地伤悼苦难年代、苦难人生的隐喻。而后面两行则是点明这场伤悼痛苦人生的隐喻再也不会有反馈讯息了。这个诗节总体说是按语法序列构成的分析语言行为，不过由于诗行显示的是十分具体的意象流动，所以这些分析语言可以适度地体现出对等原则，其诗境也就有一定的隐喻感发功能。于是这两个诗节，虽一个采用隐喻语言，另一个采用逻辑语言来展开连续性句法活动，但它们也可以说是以对等原则聚合在一起的，因此对苦难年代中苦难人生的伤悼也就能以更其深邃的隐喻来表现。既然两类语言体系的互补交融能获得对等原则的体现，那么也就同样会有逻辑引申的可能。这首诗所引的第二节后两行实在是隐伏着一个分析推论的契机的：既然这场伤悼再也不会有反馈讯息了，那接下去怎样呢——在分析后必然要出现一场推论的。于是有了最后一节：黎明时分有一个负着重荷最早站在高崖上的驭夫，在“朝向东方顶礼”。应该说和上面有关“默悼”的几节都属于神话思维而可以统一的，亦即对等的。前几节是在“夜气”里池沼边，这末一节是在黎明时，高崖上；前几节是在黑暗中向“风雨”的过去悼念，而末一节是在向光明的东方顶礼。这是一种对立关系。而我们晓得对立、相反的意义的相互作用也是对等原则的体现，因此，它们统一在神话思维所共有的“相生相克”里，完成了一个在对等原则作用下的隐喻：悼念黑暗的过去之后就可去顶礼光明的未来，——这正是一种否极泰来体现出来的生生不息的人生现象。这样的推论是理性思维的产物，但在这首诗里则是以神话思维所赋予的隐喻关系来体现理性思维所限定的分析关系的。新诗中由于让两类语言互补交融，也就出现这一种受分析语言所控制却又能以体现对等原则的隐喻获得一场神话思维意义上的引申。正是这样做，让昌耀的《纪历》在这场隐喻引申中获得了超越苦难的精神升华。只不过这场精神升华的引申仍旧是以隐喻来具体显示的。在新诗中体现两类语言互补交融的另外一种隐喻引申则以直接抒发感情来显示。如艾青的《我爱这土地》。这首诗的第一节是以“假如……应该……然后”这三个关联词语串成的复合句，很显然，它是以分析推论来展开连续性的句法活动的。值得注意：“假如我是一只鸟，/我也应该用嘶哑的喉咙歌唱”的究竟是什么？我们看到在这个假设复合句的主句中，谓语所及的是规模不小、结构复杂的宾语：

这被暴风雨所打击着的土地，
这永远汹涌着我们的悲愤的河流，
这无止息地吹刮着的激怒的风，
和那来自林间的无比温柔的黎明……

这实在是四个浮现出来的意象，第一行的意象体使人联想到祖国遭受外来侵略正处在风雨飘摇的命运中；第二行使人联想到中国人民忍着仇恨的泪度着家破人亡、妻离子散的生涯；第三行使人联想到万众一心誓死抗日的伟大斗争；第四行则使人联想我们民族一定会有独立自由的美好前景。体现这四个意象体的四个复合词组，因了意象流动中所汇成的意象组合体能让人感发出中国之命运的记忆联想，也就使这四个诗行的复合词组能建立起对等关系，有了隐含的联系，从而获得了一个要为中国之命运而献身的隐喻。值得指出，这可是在逻辑语言的框架中嫁接着隐喻语言。接着是“……然后我死了，/羽毛也腐烂在土地里面……”这是逻辑语言：为这块土地要歌唱到死，而死去也要让自己埋在它里面，在忠于“这土地”上，这两个逻辑语言的诗行，纵使在连续性句法活动中，也增添了一份隐含的关系，发挥了一点隐喻的功能，却也免不了埋着一股蓄势：要求回答为什么这样做。于是诗篇就顺着这股蓄势，出现了连续性句法活动中的分析推论：

为什么我的眼里常含泪水？
因为我对这土地爱得深沉。

这是以设问复合句形式表现出来的一场因果推论，也是对上一节那个大隐喻——“为祖国献出自己歌唱的生命”的引申，只不过这里采取的是效果极好的直接抒情。为什么说此处直接抒情的引申效果更好呢？这是由于前一节爱国情怀的隐喻感发力已很强，故此处采用直接抒情反倒具有画龙点睛的点化功能；比起采用意象推宕式的引申来，这样做对“我爱这土地”的精神境界的升华，效果反而更好。

总之，从句法和连续性句法的活动规律，可以进一步证实：新诗语言的未来，完全可以走这样一条新路：立足于点面隐喻语感发类语言，让点面感发类隐喻语言和线性陈述类逻辑语言有机交融成一个诗性语言体系。

第九章　几个要点备忘

我们既已把新诗语言通向未来的总体方案定为立足于隐喻语言体系，让点面感发类隐喻语言与线性陈述类逻辑语言综合，那么在这一项工程的未来建设中，还该有三个要点必须提出，以期备忘。这就是：化用旧诗词语须受制于组合关系，句法选择须受制于抒情方式，须以旧诗新译为实验基地。

第一节　化用旧诗词语须受制于组合关系

诗歌语言特别讲究文采，这是众所周知的，而新诗要使自己的语言富有文采则须起用旧诗辞藻，也似乎是我们约定俗成的思路。因此，未来新诗语言为了力矫以往“太贫”的局面，化用旧诗词语成了增加新诗词语库存量的首要途径。但以往对这场化用，诗人们只凭直觉而率意为之，缺乏行之有效的规律把握，以致有些新诗人在化用旧诗词语入新诗中，显出穿西装而戴瓜皮小帽般的不伦不类。这种格调不统一特别反映在1950—1970年代之交的当代诗歌中。如田间《召唤——记一次党的生日庆祝会·在中南海毛主席的接见》中，基本上用新诗、旧诗词语组合的句式来写，如“中南海里庆党日，/红色星斗映翠柳。//多少中南海灯火，/簇簇似花球。”接着是这样写了：

今夕中南海的鼓乐，
声震重霄九。

这就给人以不伦不类的感觉了：“今夕”这个旧诗词语和“中南海的鼓乐”这个白话词语没有一定原则要求的组合，就格调不统一。令人费解的是第二行，和第一行的白话句式不同，成了旧诗句式。按旧诗文言句式的惯例，大概这句该是“声震九霄”或者

“九重霄”，而不该是“重霄九”的，田间之所以这样用，显然是学毛泽东《蝶恋花》中的用法，殊不知毛泽东是为了和上一句“我失骄杨君失柳”的“柳”押韵，根据旧诗句法服从音律的原则而改成“重霄九”的，田间的这两行诗并不存在这个问题，却也来一个“重霄九”，结果只能是十足的不伦不类了。如果我们把田间这两行诗作些调整来看一看：

呵，中南海，鼓乐的今夕

九重霄也不再寥寂

这不仅使这两行诗在白话句式上统一了起来，并且使“今夕”充分发挥其具有传统文化内涵的功能优势（杜甫有“今夕复何夕，共此灯烛光”之句，显出“今夕”之意象感发特性：来之不易的惊喜与亲切），既拓展了读者的想象天地，也使田间原诗行的陈述性改变成为表现性，机制中有某种直觉隐喻的功能蕴藏。

这一例表明：新诗未来的语言若化用旧诗的词语，必须受制于句式的组合关系。而这样的组合关系可以凭不同的规律而分类。

先看第一类：旧诗词语须从句式中的罗列并置转为主从偏正的关系。可以说这一措施是能使旧诗词语有机和谐地在新诗中化用，并获得其在新诗语言体系中存在的合法地位。这一类组合又可分为四种做法：一种是两个旧诗词语当中加“的”以显示它们之间主从关系的组合，如此方可进入新诗的词语化用系统。这方面提供较多例子的是戴望舒。如“飘摇”与“微命”。诗经中的《鸱鸮》有“风雨所飘摇”，“微命”则传统诗歌中常用，因此，“风雨飘摇微命身”之类在旧诗中是常见的，戴望舒就把这两个具有一定感发功能的旧诗词语借“的”组合起来，以“飘摇的微命”的形态完成了一个具有原旧诗文采的新词语。《寒风中闻雀声》里他这样写：

吹吧，你无情的风儿，

吹断了我飘摇的微命。

如果把这后一句中“飘摇的微命”改成“动荡不安中的渺小的生命”，成为“吹断了我动荡不安中的渺小的生命”，诗情韵致就会削弱不少。可见化用旧诗词语对新诗来说是十分必要的，而采用“的”使“飘摇”与“微命”组合成一个主从复合词语不仅很管用，且和全诗的白话—口语语境很谐和，成了一个很现代的新诗词语了。戴望舒还让“凄艳”和“残花”用“的”组合成“凄艳的残花”，在《残花的泪》中有：“一枝凄艳的残花，/对着蝴蝶泣诉。”这种追求还在其他诗人的创作中显示出来，如“烛影摇红”原是旧诗中常见的，这个意象化词语具有一定的感兴功能，被新诗人拆解成“烛影”与“摇红”，当中加一个“的”成为主从复合词“摇红的烛影”，在杨世骥的《车站旁客站》中有：“摇红的烛影，/倾听表声的滴沥。”显得很和谐。又如“烟水渺茫”是旧诗中常见的罗列式的复合词语，也把它拆成“渺茫”与“烟水”，用“的”再组合成一个主从复合的新词语“渺茫的烟水”，沈紫曼在《惜往日》中有：“记忆的小船驶入渺茫的烟水，/我们遂相对如隔世的旧相识。”这“渺茫的烟水”在白话—口语中显得很和谐。第二种做法是把欲化用的旧诗词语置于从属地位，但须凸显其修饰性的陌生化感发作用。这样做会使这旧诗词语因陌生化而反倒能使自身与白话—口语系统形成和谐有机的关系。在这方面，戴望舒也是很突出的一个。如“幽微”是个旧诗词汇，它引起人视觉感更强一些，不过也能给人以听觉感，值得重视的是接受者从听觉感去把握时，往往也会连带引出视觉感来，或者说这实在是从视觉感中幻化出来的听觉感，因此若以它去修饰听觉对象，就会有一种奇特而陌生化的效果，这一陌生化也就使“幽微”在新诗的白话—口语系统中本是格格不入的处境反得到了调整，显出了有机和谐，戴望舒在《印象》中就有：“是飘落到深谷去的/幽微的铃声吧”，这“幽微”也就十分自然地化入新诗的语言系统中了，而且这“飘落到深谷”的“铃声”也就不仅给人以“幽微”的听觉感更有“幽微”的视觉感。他还在《过旧居》（初稿）中使用过一个主从复合词“尘封的幸福”。这“尘封”旧诗中常见。它作为一个修饰成分置于“幸福”之前去修饰“幸福”，是一种建基于拟喻关系的修饰，令人有陌生感，“幸福”因而显得具体而可感，这可是靠强调“尘封”这个修饰成分奇特的感发作用获得的，而这一来，“尘封”也就有机和谐地化入新诗白话—口语系统中了。因此，我们读这首诗中的“静谧的窗子隔住尘封的幸福”，就不会令人觉得旧诗词语的掺入格格不入。类似这样的追求还可以在其他诗人的诗中发现，如“落红”和“商声”都是旧诗词语，现在让“落红”去修饰“商声”，是以视觉去修饰听觉，感觉转移的谬理关系使这一场修饰显得陌生化，“落红”获得了强调，进而使自己因相反相成而化入新诗语言系统。滕刚在《小风怀》二章之二中有：“双叠枕上，入耳有落红的商声。”我们当会感到“落红”在白话—口语中已不再格格不入了。又如“迟暮”，在旧诗中用得很普遍，用在新诗中，一般是很难化用的，现在把它作为修饰成分去修饰“星辰”，这是谬理的拟喻关系，“迟暮”也就因此使修饰关系陌生化，以致强调了自身的奇特，也在相反相成中化入新诗语言系统。且使人潜在地认同了一点：使用“迟暮”作修饰能使“星辰”这一意象获得象征隐喻性能。唐湜在《访高则诚故乡》中有：“白发的诗人望迟暮的星辰。”这使“迟暮”也成为新诗白话—口语家族中合格的成员了。第三种做法是让旧诗词语在新诗词语构成中充当主从结构中的“主”。而让新诗白话词语作修饰成分，且在修饰关系中强化谬理奇特性，也就会把处于“主”之地位的旧诗词汇的旧属性淡化。值得指出：这一种修饰关系基本上应该是一种反逻辑的谬理所形成的拟喻关系。这方面唐湜很爱追求。如“流漾”这个旧诗词汇，用在新诗语言系统中，似乎有点格格不入，现在唐湜用“时间的”去修饰它，这“时间的流漾”是谬理的拟喻化修饰关系，这使“流漾”这个旧诗中如实表达的动状词汇虚化了，动状隐喻化了，这一来，因了“时间”这个白话词汇以谬理修饰作强调，而压倒了“流漾”的实际状态，淡化了其旧诗词语属性，进而被新诗和谐而有机地化用进白话—口语系统中。唐湜在《卧游》中有：“一个叫夜晚，一个叫晨光，/一样在沉思着时间的流漾！”又如“覃思”，是十足的旧诗词语，要使它淡化旧诗词语的性能，就采取一个办法：用白话词语“芳烈”去修饰它，并强调这场修饰关系的谬理拟喻性，成为“芳烈的覃思”，使这种抽象的精神活动——“覃思”有嗅觉感。于是，“覃思”淡化了旧诗词语的属性，进入白话—口语的用语系统中。唐湜在《幻美之旅》中就有：“可山中的杜若没芳烈的覃思。”新诗人中此项“化用”旧诗词语者也不在少数。“沉哀”是旧诗词语，若用白话词语去对它作谬理拟喻化修饰，“沉哀”就会淡化其旧诗词语的属性了。戴望舒在《山行》中用“落月”去修饰：“见了你朝霞的颜色，/便感到我落月的沉哀。”“远梦”是个旧诗词汇，若要让新诗化用，得在一个白话用语中挑一个——如“黯淡”去对它作谬理修饰。这一来，由于“黯淡的远梦”中“远梦”淡化了旧诗词汇属性而进入新诗的白话用语系统了，沈紫曼在《惜往日》中有：“是岁月积尘中剥蚀的史页，/是褪色枕上黯淡的远梦。”凡此种种都显示出这几种新诗化用旧诗词语的办法是行之有效的，值得未来新诗语言建设中采用。但还有一种却比这几种“化用”措施更行之有效，值得大大提倡。这就是旧诗中用得特别多的成语和由原型或情结化成的成语。这一类词语往往内中隐藏着一个文化色彩很浓的或者极具诗意的故事，特别是后一类有着很强的情结性甚至原型性，新诗革命中轻易地把它们丢弃是很不应该的，所以我们认为未来的新诗语言建设中非得使它们复活不可，让新诗化用它们、复活它们的审美感发功能。办法其实也简单，就是把这些成语、典故词语后缀“的”，使它们在新诗中成为修饰成分，就可以堂而皇之地进入新诗用语系统了。戴望舒有这方面的追求，他把“栈石星饭”后缀“的”，使之成为一个定语性的修饰成分，去修饰“岁月”；又把“骤山骤水”后缀“的”，也成定语性的修饰成分，去修饰“行程”，于是在《旅思》中他这样写：

栈石星饭的岁月，
骤山骤水的行程，
只有寂静中的促织声，
给旅人尝一点家乡的风味。

这一来，“栈石星饭”与“骤山骤水”就成了新诗词语的成员而不显得格格不入了，并且因了这两个成语本身那种意象构成的特性带来的感发功能而强化了“岁月”、“行程”的意象化性能。唐湜也对此项追求颇感兴趣，他把“离鸾别凤”这个典故词语后缀“的”和“孤愤”组接，在《访高则诚故乡》中这样写：

在异乡村庄里，对一片松风
吟出了那离鸾别凤的孤愤！

这“离鸾别凤”的典故在千百年来的文化积淀中已成为一个民族的情结性存在，用它去修饰“孤愤”，也就大大强化了“孤愤”的意象感发功能。而这个典故词语本身，也就很有机和谐地被新诗所化用了。这样的追求，也大大地影响了后起的诗人，仿效这种简便的组合法，在创作中化用了一批旧诗的成语典故。不妨提一提秋获，这位喜爱化用旧诗成语、典故词语的新诗语言探索者，在组诗《塔玛拉》里就有“我赞美千里莺啼的季候”（之九）、“生命有人迹板桥的逆旅”（之八）、“可你又何必守住西溪，/掩起望穿秋水的竹篱？”（之十）等，这“千里莺啼”、“人迹板桥”、“望穿秋水”都是意象定位的典故词语后缀“的”，以定语的身份进入新诗的词语组合关系中，终于被新诗化用了。他在《塘西》中还有这样的诗行：

我乃有晓风残月的伤感
砧杵声溅出了青春的幽暗

这“晓风残月”作为来自于柳永诗句的典故词语，因了后缀“的”而总算进入新诗词语组合关系中，以定语身份去作修饰“伤感”之用，否则就很难说它在新诗白话系统中有栖身之地。

再看第二类：旧诗词语要想被新诗所接纳，须让它统一于新诗白话用语遵语法的组合格局中。这一类出于旧诗词语化用之目的而展开的词语组合，特别强调语法规范，究其原因，无非是把旧诗词语那种罗列并置的独立品性作彻底改造，使它只能凭依存关系求得在新诗中的容身之地。这也许是最能贴切地显示新诗语言接受旧诗语言嫁接的特色的。戴望舒在使用旧诗词语时，就是把这些词语作为成分严格地纳入新诗之白话的语法规范中的。因此，他的这份化解旧诗词语的功夫很到位，显出了成功。如《过旧居》（初稿）中的“挹泪的过客在往昔生活了一瞬间”，旧诗常见的“挹泪”与“过客”当中加“的”而成偏正词语“挹泪的过客”，作为主语而成功地进入了白话系统；另一行“寂寞的温暖饱和着辽远的炊烟”中的“辽远的炊烟”成了宾语，也很和谐地得到了新诗的化解。《和长女》中有：“可是，女儿，这幸福是短暂的，/一刹那都被云锁烟埋。”这“云锁烟埋”做了谓语，也被新诗融化得很和谐。马君玠是很爱用旧诗词语入新诗的。如果说戴望舒使用的旧诗词语本身被他适当地作了化开来的处理，那么马君玠就几乎不化开，按原貌照搬，却也能严守新诗用语的语法规范，这些原封不动的旧辞藻充作成分而纳入语法框架中，融化得也颇好。如《忧时》中的这类诗句：

今古恨付与残垒荒烟

我们不会感到“残垒荒烟”在白话用语系统中有格格不入之感，反倒因“残垒荒烟”本身具有传统文化的内涵所赋予的感发功能，强化了山河破碎的悲愤感受。贺敬之在《十年颂歌》中抒唱到“革命战马”横扫“西天残云落霞”后，大大地起用了旧诗词语，竟这样写：

吓慌了
　　资本主义世界的
　　　　“古道——西风——
瘦马”。
　惊乱了
　　大西洋岸边的

“枯藤——老树——

昏鸦”。

由于这位才情洋溢的诗人把马致远《天净沙》中那两行诗原本是罗列并置的存在改造成为白话语法框子里的宾语成分，使我们感到：“古道西风瘦马”，“枯藤老树昏鸦”都十分自然地融化在新诗用语系统了。不过戴望舒、马君玠也好，贺敬之也好，让这些旧诗词语化入新诗之所以在接受者看来还是和谐自然的，乃出于他们在接受过程中有着对“意”的预期，而这层“意”是靠这些意象定位了的旧诗词语以兴而比的办法明晰呈示的。所以这些旧诗词语从内至外均自然和谐地融入新诗用语系统了。但也须看到：另有一些诗人在探求一条新诗融化旧诗词语的途径中虽也遵循语法规范，力求把旧诗词语化为成分纳入语法框架中，但和上述马君玠、贺敬之等人的做法有些不同，他们遵循的只是外在的语法规范却违反内在的意义逻辑，或者说，旧诗词语虽在语法框架中以不同成分身份作组合而显出新诗融化它们的外在和谐，却以内在意义的反修辞逻辑而显出这场融化工作的内在不和谐。这场和谐中的不和谐或者不和谐中的和谐，却反映着接受主体在接受过程中有着对深意甚至真意的预期，这层深意甚至真意是靠这些旧诗词语遵循外在语法规范和违反内在修辞逻辑之间形成隐喻张力推宕出来的，正是这一股隐喻张力，使新诗白话用语系统融化旧诗词语从和谐中的不和谐进到不和谐中的真正和谐的境界，也就是说这些旧诗词语正以其在新诗用语系统中的貌似不和谐而提供给接受者超常的隐喻期待。新诗对旧诗词语这样的融化，其实正是立足于语言意象化的必然。这里我们不妨提一提秋荻与时湛在这方面的追求。时湛在《柳浪闻莺》中有：

酒旗风飘出年华的荒远。

这里的“酒旗风”作为旧诗词语（杜牧《江南春》中有“水村山郭酒旗风”）作主语，全句主谓宾齐全，合于语法规范，但“年华的荒远”从“意义”上看，“酒旗风”是无法“飘出”的，这是反修辞逻辑，但正是这场“融化”在和谐中的不和谐，使“酒旗风”这个词语反有了新诗句式中的隐喻功能，隐喻着一种蹉跎岁月的生涯。秋荻在《塔玛拉·一》中有：

大地也霓裳羽衣起美艳。

这里的“霓裳羽衣”作为旧诗著名的词语在全句的语法框架里是作谓语用的，这个主谓宾齐全的新诗句子，却经不起追问：大地怎能“霓裳羽衣”起来，又怎能霓裳羽衣起“美艳”，这是反修辞逻辑的，却在不和谐中出现了隐喻的大和谐：大地已进入欣欣向荣的生命美境界。秋荻在《塔玛拉·五》中有：

当你回眸于采莲之南塘

竟使我悸动起月上柳梢

我们熟悉“采莲南塘秋，莲花过人头”这个乐府民歌中的诗句，“采莲之南塘”就来自于此，但在这首新诗里这个旧词语却成了介宾结构的补语，去补足谓语“回眸”；而这“回眸”又使“我”悸动出了“月上柳梢”。这样一个合于语法规范的复合句，在内里却不合逻辑，谁都知道回眸一瞥是不可能让人“悸动出”一次“月上柳梢”的，但正是这场和谐中的不和谐，使“采莲南塘”与“月上柳梢”具有了少男少女爱恋隐意，而不和谐中的和谐也就这样使两个旧诗词语真正和谐有机地融化进新诗用语系统了。时湛在《平安夜》中有：

那你就八千里路云和月
去高歌求索——
平安夜，圣诞的零点
中国……

说我们伟大的祖国在平安夜的零点时分起又开始了新的求索，你得慷慨悲壮地去为她高歌——这一层意思，因了采取点面感发的特殊句法和线性陈述的逻辑规范句法的有机嫁接，而诗情也因了隐喻式的传达，显出其激昂中的深沉，如果只有激昂而缺乏深沉，那就会滑向1920年代末期无产阶级诗歌派那种热气的发放，那当然不行。因此这首诗除了采用独特的、打破线性陈述的点面感发类句法以外，还采用具有特定诗性文化内涵的旧诗词语在新诗白话用语的语法框架上充当状语成分，这就有了“八千里路云和月（地）去高歌求索”，这“八千里路云和月”原是岳飞《满江红》中的词语，以其民族情结化的意蕴对“高歌求索”作直觉感发式的状语修饰，为诗文本的诗情深化传达起了不可限量的作用，而作为旧诗词语，它也因把自身纳入新诗用语的语法框架而被新诗融化了——这可是不和谐中大和谐的一场融化，因为这个“八千里路云和月”以其超常形态在新诗用语系统中的存在，导致的隐喻性能反倒易被新诗接受者以陌生化的独特鉴赏心态所认同和接纳。值得再提一提的是判断句中旧诗词语的组合和被新诗融化的问题。秋荻在《塔玛拉·二》中有：“人生的行道是长亭短亭。”这里各个词语各以不同成分的身份在白话语法框架里有机地组合在一起，但显而易见的是内在意思违反修辞逻辑：“人生的行道”不可能是“长亭短亭”而竟谬理地判断为是，这就因陌生化而显示出“长亭短亭”这个旧诗词语的隐喻性能。对接受者来说，隐喻往往来自于陌生化，来自于奇特的存在，于是这个旧诗词语在新诗用语系统中有了存在的合法性，于不和谐的存在状态中获得了和谐的接纳，因为李白的《忆秦娥》中有“何处是归程，长亭更短亭”的诗句，暗示着五里一短亭，十里一长亭无限际存在的归途渺茫。秋荻在《塔玛拉·五》中还有这样的诗行：

我曾是瓦楞草长的残堡
生之旅踏不尽斜阳古道

这两行诗中的第二行是一个完整陈述句，“斜阳古道”是常见的旧诗词语，作宾语而被新诗用语系统所接纳，但内在词语结合中的意义关系却违反常情逻辑，因此“斜阳古道”以超常的存在而获得了隐喻性，也使这个旧诗词语在接受者的接受心理中融化进新诗用语系统了，这里不多说它。只说第一行，作为判断句，是合于语法规范的，但内里的意思却极其违反常情逻辑，“残堡”这个旧诗词汇因获得了隐喻功能而被新诗融化进白话用语系统中，也完全可以理解。值得指出的是：这个反常情逻辑而又合于语法结构的句子形态中，“残堡”虽也以隐喻性而被新诗语言所接纳和消融，但比下一行陈述句的消融旧诗词语“残阳古道”更彻底、更纯粹因而也更显和谐有机，因为谬理判断句更是出于精神状态的，或者可以说属于心灵性的情思，往往以谬理判断句来传达更有利。而此处的“残堡”作为“我”心灵情思的隐喻更是顺理成章的。如是我们还可以进一步说：旧诗词语要想被新诗用语系统所接纳甚至融化在新诗语言中，有一条捷径是把旧诗词语置于谬理判断语法结构的表语地位。

再看第三类：旧诗词语要想被新诗所接纳，须让它统一于新诗白话用语的语调中。所谓语调，也就是在言语活动中呈现出来的语气、腔调、口吻，它往往以虚字——特别是其中的语气词在特定部位的安置来呈示。值得强调提醒这里的语调是白话用语的语调。我们发现：新诗中有些白话词语由于进入了文言语调中，结果不仅使句子弄得不伦不类，更是把白话词语也古旧化了。罗莫辰在《黄叶吟》的一开头就这样写：“黄叶乃秋风之古韵也。”这行诗因虚字“乃”、“之”、“也”全是文言，特别是煞尾的语气词用了“也”，语调就十足文言腔了，结果连“黄叶”、“秋风”、“古韵”这样的词汇也古色古香，大有旧诗的“语味”了。这不正常。这种文言词语外在的复古现象在1930年代一批追求古典意境成癖的诗人中，似乎颇有市场。“诗帆”诗群中很有些人爱作此类追求，尤以汪铭竹、滕刚为甚。汪铭竹的《春之风格次章》中“于汝之口中，我求索热酿的酒”，滕刚的《小风怀（二章之二）》中的“秋梦如献托于扇上的夕颜花，/夜夜在圆顶帐中吐云发之蕾”，等等，都可见出这种文言词语外贴的复古现象。这种现象在30年代中期还盛行过，成为一种时尚，连大力提倡用口语写诗并在《我的记忆》等诗中显出了实绩的戴望舒，在写于1934年底的《古意答客问》中也有：“孤心逐浮云之炫烨的卷舒，/惯看青空的眼喜侵闲的青芜”这样的句子，《灯》中有：“曦阳普照、蜥蜴不复俗其光/帝王长卧、鱼烛永恒地高烧/在他森森的陵寝”这样的句子。这种新诗语调古化现象，在当今诗歌创作中也时有所见。丁芒在1950年代中期已有显示迹象，70年代末期这种迹象在他一部分诗中更明显起来，不过这位诗人古典诗歌修养较深、驾驭语言的自觉意识较强，能及时自我调节，适度控制。比较而言，台湾诗坛有部分诗人对此类语调古化的趣味追求更强烈些，管管、田运良等都在诗中有显示，如田运良的组诗《用爱弄皱青春——情惠至魅·二鹣鲽》中“乃今深蕴喜色于花轿/兼程为伊之终身赶来探看/……捻亮一烛心动/隐照羞涩之初夜……”之类。语调之古化含有一种危险：使新诗白话词语被旧诗用语系统所融化。对此，多数新诗人是有所警觉的，所以新诗坛总体说是在追求一种把旧诗词语纳入新诗白话—口语的语调中使之今化。唐湜有《迷人的十四行》一诗，第一节是这样：

迷人的十四行可不是月下
穿林渡水地飘来的夜莺歌，
那是小提琴的柔曼的流霞，
打手指约束下颤动地涌出的；

这一节诗的前三行都是以“3332”呈示的四顿十一字诗行，只有第四行是“3333”呈示的，虽也是四顿但有十二字，比前三行多了一个字。而这个诗节押的是交韵，第二行的“歌”和第四行的“的”宽式同韵，可押，不过“的”前面的“出”也和“歌”是宽式的同韵，也可押，如果把最后一行的“的”删掉，这一行也成了四顿十一个字，和前三行在节律上可以完全统一，形式上也可做到“句的均齐”，而且删掉“的”，第四行煞尾的字是“出”，和第二行煞尾的“歌”也可押韵，不影响韵律的和谐。按理说删掉“的”是两全其美的，因此有人建议唐湜删去第四行煞尾的“的”，但唐湜不同意，仍要保留，并说：“删掉‘的’，就不是口语语气了。”[①] 诗人自己这个说法值得珍视，反映出他十分讲究以白话—口语为用语的新诗不能忽略其诉说性语调。我们却于此中进一步发现另一个问题：这节诗的第三行有“柔曼的流霞”这个旧诗词语存在，而我们在阅读中也并不感觉到它格格不入，这个旧诗词语已是十分谐和自然地成了新诗语言家族中一个合格成员了。究其原因，由于这个旧诗词语存在于白话—口语的诉说性语调中，才得以让新诗语言家族自然而然地把它接纳进去。唐湜的确是凭着这方面的自觉意识，才使不少他爱用的旧诗词语融化进新诗语言系统中。如《孤独常叫人深思》中有这样的诗节：

荒凉的平芜，夕阳的巷陌
可会有歌德的俊彩闪现出，
那是些辛勤耕作的收获；
可骄傲的天才，没叫笔荒疏，
未来的年代会接受这一串串
打孤傲里涌现出来的翠峦

在这一节诗里，古典气息颇浓，那是由“平芜”、“巷陌”、“歌诗的俊彩”、“荒疏”、“孤傲”、“翠峦”等旧诗词语组合在一起形成的，不过纵使是古典气息很浓，也还是让人感到这不过是现代锦匣里嵌上了珍珠象牙，这些旧诗词语也现代化了，正如珍珠、象牙和现代锦匣之间是有机地组合、和谐地交融的，这靠的是什么？首先靠白话—口语的语法框架让它们找到合适的存在位置，更在于在行与行之间使用了“可会有”、“那是些”、“可骄傲的”、“没叫”、“打孤傲里”等虚字，与虚字紧紧连在一起以表达联系、转折、递进、感叹等的白话词语，充分显示出口语特有的语调，这一来，也就使得上面提及的那么多旧诗词语进入了口语语调圈，被新诗的白话用语系统接纳而成为

① 此系笔者与唐湜交流“的”该不该删时唐湜所说的话。

其家族的合法成员了。当然，这方面最典型的还不是唐湜，而是青海诗人昌耀。昌耀擅长用旧诗词语嵌入新诗白话用语系统中，形成一串串富于感兴功能的诗性语言来进行抒情。他这份语言功力特别显示在语调的营造和语调功能的充分发挥上，而太爱使用旧诗词语的他，就让现代口语语调来把这些结结实实的旧诗词语融进新诗的语言系统。如《长沙》中那一句“我又重见南方雨燕的鹁鸪了”，这里的“雨燕”也好，“鹁鸪”也好，都是离白话—口语很远、为旧诗中惯见的词汇，但在这个以“我又……了”的感叹语调呈现的新诗诗行中，谁也不会因它们来自旧诗词语而感到格格不入。我们还想指出：昌耀诗中的语调是一种在场感的语调，好像是情不自禁发出的昵语，或者像是指指点点直接与人在讲着点什么，有一种戏剧化言说倾向，因此给人以表现性而非呈示性的在场感。在《所思：在西部高原》中他这样写：

西部的山。那人儿
听见霜寒里留有岁月悠悠不绝的
钟鸣。太寂寞。

这的确富于在场感，类似戏剧化的言说，是一种特殊的语调表现。被汇入进这个语调中的旧诗词汇是“霜寒”、“钟鸣”，现代口语以在场感的语调把它们全消融在新诗用语系统中了。尤其是“钟鸣”这个古味很浓的旧词汇，被“岁月悠悠不绝的”这一白话短语强行对它作拟喻化的修饰，使这个旧词汇淡化了古味。还值得一提的是《河西走廊古意》一诗：

秋驼的峰顶，
当旅伴的一声《太平令》
长长地，正在大荒云头，
与雁序一同拔高的时候，
我觉得自己已醉得快溶化了。
啊，好醇厚的泥土香呀！

我但看见他那行歌中的青年武士
整盔束甲，
翘首玉关，
而河西漠野已在夕照中迷离——
一滩碣石
如羊只。
……
我却说：
好醇厚的泥土香！

这首诗至少用了七个旧诗词语："秋驼"、"大荒"、"雁序"、"整盔束甲"、"翘首玉关"、"碣石"、"羊只"，但它们全都十分融洽地纳入进新诗用语系统了，原因乃在于：一、这些词语都成分化而被安置在现代汉语的语法框架中；二、它们还进入了昌耀所特有的那种语调中。前一点就不作分析了，只说语调。所谓为昌耀所特有的语调包括两个方面，一个方面是大量起用虚字——特别是其中的语气词。它们包括"当……"、"而……"、"好……！"、"却"、"啊"、"呀"等，它们大多是一种惊喜、赞叹性语调。不过对昌耀来说，这还只是外在文辞上的，这位诗人还进一步使用了在场感的戏剧言说语调，诗的第二节就集中地显示着。这两类语调在这个文本中一汇合，也就把自己凸显出来了。唯其如此，才使这一大堆旧诗词语有可能被强有力地统一进语调中，以致和谐而有机地接纳进新诗语言系统了。

综上所述，可以说：旧诗中具有审美文化内涵，特别是有一定的民族情结性、原型性的文化内涵而获得了意象定位的词语，在新诗未来语言建设中，必须而且完全可能融化进新诗的白话—口语系统中，重要的是融入的规律必须探索清楚，并自觉地掌握。我们总结出以上三条"融化"途径，也就是三条规律。新诗人们在以往的创作中虽有心愿继承旧诗中有审美生命力的词语，有一部分人还大胆地在创作中尝试着做起来，但缺乏对"融化"规律的提纯，并以此来指导自己的语言艺术实践，多数都还是一种自发行为。唐湜就是一例。这位诗人在《一叶诗谈》的第二章《诗的语言与风格》中说："我是从先行者那儿接过有光彩的语言火把起步的。不过，我也有自己的语言熔铸与凝练，我的语言中熔化了不少古典传统的诗意与文采，可这些必须能消融于我的现代口语里面不显得过分突兀，却十分自然顺当。"[①] 但唐湜如何进行这份"熔化"工作，他没有把经验具体地总结出来。昌耀在致李万庆的信中倒是说了句经验性的话："词语的组合构成一个在许多方面绵延开去的整体意义。"[②] 这表明昌耀已摸索到新诗对旧诗词语的"熔化"关键在"词语的组合"。我们具体地总结了旧诗词语在新诗语言系统中经"词语的组合"的不同途径来获得"熔化"的经验，也只是聊备一格，以志备忘而已。

第二节　句法选择须受制于抒情方式

我们已一再指出：中国诗歌语言有两大体系，旧诗偏于点面感发类隐喻语言体系，新诗则偏于线性陈述类逻辑语言体系。平时我们还可简称前者为隐喻语言，或直觉语言，后者为分析语言。这里的句法选择其实也就是未来新诗对两大语言体系或对其侧重面的选择，鉴于语言体系更多地体现于句法中，所以才从句法选择与抒情方式的关系上来提未来新诗语言建设的第二个要点备忘：

这第二个要点备忘其实是讲不同语言体系的句法和不同的抒情方式有着密切的关系，密切到前者在相当大的程度上须由后者决定。提出这个命题，其实意味着未来的

---

① 唐湜：《一叶诗谈》，第 97 页。

② 《昌耀诗文总集》，第 877 页。

新诗不能独尊某一类语言体系，而是立足于两大语言体系共存的。唯其以共存为前提，才会有句法可供选择的条件。这是首先要说明的。那么抒情方式的实质性内涵又是什么呢？我们认为抒情方式就是诗性情思的语言表述方式，因为诗歌离开语言也就不再存在诗情的诗歌表述。语言既是材料又是工具，诗性情思是依存于作为材料的语言的，诗人的任务就是必须把渗透情思的语言材料通过语言工具作出这样那样、有利于充分表述情思的安排，而这也就叫抒情方式。由此说来，用什么样的方式来抒情，也就是个选择什么样的语言工具来安排语言材料的问题。而这，也就是我们提出句法选择须受制于抒情方式的理论思路。

那么实践是不是也证实了这一点呢？我们的回答是肯定的。

大致说抒情方式可分直接抒情、意境抒情和象征抒情这么三类，现在我们就对这三类抒情方式各选择什么样的句式，来作一番回顾与预测。

先看直接抒情所选择的语言体系——或者句法。

我们认为：直接抒情按过去新诗创作的经验，选择的主要是逻辑语言。

直接抒情是情感裸现的一种方式。赤裸裸直接呈现情感，在诗歌创作中采用得最普遍。由于情感没有意象化的具象依附，借譬比或兴发感动的途径意蕴深远地暗示出来，使得这种抒情方式看似容易实质很难，如果诗人没有真挚贴切的情绪感受，并在强烈的冲动下喷泻出来，而只是一般的，比较空泛的情绪感受，那就成了空空洞洞的言说，诗性审美价值就不高。中国新诗1920年代末期出现的无产阶级诗歌派的诗被认为只是一股热气，就是针对空洞喊叫这一弊端而作出的评价。但如果诗人确有真切的情绪感受，且能在受到特定外物的刺激而于强烈冲动中提纯，又以与之相应的、最本真而精练的语言直接表达出来，其效果反比似隐似显、吞吞吐吐地传达的效果要好。这就是说：若有一种具有特定质素的情感要想表达出来，反倒以采用直接抒情的方式为宜。唯其如此，也才使得与之相应的语言也须以逻辑语言体系为主，这是因为情感是情绪的知觉化提升，它超越了浑漠的直觉印象，而有较多理性因素的渗透，有其存在与流动的内在逻辑，而正是在这情感逻辑的作用下，作为情感物质存在的用语也必然会在对语言材料作安排中遭受到理性逻辑制约，去遵循约定俗成的语法规范。于是，用之于表述这类裸现情感的语言，也势必以分析性的逻辑语言为主了。我们不妨拿林子的《给他·二》来看看：

所有羞涩和胆怯的诗篇，
对他，都不适合；
他掠夺去了我的爱情，
做一个天生的主人，一把烈火！
从我们相识的那天起，
他的眼睛就笔直的望着我，
那样深深地留在我心里，
宣告了他永久的占领。
他说：世界为我准备了你，

而我却无法对他说一个“不”字，
除非存心撕裂了自己的心……
我们从来用不着海誓山盟，
如果谁竟想得起来怀疑我们的爱情，
那么，就再没有什么能够使人相信！

这是男女相恋之情的强烈抒发，的确有点像“一把烈火”。唯其如此，才使得林子选择了直接抒情来传达，因为这情感本真，无须“美容”一番出场，也自有其动人之处。总之相应的语言在作传达时，也就无须吞吞吐吐，不容疙疙瘩瘩。这也意味着：须选择各部分连接得自然有机的语言，转折处要明确不含糊。当然这样一种语言就非得起用虚字不可，以合于约定俗成的语法规范。在这种情况下，林子选择了逻辑语言，主谓宾定状补各个成分不随便缺失，而是按语法规范要求各就各位。特别是虚字的大量起用：“从……起”、“除非”、“如果……那么”等，使诗句一波三折，情感传达层层推进。如果不用逻辑语言，那是难以有这种审美传达效果的。值得指出：逻辑语言的逻辑体现在很大程度上得益于虚字——特别是其中的关联词语，而直接抒情到末了往往要使裸现的情感有所提升，否则一泻为畅，是难以给接受者回味之余地的。这种提升往往以转折语意的语气来实现，所以转折关联词的大力起用乃是这类直接抒情方式的必然现象，而这也进一步表明直接抒情非用逻辑语言不可。吉狄马加的《土地》，抒发了他对自己出生的土地“深深地爱着”之情。诗人把这一腔情作了层层推进，说自己“爱着这片土地”，“不只因为在这土地上……/祖先的血液在日日夜夜地流淌”，也“不只因为……妈妈的抚摸是格外的慈祥”，更在于

我深深地爱着这片土地
还因为它本身就是那样的平平常常
无论我怎样地含着泪对它歌唱
它都沉默得像一块岩石一声不响
只有在我悲哀和痛苦的时候
当我在这土地的某一个地方躺着
我就会感到土地——这彝人的父亲
在把一个沉重的摇篮轻轻地摇晃

这最末的一节诗是吉狄马加土地之爱的情感提升，即当自己“悲哀和痛苦的时候”土地能给以慰藉和力量。这也是抒情的转折：抒情主人公从主动地爱这片土地转为被动地接受这片土地对他的爱。通过转折来提升情感，特别要强调使用转折关联词：“还因为”、“无论……都”、“只有在……时候”、“当……就会”等，如果不用这些虚字，这场转折就显示不出来，情感提升也会被语言表述的溟溟漠漠、含混不明而难以完成。类似的追求我们还可以在戴望舒的《狱中题壁》、蔡其矫的《祈求》、舒婷的《一代人的呼声》、《土地情诗》等中见出。对此类强调直抒中的转折与情感提升中的大量起用

转折关联词语以显示其逻辑语言特征的情况，就不再作详细的论析。值得指出的是：这种直接抒情可以说是纯情直抒，而另有一种则是即景直抒，即诗人凭他对具象的描述来作为背景烘染，从中进行情感直抒。这一项直接抒情由于须对具象作直观描述，更由于存在着一个直观具象与直接抒情之间有机交接或交替感应的组合问题，更需要用逻辑语言。艾青的《黄昏》是先叙后抒的一种即景直抒。第一节这样作具象描述："黄昏的林子是黑色而柔和的，/林子里的池沼是闪着白光的。/而使我沉溺地承受它的抚慰的风啊，/一阵阵地带给我以田野的气息……"在这四行诗中使用的语言是散文式的，严守语法，事物间的关系经过分析而按逻辑推演开来，整体却被纳入一个条理清晰、层次分明的组合关系中，可见"景"的直观性描绘，只有凭依逻辑语言才能接近于不变原状。再看这首诗接下去即景而作的直抒：

我永远是田野的各种气息的爱好者啊……
无论我漂泊在哪里
当黄昏时走在田野上
那如此不可排遣地困惑着我的心的
是对于故乡路上的畜粪的气息
和村边的畜棚里的干草的气息的记忆啊……

可以看出这一段直接抒情是受情感的内在逻辑制约，紧紧围绕"田野的各种气息"而层层递进地展开的。上一节是以景起兴，末了提出"田野的气息"，实是提供给接受者以定向起兴，由此推向第二节当然得沿袭"田野的气息"，并非得以这个意象为逻辑起点展开不可，于是这新一节的开头一行就得强调"我永远"对田野各种气息的爱好。为达到此项强调之目的，艾青就凭借散文式语言表达的自由而用上一个感叹语气的虚字"啊"。这一个过渡性诗行因了"啊"承前启后之作用，也就使紧跟而来的一场直接抒情在展开中用了多个虚字，如"无论……"、"当……"、"那如此……啊"等，来表述情感的转折、递进和强化。这种种复杂的情感表述要是不采用逻辑语言，显然难以畅达。边叙边抒的即景抒情，转折更多，递进更快，情感流动的内在逻辑性更强，各类关联性虚字也就用得更频，因而也更要求使用逻辑语言了。徐志摩的《再别康桥》、曾凡华的《边界月》等，均显示着这一类语言特色。

在新诗的直接抒情中，还有一类拟喻直抒可说越来越被诗人们广泛采用了。这是一种抽象的具象化直接抒情，目的是使较抽象的情思以变形具象的陌生化形态呈现出来，加深接受者的印象，刺激感觉联想而获得较深刻的感受。这种做法本来就是主观有意为之的抒情行为，受理性控制又借理性推动，付之于语言的表述，隐喻语言当然是不适用的，须用逻辑语言。旧诗里也有拟喻，但那大多是对物象或自然景象借通感来形成的，或者说拟喻出之于感觉转移，因此只能用直觉隐喻语言。新诗的拟喻更多情况下是对抽象情思、意念凭分析—演绎作拟人、拟物、拟态的编排。拟喻出之于理性联想，也就只能用逻辑推论的语言，如田间的《纪念眼泪》中有："反叛/唱着/我们心底的愤怒/让她出伐/去世界/像列车"，这无非是"我们要把叛乱推向整个世界"这一战斗情思通过抽象具象化的拟喻来作直接抒发。这显然是凭理性意图编排出来的，而这也就决定其语言须逻辑化，受语法规范。只不过这又是反修辞逻辑的。绿原在《你是谁》中把鼓动人民宁可在暴风雨的搏斗里默默死去也不要浸沉在时代的痛苦里憋死这一场情感的直接抒发，就作了这样一番拟喻化的乔装打扮推了出来：

> 不要再埋在痛苦的茧壳里做一颗软弱的蛹，
> 咬破你的皮肤似的墙壁，钻出来——
> 出来飞翔！——即使
> 拍一拍翅膀之后
> 连云彩都没有望你一眼
> 你就被暴风雨淋死！

这可是很标准的一次用逻辑语言所作的拟喻化直接抒情，它实际上是一个复合句，用“不要再……即使……连……就……”这一批表关联的虚字连成，形成了一个分析、假设、演绎的逻辑推论网。

凡此种种都表明新诗的直接抒情以采用逻辑语言为宜，这对于未来新诗的语言建设来说是个值得继承的传统。

再看意象抒情，新诗采用的是隐喻语言。

意象是感觉的具象化表现，它起于创作主体的感觉刺激。感觉刺激起情绪，情绪激活想象，想象选择具象依附，于是也就产生了意象，从这个意义上说，意象也可以是渗透着情绪的、具体化的感觉想象。所以诗歌用意象来抒情最合适，因为意象是感觉、情绪和想象三位一体的。对诗歌世界的把握与表现来说，这样做既能有因感觉刺激而生的独特发现，又能有因情绪而生的真切体验，更有因体验而生的具象感兴。这比之于直接抒情那种只有情绪感受、难有对生态的独特发现、也缺失具象感兴来，显然要高出一个层次。再从感觉、情绪与想象三位一体来审思，意象抒情实属直觉系统的派生物，可以说是对直觉的隐喻。由此说来，意象抒情用以表述的语言，也该是隐喻语言。

意象抒情可以分两大类：整体意象抒情和意象组合抒情。

所谓整体意象抒情的整体意象，同上述即景直抒中的“景”一样，当然也是个具象体，并且也同样以其感兴功能来感发出一种意境，使接受者入于此境而生情绪感受。但整体意象又并不等于具象体，由于它是抒情主体情绪想象选择之所得，有主体情绪渗透其中；也受主体想象制约。显出原生态的适度变形，且往往于此中埋下定向兴发感动的契机，所以这一类意象抒情的整体意象，乃是主体潜在意图的潜在体现。这样的整体意象抒情如果其表述语言与内在的感发逻辑相应合，当以线性陈述的逻辑语言为宜，但这一来，情绪想象显然会受到限制，而兴发感动的功能作用也显然因定向的单一而弱化。为力矫此弊，新诗人只得从外在语言改造入手，具体办法就是把线性陈述的语言予以切割，割断其逻辑推论的关联词语。这一来，线性陈述的逻辑语言也就显出其反语法规范性能，使表述语言转化成点面感发的隐喻语言了。郭沫若的《笔立山头展望》写的就是主体所把握到的一个由鸟瞰而得的门司市整体意象：

大都会的脉搏呀！
生的鼓动呀！
打着在，吹着在，叫着在……
喷着在，飞着在，跳着在……
四面的天郊烟幕朦胧了！
我的心跳呀快要跳出口来了！
哦哦，山岳的波涛，瓦屋的波涛，
涌着在，涌着在，涌着在，涌着在呀！
万籁共鸣的 Symphony，
自然与人生的婚礼呀！
弯弯的海岸好像 Cupid 的弓弩呀！
人生的生命便是箭，正在海上放射呀！
黑沉沉的海湾，停泊着的轮船，进行着的轮船，数不尽的轮船
一枝枝的烟筒都开着了朵黑色的牡丹呀！
哦哦，二十世纪的名花！
近代文明的严母呀！

作为整体意象，这首诗分三个单元来展开。第 1—6 行是第一个单元，拿大工业生产的近代气势很盛的生产场景在诗人心中引起的幻感来对这个意象作力的表现。第 7—10 行是第二个单元，拿门司市城外山峦逶迤起伏、城内屋宇鳞次栉比的生态环境在诗人心中引起的幻感来对这个意象作动的表现。第 11—16 行是第三单元，拿门司市港口众生拼搏，海上千船竞发的生存场景在诗人心中引起的幻感来对这个意象作奋进的表现。为了让这个整体意象不拘泥于内在的定向感兴，提供更多想象"激素"，就得给外在的表述语言以飞跃奔夺的强刺激，办法就是给分析—演绎的线性语言作一番切割手术，让每一个守语法的诗句的词序错综，关连切割。于是我们看到这首诗这样的语言现象：在第一单元中，第一、二行各都是复合词语，成分属性不明；第三、四行六个谓语，主语、补语都省略，第五、六行虽都是完整句子，但相互间缺失关联词，而整个单元句与句之间也都因为缺失关联词语而在语言层面上的外在关系都被切割。第二单元的第七、八行，是一个句子，但谓语"涌着在"省略了介宾结构的补语；第九、十行是两个短语，不成其为句子，成分属性不明，它们之间以及它们与上两行之间的关联词语也统统缺乏，切割了应有的关系。第三单元的第十一、十二行是两个完整的句子，且相互间因虚字"便"的存在倒是建立着关系的——它们是全首诗唯一合于语法规范的。第十三、十四行中，前一行只是一个复合词语，不成其为句子，成分属性也不明，可以把它们看成介宾结构充当的定语，用以修饰下一行这个完整句子的主语"烟筒"，但由于它们都缺失了介词，这样的推想也只得存疑。第十五、十六行各自也只是复合词，不成句子，成分属性不明，而它们之间也省略了关联词，关系被切断；而它和前

二行也因没有关联词而切断了关系。我们这样逐行逐句的分析，当可以证实一点：这首诗总体说是反语法规范的，大多句子模糊了内在应有的成分组接关系，大多句子间也断裂了应有的关联，这使得该诗的整体意象留有诸多空白。出现大面积的空白并非坏事，就艺术而言反倒是大好事，可以为接受者创造想象飞跃的条件。且拿文本的第1—4行来作些分析：第一、二行“大都会的脉搏呀/生的鼓动呀”，实是两个孤零零的复合词语的并置，好像相互间并无关系可言，其实根据对等原则，它们都在隐喻一种动与力的生存境界，因此可以有隐含的关联；而第三、四行：“打着在，吹着在，叫着在……/喷着在，飞着在，跳着在……”是只有谓语因而是残缺的六个句子的组合，那可是对近代工业文明的核心——机器大生产情景所作的形象化提示。说是“提示”，指“打着在”等六个残缺句子是对具象不完全的表述，只能说是提示了一下，把更多实况让给接受者发挥想象去补充。这可是借一种切割语言所产生的外力——想象飞跃的作用而促成的，所以语言的切割一方面使用以意象抒情的语言非成为语法规范的隐喻语言不可，另一方面大大促进了想象的开展，从而强化了意象抒情。但值得指出：像《笔立山头展望》这样全面而成功地切割语言的实在不容易做，新诗中也不算多，因为整体意象的抒情整体要表现出来，须对对象作过程化陈述，各部分与整体之间、各部分相互间都得交代清楚，所以这类抒情方式一不经意就会采用逻辑语言了事，这也就会使这场意象抒情成为寓意言说。为了避免这种容易导致的倾向，语言的切割必须有意为之，硬性这样做。这种不是出于自然天成的语言行为要做得像《笔立山头展望》这样有机实在太难了，所以对整体意象抒情采用点面感发的隐喻语言，往往是有侧重点的使用，而不作全面展开。最通行的办法是连续性句法活动——句与句之间省略关联词语。如艾青的一首小诗《荒凉》：

那边的山上没有树
那边的地上没有草
那边的河里没有水
那边的人没有眼泪

这首诗的整体意象就是荒凉的“那边”，用四个句子来表述这意象，每句除都省略了主语以外，其余的成分齐全，词序规范，但是这四个句子之间的关系含混，因为省掉了关联词语。这一来，歧义产生了：第四句与前三句之间究竟是并列的还是转折的关系？如果是并列关系，表述的是“那边”不仅已不生树，不长草，没有水流，更无人的眼泪了，这当然是够“荒凉”的。由此看来这四个句子在连续性句法活动（即章法）中是同向对等的隐含关联，第四句表述的是那边连人的眼泪也被晒干了，增加了“那边”大旱带来的荒凉表述的一个砝码。如果第四句放上转折关联词“但是”，成为：“但是，那边的人没有眼泪”；或者“却”，成为：“那边的人却没有眼泪”，情况就大不同了，成为与前三句构成了逆向对等的隐含关系，反衬出“那边”的人与天灾抗争的意志没有摧折，生存意念并没有荒凉，这一来抒情境界就会高出一筹。可见整体意象抒情的格局在特定的外在语言措施中可以不断拓展。艾青深懂此奥秘，因此他偏不在第四句中安置转折关联词。这一来，这一句和前三句之间就出现了关系的暧昧，它们既可以让人理解成是同向对等的隐含关系，也可以让人理解成是逆向对等的隐含关联；既可以让人感受到大旱之年“那边”荒凉到何等恐怖的地步，也可以让人感受到大旱之年“那边”的人向荒凉抗争的意志是何等坚定——正像“莫斯科没有眼泪”那样的。所以因了采用隐喻语言，因了隐喻语言中特别重要的一着——省略关联词语的起用，这首诗的整体意象抒情就借语言表述的含混而生出歧义—多义，扩展了抒情的幅度。隐喻语言内部构成的侧重还有一种常见的做法是省略谓语，特别是判断词“是”，也能使整体意象因语言表述的含混而增加抒情的歧义—多义效果。这是在句法内部的一种侧重：若再和连续性句法活动中关联词的省略结合起来，效果将会更好。如绿原的《航海》，整体意象就是“人活着像航海”，诗人以最简洁的语言来表述这一场整体意象的抒情，他这样写：

你的恨，你的风暴
你的爱，你的云彩

这是两个省略了判断词“是”的句子，显示着很标准的隐喻语言特征。如果把“是”加进去，这两个句子是守语法规范反修辞逻辑的，虽属逻辑语言的表述，却因了反修辞逻辑也增添了一点经理性分析推论更开展的经验联想，有譬比印证的意味，但缺乏一点意象凸显以求感发性抒情的效应，以致弱化抒情的感受幅度。现在绿原干脆把“是”省略了，这一场大胆的语言切割可不是一般人下得了手的，绿原竟做了，做得很好。好在这一来，人在“航海”中，“恨”和“风暴”像两个浪峰各自浮雕般凸显了出来；“爱”和“云彩”也如此各自凸显了，接受者在接受的同一时间中既接受了心理感觉中的“恨”，又接受了视感觉与听感觉混成的“风暴”；既接受了心理感觉中的“爱”，又接受了视感觉与肤体感觉混成的“云彩”，于是“恨”与“风暴”之间、“爱”与“云彩”之间就不是一种理性指派的依存关系，而是叠映、共感，这可是很能调动接受者的感应主动性，扩大抒情幅度的。再说两句之间省略了关联词，就如同一组各两个“浪峰”的两排双峰凸显而对峙，由此形成的整体意象的抒情幅度就更扩大了。

意象组合抒情是意象抒情的又一种。所谓意象组合抒情，实系在一条情感流动线路上分别设置一些与每一段情绪感受相应合的意象来感发情绪，从而达到意象抒情的目的。由于这条流动线的情感流动，受制于情绪逻辑，而情绪逻辑从特定的角度看是一种直觉逻辑，不是分析推论性的理性逻辑，它具有弥散性，跳跃性。唯其如此，才使得与它相应的语言也以直觉化为宜，以能和情绪感应流动的弥散性、跳跃性一致为宜，于是，隐喻语言也就被大大起用。这种意象组合抒情其实在新诗中往往是感觉印象综合的，所以擅长于写感觉印象的诗人对隐喻语言情有独钟。林庚很有代表性。他早期的诗大多是感觉印象的写法，如《长夏雨中小品》：

微雨清晨，
小巷的卖花声；

花上的露，
树旁的菌，
阶前的苔，
有个蜗牛儿爬上墙来。

这使人感到一个心境虚静平寂者怀着一份与自然默契之心在观赏长夏雨景时得到的一大堆感觉印象，且于此中他还潜在地把握到一点超越意境的意趣：大千世界竟然如此和谐地共存着，且又洋溢着各自求赋生的生机。这种在潜意识里与自然默契的感觉印象有其原生态特征，故人为的分析—演绎对这些感觉印象组合有任何制约都是不适合的，与之相应合的语言表述也就需要直觉化，即尽量求得语言的近于原生态的隐喻性表述。于是这个文本除了第六行是个完整句子，其余五行全是复合词，成分属性不明，构不成守语法规范的句子，句法活动凸显的是词而已，连续性句法活动凸显的也只是一个个复合词，相互间的关联词也全被省略了。总之所有这些都表明：意象不是借句法和连续性句法而呈现和组合的，而只是一堆词语的罗列。林庚后来写新格律诗，特别在诗集《北平情歌》中的诗，其意象组合的抒情比《长夏雨中小品》更显示出隐喻语言表述的特性，且在句法上更是反语法规范，以致词语大面积罗列，意象高度跳跃地组合。如《秋深》，是靠词序的错综、词性的变换达到的：

北平的秋来故国的梦寐轻轻像帐纱
边城的寂寞渐少了朋友远留下风沙
月做古城上情人之梦吧夜半角声里
吹不起乡愁吹不尽旅思吹遍了人家

我们就不对每一行作细细分析，且拿第一行来看一看。这一行是一个句子，但词序太错综，按常规它应该是这样："秋来北平故国的梦寐像轻轻的帐纱。"句子确实很顺了，但这一来只表述了一个意思："梦寐像帐纱。"只不过是让"梦寐"的依存关系更明确一点，即"秋来北平故国（引起）的"梦寐。这不过是用逻辑语言陈述与说明一件有关"梦寐"的事而已，谈不上有多少意象抒情的情味，更无须说有什么意象组合了，而是对事件（"梦寐"）来龙去脉的连络和对其性质的陈说，采用的则完全是分析—演绎所要求的逻辑语言。但林庚原诗并不是这样的。"北平的秋来"与"故国的梦寐"因了诗人巧妙地使用了词序错综，使它们成了两个并无依存关系的独立意象并置在一起，而"轻轻像帐纱"既摆脱了"梦寐"的制约而走向独立，且因了这是一场谬理判断性表现而不是"像轻轻帐纱"那样只是具象的说明性陈说，意象化性能也就很显著。于是这一个按语法规范原本该是逻辑语言体现的句子，因了词序错综而变成三个意象化词语罗列的隐喻语言的体现。林庚采用隐喻语言而使这两首诗句不成句而只是词语的罗列，也使意象组合式抒情获得了很高的审美价值，因为意象化词语按对等原则罗列或组合会使这些词语在深层处有了隐含关系，从而为意象组合的抒情提供了一种暗藏于反语法规范的句式中的隐喻功能。如果说林庚在意象组合抒情中采用词序错综来改句为词语，以凸显意象化词语而作对等原则的隐喻性抒情，那么吴汶在诗集《菱塘岸》中的一些诗则致力于省略主语的谓语性词语呈示、省略谓语的主语或宾语性词语呈示、省略被修饰对象的定语、状语性词语的呈示，从而凸显其意象化词语作对等原则的隐喻性抒情。吴汶大致有三类做法：一类是谓语提前而使一个句子分成两个有大量成分残缺的句子。如《衣角》中有：

残了，少女的恋。

这其实是一般陈述句“少女的恋残了”的谓语“残了”提前而分成两个句子的做法，但“残了”只有谓语而无主宾，也无修饰语；“少女的恋”成分的属性不明，仅以一个名词性复合词充当一个句子，从语法要求看，这两个大量成分残缺的句子有点不成其为句子的样子，但这一来倒使原本是以陈述句表述的一个意象成了两个，接受者读这一行诗就会在心灵中浮起青春的凋谢和恋中的少女两个意象，它们逆向对等的组合，在深层隐含联系中完成了对生命美与美之消逝的慨叹，进而完成了一场意象组合的隐喻式抒情。这一做法在《菱塘岸》中还可见到不少，如《麦管》中“摇震，迟疑的脚步”，是“迟疑的脚步摇震着”的谓语“摇震”提前而分成两个成分大残缺句子表述出来的两个意象，从而颇生动地隐喻出抒情主人公“我幻着八阵图的迷惘”的心境。又如《倾》中：“阑珊了，依稀的香和影。”也原本是一个句子的宾语提前而分成两个，使原本一个意象变成了两个意象，“阑珊了”和“依稀的香和影”，于对等的组合中完成了隐喻式抒情。另一类是判断句，省略判断词并作表语提前，使原本用一个句子表述的一个意象，都一分为二了。如《夜归》中：

沉沉，昏黄的灯火。

原本应是一个完整的判断句：“昏黄的灯火是沉沉的。”表语“沉沉”是形容词充当的，现在提前，成了又一个形容词的句子，复合名词“昏黄的灯火”连成分属性也不明地成了一个句子，于是原本一个判断性陈述的句子成了两个句子，一个意象也成了两个。“沉沉”具有心理感觉意境的感发功能，“昏黄的灯火”具有视觉意境的感发功能，它们对等地组合完成了两场意境复合的隐喻式抒情。又如《七月半》中：“深沉，遥远的夜。”《菱塘》中有：“凄迷，似曾相识的。”等等，莫不是表语提前而把一个句子表述的一个意象都一分为二，并能够以两个意象对等的组合来造成隐喻的抒情。再一类是一个完整的句子省略谓语，让主语与宾语或表语的关系切断，以致形成两个只有光秃秃的名词的句子。如《曲巷》中有：

曲巷，月展开的蛇腹。

这原系“曲巷是月展开的蛇腹”——一个判断句，省略了“是”，把主表关系切断了，于是只用一个句子表述的一个意象一分为二成“曲巷”和“月展开的蛇腹”这两个意象对等的组合，互为感发出一片复合的意境，对幽秘、寂寞、荒凉的生存感兴作了隐喻式抒情。其他如《五月》中的“五月，椰子味的风”。它原本应该是“五月有椰子味的风”。这里省略了谓语“有”，以致分裂成两个只有成分属性不明的名词句和两个意象：“五月”与“椰子味的风”。《菱塘》中有“秋风，倾斜的塘岸”，它原本应该是“秋风吹过倾斜的塘岸”，一个句子，表述一个意象，现在省略了谓语“吹过”，分裂成“秋风”和“倾斜的塘岸”两个成分残缺的句子，从而也分裂成两个意象。总之由于谓语省略而造成的一分为二现象，使意象能增加一倍且能在对等地组合中完成隐喻式抒情，也是做得巧妙而自然的。从以上所举例中也可以看出：吴汶的新诗语言在句法上有个显著的做法：成分大量缺失，尤其是以人称代词充当的主语他基本上不让出现，谓语与介词缺失的比例也相当高，所以读他的诗让人感到是一片名词、形容词、副词的罗列，这一来，也使得意象纷陈，没有说明性、分析推论性的东西夹在诗句中，如《苜蓿》中：

吹着芦管，
轻轻，梦醒后，
窗纸外的微风。

除了第一行，虽缺失主语，但还有谓宾，这在他的诗中已算是比较完整的句子了。其余的，第二行是一个形容词，一个缺失介词的介宾短语，第三行是个名词性短语——其中用作定语修饰名词“微风”的介宾短语“在窗纸外”也省略了“在”。这使得三行诗拥有四个意象，在连续性句法活动中对等地组合，强化了意象组合式隐喻抒情。

以上所有的例证都证明着：意象组合式抒情须采用隐喻语言，凡采用意象抒情方式的文本则以隐喻语言来表述为宜。

第三，象征抒情，一般采用隐喻语言与逻辑语言的综合来表述。

作为一种抒情方式，象征抒情不等于譬比技巧，不过在譬比技巧的运用中，譬比物如果在一个诗人的全部创作中，或者在一个文本中，多次被使用，往往会象征化；与之相应的这种用以传达情思的策略在具体应用中也就会显示出象征抒情的特色。当然这一类象征抒情用以表述的语言止于词汇或短语，只有词汇学的意义，并不能决定与此类抒情方式应合的语言的体系归属。其实，象征抒情除此之外还有更重要的显示，那就是感兴象征抒情与知性象征抒情。正是这两类象征抒情方式决定了新诗的表述语言须是点面感发的隐喻语言与线性陈述的逻辑语言的综合。

所谓感兴象征抒情，指具有刺激感受器之特异功能的意象及其组合体凭其功能之发挥而在接受者心中兴起一片极具感受诱发力的意境来完成的情思抒发。所以，感兴象征抒情就本质而言是意境抒情。新诗以白话为用语的意象因了白话的语法规范与虚字的增加，其构成体难以避免地会膨胀开来，以致“部件”搭配复杂而逻辑有序化，意象体更淡化了原生态的特征，人为的色彩有所加浓。这一来新诗意象从总体看其刺激感受器之特异功能有了削弱。为弥补这一缺陷，新诗人往往对古典诗歌意象直观素描的传统作适当修正，做法是加强修饰成分和有意在直观素描中掺入拟喻。这两项措施内涵的理性因素较多，因此与之相应用来表述的语言本来以隐喻语言为主的，在此情势下，也大量起用逻辑语言了，不过意象构筑本质上须采用反语法规范的语言，所以在大量起用逻辑语言中也并不丢弃隐喻语言，这也就导致以意象来感兴出意境而开展象征抒情中，采用的语言也会是两大语言体系的汇通，隐喻语言与逻辑语言的综合。穆木天在诗集《旅心》中有《猩红的灰黯里》。这首诗通过丰盈而多彩的意象及其组合体来把一片能体现生命从青春走向衰颓、从猩红走向灰黯之运行规律的意境感兴出来，从而完成其感兴象征抒情。值得注意的是穆木天使用的语言，却是“二结合”的。诗的一开头这样写：“吮不尽了/猩红境中/干泪的酒杯/尝不出了/灰黯里/无言的哀悲”，这里除了主语省却外，其余都是合于语法规范的逻辑语言。但随即第二节这样写：“啊/荒冢/叠叠/满目凄凉——/纸灰”，这里出现了反语法规范，诗篇以句不成句的隐喻语言表述出几个原生态意象，它们不过是光秃秃的几个词语而已，没有谓语，连名词、形容词的成分属性也不明，完全是为了凸显意象而采用的一批词语罗列。这就是说穆木天在第一节里用逻辑语言，第二节里却用了隐喻语言。再看第三节：“不要问——/行人/落花/流水/看——/无涯的衰草/沉媚的水湄”。试问是谁“不要问”，又是谁“看”——不知道，主语省略了。这是两个省却主语的陈述句，从框架看是逻辑语言，但“行人（已）落花流水”、“无涯的衰草（抖索在）沉媚的水湄”的时间副词“已”与谓语“抖索”都被省略，变成“行人”、“落花”、“流水”与“衰草”、“水湄”这些词语的罗列，这当然是为了凸显意象这样做，但这一来这一节的两个句子成了逻辑语言嫁接于隐喻语言。而第四节呢，是这样：

啊
嗑不尽了
永久的干杯
啊猩红——纸灰——

这一节的第二、三行连起来是没有主语的陈述句，句法合于语法规范的逻辑语言；而第四行是两个无谓语因而成分不明的词语（前一个形容词，后一个名词）为凸显两个意象对等的组合。这又变成了隐喻语言，所以这一节是两类语言的综合。如此看来，这首具有感兴象征抒情特征的诗，体现着两大语言体系的汇通。当然，这场汇通主要还是表现在语言框架上的两类语言的拼合，虽然第三节有点嫁接的迹象，但不够明显。而真正的汇通是应该以嫁接为标志的，或逻辑语言嫁接于隐喻语言，或隐喻语言嫁接于逻辑语言。在这方面，新诗中那些采用感兴象征的抒情方式写成的诗倒也有颇多显示。值得一提的是辛笛的《航》。这首诗以多姿多彩的感觉印象组合成一个极具感受诱发力的意象群来营造出一个“从夜到日我们航不出这圆圈”的意境氛围圈，来感兴地象征出肉性生命的存在茫茫消融于灵性生命茫茫存在这一宇宙大解脱的顿悟。诗的第一行这样写：“帆起了/帆向落日的去处/明净与古老/风帆吻着暗色的水/有如黑蝶与白蝶”。这一节可说是定了这首诗文本语言的基调：立足于线性陈述的逻辑语言，但第三行“明净于古老”突兀而出，与第二行、第四行之间的关系不明，省略了承前启后的关联词语，显然不守语法规范，切断人为的关联，“明净与古老”凸显出其象征性，但这个意象词语夹在“帆向落日的去处”与“风帆吻着暗色的水”这两个渗透着分析—演绎性因素的陈述意象之间，一方面可以同向对等地组合而获得隐含的关联，且以其隐喻语言对逻辑语言的嫁接而淡化了它前后两个意象句的逻辑推论属性。但它自身夹在两个逻辑句之间，又成了它们之间隐含的关联词语，使它们之间有了一种从远观（或宏观）而得的“明净与古老”（“风帆向落日的去处”）推向近观（或微观）而得的“明净与古老”（“风帆向着暗色的水”）这就有一种象征意蕴透现出来：在生命的航线上，宇宙律永远是“明净”（明确）与“古老”（永恒）的。所以“明净与古老”的嫁接是成功的。再看第二节：

明月照在当头
青色的蛇
弄着银色的明珠
船上的人语
风吹过来
水手们问起雨和星辰

这一节按总体陈述的框架应归之于逻辑语言体系。第一行，第二、三行，第四、五行，第六行可说都是按语法规范构成的，句法实属逻辑语言。但辛笛自有使用语言的妙策，他把这些诗行间按语法要求应设置的关联词全省略了，特别是“船上的人语/风吹过来”，按语法规范应写作“船上的人语由风吹过来”，现在把“由”省略了，也就使这两行本来是一个句子的，竟被切割成了两个。原本第二、三行作为一个句子，与第一行之间应有连词“使得海水像”也省略了。这一来除了第二、三行因了逻辑语言的句法特性而相互依存以外，其他四行都成了与前后无依存关系的独立存在，以致各各以凸显的意象同向对等地组合起来，在隐含关联中，以特定的意境隐喻着生命航线上各个孤立生命体无明确目标的航行，由此而感兴地象征着肉性生命的存在茫茫。据此分析可见此节比上一节更成功地在逻辑语言上嫁接了隐喻语言。第三节是递进性的转折，起一种点化的作用，点明肉性个体在生命的航线上永远处于存在茫茫的处境中而无法超越，更进一步点明肉性个体之所以无法超越存在茫茫是由于肉性个体本来就是处于茫茫存在的宇宙大航线中的，而要想摆脱生存困境只有对肉性个体进行超越，进入灵性众生依存的绝对时空。于是，第四节就根据第三节的点化而对生命航程作了推宕的表现：“将生命的茫茫/脱卸于茫茫的烟水”。这第三、四两节实是对前两节所营造的感兴意境所作的象征提纯，有逻辑推论潜在的渗透，与之相应的语言也就是守语法规范的逻辑语言，已无隐喻语言的嫁接，故也就不再论析。但回观《航》，作为一首感兴象征抒情诗，其表述的语言毕竟是隐喻语言在逻辑语言上成功的嫁接，从而证实着：新诗中的象征抒情所采用的语言是两大语言体系的汇通。

智性象征的抒情中，智性介于情性与理性之间，它要求于诗思的是直觉的逻辑化和逻辑的直觉化。唯其如此，才使得用以表述的语言天生地需要让两类语言综合。这种综合不是嫁接式的，而多数是拼盘式。拼盘式的综合要做得自然和谐，并非易事。在这方面，卞之琳是一位高手。他的不少诗都有一个特点：白话，守语法规范，读来句句明白流畅，但连在一起来看，却扑来一阵阵语言的迷雾，让你越读越不辨东西南北。而人是有个特性的：越不辨东西南北，越要想辨别出它来，于是开动经验联想在字里行间搜求，终于从恍然中超越了语言的魔障而有了顿悟：读得好苦以后的豁然开朗，当然喜悦无比，不再责怪作者了。而作者卞之琳当然更高兴，因为他不动声色地设置文字魔障为的就是得到这样的效果。那么这魔障是怎么设置的呢？说来也简单：省略句与句之间必不可少的——而不是可有可无的关联词，这一来，可不就是两类语言综合起来了！且拿卞之琳自己十分重视、发表时还特地写过一篇《鱼化石后记》来逐句作说明的《鱼化石》来看一看：

我要有你的怀抱的形状，
我往往溶化于水的线条，
你真像镜子一样的爱我呢，
你我都远了乃有了鱼化石。

的确，这首诗句句能懂，甚至还有口语的语调显示出来：第三行“你真像镜子一样的爱我呢”，这末了的“呢”放上，使这一行似乎像是肯定的，又似乎有点怀疑。可是句与句之间的关系怎么样呢？全篇连起来表述着什么呢？我们就如坠五里雾中了。值得指出：很多诗——特别是旧诗中的近体诗，句与句之间省略关联词是常事，我们并不会有这种茫然，而这首诗偏偏不同，这是什么缘故呢？原来，抒情诗有两类：感兴的，智性的。感兴抒情诗仰仗的是意象的兴发感动功能，读者通过意象会感发出一脉情韵，一片意境，这情韵、这意境是无须靠分析推论而求得的，只要心有所动——兴发感动，就会自动地且往往是潜意识地品尝到这情韵，进入这片意境中，至于这情韵意境究竟是什么意思那也是无须追究的，一追究反倒索然无味了。所以感兴抒情诗只须一句句审美鉴赏，无须连起来作推论。由于这是句句均代表一个感兴意象的，所以句与句之间可以不用关联词，让它们对等地组合而获得深层处的隐含联系，若让分析推论来操这份心那就没意思了，但智性抒情诗即使是写得最好的，也只能是感兴意象逻辑化组合，在有序意境的定向感兴中作智慧的提纯，何况大量的智性抒情诗不过是借经验联想（而不是直觉情绪激活的想象—联想），抓一些可以用来譬比印证的低级意象作逻辑化组合，往往感兴不足而譬比有余，在譬比中作机智的推论，那就离开句与句的关系过不了日子。所以关联词在智性象征抒情中十分重要。卞之琳深懂此奥妙，并且更懂得只要文本内在结构中那条理性逻辑串联线存在，把外在语言的关联词拿掉实在是个刺激接受者更好地发挥经验联想以硬性强化印证效果的好办法，正像把桥拆掉让人绕许多路过河，从另一个角度看使行人能看到更多景色，积累一些过河经验，岂不更好。这是卞之琳的策略。试想我们若把《鱼化石》的关联词语都补足成这样：

(一旦)我要有你的怀抱的形状(时),
我往往(就会如鱼)溶化于水的线条(那样)。
(不过)你(如果)真像镜子一样的爱我呢,
(那末)你我(会)都远(离自己)了,乃有了鱼化石。

这一来一场爱情的表白以及于此中所作的一点有关相对论的智悟,让有读诗经验的人读了,也就能从五里雾中挣脱出来,因为这些关联词语一放,意象印证的分析推论作派,转折提升的用意也就毕现。但是经此一补足也就会使接受者惰性出现,经验联想因得不到外力刺激也活跃不起来,意趣不说索然至少也会大打折扣。句与句之间关联词语的大幅度省略,也就显示了连续性句法活动的隐喻语言特色。所以卞之琳《鱼化石》这一类智性象征抒情所采用的语言,以句法上的逻辑语言特征和连续性句法上的隐喻语言特性的交融而显出两类语言的综合。类似追求在卞之琳诗中随处可以见到。冯至的《十四行集》,穆旦、郑敏的部分诗中也都如此做着。可以说:智性象征抒情所采用的语言,在进行两类语言综合中大多走的是"鱼化石"式的路。不过也有人热衷于拼盘式。金克木颇写了一批有语言试验价值的诗,晚年他回顾自己的新诗创作时说自己一直有一种"试验用旧诗作法作新诗"的追求。还说新诗"着重直说,不喜隐语",所以"我反其道而行之就行不通了"[①]。值得指出:他在新诗坛率先提出新诗要追求"以智慧为主脑的诗",即智性诗,却又强调"这种诗的智慧一定要非逻辑的"[②] 唯其如此,他才比一般智性象征抒情追求者更注意在语言中纳入旧诗点面感发类隐喻语言。不错,他也采用过在逻辑语言中嫁接隐喻语言,如早年写的《神诰》中他就这样:"死于非命者不得托生。/永久的漂流,无期的漂流。/自由的枷锁,枷锁的自由。/放心了吧!"可见出这节诗总的语言框架,或连续性句法活动,虽属于逻辑语言,但当中两行就是隐喻语言的句式,嫁接在最后一行"放心了吧"上,以成分缺失到只剩成分属性不明的复合名词为标志的四个原因状语从属句去修饰"放心",而这四个不成其为句子的从句,却凸显了意象,像旧诗中那样以对等原则组合在一起,显示着它们在隐含关联中的隐喻抒情语言风采。但嫁接毕竟还是一种从属,所以金克木就想在智性象征抒情中尽可能让两类综合的语言平分秋色。他不采用卞之琳的办法,省略关联词语来实现目标,因为卞之琳式的做法只会强化分析推论属性,而金克木是一直主张智性诗要"非逻辑的"。于是他致力于拼盘式。他晚年写的一批诗就特别具有这类语言的实验价值。如《晚霞》:

芬芳的蔷薇色衣裙覆罩西山。
天和地,明和暗,生和死,争夺人间。
长庚星忌妒地胜利地藐视光辉灿烂。
羞怯的蛾眉月藏藏躲躲隐隐现现。

① 金克木:《挂剑空垄》,三联书店1999年版,第8页。
② 柯可:《论中国新诗的新途径》,杨匡汉、刘福春编《中国现代诗论》上,第260—261页。

谁认识这黄昏，这青春，这刹那一点？
炯炯的白云注视着黑夜，沉默无言。
灰蒙蒙烟和雾遥远地轻快地拦截蓝天。
倒长的大树的气根群从天上摇曳下凡。
是呀！橙色，绛色，雪青色；细腻，缠绵；
清声，浊声，逆气声，塞擦声；鲁莽，忙乱；
驴子，骆驼，斑马；百灵，画眉，乌鸦；
蟋蟀，螳螂，蚂蚱；菊花，桂花，兰花；
凤尾鱼，狗尾草，马尾松，马蹄莲；
疲倦，睡眠。
注意！这夜气中的生机，愁眉中的笑意，
傍晚的黎明，高声的细语，为起身的休息。
莫迟延，
不远，不远，
春色无边。

这是一首以智慧为主脑的诗，它以大量的意象及其组合来既感发又印证出一个生存循环、否极泰来的人生顿悟、宇宙觉识：黄昏中含着黎明，黑夜中含着白天，衰颓中含着春天，疲倦中含着振奋，睡眠中含着清醒，秋光中含着春色……值得特别提醒的是：这首诗不靠逻辑推论，而靠罗列意象，让众多意象对等地组合，在同向或逆向感兴中隐含地关联成一体，在隐喻的潜在印证化中完成智性象征的抒情。这样一场智性象征抒情对采用什么样的表述语言实是个难题，也是对作者的语言功力的一个考验。金克木的办法就是让两类语言拼盘，从第1—8行，是一个单元，在这个单元里每一行（亦即每一句）都是很守语法规范的，显示着逻辑语言的全部句法特征。第9—14行是一个单元，在这个单元里每一行都是词语的罗列，黑压压一片词语里见不到一个稍许完整的句子，和上一个单元形成两类语言鲜明的对照，也形成了这两个单元鲜明的拼盘现象。但我们上面已说过，金克木是坚定地主张智性诗的“非逻辑的”，所以第一个单元中的八个以逻辑语言句法构成的句子，每一个虽都守语法规范，但没有任何关联词语让它们相互间建立起关系来，都是独立的存在。这一着是机智的，使它们都以表述一个独立意象的身份对等地组合起来，等同于第二单元的一大批意象词语的罗列以致对等地组合，所以第一单元的逻辑语言实有隐喻语言的因素渗透。这一来，这两个单元的语言体现着在隐含关联中共同隐喻化地印证出了第三单元——即第15—19行所提升出来的那个对生态对立统一的智慧觉识：我们的生存状态即“夜气中的生机”，“愁眉中的笑意”，为黎明的傍晚，“为起身的休息”，这对处于“秋肃临天下”般困境中的人来说也就会是“不远，不远/春色无边”的，而这一单元的语言则是逻辑语言框子里隐喻语言的嫁接。由此看来《晚霞》两类语言以隐喻语言为基础而有机和谐地作了拼盘式综合。这也就再次证实：智慧象征的抒情方式同感兴象征的抒情方式一样，表述的语言是逻辑语言与隐喻语言的综合。

回顾以上所论析的内容当可以肯定如下这点：抒情方式对采用何种属性的句法确有决定作用，直接抒情的方式宜于逻辑语言属性的句法，意象抒情的方式宜于隐喻语言属性的句法，象征抒情的方式宜于两类语言综合属性的句法。而这是几十年来新诗人在诗性语言探求中得出的行之有效的经验，当可提供给新诗在未来的语言建设中作参考。而这也进一步启示我们：新诗未来的语言建设必须让线性陈述类逻辑语言和点面感发类隐喻语言汇通，而不能采取二元对抗的态度。

这些作为要点，是值得备忘的。

第三节 建立旧诗新译的实验基地

新诗未来的语言建设是一项继承与发展汉诗语言传统的大工程，而决非“去中国化”的事儿。唯其如此才使我们非得认真考虑如下这点不可了：新旧诗在语言上要有个顺利的演化，新诗的语言体系也得科学地定型。欲达成此目标，当然有待于未来的诗人在创作实践中不断摸索。从历史的经验看，这实在是一个不短的过程。我们当然明白：这种事想只争朝夕办成是违反事物演变规律的，不过“一万年太久”毕竟也对。所以有必要考虑让这场诗性语言的演化从被动等待变为主动提速。促成提速的策略就是搞实验基地，明确方向，集中目标进行实验，以期提速取得经验。那么如何实验呢？我们认为最佳选择是旧诗新译。只有旧诗新译，才能减少一点其他方面的牵涉，可以比较集中地作语言体系演化的探求，为此，我们把此一设想视作新诗未来语言建设的一个起点，并在此作适当论析，以作备忘。

旧诗新译的价值标准可从两个方面来定。从读者的角度看，着眼于新译是否使读者感到意象—意境的韵味整体上还能保持，以及在白话语境中是否还能潜移默化地有所加浓；从实验者的角度看，则是这场诗性语言体系的调整演化是否能达到自然、有机而出新。无论从哪一个角度看，都显示着探求的难度。因此，首先确立科学的实验思路十分重要。

现有的旧诗新译成果质量普遍不高，问题何在？从大量新译文本看，译者的目的似乎只是疏通文字障碍，说明文本意思，而对如何复现原作中的情绪、意象和意境等往往少有考虑，结果，这些新译诗也就普遍地显示为在语言上只把无严格语法规范的文言转成有严格语法规范的白话，而根本不顾及旧诗独特的点面感发类语言体系在新译中该如何转化的问题；在形式上只把绝句、律诗、词和散曲小令一律转成大致押韵的自由体或半格律体，而根本不顾及它们各有特殊音节设置的、形态有别的格律如何在新译中移植的问题。中西方对译诗同对诗本身一样，有一个相同的判断标准。法国大诗人瓦莱里曾十分赞同马拉美的意见：“诗歌须予字意、字音甚至字形以同等价值。”这引起我国当代一位诗歌翻译家的共鸣，认为在译诗时应考虑到“音美”、“形美”与“意美”同等重要，而不是诗歌可有可无的“装饰”[1]。因此我们认为：旧诗新译当然也得把诗的意思传达出来，但诗中的“意思”只是所指，是通过能指活动体现出来的；

---

① 许渊冲：《文学与翻译》，北京大学出版社2003年版，第19页。

而诗歌的能指活动是一个包括情绪、想象、意象、意境诸多方面围绕着意境而展开的多向交流系统，“意境至上”乃是中国旧诗之所以能特立于世界诗歌之林的决定性因素。因此，对旧诗新译者来说，首先是——或者说只能是忠实地传达出原诗的意境才算是完成了新译的使命。而意境并非神秘又抽象的存在，它的物化形态是意象及其组合体，所以意境实为对意象及其组合体具体而真切的体验。至于意象及其组合体，乃情绪—想象的产物，它也有自己的物化形态，那就是情绪感兴的语言与语音象征的形式。所以，说到终了，旧诗新译只有圆满实现语言的转换和形式的移植，才能完成意境的复现，也方可把诗中的“意思”真正传达出来。不过，诚如郭延礼在《中国近代翻译文学概论》中所说的：“翻译外国诗歌用中国古典诗体，又用文言，很难成功。”①但旧诗新译中语言的转换和形式的移植却也并不是只凭变文言为白话，再拿自由体凑上几个韵脚就能解决问题的，而必须加以认真深入的探讨。

旧诗新译在语言的转化中首先应以继承古典汉诗语言的优良传统为原则，这表现为两个方面：一是点面感发类隐喻语言的尽可能保持，二是意境感兴化抒情特征的必须坚守。

中国旧诗所采用的语言是在神话思维的观物态度和天人感应的感物方式作用下的一个属于直觉世界的符号传达系统。它具有以下特点：一、排斥分析演绎、逻辑推演性，强调词法、句法对对象直接显示和直观感兴的作用；二、淡化语法甚至不受语法规范；三、按对等原则开展词法、句法和连续性句法活动。这些特点是从古诗的下述反常语言现象中概括出来的：词性活用、人称不明、成分省略、词序错综、关联脱落等。这些反常语言现象说明古诗所属的语言体系不同于新诗的线性陈述，它是一种点面感发式语言体系。② 从这一语言体系出发，新译者对这些反常语言现象本应重视，在新译中当尽量保持其反常的原貌。可事实上新译者大体上都没有这样的认识，他们通常采用新诗的那种词法、句法，按照逻辑推演关系，用严守语法规范的语言来译旧诗，结果这些新译文本中，原作词性活用的变得规范了；人称不明的，也代原作者明确了；成分省略的，全补足了；词序错综的，按语法规范序列要求理顺了；关联脱落的，全都有机地连接起来了。总之，凡是按对等原则③进行的词法、句法活动，都遭到了破坏，一切全照语法规范办。这样一来，新译文本力求“意思”明白的目的确已达到，但原诗提供给读者的想象余地却所剩无几，意象及其组合体因趋向如实化而使得兴发感动功能受到极大削弱，意境就更是随之而淡薄。这方面的例子随处可见。如徐昌图《临江仙》词下片：“今夜画船何处？潮平淮月朦胧。酒醒人静奈愁浓。残灯孤枕梦，轻浪五更风。”这里的最后两行，各由三个光秃秃的、不见关联的并置意象按对等原则组合成两个并置的意象群，用来作为“奈愁浓”的“浓缩象征”。两个诗行各自的内部和相互之间的关系都反映着对分析—演绎和关联性表达的摒弃，因此显得破碎、断裂。

① 郭延礼：《中国近代翻译文学概论》，湖北教育出版社 1998 年版，第 101 页。

② 关于雅可布森提出的对等原则，可参阅高友工、梅祖麟《唐诗的魅力》，上海古籍出版社 1989 年版，第 120—121 页中引用译文。该专著还接着作了这样的发挥：“在普通语言中，相邻的语言成分是由语法结构连接的；而在诗性语言中，语法限制就不再适用了，不相邻的语言成分可以通过对等原则组合起来。”见该书第 122 页。

③ 赵仁珪、朱玉麒、李建英、杜媛萍：《唐五代词三百首译析》，吉林文史出版社 1997 年版，第 306 页。

但正是这种破碎、断裂，却反倒能给接受者以刺激，激活他们的记忆联想，让这些孤零零并列在一起的名词之间建立起隐含的关联，形成一个富于兴发感动性的意境。因此，这两行诗反常的语言现象实具有“浓缩象征”式的隐喻功能，可是唐五代词的新译者见不到这种语言的重要性，有人就把这两句诗译成：“夜深灯残里醒了寒枕独梦，/伴随我的只有五更轻浪和寒风。”① 显然，他们把这两行诗中的并列名词按分析—演绎的观物态度、逻辑推论的感物方式纳入语法序列了，以致使原作这两个诗行借对等原则获得的意境感兴变成了事物及其关系的陈述。这是与原作大相径庭的。当然，这不是译者的水平问题，而是他采用的语言体系问题。新诗的语言立足于分析演绎，合于语法规范、排斥对等原则，强调修饰成分，在词法、句法和连续性句法活动中遵守逻辑序列，重视相互关联，根据这一类语言在新诗中的种种表现看，它已发展成一个线性陈述式语言体系。这两类语言体系和西方符号学者提出的隐喻的语言和分析的语言正相一致。雅各布森在《语言的两极与语言的失语症》中就曾以俄裔学者的身份指出：“在俄国抒情诗歌中”，以隐喻结构的语言处于优势，而“在英雄史诗中”，占优势的则是分析结构的语言。② 既然抒情诗以采用隐喻的语言为主，而旧诗的点面感发类语言体系既和隐喻的语言很一致，那么，旧诗新译者从诗学的要求看也得在白话即隐喻结构的语言的根本特色，也即不连续的、客观的、直接诉之于感觉并包含了绝对时空的特色。按照这个原则，我们如果把徐昌图《临江仙》中的“残灯孤枕梦，/轻浪五更风”译成如下的样子也许更合适一些：“呵，残灯，孤枕，/怀人的幽梦；/轻浪，五更，/旷远的风……”比较而言，这样译与原诗语言那种“浓缩的象征”性能更接近一些，因为它保持了不守语法规范、坚持对等原则组词组句的特质，因此也较能合于隐喻语言的基本要求，即不连续性、客观性和直接诉之于感觉性。但这样的语言却并不属于文言即古代汉语，而是白话即现代汉语的。因为译文之基本词汇虽直接沿袭，但对过分光秃秃的词已给予了一些必要的修饰成分，如用“怀人的”和“幽”去修饰“梦”，“旷远的”去修饰“风”，以强化“梦”与“风”这两个意象，使之具有适度定向的时空感受度，而旧体诗用文言来完成的隐喻性语言结构则总是尽可能不使用修饰成分的。

旧诗新译中把原来的隐喻语言转化成分析语言派生出来的一个结果是：把旧诗所擅长的意境感性化抒情表现改成了事理叙述性说明。这是需要警惕的。如李商隐的七律《锦瑟》，历来解说纷纭，以致元好问在论诗绝句中也感叹“独恨无人作郑笺”。歧见主要出在颔联与颈联：“庄生晓梦迷蝴蝶，/望帝春心托杜鹃。/沧海月明珠有泪，/蓝田日暖玉生烟。”这两联四句诗，全凭四个意象群的兴发感动功能来抒情，而这四个意象群又是景象与典故很复杂的一种组合，它们之间的事理关系本来就搞不清楚，并且越想搞清楚会越糊涂的，所以后人大有欲作郑笺颇恨难之感。对它们的解释，我们很赞成台湾学者陈晓蔷先生的提示，他在《论“象外象景外景”兼谈晚唐二李诗》中提出应对它们作“综合的印象”③ 的把握。的确，这两联四行诗不能坐实，而应凭我们

① 参考俞建章、叶舒宪著《符号：语言与艺术》，上海人民出版社1988年版，第193—194页。

② 同上。

③ 《李商隐诗研究论文集》，台湾天工书局1984年版，第471页。

从意象群的兴发感动所得的“综合的印象”来理解，其中一联即是一个单元。按此思路，我们认为：颔联给人从梦的瞬间迷乱到心的永恒哀怨的综合印象是时间的，颈联则是空间的，属于不同层次；不过这不同层次的两联也可以合成一个更大的单元，给人以从时间上对虚无人生的执著到空间上对人生虚无的神往——这样更大的综合印象感受。要新译这首诗，必须对这两联具有一个比较近于诗学本质的认识思路——如同上述的综合印象感受才是，同时也必须明确这两联还具有一种堪称中国传统诗歌精华也很现代的艺术表现技巧：凭意象群兴发感动出来的意境来抒情。也就是说：所译对象是表现的、富于隐喻感发性的，而不是说明的、属于推论陈述性的。可是，我们读到不少《锦瑟》的新译，几乎都没有考虑这些问题。且拿人民文学出版社出版的《唐诗名译》中该诗颔联、颈联的译文来看一看：“庄周不知自己是蝴蝶，蝴蝶是自己？/他在梦中，天亮也没有醒意，/在他的梦里，原没有醒的日子。/望帝死去化为杜鹃，/借杜鹃的鸣声，/诉说自己心的不死。/望帝是杜鹃，杜鹃是望帝！/他在永远追求，在永远悲啼。/海上的明月照见：/滴落眼泪化为珍珠的人鱼，/天空的太阳下射：/埋在蓝田生起轻烟的暖玉里。”四行诗放大成十二行，三倍。这里两个对子的新译语言容量很不匀称，颔联新译占了八行，全是事理的说明，并且添加了不少内容。如果为使隐喻的表现发挥得更充分、丰富一点，新译中适度添加意象倒是可以的，但添加说明性内容，就是强化了分析、推论，乃抒情诗之大忌。所以推论“晓梦迷蝴蝶”的庄周“天亮也没有醒意”已是不当，但新译还进一步推论“在他的梦里，原没有醒的日子”，更令人不得要领了。“望帝春心托杜鹃”的新译中，把“望帝死去化为杜鹃”的笺释硬塞进文本中，已是不当，但后面又推论说：“望帝是杜鹃，杜鹃是望帝”，更有蛇足之感。颈联四行，却一变主观分析、推论而为客观转述，不过不是用对等原则下的隐喻的语言，而是采用分析的语言紧紧扣住事理关系来作线性陈述，原本须在新译中以客观表现的方式凸显意象、意象群的，也一笔钩销了。所以这一段译文显出了散文的松松垮垮，外加颠三倒四，条理不清。不过，《锦瑟》新译文本中出现的类似问题，并非“无人作郑笺”之故，恰恰相反，是好“作郑笺”者在新译中实在太多了，以致忽略了诗性语言的转化问题。因此，丢掉新译中好“作郑笺”的不良习惯，在语言转化中尽量保持传统的点面感发式隐喻语言体系的特色，才有可能新译得好一些。在此，我们不妨对《锦瑟》当中两联作这样的新译：

彩蝶恋花丛狂舞翩翩——
这庄生晓梦，瞬间的迷乱；
杜鹃啼残夜泣血点点——
这望帝春心，永恒的哀怨。

浩浩沧海呵，月白霜天，
鲛人的珠泪晶莹凄艳；
莽莽蓝田呵，日暖秦川
良玉的浮烟飘忽灵幻……

我们无意于说这样的新译就成功了，但有几点语言转换上的问题倒值得一谈：一、原诗两联四行，现在译成八行，扩大一倍，但并没有稀释意象及意象群和冲淡意境，以致化解了浓缩的象征，如“沧海月明珠有泪”的新译不仅没有把“沧海”、“月明”、“珠有泪”三个意象组合成的意象群稀释，且因采用了“月白霜天”、“鲛人的珠泪”这样的新译词语而使“月明”、“珠有泪”更具象化，更使这两个意象的质感（包括旷远的空间感和凄艳的情态感）得以强化，从而深化了意境，浓缩的象征发散出了定向的感受力度。二、新译虽立足于白话，却又是白话与文言杂凑成的，如“杜鹃啼残夜，泣血点点”，从词语到句式，大有文言色彩，和下一行“这望帝春心，永恒的哀怨”杂凑，并不感到别扭；“浩浩沧海啊，月白霜天”则前是白话词语后是文言词语，杂凑在一起也还和谐。有学者指出：“翻译中所采取的一切手段”，“是服从于‘和谐’，即译文与原文之间的和谐，以及译文本身的和谐。”[①] 这和我们不谋而合。更何况像“凄艳”、“啼残夜”、“泣血点点”、“月白霜天”等，虽都有文言色彩，但由于它们在古体诗中常用，已有意象定位，能给接受者以特定的感兴，所以进入新译的文本中，也有利于在浓缩语言容量中凸显意象、强化意境。由此看来：新诗采用的白话诗性语言，在词语、句式上完全可以掺入古诗采用的文言诗性语言。三、新译虽基本上采用具有语法规范的白话，而这样的白话在这个新译文本中也基本上是按语法序列展开词法、句法和连续性句法活动的，但也体现出一种超越，即为了使原诗的意象和意象群得到较好的转述而使诗性白话所属分析的语言得以适度改造，使之具有一定的隐喻功能，把对等原则引入诗性白话的词法、句法、连续性句法活动中，如“这庄生晓梦，瞬间的迷乱”，“良玉的浮烟，飘忽灵幻”等。尤其是原诗颔联与颈联是对句，是对等原则的体现；颔联、颈联之间也是对等原则的体现，新译也一律译成对句——为了体现对等原则。四、旧诗新译不能不采用线性陈述类分析的语言体系，但这是容易导致诗思分析化、对象陈述化的，流弊所及，也导致了旧诗新译因采用这套语言体系，鲜见有成功的。所以在《锦瑟》新译中应尽力秉承对等原则来打破语法序列对词法、句法活动的干扰。但新诗的语言体系强调修饰成分，倒也可以对古诗点面感发式隐喻语言体系起一点矫枉的作用，使其光秃得像电报密码一样的词语句式所导致的过分扑朔迷离有个缓解，诗思也得以明朗一点。因此，在这个新译中较多起用了修饰成分，如“沧海月明珠有泪”句的“泪”前加上“鲛人的”、“珠（的）”两个定语，这就带出了南海鲛鱼对月泣泪、滴泪成珠的典故，强化了意境，并从而避免了上引新译中“珠也会流泪”的望文生义。

综上所述，旧诗新译在语言的转化上给人这样一个印象：新诗的语言建设，一方面必须把旧诗的点面感发类隐喻性语言体系作为一个根本传统来继承，并在继承中改造新诗现今通行的分析性语言体系，同时新诗线性陈述式分析性语言体系中某些策略（如强化修饰成分）也能给传统诗性语言体系提供新鲜血液——使其功能机制更显合理化，以适应于表现现代人的精神境界与现代世界的生活情调。

这就进一步涉及旧诗新译中文、白关系问题。

---

① 郑海凌：《文学翻译学》，文心出版社2000年版，第155页。

这里首先需要注意的是：旧诗采用的点面感发式结构的隐喻语言和文言是不是一回事？新诗采用的线性陈述类结构的分析语言和白话是不是一回事？按诗学原理说都不是，因为诗性语言不能和日常交际语言相等同；但这和旧诗、新诗的语言实况一结合，就显得比较复杂，不能简单化对待。文言是古代人的书面交际语言，古诗的语言是在文言的基础上形成的、以点面感发式结构为特征的诗性语言，但诗中纯粹用点面感发式结构的语言显然是不现实的，也是办不到的，因为诗性语言也是出于交流的需要而确立的，它必须以日常交际的语言为基础。所以古诗语言从总体上说属于点面感发式结构、强调对等原则对词法、句法、连续性句法活动的控制，排斥语法序列的规范，但在过程性的叙述和说明性的传达中还得掺入日常的书面交际语言，即旧诗也会出现接受文言语法序列规范的诗句，这些诗句有主谓宾的正常关系，也使用了关联性的虚词。这反映着：旧诗的语言只是尽可能地（而不是完全地）做到了从对等原则出发组织词法、句法和连续性句法的活动。白话是现代人的书面交际语言，新诗采用的那种以线性结构为标志的分析语言和现代人日常书面交际语言完全一致，因此从本质上说以白话为基础的这一种新诗语言，白话而已，不能算是诗性语言。中国新诗几十年的历史起色不佳，这是关键之所在。用现在流行的那套新诗语言来新译旧诗，语言转化这关首先就通不过，成绩不大也是势所必然的。因此对旧诗新译工作亟待探讨且对未来新诗的发展极有启示作用的一点是：必须改造现行的新诗语言，使它的词法活动、句法活动、连续性句法活动在最大可能上接受对等原则的控制，而尽可能地少受语法序列的规范；当然，像旧诗中一样，面对过程性的叙述、说明性的传达也允许新诗适当保持白话的线性陈述式结构的分析语言的存在，适度接受语法序列对词法、句法、连续性句法活动的规范。总之，旧诗新译在语言的转化中要求我们在白话的基础上做到以点面感发类结构为本，让点面感发类与线性陈述类两类结构相结合；也就是说，在语言转化中允许白话的线性陈述性适当地存在，即有适度的语法序列的规范，但要尽可能做到对等原则对词法、句法、连续性句法活动的控制，而这也正是新诗未来语言建设的方向。有鉴于此，我们在新译中还可以有如下两项措施：

一项是：旧诗中或有这样的诗句，其过程性叙述或说明性传达虽不显著，但在词法、句法、连续性句法活动中却受语法序列的规范，这在新译中完全可以使它对等原则化。如李白的《送孟浩然之广陵》的后两行："孤帆远影碧空尽，唯见长江天际流。"有人这样译："望着你坐的那只小船的帆影/一点一点地远了/直到碧空的尽处，/而我仍没有离去呢！/可是这时候/能看到的/却只有那浩荡的长江/——还在天边上奔流！"[①] 新译的前三行对"孤帆远影碧空尽"的译法，完全改点面感发为线性陈述，改对等原则对句法和连续性句法活动的控制为语法序列的规范，并不很妥当。新译第四行凭空添入，是废话。后面四行是对"唯见长江天际流"的新译。原句因"唯见"的存在，使它和上一行之间的连续性句法活动由原本完全可以用对等原则体现的点面感发结构变成了受语法序列规范的线性陈述结构；也即使原本完全可以是隐喻的语言而有了分

---

① 徐放：《唐诗今译》，人民日报出版社 1984 年版，第 58 页。

析意味。这可说是这位大诗人的败笔。可是新译者却在败笔上进一步做文章，“可是”呀，“却只有”呀，“还在”呀，这些转折词使转折关联更为明确，从而使转化了的语言也更显出分析性。其实我们完全可以按对等原则来这样译：

孤帆，贴住江波的扁舟
远影，沉入碧空的哀愁
寂寞的人生路，迢迢遥遥
无言的长江水，天际奔流……

这样译，为的是推出几组语言意象“蒙太奇”，使新译中语言的转化真正落实到隐喻化上，这效果大致是达到了。

另一项是：旧诗中有些带点说明性内容的诗句，它的作用是对隐喻情境的点化，但语言表达时却也按对等原则来展开句法活动，弄得需要意思明确处反而含混。为此，新译则可以按语法序列的规范来补足省略的词语，使之转化为线性陈述的分析语言。如李煜《浪淘沙·帘外雨潺潺》末两句：“流水落花春去也，天上人间。”前一句是三个词语按对等原则组合的隐喻语链，它们之间有内在的感兴联想关联，作为一种语言现象它具有美的消逝这一浓重感伤情绪的兴发感动功能；后一句是两个词语按对等原则的组合，是按上一句的隐喻语境的推演来作的点化。隐喻语境到一定时候需要点化，而点化是必须明确不可含混的，所以这一句是以自己曾在“天上”现在却已落“人间”的说法来对美好人生已逝作点化，但“天上人间”的对等组合使欲点化之意含混了，于是歧义顿生，使新译也出现不少问题。如有人这样译：“流水漂走了落花，漂走了春天，/把一切都漂到了天上，只把我留在了人间！”这完全是从“流水”出发对两行诗中的意象“落花”、“春”、“天上”、“人间”作了逻辑串联，语言的转化彻彻底底陈述化、分析化了，这就不正常。其实前一行必须维持点面感发结构、对等原则化的句法活动，后一行倒要改成线性陈述结构、语法序列化的句法活动。不妨译成这样：

我的存在：流水、落花，
消逝了阳春的残秋天。
呵，我曾在天上
却已落人间……

对“天上人间”作这样的新译足以表明：点面感发的隐喻语言被转化成线性陈述的分析语言是必要的——为了点化前面一句的隐喻语境。

旧诗新译在语言转化上的上述策略途径启示着：未来新诗的语言形态应该是以白话为基础，以点面感发结构为本，让点面感发结构与线性陈述结构相结合、隐喻性语言与逻辑性语言相交融的诗性语言形态。

小　结

我们已对新诗语言未来应该选择的途径作了一番考察。

几十年来，许多关心新诗的人，包括一些诗学名家，对于新诗所使用的语言，发表过各种各样有一定参考价值的言论，但令人不无遗憾的是：大多数人都是为了达到某种目的而提出来的策略性意见，鲜有人从诗学理论的高度，从诗的质的规定性要求出发来探求的。不过，其中有两位却不随时尚，说了一些颇具学术价值的话。一个是梁实秋，他在赴台后写的一篇谈新诗与传统问题的文章中说："白话是逻辑的，有相当的文法顺序，当然有时候也极能传神，也极能表情，但大体上和诗的文字有出入。"那么诗的文字——也就是诗的质的规定性的文字是怎么样的呢？他又说："大抵诗的文字，首须精练，要把许多浮词冗余删汰净尽，许多介词不要，甚至动词也可以省，有时主语根本不需点名，这和所谓'最好的词放在最好的位置上说'颇为仿佛。我们的单音文字特别适合这样的安排，白话则异。"因此，他进一步地认为："一般的白话是否能作为诗的文字，则有问题"，而"我们的传统的诗的艺术与其特殊的作风应该不使其中断。"[①] 他的这些意见中最可珍视的乃在于"白话是逻辑的"，因此，一般的白话不宜作诗的语言。这已是触及了新诗语言问题的根本点，这和我们提出新诗语言过去选择的是线性陈述式的分析语言，可说是不谋而合。可是他谈到旧诗所使用过的为什么就是"诗的文字"只谈到了语言现象，而没有涉及这一类语言和诗的质的规定性关系，至于新诗语言如何继承旧诗传统，也语焉不详。另一位是林庚。在《林庚教授谈古典文学研究和新诗创作》中他说："诗是语言的艺术，语言原是建立在感念的基础上，而艺术是不能落于感念的。所以诗面临的是这样的问题，它所赖以生存的生活语言正是它所要突破的。诗歌语言突破生活语言的逻辑性和感念的过程就是诗化，它包括诗的句式、语法和词汇的诗化。"[②] 这就比梁实秋讲的要具体深入。但他在具体谈这三大方面的诗化时，也就只是在语言现象上考虑，而没有把视线聚焦于诗歌语言同诗性思维有着必然的关系，或者说诗歌语言的诗化原是由诗性思维所决定这一点上。诗性思维就是神话思维，就是一种直觉感应，显示着认识世界的混沌性与统一性。林庚不是没感觉到诗歌语言与神话思维的关系，在《林庚先生访谈录》中他也有过这样的话："用哲学上的话说，混沌领域的更高于具体领域的，最原初的宇宙的混沌的——语言也是如此艺术把人带到原始的浑然境界，乃与生命本身更为接近，散文的分析性显得格外有限。"[③] 可惜他到此驻步，没有以此为逻辑点，在考虑"诗的句式、语法和诗的诗化"时，概括出诗的语言就是隐喻语言，与散文的语法相对峙，从而为新诗语言的未来提

① 梁实秋：《新诗与传统》，《梁实秋论文学》，台湾时报文化出版社事业有限公司 1981 年版，第 688—689 页。

② 林庚：《新诗格律与语言的诗化》，经济日报出版社 2000 年版，第 164 页。

③ 同上书，第 155 页。

出一套更适合于诗的质的规定性要求的策略方案。

本书是从诗的质的规定性要求出发来考察新诗语言的未来途径的。在这场考察中，我们首先区分了出之于神话思维的诗与出之于逻辑思维的散文所采用的两个不同体系的语言，即诗采用的是隐喻语言，散文采用分析语言，而与之相应合的则是在语法、句法和连续性句法上，隐喻语言遵循对等原则，显示为点面感发活动形态；而分析语言则严守语法规范，显示为线性陈述活动状态。其次，根据这样的语言诗学理论，我们又把新诗和旧诗作了语言归类，提出旧诗属于点面感发式隐喻语言体系，而新诗则属于线性陈述类分析语言体系。所以，旧诗、新诗在语言上不同，不能把目光过多地放在文言和白话的不同上，文白之争在中国诗歌问题上没有必要过分扩大以致无限地来讨论，科学的态度应该是新旧诗分属这两大语言体系的说法是否成立。如果可以成立的话，他们在新旧诗中究竟各有怎么一些表现，以及对这表现各作出什么样的价值判断。但是。我们的根本目的是探索出一条新诗语言的未来新途径，因此，我们又在对旧诗与新诗两大语言体系作出比较的基础上，提出今后新诗语言建设的总方针应该是立足于点面感发类隐喻语言，让点面感发式隐喻语言与线性陈述式分析语言双向交流，互补汇通成一个全新的语言体系。

但是，这个“汇通论”在理论逻辑上似乎是讲不通的。因为出之于神话思维的诗歌既然采用的须是遵循对等原则的隐喻语言，而旧诗就属于点面感发类的隐喻语言体系的，那么新诗就只需继承旧诗的语言体系就可以了，为什么还要让出之于逻辑思维的散文采用的、按照语法规范性的线性陈述类语言与之汇通呢？岂不是让未来新诗继续像过去新诗一样向散文化方向发展吗？这个推论不是没有道理的。但从诗歌语言文本构造的实际情况看，线性陈述类分析语言只在个别文本中绝对排除，纯粹用点面感发类隐喻语言的情况显然有，但数量极少，大多数诗歌文本中，意象外在流动的过程性和如何更好地流动的分析性总是存在的，这也就决定了线性陈述类分析语言总会伴随着点面感发类隐喻语言而出现，而旧诗实际上就存在这一现象，只不过主要表现乃分析语言在隐喻语言上的嫁接。所以高友工、梅祖麟在《唐诗的魅力》中也曾说：“隐喻语言和分析语言相互独立又同样重要，”在唐诗中，“除了两种语言独立发挥作用之外，有时，它们还协力完成它们中任何一种无法单独完成的任务”[①]，这是确切的。近体诗尚且如此，回观新诗使用的一直是胡适当年提倡的白话，也即后来以国语、普通话、口语等为称呼的日常交际语言，也就是线性陈述或分析语言，且已形成了一个所谓“散文美”传统，要想彻底改变绝对不可能。何况新诗的传情已超越了吟咏时代，而进入现代人习惯的内心倾诉时代，线性陈述类分析语言是适应于内心倾诉中心理分析流程的。除这两点理由以外还有更重要的一点是出于隐喻方式的内在需要。任何隐喻在诗歌文本中若要达到更高的审美价值，必须超越隐喻而向智性领悟引申，而不能只在兴发感动中打转。而要这样做，只有把分析语言嫁接在隐喻语言上，或者说把这两类语言汇通成一个新诗语言体系才是。当然，为了不致使新诗语言重走散文化的老路，提出一个前提：立足于点面感发类隐喻语言，看来也是必要的。

---

① 高友工、梅祖麟：《唐诗的魅力》，李世耀中译本，第169页。

第三卷　体式论

诗的形式有广义与狭义之分。广义的形式就是“整个诗的构造”[①] 诸方面的综合，或者说是结构、语言与韵律的综合，我们通常称它为诗体。狭义的形式是专指韵律格式而言的，也就是体式。那么韵律的形式是怎么回事呢？沃尔夫冈·凯塞尔在《语言的艺术作品》一书中说：“充满韵律形式的整体性综合概念就是节奏。”[②] 这意味着狭义的形式就是节奏。这个说法和1920年代闻一多在《诗底格律》中的意见很一致。闻一多说：“诗的所以能激发情感完全在它的节奏。节奏便是格律。”又说：“格律在这里是form的意思。”[③] 而“‘form’就是形式”。由此可见，闻一多是把狭义的形式即体式直接看成节奏的。

对于节奏，朱光潜曾说：“节奏是宇宙中自然现象的一个基本原则。自然现象彼此不能全同，亦不能全异。全同全异不能有节奏，节奏生于同异相承续、相错综、相呼应。寒暑昼夜的往来，新陈的代谢，雌雄的匹偶，风波的起伏，山川的交错，数量的乘除消长，以至于玄理方面反正的对称，历史方面兴亡隆替的循环，都有一个节奏的道理在里面。艺术返照自然，节奏是一切艺术的灵魂。”[④] 郭沫若也说过：

> 本来宇宙间的事物没有一样是没有节奏的，譬如寒往则暑来，暑往则寒来，寒暑相推，四时代序，这便是时令上的节奏；又譬如高而为山陵，低而为溪谷，陵谷相间，岭脉蜿蜒，这便是地壳上的节奏。宇宙内的东西没有一样是死的，就因为都有一种节奏（可以说就是生命）在里面流贯着的。做艺术家的人就要在一切死的东西里面看出生命来，一切平板的东西里面看出节奏出来，这是艺术家的顶要紧的职分，也是判断人能不能成为艺术家的标准。[⑤]

这是对宇宙间无处不显示着节奏的肯定。那么人呢？人的外在世界显示着节奏是显而易见的，内在世界又怎么样：人受到外物多重的刺激后，会在内心中引起复杂的感觉，

① 沃尔夫冈·凯塞尔：《语言的艺术作品》，陈铨中译本，上海译文出版社1984年版，第109页。

② 同上书，第121页。

③ 闻一多：《诗底格律》，1926年5月13日《晨报副刊·诗镌》第7号。

④ 朱光潜：《诗论》，安徽教育出版社1997年版，第109—110页。

⑤ 郭沫若：《论节奏》，《文艺论集》，人民文学出版社1979年版，第229页。

感觉会激发情绪，这种感觉化的朦胧情绪如果不固结住，而是出现了一种推移现象，即存在的时间延长，就会激活想象、联想，反过来促使这场推移在人的心理上形成一道情绪流，既是“流”，必显示为起伏相间的特性，这就是节奏，只不过是和情绪有着血缘般密切关系的内在节奏。那么内在节奏是如何表现出来的呢？心理学告诉我们：“当人体验着某种情绪状态，如高兴、悲哀、激动、恼怒等的时候，这时不仅身体内部器官（脉搏的变化、胃的收缩、内分泌腺活动的增强），而且在外貌上也发生不由自主的变化，面部表情、眼神发生变化。露出笑容（面部表情），改变姿态，出现了手势的某种特征（体态表情），在语调即词的发音性上出现了特殊的微小差异（声音表情）。”[①] 这就是说：面部表情、声音表情、体态表情是情绪所固有的表现特征，作为与情绪有血缘般密切关系的节奏，也相应地会有其表现特征。诗与音乐作为时间艺术，其情绪表现的特征则是声音。这在《乐记》中早就说过：

> 乐者，音之所由生也，其本在人心之感于物也。是故，其哀心感者其声噍以杀，其乐心感者其声啴以缓，其喜心感者其声发以散，其怒心感者其声粗以厉，其敬心感者其声直以廉，其爱心感者其声和以柔，六者非性也，感于物而后动。

朱光潜也说：

> ……高而促的音易引起筋肉及相关器官的紧张激昂，低而缓的音易引起它们的弛懈安适。联想也有影响。有些声音是响亮清脆的，容易使人联想起快乐的情绪；有些声音是重浊阴暗的，容易使人联想起忧郁的情绪。[②]

这是就独立的声音而言的。诗和音乐的声音节奏乃是诸多音调的配合、对比、反衬、连续继承而波动，是音调的动态，对于情绪的影响就更大。

因此我们可以说：声音节奏是对时间艺术的诗与音乐的情绪作最直接而有力地传达的媒介。问题是：声音节奏传达一般情绪当然没问题，传达诗和音乐的情绪是否要特别点呢？沃尔夫冈·凯塞尔说：“我们在诗中感觉一种秩序……更准确地倾听使我们认识到这种秩序大概同高音距离中的规律性有密切关系。”顺着这样一个敏感的思路，他还进一步提出：“在诗中具有高音的单位在接近相等的距离中重新回转”，是一种“超常的声音节奏表现”，这才是最能传达诗歌情绪的。因此，他对“维雷尔在他的‘论文’中”“替节奏下了这个定义”表示认同：“节奏的构成是平均距离所标志着的时间的重新回转。”[③] 这超常的声音节奏在凯塞尔看来具有的是一种等时复沓回环的性能。可惜他未对此作进一步说明。朱光潜《诗论》从另一角度来阐说，显得较为具体深入：

---

① 彼德罗夫斯基主编：《普通心理学》中译本，人民教育出版社1981年版，第405—406页。

② 朱光潜：《诗论》，第114—115页。

③ 沃尔夫冈·凯塞尔：《语言的艺术作品》，陈铨中译本，第321页。

> ……情绪一发动，呼吸、循环种种作用受扰动，筋肉的伸缩，和注意力的张弛，都突然改变常态，原来常态的节奏自然亦随之改变，换句话说，每种情绪都有它的特殊节奏。人类的基本情绪大致相同，它们所引起的生理变化与节奏也自然有一个共同模型。喜则笑，哀则哭，羞则面红耳赤，惧则手足震颤，这是显而易见的。细微而不易觉察的节奏当亦可由此类推。作者（音乐家或诗人）的情绪直接地流露于声音节奏，听者依适应与模仿的原则接受这声音节奏，任其浸润蔓延于身心全部，于是依部分联想全体的原则，唤起那种节奏所常伴的情绪。这两种过程——表现与接受——都不必假道于理智思考，所以声音感人如通电流，如响应声，是最直接的、最有力的。①

在这段话里，朱光潜把一种只振动人的神经而与理智无涉的声音节奏看成是超常的，才最宜于传达诗与音乐之情绪的。其实和凯塞尔的见解最根本处是一致的，即这类声音节奏之超常性在于其复沓回环功能具有振动人的神经而获取心灵直觉感应的魅力。正是这种纯形式化的节奏的存在，使诗与音乐有相通之处。

但是，诗和音乐毕竟是两类艺术，我们不能不看到如下的事实：诗的声音节奏是靠语言的声音，而语言除了有声音，更重要的是有意义。音乐的声音节奏则纯粹靠音响，没有具体的意义内涵。因此，“诗与音乐虽同用节奏，而所用的节奏不同。诗的节奏是受意义支配的，音乐的节奏是纯形式的，不带意义的；诗与音乐虽同产生情绪，而所生的情绪性质不同，一是具体的，一是抽象的。这个分别是很基本的，不容易消灭的。”② 但问题的复杂性在于：在世界诗歌史上，的确可以见到有这样的诗人：竭力要想把诗歌的语言和意义脱离开来，利用其声音节奏来把诗写成同音乐一样表现抽象的情绪。法国象征派的魏尔仑就是这种追求极典型的人物。刘延陵在1920年代初就详细介绍了他这种奇特的音乐性追求。刘氏先引用了Strachey的话，说魏尔仑的理想是“把人的气质与魂灵底起伏引到诗里，教诗离开固定的事实而靠近音乐”。随后自己补充说：“象征派的多数诗人是着重以声传神的”，“他（魏尔仑）的著名诗集为《无字之歌》，所以如此命名就是说人不必求他字句里的意思，但听其音调就能感觉到情绪。”③ 韦勒克、沃伦在《文学理论》一书中批判象征派这种“纯诗”追求倾向时说：“没有一首具有‘音乐性’的诗歌不具有意义或至少是感情色调的某种一般概念。”④ “浪漫派与象征派诗人竭力要将诗歌与歌曲和音乐等同起来，这样的做法只不过是一个隐喻而已，因为诗在变化性、明晰性以及纯声音的组合模式方面都不能与音乐相抗衡。”⑤ 沃尔夫冈·凯塞尔在《语言的艺术作品》中也说：“对于诗来说的确是：节奏只有通过与词义的联系才能达到它充分的效果。假如一位努力用语言的声音来演奏音乐就像音乐家用音响那样的诗人参加比赛，他必然会经常失败，而且他再也不是诗人，因为诗的创作

① 朱光潜：《诗论》，第115页。

② 同上书，第116页。

③ 刘延陵：《法国诗之象征主义与自由诗》，《诗》第1卷第4号。

④ 韦勒克、沃伦：《文学理论》，刘象愚等中译本，第166页。

⑤ 同上书，第168页。

是在语言中进行，而且意义在本质上是属于语言的。"[1]

由此看来，讨论诗歌的声音节奏，其实就是讨论诗歌的语言节奏，它和音乐的音响节奏在节奏的形式化以及由此导致情绪传达的抽象化方面是一致的，但诗歌语言除了有声音的问题，还有意义的问题。所以从语言的角度讨论诗歌的声音节奏，必须让声音节奏的表现和情绪意义类型联系起来，也就是说，要和情意是属于神话思维类型还是逻辑思维类型联系起来。如此说来，以声音节奏显示的诗歌形式，也应该是两类：即以韵律节奏显示的格律体形式和以旋律节奏显示的自由体形式。

这样的判断有何根据呢？不妨先看一段韦勒克、沃伦在《文学理论》中的话：

> ……就我们的目的而言，只要分辨下述两个有关节奏的理论就可以了。一种理论把"周期性"判定为节奏的绝对必要的条件，另一种理论把节奏的含义大大扩展，甚至把非重复性的运动形式也包括在节奏的定义内。第一种观点显然将节奏与格律视为一体，因而必然导致否定"散文节奏"的观念，把散文节奏视作与之相矛盾的，或者视作一种比喻。后一种定义较宽的观点受到西佛斯（E·Sievers）研究结果的有力支持。西佛斯的研究表明，个人说话有节奏，许多音乐有节奏，甚至包括单旋律的圣歌和并没有周期性的外来音乐都是有节奏的。按照这样的观点，对节奏的研究就应该包括个人的说话和所有的散文在内。我们很容易说明所有的散文包含有某种节奏，甚至最散文化的句子也可以标出其节奏，也就是说可以将它分成长、短音组，重读与非重读音节……研究表明，节奏与"旋律"紧密地联系在一起，旋律即语调的曲线，它是由音高的序列决定的。因此，"节奏"这一术语被人们广义地使用，即包括了节奏与旋律两方面的含义。[2]

这段话虽是《文学理论》一书的作者综合他人有关节奏的话，并且对有些说法不无保留，但极重要，它至少表明诗学界把节奏分为诗节奏与散文节奏是一个共识，至于对它们各自特点的看法也基本一致。大致说：诗节奏强调"周期性"，因此"将节奏与格律视为一体"；究其实质，这乃是往复回环显示出来的韵律节奏，因此也就有了以格律体为标志的体式。散文节奏，强调语调性，因此"将节奏与'旋律'紧密地联系在一起"；究其实质，这乃是"语调的曲线"显示出来的旋律节奏，因此也就有了以自由体为标志的体式。

韦勒克、沃伦不仅总结出了诗歌节奏表现的两大类型，使我们能科学地把握到诗歌的两大体式，还进一步分析了语言和意义对诗歌节奏表现和体式存在的某种决定性作用。他们在论析韵律节奏显示的格律体形式时说："声音和格律必须与意义一起作为艺术品整体中的因素来进行研究。"[3] 这就是说：诗人在创作中采用一种什么样的节奏—格律—体式，同欲表现的"意义"——诗思有着极其重要的关系；而特定的"意

---

① 沃尔夫冈·凯塞尔：《语言的艺术作品》，陈铨中译本，第338页。

② 韦勒克、沃伦：《文学理论》，刘象愚等中译本，第172—173页。

③ 同上书，第185页。

义”或者诗思又是出于什么样的思维有着更其重要的关系。出于神话思维的“意义”或诗思，是诗人以天人合一为本的宇宙感应的产物，诗所把握的对象世界其实是对天人合一的独特方面所作的微妙的隐喻。因此，这样的“意义”或诗思，不出于分析演绎所得的理性经验，而是一种来自于直觉想象的感性经验，扑朔迷离，浑漠一片，无法以有序列的语言说得清楚，只有强调用催眠术般的声音节奏来对主体的心灵作神秘的感应，催出“灵”的觉醒。于是，往复回环的韵律节奏、周期性的格律形式也就成了最佳选择。如果是出于逻辑思维的“意义”或诗思，是诗人以人定天为本的现实感知的产物，诗中所把握的对象世界则是对以人定天的独特方面所作的有序的推论。因此，这样的“意义”或诗思，不出于直觉想象的感性体验，而是一种来自于分析演绎的理性经验，条分缕析，层层推论，无须以扑朔迷离的言说来暗示，只须强调用不断旋进的语调曲线来对主体的意识作明晰的展示，催出“智”的觉识。这些意味着诗歌中有格律体形式与自由体形式乃出于神话思维与逻辑思维两大思维形态。他们也在论析散文节奏——即我们所谓的旋律节奏时说：“圣兹伯里十分完备的《英文散文节奏史》不断强调说：散文节奏是建立在‘变化’的基础上的。”① 还说：“散文的艺术性节奏可以描述为通常口语节奏的一种结构。”② 他们还在分析“旋律”时提出“旋律即语调的曲线”的说法，还主张“分析语调在‘旋律式’的、‘可歌唱的’诗歌中的作用”③。这些意见谈的是以旋律节奏显示的自由体形式，并且较零碎，但有不少启示性，可以让我们触类旁通。自由体形式出于旋律节奏（即“散文节奏”），而旋律节奏又是“建立在‘变化’的基础上的”，因此它是非模式化的存在，是量体裁衣般的个人随意创造。至于这种“变化”，实出于“语调”，即“口语节奏”的“一种结构”的变化。由此可见自由体诗节奏表现的基础是口语语调。这些启示着：诗的形式必和语言有密切关系，因此，我们似乎可以这样说：显示格律体形式的韵律节奏，其体现要靠超越于日常交际用的语言——非常态的隐喻语言来显示；自由体形式的旋律节奏，其体现则靠日常交际用的语言——尤其是口语。由此看来，韵律节奏和由它显示的格律体形式是更适宜于作情性体验展示之需的，因而也是较接近于古典诗学属性的。而旋律节奏和由它显示的自由体形式是更适宜于作理性经验叙说之需，因而也是较接近于现代诗学属性的。

经上述一系列诗学中关于节奏、体式的考察后，再来反顾汉语诗体中的节奏表现、体式存在，可以大致作这样的界定：旧体诗中的节奏，是一种受制于神话思维的韵律节奏，由它显示出来的是格律体式；新诗中的节奏，是一种受制于逻辑思维的旋律节奏，由它显示出来的则是自由体式。

---

① 韦勒克、沃伦：《文学理论》，刘象愚等中译本，第173页。

② 同上书，第174页。

③ 同上书，第184页。

上篇　旧诗的回环节奏类体式

旧诗总体而言是一种基于韵律节奏的格律体式。它受制于天人合一的神话思维，是一种适应直觉情绪传达又能强化直觉情绪之激发的形式；它具有催动灵之觉醒、类似“魔方”般的功能价值。那么这“魔方”如何形成，又包括哪些构成因素呢？这是本篇需要考察的。

第一章　回环节奏构成的回顾

旧诗韵律节奏诸因素的提供以及体式组合的完善，是经历了一个漫长过程的，我们把这个过程分为四个阶段，即古歌谣阶段、《诗经》阶段、《楚辞》阶段、五七言阶段。

第一节　上古歌谣阶段的探求

诗以发泄情绪、减轻身心负荷为其职能。《淮南子·道应训》中曾说：“今夫举大木者，前呼‘邪许’，后亦应之，此举重劝力之歌也。”这合着劳动节奏而发出的“邪许”之声若能掺入一定意义之音节语言，当是最具审美功能之真实性的原始诗歌。此处所谓的上古歌谣就是这样来的。当然，上古歌谣原始得单纯，甚至单调，但毕竟是诗歌发生的源头。朱自清在《经典常谈·诗经》中就说：“诗的源头是歌谣。上古时候，没有文字，只有唱的歌谣，没有写的诗。”① 因此，考察旧诗的节奏体式形成过程，也非得从上古歌谣起始不可。

上古歌谣今天能见到的，大多记载于《周易》的卦辞中。它们免不了极简约单调，是可想而知的原始性存在状态。但汉语诗歌中的二言体、三言体以及二言、三言杂体就已在这些古歌谣中确立了。刘勰《文心雕龙·章句》中说：“寻二言肇于黄世，《竹弹》之谣是也。”《吴越春秋》记《弹歌》曰：“断竹，续竹；飞土，逐宍(肉)。”相传系黄帝时候的先民所为，描写了先民伐竹、断竹、续竹以制狩猎工具，用以发弹丸去追捕猎物的全过程。刘勰在《文心雕龙·章句》中还说：“三言兴于虞

① 《朱自清选集》第2卷，河北教育出版社1989年版，第24页。

时，《元首》之诗是也。”这首诗原文是这样的：“股肱喜哉，元首起哉，百工熙哉。”载于《尚书·益稷》。但它实是“同言（音）相协”的四言诗。最早的三言诗在《周易》的卦辞中保存着一些，如《鼎》卦九四：“鼎折足，覆公餗，其形渥。”以“鼎折足”为喻，说明那些德薄而位尊、智小而权大、力小而任重者的狼狈之态，在形象的外衣里藏着具有醒世的生活经验内容。除了二言体、三言体，还出现了二言与三言的综合体。如《归妹·上六》：“女承筐，无实。/士刲羊，无血。”这首诗戏谑地表现了广大牧场上一对青年男女的劳动生活。他们快乐地做着工，男的割羊皮，女的用篮子装，可是女青年承筐欲装收获物，却什么也没装进去；男青年割着羊皮，可血也不见有割出来，相互爱慕之心使他们干活已心不在焉，生活情趣十分幽默地传达了出来。

这些上古歌谣对旧诗提供了怎样一些韵律节奏表现的经验呢？我们认为有以下三点：

一、强调复沓。朱自清在《经典常谈·诗经》中说：“歌谣的节奏，最主要的靠重叠或叫复沓；本来歌谣以表情为主，只要翻来覆去将情表到了家就成，用不着费话。重叠可以说是歌谣的生命，节奏也便建立在这上面。”[①] 郭沫若在《文学的本质》中还为复沓提出了三种形态：一是一句的复沓以成诗。他引用南美的波陀苦多人（Botocudo）称赞他们酋长的歌：“酋长是不晓得怕惧的呀！”然后说：“就只有这么简单的一句，把这样简单的一句加上节奏的音调反反复复地歌出，便成了他们的赞歌。”二是一个词的复沓以成诗，他举澳洲拿林弈里人（Naringyeri）看见一只旗舰上的金鹫旗插在格尔瓦的一家人家的屋顶上，他们便用一个词“哦，格尔瓦的火鸡哟！”反复地歌；三是叠句外加一句说明语的复沓体，即间隔叠句的复沓体，他举澳洲土人中有一位首领要乘船去英国，送行人反复唱这么一首复沓体的歌：“凄凉的一只船，要漂流到哪儿去？/我是决不会见我的亲人了！/凄凉的一只船，要漂流到哪儿去？”除了这种“ABA”型的叠句体，也还可以有“AAB”型、“ABB”型的叠句体。郭沫若因此说：“原始民族的诗大多不外这两种，不是同一句或一字的无限的反复，就是于叠句之外加些说明。但这叠句体我相信比反复体是更进了一步的。”[②] 从这些引述中可以想见复沓在原始歌谣的节奏表现中扮演着十分重要的角色。不过，中国上古歌谣的复沓往往是几组词、几个句各自复沓以成篇，有的甚至只是句式的复沓，意义只是近似的复沓。如《吕氏春秋·古乐》篇中记颛顼御风而行时“效八风之音”而作《承运》之歌：“熙熙，凄凄，锵锵！”这是一首由三组不同的象声词重叠起来的二言诗，三句三个复沓节奏组成的歌谣。在我们的二言、三言体古歌谣中，复沓突出地显示为意义相近的感叹句重叠而成一个文本，也就是说这是句式的复沓，因此是准复沓的节奏，如《晋》卦初六：“晋如，摧如！”此处“如”是感叹词，等于“何等……啊”，全诗可译为“何等快速地进军敌国啊！/何等勇猛地摧折敌兵啊！”《萃》卦六三：“萃如，/嗟如！”这“如”也是“何等……啊！”译成现代语即“何等憔悴啊！/何等忧伤啊！”又如《节》

① 《朱自清选集》第2卷，河北教育出版社1989年版，第24页。

② 郭沫若：《文学的本质》，见《文艺论集》，第221—222页。

卦六五："不节若，则嗟若!""若"也是感叹词"……哪"，译出来是"若趁富不节俭哪/则临穷枉嗟叹哪!"这些句式复沓的节奏，比郭沫若从异域原始歌谣中概括出来的复沓节奏显得更原始一些，这要到《诗经》阶段才有改变，获得进展。

二、音组的确立。诗歌节奏的体现主要依靠顿，即诗行中一个个音组近似等时的停逗。沃尔夫冈·凯塞尔曾说："对于诗，一般说来，带有决定性的意义是：提高了的吟诵的部分（长音节和带重音的音节）某种程度上在有规则的间隔中重新出现。最理想的间隔依照实验研究的结果证实为不完全到一秒钟。在这种间隔的规则中包含着同散文的决定性区别。"① 这就是以音组"有规则的间隔"来显示节奏的一种说法，只不过他以日耳曼语诗中"长音节和带重音的音节"的组合来显示音组，而汉语诗中则是以单个的"字"的定量组合来显示音组的。对汉语诗中这种音组的确立，应该追踪到古歌谣中。大致说，古歌谣中已确立了单字、二字和三字音组。如《屯》卦上六：

乘马，
斑如；
泣血，
涟如。

这是每行两个二字音组的组合。再如《履》卦六二：

眇，
能视；
跛，
能履——
履虎尾！
咥人凶！

这是单字音组、二字音组和三字音组组合。再如《遯》卦九四：

好遯，
君子/吉，
小人/否。

这里的第二、三行是单字与二字音组的组合。值得注意的是：这两行的单字音组是置于行尾的。单字音组煞尾的诗行具有吟唱味，旧诗中的五七言古诗和近体诗都是单字尾，词曲虽是单字尾、二字尾杂凑，但也以单字尾为主。所以古歌谣中这个单字尾的出现，意义是深远的。当然，单字尾在上古歌谣中是偶尔出现，完全是一种自发行为。

① 沃尔夫冈·凯塞尔：《语言的艺术作品》，陈铨中译本，第 95 页。

三、押韵的讲究。韵在诗文中出现有便于记忆的作用。章学诚在《文史通义·诗教》中说："演畴皇极，训诰之韵者也，所以便讽诵，志不忘也……后世杂艺百家，诵拾名数，率用五言七字，演为歌诀，咸以取便记诵，皆无当于诗人之义也。"值得指出，便于记忆只是韵在诗歌中一方面的作用。从古歌谣中可以见出：韵那时已大量使用，也有便于记忆之目的，但古歌谣是歌、乐、舞未分时的文本存在，韵的使用是用来点明一节乐调和一段舞步的停顿，应和每节乐调之末同一乐器的重复的声音，所以，"韵是歌、乐、舞同源的一种遗痕，主要功用仍在造成音节的前后呼应与和谐。"[①] 古歌谣中的押韵有两类形态，一类是同字相协，如上引《萃》卦六三："萃如！嗟如！""如"是同字相协。另一类是同韵相协，这是正宗的押韵，如《噬嗑》卦六三："噬腊肉，遇毒。"此处"肉"是日觉切，"毒"是定觉切，是同韵相协的。一般古歌谣中都押尾韵，有这些格式：句句押韵，如《离》卦九四："突如，来如，焚如，死如，弃如。"这是同字相协的句句押；又如上已引的《鼎》卦九四："鼎折足，覆公餗，其形渥。"是同韵相协的句句押。二、隔句押韵，如上引《屯》卦上六："乘马，斑如；泣血，涟如。"是隔句同字相协。又如上引《归妹》上六："女承筐，无实。/士刲羊，无血。"这里的"实"与"血"是隔句同韵相协。但"筐"与"羊"也是隔句同韵相协，所以此例已可见出有押交韵的现象。三、同字相协与同韵相协相随押韵，在《弹歌》中我们就看到了这一种全新的押法：

断竹，
续竹；
飞土，
逐宍。

在这里，前两行两个"竹"是同字相协，后两行"土"与"宍"是同韵相协。同字相协是押韵的初级形式，同韵相协才是诗歌真正的押韵形式，但它们毕竟押的是同一个韵，也就是句句押韵。汉语诗体在以后几个节奏形式阶段还会增加新的押韵格式，不过几个主要的格式在上古歌谣中已确立了，可见创作古歌谣的先民对押韵已是讲究的了。

第二节　《诗经》阶段的探求

由上古歌谣的二言体、三言体进到四言体，中国旧诗韵律节奏的形成过程算进入《诗经》阶段了。《诗经》三百零五篇作品，并非一个短时间的产物，它起于周初（公元前1122年），止于春秋中期（前570年），前后经历了约六百年的时间。刘大杰说："我们现在都知道《诗经》是我国最古的优秀的文学作品，但它们在当日的社会机能，

① 朱光潜：《诗论》，第169页。

大部分是音乐与跳舞的附庸，还没有得到独立的文学生命。”[①] 这从这部诗集中的作品产生的原因上看，是相当有见地的，不过，既经孔子整理而成为文学文本的专集，自有其作为诗的意义上独立存在的资格和价值。尤其是它已具有一套较完整而有机的诗性审美形态，超越了上古歌谣的原始性，更足以证实它作为文学文本存在的独立性。这样讲何以见得呢？我们的理由是：中国这第一部诗歌总集不仅如清人潘德舆在《养一斋诗话》中说的：“《三百篇》之神理意境，不可不学也。”还在于它已有一套较成熟较完整的韵律节奏型形式体系。这表现在体式上，它是从上古歌谣的二言体、三言体进展到四言体的里程碑。根据现代学者统计：《诗经》中的一字句、二字句、七字句、八字句、九字句，总共只 46 句，只占《诗经》总数的千分之零点七左右；三字句、五字句、六字句共 612 句，占《诗经》总数的百分之十弱，而四字句，竟有 5624 句，占《诗经》总数百分之九十以上。这是从句型上看，四字句使用的频率高得惊人。再从体式看，《诗经》中的杂言诗当然也不少，但四字齐言诗在 305 篇中也占了 192 篇[②]，远超过半数。因此，诚如刘勰在《文心雕龙·章句》中所说的：“至于诗颂大体，以四言为正。”在这样的体式中，《诗经》的韵律节奏也显示出如下的特点：

（一）复沓的更新。在上古歌谣中，复沓虽系其节奏表现的生命，但毕竟还较原始简单，进到《诗经》阶段，复沓趋向于复杂化，有了发展。叠字在《诗经》中是很显著的一个特色，三百零五篇中三分之一有叠字。叠字从语言学角度看，可以是一种重要的修辞手段，特别是形容词的叠字，这是对修饰作强化很重要的手段，如《秦风·蒹葭》中的“蒹葭苍苍，白露为霜”，“蒹葭凄凄，白露未晞”中形容“蒹葭”的“苍苍”、“凄凄”；《卫风·硕人》中的“河水洋洋，北流活活”中形容“河水”的“洋洋”、“活活”，都是修饰的强化。但叠字还有声韵节奏表现上玲珑流转的功能，纯粹的同字重叠固然很有流转得玲珑的节奏表现特征，双声叠韵的异字重叠词这方面的功能更强，并且意义含量也更多，《诗经》中更大量采用，如《关雎》中的“参差荇菜”，《静女》中的“搔首踟蹰”，《击鼓》中的“踊跃用兵”，《蒹葭》中的“蒹葭苍苍”，打黑点者均为双声词；《东门之枌》中的“婆娑其下”，《绸缪》中的“绸缪束刍”，《谷风》中的“匍匐救之”，《卷耳》中的“陟彼崔嵬”，打黑点者均为叠韵。胡适在《谈新诗》这篇著名长文中谈“新体诗中也有用旧体诗词音节方法来做的”时，曾举沈尹默的《三弦》为例，认为采用了不少双声叠韵词使这首诗成为“在音节上看来”是新诗中一首最完全的诗，而“吾自己也常用双声叠韵的法子来帮助音节的和谐”。[③] 可见双声叠韵的复沓对诗歌节奏表现具有特殊意义。宋人孙奕在《履斋诗说》中说：“诗人下双字不一，然各有旨趣。”这“旨趣”的主要表现就是给节奏带来玲珑流转的韵味。《诗经》复沓的更新也显示在句子与章节的重叠上。就句子重叠而言，《诗经》大多表现为两个句子的重叠，可分为连续叠句与间隔叠句两类。连续叠句可以是二字句的复沓，如《卫风·伯兮》中的“其雨其雨”，《邶风·式微》中的“式微式微”，《小雅·

① 刘大杰：《中国文学发展史》上，百花文艺出版社 1999 年版，第 19 页。

② 参考秦惠民著《中国古代诗体通论》，华中科技大学出版社 2001 年版，第 61—64 页。

③ 胡适：《谈新诗》，《中国新文学大系·建设理论集》，上海良友图书印刷公司 1935 年版，第 303—304 页。

采薇》中的“采薇采薇”等。也可以是两个结构相同的二字句的结合，如《召南·甘棠》中的“勿剪勿伐”，《邶风·谷风》中的“方之舟之”、“泳之游之”、“采葑采菲”，《卫风·淇奥》中的“如切如磋，如琢如磨”等。间隔叠句即相同句子间插入不同句子，使二者彼此隔开，如同上已提及郭沫若所引澳洲土人的歌：“凄凉的一只船，要漂流到哪儿去？/我是决不会再见我的亲人了！凄凉的一只船，要漂流到哪儿去？”那样“ABA”的句式复沓。如《周南·芣苡》：“采采芣苡，薄言采之；/采采芣苡，薄言有之。”《小雅·南山有台》：“南山有台，北山有莱。/乐只君子，邦家之基；/乐只君子，万寿无期。”这是近似于“ABB”的叠句格式了。在这种叠字叠句的基础上，《诗经》中还有作连章叠句的。所谓连章叠句，即有一段主体结构，大部分词汇相同，只更换部分字词。像《芣苡》、《硕鼠》、《伐檀》、《黍离》、《式微》、《无衣》、《蒹葭》、《殷其雷》、《蜉游》等，都是以此方式组成的篇章，复沓就在更大范围内展开了，如《王风·采葛》：

彼采葛兮。一日不见，如三月兮。
彼采萧兮。一日不见，如三秋兮。
彼采艾兮。一日不见，如三岁兮。

这么三节诗歌更换了六个字（“葛”、“萧”、“艾”与“月”、“秋”、“岁”），它们重叠式的组合，具有一种往复回环的复沓节奏感，正是这种不断流转的节奏显示，才大大地强化了思念之情。

（二）音组的规整。上古歌谣中固然已出现单字音组、二字音组与三字音组，为汉语诗体中千百年不变的三类基本音组型号的确立打下了基础，但在诗行组合中予以使用的规整却不可能做到，这一点在《诗经》中是部分地做到了。那就是一个诗行由两个二字音组构成，这就出现了大量的四字齐言诗，每行两顿，节奏极规整极铿锵，说《诗经》的四言体诗节奏极鲜明是决不为过的，如《小雅·采薇》：

昔我往矣，杨柳依依。
今我来思，雨雪霏霏。
行道迟迟，载渴载饥。
我心伤悲，莫知我哀。

以两个字组成的音组字数的绝对定量，与以两个音组组成的诗行顿数的绝对定量相统一，完成的是“22”诗行节奏。煞尾的是二字音组，二字组原是诉说调性，所以这样的诗行节奏体现出一种悲哀的深沉的倾诉式语调，这是很值得注意的。诗的情感传达一般可有两种语调，一种是吟哦式的，另一种是倾诉式的。二字音组平静徐缓，这一类音组的组合能给人以受理智导引的深远感，若再以它结尾，其倾诉就更能给人以情愫冷凝折射出来的沉着顿挫。我们是不能忽视《诗经》中这种音组规整之特征的。但绝对以二字音组组合成诗行，四字足矣，不宜过长，否则就容易平板、滞涩、单调，

《诗经》幸亏大力搞复沓，才冲淡了一点板滞，但也还难免遭受一点指责。钟嵘《诗品》评四字诗："夫四言文约意广，取效《风》、《骚》，便可多得，每苦文繁而意少，故世罕习焉。"胡应麟《诗薮·内编》说："四言简古，每短而调未舒。"这些指责虽没有说到节奏表现，但毕竟指出了它某些方面的弱点。值得指出：《诗经》采用的这个作为诗体的四字齐言诗，虽并不值得大力提倡，但对二字音组的规整，特别是二字尾的使用，作为汉语诗体中韵律节奏构成的因素和特定的表达方式，其意义还是重大的，汉语诗体在节奏上超越近体诗而进入词曲，特别是进入新诗，大量地作二字音组的重叠，还有二字尾的使用在推进汉语诗体的节奏表现上，《诗经》提供的经验和先导意义，是不容轻易否定的。对此，我们还将在以后再作详论。

（三）句法的新颖。探讨旧诗韵律节奏表现，有一点一直没有受到应有的重视，那就是必须和句法结合起来考虑。冒春荣在《葚原诗说》中说："唐人多以句法就声律，不以声律就句法，故语意多曲，耐人寻味，后人不知此法，顺笔写去，一见了然，无意味矣！"这实在是一个非常需要也非常值得探讨的问题。如果用平常语言结构写诗，即使节奏再讲究，韵律的情味也还是难以得到品赏，反倒是以独特的、为一般人不习惯、难以一见了然地接受的句法结构和节奏表现结合起来，才能于一唱三叹、往复回环中对拗的句法所含的意义有形同探险般深入的认识，这就叫陌生化效果。《诗经》为汉语诗体率先开出了一条句法方面反约定俗成的陌生化道路。如《豳风·七月》中有："七月流火，九月授衣"，这"流火"、"授衣"是主谓颠倒；同诗中还有"无衣无褐，何以卒岁"，"何以"是介宾结构中"以"与"何"介宾颠倒；《卫风·氓》中有："将子无怒，秋以为期"，"秋以"应是"以秋"，表现为介宾语序的颠倒；《邶风·击鼓》中有"于嗟洵兮，不我信兮"，此处"我"这个宾语被置于谓语之前。这种词序颠倒的句法错综为近体诗开了先河。相应的是平铺直叙的句型也为了语调的改变而拗了起来，如《小雅·采薇》中有"彼尔维何？维常之华"，《沔水》中有"莫肯念乱，谁无父母"，都是用了设问句；《魏风·硕鼠》中有"不稼不穑"，《魏风·伐檀》中有："彼君子兮，不素餐兮"，是用了反语。凡此种种，都是句法上拗的表现，是句式的陌生化和节奏的回环化相结合造成不同凡响之韵律感应的表现。正是这种句法的新颖追求进入形式世界，才使韵律节奏具有经得起讽诵的韵律味。

（四）韵式的多样。《诗经》中除《周颂》中的《清庙》、《时迈》等七篇不押韵，其他298篇均押韵，比起上古歌谣来，韵式可要精致得多。不仅行尾押韵，行首行中也可用韵，甚至行首与行尾还可以同时用韵。但基本上是押尾韵。尾韵如何押，顾炎武在《日知录》卷二十一中说："古诗用韵之法，大约有三：首句、次句连用韵，隔第三句而于第四句用韵者，《关雎》之首章是也；凡汉以下诗及唐人律诗之首句用韵者源于此。一起即隔句用韵者，《卷耳》之首章是也，凡汉以下诗及唐人律诗之首句不用韵者源于此。自首至末，句句用韵者，若《考槃》、《清人》、《还》、《著》、《十亩之间》、《月出》、《素冠》诸篇，又如《卷耳》之二章、三章、四章，《车攻》之一章、二章、三章、七章，《长发》之一章、二章、三章、四章、五章是也，凡汉以下诗若魏文帝《燕歌行》之类源于此。"这是把《诗经》的押韵归纳为三类。现在我们把顾炎武的归类具体化一下，即：第一种韵式是四行诗中只第三行不押韵，其余的都押，如《周南·关雎》之首章："关关雎鸠，在河之洲；窈窕淑女，君子好逑。"第二种韵式是四行诗中偶句押韵，奇句不押韵，《周南·卷耳》首章："采采卷耳，不盈顷筐；嗟我怀人，置彼周行。"第三种韵式是句句押韵，如《卫风·考槃》："考槃在涧，硕人之宽。独寐寤言，永矢弗谖。"其实还可以有其他几种韵式，如首句不用韵而其余各句押韵，如《小雅·我行其野》："我行其野，言采其蓫。昏姻之故，言就尔宿。尔不我畜，言归思复。"又如一章中中途换韵，如《秦风·黄鸟》："交交黄鸟，/止于棘。/谁从穆公？/子车奄息。/维此奄息，/百夫之特。/临其穴，/惴惴其栗。/彼苍者天，/歼我良人！/如可赎兮，/人百其身。"这后面四行就换了韵。正是这换韵，使前面是叙述，后面成了控诉式呼天抢地的抒情。再还有押交韵（ABAB）的，如《小雅·无羊》："或降于阿，/或饮于池；/或寝或讹，/尔牧来思。"这里的"阿"与"讹"协韵，"池"与"思"协韵。也还有押随韵（AABB）的，如《伐木》："伐木丁丁，/鸟鸣嘤嘤。/出自幽谷，/迁于乔木。"我们还发现有押抱韵（ABBA）的，如《唐风·采苓》："采苓采苓，/首阳之颠。/人之为言，/苟亦无信。"韵式是大为增加，韵位是大为扩展。这是《诗经》比上古歌谣大大进步之处，而后来几个阶段的韵律节奏探求中，韵式基本上接受《诗经》的这份遗产，只不过日趋规范、严密罢了。因为《诗经》的种种韵式，毕竟是押韵灵活多变的反映，灵活多变固然好，但如果只停留于自发的变，而不思定为严格的押韵模式的规范，也只能说是较上古歌谣进一大步——却未脱其原始状态吧！

第三节　"楚辞"阶段的探求

《诗经》之后三百余年，楚辞出现。刘勰《文心雕龙·辨骚》中说："自风雅寝声，莫或抽绪，奇文郁起，其《离骚》哉！"《离骚》是楚辞中最具代表性的，刘勰对它的赞叹实是对楚辞取代《诗经》时代而"郁起"中华诗坛的赞叹。那么这场取代的基础是什么呢？这要从《诗经》自身去找原因。有学者这样认为：

> 四言句式与二言相比，自有其优点。它因句式的延伸而容量倍增，使众多的双音词、连绵词得以入诗，并增加了节奏，拉长了韵与韵之间的距离，具有更大的灵活性。但是，对于表达更丰富复杂的内容来说，四言句的容量毕竟还是有较大的限制，对语词的吸收也受到局限，而两字一顿的节奏反复出现，更显得呆板，缺少变化。所以，《诗经》中的杂言句，特别是三、五、七言奇数句，已表现出对四言句式的尝试性突破。虽然它们还不能成为气势，造成主流，但这种尝试及其初露端倪，对后来的屈辞不失为其借鉴。①

这是从艺术内在规律着眼对这场"取代"所作的思考，很有见地。当然也还可以从社会政治经济的角度或者中原文化与南方文化交融这一更宏观的文化角度去思考，即便从艺术内在规律着眼，也可以从更大的文体影响关系来探求异质取代的合理性。林庚

① 黄凤显：《屈辞体研究》，湖南人民出版社 2002 年版，第 112 页。

就从这个角度，说过这么一番话：

> ……远在战国时代新兴的百家争鸣的诸子散文一出现，就结束了以《诗经》为代表的四言诗时代，迫使诗歌进行散文化；出现了与四言诗面貌迥异的全新的诗体，那就是屈原的骚体，也就是所谓楚辞。新兴的诸子散文与行将成为过去的《尚书》那样的散文，实际上就是当时的白话与文言。四言诗的语言形式，随着语言上这一划时代的变化，已不足以表达百家争鸣中战国时期的思想感情，楚辞的骚体乃在新的散文基础上应运而生。[①]

这就是说：由于诸子散文这一强劲的文体语言势力影响了《诗经》的四言诗体已发不出应合时代的声音，而楚辞是顺应了这股新兴文体势力，接受了散文化语言才得以取代《诗经》的四言诗时代的。把两位学者的见解结合起来，可以这样说：楚辞取代《诗经》时代，全是散文势力在起作用。

的确，那时的中华诗坛接受了散文的洗礼后，才出现了“楚辞”时代。这也意味着：楚辞的诗体素质是散文的。林庚据此说：“楚辞的形式只是一个半诗化的过程，它只能成为介于诗文之间的赋体”[②]，而“伟大的屈原就是第一个人大胆地、决然地创造了与当时新兴的散文一致的诗歌语言”[③]。那么，楚辞的散文化诗体是怎么显示的呢？我们认为显示的核心是词汇与句式的膨胀。楚辞的基础语言还是上古汉语，其构词造句也遵循上古汉语的词序规范。就词语而言，《诗经》仍以单音节词为主，双音节词很少，但楚辞竟出现了远超《诗经》的大量双音节词、双音词、三音节词甚至四音节的词组、短语。这里有同音或近音重叠词，如“薜荔”、“琳琅”、“参差”、“眇眇”、“袅袅”等；同义近义重叠词，如“山川”、“静默”、“沈抑”、“婞直”、“烦惑”等；虚词组构，如“有狄”、“爰谋”、“终然”等；还有更大量的偏正、并列结构的词组，并列型词组如“上下”、“魂魄”、“幽昧”、“晦明”、“愁凄”、“好姱佳丽”等，前饰型词组，如“北渚”、“秋风”、“木叶”、“洞庭波”、“辛夷楣”、“汀洲”、“飞雪”、“深渊”、“蛾眉”、“玄玉梁”、“鱼鳞屋”、“紫贝阙”、“青云衣”、“滔滔孟夏”、“云之际”、“山之阿”、“河之渚”、“秋菊之落英”、“洲之宿莽”、“羽之野”、“木兰之坠露”、“余之中情”、“帝高阳之苗裔”等等，后饰词如“芳菲菲”、“日忽忽”、“波滔滔”、“愁悄悄”、“雷獜獜”、“草木莽莽”等等。特别要提及的是大量起用关连词、语助词来组合成更其膨胀形的短语，如“日月忽其不掩兮”，七字句，删除对语句的深层支撑结构不起作用的虚词、语助词“其”、“兮”，不过五字句而已，同理，“荃不察余之中情兮”，删除“之”、“兮”，八字句也不过六字而已。[④] 这种语言的膨胀，不仅四言齐言体形式已很难适应（《天问》、《橘颂》例外），要想超越四言体的一般齐言诗也很难写，于是，楚辞

---

① 林庚：《谈谈新诗，回顾楚辞》，《新诗格律与语言的诗化》，经济日报出版社 2000 年版，第 99 页。

② 同上书，第 102 页。

③ 林庚：《诗人屈原及其作品研究》，上海古籍出版社 1980 年版，第 64 页。

④ 以上材料，大多引自黄凤显著《屈辞体研究》，第 85、88、117—118 页。

只得选择杂言体形式。正是这种种，也就决定了楚辞在韵律节奏表现方面出现了一些新的进展情况：

（一）诗行节奏。总的说，楚辞的诗行在突破四言体的二顿而转向三顿、四顿甚至五顿，使诗行节奏从二顿的急迫转向舒徐。出现这种情况是基于诗行长度的增加和三字音组的大量起用。如上所述：楚辞单音节的词汇已被大量双音节、三音节甚至多音节的词、词组、短语所替代。楚辞又使用典雅的上古汉语，较遵循约定俗成的语言规范，不随便省略关联、转折用词和句子成分，且致力于各个成分的修饰。正是在这种种语言散文化要求的作用下，虚词、语助词、修饰成分大量涌入诗行，促使诗行膨胀、拉长。三字音组的大量起用，同词语构成的复杂化、多音节化大有关系，因为音组的划分毕竟是以词和结合得较紧密的词组、短语为基础的。于是也就出现了这样的关系：诗行的长度增加必然导致三字音组在诗行中大量出现，三字音组的大量起用也必然导致诗行的长度增加。于是楚辞中以二字音组重复一次的“22”型四言体诗行大为减少（《天问》、《橘颂》及《九歌》中个别篇章除外），诸如《悲回风》中有这样的句子：“草苴/比而/不芳”，《离骚》里甚至有“使夫/百草/为之/不芳”，就是突破《诗经》这样“22”型，而成为“222”、“2222”型——这样一些二字音组组合的诗行。但这还只是二字音组组合的三顿体、四顿体诗行，三字音组、四字音组加入，那诗行就更长了。如《离骚》里这样的诗行：

余固知/謇謇之/为患兮

是“333”的三顿体，九言的；还有

苟余情/其信姱/以练要兮

是“334”的三顿体，十言。还有

览察/草木/其犹未/得兮

是“2232”体，也是九言。举这些例子，无非说楚辞的诗行长度已从《诗经》的四言进展到九言、十言了，顿数也从二顿进展到三顿、四顿了。诗行的增长为大力起用三字音组创造了决定性的条件，而三字音组坐定了诗行，打破《诗经》的二字音组在诗行中的一统天下，是强化了诗行节奏的显明性的。我们晓得：“22”的诗行节奏是呆板、单调的，只有让偶数的二字音组与奇数的三字音组有机地搭配，奇偶相间，才会使诗行节奏十分鲜明，具有流转的回环感。这是旧诗格律形式能建基于韵律节奏所跨出的决定性的一步。这一步不仅仅为突破《诗经》的四言句式立下汗马功劳，也为日后开拓五、七言句式充当了先锋角色。褚斌杰这样说：

“楚辞”是最早打破四言句式的诗歌作品，它在参差不齐的各种句式中，包括了五、七言诗的胚膜。我们说它包括有五、七言诗的胚膜，这不仅指它有某些现成的五言句或七言句，而主要是指它除两字顿的节奏外，大量地创造和使用了三字顿的节奏。三字顿节奏的出现，是使四言诗可以向五、七言转化的契机。当然，我们不能认定五、七言诗就是直接起源于“楚辞”，但屈原“楚辞”的出现，完全打破了四言诗接近僵化的局面，尝试了各种不同的句型，特别是除两字顿的节奏外，又成功地运用了三字顿的节奏，给后世五、七言诗塑造了胚膜，给后人以无尽的启发，这是谁也不能否认的。①

这是有见地的，可以补充和强调的是：三字音组在建行中大量起用，并不等于说单字音组和二字音组就不需要了。恰恰在于，它的出现，使建行中可以让单字音组、二字音组和三字音组都能出现，并且为诗行节奏提供了新质。因为三字音组存在于诗行的行首，常有可能分裂为“12”式音组组合形态，这就无形中会产生出单字音组，如《离骚》中：

朝/发轫于/苍梧兮，
夕/余至于/悬圃。

这样划分音组，有些学者也许会不同意，而划成“朝发轫/于苍梧兮”，“夕余至/于悬圃”，但无论是根据词组、短语之形态、意义划分，或者按音节吟诵顺不顺的语调要求划分，都并不能使诗行节奏显得语气和谐和语意自然。如果不存在强调三字音组的先入之见，我们这样划分大概更和谐、自然一些，而这也就有了“朝”、“夕”的单字音组，特别是“夕/余至于/悬圃”是“132”的音组组合。三类型号的音组都在诗行中亮相了，诗行节奏因不同的音组节奏性能有机组合而更鲜明，而汉语诗体中节奏主要是以不同型号音组有机组合来显示的，不同型号的基本音组就是单字、二字、三字——这三个音组，而它们则是楚辞阶段诗人们在诗行节奏探求中确立的。

（二）诗节节奏。诗节节奏是不同顿数的节奏诗行在一个节奏诗节中有机组合而形成的一类幅员更大的节奏。如果文本不分节，那这一类节奏也就是诗章节奏。这类节奏涉及两个方面须要考虑：一个是组行成节中诗行节奏间的关系；另一个是诗节中设置对偶。这两个方面在楚辞阶段的节奏探求中都有涉及。楚辞文本在节奏诗节内部的诗行节奏一般说是整饬的，即各行的顿数大致相等，一般说是三顿体诗行组合成一个和谐的诗节，而这样的诗节节奏一般说是明快的，即使是《离骚》这样沉郁的篇章，诗节节奏也并不给人以多顿体诗行组合的沉滞感，如《离骚》的尾声：

国无人/莫我/知兮，　322
又何/怀乎/故都！　222
既莫/足与为/美政兮，　233

① 褚斌杰：《中国古代文体概论》（增订本），北京大学出版社1990年版，第68页。

吾将从/彭咸之/所居。　　　332

每行三顿，构成了这个诗节的节奏明快、和谐。当然，一个诗文本中，各个节奏诗节并不都是三顿体诗行的组合，四言体留下的两顿体节奏审美的惯性似乎还没有完全消除，楚辞中还有一些节奏诗节是二顿体诗行的组合，《天问》、《橘颂》且不说，《九歌》里也有不少如此；即使《离骚》，也难免有少量二顿体诗行组成的诗节。不过，也有一些被人划为二顿体诗行组成的诗节，其实是有些人对楚辞中的三字音组期望过切，把单字音组和二字音组的组合看成是一个三字音组，结果把三顿体的诗行看成了二顿体。有学者认为：楚辞“每句句首多为一个三字结构”①，这是对的，而这个三字结构有分裂的可能。上面我们已论及三字音组存在于诗行开头会分裂成两个音组——单字和二字音组，这可是一个很有价值的现象：产生出一批单字音组。且让我们看一看《离骚》中这个诗节：

屯/余车其/千乘兮，　　　133
齐/玉轪而/并驰。　　　132
驾/八龙之/婉婉兮，　　　133
载/云旗之/委蛇。　　　132

我们认为这个诗节中各个诗行的音组应这样划分，而不能划成“屯余车/其千乘兮”，“驾八龙/之婉婉”，因为这会使这个诗节成为四个二顿体诗行的组合。我们为什么要有这一份担心呢？这就需要从一个流行的观念说起。在一些学术著作中论及旧诗的节奏形式时，大多关心的是“言”而不是“顿”，爱提“齐言”、“杂言”而从不见有人提“齐顿”、“杂顿”的。其实节奏表现应落实在“顿”上而不是“言”上，确切的提法就应该是“齐顿”、“杂顿”。如果我们这个说法能被大家接受的话，那么，上引诗节要是被划成两顿体诗行的组合，岂不和《诗经》的四言体诗节一样，都是两顿体的节奏诗行的组合了？如果真如此，楚辞突破《诗经》的成就还能有多少呢？我们花这番笔墨无非是想说明这么一点：楚辞的节奏是靠三顿体诗行节奏奠定基础的，从此出发，再进而使诗节也在向三顿以上的节奏体现扩展。再谈谈诗节节奏幅员扩大的问题，这可是大大地得力于诗节中对偶的起用。在上古歌谣和《诗经》中，对偶极少出现，顶多略见几处句的重叠，而这是构不成对偶的。但楚辞中不同，已有为数不少的对偶句组合进诗节中了，强化着诗节节奏的展开。如两句对的：

屈心而抑志兮，忍忧而攘诟。（《离骚》）
鱼鳞屋兮龙堂，紫贝阙兮朱宫。（《河伯》）
悲莫悲兮生别离，乐莫乐兮新相知。（《少司命》）
览冀州兮有余，横四海兮焉穷。（《云中君》）

① 黄凤显：《屈辞体研究》，第121页。

朝饮木兰之坠露兮，夕餐秋菊之落英。（《离骚》）

望北山而流涕兮，临流水而太息。（《抽思》）

也有本句对的，如：

青云衣兮白霓裳，举长矢兮射天狼。（《东君》）

还有隔句对的，如：

令薜荔以为理兮，惮举趾而缘木；

因芙蓉而为媒兮，惮蹇裳而濡足。

这些对偶句虽算不得十分严整，但它们在诗节中存在，可使诗行间产生更多的响应凝聚力，给诗节带来匀称、和谐，大大扩展了诗节节奏复沓回环的功能。而这一项探求，作为一项经验流传了下去，对五七言诗，尤其是律诗的形式体系的形成，起了很大的影响作用。可以说：律诗的诗篇节奏体系在当中设置两个对偶句的策略是直接继承了楚辞的传统，功不可没。

（三）煞尾音组。楚辞中煞尾的音组是怎样设置的，可是个值得注意的问题。要谈它，得把话扯开一点。黄凤显在《屈辞体研究》中说："从作品的内容、用途、结构及其运用虚词和散文化程度等情况来看，《九歌》和'二招'当是属于诗、乐、舞三位一体的作品，它们应当是能随乐伴舞歌唱的；而《离骚》、《天问》、《九章》、《远游》诸作，则与歌舞有了某种疏离，'歌'的特点渐少，而'诵'的特点增多。"[①] 这就是说，楚辞中存在着"歌体"与"诵体"之别。那么作为徒诗从节奏表现上如何显示是"歌体"还是"诵体"呢？这是一个方面的问题。林庚在《五七言和它的三字尾》中说："中国诗歌史上曾经有过从二字尾发展到三字尾这样一个事实"，"从二字尾发展到三字尾并不是一个简单的事情，这之间经过好几百年间酝酿才逐渐成熟，而且中间还经过楚辞这样一个比较散文化的阶段，有便于推动二字尾的打破而向三字尾发展。"[②] 这说的是煞尾的音组，楚辞正处于从《诗经》的二字尾向三字尾发展的过渡阶段，似乎也意味着楚辞是处于二字尾与三字尾杂用的阶段。现在再把他们的话联系起来看：楚辞有"诵体"、"歌体"之别是否同楚辞既用二字尾又用三字尾有关？这使我们又想起现代诗人卞之琳的话："一首诗以两字顿收尾占统治地位或者占优势地位的，调子就倾向于说话式（相当于旧说'诵调'），说下去；一首诗以三顿收尾占统治地位或者优势地位的，调子就倾向于歌唱式（相当于旧说的'吟调'），'溜下去'或者'哼下去'。"[③]

① 黄凤显：《屈辞体研究》，第127页。

② 林庚：《新诗格律与语言的诗化》，第80页。

③ 卞之琳：《哼唱型节奏（吟调）和说话型节奏（诵调）》，见《人与诗：忆旧说新》，北京三联书店1984年版，第141页。

卞之琳从诗人的艺术感觉出发提出的见解，是很有价值的。我们据此可以把以上意见综合起来：用二字尾为主的诗，是诵体诗，用三字尾为主的诗，是歌体诗。楚辞既有以二字尾为主显出的诵体节奏诗（如《东皇太一》），也有用三字尾为主显示的歌体节奏诗（如《国殇》）。但我们还可进一步推论：从诗行节奏的角度看，二字尾的诗行该是诵调，三字尾的诗行该是歌调，这样的推论大概不会走偏。那么，我们拿此说法再来考察楚辞煞尾音组，当可以发现，在组行成节（或篇）中，诗行间的煞尾音组大多是奇数行三字音组，即三字尾；偶数行用二字音组，即二字尾。如《离骚·货》中：

忽/吾行此/流沙兮，[①]　　133
遵/赤水而/容与。　　132
麾/蛟龙以/梁津兮，　　133
诏/西皇使/涉予。　　132

也有奇数行组（四行一节的前二行）都用三字尾，偶数行组（后二行）都用二字尾的，如《九歌·河伯》中：

与女/游兮/河之渚，　　223
流澌/纷兮/将来下。　　223
子/交手兮/东行，　　132
送/美人兮/南浦。　　132

类似例子可以举不少。这说明在诗行组合中，三字尾与二字尾是可以杂凑共处的，我们读起来并不会因歌调与诵调的不同而有别扭之感，反而因调性相悖而能产生张力，使节奏感更明显。当然，节奏调性的落脚点还是在偶数诗行（诗行组）上，上引两例总以三字尾前、二字尾后，几成规律，也反映着楚辞毕竟还是留着《诗经》的节奏胎记，以诵为主的。这种煞尾不同调性的音组可以杂凑共存，也是一条经验。宋词一反近体诗煞尾一律用三字音组而用二字、三字尾杂凑，避免近体诗调性之单调，是受此影响的结果，当是很明显的。

（四）平仄押韵。楚辞在声韵调相协以为诗歌语言的节奏服务方面也是取得一定的探求经验的。这种获得声调韵调相协的策略是使用双声叠韵和平仄押韵。就这两方面而言，双声叠韵甚至叠音叠词在《诗经》阶段已积累了相当的经验，楚辞在这方面有所继承和发展，如《东皇太一》中有“抚长剑兮玉珥，璆锵鸣兮琳琅”，这里“琳琅”是双声词；《离骚》中有“折若木以拂日兮，聊逍遥以相羊”，这里“逍遥”、“相羊”

① 关于“兮”字在音组构成中算不算一个字音的问题，学术界还未有定论，林庚在《楚辞里“兮”字的性质》一文中认为“乃是一个纯粹句逗上的作用”，似乎在音组构成中算不得一个字音，于是在他看来“流沙兮”只是个二字音组，其实“流沙兮”和“容与”在吟诵中一比较就可以感到，它们不是同类的二字音组，加“兮”的“流沙兮”是三字音组。同理，所引《河伯》中的“美人兮”不同于“美人”，应是三字音组。

是叠韵词；《湘夫人》中有“袅袅兮秋风，洞庭波兮木叶下”，这里“袅袅”是叠字；《山鬼》中有“风飒飒兮木萧萧，思公子兮徒离忧”，这里“飒飒”、“萧萧”是叠音词，等等。这些还算不得继承中有了不起的发展。继承中有所发展的是押韵。楚辞一般四行或八行一节，基本规律是偶句间行押韵，如《悲回风》中：

悲回风之摇蕙兮，
心冤结而内伤。
物有微而陨性兮，
声有隐而先倡。

这里第二行的“伤”与第四行的“倡”押韵在楚辞中最通行也最规整，影响日后绝句韵式的确立。同理，八行四个偶数行押韵也大大影响了律诗韵式的确立。值得提出《山鬼》里的一个诗节：“若有人兮山之阿，/被薜荔兮带女萝。/既含睇兮又宜笑，/子慕予兮善窈窕。”这押的是AABB的随韵；还有“杳冥冥兮羌昼晦，/东风飘兮神灵雨。/留灵修兮憺忘归，/岁既晏兮孰华予!”这押的是ABAB的交韵。但总的说来，楚辞中还不能说有更多的韵式创造，只能说韵位更固定化了。值得特别指出的是楚辞中已开始注意到了平仄。刘熙载在《艺概·赋概》中有这么一段话：

> 骚调以虚字为句腰，如之、于、以、其、而、乎、夫是也。腰上一字与句末一字平仄异为谐调，平仄同为拗调。如“帝高阳之苗裔兮”，“摄提贞于孟陬兮”，“之”、“于”二字为腰，“阳”、“贞”腰上字，“裔”、“陬”句末字，“阳”平“裔”仄为异，“贞”、“陬”皆平为同。《九歌》以“兮”字为句腰，腰上一字与句末一字，句调谐、拗亦准此。如“吉日以辰良”，“日”仄“良”平，“浴兰汤兮沐芳”，“汤”、“芳”皆平。

这是古典诗学理论家对楚辞使用平仄语调以造成诗歌语言韵律的一些论析，足可以见出楚辞阶段的中国诗坛已对平仄有自发性的关注了。显然，这对日后古典汉语诗体在韵律节奏追求中十分强调协平仄是有很大的启示意义和影响作用的。当然，楚辞中的关注韵律节奏中的问题还只是一场开创，和近体诗——尤其是律诗形成的那一套严格规范的平仄体系相比，当然其原始的、自发的色彩很浓，二者不可同日而语。

第四节 古体诗阶段的探求

从楚辞发展到古体诗，是旧诗韵律节奏探求中的关键性阶段，也是旧诗格律形式建设中头绪纷繁的时期。所谓古体诗是相对于近体诗而言的，它包括古乐府诗、五言古诗、七言古诗。古乐府诗指汉、魏、晋、南北朝时期的乐府诗以及这一时期文人拟作的乐府诗。汉民间乐府诗当时已收有138首，但流传至今的只有三四十首，如《上邪》、《公无渡河》等，还是东汉后期的作品。文人拟作如马援的《武溪深行》、李陵的

《李陵歌》等，也只有40余首，大多也是东汉后期文人的拟作。大量收录并流传至今的是魏晋南北朝时期的作品。总之，古乐府诗中，就民间歌诗而言，汉魏西晋时有汉郊祀歌、汉铙歌、相和歌辞、杂曲歌辞、杂歌谣辞；东晋南朝有吴声歌曲、西曲歌、舞曲歌辞；北朝有梁鼓角横吹曲；就文人拟乐府而言，汉魏西晋时项羽、刘邦、张衡、王粲、陈琳、曹操、曹丕、曹植、傅玄、张华、石崇、陆机、刘琨等参加；东晋南朝有陶渊明、谢灵运、颜延之、鲍照、汤惠休、王融、谢朓、江淹、沈约、何逊、吴均、萧衍、萧纲、庾肩吾、萧绎、阴铿、徐陵、江总等参加；北朝有王褒、庾信、卢思道、杨素、薛道衡、杨广等人参加，阵容十分壮大。五言古诗实起自民间歌谣，古乐府诗中全篇五言的就不少。它的发生较早，战国秦代，通篇五言的歌谣已经出现，句句用韵，如秦《长城歌》。至西汉，出现了古乐府五言体民间著名的歌诗，如《十五从军行》、《江南》、《燕歌行》、《上山采蘼芜》等，而隔句押韵的五言体民歌民谣也相当普遍了。文人五言古诗曾被认定七首苏武李陵诗为首创，现考订此系东汉末年之作，而首创当为班固作的《咏史》，后有张衡作《同声歌》、辛延年作《羽林郎》等。东汉是奠定五言诗能千百年屹立中国诗坛而不衰的基础阶段，不仅《陌上桑》、《孔雀东南飞》震惊诗坛，而且东汉末的社会大动乱期间，一批无名文人作《古诗十九首》可说是汉代文人五言诗的代表，五言体的权威性再也动摇不了了。魏晋南北朝是五言古诗鼎盛期。乐府民歌南朝有吴声曲、西曲歌，计470余首，全是五言体，且三分之二是五言四句体。北朝有《折杨柳歌》等60多首，也基本上是五言四句。文人拟题乐府和非拟乐府五言诗的创作之风大盛，三曹打了头阵，鲍照、陆机、谢朓以及陶渊明、谢灵运、阮籍等纷纷献出中国诗歌史上的五言杰作。钟嵘《诗品·序》曾对四言和五言作过一番比较，说："夫四言意广，取效风骚，便可多得，每苦文繁而意少，故世罕见焉。五言居文词之要，是众作之有滋味者也，故云合于流俗，岂不以指事造形、穷情写物最为详切者焉?"七言古诗是从楚辞发展过来的，因为楚辞较多七言句，或开七言之迹，如《山鬼》中"若有人兮山之阿"这样的诗行就是七言典型诗行即将诞生的先兆。入汉后，民间的七言歌谣已十分流行，汉乐府机构不采集七言歌谣，但所采集的以五言为主的民间歌诗中，却已杂有典型的七言诗行，如《上邪》中的"冬雷震震夏雨雪"等，这些无疑给文人创作以很大的启示。相传汉武帝与群臣联句的《柏梁诗》是最早的文人七言诗，但后人存疑，可靠的文人七言诗是东汉张衡的《四愁诗》，近一个世纪后，曹丕的两首《燕歌行》宣告了七言古诗"已趋向精致、委婉、讲究韵律的和谐"①。这以后，晋代乐府民歌《陇上歌》算是一首完整的七言古诗。文人的七言创作再度出现，要到南朝刘宋时的鲍照，他作有《行路难》十八首，打破了柏梁体的拘禁，隔句用韵，句式灵活自由，节奏明快流畅，从此七言古诗进入一个全新阶段。到梁代，萧衍、萧纲父子作七言古诗三十余首，梁元帝作《燕歌行》群臣唱和，从此风气日盛，作者日多，沈约、吴均、庾肩吾、庾信等均作有七言古诗，而江总作《闺怨篇》则开了七言排律先河。总之，从汉初到隋末，诗坛漫长的岁月里，以乐府诗、五言古诗、七言古诗三种形态汇成的古体诗，在艰难地探求并企图获得旧诗节奏形式上的重大突

① 王涌豪、骆玉明主编《中国诗学》第4卷，东方出版中心1999年版，第84页。

破，以确立一个相对稳定的节奏形式体系。值得庆幸的是：那一代诗人尝试着建立起几个典型诗行和几种形式，从而宣告他们的努力已接近了理想目标。具体显示为古体诗以每句字数而论，出现了七种诗体。王力在《汉语诗律学》中这样分：一、“四言：四言的古风可认为模仿《诗经》而作。《文选》里陆机诸人也有四言诗，可见四言诗一向没有断绝过”。二、“五言：五言的古风可认为正统的古体诗，因为《古诗十九首》是五言，六朝的诗大多数也是五言”。三、“七言：七言古诗起源颇晚”。四、“五七杂言：五七杂言，七言中杂五言者较多，五言中杂七言者较少”；五、“三七杂言：三七杂言，乃是七言中稍杂三字句”；六、“三五七杂言：三五七杂言以七言为主，杂以五言和三言。自有五言诗以后，奇数字的句子大约被人认为更适合于诗的节奏，所以七言之中往往杂以五言和三言，而不大杂以六言或四言”；七、“错综杂言：所谓错综杂言，是指诗句的字数变化无端，除了七言、五言或三言之外，还有四言或六言的句子，甚至有达八九言以上者”，而“错综杂言又可细分为两类”：“甲，仍以三五七言为主，此类的格调仍与上面的五七杂言及三五七杂言相近似”；“乙，四六八言颇多者。此类很有散文的气息；如果不是用韵，有些部分简直就是散文。假使改为白话，简直就像民国初年所谓‘新诗’。”① 我们从这七种句式组合特征中可以进一步发现古体诗阶段，韵律节奏表现与格律形式有如下几个方面值得重视：

（一）设限音组型号。音组是节奏的基本单位。一个诗行中有几个音组的组合，以音组等时的相间停逗亦即在一个诗行中显示出几个“顿”，就会形成诗行节奏，但“顿”并不完全等同于“音组”的组合。音组本身也能显示节奏性能，因为它是在词组或短语制约下的几个字音的聚合，字音的多寡，读来会有些微的缓急差别，单字音组的节奏感最悠长，随着字音的增加，二字音组则舒徐，三字音组紧促，四字音组急逼，五字音组一般就要分裂，而“顿”仅仅是“顿”，停逗而已，这停逗自身是显不出节奏感来的，因为不存在内部字音的多寡比较。但称单字音组、二字音组、三字音组为单字顿、二字顿、三字顿还是可以的。《诗经》里体现节奏的主要是二字音组组合，即两个二字顿的组合，三字音组也已出现，如“宛在/水中央”的“水中央”即三字音组，但极少见，也极少用它来体现节奏，单字音组和四字音组以上的都还没有。楚辞中二字音组和三字音组都受到重用，三字音组的地位一跃而居二字音组前面，更受重用。同时单字音组、四字音组也出现，也在音组组合中显示出其在诗行中的节奏功能。这两个音组能在楚辞中出现，有其特殊诗境在起作用，一般说来，楚辞中用动宾结构形成的三字音组，若置于诗行之首，则往往会分裂成两个音组，前一个是单字音组，后一个是二字音组，单字音组就是在这样的诗境中产生的。因此，单字音组在楚辞中使用量不多。四字音组的使用比较地多一些，因为楚辞中有虚词，语助词“而”、“与”、“之”、“其”、“夫”和“兮”，它们总和实词结合在一起的，原是二字音组的实词，有两个虚词一组合，也就成四字音组；原是三字音组的实词，加上个“兮”也就成四字音组。如《离骚》中“指/九天/以为正兮”，“指”这个单字音组就是因动宾结构“指九天”形成的这个三字音组在行首而分裂出来的，“以为正兮”是多了个语助词“兮”

① 王力：《汉语诗律学》，上海教育出版社 2002 年版，第 315—325 页。

而成为四字音组，否则，“以为正”意思未变，也是可以的，但却成了三字音组。这种种现象到古体诗阶段均发生了变化，因为古体诗占绝对统治地位的典型诗行，是二顿体和三顿体的，它们有共同的一点：煞尾的必是三字顿——三字音组，而二顿体的第一个音组必然是二字顿，三顿体的诗行前两个顿则规定是两个二字音组。这就是说，二顿体是“23”的音组组合，三顿体是“223”的音组组合，每个诗行的第一个音组都没有设置三字顿，单字音组也就分裂不出来，至于四字音组，在诗行音组组合中也就没有了位置。因此，以五七言体占统治地位的这个古体诗阶段，单字音组、四字音组基本上是被排除的，更不要说四字以上的音组更不会存在。这场音组型号的设限，限定只能使用二字顿、三字顿，对旧诗节奏的定型，具有不可限量的韵律节奏表现的功能价值。

（二）建立典型诗行。提出典型诗行这个术语的是林庚。林庚在《再说新诗的建行问题》中提出在诗歌形式问题的探求中要来认真研究“建行”的基本规律①，在他看来，“典型诗行”是“诗歌形式的中心问题”②。这是很有见地的。但典型诗行的建立，不那么容易。在林庚看来，“需要经过长时期的熟悉”。回顾诗歌史，他不无感慨地说：

> ……例如五言诗在西汉末年的童谣中就已经出现，可是到了东汉初年，班固的《咏史》诗试用这种诗行时，还落得“质木无文”一点也不生动；又过了约半世纪，张衡的《同声歌》总算初次掌握了五言诗行，可是这仍然不是很多人都能掌握的；这样又过了一世纪，到了所谓建安时代，五言诗才真正为大家所熟练掌握了；从西汉末年到建安时代，中间经过约二百年，五言诗才由偶然的出现变为一个通行的诗体，这漫长的时间，固然由于政治文化各方面条件的限制，而要掌握一个新的诗行，在非一朝一夕唾手可得，难道不也是事实吗？之后，七言诗的成熟，从第一首七言诗的出现到隋唐时代大量七言诗的涌现，又经过了约四百年；这都是历史上的事实。诗歌史上说到五言诗的时代、七言诗的时代，之所以不免大书特书，正因其得来不易。③

唯其如此，才使这位现代诗学理论家一再主张在五七言体典型诗行的基础上建立新诗的典型诗行。对此主张容我们后面再讨论，这里要问一句：五七言体的典型诗行究竟是怎么个样子的？林庚认为“五言是二三，七言是四三”④也就是说，五言体的典型诗行是上二下三，如“悠然/见南山”（陶渊明《饮酒》）；七言诗的典型诗行是上四下三，如“秋风萧瑟/天气凉”（曹丕《燕歌行》），这是对的。但提法值得商榷。我们前面已论及，谈节奏不要从言出发，要从“顿”（音组）出发，所以五言体的典型诗行应是“23”，“悠然/见南山”这样的；七言体的典型诗行应是“223”，即“秋风/萧瑟/天气

① 林庚：《新诗格律与语言的诗化》，第88页。

② 同上书，第86页。

③ 林庚：《关于新诗形式的问题和建议》，《新诗格律与语言的诗化》，第69页。

④ 林庚：《九言诗的“五四体”》，《新诗格律与语言的诗化》，第50页。

凉”这样的。五七言体在古体诗阶段之所以能建立起来，就完全靠“23”与不能改动“223”的音组组合形成的节奏。这里我们还须作深入一步考察，如果让五言变成了“32”，就不是五言诗的典型诗行了，例如“有暗香盈袖”，“莫道不消魂”，后者是“23”式，是五言诗的典型诗行；前者是“32”式，就不是。“将军百战身名裂/向河梁回头万里”，前者是“223”式，是七言诗的典型诗行，后者是“322”式，就不是。我们这样讲是站在五七言体的立场讲它们这个“体”的典型诗行，当然有理。其实说穿了，说它们是五七言体的典型诗行或不是的根本标志是煞尾的音组必须是三字音组，否则，变成“32”，“322”那样煞尾是二字音组，就不是五七言体的典型诗行了。不过，“32”或“322”就不能成为另一体的典型诗行吗？“有暗香盈袖”在词里是用得很平常的，就可以说是词体的典型诗行。这种“32”、“322”（也包括“232”）的音组组合作为反五七言体而存在的现象，在古体诗中有大量出现，其标志就是煞尾系二字音组。如鲍照《煌煌京洛行》有“春吹回/白日”，就是“32”式的音组组合；《拟行路难·其一》有“玳瑁/玉匣之/雕琴”，是“232”式的音组组合，都属非五七言体典型诗行。这就是说：古体诗阶段的诗人们探求到两类典型诗行，一类是以三字尾为标志的“23”、“223”（或“323”、“233”）的典型诗行，体现为哼唱体（歌体）的诗行节奏调性；另一类是以二字尾为标志的“32”、“232”（或“322”、“332”）的诗行，体现为诉说体（诵体）的诗行节奏调性，前一类在当时势力大，后一类在当时势力弱一点，因此晚唐以后形成了词体。所以古体诗的典型诗行提供给中国诗坛，其意义是极其深远的，价值是极其大的。

（三）规范诗行组合。上面提及林庚很重视建行的问题，并在一再探求旧诗中的典型诗行，这当然很有学术价值。相形之下，他认为诗行组合的重要性还是次一点的，甚至还说过去由于太重视诗行组合的问题而掩盖了对典型诗行的探讨①。这也不无启发。不过规范诗行组合同样是十分重要的，从某种意义上说，典型诗行之所以能有节奏表现的典型价值，要在诗行组合中才能获得。在这方面，古体诗中也已提供了经验，大致可以这样说：首先提供的是绝对调和音组型号的齐顿体设行组合，是旧诗中最具有均齐式节奏表现价值的，具体化为“23”、“223”这两类典型诗行复沓式的诗行组合。而由于是复沓式的，因此煞尾永远是个三字顿，这也就形成了五言体和七言体两类组合体式。就这样，旧诗的五七言体式在古体诗阶段被提供出来了。我们因此在这阶段看到了类似绝句式的古体诗，如谢朓的五言体《玉阶怨》：“夕殿下珠帘，流萤飞复息。长夜缝罗衣，思君此何极。”徐陵的五言体《关山月》：“关山三五月，客子忆秦川。思妇高楼上，当窗应无眠。星旗映疏勒，云阵上祁连。战气今如此，从军复几年。”萧纲的七言诗《乌栖曲》：“芙蓉作船丝作绊，北斗横天月将落。采莲渡头碍黄河，郎今欲渡畏风波。”杨广的七言诗《江都宫乐歌》：“扬州旧处可淹留，台榭高明复好游。风亭芳树迎早夏，长皋麦陇送余秋。绿潭桂楫浮青雀，果下金鞍驾紫骝。绿觞素蚁流霞饮，长袖清歌乐戏州。”可以说五七言体两类典型诗行绝对调和音组型号的组合，为日后的五绝、七绝、五律、七律奠定了基础。其次提供的经验是“23”、“223”

① 可参考林庚《新诗的“建行”问题》，《新诗格律与语言的诗化》，第45页。

类典型诗行与“32”（或“22”）、“232”（或“332”）类典型诗行混合的杂顿体诗行组合，是旧诗中具有参差式节奏表现价值的。由于是两类典型诗行体系的组合，这样的诗行组合体必然呈现为诗行间不可能绝对地调和音组型号，甚至顿数完全可以不一致，因而诗行也可以长短不齐，更重要的是由此导致各诗行煞尾音组也不统一，于是也就会出现三字尾与二字尾的诉说体—诵调的组合。一般认为调性不一不宜组合，但古体诗的实践表明是可以的，并且因异质相处而增强了节奏性能。如鲍照的《行路难·其二》中：“承君今夜之欢娱，列置帏里明烛前。”读来也是和谐的，不存在两种调性（二字尾与三字尾）的水火难容。又如梁鼓角横吹曲中的《陇头流水歌辞》：“陇头流水，流离西下。念吾一身飘旷野。”若站在五七言体的立场看，后一行“223”是其典型诗行，前两行是“22”的音组组合，非五七言体的典型诗行，诗行组合在一起，前二行是二字尾，诵调；后一行是三字尾，歌调，也不感到不和谐，而是有一种词曲的节奏感。特别是那首有名的《敕勒歌》：“敕勒川，阴山下。天似穹庐，笼盖四野。天苍苍，野茫茫，风吹草低见牛羊。”两类体系的典型诗行，两种调性的组合，显得极为和谐，更给人以词曲的节奏感了。清江顺诒《词学集成》卷一载：汪晋贤《词综序》探讨了词的起源问题，认为“自古诗变而为近体，而五七言绝句传于伶宝乐部，长短句无所倚，不得不变为词”，说明词自古体诗变来。清李调元《雨村词话序》更干脆地说：“乐府即长短句，长短句即古词也。”这些说法是确切的，可惜他们没有进一步看出这是两类典型诗行的节奏体系融合的结果。《敕勒歌》等之所以被看成是词的变体，也正是这种融合的结果。

（四）严格声调韵式。声调和韵式，还可以包括对偶，在古体诗中虽都是节奏表现的辅助性措施，起一点强化节奏、使节奏更鲜明的作用，但也都讲究起来。不妨回顾一下这种“讲究起来”的历程。汉代作为古体诗发轫期，对声律的关注还是自发的，五言首创之作班固的《咏史》虽被评为质木无文，但此诗第一、第四联和最后一句除外，其余均是第二字和第四字平仄不同，每一联上下末尾两字的平仄也完全不同，因此造成音节长短各异，节奏感较强。辛延年的《羽林郎》声律更严格一点，第三、四、九、十四、十五联运用了“平平平仄仄，仄仄仄平平”的律诗平仄格式，第十、十一联运用了“仄仄仄平平，平平仄仄平”的格式，而“不意金吾子”以下六句，粘对合辙，与唐诗同。[①] 东汉末年的《古诗十九首》被人称为“五言之冠冕”，说明它已到五言成熟阶段，声律上也已有进一步追求，韵式上已形成隔句末用韵，一韵到底，中间一次、数次转韵大多在语势转换或意义改变处，也显出比例的匀整，对诗行平仄相间的规律也作了探索，发扬了辛延年《羽林郎》的经验，在节奏关键点的第二、四字处有意识地使用平仄相反的字，这十九首诗共 236 句，第二、四字平仄相反的多达 140 句，约占百分之六十，为日后律诗形成打下了基础。《古诗十九首》还以一定的自觉意识使用对偶句，如“胡马依北风，越鸟巢南枝”成了名句。七言诗的首创之作——张衡的《四愁诗》也在东汉末年出现，受《古诗十九首》等声律追求影响，不仅使用了典型诗行“223”的音组组合体，为后世七言诗打下了诗行建设的基础，而且全诗四

① 参阅汪涌豪、骆玉明主编《中国诗学》第 4 卷，第 69 页。

节，句式相同，讲究复沓吟唱。魏晋时期，作为建安诗人的曹氏父子能开一代诗风，在他们的带动下，声律的探求更深入了一步。建安七子之冠冕王粲，更以其《七哀诗》而"开骈俪华采之风"①。曹丕的《燕歌行》是推进七言诗发展的重要作品，在韵律上虽承袭句句用韵、声调较局限，无法长歌悠扬，但从整体艺术格局看精致委婉，特别是很讲究韵律的和谐。西晋时期五言诗更为昌盛，潘岳、陆机等对诗歌声律的研究已上升到理论的高度：陆机《文赋》说："暨音声之迭代，若五色之相宣。虽逝止之无常，故崎锜而难便。苟达变而识次，犹开流以纳泉。"说明这时的一批诗人已意识到诗句音声相间、平仄相隔的好处，并由诗句逐渐转向两句一联的探索。如陆机的《驾言出北阙行》，第一、二、七联为律联，除第五、十二、十七句外，均是律句，诗律渐趋工整。这期间的诗进一步显出骈体色彩较重的特征，也影响了东晋的诗人。谢灵运重排偶雕琢，他的一些诗甚至两句一组对偶到底，雕琢痕迹更重，但确也使诗行组合因排偶到底而特显均衡复沓的节奏效果。清钱良祥在《唐音审体》中说过"晋，排偶之始也"的话，这不是没有道理的。进入南朝后，古体诗在声律上获得了特大的进展。而齐永明年间，沈约与谢朓、王融共创"四声八病"说。沈约在《宋书·谢灵运传》中说："夫五色相宜，八音协畅，由乎玄黄律吕，各适物宜。欲使宫羽相变，低昂互节；若前有浮声，则后须切响。一简之内，音韵尽殊；两句之中，轻重悉异。妙达此旨，始可言文。"这就是沈约声律说之核心内容。他自己对此也颇为自得，说："自骚人以来，多历年代，虽文体稍进，而此秘未睹。"据这番话可知，声律论的核心问题在于如何调配四声，以求得诗歌韵律上的错落有致、抑扬顿挫的美感，避免诗歌声调上的单调。这个声律论的目的由于把握到调配四声这一调声术，所以意味着沈约已初步揭开诗歌声律美的奥秘。这个调四声后来发展成为在诗句内部求平仄相对——正是这个声调意识的确立，为古体诗走向近体律诗奠定了基础。沈约自己的创作《咏帐》就是按此理论处理声调的。原诗是这样："甲帐垂和璧，螭云张桂宫。隋珠既吐曜，翠被复含风。"其平仄格式为"仄仄平平仄，平平仄仄平。平平平仄仄，仄仄仄平平。"与近体格律完全相同。五言如此的调声律，七言也一样。南朝宋鲍照以一组十八首《拟行路难》七言体重又振兴起来。他采用隔句押韵，使七言诗的韵律节奏放慢，一改局促之气，并改变三句一断、一句一断的歌谣遗风，使诗文本以偶数句收束。韵脚除了平韵外，首次改为平仄兼押；韵式既可一韵到底，也可中途转换，转换的首句入韵不入韵均可。到梁代以后，七言诗进入更大的兴盛时期。这时的七言声律上又有新的进展，彻底摒弃逐句押韵式，隔句押韵，通常四句一换韵。无论五言七言，南北朝期间，排偶之风越来越盛，上引钱良祥《唐音审体》中，在说了"晋，排偶之始也"后，又说："齐、梁，排偶之盛也；陈、隋，排偶之极也。"这为唐以后近体诗中律诗的确立打下了坚实的基础。回顾这段古体诗阶段声调、韵和对偶发展情况后，我们还要指出：有关这三者，只有讲究声调才是古体诗阶段提出的辅助节奏的一项新措施。对声调在古体诗阶段究竟有没有规律的问题，王力在《汉语诗律学》中曾这样说："诗是给人吟诵的，古人虽没有一定的平仄格式，是不是有一种自然的声籁，诗人们不期然而然地

① 刘大杰：《中国文学发展史》上，第210页。

倾向了这一种声籁，使它的音节谐和呢？这自然是很合理的猜测。甚至有人以为古诗的平仄也有一定的规律，只是和律诗不一样罢了！”这段话后他提到王士禛、赵执信探求古诗平仄之法，还提到董文涣的《声调四谱图说》：“他们都相信古诗（平仄）有一定的规律。”王力因此按上述古典诗学家的见解举出“关于平韵五古的规律”三条来，以见一斑。这三条是：“①第二字与第四字同声（指平仄），否则②第三字与第五字同声；否则③出句用平脚。”并说：“试以上面所举《去者日以疏》一诗来印证，将见它和这些规律完全脗了。”但他又说：“后世有些诗论家在分析了唐人的古风之后，却认为合于上述这些规律的诗句只是古风的拗体，正体的规律恰恰相反……然而赵氏（执信）所提的一个定理却为他们所公认，那就是古体诗无论五言或七言，总以每句的下三字为主，而腹节的下字尤为重要（五言第三字，七言第五字）。平脚的句子，腹节下字以用平声为原则；仄脚的句子，腹节下字以用仄声为原则。这样，专就下三字而论，下面的四种形式乃是古体诗的常规：（甲）平脚：1. 平平平；2. 平仄平。（乙）仄脚：1. 仄平仄；2. 仄仄仄。”① 由此个别可见一般规律。

对上古歌谣阶段、《诗经》阶段、楚辞阶段和古体诗阶段在为旧诗韵律节奏形成过程中各自提供的经验性成果作出这一番考察后，我们可以说：确立旧诗声韵节奏系统的节奏定性、格律定形诸方面所需的形式美构成因素已得到了充分的提供。接着就该轮到组装了。组装的时代有两个：唐诗时代和宋词时代，组装出来的是两类形式体系：均齐式复沓回旋形式与参差式递进流转形式。

第二章　近体诗的回环节奏类体式

柯勒律治在《诗的精神》中说：“当我思考之时注视自然界的事物，我就像看到远处的月亮把暗淡的微光照进那结满露珠的玻璃窗扉，此时，与其说我是在观察什么新事物，毋宁说我像是在寻求，又似乎是要求一种象征语言，以表达那早已永恒地存在于我的心的某一事物。而且，即便我是在观察新事物，我也始终只有一种模糊的感觉，仿佛这新的现象朦胧地唤起那蕴藏于我内在的天性之中而已被忘却了的真理。”② 这里提到创作主体欲“寻求”“一种象征语言”，具体指什么呢？我们认为可以是语言化的感发性意象，也可以是有催眠般魅力的语音声调。前者达到的是意象的象征，后者达到的则是“声音的象征”——如同韦勒克、沃伦在《文学理论》中所说的。③ 这意味着在抒情诗的文本构成中因语言的妥然结合所显示的声音——或语言的音乐，对于诗人把握与传达自身的情调感应、意义顿悟具有何等重要的作用！苏俄学者日尔蒙斯基在

① 王力：《汉语诗律学》，第395—396页。

② 伍蠡甫主编《西方文论选》下，上海译文出版社1979年版，第520—521页。

③ 韦勒克、沃伦：《文学理论》，刘象愚等中译本，第171页。

《诗学的任务》中也说："诗语中音的表现力，永远和诗的含义相联系。"① 瑞士学者埃米尔·施塔格尔在《诗学的基本概念》中提出"抒情式的诗行本身的价值在于诗语的意义及其音乐的'一'。"以后，进一步说："再没有别的比这样一种情调的直接发声更难的了。因此，一首抒情式的诗里的每一个词，甚至每一个音节，都是完全不可缺少的和不可取代的。"② 加拿大学者弗莱在《批评的解剖》中发表的意见也许比上述诸人更全面而深入。他首先十分重视诗歌创作中的韵律节奏，对于"从不同的声音联想中产生音韵、半谐音、头韵和双关语"等的追求，认为"赋予联想以形态的东西，我们一直称为节奏的发端"，且十分明确地提出："节奏明显优先于含义。"他还举出具体的例证，说"在类似亚瑟·本森的《不死鸟》这样的梦幻诗，或者像中世纪的诗《珍珠》及斯宾塞和丁尼生作品的许多描写梦幻或昏眠状态的段落中"，都能发现诗人们"执著地运用反复出现、催人入睡的声音定式"，而这正是一种韵律节奏的致力追求。为此，他对韵律节奏的审美功能作了深入的挖掘："韵律的基础是'魅力'，即那种催人入眠的咒语，它通过自身搏动着的舞蹈节奏，诉诸人们不由自主的肉体反应，因而十分接近魔术也即胁迫肉体的力量的感觉。"为此，他对于诗歌文本中"把重音的反复与速度的变化结合起来"以及"重复的词语令人昏昏欲睡"等韵律节奏安排十分赞赏，认为这正是"真正的魅力"的特性，"十分清楚地显示出那种潜在的玄奥或梦幻般的定式"③。这种种都说明域外诗学理论家对诗歌的节奏体式超常的重视。

其实，何尝只是域外如此，我们古典诗学传统中对此更是一贯重视的。欧阳修在《书梅圣俞诗稿后》中说："凡乐，达天地之和，而与人之气相接，故其疾徐奋动可以感于心，欢欣恻怆可以察于声……汉之苏、李，魏之曹、刘得其正始，宋齐而下，得其浮淫流佚。唐之时，子昂、李、杜、沈、宋、王维之徒，或得其淳古淡泊之声，或得其舒和高畅之节；而孟郊、贾岛之徒，又得其悲愁郁堙之气……"这段话对诗的声韵格律之产生及其审美特性所发的议论，立论甚高，认为不同时代的个体诗人都具有属于自己的"人之气"，这种"人之气"则是宇宙运行律一种具体的体现，而诗歌的声律则是"与人之气相接"而生的，"人之气"既出之于宇宙运行律，那也就意味着诗歌的声律实出之于诗人对天地之气即时空节奏的直觉把握。这场直觉所把握到的，则有"情"与"声"两个方面。李梦阳在《空同集》卷五二《缶音序》中因此说："夫诗，比兴错杂，假物以神变者也。难言不测之妙，感触突发，流动情思，故其气柔厚，其声悠扬，其言切而不迫，故歌之心畅，而闻之者动也。"这样的说法，明陆士雍把它和诗歌文本构造结合起来考虑，在《诗镜总论》中他说："诗之可以兴人者，以其情也，以其言之韵也。夫献笑而悦、献涕而悲者，情也；闻金鼓而壮、因丝竹而幽者，声之韵也。是故情欲其真，而韵欲其长也。"值得指出：在我们的诗学传统中，情韵与声韵究竟孰轻孰重，说法不一，应注意的倒是二者孰先孰后的位置摆法。沈德潜在《说诗晬语》中说："诗以声为用者也，其微妙在抑扬抗坠之间。读者静气按节，密咏恬吟，

---

① 方珊等译《俄国形式主义文论选》，北京三联书店 1989 年版，第 221 页。

② 埃米尔·施塔格尔：《诗学的基本概念》，胡其鼎中译本，中国社会科学出版社 1992 年版，第 5 页。

③ 弗莱：《批评的解剖》，陈慧等中译本，百花文艺出版社 2006 年版，第 406—413 页。

觉前人声中难写、响外别传之妙，一齐俱出。”因此，他推论出成功的文本总显现为诗人“有不得不言之隐，借有韵语以传之”的特色，这就把声韵提到很高的地步了。纵观三千余年的中国诗歌史，近体诗在声律上可是达到登峰造极之境的，因此，许学夷在《诗源辩体》卷十七中引胡元瑞的话说：“律诗全在音节，格调、风神尽具音节中。”这里的“律诗”可以包括“律”、“绝”二体，指近体而言。① 由此可见，近体诗的“音节”构成形态，即能充分显示体格、风神、情韵的近体诗独特节奏体式，在中国诗歌三千年的历史中，是最有代表性的，因此值得先作考察。

第一节　音组律与平仄律

作为诗歌形式的最终呈现是体式，而什么样的体式，则是由特定的声律——也就是节奏形态决定的。因此，考察近体诗的形式，得从节奏形态开始。这就意味着：我们首先得为近体诗归纳出一个节奏表现系统。这个系统具现着节奏规范原则，意味着有“法”可依。的确，传统诗学中对近体诗声律各分支作规范化设置是循“法”而行的，并因此留下了不少讲究此类“法”的言论。高士奇在《唐三体诗序》中说：“有唐三百余年，才人杰士驰骤于声律之学，体裁风格与时盛衰，其间正变杂出莫不有法。”屈复在《唐诗成法序》中说：“自唐人稳顺声律，为五七言近体，而法密可学。”那么这声律系统，这近体诗的节奏表现法规，具体内容是哪些呢？

我们将从音组律、平仄律的考察开始。

（一）音组律

音组系节奏构成的最小单位，其有机组合之规律是汉诗节奏表现中首先值得探讨的问题。音组由汉语音字组合而成。一个单音字虽不成其为音组，但也可以是节奏构成的最小单位，不妨叫单字音组。而旧诗中由两个音字组合成的二字音组和三个音字组合成的三字音组则占了绝大多数。音组作为音的组合体，组合的基础是词语，必须和词语结合起来，甚至可以说音组等于词汇或短语的声音形态。汉语多单音字的词，如“雨”、“沙”、“绿”、“飞”、“愁”、“斜”等等，当然也有更多双音、三音词或短语，如“鹧鸪”、“清歌”、“山河”、“寒水”、“落木”、“玲珑”、“流霜”、“关山月”、“满城娇”、“水晶帘”、“扬州梦”、“漫悠悠”、“后庭花”、“酒醒时”、“雁飞回”、“万家眠”等等。所以近体诗被看成节奏构成最小单位的音组，就只这三类型号的，至于在节奏诗行构成中使用价值最大的，则是二字音组，这可从音组组合以建节奏诗行中见出。

以音组的组合来显示节奏的途径，在近体诗中有两条：音组等时停逗和音组性能交替。

① 清王楷苏在《骚坛八略》中谈到“近体者律诗绝句之总名也”后，又针对前人“诗律之义，谓其有法律也”一说而发出“绝句岂无法律”的疑问，然后自作如下解释：“此独谓律，恐在用调说。盖每调四句，律诗八句，前后两调，同归一律，故谓律。”此说法较为妥帖。以此证及胡元瑞“律诗全在音节”中之“律诗”，当亦可视为包括律绝的近体。

先看音组等时停逗类节奏表现。近体诗使用的二字、三字或单字音组，在诗行中组合时，总以略作停顿以表明相互间的过渡性界线，正是这一层，使我们在吟咏诗行时，会产生一种因等时停逗显示的节奏感。如杜甫七律《登高》中的这两行：

无边—落木—萧萧—下
不尽—长江—滚滚—来

它们在吟咏中都须作四次停顿，是四顿体诗行；音组间略作停逗的时间也大致相等，这就能给人听觉上的均衡感，显出了音组等时停逗的节奏特性。再就这两个诗行间的关系来看，由于音组都停逗等时，诗行齐整，因而吟咏时两个诗行间的节奏关系显示为复沓性能。所以，从诗行到诗行群，它们共同以音组等时停逗的组合显示出一种回环式节奏形态。

再看音组性能交替类的节奏表现。音组应该定性。一般说来：二字音组徐缓沉稳，三字音组急促跳荡，单字音组紧张飞扬。从调的角度看，二字音组以沉稳感而显出诉说调性，三字音组和单字音组则以跳荡感和飞扬感而在吟咏调性上统一起来。值得指出：一个诗行总是在最终那个节奏点上显示其整体调性的，因此，古典诗学理论家早就注意到，煞尾处不同音组的设置对于定节奏调性具有决定性的影响。刘熙载在《艺概·诗概》中说："诗，一种是歌，'君子作歌'是也；一种是诵，'吉甫作诵'是也。楚辞有《九歌》与《惜诵》，其音节可辨而知。"又说："《九歌》，歌也；《九章》，诵也。"这位古典诗学理论家的话当然只来自于阅读中的艺术感觉，从严谨的科学统计看，不见得《九歌》全是"歌"，《九章》全是"诵"，不过他提出要分别"歌"与"诵"的音节这一点，倒很有价值。所以，我们可以按刘熙载这个思路，再拿楚辞中一些不一定全限在《九歌》、《九章》中的诗行，来对其音节构成作一分解，以期证实煞尾音组不同对整个诗行节奏调性之影响。且举《招魂》中这么两行为例：

湛湛江水兮，上有枫
目极千里兮，伤春心

再举《九章·怀沙》中这么两行：

滔滔孟夏兮，草木莽莽
伤心永哀兮，汩徂南土

我们不妨把二者作一比较。如果按音组等时停逗节奏表现看，它们都可以定为四顿体诗行，属同一种节奏类型，但就我们的阅读感觉来说，却有区别：前一例是吟咏调，后一例是诉说调。为什么会产生这样的调性感呢？究其原因，前一例两个诗行都是三字音组煞尾，后一例则是二字音组煞尾。这就说明不同性能的音组煞尾会使诗行节奏调性不同。这一点先需要明确。明确后，再来补充两点。头一点是：第一例两个诗行的煞尾是个三字音组，却也可看成单字音组，甚至二字音组："上有枫"可分裂为"上有一枫"，这岂不是单字音组煞尾？"伤春心"可分裂为"伤一春心"，这岂不成为二字音组煞尾了？其实，一个以二字音组煞尾的诗行，若前面有两个音组，即两顿，那么在两顿之后会是半逗，半逗之后的这个三字尾总会分裂成两个音组，或"××一×"（如"上有一枫"）或"×一××"（如"伤一春心"）。正是在这个意义上，我们才说前例的两行和后例的两行一样，都属四顿体诗行。但这个处在煞尾位置的三字音组是否是有规律地分裂的呢？也得考虑。林庚在《再谈新诗的建行问题》中说：作为三字尾，"下半行的'三'是再分为'二一'还是'一二'，则并无规律的限制，听其自然而已。一般情况，下半行的'三'几乎是'二一'、'一二'各居半数……"[①] 这"各居半数"很难说，"听其自然"地分裂则不确。确切地说，应按词语构成的结合要求，"上有枫"分裂成"上一有枫"也可以，不过，最好是"上有一枫"；"伤春心"分裂成"伤春一心"却不可，因为"春心"是个偏正复合词，结合力强，硬性拆开了就不合语吻。再要补充的一点是：煞尾的三字音组如若分裂成"二一"，当然没问题，因单字尾也属歌调；至于分裂成"一二"怎样呢？我们认为也无妨，同样能引起歌调节奏感，因为煞尾处的"一二"毕竟还留有三字尾的胎记，而三字尾总是歌调的。根据以上种种考察，当可以明确一点：音组性能交替也可以显示节奏。

但音组律所推出来的这两类节奏表现，在旧诗的音组节奏系统中可以统一，并不会矛盾，何以见得呢？不妨仍以上引《招魂》的两行诗来看：若把它们当中作为半逗标志的"兮"拿掉，则成："湛湛江水上有枫/目极千里伤春心"——两个七言诗句，它们是"2221/2212"的音组组合，显示出音组等时停逗的复沓节奏，但单靠诗行音组等时停逗的持续和诗行群音组等时停逗的复沓来显示节奏，只能是一种机械性的等时重复，节奏表现的最佳选择，必须是等时重复和有序波伏的结合，也就是说要和音组性能交替造成的抑扬感相辅相成。"湛湛江水"是两个二字音组的组合，在这个诗行节奏段给人以徐缓沉稳的抑的节奏感，"上有枫"是包孕在三字音组中的二字音组与单字音组的组合，在这个诗行节奏段给人跳荡飞扬的"扬"的节奏感，所以这个诗行属抑扬格节奏。下一行"目极千里伤春心"也同理。音组等时重复和有序波伏的结合，可是音组节奏表现必须遵守的一条规范要求，唯其如此，才使音组节奏表现十分鲜明有力。但如果没有这场"二结合"，音组节奏的表现就迟钝无力了。上引《怀沙》的两个诗行，若也把当中的"兮"除掉，成为"滔滔孟夏草木莽莽/伤怀永哀汩徂南土"，则是"2222/2222"的音组组合，只有诗行的音组等时停逗的持续和诗行群的音组等时停逗的复沓，而没有和性能相逆的音组灵活交替组合的有序波伏节奏结合起来，结果这个诗行群的音组节奏表现就显得板滞而缺乏玲珑流转。古典诗学理论家对六言诗发达不起来有过不少精辟的论析，反映出他们对这一弊端的警觉。钱良祥《唐音审体》中说："六言诗声促调板，绝少佳什。"说"声促"未必，"调板"却十分确切。他只凭感觉，至于何以生此弊端，则没作追究。赵翼在《陔余丛考》卷二三中则有"此体本非天地自然之音节"的说法，虽说得较抽象，但可意会到：这是说"222"这样的音组组

① 林庚：《新诗格律与语言的诗化》，第89页。

合不会“天地自然”中存在的如快慢、高低、远近、起伏、抑扬等对立统一的存在节律。董文焕的《声调四谱图说》中说得十分到位：“盖文字必奇耦相间、阴阳谐和而成，譬之琴然，初则五弦宫、商、角、徵、羽皆备，后加变宫、变徵为七弦，乐律从此大备，不能再为增减。故诗之为主耦，而句法则以奇为用。六言则句联皆耦，体用一致，必不能尽神明变化之妙，此自来诗家所以不置意也。”这一说法虽非立足于音组，但提出“句联皆耦”之不当，实道中了片面追求音组律的病根乃在于：只求顿数一致，而无视奇偶（“奇”皆三字音组和单字音组，“偶”指二字音组）相间、灵活交替地作音组组合。

（二）平仄律

旧诗大致说来是一种格律体诗，而平仄律是格律构成的核心，近体诗则更把它奉为核心的核心。平仄律是由声调上的平声平音调和仄声升降调、促音调交替构成的。那么什么叫“平”、“仄”呢？平仄来自于四声。周颙、沈约首先将声调定为平、上、去、入四声。对四声的具体内容，唐释处忠在《元和韵谱》中说：“平声哀而安，上声厉而举，去声清而远，入声直而促。”明释真空在《玉钥匙门法歌诀》中有：“平声平道莫低昂，上声高呼猛烈强，去声分明哀远道，入声短促急收藏。”后来这四声“二元化”，并为平仄两声了。郭绍虞在《文镜秘府论·前言》中说：“四声二元化，在永明体的时代，已经有人朦胧地提到了，但由于四声初起，不可能讲得具体，故明而未融。沈约只约略知道‘宫商相变低昂互节’的悟说，模糊地提出‘前有浮声，后须切响’的要求，并不曾将四声归为平仄二类。归于平仄二类始于周、齐、陈、隋之间，而定于初唐。”① 把四声分成平声与非平声两大类的是刘绍，他说：“平声徐缓，有用处最多，参彼三声，殆为大半。”② 顾炎武在《音论》中说：“其重其急则为入为上为去，其轻其迟则为平。”这就是说，四声确可以分为两大类，即平与仄。平声包括上平声下平声，仄声包括上、去、入三声。现代汉语的阴平、阳平属于“平”调，上声、去声属于“仄”调。因此旧诗——尤其是近体诗中，平仄律以声调平仄作为载体。

徐青在《唐诗格律通论》中，对平、仄句式，律句和律联作了归纳，是很可参考的。他说：用声调平仄的交互应用来构成格律，首先是配构平仄句式。旧诗五七言的句式，以两个音节合成一个节拍，句末以一个音节自成一拍。这样，五七言诗句的平仄组合就出现了以下四种基本格式：

仄仄平平仄　　平平仄仄平平仄
平平平仄仄　　仄仄平平平仄仄
仄仄仄平平　　平平仄仄仄平平
平平仄仄平　　仄仄平平仄仄平

徐青还说：讲究这种平仄格式的诗句可称为律句。两个律句按照平仄相对的规则组合

① 《文镜秘府论·前言》，人民文学出版社1975年版，第3页。
② 转引自《文镜秘府论》西卷文二十八种病蜂腰条。

起来就成为一个律联。五言七言的基本律联各有八种，即平韵诗四种和仄韵诗四种。先看五言的基本律联：

①仄仄平平仄，平平仄仄平
②平平平仄仄，仄仄仄平平
③仄仄仄平平，平平仄仄平
④平平仄仄平，仄仄仄平平

以上为平韵律联。

⑤平平仄仄平，仄仄平平仄
⑥仄仄仄平平，平平平仄仄
⑦平平平仄仄，仄仄平平仄
⑧仄仄平平仄，平平平仄仄

以上为仄韵律联。

再看七言的基本律联，也有八种：

①平平仄仄平平仄，仄仄平平仄仄平
②仄仄平平平仄仄，平平仄仄仄平平
③平平仄仄仄平平，仄仄平平仄仄平
④仄仄平平仄仄平，平平仄仄仄平平

以上为平韵律联。

⑤仄仄平平仄仄平，平平仄仄平平仄
⑥平平仄仄仄平平，仄仄平平平仄仄
⑦仄仄平平平仄仄，平平仄仄平平仄
⑧平平仄仄平平仄，仄仄平平平仄仄

以上为仄韵律联。

这些基本律联模式显示着：七言句式是在五言句式前增加一个节拍，平仄与五言开头一拍相反。仄韵律联是用来构成仄韵律诗的，而近体诗由于以平韵为主，故仄韵律联的使用频率远比平韵律联为低。[①]

从以上所归纳的情况可以见出：平仄律就是用声调平仄的交互应用来构成格律的。那么交互应用究竟是怎么“交互”的呢？这要先说说“一三五不论，二四六分明”。对

---

① 徐青：《唐诗格律通论》，当代中国出版社2002年版，第2—3页。

这个说法，有人不以为然，如王士祯在《然灯记闻》中就说："俗云一三五不论，怪诞之极，决其终身必无通理。"对这种说法，黄天骥在《诗词创作发凡》中这样认为："不错，近体诗成型之际，是有一个规定每字平仄排列的框框的。但在实际创作中，这框框不断被打破。人们逐渐懂得，只要抓住每个音步末一个字，注意它与前后音步关键处的平仄对立关系，也能取得预期的审美效果。"① 的确，这口诀表明：古典诗学理论家已懂得五言的"一、三"、七言的"一、三、五"在语音自然节奏中不处于关键部位，而五言的"二、四"、七言的"二、四、六"则处在关键部位，因此着重抓的是五言的"二、四"、七言的"二、四、六"，纵使五言的"一、三"、七言的"一、三、五"不合平仄排列的框框，一样可以收到、甚至更方便地收到抑扬顿挫的审美效果。且举几例来看看。王之涣的五绝《登鹳雀楼》的第一、二行：

白日—依山—尽（仄仄—平平—仄）
黄河—入海—流（平平—仄仄—平）

这两个律句，各自平仄相间；作为一个律联，上下行对应节拍平仄交替。再如白居易的七绝《暮江吟》的第三、四行：

可怜—九月—初三—夜（平平—仄仄—平平—仄）
露似—珍珠—月似—弓（仄仄—平平—仄仄—平）

也是律句内部各拍平仄相间，律联之间对应节拍平仄交替。这是标准的平仄安排，"一、三、五"与"二、四、六"都论的。但绝对地按格式排平仄不那么容易，也不方便，因此，如李商隐的五绝《听鼓》的第一、二行：

城头—叠鼓—声（平平—仄仄—平）
城下—暮江—清（平仄—仄平—平）

第一个律句各节拍平仄安排是很标准的交替，但第二个就不太标准了，首先一点是按各节拍平仄交替应是"仄仄平平仄"，但由于这是押平韵，所以二三拍只得是"仄平平"，但按"一三五不论，二四六分明"后，第二、四字是"仄"与"平"的交替，这就够了；当然，即使这样也还有问题："城下"应是"仄仄"，但"城"是平声，又不合律，但按"一三五不论"，这"城"虽是平声也无妨。又如李白的七绝《早发白帝城》的第一、二行：

朝辞—白帝—彩云—间（平平—仄仄—仄平—平）
千里—江陵——一日—还（仄仄—平平—仄仄—平）

① 黄天骥：《诗词创作发凡》，广东人民出版社 2003 年版，第 75 页。

第一个律句如果和第二个律句对应节拍的平仄交替，应该是“平平仄仄平平仄”，但它是平起入韵，第三个节拍不得不是“仄平”，和下一律句对应节拍“仄仄”不成为交替，其实只论“二、四、六”，则是“平仄平”对“仄平仄”，显示为平仄交替。还有第二个律句首拍应是“仄仄”，但“千里”的“千”是平声，不合律，却也可通融，因为“一、三、五不论”。所以这一律联以“二、四、六”分明的“平仄平”和“仄平仄”来显示平仄交替。我们举这些例子无非是说：从平仄律的角度看，旧诗——尤其是近体诗是以声调长短的有序流转来显示节奏的。

综上所述，我们可以说：音组律是我们用今天的眼光去分析旧体诗——尤其是近体诗形式规律时概括出来的一种声律表现规律，古典诗学的节奏体式论中虽没有音组律这个概念，但它之存在决非天外来客，而是本来就存在于旧体——尤其是近体诗中的。正是它，和古典诗人遵奉的平仄律相辅相成，终于确立起一个古典汉诗的声律表现主系统。总之：音组律也好，平仄律也好，它们都是建立在对立音群有机有序、交替流转的基础上的，但也有节奏表现的不同：音组律以声调缓促作有机交替显示出音组组合的复沓性，平仄律则以声调长短作有序流转显示出平仄安排的回环性。它们的汇通为旧诗——尤其是近体诗打下了回环型节奏表现的基础。

第二节　押韵与对仗

朱光潜在《诗论》中说：“诗与韵本无必然关系。”套用这句话，我们还可以说：“诗与对仗也本无必然关系。”这意味着在近体诗的节奏构成中，押韵与对仗只是辅助手段。不过，它们对节奏作的“辅助”能量极大，大有喧宾夺主之势。

（一）押韵

押韵在汉诗中主要指押尾韵，而句末那个音字的韵母会触发语音联想，这联想会带出另一句句末音字与之共鸣的韵母，并进而推动另一句产生与之呼应的语言意象，这就是押韵及其审美功能。所以，押韵的最大意义在于把涣散的声音联络贯串起来，成为一个完整的曲调，一串抑扬顿挫的节奏，并化为声音的象征来浮现出一个意象群，因此，押韵如同贯珠的串线，串成了一个璀璨的珠环。邦维尔在《法国诗学》中说：“我们听诗时，只听到押韵脚的一个字，诗人所想产生的影响也全由这个韵脚字酝酿出来。”① 这句把押尾韵之重要性的话不仅西方诗歌适合，汉诗中更适合。朱光潜在《诗论》中说：

> ……中文诗大半每“句”成一单位，句末一字在音义两方面都有停顿的必要。纵然偶有用“上下关联格”者，“句”末一字义不顿而音仍必须顿……句末一字是中文诗句必顿的一个字，所以它是全诗音节着重的地方。如果最着重的一个音，没有一点规律，音节就不免杂乱无章，前后便不能贯串成一个完整的曲调了。②

① 转引自《朱光潜全集》第3卷，安徽教育出版社1987年版，第189页。

② 《朱光潜全集》第3卷，第189页。

以这番见解为基础，朱光潜还对作为韵脚的“句末一字”，就其重要性作了进一步的发挥：“韵脚上的响应有增加节奏性与和谐性的功用。”甚至认为：同法文诗一样，“中国诗的节奏有赖于韵”。这个相当有分量的判断是如何得出的呢？《诗论》中说：这是由于中国诗的“节奏在平仄相间上所见出的非常轻微。节奏既不易在四声上见出，即须在其他元素上见出”。这“其他元素”，“‘顿’是一种，韵也是一种”。尤其因“韵是去而复返、奇偶相错、前后相呼应的”，它“犹如京戏、鼓书的鼓板在固定的时间段落中敲打，不但点明板眼，还可以加强唱歌的节奏”。[①]

韵既然这样重要，那么近体诗中该如何押？有哪些规范要求呢？

首先，作为一种韵式，近体诗要求偶句押韵，即绝句是二、四行押，律诗是二、四、六、八行押。采用这样的韵式，原因之一是：“押韵的距离太近，呼应得太密，使人感到繁冗；押韵的距离太远，呼应得十分稀疏，使人感到似有似无。为了取得最佳的效果，古代诗歌逐步形成和定型了偶句句末用韵的韵式，不论诗句是五言还是七言，都需隔一句用一韵。”[②] 原因之二是：“刘勰说：‘同声相应谓之韵，异声相从谓之和。’近体诗的偶数句，押韵的要求很严格，这是强调了‘同’。而奇数句不能押韵，这又是强调了‘异’。近体诗不押韵的奇数句，与押韵的偶数句，交错进行，这体现了‘同’与‘异’的鲜明对立。强烈的音韵方面的对比，大大加强了诗歌的音乐性。”[③] 这样的说法是有道理的。试举例作一分析。如王维的《山居秋暝》：

空山新雨后，天气晚来秋。
明月松间照，清泉石上流。
竹喧归浣女，莲动下渔舟。
随意春芳歇，王孙自可留。

这个文本的偶数行（二、四、六、八）的末尾打“·”的音字“秋”、“流”、“舟”、“留”都属十一尤韵，奇数句一律不押，疏密相间，同异相对，确能强化节奏的回环反复感和音乐美。但值得指出：有的近体诗首句也用韵，如陆游的七绝《示儿》：“死去原知万事空，但悲不见九州同。王师北定中原日，家祭无忘告乃翁。”这里的第一行和第二、四行都押同一个平声一东韵。这样做主要是为了调整平仄句式，可以不计入用韵的韵数。

其次，近体诗规定要押本韵。所谓本韵，指的是所押的韵要由同一个韵部中选择，这同一韵部中的字音，称为本韵。韵部的分类是随古今时代的变化语音变化而在变动的，隋陆法言编的《切韵》分韵为193部，唐孙缅编的《唐韵》分为205部，宋陈彭年等在《切韵》基础上编修成《广韵》分206部。宋末平水人刘渊编了《壬子新刊礼部韵略》，即平水韵，将《广韵》标明“同用”的韵部归并，分为106部。从《切韵》

① 《朱光潜全集》第3卷，第188页。
② 徐青：《唐诗格律通论》，第5页。
③ 黄天骥：《诗词创作发凡》，第35页。

到平水韵，分韵由繁到简，平水韵也就成了从宋到清可以通用的诗韵大全。押本韵是在同一个韵部内选字来相押的，如果掺入邻近韵部的字来押，叫通韵，严格地说则叫出韵，称韵本身为邻韵或借韵、衬韵。李商隐的《无题》诗，以“重、缝、通、红、风”为韵，“重、缝”属冬部，“通、红、风”属东部。东、冬是邻韵，不同部，诗也就出了韵。近体诗严格要求不能出韵，只有首句用韵可以例外，因此处入韵可以不计入韵数，故容许用邻韵，即借韵。钱大昕《十驾斋养新录》中说：“五七言近体第一句，借用旁韵，谓之借韵。”即此意。

最后，近体诗一般押平韵，押仄韵极其少见。并且近体诗在押韵上同一文本平韵与仄韵不可兼用，总要求一韵到底。在韵部分类中，平韵少而仄韵多，因为仄韵分为上声、去声、入声三部，自然量上要增大。押平韵与押仄韵审美感觉效果不一样。清江永《音学辨微》中说：“平声音长，仄声音短；平声音空，仄声音实；平声如击钟鼓，仄声如击木石。”黄天骥因此在《诗词创作发凡》中对“近体诗以押平声为多”的现象作判断：“这正好表明多数诗人意识到诗的体裁更适宜给人以柔和、响亮、和谐为主的感觉。”这是从平韵、仄韵在色调、音色上适应于表达特定情绪的角度来考虑的。唯其如此，才使他进一步说：“属仄声的上声去声，特别是入声，音波频率较短，便适合表达激越的情调。所以仇兆鳌在分析杜甫的作品时指出：“入蜀诸作，用仄韵居多，盖遥峭之境，写愁苦之词，自不能为平缓之调也。”① 这是有见地的。但从一般的韵律美感看，仄韵近体诗数量比平韵近体诗要少，实出于自身弱点。徐青在《唐诗格律通论》中说：“押仄韵在音韵上的谐和呼应效果不如平韵。”② 这说得很到位。值得指出：作为格律诗的一种，近体诗同一文本中押的韵，要么平韵到底，要么仄韵到底，不转韵。不过也还存在一种平韵和仄韵交叉更换的诗，可称之为转韵诗。这转韵诗不是近体诗。说它虽转韵却合乎平仄句式，故应该视其为格律诗。格律诗的概念是大于近体诗的，我们若要辨认平韵和仄韵交叉更换的那类诗是不是律诗，须以其是否用律句的平仄的标准，转韵诗如果讲究律句的平仄，符合平仄要求，虽不说是近体诗也还得归入格律诗的范围。③

近体诗在押韵上的规范要求十分严格，要求韵部相同的韵脚相押，不能转韵，其实质在于通过韵脚上的这种最大限度的齐一达到各诗行节奏最大可能的呼应，从而求得诗篇节奏最大范围的一致与和谐，从而使节奏形态在最大程度上达到复沓回环的性能。

（二）对仗

一般理解的“对仗”指的是音义称、兼顾内容与形式的律联结构，但我们此处的对仗则专指声音对仗，平仄对仗，更具体点说即平仄对称，因为对仗的本质属性是对称。有关对称，朱光潜在《诗论》中有这样一段精辟的话：

---

① 黄天骥：《诗词创作发凡》，第 35—36 页。

② 徐青：《唐诗格律通论》，第 8 页。

③ 参阅徐青《唐诗格律通论》，第 8 页。

> 本来各种艺术都注重对称……如果是奇零的，观者就不免觉得有些欠缺。图画、雕刻、建筑以对称为原则。音乐本来有纵而无横，但抑扬挫错也往往寓排偶对仗的道理。美学家以为这种排偶对仗的要求像节奏一样，起于生理作用。人体各器官以及筋肉的构造都是左右对称。外物如果左右对称，则与身体左右两方面所费的力量也恰相平衡，所以易起快感。文字的排偶与这种生理的自然倾向也有联系。[①]

这段话有两点值得注意：一点是对称——或排偶、对仗，是一切艺术形态都必须遵循的构成原则；另一点是艺术中的对称美追求像节奏一样起于生理作用，这也表明对称或对仗并非艺术节奏。以这样的观点来看，诗中的对仗和节奏都是应合人的生理上的对称而产生的。这条思路值得珍视，因为这说法进一步证实：诗中的对称（或对仗），是强化节奏感知的手段而非节奏的一部分，至于结合近体诗的节奏构成，声音对仗就是以音组对称、平仄交替来显出其强化节奏之辅助功能的。朱光潜在《诗论》中论及排偶时说过这样的话："唐人所谓'律诗'，包括绝句在内……常讲声音的对仗。"[②] 这也启示我们：对仗之于近体诗，侧重点在声音的对仗。[③]

近体诗的声音的对仗，在音组节奏和平仄节奏上都有表现。

先看音组节奏的声音对仗设置。传统诗学中谈诗句的音节，总爱从"言"出发笼统地说五言是上二下三，七言是上四下三，如刘熙载《艺概·诗概》中就说"五言上二字下三字"、"七言上四字下三字"。这是一种方便的说法，故林庚等现代诗学理论家均沿用，我们在上一节中也这样提。其实，作为近体诗音组节奏的表现，说下三还可以，因为这是指三字音组，而三字音组放在诗行的煞尾，既可看成三字音组，也可看成由三字音组自然分裂成的一个单字音组和另一个二字音组，这已是共识。上二也可以提，即二字音组，但"上四"就不对了，应该是两个二字音组。而值得指出的是：音组节奏表现重在"下三"段，音组节奏的对仗化显示，重点也在"下三"。我们且举李白的《静夜思》为例看看：

①床前/明月/光（221）
②疑是/地上/霜（221）
③举头/望/明月（212）
④低头/思/故乡（212）

这里的第①、②行和第③、④行各是相类相补的对仗，而这两个节奏单元之间又是相异相对的对仗。再如张继的《枫桥夜泊》：

---

① 《朱光潜全集》第3卷，第200页。

② 同上书，第208页。

③ 有关这一点，学术界的说法并不统一。沿袭传统的说法，许多学者虽也认为对仗要求诗联内上下两句从形式到内容都要整齐地相互对称、相互照应，以获得一个相对完整的表达形式，但实际上论证展开时，对仗总被定位在内容、词语的对称，而鲜见有以对仗谈平仄律的。

①月落/乌啼/霜/满天（2212）

②江枫/渔火/对愁/眠（2221）

③姑苏/城外/寒山/寺（2221）

④夜半/钟声/到/客船（2212）

这是第①、④行（2212）和第②、③行（2221）各作相类相补的对仗，而这两个节奏单元之间又是相异相对的对仗。这种音组节奏因了对仗化的结构设置而大大强化了诗行群节奏和诗篇节奏的复沓回环感。

再看平仄节奏的声音对仗设置。这是涉及律联内部的对式与律联之间的粘式的问题。所谓对式的对指律联内部的出句和对句之间平仄相对的一种组合规则，这是相异相对性质的一种平仄对仗。如李白《渡荆门送别》中的第二联：

月下飞天镜（仄仄平平仄）

云生结海楼（平平仄仄平）

这一联出句“仄仄平平仄”，对句“平平仄仄平”，是一字不漏的平仄对仗。如果以“一三五不论，二四六分明”的原则来看，那出句的“二四”是“仄平”，对句的“二四”是“平仄”，见出这一联的对式平仄对仗就更快捷方便了。再举韦应物的《滁州西涧》看看：

独怜幽草涧边生（平平仄仄仄平平）

上有黄鹂深树鸣（仄仄平平平仄平）

春潮带雨晚来急（平平仄仄平平仄）

野渡无人舟自横（仄仄平平仄仄平）

我们按“一三五不论，二四六分明”的原则，来看这首诗“二四六”的平仄，它第一联中的出句是“平仄平”，对句则相反，是“仄平仄”，显然，这一联是对式平仄对仗。第二联出句是“平仄平”，对句也相反，是“仄平仄”。这一联还可按正对的要求来看，则出句“平平仄仄平平仄”和对句“仄仄平平仄仄平”可成了不漏一字的相反，标准的平仄对仗了。值得指出：对式平仄对仗并非只是近体诗采用的。粘式平仄对仗才是近体诗采用的，因为粘式平仄对仗只存在于律联之间，它的特点是要求用相近的律句去连接两个律联，即前一联的对句若是“平平仄仄平”式句，那么后一联的出句就须用“平平平仄仄”式句去连接；前一联的对句是“仄仄仄平平”式句，那么后一联的出句就须用“仄仄平平仄”式句去连接。用相近的律句相互连接，能使两联之间相邻的两句在第二、四（或二、四、六）字的位置上平仄相同。相同则相粘，而这是相类互补性质的一种平仄对仗。如刘长卿的《逢雪宿芙蓉山主人》：

日暮苍山远（仄仄平平仄）

◎◎○○◎

天寒白屋贫（平平仄仄平）

○○◎◎○

柴门闻犬吠（平平平仄仄）

○○○◎◎

风雪夜归人（仄仄仄平平）

◎◎◎○○

我们用“○”表示平声，用“◎”表示仄声，则这首诗第一联对句“平平仄仄平”和第二联出句“平平平仄仄”按“一三五不论，二四六分明”的原则，它们和第二、四字都是“平仄”，是“平仄”与“平仄”的相类相补式平仄对仗，或粘式平仄对仗。又如许浑的七律《咸阳城东楼》：

一上高城万里愁（仄仄平平仄仄平）

◎◎○○◎◎○

蒹葭杨柳似汀洲（平平仄仄仄平平）

○○◎◎◎○○

溪云初起日沉阁（平平仄仄平平仄）

○○◎◎◎○◎

山雨欲来风满楼（仄仄平平仄仄平）

◎◎◎○○◎○

鸟下绿芜秦苑夕（仄仄平平平仄仄）

◎◎○○○◎◎

蝉鸣黄叶汉宫秋（平平仄仄仄平平）

○○◎◎◎○○

行人莫问当年事（平平仄仄平平仄）

○○◎◎◎○◎

故国东来渭水流（仄仄平平仄仄平）

◎◎○○◎◎○

这首诗的首联对句和颔联出句的“二四六”字都是“平仄平”，粘式平仄对仗；颔联对句和颈联出句都是“仄平仄”；颈联对句和尾联出句都是“平仄平”，也是粘式平仄对仗。总之，这首诗有三个粘式平仄对仗，把全诗紧紧地串联在一起，显得十分有机和严密。

通过押韵与对仗这两类节奏辅助手段的考察，可以看出，这样做能使近体诗的音组律与平仄律得到充分的体现，并能进一步强化近体诗的复沓回环型节奏。

第三节　近体诗的体式

近体诗的体式是应合其节奏形态而构建出来的。

对近体诗的节奏形态，我们在上面已作过探索与论析，认为它是复沓回环型的。那么与这种复沓回环型节奏形态相应合，近体诗的体式又具有怎么一些特征呢？我们认为，这既可以从音组节奏的要求去探索，也可以从平仄节奏的要求去探索，更可以从音组节奏与平仄节奏汇通的要求去探索。

第一，先谈与音组节奏相应合的近体诗体式特征。前已提及：近体诗的五言虽是“上二下三”即五个字的容量，但其标志则是三顿体诗行的组合；七言虽是“上四下三”即七个字的容量，但其标志则是四顿体诗行的组合。同诗行标志作这样定位相联系的，是“下三”的问题。所谓“下三”即三字音组煞尾，但在实际吟诵中，这个煞尾音组大都要分裂成“21”或“12”。这种分裂依意义的自然区分，也就是须依语吻来区分。朱光潜在《诗论》中说：“我们也须承认读诗者与作诗者都不应完全信任形式化的节奏，应该设法使它和自然的语言的节奏愈近愈好。”[①] 的确，按意义区分，就能“和自然的语言的节奏愈近”了。如前已论及的，煞尾的三音组分裂成“21”也好，分裂成“12”也好，都是出之于“下三”，留着三字音组的胎记，节奏调性大体说还是吟咏调的。不过，既有分裂，以及存在分裂处的停逗，当然也会有些微调性差异，如李白的七绝《陪族叔刑部侍郎晔及中书贾舍人至游洞庭》中：“日落/长沙/秋色/远，//不知/何处/吊/湘君。”这“秋色/远”和“吊/湘君”无疑存在着些微的词性差异。这使得近体诗出现了两类音组节奏诗行，一类是五言的，分两种，之一是“××/××/×”式，如“床前/明月/光”；之二是“××/×/××”式，如“低头/思/故乡”。另一类是七言的，也分两种，之一是“××/××/××/×”式，如“匹马/西从/天外/归”；之二是“××/××/×/××”式的，如“扬鞭/只共/鸟/争飞”。于是，与音组节奏相应合，体式就以这几类音组节奏诗行按各种诗篇模式来组合。

绝句以三顿体两种型号的诗行共四行来组合，我们叫五绝体式，以四顿体两种型号诗行共四行来组合，则叫七绝体式。如祖咏的五绝《终南望余雪》：

终南/阴岭/秀（221）
积雪/浮/云端（212）
林表/明/霁色（212）
城中/增/暮寒（212）

这是由两种型号的三顿体诗行共四行来组合成的，虽然第一行（221 型）和后面三行（212 型）因煞尾“21”型与“12”型有些微差异，但都还属吟咏调性，虽两类型号诗

---

① 《朱光潜全集》第3卷，第174页。

行的组合并不是相随、相交、相抱的对称均衡式组合，关系并不大，七绝也如此。可以说绝句都并不严格要求这样，不过能采用相随、相交、相抱的方式对两类音组节奏诗行作对称、均衡式组合，当然更好。一些艺术上很精致的绝句还是能做到的。如杜牧的七绝《南陵道中》：

南陵/水面/漫/悠悠（2212）
风紧/云轻/欲变/秋（2221）
正是/客心/孤迥/处（2221）
谁家/红袖/凭/江楼（2212）

这是“ABBA”式两类四顿体音组节奏诗行（A指2212；B指2221）以相抱方式作对称、均衡的组合。这种体式由于诗行组合十分有机，所以读来就显出节奏的回环感。

律诗就复杂一点。律诗是由两种型号的三顿体或四顿体诗行各共八行或四联——即四个诗行群单元组合而成，首联（第一、二行）与尾联（第七、八行）在联内的出句与对句也允许任选不同型号的三顿体或四顿体诗行组合，但颔联与颈联内部各自选用的诗行——即出句与对句必须型号绝对统一，至于四联之间诗行型号也允许自由选择，并不强求对称、均衡。如张谓的《同王征君湘中有怀》：

八月/洞庭/秋（221）
潇湘/水/北流（212）
还家/万里/梦（221）
为客/五更/愁（221）
不用/开/书帙（212）
偏宜/上/酒楼（212）
故人/京洛/满（221）
何日/复/同游（212）

这是由两个型号的三顿体诗行（“221”与“212”）共八行构成的五律，作为一种独特的格律体诗，和音组节奏相应的体式特征是颔联与颈联两个对仗都是工对，即各联的对应音组绝对一致，颔联是“221”对“221”，颈联是“212”对“212”，很严格，但首联是“221”对“212”，尾联也是“221”对“212”，这是当中隔了两个律联的相交宽对，“洞庭/秋”对“京洛/满”，“水/北流”对“复/同游”，比较自由。但律诗中各联内部以及各联之间音组节奏诗行绝对工对的也还是不少，也大抵是在艺术精品中存在的，如李商隐的《无题·重帏深下莫愁堂》：

重帏/深下/莫愁/堂（2221）
卧后/清宵/细细/长（2221）
神女/生涯/原/是梦（2212）

小姑/居处/本/无郎（2212）
风波/不信/菱枝/弱（2221）
月露/谁教/桂叶/香（2221）
直道/相思/了/无益（2212）
未妨/惆怅/是/清狂（2212）

这首诗每一律联自身的音组节奏诗行都是绝对的工对，也就是说每联出句与对句对应位置的音组是绝对一致的。就全诗体式构成而言，若以 A 代表“2221”，B 代表“2212”，那就是“AABBAABB”，这是一种相交的均衡，是音组节奏诗行有规律的变化和有交替的对称组合成的有机体式，体现为一种回环型节奏特性。

第二，再看与平仄节奏相应合的近体诗体式特征。

近体诗有绝句和律诗两大体式。绝句有用五字句四句构成的五绝，也有用七字句四句构成的七绝。律诗有用五字句八句构成的五律，也有用七字句八句构成的七律，而律诗的颔联与颈联必须从内容到形式都对仗。这些是近体诗的基本体式特征，但只靠这些来理解近体诗的体式内涵是肤浅的。与平仄节奏相应合的近体诗体式本质特性是平仄节奏诗行如何有机安排成一个格律体式的问题。不同型号平仄节奏诗行有机安排成绝、律体大致有四种基本格式，即：仄起不入韵式；仄起入韵式；平起不入韵式；平起入韵式。所谓“仄起”、“平起”的“起”，以绝、律的首句开头二字（重在第二字）为准。凡首句开头二字是“仄仄”的，叫“仄起”，开头二字是“平平”的，叫“平起”；“入韵”指首句煞尾一字即起韵而言。而这样四种平仄节奏诗行组合的基本格式又各有五言绝、律和七言绝、律的不同，因此四种基本格式又化出了十六种平仄节奏诗行的组合格式，现列这十六种平仄格式并各作例释如下：

一、五绝。（一）仄起不入韵式：“仄仄平平仄/平平仄仄平/平平平仄仄/仄仄仄平平”；如王之涣《登鹳雀楼》：“白日依山尽/黄河入海流/欲穷千里目/更上一层楼”。（二）仄起入韵式：“仄仄仄平平/平平仄仄平/平平平仄仄/仄仄仄平平”，如卢纶《塞下曲》：“月黑雁飞高/单于夜遁逃/欲将轻骑逐/大雪满弓刀。”（三）平起不入韵式：“平平平仄仄/仄仄仄平平/仄仄平平仄/平平仄仄平”，如王维的《送别》：“山中相送罢/日暮掩柴扉/春草明年绿/王孙归不归”。（四）平起入韵式：“平平仄仄平/仄仄仄平平/仄仄平平仄/平平仄仄平”，如李商隐的《听鼓》：“城头叠鼓声/城下暮江清/欲问渔阳掺/时无祢正平”。

二、七绝。（一）仄起不入韵式：“仄仄平平平仄仄/平平仄仄仄平平/平平仄仄平平仄/仄仄平平仄仄平”，如李益《夜上受降城闻笛》：“回乐峰前沙似雪/受降城外月如霜/不知何处吹芦笛/一夜征人尽望乡。”（二）仄起入韵式：“仄仄平平仄仄平/平平仄仄仄平平/平平仄仄平平仄/仄仄平平仄仄平”，如杜牧《赤壁》：“折戟沉沙铁未销/自将磨洗认前朝/东风不与周郎便/铜雀春深锁二乔。”（三）平起不入韵式：“平平仄仄平平仄/仄仄平平仄仄平/仄仄平平平仄仄/平平仄仄仄平平”，如杜甫《江南逢李龟年》：“岐王宫里寻常见/崔九堂前几度闻/正是江南好风景/落花时节又逢君。”（四）平起入韵式：“平平仄仄仄平平/仄仄平平仄仄平/仄仄平平平仄仄/平平仄仄仄平平。”如杜牧的《泊秦淮》："烟笼寒水月笼沙/夜泊秦淮近酒家/商女不知亡国恨/隔江犹唱后庭花。"

三、五律。(一) 仄起不入韵式："仄仄平平仄/平平仄仄平/平平平仄仄/仄仄仄平平/仄仄平平仄/平平仄仄平/平平平仄仄/仄仄仄平平"，如王湾的《次北固山》："客路青山外/行舟绿水前/潮平两岸阔/风正一帆悬/海日生残夜/江春入旧年/乡书何由达/归雁洛阳边。"(二) 仄起入韵式："仄仄仄平平/平平仄仄平/平平平仄仄/仄仄仄平平/仄仄平平仄/平平仄仄平/平平平仄仄/仄仄仄平平"，如王维《观猎》："风劲角弓鸣/将军猎渭城/草枯鹰眼疾/雪尽马蹄轻/忽过新丰市/还归细柳营/回看射雕处/千里暮云平。"(三) 平起不入韵式："平平平仄仄/仄仄仄平平/仄仄平平仄/平平仄仄平/平平平仄仄/仄仄仄平平/仄仄平平仄/平平仄仄平"，如李白《送友人》："青山横北郭/白水绕东城/此地一为别/孤蓬万里征/浮云游子意/落日故人情/挥手自兹去/萧萧斑马鸣。"(四) 平起入韵式："平平仄仄平/仄仄仄平平/仄仄平平仄/平平仄仄平/平平平仄仄/仄仄仄平平/仄仄平平仄/平平仄仄平"，如许浑《送客江行》："萧萧芦荻花/郢客独辞家/远棹依山响/危樯转浦斜/水寒澄浅石/潮落涨虚沙/莫与征徒望/乡园去渐赊。"

四、七律。(一) 仄起不入韵式："仄仄平平平仄仄/平平仄仄仄平平/平平仄仄平平仄/仄仄平平仄仄平/仄仄平平平仄仄/平平仄仄仄平平/平平仄仄平平仄/仄仄平平仄仄平"，如杜牧《怀钟陵旧游四首之三》："十顷平湖堤柳合/岸秋兰芷绿纤纤/一声明月采莲女/四面朱楼卷画帘/白鹭烟分光的的/微涟风定翠湉湉/斜辉更落西山影/千步虹桥气象兼。(二) 仄起入韵式："仄仄平平仄仄平/平平仄仄仄平平/平平仄仄平平仄/仄仄平平仄仄平/仄仄平平平仄仄/平平仄仄仄平平/平平仄仄平平仄/仄仄平平仄仄平"，如温庭筠的《题李处士幽居》："水玉簪头白角巾/瑶琴寂历拂轻尘/浓阴似帐红薇晚/细雨如烟碧草春/隔竹见笼疑有鹤/卷帘看画静无人/南山自是忘年友/谷口徒称郑子真。"(三) 平起不入韵式："平平仄仄平平仄/仄仄平平仄仄平/仄仄平平平仄仄/平平仄仄仄平平/平平仄仄平平仄/仄仄平平仄仄平/仄仄平平平仄仄/平平仄仄仄平平"，如李绅的《宿扬州》："江横渡阔烟波晚/潮过金陵落叶秋/嘹唳塞鸿经楚泽/浅深红树见扬州/夜桥灯火连星汉/水郭帆樯近斗牛/今日市朝风俗变/不须开口问迷楼"。(四) 平起入韵式："平平仄仄仄平平/仄仄平平仄仄平/仄仄平平平仄仄/平平仄仄仄平平/平平仄仄平平仄/仄仄平平仄仄平/仄仄平平平仄仄/平平仄仄仄平平"，如白居易的《钱塘湖春行》："孤山寺北贾亭西/水面初平云脚底/几处早莺争暖树/谁家新燕啄春泥/乱花渐欲迷人眼/浅草才能没马蹄/最爱湖东行不足/绿杨荫里白沙堤。"

把以上十六种与平仄相应合的近体诗格律模式作一归纳，可以发现如下几点具有规律意味的特征：一、诗行的平仄始终在"二、四"、"二、四、六"的上作交替组合；二、律联内部出句与对句总以对式关系共存，形成节奏诗行的交替；三、律联之间上联的对句与下联的出句总是以粘式关系勾连，弄成节奏诗行的复沓。根据这三点，可以见出：绝句、律诗的体式构成因了平仄严谨的交替、复沓而显出高度有机整体性，在更深层处体现出回环型节奏。

第三，看音组节奏与平仄节奏相汇通的近体诗体式特征。

根据前面的一系列论析，我们可以得到这样一个印象：在很大的程度上，近体诗的节奏体式凭借的是声音的对仗，也就是说，近体诗的形式建设策略是既充分让音组与平仄作交替和重叠有机结合的对仗，又在共奉对仗的基础上促成音组律与平仄律的汇通，从而进一步向更高要求的审美目标——形成一个严谨、有机而又完整的形式结构作探求。

这场汇通的探求已取得了相当好的成绩。我们不妨举两例作一论析。

一例是白居易的七绝《蓝桥驿见元九诗》。原诗是这样的：

蓝桥春雪君归日（2221）

○○◎◎○○◎

秦岭秋风我去时（2221）

◎◎○○◎◎○

每到驿亭先下马（2212）

◎◎○○○◎◎

循墙绕柱觅君诗（2212）

○○◎◎◎○○

我们以“○”、“◎”分别代表平与仄，以“1”、“2”分别代表单字音组与二字音组，来论析一下这一体式中音组节奏与平仄节奏汇通以达到相辅相成的节奏表现效果。先看第一联，出句与对句是齐顿的四顿体的诗行，从音组节奏角度看，它们都是“2221”的音组组合，相应部位的音组型号绝对一致；从平仄节奏角度看，它们的平仄排列刚好相反，即出句是“平平仄仄平平仄”，对句是“仄仄平平仄仄平”，相应部位的平仄绝对相反，也就是说此联显示为音组节奏的复沓和平仄节奏的交替；进一步说，这是在复沓式音组节奏氛围中展现交替式平仄节奏的，唯其如此，这平仄节奏诗行的组合是紧密的，不会有松散的可能。再看第二联，出句与对句都是“2212”的音组组合、复沓的；又都以“仄仄平平平仄仄”对“平平仄仄仄平平”，显出平仄在相应部位绝对相反，所以此联也显示为音组节奏的复沓和平仄节奏的交替，或者说在复沓式音组节奏氛围中展现交替式平仄节奏。这两个律联也就是两个节奏诗行群，它们的组合从音组节奏看是相随的均衡，从平仄节奏看是相抱的轮转，而第二行与第三行从平仄节奏看又是平仄相粘的，把两联紧紧勾连在一起，强化了这个绝句节奏在复沓中交替的回环感，也强化了这个绝句体式在均衡中轮转的结构严密有机和完整性。而所有这些，都是凭借音组节奏和平仄节奏有机地汇通，在汇通中发挥相辅相成作用而达到的。

上一例是绝句的汇通，再来看律诗的汇通。且举杜甫七律《客至》为例，原诗是这样的：

①舍南舍北皆春水（2212）

○　◎　○

②但见群鸥日日来（2221）

◎　○　◎

③花径不曾缘客扫（2221）

◎ ○ ◎

④蓬门今始为君开（2221）

○ ◎ ○

⑤盘飧市远无兼味（2212）

○ ◎ ○

⑥樽酒家贫只旧醅（2212）

◎ ○ ◎

⑦肯与邻翁相对饮（2221）

◎ ○ ◎

⑧隔篱呼取尽余杯（2221）

○ ◎ ○

根据“一三五不论，二四六分明”的原则，我们对每个律句只取“二、四、六”处打上平仄号，也可见出节奏诗行的平仄交替了。现在就分几点来作一论析。（一）第①、⑧行的音组组合都是“2212”，形成相抱的对仗；平仄组合都是“○◎○”（平仄平），也形成相抱的对仗。（二）第②、③行，音组组合都是“2221”，形成相抱的对仗；平仄组合都是“◎○◎”，也形成相抱的对仗。（三）第③、④行，音组组合都是“2221”，形成相随的对仗；平仄组合则是“◎○◎”（仄平仄）与“○◎○”（平仄平），形成对式的对仗。（四）第⑤、⑥行，音组组合都是“2212”，形成相随的对仗；平仄组合则是“○◎○”（平仄平）与“◎○◎”（仄平仄），形成对式的对仗。（五）从全诗八行之间音组节奏组合关系看，第③、④行（颔联）与第⑤、⑥行（颈联）作为文本核心层，都是相随的对仗，而①、⑧行及②、⑦行，作为文本外围层，则都是相抱的对仗。这就使全诗形成一个“ABCCDDBA”——包孕式的音组节奏系统。（六）再从全诗八行之间平仄节奏组合关系看，第③、④与第⑤、⑥行作为文本核心层都是对式的对仗，而第①、⑧行及第②、⑦行作为文本外围层则都是粘式对仗。这也使全诗形成一个“ABCCDDBA”——包孕式的平仄节奏系统。正是在这一点上，音组律与平仄律取得了汇通。（六）还有特别值得注意的是全诗八行，以两行为一联，先从音组节奏角度看，第一联是“2212”与“2221”的对式；第二联、第三联自身分别是“2221”、“2212”的粘式；第四联是“2221”与“2212”的对式，总体节奏进程是“对——粘——粘——对”，体现了交替与轮转的结合。再从平仄节奏角度看，全诗四联各联自身都是对式，而第②、③行，第④、⑤，第⑥、⑦行之间又全是粘式，这使总体节奏进程是“对——粘——对——粘——对——粘——对”这样一种对粘相交替，而第①、⑧行与第②、⑦行之间的又都是轮转，因此也体现了交替与轮转的组合。这再次显出了音组节奏与平仄节奏的汇通，有机而又完整地形成了一个从声调的缓促与长短都呈现为交替中轮转的体式结构，而这也是和包孕同性质的，它们相互应合，共同构建成了一个节奏系统。附带提一句：对《客至》中对仗的工整，前人早有论及。清查慎行在《初白庵诗评》中说：“自始至终，蝉联不断，七律得此，有掉臂游行之乐。”我们认为这是针对《客至》的声音对仗具有音组节奏与平仄节奏高度汇通且联与联之间环环勾连而言的。因此，《客至》可以说是近体诗声音对仗的典范，也是两大节奏汇通成一个系统的典范。

综上所述可以看出：音组律与平仄律是形成规范、严谨且高度精致的近体诗节奏体式的基础，而通过押韵与对仗这两类节奏辅助手段的作用，使音组节奏与平仄节奏得到有机的汇通，则是近体诗终于有了一个结构得十分有机的回环节奏类形式体系的有力保证。

第三章 词曲的节奏体式

词曲与近体诗差异最显著的是在节奏体式上。

以齐言为标志的近体诗所展示的是音组停逗均衡的复沓型节奏，以长短句为标志的词曲所展示的则是音组停逗参差的流转型节奏。复沓也好，流转也好，都属于回环型节奏形态，因此从最终的意义上说：词曲与近体诗在节奏体式上归于同一个形式审美范畴。当然，词曲自有其节奏体式外在的独特显示，我们将从词曲语言与音组、词曲的节奏诗行、词曲的节奏诗行组合以及词曲的押韵这几个方面进行考察。

第一节 词曲语言与音组

林庚曾说："诗是一种有节奏的语言。"① 这句话说得很醒目：诗是语言的艺术，而这样的语言是既有意义的一面，也有声音的一面的。因此论析汉诗的节奏体式，也得和语言联系起来考察。

那么词曲属于怎么一类语言呢？这类语言又是怎样影响词曲节奏体式之独特性的呢？

一

词曲语言是趋向口语化的。所谓口语化指人际交流中所采用的语言是一种陈述性语言：它要求适应特定语境而对成分作适度增删、语序作酌量变动，但总体又不违反语法规范，使信息传递简洁明晰、语调表达生动自然。对此，我们对词与散曲分头来作考察。

陈伯海在《中国诗学史·词学卷总论》中这样认为："大抵说来，词之用语较之诗口语化的成分多一些，因为它脱离民间文学的时日不很久，在音乐的帮助下，自然轻快的语言更能传情入神，也因为词的口语化成分较重，与凝重整切的诗语相比，难免被视为村俗。"② 吴熊和在《唐宋词通论》中说："词调适应曲调的节拍而采用长短句，

① 林庚：《诗的语言》，《新诗格律与语言的诗化》，经济日报出版社2000年版，第33页。

② 《中国诗学史·词学卷》，漓江出版社2002年版，第15页。

就比诗句更接近语言的自然状态。”[①] 这两位诗学理论家并没有把词的语言完全等同于口语来看待，但他们一从词发生的外部入手、一从词存在的内部入手来谈传统汉诗这一新品种在语言上已出现口语化倾向，还是合乎实际的，试举一例看看。吕本中在《踏莎行》中有：

雪似梅花，
梅花似雪，
似和不似都奇绝。

这样的诗句已完全摆脱典故，浅白的言说带有分析推论性质，陈述的语调的确很口语化了。

清黄周星在《制曲枝语》中说：“曲之体无他，不过八字尽之，曰：‘少引圣籍，多发天然’而已。”任二北在《作词十法疏证》对此说法作了阐释，谓“其意盖为曲之须少用文言多用语体”；任先生还补充说：“夫曲之为曲，乃在以语易文。”[②] 赵义山在《元散曲通论》中说：“元曲用口语不用文言的特点，可以说是显而易见的。”[③] 在任二北看来，黄周星的“多发天然”就是指用白话作为元曲的语言，而赵义山干脆把所谓“语体”的白话也改成口语。元曲语言即口语的递进之说，表明学术界对这一问题的认识是彻彻底底的，而并不见一点保留态度。事实也确实如此，只要对作品略作涉猎，即可见出。如陈草庵的《山坡羊》中：

山，
依旧好；
人，
憔悴了。

如果把这样的诗句置放在新诗中，大概谁都可以说是很口语化的新诗。

促成词曲语言口语化，其中一点原因是词曲的词语已和近体诗不同，颇使用了一些民间日常交际中的土俗词语——如“快活”、“白眼”、“怕见”、“转变”、“尽成”、“暗换”、“有个人”、“没些闲”、“巴结”、“行头”、“帮衬”、“赔钱货”、“蜡枪头”、“那搭儿”、“花碌碌”等等，不过，更重要的一点却是词大量起用了虚字（即领句字，领字），曲大量起用了衬字。张炎在《词源》中说：

词与诗不同，词之句语，有二字、三字、四字、五六字、七八字者，若堆叠实字，读且不通，况付之雪儿乎！合用虚字呼唤。单字如“正”、“但”、“甚”之

① 《唐宋词通论》，商务印书馆2003年版，第63页。
② 转引自赵义山《元散曲通论》，上海古籍出版社2004年版，第120页。
③ 同上书，第121页。

类，两字如“莫是”、“还又”、“那堪”之类，三字如“更能消”、“最无端”、“又却是”之类。此等虚字，却要用得其所，若使尽用虚字，句语又俗，虽不质实，恐不无掩卷之诮。①

这段话表明词在语言上已突破近体诗格局，而近体诗那种“堆叠实字，读且不通”的情况也有所改观。赵义山在《元散曲通论》中说：

> 元曲中“衬字”一说，几乎是与曲谱的诞生同步的。如周德清《中原音韵》中有《定格四十首》，可以说是最早的“北曲谱”，而此书也就同时有关于“衬字”的论述……将不同作家、不同形式的曲作加以比较，可以发现，剧曲用衬字比散曲多，散曲中套数用衬比小令多，勾栏中作家用衬比文人士大夫作家多。此现象足以说明，“衬字”又是以词应歌的需要，是面对听众，将歌词通俗化、口语化的需要。如关汉卿的［一枝花］《不伏老》套曲中的［尾］曲……此曲是用了许多衬字的，我们虽不能一一确指哪些是“正字”，哪些是“衬字”，但至少可以说，那些带修饰性的“蒸不烂”、“煮不熟”、“捶不扁”、“炒不爆”之类，是属“衬字”无疑。有了这许多“衬字”，整首曲便显得更为通俗，口语化色彩更强烈，而且也更增加了一种幽默诙谐、淋漓泼辣的特殊趣味。由此可以看出，从文学修辞的角度看，“衬字”加入，对于元曲的通俗化及其曲体风格的形成，是有很重要的意义的。②

这段话表明曲中衬字的大量存在是由于曲面对听众，必须让他们直接而快捷地明白曲词意思之所为。我们也可以说这是通俗化的曲以口语来求得更通俗一点的一项有力举措。以上种种引述可以证明一点：词曲语言以使用大量虚字、衬字来使自己更口语化，是个抹不掉的事实。那么这些虚字、衬字在语言中的内在作用又是什么呢？赵义山说：

> ……从词性上看，词中“虚字”一般限于副词，而曲中“衬字”除了副词，还有代词、动词、数量词、象声词、形容词等；从作用上看，词中“虚字”一般起领带、追转等作用，而曲中“衬字”除此而外，还有如上述说明、修饰、限止等作用……在用法上，词中“虚字”仅限于用在句子开头，而且每首词用只不过一二次，但曲中“衬字”有时可用于句中，甚而句句有“衬字”。词中“虚字”，可识可辨。而曲中“衬字”，有时与“正字”紧密结合，难以分别。③

这虽是一场对词曲作比较的言说，但从“虚字”与“衬字”的词性、作用上看，它们确实是“性质大致相同”的，是传统语言诗学中从南宋起大力提倡虚字的体现；而我

---

① 《词源》下《虚字》，见《词话丛编》第一册，中华书局1986年版，第259页。

② 转引自赵义山《元散曲通论》，上海古籍出版社2004年版，第114—117页。

③ 同上书，第116页。

们从曲中“衬字”比词中“虚字”更被起用且在诗性语言构成中扮演了更重要角色这一点看，汉诗语言到散曲阶段已越来越超越近体诗格局，凭着作家们对口语化美学追求的强调而促使汉诗语言体系发生了调整。

那么这场语言体系的调整，趋向若何呢？我们认为：词曲语言的口语化标志着：汉诗已从点面感发类隐喻语言悄悄地向线性陈述类逻辑语言作体系上的位移。比较而言，词曲的语言就不像近体诗那样，成分——特别是主要成分可以随意缺失，词序随意颠倒，关连词序基本不用等等，而已适度在守语法规范了。这一来，词曲的语言也就显出逻辑推论的线性陈述特色。譬如辛弃疾的《西江月·遣兴》中的下片：

昨夜松边醉倒，
问松“我醉何如”？
只疑松动要来扶，
以手推松曰“去”。

这场戏剧性表现具有过程性叙述的特点，是受制于分析—演绎关系的。这一来，语言也就出现了典型的散文结构形态：四个诗句，除一、二、四句的主语省略了以外，其他都合于语法规范，即便第三、四行是个复合句，从句的“只疑松动要来扶”的关连词“只疑”也不缺失。词曲语言尤其因为大力起用领字、衬字，也就更其强化了自身这种分析推论、线性陈述性能。《儒林外史》第二十九回写了这么一件事：杜慎卿看了萧金铉春游乌龙潭诗，说其中两句“桃花何苦红如此，杨柳忽然青可怜。”上一句如添一个“问”字，成为“问桃花何苦红如此”，那么这个句子便是《贺新郎》调中一句好词了。这其实是加上个一字领，使它更能显示陈述的逻辑完整性，从陈述的角度看，它的确成佳句了。与此同理，我们还可拿姜夔《扬州慢》中的句子谈一谈。该词有“渐黄昏，清角吹寒，都在空城”。如果按近体诗的语言表述，只须合一句写成“清角黄昏寒空城”（当然，此句系平仄平平平平平，从音律上看不合近体的体式）可以省却“渐”、“吹”、“都”、“在”四个字，而这四个字中，“渐”、“都”可说是领字，“在”作为介词，在以点面感发的隐喻语言中就不必要，而在线性陈述的逻辑语言中却省略不得。这些都证实着词曲的口语化倾向导致逻辑语言的悄然出现。正是基于这样的认识，所以我们对叶嘉莹先生认为词属“女性的语言”的说法有所商榷。叶先生在《从西方文论看花间词的美感特质》中提出：“在中国的小词里”，“词人们经常使用一种女性的语言”，然后她这样解释：“什么叫女性的语言？一般来说，男子说话时比较注重理性和逻辑，而女子说话时则比较注重感性和形象，小词里边有很多地方不是很有逻辑，不是把事情说得很清楚，但却有很深刻的感受在里边。”① 显然，从性别的特殊气质出发来划分女性的语言和男性的语言，又把前者定为隐喻感发的语言而把后者定为逻辑陈述的语言，未免简单化了一点，因为语言毕竟是千百年来人民群众在日常生活中约定俗成地形成的，因而是为男女群体所共有的情思信息的符号（或物质外壳）、交流手

---

① 《迦陵说词讲稿》，北京大学出版社 2007 年版，第 38—39 页。

段。至于以一、二首小词的语言现象来论证词的语言是直觉—隐喻化的，也难以一一概全，更难以解说词曲对近体诗语言格局已在突破的实际。

总之，词曲语言突出地显示为口语化倾向，这一倾向使散文性的逻辑语言开始以主宰之势悄然出现，其后果则如同一石击起千重波，汉诗形式上的不少问题之调整也就跟了上来。

二

随之而来的首先是词曲词语的形态构成和使用状况已突破近体诗格局。

这里所提的词语的形态我们把它分为两类：意组与音组。意组是语法结构型的，如“塞上风云接地阴”，“塞上”是短语，“风云”是并列复合词，“接地阴”也是短语，但它可分裂为“接地”——动宾短语和“阴”单音节词。所以这实是一种求意义为本的词语组合体，在近体诗中地位最显赫的是二字音组，一个五言诗行中它至少占一个，一个七言诗行则至少占两个。为什么说“至少占”，难道它的被采用还可以超越这个数吗？是的。这得谈到诗行煞尾的意组问题。煞尾的意组很不稳定，它可以是三音节的复合词或短语，如“姑苏城外寒山寺，夜半钟声到客船”，这两行煞尾的意组，前一行“寒山寺”是三音节复合词，后一行“到客船”则是三音节短语，这一来，七言的诗行只能是用了两个双音节意组，因为后面是个三音节意组，无法让双音节意组的使用还有“至多”机会了。但是，“寒山寺”允许分裂为“寒山”和“寺”而成为一个双音节名词和一个单音节名词的；“到客船”也允许分裂成单音节动词“到”和双音节偏正复合名词“客船”的，这一来，这两行诗就成了每行三个双音节意组和一个单音节意组，双音节意组在七言诗行中因此有“至多”的可能：三个。我们不妨再举一例句看看：

君向/潇湘/我向秦

此处煞尾是个三音节意组，诗行是两个双音节意组、一个三音节意组的组合。但它也可这样：

君向/潇湘/我/向秦

这一来，煞尾的“我向秦”分裂成一个单音节意组“我”与一个双音节意组“向秦”了，于是这一行诗变成是用了三个双音节意组（有了“至多”）和一个单音节意组。出现此等现象更值得注意的实在还不是双音节意组使用的“至少”或“至多”的问题，而是在近体诗中，意组有三个：二字的、三字的和单字的，不过三音节意组也好，单音节意组也好，在近体诗中是被限在煞尾处才有存在的可能，一旦离开煞尾的位置，就会失去存在的资格。

为什么会这样呢？这就同近体诗词语形态的另一类——音组有关。

音组属于声音结构。音组和意组是对应的，如上引“塞上风云接地阴”，“塞上”、“风云”是双音节意组，也是二字音组；“接地阴”是三音节意组，也是三字音组；要是“接地阴”分裂成“接地/阴”，成了双音节意组和单音节意组，音组也对应的是二字音组和单字音组。所以音组实是一种应合意组以求声音为本的词语组合体。这一来在近体诗中，五言的音组类词语是一个二字音组和一个三字音组的组合，或者因煞尾的三字音组分裂而成两个二字音组和一个单字音组的组合；七言的音组类词语是两个二字音组和一个三字音组的组合，或者因煞尾的三字音组分裂而成三个二字音组和一个单字音组的组合。但是，令人遗憾的是在近体诗中，这个煞尾的音组究竟该是一个三字音组呢还是也可分裂成一个二字音组和一个单字音组，至今还没有定论，而问题则全出在煞尾的音组和煞尾的意组之间没有能取得应合。试以李白五绝《静夜思》最后一行“低头思故乡”为例来看看，它可以有两种音组的划分，一种划分是：

低头/思故乡

这倒是和意组的划分完全相应合的。但学术界有人认为：如果诗行煞尾定为三字音组，会使节奏过短（只有两顿）而显得局促，没有悠扬舒缓感。有人就不赞成这样的划分，赞同者不少。那么该怎样划呢？他们认为该这样划分：

低头/思故/乡

在这里，“思故乡”按意义拆成“思/故乡”倒是可以的，但偏偏把“故乡”拆开了。对这情况该如何认识，得提一提朱光潜和何其芳。朱光潜曾把“顿”分成“说话的顿和读诗的顿”，而“读诗的顿注重声音上的整齐段落，往往在意义上不连属的字在声音上可连属”，而这是强调“形式化的节奏”者的一种“习惯的旧诗的读法”，是“不能否认”① 其合理与合法的。何其芳对白居易《琵琶行》中一些诗行作了这样的顿的划分，如“枫叶/荻花/秋瑟/瑟”，“举杯/欲饮/无管/弦”，并这样说：“……为了音节上的必要，也可以不管意思上是否可以分开，比如‘秋瑟—瑟’、‘无管—弦’就是这样。”② 由此看来，上述“低头思故乡”中不顾“故乡”在“意思上是否可以分开”而硬性分开，也是合理与合法的了。但是这样的意见也遭到不少人反对。卞之琳在《重探参差均衡律——汉语古今新旧体诗的声律通途》中，就反对何其芳把李商隐诗中那一个对句“春蚕到死丝方尽，蜡炬成灰泪始干”中的“丝方尽”分裂为“丝方/尽”，“泪始干”分裂为“泪始/干”颇不赞同，认为近体诗中煞尾的三字音组不能分割。他这样说：“汉语古典七言诗通常就是以构成一个意组一个音组作为一个节奏单位而一逗一顿的，所以‘丝方尽’、‘泪始干’也都不能割裂为‘丝方/尽’，‘泪始/干’。”为了强调“一个意组一个音组作为一个节奏单位”，他还补充了一句：“音组与词组基本上

① 《诗论·第九章》，《朱光潜全集》第3卷，第173—175页。

② 何其芳：《关于现代格律诗》，杨匡汉、刘福春编《中国现代诗论》下，第56页。

是统一的。”①

但是卞之琳根据“一个意组一个音组作为一个节奏单位”、“音组与词组基本上是统一的”这个理论来维护“丝方尽”、“泪始干”不能分割，前提是这些三字音组是存在于近体诗的诗行煞尾处，而此处的“顿”根据近体诗的节奏模式本来就允许不分裂的。一旦脱离了这个近体诗的节奏模式，出现三字音组在诗行开头单字音组在中间的情况——如“五千仞岳上摩天”这样的诗句，如果按音意统一的办法来划分音组，得是这样：

五千仞/岳/上摩天

就不行，再说什么“一个意组一个音组作为一个节奏单位”、“音组与意组基本上是统一的”，也无济于事，我们还得把它作这样的音组划分：

五千/仞岳/上摩天

同理，让单字音组在诗行开头、三字音组在中间，像“著麦苗风柳映堤”，如果按音意统一的要求，这样来划分音组：

著/麦苗风/柳映堤

也不行，还是要作这样的音组划分：

著麦/苗风/柳映堤

同理，让三字音组在诗行中间、二字音组在诗行煞尾，像“中天月色好谁看”，如果也这样划分音组：

中天/月色好/谁看

也不行，非得是：

中天/月色/好谁看

这反映了一个什么问题呢？只能说是近体诗已形成了节奏模式，铁定的法则是：三字、单字音组说什么也进入不了诗行的开头或中间，是被钉死在煞尾那个位置上的。

那么用什么办法才能让词语形态真正获得意组与音组的结合，解放单字、三字音

① 卞之琳：《人与诗：忆旧说新》，安徽教育出版社 2007 年版，第 396—397 页。

组，让它们能在诗行各个部位存在呢？值得引一段话：

> 汉语格律诗音乐内的抑扬构成，关键在于诗句吟诵时的顿……从实际情况来看，这个"顿"并不是真正的停顿，只是每个双音节之后有个间歇，形成语音的延宕。语音的延宕使得双音节的每一个音节相对长些，与前一音节形成长短的对比，同时后一音节在延长过程中又必然加重，念成一个重音，与前一音节形成轻重的对比。这样律诗每一个双音节内部形成相对的短与长、轻与重的对比，构成有规律的抑扬变化……值得注意的是这种双音节内字音的抑扬（长短与轻重）并不是汉字固有的特性，它们是诗歌吟诵中受节奏模式制约、通过人为地拉调而产生的，一旦离开节奏模式，这种对比也就不复存在，因此我们把这种现象称为"节奏音变"，把这种抑扬对比称为"相对轻重律"。①

这段话相当深入地探讨了近体诗二字"顿"形成的音之长短、轻重的对比的节奏感，且认为这是建基于近体诗特定的节奏模式的，从而指出"一旦离开节奏模式"——也就是"221"或"23"的五言节奏模式，"2221"或"223"的七言节奏模式，也就会产生"节奏音变"。就我们的理解，这"节奏音变"该指打破以二字顿为主的节奏，而变成以多种音组（至少是单字、二字与三字音组在诗行任一部位可以混用的一种组合系统），那就会"音变"，产生新的节奏系统——或节奏模式。而这样的系统或模式，必然会出现像卞之琳所理想的那样，让意组与音组完美结合，形成全新的词语形态。这一推测果然成为现实了。

这个现实就是词曲那种具有逻辑化倾向的语言所导引而得的意组与音组始终有机结合的词语形态。值得一提《词谱》根据词曲"依曲拍为句"的原则，在《词谱·凡例》中说了这么一段话：

> 诗中句读，不可不辨。有四字句而上一下一，中两字相连者；有五字句而上一下四者；有六字句而上三下三者；有七字句而上三下四者；有八字句而上一下七或上五下三、上三下五者；有九字句而上四下五、或上六下三、上三下六者。此等作法，不可枚举。②

这一番言说把音乐的拍子和语言的顿混为一个概象，以致纯以"字"之多少来分句读——顿和不完全适应词曲语言的顿，且因把句读和"曲拍"搅在一起而出现"上一下七"、"上五下三"、"上四下五"、"上六下三"的提法，又和"顿"的实际内涵不符。不过，这段话还是提出了一些词曲音组及其组合超越近体诗节奏模式的句式新情况，我们不妨分几个方面举例来看一看：

一、四字句的"上一下一，中间两字相连"，即"1＋2＋1"式，或者简称"121"

---

① 吴为善：《汉语韵律句法探索》，学林出版社2006年版，第15—16页。

② 转引自吴熊和《唐宋词通论》，第64页。

句式，是值得重视的。这类句式在词中我们可举“共携手处”（韩元吉《六州歌头·桃花》），“向烟波路”（晁补之《迷神引·贬玉溪，对江山作》），“念腰间剑”（张孝祥《六州歌头·长淮望断》），“对长亭晚”（柳永《雨霖铃·寒蝉凄切》），“花无人戴，酒无人劝”（无名氏《青玉案·年年社日停针线》），等等。散曲中可举“花替人愁”（张养浩《殿前欢·可怜秋》），“应盼人归”（侯克中《［正宫］·菩萨蛮·客中寄情》），“春去的紧”（石子章《黄桂娘秋夜竹窗雨·第一折·［天下乐］》），“问那人家”（乔吉《满庭芳·渔父词》），“愁随潮去，恨与山叠”（姚燧《普天乐·浙江秋》），等等。从这些例中可以见出这种句式中单字音组不仅置于句末，也可置于句首，可见这个音组已经解放出来了。

二、五字句的“上一下四”，即“1＋4”，或简称“14”句式。也值得注意，这里需要说明的是“下四”的“四”，原意是四个字，并不是指四字音组。四字音组在词曲中已有出现，后面我们要提及，这里的“下四”在很大程度上是指两个二字音组，当然有时这个“四”里有掺入虚字的，如“了”、“在”，只能算半个音节，但吟诵时，若碰上实字与虚字相连的音组，还可算作二字音组，不妨碍我们把“下四”定为两个二字音组的规约。这类句式在词中我们可举“怅离群万里”（张炎《解连环·孤雁》），“恼芳情偏在”（周密《曲游亭·禁苑东风外》），“幻苍崖云树”（吴文英《八声甘州·渺空烟四远》），“渐霜风凄紧”（柳永《八声甘州·对潇潇暮雨洒江天》），“过春风十里，尽荠麦青青”（姜夔《扬州慢·淮左名都》），等等。散曲中可举“恨相见得迟”（王实甫《西厢记·第四本·第三折·［滚绣球］》）“想花开一季”（石子章《黄桂娘秋夜竹窗雨·第一折·［混江龙］》），“做甚么人家”（周德清《折桂令·依蓬窗无语嗟呀》），“采南山紫芝，理桐江钓丝”（汪元亨《朝天子·归隐·荣华梦一场》），“算人生几何，惊头颅半幡”（汪元亨《朝天子·归隐·风俗变甚讹》），等等。从这些例中可以见出这类句式中单字音组可置于句首，二字音组也可以煞尾了。

三、六字句的“上三下三”，即“3＋3”，或简称“33”句式。这在词曲中是用得很普遍的，不过为了句读中对停逗的强调，常常在两个三字音组当中作一逗号标志，其实它们还是共处在一个六字句中的，如词中的“又却是，风敲竹”（苏轼《贺新郎·乳燕飞华屋》），“都付与，莺和燕”（陈亮《水龙吟·春恨》），“从别后，忆相逢”（晏几道《鹧鸪天·彩袖殷勤捧玉钟》），“待重结，来生愿”（乐婉《卜算子·答施》），等等。散曲的“六字句”当中打逗号情况就极少了。如“薄些些被儿单”（关汉卿《一串儿·题情》），“清减了小腰围”（王实甫《西厢记·第四本第三折·［么篇］》），“多半是相思泪”（王实甫《西厢记·第四本第三折·［朝天子］》），“断肠人在天涯”（马致远《天净沙·秋思》），“昏惨惨晚霞收，冷飕飕江风起，急飐飐云帆扯”（关汉卿《关大王独赴单刀会·第四折［离亭宴带歇指煞］》），等等。从这些实例中可以见出三字音组不仅常置于句的煞尾处，如今获得解放后也可置于句首。

四、七字句的“上三下四”，即“3＋4”，或简称“34”句式。这类句式和近体诗的七字句“上四下三”刚巧相反，词曲中也用得很普遍。词中的“下四”大都还是两个二字音组，不过与“上三”相平衡“下四”本可分裂成两个二字音组，此时也有合成一个四字音组的趋向，如柳永在《雨霖铃·寒蝉凄切》中连用了三个“上三下四”

句式："念去去千里烟波"、"杨柳岸晓风残月"、"便纵有千种风情"。这位诗人很爱用这类句式，还在《采莲令·月华收》中一连用了三次："西征客此时情苦"、"千娇面盈盈伫立"、"贪行色岂知离绪"；在《玉蝴蝶·望处雨收云断》中竟连用四次，"水风轻蘋花渐老"、"月露冷梧叶飘黄"、"念双燕难凭运信"、"指暮天空识归航"。从柳永的偏爱也足以反映出词人对"上三下四"句式普遍喜好。散曲中更多见，如"冷清清暮秋时候"（卢挚《沉醉东风·重九》），"重回首往事堪哀"（马致远《夜行船·秋思》），"空留下半江月明"（卢挚《春阳曲·别朱帘秀》），"自别后遥山隐隐，更那堪远水粼粼"（王实甫《十二月过尧民歌·别情》），"黄芦岸白蘋渡口，绿杨堤红蓼滩头"（白朴《沉醉东风·渔夫》），等等。从这些例中可以见出三字音组可以出现在句首。二字音组也有了更多自由，可以存在于句尾。还值得一提的是：这些例句中的"下四"中颇有一些也可以看成四字音组，如"杨柳岸晓风残月"，由于"晓风残月"作为一个平列复合词内在的结合力很强，在前面这个"杨柳岸"三字音组的节奏平衡期待压力下，念成一个四字的音组完全可以成为现实。这是一个信号：词曲已有出现四字音组的迹象。

我们通过四类句式的音组存在规律的探讨，当可以明确如下三点：一、词曲由于打破了近体诗的节奏模式，创造了一个让音组一样具有自主权的格局，从而解放了单字音组和三字音组，使它们可以在诗句的任何部位存身，不像近体诗，只有二字音组才自由；二、这也就为词曲中音组和意组紧密结合创造了一个极有利条件，也不像近体诗为迁就节奏模式而让音组无视与意组的相呼应而独立活动；三、词曲中的词语因此有了形态的扩充，除了有大量双音节的词语，原本在近体诗中受到多重限止因而数量很有限的单音、三音节词语也和双音节词语同样自由、数量也不相上下的姿态出现在新诗的文本创造中，并且还透现出一个迹象：在音组与意组能真正有机结合的前提下，词语的音节容量也可能会增加，从而使词曲的词语形态得以扩大。

三

事情的焦点是词曲词语是否有必要和可能成为音意统一的形态。为此，我们还得对这一方面作深入探讨。

从前面的论述中当然表明我们的看法：词语的音意结合在词曲中已是一个客观的存在，问题是有这个必要吗？如果有，其价值又在哪里呢？

吴为善在《汉语韵律句法探索》中提及吕叔湘论词语搭配的选择性时，"提出了词语搭配选择的两个依据：一是句法，一是语义"。他随之接过这个话题说："但是像'修建'和'马路'这两个词之间无论在句法、语义上都是可以组合的，为什么我们说'修马路'而不说'修建路'呢？又如同是'描图纸'念成1+2和2+1两种音节组合模式，它们的结构方式就有区别，意思也不一样呢？这说明词语搭配的选择性除了句法、语义上的制约，还有语音组合方式的限制。也就是说，任何一个词语组合片断，都蕴涵着句法、语义、韵律三个范畴的组合规则，而这三者之间又是互相制约的。"[1]这段话相当到位。值得指出的是句法和语义可以是一个范畴而和韵律相对应，基于这

① 《汉语韵律句法探索》，第25页。

样的认识，吴为善又进一步说："一种语言的韵律结构不是纯节律结构，而是节律结构和句法结构相互作用的结果。"[①] 可重视的是"一种语言的韵律结构不是纯节律结构"。联系此前的话，他这样说当也意味着韵律结构须是音义相互作用的结果。这番言说在语言学研究中无疑是十分正确的，而语言诗学研究则是更值珍视的思路。当今世界范围的语言诗学研究虽然也有如俄国形式主义者那样走极端的言论——如鲍·艾亨鲍姆所说的："诗歌语言不单单是一种形象的语言，诗句的声音甚至不是外部和谐的因素，声音甚至也不伴随着意义，而是他本身便有独立的意义。"[②] 但真正辩证地看待这一问题，并对这种极端作出实事求是的批评的，大有人在。其中韦勒克、沃伦在《文学理论》中的一番话最有代表性。他们这样说：

> ……在任何一种有关格律的理论中，韵文的意义都是无论如何不可忽视的。然而，声乐与音乐性理论却认为韵文格律与意义毫不相关，例如，杰出的音乐性格律学家斯图尔特曾说："韵文可以在没有意义的情况下存在"，因为"格律在实则上可以独立于意义之外，我们可以恰当地尝试把任何一行与意义无关的句子的格律结构重新显示出来"。菲赫耶和萨兰提出的律条是：我们必须采取一位外国人的观点，即在不懂语言的情况下听人读诗。但是，这一提法在实际中是完全没有根据的，因而被斯图尔特摈弃了。采用它必将对任何格律研究者带来灾难性后果。假若我们无视韵文的意义，就等于放弃了文字、短语的概念，因而放弃了分析不同作者诗歌之间差异的可能性。英语格律主要是由强读的短语、节奏性冲动和由分解的短语支配的实际口语节奏之间的对位决定的，但这种分解短语只有在熟悉原诗意义的前提下才能确定。[③]

可见对排斥意义而一味强调声律，把音组与意组对立起来的理论见解的确在语言中是行不通的。由此来看汉诗的节奏体式，声音与意义——或者具体化为音组与意组也非得辩证地统一起来不可。沈亚丹在《寂静之音——汉语诗歌的音乐形式及其历史变迁》中，对此倒有细致的论述。她在言及语音和乐音"千丝万缕的联系和区别"时说了这么一番话：

> ……就语言表达而言，意义的存在决定了声音的停顿和延续方式，其中意义决定了声音的存在方式；而音乐呈现过程则相反，通过声音停止和延续过程而获得特定意义，是声音存在方式决定意义。对于诗歌而言，则需同时从声音和语义两个角度来考虑，通过短时间的语音间断，同时实现语言的逻辑意义及音乐情感功能。在诗歌音乐功能的实现过程中，和音乐中单纯通过节奏对声音的纵向分割和旋律对于声音的横向联系不同，句逗通过语音以及与之相联系的语义，对诗歌

① 《汉语韵律句法探索》，第 26 页。

② 洪维坦·托多罗夫编选：《俄苏形式主义文论选》，中国社会科学出版社 1989 年版，第 27 页。

③ 韦勒克、沃伦：《文学理论》，江苏教育出版社 2006 年版，第 190—191 页。

外在节奏和内在联系施加影响。正是意义单位的告一段落，使得诗歌接受者在对于语言的感知过程中有一个暂时的停顿。句逗与句逗之间出现声音现象中的“无”以及对这种“无”的心理知觉，使得诗歌本身得以存在。虽然句逗对于语言和诗歌的作用方式不同，但是它对于诗歌和语言同样重要，通过句逗的不同呈现方式划分诗歌和非诗。正如没有句逗就没有语言一样，没有诗歌句逗和散文句逗的形式区别，也就没有诗歌。

在言说了声音与语义以及共同对句逗的依赖而获得诗歌节奏的感知——这一大段话后，沈亚丹推出了如下一些类似结论性的话：

……句逗的组合方式和变化方式，从声音和意义两方面决定了汉语诗歌节奏，并且通过对于诗歌节奏的控制，控制汉语诗歌形式本身。①

这就是说：汉诗的节奏与体式都和句逗的组合方式、变化方式有着决定性的关系。

句逗则是从与意组紧紧结合在一起并按意组的“流势”得以完成的音组有机结合必然的派生物，它也就是上面已提及的“顿”。如果说“顿”是显示节奏的手段，那么派生“顿”的音组则是基本节奏单位。而音组不只是一种，有型号不同的几类。上已提及：近体诗以二字音组为主，单字、三字音组是被拘囿在诗行煞尾处的，活动范围很有限，颇不自由。词曲因了突破近体诗的格律模式而解放了它们，使它们和二字音组终于可以平起平坐，获得了节奏音组的等价值。如前所述，近体诗的节奏模式决定，音组有强弱两类：二字音组是个强化音组，单字与三字音组因受许多限制活动不自由，因此是弱化音组。但按照句读一组字构成的音节容量看，除了可有这三类型号的音组外，还可容纳音节容量更多的音组。而这种可能性因了词曲口语化倾向导致对近体诗格律模式的超越，以及这种超越带来音组构成与组合中音意的辩证统一，也就成为现实。

那就是词曲中除了有单字、二字、三字这三类型号的音组，还增加了一个四字音组。

先从理论上看，词曲语言的口语化倾向与音组的音义二结合确能催生四字音组的出现。而这当然得以从词语形态的扩充出发来考虑。在词曲语言出现口语化倾向、导致汉诗语言体系悄悄开始调整中，词曲的词语形态必然会扩充，其音组型号也必然会增加，其理由有三：

一、词曲语言的口语化倾向产生的直接后果是带动起大量的虚字进入词语结构中。虚字在句读中一般总是较轻，作为音组它只算得半个，将它置于原本以实字构成的词语中，句读时，以实字为主体的音组大致能给人音节并不超量之感。而掺入虚字的词语在句读中也会在意组上显出曲折婉转，音组上显出摇曳多姿的功能，因此词曲中不仅有词语构成的客观条件也有主体抒情的主观要求，让实字词语作大剂量的虚字“掺

① 《寂静之音——汉语诗歌的音乐形式及其历史变迁》，第66—67页。

水”，从而为其词语形态的扩充创造了条件，也为其音组型号的增多打下了基础。这是至关重要的一点。

二、词曲突破近体诗的格律模式而充分体现词语音意二结合所展开的活动，导致词曲词语的功能从意象作为符号的点化转向作为隐喻的载体，使创造主体有条件、更有主动积极性，具体地来充当物象及将物象充分渗透这一情思的物质补充，这就要求词曲词语有更大的包蕴量。这一来也就促成词语形态非扩充不可，也相应要求音组的型号非增加不可。

三、词曲在词语组合中，由于音乐节拍的浮动性和语言停顿的固定性共存于音组组合方式的节奏运作中，也就要求音组与音组间在组合程式中既有循序渐进又有巨大落差的双向交流，而它们作为存在于诗行节奏运行系统中的对立统一体，共同使词曲节奏呈现为流转、回环的旋律状态，而词语最少的是单音节——这已是极限，最多的按推论不存在极限，但从句读的生理要求而言，词语的音组化当也有音节数的限度，不过突破三音节的三音节半（三音节加一个虚字）或四音节词语，大致说不会在此限度内，故词曲词语形态突破三音节而作适度扩充是允许的，而音节突破三字音组而适量增加型号也是必要的。

以上三点理由足以证实：词曲词语形态作突破三音节的扩充、音组型号作超越三字音组的增加，有可能。这“可能”已被词曲作家的创作实践所证实：四字音组在词曲中出现了。

先看词中。无名氏《鹧鸪天·枝上流莺和泪闻》中有：

> 枝上流莺和泪闻，
> 新啼痕间旧啼痕。

这第二行，若把它作这样的音组划分：“新啼痕间/旧啼痕”，则前一个就是四字音组，若把它作这样的划分：“新啼痕/间旧啼痕”，则后一个就是四字音组。再如李煜的《相见欢·林花谢了春红》中有：

> 林花谢了春红，
> 太匆匆。

这第一行，若把音组划分成“林花谢了/春红”，则前一个就是四字音组，若划分成“林花/谢了春红”，则后一个就是四字音组。“了”是虚字，所以这里两种音组的划法划出的两个四字音组，其实是三个半音节的，虽不足，但亦可当作四字音组了。

再看散曲中。关汉卿的《沉醉东风·咫尺的天南地北》中有：

> 刚道得声“保重将息”，
> 痛煞煞教人舍不得。

这第一行该作这样的音组划分："刚道得声/'保重/将息'"，第一个就是四字音组。关汉卿还在《关大王独赴单刀会·第四折［驻马听］》中有：

二十年流不尽的英雄血！

这一行的音组该划分成这样："二十年/流不尽的/英雄血！"这"流不尽的"中的"的"是个虚字，"流不尽的"是三个半音节的词语，也可算作四字音组。散曲里衬字用得特别多，所以四字音组用得相当普遍。如武汉臣的《散家财天赐老生儿·［混江龙］》中："但得一个生忿子拽布披麻扶灵柩，索强似那孝顺女罗裙包土筑坟台。"后一行中的"那孝顺女"是个四字音组，"那"是衬字。衬字也得归入虚字，散曲中非衬字的虚字比词中用得更普遍，由此导致三个半音节词语形态的四字音组更是多见。如肖仲贤的《洞庭湖柳毅传书·第三折·［浪里来煞］》中有"这薄礼呵请先生休见阻"，"这薄礼呵"靠虚字"呵"成为了四字音组，这位散曲家还在《海神庙王魁负桂英·［胡十八］》中有"元来是这一堂儿都是个塑来的泥"，"这一堂儿"的"这"与"儿"都是虚字，所以这实在只算得三个音节的词语，也算作四字音组了。类似的情况可说不胜枚举。

词曲大量使用虚字的后果是词语形态扩充到四个半音节的现象也出现了，而这也就使音组的型号增加到五字组。如无名氏的《神奴儿大闹开封府·第二折［隔尾］》中有：

我将你怀儿中嘬哺似心肝儿般敬，
眼前觑当似在手掌儿上擎。

这第一行中的"心肝儿般"是包括两个虚字的四字音组，第二行中的"在手掌儿上"则是包括三个虚字的五字音组。

由此说来，词曲靠了虚字的帮衬，不仅已出现四字型的音组，更出现五字型的音组，这在汉诗语言诗学中是件破天荒的大事。这件大事的出现值得特别珍视，因为如前所述的，音组是节奏最基本的单位，四字、五字的音组一出，不仅使词曲彻底摧毁了近体诗的格律模式，其更见重要的价值则是使汉语诗歌出现了以长短句为标志的、全新的节奏表现格局。

第二节　词曲音组的组合与诗行节奏的确立

我们已论述了词曲语言的口语化倾向与词曲词语音意的辩证统一、词语形态的扩充、音组型号的增加之间的必然关系，进而探讨了词曲对近体诗格律模式的突破，等等问题。所有这些都证实着如下一点：诗歌语言的变化将引起节奏体式的新构。那么，超越近体诗的词曲节奏体式又是怎样的呢？为此，我们的研究将循序渐进地展开，先对词曲音组的组合与诗行节奏的确立作一考察。

一

一个问题须首先提出来：词曲节奏的基本表现方式是什么？这得从诗行开始。

在上面论述近体诗的节奏体式时，我们提出其节奏表现有两大方式：平仄律与音组律，并作出了这样的结论："音组律与平仄律是形成规范、严谨却高度精致的近体诗节奏体式的基础，而通过押韵与对仗这两类节奏辅助手段的作用，使音组节奏与平仄节奏得到有机的汇通，则是近体诗终于有了一个结构得十分有机的回环节奏类形式体系的有力保证。"这个结论我们认为对近体诗是适用的，但对汉诗形式体系的整个格局而言，似乎有点吃力不讨好，持平仄节奏观者当然不会同意，持音组节奏观者也不一定肯接受。而事实上，作为汉诗节奏表现的方式，以"汇通"为旨归的这个结论用在词曲的节奏体式上，也未必合适。

传统诗学中，词曲的节奏表现——音律，如同对近体诗的认识一样，就只能是平仄律——这个观念一直沿袭到今天，在对词曲作专门研究的学者中，还是颇为流行的。这里值得引两段文学。一段是谈词的节奏表现的，这场表现在引文中就围绕平仄声律展开：

> 讲求声律是汉语诗歌尤其是近体诗的一个重要特征。词在近体式兴起和繁荣的同时，作为歌词，更要求以文学的声调配合乐谱的腔调，以求协律美听。近体诗的声律只分平仄，上去入三声统称仄声或侧声，不再严加分辨，它的字声组织大体上是两平两仄交替与对称使用。这一声律规则的发明与运用，使得近体诗比之古体诗获得了更鲜明的声律美和音乐美特征。但是近体诗毕竟是"徒诗"，它的声韵协畅只能在吟咏讽诵时才能得到体现。而词作为合乐歌唱的歌词，既要"合之管弦"，又要"付之歌喉"，其对声律美的讲究便有了多重的需求。所以作词除了分字声的平仄之外，有时还须分辨四声与阴阳，字声的配合方式，也比近体诗更加复杂多变……清谢元淮论"词禁"云："词有声调，歌有腔调，必填词之声调字字精切，然后歌词之腔调声声轻圆。"这个分析便很好地揭示了歌词之声调与歌曲之腔调间的相互关系。因此填词者不仅要懂诗歌的声律，还要通音乐的乐律，这样才能做到"逐弦歌之音"、"审音用字"，使歌词与曲调，字声与乐律达到契合无间、圆融无碍的艺术境界。①

再引一段谈曲的节奏表现，同样是围绕平仄律展开的：

> 诗的平仄相对固定，总的原则是平仄相间……在平仄相间的总原则限制之下，五律、七律、五绝、七绝各种诗体都只分"平起平落"和"仄起平落"两种平仄格律模式，四种诗体总共也只八种格律模式。而词谱与曲谱中的词牌和曲牌可就复杂多了……词曲的曲牌同律绝诗那八种不同平仄的格律相比，相差实在太悬殊

① 刘尊明：《唐宋词综论》，中国社会科学出版社2004年版，第21—22页。

> 了……但词曲尽管在平仄声使用上花样繁多，并不说明使用时可以随心所欲，在关键地方不但平仄之间不能互换，平声还要区别阴平和阳平，仄声字还要区别上声和去声。清代曲论家黄周星在《制曲枝语》中说："诗律宽而词律严，而曲律则倍严矣……三仄更须分上去，两平还要论阴阳"。曲对"阴阳上去"所以特别讲究是因为它是用于歌唱而不是用于案头阅读。①

我们所引这两段文字无非说明：词曲的节奏表现同近体诗一样，都是依赖于平仄律的，而词曲的节奏表现之所以不像近体诗那么单调板滞，而显得更活泼流转，乃在于词曲的平仄声律分得更细更深入更花样繁多。

但一个问题出来了：依乐谱而填词的词曲音谱歌法已经失传，我们又何以能体认词曲以平仄律来表现节奏是成功的呢？对此有一位学者说了一段话——他讲的是词，但曲也可包括在内：

> 由于音谱歌法失传，唐宋词已无法歌唱，但词调的音律，部分还寓于它的文字声调之中。有些名作，字声组合流利调谐，不歌而诵亦悠扬动听，比之五、七言近体诗甚至更富于节奏感和律调美，这就是词在管弦声中依声协乐所留下的痕迹和遗响了。《四库全书总目提要》卷二〇〇《宋名家词》条说："词萌于唐而盛于宋。当时伎乐，唯以是为歌曲，而士大夫亦多知音律，如今日之用南北曲也。金元以后，院本、杂剧盛，而歌词之法失传。然音节婉转，较诗易于言情，故好之者终不绝也。于是音律之事，变为吟咏之事，词遂为文章之一种。"②

这番话有一点难让人理解：说一些词名篇"字声组合流利谐调，不歌而诵亦悠扬动听"，比五、七言近体诗"甚至更富于节奏感和律调美"，而这些乃是"在管弦声中依声协乐所留下的痕迹和遗响"。但是，在"音谱歌法失传"的情况下我们何以知道？若说是"词调的音律部分还留于它的文字之中"的缘故，这可不可能？文字的声调是属于文字自身的，平仄相协也是其内部的事，而文字的"依声协乐"则是音乐曲谱拿文字所含之语音作为手段来表现乐曲的事。"音谱歌法"失传，要想从"文字声调"中唤回那是不可能的，如有这种可能，就说部分的可能，那我们也可以拿词名篇中的独特的"文字声调"去唤回——或者就部分地唤回"音谱歌法"了，这岂不是中国音乐之大幸。事实上这是想当然而已。以此反证，词曲的"文字声调"即便是"字声组合流利调谐"，也不可能是凭依"词调的音律"寓于"或部分地"寓于自身的结果。这里需要提一个诗学上的理论问题，不能把语言音调体现的诗的音乐性与音乐旋律体现的音乐性混为一谈。韦勒克、沃伦在《文学理论》中就说："诗的'音乐性'（或称旋律）这一术语应该说颇易引起误解，因而须弃置不用。我们要说明的语音现象与音乐上的旋律并不类似，音乐上的旋律自然是由音的高低来决定的，因此，与语言音调没有多

① 刘庆云、刘建国：《词曲通》，湖南大学出版社 1999 年版，第 423—424 页。

② 吴熊和：《唐宋词通论》，第 74—75 页。

少相似，实际上二者之间存在着相当大的差异，讲出的一句话调子抑扬起伏，音高在迅速变化，而一个音乐旋律的音高是稳定的，间隙是明确的。”① 所以我们有理由这样说：当“音谱歌法失传”、“管弦声”已不再存在时，“依声协律”的文字所含之语音、所拥有的“节奏感和律调美”也会随之消失。这是很普通的推论。怪不得上面提及的那位坚决主张词曲节奏来自于平仄相间的学者会在不经意间露出这样的话：“（词曲中）‘阴阳上去’之间这种微妙的差别在诗词中是用不着考虑的。因为在元明以后诗词作品已经成了案头读物，字欺声也好，声欺字也好，拗嗓棘口也好，摆在案头上反正显示不出来，只要语意高妙自然会受读者好评的。”② 可见词曲的乐曲音谱歌法虽要求文字的声音平平仄仄，阴阳上去的协律，等到“音谱歌法”一失传，词曲的文字置于案头而不化为“管弦声”后，也的确可弃之而不顾。所谓“在管弦声中依声协乐所留下的痕迹和遗响”大概也的确不存在了。

我们花不少笔墨作了这一番言说，实是想通过词曲学家代代相传的这种说法看其背后隐藏的意图：词曲中的声律化语言节奏表现是通过四声调协显示的，而这四声调协之经验则有其乐曲音谱的真传，甚至是乐曲音谱之遗响在内，这不就意味着词曲节奏来自于协四声调平仄的身价非同一般！

这多少有点不切实际。

当然，协四声调平仄决非坏事。朱光潜就认为这是“选择富于暗示性或象征性的调质”的一种技巧。这位美学大师曾说：“四声对于中国诗的节奏影响甚微。”还认为“四声最不易辨别的是它的节奏性，最易辨别的是它的调质或和谐性”③ 为此他举了白居易《琵琶行》中的四句：“大弦嘈嘈如急雨，小弦切切如私语；嘈嘈切切错杂弹，大珠小珠落玉盘。”然后作了这样一番分析：“第一句‘嘈嘈’决不可换仄声字，第二句‘切切’也决不可换平声字。第三句连用六个舌齿摩擦的音，‘切切错杂’状声音短促迅速，如改用平声或上声，喉音或牙音，效果便绝对不同。第四句以‘盘’字落韵，第三句如换平声‘弹’字为去声‘奏’字，意义虽略同，听起来就不免拗。第四句‘落’字也胜似‘堕’、‘坠’等字，因为入声比去声较短促响亮。我们如果细心分析，就可见凡是好诗句，平仄声一定摆在最适宜的位置，平声与仄声的效果决不一样。”在谈了这些以后，他作出这个结论：“总之，四声的‘调质’的差别比长短，高低、轻重诸分别较为明显，它对于节奏的影响虽甚微，对于造成和谐则功用甚大。”④

那么，词曲中最能显示节奏的是什么呢？如同上一章论及近体诗节奏体式时我们提出是“顿”一样，词曲节奏主要也还是由“顿”来显示。并且，我们还可以这样说：近体诗的平仄律在节奏表现上还有独立存在的价值，或者和音组律平等地结合来作最佳状态的节奏表现；词曲的节奏表现平仄律的功能是更其淡化了，而由音组有机组合中显示停逗规律的音组律则成其节奏表现的根本性手段。实事求是地想想：一个七字

① 韦勒克、沃伦：《文学理论》，刘象愚等中译本，江苏教育出版社 2006 年版，第 176 页。

② 刘庆云、刘建国：《词曲通》，第 424 页。

③ 《朱光潜全集》第 3 卷，第 165—167 页。

④ 同上书，第 170—171 页。

之内的诗行尚可平平仄仄一番，要是长到十四五字甚至二十几字的诗行，如何讲究平仄，譬如“我是个蒸不烂煮不熟捶不扁烤不爆响当当一颗铜豌豆”这一个诗行要以平平仄仄来显示节奏是很难的，更何况诗行群的节奏表现如碰上这样：

蝠腾腾火起红霞，
黑洞洞烟飞墨云闹眩眩火块纵横，
忽攘攘烟煤乱滚

这可是具有独特气势的旋律化节奏表现，靠调平仄能管用吗？

是的，词曲节奏只能靠“顿”来显示：舍此无他。

靠顿来显示节奏，在传统诗学中没有人论说过，是五四新诗革命后提出来的新见解。饶孟侃也许提得较早，不过他不是以“顿”而是以“拍子”的名称来谈的，在发表于1926年4月22日的《晨报·诗镌》第4号的《新诗的音节》一文中他有这样一段话：

但是节奏又可以分成两方面来讲：一方面是由全诗的音节当中流露出来的一种自然的节奏，一方面是作者依靠格调用相当的拍子（Beats）组合成一种浑成的节奏。第一种节奏是作家自己在创作的时候无意中从情绪里得到一种暗示，因此全诗的节奏也和情绪刚刚弄得吻合而产生的，这种节奏纯粹是自己理会出来的，所以简直没有规律可言。而第二种则又是纯粹磨炼出来的，只要你肯一步步的去尝试，也是可以做得到的。在根本上这两种节奏就没有优劣的分别，因为第一种方法有时候也靠不很准，第二种有时候也会弄得牛唇不对马嘴（指情绪与音节不调和），固然最妙的是用第一种方法去做第二种工作。

可注意的就是“用相当的拍子（Beats）组合成一种浑成的节奏”中的“拍子”和“浑成”，就我们的理解则是诗的节奏表现要靠“拍子”样的“顿”，而这样做最适宜的是长短句体现的“浑成的节奏”。这样的理解也许不至于太离谱。几年以后，罗念生在《节律与拍子》中把“拍子”的话题扩大和深化，不但也认为汉诗的节奏是借“拍子”来表现的，且举出孙大雨首先对“拍子这东西”的发现后，以“四拍子”的节奏诗行成功地写出长诗《自己的写照》。在此基础上他还进一步说：“有许多人认为我们的节律是由平仄造成的，这实在是个很大的误解。平仄大半是高低，它除了协助音调以外，没有什么旁的用处。”“我们的平仄是不能产生任何种节奏的。”[①] 梁宗岱则在1931年初给徐志摩的一封《论诗》的长信中就提出“中国文字底音节大部分基于停顿”，并且依靠这一点进一步认为：诗行“越来越参差不齐”的“词体”，“可以容纳许多变化和顿挫”，以致有“音节之缠绵，风致之婀娜，莫过于词了”之叹。到1936年，在他主持《大公报》文艺栏《诗特刊》时，因发表上引罗念生的文章，他写了一则按语《关于音

① 《大公报·文艺副刊·诗特刊》，1936年1月25日。

节》，内中有这样的话："关于孙大雨先生根据'字组'来分节拍，用作新诗节奏底原则，我想这是一条通衢。我几年前给徐志摩的一封信所说的'停顿'正和他暗合。"[①] 值得指出：以"顿"作为认识汉诗节奏表现基础的集大成者是朱光潜，他在《诗论》的第九章《中国诗的节奏与声韵的分析（中）》中，专门"论顿"。他还把此章以《论中国诗的顿》为题单独发表。文章一开头就说："中国诗的节奏不易在四声上见出，全平全仄的诗句仍有节奏，它大半靠着'顿'。它又叫做'逗'或'节'。"然后他这样解释"顿"："通常说话到某独立的意义完成时，可以略顿一顿，虽然不能完全停止住，这种辅句的顿通常用逗点符号'，'表示。论理，我们说话或念书，在未到逗点或终止点时都不应停顿，现在实际上我们常把一句话中的字分成几组，某相邻数字天然地属于某一组，不容随意上下移动，每组自成一小单位，有稍顿的可能。"[②] 他还进而指出："读诗须掺杂几分形式化的音乐节奏"，因此"读诗的顿注重声音上的整齐段落，往往在意义上不连属的字在声音上可连属。"[③] 特别是"词中的顿常仅表示声音段落，与意义无涉"[④]。在作了这番言说后他还重复开头的话说："中国诗的节奏第一在顿的抑扬顿挫上看出，至于平仄相间，还在其次。"[⑤] 这些话大概为1930年代中期讨论汉诗节奏时作了个总结。

总之，汉诗节奏表现停逗说——"顿"的提出，到朱光潜《论中国诗的顿》已大致定型，这以后在论及这一问题时，卞之琳、何其芳等也基本上没有超越朱光潜的。近年来谈"顿"的人也已不少。如前引吴为善的汉语韵律句法探索中就说："汉诗格律诗音步由抑扬构成，关键在于诗句吟诵时的顿。"沈亚丹在《寂静之音——汉语诗歌的音乐形式及其历史变迁》中的一些话特别值得重视。她说："汉诗的节奏是通过句逗来实现的，而句逗同时是语音单位和语义单位"，"由于句逗同时是声音与语义的统一体，音节延续与停顿方式的变化，同时也给诗歌语义的延续与停顿带来变化空间。"沈亚丹的这些话从某种意义上说对朱光潜强调顿的形式节奏要求是个修正。她有如下一段话："句逗构成的变化，也引起了诗歌形式本身的变化。汉语诗歌从四言到五言到七言的变化，最先并非发生于语言之所指，而是能指音节的分化，简言之，就是句逗的音节数量以及句逗的联系和中断方式的变化。"[⑥] 这启发我们：对词曲节奏体式的全面考察须从不同型号的音组在诗行中的组合规律作探讨进入。

二

我们将首先探讨词曲音组的诗行节奏功能。

诚如吴为善所说的："音步是基本韵律单元，确认了音步的构成及其类型，就可以进而探讨节律涉及的……音步的组合规律。"[⑦] 音组的组合规律主要显示在诗行中，而

---

① 《梁宗岱批评文集》，珠海出版社1998年版，第133页。

② 《朱光潜全集》第3卷，第172—173页。

③ 同上书，第174页。

④ 同上书，第180页。

⑤ 同上书，第178页。

⑥ 《寂静之音——汉语诗歌的音乐形式及其历史变迁》，第69页。

⑦ 《汉语韵律句法探索》，第7页。

诗行中对音组作组合规律的探求还得以不同型号的音组所具有的不同节奏性能开始。

在前面我们已考察出词曲的音组基本上是四个型号：单字型、二字型、三字型和四字型。五字型音组在散曲中也有所见，但极少见，可以略而不论；单字型与四字型音组也使用得较少，但毕竟是突破近体诗格律模式后的新鲜事儿，值得提倡使用；用得最多的是二字型和三字型音组，当然得倍加关注。

因了四类音组的能够自由组合，其后果首先是在诗行长度上突破了五言、七字。如果我们以“1”代表单字音组，“2”代表二字音组，“3”代表三字音组，“4”代表四字音组，那么可以对词的节奏诗行的音组组合是否会突破七言作出一个统计，那就是：（一）两顿体：在突破七言上，问题还不大，不过若是“44”的组合，变八字句，突破了；（二）三顿体：在突破七言上，问题还算不得最大，不过若是“332”、“242”、“333”、“342”、“343”、“443”、“444”的组合，就都要突破七言，其中“444”的组合，诗行就有十二个字了；（三）四顿体：问题就大了，除非是“1111”、“1121”、“1131”、“1231”、“1222”的组合不会超过，其余的如“1232”、“2222”、“2132”等的诗行就是八言的；“3132”、“2142”、“2322”等的诗行就是九言的；“3232”、“2242”、“3322”等就是十言；“4232”、“3242”、“3422”等就是十一言，如果是“3432”的诗行就是十二言；“3433”的就是十三言；“4343”的就是十四言；“4443”的就是十五言；“4444”的就是十六言。再如果是五顿体、六顿体诗行，那就会出现十七、十八言，甚至达到二十、二十言以上的诗行。譬如苏轼《八声甘州》中的“有情风万里卷潮来”就是三顿体“323”式八言诗行；李煜的《虞美人》中的“故国不堪回首月明中”就是四顿体“2223”式九言诗行。散曲诗行字数的突破七言更远超词。如关汉卿《［南吕］一枝花·不老歌》中的“我是个普天下郎君领袖”，是四顿体“3322”式十言诗行；黄云石《［正宫］塞鸣秋》中的“空教我停霜毫半晌无沐思”，是四顿体“3323”式十一言诗行；秦简夫《东堂老劝破家子弟·第一折·［六么序］》中有“半席地恰便似八百里梁山泊”，是四顿体“3333”式十二言诗行；秦简夫同题同折［寄生草］中有“只思量倚檀糟听唱一曲桂枝香”，是五顿体“33223”式十三言诗行。上引黄云石同题中有“今日个病恹恹刚写下两个相思字”，是五顿体“33323”式十四言诗行。关汉卿的《闺怨佳人拜月亭·第一折［油葫芦］》中更有：

这一对绣鞋儿分不得帮和底稠紧紧粘软软带着淤泥

竟然是个八顿体“33333322”式二十二言诗行。这现象说明词曲诗行音组数在几近失控的增多，诗行大大增长了。

应该说出现这种现象是正常的。当四类音组可以在诗行任一个地方存身，而不再像近体诗那样：三字组或单字组总是被钉死在诗行煞尾，而二字组也不许在煞尾处存在那样了，而当它们有了这种自由组合的条件后，突破五、七言，诗行长度增长也就成了必然的事。还有一个情况也助长了这一现象：词中的领字、曲中的衬字出现，尤其是衬字的使用从一字到三字的增多和放任使用，甚至弄得读者连正字和衬字也难以分清，一个诗行的实际字数凭空增多同样成了必然的事。不过诗行膨胀之失控倒也并不见得有想象中那么可怕，这只是暂时的现象，自然调节律是会出来调节的。我们不妨引一段话来看一看——那还是只谈词的：

> 唐宋词的句式，从一字句到十一字句应有尽有。据电脑统计，《全宋词》所有各种句式的数据依次如下：一字句共22句，二字句共2547句，三字句共27781句，四字句共71105句，五字句共54097句，六字句共38539句，七字句共69037句，八字句共4458句，九字句共2348句，十字句共143句（十字句的划分与确定尚存在分歧），十一字句共1句（十一字句多由上四下七或上六下五的句式构成，故在划分与确定上也存在分歧）。其中使用频率最高的句式依次是：四字句、七字句、五字句、六字句、三字句。①

这一统计表明：过长或过短的诗行会自然而然在词曲创作中受到冷落，而十一字句以上的句式在词中已几近绝迹。当然，散曲中的情况不属此例。散曲中衬定剧增和语言的陈述性加强，句式增长的自然调节极限还要放宽。不过，如上引二十二字的诗行其实也会分裂成上十二下十的句式。但所有这些我们暂不去管它，我们感兴趣的还是词曲在诗行构筑中，音组数确已大大增多，至少出现了从一字句到十五字句这样范围的十五种以上的句式。

应合这样的句式存在状况，词曲在四类音组自由组合而建行中，也就派生出两个与诗行节奏有关的新情况。

第一个派生的情况是诗行节奏调性的调整。如同卞之琳、何其芳的研究所提出的：汉诗的诗行煞尾，用三字或单字音组和用二字音组，节奏调性是不同的。卞之琳曾说：

> 我们现在所见到的新诗，照每行收尾两字顿与三字顿的不同来分析，那可以分出这样两路的基调：一首诗以两字顿收尾占统治地位或者占优势地位的，调子就倾向于说话式（相当于旧说“诵调”），说下去；一首诗以三字顿收尾占统治地位或者占优势地位的，调子就倾向于歌唱式（相当于旧说的“吟调”），溜下去或者“哼下去”。②

何其芳在《关于现代格律诗》一文中提到：诗行煞尾的顿同节奏调性很有关系，只不过他把三字或单字音组收尾称为吟咏调，二字音组收尾是诉说调。近体诗一律是单字或三字音组收尾，清一色是吟咏调性，但词曲不同了。由于三字、单字音组已从煞尾部位解放出来，二字音组也可存在于诗行煞尾，于是词曲可以有两类不同调性的诗行，打破了近体诗在调性上的清一色局面。如李白的《忆秦娥》上片：

> 箫声咽，

① 刘尊明：《唐宋词综论》，第13页。

② 卞之琳：《人与诗：忆旧说新》，安徽教育出版社2007年版，第266页。

秦娥梦断秦楼月。
秦楼月，
年年柳色，
灞陵伤别。

这前三句是单字或三字煞尾，吟咏调性；后两句是二字煞尾，诉说调，不再像近体诗那样在调性上是清一色的吟咏调了。这情况在散曲里更是显著。如张可久的《殿前欢·离思》中：

月笼沙，
十年心事付琵琶。
相思懒看帏屏画，
人在天涯。

这前三句是单字或三字煞尾，吟咏调性，后一句是二字煞尾，诉说调性。两种调性在诗行群中可以共存，对词曲文本的整体节奏系统走向回旋化是很有价值的，这情况当在后面详谈。我们在这里只想强调一点：诗行煞尾可以用二字音组，诗行群可以让三字或单字尾同二字尾混杂，这几乎已成了词曲的形态标志。有人举唐代诗人王湾《次北国山下》中“风正一帆悬”为例说：如果把这行诗改成“悬一一帆风正”就是词了，不是没有道理的。有人编了一个故事，说颇自负的纪晓岚有一次给人写一幅字，写的是王之涣的《凉州词》，不留心把“黄河远上白云间”的“间”漏写了，有人指出他的失误，他不肯认错，竟说自己是在填一首词，然后他在这个没有“间”的文本中作了新的分段，变成这样：

黄河远上，
白云一片。
孤城万仞山，
羌笛何须怨，
杨柳春风，
不度玉门关。

这的确很像一首词：一、二行是二字尾，三、四行是三字尾，第五行是二字尾，第六行是三字尾。诗行群可以让两种调性不同的诗行共存，的确像词了。

第二个派生的情况是音组在诗行中组合，出现了半逗律的新形态。半逗律是林庚发现的，他在《关于新诗形式的问题和建议》中这样说：

……中国诗歌形式从来就都遵着一条规律，那就是让每个诗行的半中腰都具有一个近于“逗”的作用，我们姑且称这个为“半逗律”，这样自然就把每一个诗

> 行分为近于均匀的两半。无论诗行的长短如何，这上下两半相差总不出一个字，或者完全相等。例如四言是“二二”，五言是“二三”，七言是“四三”……①

在说了这番话后，他又强调地说：“中国的几言诗则永远就是根据‘半逗律’分为上下两半。”这似乎已透出一点信息，他把“半逗律”只看成是近体诗的事。后来在《再谈新诗的“建行”问题》中他更进一步说：“‘半逗律’的全部内容还含有一个‘节奏点’的问题，也就是说作为‘半逗律’的‘逗’必须严格固定在诗行的绝对位置上，如‘五言’绝对是‘二三’而不能是‘三二’，‘七言’绝对是‘四三’而不能是‘三四’。”② 这就明白不过地说“半逗律”只属于五、七言诗——说具体点即近体诗。这有点不太公平。如果说“中国诗歌形式从来就都遵着一条规律”——半逗律，那么作为中国诗歌家族中的主要成员——词曲，特别是其中的词，也应该有半逗律存在的。可是词曲——特别是词中，诗行节奏点的位置是无法以“二三”、“四三”来规范的，“三二”、“三四”的句式多的是，岂非半逗律就不适用了？我们认为林庚发现半逗律很重要，说得上是件大事。汉诗诗行的中间会有一次半逗这个现象确实存在，我们民族习惯于对称平衡中求和谐美，这种审美观从某种意义上说也影响了我们的汉诗习惯于平分两半的音组组合来构筑诗行。近体诗中，五言如“床前明月光”，是一个二字组和一个三字组的“23”式组合，拦腰一个半逗，两边音组数各一个，相平衡。“风急天高猿啸哀”是前边两个二字组，后边一个二字组、一个单字组，两段各各两个的组合，当中一次半逗，从而显出“22/21”的平衡。这里有一个问题要提一提，且十分重要的，那就是：“床前明月光”的后一半“明月光”我们吟读并不分裂为“明月/光”，而“风急天高猿啸哀”的前半是两个音组，后半为求和前半平衡而对本是三字组的“猿啸哀”作了音组结构的潜在调整——分裂为“猿啸/哀”。这一来，这个诗行也就能以前半和后半各两个音组而求得平衡了。音组结构在特定语境中作潜在调整是允许且十分有必要的。由此说来，五言的节奏点非在“二三”交界处不可，七言的节奏点非在“四三”交界处不可的提法，并不全面而科学。一个以半逗而成为节奏点的诗行中间位置所求于诗行前后半段平衡的，不是“字”数（何况“二/三”与“四/三”的字数本来也是不平等的），而是顿数或者音组数。就说林庚所指“二三”、“四三”之“三”即三字音组，这在近体诗的五言、七言中也只有一半能讲通（因为在它们的诗行后半段的音组可以是“三”——三字组，也可能分裂为“21”或“12”，即单字音组或二字音组，一分裂，那就讲不通了）。更何况词曲的句子除了沿用近体诗五、七字句式“二三”、“四三”——按林庚的用法，却也可以是“三二”、“三四”的。试举李清照《醉花阴》中的词句，一句是“人比黄花瘦”，句式是“二三”，可以拿林庚半逗律，但另一句“有暗香盈袖”，句式是“三二”，难道就不存在半逗律了吗？应该说也有半逗律，那就是让“有暗香”这一个三字组与“盈袖”这一个二字组以诗行中间“节奏点”为界取得平衡。林庚似乎没有注意到词曲中另有一种虽也是五个字、七个字却不同于近体诗五、

---

① 林庚：《新诗格律与语言的诗化》，第 73 页。

② 同上书，第 95 页。

七言的新颖句式。但我们不能对此漠然无视。我们还须特别关注词曲中这一类超越近体诗五、七言的新颖句式，它们同样有半逗律，而它们中半逗律的存在正是词曲四类音组可以超越近体诗格律模式而自由组合的这道美丽风景的显示。我们在上面说到电脑统计《全宋词》的十一类句式，使用频率最高的依次是四字句、七字句、五字句、六字句、三字句，这正反映着这些句式的诗行长度不长，且容易平分两段而求得音组数平均分配，求得半逗两边的平衡，也正说明了如下这点：为大家普遍接受的这类非近体诗模式的句式，含有较强且宜于半逗的因素，由此也足资证实半逗律在词曲中存在的受重视。那么词曲诗行中半逗律又是如何有机地显示出来的呢？不妨拿一些句子来作分析。

我们知道诗歌中的节奏其实是抒情主体有意设置的一场对接受者来说系出于潜在的动态心理期待。正是这种期待，促使抒情主体对文本节奏的设置显出特强的主观性。因此，词曲作家着重抓诗行中的音组组合时，为了达到组合的高度有机而作了一份铺垫性工作，那就是探求一种为适应半逗平衡律而让组合在诗行中的音组通过吟读过程被自由拆分、结构重组的规律。我们且拿柳永《八声甘州·对潇潇暮雨洒江天》中的诗行来作这种规律的考察：

先看第一类规律。柳永这首《八声甘州》中有两个句子很可对比起来看，其中一个是“望故乡渺邈”。这个诗行半逗无疑当在“乡”与“渺”之间，以此为界把诗行分作前后两段，前段“望故乡”中那个“望”是领字。按规定它可独立存在，自成一顿，“望故乡”可以分裂为“望/故乡”，成两个音组，但后半段的“渺邈”却只是一个二字组，这一来岂不是前后两段音组数不平衡，半逗不起来了？为顾及后半段只一个音组，“望/故乡”也得调整结构，合成“望故乡”这个三字组，这一来就使诗行前后两段平衡了，半逗律也借“望故乡/渺邈”这样的音组组合句式而得到了鲜明的呈示。不过也有相反的情况：“想佳人妆楼颙望”这个诗行的半逗无疑在“人”与“妆”之间。“想佳人”可以是一个三字组，但后半段的“妆楼/颙望”是两个音组，为求平衡，前半段的“想佳人”这个三字组也就得调整结构分裂成“想/佳人”，这一来，这个句式以这样的音组组合来显示半逗律：

想/佳人//妆楼/颙望

由此看来适应半逗律而作音组结构潜在调整的规律可以是这样：看诗行后半段音组组合情况而调整诗行前半段的音组结构。

再看第二类规律。《八声甘州》中还有两个句子很可对比起来看。一个是“一番洗清秋”，其半逗无疑当在“番”和“洗”之间；以此处为界诗行分为前后两段。后半段“洗清秋”可以分裂成“洗/清秋”，但由于前半段只一个音组“一番”，为求平衡，“洗清秋”这个三字结构的音组就不分裂，以“一番/洗清秋”来平衡，并显示半逗律。与此相反的是另一句“对潇潇暮雨洒江天”。由于“潇潇”与“暮雨”在语意上结合得很紧，它们之间不能半逗，半逗须在“雨”与“洒”之间。诗行的上半段“对潇潇/暮雨”是两个音组，这使得下半段的“洒江天”本来可以一个三字组而存在，在此情况下为求前后段平衡，这个三字组就须潜在地调整结构，成为“洒/江天”，于是这一句该是这样：

对潇潇/暮雨//洒/江天

由此看来这一类音组在诗行中的组合须看诗行前半段音组的组合情况而调整后半段的音组结构。

第三类则是：须从语意潜在控制半逗出发而对诗行前后段的音组作潜在的结构调整。在《八声甘州》中有“误几回天际识归舟”，它和“对潇潇暮雨洒江天”句式完全一样，按常理它的半逗平衡律可以使诗行音组的组合是这样：

误几回/天际//识/归舟

但这一来出现了一个问题：按语意“天际识归舟”是结合得很紧的，不像“对潇潇暮雨洒江天”，“暮雨”被“潇潇”拉了过去，原本和“洒江天”也还结合得紧的反而疏远了。因此“误几回天际识归舟”的半逗处该是在“回”与“天”之间。这一来，这个诗行前后段的音组都得重新作结构调整：“识/归舟”可以合并成三字组“识归舟”，后半段成了“天际/识归舟”，有两个音组；前半段的“误几回”原是一个三字组，但“误”是个领字，可分裂出去，自成一个音组，于是成了“误/几回”，也有两个音，和后半段取得了平衡。于是这个诗行按半逗律的要求对音组组合中的音组结构作了调整，成了这样：

误/几回//天际/识归舟

可以这样说：音组结构这样的调整，其半逗律的节奏功能才得到合理而充分的发挥。

从半逗律对诗行中音组结构的潜在调整规律中可以发现，词曲中由于领字、衬字，三字、四字音组天生地具有可分裂的因素，这些决定了四类型号的音组在诗行中组合时，显得弹性很大，在不同的语境中作这样那样潜在的结构调整，是可能的、必要的，也是完全合理的。

三

这就可全面来论述四类型号的音组在词曲诗行中的组合以及由此导致的词曲节奏诗行特征了。

如果说音组是汉诗节奏表现的最小单位，那么即将展开论述的节奏诗行可以说是汉诗节奏展开的基础。在上一节论及近体诗节奏体式时，我们还是以平仄与音组兼顾为准则，从平仄律与音组律有机统一的目标出发展开的，但词曲是依乐谱填词的，其平仄、四声更复杂细致，我们考虑到这样复杂的平仄、四声调协主要地是为乐谱的歌唱之需要定出来的，是否对以语言艺术为特征的诗有特殊价值很难说，更何况如同朱光潜等诗学理论家所一再说的，平仄对汉诗的节奏本身就作用甚微，因此在论及词曲的节奏体式时，我们得从节奏诗行的构筑开始，就立足于顿，专从音组律方面作探讨了。而应合这一点，对诗行的名称也将有所改变。在前面我们称词曲的诗行是一字句、二字句、三字句、四字句……是以字数多少来命名的，从现在开始，诗行将以顿数来命名，即一顿体诗行、二顿体诗行、三顿体诗行……所有这些，是我们全面考察词曲音组在词曲诗行中的组合情况时首先要提出的。

前已提及：词曲音组除极个别出现过五字音组以外，常见的基本上是四类：单字音组、二字音组、三字音组和四字音组，那么这四类音组究竟组合成一些什么样的诗行呢？需要再次提醒的是：词曲已经突破近体诗的节奏模式，解放了被近体诗限定只得存在于诗行末尾的三字或单字音组，并使这四类音组可以绝对自由地相互组合也绝对自由存在于诗行的任一部位，这一情势的后果就是大量不同句式的诗行出现了。我们略作归纳如下：

一、一顿体诗行：这是最简单也较少见的一种词曲句式，可以有单字音组式。如蔡伸的词《苍梧谣》中："天！休使圆蟾照客眠。"这"天"即是；张养浩的散曲《［中吕］山坡羊·潼关怀古》中："兴，百姓苦！亡，百姓苦！"这"兴"、"亡"即是。可以有二字音组式。如戴叙伦的词《转应曲》中："边草，边草，边草尽来兵老。"这"边草"即是；庾天锡的散曲《［双调］雁儿落过得胜令》中："狼山，人生相会难。"这"狼山"即是。可以有三字音组式。如李煜的词《捣练子令》中："深院静，小庭堂。"两句都是；张可久的散曲《［双词］殿前欢·离思》中有："月笼沙，十年心事付琵琶。"这"月笼沙"即是。

二、二顿体诗行：这在词曲中就使用得较普遍了。从这里起我们以"1"表示单字音组，"2"表示二字音组，"3"表示三字音组，"4"表示四字音组。二顿体诗行可以有如下一些音组组合的句式："12"式，如柳永的词《望海潮·东南形胜》中有"竟豪奢"，节奏诗行是"竟/豪奢"；"21"式，如李白《忆秦娥》中有"箫声咽"，节奏诗行"箫声/咽"；"22"式，如柳永的词《雨霖铃》中有"寒蝉凄切"，节奏诗行是"寒蝉/凄切"；"23"式，如刘克庄的《卜算子·片片蝶衣轻》中有"雨洗风吹了"，节奏诗行是"雨洗/风吹了"；"32"式，如柳永的词《八声甘州·对潇潇暮雨洒江天》中有"渐霜风凄紧"，节奏诗行是"渐霜风/凄紧"；"34"式，如吴文英《踏莎行·润玉笼绡》中有"隔江人在雨声中"，节奏诗行是"隔江人/在雨声中"；"43"式，如辛弃疾《踏莎行·夜月楼台》中有"笑吟吟地人来去"，节奏诗行是"笑吟吟地/人来去"；"13"式，如陈人杰的《沁园春·问杜鹃》中有"汝胡不归"，节奏诗行是"汝/胡不归"；"31"式，如曹豳的《西河·和王潜离韵》中有"恨何日已"，节奏诗行是"恨何日/已"；"14"式，如岳飞的《满江红》中有"莫等闲白了"，节奏句式是"莫/等闲白了"；"42"式，如姜夔的《扬州慢·淮左名都》中有"二十四桥仍在"，节奏诗行是"二十四桥/仍在"；王实甫的《西厢记·第一本·第三折·［拙鲁连］》中有"枕头儿上孤零，被窝儿里寂静"，节奏诗行是"枕头儿上/孤零，被窝儿里/寂静"；"33"式，如姜夔《暗香·旧时月也》中有"又片片吹尽也"，节奏诗行是"又片片/吹尽也"；张养浩的《［双调］水仙子·咏江南》中有"画船儿天边至，酒旗儿风外刮"，节奏句式是“画船儿/天边至，酒旗儿/风外刮”，等等。

三、三顿体诗行：这是词曲中最常见的诗行，有如下一些音组组合的句式：“121”式，如徐再世的《［双调］蟾宫曲·江淹寺》中有“失又何愁”，节奏诗行是“失/又何/愁”；“122”式，如岳飞《满江红·登黄鹤楼有感》中有“叹江山如故”，节奏诗行是“叹/江山/如故”；“222”式，如秦观的《满庭芳·山抹微云》中有“多少蓬莱旧事”，节奏诗行是“多少/蓬莱/旧事”；“312”式，如辛弃疾的《西江月·明月别枝惊鹊》中有“七八个星天外，两三点雨山前”，节奏诗行是“七八个/星/天外，两三点/雨/山前”；“333”式，如文天祥的《醉江月·乾坤能大》中有“算蛟龙无不是池中物”，节奏诗行是“算蛟龙/无不是/池中物”；“221”式，如李清照的《醉花阴·薄雾浓云愁永昼》中有“人比黄花瘦”，节奏诗行是“人比/黄花/瘦”；“223”式，如李煜的《虞美人》中有“春花秋月何时了”，节奏诗行是“春花/秋月/何时了”；“231”式，如辛弃疾的《西江月·遣兴》中有“以手推之曰去”，节奏诗行是“以手/推之曰/去”；“322”式，如刘克庄《贺新郎·九日》中有“到而今春华落尽”，节奏诗行是“到而今/春华/落尽”；“332”式，如上引刘克庄同题诗中有“怕黄花也笑人岑寂”，节奏诗行是“怕黄花/也笑人/岑寂”，等等。

四、四顿体诗行：这也是词曲中最常见的诗行，有如下一些音组组合的句式：“1223”式，如辛弃疾的《贺新郎·甚矣吾衰矣》中有“料青山见我应如是”，节奏诗行是“料/青山/见我/应如是”；“2221”式，如李白的《忆秦娥·箫声咽》中有“咸阳古道音尘绝”，节奏诗行是“咸阳/古道/音尘/绝”；“2212”式，如李白的《菩萨蛮》中有“平林漠漠烟如织”，节奏诗行是“平林/漠漠/烟/如织”；“2223”式，如李煜的《相见欢·无言独上西楼》中有“别是一番滋味在心头”，节奏诗行是“别是/一番/滋味/在心头”；“3212”式，如柳永的《雨霖铃》中有“对潇潇暮雨洒江天”，节奏诗行是“对潇潇/暮雨/洒/江天”；“3221”式，如乔吉的《［商调］集贤宾·咏柳忆别》中有“恨青青画桥东畔柳”，节奏诗行是“恨青青/画桥/东畔/柳”；“3222”式，如邓剡的《酹西江·驿中寺别》中有“恨东风不惜世间英雄”，节奏诗行是“恨东风/不惜/世间/英雄”；“3233”式，如乔吉的《［南吕］梁州第七·射雁》中有“偷晴儿觑见碧天外雁行现”，节奏诗行是“偷晴儿/觑见/碧天外/雁行现”；“3331”式，如苏彦文的《［越调］斗鹌鹑·冬景·［尾声］》中有“巧手匠雪狮儿一千般成”，节奏诗行是“巧手匠/雪狮儿/一千般/成”；“3423”式，如王实甫的《西厢记·第一本·第三折·［越调］·斗鹌鹑》中有“窗儿外淅零零的风儿透疏棂”，节奏诗行是“窗儿外/淅零零的/风儿/透疏棂”；“4323”式，如苏彦文的《［越调］斗鹌鹑·［尾声］》中有“最怕的是檐前头倒把冰锥挂”，节奏诗行是“最怕的是/檐前头/倒把/冰锥挂”；“3333”式，如乔吉的《玉箫女两世姻缘·第二折·［柳叶儿］》中有“将一片志诚心写入了冰绡峥”，节奏诗行是“将一片/志诚心/写入了/冰绡峥”，等等。

五、五顿体以上诗行：这在词里是少有的了，散曲里倒还有见，不过顶多也只到八顿体。我们纯从曲里举几例：五顿体的，如贯绍的《［正宫］寒江鸟秋》中有“今日个病恹恹刚写下两个相思字”，节奏诗行是“今日个/病恹恹/刚写下/两个/相思字”，是“33323”组合；六顿体的，如关汉卿的《［南吕］一枝花·不伏老·［梁州］》中有

“伴的是玉天仙携玉手并玉肩同登玉楼”，节奏诗行是“伴的是/玉天仙/携玉手/并玉肩/同登/玉楼”，是“333322”组合；七顿体的，如关汉卿的《［南吕］一枝花·不伏老》中有“我是个轻笼罩受索网苍翎毛老野鸡碴踏的陈马儿熟”，节奏诗行是“我是个/轻笼罩/受索网/苍翎毛/老野鸡/碴踏的/陈马儿熟”，是“3333334”组合；八顿体的，如前已提及的关汉卿《闺怨佳人拜月亭·第一折·［油葫芦］》中的那个长达22字的长句“这一对绣鞋儿分不得帮和底稠紧紧粘软软带着淤泥”，节奏诗行是“这一对/绣鞋儿/分不得/帮和底/稠紧紧/粘软软/带着/淤泥”，是“33333322”组合，等等。但说实话，这里的七顿、八顿诗行音节的数量在吟诵中已接近一口气的生理容纳极限，趋向于内在分裂了。

我们把词曲的句式作了极不完全的归纳，竟发现有那么多种，近体诗与之相比可以用得上天差地别这个词。可不是吗？近体诗只有四种句式，如果煞尾的三字音组允许分裂，再加上八种，合起来也不过十二种句式。二者句式数量之悬殊，当然反映着词曲的诗行节奏表现十分丰富。在这种丰富中我们可以为词曲提炼出三点探求汉诗节奏表现很有价值的经验。

第一点词曲诗行的长度因此远远突破了“五言”与“七言”的限制，短可短到一个字，长可长到22个字；也突破了近体诗的二顿体、三顿体或者（根据煞尾音组可以分裂的角度为准）三顿体与四顿体，而短到可以是一顿体，长到可以是八顿体。这里提供了一些什么经验呢？为此我们不妨先引一段前已提及过的罗念生那篇《节律与拍子》中的话：

> 诗行底目的是要在读者底下意识里形成一种固定的模型（Pattern），诗行可以少到两个音步，单音字的诗行是很特殊的。但若超过了六音步，便不容易使读者当作一个联合的单位，往往分做两截。长行很沉重，宜于写幽深的思想；短行很轻快，宜于写愉快的情绪。①

我们拿这段话来透视词曲的诗行，当会发现：词曲以三顿体、四顿体诗行使用得最普遍，二顿体与五顿体次之，一顿体与六顿体就很少见了，至于六顿以上的诗行，那是极其个别的现象，并且往往已在吟诵中发生潜在分裂。这些都说明词曲的诗行构筑是合理的。同时我们还发现：词曲诗行顿数比近体诗要大为超过，以致形成了近六顿长度的诗行：诗行节奏表现也因此要丰富，各类诗行节奏表现的微妙差异也比近体诗显得更敏锐和细致一些。因此，这几类词曲诗行从展示情绪律动的语言节奏功能看，也比近体诗要强得多。如果我们把词曲的诗行分为从一顿体到三顿体的一组和四顿体到六顿体的一组，当可以得出和罗念生相似的感觉：前一组诗行给人以节奏的明快感而后一组诗行则给人以沉滞感。但每一组内部无论是明快还是沉滞又因节奏感觉程度差异而有级别之分，前一组的明快度可以分为三级，一级指最明快或最沉滞，那么可以这样分：一顿体是一级明快，二顿体是二级，三顿体是三级；后一组：四顿体是三级

① 《大公报》1936年1月10日《诗特刊》。

沉滞，五顿体是二级，六顿体是一级。需要指出的是：明快度也好，沉滞度也好，都不过是相对而言的。我们不妨把李煜的《虞美人》中"问君能有几多愁"的设问后所作的回答写成三个不同长度的诗行来看看：

恰似/一江/春水/向东流　2223

一江/春水/向东流　223

春水/向东流　23

这三个诗行的第一个是四顿体，第二个是三顿体，第三个是二顿体，它们作为意象，语言内涵的意思差不多，但由于第一个诗行是四顿体的，属于三级沉滞感（推论而言，也可说是四级明快，明快中的最不明快），第二个是三顿体，属于三级明快感，第三个是二顿体，属于二级明快感。李煜创作过程中，当然会潜意识地把握住：在"问君能有几多愁"的设问下，自我的回答当然不会是明快而是沉重的，因此用了三级沉滞感的四顿体诗行而不用这个三级明快感的三顿体诗行，更不会用"春水向东流"这个二级明快感的二顿体诗行了。所以词曲诗行"一江春水向东流"由于音组型号增加引起诗行长度类型增加，也就比近体诗调节诗行长度要方便，这也就能对情绪内在律动作更近于真实的节奏表现。

第二点：词曲音组型号增加到四字，并且因此冲破了近体诗的格律模式而使四字型音组得以在诗行任一部位存在，这也使诗人们掂量各类音组的节奏性能提到了议事日程上来，从而使诗人们在创作中慢慢领会到型号不同的音组具有不同的节奏性能，从而约定俗成地以单字、二字音组因音组内部音节较疏、吟诵中可以略作拖长的情况而定为扬的节奏感，而三字、四字音组在音组内部音节较密、吟诵中只能急促逼仄而定为抑的节奏感。于是也就有单字音组的一级扬，二字音组二级扬，三字音组二级抑，四字音组一级抑。这种不成文的音组节奏性能规范也颇影响到词曲作家在音组组合以建节中，注意到音组在诗行中的搭配按节奏调协的有机性来选用不同型号。反言之，这种搭配的有机性也确是以节奏的调协为基础的。这里需要先提出来的是一顿体与二顿体的诗行。一顿体的诗行不存在音组组合问题，只是音组选择须要斟酌的问题。就以诗篇开头使用一顿体诗行为例来看一看。前引陈草庵的诗句："山，依旧好；人，憔悴了。"这"山"、"人"作为单字音组构成的一顿体诗行，在开头一置放，就以音组节奏的快速而给人一种紧张感，相比较而言，"依旧好"与"憔悴了"这两个三字音组构成的一顿体诗行，就略显松弛，二者的气势流韵就不同。前引戴叔伦的"边草，边草，边草尽来兵老"，这"边草"作为二字音组构成的一顿体诗行，就比后面的三顿体诗行要明快而富于跳跃感。李白的《忆秦娥》一开头就是个"箫声咽"——三字音组构成的一顿体，就把全诗的激越气韵带起来了；史达祖《双双燕·咏燕》的一开头是个四字音组构成的一顿体诗行"过春社了"，就带出了全诗迟疑犹疑的伤感情味。二顿体诗行的音组组合幅度也不大，多数是"12"、"21"、"22"、"23"、"32"等式，搭配的音组也基本上选用三类等级明快度内的音组来构筑诗行，音组的搭配也按循序渐进原则，如柳永《八声甘州》中的"渐霜风凄紧，关河冷落，残照当楼"，大致是循序渐进或渐退地搭配的，并且都属明快度的音组搭配，也就调协成跳跃状的清灵，清灵状的紧凑、利落。不过也有节奏感悬殊的音组的搭配，显出了波动较大的节奏感知特性，特别是有一类让一字领也充当一个音组而和三字、四字音组搭配的，这类特性就更加鲜明。如岳飞《满江红·怒发冲冠》中的“莫/等闲白了”就是如此。所以二顿体诗行的某些音组搭配的思路——或者经验也影响到三顿体、四顿体诗行的音组组合策略。大致说，三顿体、四顿体诗行有两种音组组合，一种是不同型号的音组循序渐进又渐降的组合，我们不妨称它为循序起伏式，另一种是突兀大起又大落的组合，我们不妨称它为孤峰突起式。

先看循序起伏式。这一种音组组合大抵发生在四顿体的诗行中，以音组相随（AABB）相交（ABAB）式的搭配来显示复沓回环的诗行节奏，我们可举些例证。相随式的音组组合以“3322”式最为普遍，如李好古的《沙门岛张生煮海·第二折·［梁州第七］》中有“你看那/缥缈间/十洲/玉岛”；刘时中的《［双调］新水令·代马诉怨·［得胜令］》中有“谁念我/单刀会/随着/关公”；王实甫《西厢记·第一本·第二折·［二煞］》中有“少可有/一万声/长吁/短叹”，等等。全是“3322”两类音组相随的组合，复沓感很强。比较而言，相交式组合花样更多，且被广为使用。有“1212”式，如辛弃疾的《水调歌头·长恨复长恨》中就有好几个这类音组组合的，如“悲/莫悲/生/离别，乐/莫乐/新/相识”。周文质《持汉节苏武还乡·第三折·［迎仙客］》中有“我/这里/望/塞边”，是单字组与二字组的相交组合；有“2323”式，如马致远的《汉宫秋·第三折·［步步娇］》中有“你将/那一曲/阳关/休轻放”，王伯成的《李太白贬夜郎·［六么序］》中有“这酒/似长江/后浪/推前浪”，朱凯的《昊天塔孟良盗背·第四折·［步步娇］》中有“怎没/半句儿/将响/来回答”，等等，是二字组与三字组的相交组合；有“3232”式，如李好古的《沙门岛张生煮海·第三折·［滚绣球］》中有“只待要/卖弄/杀手段/高强”，乔吉的《李太白正配金钱记·第一折·［那吒令］》中有“香馥馥/麝兰/熏罗衣/交加”，乔吉还在《［双调］折桂令·丙子游越怀古》中有“东晋亡/也再/难寻个/右军”，等等，是三字音组与二字音组的交错组合。这种循序起伏式音组合，给人的回环感是很显著的。

再看孤峰突起式。这是“扬抑扬”或“抑扬抑”式音组组合模式，它可分为三顿体诗行与四顿体诗行两类。先看三顿体的：有“212”式，如李煜的《望江南·闲梦远》中有“南国/正/清秋”，苏轼《水调歌头·明月几时有》中有“千里/共/婵娟”，辛弃疾的《菩萨蛮·郁孤台下清江水》中有“山深/闻/鹧鸪”，等等。这些是两个二字音相抱一个单字音组，使这个单字音组有点孤峰突起意味，而它又属一级明快度，有点“扬”的意味，所以体现了“抑扬抑”的节奏感，吟读至这个孤峰突起的音组也该发音提高拖长一点；有“313”式，如王实甫的《［中吕］十二月过尧民歌》中有“新啼痕/压/旧啼痕，断肠人/忆/断肠人”，辛弃疾的《破阵子·醉里挑灯看剑》中有“八百里/分/麾下炙，五十弦/翻/塞外声”，等等。两个三字音组抱一个单字音组，也具有“抑扬抑”的节奏感；有“323”式，如岳飞的《满江红·怒发冲冠》中有“待从头/收拾/旧山河”，马致远《汉宫秋·第一折·［混江龙］》中有“望昭阳/一步/一天涯”，苏彦文的《［越调］斗鹌鹑》中有“乱纷纷/瑞雪/舞梨花”，等等，也具有“抑扬抑”

的节奏感；有“232”式，如姜夔的《暗香·旧时月色》中有“千树/压西湖/寒碧”，柳永的《玉蝴蝶·望处雨收云断》中有“未知/何处是/潇湘”；有“343”式，如贾固的《［中吕］醉高歌过红绣鞋》中有“记在人/心窝儿里/直到死”，这两式中间那个孤峰突起的音组比相抱的两个音组沉滞度要高，所以显出了“扬抑扬”的节奏感。再看四顿体诗行孤峰突起式音组组合，这是典型的相抱式组合了，有“3223”式，这是散曲诗行中使用得最普遍的之一，如张可久《［南吕］一枝花·湖上归》中有“煞强似/踏雪/寻梅/灞桥冷”，贯云石《［正宫］塞鸿秋·战西风几点宾鸿至》中有“感起我/南朝/千古/伤心事”，乔吉的《［商调］集贤宾·咏柳忆别》中有“只要向/绿荫/深处/缆归舟”，王实甫的《西厢记·第一本·第一折（二）·［么篇］》中有“恰便似/沥沥/莺声/花外啭”，等等，两个三字音组抱两个二字音组，颇有孤峰突起的感觉，这是“抑扬扬抑”的节奏感；有“2332”式，就在上引王实甫《西厢记·第一本·第一折（二）·［么篇］》中还有“便是/铁石人/也意惹/情牵”。又如白朴的《唐明皇秋夜梧桐雨·第四折·［倘秀才］》中有“这雨/一阵阵/打梧桐/叶凋”，都是两个二字音组抱两个三字音组，显示为“扬抑抑扬”的节奏感。

我们花了较多精力，归纳了不少文本中诗行音组组合的类型。之所以要这样做是因为我们感觉到词的音组律节奏表现在诗行中的音组组合类型实在反映了一个词曲顿法的规律问题，是一项可供探求汉诗节奏表现的重要经验。当然这项有关顿法的经验如果能同另一项经验结合起来，那就更好。

这就是我们要谈的第三点，词曲诗行煞尾音组的使用冲破了近体诗格律模式的规范，可以让单字、二字、三字这三类音组都可置于煞尾部位，特别是让二字音组成为诗行煞尾处的主要音组，意义特别重大。我们在前面已多次提及何其芳和卞之琳发现汉语诗行存在单字尾（或三字尾）和二字尾的现象，且认为单字尾（或三字尾）使诗行节奏具有哼唱的调性，而二字尾则具有诉说的调性，这一看法是值得珍视的。当然，对于近体诗来说这也许还算不得很重要，因为其格律模式按规定一律用单字尾（或三字尾），不涉及二字尾的问题。但词曲不同了，其诗行煞尾的音组，二字尾和单字尾（或三字尾）几乎是平分秋色的。据此而言，那么词曲的诗行节奏是否也存在两种调性呢？我们不妨先拿词曲中两个紧挨在一处的句子来看看：

两情若是久长时
又岂在朝朝暮暮

这是秦观在《鹊桥仙·纤云弄巧》中的最后两行，它们挨在一起，吟诵时最易作比较，且显然可以感觉到它们的调性确实不同，前一行是单字组（或三字组）煞尾，是吟咏调性的，而后一行则是二字音组煞尾，属于诉说调性。我们（包括何其芳和卞之琳）都无法解释清为什么煞尾音组型号不同就会造成两行诗调性的不同。不过这一现象却能使诗行间获得一场音组的超诗行大组合，从而形成一个和谐匀称的节奏诗境，并促成节奏诗行群的出现。所以从这个意义上说，词曲诗行在煞尾处自由地置放三字组（或单字组）和二字组，让诗行的节奏调性在诗行中都允许存在，而不像近体诗只允许哼唱调性存在，实在是一件大好事。不过这好事主要显示在节奏诗行群上，不是在单个诗行上。因此后面我们还将详细谈这个问题，这里就原则性地提出三点：

第一，三字（或单字）音组和二字音组可以自由地在诗行煞尾被使用，这就有利于诗行之间能相交、相抱、相随地共存，从而在节奏意义上形成一个节奏诗行群，而相应的也就会有一个统一的“节奏语境”出现，且能使节奏语境显示出和谐与匀称。

第二，三字音组煞尾有一特性会出现，即音组结构调整的弹性较大，也就是说三字音组在煞尾处可根据节奏诗行群及其节奏语境的统一要求，随时可分裂成“21”或“12”，当然也可以不分裂。这一情况又可反作用于诗行，强化节奏诗行群的内在凝聚力及其节奏语境的和谐匀称。

第三，在诗行煞尾处既允许三字（或单字）音组存在，也允许二字音组存在，自然也会相应地有不同的调性存在，这一现象不仅大大方便了节奏诗行群的相交、相抱、相随地共存，也有利于它们之间不同的调性也以相交、相抱、相随的关系而有规律地复沓轮转，从而增强回环性的节奏效果。

需要说明的是：这三点原则的具体例证论析将在下一节中进行，因为不同音组在诗行煞尾产生不同调性的问题，看似诗行中的事，其实更多的是诗行间的事，或者说这关涉的主要不是诗行，而是节奏诗行群。

至此为止，我们已完成词曲的音组在诗行中的组合规律及节奏诗行的性能的探讨，但是从音组到节奏诗行，只是词曲节奏表现的基础工程，其音组律节奏的大工程建设则还待进一步探讨。

第三节　词曲典型节奏诗行的诗行群组接

以音组组合以成诗行，又以诗行组接以成诗行群，这是我们对词曲节奏表现的深入一步考察。

一

词曲的诗行我们在前面已指出，通用的长度是一顿体到四顿体的，虽然也还有五顿、六顿体的，散曲里还可达到八顿体的，但超过四顿体的很少有人用，即使用了，也会出现吟诵中潜在的分裂——特别是在六顿体以上的，几乎已成定规。有鉴于此，我们在考察词曲的诗行组接中，将以一顿体到四顿体的诗行组接为案例来论析。而作为一场诗行组接规律的综合性探讨，我们还得在从一顿体到四顿体的诗行中提出一批最为常用的词曲诗行来。

先看一顿体的诗行，这一类诗行分别以单字音组、二字音组、三字音组构成，通用的也就只是这三式。辛弃疾的《沁园春·将止酒·戒酒杯使勿近》中有“杯，汝前来”，这“杯”就是单字音组构成的一顿体通用诗行。温庭筠的《河传·湖上》中有“柳堤，不闻郎马嘶”，这“柳堤”就是二字音组构成的一顿体通用诗行。李白的《忆秦娥·箫声咽》中有“音尘绝，西风残照，汉家陵阙”，这“音尘绝”就是三字音组构成的一顿体通用诗行。需要指出的是：单字音组和三字音组我们在前面已按何其芳、卞之琳的意见言及：置于诗行的煞尾，节奏调性是一样的，何其芳和卞之琳称它们是哼唱调性，其实不在煞尾处它们也一样是这种调性，不过作为一种节奏调性，说“哼唱”似乎不很贴切，不妨称之为浮荡调性，简称浮调。二字音组置于诗行的煞尾，何其芳和卞之琳称它是诉说调性，其实不在煞尾处也一样，只不过作为节奏调性的名称，也似乎不很贴切，不妨称之为沉稳调性，简称沉调。所以“杯”和“音尘绝”这两个一顿体是浮调诗行；而“柳堤”这样的一顿体为沉调诗行。

词曲中通用的二顿体诗行大致说有四种。一种是“22”式的，如上引李白《忆秦娥》中的“西风残照”即是，由两个沉调音组组合而成；一种是“33”式的，如马致远《天净沙·秋》中的“断肠人在天涯”，系两个浮荡调性的音组组合而成；第三种是“23”式的，如温庭筠的《梦江南·千万恨》中的“摇曳碧云斜”，系一个沉调一个浮调的音组组合而成；第四种是“32”式的，如李清照《醉花阴·薄雾浓云愁永昼》中的“有暗香盈袖”，系一个浮调一个沉调的音组组合而成。这四种二顿体诗行，在整个词曲所通用的诗行中，特别走俏，这除了两顿诗行按其长度，在吟诵中和人发声的生理要求特别相适应以外，还在于“22”式是由四言体诗的传统节奏表现遗传下来，“23”式则是由五言体诗的传统节奏表现遗传下来，很适应我们民族诗性节奏审美的习惯性要求，在唐五代词中更为通用，就同那时代人们对于四言、五言体诗的节奏感知惯性还相当大有关。

三顿体诗行在词曲中通用的有五种。一种是“222”式的，如秦观《满庭芳·山抹微云》中的“画角声断谯门”即是，由三个沉调音组组合而成；一种是“223”式的，如皇甫松的《梦江南·兰烬落》中的“夜船吹笛雨潇潇”即是，由两个沉调、一个浮调音组组合而成；一种是“232”式的，如郑光祖的《［双调］蟾宫曲·半窗幽梦微茫》中的“依稀闻兰麝余香”即是，由一个沉调、一个浮调、再一个沉调音组组合而成；一种是“322”式的，如柳永的《雨霖铃·寒蝉凄切》中的“杨柳岸晓风残月”即是，由一个浮调、两个沉调音组组合而成；还有一种是“323”式的，如岳飞的《满江红·怒发冲冠》中的“待从头收拾旧山河”即是，由一个浮调、一个沉调、再一个浮调音组组合而成。这五种三顿体诗行在词曲中也特别走俏，究其原因同四言体、五言体诗的“22”、“23”式基本节奏表现很有关系，无非是在“22”前增加一个“2”或“3”，“23”前增加一个“2”或“3”，如果离开了这个基本节奏表现，如“23”变成“32”，前面加一个“2”，成“232”式的，在三顿体诗行中就显得不走俏，至于在“32”前加一个“3”成“332”，就更属鲜见了。这表明词曲摆脱四言、五言基本节奏表现模式十分的艰难，节奏感知的惯性作用是不易改变的。

四顿体诗行在词曲中通用的有七种。一种是“2222”式的，如柳永《雨霖铃·寒蝉凄切》中的“应是良辰好景虚设”即是，由四个沉调音组组合而成；一种是“3222”式的，如秦观《满庭芳·山抹微云》中的“漫赢得青楼薄倖名存”即是，由一个浮调、三个沉调音组组合而成；一种是“2223”式的，如李煜《相见欢·无言独上西楼》中的“寂寞梧桐深院锁清秋”即是，由三个浮调、一个沉调音组组合而成；一种是“3223”式的，如张可久《［南吕］一枝花·湖上归·尾声》中的“煞强似踏雪寻梅灞桥冷”即是，由一个浮调、两个沉调、再一个浮调音组组合而成；一种是“2332”式的，如王实甫《西厢记·第一本第一折（二）·赚煞》中的“便是铁石人也意惹情牵”即是，由一个沉调、两个浮调、再一个沉调音组组合而成；一种是“2323”式的，如王实甫《西厢记·第一本第二折·耍孩儿》中的“本待要安排心事传幽客”即是，由一个沉调、一个浮调、再一个沉调、又一个浮调音组组合而成；还有一种是“3322”式的，如白朴《墙头马上·第三折·折桂令》中的“拆开咱柳阴中莺燕蜂蝶”即是，由两个浮调、两个沉调音组组合而成。从这七种四顿体诗行的使用情况来看，凡“22”、“23”前面置放“22”、“32”、“23”、“33”的都较通用，这也是承袭四言体、五言体诗节奏表现传统的体现，有节奏感知的习惯势力在起作用，而“32”不属这种传统诗行节奏表现性能的，故前面加“23”的四顿体诗行用得就少多了，至于“3232”、“3233”等则在散曲中偶见出现，词中几乎不见。

词曲就基本上以上述20个诗行作各式各样的有机组接而形成无数个节奏诗行群，正像26个英语字母可以拼成无数个英语词汇一样，我们同样不能轻视这些基本节奏诗行。也许从某一角度说，它们有理由被看成是词曲的典型诗行，当然，作为典型诗行是应该有其更内在的特性的。归纳一下，可以有如下四点：

一、这些诗行基本上显示为顿数半逗的平衡。我们说基本上，意味着有某些诗行不属此列，某些诗行指单字、二字音组构成的一顿体诗行和二字音组构成的三顿体诗行。因为这三者谈不上有顿数半逗的平衡，其他如“22”式的“西风残照”、“33”式的“断肠人在天涯”、“23”式的“摇曳碧云斜”、“32”式的“有暗香盈袖”、“3222”式的“漫赢得青楼薄倖名存”、“2223”式的“寂寞梧桐深院锁清秋”、“2332”式的“便是铁石人也意惹情牵”、“3223”式的“煞强似踏雪寻梅灞桥冷”、“3322”式的“拆开咱柳阴中莺燕蜂蝶”、“2323”式的“本待要安排心事传幽客”都是可以做到顿数半逗的平衡的。问题出在三顿体诗行是否也能如此。其实根据我们在前面所论析的，半逗的节奏预期会在吟诵中对三顿体诗行作出内在调整，或把三字音组分裂成一个二字音组、一个单字音组；或把相邻接的二字音组和三字音组合并成一个三字音组，正是汉诗词语这种可分可合的弹性较大，倒也成全了三顿体诗行得以实现顿数半逗的平衡。如“夜船吹笛雨潇潇”，是“223”式的三顿体诗行，但出于半逗的节奏预期，吟诵时会潜在地调整顿的结构，变成：

夜船/吹笛//雨/潇潇

这就变成了四顿，以“笛”与“雨”为界，当中一半逗，结果诗行前半两顿，后半也两顿，于是这个节奏诗行显出了顿数半逗的平衡。再加“322”式的“杨柳岸晓风残月”，诗行的音组结构也可调整为：

杨柳/岸//晓风/残月

又如“323”式的“待从头收拾旧山河”，音组结构可调整成：

待/从头//收拾/旧山河

这个“待”是词中的领字，作为一字领它可独立成为一顿，这样的调整实很自然。显然，半逗律在内中起了大作用，使三顿体诗行也可分前后段，并求得顿数平衡，而这，对于诗行组接成节奏诗行群是很有意义的。

二、这些诗行也基本上显示为调性之对立统一，意思就是词曲的节奏诗行总是浮调与沉调对立统一的，如“23”式诗行的“人比/黄花瘦”，就是“人比”这个二字音组的沉调与“黄花瘦”这个三字音组的浮调在诗行中的对立统一。又如“32”式诗行的“有暗香/盈袖”，则是“有暗香”这个三字音组的浮调与“盈袖”这个二字音组的沉调在诗行中的对立统一。这里须加说明的是半逗律在此中起了作用，半逗律把一个诗行划分为前后两段，它们以末一个音组为准，各自有节奏调性，整个诗行又以后半段最后那个音组的调性为准，前半段那个音组组合体调性只能起对比、映衬后半段音组组合调性的作用。“人比/黄花瘦”与“有暗香/盈袖”这两个诗行在各自的半逗前后都只一个音组，可以直接突出前一行借“人比”这一沉调来对比中凸显“黄花瘦”的浮调调性；而后一行则借“有暗香”这一浮调来对比中凸显“盈袖”的沉调。比较简单。复杂的是四顿体诗行，如：

寂寞/梧桐//深院/锁清秋

这个诗行的前半段，以“梧桐”为准，是沉调，它借异质对比凸显后半段以“锁清秋”为准的浮调，而整个诗行也就是浮调节奏调性。又如：

漫赢得/青楼//薄倖/名存

这个诗行的前半段以“青楼”为准，是沉调，它借同质映衬凸显后半段以“名存”为准的沉调，整个诗行是沉调节奏调性。更多点复杂性的是三顿体诗行，如“依稀/闻兰麝/余香”，半逗律促成它的音组结构出现这样的新调整：

依稀/闻//兰麝/余香

诗行的前半段以“闻”为准，是个浮调，借它作异质对比凸显了后半段以“余香”为准的沉调。节奏诗行中这种依凭半逗律得以显示的调性对立统一特性值得重视，因为它直接牵引出这些典型节奏诗行的另一个问题。

三、这就是词曲中这些典型节奏诗行因调性的对立统一而获得了节奏感知匀称的应合或平衡的相协。如：

断肠人//在天涯

这个“33”式二顿体诗行就借两顿中间的半逗而显示的浮调同质映衬强化了节奏感知匀称的应合，而

摇曳//碧云斜

这个“23”式二顿体诗行则借两顿中间半逗而显示的沉调与浮调异质对比，强化了节奏感知平衡的相协。又如：

折开咱/柳阴中//莺燕/蜂蝶

这个“3322”式四顿体诗行则借受半逗律促成的前半段的浮调（以“柳阴中”为准）和后半段的沉调（以“蜂蝶”为准）的异质对比而强化了节奏感知平衡的相协。而：

本待/要安排//心事/传幽客

这个“2323”式四顿体诗行前半段与后半段都是浮调，以同质映衬而强化了节奏感知匀称的应合。从这些例证中可以看出：节奏感知和半逗律、节奏词性都有密切关系，也由此得以发现节奏调性和节奏感知并非一回事，不过它们之间又有极密切相连的关系。如果我们承认词曲的节奏是以音组的等时停逗并有规律地复沓回环表现出来并使接受者得以感知的，那么半逗律是对诗行节奏进程中大的节奏段落间音顿组合体相延续起呼应的作用，调性律则是对小的节奏段落间声腔组合体相比照起协调的作用。所以这些词曲中的诗行节奏感知求匀称、协调是离不了半逗律与调性律的。

二

那么词曲典型诗行的节奏诗行群组接可分哪几种，不同的组接又有哪些独特的规律呢？

大致说这类组接可分三式：相随式、相交式和相抱式。

所谓相随式组接，即同类诗行的复沓，或者非同类的复沓诗行的相拼。这是词曲中十分通行的节奏诗行组接。如陆游的《夜游宫·乱起》中的“想关河，雁门西，青海际”，是三顿体诗行的相随组接；陆游另一首《诉衷情·当年万里觅封侯》中有“此生谁料，心在天山，身老沧洲”，是四顿体诗行的相随组接。这种组接实属比较单纯的诗行复沓。复杂一点的是两组以上非同类复沓诗行的拼合，而很多情况下这是音组两两对称的相随组接，如张可久的《［越调］凭阑人·江夜》：“江水澄澄江月明，江上何人挡玉筝。隔江和泪听，满江长叹声。”这实际上是七言体与五言体两种句式的拼合。张可久还有一首《［中吕］普天乐·西湖即事》：

蕊珠宫，
蓬莱洞。

青松影里，
红藕香中。
千机云锦重，
一片银河冻。
缥缈佳人双飞凤，
紫箫寒月满长空。
阑干晚风，
菱歌上下，
渔火西东。

这是很标准的一首用多种节奏诗行相随组接而成的诗，除了“阑干晚风”，其余的都是两两相对的对句，这些对句长度不同，有一顿体、二顿体、三顿体三种，调性不一，沉调、浮调都有，却能组接得十分和谐，可说是诗行相随式组接成节奏诗行群一次成功的扩展。

相随式节奏诗行群的组接，特别集中地反映在张可久的《［中吕］·普天乐·西湖即事》中，大概可归纳出三点特性：一、诗行都因半逗律的作用而使得半逗前后的音组数亦即顿数平衡，且又能以两两相随地组接，这不仅使每个诗行自身的节奏匀称，整体诗行群的运行也显得十分和谐；二、两两相对的小诗行群之间的调性有同质相应的，也有异质相协的，因此组接成的大诗行群因调性的相屈或相协而大大强化了诗行群节奏运行的鲜明性，由此进一步证实：诗行煞尾浮调的三字（或单字）音组同沉调的二字音组完全可以交替使用；三、相随式组接能显示出诗行群运行有序推进的特性，节奏感也特强。

第二种诗行的组接是相交式的。所谓相交式，指两个顿数一样但调性不一样的诗行的拼合以及持续如此，或者两个顿数和调性都不一样的诗行持续交替的拼合，总之这是一种两类节奏诗行 ABAB 式的组接。最通常使用的，或者说最能在词曲中见到的，是如下一些例子：李煜在《浪淘沙·帘外雨潺潺》中有“帘外雨潺潺，春意阑珊”，是“23＋22”的组接；张孝祥的《念奴娇·过洞庭》中有“玉界琼田三万顷，着我扁舟一叶”，是“223＋222”的组接；姜夔的《点绛唇·燕雁无心》中有“数峰清苦，商略黄昏雨”，是“22＋23”的组接；辛弃疾的《西江月·明月别枝惊鹊》中有“稻花香里说丰年，听取蛙声一片”，是“223＋222”的组接；朱敦儒的《相见欢·金陵城上西楼》中有“金陵城上西楼，倚清秋。万里夕阳垂地，大江流”，是“222＋3＋222＋3”的交替组接；刘欢的《［双调］雁儿落过得胜令·送别》中有：“长亭，咫尺人孤零；愁听，阳关第四声”，是“2＋32＋2＋32”的交替组接，特别值得一提的是李清照的《一剪梅·红藕香残玉簟秋》，上下片，是扩大的相交式组接的重复，我们就引上片来看一看：

红藕香残玉簟秋，
轻解罗裳，
独上兰舟。

云中谁寄锦书来?
雁字回时,
月满西楼。

这是“223+22+22+223+22+22”的组接,也就是说:第一行三顿体浮调节奏诗行与第四行三顿体浮调节奏诗行对应,第二行二顿体沉调节奏诗行与第五行二顿体沉调节奏诗行对应,第三行二顿体沉调节奏诗行与第六行对应,以此作交替的组接,这就叫扩大化的诗行相交式组接。这种以诗行交替式呼应完成的诗行群组接,使诗行群具有特强的节奏审美效果。

相交式节奏诗行群的组接,集中地反映在李清照的《一剪梅·红藕香残玉簟秋》中,也大致可以归纳出三点特性:一、由于相交式使诗行长度、调性不一致的诗行直接组接,而在作这种组接的持续中,对应诗行的长度、调性又互为应合,这对诗行群等时停逗的节奏运行更能增添一份浮沉、起伏、强弱相比照的鲜明性,不仅丰富了诗行群节奏的内在表现,也强化了节奏感知;二、由上一点特性沿袭下来,相交式组合既然使诗行群具有节奏表现综合的丰富性,也必然会显出节奏运行中起伏的幅度既大而又明显的特征,从而也使这一类诗行群的节奏感知刺激性特强;三、这一类组接已使诗行群的节奏运行超越有序推演的一般性能,显出有层次感的往复,从而进入环环相扣的连环状的节奏表现。

第三种节奏诗行群是相抱式组接成的,这是词曲在诗行群组接中的最佳选择。相抱式指的是顿数各异或者顿数与调性都不同的诗行按“ABBA”的模式进行组接,形成两类节奏诗行大环套小环式的相抱组接。李清照在《醉花阴·薄雾浓云愁永昼》中有:“莫道不消魂,帘卷西风,人比黄花瘦。”在《声声慢·寻寻觅觅》中有:“满地黄花堆积,憔悴损,如今有谁堪摘。”这是最简单的相抱式组接,即“23+22+23”式,一、三行相抱的组接,中间一行调性不同,夹在中间,形成了弧形状的节奏运行轨迹。但弧形幅度不够大。辛弃疾的《丑奴儿·少年不识愁滋味》中有:“少年不识愁滋味,爱上层楼。爱上层楼,为赋新词强说愁。”这是“223+22+22+223”的组接,这一来大弧小弧的相抱就完整了,可惜“小弧”中的相抱组接实在只是一种复沓而已,这样的组接单纯了一点。辛弃疾的另一首《青玉案·东风夜放花千树》中有:“东风夜放花千树,更吹落,星如雨。宝马雕车香满路。”在小弧中的两行——三字音组的一顿体诗行相抱,有诗情内容的进展;第一、四行——“223”式三顿体诗行在大弧中相抱,更有内容的进展。而“大抱”与“小抱”之间的诗行节奏落差大,相互映衬,一种回环节奏感油然而生。一般而言,相抱式组接由于体现出一种回环的节奏感知特性,去而又回,来而又往,很适宜于表达一种犹疑不定、难以排遣的情绪,而词作为一种特殊的诗体,它那种阴柔的、强调心境舒畅的风格,决定了它对节奏表现的选择更偏于去而复来的回环运行,所以在节奏诗行群的组接上也偏爱相抱式。正由于相抱式组接受到词曲特别的青睐,也就出现了对这类组接的拓展。当然这拓展还是在原有模式上增加对应音组,这样的做法词曲中很能见到。如张可久的《双调·清江行·秋怀》,就属这种拓展:

西风信来家万里，
问我归期未。
雁啼红叶天，
人醉黄花地，
芭蕉雨声秋梦里。

这是“223＋23＋23＋23＋223”的组接，第一、五两行是“大抱”，第一至第四行则是“小抱”，有三个诗行，使诗行群的组接有所拓展。这种相抱式组接，还有更大的拓展，那就是按诗行顿数的多寡以及由此产生的诗行节奏的微妙差异，作循序渐进又渐降的组接，这样做实际上是更加拓展了的相抱式组接，而诗行群节奏的弧线运行轨迹也显得更细致清晰。我们不妨仍引张可久的《双调·折桂令·村庵即事》中一个诗行群来看看：

楼外白云，
窗外翠竹，
井底朱砂。
五亩宅无人种瓜，
一村庵有客分茶。
春色无多，
开到蔷薇，
落尽梨花。

这是“22＋22＋22＋322＋322＋22＋22＋22”的组接：第1—3行与第6—8行均是二顿体沉调，大弧线上相抱的组接；第4—5行是三顿体沉调，小弧线上相抱的组接，而这个诗行群又显示为从二顿体进到三顿体又降回到二顿体——那种以“2—3—2”体现的“短—长—短”式组合。这种从循序渐进又渐降的节奏诗行组合，是词曲节奏表现远远超越于近体诗的一个重要显示。

相抱式节奏诗行群的组接，也大致可以归纳出三点特性：一、这一类组接由于其往而复回的运行，特别能使各诗行紧紧包孕在一起，以致使节奏诗行群特别具有凝聚力，而这也导致其节奏显示出一种浑融的感知特性。不过这浑融又是借诗行有规律的往复和接受者对节奏特具的往复预期十分有机地应合求得的——我们在前面已提出过接受者节奏感知乃是一种回环往复之预期；二、这种相抱式组接的诗行群节奏浑融感的基础是小弧线上的诗行无间距的复沓与大弧线上的诗行有间距的呼应，这复沓与呼应当然以呼应的引领为主，但它们共同营造了诗行群，“短—长—短”（或者扬—抑—扬、波—伏—波）式的节奏感知的对称平衡式流转；三、正是这种浑融感知中显现的节奏流转使这场诗行的相抱式组接所呈示的节奏运行轨迹，不同于相随式组接那种直线推进状的轨迹状，也不同于相交式组接那种连环紧扣状而是回环流转状的。正是这一点，成了词曲诗行群节奏表现的本色特征。

三

词曲三类节奏诗行群的组接形态，对研究词曲节奏来说无疑是十分重要的，不过，这三类形态在词曲中存在着变体，且是大量的。正是这些变体的大量存在，为词曲的节奏表现带来了更丰富的内容。

先来看看这些变体的实际状况。

相随式的诗行组接，原是一种节奏诗行的复沓表现，复沓的诗行顿数与调性都要一致，并且约定俗成地规定相随的诗行是两个，这使这些相随组接而成的诗行群连在一起的形态是AABBCC。但变体就只保留调性的一致，复沓的诗行数与复沓诗行的顿数都不一定要求一致，于是出现了这样的相随：

车如流水马如龙，
花月正春风。

这是李煜《望江南》中的诗行群，“223＋23”的组接，两个诗行顿数不一，但调性统一，都是浮调煞尾。又如：

乍暖还寒时候，
最难将息。

这是李清照《声声慢》中的诗行群，“222＋22”的组接，两个诗行顿数不一，但调性统一。而我们还能见到很多这一类诗行群：

午窗睡起莺声巧，
何处唤春愁？
绿杨影里，
海棠亭畔，
红杏梢头。

这是朱淑真《眼儿媚》中的两个节奏诗行群，即“223＋23”和“22＋22＋22”，前一个是两个诗行相随组接，后一个则是三个诗行相随组接，可见相随的诗行群的诗行数也已不统一规定是两个了。特别值得注意的是这些相随式组接的变体，诗行顿数不仅可以不一致，而且可以任意拉大顿数的距离。如：

莫等闲白了少年头，
空悲切。

这是岳飞《满江红》中的诗行群，是“323＋3”的组接，前一行是三顿体，后一行却是一顿体，顿数距离是拉大了。又如：

大江东去
浪淘尽千古风流人物

这是苏轼《念奴娇》中的诗行群，“22＋3222”的组接，一是二顿体，另一是四顿体，顿数距离也拉得挺大。这种顿数距离拉大，作为词曲诗行群节奏表现的一种策略措施，其价值在于强化节奏感知的某一方面的性能，如“莫等闲白了少年头”和“空悲切”比，前一行给人以沉滞的抑的节奏感，后一行则给人以明快的扬的节奏感，拉大了诗行顿数的距离，显然有潜在地强化“扬”之性能的作用。

总之，相随式组接的变体，比起原先的组接模式来，有两点对词曲诗行群的组接有经验性意义，即：相随式组接诗行调性须保持一致，但诗行顿数可以不一致；而这种顿数不一致，拉大距离更好。

相交式的节奏诗行组接，是两类诗行的交替组接，所谓两类诗行的“类”系指调性的分别，因此作为相交式组合的变体，交替的诗行也坚持要调性的相反，但诗行的顿数，相交的两类诗行和相呼应的同类诗行则不一致。如：

叹年来踪迹，
何事苦淹留？
想佳人妆楼颙望，
误几回天际识归舟。

这是柳永《八声甘州》中的一个相交式组接的变体：第一行与第二行、第三行与第四行，都是不同调性的两类诗行，但第一与第三行是沉调，第二与第四行是浮调，它们各各相交地呼应，是相交式组合本来就有的特点，作为变体，它变在相呼应的两对诗行顿数不统一，第一行是“32”的二顿体，第三行是“322”的三顿体；第二行是“23”的二顿体，第四行则是“323”的三顿体。作为变体的变，还显示在相交中相对应的诗行其诗行数也允许不一致，这实是对相交式组合的扩大。如：

当年目视云霄，
谁信道凄凉今折腰。
怅燕然未勒，
南归草草；
长安不见，
北望迢迢。
老去胸中，
有些磊块，
歌罢犹须著酒浇。

这是刘克庄《沁园春》中的诗行群，是“222＋323＋32＋22＋22＋22＋22＋22＋223”式组合。这个节奏诗行群虽是相交式组接而成，但相当怪，第二行与第九行是对应的，都是三字尾，浮调的调性，与它相交的第一行是“222”式的沉调诗行，和这个诗行对应的却是第三至第八个也全属沉调的六个诗行，和第一行调性相呼应，但诗行数差距特大。这样做有什么变革的好处呢？我们认为这样做首先使交替的距离拉大，连环相扣状节奏运行的对应诗行呼应幅度拖长，加之第三行后面接连六个相随地诗行密集更显出节奏进程的沉滞，所以节奏感知超常的压抑，和第九行对第二行的呼应之快速比，形成鲜明的对照，从而使第二与第九行相交的节奏获得了特强的扬的感知，这是一种追求解脱的明快。

总之，相交式组接的变体为词曲诗行群的节奏建设提供了两条经验：相交的诗行调性一定要对立，不统一，但两类相呼应的诗行顿数和诗行数可以不一致；扩充相呼应的诗行数是值得提倡的，能直接起一种潜在强化诗行群节奏的作用。

相抱式的诗行组接体现为去而复往的弧形节奏运行，它要求外弧与内弧上相抱的诗行各各调性与诗行顿数统一，而其变体则只求调性统一，而不求诗行顿数也统一，两极诗行数也同等。如：

二十四桥仍在，
波心荡，
冷月无声。

这是姜夔《扬州慢》中的一个节奏诗行群，“222＋3＋22”式的组接，内弧的“波心荡”只一行，不能有相抱的，它是浮调，而外弧的第一、三两行，都是沉调，它们之间的顿数也不一致。这是较简单的相抱式变体组接，略显复杂的是

昨夜西风凋碧树，
独上高楼，
望尽天涯路。

这是晏殊《蝶恋花》中的诗行群，内弧仍是无可相抱的一行，只不过是二顿体的诗行，沉调和外弧上第一、第三诗行的浮调不一致；这外弧上两个相抱的诗行调性一致，诗行顿数却不一致，是变体。更复杂的是：

试问闲愁都几许？
一川烟草，
满城风絮，
梅子黄时雨。

这是贺铸《青玉案》中的名句，内弧相抱，是沉调统一，外弧也相抱，是浮调统一。

但这第一、四两行顿数就不同等了。更值得提出来的，是内弧或外弧相抱的诗行数不统一，这方面的情况在词曲中似乎相当普遍，事情反倒是这样：等量统一反倒是凤毛麟角，稀有的现象，残缺不完整反倒是正常的了。也许这是一种残缺美的追求在起作用，但自有强化诗行群节奏的价值。如：

> 梳洗罢，
> 独倚望江楼。
> 过尽千帆皆不是，
> 斜晖脉脉水悠悠，
> 肠断白蘋洲。

这是相抱式组接的变体。完整的相抱式组接内弧线上是第三、四句作“223＋223”式的组接，外弧线上是第一、二行与第五、六行作“3＋23＋23＋3”式的组接。可是这个文本就缺了第六行，使外弧线上的相抱式组接是残缺的，全部诗行群的相抱式组接也是不完整的。但是这场相抱的不完整从节奏表现角度看，自有其不同凡响的残缺美存在，那就是原本相抱式组接给予人的那种往而复返因了残缺不完整而引起节奏感知无法顺畅流转的潜在怅然若失——一种永恒的遗憾。正是温庭筠采用《忆江南》这个词牌，才造成这样一种节奏表现。

总之，相抱式组接的变体也为词曲的诗行群节奏建设提供了两项经验：这类诗行组接带根本性的一条是必须调性一致，即使最求变这一点也不能变，当然内弧与外弧线上两类作相抱式组合的诗行，相互间一般说词性不求统一，不过也允许一致。而更重要的一条求变经验则是打破相抱式诗行组合本来那种对称平衡性，这样做更有利于制造残缺美，且还能使相抱式组接导致的圆美节奏表现获得某种在流转中旋进的性能。

在论析了诗行组接的变体及其求变规律后，我们还需进一步对三类组接变体作扩大和综合性扩大的考察。值得指出：我们并没有对原来的三类诗行组接特别作扩大的考察而偏要对其变体作这方面的考察，是有我们的想法的。原来三类组接作为固定的模式，是建基于对称平衡的，要扩大，只能在对称平衡的总要求下作一点小打小闹的修补，即在对应诗行的前面、中间或后面相应地添置几个不违背调性统一的音组，所以扩大的程度是有限的，并由于过分拘谨于组接模式，也不大能开展三类组接综合化的扩大，因此无须特别作论析。但组接变体的扩大却是无限的，因为变体本来就建基于打破对称、淡化平衡上。更由于这些变体有着极强的综合化扩大的潜能，因此很值得提出来作专门考察。

大量词曲的创作实践证实：诗行组接的变体由于打破了对称平衡的要求，从而显出了可随意扩大的自由。相随式组接的变体诗行顿数可以统一更可以不统一，而相随模式中的小诗行群之间，诗行数也各异，如凌云翰的《木兰花慢·怅泼翻大液》中有：“雁飞不到九重天，水阔漫流传。奈花老房空，药存心苦，藕断丝连。”第一、二行是浮调相随组接，但前一行三顿，后一行二顿，不统一；第三至五行是沉调相随，但有三行，顿数虽齐，但也略显字数差异。这是够自由地扩大了的。相交式组接的变体也如此。张可久在《［正宫］醉太平》中有："翩翩野舟，泛泛沙鸥。登临不尽古今愁，白云去留。凤凰台上青山旧，秋千墙里垂杨瘦，琵琶亭畔野秋。长江自流。"这个诗行群第一、二与第三行相交，第三行与第四行相交，第四行与第五、六、七行相交，第五、六、七行则与第八行相交，相交诗行只求调性相交，不求诗行数与诗行顿数的统一，也的确够自由地扩大了。相抱式组接的变体也如此，较简单的如刘燕哥的《太常引·故人送我出阳关》中有："一樽别酒，一声杜宇，寂寞又春残。明月小楼间，第一夜相思泪弹。"第一、二行与第五行都是沉调的相抱组接，行数不等，诗行顿数也不统一，只有内弧线上第三、四行的相抱组接才是调性、诗行顿数、诗行数统一的。可见这也是够自由地扩大了。这些例证及意见其实在前面我们已言及，此处再述无非是强调地提醒词曲诗行组接的变体，其求变的自由度较大，而内蕴的求变潜能必会促使变体幅度更大的扩大，这就导致了三类组接变体的综合扩大。

其实，词曲的诗行组接，只要是变体的，都会或强或弱、或明或暗地显示出综合性扩大的趋势。有些诗行群实际上只要换一个角度就见出是变体的综合性扩大了。如下面这个陆游《秋波媚·秋到边城角声哀》中的诗行群：

秋到边城角声哀，
烽火照高台。
悲歌击筑，
凭高酹酒，
此兴悠哉。

这里的第一、二行是相随组接的变体，第三、四、五行，也是一个相随体，从两个小诗行群统一成一个大诗行群看，这五行诗是一个相随组接的持续，却也可以看成是这两个相随组接的变体诗行群相交的组接。这就是我们所谓诗行组接变体的综合性扩大。又如下面这个诗行群：

多情自古伤别离，
更那堪冷落清秋节。
今宵酒醒何处？
杨柳岸晓风残月。
此去经年，
应是良辰好景虚设。
便纵有千种风情，
更与何人说。

这是柳永《雨霖铃》中的句子。第一、二行是浮调的相随组接变体，第三、四、五行则是沉调的相随组接变体，它们可以统一在一个组接模式中。但第六、七行是个以沉调与浮调相交组接的变体。这一来，这个大节奏诗行群就显示为节奏诗行组接两类变体的综合性扩大。由此发展下去，我们还发现好多词曲的整个文本都也是诗行组接的变体作综合性扩大所致。我们不妨拿张孝祥的《念奴娇·洞庭青草》来作一分析，全词是这样：

洞庭青草，近中秋，更无一点风色。

玉界琼田三万顷，着我扁舟一叶。

素月分辉，明河共影，表里俱澄澈；悠然心会，妙处难与君说。

应念岭表经年，孤光自照，肝胆皆冰雪。短发萧骚襟袖冷，稳泛沧溟空阔。

尽吸西江，细斟北斗，万象为宾客。

叩弦独啸，不知今夕何夕！

这首长调可分六个节奏单元，我们把诗行这样排也就是为了表明六个单元。第一个单元三行，“22＋3＋222”，是相抱组接的变体；第二个单元两行，“223＋222”，是相交组接的变体；第三个单元五行，“22＋22＋23＋22＋33”，是相交组接的变体；第四个单元五行，“222＋22＋23＋223＋222”，是相抱组接的变体；第五个单元三行，“22＋22＋23”，是相交组接的变体；第六个单元两行，“22＋222”，是相随组接的变体。经这一场分析我们可以说这首长调词的20个诗行有6个节奏诗行群，它们组接成篇，是三类组接变体作综合性的扩大所致。可以说词的长调大都是采用这种综合性扩大的变体来组接成的。

我们的词学研究把词的审美节奏体现归功于已经失传的曲谱，这多少有点言过其实，应该说主要得归功于节奏诗行的有机组接。我们读到过不少的自度曲，当今诗坛还有丁芒等极其成功的自度曲问世，可见自度也者，其实是诗人们对节奏诗行的种种组接规律——尤其是对组接变体及变体综合性扩大的规律默察于心才“自度”出来的。而谁都知道：当今的自度曲追求者根本无法见到和参考当年的曲谱，因为曲谱早失传了。

是的，根据词曲节奏诗行的组接或者变体组接的规律，我们可以自度出不少新的词牌，从而写出十分地道的、有鲜明节奏感的词曲来。我们不妨拿一首绝句把它拆解了后再按词曲节奏诗行的组接或变体组接，或变体综合性扩大的规律重新组装成长短句来看，到底像不像词或散曲。我们想到的是柳宗元的五绝《江雪》，原诗是这样：

千山鸟飞绝，

万径人踪灭。

孤舟蓑笠翁，

独钓寒江雪。

我们且试着作这样拆解后的重新排列：

千山，

鸟飞绝万径，
人踪灭；
孤舟，
蓑笠翁独钓
寒江雪……

这首五绝按长短句重新排列后，倒确有点像词了。这是什么缘故呢？我们认为这正是按词曲节奏诗行组接的变体规律进行重新排列所达到的效果：前三行是“2＋32＋3”式相交的变体组接；后三行也如此，所以整个文本作为一个大诗行群，显示为建基于对称平衡的一场相交式变体组接活动，应该说这一重新排列，使这个以新面目出现的文本确有点像宋词中的小令了。但作这样的重新排列还算不得最好，它还可这样排列：

千山鸟
飞绝万径，
人踪灭；
孤舟蓑笠，
翁独钓，
寒江雪……

这样的排列，从节奏诗行群的角度看，有如下几种诗行的组接：一种是第一、二行与第三、四行是相交组接，第五、六行是相随组接，形成了一场综合性扩大的诗行组接；另一种是第一、二、三行与第三、四、五行都相抱组接，第五、六行是相随组接，形成了连绵而下的一场综合扩大的诗行组接；再一种是第一、二行与第四、五行以第三行“人踪灭”为中介的相抱的组接，第五、六行是相随的组接，形成了连绵而下的一场综合扩大的诗行组接；更还有一种是以第三行“人踪灭”为中介的一场变性扩大的诗行组接，因为按对称平衡要求，外弧线上第一、二行与第四、五行相抱组接，但现在第五行后面多了一行“寒江雪”，打破了相抱组接的对称平衡格局，所以节奏诗行群成了变性扩大的诗行组接形态了——当然它不是综合扩大，它只是相抱模式的变性扩大组接。

我们对五绝《江雪》的长短句化排列作了多方面的言说，只是想证实一点：词曲的节奏诗行组接规律探讨是十分有必要的，掌握了这一规律，我们就能“自度”出种种类似词牌的长短句排列格式。

第四节　词曲的节奏形态及其体式构成策略

我们终于进入到词曲形式考察的腹地了。

从形式诗学的角度看，词曲算得上是自由的艺术，它比近体诗要自由多了。说词曲实是今天流行诗坛的自由体诗的先导不是没有道理的。但不能不指出：词曲的自由是一种规律中的自由，而决不像今天的自由体诗那样可以让人任意挥写。这个规范的核心“禁令”是不能脱离节奏谈体式，而节奏又不能游离于对情绪内在律动的体现。逆而言之，则前已论述的那些出之于语音有机聚合的音组、出之于音组有机组合的诗行、出之于诗行有机组接的诗行群的所谓有机性，指的乃是如何才能充分应合和体现情绪内在律动的策略措施。因此，考察词曲的形体格式也需明确如下这点：词曲的形体格式是以节奏音组、节奏诗行、节奏诗行群为材料手段，在情绪内在律动外化的节奏制约下构筑而成的。

一

词曲的节奏体式可分三大类型：推排直向型、交替回荡型和流转旋进型。这里我们先考察推排直向型节奏体式。

所谓推排直向型的节奏表现就是前面已提及的那种相随的诗行一组组推排下去的做法，从诗行群的形态看，大多显示为顿数、调性一致的节奏诗行重叠相随的表现，如前已提及的陆游的《夜游宫·雪晓清笳乱起》中的“想关河，雁门西，青海际”即是。不过这种相随叠句形成的诗行群在整个文本中适量的使用是好的，《夜游宫》中就做得很成功，但超量使用就令人生厌。如张可久的《［黄钟］人月圆》：“兴亡千古繁华梦，诗眼倦天涯。孔林乔木，吴宫蔓草，楚庙寒鸦。数间茅舍，藏书万卷，投老村家。山中何事？松花酿酒，春水煎茶。”除了第一、二行是“223”与“23”句，其余九行全是“22”结构的二顿体诗行，一排直下，使人有节奏麻木之感，且直线进展过分急逼，令人有透不过气来的感觉。词牌中的《三字令》，使用面不广大概也是这个原因。不过也有它特定节奏产生的韵味，如欧阳炯的《三字令》：“春欲尽，日迟迟，牡丹时。罗幌卷，翠帘垂。彩笺书，红粉泪，两心知。人不在，燕空归，负佳期。看烬落，枕函歌。月分明，花淡薄，惹相思。”俞陛云在《五代词选释》中认为：“如以线贯珠，粒粒分明，仍一丝萦曳。”这就点出节奏叠句相随那种直向节奏进展的特色。当然，总体说相随重叠式的节奏表现毕竟单调了一些，节奏感也太急逼，比较而言相随推排的节奏表现有一定的转身余地，就显得舒徐了一点，采用的也较多。所谓相随推排，就是诗行长度与调性并不一致的相随诗行群以排比形式的组接，即“AABBCCDD”式的组接。前引张可久的《中吕·普天乐·西湖即事》即这种相随推排的节奏表现。散曲里如此，词里也颇多如此追求的，如高宪《三奠子·楚山高处》即如此。“楚山高处，四望襄川，兴废事，古今愁。草封诸葛庙，烟锁仲宣楼。英雄骨，繁华梦，几荒丘。雁横别浦，瓯戏芳洲。花又老，水空流。着人何处在？倦客若为留。雪池饮，庞陂钓。鹿门游。”这可完全是一顿体、二顿体的一批相随诗行群推排地组接而成的，相随诗行群的排比式组接造成的节奏形态是跳跃式直向推排的。

这样的节奏表现也就相应地产生了一批特定的词曲体式，上面提及的《三字令》、《三奠子》、《［中吕］普天乐》等就是应合直向型节奏制作出来的，当然还远不止这些。单是词牌，我们也还可以举出《四字令》、《菩萨蛮》、《谪仙怨》、《浣溪沙》、《生查子》、《玉楼春》、《木兰花》等。如刘长卿的《谪仙怨》：“晴川落日初低，惆怅孤舟解携。鸟向平原远近，人随流水东西。白云千里万里，明月前溪后溪。独恨长沙谪去，江潭春草萋萋。”这等于是一首六言律诗。张德瀛《词徵》卷一对此类词牌曾这样说：“小令本于七言绝句夥矣，晚唐人与诗并而为一，无所判别。若皇甫子奇《怨回讫》，乃五言律诗一体，刘随川撰《谪仙怨》，窦弘余、康骈又广之，乃六言律诗一体。冯正中《阳春录》、《瑞鹧鸪》题为《舞春风》，乃七言律诗一体。词之名诗余，盖以此。”散曲也还可以举出《［双调］水仙子》、《［越调］凭栏人》等。如张可久的这首《［越调］凭栏人》：“远水晴天明落霞，古岸渔村横钓槎。翠帘沽酒家，画桥吹柳花。”这是很容易被人看成是两句七绝、两句五绝的拼合。对这种相随重叠式的体式也好，相随推排式的体式也好，缺憾无疑是存在的，类似复沓式的节奏推进，如果当中没有一点转身余地予以调节，单调在所难免，但这种体式使节奏极有规律且层次感极强的直向运行，毕竟使节奏鲜明而铿锵，其审美价值值得肯定。不过我们对此类节奏体式作考察的着眼点不在这一价值上，而是在这种节奏体式的语言特征上。

我们在前面一开头就提出：语言和节奏体式间的密切关系：句法须就声律；特定的句法也可反作用于声律。它们是互动的。这使我们对直向型的节奏表现和受此制约而形成的重叠式、推排式形体格式同词曲语言的关系注意起来。如周邦彦的《浣溪沙》：“楼上晴天碧四垂，楼前芳草接天涯，劝君莫上最高楼。新笋已成堂下竹，落花都上燕巢泥，君听林表杜鹃啼。”这是用规范语言写成的，有其分析—演绎的语言表述特色，并且又有“已成……都上”等关连词语的强调使用，都表明其不全属点面感发类隐喻语言性能。苏轼也写有《浣溪沙》，其中之一是这样：

山下兰芽短浸溪，
松间沙路净无泥。
潇潇暮雨子规啼。
谁道人生无再少？
门前流水尚能西！
休将白发唱黄鸡。

这个文本的上片倒是传统汉诗惯用的点面感发类隐喻语言，但下片却不同了。“谁道人生无再少”这样的句子是标准的分析性语言，而由“尚能”、“休将”插入的关连虚字，又使该片下面两行的句法也充分反映了线性陈述的逻辑语言特性。我们不妨再看看欧阳修的《玉楼春》：“别后不知君远近，触目凄凉多少闷。渐行渐远渐无书，水阔鱼沈何处问。夜深风竹敲秋韵，万叶千声皆是恨，故欹单枕梦中寻，梦又不成灯又烬。”唐圭璋在《唐宋词简释》中对这首词作了这样的艺术分析：“此首写别恨。两句一意，次第显然。分别是一恨。无书是一恨。夜闻风竹又搅起一番离恨。而梦中难寻，恨更深矣。层层深入，句句沉着。”[①] 这是说文本整体艺术构成是沿着“层层深入”展开的，所采用的语言也就须有层次性深入的直线陈述要求，于是“多少”呀，“渐……渐……渐”呀，“皆”呀，“故”呀，“又……又”呀，等等关连转折虚字大量使用，使全诗语

① 唐圭璋：《唐宋词简释》，上海古籍出版社 1982 年版，第 67—68 页。

言显出分析—演绎的逻辑化特性。提起欧阳修，我们不禁又想起相传为他所作的一首《生查子》，它的体式是上下片合成的二顿体“23”结构重叠式，也就是说是两个五言绝句的拼合。全诗是这样：

去年元夜时，
花市灯如昼。
月上柳梢头，
人约黄昏后。
今年元夜时，
月与灯依旧。
不见去年人，
泪满春衫袖。

读这首词不禁使人想起唐崔护的《题都城南庄》。这首七绝是这样：“去年今日此门中，人面桃花相映红。人面不知何处去？桃花依旧笑春风。”欧阳修这首《生查子》的构思可能脱胎于此。但两个文本的整体艺术构成不同，崔护是纯意象的客观表现，他抓住“人面”与“桃花”之间关系的今昔变异——昔日“相映红”，如今“桃花”依旧在而“人面不知何处去”了，来隐喻人生之无常，一脉深情慨叹蕴藏于意象流动组合体中，前后呼应、回环往复。而与之应合的则是点面上词语意象感发性的呈示，而不是前后关连紧密的、有分析—演绎意图渗透于中的陈述，一种隐喻功能的语言表达显而易见。但欧阳修不同，这首词从某种意义上说是首小叙事诗，不仅有前后场景的变换，还有事件的进展，情节性的陈述意味很显著，而这情节事件和对情节事件的陈述则完全受主体操纵，且十分明显地渗透着主观激情的。崔护说“人面不知何处去”之后就把一切推之于“桃花依旧笑春风”的客观表现了，让读者面对此意象去自行感发人生无常的情思；欧阳修说“不见去年人”之后，似乎意犹未尽，不吐不快，让抒情主体直接出场说了一句“泪湿春衫袖”。这是情节事件陈述到此所必然要求的，却也从此中反映出陈述的主观性，主观对情节事件陈述的分析—演绎规约性，因而也就决定了这个文本语言的逻辑性能。事实也的确如此：《生查子》的句法很规范，词性不乱转，语序正常，主谓宾基本完整。逻辑语言受逻辑推论的语法制约，更适宜于用来陈述，而陈述又总是线性的。由此说来，《生查子》的句法和这个文本的直向型节奏表现很适应。那么，此现象是不是也反映着另一个问题：词曲中凡采用了像欧阳修《生查子》中使用的那类语言，那么由此形成的词曲文本，其节奏体式也会偏向于节奏表现直向型和与之相适应的形体格式重叠、推排式呢？我们认为的确如此。

上面所举文本经分析后可明白：它们基本上使用了线性陈述的逻辑语言。如果把句法就声律改成逆向的言说：声律就句法也是合理的，那么是否也可以说：这些文本的特定节奏体式也是适应其线性陈述类逻辑语言的必然？我们认为这也同样说得通。上面所举文本限于节奏诗行重叠式的体式，声律就句法的思路固然可以说得通，如果举节奏诗行推排式的文本体式来分析，此思路是否也证实得了呢？我们认为也可以。

如下面这首韦庄的《菩萨蛮》：

如今却忆江南乐。
当时年少春衫薄。
骑马倚斜桥，
满楼红袖招。
翠屏金屈曲，
醉入花丛宿。
此度见花枝，
白头誓不归。

我们仍然关注这个文本的语言："如今……当时"、"却"、"此度……誓不"等等关连、转折、照应虚字大剂量的使用。使全作语言十分流畅，陈述主体从回忆江南到留恋江南再到"誓不归"故乡的心境历程，也表达得层次分明，层层推进、深化，应该说确写得清丽、明朗，不事矫饰。与此语言的线性陈述相应的，是推排式节奏诗行相随组接造成的节奏直向推演特性。《菩萨蛮》这个词牌从汉诗追求蕴藉含蓄、凄婉曲折的审美理想标准看，特别从词曲要求活泼流转的声腔韵调看，算不得上乘，给人的感觉有点单调与呆板，但它还是广为诗人们所采用，究其原因大概在于这种线性陈述语言的流畅、明朗和与之相应合的节奏具有直向体式而层次分明、有序推进的格局，给人以层层推进的形式审美感知有关。顺着这个话题，我们还可举出刘庭信的《［双调］水仙子》来看看：

恨重叠重叠恨恨绵绵恨满晚妆楼，
愁积聚积聚愁愁切切愁斟碧玉瓯。
懒梳妆梳妆懒懒设设懒爇黄金兽，
珠泪弹弹珠泪泪汪汪汪不住流，
病身躯身躯病病恹恹病在我心头。
花见我我见花花应憔瘦，
月对咱咱对月月更害羞，
与天说说与天天也还愁。

这首散曲多少有点语言游戏的意味。它题名《相思》，表现的是女主人公因相思而生怨恨的纷乱心绪。为此，创作主体在诗行层面上利用汉语语词结构可以任意颠倒而生新意的特点，作了颠三倒四的反复陈述；又利用节奏诗行推排式组接而生的急促逼急的直向型节奏表现，来暗示纷繁杂乱的思绪持续不变一任流泻之状，这种种可说是相当成功的。而我们感兴趣的是这种类似机智巧妙的语言表述，那可是受创作主体理性意念驾驭的一场语言放纵行为。因此，这首散曲使用的实质上是守语法规范的逻辑语言，有意为之的"语言狂欢"，而不是出于直觉的语言"癫狂"，概括地说，是一场分析推论的线性陈述语言活动，与之应合的是五个五顿体浮调诗行组接而成的诗行群和三个四顿体沉调诗行组接成的诗行群一场推排式的节奏诗篇大组接，即以推排式的体式来显示这个诗文本的直向型节奏进程。显然，它被处理得相当到位而有分寸。

总之，以上种种言说都证实着如下一个理论认识：汉诗形式系统中，不仅存在着句法就声律，也存在着声律就句法的现象。结合到词曲的节奏体式问题，出现推排直向型的节奏体式，对传统汉诗来说是一件新事，却又是必然会出现而决非偶一为之的现象，因为到宋词元曲的出现，正是汉诗语言转向口语化的起动阶段，而这一诗性语言的流变趋向，决定了词曲必然也会出现这一推排直向型节奏体式。

而这也正是汉诗节奏体式突破五、七言近体诗的格律模式，从流转的形式体系向层层推进的形式体系转化发出的第一颗信号弹。说这不过是体系转化的信号弹，是因为词曲中的精品——尤其是文人创作的那些，虽也已有用口语入诗的趋向，但主要还是承袭近体诗的词汇与句法的，从诗性语言体系上看，词曲基本上也还是点面感发类的隐喻语言，而不是线性陈述的逻辑语言。因此，词曲推排直向型的节奏体式在整个词曲形式体系中还不是主要的角色。事实也确如此，除了词牌《菩萨蛮》、《浣溪沙》，其他的就并不那么受词曲家们所青睐了，即使是《菩萨蛮》、《浣溪沙》，也只盛行于晚唐五代，到后来也淡出了。

这意味着：词曲还有更受重视的节奏体式。

二

交替回荡型节奏体式就是词曲中更受重视的一种。

如果把推排直向型节奏体式看成是线状的，那么交替回荡型节奏体式是圆状的。在词曲中回荡型节奏的体式呈现虽笼统地说是交替状的，但具体显示于形体格式则还有相抱的交替与相交的交替之分。如冯延巳的《采桑子》：

花前失却游春侣，
独自寻芳。
满目凄凉。
纵有笙歌亦断肠。

林间戏蝶帘间燕，
各自双双。
忍更思量。
绿树青苔半夕阳。

这首词上下片是匀称的，也就是节的复沓。每节四行，第一、四行与第二、三行各各相抱而形成一圈圈往复回荡。作为一种回荡型节奏的体现，相抱状交替的词曲体式显示着对称的平衡特征。又如魏夫人的《武陵春》：

小院无人帘半卷，
独自倚阑时。
宽尽春来金缕衣，
憔悴有谁知。

玉人近日书来少，
应是怨来迟。
梦里长安早晚归，
和泪立斜晖。

这首词的上下片也匀称，是节的复沓。每节四行，第一、三行与第二、四行相交而形成层层往复回荡。作为一种回荡型节奏的体现，相交状交替的词曲体式显示着动态对称的平衡特征。当然，所举例诗的意义只是在回荡型节奏体式的“模子”具现上，从诗美的价值高度看，这两个文本并不算好。

值得指出：这种交替回荡的节奏体式对以写心境为主的词与散曲是特别合适的。心境是情绪的一种状态，它和激情相对，如果说激情是爆发式的，短暂而单向，那么心境则是平静的，却又持久地往复萦回，驱而难散。当一个人处于某一心境状态中时，他往往会以特定的心境来浸染一切事物。词曲作家以擅长于写心境为特色，这已是公认的看法，所以词与散曲所构筑的基本上是一个情绪型情性诗歌世界，而情绪又总是心境化的。于是让“我”的特定心境弥散到对象——“物”身上，使“物”皆着“我”之色，也就成了词与散曲作家所特有的抒情格局。这个抒情格局主要展现出的心境内容是三个方面：流连光景惜朱颜，浪迹天涯话倦游，眷恋故土悲离乱。当然，这也是特定的时代心境。弥漫于风雨飘摇的宋王朝和民族强权统治的元帝国上空的这种属于特定时代的心境，只要这样的时代不结束，也就无法在一代知识者心头驱散。这种时代心境一旦采用诗歌来呈现，也就让“旅人心上秋”这朵郁云弥漫在宋词、元散曲所构筑的那个诗歌真实世界里了，而与之表达相应合，诗人的情绪内在律动则必然显示为搔首踟蹰于人生路上，犹疑彷徨、百结愁肠，付之于外在则必然会采用交替回荡的节奏体式。如张可久的《［双调］清江引·秋怀》：

西风信来家万里，
问我归期未？
雁啼红叶天，
人醉荷花地，
芭蕉雨声秋梦里。

“一年容易又秋风”的志士愁怀、浪客哀感，在这首散曲里表现得真是蕴藉深隽，这不仅在于这个文本色彩意象的搭配，情境气氛的渲染都十分到位，更在于这一种以节奏诗行相抱地组接成的交替回荡型节奏体式的成功。明王骥德的《曲律·论套数》就认为这首散曲“意新语强，字响调圆”。这“调圆”，其实指的就是这种以相抱的形态显示的交替回荡型节奏体式。又如蒋氏女的《减字木兰花·题雄川驿》：

朝云横度，
辘辘车声如水去。
白草黄沙，
月照孤村三两家。

飞鸿过也，
百结愁肠无昼夜。
渐近燕山，
回首乡关归路难。

这是蒋兴祖女被金兵掳去写于北行途中的诗，白草黄沙、月照孤村、飞鸿哀鸣、车声辘辘的沿途景色交织着抒情主人公生死未卜、前景凄凉、生涯茫然的思绪，给人以强烈的感兴。这一场百结愁肠、低回往复、驱之不散的心境是和辘辘车声层层响彻、永无终止的俘虏生涯紧紧结合在一起的，情绪的内在律动那种低迷萦回的特征形之于外在，选用诗行相交地组接的回荡型节奏体式应该是最合适的，《减字木兰花》这个词牌的确成了最佳的选择。

至此为止，我们所举的交替回荡型节奏体式的诗例，都是最合于词曲这一类节奏体式的标准的，具体点说都显示着严谨的对称平衡律：相抱的节奏体式内弧中的节奏诗行，外弧中的节奏诗行，左右行数相等，顿数相等，调性一致；相交的节奏体式，节奏诗行群中的对应诗行无论诗行数、诗行顿数和调性都须统一，以造成匀称与和谐的节奏交替效果。凡此种种都出之于一个对称平衡的审美原则。但我们也不得不指出：这样严守对称平衡律的标准形体格式，在词曲中其实并不多，多的是适当破一点对称平衡的出格体式。词曲作家似乎有一种约定俗成而不成文的美学标准：反对极端的对称平衡而适当地求一点残缺美。如《望江南》这个词牌，是属于相抱地交替的节奏体式，按对称平衡律的要求，该是“3＋23＋223＋223＋23＋3”式的诗行组接，但现在这个词牌偏把最后一行“3”这个一顿体省略了，成为如今这样的，如温庭筠的《望江南·梳洗罢》：“梳洗罢，独倚望江楼。过尽千帆皆不是，斜晖脉脉水悠悠，肠断白蘋洲。”这是“3＋23＋223＋223＋23”的组接，按对称平衡的要求，还得在最后加一个三字音组的一顿体诗行，可这个词牌就缺了它，让全个诗篇的节奏诗行相抱式组接的体式破了对称平衡的格局。看来这些词曲作家的确不把体式构建中的对称平衡原则当一回事，更让人觉得奇怪的是他们对词牌曲牌中本来规定要对称平衡的地方也有意违规。如李清照的《武陵春·风住尘香花已尽》，按词牌的要求是“223＋23＋223＋23”的上下片重复，但她却把下片的最后一行写成“载不动，许多愁”，把原本的“23”改成了“33”，当然她这样写，能在语调上起某种强化的作用，不过，这毕竟又是有意违规、破坏了对称平衡。该如何看待这个现象呢？我们认为须考虑：作为一种违规现象，是否有其合理性？

我们认为有其合理性。

词曲作家从近体诗——特别是律诗那种建立在对称平衡基础上的格律模式中脱身出来，追求长短句的自由，也连带矫枉而过正，欲破坏对称平衡的无形桎梏，虽词曲的节奏体式仍是以复沓回环为基础的，免不了还是要讲究点对称平衡，所以一方面也仍在形体格式的设计上，不丢弃对称平衡原则，却又以漫不经心的态度对待，按自已兴之所致而“减字”、“添字”，与此相应的是把上、下片的格式弄得不同，有些词牌上片的诗行还守对称平衡原则，诗行或相抱或相交的组接，到下片就完全改变了，上下片的格式不一致几乎占了绝大多数，如《好事近》这个词牌上片诗行是相抱的组接，“23＋222＋222＋23”，很对称平衡，可是下片成了“223＋23＋222＋32”的组接，可说全乱了套。其实乱套是自有乱套的道理在的。我们不妨拿两首诗来作个比较。一首是苏轼的《望江南》：

春未老，风细柳斜斜。试上超然台上看，半壕春水一城花，烟雨暗千家。寒食后，酒醒却咨嗟。休对故人思故国，且将新火试新茶。诗酒趁年华。

另一首是朱敦儒的《沙塞子》：

万里飘零南越，山引泪，酒添愁。不见凤楼龙阙，又惊秋。九月江亭闲望，蛮树绕，瘴云浮。肠断红蕉花晚，水西流。

这两首词本来没有什么特别可比性的，现在拿来比的是违反对称平衡的诗体构筑是否合理的问题。按整体格局看，它们应该都属于交替回荡的节奏体式，而以相抱的诗行组合来显示。因此，苏轼的《望江南》上下片最后一行（“烟柳暗千家”、“诗酒趁年华”）按对称平衡原则，后面还得各加一个三字音组的一顿体诗行，但这个词牌就让它们残缺了；朱敦儒的《沙塞子》上下片的最后一行（“又惊秋”、“水西流”）似乎是多出来的。有了它们，这个词牌也就破坏了对称平衡。是的，词牌的设计者有这种破坏对称平衡的意图，但他们的心理状态似乎是不想严守对称平衡也不想彻底破坏对称平衡，适当违背一点这原则，而基本上还是遵守这原则的。这是对的，因为这两个词牌毕竟是交替回荡型节奏体式的一个“模子”，而节奏的回荡是离不了借以呈现它的形体格式的对称平衡的。不过这两首词按其内在气韵——或者内在律来说，不是属于纯粹的心境——即低回萦绕、驱而不散的情绪体现，或者说从词牌设计者起，似乎都有一种潜在的、出于本能的意图，要冲出这种缠人不休的郁云式心境，为本能地欲求迈向新的情绪境界而埋下了一个预期的契机，于是就让对称平衡的回荡少“兜得拢”一点，来一个“缺一角”，而这一措施却因此而使文本有了残缺美。可不是吗？说“春未老”是一定要经过“春已老”才荡回来的，诗人似乎不愿看到未老的春天向已老发展，因此到“烟柳暗千家”为止，不再添一行进入残春的表现了；说寒食节酒醒后的“咨嗟”，是一定会涉及家国与自身的艰危的，诗人似乎也不愿多想，因此到“诗酒趁年华”为止，不再为了“兜得拢”再添上一行类似“可怜白发生”之类的话了。苏轼的“少一行”大概不外出于这样的潜在思路，而这正是残缺美。朱敦儒的这首《沙塞子》写于南渡流落到两广时。他似乎想从低回缠绵的心境中挣脱出来，对自己浪迹天涯的愁和恨来一次不再低迷凄恻的浪漫浩叹，于是在“不见凤楼龙阙”后又添一行疾呼式的“又惊秋”，在“肠断红蕉花晚”后又添一行夸张式的“水西流”。这有点冲破了宋词低迷的阴柔氛围，怪不得吴曾在《能改斋漫录》卷十七中说此词“不减唐人语”。如此说来朱敦儒的“多一行”大概不外出于这样的潜在思路，而这也正是残缺美。从少一行与多一行的比较中，我们是可以见出词曲的交替回荡型节奏体式之违反对称平衡律，追求残缺美，是有其合理性的。

这种合理性追求也就使词曲家敢于大胆改动词牌，出现不少“添字”、“减字”的词牌，这一种作风本身就表明他们对近体诗那种严守格律模式不敢越雷池一步的作风敢于大胆挑战，而这一挑战的精神，又使交替回荡型节奏体式建设更添了不少生机。如《丑奴儿》词牌，原来是“223＋22＋22＋223”，是相抱的诗行组合来显示回荡型节奏体式的，前引辛弃疾的《丑奴儿》：“少年不识愁滋味，爱上层楼，爱上层楼，为赋新词强说愁。而今识尽愁滋味，欲说还休，欲说还休，却道天凉好个秋。”这可是很标准的一个回荡型体式，那种流转回环的节奏感是很强又很诱人的，但李清照却要来它个《添字丑奴儿》：

窗前谁种芭蕉树，
阴满中庭。
阴满中庭，
叶叶心心舒卷有余情。

伤心枕上三更雨，
点滴霖霪。
点滴霖霪，
愁损北人不惯起来听。

这首诗上下片的第四行添字添得很有理。前已提及诗行顿数愈多诗行愈长，诗行节奏就会显得沉滞，给人以郁勃感，何况每一节的末一行，具有影响一节诗全局节奏的意义，特别能显示出诗节的节奏趋向。李清照这个文本的上下片末一行都增加了一顿，从“223”变成了“2223”，别看添了两个字，这使得全诗的情绪内在律动也随之向更深层次的沉郁推进了。这比之于原词牌那种不断作向心回荡而无进展的节奏体式，审美价值就要高一层。

这才是创新。

三

词曲对流转旋进型节奏体式的追求则是更大意义上的创新。

上面我们已论析了复沓推排型与交替回荡型两类词曲节奏体式。但这对敢于向近体诗格律模式挑战、追求自由创新的词曲作家来说，是并不满足的。他们不满足这种节奏审美的单纯性，还要让这二类节奏体式有机地结合起来，既顾及推排又顾及回荡，以一种流转旋进的节奏审美新标准来建构一种特具创新色彩的词曲体式。而这一切都建基于诗行循序起伏与突兀起伏两类组接策略。

我们这里所说的循序起伏的诗行组接是一种节奏策略，与诗行组接成诗行群的操作虽有关系但无须拉扯在一起，因此它不必考虑对称平衡。我们前面论及交替回荡型节奏体式时，曾惋叹《梦江南》这样的词牌最后缺一个三字音组的一顿体诗行，使文本体式违背了对称平衡原则，以致只能让相抱的诗行以残缺组接告终。但此处我们论及诗行组接循序起伏的节奏策略，就无须为它惋惜了，倒反而要赞赏这种违背举措，因为这样做能使短诗行与长诗行自由地循序组接而显示出一种回荡旋进的节奏感。不妨仍以《梦江南》写成的作品为例来看一看——下面是李煜的文本：

闲梦远，
南国正清秋。
千里江山寒色里，
芦花深处泊孤舟。
笛在月明楼。

这是由一顿体诗行渐升为二顿体诗行，又由二顿体诗行渐升为三顿体诗行，再由三顿体诗行渐降为二顿体诗行——这样一种按循序起伏的节奏表现思路出发的诗行组接，它以“3＋23＋223＋23”的流转状形体格式显示出来，于是也就有了由渐渐趋向上升又渐渐归于下降为特征的节奏表现，让人能获得一种旋进型节奏感知。这里所谓的旋进意指螺旋形的推进，而不是老在打圈的回环荡动——唯其如此，它才在“笛在月明楼”之后不再设一个三字音组的一顿体诗行了，否则就变成严格的对称平衡体式，回荡型节奏表现了。这里还可以举一个例子，温庭筠的《更漏子》的下片：

梧桐树，
三更雨，
不道离情正苦。
一叶叶，
一声声，
空阶滴到明。

我们无须为这个诗节的第三行与第六行对应的顿数和调性不一样（一是“222”，一是“23”）以致破坏了对称平衡而惋惜，值得作更大关注的还是这个诗节由一顿体到三顿体，再到一顿体又到二顿体的这种循序起伏的诗行组接特色，而这样的组接是能产生流转旋进的节奏体式的。的确，这个诗节具有体式的流转美和节奏的旋进感，而这正是循序起伏的诗行组接这一节奏体现的策略导致的。

突兀起伏的诗行组接也是词曲采用的一种节奏体现策略，也同样能使文本具有流转的体式和旋进的节奏感知。说通俗一点，突兀起伏就是大起大落，显示在诗行组接上乃是：从极短诗行与极长诗行的直接组接，又一下子让极长诗行与极短诗行直接组接。如词牌《苍梧谣》的文本具现：

天。
休使园蟾照客眠。
人何在，
桂影自婵娟。

这是蔡仲的词。从第一行的单字音组一顿体"天"一下子与第二行的三顿体"休使园蟾照客眠"组接，这是大起；紧接着第二行的三顿体又和第三行的三字音组一顿体"人何在"组接，这是大伏，然又让"人何在"与二顿体的"桂影自婵娟"组接，这里以大起大伏的诗行组接体式和陡然拐弯的流转，显示了节奏的旋进感。我们还可以举词牌《相见欢》所具现的文本：

无言独上西楼，
月如钩。
寂寞梧桐深院锁清秋。
剪不断，
理还乱，
是离愁，
别是一番滋味在心头。

这是李煜的作品，也是一场大起大伏式节奏诗行组接。如果把上下片连在一起看，则可以更看清楚节奏进程的独特轨迹：从三顿体的诗行猛跌入一顿体，又从一顿体猛跳入四顿体，四顿体又猛跌入一顿体，又从三个一顿体猛跳向四顿体，这样突兀起伏的诗行组接显示着抒情主人公从无奈的抑郁转向激愤又回归无奈的沉郁、最后不得不以绝望认命的复杂心境，或者说内在的情绪律动，而作为充分体现着这种情绪内在律动的突兀起伏型节奏体式，又反映着向无可奈何地认命的旋进趋势。所以突兀起伏的流转旋进节奏表现更是词曲的创新之举。

词曲正是从这两类流转旋进的节奏表现策略为基，再把具有持续延展性的复沓推排节奏体式和迂回呼应性的交替回荡型节奏体式的功能机制结合进去，共同建构起了一套全新的流转旋进型节奏体式。大致说这类节奏体式的建构须遵循如下两条原则：

一、以诗行循序起伏组接显示流转旋进型节奏体式时，须对诗行的长度（以顿数显示）有一定的循序规律，凡循序起伏线上某一型号的诗行在组接中出现的次数一般不能超过两次，马上得拿按循序而在后的那个与它紧相邻接的节奏诗行接上，不能

“跳槽”乱组接。如仲殊的《南徐好·多景楼》：

> 南徐好，多景在楼前。京口万家寒食日，淮南千里夕阳天。天际几重山。莺啼处，人倚画栏杆。西塞烟深晴后色，东风春减夜未寒。花满过江船。

这首词循序起伏的流转体式充分体现出了回荡旋进型的节奏表现。值得注意的是每片的第三、四行，是“223”的三顿体诗行，上下片各占两行。循序起伏的诗行组接到此，已达循序而起的制高点，必须立即转入伏，把后面与它相邻的诗行渐降为“23”的二顿体。这很有识见，且组接得恰到好处。不过这个“223”的诗行，若超越两个，成为三个来组接，节奏上就会有画蛇添足之感了。为此它让后面邻接的那个渐降诗行（“23”）接了上去，这是《南徐好》的词牌设计者成功的一着。但有些词牌设计时就没有留意到这一点，所以后人就有刺可挑。如《鹊桥仙》这个词牌，秦观有一个文本是这样：

> 纤云弄巧，飞星传恨，银汉迢迢暗渡。金风玉露一相逢，便胜却人间无数。柔情似水，佳期如梦，忍顾鹊桥归路。两情若是久长时，又岂在朝朝暮暮。

这也是循序起伏的诗行组接。上下片第四、五行都是“223”这个三顿体，按一般节奏感知要求，长诗行不宜在循序起伏线上多使用，重复一次也往往会影响流转旋进的节奏感知，给人以不顺畅之感。但秦观这个文本并不顾及这些。如果容我们后人来挑一挑刺，把上下片的第五行各省却开头那个虚字，成为“胜却人间无数”、“岂在朝朝暮暮”，和它们的第三行呼应，成为渐降的“222”，读来也许更流畅，更有旋进感。

二、以突兀起伏的节奏诗行组接来显示流转旋进型节奏体式时，要求诗行长度悬殊的诗行一经组接，随即又须用像起首那个长度的诗行组接上去，形成“ABA”的样式，这样大起大伏的组接可重复两到三次，不宜过多，然后用一至二个长度近邻的诗行组接，以作大起大伏的“节奏惯性”缓解之用。词牌《忆秦娥》就是如此设计的，且拿李白的文本来看一看：

> 箫声咽，秦娥梦断秦楼月。秦楼月，年年柳色，灞陵伤别。乐游原上清秋节，咸阳古道音尘绝。音尘绝，西风残照，汉家陵阙。

这个文本的上片，第一至三行就是突兀起伏的组接，紧接着是用与“秦楼月”相邻的两个二顿体诗行组接，使大起大伏的节奏惯性有个缓解余地。下片第一至三行的前二行是三顿体诗行，与第三行的一顿体程度悬殊，是不同于“ABA”式的弧形大起大伏，而是“AB”式的直线大起大伏组接，紧接着也用两个与“音尘绝”近邻的二顿体诗行“西风残照，汉家陵阙”来缓解大起大伏的节奏惯性。所以这首词读起来特别能给人流转旋进的节奏感。这个词牌的设计是相当成功的。

三、循序起伏类与突兀起伏类诗行组接中，都可纳入复沓推排类或交替回荡类的诗行组合体以作过渡、中介之用。《定风波》这个词牌就是用这个原则来设计的。如叶梦得的文本：

> 渺渺空波下夕阳。睡痕初破水风凉，过雨归云留不住。何处。远村归树半微茫。莫笑经年人老矣。归计。得迟留处也何妨。老子兴来殊不浅。卷帘。更邀明月坐胡床。

这个文本的上片，第一、二行就是个复沓推排的诗行组合体，它似乎是一条引桥，把人引渡到第三至第五行，这是“223＋2＋223”的诗行突兀起伏的组合体；下片的第一至三行与第四至六行也都是“223＋2＋223”的突兀起伏诗行组合体。如此三场大起大伏的旋进型节奏让一开头两行的复沓推排诗行组合体引出来，隐示着这场旋进型节奏运行是持续的。又如《［中吕］山坡羊》这个词牌的设计，似乎也顾及这种纳入，如赵善庆的这个文本：

> 骊山横岫，渭河环秀，山河百二还如旧。狐兔悲，草木秋。秦宫隋苑徒遗臭，唐阙汉陵何处有？山，空自愁；河，空自流。

这首彻悟人生的抒情散曲是写得相当成功的，除内容的深刻，还在于流转旋进型的节奏表现。文本的第四至第七行是个突兀起伏的诗行组接。第一至三行与第八至十一行都是交替回荡的诗行组合体。前一个用在文本的开头，对大起大伏的旋进型节奏有某种导引的作用；后一个用在文本结束处，对大起大伏的节奏惯性起缓解的作用，更由于这是个交替回荡的节奏性能，置于大起大伏之后还有一种回旋往复的节奏暗示。《山坡羊》这个曲牌之所以在散曲中特别流行，大概同这种新颖的节奏设计思路有关。还值得点明一下的是：作为旋进节奏体现的这个曲牌的体式，也因此而特具流转性。

四、作为流转旋进型节奏体式的建构策略体现，循序起伏式与突兀起伏式两类诗行组接可以结合起来，但可按“节奏兼语”的办法，使二者的组接有一种连绵而下的节奏感，宛若天衣无缝而无须截然分界。《南乡子》这个词牌的设计就注意到了这一点，且看苏轼的这个文本：

> 回首乱山横。不见居人只见城。谁似临平山上塔，亭亭。迎客西来送可行。归路晚风清。一枕初寒梦不成。今夜残灯斜照处，萤萤。秋雨晴时泪不晴。

这个文本的上下片诗行组接是一次重复，就以上片为例证来分析：它的整体诗行组接实是一场循序起伏的旋进型节奏表现，但第三行至第五行又是个突兀起伏的节奏表现，因此这实是循序起伏与突兀起伏不着痕迹的结合，关键是第三行，既作为循序起伏类诗行长度渐升的制高点，又是作为突兀起伏类诗行长度大起大伏的大伏起点，和第四行“亭亭”的大起形成极强烈的对照。所以这个第三行也就成了“节奏兼语”。借了这个节奏兼语，两类显示旋进节奏的诗行组接也就不着痕迹了。值得注意的是：在这两类结合中还可以拿复沓类或交替类诗行组合体纳入于中作过渡。词牌《小重山》即按此思路设计。如岳飞的这个文本：

> 昨夜寒蛩不住鸣，惊回千里梦，已三更。起来独自绕阶行，人悄悄，帘外月胧明。白首为功名，旧山松竹老，阻归程。欲将心事付瑶琴，知音少，弦断有谁听。

这是一首十分动情的词。上片六行，第一至三行是个循序起伏的旋进型节奏组合体（“223＋23＋3”），但第三行的三字组一顿体诗行又是个节奏兼语，它同第四、五行构成了突兀起伏的旋进型节奏组合体，而最后一个二顿体“帘外月胧明”则是对突兀起伏的节奏惯性的缓解。这一来，上片循序起伏类与突兀起伏类是一种连绵而下的结合，天衣无缝。再看下片。该片的第一、二行是复沓推排类的节奏组合体。它像引桥，引出第三至五行“3＋223＋3”的结构，这可是突兀起伏的旋进类节奏组合体，而最后一个二顿体“弦断有谁听”则也是对突兀起伏的节奏惯性的缓解。这些均显示着下片乃复沓推排类与突兀起伏类的有机结合。还须提出来的，是上下片的结合，作为一个整体还显示为以三字音组的一顿体诗行为界形成的节奏诗行（或诗行群）那种相交的组接，并以这一回荡型节奏表现来暗示抒情主人公百结愁肠无以排遣的心境。从诗的本质属性——抒情的标准来衡量，这首《小重山》是很成功的，而成功取得的极重要一点则是文本采用了这种全方位结合的流转旋进型节奏体式。

通过以上多方面的考察，我们至此可以这样说：词曲在节奏体式上确已全面地超越了近体诗，这种超越是来自于诗歌节奏观念的改变。如果说近体诗的文本实际所反映出来的节奏观念还更多侧重于情绪外在的声腔表现，而受制于对称平衡规约的形体格式也始终让齐言体所独专，那么词曲的节奏观念已偏于情绪内在律动的把握，而强调自由流转的规约也使它们大踏步走向长短句的体式建构了，而其中流转旋进的节奏体式则是此中最新颖的一场建构。

四

我们还需提出：韵在词曲节奏体式建构中有不可替代的辅助作用。

关于押韵的问题，我们在上一章论及近体诗的节奏体式时已谈到过，这里论及词曲的节奏体式，我们也还得提及押韵的问题。对这个问题，引述一段沃尔夫冈·凯塞尔在《语言的艺术作品》中的一段话还是必要的：

> 韵本质上不属于诗，散文中也可能出现韵；另一方面也有无韵的诗、古代的诗和古日耳曼的诗对于韵都是陌生的。虽然如此，韵可不仅是一种纯粹的声音的装饰。我们在成堆押韵诗句中已经看到：韵强有力地支持了各行的联系和沟通……韵的统治在抒情诗中基本上没有动摇。[①]

① 沃尔夫冈·凯塞尔：《语言的艺术作品》，陈铨中译本，第116页。

这段话的第一句就使我们忍不住想起《红楼梦》中那些哥哥妹妹们谈什么是诗的问题时宝玉那句“押韵就好”的话来。多年来人们有一个普遍的看法：押韵的就是诗。现在凯塞尔竟干干脆脆说：“韵本质上不属于诗”，真有点醒人耳目。这样的看法至今已渐次得到诗学理论界的认同。朱光潜在1930年代写的《诗论》中也说过“诗与韵本无必然关系”的话。但凯塞尔在说那句话后又强调地说“韵强有力地支持了各行的联系和沟通”，因此韵在抒情诗中不仅有其统治地位且基本上没有动摇；朱光潜也在说了那句话后紧接着又说“中国诗的节奏有赖于韵”。此话也颇有分量。众所周知，没有节奏也就没有了诗，而中国诗的节奏竟然有赖于韵，可见韵与诗的关系还是相当密切的。这是为什么呢？朱光潜在《诗论》中还作了具体的说明。他认为“韵是去而复返、奇偶相错、前后呼应的”一种审美机制，而“韵脚上的呼应有增加节奏性与和谐性的作用”。鉴于中国诗的节奏“不易在四声上见出”，因此这类诗因了“轻重不分明，音节易散漫”，也就势必“借韵的四声来点明、呼唤和贯串”[①]。随后，他还对押尾韵说了一段话：

> 就一般诗来说，韵的最大功用在把涣散的声音联络贯串起来，成为一个完整的曲调。它好比贯串的珠子，在中国诗里这串子尤不可少。邦维尔在《法国诗学》里说：“我们听诗时，只听到押韵脚的一个字，诗人所想产生的一个影响，也全由这个韵脚字酝酿出来。”这句话对于中文诗或许比对于西文诗还要精确……中文诗大半每“句”成一单位，句末一字在音义两方面都有停顿的必要。纵然偶有用“上下关联格”者，“句”末一字义不顿而音仍必须顿（详见第九章）。句末一字是中文诗句必顿的一个字，所以它是全诗音节最着重的地方。如果最着重的一个音，没有一点规律，音节就不免杂乱无章，前后便不能贯串成一个完整的曲调了。[②]

这个见解是很值得重视的。看来韵既非诗的本质所有，但对汉诗来说又是不可或缺的。

那么词曲的用韵情况又如何呢？

汉诗中作为开山之作的《诗经》用韵的方法最多，有几十种，到汉魏古风用韵的方法已渐窄狭，不过转韵仍自由，平韵与仄韵仍可兼用；齐梁四声八病之说盛行后，汉诗用韵的路才窄了；而隔句押韵、韵必平声，一章一韵到底则已成律诗必信守之律条。有关这些前已论及，不再评述。随着反齐言体的词曲出现，用韵的方法也随着长短句形体格式的确立而有了新的变化。朱光潜在《诗论》里用这样的话作了概括：“词曲都有固定的谱调，不过有些谱容易转韵，而且词的仄声三韵可通用，曲则四声的韵都可通用，也较富于伸缩性。”[③] 这话是合于实际的，所憾者不够具体全面，而“有些谱容易转韵”一说是指词还是曲，或者词曲都如此，则说得较含糊。

词曲的押韵和近体诗是有所不同的，大致表现在三个方面：

---

① 《朱光潜全集》第3卷，第186—188页。

② 同上书，第189页。

③ 同上书，第190—191页。

一、从韵位看，近体诗乃至此前的古体诗，韵位都是固定的：偶句押韵，显得单调，但词的韵位不固定，都因调异。不同的词牌、曲牌，自有不同的韵位设置，这就显得活泼多姿，也使文本的节奏体式增添了自由流转度。这种韵位不固定当然同诗行多寡没有定规以致打乱了奇偶有必然关系、却也同词曲家欲破对称平衡的心理定式分不开。如李清照的《如梦令》："常记溪亭日暮，沉醉不知归路。兴尽晚回舟，误入藕花深处。争渡，争渡，惊起一群鸥鹭。"共七行，就不可能偶句押韵，而第五、六行干脆来个押重韵。这两个举措，反使这个词牌更显得活泼多姿，甚至能给人以弹跳感。同样是七行，李煜的《相见欢》可拿来比较："无言独上西楼，月如钩。寂寞梧桐深院锁清秋。剪不断，理还乱，是离愁，别是一番滋味在心头。"韵位和李清照的《如梦令》就不同。李煜这个文本的第三行也协韵，而且第四、五行和第六行不协韵，而李清照的第五、六行甚至是协重韵。又如张可久的《［贾钟］人月圆·山中书事》："兴亡千古繁华梦，诗眼倦天涯。孔林桥木，吴宫蔓草，楚庙寒鸦。数间茅舍，藏书万卷，投老村家。山中何事？松花酿酒，春水煮茶。"上片共五行，第一、三、四行都不协韵，第二行要隔两行才和第五行协韵。下片共六行，第三行才设韵位，再隔两行，第六行才与之协韵。韵押得很疏，不同于近体诗，且十一行，非偶数，也不可能做到偶数押韵。所以词曲的韵位随调而定虽显得也不自由，但比近体诗可是要灵活多变得多了。

二、从韵声的选择看，近体诗押的是平声韵，极少数也有押仄声韵的，选择的余地也极小，但词曲选择的韵声可平可仄，同部平仄韵通协，四声通协，平仄韵互致。吴熊和在《唐宋词通论》中认为改韵主要有两类，其中"一类是本调原无定格，可以随意押平押仄。"对此他还引了李清照在《词论》中的话："近世所谓《声声慢》、《雨中花》，既押平声，又押入声。《玉楼春》平声，又押上、去声，又押入声。"对这席话他还补充说："这类可押平声又可押仄声的词调，尚有《忆秦娥》、《柳梢青》、《多丽》、《雨霖铃》、《霜天晓角》等。"至于"另一类则是原有定格，后来为了谐合声律而动旧韵的，如《满江红》，本押入声韵，姜夔以为不协律，另创平韵《满江红》。"[①] 龙榆生《唐宋词格律》认为词在平仄声押韵方面有多种格式，他将它分成五类：一是平韵格，较普遍，如李煜的《浪淘沙·帘外雨潺潺》，押韵字均系平声，属词韵中同一韵部；《临江仙》、《破阵子》、《满庭芳》、《沁园春》、《八声甘州》等均属此格。二是仄韵格，又可细分为三类，第一类押入声韵，此处的入声与上、去声虽同属仄声，但入声只能独用，而不能与上、去声通押，李白的《忆秦娥》的脚韵均为仄声；第二类是上、去声通韵，如柳永的《卜算子慢·红枫渐老》，其中的"里"、"水"为上声字，其余为去声字；第三类是仄韵转换，即上声、去声韵与入声韵转换，如陆游的《钗头凤》，上片的"手"、"酒"、"柳"为上声，"恶"、"薄"、"索"、"错"为入声；下片的"旧"、"瘦"、"透"为去声，"落"、"闲"、"托"、"莫"为入声。三是平仄韵转换格式，或由平转仄，或由仄转平，或仄、平、仄依次递转。四是平仄韵通押格，指用属于同一韵部的平、上、去声叶韵。五是平仄韵交替押韵格，多半以某一韵为主干，中间交错地

---

① 吴熊和：《唐宋词通论》，商务印书馆2003年版，第118页。

使用其他韵部的字押韵。散曲比词更普遍地让平仄通押，如马致远的《［越调］天净沙·秋思》。用的是家麻韵，句句用韵，其中“鸦”、“家”、“崖”为平声韵，“马”、“下”为仄声韵。散曲此举表明在韵声的选择上，它不仅比近体诗余地要大，也比词的余地要大。

三、从使用重韵的问题上看，近体诗绝不允许出现重韵，但词中的一些词牌因了音律的原因已使用重韵，如上已提及的李清照《如梦令》中的“争渡，争渡”，我们还可举出李白《忆秦娥》中的“秦娥梦断秦楼月，秦楼月”，“咸阳古道音尘绝。音尘绝”中的“月”、“绝”均重韵。韦应物有《调笑》：“胡马，胡马，远放燕支山下。跑沙跑雪独嘶，东望西望路迷。迷路，迷路，边草无穷日暮。”这里的“马”、“路”也都重韵。比起词来，散曲中的重韵用得太普遍了。如《西厢记》第四本第三折（长亭送别）《［正宫］套中已快活三》中有：“将来的酒共食，尝着似土和泥。假若便是土和泥，也有些土气息泥滋味。”这“泥”就是重韵。赵善庆在《［中吕］山坡羊·燕子》中有：“来时村社，去时秋社，年年来去搬家热。语喃喃，忙劫劫，春风堂上寻王谢。巷陌乌衣夕照斜。兴，多见些；亡，都尽说。”这“春社”、“秋社”的两个“社”也重韵。更有意思的是还出现一种“独木桥体”：通篇韵脚均为同一字。如周文质的《［正宫］叨叨令·自叹》：“筑墙的曾入高宗梦，钓鱼的也应飞云梦。受灾的是个凄凉梦，做官的是个荣华梦。笑煞人也末哥笑煞人也末哥。梦中又说人间梦。”让“梦”重韵了五次。无名氏的《［正宫］塞鸿秋·月》更是有趣：

> 到春来梨花院落溶溶月，
> 到夏来舞低杨柳楼心月，
> 到秋来金铃犬吠梧桐月，
> 到冬来清香暗渡梅梢月，
> 呀，好也么月，
> 总不如俺寻常一样窗前月。

这里用了六个“月”的重韵。读这个有这么丰富的重韵的文本，我们当会感到诗行借重韵呼应而十分紧密地组接中已形成一种流转旋进的节奏感。

不过也得指出：词与散曲之间在押韵上是有差异的。这种差异最大的一点是一个词牌中可押多种韵，即允许换韵，而散曲基本上是一韵到底，不允许换韵。如欧阳炯的词《南乡子》：“画舸停桡，槿花篱外竹横桥。水上游人沙上女，回顾，笑指芭蕉林里使。”仅仅是五行，就用了两种韵。词里出现多韵的普遍现象，在这首小令里即可反映出来。散曲则不同，比这首《南乡子》再长上几倍的也还是一韵到底。如郑光祖的《［双调］·蟾宫曲》：“弊裘尘土压征鞍，鞭倦袅芦花。弓箭萧萧，一竟入烟霞。动羁怀，西风乐黍，秋水蒹葭。千点万点，老树寒鸦。三行两行，写高寒、呀呀雁落声沙。曲岸西边，近水涡，渔网编钓竿艖。断桥东下，傍溪沙，疏篱茅舍人家。见满山满谷，红叶黄花。正是凄凉时候，离人又在天涯。”这首散曲比《南乡子》的行数多上三倍，也仍旧一韵到底。可见词曲在这方面大不相同，散曲在押韵上显然近似于近体诗。而词曲韵的疏又有另一番情况。同是《满庭芳》，秦观的词是这样：

山抹微云，天粘衰草，画角声断谯门。暂停征棹，聊共引离尊。多少蓬莱旧事，空回首，烟霭纷纷。斜阳外，寒鸦万点，流水绕孤村。销魂，当此际，香囊暗解，罗带轻分。谩赢得青楼，薄幸名存。此去何时见也，襟袖上，空惹啼痕。伤情处，高城望断，灯火已黄昏。

乔吉的《［中吕］满庭芳·渔火词》则是这样：

江声撼枕，一川残月，满目遥岑。白云流水无人禁，胜似山林。钓晚霞寒波濯锦，看秋潮夜海镕金。村醪窨，何人共饮，鸥鹭是知心。

两个文本，虽都称《满庭芳》，但体制很不同，它们都一韵到底，不过前者21行，却有11行是不入韵的，后者10行，只一行不入韵。词韵之疏与曲韵之密，显而易见。这方面近似近体诗。传统毕竟不可截然断裂，词与散曲虽和近体诗在押韵上不同，却还是各有继承近体诗的一面。

韵是节奏不可或缺的辅助手段。韵的一词多见和押得较疏，是强化回荡型节奏很重要的手段，一韵到底不作转换和押得较密，是强化直向型节奏很重要的手段。从词曲盛行的汉语诗坛整体情况看，韵的新变也反映着汉诗出现了两大节奏体系，正待分头予以辅助强化。

小　结

综上所论，我们可以说词曲的节奏体式已突破齐言的近体诗格律模式，闯出一条以长短句为标志的新颖节奏体式建构之路了。这一新事物显示着三类节奏表现：复沓推排型、交替回荡型与流转旋进型。流转旋进型节奏表现是前两类的综合，也是节奏诗学所欲达到的最高境界。当然，这个二结合的节奏表现形态在词曲中还只是萌芽状态的现象，占主导的还是由近体诗延伸下来的那类交替回荡型节奏表现，而复沓推排型节奏表现的存在，则是促成回荡型节奏表现向旋进型节奏表现推进的重要基础。

近千百年过去了。

令人遗憾的是回旋型节奏表现这一新生事物，至今还在萌芽状态中。

中篇　新诗的推进节奏类体式

我们一再强调：诗歌创作是受两类思维所制约的，即或神话思维，或逻辑思维。旧诗出之于神话思维，对世界的把握要依赖心灵，具现为主体的直觉感应，客观对象进入创作视野也就消融于心灵，所以旧诗所拥有的真实世界，一般说是一种借意境氛围感发的心象隐喻，这也就决定了旧诗的形式体系隶属于随回环的语言节奏而来的声音象征。至于新诗，则出之于逻辑思维，对世界的把握要依赖分析，具现为主体的感知推论，客观对象进入创作视野也就纳入于体认，所以新诗所拥有的真实世界，一般说是一种借意象符号印证的物象譬比，这也就决定了新诗的形式体系隶属于随推进的语言节奏而来的语调暗示。由此说来，旧诗与新诗形式体系之不同，主要不在于格律体与自由体的不同，而在于两种节奏形态的不同。

那么节奏的推进形态在新诗的体式建设中是如何形成的呢？这种推进形态的节奏作为体式建设的主导力量，又促成新诗具有哪几类体式呢？这是值得详细考察的。

第四章　新诗体式探求的回顾

新诗的语言节奏究竟是怎么一种形态，它又如何在形式建设中发挥中坚力量体现出来，没有定论。这影响到新诗的形体格式也难以一时定形。当然，一代又一代新诗垦殖者面对自由体诗的放纵无羁，格律体诗的五花八门，还是坚定一条心，为新诗的定形化探求付出过艰辛，设计过种种方案，其间也有过几次大的讨论，如1920年代中期《晨报·诗镌》上对新诗创格原则的讨论；1930年代中期《新诗》上对新诗节奏形态及其表现的讨论；1950年代前期关于自由体诗与格律体诗的讨论；1950年代后期关于在民歌与旧诗的基础上如何建立新诗民歌形式的讨论，等等，确也使这一场探索渐趋深入，反映在创作上，诗人们也提供了许多建立推进节奏形式体系的形式因素。

这一段形式因素积聚的历史过程，值得回顾。

第一节　1920年代的探求

从新诗草创到1920年代末这十年是体式探求的第一个时期，也是彻底破坏体式到考虑重立规范的过渡期。胡适首揭新诗革命大旗，他以“诗体大解放”作为这场革命的突破口。所以这一阶段的形式探求，首先和他脱不了干系。在《谈新诗》一文中胡适论及“新诗的发生”时曾这样谈“诗体大解放”：它“不但打破了五言七言的诗体，并且推翻词语曲谱的种种束缚；不拘格律，不拘平仄，不拘长短；有什么题目，做什么诗；诗该怎样做，就怎样做”。在《答朱经农》中还说得更其具体一点：“我们做白话文的大宗旨，在于提倡‘诗体的解放’。有什么材料，做什么诗；有什么话，说什么话；把从前一切束缚诗神的自由的枷锁镣铐，笼统推翻，这便是‘诗体的解放’。因为如此，故我们极不赞成诗的规则。”值得注意这段话的最后一句：“因为如此，故我们极不赞成诗的规则。”看来胡适反对新诗的形式规范是出于摧毁旧诗格律束缚的战斗需要。但不理解胡适这一份苦衷的人，却从破坏一切形式规范着眼来接受他的影响。康白情在《新诗底我见》中就斩钉截铁地说：“新诗在诗里，本是要图形式底解放的，那么就甚么体裁也不能拘，而尚自由的体裁”，“旧诗里所有的陈腐规矩，都要一律打破。最摧残人的是格律，那么首先要打破的就是格律”。不仅如此，他还提出了一些煽动性的口号：“新诗排除格律，只要自然的音节”；“无韵的韵比有韵的韵还要动人”；“零乱也是一个美底元素，我们只求其美，何必从律”，等等。在创作中，康白情就按这样的主张在做，如《朝气》中：

窗纸白了。
　　镜匣儿亮了。
　　老头儿也起来了；
　　小孩子也起来了；
　　娘们儿也起来了。
　　好云霞哟！
　　好露水哟！

这确是打破格律，“图形式底解放”，自由流畅，率性自然的作品，特别由于第三、四、五句是排句，强化了全诗层层推进的节奏性能，而“好云霞哟！/好露水哟！”脱口而出的语吻也十分动人。

郭沫若当年也竭力反对形式规范，提倡形式表现的率性自然。他在1920年2月16日致宗白华的一封长信里曾这样说：“我也是最厌恶形式的人，素来也不十分讲究它……只是我自己对于诗的直觉，总觉得以‘自然流露’的为上乘，若是出以‘矫揉造作’，只不过是些园艺盆栽，只好供诸富贵人赏玩了。”[①] 这种自然流露的“自然”观，倒不像胡适派那样含混，是有具体标准的，那就是形式表现的自然流露要合于“纯粹的内在律”，即内在节奏。他还在《文学的本质》、《论节奏》二文中，对“情绪的自然消长”归之于内在节奏表现，作了理论探讨，并认为：“诗自己的节奏可以说是情调，外形的韵语可以说是声调。具有声调的不必一定是诗，但我们可以说，没有情

① 《三叶集》，上海亚东图书馆1923年版，第45页。

调的便决不是诗。”[①] 这就是说：只须凭有内在节奏蕴涵的情绪作直写，就能成为“裸体的诗”[②]。郭沫若这些见解是很具体地反映在自己的创作中的，如在《创造十年》中，他曾谈到那首《雪朝》的创作实况：

> 仿吾最喜欢我那首“读 Carlyle：*The Hero as Poet* 的时候”的《雪朝》，但他不高兴那第二章，说是“在两个宏涛大浪之中那来那样的蚊子般的音调?”但那首诗是应着实感写的。那是在落着雪又刮着大风的一个早晨，风声和博多湾的海涛，十里松原的松涛，一阵一阵地卷来，把银白的雪团吹得弥天乱舞。但在一阵与一阵之间，却因为对照的关系，有一个差不多和死一样沉寂的间隔。在那间隔期中，便连檐雨的滴落都可以听见。那正是一起一伏的律吕。我是感应到那种律吕而做成了那三节的《雪朝》。我觉得要那样才能形成节奏，所以我没有采纳仿吾的意见。

在这段回忆里可以明白：风声和海涛、松涛、雪涛相交融所引起的喧嚣声在一阵与一阵之间是有一个绝对静寂的间隔，这形成一扬一抑的对照，而郭沫若自己认为是“感应到那种律吕”才写这首诗的，这一点十分重要，也就是说外在情境结合主体一扬一抑的感觉刺激所产生的直觉情绪，也是一扬一抑的节奏体现，他就是把握住了这一情绪消长的内在节奏规律，把它直写出来，方构成这首沉静我们的“裸体的诗”的。而这样的诗，由于致力追求一扬一抑自然状态的起伏，也就显示出推进形态的节奏特征。

值得指出：康白情打破一切形式规范，追求无韵的韵的主张，其实也和郭沫若一样，最后也追踪到情绪内在节奏的表现，在《新诗底我见》里论及“自然的音节”时，他就说：“感情底内动，必是曲折起伏，继续不断的。他有自然的法则，所以发而为声成自然的节奏……”凭这些言论，可以说：以胡适和郭沫若为代表的早期新诗建设者一致反对新诗的外在形式规范，认识是一致的，那就是必须率性自然，顺应情绪消长的内在律来完成诗歌的形式表现。与此相呼应的是：这一种节奏直线推进的“裸体的诗”，在郭沫若看来，也便是“所谓自由诗”[③]。

但不管怎么说这一场“图形式底解放”的自由诗追求带来的副作用不小。胡适派也好，郭沫若派也好，致力于情绪自然消长的内在节奏表现，只是一种感觉使然，如何通过语言媒介具现于外在形式，并没有说清楚，更没有得到妥善解决。废名因此认为：“新诗的内容”倒“是诗的”，而“用的文字是散文的文字”，所以，新诗人所写的“所谓自由诗，说到头来不过是一种散文化形式”[④] 的诗。朱自清在《诗的形式》一文中也对“完全用白话调”的“自由诗”提出这样的看法：“诗行多长短不齐，有时长到二十几个字，又多不押韵。这就很近乎散文了。”[⑤] 从废名、朱自清的语气猜测，他们

① 《论节奏》，郭沫若著《文艺论集》，人民文学出版社 1979 年版，第 236 页。
② 同上。
③ 同上书，第 235 页。
④ 《谈新诗》，人民文学出版社 1925 年版，第 25 页。
⑤ 《朱自清选集》第 2 卷，第 321 页。

在批评自由体诗有散文化倾向。其实这个倾向是合理的。唯其是散文化的存在，倒真能显示出新诗因受制于逻辑思维而使节奏具有层层推进的特征，基于分析—演绎的散文，是天生具有逻辑递进的文气的。

艺术的内在规律却使只“图形式底解放”的自由体诗不可能长期一统新诗天下。从1923年开始，一些诗人已在创作实践和理论上作新的探索——新诗不能一味否定外在形式规范，而有必要建立一种有别于旧诗的格律。对此首先作探求的是陆志韦。陆志韦在《我的诗的躯壳》一文中就主张“节奏万不可少，押韵不是可怕的罪恶”。在节奏表现方面，他主张舍平仄而采抑扬，他不仅以北京音为标准并成二十三韵，为新诗用口语押韵问题做了一份可贵的基础工作，还借鉴西方已经在试验无韵体了。所以朱自清说“他实在是徐志摩氏等新格律运动的前驱”[①]。

中国新诗史上第一个格律体诗追求群体——新月诗派在陆志韦等创格实验的基础上，终于借北京《晨报·诗镌》的一块园地破土而出，其代表人物是徐志摩、闻一多、朱湘。徐志摩在1926年4月1日《晨报·诗镌》的创刊号上发表《诗刊弁言》，正式宣告新月派同仁的一个共同追求：“我们的大话是：要把创格的新诗当一件认真事情做。”并认为：“我们信我们这民族这时期的精神解放或精神革命没有一部像样的诗式的表现是不完全的；我们信我们自心灵里以及周遭空气里多的是要求投胎的思想的灵魂，我们的责任是替它们构造适当的躯壳，这就是诗文与各种美术的新格式与新音乐的发现；我们信完美的形体是完美的精神唯一的表现……”陈梦家在《新月诗选·序言》中也说：“主张本质的醇正、技巧的周密和格律的谨严差不多是我们一致的方向”，“我们不怕格律，格律是圈，它使诗更显明更美。形式是官感赏乐的外助。格律在不影响于内容的程度上，我们要它”；“我们并不是在起造自己的镣铐，我们是求规范的利用”。

新月诗派欲确立一套形式规范来为新诗创格之用，不仅在创作实践中作了有效的探索，还有系统的理论，闻一多则是理论和实践兼而有之的代表人物。闻一多在写第一本诗集《红烛》中的诗时，也还是个“图形式底解放”的自由诗追求者，但并非忠实的信徒，就在他写着自由诗的年代，他已在《评本学年〈周刊〉里的新诗》中说过一句话：“美的灵魂若不附丽于美的形体，便失去他的美了。”[②] 随后他又在《诗歌节奏研究》那一份学术演讲提纲里指责自由诗“妄图打破规律”的“文字游戏”倾向，揭示了“在抛弃节奏方面的失败”，并认为自由诗还具有“粗糙”等“令人遗憾的后果”[③]。在《〈冬夜〉评论》中他又对自由诗追求者乐道的“自然音节”进行批评：“所谓‘自然音节’最多不过是散文的音节。散文的音节当然没有诗的音节那样完美。”[④] 唯其如此，才使他在新月同仁提出创格的追求时成了其中最积极的一个。他不仅写了20世纪新诗中第一本现代格律诗集《死水》，还作有《诗底格律》一文，提出了一个相当完整的新格律诗理论系统和建设方案。这篇论文提出两大方面：一、新诗要讲求格

① 《中国新文学大系·诗集·诗话》中的“陆志韦条”。

② 《闻一多论新诗》，武汉大学出版社1985年版，第5页。

③ 同上。

④ 同上书，第26页。

律："诗的所以能激发情感，完全在它的节奏；节奏便是格律。"他又说："恐怕越有魄力的作家，越是要戴着脚镣跳舞才跳得痛快、跳得好。只有不会跳舞的才怪脚镣碍事，只有不会做诗的才感觉得格律的束缚。对于不会作诗的，格律是表现的障碍物；对于一个作家，格律便成了表现的利器。"他又提出"格律就是节奏"的命题，然后说："世上只有节奏比较简单的散文，决不能有没有节奏的诗。本来诗一向就没有脱离过格律或节奏。这是没有人怀疑过的天经地义。如今却什么天经地义也得有证明才能成立？是不是？但是为什么闹到这种地步呢？——人人都相信诗可以废除格律！也许是'安拉基'精神，也许是好时髦的心理，也许是偷懒的心理，也许是藏拙的心理，也许是……那我可不知道了。"二、提出了一套新格律诗建设的方案。方案之一是定"音尺"——也就是我们今天通称的"音组"。闻一多没有谈到"音尺"如何划分，也没有为不同型号（即不同长度）的音尺定性，却作了定量的规定；新诗应采用两个基本音组型号：一个是两个字构成的"二字尺"，另一个是三个字构成的"三字尺"。方案之二是建行：闻一多大致倾向于以四个"音尺"组合成一个诗行最为标准，这样的诗行可以有两个"二字尺"和两个"三字尺"组合成，如："孩子们/惊望着/他的/脸色"，是"3322"；也可以有三个"二字尺"和一个"三字尺"组合成，如："这是/一沟/绝望的/死水"，是"2232"。方案之三是建节，闻一多特别举出："现在有一种格式，四行成一节。"他举了自己的《死水》为例：

这是一沟绝望的死水，　2232
清风吹不起半点漪沦。　2322
不如多扔些破铜烂铁，　2322
爽性泼你的剩菜残羹。　2322

这是全诗的第1节，共有5节，每一个诗节都是三个"二字尺"、一个"三字尺"组合成的，虽然音尺排列的次序并不规则，但它们是"绝对的调和音节"，从而使《死水》有了十分和谐铿锵的音乐之美。还因为"绝对的调和音节，字句必定整齐"，使它"看起来好像刀子切的一般"，显出了建筑之美。应该说这三条规范原则都是很可取的，关于新格律诗的节奏在不同"音尺"的有机组合上显示这一点闻一多并没有多少理论探讨，但把"音尺"（"音组"以及"顿"、"拍"等等，均属同一个对象）引入现代汉语诗歌的节奏表现系统中，并以"二字尺"、"三字尺"作为基本的"音尺"型号来体现新诗诗行节奏，这可是值得在20世纪中国新诗创格史中大书特书的。但就《诗底格律》的总体倾向看，闻一多似乎更多地关注于新诗形式的建筑美，或者说他对"像刀子切的一般"的形式十分感兴趣。对节奏形态及节奏的基础——音组如何有机结合却关注不够。格律体按旧诗传统，是采用回旋形态的节奏的，但闻一多及新月诗派同仁并不那么看重这个传统，大多采用推进形态的节奏，朱湘尤显得突出。至于音组组合的问题，闻一多自己也不严格要求，像《春光》这样的诗，看起来字数划一像块豆腐干，但"二字尺"、"三字尺"、"四字尺"、"单字尺"甚至"五字尺"都使用，且诗行的顿数不划一，有的四顿，有的三顿，有的五顿，这种只求字数划一而不是求顿数划一的做法，使该派的诗被人讥为“豆腐干体”。

新月诗派的创格方案中对押韵的问题没有提出更多见解。一般说他们总是在偶数诗行的末尾押韵，一首诗一韵到底，或一节一转韵，却也输入西方诗歌格律，押随韵（AABB），如朱湘的《王娇》中：“晚秋的斜阳照在东壁上；/墙洞里嘶着秋虫的声浪；/枯枝间偶尔飘进一丝风，/把剩余的黄叶吹落院中。/王娇的胸中充满了悲哀，/她是从姨妹的婚礼回来。”也有押交韵（ABAB）的，如陈梦家的《摇船夜歌》：“今夜风静不掀起微波，/小星点亮我的桅杆，/我要撑进银流的天河，/新月张开一片风帆。”也有采用抱韵（ABBA）的，如徐志摩的《朝雾里的小草花》：“这岂是偶然，小玲珑的野花！/你轻含着鲜露颗颗，/怦动的像是慕光明的花蛾，/在黑暗里想念焰彩，晴霞。”总体看，押抱韵的较少，押随韵、交韵较多，也有个大好处，助长了该派倡导的格律采用推进形态的节奏。

值得注意的是：自由诗派从1920年代中期以后，已颇有些人在转向格律体诗的写作，如胡适在1924年写的《秘魔崖月夜》等，就很富有词曲的音节，节与节之间又有对应的匀称；郭沫若也继《女神》之后重视起宽度的格律诗写作，颇讲究点外在形式规范了，如《夕暮》一诗，废名甚至说有了它的存在“也用不着什么新诗格律”该如何建设的考虑了。他接着写的《瓶》以及《恢复》中的一些诗也已显出格律化倾向。跟踪这两位自由诗提倡者的其他诗人也在不同程度地转向，如由胡适这条线上的冰心、程鹤西等，20年代中后期都很讲究外在形式规范，程鹤西在《小说月报》上发表的几个大组诗，都是标准的格律诗；与郭沫若一条线上的王独清、邓均吾等也大大转向，王独清在《圣母像前》以后的诗，特别是《威尼市》，可以说比新月诗派诗人更具有创格特色。更值得注意的是：从1920年代后期起，一批闻一多、朱湘的新格律追随者，竟出现了向自由诗转向的迹象，陈梦家、林徽因就如此，还有戴望舒、何其芳等深受新月派创格影响的诗人，也在20年代末、30年代初转向了写自由诗。戴望舒从写惯《凝泪出门》、《可知》、《残花的泪》这样新月派式的格律诗一下子转到《我的记忆》这样口语语调的自由诗，何其芳最早期的诗如《想起》、《我要》、《我也曾》等等，全受新月格律的影响，以荻荻的笔名发表在《新月》上的长篇叙事诗《莺莺》，那几乎是脱胎于朱湘的《王娇》的格律诗，但他后来也变了。几十年以后，他在《写诗的经过》里说到自己这场转向时说：“当我感到一边写着，一边还要计算字数，这未免有些可笑。”所以，从30年代初起，何其芳也走上写自由诗的路了。

写自由体诗的诗人与写格律体诗的诗人这一场各自向对立面转化的现象是很值得玩味的。他们表面上看似乎极端相反，实质上是一致的，那就是：他们的体式都建基于推进式节奏形态。自由体诗不用讲具有的是推进节奏，如上面提及的康白情的《朝气》，郭沫若的《雪朝》那样。格律体诗又何尝不是这样。如闻一多的《天安门》：

好家伙！今日可吓坏了我！
两条腿到这会儿还哆嗦。
瞧着，瞧着，都要追上来了
要不，我为什么要那么跑？

先生，让我喘口气，那东西，
你没有瞧见那黑漆漆的，
没脑袋的，蹶腿的，多可怕
还摇晃着白旗儿说着话……

我们只抄引了一部分，就可以见出几个特点：一、每行十个字，十分整齐；二、押随韵，两行一转韵；三、不规整的四顿体诗行，受制于口语自然流转的语吻；四、整齐的诗行节奏层层排下去，而没有回环流转。由此足以证实，以新月诗派为主的现代格律体诗追求者们，格律形式总体说是建立在推进式节奏形态上的。我们说 1920 年代的新诗，自由体诗与格律体诗实质上是一致的，就是指作为体式的核心内涵——节奏形态是一致的。

值得玩味的还有另一点：这阶段自由体诗诗人和格律体诗诗人所采用的推进式节奏形态，是散文化的。此话用在自由体诗上还说得过去，用在格律体诗上似乎有点说不过去。因为格律体诗纵使创格还不成熟，毕竟还有节奏诗行音组组合和谐、节奏诗节均齐、节奏诗篇匀称，还押着韵，为什么推进式节奏形态也会散文化呢？这同合于口语语调（“语吻”）的自然状态的节奏体现有关系。由于闻一多他们选择的是一种自然状态的口语语调节奏表现，所以他们实际上对格律中显示节奏形态这事儿并不十分讲究。闻一多在《诗底格律》中所提出的音组型号选择标准，以及建行中的音组组合规范，建节中的诗行顿数均齐要求，而显示了一定的自由度，经不起严格的规范检验，这是其一。其二是推进式节奏形态由于是按语法规范的白话来显现的，大量虚词——特别是关联、转折、推论性的虚词进入形态构成中，让分析—演绎的散文节奏因素掺入，也强化了节奏的直排而下，层层推进的性能。所以上引闻一多的《天安门》，用口语语调作事态陈述的散文性抑扬顿挫总更强一点，读它如同读一篇散文节奏感很强的作品，而很难说诗的节奏感很强，因为诗歌节奏的本质特性是让抑扬顿挫建基于往复回环，以达到声音象征的功能。

正是以上两点玩味出来的内容，宣告了新诗的节奏乃是一种散文式推进形态的节奏——自由体诗如此，格律体诗也不例外。令人遗憾的是当年高喊破坏一切形式、率性自然也好，呼吁重立诗体规范、创建现代格律形式也好，都没有从节奏形态的新颖出发去考虑。所以两种体式都得不到发展。

但节奏形态问题是迟早要进入新诗形式探求者的视野的。

第二节　1930—1940 年代的探求

从某种意义上说，中国新诗在 1930—1940 年代是自由体诗一统天下的时期。

自由体诗在 30 年代初再度崛起，但这和 20 年代前后出于破坏旧诗格律的策略需要以及应合个性解放思潮兴起也来提倡自由体诗已很不相同，而是受诗歌自身特定的情绪传达要求所决定的。所谓特定的情绪指的是如下两类：一类是社会人生情绪，另一类是宇宙生命情绪。也就是说自由体诗在 30 年代的再度崛起是受制于抒发社会人生斗争情绪和传达宇宙生命探秘情绪这一艺术表现内在规律的。

为抒发社会人生斗争情绪而致力于自由体诗写作的诗人，蒲风、艾青、田间、光未然可以作为代表。为了宣传革命真理、鼓动社会叛乱之需，诗成了蒲风投入这一社会人生斗争的武器。本着这样的功利目的，他认定一个方向：只有让广大群众明白顺畅地接受自己的情绪才有写诗的真正价值。于是能充分满足直接抒情之目的的自由诗，也就被接纳进他的创作中。像《茫茫夜》中这样鼓动对旧世界的反叛："母亲，母亲，母亲，/再不能屈辱此生！/我们有的是力，有的是热血，/我们有的是万众一心的团结；/我们将用我们的手建造一切，建造一切!"的确，这种激越亢奋的情绪的直接抒发，自由体形式才最合适。蒲风在《谈阶段的诗人任务》中说："我们跟着社会现实而前进，而为先驱，而任用最新的武器——采用了最广大的无所不包的自由诗新形式。"[①]他还不无自豪地对中国诗歌会派的自由诗和惠特曼的自由诗相提并论，在《诗歌大众化的再认识》中说："惠特曼的自由诗的新形式，在当初，美国老诗人们也曾憎恶过，甚至驱逐过，我们今日的环境正相同于惠特曼，因为我们的东西，比惠特曼的口语的自由诗来得一样惊人、通俗。"[②] 那么自由诗的特征是什么呢？他为此提出了一个"自由诗的'自由律'"的概念。在他看来"自由律"便是"内面律"[③]，其实也就是郭沫若早就提出了的"内在律"。这种具有"内在的韵律"的自由诗，在蒲风看来是"没有不合中国人口胃的嚼细石子的抑扬格"，它的特征是"不故意写成豆腐干的方块"[④]。作为自由诗，没有后一种现象是不言而喻的，认为也不应有"抑扬格"——外在节奏体现，则再一次回到当年胡适、郭沫若对自由诗的认识老路。所以蒲风的自由诗观没有艺术规律方面的新见解。他和以他为首的中国诗歌会派同仁，由于对"自由律"只是一种不着边际的认识，所以在他们的诗中，也很难说有多少内在的韵律体现，给人的感觉只是松松垮垮中多了些叠词、叠句的散文分行铺写。在这方面艾青是做得好一些的，他总是在尽可能地避开"自由律"、"内面律"、"内在律"、"内在的韵律"等很难说得清楚、也很难在创作实践中有意识去体现的概念，而选择了另外一个角度来提倡自由诗。那就是：他把散文和韵文同时引入诗创作艺术视野，对比着来谈诗更需要的是哪一种。在他看来，韵文雕琢，充满人工气，因而是虚伪的；而散文"不修饰"，"充满了生的气息的健康"，是以朴素的口语对诗情作极其自然的表达，因而是自由的。正因为这样，散文"就肉体地诱惑了我们"。这就是诗的散文美，而这种美之所以能诱惑"我们"，就在于"散文的自由性"，所以在艾青的理论中，诗的散文美也就是自由体诗的美，而散文美又是以口语为基础显示的，这使艾青进一步把散文美既等同于口语美，又等同于自由体诗的美。艾青还说："散文的自由性，给文学的形象以表现的便利。"这里有艾青的聪明：他绕开了自由诗的审美特征在于内在韵律美之说，而把它定位在能"给文学的形象以表现的便利"[⑤] 这样一种美。这倒也的确显示在艾青的创作中。由

① 《蒲风选集》下，海峡文艺出版社 1985 年版，第 950 页。

② 同上书，第 930 页。

③ 蒲风：《现阶段的抒情诗》，《蒲风选集》下，第 910 页。

④ 艾青：《诗的散文美》，《诗论》，上海新新出版社 1946 年版，第 71—72 页。

⑤ 艾青：《诗的散文美》，《顶点》创刊号（1939 年 5 月）。

于艾青原是从事绘画的，对事物的形体、光、色彩等感觉以及相互间的依存、调配关系特别敏锐，所以他诗中的意象总是具体的、浮雕性的、富有重量和质感的，意象间的关系总是有机的，内含分析演绎的逻辑性搭配在一起的，用语言去表现这些意象就要求用能够比较细致地绘画出来的句子结构，用语言去显示这些沉甸甸的意象之间的复杂关系，也要求用适宜于铺写的句子结构，这都要求他必须超越韵文节奏、突破格律拘谨而走向散文语调的推进式节奏形态和散文结构的自由化形体格式。这些表明：艾青实际上并没有否定自由诗须追求的“自由律”或“内在律”，相反他也十分重视节奏形态的把握与表现。他主要通过分行造成的各种断续给予人的独特的顿挫感来体现，而并没有考虑以不同型号的音组的定量有机组合来体现。这是很重要的一个特征。譬如《透明的夜》中有这样奇特的分行：

一群酒徒，离了△
沉睡的村，向△
沉睡的原野
哗然的走去

夜。透明的△
夜。

上引诗句中凡打“△”处就是艾青有意识地断裂诗行，这使诗行都显得破碎，产生了骤断又续却总是在寻求的旋律化节奏效果，而这又是和抒情主人公们纵使茫然却又总是在行进的全诗情绪内在节奏非常吻合，因为这首诗写的是一群流氓无产者，他们是被三座大山压在最底层、逼得走投无路的一个阶层，心里满怀对旧世界的反叛情绪，以旺盛的野性生命力茫然地寻求着解放的出路。艾青这首诗要表现的正是原生力不知如何发挥出来者郁结于心头的情绪气势，而这种分行的旋律效果也正好和这一点相吻合。艾青的这种努力宣告了他已超越1920年代流行的散文化推进式节奏形态。在艾青的影响下成长起来的一批自称自由诗自觉追随者的七月派诗人中，有一些人也能以特定的建行和分析演绎的策略显示推进形态的节奏，从而写出了一批真正能体现情绪内在律的诗篇，把自由体诗的写作推向了一个较高水平、较成熟的境界，宣告了他们在追随艾青的路上同样超越了散文化推进式节奏形态。如邹荻帆的《风雪篇》，绿原的《童话》和《复仇的哲学》、《你是谁》，牛汉的《鄂尔多斯草原》，彭燕郊的《战斗的江南季节》等，但也得指出：他们对推进式节奏形态的把握以及在格式构成中作为核心因素动人的表现也还是自发的成分居多。在自由体诗的写作上，能自觉或比较自觉地把握以现代汉语语言具现推进式节奏形态、完成新的自由体形式构建，从而显示为旋律美的，光未然和田间做得更好一些。这两位诗人虽没有这方面的理论，但从实践中获得的经验却非常宝贵。

光未然的自由诗读来明快、流畅、起伏感强，是吸收了闻一多的“音尺论”和诗行节奏构成策略来写的，显然他是在吸收的基础上有所超越的，具体点说，他更致力于从语言节奏表现上来纠正推进式节奏形态的散文化倾向，从而获得自由体诗的独立品格。这在下节将要详细讨论，此处暂且不表。

这里先谈一谈田间的追求。抗战初期田间的诗集《呈给大风砂里奔走的岗位们》、《给战斗者》中颇有一些诗追求一种以音组在诗行中的有机组合和诗行在诗节中的奇特组合所造成的推进式节奏形态并以此来显示自由体诗的独立品格及其所达到的成熟度的。显然，田间的这些自由体诗也是有语言节奏规范的。他基本上采用二字、三字和四字音组来构成诗行节奏，偶尔也用单字或五字音组，但出现得极少；诗行多数很短，却也有很长很长的，不短不长的反倒少用。这使他的节奏诗行组合显出大起大落得十分奇特的色彩，如《给战斗者》中：

在中国
我们怀爱着——
五月的
麦酒
九月的
米粉
十月的
燃料
十二月的
烟草
从村落的家里
从四万万五千万灵魂的幻想的领域里
飘散着
祖国的
热情
祖国的
芬芳

这节诗多数是一顿、二顿体的短诗行，具有鼓点般短促急骤的语言节奏性能。但在这里他用了一连串最短的诗行后突然出现了一个六顿体长诗行，“从四万万五千万灵魂的幻想的领域里”，而令人有十分奇特之感的是随即又一下子跌入一顿体的最短诗行，而且又一连五行。把一个特长的诗行夹在一片特短的诗行中，真有些“鹤立鸡群”，这种颇有点反衬意味的语言节奏调节规律很值得重视：六顿体的长诗给人以沉滞悠远的感觉，显示为“扬”的情韵节奏，一顿体的短诗行给人以短促急骤的感觉，显示为“抑”的情韵节奏。以沉滞悠远型的诗行节奏来调节一下跳跃奔驰而来的急骤感，随即又让它继续急骤地奔驰而去，这种激越—沉吟—激越的情绪奔跃，就这样以其大起大落显示出推进式节奏进程，而这可是这一类节奏形态最动人的展现。唯其如此，才使我们有理由说：田间这样的自由体诗已登上了新诗形式审美的最高层次。

如果说1930—1940年代抒发社会人生斗争的自由体诗推进式节奏形态，其表现偏于不同音组量的诗行大起大落，那么传达宇宙生命探秘的自由体诗，其节奏形态同样是推进式的，只不过较偏于语吻呈示。在这方面，林庚在《诗与自由诗》[①] 等文中提出的一些见解很有启发意义。在林庚看来，自由体诗在现代中国产生，不能简单地认为是胡适、郭沫若他们为彻底打破旧诗格律、充分体现个性解放的斗争之需才有意提倡起来的；应该更深入一层去看，那就是：随着现代科学文明对未知世界的探秘更深化，使现代人高涨起一种捕捉生命情调与宇宙感觉的兴趣，也促成神经过敏的诗人对这种难以言传只能意会的“新的情调与感觉”作为自己抒情追踪的目标。但遗憾的是：传统的格律体诗中“一切可说的话都概念化了，一切的动词形容词副词在诗中也都成了定型的而再掉不出什么花样来了”，于是，他们“要利用了所有语言上的可能性，使得一些新鲜的动词形容词副词”得以出现，而“一切的语法也得到无穷的变化”，从而“追求到了从前所不易亲切抓到的一些感觉与情调”。这些“现代人”中的诗人为了表现这种“新的情调与感觉”而不得不“寻找那新的语言生命的所在”，而这样的“寻找”又非得“要求充分自由且富于探索性”不可的，“于是自由诗乃应运而生”。这个看法有其远见性。林庚同时又从“宇宙之无言而含有了一切”中把握到“宇宙的均匀的、从容的”感觉和生命，而这种对宇宙的“感觉和生命”则隐含在“自然的、谐和的”情调中，因此他进而意识到新诗要“成为一种广漠的自然的诗体”，也就是说，他发现了广义的自由诗，且“其外形亦必自然”[②] 基于这样的认识，他提出“诗的形式正是要从自然的语吻上获得”[③] 的主张。语吻既属于语言传达的范畴，也属于节奏表现的范畴，属于语言传达意义上的语吻，我们已在前一章论戴望舒诗歌语言时详细谈过。节奏表现上的语吻也还得从戴望舒谈起。

在前一章我们提出的那几个戴望舒爱用的语气助词中，是可以分为两类节奏性能的：“呢”作语气词同“的”一样，都具有“微弱的渐降调”性能；“呢”作为疑问词，同“吗”一样构成疑问句，具有情感抑制的特征，因此“的”、“呢”、“吗”可以同归入降调——抑的情绪节奏性能；“了”是语助词，构成完成态句子，具有上升调的特征；“了”作为感叹词，同“吧”一样构成感叹句，具有情感高扬的特征。因此，“了”、“吧”可以同归入升调——扬的情绪节奏性能。由此看出，追求自由体诗中“自然的语吻”的目的，为的是让一种能以抑扬顿挫相间的语吻显示层层推进的节奏的性能。对戴望舒来说，也许并没有明确意识到他那个有名的主张：“诗的韵律不在字的抑扬顿挫上，而在诗的情绪的抑扬顿挫上，即在诗情的程度上。”[④] 实在就是要想去寻求推进式情绪节奏形态，而这样的内在节奏在诗创作中通过口语的自然语吻最能得到外化，获得传达。但在创作实践中倒是潜在地意识到了。如《少年行》。原诗是这样的：

---

① 见林庚《诗与自由诗》，《现代》第6卷第1期。

② 林庚：《诗的韵律》，《文　小品》第3期。

③ 《再论新诗的形式》，《文学杂志》第3卷第3期。

④ 《诗论零札·六》，《现代》第2卷第2期。

是簪花的老人呢
灰暗的篱笆披着乌萝

旧曲在颤动的树叶间死了
新蜕的蝉用单调的生命赓续

结客寻欢都成了后悔
还要学少年的行蹊吗

平静的天，平静的阳光下
烂熟的果子，平静地落下来了

诗写的是一个颓唐而自感衰老的“少年”因了一个情感的契机而有了青春复萌的生存感应和生活平静安适的欣慰预感。它每节两行，共四节。第一节以“灰暗的篱笆披着乌萝”来隐喻情感世界可能会出现新的惶惑心境。与此相应合，第一行以“是……呢”的句型而使该节的诗节节奏也显示为“抑”。第二节以“旧曲”之死和“新蜕的蝉”以新曲赓续来隐喻生命全新之契机必然会来临；与之相应合，第一行以“在……了”的句型而使该诗的诗节节奏显示为“扬”。第三节是抒情主人公对旧日结客寻欢的后悔和对自己重现“少年的行蹊”的制约，与之应合，第二行以“……吗”的句型而使该节的诗节节奏重现为“抑”。第四节是表达抒情主人公展望未来的心境平静与欣慰，与之应合，第二行以“……了”的句型而使该节的诗节节奏又重现为“扬”。所以此诗以“抑扬顿挫”显示节奏的推进式形态，而由此构成的体式也把抒情主人公的内心情感从惶惑转到开朗——波正斯的流程真切地传达了出来。

值得指出：借语吻以显示抑扬顿挫的行进式节奏在新诗的自由体形式中是普遍存在的，这对于传达一种心灵无法明确把握到和语言难以明白表达出的微妙生命感受，是最适合的。

1930—1940年代的自由体诗从以上两个方面对推进式节奏形态的探求，其成绩远远超过20年代，而凭这样的节奏形态形成的自由诗体也因而到了成熟的阶段。

这阶段在创作实践上对格律体诗的探求，远不及1920年代中期的气势盛，但在创格的理论方面，却倒颇有深化迹象。作为这方面标志的是朱光潜《诗论》中有关章节的论述。朱光潜给诗下了个定义：“诗为有音律的纯文学。”在他看来这个定义的可取点在于：“把具有音律而无文学价值的陈腐作品，以及有文学价值而不具音律的散文作品都一律排开，只收在形式和实质两方面都不愧为诗的作品。”[①] 从这可以看出，朱光潜把音律性首先看成诗之为诗的两大基本条件之一，其次又把没有音律的诗看成散文而不成其为诗。从某种意义上说，朱光潜这一番话也是针对“诗不能借重音乐，它应该去了音乐的成分”之类标榜自由体诗的言论所作的反拨。《诗论》详细地考察了诗的

① 《朱光潜美学文集》第2卷，上海文艺出版社1982年版，第115页。

节奏表现，认为诗的音乐性的具现形态——节奏，只能在文字上显示，而文字是有意义的，因此谈诗的音乐性不能离开文字的意义去专讲声音节奏。在朱光潜看来，“节奏是音调的动态”，对于情绪的影响极大，或者说“它本身就是情绪的一个重要部分”[①]。他又认为诗在文字意义之外追求非音乐的音乐性，只能从文字的声音入手，于是，作为诗歌音乐性的存在——用文字来表现的诗歌节奏乃是声韵。汉语诗歌中，“韵”是节奏体现的辅助手段，而“声”则是根本。汉语传统诗歌中的“声”是“四声”和“逗”的结合，古典诗人讲究“四声”即讲究平仄相间调谐，但：“四声对于中国诗的节奏影响甚微。”[②] 那么“逗”呢？所谓“逗”就是“顿”，朱光潜这样判定：一行诗有若干“逗”，“读到逗处声音略提高延长，所以产生节奏”。但他又指出：“这节奏大半是音乐的而不是语言的”。新诗却不应该这样。“就大体说新诗的节奏是偏于语言的”，指的是诉说性语言的“自然的节奏”，而“语言的声音必伴有意义”，因此他推论出正当的“诗的节奏是受意义支配的”，新诗也就应该让“逗”与“义”结合起来，“使音的‘顿’就是义的‘顿’”[③]。这就是说：“逗”也好，“顿”也好，其实都是诗行中音组（或音尺）与音组结合处产生的诵读效果——略作停顿的一种体现。因此，朱光潜认为新诗要以语言的自然节奏为音乐性表现特征——一种“音组制”的体现。由此看来，1930—1940 年代的格律诗建设中，朱光潜的贡献主要是把闻一多提出的“音尺”作了科学的理论阐释，使得新诗格律化要以音组有机结合的语言节奏为基础这一共识有了深化。当然《诗论》中也详细地研究了“韵”的问题，朱光潜认为：“韵的最大功用在把涣散的声音联络贯串起来，成为一个完整的曲调。”结合中国诗歌，他还这样看：“句末一字是中文诗句必须的一个字，所以它是全诗音节最着重的地方。如果最着重的一个音，没有一点规律，音节就不免杂乱无章，前后便不能贯串成一个完整的曲调了。”因此，“中国诗的节奏有赖于韵”[④]，不仅格律诗要押韵，“自由诗也用韵”，因为“自由诗易散漫，全靠韵来联络贯串，才可以完整”，至于新诗如何用韵他提出了一个看法：“一韵到底的诗音节最单调，不能顺情景的曲折变化”[⑤]。

这一阶段新格律诗在创作实践上有所建树的，要算曹葆华、李唯建、孙毓棠、卞之琳、马君玠、冯至等人。这些人中，曹葆华又是个代表，说得上是 1930—1940 年代新诗创格事业中最有成绩的。这位诗人从 20 年代末期走上诗坛起，一连出版了《寄诗魂》、《落日颂》、《灵焰》、《无题草》四部诗集，基本上是格律体诗，抗战爆发后他去了延安，写了不少歌颂根据地军民英勇抗日的诗，也还是采用格律体写。由此可见他创格的意志十分坚定。他是承袭朱湘一路的，有不少是“豆腐干体”——特别是《落日颂》、《灵焰》两部集子都是绝对地调和音节以达到节的匀称、句的均齐的作品，但它们中大多数是推进节奏型形式体系的体现；《寄诗魂》和《无题草》除了极少量是自由体诗外，多数的格律体诗则显出朱湘的《采莲曲》式写法，做到节的对应的匀称、

① 《朱光潜美学文集》第 2 卷，上海文艺出版社 1982 年版，第 152 页。
② 同上书，第 167 页。
③ 同上书，第 164 页。
④ 同上书，第 174 页。
⑤ 同上书，第 176 页。

句的对应的均齐，它们中有一些却是回旋节奏型形式体系的体现。但他又不是对应诗行字数的划一，而是顿数（音组数）的划一，并且还能把音组控制在二字、三字的范围中，除了每节第二行是三字音组煞尾，其余诗行煞尾处都是二字音组，又一韵到底，所以这首诗真正显示出变化中有规律，规律中显变化，和谐而明快。曹葆华的格律实践，成就是超过朱湘、闻一多的。

从 1930 年代后期起到 1940 年代，在探索写格律诗的人中，冯至、马君玠是成绩较好的。两位诗人确实写出一些于规律中见变化，于变化中显规律的新格律诗，特别是马君玠的《北望集》，是 1940 年代最成功的一部新格律诗集，其成功处在于严守顿数的均齐而不是字数的均齐。他的这批新格律体诗大多是属于推进节奏型形式体系的，同一顿数的诗行直排下去形成节奏的层层推进，很少回旋节奏形态的。冯至写于 1940 年代初的《十四行集》，是用现代汉语对西方十四行体作移植的成功探索。他尽可能地做到用二字音组、三字音组的有机结合来建行，煞尾用二字音组，每行四个（四顿）为主，也间或有三顿的。押韵上，喜押抱韵，韵式大多是“ABBA/CDDC/EFF/GHH”，但可惜他始终在闻一多的“建筑美”阴影下作创格的追求，挣脱不了以“字”论“均齐”，结果诗节中存在诗行字数划一、顿数不统一等弊端。至于节奏形态方面，也是推进式的，受制于回旋往复节奏的体式设计也很少。

回顾这阶段新诗的形式探求，我们可以看到两大特点：首先一点是本节一开头就提出的，这是自由体诗一统诗坛的时期，格律体诗虽也有，势头不大，没有多少影响；更重要的一点是这阶段的诗人们比 1920 年代的诗人们要自觉地在关注形式建构中节奏的核心问题，而关注的焦点虽也是设计节奏的推进形态，像 1920 年代情况一样一种进行曲式层层推进的节奏表现是本阶段自由体诗追求者的主要追求目标，也同样是格律体诗追求者的目标，但这场追求的策略却和 1920 年代总是借用散文节奏表现的经验不同，他们不再把大量能显示过程关系的关联词语引入诗行与诗行组合的关系中，以求在“音”与“义”一致的音组组合中显出节奏的推进性能。在他们看来这种以“义”带动“音”的节奏设计似乎已落伍了。他们更富有现代意识地感觉到：节奏表现要落实在不同音组型号的诗行组合与不同诗行型号的诗节组合上面，因此，除了前已论及的，他们采用了奇特的分行法，怪诞的诗节组合法和语吻调节法以外，还采用了句型变换法，排偶嵌入法，跨行法，随韵交韵大量起用法。现在我们就分头作一些分析。

一、句型变换法：按出之于分析—演绎的诗思传达要求：只须用一般陈述句就可以，但陈述句平实，缺乏语调的波伏感，为此 1930—1940 年代的诗人探求出一种把陈述的意思通过疑问、设问、反问、否定等句型来传达的办法，这就叫句型变换法。诗人们这样做是出于修辞的需要，把话说得或更强烈或更婉转而已，但这种句型变换却也引起语调的改变。藏在语调中的潜在意思是更其丰富的，同时随语调的变换也就能显出不同的节奏性能，这样的节奏属于推进形态的。何其芳喜欢用疑问句，所以他的诗节、诗篇节奏常常靠一批陈述句中间设置一二个疑问句，形成一放一收又一放那样的节奏，而这样的节奏也就显出了推进的性能，如《秋天（二）》中的这一节：“草野在蟋蟀声中更寥阔了。/溪水因枯涸见石更清冽了。/牛背上的笛声何处去了，/那满流着夏夜的香与热的笛孔？/秋天梦寐在牧羊女的眼里。”全节五行，三、四行是两个疑问句，给人以“抑”的节奏感，它们嵌在第一、二行与第五行之间，结果给人以“扬抑扬”的推进式节奏。类似采取设问、反问否定句嵌在陈述句当中的做法，也具有推进式节奏性能。

二、排偶嵌入法：排比句和对偶句在诗节、诗篇中也会产生或抑或扬的节奏效果，一般说，对偶句是向心的，回旋的，嵌在句群中往往是“抑”的；排句是发散的，推进的，嵌在句群中则是“扬”的。冯雪峰的《断句》就充分地使用了排偶句来构成推进式的节奏：“时间急流的无拦阻的冲击呵，/友谊的浩瀚无云的天呵，/通过窄道的青春的意志呵。——/在那生活的广场上，我驰骋过，/在那意志的竞赛场上，我参加过，/而我被投入到幽路，跑出来谷口，/我又望见着你们，我所愿望的人们!”这是诗人从上饶集中营出来重新回归革命队伍后抒发的激动心情，前三句是宽式排句，情绪气势得到高亢的强化，有“扬”的节奏感；第四、五句是宽式对偶，给人以向心的自省感，情绪气势得到低抑的强化，有“抑”的节奏感，最后两行陈述句，是“扬”的。所以这首诗总体是“扬抑扬”的节奏进程，这样的节奏是一种推进式的形态。

三、跨行法：跨行是新诗人学习西方的产物。汉语与西方语言的性能不同，西方诗歌中的跨行引入新诗后，遭到较多指责，却也有肯定的说法。一般说跨行不合中国诗歌语言的习惯，因跨行而硬性造成不该停逗或不该长逗的地方来上一个长逗，叫人读来别扭。但有意识、有规律地跨行，对形成推进式节奏大有好处。这是一种奇特的推进效果，上引艾青《透明的夜》中的跨行就是这种效果生动的显示。冯至以及九叶诗派的诗人都爱跨行，如冯至的《十四行集·十四》中：“你的热情到处燃起火，/你把一束向日的黄花/燃着了，浓郁的扁柏/燃着了，还有在烈日下//行走的人们，他们也是/向高处呼吁的火焰；/但是初春一棵枯寂的/小树，一座监狱的小院//和阴暗的房里低着头/剥马铃薯的人，他们都/像是永不消溶的冰块。”整整十一行中，除了第一、第六行是断句停逗的，其余的都是跨行甚至跨节的硬性停逗，但诚如藕断而丝连，十一行诗是紧紧连在一起成一个整体的节奏流程，是层层推进的节奏流程。

四、随韵交韵大量起用法。押韵起的是一个节奏般凝集的作用，也是为情感流程设立的站口，有规律地转韵或交错换韵使节奏更趋鲜明，其中押随韵（AABB）和交韵（ABAB）对强化推进式节奏很有价值，只有押抱韵（ABBA）才对回旋式节奏价值大。这一阶段的新诗人就较致力于起用随韵交融。卞之琳对这两类押韵最感兴趣，如《落》：“在你呵，似曾相识的知心，/在你的眼角里，一颗水星/我发现了像是在黄昏天，/当秋风已经在道上走厌，/嘘着长气，倚着一丛芦苇，/天心里含着的摇摇欲坠/摇摇欲坠的孤泪。我真愁，/怕它掉下来向湖心里投，/那不要紧，可是我的平静——/唉，真掉下了我这颗命运!”这随韵大大强化了推进式节奏。又如《旧元夜遐思》：“灯前的窗玻璃是一面镜子，/莫掀帏望远吧，如不想自鉴。/可是远窗是更深的镜子：/一星灯火里看是谁的愁眼?”这交韵也大大强化了推进式节奏。

以上几种强化节奏表现的措施，在自由体、格律体诗中都有使用。而这些措施强化的节奏是推进式的，因此进一步证实，这一阶段的新诗，无论自由体、格律体，都在致力追求一种推进式的节奏形态。

第三节 1950年代至世纪末的探求

从1950年代到20世纪末，关于诗歌形式方面的讨论，集中在1950—1960年代，这以后，诗坛对形式的问题就不再这样兴师动众地来言说了。1950年代与1960年代之间有一定规模的全国性讨论，大致是四次：第一次是1950年3月10日的《文艺报》上发表的一组诗歌形式问题的笔谈；第二次是1953年12月至1954年1月间由中国作家协会创作委员会诗歌组召开的三次诗歌形式问题的讨论；第三次是1956年8月至1957年1月《光明日报》等报刊上展开的一次关于新诗形式与传统关系的争论；第四次是从1958年5月至1959年5月，历时一年余，围绕何其芳、卞之琳提出的现代格律诗与民歌、传统诗歌关系展开的特大争论。

第一次讨论把新诗的形式必须引起重视以及围绕这一问题的不同认识摆了出来。田间、肖三、袁水柏有相同的看法，如同肖三所说的："所谓'自由诗'也太自由到完全不像诗了。"因此他们都像田间一样提议："我们写新诗的人，也要注意格律，创造格律。"冯至则对两种诗体都肯定，并认为："这两种不同的诗体或许会渐渐接近，互相影响，有产生一种新形式的可能。"最值得重视的是当时冯雪峰的《我对于新诗的意见》，他在"总结一下三十多年来新诗的经验"和检查"它的失败与错误"的基础上提出一个今后努力的方向："新诗要建立完全新的格律"，他认为："三十多年来新诗的摸索过程，就是时时在要求这类格律，并且为了不能建立这类格律而苦闷"。那么该如何建立这类格律呢？他断言："这类格律决不是外国诗如所谓'商籁'等等的模仿，也不是中国旧诗五言七言之类的复活"。在他看来，"将来新诗形式的建立"，其标志是三类：一类是在语言上能显示出更精练也更经济的"自由诗"；另一类是从民歌蜕变出来的民歌格律诗；第三类则是"根据人民口语创造完全新的格律"的新格律诗。

第二次讨论比第一次规模要大得多，集中在自由诗与格律诗上展开，分三派。主张格律诗的人中有一部分认为：五七言是中国诗歌语言组织的基调，应以它来创造格律诗。另一部分人则认为格律诗实质上就是民谣体，这种诗最有发展前途。主张自由诗的人针锋相对，反对把诗歌的形式定型化，诗歌的音节不应该是固定的字数的一致或者排列整齐，主要地说是和谐；第三种意见是诗的形式越多越好，不应该把自由诗和格律诗对立起来。在这一场讨论后发表的文章中有三篇很值得注意：一篇是艾青的《诗的形式问题——反对诗的形式主义倾向》①，在持平之论中偏于提倡自由诗，另两篇是卞之琳的《哼唱型节奏（吟调）和说话型节奏（诵调）》② 和何其芳的《关于现代格律诗》③，在持平之论中偏于提倡格律诗。艾青这篇出于"反对诗的形式主义倾向"的《诗的形式问题》主要谈了三个问题：第一个是自由诗的问题。艾青认为这一诗体的整体形式特征是："有一句占一行的，有一句占几行的；每行没有一定音节，每段没有一

① 《人民文学》1954年第3期。

② 《作家通讯》1954年第9期。

③ 《中国青年》第10期（1954年5月16日出版）。

定行数；也有整首诗不分段的。”就节奏特征看，“‘自由诗’没有一定的格式，只要有旋律，念起来流畅，像一条小河，有时声音高，有时声音低，因感情的起伏而变化。”还说：“‘自由诗’有押韵的，也有不押韵的。”作为中国自由体诗的集大成者，艾青在此文中并不想为自由诗的缺陷辩护，尤其反对以“自然流露”这样不着边际的话来美化不负责任的自由诗写作。他这样说：“有一些人，他们并非不理解诗，但他们完全是有意地和‘格律诗’对抗，过分地强调了‘自然流露’，想到哪儿写到哪儿，语言毫无节制，常常显得很松散，这是五四运动后，一面盲目崇拜西洋，一面盲目反对旧文学的错误倾向的极端表现。”与此相照应的是他也肯定格律诗有存在价值，认为现代格律诗“大体上是一句占一行，或一句占两行，每行有一定音节①，每段有一定行数；也有整首诗不分段”，还特别提出“以统一的节拍为标准，字数则可伸缩”。至于押韵，“有的行行押，有的隔行押，有的交错着押，也有整首诗押一个韵的”。而由此写成的格律诗“无论分行、分段、音节和押韵，都必须统一，假如有变化，也必须在一定的规律里进行。”他也对一般流行的虽非五七言体的“格律诗”提出不满的意见：“大都是四行一段，行无一定音节，韵也常常不一致。有的诗，看去整齐，念起来不整齐，原因就是没有一定的音节。”可见他也认为格律诗的节奏要建立在音组的基础上。艾青的文章特别可贵的是提出“自由诗”与“格律诗”的统一论的观点。这个统一的基础是“韵律”。他这样说：“诗必须有韵律，在‘自由诗’里偏重于整首诗内在旋律和节奏；而在‘格律诗’中，则偏重于音节和韵脚”，而作为语言的艺术，两种“偏重”都要在“声音的加工”上体现出来；“所谓旋律也好，节奏也好，韵也好，都无非是想借声音的变化，唤起读者情绪的共鸣；也就是以起伏变化的声音，引起读者心理的起伏变化。”可惜，艾青只提出理论方向，却缺乏创作实践的具体方案。这一点不足倒是由何其芳来作了弥补。何其芳在《关于现代格律诗》中同艾青的看法很接近：一、新诗既需要有自由诗，也该有格律诗。但他更看重格律诗，认为“有许多内容可以写成格律诗，或者说更适宜于写成格律诗。”但何其芳比艾青谈的新格律诗有更明确的理论与实践具体方案：一、现代格律诗可以吸收民歌体格律诗的分顿和押韵，但有一点要超越：“为了更进一步适应现代口语的规律，还应该把每行收尾一定是以一个字为一顿这种特点加以改变，变为也可以用两个字为一顿。”但也“并非说完全不能以一个字的词收尾”，因为这是“为了适应现代口语中，两个字的词最多这一特点。”或者说这样做“是和我们的口语更一致的”。二、何其芳还更具体地提出：“我们的格律诗可以有每行三顿、每行四顿、每行五顿这样几种基本形式。在长诗里面，如果有必要，在顿数上是可以有变化的，只是在局部范围内，它仍然应该是统一的。在短诗里面，或者在长诗的局部范围内，顿数也可以有变化，只是这种变化应该是有规律的。”三、他还提及分节和押韵，特别是后者，他的态度十分明确：“我主张我们的现代格律诗要押韵”，“我们的新诗的格律的构成先要依靠顿数的整齐，因此需要用有规律的韵脚来增强它的节奏性。如果只是顿数整齐而不押韵，它和自由诗的区别就不很明显……”但如何分节和押韵，并没有具体措施提出。卞之琳的《哼唱型节奏（吟调）和说话型节奏（诵

① 这里的“音节”和“音组”、“顿”、“节拍”属同一对象。

调）》则对何其芳现代格律诗方案中有关音组的划分，音组的组合原则以及诗行煞尾的音组对诗行节奏的定性问题作了补充。他在肯定“顿是新诗格律的基础”的前提下提出：中国语言不是单音语言，“最多是把两个字或三个字连在一起作一顿，也有一个字作一顿，也有极少数把四个字连在一起作一顿”——这就是说作为新诗格律基础的“顿”——音组，可以有单字音组、二字音组、三字音组，极少数情况下有四字音组，但四个实字的音组“往往分成‘二’、‘二’两顿，或‘一’、‘三’两顿，或‘三’、‘一’两顿说出”。这四字音组会在诗行节奏中分裂，是卞之琳的创见，在诗行组合上，卞之琳比较喜欢三顿体——即三个音组组合成的诗行，这倒也并无多少新鲜内容，值得珍视的是诗行煞尾的音组，他认为用二字音组煞尾，同用单字或三字音组煞尾，诗行节奏的调性是不同的：“一首诗两字顿收尾占统治地位或者占优势地位的，调子就倾向于说话式（相当于旧说‘诵调’），说下去；一首诗以三字顿收尾占统治地位或者占优势地位的，调子就倾向于歌颂式（相当于旧说的‘吟调’），‘溜下去’或者‘哼下去’，但是两者同样可以有音乐性。”何其芳在《关于现代格律诗》中一再提及新格律诗要以二字音组收尾“和我们的口语更一致”有更深层含义。即二字音组收尾具有口语的诉说意味，新诗是采用口语作诉说性抒情的，所以新格律诗的诗行就得以二字音组收尾——在这一点上何其芳比卞之琳更明确、坚定，卞之琳只指出两类音组收尾属两种节奏调性，而不作新格律诗以何种收尾为宜的主观判断。

第三次讨论由朱楔的《略论继承诗词歌赋的传统问题》和《再论诗词歌赋的传统问题》[①] 二文所引发出来，朱楔认为白话诗是“移植而来”的形式，非民族形式，因此今天我们得“用民族形式的诗词歌赋来歌唱社会主义的文化”，当然这遭到不少人的反对。这场表面看是百家争鸣的学术争论背后，已向诗人们提出了一个严峻的命题：在诗歌形式上，是主体创造去适应民族传统呢还是去发展传统？

第四次讨论的规模空前，这是一场在诗歌形式上主体创造适应民族传统势力者向必须发展传统者发动的挑战。1958 年 5 月号的《人民文学》上发表了公木的《诗歌底下乡上山问题》，批评何其芳的《关于现代格律诗》；同年 7 月，何其芳在《处女地》上发表《关于新诗的百花齐放问题》，对此予以回击，于是引发出这一论战。当年有一股民族传统、民间传统至上之风。谈新诗的形式就要和民族传统统一起来，而中国诗歌的民族传统，就形式而言就是五七言格律体，而中国绝大多数地区的民歌也是采取五七言格律体写的，于是就形式而言的民族传统即是指民歌和旧诗的形式传统，新诗形式接受民族传统的问题不仅要和旧诗挂钩，更要和民歌挂钩。何其芳在《关于现代格律诗》一文中却认为：“五七言诗的句法和口语有很大的矛盾，很难充分地表现我们今天的生活”，“用民歌体和其他类似的民间形式来表现今天的复杂的生活仍然是限制很大的。”触及旧诗虽也可以被说成否定民族传统，但问题还不算很大，连带触及民歌，这可是对劳动人民精神创造的态度问题，因此公木在文章中批评何其芳是“反对或怀疑歌谣体的新诗”。何其芳则在回击中理直气壮地说：“我认为我国旧诗和民间诗歌的体裁限制较大，还有必要建立一种新的格律诗体”，并坚信：“由于这种新的格律

---

① 这两篇文章分别发表在《光明日报》1956 年 8 月 5 日和 10 月 20 日。

诗体符合我们的现代口语的规律，表现能力更强，样式和变化也更多，因而我估计它有大发展的前途。”这其实是对“在民歌和旧诗基础上发展新诗”这一种当年开始风行的观念发出的挑战，这可触犯了当年奉民歌为至上者，群起而攻之。何其芳答辩了。他正面陈述自己的观点且富于建设性的意见大致有这几点：一、他认为五四新诗革命后产生的诗歌新形式，主要的缺点“是和我国的传统的诗歌形式脱了节，忽视了格律的重要性”，要克服这缺点却“不是简单地回复到从五七言体统一天下的旧局面”，而是“建立新的格律诗”，而民歌体可以是新格律诗的一种，但“我是坚决相信还会有另外一种和现代口语更相适应的新格律诗的”。二、五七言体其实是“以字为节奏的单位”，而不是以顿为节奏的单位，并且是以三字收尾，“和现代口语有些矛盾”，所以，“对于新诗的作者们说来，五七言体如果不是死胡同，也是羊肠小道。偶一为之未始不可，靠它来建立现代格律诗仍然应该说是‘此路不通’的”。三、民歌体突破了以字为节奏的单位而改为以顿为节奏的单位，虽然仍保持单字或三字收尾，如李季的《王贵与李香香》，可以说是新诗格律体的一种，却不是现代格律诗，而叫民歌格律诗，但由于句法和口语有距离，因此有局限性。四、至于他所提倡的现代格律诗，“同我国旧诗和民歌的形式上不同之处，主要在于每行收尾不要基本上是三个字的句法和调子，而基本上是两个字的词或短语”。何其芳的这些答辩，他自己认为“缺少对于新诗形式问题的新的意见”①，倒也是实事求是的，不过他在强大的压力下仍坚持并将过去的观点表达得更明确，这就了不起了，这种理直气壮、光明磊落的精神是值得称道的，有些关于新格律实践的具体方案也更条例化和系统化，值得重视。和何其芳一起遭受围攻的卞之琳也发表了答辩文章，《谈诗歌的格律问题》②，提出自己和何其芳在分类的提法上有些不同，何其芳分现代格律诗和民歌体格律诗，而他则“着重分哼唱式（或者如何其芳同志所说的‘类似歌咏’式）调子和说话式调子”，他认为：“只要摆脱了以字数作为单位的束缚，突出了以顿数作为单位的意识，两种调子都可以适应现代口语的特点，都可以做到符合新的格律要求。”从这里也见出何其芳格律理论的激进性，卞之琳的调和性。

新中国成立后的第一个十年里，有关新诗形式建设竟提出了那么多的理论见解和实践方案，是十分可喜的。虽然，第四次论争有极“左”文艺思潮的干扰，近于闹剧，增加了形式建设的一分混乱，也显示着：各派意见处在或隐或显的融会中，以致我们可以说：从 1950 年代到 1970 年代，20 年间中国新诗在形式上显示出混乱中的丰富和丰富中的混乱的特色。

先看特色之一，是自由体诗的半自由化。

自由诗体一直是新诗坛占统治地位的形式，1950—1960 年代也依旧保持着这股势力。如果说 1930—1940 年代自由诗获得了大发展，那么这时期是趋向于成熟了，标志是这样两点：第一点，这阶段的自由诗已初步显示出诗行有了音组组合的规范，即采用二字音组、三字音组和四字音组为主，间或出现单字音组和五字音组，但情况极少。

---

① 《文学艺术的春天·序》，《文学艺术的春天》，作家出版社 1964 年版，第 16 页。

② 《文学评论》1959 年第 2 期。

在组合中同一型号的音组不连续出现三次以上，这就使得诗行节奏鲜明起来。诗节组合时多顿的长诗行和少顿的短诗行呈循序渐进的组合，能形成层层推进的节奏特色。这种变化在艾青这时期写的自由诗中比较显著。譬如他在1940年写的《解冻》里这样写大地的解冻："多少日子被严寒窒息着；/多少残留的生命，/在凝固着的地层里/发出了微弱的喘吁……/今天，接受了这温暖的抚慰，/一切冻结着的都苏醒了……/深山里的积雪呀，/溪涧里的冰层呀，/在这久别的阳光下，解裂着……"在1953年写的《双尖山》里这样写山泉的奔流：

而在巨大的岩石下面，
一泓清泉
发出淙淙的声音
像一条银蛇
滑进了草丛
不见了，
忽然又出现在林木那边，
于是，沿着山谷
流着，流着，
经过了我的村庄，
流向远方……

我们比较后可以感觉到：《解冻》舒展中带滞涩，《双尖山》流畅中显轻灵；《解冻》在建行上不讲究典型音组型号的使用，虽也用了二字、三字音组，但大量使用四字音组甚至五字音组，如"在凝固着的地层里"中的五字音组"在凝固着的"；"今天，接受了这温暖的抚慰"中的四字音组"这温暖的"；"一切冻结着的都苏醒了"中的连用两个四字音组"冻结着的"、"都苏醒了"，而"深山里的积雪呀"、"深涧里的冰层呀"中的"深山里的"、"深涧里的"都是四字音组。正因为典型音组型号不讲究，并且多音音组有持续二次以上组合的，使得诗行节奏感不明快而显滞涩。《双尖山》则都用二字、三字音组来组合成诗行，没有一个四字以上型号的音组，并且同一型号的音组持续使用不超过二次的，因此读来就明快而流转。《解冻》在建节上，对多顿的长诗行和少顿的短诗行也并不讲究循序渐进的搭配，所以层层旋进的旋律感不强，《双尖山》虽也不能说很严密地搭配，却相当讲究，因此节奏的层层推进感要明显得多。从艾青这样的变化中也可见出：这一阶段的自由体诗已潜在地注意到某些自由中显规范的迹象了。作为自由体诗成熟标志的第二点是：这阶段的自由体诗诗行的参差已不十分显著，每行顿数有趋向接近的现象，并且也比较注意到押宽式的韵，如蔡其矫、孙静轩这些深受艾青散文美的影响爱写自由体诗的诗人，这阶段的自由体诗就显出这种特色。这种变化迹象似乎在提供一个信息：这一阶段的自由体诗追求向格律诗靠齐。

这阶段的自由体诗追求由于提倡向格律体诗靠拢已衍化出一种变体——半自由体诗。何其芳较早注意到"最近几年来的'半自由诗'的兴盛"，他还认为这"反映了新诗倾向于格律化而又尚未格律化”。什么叫“半自由诗”呢？他作了这样的界定：“‘半自由体’就是指那种行数固定、也大致押韵、但行里面的节拍却没有规律的诗体。从行数固定、大致押韵方面说，它是倾向于格律化，但行里面的节拍没有规律，却又是自由诗的最大的特点。”[①] 以何其芳这样的界定来衡量，这阶段的自由诗几乎极大多数是“半自由诗”，散文句法特别显著的艾青式自由体诗，在1930—1940年代十分流行，这阶段可就有点形单影只了。何其芳指出雁翼抒唱宝成铁路的诗“多半是‘半自由体’”，而这又何止雁翼呢？何其芳还认为：“‘半自由体’的一个显著的弱点是使人感到艺术上还不完美。”“我总感到这种诗体是一种过渡时代的诗体。”

再看特色之二：格律体诗的半格律化。

从闻一多到何其芳多年提倡格律诗，应该说在创作上实绩是有的，但算不得多。1950—1960年代这方面的实绩大概只能是闻捷和袁鹰合作的那本“访问巴基斯坦诗草”——《花环》。这40多首诗的极大多数竟然做到了“绝对的调和音节”，因此也就出现了“字句必定整齐”的情况。这阶段更多的格律体诗追求者在建行上有了音组意识、典型音组（二字音组、三字音组）意识以及二字音组收尾意识，不过对“绝对的调和音节”以达到字数整齐的“建筑美”已不大感兴趣。这是相当大的一次进步。不过，他们在音组的选用上，基于口语语吻自由流转的影响，既重用二字音组和三字音组，也把四字音组划为典型音组加以重用，至于单字音组和五字音组仍极少出现。在建节上，他们有一节之内各行顿数划一的自觉，却缺乏奇偶诗行对应匀称或相抱、相随诗行匀称的意识，在建章（或篇）上，他们大多是同一诗节格式的重复，如丁芒的《最响的歌声》：

谁能/比你/更了解/祖国？2232
你亲手/量过/万水/千山。3222
谁的/歌声/比你/更响？2222
你/唤醒了/地下的/宝藏。1332

驼铃/替你/敲着/节拍，2222
暴风/在空中/拨动/琴弦，2322
为了替/六亿人/寻找/幸福，2322
歌唱吧，/勇敢的/勘探/队员！3322

这大概是这阶段建立在顿的基础上、不搞字数划一的典型现代格律诗：每节四行，每行四顿，基本上采用二字音组、三字音组，二字音组收尾并押韵，读来节奏鲜明和谐。也有一些诗人在建节、建章上还更自由一点，一个诗节内诗行相抱、相交、相随的顿数均齐，全节并不划一，也有一个诗章内诗节对称均齐的。值得提一提闻捷的长篇叙事诗《复仇的火焰》，一万多行的长诗，竟采用这样一种整齐中有变化的典型诗节来完

① 《再谈诗歌形式问题》，《文学评论》1959年第2期。

成一场规模宏大的格律化工程。应该说《复仇的火焰》是这一阶段、也可以说是中国新诗的格律化追求到这一阶段现代格律诗建设的顶峰工程。闻捷的格律化语言操作是十分熟练的，现代格律诗的一些基本原则贯彻在创作实践中运用自如，显得自由自在而不拘谨、做作。由此可见现代格律诗的一套格律原则驾驭熟了，倒真会从戴着脚镣的跳舞中获得自由，问题在于诗人们肯不肯严肃地重视规范原则和下苦功按规范原则不断试练。坦率地讲，诗人们毕竟自由惯了，这样的严肃态度和刻苦试练似乎很难办得到，就连顶住种种压力大力提倡现代格律诗的何其芳，也很难把自己的格律原则一丝不苟贯彻在自己的创作实践中。

这反映着：格律体诗也在出现变体，对此，我们不妨叫它半格律体诗。它是由郭小川创造的，强调诗节内部或诗节之间的大致对称关系，即诗节内部的对应诗行做到句式的大致对称，诗章内部的对应诗节做到节式的大致对称，并不严格要求从顿数出发达到句的均齐与节的匀称，至于诗行的顿数不限，从一顿、二顿到八顿都有；煞尾音组也不限，二字尾和单字尾、三字尾可穿插着用，决定的条件也是对称。音节型号则大致限在二字、三字、四字音组，偶尔出现五字音组，极少。唯其如此，才使郭小川的诗行节奏始终是鲜明而和谐的。总之，诗行节奏的鲜明和谐和诗节、诗章节奏层层推进所构成的节奏形态，即郭小川的半格律体诗，而其关键性的一点则是追求排偶。但这种半格律体过多宽式排句或对偶句使抒情的气势不盛，绊手绊脚，不干脆利落。

再看特色之三：自由格律体。

这一种诗体既具有自由体诗那种节无定句、句无定顿，也不一定押韵的成分，又具有格律体诗那种节奏表现规范化的成分，是二者有机融汇而成的诗体，在诗行长短不一的排列中，给人以类似于词曲的长短句节奏表现的体式。这是新诗形式规范全新的一项成果，它完全是一些诗人在继承传统的意念支使下摸索出来的一条新路，虽然1930年代梁宗岱已提出过“多拍与少拍底诗行的适当的配合往往可以增加音乐底美妙”[①] 的主张，但那只是一种感觉，没有实践显示。这阶段却有人在实践中摸索到了类似于梁宗岱所主张的一些经验。虽然，那期间没有谁把这些经验提升为理论原则，但从探索者们完成的文本中我们可以概括出这么几条规范原则：一、音组型号的采用上，以二字、三字音组为最典型，或者说它们是使用中最基本的型号，控制使用单字、四字音组，不用四字以上音组；二、诗行可以二字音组收尾，也可以单字、三字音组收尾，一般偶数诗行一定要用前者，奇数诗行又适当用后者；三、诗行长度的极限是五顿——五个音组的组合；四、诗行一般按诗行长度的渐长或渐短之间不断辩证地统一的原则组合，以形成“长—渐短—短—渐长—长”的格式；五、诗行也可按多顿体长诗行后面突然用最少顿的短诗行相接，随后又继续渐进向多顿体特长诗行，以使两种极端的诗行节奏在对峙中相互映衬，产生大跨度的跌宕起伏感，形成“长—短—渐长—长—短”的格式；六、都押韵，并且一般都一韵到底。值得指出：由于这种自由格律诗是新诗形式中全新的形式创造，这阶段尚在摸索中，以上原则只是从零星散见的一些文本中综合概括出来的，并非每首可称自由格律诗的诗都具备了这些原则。

---

① 梁宗岱：《诗与真·诗与真二集》，外国文学出版社1984年版，第176页。

自由格律诗探索较好的是戈壁舟，具体显示在他那本抒情诗集《登临集》中。他是从 1950 年代末期开始探索的，在探索中注意到现代口语句法和古典词曲句法有机交融，把口语中过多的虚词除掉，尽量浓缩；把词曲句法中的二字音组接连使用以形成端庄的诉说语调——这一经验继承下来，从而使他这一类诗的音组基本上控制在二字、三字型号内，极少用四字音组，单字音组也用得不多，诗行长度不超过四顿，而诗行组合则大多显示为上述六大规范原则中的第四条原则，如《寻阳关》。从这首诗的诗行组合中，我们就可以看出它确体现为“长一渐短一短一渐长一长”这样一种诗行组合模式，显示出诗思整体具有抑扬顿挫地推进的节奏性能。《寻阳关》追求不匀称中的和谐，这是十分值得注意的一个现象，而这就是推进形态的节奏表现。从这首诗中也可以看出，促成这种不匀称中的和谐很重要的一个辅助因素是押韵，它不仅不搞抱韵、交韵、随韵，也不随便转韵，而在不长的诗篇内一韵到底——押“麻”韵，这样做起了一种维护整体、统一旋律运行进程的作用。戈壁舟没有继续把这种自由格律体诗探求下去，也许是当年缺乏鼓励。但话还得说回来，对诗人们潜在的影响是有的。1960 年代左右一段时间，这种自由格律体诗完整成篇的或者片断的，时有出现。严阵在一些写农村新生活的诗里就自发地采用了这种诗体，如《江南春歌》中：“十里桃花，/十里杨柳，/十里红旗风里抖，/江南春，/浓似酒。//坡上挂翠，/田里流油，/喜报贴在大路口，/山歌儿，/悠悠，悠悠。”大有词曲风，很典型的自由格律诗。陆棨也是致力于这方面追求的。他的《山城朝雾》、《夜雨》、《街》、《春雨迟来》、《高山牧歌》、《老汉推车》、《广元桥头》、《南江山中》、《通江道上》、《巴山望月》等都是自由格律诗，并且已显出一定的成熟度。像《春雨迟来》中：“一场春雨拖到夏，/淋湿了啥？/淋湿了/满山满岭/车水的龙骨架!”诗行长长短短，很不整齐；节奏抑扬顿挫，读来动听。全是古体诗词句法，哼唱味足。《高山牧歌》中：“飘来一阵雾和烟，/羊群忽然不见，/不急，不找，不响鞭，/一声山歌，薄雾里/牵出白云一串。”诉说味足。但这样的诗节好像显不出诗行组合的独特模式，其实，只要把第三、四行的各个断句另起一行排列，就显出自由格律诗的特色了，不妨作这样的调整后再来看看：

飘来一阵雾和烟 223
羊群忽然不见，222
不急，2
不找，2
不响鞭，3
一声山歌，22
薄雾里 3
牵出白云一串。222

这就显示为“长一短一渐长一短一长”的诗行节奏组合，诗行虽长长短短，却有着极不匀称中极其和谐的节奏效果。

回顾了 1950—1960 年代诗坛对形式建设的策略争论与创作探求后，再进一步看

1970年代至20世纪末，可以说新诗的形式建设的情况也大致如此，既没有新的论争，也没有在创作实践中探求到这场建设更新的形式路子，只不过在三大体式方面出现了几个在创作实践中表现得更成熟的诗人，如自由体诗向半自由体转化中，出现了蔡其矫、舒婷这样的代表人物；格律体诗向半格律体转化中；出现了唐湜、屠岸这样的代表人物；自由格律体诗则出现了时湛这样的代表人物。

1950—1960年代关于自由体诗与格律体诗的那几场颇显规模的论争，从某种意义上说，是徒劳的，因为在创作实践中，自由体诗人与格律体诗人已潜移默化地在作着双向交流，这再次反映出了新诗的形式建设中，这两类诗体的追求者，其实是有一个共同的基础，促使他们在互通中各自取长补短，并因此而形成半自由诗、半格律诗及自由格律诗——这三大新诗固有形式的变体。这个基点是什么？我们且按下不谈。不妨先谈谈互通中如下几个方面两类诗体追求者取长补短的实况，那就是音组型号选择、典型诗行定位、标准诗节设计。

先看音组型号选择。旧诗所选择的音组型号是两类：二字音组和三字音组，偶尔也选用单字音组（词曲里使用），但没有选择用四字音组以上的，新诗的音组型号却扩展到四字、五字音调，由于采用口语写诗和自由体诗的盛行，大量散文结构的词语进入诗歌语言中，音组选用四字、五字型号的十分普遍，反映在自由体诗中，如艾青《马赛》中："这大郎轮啊/世界上最堂皇的绑匪"。在这两行诗中，第一行就是个五字音组，第二行中"最堂皇的"是四字音组。格律体诗基本上还是选用二字音组和三字音组为主，但四字音组入选者也很不少，五字音组的选用也还是有的，如闻一多的《静夜》中："这古书的纸香一阵阵的袭来；/要好的茶杯贞女一般的洁白；"这里的第一行"这古书的"、"一阵阵的"都是四字音组，第二行"贞女一般的"是五字音组。这情况对自由体诗流行当然很有利，但对格律体诗开展却不利。现在再看1950年代至世纪末这一阶段，自由体诗人和格律体诗人似乎不约而同地潜在地在对音组型号选用限度作调整：四字音组还可少量选用，五字音组以上就基本不用，这只要把艾青建国前和建国后，特别是"归来"后的自由体诗作个音组使用的比较就可以明白。这使自由体诗收缩了一点，出现了半自由体诗，格律体诗放纵了一点，出现了半格律体诗，正是这种种，使自由格律体诗有产生的基础了。

再看典型诗行定位。典型诗行是林庚提出来的，旧诗中的典型诗行我们在前面已提及，有三字尾二顿、三顿体和二字尾二顿、三顿体共四种。新诗的语言扩大，典型诗行的顿数相对而言也要增加一顿，即二字尾三顿、四顿体和三字尾三顿、四顿体共四种。典型诗行只有煞尾的音组牵涉到诗行节奏调性，不可随便更动（即二字尾不可随便改三字尾，三字尾也不可随便变二字尾），其他音组可适当变动，如二字尾三顿体典型诗行定为"232"，但也可以是"322"、"332"、"222"；四顿体典型诗行定为"2322"，也可以是"3232"、"3332"、"3222"、"2222"。再如三字尾三顿体典型诗行定为"223"，但也可以是"323"、"233"、"333"；四顿体典型诗行定为"2323"，也可以是"3223"、"2233"、"3323"、"2223"、"3333"。四字音组插入，还可化出许多较好地体现诗行节奏的诗行。如果诗行长度定为一顿体或五顿、六顿体（最长不适宜了），虽算不得典型诗行，但还是允许的，这一来就要化出更多宽度典型诗行。但这是在六顿体诗行范围之内的，也就是说是有适度限制的，这对于诗行长度放纵无度的自由体诗来说，是一种无形的约束，以致出现变体现象，成为半自由体。蔡其矫 1940—1950 年代的自由体诗，如《炮队》、《榕树》、《南曲》几乎都是六顿体的诗行，和 1970 年代以后写的如《我愿》、《迎风》、《距离》等比一比，就可见出后者都是三顿、四顿体，在很大程度上成半自由诗了。而对于严守节奏诗行长度在四顿之内的格律体诗而言，却是一种无形的解放，以致也出现变体现象成为半格律体。屠岸 1940—1970 年代的格律体诗，如《夜渔》、《云中调度员》、《琥珀》，几乎都是四顿体以下的诗行，和 1980 年代以后写的如《走近拜伦》、《迟到的悼念》、《环卫工人》等比一比，后者都是五顿以上，整齐的节奏松散开来有成为半格律体诗的感觉了。

第三，再看标准诗节设计。新诗的节奏诗节这阶段已开始有不成文的设计标准，大致说以二行、三行、四行、五行为一节的占多数，其中用得最多的是四行一节。这种设计主要涉及节奏诗行的如何组合，而这个问题又和诗行节奏调性如何配合得和谐非常重要地联系着，具体点说就是三字尾与二字尾两类不同调性的诗行可否直接组合。综合旧诗中词曲的诗行组合经验以及自由体诗的诗行组合经验，以及这阶段的半格律诗的诗行组合经验，都可证实：它们可以直接组合。值得指出：两种调性的诗行宽式相间组合，会形成和强化节奏的推进性能。如乔羽的《我的祖国》中：“一条大河波浪宽，/风吹稻花香两岸。/我家就在岸上住，/听惯了艄公的号子，/看惯了船上的白帆。”前三行三字尾，是哼唱调性；第四、五行均二字尾，是诉说调性。两类调性不同的诗行组合成一个诗节，是从展示转为宣叙，从轻快转为庄重，从外象的感觉转为心灵的感应，节奏的推进十分鲜明，而这鲜明性是靠调性的这种转化引起的诗行的这种组合强化出来的。这样的诗节设计因此显得十分成功。不仅如此，凭着不同诗行顿数、不同诗行调性可以有机组合的原则，还可化出无数种诗节设计，如只以三顿体和四顿体两类诗行四行一节的设计，就可以有“323＋3232＋233＋2332”式，有“2332＋233＋3222＋333”式，有“3332＋2222＋2223＋3333”式，等等。这种层出不穷的诗节设计，不仅使自由体诗转向半自由体，格律体诗转向半格律体，更有利于让自由格律体的大量产生。

以上的几个方面，都是这一阶段两大新诗体式双向交流、各取所长后获得的形式建设的经验，是一次丰富的形式因素的积聚。

但我们把这些形式因素作出较为有机的聚合后，却进一步发现：新诗形式建设中最值得关注的不在格律模式构成上追求均衡和谐，以造成节奏表现的复沓回旋，而是在典型诗行组合上追求对立统一，以造成节奏表现的延展推进。在前面我们说到这阶段自由体诗与格律体诗之所以显示出双向交流、各取所长以致出现三种属于变体的新诗体式，是由于自由诗体与格律诗好像是对立的，其实有着一个共同的基点，这个基点在此可以挑明了，就是新诗的形式建设始终把主要精力置于节奏表现的延展推进上面。

这也再次证实，新诗所拥有的是节奏推进式形式体系。

第五章　新诗的推进式节奏形态

诗歌的节奏构成依靠语言，因此就叫语言节奏。新诗中则就叫口语节奏。口语节奏在新诗的形式建设中是形成一个系统的，正是这个系统的存在，使新诗的推进形态的节奏具有一套独特的构成原则。

第一节　音组与建行

音组是新诗节奏的核心，它也就是闻一多所称的音尺。

前已提及：音组是诗行中能显示出停逗顿挫的一个个语音拼合单位，或者说相亲的语音群。那么音组如何划分呢？新诗口语音组的划分和旧诗文言音组的划分并不一致。旧诗中的音组偏重音乐性能，因此在句子中对它的划分往往不顾及语法关系和意义，新诗则偏于语言性能，要依着意义和语法的自然区分来划定。孙大雨却认为“诗的分拍或顿并不必与词义或语言规律完全一致”，这对旧诗来说可以，对新诗来说却并不合适。因此，他这样来划分如下一个诗行的音组：“我们/要耐守/在高墙/的监里”[①]我们认为“的监里”的划分就不合适，只有改成“我们要/耐守在/高墙的/监里”才读来顺畅。胡乔木这样划分自己一行诗的音组：“在城市/的公园/和人行/道上。”这里“的公园”这个音组划得也不合适。卞之琳曾作“在城市的/公园”这样划分。这是按意义和语法的自然区分来划分新诗音组的，可以说是新诗中已约定俗成了的规范原则，胡乔木却说：“作者既认定拿两三个字（音节）作为一拍或一顿，就不再采取拿一个和四个字（音节）作为一拍或一顿的办法”[②] ——这种“作者认定”对新诗就不合适了。

音组除了如何划分，还要考虑定量和定性。

新诗的形式探求者对音组如何定量也基本上有了约定俗成的原则，那就是：二字、三字容量的音组是新诗中最典型的音组，单字音组和四字音组则要控制使用。旧诗只限于使用二字音组和单字音组，如“千里/莺啼/绿映红”，是“223”三个音组的组合；“离离/原上草”，是“23”的组合，没有出现三字容量以上的音组在使用——当然个别例外也并非没有。新诗用口语写，口语中有大量多音词，一个诗句中因此除了实字，还有不少虚字夹杂着，语音量的扩张影响到音组也会膨胀，音组型号增加了，使得本来旧诗中以二字、三字音组为主的使用格局在新诗中扩大为以二字、三字与四字音组为主的格局。单字音组除了有时在诗行的尾处出现，一般已极少用，而四字音组——这个旧诗中没有的新生事物倒是大量出现了，主张口语自然语吻者很爱采用，如岑琦《石头的火花》中：

---

① 《诗歌底格律》，《复旦大学学报》1957年第1期。

② 胡乔木：《〈随想〉读后》，《诗探索》1980年第4辑。

毁灭性的/灾难/倏忽/降临
往往/来自/被藐视的/火星

“毁灭性的”、“被藐视的”都是四字音组，和二字音组、三字音组组合在一起，读来还是顺畅和谐、流转自如的。但这是音组定量的极限，使用中应该从严控制，至于超过四字的音组若一定要使用，就会出现两种情况，要么分裂成两个音组，要么读来别扭，如唐湜的《卧游》中：

听高大的/奥赛罗/对他的/爱人
说远方的/征战、/冒险与/忧伤，
或者去/地中海湾的/小渔村，
看月下的/少女/拉银色的/小网。

这一节诗，字数相当整齐（两行十一字，两行十二字），但读来节奏感不强，甚至有些拗口，主要原因是四字音组用得过多，还用了“地中海湾的”这样一个五字音组。在自由体诗里强调口语的语吻，偶尔用五字音组是可以的，如艾青《太阳》一诗中有“从人类/死亡之流的/那边”倒还有一种流转自如感，但格律体诗里不应采用，上引唐湜诗中那个“或者去/地中海湾的/小渔村”就是音组使用上的犯规。唯其如此，我们才认为林庚提出“五字音组可能是新音组中最近于自然和普遍的”[①] 那个主张是不实际的，那样的存在可能性并不大。不妨拿他所举一例来看。他引用自己的诗《秋夜的灯》中一句：“秋夜的灯是苦思者的伴风意寒峻地。”他认为得这样划分音组：

秋夜的/灯是/苦思者的伴/风意/寒峻地

“苦思者的伴”被林庚看成是五字音组，其实它在诗行中应分裂为“苦思者的/伴”，但林庚是不肯认同的，那暂且认定是个五字音组吧，但组合在诗行中让人读来却总不顺畅，很别扭。因此作为一次音组定量的规范，五字音组应该排除，当中夹一个虚字（“的”、“了”等）的四字音组可以大量使用，若都是实字的四字音组则要控制使用：单字音组在新诗中一般可以用在诗行开头或煞尾，如闻一多的《也许》中：

蛙/不要嚎，/蝙蝠/不要飞

“蛙”是单字音组，在诗行开头使用。蔡其矫《丙辰清明》中：

圣者的/血
流在天堂上

① 《再论新诗的形式》，《文学杂志》第3卷第3期。

这第一行煞尾是“血”这个单字音组。一般情况下必须让诗人们尽可能使用二字、三字音组。对于初学写新诗的人在基本功训练上应该首先学会使用词语时把每一个词语的字数尽可能控制在二字、三字的容量中——这也正是把现代口语提升为诗性口语的核心要求，切不可在标榜口语自由中漠视这一点。

音组定量牵涉到对它的定性。一个音组内部字音容纳量的多少（即使是多一个只算半音的轻音字）也是会影响其节奏性能的——当然这种节奏性能只是比较中的差异，而并非绝对定性。大致说，多字音的音组给人以沉重的节奏感，属于“抑”，相对而言字音少的音组给人以轻朗的节奏感，属于“扬”。抑扬或扬抑相间，顺势而下，节奏感就和谐。因此从音组的定量导致的定性，也就显示为：单字音组最轻缓，二字音组次轻缓，三字音组次重急，四字音组最重急。这样四类定量且定性了的音组在诗行中的有机搭配，就足以显示诗行节奏，抑扬顿挫就靠此四类音组的有机搭配而获得。

音组除了要求定量与定性以外，接踵而来的一个重要内容是音组的组合。应该看到：音组组合的表层结果是建行，深层结果则是确立诗行节奏。

必须以不同型号音组的组合来建行！这是一条新诗形式建设中不可忽视的规范原则，这样做为的是让一个节奏诗行能有轻缓、次轻缓型音组和次重急、重急型音组顺着循序渐进的自然流程作妥善组接，以造成“扬抑扬抑”、“抑扬抑扬”式的，或者“扬扬抑”、“抑抑扬”式的，或者“扬抑抑”、“抑扬扬”式的和谐节奏。如果只用同一个型号的音组三次以内组接或一个三顿之内的诗行用同一个型号的音组，是可以的，若超过此限度多次重复，就会造成单调板滞感。如刘梦苇《铁路行》中：

我们是/铁路/上面的/行人，
爱情/正如/两道/铁轨/平行，
许多的/枕木/将它们/牵连，
却又/好像/在将/它们/离间。

非常讲究诗歌格律的刘梦苇恰恰没有吃透如下这点：必须让不同型号的音组有机组合以建行。但上述诗例显示着他并没有理性地认识到这一点，第一、三行，都是“3232”式组合，拿规范要求能造成“扬抑扬抑”的节奏感，但第二、四行都是“22222”式组合，给人以“抑抑抑抑抑”的节奏感。把两种字数全相等的诗行进行节奏比较岂不可以看出：前者抑扬顿挫铿锵有致，显示最佳的诗行节奏；后者没有起伏感，太和谐，反导致麻木拖沓，节奏效果极不佳。值得提醒：说第一、三行具有最佳诗行节奏效果，在于它们都采用二字、三字这两类典型的音组来组合成诗行。当然，这并不意味着建立诗行就不该采用单字音组和四字音组了，却也值得指出：单字音组的节奏性能最轻缓，四字音组则最重急，它们之间的悬殊较大，不宜直接组接，如：“独行者的/心/仍想着/灯吗/一点的/华丽。”在这个诗行中，四字音组“独行者的”和单字音组“心”直接组接，而“心”后面又紧着是三字音组“仍想着”，总使人感到重急和轻缓感之间起伏转折太大，失去了循序渐进的节奏推进趋势，读来总有不顺畅的感觉。又如：“温柔的/处女的/手/羞遮着/面颊。”单字音组“手”夹在前面两个三字音组，后面一个三字音组当中，节奏悬殊也太大；特别因为节奏感是有惯性的，一连两个次重急的三字音组，后面突来一个最轻缓的单字音组，诗行节奏就失去了循序渐进的感觉了。同样不宜直接组接——这是附带需要说明的。

值得指出：在建行中由音组数（顿数）显示的诗行长度既要定量也要定性。不同长度的诗行，节奏性能也会是不同的。理想的诗行长度是三顿、四顿和五顿。上引《铁路行》中“我们是/铁路/上面的/行人”这样的诗行之所以被看成最佳的诗行，除了它是用二字、三字音组组合成这一点以外，还在于它的长度适中，是由四个音组组合成的四顿体。但不同长度即不同音组数组合成的诗行，节奏性能也是不同的，所以建行还得考虑节奏诗行的定性问题。不同长度或不同顿数的诗行，从外现内在情绪的角度看，诗行节奏的性能也颇不同。顿数愈少的短诗行，愈短促明快，属于扬的节奏感，能显示出急骤昂奋的情调；顿数愈多的长诗行，愈悠远沉滞，属于抑的节奏感，能显示出徐缓沉郁的情调。如同样是抒唱主体在夜景中的感受，田汉在《黄昏》一诗中这样写：“私语啊/银灰的/星光底/安眠啊/溜圆的/露珠里”，竟是用六个一顿体诗行组成一个诗节，于极其短促明快的节奏中显示活泼开朗的情调，于赓虞在《长流》中则这样写：

> 苍空的流云寂寂的慢慢的从我头顶飞来飞去，
> 这迢迢异地已是榴花时节还没有灵鸟的消息。
> 故园亲人的墓头想已、想已青草蓬蓬有如云衣，
> 今夜荒漠冷明的古寺前只有我在听长流禅语。

这是八顿体的特长诗行，特别显示节奏的徐缓沉滞，有一种异样郁勃的情调。且不谈两个人同是表现夜景中采用的意象不同，单就不同长度的诗行组成的诗节作比较，也可见出其情绪外现的节奏效应——一扬一抑也是十分明显的。把早期田间与艾青的诗作个比较也很能说明问题。田间在《中国牧歌》中的短诗和长诗《中国，农村的故事》是一种急骤亢奋的战斗激情抒发，像擂鼓一样，用了那么短——短到大多是一顿体的诗行来体现一种“扬”的节奏感；艾青《大堰河——我的保姆》所抒发的是沉郁的母子深情，则用了那么长——长到大多是六顿体以上的诗行，体现一种“抑”的节奏感。

建行还得考虑一个重要问题——半逗律。半逗律是林庚提出来的。他在《关于新诗的问题和建议》中说：

> ……中国诗歌形式从来都遵守着一条规律，那就是让每个诗行的半中腰都具有一个近于“逗”的作用，我们姑且称这个为“半逗律”。①

在《再谈新诗的建行问题》中又说：

① 林庚：《新诗格律与语言的诗化》，第73页。

> 中国诗歌根据自己语言文字的特点来建立诗行，它既不依靠平仄轻重长短音，也不受平仄轻重长短音的限制，而是凭借于“半逗律”。“半逗律”就是通过句逗作用把诗行分为近于均匀的上下两半，这规律适应于四言、五言、七言，也适应于《楚辞》。它概括了历代旧诗形式上的普遍法则，新诗如果要继续诗歌的民族形式传统，就必然要服从于这个规律。[①]

林庚的这些话说得很肯定，表明他对半逗律的发现很自信。的确，诗行节奏中存在着一个半逗律的问题，建行设计中须考虑半逗的问题。那么如何显示半逗律呢？林庚根据他设想的典型诗行“二三”型与“四三”型，来分成“均匀的上下两半”，但又不认为“三二”型与“三四”型有半逗律，这大概认为半逗律后半一定要三字尾吧！这就使半逗律不适应于词曲了，如：“今宵酒醒何处？杨柳岸晓风残月”，就不能有半逗律了，这是说不通之一。再说，林庚谈半逗律是从“字”出发的，若从“顿”出发，说“二三”是两顿，可成均匀的上下两半，“四三”则是“223”，不能均匀地分上下两半了。一结合到新诗，就更麻烦，半逗的半中腰是三顿体，五顿体诗行中就找不到了。因此我们认为半逗律确是存在的，但在新诗建行中如何显示半逗律，还得从长计议。

半逗律是辅助诗行节奏的。新诗中诗行节奏的显示不限于音组间的略作停顿，还有个如何进行停顿的系统：诗行收尾是个最完全的长逗，诗行内部除了音组与音组间总有个称不上“逗”的略作停顿外，中间还有一次半逗。不能忽视半逗的辅助作用，它使一个诗行分作两个音组群，一方面能对上半个音组群的节奏起整顿作用，造成一次惯性所致的节奏预期，以便于向下半个音组群过渡；另一方面，它的存在可以和收尾的全逗照应，使诗行不仅在音组间的停逗中显出语势的起伏，也能给以两次更大的起伏，造成一种更具立体感的诗行节奏效果。但半逗的位置在哪里呢？从创作实际看，新诗的诗行如果中间不打逗号，那么五顿体是其极限长度，超过这限度，诗行节奏会不鲜明，给人以拖沓的感觉。半逗的位置则在一个诗行的倒数第二顿上，也就是说，作为显示半逗的两个音组群，前一个可以有几个音组合成，后一个却只能有两个音组合成，若以“/”表示顿，“//”表示半逗，则三顿体的诗行，如北岛《冷酷的希望1》：

风牵动//棕黄的/影子
带走了//松林的/絮语

四顿体的诗行，如何其芳《那一个黄昏》中：

那一个/黄昏//并不/昏黄，
一望的/白雪//白得/发亮。

五顿体的诗行，如丁芒《海天遗踪》中：

---

① 林庚：《新诗格律与语言的诗化》，第84—85页。

才别了/扬子/江心//破碎的/冷月，

又见到/罗浮/山上//缥缈的/白云。

这些诗行借音组的“顿—半逗—全逗”的语势流程，显示出抑扬顿挫的节奏感。值得注意的是四顿体的诗行不太长，前后两个音组都是偶数组合，显得很和谐，但又和谐得不过分，不会令人有单调之感而生厌。三顿体和五顿体的诗行，前一个音组群总是奇数，后一个音组群却是偶数的组合，当中一个半逗，明显地分出了节奏性能的不同，有了更迭，出现了起伏，强化了节奏感，这些都合于生理心理上的审美节奏限量。如果超过五顿、六顿以上的诗行，就会显得拖沓，使节奏感疲惫。林庚在《秋深》中有这么个诗行：“吹不起/乡愁/吹不尽/旅思/吹遍了/人家”，六顿体，并且是“323232”式组合，读来还是颇为和谐的。在他另一首诗《夜》中有这么个诗行：

人生/如一曲/哀歌//作江头/过客

这是五顿体，也很和谐，和谐度比六顿体那个诗行却要弱一点。但令人奇怪的是：极和谐的六顿体诗行反比并不很和谐的五顿体诗行节奏效果要差。什么缘故呢？我们认为：首先是六顿体诗行超出了汉民族审美节奏敏感区的范围，反而使敏感度削弱了。其次，这同诗行节奏的停逗系统不完善有关。六顿体诗行的倒数第二顿是无法形成半逗的，因为前面的四个音组是工整的偶数组合，分不出音组群更迭起伏的界限，削弱了节奏功能。好在林庚这个六顿体诗行还是二字音组和三字音组的交替组合，不同音组的节奏性能有规律的差别，还是能给人规律中见变化之感的，要是全用同一个型号的音组来组合成六顿体的诗行，如闻一多《静夜》中：

你有/什么/方法/禁止/我的/心跳

那可糟了。这样的诗行节奏的确和谐极了，但已和谐到几近麻木的程度，没有规律中的变化，也没可能用半逗律来作调节，抑扬顿挫的节奏波动极其微弱。总之，诗行的长度必须适应半逗律，而半逗律的存在，又大大地辅助了诗行节奏的充分显示，这一点首创现代格律诗的闻一多也还没有注意到。

可以说：把音组定为形成诗行节奏乃至文本节奏系统的基础，是新诗形式建设十分重要的一个观念。而对音组作定型、定量、定性及对其一般组合以建行所应循原则的考察，则还只是新诗口语节奏体现的第一个层次。

第二节　典型诗行

不能满足于音组一般的组合原则，而应该按这些原则来为新诗定出一套音组的组合模式。这不仅仅是建行的问题，而是建立典型诗行的问题。我们必须看到：一、建立典型诗行其实是寻求典型诗行之所以能典型的规律，而这规律则是要从一套音组组合模式中去发现的；二、典型诗行可以化出无数合于新诗口语节奏规范的新诗行，并能最大限度地影响新诗的形式建设。

前已论及：林庚率先提出典型诗行这个概念。这位颇有学术原创精神的诗学理论家认为：旧诗的典型诗行“五言是二三，七言是四三”。可见他对典型诗行的认识是从诗行的“言”出发的，因此在谈到新诗的典型诗行时，他类推为是“五四”（九言）、“五五”（十言）、“六五”（十一言）体。但我们认为诗行节奏如果立足于“言”而不立足于“顿”，对建立新诗的典型诗行是会有很多麻烦的，闻一多在《诗的格律》中提出以“音尺”有机结合来建立新诗的诗行节奏，但他又迷恋于建筑美，提出“绝对的调和音节”，而“绝对的调和音节，字句必定整齐”，结果在创作实践上他是从“言”出发建立诗行的，比林庚走得要早，以致使一批节奏表现显得或呆板或凌乱的豆腐干体诗应运而生。这就是麻烦。所以我们对林庚的典型诗行的提法十分赞成，但对认识典型诗行的契入角度不能苟同，所以在前面我们也已提出对旧诗的典型诗行的看法，认为：“古体诗阶段的诗人们探求到两类典型诗行，一类是以三字尾为标志的‘23’、‘223’（或‘323’、‘233’）的典型诗行，体现为哼唱调（歌调）的诗行节奏调性；另一类是以二字尾为标志的‘32’、‘232’（或‘322’、‘332’）的典型诗行，体现为诉说调（诵调）的诗行节奏调性。”那么新诗的典型诗行该是怎么样的呢？我们从近一个世纪的新诗创作实践中概括出了两条显示典型诗行的原则：一条是它受制于自身语言比旧诗要大为扩张的现实，其诗行长度也须增加，具体点说，要从旧诗典型诗行的二顿体、三顿体发展到四顿体、五顿体，即新诗的典型诗行不仅可以有二顿体、三顿体，更应该有四顿体、五顿体；其次一点是：它应继承旧诗的调性传统，既有以三字尾体现的歌调体，也有以二字尾体现的诵调体。根据这两条原则，再来看百年新诗成功的诗行，大致可以归纳成如下几类诗行的音组组合模式：

（一）二顿体模式：

诵调：32、42、22

歌调：23、43、33

（二）三顿体模式

诵调：322、232、432、222 等

歌调：223、323、423、333 等

（三）四顿体模式

诵调：3232、2332、4232、2222 等

歌调：2323、3223、4323、3333 等

（四）五顿体模式

诵调：23232、32322、24232、22222 等

歌调：23233、32323、32423、33333 等

对这四类音组组合模式，我们须特别说明如下一点：凡以同一型号的音组组合的诗行，其显示节奏的功能机制阶位并不一样。二顿体的“22”、“33”模式与三顿体的“222”、“333”模式，作为显示二顿体、三顿体诗行节奏的机制，功能效果还是高的，因此百年新诗的形式建设中，它们和非同一型号的音组组合模式一视同仁获得了重用。

但是四顿体的“2222”、“3333”模式与五顿体的“22222”、“33333”模式作为这两类诗行节奏的机制，其功能效果就不高了，会导致诗行节奏板滞，给人以麻木感引起心理感应中的节奏疲劳。所以大多数诗人对“2222”、“3333”类和“22222”、“33333”类音组组合模式不大采用。当然，偶尔也有人采用，如上面已提及的刘梦苇《铁路行》中的这个诗行：“爱情/正如/两道/铁轨/并行。”就感到诗行节奏显示十分板滞。至于上引闻一多《静夜》中的那个六顿体诗行：“你有/什么/方法/禁止/我的/心跳”，诗行长度已超过限量，且六顿体难以定半逗律，又加上是由“222222”的音组组合模式划出来的诗行，节奏的麻木与疲劳感可想而知。这样的诗行，当然不能称之为典型诗行了。

那么典型诗行是哪些呢？

闻一多在《诗的格律》一文中，曾对新诗诗行中的“音节的方式”作了极其有价值的探讨，提出了由一种音组组合模式划出来的典型诗行。它就是“每行都可以分成四个音尺”的模式，即四顿体模式划出来的诗行，闻一多认为是典型诗行的最佳选择，他还具体地提出，它们是“每行有两个‘三字尺’和两个‘二字尺’或者三个‘二字尺’和一个‘三字尺’构成”的，也就是由我们上面已说到的“3232”（或“3322”）和“2232”（或“2322”）模式划成。他特定举出的诗《死水》中的第一行作例证：

这是/一沟/绝望的/死水

这就是“用三个‘二字尺’和一个‘三字尺’构成”的，因此他不无几分兴奋地说：这“是我第一次在音节上最满意的试验”①。闻一多这样选择的典型诗行是从自己的创作实践与艺术感觉中把握到的，应该说对我们作典型诗行的探求很有启发。不过，若超越个人的经验而从百年新诗整体实践中去归纳典型诗行的存在规律，也许对今天的我们来说更有条件也更有必要做。可以这样说：典型诗行的选择范围必须扩大，必须以上述四大类诗行的音组组合模式为本，在由此化出来的诗行中进行最佳选择。也就是说：四顿体模式中固然可以划出典型诗行，二顿体、三顿体和五顿体模式中同样可以划出典型诗行；并且不仅二字尾的诵调诗行音组组合模式可以化出典型诗行，三字尾的歌调诗行组合模式也可以化出。总之，根据两类（诵调类与歌调类）四体（二顿体、三顿体、四顿体、五顿体）的诗行音组组合模式，我们可以把握到比旧诗要多得多的诗行，以提供典型选择。

不妨分类并举一些例句：

（一）二顿体诗行

旗呵，反攻　　22

——庄涌：《朗诵给重庆听》

踏停蛙鼓　　22

——沙白：《水乡行》

---

① 闻一多：《诗的格律》，《闻一多全集》第3卷，三联书店1980年版，第419页。

枫叶红了　　22

——侯唯动：《偷袭》

怒吼吧，祖国　　32

——蒲风：《我迎着风狂和雨暴》

生活是海洋　　23

——何其芳：《生活是多么广阔》

田亩已荒芜了　　33

——艾青：《旷野》

他的诗是血液　　33

——绿原：《诗人》

还封锁着微笑吗？　　43

——屠岸：《跨越》

（二）三顿体诗行

满载一船星辉　　222

——徐志摩：《再别康桥》

季候鸟百代旅梦　　322

——时湛：《寂寞与欢乐》

驶向新历史的门槛　　242

——贺敬之：《我生活得好，同志》

你美目里有明星的微笑　　442

——何其芳：《夏夜》

雪落在中国的土地上　　333

——艾青：《雪落在中国的土地上》

你认识生命的秘密么　　333

——陈敬容：《船·生命·孩子》

你是历史的一滴血　　243

——洛夫：《血的再版》

让白云飘去我的梦　　323

——沈紫曼：《有客》

（三）四顿体诗行

撑一伞松荫庇护你睡　　3222

——闻一多：《也许》

一卷烟，一片山，几点云影　　3322

——徐志摩：《沪杭车中》

你的歌就在我心儿上飞扬　　3242

——唐湜：《鄂尔多斯夜歌》

岁月在紫色的血泊中凝冻　　2432

——艾青：《悼罗曼·罗兰》

黎明，你能从血泊中诞生么　　2243

——岑琦：《闻一多之歌》

金色的小花坠落到你发上　　3233

——何其芳：《花环》

静静的，在那被遗忘的山坡上　　3243

——穆旦：《森林之魅》

香炉里袅起一缕碧螺烟　　3223

——徐志摩：《她是睡着了》

（四）五顿体诗行

洞箫的清音是风在竹叶间悲鸣　　32332

——蔡其娇：《南曲》

你为檐雨说出的故事感动　　22322

——何其芳：《花环》

我是从感情的沙漠上来的旅客　　24322

——曾卓：《有赠》

我乃有对于人类再生之确信　　32232

——艾青：《太阳》

这是我此刻仅能征服的高度了　　23233

——昌辉：《峨日朵雪峰之侧》

我们向空旷的雪原发出了信号枪　　33233

——邹荻帆：《风雪篇》

坚定地，他看着自己溶进死亡里　　33223

——穆旦：《赞美》

石缝里长草，石板上青青的全是莓　　32333

——徐志摩：《残语》

以上列举的是两类四体共38个典型诗行，它们是从百年新诗中难以统计的诗行中挑选出来的，多少还有点最佳诗行选择的代表性。它们作为一批材料提供给我们研究之用，从对它们的分析中可以给新诗诗行节奏的构成和典型诗行的建立提供如下几个方面的经验：

（一）有关音组起用频率调整的经验

在旧诗中，典型诗行在音组组合中起用的是二字音组、三字音组，单字音组极少用，二字音组扮演了主要角色。新诗使用的音组增添了四字、五字音组，五字音组和单字音组一样用得极少，但四字音组用得颇多，虽不能说它已替代二字音组而扮演了诗行音组组合中的主要角色，但在三字音组使用的频率跃居第一而二字音组退居第二的情况下，四字音组虽还只能屈居第三，但从诗人们使用四字音组甚至五字音组的那股势头可以预测在未来的岁月里四字音组——甚至五字音组被使用的频率肯定会大大提高，甚至有一天会替代二字音组的地位。我们作这样的预测是基于新诗语言的特性。随着现代人把握诗性世界中分析—演绎的功能得到提高，新诗的语言在投入言语活动中时，其内在逻辑性能也会更强化，语法规范也会更严密，而由此带引起虚字大量出现，涌入音组的构成中，这对四字音组使用频率的提高是具有决定性意义的。艾青一路的自由体诗在作典型诗行的探求中，这种趋势尤其明显，如艾青本人所写的《我爱这土地》，第一行就是："假如我是一只鸟"——一个二顿体诗行，"43"的组合，就有一个四字音组；第二行"我也应该用嘶哑的喉咙歌唱"是四顿体诗行，"4422"的组合，则有两个四字音组；至于"和那来自林间的无比温柔的黎明"，也是个四顿体诗行，"4352"的音组组合，不仅有一个四字音组，还有一个五字音组。这些诗行都是以四字音组担当主要角色的。不仅如此，他其他的诗使用四字和四字以上音组的诗行，更是唾手可得，两顿体的，如《雪落在中国的土地上》中"颤抖着的两臂"（42）"是如此的泥泞呀"（43）"你中国的农夫"（42）等，三顿体的，如《手推车》中有"在无数的涸干了的河底"（442）；《北方》中："都披上了土色的忧郁"（432）；《鹈》中："圆润如花瓣上的新露"（342）；《春》中："在东方的深黑的夜里"（432），《黎明的通知》中："从汹涌着波涛的海上来"（433）等。四顿体的，如《吹号者》中："站在蓝得透明的天穹的下面"（2432）"天地间在举行着最隆重的典礼"（3442），《黄昏》中："一阵阵地带给我以田野的气息"（4342），《野火》中："传来了那赞颂你的瀑布似的歌声"（4442）；五顿体的，如《时代》中："让它的脚像马蹄一样踩过我的胸膛"（32442），《村庄》中："从明洁的窗子可以看见郁绿的杉木林"（42433），《献给乡村的诗》中："它像中国大地上的千百万的乡村"（22442），《吹号者》中："我们呼吸着泥土与草混合着的香味"（23442），等等。从这些例证中我们发现四字音组紧随着三字音组而被大量起用是一件了不起的大事，对新诗所特具的诗行节奏形成和典型诗行建设是会发挥巨大作用的——这方面我们后面还要谈到。

（二）有关诗行停逗节奏调整的经验

诗行节奏除了以音组间的停顿来显示，也可让半逗律来体现。半逗律把诗行分上下两半，在上半的顿群与下半的顿群之间设置一个超过"顿"而有较长停歇时间的"逗"，下半部分的结束处也有一个较长停歇时间的"逗"，由顿群带来的两次"逗"，也就产生了诗行的停逗节奏。而由顿而逗有机的进展则是一个诗行节奏系统。前面第七章第二节我们论及旧诗的诗行节奏系统时，曾特意考察了停逗节奏显示的特征，认为：近体五言诗的"23"组合式诗行，上半截一个二字音组后面有一个半逗时限，后半截一个三字音组后面则有一个全逗时限，按理时限不一样，但实际上后半截由于是三字音组，比起上半截的二字音组来，其音组节奏性能急促逼仄一点，因此全逗处提供给我们的节奏感知时限有一部分要用来作节奏惯性的缓解，所以这个全逗和上半截的半逗，时限是相当的。七言诗的"43"组合式诗行，上半截两个二字音组后面有一个半逗时限。后半截一个三字音组后面有个全逗时限，按理说时限也不一样，但实际情况也并不如此。必须看到后半截所采用的这个三字音组在煞尾部位就不稳定，容易分裂而成为“21”或“12”式两个音组，条件是：上半截只要是两个音组，就会对它产生节奏感召，引起分裂。同理类推，若上半截不是一个音组，则对它产生节奏感召就不分裂——如同五言体那样。这一分裂后半截诗行也等于是两个音组，同位相谐，全逗时限也会转为半逗时限。所以在前面我们已经作出一个判断：近体五言和七言的诗行停逗节奏，前后两次逗的时限都相当，这也就导致它们整个诗行节奏系统是以顿、逗重复体现的复沓回环。新诗的诗行节奏系统却不是这样的，诗行继承旧诗的停逗节奏，不过，它的诗行长度超越了旧诗，除了二顿体、三顿体，还增加了四顿体、五顿体，而音组也从旧诗起用的二字、三字（有时因它的分裂而有单字）音组，扩大到四字甚至五字音组，这就是新诗的停逗节奏也在继承旧诗传统的基础上出现的调整。除了依旧保持着诗行前后两截从半逗到全逗这一停逗节奏的基本形态，还出现了如下的新情况：由于新诗二顿体除外的诗行体现半逗律的半逗点总在诗行倒数第二个音组前面，也就决定了它的三顿、四顿、五顿体诗行，其下半截总是保持两个音节的组合，这使得即便是个三字尾，也不会发生节奏感召而分裂，因为煞尾前还是有个音组在的，而煞尾处的全逗时限也不会实际上成为半逗的时限，而其停逗节奏也就始终货真价实地显示为从半逗到全逗这么一个过程。基于这样的认识再来验证四种诗行的节奏系统实况：二顿体诗行，始终显示为从半逗到全逗的停逗节奏性能，或者说总是存在着停逗的时限差异，特别是“32”、“42”、“23”、“43”的组合，这种停逗时差更显著，这就使得诗行节奏系统不是复沓回环式的，而是推演递进式的。因此，像“怒吼吧，祖国”，“还封锁着微笑吗”这些二顿体典型诗行，都显示为推进式诗行节奏形态。三顿体和五顿体诗行，即使是以三字音组煞尾的歌调类，都不存在三字尾受诗行前半截的单顿或三顿顿群的节奏感召而分裂，它们的前后两截都明显地存在停逗时限的差异，特别是五顿体诗行的前半截是三个音组（且夹杂着不少音组节奏特显急逼的四字音组在内）合成的三顿群，后半截只是两个音组合成的二顿群，停逗时限急逼一舒缓，停逗节奏的对比推进感鲜明强烈，因此像“你是历史中的一滴血”、“我乃有对于人类再生之确信”这样的典型诗行，其节奏系统也属于推演递进式的。比较复杂一点的是四顿体。这是新诗中最受欢迎的一类诗行，闻一多之所以对《死水》的节奏表现颇为自我欣赏，主要原因是以四顿体诗行组成的。四顿体诗行的确以节奏的和谐平衡而成为新诗音组组合和诗行长度的最佳选择。从半逗律的角度看，它的前后两截各含两个音组倒真是平分秋色，虽然它的前后两截停逗时限有差异，但毕竟音组量前后平分秋色，顿数整齐划一，更何况二字音组和三字音组节奏的时差还不是太大，置于诗行前截或后截，以顿显示的节奏感也差距不大。所以，这一类诗行节奏大致总显示为一种复沓回旋的性能。但是，由于新诗中出现四字甚至五字音组，四字音组在诗行音组组合中起用的频率很高，致使四顿体诗行原本以二字、三字这两类音组较单纯的组合局面被打破了，让四字音组进入诗行，让三类音组无序地进行组合，这时的音顿节奏和半逗律结合起来，使诗行前一截与后一截的顿群停逗时限平衡的关系也不复存在，整个诗行音组组合的节奏系统也出现了大调整，从复沓回旋转向了推演递进的节奏性能。我们不妨比较一下上面引述过的两个典型诗行。一个是闻一多《也许》中的：

撑一伞松荫庇护你睡

另一个是唐湜在《鄂尔多斯夜歌》中的：

你的歌就在我心儿上飞扬

前一个诗行给人以复沓式的节奏感，而后一个则给人以推进式的节奏感那是显而易见的。不妨再把闻一多所欣赏的那个自己的典型诗行——“这是一沟绝望的死水”，和艾青的几个四顿体诗行比一比，一个是《吹号者》中的：

天地间在举行着最隆重的典礼

再一个是《雪落在中国的土地上》的：

那些被烽火所啮啃着的地域

再一个是《旷野（又一章）》中的：

玉蜀黍已成熟得火烧般的日子

闻一多的诗行是很单纯地用二字、三字音组组合的，而艾青的三个诗行则四字音组涌入并和三字音组联手组合成诗行，前者是复沓式节奏和后者是推进式节奏，那是可以品味得更明确些的。

（三）有关五顿体诗行调性调整的经验

上已提及，二顿体、三顿体、四顿体和五顿体诗行都有两类调性，即二字音组煞尾的诵调和三字音组煞尾的歌调。一般说新诗中采用二字尾的诵调体诗行较普遍，采用三字尾的歌调体诗行就比较少了。我们读二顿体、三顿体、四顿体的二字尾诵调诗行，节奏感较顺；若读它们的三字尾歌调诗行，会感到不太顺畅。如舒婷的《祖国呵，我亲爱的祖国》中的：

我是你河边上破旧的老水车

那是“2433”组合而成的三字尾歌调诗行，读来多少有点涩，而同一文本中另一个诗行：

我是你雪被下古莲的胚芽

和上一句基本上是同一种诗行构成格式，只不过这是“2432”组合的二字尾诵调诗行，但它读来就顺。若要解释这种奇特的节奏感产生的原因，只能说：诉说性的诵调既能适应短一点的诗行，也能适应长一点的诗行，而哼唱性的歌调则只能适应短一点的诗行。但令人奇怪的是：新诗中，五顿体三字尾的诗行反而更通行一点，诗行节奏感反比二字尾要鲜明，要流畅。这似乎有点反常。不妨也举例比较。一个是蔡其矫《南曲》中的五顿体诵调诗行：

让生活在光明中的我们永不忘记　　　44222

另一个是陈梦家在《一朵野花》中的五顿体歌诵诗行：

一朵野花在荒原里开了又落了　　　22423

显然，读陈梦家的这个三字尾诗行比蔡其矫那个二字尾诗行就顺畅得多。这是什么缘故呢？只能从二字尾与三字尾对长诗行的诗行节奏所起作用不同来说。一般说长诗行音组组合多，而过多的音组在阅读中会消解接受者心理中求变的节奏预期，进入麻木状态，产生徐缓难变的潜隐感觉，以致诗行节奏涣散，而二字音组是具有徐缓感的音组节奏，它在诗行中过多重叠地存在，尤其从半逗律角度而言，诗行节奏主要是诗行后半截的问题，若在半逗点前后到煞尾处重叠二字音组，那就会加剧诗行节奏的徐缓感觉，产生诉说意味的分析性语调，让诗行推进的气势进入和谐平衡，散文节奏的倾向也就会显示出来。蔡其矫这个诗行上半截一连两个四字音组，半逗点上又用了个二字音组，和前两个四字音组是两极化的存在关系，当中没有三字音组来起节奏过渡的缓冲作用，作为这诗行上半截的顿群，本已节奏混乱涣散，而诗行的后半截，又恰恰是两个二字音组，尤其是二字尾，具有余声缠绕的职能，进一步强化了这个诗行徐缓的诉说调性，把诗的节奏涣散成散文的节奏。陈梦家的这个诗行是“22423”的组合，上半截的顿群是二字音组与四字音组的两极化组合，由于二字音组是两个，重叠着的，很徐缓、突兀，接上一个四字音组。节奏的波伏度相当大，半逗处停逗的时限当然很短，下半截一个二字音组接三字尾。二字音组徐缓同有一定急逼感的三字音组组接，也引起节奏的波伏，但不及上半截的波伏大，因此全逗处逗留的时间也较长，这使上下截形成停逗时限的差异较大，这已使这个诗行节奏是推进的，而不显涣散。而还得特别注意：这是三字尾，有歌调（哼唱调）性能，这种调性类似滑音的流畅味，守在句尾，能为诗行节奏提供的余音缭绕，也就是无尽地向前波动。必须看到：诗行上下截顿群过分均衡，会生复沓的节奏感；不均衡，则会生推进的节奏感，尤其是长诗行，上半截顿群大，节奏力的蓄势也大，和下半截一组接，也就显示波伏的悬殊。若再能以三字尾作结，就会使波伏度极大的节奏出现一股惯性的延展力。正因为这样才使新诗中起用五顿体诗行时，诗人们更喜欢三字尾（歌调）五顿体诗行。

（四）有关诗行音组搭配调整的经验

新诗典型诗行不同型号的音组在组合中如何科学有机地搭配，比旧诗要复杂得多。

旧诗因为只有二字、三字两个音组，再勉强凑上一个由三字尾分裂出来的单字音组，也只三个音组，而实际起用的基本上只前两个，搭配问题除了词曲略显复杂（也不过是煞尾音组的搭配），近体诗就只是“23”、“223”的搭配，十分单纯。而新诗常起用的就有二字、三字、四字这三个音组，单字、五字音组起用的机会也不算少。那搭配的问题是直接牵涉诗行节奏的问题，既重要又十分复杂。迄今为止，还鲜见有人对诗行音组如何进行组合作探讨的。闻一多在《诗的格律》一文中所谓“绝对的调和音节”也只是就诗行间音组数量和各型号音组数量的相等而言，而没有考虑到一个诗行中不同型号音组如何搭配的问题。当然诗行组合中绝对地限定不同型号音组搭配的次序是不可能也是行不通的，不过，把这种搭配同节奏显示挂上钩、提出一些大原则还是可以的。百年新诗的实践中，诗人们似乎约定俗成地有了几个搭配大原则可以归纳出来。那就是：

（一）单字音组，二字、三字音组，凡同型号重叠组接易控制在三次以内；从创作实践情况看，同型号音组三次或三次以外的组接，会损害诗行节奏的鲜明、明快而走向拖沓，如蔡其矫《南曲》中三字音组连用三次的诗行。

看见了到处是插云的高山

就不及他另一首《新盈港》中那个三字音组、二字音组间隔使用的诗行：

灵魂的舟子向往的静水

尤其是二字音组重叠使用三次以上节奏效果更差，如徐志摩的《呻吟语》：

我亦愿意赞美这神奇的宇宙

这是一个“22242”组合的诗行，比一比同诗另一个“22323”组合的诗行：

我亦愿意忘却了人间有忧愁

这后一句节奏效果就好得多，原因就在于三个二字音组间隔使用。

（二）四字音组重叠组接的控制线以两次为顿限，四字音组不宜直接与五字音组搭配。艾青的《吹号者》中有：

天地间在举行着最隆重的典礼

是“3442”的搭配，“在举行着”与“最隆重的”两个四字音组重叠组接，诗行节奏还是和谐的，但这样组接的诗行在新诗中也不多见，因为它是“3442”的组接，诗行的节奏进程还比较地是顺势而流动的，若不如此，就会显示诗行节奏的别扭。徐志摩在《残诗》中有：

那廊下的青石缸里养着鱼，直凤尾

这是“44213”的搭配，就不显节奏的顺势流程，所以读来别扭了。海子在《土地固有的欲望和死亡》中有：

……从泪水中生长出来的马和别的马一样

这是“45133”的搭配，节奏流程很不顺势，四字音组“从泪水中”和五字音组“生长出来的”直接搭配是很不适宜的，而紧接着来一个单字音组“马”，极不顺势，读来当然十分别扭了。

（三）同型号音组以相随组合为最适宜，相交、相抱的组合则较少。如何其芳的《爱情》中：

霜华在无云的秋空掠过

这是“3322”的相随（AABB）式组合。又如戴望舒的《深闭的园子》中：

主人却在迢遥的太阳下

这是“2233”的相随式组合。这类组合式起用频率高是因为它和节奏的推进式相应合的，而新诗的节奏形态总体显示为推进式的。又如舒婷的《思念》中：

一双达不到彼岸的桨橹

这是“2332”的相抱式（ABBA）组合。又如徐志摩的《她是睡了》中有：

星光下一朵斜倚的白莲

这是“3232”的相交式（ABAB）组合。这两类组合式起用频率不高，是因为它们是和复沓回旋式节奏相应合，和新诗节奏的推进式不适应。

（四）单字音组一般置于行首或行尾，置于当中的不多，也不适宜。如丁芒的《海天遗躁》中有句：

扪中兴碑，不觉涕泪沾襟

这是“13222”搭配的五顿体诗行。多少有词曲音节表现的胎记存在。这胎记给予新诗诗行音组组合一点启发：凡动宾结构的三字音组或四字音组在行首往往会分裂成“12”或“13”，此处就是由四字音组分裂开来而成的“13”音组搭配。当然，单字音组也并不全是由三字或四字音组分裂而得的。如秋荻的《雪茄——呈陆游》中：

诗：历史回眸时一滴泪晶

这是“12322”搭配的五顿体诗行。单字音组也常出现在行尾，它在很多情况下是三字尾或四字尾分裂而得的，如艾青的《我爱这土地》中有：

这无止息地吹刮着的激怒的风

这是“5431”搭配的四顿体诗行，唯一的这个单字音组“风”其实是从行尾的一个四字音组“激怒的风”自然地分裂出的，其节奏调性同三字尾一样属歌调——旧诗中的三字尾常常分裂为“21”，诗行仍属歌调足可证实这一点。总之单字音组在行首或行尾存在，是能推进诗行节奏流畅的。但单字音组在诗行的当中出现，就不值得那么推崇了，因为它往往会破坏诗行节奏流畅地推进。如艾青的《旷野（又一章）》中：

阳光从我们的手扪不到的高空射下来

这是“241423”搭配起来的六顿体诗行，“手”这个单字音组存在于第三个音顿位置上，它夹在前一个四字音组“从我们的”和后一个四字音组“扪不到的”之间，无论如何不能使诗行节奏顺畅地推进，它能使这个诗行节奏带来混乱，不顺畅，读来十分别扭。这种音组搭配在新诗创作实践中已极少出现。总之，以上四点由旧诗传承下来的有关诗行音组搭配的措施在新诗中所作调整，是十分重要的，从这场调整中所获得的搭配新经验也是十分重要的，是对新诗建立典型诗行有力的保证。

新诗的节奏构成，起点是音组，基础是典型诗行，所以诗行音组组合的规律与典型诗行确立的原则，对于新诗形式探求来说是重中之重，基础的基础。但这只是建行中一项具体的诗行节奏的问题，抓诗行固然重要，但单是抓此一项，对于新诗全面的形式建设来说是无济于事的。

因此必须从音组组合以建行推演出去，进一步来考虑新诗形式探求中诗行组合以建诗行群的问题。

第三节 诗行组合的规范要求

节奏诗行的组合是形成节奏诗行群的问题。诗行群如何形成的规范要求既属于节奏方面，也有格式方面的，因为诗行的组合以成群也可能是建节立篇，但这里的诗行群指的是建节立篇的部分元件材料，而非章节的构成。有鉴于此，我们在此欲探讨的诗行组合的规范要求，是节奏的问题，即诗行节奏构成范畴的问题。

诗行节奏主要显示在一个诗行中，不过，在诗行与诗行之间采用某种外在的辅助措施而组合成一个诗行群时，也会使这一场组合具有节奏表现的功能。那么这辅助措施指的是哪些呢？大致说有两类：排比和对偶，煞尾音组安排和押韵。

措施之一：排比和对偶

排比对偶有时也合称排偶。排比指语言结构相同，意义密切相关且语气一致的词汇所组成的句子作成串排列的语言现象。对偶和排比一样，要求对应语句的结构相同或相似，且要求字数的绝对相等或接近相等，以表达并列、对照或连环的内容。排比成串，要在三句以上；对偶只限于上下两句，或扩大的两句。当然，排偶和以音组为核心的新诗节奏并非血缘关系，只不过体现了一种语言结构的反复与重叠，使嵌入这种结构中的诗行组合节奏经多次反复而加强回环感，经多次重叠而加强推进感。因此说，排偶确是强化新诗节奏十分有用的辅助手段。

排比在新诗中要比在旧诗中用得多。新诗的主要形式是自由诗体，从某种意义上说，自由诗体是靠排比维系其节奏生命的。只要自由诗体存在，排比在新诗中决不会失去宠儿的地位。新诗中成串的排比常常成了节奏推进流程中过渡、交替和推进不可或缺之手段。1920 年代中期，王独清就发现了排比的独特功能。他在写给穆木天的一封信中就说："我近来做诗，很爱用叠字叠句，我觉得这是一种表人感情激动时心脏震动的艺术，并是一种刺激读者、使读者神经发生振动的艺术。"[①] 这是他从创作实践中获得的一项可珍视的经验。他的长诗《但丁基旁》、诗集《威尼市》等对排比的追求相当成功。"女神"时代的郭沫若，是很喜欢用排比的，《晨安》、《我是个偶像崇拜者》、《太阳礼赞》等基本上都是采用宽式排比句来构成文本的。诗剧《凤凰涅槃》中几支"歌"更是排比十分成功的运用。《天狗》中有：

我是月底光，
我是日底光，
我是一切星球底光，
我是 X 光线底光，
我是全宇宙底 Energy 底总量！

这样的诗行组合显示的节奏层层推进的性能十分显著，它所凭依的是采用排比的辅助手段。作为自由体诗走向成熟标志的艾青的自由体诗，排比更是屡见不鲜。《吹号者》写到"惨酷的战斗开始了"，而"无数千万的战士/在闪光的惊觉中跃出之战壕/广大的，激剧的奔跑/威胁着敌人地向前移动"时，艾青这样表现吹号者：

在震撼天地的冲杀声里，
在决不回头的一致的步伐里，
在狂流般奔涌着的人群里，
在密集的连续的爆炸声里，
我们的吹号者

① 王独清：《再谭诗——寄给木天、伯奇》，刘福春、杨匡汉编《中国现代诗论》上，第 103 页。

以生命所给与他的鼓舞、
一面奔跑，一面吹出了那
短促的、急迫的、激昂的、
在死亡之前决不中止的冲锋号，
那声音高过了一切，
又比一切都美丽。

这个诗行群第一至第四行是四个以“在……里”为标志的介宾结构短语的排比。正是这一组宽式排比的运用，大大加强了节奏层层推进的力度，加浓了情绪高亢得富有冲击性的气势。第七至第十一行，是“一面奔跑”“一面吹出了……冲锋号”的宽式排比，其中在“一面奔跑”与“冲锋号”之间，又嵌入三个定语性词语：“那短促的、急迫的、激昂的”和“在死亡之前决不中止的”。如果说排比就是以句型（或语型）显示的三次以上的重叠，那么这第七至第十一行其实是重叠中的重叠，形成了更强烈的节奏推进气势，显示出情绪几达奔腾的流程。岑琦的《三月的泪水》也给人以节奏层层推进之感，叫人阅读时无法中途停顿，凭依的也就是排比：

三月是一个爱哭泣的季节
三月是泪水酝酿初春奏鸣曲
三月的泪水冲击冰的闸门
三月的泪水是小溪的絮语
三月的泪水汪满一江春水
三月的泪水轻盈地托出红日
三月的泪水是爱情的甘霖
三月的泪水孕育着梦的葱郁
三月的泪水不是苦涩的泪
三月的泪水是甜蜜的涟漪
三月的泪水洗涤大地的污垢
三月的泪水诞生新的希冀
三月的泪水不是感情泛滥
三月含着泪悄悄地举起绿旗……

可以看出：这首诗除了首尾两行以外，当中十二行全是宽式排比句。岑琦正是依靠排比这一辅助措施来营造层层推进的节奏气势的。当然，这种排比在新诗中是宽式的，和旧诗中十分规整不同。正因为是宽式排比，显出了规范中有自由。自由体诗人之所以喜用它，自由度较大是个重要原因。

所谓宽式的自由，在对偶的措施中也同样存在。对偶在新诗中起用的频率不及旧诗中高，而宽式的自由也决定了新诗的对偶不一定要求严格地上下对，常常可以作出扩大引申。由于新诗中并不严格要求上下对，也就使对仗的两句不可能如律诗中间两联那样达到两物相对照而浑然交融，生出一片新世界，所以新诗的对偶象征性不多，而主要是装饰性的。也就是说：作为对节奏作装饰的意味更重一些，由此说来，新诗中以对偶显示节奏表现的辅助措施是货真价实的。一般说新诗中对偶分三种：相抱型、相交型与相随型。相抱型对偶是“ABBA”形态，向心的，在新诗中用得较少，如闻一多的《忘掉她》中有：

忘掉她，像一朵忘掉的花！
　　听蟋蟀唱得多好，
　　看墓草长得多高；
忘掉她，像一朵忘掉的花！

这倒是相当严格的对偶，其实第一、四行是复沓，它把第二、三行这个对偶包孕在里面，是对一个生命的永逝欲忘却又难以忘却的复杂情绪的烘染，所以这场诗行组合，是在强化一种复沓回环的节奏。相交型对偶是“ABAB”形态，在新诗中就用得多了。郭小川的《青纱帐——甘蔗林》中有：

看见了甘蔗林，我怎能不想起青纱帐！
北方的青纱帐啊，你至今还这样令人神往；
想起了青纱帐，我怎能不迷恋甘蔗林的风光！
南方的甘蔗林啊，你竟如此翻动战士的衷肠。

这是第一与第三行、第二与第四行宽式的交错对偶。看见甘蔗林而又神往起青纱帐里的岁月；想起青纱帐而更迷恋着甘蔗林里的风光，让往昔的严峻与现实的美好连环纠结成一体，推出一个忠诚于时代的革命战士精神形象。郭沫若的《天上的市街》中有：

远远的街灯明了，
好像闪着无数的明星；
天上的明星现了，
好像点着无数的街灯。

这也是宽式的交错对偶，比郭小川的交错对那种连环纠结的关系更严密。相交型对偶比上面已谈及的相抱型对偶要复杂，也更具艺术的新颖性。古田敬一在《中国文学的对句艺术》中曾说：“采取交错的形式组成对偶更增加了两句的黏着性，突出了一体感”，并且“还带来节奏流畅，传诵便利的好处”[①]，这是颇有见地的。但从总体看，相交型对偶在新诗中起用的频率也算不得高，究其原因在于：这种连环交错的诗行组合作为一种辅助措施所强化的和相抱型对偶一样，是一种回旋式节奏形态，而新诗的节

① 古田敬一：《中国文学的对句艺术》，李淼中译本，第223页。

奏体系是推进式的。唯其如此，才使相随型对偶在新诗中起用的频率最高，因为这种辅助措施强化的是推进式节奏形态。我们不妨来看一看郭沫若《凤凰涅槃》一诗的《凰歌》中的一个诗行群：

啊啊！
我们这缥缈的浮生
好像那大海里的孤舟。
左也是漶漫，
右也是漶漫，
前不见灯台，
后不见海岸，
帆已破，
樯已断，
楫已漂流，
柁已腐烂。
倦了的舟子还是在舟中呻唤，
怒了的海涛还是在海中泛滥。

这一个诗行群除前面三行不成其为对偶句，后面的十行是非常严格的五个对偶句，两两相对，“AABBCC……”的形态，两两相随地一直排下去。这是富有推演递进意味的对偶句组合，作为诗行组合中一项节奏辅助措施，相随型对偶强化的是诗行群节奏的推进形态。值得指出：组成对偶的两个句子因互相支持、互相呼唤对方，而使读者从一句就能想起另一句，从一个对偶关系就能推出另一个对偶关系，这样强化起来的推进式节奏，为便于记忆创造了十分有利的条件。

措施之二：煞尾音组的妥善安排

诗行煞尾那个音组如何妥善安排，也要定出规范原则，因为诗行煞尾用什么音组涉及诗行节奏的调性，不可忽视。它是一个长逗，是诗行节奏在诗行群中得以调整——相互共鸣而凝集，即借此而统一步调后再推进节奏的一个站口。由于新诗采用口语写，以口语诉说为本，也就决定新诗诗行煞尾的音组以用二字音组才能合于口语诉说的本色腔调。三字音组或单字音组收尾情况不一样。单字音组煞尾，能使诗行节奏具有哼唱调性——这些在上一节检讨何其芳、卞之琳的新格律诗主张时已谈过。问题是三字音组收尾是否和单字音组一样会形成哼唱体。从新诗的创作实际效果来看，可以这样说。如李季的《王贵与李香香》里有这么两行：

端起/饭碗/想起了/你
眼泪/滴到/饭碗里

第二行“饭碗里”这个三字音组实在可在哼唱过程中作点小分裂，成为“饭碗/里”，这就使这个三字音组仿佛是单字音组了，有一种哼唱调性。不过也有另一种现象。如《王贵与李香香》中另外两个诗行：

前半夜/想你/点不着/灯
后半夜/想你/天不明

第二行煞尾的“天不明”在哼唱过程中也可有小分裂，不过是“天/不明”。这岂不意味着成了二字音组煞尾，有诉说体调性了？其实并非如此。由于“天不明”毕竟还存在着三字音组的整体格局，因此“天”和“不明”是虽裂而不分的，和“饭碗里”差不多。总之，三字音组在诗行煞尾处和单字音组在诗行煞尾处一样，都使诗行具有哼唱体调性。应该看到：所谓诗行的哼唱体或者诉说体调性，只是诗行节奏的派生物，而非节奏本身。我们考察单字、三字音组煞尾或者二字音组煞尾，只为了使节奏分得更细、更鲜明，从而强化对诗行节奏感的品味。唯其如此，我们还得考察在诗行组合的整体中，如何使诗行群节奏在调性上更有机、和谐和统一，这就得讲究诗行煞尾的音组在诗行组合中的搭配关系了。一般说，在一个诗行群中各个诗行收尾的音组要求有宽度统一，或相交替的统一。令人遗憾的是新诗中多数的诗人——包括对诗歌形式抱严肃态度的人，对这一点也不是很讲究的。闻一多《也许》中有这样的诗行群：

不许/阳光/拨你的/眼帘，
不许/清风/刷上你的/眉，
无论/谁都/不能/惊醒你
撑一伞/松荫/庇护/你睡。

第一、四行是二字音组煞尾，第二行是单字音组煞尾，第三行是三字音组煞尾，没有规律——哪怕是宽度统一的或交替统一的规律，使这个诉说体的诗行群在调性上不伦不类。但这首诗紧接下去的一个诗行群尾就很统一：“也许你听这蚯蚓翻泥，/听这小草的根须吸水，/也许你听这般的音乐，/比那咒骂的人声更美。”这里的“翻泥”、“吸水”、“音乐”、“更美”很统一——全是二字音组，诉说体调性，其诗行群节奏效果显然比上一个诗行群节奏要好得多了。当然，在诗行组合成群中，哼唱体与诉说体调性也并不是水火难容的。只要坚守白话新诗是诉说体的调性，从中穿插一些单字或三字音组煞尾的哼唱体诗行，又能注意到向诉说体调性的诗行过渡得自然，也就不会造成诗节或诗篇内部的格格不入、节奏调性的不和谐之感。所谓过渡得自然指的是不搞突变而应是渐变，当中要搭上过渡的“桥”，即要有个“中介”。且看光未然《黄水谣》中的这一个诗节：

开河藻，
筑堤防，
河东千里成平壤。

麦苗儿肥啊
豆花儿香，
男女老少喜洋洋。
自从鬼子来，
百姓遭了殃，
奸淫烧杀，
一片凄凉，
扶老携幼，
四处逃亡。

这是一个很有代表性的诗行群。它一至三行是一个单元，以两个哼唱体调性的诗行（“开河藻，/筑堤防”）归属于“河东千里成平壤”——以二字音组“平壤”煞尾的诉说体调性的诗行。大凡一个诗行群内部只要归结于诉说体，则内中调性的转换，无须过渡的“桥”即可以很自然地完成，因此这个单元从哼唱向诉说体调性过渡是自然的，节奏感是和谐的。第四至六行是又一个单元，全是哼唱体调性，第九至十二行再一个单元，则是个诉说体调性——都是二字音组收尾，也都很自然，但问题也出来了：它们相互间调性的转换就不好搞突变了。因此把第四至六行的哼唱体和第九至十二行的诉说体直接组接，搞突变，就必须搭“桥”。第七、八两行就成了“桥”。第七行是三字音组煞尾，哼唱体调性；第八行“遭了殃”煞尾，由于“了”是轻音字，只算得半个音，它既可看成三字音组煞尾，和上一行哼唱体调性统一，又可看成二字音组煞尾，和下面“奸淫烧杀/一片凄凉”等二字音组煞尾的诉说体调性统一。于是，这七、八两行作为“桥”就搭成了，使上述两个不同调性的诗行群单元，从哼唱体很自然地过渡到诉说体。大凡表现轻快、飘忽或欣喜情调的诗，以采用单字或三字音组煞尾为宜，使诗行群有一种吟唱咏叹的韵味；而表现激越、壮严或深沉情调的诗，则采用二字音组煞尾为宜，使诗行群或诗节有一种嘶喊诉说的韵味。上引的诗，以“自从鬼子来，/百姓遭了殃”为分界，前面部分显示为欢欣咏叹调，故用三字或单字音组煞尾；后面部分属悲愤诉说调，故用二字音组煞尾。对一个成熟了的诗人来说，应该把握住这种应合情调的转换而转换调性的这种诗行群节奏的辅助措施。说实在的，具体操作并不复杂，说白了，就是让煞尾的音组作比较自然的暗转，而不必搞明转。

措施之三：押韵

至于押韵，历来谈诗歌节奏，从事形式建设的人总把它放在显要的地位上，好像写诗就是和押韵连在一起，押不押韵成了诗与非诗区分的标准。这是很大的误解。押韵，即同韵母的音，去而复返，奇偶相错，前后呼应。韦勒克、沃伦在《文学理论》中曾指出：“押韵是一种极为复杂的现象，它作为一种声音的重复（或近似的重复）具有谐和的功能，它以信号显示一行诗的终结，或者以信号表示自己是诗节模式的组织者，有时甚至是唯一的组织者。”[①] 这话是对的。押韵所显示的声音的谐和本是一种共

---

① 三联书店 1984 年中译本，第 169 页。

鸣作用，而所谓共鸣，是统一于同一振幅圈的声音相互映衬，因此押韵实在是在谐和中含着同声相求的归类意味，而归类就显示了对诗行群或诗节模式的组织作用。所以见之于押韵上的谐和与组建两类功能，实质上是统一的。这二者的统一，在中国新诗的外形律中所显示的功能只能是如下这一点：在诗行组合所体现出来的节奏中，起到一种点明始终、呼应前后、贯穿章节的组织作用，却不能说是节奏的一个部分。由此可见押韵在诗的形式问题上确实不是那么至高无上的。怪不得连格律诗追求者中也并不都讲究押韵，林庚是一个例子。他在作格律体诗的实验中也有不少不押韵而形式十分整齐的诗，如《未来的季节》中这个诗行群：

落叶呼唤着低卑的泥土
世界从好梦刚醒转过来
日子像流水已经过去了
从你薄薄的纸糊的窗下
说你也有过快乐的梦吗
然而你原是空无所有的
如同这低矮屋子的四周
于是天空里掉尽了落叶
你原是空无所有的你说
如同那过去的日子一样

它完全以音组的有机组合、音组间轻重缓急的交替推进来显示诗行群节奏。节奏感不能说不强。至于自由体诗，不押韵似乎才是正常的，例子不胜枚举，也就无须举了。不过话得说回来，押韵这一强化节奏的辅助手段，比起排偶、诗行煞尾音组的妥善安排等规范来，它的“强化”作用倒是更大一些的。因此，不仅格律诗的追求者念念不忘押韵，自由诗的追求者也愈来愈重视押韵了。

一般说押韵，指的是押脚韵。虽然“脚韵仅仅是声音模式中的一例而已，不应该排除头韵、准押韵之类的类似现象，而单单去研究脚韵”①，但正如同我们前面谈煞尾音组必须规范时就已指出了的：由于行末一字是新诗中必顿的一个字，是调整前后行节奏最重要的地方，如果这个极着重的字在声音上没有一点规律，诗行群节奏就不免杂乱无章，前后便不能贯串成一个完整的调性了。因此一直以来新诗中的押韵总是指押脚韵。至于韵的押法，按中国的诗歌传统，偶数诗行押，奇数诗行可以不押，特别是绝句，二、四行必押，第一行可押也可不押，第三行则不押。新诗大致把这传统继承了下来，如丁芒的《咏濑玉泉》的前两个诗行群：“高墙重门锁一院清秋，/窥不见海棠绿肥红瘦；/只遥想秋千影里，帘栊深处，/玉枕纱厨，依稀有人病酒。//还有泠泠作响的濑玉泉，/叫人回望那楼上的凝眸；/八百年烟尘遮断了巷陌，/你的叹息却常驻我心头。”第一个单元的一、二、四行押韵，第二个单元的二、四行押韵。这样做是

① 韦勒克、沃伦：《文学理论》，第168页。

完全允许的。中国新格律诗的提倡者还借鉴西方诗艺，主张押随韵、交韵和抱韵，在前面我们也已论及。这种押法，中国传统诗歌中也间或有，但历来形不成一种审美共识，也无约定俗成的押韵法，对今天的读者来说，这三类韵的押法也不很习惯。新格律诗的实践者除了在一个特定单元的诗行群中采用以上几种押韵法以外，在几个诗行群单元的组合中各单元自身大多是同一个脚韵，各单元之间也有押同一个脚韵的，但很多情况下是转韵的。从这里可以见出一个奇特的现象：格律诗的追求者们从诗行组合节奏的角度看，总力图做到均齐匀称，纳入于一个统一的模式而不屑于多作变化；但在押韵上他们却喜欢变，不那么喜欢一韵到底的，如老舍的一个大组诗《剑北篇》，每一首几十、上百行都句句押韵，且一韵到底，节奏是够铿锵了，却使人有节奏疲劳感。朱光潜在《诗论》里也曾这样说过："一韵到底的诗音节最单调，不能顺情景的曲折变化，所以律诗不能长，排律中佳作最少。"[①] 这个解释是对的。节奏过分整齐，并且还不断拉大开去，读多了就会因单调而生节奏疲劳，要是再一韵到底，同声相求，于整齐中更见整齐，于单调中更添几分单调，岂不糟糕！为了调节，新格律诗的追求者们才想出了一个办法，让脚韵多变。如上所述，押韵对节奏来说，起一种组织作用。这组织作用是怎样的呢？不是使它更整齐，而是使它整齐中有松散，规律中有变化，这样做倒反而淡化了声韵节奏对内在情绪的适应性能。但自由体诗的追求者颇不主张押韵。戴望舒就说："韵和整齐的字句会妨碍诗情，或使诗情成为畸形的。"[②] 艾青也说过："自从我们发现了韵文的虚伪，发现了韵文的人工气，发现了韵文的雕琢，我们就敌视了他。"[③] 在实践中他们确实写了不少不押韵的自由诗，有些颇为出色。但即使是这些集自由诗的大成者，越到创作的后期越注意起押韵来。戴望舒那首充满爱国深情的抒情名篇《我用残损的手掌》就押了随韵；《在天晴了的时候》是一韵到底。艾青后期的自由诗，如《双尖山》、《光的赞歌》等也都押了宽式的韵。看来他们也终于感到押韵对强化节奏表现有好处。朱光潜认为："自由诗易散漫，全靠韵来联络贯串才可以完整。"[④] 这个说法也是对的。总之自由体诗的追求者们也有个奇特的现象：从节奏的角度看，这一派总力图使诗行的组合突破模式束缚，依顺情绪的内在流势，自由、随意、多变；但在押韵上，却基本上不翻花样，喜一韵到底。究其原因，在于自由体诗呈现的声韵节奏，主观随意性太大，若篇章长，读多了难以避免散漫的感觉，要是押韵上又多变，同声相求，于散漫中更显散漫，岂不更糟。为了调节，这批现代自由诗的追求者也摸索到一个办法：脚韵不换，一韵到底，使之散漫中有整齐，变化中有规律。这倒也反而强化了声韵节奏适应情绪节奏的性能。

总之，确立中国新诗的形式体系，必须从研究新诗的节奏表现出发。而节奏说到底在诗歌中是情绪的反映，情绪的外现是直接和作为情绪思维的物质外壳——语言有极密切关系的。语言的层面是声音，声音的符号是文字，因此这种外现就构成了语言

---

① 《诗论》，《朱光潜美学论文集》第 2 卷，第 186 页。

② 《诗论零札·七》。

③ 《诗的散文美》。

④ 同上。

化的节奏，我们不妨称之为声韵节奏。在百年新诗的形式探求中，终于明确声韵节奏要从两个层次上去把握：以现代汉语为材料，以音组为核心，以轻重缓急不同性能的音组有机组合为基础，显示为第一个层次。单是这个层次是算不得新诗声韵节奏整体的，因为节奏既是情绪的反映，则它必定要进一步成为表现内容的形式，于是也就进一步有了组行成节、组节成篇这个声韵节奏表现的第二个层次，并向外在形式作了全面的推进。

第六章 两大体式

诗歌的节奏表现与体式营建是辩证地统一在一起的。当我们对新诗的节奏构筑作出一番考察后，其体式营建也就提到议事日程上来了。

体式营建就新诗来说，是由典型的节奏诗行打下基础的。探索新诗节奏，从一个特定角度说，就是寻求典型的节奏诗行。当典型的节奏诗行一经确立，就需要进一步把它作节奏诗行组合以建诗行群，再将节奏诗行群组合以建节立篇。因此，典型节奏诗行还要在体式营建中发挥更大的作用。

这就是说，新诗的体式营建得从节奏诗行出发。

对百年新诗的形式探求来说，如下这点是形成共识的，即在建节奏诗行中由音组数（顿数）显示的诗行长度既要定量也要定性，不同长度（不同顿数）的节奏诗行，节奏性能也会不同；理想的节奏诗行长度是三顿、四顿和五顿。蔡其矫的《新盈港》中有经得起最佳选择的诗行：“灵魂的舟子向往的静水。”这样的诗行之所以好，除了它是用二字、三字音组组合而成以外，还在于它的长度适中：由四个音组组合成的四顿体。但长度不同的诗行，其节奏性能也是不同的。这我们在上一节中已详细谈过，不妨再回叙一遍：顿数愈少的诗行，愈短促明快，属于“扬”的节奏；能显示出急骤奔进的情调；顿数愈多的长诗行，愈悠远沉滞，属于“抑”的节奏，能显示出徐缓沉郁的情调。我们为什么一再要谈节奏诗歌的定量与定性的问题呢？这是由于长度不同的节奏诗行是否有机地搭配——或是否有机组合以成节成篇，是直接影响着诗节、诗篇节奏的。当然，诗歌搭配（或组合）是否有机很难定出一个标准，只能说是否能合于主动的——任主体感觉安排的组合，或被动的——按诗人理性预设的组合。这似乎意味着：在新诗的体式营建中，组行成节立篇大致可有两类操作，一种是主动组合类，另一种是被动组合类。

分清这两大诗歌组合的操作类型既十分必要，也十分重要，因为这涉及体式营建的根本内容——自由体诗和格律体诗的形成。

第一节 自由体诗及其规范特征

在建节中节奏诗行的主动组合指的是：排除任何模式牵制，让不同长度的诗行有自己的主动权，凭主体情绪起伏的内在要求来随意组合。因此，节奏诗行主动组合而成的节奏诗节总长短不一。表面看，这种做法没有受规范制约，是任意为之的，其实不然。真正高明的诗人在节奏诗行主动组合中总会潜在地遵守诗行节奏表现规律，即前已论及的诗行节奏系统：一顿体轻缓，属“扬”的节奏表现；二顿体次轻缓，属“次扬”；三顿体次重急，属“次抑”的节奏表现；四顿体重急，属“抑”。试看洛夫组诗《清苦十三峰》的《第十三峰》中这一节：

> 青青的瘦瘦的不见其根不见其叶似蛇非蛇似烟非烟袅袅而上不知所止的名字叫做
> 藤的一个孩子
> 仰着脸　向上
> 向上
> 向
> 上
> 沿悬崖猱开
> 及至峰顶

这是很奇特、甚至显得怪异的一个诗节，一上来第一行就十六顿，第二行猛减成三顿，第三行减成二顿，第四至第六行是一顿，第七、八行又恢复为二顿。以十六顿的一个特长诗行开头，把“藤”在挣扎着攀缘中的“抑”的节奏感真切地体现了出来。第二、三行分别是三顿、二顿体，是向上攀缘，从“次抑”转向“次扬”，而“向上/向/上”这三行是大有向顶峰攀缘决不回头的气概，高度的“扬”的节奏感；特别是“向上”这个二字音组构成的一顿体，以及接着把“向上”拆散成“向/上”的节奏诗行组合、显出奋力向上到直上顶峰的气势；而后，这奋力向上的高亢情绪可稍稍有所平缓，于是极致的“扬”也降为“次扬”。形成这样一道节奏诗行组合轨迹决非随意为之，而是颇费了一番苦心的，只有这样做才能把大跨度抑扬顿挫的诗节节奏真切地传达出来。所以，这种不同长度诗行如此大起大落的转换，确受制于诗行主动组合的节奏系统。

以节奏诗行主动组合来建节势所必然会使诗人不再顾及节奏诗节表层的整齐匀称，而任让各个诗行参差不齐。那么据此而建篇又怎么样呢？同样不顾及表层的整齐匀称，而只以满足篇章内层情绪起伏的旋律化节奏和谐为准，别无它求。这就使篇章也参差不齐了，如田间的《早上，我们会操》：

> 四月的
> 天空
> 蓝色；
>
> 北方的
> 公园

蓝色；

——在蓝色的早晨里，在蓝色的世界里，在蓝色的斗争里

早上

我们会操

这是田间刚参加西北战地服务团时写的，是诗人初进革命队伍时所感受到的那种既喜悦又亢奋的战斗生活激情真实的写照。情绪内在律动形态属轻快跳跃状，情绪内在律动趋势是向高亢兴奋波涌。第一、二节全用一顿体诗行组成，特具跳跃感外显的轻快型节奏。它们像两个特写镜头，推出了诗人对战斗环境发自内心的欢欣。第三节有个六顿体长诗行，好像情绪几经高扬、纵跃以后，来抑一下。这么一抑，是作反衬，紧接着第四节是两行，一个一顿体，一个二顿体，显示出情绪节奏的再次上扬，由此造成“次扬——扬——抑——扬”的旋律化进程，完成了内在情绪流势的外现真实。全诗四节绝不统一，有三行一节的，一行一节的，两行一节的，根本不以整齐匀称的诗节组合来建篇，但这样的篇章节奏感受还是相当和谐的。从以上分析可见，节奏诗行的主动组合作为一些原则措施，的确具有很大随意性，它在建节立篇上，完全可以凭内在情绪起伏的要求自由地组合节奏诗行、诗节而不受约束。值得提醒：正是这样一种形式规范恰如其分地运用，中国新诗中也就有了一种自由诗体。

上述所举是节奏诗行、节奏诗节主动组合比较特殊的两个例子，自由体诗那种节奏高度跳跃，波伏悬殊和体式极其参差不匀称的特征，可见一斑。说这两例较特殊，指的是它们并不完全从典型节奏诗行出发作主动组合的。但总体说自由体诗的节奏诗行、诗节的主动组合须立足于典型诗行，以及典型诗行组合中大力起用三大节奏辅助措施。本着这样的认识，我们把百年新诗中的自由体诗概括出五大规范特征，来对其存在规律作一考察。

（一）节奏诗行的主动组合

这是自由体新诗带根本性的特征，其标志是主体凭情绪内在抑扬顿挫气势而选择相应的节奏诗行进行组合。这是真正服从主体意志，十分自由，但如若没有把握自我情绪内在律动的修养，不懂得各类诗行的节奏性能，缺乏驾驭语言节奏功力的诗人很难办得好，所以自由体诗似乎容易写，其实相当难写好。不过，对于熟谙诗行节奏性能的高手来说，只要他有真切的感受，并且对于一顿体是扬，二顿体是次扬，三顿体是次抑，四顿体是抑能融会于心，操作时得心应手，这种诗行的主动组合可谓是轻车熟路，不难对付的。作为自由体新诗的集大成者，艾青深悟此道。他的《野火》就是根据诗行节奏性能，按内在情绪流的抑扬交替趋势，有机地组合成节奏诗节的。且看第二节：

在这些黑夜里燃烧起来

更高些！更高些！

让你的欢乐的形体

从地面升向高空
使我们这困倦的世界
因了你的火光的鼓舞
苏醒起来！喧腾起来！
让这黑夜里的一切的眼
都在看望着你
让这黑夜里的一切的心
都因了你的召唤而震荡
欢笑的火焰呵！
颤动的火焰呵！

诗中写了一团荒山野火，艾青拿它熊熊光焰照亮黑夜、唤醒困倦者的心这一形象特征，来象征革命圣地延安：矗立于茫茫黑夜的中国大地上，以它正义的光焰召唤着、鼓舞着亿万颗渴望光明者的心。诗人所流露的激情，具有不断趋向昂奋的律动形态，体现在诗行的组合关系上，也必然呈现为由抑向扬波涌的旋律化节奏进程。因此，这节诗有四个节奏流程：第一、二行，是第一个流程，由一个四顿体和一个二顿体组成，显示出从抑向扬的过渡；第三到第七行是第二个流程，由三个三顿体、一个四顿体和又一个二顿体组成，从次抑，抑向扬过渡；第八、九两行是第三个流程，由一个四顿体和一个二顿体组成，从抑向扬过渡；第十至第十三行是第四个流程，前两行为四顿体，后两行是二顿体，也还是从抑向扬过渡。这一节诗行组合所显示的节奏，自始至终是从抑向扬过渡。先抑后扬是使人兴奋的。这正合于“野火”鼓舞困倦世界的情绪流向。

节奏诗行自身的主动组合，不仅要适应情绪内在律动趋势，而且要求诗人懂得纯属声音调节的奥妙，即长短诗行要辩证地搭配才是。《野火》的作者正是这样做的。为了进一步揭示这“奥妙”，再来看艾青另一首自由体诗《当黎明穿上了白衣》中的诗节：

啊，当黎明穿上了白衣的时候
田野是多么新鲜
看
微黄的灯光
正在电杆上颤栗它的最后的时间
看

人对审美节奏总有个本能要求：或者从扬到抑再返回扬，或者从抑到扬再返回抑，如此不断地更迭。这一节诗六行，第一至第三行是从五顿体的抑渐降到“看”——这个一顿体的扬，此后又要立即调节，渐次向抑发展，于是第四行是二顿体，第五行又进而达到了六顿体，由极致的扬发展到极致的抑，而随即又再度出现一个一顿体诗行

“看”——大幅度地转向了扬。这种不同长度的诗行如此地交替更迭，的确有声韵调性的辩证关系在起作用。与艾青同时闻名于抗战诗坛的田间，也颇能把握住长短诗行辩证地搭配兼充分应合情绪内在律动的奥妙。且看他的《自由，向我们来了》中那个主要诗节：

> 九月的窗外
> 亚细亚的原野上
> 自由呵
> 从血的那边
> 从兄弟尸骸的那边
> 向我们来了
> 像暴风雨
> 像海燕

这是田间写于抗战爆发初期的诗。田间对那个时代的真实感受是：把抗战看成我们民族获得自由解放的契机，因而召唤战争到来、为战争而献身的情绪是既强烈又高亢的，情绪的内在节奏是趋向于高扬的。田间自己也正是把握住这一点，因此他在主动组合诗行中，充分地体现出从“扬”到“抑”、从“抑”又到“扬”的诗行组合特征。这个诗节共八行，第一行是个二顿体，是“次扬”的节奏；第二行是个三顿体，是“次抑”的节奏。这两行作为节奏流程的第一段，由“扬”到“抑”，是情绪高扬前的蓄势阶段，多少带有一点沉吟意味。从第三行到第六行是第二个节奏流程段。第三行一个音组，高扬；第四行两个音组，次扬；第五行三个音组，是抑；第六行两个音组，又转向了次扬。这四行充分体现了诗人呼唤战争、号召献身的激情起伏流势。所有这些，都是和“自由……向我们来了”紧紧结合在一起的，因此这个节奏流程是“扬——次扬——抑——次扬”的。但这还不够。对怀有召唤与献身战争之高亢情绪的诗人来说，他还要把这一腔激情更显高扬，于是有第三个节奏段——第七、八行，它们都是一顿体诗行，前一个一顿体是四字音组，节奏性能略显沉滞；后一个一顿体是三字音组，就更高亢了，显示出召唤之情已达最高度的“扬”。所以这个节奏诗节其实是这样一个以顿数不同的长短诗行组合体：“23123211”，这样一个组合体总体显示为“次扬——抑——扬——抑——次扬——扬”这么个诗节节奏推进的轨迹。使人感兴趣的是第三行至第七行是“12321”，即“扬——抑——扬”有程序规律的流转，而最后一行更显示“扬”的特性，把“扬”的节奏更推前一步，于是也就使这个诗节节奏因主体这样一场典型诗行的主动组合，完成了新诗带有本质属性的节奏形态：推进式节奏形态。

以上所举诗例，还是按长短循序渐进式的诗行组合来显示节奏推进的，大起大落还显不足。但这一代自由体新诗追求者并不满足于此，他们进一步考虑到：若要强调“扬”的节奏而一连用短诗行排下去，或者强调“抑”的节奏而一连用长诗行排下去，节奏效果会适得其反，造成节奏感应的麻木。为力矫此弊，有人就采用了反衬法。如前所述，诗行音组数的多寡是能反映出诗行节奏差别的。相对说，短诗行的节奏总短促些，所显示的只是冲击状的情绪律动，给人的推进式节奏感应总是“扬”。长短诗行相交则能达到“抑”与“扬”相反相成的局面。光未然写《黄河大合唱》时就能紧紧把握住这点。譬如《黄河船夫曲》，抒唱船夫和黄河的惊涛骇浪搏斗，内在情绪必然呈现为冲击状的律动，故一连用了近二十个最短诗行。但情绪的律动不可能一再呈冲击状的，因此诗行的组合也不应该一直用最短诗行排下去，以致扬而不抑，必须在多量的短诗行以后，用几个特长诗行来调节，然后继续短诗行排下去也就不会使人对节奏感感到麻木了。基于这点认识，所以光未然在一连用了二十个最短诗行后猛地一转，这样写：

不怕那千丈波涛高如山！
不怕那千丈波涛高如山！
行船好比上火线，
团结一心冲上前！

这之后随即又是“咳！划哟！/咳！划哟！/咳哟！划哟！……/划哟！冲上前”这样一连串短诗行，如此下去，而上引特长的诗行就调节了前后大串短诗行，使得抑扬相协，造成了大起大伏的推进式节奏感。这样的艺术处理，我们在前面论述田间《给战斗者》中的节奏特征时已谈过。但田间这样做似乎只是潜意识的把握，光未然却显得有意识了——这在《黄河怨》里也能够看出来。

（二）节奏诗节的主动组合

节奏诗节主动组合以建篇和节奏诗行主动组合以建节的精神一脉相承，基本上也不顾及表层的整齐匀称，只以篇章情绪的内在和谐为满足。这就使篇章也参差不齐了。前面谈及田间的《早上，我们会操》是参差不齐的典型，却也有点例外，即第二段其实只是一行，并且超过典型诗行长度的规范要求很多，所以算不得很标准。自由体新诗中节奏诗节主动组合的建篇，大多建基于诗节本身是典型节奏诗行的组合体。如昌耀的《这是赭黄色的土地》

这土地是赭黄色的。

有如它的享有者那样成熟的
玉蜀黍般光亮的肤色，
这土地是赭黄色的。
不错，这是赭黄色的土地。
有如象牙般的坚实、致密和华贵，
经受得了最沉重的爱情的磨砺。

……这是象牙般可雕塑的
土地呵！

这是当年被流放于西藏高原的昌耀对蛮荒而富饶的土地所唱的一支恋歌。显然，主体对沙原的洪荒及其内涵的原始生命强力怀有复杂的心情，一种既悲怆又强蛮的感受，或者说在生之荒凉中体验着力之充实，这使昌耀的内在情绪显示为低抑与昂扬交替的律动形态，而这也在诗节组合上显示了出来：第一节只一个二顿体诗行——由两个四字音组组成，二顿体诗行是次轻缓或“次扬”的节奏特征，但由于是以两个重急的四字音组组成，“次扬”也不免带一点沉郁感。第二节由六个诗行组成，前三行是一个四顿体加两个三顿体，是对第一节“次扬”之诗节节奏的承续回应，已显出“次抑”的节奏特征，而后三行三个五顿体，是“抑”，所以这一节总体是“抑”的节奏感。第三节由一个三顿体诗行和一个一顿体诗行组合，作为对第二节总体“抑”的节奏感的过渡性回应，三顿体诗行“这是象牙般可雕的”延续为“次扬”，但随即与一个一顿体诗行“土地呵”组接，则使这一节总体获得了“扬”的节奏感。所以这首诗的诗篇节奏体现为“扬——抑——扬”的推进式节奏轨迹。先抑而后扬，这也和昌耀对荒原潜在之原生力更其信赖这一情绪流向相应合。可以看出：全首诗节与节一点不匀称，参差得很厉害，但这样做篇章节奏相当鲜明、和谐、富于奔进美，获得了内在情绪流势外现的真实。

值得指出：诗节主动组合以成诗篇，必然也出现相应的诗篇节奏。回望百年诗歌，自由体新诗的诗篇节奏总体说是推进形态的。曹丕说文有文气，诗当然也该有诗气，真正成功的新诗大都会体现出一股神秘的诗气，而这股“气”在自由体诗中能体现得最好，特别是诗节主动组合所显示出来的诗篇节奏中。那么诗篇节奏如何体现这股“诗气”呢？主要是不同节奏性能的诗节之间的有机组合，诗节节奏当然可以有不同的性能，大致说一个诗节中诗行的拥有量多寡是体现诗节节奏性能的主要依据。多诗行的诗节，节奏沉滞而给人“抑”的感觉，少诗行的诗节节奏明快而给人“扬”的感觉。同时，一个诗节所拥有的各类诗行，其长度即顿数的多寡，所显示出来的诗行节奏性能的不同，组合在一起也会影响诗节的节奏性能：短诗行组合成的诗节就明快，属“扬”的性能，长诗行组合成的诗节就沉滞，属“抑”的性能。以这样的认识再来看上引昌耀的《这是赭黄色的土地》就可以进一步看出，该诗第一节只一行且是二顿体，当属“扬”，第二节有六个诗行，是“长——短——长”的诗行组合，短诗行在中间，最短的是两顿体，长诗行在前与后，基本上是五顿体，形成包孕之势，显示出来的是沉滞感，属“抑”的性能；最后一节是两个诗行，以一个三顿体诗行和一个一顿体诗行组合成，它体现了从“抑”向“扬”的转化，总体诗节节奏属“扬”。所以从不同节奏性能的诗节组合看，昌耀这首诗的诗篇节奏也是“扬——抑——扬”的进程。谈昌耀的诗，不同诗节主动组合所形成的诗篇节奏特殊的推进性，很值得我们注意。这位具有原始生命强力的西部诗人，他对世界的精神感受始终具有“扬——抑——扬”的内在情绪律动形态，体现于外在的诗节组合，令我们特别注意到大多文本的最后一节总只有一行、两行构成，这样做有何价值呢？我们认为：特别能把他对世界所怀有的追求、搏斗、挚爱、憎恨通过原始生命强力发散中那一股“扬”的情绪内在律动显示出来。在《车轮》一诗的末尾他说：“曾长久地沤渍于死水的理想/该是如何狂恋于这线条明快的旋律。”这是他对诗篇节奏追求很真实贴切的写照。正是这种以诗节主动组合形成的“扬——抑——扬”诗篇节奏流程，使昌耀的自由体诗特别能显示出一股“诗气”，一种中国新诗中异常珍贵的气势。

当然，这种“诗气”追求，这种为自由体诗所得天独厚地具有的推进式诗篇节奏追求，在百年新诗中颇有一些人同昌耀一样做出了实绩。冯雪峰在《凝视》中的前两个诗节是这样：“你究竟是谁呢，这样晶莹？/或者就是你，希望？还是你呢，光荣？/就是你自己么，永远美光奕奕的生命？//那么，你并没有离开我，/你们都并没有离开我！”这两节中节奏的起伏是很显著了：第一节三个诗行，并且是一连四个设问句，给人以沉滞、游疑的“抑”的感觉；第二节两个诗行，并且是惊叹句，给人以明快，惊喜的“扬”的感觉。接着第三、四节：

唉唉！怎样的虔诚的骄傲！
更是怎样的骄傲的虔诚！
好像大风追过保育的大野，
是你对着我呵！
好像农夫弯着腰，
扶起被风吹倒的作物，
是我对着你呵！

那么，你并没有离开我，
你们都并没有离开我！……

这第三节是由七个诗行组合成的诗节，第四节重复第二节，两个诗行组合成的诗节，诗节节奏沉滞的“抑”和明快的“扬”对照是够明显的，因此诗篇节奏十分鲜明地体现为“抑——扬——抑——扬”的进程，这种外在节奏表现和这位上饶集中营的囚徒诗人受真理信念之鼓舞而情绪昂扬的律动形态十分适应。外在的诗篇节奏总是内在的情绪节奏的体现，这一诗例能充分证实。这种“诗气”——一注而下的诗篇节奏追求，在艾青前期诗中也有成功的表现，像《我爱这土地》、《春》、《死地》等作都是出色的例子。七月诗派是个自由体诗派，他们直接继承艾青的传统，也在诗节主动组合中追求一种语气——推进式的诗篇节奏。如绿原的《忧郁》，是这样的：

太阳呈扇形的放射没落了
耶稣骑着驴子回到耶鲁撒冷去
行脚僧买一只风灯
摸索向远村的旅栈

圣人在想
黄昏的烟水边
（田螺儿回到贝壳里去了）

雨落着的城楼

（晚神被十字架底影子敲响了）

常有一种透明的声音

召唤着你底名字

好，你该醒着做梦底客人了

这是童话

夜深了

请给我一根火柴……

这首诗写的是浪客在暮色苍茫的路上心怀悲感的精神寻求：在残碟下、烟水边、微雨里神圣地期待能“醒着做梦的客人，”但这不过是个空幻的存在，真实的是须在“夜深”时找一根能给自己一线光的火柴。从空虚的幻梦寻求到严肃的现实探索，这场精神境界的裂变具现于内在情绪律动的，是从“抑”到“扬”的节奏体现，表现于外在节奏的，则是诗节的主动组合中主体采取的策略：以第二节四个长诗行的组合所体现的“次抑”和第二节八个短与长诗行交错组合所体现的“抑”搭配，完成了一个与忧郁、茫然的心境相应合的降调性的节奏程。第三节一个两顿体的诗行，显示出否决精神空幻的“扬”；第四节两个诗行，一个一顿体，一个三顿体，是对沉着而坚定地去探求生命历程这一心态的应合，精神的高扬受制于理性的制约，显示为“次扬”，完成了一个与忧郁、茫然的心境决绝的升调性的节奏程。由此可见，这首诗的诗篇节奏是“抑——扬”的体现，和抒情主体从忧郁茫然到昂扬坚定的情绪节律完全合拍。从郭沫若1920年代初提出新诗要表现内在律开始到1930年代戴望舒提出新诗要表现情绪的抑扬顿挫，诗人们都已感觉到外形律须应合内在律，可是在诗学理论上却从没有人具体地提出应合的途径。这条途径其实是属于自由体诗所有的，是存在于诗行、诗节的主动组合中所显示的诗节节奏、诗篇节奏中的，是存在于受一股特定的“诗气”所触动的推进式节奏中的。

（三）排偶句的重用

排偶句在这里是叠句、排句，对偶句的合称。对于自由体新诗，我们可以提出这样的说法：没有推进式节奏，就不是自由体新诗；不用排偶句，就不像自由体新诗；看不到排偶句是推进式节奏存在的根本依据，就不会懂得自由体新诗的特性。这样的说法所要强调的中心点是要谈自由体新诗，就得关注排偶句在诗行主动组合以成诗节、诗节主动组合以成诗篇中不可替代的特殊地位。

百年新诗的创作实践证明：当情绪的内在律动显示为持续的发散、延展并外化为主动地组行成节、组节成篇的推进式节奏形态时，采用节奏诗行在诗节中的排偶，诗节在诗篇中的排偶，十分重要也十分必要。而实践也从另一个角度证实：一首自由体诗，夹杂着较多的排偶句，诗情在接受者心中也会显得强烈一些。如下面这首邹荻帆的《无题》：

我们将扑倒在这大风雪中吗
是的，我们将
而我们温暖的血
将随着雪而溶化
被吸收到大树的根里去
吸收到小草的须里去
吸收到五月的河江去
而这雪后的平原
会袒露出来
那时候
天青
水绿
鸟飞
鱼游
风将吹拂着我们底墓碑……

这是一首标准的自由体诗，抒发了一种为神圣事业而欲献身的崇高精神，内中还渗透着由坚定的信念派生出来的乐观主义。全诗有股逼人的“诗气”，于一气直下中显示着奔跃的推进式节奏形态。这是由节奏诗行主动组合成的一个特大的诗节，其实也是一个不分节的诗篇，其推进式节奏表现是依附在诗篇中的。作为诗篇节奏能达到一气直下的特性，凭借的首先是节奏性能不同的诗行采用循序渐进和反差对比方式来作有机统一；其次，一个更重要的方面是还采用大量的排句、对偶句：第五、六、七行就是排句，第十一、十二行和第十三、十四行都是对偶句，这就大大强化了节奏的推进气势。从总体看，第一、二行是一个节奏推进程，用了一个四顿体长行的设问句和一个两顿体诗行的自我回答，由“抑”向“扬”推进，大有慨当以慷的情绪气势。第三至第九行，一连五个三顿体，两个二顿体，是第二个节奏推进程。它虽属于“次抑”，但由于第五、六、七行是排句，增强了激越推进的气势。第八、九行又都是二顿体合在一起，显示着情绪的内在律动，又从“抑”向“扬”发展，到第九行“会袒露出来”这个二顿体诗行，已把情绪的上升蕴蓄到最高限度，于是出现了从第十到第十四行的第三个节奏推进程，它们是五个一顿体的诗行，特别是第十一至第十四行，是两组对偶句，极短，短到全是一顿体诗行，直排下来，形成对偶的排比句，比一般排比句更能显示层层加码的推进气势，情绪的高扬带出了外在节奏，也达到了“扬”的最高点，但随之又出现全诗的最后一行：以四顿体来显示“抑”的节奏性能，即从极度的高扬又转入最后一个节奏推进程；在悲慨壮烈中显示冷峻而悠远的遐想——“抑”的节奏。这最后一行“抑”又和开头一行“抑”相呼应，显示着为了信仰而献身——那种于悲壮郁勃中寓急越高昂的节奏性能，这性能的实质是：理性对推进式节奏的制约。

这种排偶句在诗行主动组合中的充分使用，对于诗节、诗篇的节奏具有功能强化的作用，更能使自由体诗的推进式节奏得到完整的表现。再以光未然《黄河怨》中一个集叠句，对偶句和排比句子一体的诗行群来看看：

狂风啊，
你不要叫喊！
乌云啊，
你不要躲闪！
黄河的水啊，
你不要呜咽！
今晚
我要投在你的怀中，
洗清我的千重愁来万重怨！
丈夫啊，
在天边！
地下啊，
再团圆！
你要想想妻子儿女死得这样惨！
你要替我把这笔血债清算！
你要替我把这笔血债清还！

这节诗的前六行，是一个宽式对称，第十一行至第十四行是又一个宽式对称，这两个对称的短诗行群各以复沓回环的旋律效果显示了抒情主人公千重愁难断又续；当中三行（“今晚/我要投在你的怀中/洗清我的千重愁来万重怨”）是一类复沓回环向另一类复沓回环转换时的调节，也是情绪的推进，显示出情绪在回环中仍旧在推进。最后三行是宽式排比，一改柔绵调而激越高亢起来，显示出抒情主人公在死的决断之后强烈的复仇愿望。而为了使情绪紧张地推进，以及诗行节奏变化中的统一集中，又两行一韵，一韵到底。

值得指出：排比和对偶的推进式节奏效果并不完全一样。排比句显示急促前进的节奏感，而对偶句则显示复沓回环的节奏感，它们在一首诗里若交替运用，则能以萦回衬托奔突，情绪推进的节奏也就更显著。譬如贺敬之的《在西北的路上》：

是不倦的
大草原的野马；
是有耐心的
沙漠上的骆驼
四个
在西北的路上，
在迷天的大风沙里。

山
那么险
翻过！

风沙
扬起我们的笑，
扬起我们的歌！

诗中所抒唱的是诗人投奔革命圣地延安途中的生活感受。我们能够感受得出：主体情绪是由两股感受交汇而成的。一股，出之于他追求革命坚定不移激发的沉毅豪迈之感；另一股，出之于经历千难万险仍坚定地行进中激发出来的急越凌厉之情。全诗就是紧扣住这种特殊情绪内涵来展示节奏的：第一节是一个单元，分两个诗行群，前四行是一个对称，于回环中显示沉毅；后三行中有一个宽式排比，于重迭中显示急促。它们相迭的结果，完成了从复沓回环向急促推进的过渡。这是第一个节奏推进程。再看第二、第三节，可并作一个单元。它们之间是宽式的对称，中间有一个因分节造成的大停顿。正是这个大停顿，使对称造成的回环更富有从容自若的余地，从而给人以大沉毅之感。但第三节的后两句却是个排比，能于情绪的持续推进中显出这段情绪亢奋到已入急越之境。这两个变体的对称诗行群把一对排比诗行群包孕在里面，就成了从复沓回环到激越亢奋的一种渗透——这是第二个节奏推进程。以上两个大幅度波伏的节奏推进程，对于整首诗来说又共同完成了这么一段情绪的律动趋势：从坚定沉着到紧迫急促，再从无畏自若到高亢奋进。就这样，靠诗行群的对称和排比的有机交替，终于使这首自由体诗的推进式节奏效果得到很好的体现。

前已论及，音组组合以成诗行，其诗行节奏可以有调性的区别。以二字音组煞尾的诗行，是诉说体诵调，以三字音组煞尾的诗行，是哼唱体歌调。所以诗行煞尾在自由体新诗中是大有可讲究的地方，唯其如此，才使诗行组合成诗行群时就生出了另一个新问题，即在诗行群中，行与行的调性如何调整得恰如其分。具体点说，二字音组煞尾与三字音组煞尾如何辩证地在诗行组合中处理好关系。自由体新诗探求者对煞尾调性的调节十分敏感，并且总是在寻求着一条可以妥善处理好关系的路。经过多年的创作实践探索，这条路还是开辟出来了，那就是：

首先，凡表现一种激越、壮烈或深沉情调的诗，应以二字音组煞尾为主，这能使全诗有一种嘶喊、论辩或诉说味，譬如绿原的《你是谁?》，是以嘶喊般的语调对发动内战者所作的悲愤控诉，这样写：

暴戾的苦海，
用饥饿的指爪，
撕裂着中国的堤岸。
中国呀，我底祖国，
在苦海底怒沫底闪射里，

我们永远记住
你底用牙齿咬住头发的影子。

这里除了第五行是三字音组煞尾，其余的都是二字音组煞尾的，如果把它们多数改成三字音组，就会大大削弱那种凄厉的嘶喊的力度。

其次，凡表现一种轻快、飘忽或欣喜情调的诗，应以三字音组煞尾为主，这能使全诗有一种朗吟、轻哦或咏叹味。延安文艺座谈会以后解放区诗人中写自由体诗的，就有意无意地注意到了这一方面。如骆文的《三套黄牛一套马》就是以吟咏的调子来赞美翻身农民幸福生活的。他这样写：

谷穗儿长成狼尾巴，
棉桃结成拳头大，
全凭着种地的两只手；
到了那秋天，
大筐子收呀，
收呀，割呀，
囤里装来场里打！

这里几乎都是三字音组煞尾，（最后一行的煞尾是“场里打”，这其实是不能合成一个音组，应是“打”——这个单字音组煞尾，不过这并不要紧，因为单字音组煞尾的节奏效果和三字音组煞尾是一样的）吟咏味很足，如把它们改成二字音组煞尾，那种韵味会大变，以致大煞风景。

第三，凡两种不同调性煞尾音组在一个诗行群中共存，必须在两个诗行之间搭“桥”，让调性不同的诗行能通过此“桥”而相通，达到因势利导、和谐相处的组接。此“桥”搭的办法有多种，前面论述此一问题时曾举光未然《黄水谣》中一个诗行群作“桥”，那只是一种类型的分析，现在再举光未然《保卫黄河》中的几个诗行群来看一看，

万山丛中
抗日英雄真不少，
青纱帐里，
游击健儿逞英豪！
端起了土枪洋炮，
挥动着大刀长矛！

这里前四行的诗行群是吟咏调，后两行的诗行群是诉说调，过渡的“桥”是第五行一开头那个三字音组，它和第四行煞尾“逞英豪”这个三字音组刚好前后相接，形成统一的音感；第六行一开头又是三字音组，进一步使音感统一。于是第四行的吟咏调性

和第五、六行的诉说调性对立气氛就被冲淡了，从而极自然地过渡了。从这里也可提供给我们一点理论思考：正像押韵，头韵与尾韵可以呼应，音组使用中，开头的音组和前一行煞尾的音组也可以呼应，从而缓解煞尾音组因转换所造成的调性不和谐。

（五）押韵规则：

前面已论及诗的押韵的问题。一般印象好像自由体诗不押韵。的确，也有些自由体诗写作者说过不必押韵的话，戴望舒在《诗论零札》中就说："韵和整齐的诗会妨碍诗情，或使诗情成为畸形的。"艾青在《诗的散文美》中也说过："自从我们发现了韵文的虚构，发现了韵文的人工气，发现了韵文的雕琢，我们就敌视了它。"不押韵的自由体诗写得好的确也不少，但押韵的自由体诗越来越多，好的更多。戴望舒曾反对押韵，但抗战以后，他写了一批抒发爱国主义深情和个人不幸遭遇的诗，大都押韵，《我用残损的手掌》押随韵。艾青在前期写《旷野》等时不押韵，建国后写《双尖山》等优秀的自由体诗时也押韵了。也许是实践证明押韵还是有意义的，故这种诗体的追求者越到后来越重视押韵了。当然，他们和旧体诗、新月诗派的格律诗押韵的侧重点并不同。旧体诗以及新月诗派格律诗重在通过押韵增强音乐效果，而自由体诗追求者重视押韵不是如此。诚如朱自清所总结的："韵是一种复沓，可以帮助情感的强调和意义的集中，至于带音乐性，方便记忆，还是次要的作用。"就是说，由于自由体诗音节无规律，也不是严格整齐的节奏运动，全凭排比、对称或诗行长短度的搭配来造成一种推进中的复沓效果，借以显示抑扬起伏的节奏进程。但这些措施在具体运用时又只受制于宽度的程式规范，因此这种旋进中的复沓效果在全首诗里——特别是长一点的诗里，无法做到一气贯通，有些地方不免放纵无度，自由不羁，以致琐碎松散。韵作为感情的站口，可以使情绪的内在律动在外化时能起一种集中的作用，节奏推进更呈直线波伏状。自由体诗的追求者正是意识到了这一点，才重视起押韵来。我们不妨在这里作一个无韵、有韵在节奏效果上的比较。其中之一是郑振铎的《生命之火燃了！》：

让我们做点事吧！
生命之火燃了！
死的静默，
不动的沉闷，
微弱的呼声。
"再也忍不住了！"
让枪声与硝烟把沉闷的空气轰动了吧！
只要高唱革命之歌呀！
……

这个诗行群虽然第三、四、五行是宽式排比，还有一点集中感，总的说，互相结合力不强，显得松散，给人推进式节奏感不强。柔石那首《战！》，抒发的情绪也差不多，却这样写：

呵！战！
剜心也不变！
砍首也不变！
只愿锦绣的山河，
还我锦绣的面！
呵！战！
努力冲锋，
战！

这节诗读来琅琅上口，情绪的内在律动外化为推进式节奏确实极成功，这不仅有助于排比和宽式对称，形成复沓回环，更在于这种排比的复沓、对称的回环始终紧紧地被同一个脚韵箍在一起，虽诗行有长有短，却给人集中感，抑扬分明，铿锵有致。

自由体诗脚韵的押法并不很有规则。有的押得疏，有的押得密，有的甚至句句押。一般说，成功的自由体诗，韵总押得密，以便随时给那些想放纵出去的诗行以“统一步伐”，但也不总是句句押的，为的是避免节奏的过分单调和推进感的过分急促。自由体诗中篇幅短的大多一韵到底，篇幅长的也以押同一个韵为主，目的是体现散中有整、统一步调的策略。如高兰的朗诵诗《哭亡女苏菲》、《我的家在黑龙江》、光未然的《绿色的伊拉瓦府》等。不过情绪旋进度较快速的诗，也采取多次转韵的办法。譬如殷夫的《意识的旋律》，近六十行，当抒发到第一次国内革命战争被镇压下去引起的悲愤心情时，韵就转换得特别密：

愤怒的月儿血般的放光
叛逆的妖女高腔合唱！
流血，复仇，冲锋，杀敌，
新的节拍越慢越急！
黄浦滩上唱出高音，
苏州河旁低回着呻吟！
炮，铁甲车，步声，怒吼！
新的旗帜飘上了人头！
三次的流血，流血，流血，
无限的坚决，坚决，坚决！
“四一二”的巨炮振破欢调，
哭声夹着了奸伪的狂笑！
颤音奏了短音阶的缓曲，
英雄受着无限的屈辱！
报仇！报仇！报仇！
Dec. //喊破了广州！
白的黑夜掩了红光，

五千个无辜尸首沉下珠江，
滔天的大浪又沉没了神州，
海的中心等候着最大的锤头！

这些诗行形象地描述了“四一二”惨案后的中国社会面貌，可以看出，诗人的悲愤是以不屈的反抗——高亢激越的斗志作为基调的。正是这种高亢激越，使诗人大量起用两行一排比，并又押两行一转的随韵，于是，这首自由体诗就有了一种高能量的推进气势。

总之，自由体新诗是有其规范要求的，不像散文一样信马由缰，可以随便写。这五大规范重在诗行与诗节的主动组合；情绪的内在节奏与外化的诗行、诗节节奏的相应合，没有把握内在情绪律动与外在语言节奏相应合的艺术敏感力和语言节奏表现的修养功力，就难以写好。艾青在《诗的形式问题》中曾说到自由体诗的特征，认为是“有一句占一行的，有一句占几行的；每行没有一定音节，每段没有一定行数，也有整首诗不分段的”。又说：“‘自由诗’没有一定的格式。只要有旋律，念起来流畅，像一条小河，有时声音高，有时声音低，”因感情的起伏而变化；“自由诗有押韵的，也有不押韵的”。这些有关自由体诗的特征是从现象上着目的，若从本质上着目，则诗行的主动组合以建诗节节奏，诗节的主动组合以建诗篇节奏，以及由此派生出来的推进式节奏形态构成规律，才是它的根本特征。

第二节　格律体诗及其规范特征

这就要谈到诗行与诗节的被动组合及由此引起的一串连锁反应了。

在建节中节奏诗行的被动组合指的是：诗行在进行组合时该长该短全按预先设计的模式对号填入。模式可以归纳为诗节一律匀称式和对应诗节匀称式两大套，这就决定诗行的被动组合也分两类。

先来看头一类。这一类诗的节奏诗节必须由顿数相同的节奏诗行组合而成，而诗篇则由这样的诗节模式重复几次而成，它可是最方便也最容易显示节奏效果的。闻一多的《死水》就是最典型的例子。且举它的第一节：

这是一沟绝望的死水，
清风吹不起半点漪沦。
不如多扔些破铜烂铁，
索性泼你的剩菜残羹。

全诗共五节，每节就这样四行。节奏诗节有一个统一的节奏诗行组合模式：每行有三个“二字尺”和一个“三字尺”，音尺（音组）排列的次序并不规则，但每行必还它三个“二字尺”、一个“三字尺”的总数。由于这样做，的确是“音节一定铿锵，同时字数也就整齐了”的。闻一多就从这里悟出“句的均齐”必然会使诗节节奏铿锵。这当然不能说错，但“绝对的调和音节”的结果往往会畸形地演变成从每个诗行到每个诗节都追求字数的划一，以致出现“豆腐干体”，这情况我们已在前面多次讲到过。

再来看第二类。这一类在肯定组行成节要从顿数出发而不从字数出发的前提下，强调匀称美，让相随、相交、相抱的几组节奏诗行求得顿数一致。如丁芒的《驽马》是这样的诗节：

本来就不是神骏，价值连城
既没有驭风的气势，
也没有千里的远志
只会脚踏实地的一步步攀登。

这里第一、四行是五顿体，第二、三行是三顿体，它们各各顿数相抱的一致，来组合成节奏诗节，而篇章则由这个诗节模式宽泛地重复九次而成。这就显出了诗节和诗篇都不像“豆腐干”，读来能于铿锵有致中引起流转的节奏感。

值得指出：以第一类诗行被动组合来建节，并以这样的模式化诗节重复来立篇，往往只顾及如何合于模式而忽略了和内在情绪起伏相互应合与和谐，结果诗节外层节奏虽铿锵有致，内层却缺乏委婉贴切的情韵味。特别是长一点的诗节，经几次重复而成篇章后，形式太固定，当中又没有变化，会很单调，读多了就引起节奏疲劳。第二类诗行被动组合倒多少有点主动性存在，能给人以适度流转的节奏感，不会出现“豆腐干”，被人采用的机会就多一些。

从以上分析中可以见出：诗行的被动组合作为一套规范原则，具有模式性，它在建节立篇上并不去考虑内在情绪起伏的要求，只照预定的节奏诗节模式把不同长度的诗行填入进去就可以了。新诗中这样一种形式创造的规范原则因恰如其分地运用，也就产生了格律体诗。当然，前面所举例子，涉及范围较窄，只不过解决了诗行被动组合以成诗节的问题，并且还只限于一类诗行重复的组合，或者两类诗行相抱的组合，只限于诗行填入诗节模式而未顾及诗节按模式被动组合成诗篇。所以，被动组合而建节立篇还算不得标准。诗行、诗节的被动组合最终引向的是建立新诗格律的问题，而这是还有更多复杂的情况和种种规范要求的。为此我们将从诗行、诗节被动组合进入，全面来考察。

先看节奏诗行被动组合以建节奏诗节的问题。

拿一个典型节奏诗行按诗节模式要求来重复若干次，从而形成一个格律体新诗的节奏诗节，是诗行被动组合以形成诗节最简单的做法。上例那个《死水》中的节奏诗节是个典型，因为这是以四顿体诗行重复四次而成的四行体诗节，它的被动组合的模式就是“AAAA”。当然，还可有其他节奏诗行重复以形成诗节的，如田汉的《黄昏》中：

原之头
　屋之角

　　　林之间
尘非尘
　雾非雾
　　烟非烟

这是三字音组的一顿体诗行重复六次形成的节奏诗节，它的模式就是“AAAAAA”。同理，二顿体、三顿体等诗行重复若干次形成诗节的情况在格律体新诗中也很普遍，此处就不一一列举了，只举一个五顿体诗行重复八次以建成的一个诗节的情况，那是何其芳《回答》中的一节：

一个人劳动的时间并没有多少，
鬓间的白发警告着我四十岁的来到，
我身边落下了树叶一样多的日子，
为什么我结出的果实这样稀少？
难道我是一棵不结果实的树？
难道生长在祖国的肥沃的土地上，
我不也是除了风霜的吹打
也接受过许多雨露，许多阳光？

这个诗节的组合模式是“AAAAAAAA”。值得指出：以这种诗行被动组合而成的节奏诗节，它们达到了“句的均齐”，但这是每行都五顿的均齐，而绝非字数的均齐，因此从字数看，这个诗节参差不齐，不是“豆腐干”，但它有着比字数整齐更加和谐的复沓式诗节节奏。还有一种诗行被动组合以建节，采用的是对称型模式。这也就是说还可以用顿数不同的诗行按各种对称模式嵌入进去以形成节奏诗节。上引丁芒《驽马》中那个节奏诗节就是用了两个五顿体诗行和两个三顿体诗行相抱地组合成一个诗节的，其对称模式就是“ABBA”。当然，除此类模式外，还可以有多种模式来让诗行作被动组合，不妨略举几种。

先看第一种，不同于四行一节的相抱式诗节组合，如林徽因的《深夜里听到乐声》中：

这一定又是你的手指
轻弹
在这深夜，稠密的悲思

这个诗节的两个四顿体诗行当中夹一个一顿体诗行组成，其模式是“ABA”（具体一点写，即414）是相抱的诗行组合。再如马君玠的《缝衣曲》中有：

缝衣，缝衣，缝衣，

边城自古多风雨。
苍鹰飞过海色的老晴天，
霜风里摇落赭黄的柳线。
边城自古多风雨，
缝衣，缝衣，缝衣。

这个诗节用四个三顿体诗行和两个四顿体诗行相抱地组合成，其模式是“AABBAA”(334433)。闻捷的长篇叙事诗《复仇的火焰》的诗节都是用“ABBA”的模式组合诗行的，如序诗的第一个诗节：

一个秋高气爽的黄昏，
我打马走过浩渺的苏干湖滨，
沿着胶轮大车留下的辙迹，
朝向旅途的终点行进。

值得检讨的是同上面所举的例不同，它不作绝对的调和音节，而坚持从顿数出发，第一、四行四顿体，第二、三行五顿体，字数不强求相抱地一致，因此诗节也不像《驽马》那样一、四行均齐，二、六行均齐的变相“豆腐干”，闻捷坚持的是格律体新诗从顿出发这个原则。再看第二种——相交式诗节模式的被动组合。如徐志摩的《哀曼殊斐儿》中有：

我昨夜梦入幽谷，
听子规在百合丛中泣血，
我昨夜梦登高山，
见一颗光明泪自天坠落。

这是两个三顿体诗行和两个四顿体诗行相交组合成的诗节，“ABAB”(3434) 模式的体现。这种相交模式的扩大则有像汪国真在《弯弯》中这样的诗节：

弯弯，弯弯，
小径
缀满金色的音符
弯弯，弯弯
月光
流溢迷人的芬芳

这是两个二顿体、两个一顿体和两个三顿体——这么三种诗行相交地组合成的诗节，是“ABCABC”模式的体现。总之，相交组合的诗节所显示的节奏已从外在的复沓中隐含着内在的推进趋势。

第三种是相随式诗节模式被动地组行成节。清如的《祭》中有：

让小溪泻时去给一个回盼，
让落日经过时留一个青睐，
等春尽等秋来，常长着
那凄凉的芳冽的莓苔

这个诗节用两个四顿体诗行和两个三顿体诗行相随地组合成，其诗节的组合模式是“AABB”（4433）。再如乔羽的《难忘今宵》中有：

告别今宵，
告别今宵，
无论新友与旧交，
明年春来再相邀，
青山在，
人未老。

这个诗节用两个二顿体、两个三顿体、两个一顿体诗行相随地组合成，其组合模式是“AABBCC”（223311）。

诗行被动组合以成诗节在格律体新诗中除了采用诗行的相抱、相交、相随和重叠这四种组合模式以外，还有一种复合模式，即把上述这几种模式任选几种融合为一个新的诗节模式。这种复合模式在格律体新诗中并不多见，但它预示着新诗的格律将因这种诗节综合模式的出现而扩大，更多姿多彩。这里不妨举一些例子，如徐志摩的《三月十二深夜大沽口外》中这个诗节：

你说不自由是这变乱的时光？
但变乱还有时罢休。
谁敢说人生有自由？
今天的希望变作明天的怅惘；
星光在天外冷眼瞅，
人生是浪花里的浮沤。

这个六行体的诗节是由两个五顿体诗行和四个三顿体的诗行组合成的，是三种模式的复合。第一至第三行与第四至第六行是以“ABBABB”相交的组合，但第一、四行与第二、三行又是以“ABBA”相抱的组合，而三顿体的第二、三行与第五、六行之间是一个五顿体的第四行，形成了“BBABB”相抱的组合关系，我们还可再进一步说，这个诗节其实更是相交与相抱两类诗节模式的复合，从而形成一个奇特的诗节。再举朱湘《采莲曲》中的一个诗节：

小船呀轻飘，
杨柳呀风里颠摇；
荷叶呀翠盖，
荷花呀人样娇娆。
日落，
微波，
金线闪动过小河。
左行，
右撑，
蓬舟上扬起歌声。

这个诗节共十行，由两个二顿体、四个三顿体、四个一顿体诗行组合而成，它们可以有这么六类组合：（一）第一至第三行是两个二顿体诗行当中夹一个三顿体诗行，形成“ABA”相抱式的组合；（二）第一至第四行是两个二顿体诗行和两个三顿体诗行，形成“ABAB”相交式组合；（三）第四至第七行是两个三顿体诗行当中夹两个一顿体诗行“BCCB”相抱的组合；（四）第七至第十行也是两个三顿体诗行当中夹两个一顿体诗行“BCCB”相抱式组合；（五）第四至第十行是两个“BCCB”式节奏诗行重叠，形成“BCCBCCB”这样一个奇特的相抱式组合；（六）第五至第七行与第八至第十行是两个“CCB”式节奏诗行重叠，形成“CCBCCB”这样一个奇特的相交式组合。这样一来，这十个诗行以六类诗行组合模式复合而成一个更其复杂又更其奇特的诗节。这些诗行按预定的一套复合模式要求被动地嵌入所形成的诗节，体现的节奏不是回环的，而是层层推演所显示的推进形态，这只要看一看第五至第十行那两个组合体以“CCB-CCB”式相交的组合就足可显示这个诗节属于推进式节奏了。

综上所述可给人这样一个印象：格律体新诗以诗行被动组合而成诗节中虽可以有多种模式，因而也体现出几种诗节，不过比较起来看，以相交、相随模式以及复合模式组行成节最为格律体新诗追求者所看重。这正反映着新诗节奏总体说是属于层层推进形态的，也进一步证实新诗拥有的是推进节奏式形式体系，而不是回环节奏式形式体系。

再看诗节被动组合以建篇的问题。

节奏诗节组合以成诗篇，也按诗篇模式填入相应诗节的办法来操作，而不是按诗情内在节奏要求让主体主动来安排的，因此格律体新诗的建篇，是一场诗节被动组合活动。

那么诗篇模式可以分为哪几大类，诗节被动组合又是如何来进行的呢？这是新诗创格工程中更其重要的一个方面。大致说：诗篇模式构成可以分为三大类，即同一模式节奏诗节重叠，不同模式节奏诗节一般并列和不同模式节奏诗节特殊并列。

先看同一模式节奏诗节重叠式组合。同一模式节奏诗节重叠式组合是拿节奏诗行均齐模式组合成的节奏诗节再重叠若干次，如宋清如的《我愿意抖落浑身的尘埃》：

我愿意抖落浑身的尘埃
我愿意拔除斑斓的羽衣
我愿意抚平残余的梦痕
我愿意驱逐沉重的灵魂

没有叶没有根没有花朵
没有爱没有恨没有追求
能像轻烟一样无拘无束？
能像清风一样自在自由？

这是以四个四顿体诗行组合成的均齐式诗节，再重叠一次而成的诗篇，其诗篇模式就是“AAAA＋AAAA”（4444＋4444）。

比较复杂一点的诗节组合有三种；相抱式、相交式、相随式诗节的重叠。上面已提到闻一多的《忘掉她》，就是相抱诗节重叠六次而成的诗篇，其模式是“ABBA＋ABBA＋ABBA＋ABBA＋ABBA＋ABBA＋ABBA”。闻捷的长篇叙事诗《复仇的火焰》也是“ABBA”这个相抱式节奏诗节重叠了两千多次而成的诗篇。徐志摩的《她是睡着了》是相交式节奏诗节（“ABAB——2424”）重叠了九次而成的诗篇。冯乃超的《现在》是这样的：

我看得在幻影之中
苍白的微光颤动
一朵枯凋无力的蔷薇
深深吻着过去的残梦

我听得在微风之中
破琴的古调琮琮
一条干涸无水的河床
紧紧抱着沉默的虚空

我嗅得在空谷之中
馥郁的兰香沉重
一个晶莹玉琢的美人
无端地飘到我底心胸

这是两个三顿体、两个四顿体诗行相随式组合成的三个节奏诗节再重叠成的诗篇，其诗篇模式就是“AABB＋AABB＋AABB”。

再看不同节奏模式诗节一般并列式组合。所谓不同模式节奏诗节的一般并列组合，要求各个不同节奏诗节模式可以是均齐式和相抱、相交、相随式节奏诗节模式混在一起作并列组合，不过每个诗节模式所含诗行数要统一，或用三行体诗节，或用四行体的、五行体的、六行体的……各类节奏诗节组合成篇。如徐志摩的《月下雷峰塔影》：

我送你一个雷峰塔影，
　满天稠密的黑云与白云；
我送你一个雷峰塔顶，
　明月泻影在眠熟的波心。

深深的黑夜，依依的塔影，
　团团的月影，纤纤的波粼——
假如你我荡一只无遮的小艇，
　假如你我创一个完全的梦境！

这首诗的诗篇由两个诗节拼合成，却不表现为一种节奏诗节模式的两次重复。第一个节奏诗节由四个四顿体诗行组成，从“绝对调和音节”看，它们是相交的两组诗行顿数对应均齐完成的节的匀称。第二个诗节也由四个诗行组合而成，但一、二行都是四顿体，三、四行都是五顿体，是相随的两组诗行顿数对应均齐完成的节的匀称，它们诗节节奏并不一致，但都是四行体诗节，并列地组合在一起，仍显得十分和谐。由于这是同一规范原则制约下所完成的节奏诗节被动组合，但又有适度自由变化，所以虽十分和谐，却并不单调，而有活泼流转之感。这是两个诗节一般并列组合以成篇。也可以由三个以上诗节内在行数相等但不属同一诗节组合模式来组合成诗篇的。如艾青的《鸽哨》：

北方的晴天
辽阔的一片
我爱它那颜色
比海水更蓝

多么想飞翔
在高空回旋
发出醉人的呼啸
声音越传越远……

要是有人能领会
这悠扬的旋律

他将更爱这蓝色
……北方的晴天

它三节，每节都四行，第一节是四个二顿体诗行重叠式组成的诗节；第二节是前两行二顿体后两行三顿体相随式组成的诗节；第五节是第一、三行三顿体，第二、四行两顿体相交式组成的诗节，就这样以三个不同的节奏诗节模式组合成了诗篇，由于三个节奏诗节都是四个诗行构成，容量一样，并且诗节节奏本身是极和谐的，所以组节成篇后，诗篇节奏也相当和谐；诗篇的组合模式是"AAAA＋AABB＋BABA"（2222＋2233＋3232）。再如韦丛芜的长篇叙事诗《君山》中的一章：

我依着船栏遥望……
遥望那雾里的仙乡；
仙乡渐渐地在雾中隐现，
我轻轻地敲着手下的铁栏。

默想中烧着一双幻影
趸船上伫立亭亭。
我远远地在船边招手，
伊们摆着白白的方巾。

汽笛震破了梦境，
喧声吞噬了幻影；
我看遍趸船上的旅客，
只看不见我期待的伊人。

船儿又慢慢移动，
我的心情说不出的虚空！
我呆呆地依栏回看，
无心地敲着手下的铁栏。

它四节，每节也是四行。第一节由两个三顿体、两个四顿体诗行以"3344"的相随式（即"AABB"）组合成诗节；第二节由两个四顿体、两个三顿体以"4334"的相抱式（即"BAAB"）组合成诗节；第三节由四个"3333"的重叠式（即"AAAA"）组合成的诗节；第四节由两个三顿体、两个四顿体以"3434"的相交式（即"ABAB"）组合成诗节。每一个诗节的内在节奏就很和谐，四个诗节以"AABB＋BAAB＋AAAA＋ABAB"的模式并列地组合成了诗篇，其整体的诗篇节奏也十分和谐。四节以上的组节成篇可类推。

第三，不同模式节奏诗节特殊并列式组合。所谓特殊并列式组合，是指各个容量

（诗行的含量）不同的诗节有机地作并列组合以成诗篇。这里所说的“有机地作并列组合”，指各种两个或两个以上的诗节匀称地组合而言。如果是诗行容量不同的诗节各选一个来组合，就无诗篇匀称可言，故格律体新诗追求者提出要各种容量的诗节两个或两个以上来组合。提这样的限定是基于格律所要求的：一是节奏有复沓、回旋的和谐，二是体式有整体的匀称均衡。这种不同容量的诗节模式的特殊并列式组合是更其复杂也更其多种多样的，当然，诗节内部不同诗行相抱、相交、相随地组合虽仍要计较，但已不作严格限定，只要求诗节内部顿数的均齐或对应匀称，诗节间只要求不同诗行数的诗节要有机组合，即匀称地组合。在这里，我们不妨选几类十四行诗体式并举例来说明，就能见出其丰富性了。须要说明的是：我们以一个诗节含两个诗行的称为“2”，含三个诗行的称为“3”，含四个诗行的称为“4”，并以这样几个数字的组合来称呼诗节特殊并列组合的几种类型；也还得说明：这不是讨论西方传来的十四行体诗的格律，而是举十四行的一首诗也可以有如下多种节奏诗节特殊组合的模式。

第一种是“4433”组合模式，如屠岸的《秋晨》：

我徒步走上林间的小路，
踏落叶如聆听琴诗细说。
厚积的叶落下有一座王国，
埋葬着地仙无尽的倾诉。

我继续小心地踏着落叶，
漫步在琴韵琮琮的疏林，
让童话牵着我进入幽境。
整夜的焦虑被浑然忘却。

晨雾里有缟衣少女迎来，
红枫顷刻间全部变白，
青色的烈风扫过天宇：

哦，别走，不朽的诗魂！
谁引我踏进初醒的秋晨——
催心灵偎向旷世的伴侣？

这是以四行一节和三行一节，每行均四顿的诗节以两两相随（“AABB”）模式组合成的诗篇，其诗篇节奏具有推进式的形态，证实着新诗的格律化会是一条康庄大道。

第二种是“4343”组合模式，如秋荻的《伽兰夜歌》：

让燕子把这片艳红的春天
裁剪成你那年华的衣衫

青灯下幻思如云地拥来
你说你从没有美丽的诗篇

呵，小瀛洲漂满白鸽的羽翎
紫竹林中有香烟的氲氤
净瓶水浇活了一段愁根……

于是我进入了银夜的神秘，
月光的素笺上写满“爱你”
晚祷后，月门悄悄儿推开
你说你已捡到诗篇的美丽

呵，古天竺荡起了伽兰夜歌
瑶池里摇漾着并蒂莲荷
贝叶树也在月光里婆娑

这首诗有两个四行体诗节，两个三行体诗节，每行都是四顿，以“ABAB”这种相交式节奏诗节模式组合成诗篇的，匀称和谐，在一抑一扬的延展中显示着推进式诗篇节奏形态。

第三种是“2525”组合模式。如沙岚的《古池》：

石栏上烙满莓苔的斑痕
枯藤老树，秋思的年轮——

你总以碧水盈盈的殷勤
遍映着花容，满孕霜声
呵，无悔无恨，洪荒在美丽
沙石纵堵住水晶的清纯
古池：自豪于悲壮的献身

水心里浮散着月晕的莲叶
天光云影，夏梦的飘逸——

你仍以含情脉脉的波韵
滋润着浪客，眸语莹洁
呵，有悔有恨，美丽在洪荒
有谁还留恋古典的深碧
古池；自慰于寂寞的朝夕……

这首诗有两个两行体诗节，两个五行体诗节，每行都是四顿。这四个诗节以“ABAB”的相交模式组合成诗篇，组合得匀称和谐，在一扬一抑交错的延展中显示着推进式诗篇节奏形态。第四种是“464”组合模式。如岑琦的《风拂翠柳又露出桃色笑脸》：

风拂翠柳又露出桃色笑脸
桃花相映红，柳色碧如浪
柳浪闻莺是春天的交响乐
借春风素手指挥群莺合唱

当晨曦初露，你即唤醒我
侧耳倾听发自心灵的交鸣
让我的灵魂在乐声中净化
含泪的欢乐只会令人清醒
纵使心灵被囚于冰的桎梏
群莺啼鸣声中会睁开眼睛

赐我以羽翼我愿凌空飞翔
赐我以歌喉我为春色歌唱
赐我以甘露我愿敞开心扉
赐我以激情我愿化作碧浪

这首诗有两个四行体诗节和一个六行体诗节，每行都五顿。这三个诗节以“ABA”（“464”）的相抱模式组合成诗篇，组合得也和谐匀称，显示着回环式诗篇节奏。

第五种是“23432”组合模式。如秋荻的《燕草——呈何其芳》：

燕草如碧丝，是一脉相思
月上柳梢时犹帘卷迟迟

你多爱汉圆斑剥的莓苔
寒圹，古波，陨落的雁唳
檐雨的故事有梦的甜美

那一次“一二九”警钟敲起
卢沟月也在硝烟里凄迷
你终于埋葬了罗衫的幽怨
北国荒原上飞一径马蹄

当窑洞开出灵感的灯花

失落的青春也回归了吗
夜歌让眼泪渗透朝霞

巫山的纤夫纤尽人生路
文化的红沙碛添几粒贝珠

这首诗有两个两行体诗节，两个三行体诗节和一个四行体诗节，每行四顿，它们以“ABCBA”的相抱模式组合成篇。这种组合使诗篇由于是从二顿体诗行循序渐升到四顿体，又从四顿体循序渐降到二顿体，最能显示回环流转的节奏美，从格律的角度看，特显流动中的和谐匀称。

第六种是“24242”组合模式，如秋荻的《千岛湖》：

莹洁的，白云掩映的诗心
迷离的，波光脉动的柔情……

呵，你的凝思只属于绿岛
柳林里伊人的红楼梦遥
当古刹晚钟随归帆隐去
电视塔正在把世界相邀

千岛湖，千种现实的渴慕
你眼里燃起欲望的篝火

可莹洁之下总给人迷离
这湖水淹没了多少遗迹……
沿河有酒旗风，深巷琵琶
寒窗下举子梦画得神奇……

新世纪踏沉了具象的虚无
你乃说：诗心是这片碧湖

这首诗有三个两行体诗节、两个四行体诗节，每行四顿，以“ABABA”（“24242”）的相抱模式组合成诗篇，如果从比较的角度而言，两行体诗节节奏有“扬”的意味，四行体诗节节奏有“抑”的意味，那就使这首诗显示为“扬抑扬抑扬”这样一种流转中推进、推进中流转的诗篇节奏性能。

中国诗歌的篇幅都不长，像《离骚》这样已算得上鸿篇巨制了。新诗除了长篇叙事诗、抒情长诗因诗情内容较多而不得不长外，一般不长，也不宜长，能控制在二十行以内效果就好。现在我们拿十四行的容量就可归纳出六种格律诗体式。那么二十行、十九行、十八行、十七行、十六行、十五行的当可以归纳出更多格律诗体式，比十四行还少的同样可以有多种格律诗体式。这些都证实着新诗的创格是完全可能的，也是绝对必要的，格律体新诗走上韵和音雅的康庄大道是可以预期的。

节奏诗节被动组合是格律体新诗须要探索的核心课题，也就是寻求文本格律构成的内在规律问题。这个内在构成规律的立足点是均衡。所谓均衡指的是均齐与平衡或匀称。从诗行被动组合以建诗节看，讲究的是诗行组合中各诗行顿数相交的均齐；从诗节被动组合以立诗篇看，讲究的是诗节组合中各诗节模式分布的匀称。正是这种均衡，作为格律构成的规范要求而存在，使新诗借诗行、诗节被动组合形成的格律体，总体显示为节奏诗节中的节奏诗行总是顿数绝对均齐或对应均齐的，诗篇中的各节奏诗节总是绝对匀称或对应匀称的。这样的格律特性反作用于诗篇的节奏形态是推进中流转和流转中推进的双向交流，辩证统一。

现在进一步来看叠句排偶句的运用、煞尾音组的调节和押韵这三个强化节奏的辅助措施在诗行、诗节被动组合以创格中的作用。

坦率地讲，排偶和叠句在格律体新诗中所起的作用远不及在自由体新诗中大。自由体新诗的诗行、诗节是主动组合的，以应合主体的情绪律动来组行成节、组节成篇，如果主体对生活感受并不很真切、强烈，情绪律动并不那么鲜明，主体把握不准，或者和诗行组合、诗节组合对接应合的功力不足，主动的组合易流于节奏表现的无力或者涣散。叠句、排偶句的运用能起一种节奏集中，鲜明和强烈化的作用，所以自由体诗重用了它们。我们在前面说到没有排偶就没有自由体诗的话，也就是基于这样的认识而言的。至于格律体新诗的情况就不一样了。格律体新诗是节奏诗行、诗节被动组合的产物，它的节奏显示和格式安排不是主体的情绪律动和诗行、诗节组合相应合的结果，而是预先设计好模式对号填入的产物，所以它不怕节奏涣散。也无须考虑节奏表现如何鲜明、强烈一些等问题，反正有格律模式作保证。于是，排偶的节奏辅助性功能也就不必太受重视了。这也是艺术内在规律的必然。当然，排偶在格律体诗中也还是被采用，并且起用率还相当高的，但它的功能已从应合情绪的强化而作声音的调节转向纯粹作声调的装饰。这里不妨引格律体新诗的积极提倡者闻一多在《园内》一诗中的一节：

听啊！哪里来的歌声？
莫非就是泣珠的鲛人——
莫非是深深海底的鲛人，
坐在紫黑的巉石龛下，
一壁织着愁思之绡，
一壁唱着缠绵之歌。

这节诗第二、三行是宽式排句，第五、六行是对偶，它们以排偶的形态存在，都不见得有强化情绪的作用，只不过采用这种句式，使这个诗节的四顿体诗行围绕着“2232”等典型诗行节奏而达到更和谐的诗行组合和更鲜明的节奏表现，使得声韵节奏就在声韵中定位下来，而无须考虑和情韵的应合。正因为这样，格律模式总可以一再被套用，而排偶也可以为了整顿诗行节奏而随唤随到，但煞尾那两类调性的音组，在格律体新诗中倒扮演了寻求调和与显示调和的角色。所谓寻求调和，针对的是当新诗诗行基本上已采用诉说调二字尾的情况下，三字尾如何适应口语腔调而获得存在。这问题是格律体新诗探求者所探求出来的，那就是：认定三字尾和单字尾同属哼唱调性，而要想淡化哼唱调性而接近诉说调，使读者读到三字、单字尾不觉得别扭，而有近似诉说的和谐，必须在三字尾或单字尾前面设置一个三字音组，否则，若用二字、四字音组，就会在诉说要求上感到别扭。这一条规律可以从不少写格律体新诗的实践中得到证实，闻一多就自发地把握到了。如《一句话》中有："说不定是突然着了魔"这三字尾前面安置了"是突然"这个三字音组，故"着了魔"纵使是三字尾读来也有口语调的顺畅。《祈祷》中有："谁的心里有尧舜的心。"这单字尾前也安置了"尧舜的"这个三字音组，故"心"即便是单字尾，读来也有口语调的顺畅。用这条规律去检验《一句话》中的其他诗行，其中的"这话叫我今天怎么说"就违规，读来拖沓，成了败笔，而"有一句话能点得着火"就成功，因单字尾"火"前面是一个三字音组"点得着"。同理，他的《也许》中如下两行也可让我们悟出一点规范原则：

我把黄土轻轻盖着你，
我叫纸钱儿缓缓的飞。

前一行读来有别扭的感觉，因为三字尾前面是个二字音组而不是三字音组。而后一行读来就十分顺畅，那是由于单字尾前面是个三字音组。再如徐志摩在《枉然》中的"你枉然用手锁着我的手"就违规，别扭，《残诗》中的"石板上青青的全是莓"和《难得》中"静静的默数远巷的风"，前一行的三字尾、后一行的单字尾读来挺和谐，就因为按规范办事。《再别康桥》中有：

悄悄的我走了，
正如我悄悄的来。

这两行十分流畅，近于口语诉说又不失咏叹意味，成功的原因也在于按规范要求进行调和；三字尾、单字尾前都用了三字音组。另一位提倡现代格律诗的何其芳，他也较早就对这一规范有了自发的把握，如在《花环》一诗中的"金色的小花坠落到你发上"，"你有珍珠似的少女的泪"，《预言》中的"我可以不停地唱着忘倦的歌"等，都是按规范在三字尾、单字尾前设三字音组，才使这些诗行立足于哼唱调性而又能和诉说调性调和，读来十分顺畅而无别扭感。在《听歌》中他还有这样的诗节：

就像早晨的金色的阳光，
因为快乐而颤抖在水波上，
春天突然回到了园子里，

花朵都带着露珠开放。

这里的第二、三行是三字尾，且在它们前面都用了个三字音组，因此读来顺畅，原因就在于立足于哼唱调性而又带有一点诉说意味。应该看到：它们自身显示出两种调性的适度调和是一个不可忽视的基础，这使它们因此而能同第一、第四行也作了调性的调和，因为第一、四行用了诉说调性的二字尾。由此看来，新诗中，特别是格律体新诗中，二字尾与三字尾（包括单字尾）之间两种调性不完全是水火难容的，只要三字尾与单字尾的设置能给以一定的规范要求，是可以和作为诉说体为基本调性的二字尾调和的。从寻求调性的调和到显示调性的调和，在格律体新诗追求当中，还有人在作更深入的探究，并取得相当好成绩。闻捷和袁鹰合作的诗集《花环》就显出了这方面的成绩，在《水乡》中他们这样写：

一样的蓬塘一样的树，
一样的稻田一样的花，
　一样的满江帆影，
一样的漫天晚霞。

这里第一、二行的煞尾是按规范设置的，即单字尾前都是三字音组，所以它们虽是单字尾，却既能让自身和诉说调性调和，也能和二字尾的第三、四行进一步调和，这是轻快的跳跃和沉着的推进两类节奏感的调和。由语气调性推向声韵节奏的这种格律化一个方面的追求，使我们感觉到词曲的音节表现在新诗口语节奏表现中的传承。

格律体新诗是讲究押韵的，在这批格律追求者看来，押尾韵是古已有之的。朱湘在《诗的产生》一文中说过一段话：

中国诗的音律学颇有类似法国之处。他们把音同字异的尾韵相协叫作富韵(Rimeriche)……这种韵在中文内是最丰的，所以古代的诗人，在运用尾韵的时候，便遵循了这种文字上的特象所指示出的途径而进行，诗是通篇一韵，词也一样，曲是一折一韵，我虽然作的是新诗，作诗时所用的却依然是那有百年以至数千年之背景的中文文字，古代音律学的影响，（用古韵除外）我相信，新诗是逃避不了并且也不可逃避的。[①]

朱湘的创作实践证实，他是完全继承近体诗、词曲的押韵途径写他的格律体新诗的。从总体上说这没有错，但他没有分清楚格律体新诗与格律体旧诗在押韵上存在着不同。新诗采用的是口谱，要求新诗显示出说话的声调，这同旧诗不同，押韵也会有所区别，朱自清对此发表了这样的意见：

① 朱湘：《诗的产生》，《朱湘诗全编》，浙江文艺出版社 1994 年版，第 425 页。

有人觉得韵总不免有些浮滑，而且不自然。新诗不再为了悦耳，它重在意义，得采用说话的声调，不必押韵。这也言之成理。不过全是说话的声调也就全是说话，未必是诗，英国约翰·德林瓦特（Tohn Drink water）曾在《论读诗》的一张留声机片中说全用说话调读诗，诗便跑了。是的，诗该采用说话的调子，但诗的自然究竟不是说话的自然，它得加减点儿，夸张点儿，像电影里特别镜头一般，它用的是提炼的说话的调子。既是提炼而得自然，押韵也就不至于妨碍这种自然。不过押韵的样式得多多变化，不可太密，不可太板，不可太响。[①]

这段话有两点值得注意：一、新诗采用说话的声调；二、采用的是提炼了的说话的声调。这也就意味着押韵不会妨碍新诗的本质特征：自然，但不能像朱湘那样全按旧体诗的韵来押，而得按经过提炼的说话的调子来押。因此朱自清提出格律体新诗“隔行押韵或押间韵”；他还特别提出选韵中不必过分拘泥于韵部的音色，认为格律体新诗在押韵上，要追求“谐”，也要追求“不谐之谐”，而“要谐，押本韵；要不谐，押通韵”。除此以外，他还提出“用多字韵或带轻音字的韵”，这使得格律体新诗“有一种轻快利落的意味”，“减少韵脚的重量”，应合新诗的“说话的声调”。为此，他还提到胡适以采用“了字韵”而显示对“多字韵”的追求，举了卞之琳《傍晚》一诗[②]中“多字韵”的“么呢”与“说呢”，“道儿”与“调儿”，“谱了”与“下了”相押的情况。应该说这体现出格律体新诗在押韵上的一种开放意识，九叶诗派的唐湜是一位致力于古典词语与口语熔为一炉并显得有融和之美的诗人，他那些“提炼的说话的调子”味儿很浓的诗行，就显出节奏感的自然流畅，而这方面的成就为他押韵上采用“多字韵或带轻音字的韵”有相当大的关系。如《迷人的十四行》中：“迷人的十四行可不是月下/穿林渡水地飘来的夜莺歌，/那是小提琴的柔曼的流霞，/打手指约束下颤动地滴出的；”这里第二行的“夜莺歌”的“歌”和第四行“涌出的”中“出的”这个“多字韵”相押。他这样的追求例子很多，为方便起见，我们就举《敕勒人，悲歌的一代》中一些例子以见一斑，如：“只是由于拓跋家的魏天子/把憨直的敕勒人欺得太狠了，/才跟着那六镇的鲜卑造反，/跟着那破六韩拔陵起兵呢!”这里的“狠了”与“兵呢”相押；又如：“可这忽儿高王打下的天下/这大齐国光灿的事业眼看着/就要断送在这浑小子手中，/这可多叫人惋惜痛心呵!”这里的“看着”与“心呵”相押；又如“呵，孝征，就听你的吧，/如今，哎，可势成骑虎哪！/他猛然拔剑砍下了案角：/该怎么就怎么，听你的啦”这里的“你的吧”、“虎哪”、“你的对立”相押。再如下面这样的诗节：

可怎么会梦到红日落入了
自己的怀抱，古代有梦日的，
说都能成大业，开创新朝，

① 朱自清：《诗韵》，《朱自清选集》第2卷，第329页。
② 同上书，第332—333页。

自己哪有过这非分的想望呢？

这里的“入了”、“日的”、“望呢”都算是押韵的。这就是说：口语中的语气词、感叹词都可以相押。这些虚字，还都可抓一个实字合成多字韵相押。显然这样做使韵部扩大了，说话的声调更强了，而诗节节奏也被强化得更流畅、自然了，而格律体新诗也显示出它真正在摆脱旧格律束缚，走上自我的路了；这样的路且是很宽阔的。

综上所述，可见新诗从彻底摧毁旧诗语言和形式的桎梏破土而出起，就在寻求重建形体格式之路，自由体新诗寻求到一种来自西方的全新体式，格律体新诗则是在一度继承传统又借鉴西方的基础上，由一代新诗人自己闯出来的新路。虽然，自由体新诗显得成就更高一些，其经验也值得珍视，但我们认为：格律体新诗也已初具一套自己的规范原则，行之有效，同样值得珍视。

下篇　未来新诗体式的思考

我们已对汉语诗体中的形式问题作了内在规律的探索，得出的结论是：旧诗的形式体系是基于古典诗人在把握真实世界中采用了神话思维。韦勒克、沃伦在《文学理论》中曾说："存在于象征和象征系统中的诗的特殊'世界'，我们称这些象征和象征系统为诗的'神话'。"[①] 这启发我们认识到如下这点：由于古典诗人在把握诗歌真实世界中把客体看成一个象征的存在系统，也就使心灵对这个系统所作的把握显示为一场神话思维活动。如果我们承认形式是向形式转化的内容的话，那么古典诗人在作形式探求中必然会把形式体系纳入于诗歌世界的象征系统中，从而使形式必须成为具有象征意味。这一来，旧诗采用复沓回环节奏型形式体系，也就成为势所必然的事，因为复沓回环的节奏是最能起情调象征作用的。至于新诗的形式体系，则是基于现代诗人在把握真实世界中采用了逻辑思维。现代社会是理性的，人以主观意志强加给客观世界，并总以逻辑推论的思维方式去认识它，因此也就影响到一代新诗人总把客体看成是分析—演绎中的存在系统，而心灵对这个系统所作的把握，也就显示为逻辑思维活动。既然形式是向形式转化的内容，那么现代诗人在作形式探求中也必然会把形式体系纳入于诗歌世界的逻辑关系中，从而使形式也成为有逻辑意味的形式，且让一代新诗人建立起一个延展推进节奏型形式体系，这也成为势所必然的事，因为逻辑性总是直线推论，延展、推进式节奏最能促进诗思的层层推演。正由于两种不同的思维方式决定了诗歌世界把握也有两种不同，且会进一步促使一代新诗人与古典诗人采用的形式体系也会不同，显示出二元对立的格局。神话思维派生的回环节奏型形式体系总体说来更近于诗的质的规定性要求，应该说更具有吸引诗人的恒久魅力，又加之这是中国几千年沿袭下来的一项文化传统，要轻易改变也是不可能的。逻辑思维派生的推进节奏型形式体系更近于散文性能，而且它没有在汉语诗坛确立起传统，所以要想在短期内显示这一类形式的魅力，在文化惯性面前难度不小。这种种因素促使百年新诗在形式建设上虽有不少新诗人作了艰辛的探求，但泥于他们采用的是推进节奏型形式体系，也就成绩有限，困难重重，甚至诗体建设一片混乱。于是呼唤新形式也成了新诗今后的当务之急。

第七章　体式的二元对立状态

梁实秋在《新诗与传统》一文中提到五四初期致力于新诗创作的罗家伦，后来竟

① 韦勒克、沃伦：《文学理论》，第165页。

专写旧诗了。在出版旧诗集《心影游踪集》时，他还附了一篇心情十分矛盾的《自序》。面对这种“罗家伦现象”，梁实秋忍不住发感慨说：“罗先生自承为‘持钢笔作白话诗文’者，何以在要‘自遣’的时候就要写旧诗呢？何以写了旧诗之后还要‘尤冀贤达毋因此而置疑于亟待拓展之新诗无量前途？自己写旧诗，而希望别人不要‘置疑’新诗，其故安在，可深长思。”除了罗家伦，梁实秋还提出另一种现象：“有人大写旧诗旧词，广为传布，而教别人不要写旧诗旧词，也是同样的令人迷惘。”这后一种现象倒令人想起毛泽东来。这位专写旧体诗词并且颇有一些写得挺出色的诗人，在《致臧克家等》的信中却这样谈自己的旧体诗词：“这些东西，我历来不愿意正式发表，因为是旧体，怕谬种流传，贻误青年。”又说：“诗当然应以新诗为主，旧诗可以写一些，但是不宜在青年中提倡，因为这种体裁束缚思想，又不易学。”且不管梁实秋提到的后一种人是否包括毛泽东，他对这两种现象提出了如下的判断倒确是令人深思的：“我觉得他们事实上是在暗示：新诗有问题，旧诗未可尽弃；旧诗也有问题，新诗尚待拓展。”① 这个看法极其辩证。也就是说：旧诗新诗都有优点，也都有问题，应该互补。而就形式问题而言，我们认为这个说法更有道理。可是实际上，新诗的体式迄今为止始终处在二元对立状态中。

第一节　二元对立的体式观

旧诗采用的是回环节奏型形式体系。作为采用这一体系的思路，是极可取的，它以出于神话思维的诗歌世界的象征系统作为立足点，又让出于复沓回环的“声音象征”与表现这一类诗歌世界的节奏形式挂钩。此中体现着最接近于质的规定性的诗歌形式观，我们无须对它非议。不过，不能不看到：在这一条形式思路作用下建立起来的种种旧诗的具体形式，在经历千百年来无数诗人的使用后，已成套路和模式，以致丧失了生命的活力，给人以重复前人而难求鲜活的僵化感觉。更有甚者，还把已成的套路——所谓的求平仄、协音韵、讲对仗和已定的模式——所谓的绝句、律诗、词牌、曲式等等奉为金科玉律，须严格遵守，不可越规一步，给人以循规蹈矩而失去自由的束缚感。因此，从19世纪末黄遵宪等提出“诗界革命”开始，就把打破旧形式的桎梏作为“革命”的突破口，而到了五四新文化运动兴起，胡适等更打出“诗体大解放”的旗帜，把彻底摧毁旧诗形式作为带动一场诗歌“革命”全局的决定性战役。胡适在《文学改良刍议》中率先提出“诗须废律”的主张，他还这样说：“骈文律诗之中非无佳作，然佳作终鲜。所以然者何？岂不以其束缚人之自由过甚之故耶？”② 本着这个精神，他在《谈新诗》中更旗帜鲜明地申述了自己欲求诗体大解放的决心：“不但打破五言、七言诗体，并且推翻词调曲谱的种种束缚；不拘格律，不拘平仄，不拘长短；有什么题目，做什么诗；诗该怎样做，就怎样做。”③ 胡适的两位朋友紧跟而上，积极响

① 《梁实秋论文学》，第686页。

② 《中国新文学大系·建设理论集》，第41—42页。

③ 同上书，第299页。

应。钱玄同在《尝试集·序》中说："非把旧文学的腔套，全数删除不可。"[①] 刘半农在《我之文学改良观》中说："吾辈心灵所至，尽可随意发挥，万不可以至灵活之一物，受此至无所谓之死格式之束缚。""凡专讲对偶、滥用典故者，固在必废之列。"[②] 胡适的学生康白情在《新诗底我见》里，对此说了一番更富理论性的话："旧诗里音乐的表现，专靠音韵平仄清浊等满足感官底东西。因为格律底束缚，心官于是无由发展；心官愈不发展，愈只在格律上用功夫，浸假而仅能满足于感官，竟嗅不出诗底气味了。于是新诗排除格律，只要自然的音节。"又说："无韵的韵比有韵的韵还要动人。若是必要借人为的格律来调节声音而后才成文采，就足见他底情没发，他底感兴没起，那么他底诗也就可以不必作了。"[③] 这些都是反对旧诗声韵格律的言论，其出发点是欲求诗人真实的情绪感兴能按自然的音节而自由地表达，针对的是旧诗具体的那几条套路和那一批模式。这样做合理不合理呢？今天看来是既合理又不合理。说合理，是指具体的一套旧诗格律已失去生命活力、情绪传达的新鲜感，所以必须把它们从被遵奉的宝座上拉下来，换一套新的；说不合理是指：这是回环节奏型形式体系有关形式规范的派生物，不能把体现这一形式体系的思路也当脚镣手铐一样摧毁。这其实是一个区分战略与战术的问题。从战术的角度看，旧诗沿袭千百年的套路模式必须更换；从战略的角度看，回环节奏型形式体系丢不得，必须遵循这一中国诗学传统，把回环节奏型形式体系继承下来，在这个体系的思路指引下另创新的、能和现代口语相应合的规范化形体格式。

二

可是，五四诗体大解放却出现了矫枉过正的现象，在对旧诗具体的构形套路和僵化模式作彻底否定的同时，对回环节奏型形式体系的合理思路也否定了，甚至更进一步，还对一切形式规范要求也否定了，那是不应该的。康白情所提出的"只要自然的音节"、"无韵的韵，比有韵的韵还要动人"等口号，实在已有对诗歌形式建设之战术方案与战略原则一起否定的倾向，而在郭沫若的言论里，这种矫枉过正彻底暴露出来了。郭沫若在《论诗三札》中这样说：

> ……诗之精神在其内在的韵律（Intrinsic Rhythm），内在的韵律（或曰无形律）并不是甚么平上去入、高下抑扬、强弱长短、宫商徵羽；也并不是甚么双声叠韵，甚么押在句中的韵文！这些都是外在的韵律或有形律（Extraneous Rhythm）……诗应该是纯粹的内在律，表示它的工具用外在律也可，便不用外在律，也正是裸体的美人。[④]

---

① 《中国新文学大系·建设理论集》，第105页。

② 同上书，第66页。

③ 同上书，第327页。

④ 郭沫若：《文艺论集》，人民文学出版社1979年版，第204—205页。

在同一篇文章中他还进一步发挥说：

> ……艺术训练的价值只许可在美化感情上成立，他人已成的形式是不可因袭的东西。他人已成的形式只是自己的镣铐。形式方面我主张极端的自由，极端的自主。①

这两段话是五四诗体大解放中唯情主义的集中反映：心灵至上，情绪内在律至上，自然音节至上，外在表现措施可以不作考虑，已成形式不可因袭，形式方面要极端自由、极端自主。不能不说这是对打破旧诗格律束缚这一战斗目标的转移，或者说他们已从新诗必须打破旧诗格律的束缚深化为打破一切众所共奉的声律体式的使用，一切约定俗成的形式规范的设置。于是，回环节奏型形式体系作为一条最近于诗歌质的规定性的形式思路，也就被排斥了。这种排斥，可以从对一些诗人诗派的作品或主张的评价中看出。如新月诗派就是在创格的追求中接近了回环节奏型形式体系的，朱自清在《诗的形式》中对该派代表人物闻一多提倡的格律概括为“‘匀称’、‘均齐’一路”②，这正是复沓回环节奏型的体式表现。该派的徐志摩和创造社中那一位“很爱用叠字叠句”来“使读者神经发生振动”③的王独清，都受过这样那样所谓颓废的、唯美主义的指责。石灵在《新月诗派》一文中，就认为新月诗派的形式规律化带来两大恶果，一个是“把诗从旧的桎梏中解放出来，而又纳入新的桎梏的危险”，另一个是由于“把规律看成至上”，就带来“内容的贫乏”，因为“严整的规律”“限制了内容表现的饱满”。在这样的前提下，他对该派的美学追求作出了一个判断：“大概过分机械的规律，宜于表现一点清淡的感情，反复的咏叹，以收回肠荡气之效，像《我不知道风是在那个方向吹》一诗，就是最好的例子。”④ 这话似乎还可让人从另一个角度去想：要让诗的情感内容传达得多，就不能要复沓回环，不能要押韵，不能讲究格律，而得要求一种层层推进的、自由随意的节奏形态和形体格式。

在诗体大解放中出现破坏一切形式规范、排斥回环节奏型形式思路的现象，追究原因，还有两个方面。一方面是受西方影响。新诗是在西方影响下产生的，这已不需要怀疑了，但到底受哪些影响最关要紧，却众说不一。我们认为：西方诗人主要以逻辑思维来把握诗歌的真实世界，而西方诗歌的形式建设也因此把一种与分析陈述语言联系在一起的推进节奏形态作为基础。正是这一点也直接影响新诗也确立起一个推进节奏型形式体系。还有一方面是：百年新诗所处的时代精神气质对新诗这种节奏形态的形成也有大的影响作用。闻一多在《〈女神〉之时代精神》一文中曾说：“二十世纪是个动的世纪。”为此他还引了郭沫若致宗白华信中的一段话：

---

① 郭沫若：《文艺论集》，人民文学出版社 1979 年版，第 216—217 页。

② 《朱自清自选集》第 2 卷，第 325 页。

③ 王独清：《再谭诗——寄给木天、伯奇》，杨匡汉、刘福春编《中国现代诗论》上，第 293 页。

④ 杨匡汉、刘福春编《中国现代诗论》上，第 293 页。

今天天气甚好，火车在青翠的田畴中急行，好像个勇猛沉毅的少年向着希望弥满的前途努力奋迈的一般。飞！飞！一切青翠的生命、灿烂的光波在我们眼前飞舞。飞！飞！飞！我的自己融化在这个磅礴雄浑的 rhythm 中去了！我同火车全体、大自然全体，完全合而为一了！我凭着车窗望着旋回飞舞的自然，听着车轮鞺鞑的进行调。痛快！痛快！……

闻一多在引了这段话后说："这种动的本能是近代文明一切的事业之母，他是近代文明之细胞核。郭沫若底这种特质使他根本上异于我国古往之诗人。"异在哪里呢？他拿郭沫若和陶渊明相比，认为"一个极端之动，一个极端之静，静到——'心远地自偏'"①。这话值得回味。我们知道：极端之静给人以低回的情趣，极端之动则给人以奋进的情趣；低回的情趣使陶渊明的诗创作采取了回旋节奏的形式，那么奋进的情趣作用于郭沫若，也无疑会使他的诗创作采取推进节奏形式。郭沫若是百年新诗的代表人物，代表得了这一代新诗人，他们从总体上说都以奋进的精神在感应着欲求把握的诗歌世界。由此说来，新诗采取推进节奏型形式体系完全合情理也完全可以理解。

推进式节奏形态在新诗中表现为陈述的甚至呼喊的语调。郭沫若在《力的追求者》中提出要"别了，低回的情趣"，《诗的宣言》中"宣言"说："我要和暴风一样怒吼。"他要告别的"低回的情趣"从诗创作的角度看，是从回环式节奏形态中显示出来的。而"暴风一样怒吼"则是从推进式节奏形态中显示出来的。郭沫若决心告别"低回的情趣"去以诗"怒吼"，正表明他选择了推进节奏型形式体系来写诗。情况相似的是艾青。艾青在《诗论·服役》中说："在这苦难被我们所熟习，幸福被我们所陌生的时代，好像只有把苦难喊叫出来是最幸福的事。"② 在《时代》一诗中他这样唱："我沉默着，为了没有足够响亮的语言/像初夏的雷霆滚过乌云密布的天空/舒发我的激情于我的狂暴的呼喊。"把情感抒发说成是"喊叫"、"呼喊"，无疑表明这位"中国诗坛泰斗"对诗歌创作选取了推进式的节奏形态。以上所引种种也进一步表明新诗属推进节奏型形式体系。但采取这种节奏形式，把诗写得像讲话那样层层推进、合于逻辑，或者像呼叫口号一样直冲而出，不作迂回。从布局看，缺乏点委婉曲折；从节奏看，多了点进行曲般的直突而行，少了点圆舞曲般回旋的声音象征。并且，由于没有形式规范，随意性太大，容易带来节奏的凌乱，体式的散漫，以致走上散文化的道路。这使得反对白话新体诗的守旧势力有了反击机会，如胡先骕在他的《评尝试集》中称新诗是"无纪律之新体诗"，是混淆了"诗与文之别"，"其形式精神，皆无所取"，乃"不啻已死之微末之生存"③。富有戏剧性的是，同属新诗运动之闯将的俞平伯，在《白话诗的三大条件》中也提出要警惕"开口直说"式的语言音节，认为："现在句末虽不定用韵，而句中音节，自必力求和谐，否则做出诗来，岂不成了一首短篇的散文吗？"因此他提出："做白话诗的人，固然不必细剖宫商，但对于声气音调顿挫之类，还当考求，

① 武汉大学闻一多研究室编《闻一多论新诗》，武汉大学出版社 1985 年版，第 57 页。

② 艾青：《诗论》，新新出版社 1946 年版，第 62 页。

③ 《中国新文学大系·文学论争集》，第 267 页。

万不可轻轻看过，随便动笔。”[①]

看来，五四新诗运动中的这场诗体大解放，所产生的负面效应是颇不小的，在百年新诗的源头，它就打着“唯情主义”和自由解放两面旗帜，轰轰烈烈地在这一代诗人的心坎儿上深深地种下了两大节奏形式体系二元对立之根，格律体诗与自由体诗势不两立之根，传统与现代割裂之根。当然，我们不否认旧诗的声韵规范与格律模式已不适应于现代生活情调传达的需要，但这不等于回环节奏型形式体系本身也要否定。作为形式建设的一条思路，它倒才是更合于诗歌质的规定性的。我们也不否认新诗的声韵自由、体式随意对传达现代生活情调较适应，但这不等于推进节奏型形式体系才是诗歌形式建设最好的思路；以诗的质的规定性来要求，它实在并不够标准，容易把诗拖向散文。

二

这种矫枉过正现象引起了一些有远见的诗人和诗学理论家的反感。所以在新诗破土而出不久之后，就有人对诗体大解放矫枉过正进行了再矫枉。我们指的是闻一多。闻一多在当年虔诚地写新诗，探求新诗。在至今可找到的最早一篇他的诗学研究文章——写于1921年3月的《敬告落伍的诗家》中，他一开始就热情肯定“诗体底解放早已成了历史的事实”，但他还要“来攻击‘落伍派’的诗家”一番，并申言：“我诚诚恳恳地奉劝那些落伍的诗家，你们要闹玩儿便罢，若要真做诗，只有新诗这条道走，赶快醒来，急起直追，还不算晚呢。”[②] 奇怪的是他又极力反对乞灵于自然的音节、不讲究外形美的风尚，对矫枉过正大为不满，特别对“自然的音节”极不赞成。在《〈冬夜〉评论》中他为此说了这么一段话：

> 胡适之先生自序再版《尝试集》，因为他的诗中词曲的音节进而为纯粹的“自由诗”的音节，很自鸣得意。其实这是很可笑的事。旧词曲的音节并不全是词曲自身的音节，音节之可能性寓于一种方言中，有一种方言，自有一种“天赋的”(Inherent) 音节。声与音的本体是文学里内含的质素，这个质素发之于诗歌的艺术，则为节奏、平仄、韵、双声、叠韵等表象。寻常的言语差不多没有表现这种潜伏的可能性底力量，厚载情感的语言才有这种力量。诗是被热烈的情感蒸发了的水气之凝结，所以能将这种潜伏的美十足的充分的表现出来。所谓“自然音节”最多不过是散文的音节。散文的音节当然没有诗的音节那样完美……我们若根本不承认带词曲气味的音节为美，我们只有两条路可走：甘心作坏诗——没有音节的诗，或用别国的文字作诗。[③]

这段话针对胡适他们而发，认为自然的音节只是散文的音节，而诗的音节则是“带词

① 《中国新文学大系·文学论争集》，第264页。
② 《闻一多论新诗》，第1页。
③ 同上书，第26页。

曲气味的音节”。这种看法的价值在于闻一多已经自发地接近了这一认识：旧诗的节奏形态——回环式的节奏表现是属于诗的本质属性的，而新诗的节奏形态——推进式的节奏表现，会流于散文属性，因为这是属于分析的、线性叙说的音调。再进一步推论，他认词曲音节为美，而对出于自然音节的“自由诗”不以为然，也可见在写《〈冬夜〉评论》时他已有了新诗应律化的观念，对新诗的形式规范的问题颇为关注了。因此，在《泰果尔批评》中他说“我们的新诗”是“够缺乏形式的了”，而“别种的诗若是可以离形体而独立，抒情之诗是万万不能的”①。从这些地方可以看出：闻一多后来写了《诗的格律》，积极提倡新诗的格律化，是他总结诗体大解放的教训后必然的行为。

梁实秋在五四诗歌运动近十年后，也发表了对诗体大解放矫枉过正的不满意见，在《现代文学论》中他这样说：

> 十几年来旧形式旧风格一概打倒，不但新形式新风格不曾建立，而且有些人还认为无建立的必要；譬如说，诗刊一班人刚刚试想把每行的字数划齐一点，立刻就受“豆腐干”之讥，或且谥为“戴着镣铐跳舞”。如以这种人的趣味看来，只有分行的“自由诗”及分段的散文诗还能称为唯一的新诗。②

他不仅指出了这种不正常的现象，还严肃地作了批评：

> ……但是我们却不该于解脱桎梏之际遂想来打破一切形式与格律。自由是要的，放肆是要不得的；镣铐是要不得的，形式与格律仍是要的。但是十几年来一般人都似乎隐隐约约的有一种共同的观念，以为我们写白话诗了，什么形式或技巧都不必要了；我们要的是内容，诗和散文的分别不在形式。于是“散文诗”大为时髦，因为散文诗是解放到家的诗体。③

从这些话中可以看出：梁实秋对打破旧体诗格律形式的束缚并无意见，但对内容至上和乞灵于自然的音节者打破一切形式与格律、独尊自由诗、散文诗的现象极不满，因此提出“自由是要的，放肆是要不得的；镣铐是要不得的，形式与格律仍是要的”，这番言说颇具有辩证的深刻性。当然，作为新月诗派中人，梁实秋同闻一多一样，是站在新诗必须格律化的立场说这番话的，难免有流派偏见。但可贵的是梁实秋对诗体大解放有流派偏见之嫌的批评却是站在一个独特的认识高度来展开的，那就是：这种矫枉过正是割断传统的错误现象。几十年后，梁实秋在《新诗与传统》中说了一句振聋发聩的话：“新诗之大患在于和传统脱节。”④ 并且颇具胆识地说：

---

① 《闻一多论新诗》，第72—73页。

② 《梁实秋论文学》，第345页。

③ 同上书，第341—342页。

④ 同上书，第682页。

……我以为，白话诗的尝试应是已告一段落，事实证明此路难通，现在新诗应该是就原有的诗的传统而探寻新的表现方法和形式。

还说：

……我们要变化，但不须另起炉灶，更不须要全盘的模仿外国。①

这正是一个现代诗学家的清醒和远见。他的远见是：新诗今后的形式建设要在传统汉语诗体的基础上发展。那么，这是否意味着这一场未来的形式建设要重新从旧诗平仄声韵的套路、绝律词曲的模式出发来进行呢？梁实秋并没有这个意思。不妨再看看他在《新诗与传统》中还这样说："旧诗早已发展到完美的成熟阶段。除了追随模仿之外很难更上一层楼，以旧诗遣怀未尝不可，但是墨守成规，难得佳作。"② 的确，新诗今后的形式建设若从五言七言、绝律词曲、平平仄仄出发来展开，是行不通的，必须从旧诗那条确立回环节奏型形式体系的思路出发，来新建一套和现代口语相适应的声律形式。而万变不离其宗，不能轻易丢弃回环式节奏形态；不仅要重新起用它，并且要大力起用。当然，任何体式都是由节奏形态决定的，百年新诗由于采用了推进式节奏形态，也就决定了它是以自由体式为主的；而旧诗采用的是回环式节奏形态，也就决定了它是以格律体式为主的。鉴于回环式节奏形态和由它决定的格律体式是更近于诗的质的规定性的，所以新诗的形式建设应该更重视它。有关这一点实是非常重要的，可惜上面提到的闻一多和此处提到的梁实秋似乎都还没有注意到。倒是有一位诗学理论家注意到了。

他就是朱自清。

三

朱自清在《诗的形式》一文中，也同闻一多一样，认为"'自然的音节'近于散文而没有标准"，在新诗的形式建设中不宜过分提倡；而"自然的音节"只不过是建立自由体诗的依据，不必奉为新诗形式建设的根本原则。朱自清也赞成闻一多提倡的诗体的"匀称"、"均齐"之美，而这是建立格律体诗的根本理论依据，也可以是新诗形式建设的核心原则。有鉴于此，所以朱自清在该文中说了这么一番醒目的话："无论是试验外国诗体或创造'新格式与新音节'，主要的是在求得适当的'匀称'和'均齐'。自由诗只能作为诗的一体而存在，不能代替'匀称'和'均齐'的诗体，也不能占到比后者更重要的地位。"这些见解和闻一多提出的相距不远，新意还算不得多，有关新诗形式建设方面真正属于朱自清自己、且具有真知灼见性的见解，是下面这段谈复沓的话：

① 《梁实秋论文学》，第689—690页。

② 同上书，第690页。

……复沓是诗的节奏的主要成分，诗歌起源时就如此，从现在的歌谣和《诗经》的《国风》都可以看出。韵脚和双声叠韵也都是复沓的表现。诗的特性似乎就在回环复沓，所谓兜圈子，说来说去只说那一点。复沓不是为了要说得少，是为了要说得少而强烈些。诗随时代发展，外在的形式的复沓渐减，内在的意义的复沓渐增，于是乎讲求经济的表现——还是为了说得少而强烈些。但外在的和内在的复沓，比例尽管变化，却相依为用，相得益彰。要得到强烈的表现，复沓形式是有力的帮手。就是写自由诗，诗行也得短些、紧凑些，而且不宜过分参差，跟散文相混。短些、紧凑些，总可以让内在的复沓多些。[①]

朱自清虽然还是就复沓的艺术技巧谈复沓，而不是就节奏形态谈复沓，但他已接近于认识到复沓作为节奏表现的最高价值，说“诗的特性似乎就在用回环复沓”，就证实了这一点。的确，是复沓导致了回环式节奏形态的产生和回环节奏型形式体系在旧诗中的确立。虽然复沓是兜圈子，“说来说去只说那一点儿”，但正是“那一点儿”引发起声音象征，语言表达的实际内容不多，借声音象征的感兴作用给予接受者的情绪感发却是难以言传的一大片。所以这复沓回环式的节奏形态以及由此导引出来的一套套体式，才算真正合于诗的质的规定性之要求。如果从朱自清提出“诗的特性似乎就在回环复沓”的当年起，诗人们能在创作实践中，诗学理论家在形式问题的思考中，都能重视复沓回环式节奏，通过实验探求这种节奏形态在形式建设中营构多种体式的规律，并因势利导，定出一套新诗声韵格律的规范原则，新诗的形式建设早就会有突破性的进展了。可是，自从朱自清提出复沓的功能价值到今天，始终未见再有人对此作深入的探讨，不能不令人遗憾。

与此相对照的是：那些崇奉自然的音节者，“不拘格律，不拘平仄，不拘长短，有什么题目做什么诗，诗该怎样做就怎样做”的自由体诗追求，滔滔者天下皆是，弄得竟让这一诗体一统诗坛天下了。这就是说，自由体诗不仅在创作上显示了唯我独尊性，理论上抬高其价值的说法也随处可见了。艾青在1930年代后期写了《诗的散文美》，这样说：

自从我们发现了韵文的虚伪，发现了韵文的人工气，发现了韵文的雕琢，我们就敌视了它；而当我们熟视了散文的不修饰的美，不经过脂粉的涂抹的颜色，充满了生的气息的健康，它就肉体地诱惑了我们。

……

散文的自由性，给文学的形象以表现的便利；而那种洗练的散文、崇高的散文，健康的或是柔美的散文之被用于诗人者，就因为它们是形象之表达的最完善的工具。[②]

---

① 《朱自清选集》第2卷，第324—326页。

② 艾青：《诗论》，新新出版社1946年版，第71—73页。

这表明：艾青干脆把按自然的音节来写的自由体诗直接和“散文美”挂上了钩，而这样的形式建设显然已把重心完全置于“给文学形象以表现的便利”，不再考虑声音的象征在抒情诗中的作用以及节奏形态所特具的功能价值了。既然把诗的形式向散文方向推，必然也就把散文的分析叙说性和叙说层次性带入诗的形式中，强化了自由体诗节奏（其实也就是散文节奏）的推进性能。所以艾青提出诗的散文美主张，也正是新诗立足于推进式节奏形态的反映。还有绿原在1980年代初为“七月诗派”的流派诗合集《白色花》写的序中，进一步提高了自由体诗的地位：

> 中国的自由诗从五四发源，经历了曲折的探索过程，到三十年代才由诗人艾青等人开拓成为一条壮阔的河流。把诗从沉寂的书斋里，从肃穆的讲坛上呼唤出来，让它在人民的苦难和斗争中接受磨炼，用朴素、自然、明朗的真诚的声音为人民的今天和明天歌唱，这便是中国自由诗的战斗传统。①

这话似乎意味着自由体诗才能真正表现苦难中国的苦难生涯和伟大时代的伟大斗争，这个提法是有偏激倾向的，不过有一点却值得注意：自由体诗是应时代的动荡、斗争和奋进的激流而生的，这个时代不断前进的时代节奏轨迹也影响着自由体诗的节奏形态，而应时代而生的自由体诗也必然会对其形式体系中的节奏形态作推进性强化。所以绿原的这一番提高自由体诗价值地位的言论，不能认为没有它的合理性。但无论怎么说，艾青、绿原有关自由体诗的说法，无形中加剧了新诗中自由体诗与格律体诗的二元对立，加剧了汉语诗歌回环式节奏形态与推进式节奏形态的二元对立，更加剧了回环节奏型形式体系与推进节奏型形式体系的二元对立。

以上所述反映着百年新诗的形式建设始终是处在一个二元对立的格局中，自由体诗与格律体诗孰好孰坏总是在不断争论中，而在民歌与旧诗的基础上发展新诗形式的倡导又始终以伟大的空话的姿态徘徊在新诗形式探求之路上。至于写自由体诗者，很少考虑自由中求规范；写格律体诗者，也鲜见规范中显自由，各行其是，无意沟通。所有这些弄得诗坛闹哄哄混乱一片，唯有一角冷冷清清，就是如何来解决新诗形式建设中的具体问题，诸如新诗需不需要规范，如要，那么如何规范，该如何定规范原则；需不需要定型，如要，定的又是怎么一种“型”，等等。形式建设中这些实际项目一搁再搁，迄今鲜见有人认真地把它们分门别类进行深入的探讨，其结果反而是把两大形式体系的二元对立加剧了。

第二节　新诗体式的现状（一）：自由诗体

于是，对新诗的不满，尤其是对新诗形式的不满，不断地爆发出来——从1920年代迄今，几乎没有停过。

要求新诗定型化的呼声一直可以听到。我们不妨举几个不具流派偏见的人的话来

① 《白色花》，人民文学出版社1981年版，第2页。

看看。一个是鲁迅，他是写小说的，应该比较客观。在《致窦隐夫》一信中他就这样客观地说："新诗先要有节调，押大致相近的韵"，但由于"没有节调，没有韵，它唱不来；唱不来，就记不住；记不住，就不能在人们的脑子里将旧诗挤出，占了它的位置"。因此，"新诗直到现在，还是在交倒楣运。"看来，就站在客观地位的人看来，新诗的问题是"节调"、"韵"等诗体定型化的大原则没得到解决。另一个是朱自清，作为一位从不偏激的诗学理论家，他承袭了鲁迅的话题，在《论中国诗的出路》一文中也说：由于"新诗不能吟诵"，使得"几乎没有人能记住一首新诗"，究其根本原因，"是因为新诗没有完成的格律或音节"，因此如上已述的，他进一步在《诗的形式》中提议不要把长短句的自由诗看成"主要的形式"；"自由诗只能作为诗的一体而存在，不能代替'匀称'、'均齐'的诗体，也不能占到比后者更重要的地位"。在该文中他还说：无论建立长短句的自由诗体或者"匀称"、"均齐"的格律诗体，都须掌握住"形式上的几个原则"后，去"量体裁衣"。再一个是冯雪峰，这位"湖畔派"诗人，是写自由体诗的，但他在《我对于新诗的意见》中说："新诗引起一般人最不满的一个现象是滥"，而这种"滥""其实是一种结果"，至于那原因则主要"存在于""反对规律的束缚"的"散漫无组织"的"新诗的形式中"。而在对诸多"不能满意"的形式意见中，他认为"那最中心的问题"是如何格律化。他甚至说："三十多年来新诗的摸索过程，就是时时在要求这类格律，并且为了不能建立这类格律而苦闷。"

我们无须再作引证，只想说明一点：直到20世纪终了，中国新诗这场定形化之梦远未圆成，甚至可以说，比之于1920—1960年代来，1980—1990年代的新诗形式建设问题越搞越乱，越搞越糊涂，大有每况愈下之势。这是什么缘故呢？应当来分析一下这个世纪末的病症。

二

这期间愈来愈不重视新诗形式建设的主要一点原因是20世纪八九十年代的新诗坛由于接受了西方的影响，诗歌观念有了极大的变化，诗人们首先把诗看成是生命表现的一种方式，而生命则被看成是游离于社会外部世界的内宇宙存在。既然执著于这样一个内宇宙生命，诗也就成为对直觉、潜意识以及宇宙场中本体终极追求作表现的一种方式。其次，他们又因此而把语言提到诗歌王国中至高无上的地位。有人曾说："语言是诗歌唯一的要素"，并且在"语言作为诗歌的全部秘密"的前提下，得出这样一个语言之于诗的价值判断，"每首诗都是诗人建立的语言的新秩序。"[①] 第三，他们又把内宇宙生命和语言在诗歌中融合起来谈诗歌语言。韩东就说："写诗似乎不单单是技巧和心智的活动，它和诗人的整个生命有关。因此，'诗到语言为至'中的'语言'，不是指某种与诗人无关的语法、单词和行文特点。真正好的语言就是那种内在世界与语言的高度合一。"[②] 而《非非主义宣言》中则说得更透彻："文化语言都有僵化的语义。只适合文化性的确定运算，它无力承担前文化经验之表现。我们要捣毁语义的板结块，

---

① 胡冬：《诗人同语言的斗争》，《中国现代主义诗群大观1986—1988》，同济大学出版社1988年版，第219页。

② 《后朦胧诗全集》下，第239页。

在非运算地使用语言时，废除它们的确定性，在非文化地使用语言时，最大限度地解放语言。”[1] 于是，他们提出了要以血液语言、器官语言等来写诗的主张，诗歌语言也就成了内宇宙生命直觉、潜意识的神秘符号，这种心态行为语言，也就可以“根本不承认历史文化的逻辑指向性”，从而在诗歌中成为“无有什么秩序”的“纯粹的非语言媒介”。[2] 第四，在诗歌中，语言是形式的材料和手段，它们是紧紧搅在一起的，因此，这一代诗人又把与内宇宙生命融合为一体的诗歌语言观念延伸出一个诗歌形式的独特观念，有一个“东方人诗派”在宣言中就说：“至于形式，《东方人》相信，在一定的主体精神内容下必然有它最美的表现外壳。《东方人》强调艺术创作的随意性和自由组合性，反对一切束缚创作力和灵魂自由的语言形式框架。”[3] 由此形成了一个由理论体系来支撑的被1980—1990年代诗坛普遍认同的新诗形式新观念：诗歌的形式乃出于主体随意的行为，是无所谓秩序的一种语言自由组合。这就回到了新诗草创期胡适在《谈新诗》中的主张：“不拘格律，不拘平仄，不拘长短；有什么题目，做什么诗；诗该怎样做，就怎样做。”中国新诗几十年的形式探求，到此时竟成了一个怪圈，回到了出发点：新诗是极自由的，无须讲任何形式规范！于是，自由体诗重新有了至高无上的地位。

为自由体诗重新一统诗坛而鸣锣喝道的也大有人在。有一种新鲜的提法：凡用口语写的就是自由诗；新诗因为采用口语写，它的形式也理所当然是自由体。这是周晓风在《现代汉语与现代新诗——试论现代汉语诗歌审美符号的特殊性》[4] 一文中提出来的。一言以蔽之：新诗不可能有格律体形式，只能是自由体的。该文还认为：“自由诗的出现不独是中国新诗的特有现象，而是20世纪整个世界诗歌发展的共同趋势。”值得注意：在这里还有一句潜台词：要顺应世界潮流就得承认中国新诗只能是一种诗体——自由诗体。类似的说法连艾青这样杰出的诗人也发表过。他1980年在《和诗歌爱好者谈诗》中就这样讲：“自由体的诗是带有世界性的倾向。”我们不知道作这个估计的依据是什么？世界性倾向是否有时间的限定？如果没有，那么就以19世纪为例，世界性的大诗人拜伦、雪莱、海涅、普希金、莱蒙托夫等可都是以写格律诗为主的，如果专指20世纪，恐怕也很难说写自由体诗就是一种世界性的倾向，叶芝呢？瓦雷里呢？叶赛宁呢？甚至马雅可夫斯基呢——20世纪屈指可数的世界大诗人中，他们可也是以写格律诗为主的。

为了提高自由诗的地位，还有人从政治态度上来立论。上面已提及绿原为《白色花》写过一篇序，这篇序是研究“七月诗派”很有价值的文章，但有些提法也值得商榷。他对“七月诗派”在创作态度和创作方法上基本的一致性提出了这样的说法：“那就是，努力把诗和人民联系起来，以及因此而来的对于中国自由诗传统的肯定和继承。”这种因果关系对于“七月诗派”也许是适合的，但作为一条因果律很难说通，因

① 《中国现代主义诗群大观1986—1988》，第33—34页。

② 同上书，第273页。

③ 同上书，第249页。

④ 《现代汉语：反思与求索》，作家出版社1998年版，第223—240页。

为“从‘五四’发源”的“中国自由诗”传统中，首创人物胡适、周作人，以及后来的李金发、黄震遐（他的《黄人之血》是自由体诗），还有1930年代把自由诗推向成熟的戴望舒（从他写《我的记忆》起到抗战爆发前夕期间）和当年受他的影响的一批写自由体诗的现代派诗人如路易士等，大概还难说具有“把诗所体现的美学上的斗争和人的社会职责和战斗任务联系起来”的创作境界。绿原接着还提出：“把诗从沉寂的书斋里，从肃穆的讲坛上呼唤出来，让它在人民的苦难和斗争中接受磨炼，用朴素、自然、明朗的真诚的声音为人民的今天和明天歌唱，这便是中国自由诗的战斗传统。”引文至此，这位诗人的笔锋一转，转到了1940年代，认为中国的自由体诗作为盛行于特定时间段——1940年代的一种诗体，其中优秀者还促使它显示为“必然是同当时诗歌领域里一些固有的封建性思想感情相排斥、相斗争的过程”。而“它的发展过程也必然是同当时诗歌领域里一些固有的封建性思想感情以及一些外来的现代派的颓废思想感情相排斥、相斗争的过程。”这就言重了！

在创作研究中提任何理论主张都应该受欢迎，但必须提得明确，有可行的建设性方案，切忌含混，到紧要处轻轻滑过，令人不得要领。上述周晓风的文章中说：“自由当然不是毫无规律，自由诗中的优秀作品仍有其语言的艺术规律。”——这“艺术规律”是怎么样的呢？他没有说。的确，自由体诗的写法自有其“艺术规律”可循，这对否定自由体诗者是最有反驳力的，而对发扬自由体诗则是最切实际、最需要抓的，可是他恰恰在这关键之处“戛然而止”，令人不得要领。我们在前面综合了几十年中诗人、学者们对新诗形式规范的意见，大体上概括成一个规范原则系统，特别提到从声韵节奏上考察，这个系统在第一层面上的一些规范原则，对自由体诗和格律体诗而言，都是得遵循的，特别是必须树立典型音组的威信，即诗行节奏主要应以二字音组、三字音组和适量的四字音组有机组合来体现，五字以上音组尽可能避免使用；还有，诗行收尾的音组必须规范，诗行长度要控制在六顿之内，等等，实在是简单易做到的，只要写诗时能存一份规范之心就能做得到，自由体诗可循的初级规律就是这么一点点，可是大多数写自由体诗的人似乎自由惯了，再也没有耐心去考虑艺术规范的问题，因此对这些最起码的一点规范要求也并不重视。至于在第二层面上提出组行成节、成篇中主动性原则和被动性原则的区别导致有自由诗和格律诗的分别，也许复杂一些，但主动组合也不过几条简单的要求而已，即区分不同长度（顿数）的诗行的节奏性能；长短诗行在组合成节或篇章时，应循序起伏地流转，以造成复沓回环的组合；或者在循序起伏的总原则下按奇峰突起的要求适当地作极长与极短诗行的直接组合，以造成峰回路转的奇特效应，这也并不是那么复杂的，只不过让你多存一份心罢了！可是，大多数写自由体诗的人也缺乏这一点自觉意识。说到头来一切全凭感觉来建行、组节、立篇。艾青同人谈起他的自由诗在建行、组节、立篇以完成节奏表现时，也完全根据“读来这样顺口就这样安排”的感觉。对一位有深厚诗学功底和丰富的写诗经验的他来说可以这样做，但对整个诗坛来说实在必须改变这种自发性，要以适度而明确的规范原则来把自发意识转为自觉意识。这可是促使新诗一步步走向成熟以致定型的当务之急。由此说来，我们不但要确立“形式是向形式转化的内容”这个观念，也必须和下一句“内容是向内容转化的形式”结合在一起，才是真正辩证的诗学观念；我们当然也得确立“有意味的形式”的观念，但毕竟要看到：形式自有其相对的独立存在性，或者说形式就是形式，它自有其实实在在的规范要求，不能搞神秘化了。把新诗的形式越说越玄是不应该的。

二

20世纪诗坛越接近世纪末就越在随意为之的自由体诗中驰骋想象和宣泄诗情，有些自由体诗作为诗是有一定的审美基础的，如果能按上述可循的规律作些适当的规范，是可以成为质量不低的诗的。但诗人们往往缺乏规范的自觉意识，不肯作较多的推敲和适当调整音节，结果读来不是松松垮垮，就是佶屈聱牙。这方面的例子不是个别的。

这使我们想起了于坚和孙文波。

这两位诗人都是很有诗歌创作才能的，发表过不少优秀的诗篇。他们虽属不同诗派中人，但艺术思路与表现风格其实可以归属于同一系统。在他们的诗性感应中，似乎这世界处处能听到神谕之声，因此生活中的一景一色、一事一物对他们来说莫不是隐喻，具有广阔与深邃的象征意味。这使得他们往往通过叙事来作本体象征的抒情。这项追求有个特点：在不寻常的背景关系中展开琐碎寻常的叙事。他们懂得一个奥秘：把越寻常的对象置于不寻常的背景关系中展开逼真的叙事，往往越能获得本体象征的效果。当然，这样的叙事无疑会趋向散文化，分析演绎是必然的，逻辑推论是必须的。于是因叙事的过程性而使他们的文本语言有大量的虚字被采用，因叙事的情节性而使他们的文本淡化了复沓回环，少见有对称平衡，显示出直向推进型节奏体式。与此相应的是他们总采用自由体来写。这的确是合适的选择。于坚的《下午，一位在阴影中走过的同事》、《有一回，我漫步林中……》，孙文波的《最后的秋日》、《一九九九年十月二十三日夜晚走在从兴寿镇到上苑村的路上》等，都使我们发现这是生存的隐喻，从而获得更阔大而深邃的象征性感应。不妨拿于坚的《下午，一位在阴影中走过的同事》来看一看：

这天下午我在旧房间里读一封俄勒冈的来信
当我站在惟一的窗子前倒水时看见了他
这个黑发男子我的同事一份期刊的编辑
正从两幢白水泥和马牙石砌成的墙之间经过
他一生中的一个时辰在下午三点和四点之间
阴影从晴朗的天空中投下
把白色建筑剪成奇观的两半
在它的一半里是报纸和文件柜而另一半是寓所
这个男子当时就在那狭长灰暗的口子里
他在那儿移动了大约三步或者四步
他有些迟疑不决皮鞋跟还拨响了什么
我注意到这个秃顶者毫无理由的踌躇
阳光安静充满和平的时间

这个穿着红色衬衫的矮个子男人
匆匆走过两幢建筑物之间的阴影
手中的信，差点儿掉到地上
这次事件把他的一生向我移近了大约五秒
他不知道我也从未提及

这是有大面积叙事的诗。由于于坚把一件看来寻常、琐碎的小事置于不寻常的（也就是谁也不会去顾及的）背景关系中凸显出来，不能不使人产生异样的联想，以致进入其深层处获得一种大千世界生存网络中人性必然亲和相通的奥义。从某种意义上说，这奥义并不靠诗所特具的功能而得，而是一种触发经验联想并把它加诸生存网络的事件组合策略使然。因此这个文本重叙事而不重意象的感发，重叙事的充分自由、细致和明晰，而不重声韵节奏的声音象征。唯其如此才使它作为自由体诗，节奏的复沓回环感是淡薄的，体式也决无对称平衡的追求，总体而言，不过是以自然语调对原生态的事件作顺应自然的转述。这一来，这个文本的自由体形式纵使散漫、拖沓了一点，我们也不会介意，反觉得只有用这样的自由体来写，这首诗才能给人以某种隐喻的恍悟。不过令人遗憾的是当他们把寻常的事件置于寻常的背景关系中来写成诗时，所采用的自由诗体也明显地凸显出非诗的散文化叙事倾向来了。于坚的《0档案》是个典型的例子。如该作的《卷四·日常生活·住址》中这样写：

他睡觉的地址在尚义街6号　公共地皮
一直用来建造寓所　以前用锄头　板车　木锯　钉子　瓦
现在用搅拌机　打桩机　冲击电钻　焊枪　大卡车　水泥
大理石　钢筋　浇灌　冲压　垒　砌　铆　封
钢窗　钢门　钢锁　防10级地震　防火　防水灾
A—B—C—503室　是他户口册的编码　A代表
他所在的区　B代表他那一幢　C代表他那个单元
5　指的是他的那一层楼　03　才是他的房间

这就不是诗了，也不是自由体诗了。孙文波也有这种倾向，如《聊天》：

生活在这座人口稠密的城市，
如果我对你说：我们仍然是孤独的，
或者我像人们那样拿关在动物园里的动物做比喻，
你同意吗？当我穿行在汽车的洪流中，
在繁华的、人群拥挤的春熙路，
我清楚地知道我像什么，
一只甲虫；一个卡夫卡抛弃了的单词！

如果说于坚《0 档案》这样的自由体是故意这样的——从某种意义上说是出于对诗歌形式的逆反心理使然，那么孙文波这样的自由体标志着当今盛行的自由体诗已有彻底丢弃自由诗体必要的——如我们在前面已概括出来的那些初级节奏体式规范要求了。不过从孙文波这首自由体诗看，他还是注意到以语调显出节奏。

令人担忧的是另有一些自由诗写作者，有这样一种追求：把寻常的事物拼贴起来，使其因怪诞而成为不寻常的事物，然后把它置于不寻常的背景关系中，从中设置好一条凭创作主体主观意图而成的定向理性联想来作隐喻。大致说这是一种主观象征抒情，这当然未尝不可。不过，这样的抒情更要求体式的对称平衡，以求得一种复沓回环的节奏氛围，使拼贴的事象多少能强化一点集中性，和谐匀称感。即使采用自由体写，也更要求直向推进的节奏运行更鲜明，让定向理性联想得以借此节奏氛围的“烘染”而充分发挥其理性联想之定向功能。可是这一批酷爱自由的自由体诗写作者并不想考虑让这种诗体的直向推进节奏更鲜明些，一味以怎么想就怎么写为满足。海子的诗《亚洲铜》就是很典型的。这首被不少评论家评价得很高的诗，其实是首并不成功之作，首先是“亚洲铜”这个意象缺乏民族原型性和审美定位，作为海子自立的私人性意象对读者的感应（而不是预先告知的理性譬比）仅仅是“亚洲”的“铜”而已，很难说引不起任何一点兴发感动，如果硬要说它是以制造铜鼎为表征的古老中国的象征，也只是评论家凭理性联想猜测而硬派给“亚洲铜”的，而绝不来自内在的审美感发；其次是大量事物的无机拼贴，形成一个令人费解的、貌似不寻常的怪诞体，如说“亚洲铜”是唯一的一块埋人的地方，“亚洲铜”的“主人却是青草”，这“青草”竟然“住在自己细小的腰上”，“守住野花的手掌和秘密”等等。这些都是怪诞得让人不可思议的，全是作者信手拈来、随意挥写的产物，如真要去认真推敲，那只有叫苦，所以也就不再谈下去吧！再次就是自由体诗的过分自由到对形式美采取不负责任的态度。我们不妨就引这首诗的第三节来看看：

> 亚洲铜，亚洲铜
> 看见了吗？那两只白鸽子，它是屈原遗落在
> 沙滩上的白鞋子
> 让我们——我们和河流一起，穿上它吧

且不说“白鸽子”和“白鞋子”究竟有没有可能让读者来“通感”一番，也不再细究“让我们”和“河流一起，穿上它吧”，从意象感发（而不是人为的理性联想派定）看，读者究竟能得到什么样的诗思，而只想说这反映了一个诗歌艺术修养很浅的初学写新诗者很稚嫩的写作行为。从这样的自由体诗中似乎让我们看到了海子其实还不大懂新诗的语言节奏是怎么回事，也不了解白话—口语该怎样来显示节奏，他只晓得用讲话的腔调来写，但只是讲话的腔调是不能看作就是诗的节奏表现的，类似的不成熟我们还可以在《五月的麦地》等诗中见出。当然，对于写《亚洲铜》时还只20岁的海子的这种不成熟，苛求是没有必要的；更何况这位早夭的诗人在短短几年内写了二万多行的诗，如此狂热的创作中要求他艺术的精致和再三推敲，也是不现实的。但有一个问

题是值得提出来的。不妨先引一段高波在《解读海子》中的话：

> ……从他的《诗学，一份提纲》中可以看出，他读书的涉猎范围极其丰富。在这一篇幅不长的“提纲”中，海子的论述即涉及但丁、莎士比亚、歌德、雪莱、席勒、叶赛宁、荷尔德林、坡、马洛、韩波、克兰、狄兰、普希金、雨果、惠特曼、叶芝、维加、易卜生、陀斯妥耶夫斯基、托尔斯泰、肖洛霍夫、麦尔维尔、福克纳、哈代、康拉德、卡夫卡、乔伊斯、庞德、艾略特、瓦格纳、塞尚、毕加索、康定斯基、克利、马蒂斯、蒙德里安、波洛克里摩尔、加缪和萨特等世界各国的杰出诗人、文学大师、艺术家和哲学家，并对他们的得失成败做出了自己独特的评价。①

引这段话的确可以看出海子的读书很多，思考很广泛，却也反映着他另一方面：太不关心我们的民族文化，他似乎没有注意过中国文学、中国传统诗歌以及五四新诗传统和有代表性的诗人、诗学理论家。传统诗学根基的薄弱，是他的诗歌创作难以达到较高水平，一直到25岁离开这个世界也还没能显出成熟迹象；他在自由诗的写作方面所显示的散文化倾向，也同缺乏传统诗学修养是分不开的。而今天，以压倒一切之势存在于诗坛的自由体诗之所以大多缺乏形式诗学所应有的要求，也同这方面密切有关。

三

那么风行于当今诗坛的自由体诗，缺乏形式诗学所应有的要求，具体表现在哪些方面呢？那就让我们把这些年来出现的一些自由诗怪胎拿来，分几个类型来议论一番。

第一类是散文分行式，意思就是这一类作品本来就不是诗，散文而已，却把它分行来写，充当新诗。这种长长短短不一的散文句子排在一起，无所谓节奏的考虑，只求分行像诗足矣，若称它为自由诗，当然是最糟糕的自由诗，当今诗坛可说是随处都可见到，连大诗人如艾青也难免，他的《鸭子的故事》就说得上是散文分行式的自由体诗，如该诗的第二节：“一九七六年的指标/是2130000吨，/今年的原定指标/是2180000吨。/这是说，在过去五年/每年只增加10000吨。”这样的文本，如果不分行，也只能算是最一般的记述散文。这类追求，当下诗坛依旧盛行不衰，如下面这首自由体诗《卖毛线的女人》：

卖毛线的女人
有些固执
我在她那儿织了一条毛裙
我想早一点拿到
她坚持要按“号”来

---

① 高波：《解读海子》，云南人民出版社2003年版，第19—20页。

她有个六七岁的女儿
比她还固执
当着人的面撒泼，大哭
长得也丑
看来她习惯用这种方法
向她妈妈要东西

这种自由体诗，倒真的够自由了，可惜不是诗，只是最枯燥乏味的一段记述散文的分行。说这类散文分行式的自由体诗是诗，那可是抬举了它。

第二类是不分行自由体诗。自由体诗只要是诗，不分行未尝不可；有些情绪是低迷迂回、久驱不散的，采用不分行来排，倒能适应这种情绪状态，且能辅助这种情绪状态的运转，是值得肯定的。如张烨的《散步》：

我找不到月亮月亮大概知道自己的宁馨优
雅已不再能讨世人的欢喜便知趣地躲藏了
起来霓虹灯多么雍容漂亮的脸顿时变形黯
然失色当迪斯科旋律激光的风暴从几千个
黑夜的窗洞喧嚎着穿出以气吞万象之气力
拔山河之力猛撼高楼高楼兴奋如兽

这是诗的第一节，全诗共两节，前一节写外在都会世界在黄昏时分的喧嚣，后一节写自我内在世界在这都会的黄昏时分的烦躁，内外应合，生动地表现出都会生涯的快节奏强刺激使人几近喘不过气来的印象感觉。我们只引第一节已可见出这种印象感觉。这可不是能容你闲适悠游的生存境界，诗思显然也是急逼的，快速进展的，因此张烨就用了不分句、无标点也难辨节奏之顿挫段落的不分行的自由体形式。这内容与形式直接应合的追求，值得肯定。但另有一些人同样作不分行的自由体式，却趁此机会堂而皇之地把自由体诗变成了散文。上面提及的于坚、孙文波都发生过这样的情况，结果成了自由体诗的怪胎。为了维护这种怪胎现象，有人还提出了一套理论来。昌耀就是个突出的例子。在《昌耀的诗·后记》中他说："我并不强调诗的分行……也不认为诗定要分行，没有诗性的文字即使分行也终难称作诗。相反，某些有意味的文字即使不分行也未尝不配称作诗。诗之与否，我以心理去体味而不以貌取。"[①] 实在新诗的分行就是一场组行成节立篇的工作，是同诗节节奏或诗篇节奏的表现有着莫大关系的；如果分行体现为诗行的主动组合，就产生了自由体型的节奏，这个分行的意义对自由诗来说就尤其重大。作为自由诗追求者的昌耀既然把分行不当一回事，也就是漠视了自由诗的节奏体现，漠视了自由诗的音乐美追求。爱伦·坡在《诗的原理》中有一句话："音乐通过它的格律、节奏和韵的种种方式，成为诗中的如此重大的契机，谁拒绝

① 《昌耀的诗》，人民文学出版社 1998 年版，第 423 页。

了它的帮助，谁就简直是愚蠢。”自由体诗追求者对“格律、节奏和韵的种种方式”的“拒绝”，其结果只能是20世纪90年代以来昌耀写下的大量不分行的自由诗，而多数只是抒情散文而已。且引《告喻》第一节：

> 一种告喻让我享用终身：仅有爱，还并不能够得到幸福。深邃的思维空间有无量的烛光掀动，那并不能成为吸引年轻人前去的赌场。我想起雨季泛滥的沼泽。怀着从未有过的清醒与自信，我终于信服一种告喻：仅有爱还并不能够……幸福。

这是自由体诗的畸形儿！谁也不认为它像《慈航》那样是自由体诗，甚至不认为它是诗，充其量只不过是带点抒情夹议论的散文。昌耀的诗从20世纪80年代末期起每况愈下，同形式系统的紊乱是分不开的！

第三类是格律体乔装式，意思就是有一类自由体诗是以格律体形式显现的，但若把整整齐齐的格律模式除掉，还它常态的、以句读为准的诗行安排，不过是长长短短的诗行组合——自由体诗而已。这类格律乔装着的自由体诗，在1940年代就已出现。杭约翰写于1940年代末期的《最初的蜜》就是这样一首诗。它每行四顿，每节四行，共九节，排得整整齐齐像九块豆腐干一样，充分做到了句的均齐与节的匀称，但它每一行的断句是硬性派定的，而不是根据句读的停逗，如果去掉这个硬性派定就成长短不一的自由体诗了。这一怪胎到1980年代——经过40来年后，成长了，在“怪”的智慧上说，大大地发展了。周伦佑的一些诗，如《白狼》、《狼谷》就是《最初的蜜》式的发扬光大。我们且拿《白狼》中的第一、二节来看一看。这首诗其实并不分节，只是每到累积成六行后的头一行总比其余的诗行多出一个字，以示节的分界而已，如此说来它是每节六行，第一行13个字，其余五行均12个字。第一、二节则是这样：“那只白狼跳着狐步舞在屋背上/长嗽总躲不开那长长的尾巴/踩着一个谜语似在提醒我什/么似在暗示我什么头发留不/住羊群秃顶的牧场不长一棵/草但它还是那样盯住我盯着//你有过这样一个夜晚吗摇着雪/花霜花或是月光似的白色进/入你最初的意识想想看不是/昨天不是去年还要早还要更/早想象这样一个夜晚你在你/喜欢的一个地方是一个孩子”。这样两节诗除每节开头一行多一字，其余都以十二个字断行，管它意思能不能读断，在所不顾，真像是刀切过一样齐的“两块豆腐干”，看样子是格律体诗了吧，其实不然，我们按句读停顿的要求可以把它重新分行成这样：

> 那只白狼跳着狐步舞
> 在屋背上长嗽
> 总躲不开那长长的尾巴
> 踩着一个谜语
> 似在提醒我什么
> 似在暗示我什么
> 头发留不住羊群
> 秃顶的牧场不长一棵草

但它还是那样盯住我
盯着

你有过这样一个夜晚吗
摇着雪花霜花或是月光似的白色
进入你最初的意识
想想看
不是昨天　不是去年
还要早　还要更早
想象这样一个夜晚
你在你喜欢的一个地方
是一个孩子

我们把它这样重新分行，就显出了它自由体诗的本色，甚至还能感到一点自由体诗的节奏韵味，但如今周伦佑却让它作了格律体的乔装打扮，令人一边读一边要皱眉头——它成了一个怪胎。当然诗人周伦佑自有他这样做的道理，只是我们不了解，但不管怎么说这是自由体诗走火入魔而生的一个怪胎。

第四类是极端变形式。这才是自由体诗追求者最典型的一场走火入魔表现，说怪胎也真是极端的怪了。我们先来提一提杨然的《黑洞》，这位诗人是有诗才的，写过些不错的诗，他似乎是出于对新诗过分拘泥于条条框框的逆反心理，竟异想天开，在这首长诗的一部分诗节中让诗行的前半部分顺排——从左到右，后半部分逆排——从右到左，结果从体式上看，把整个诗行、诗节节奏全打碎，乱了套，我们无法把长诗诗行构成顺逆太错综的前面几节全部理清，就不引了，就引较单纯点的一个诗节来看看：

　　　　　　　著名的太阳无名了
城门的锁　锁死了打开这把锁的钥匙
唯一的导游图　只准在迷途者走过之后张贴
　　　　　　　斧刀的钝迟长生此在树之慧智
　　　　　　想象之花在此开放锈蚀的石具？
　　　　　　吗秘神的界世岸彼中言预是就　还
青铜的地面　冷冷地承受着盐和青铜的照耀
严威的攀可不高前世创的奥深怪古着立耸周四

这节诗的前三行是顺的：从左向右读过去，虽然诗行长短参差，顿数不齐；其中第二、三行的诗行太长而读来滞涩，但总体说还通顺，因通畅而生明显的节奏感。但第四行须从右向左读，第五行又恢复从左向右读，第六行又须从右向左读，第七行又恢复从左向右读，而第八行又须从右向左读。如此颠倒的诗行排法，顺逆错综的诗节读法，显然把诗节节奏整个儿打乱了运行的秩序。因为谁都知道离开意义的纯声音节奏在诗歌中是无法存身的，这一颠倒排列的诗行，其节奏运行秩序的乱套也就是必然的了。这样的自由体诗的自由实在太过分了。但这还不够，当今诗坛还有更极端自由的自由体诗出现——如自称“主观意象派”的吴非的《过程》：

那
被你街景
斜靠
在
角 色
（就）
血 管流
管
放 阵 子 上 流过时
发 着的
一
把
把
把
去

对这样一首自由体“诗”的自由追求，我们还能说什么呢？只能说是从放荡到荒唐。吴非为什么要写这样一些莫名其妙的诗呢？在《主观意象派宣言》中他说：他的诗“来自与物质世界无缘的精神世界”，是他“边缘意识的错乱反映”，是他的一场“在文字中游戏”的表现——这可是十足胡闹。其实出现这种现象也并不奇怪，应该看成是形式玄学论发展的必然结果，自由体诗一旦上了这条形式玄学论的船，前途只有滑向彻底非诗的深渊。

以上种种足以说明，当今诗坛自由体诗一统天下，但一片混乱，读者对新诗怨声载道，很大的成分恐怕就是针对这种不负责任的自由体诗写作的。

走向未来的新诗在形式建设上头一件艰难的工作大概是彻底清理一片混乱的自由体诗写作的当下局面。

第三节 新诗体式的现状（二）：格律诗体

格律体诗的探求，今天也同样处在一片混乱中。

中国新诗越到20世纪末，格律体诗要为自己争一席之地的那股争劲儿也越大。但是自由体诗已呈大军压境之势，逼得它只能孤守一隅，无可奈何地唠叨自己的价值，那声音显然是十分微弱了。这是一个现实处境，却是不公正的。

一

新诗须格律化，这是新诗草创阶段结束后不久就有这方面的呼声了，鲁迅是最早提出这一主张者之一，我们在前面早就提到过；一向爱作持平之论而不偏激的朱自清也一再这样主张，他还趁提倡这个主张的机会批评了自由体诗："诗行多长短不齐，有时长到20几个字，又多不押韵，这就很近于散文了。"[①] 新中国成立后，随着百废俱兴的社会形势，何其芳在《关于现代格律诗》一文中就率先提出："自由诗产生于近代，它的产生是由于有那样的诗人，他感到用传统的格律诗的形式不能表现出他所要表现的内容，不得不采取一种新的形式。应该承认这是很富于创造性的，而且对于诗歌的发展是有利的，因为它丰富了诗歌的形式。但文学的历史又告诉我们，自由诗并不能全部代替格律诗……虽然现代生活的某些内容更适应于用自由来表现，但仍然有许多内容可以写成格律诗，或者说更适宜于写成格律诗。"除了这些提倡者的言论，我们还可以看到这样的事实，不少以写自由体诗出名的诗人，到后来都会走向写格律诗的路。何其芳自己就是这样：早期他写新月诗派式的格律体诗，到延安后写《夜歌》采用了自由体，建国后又重新写格律体诗了。戴望舒也走这样一条否定之否定之路，创作初期写格律体诗，到《望舒草》时期，成为中国诗坛最出名的自由体诗实践者，而到创作后期，重又转向写格律诗了。穆旦在1940年代一直写自由体诗，但经过多年沉默到1976年——生命的晚年写下了27首炉火纯青的诗，却基本上采用格律体，且写得十分成功。可叹的是当今诗坛似乎无视于此等事实，一味标榜自由体诗，甚至给人一个印象：写格律体新诗是落伍者。一本权威性《诗刊》，今天已见不到有新格律体诗发表，几乎全是些诗行参差不齐的自由体诗；一部三卷本的《新中国50年诗选》，共2383页，留给格律体新诗的只有70页。三十分之一还不到，这确是很不公平也极不正常的。造成这个局面的原因是多方面的。我们认为原因主要在于现代格律体诗追求者的格律观念太混乱，格律体诗创作也太不够格律味了。

上一节中我们综合各家之说已概括出一套诗行被动组合以建节、立篇的格律体诗规范原则，从诗歌创作本身看，多年来按此规范操作的实践者（如闻捷）所取得的成就已足以证明这套规范原则在建立新格律诗中是行之有效的。可是从20世纪80年代起到20世纪末，对这套规范原则似乎产生了怀疑，甚至有越来越不肯重视的迹象出现。如有人就说闻一多等人的现代格律诗尝试"削足适履，曾被讥为豆腐干和棺材"，因此，"毫无疑问这种努力没有成功"，至于"建立音节相等的新格律诗，也同样未能被艺术实践所批准"。对何其芳的探求，也认为只不过步了闻一多的后尘，"仅仅在末尾一个音节的字数多寡上作了修正"，而且他"自己也很少实践"，因此"他的主张也没有引起诗歌界的热烈肯定性的反响"。[②] 新格律体诗那套规范原则是以闻、何二位的理论主张为基础的。既然对这两位的功绩也不当一回事，显然对这样一套规范原则也会有否定性的趋向了。鲁德俊、许霆出版的《新格律诗研究》一书中就对"以闻一多

---

① 《朱自清选集》第2卷，第321页。

② 刘再复、楼肇明：《关于新诗艺术形式问题的质疑》，《社会科学战线》1979年第3期。

的《死水》为代表的'音顿等时停顿节奏'体系"——即"音顿说"提出了否定的看法："他们认为，音顿说，违背诗人写作时的思维逻辑，违背读者欣赏诗的阅读习惯和朗诵时的语调停顿规律。把诗的句子弄得支离破碎。"[①] 对"音顿说"不是不可以指责——只要对新格律诗节奏体现有更合理的规范原则提出来。《新格律诗研究》新立的主张却不见得更合理，也不见得作起来更方便些。

鲁德俊、许霆提出了一个"意顿对称停顿节奏"体系。他们以郭小川的《青纱帐——甘蔗林》为典型文本来用作"意顿说"阐释的依据，认为"意"并非基于自然语流，而几个不等时的意顿也难以形成节奏，但在意顿相应对称时，就形成了较大范围的节奏和格律。并因此断定这一体系既符合格律诗的基本要求——规律化，又符合人们写作、阅读、朗诵的习惯。这个现象及其作用是存在的，作为一种发现还是值得肯定的。不过作为偶尔显现的现象与作用，提升为新诗节奏表现的规律性理论就不一定合适了。因为这个主张其实是宽式的对对子。以对对子（即意群相应对称）来形成某种节奏效果，的确有优点，既照顾到语言的节奏体现，也照顾到语意的节奏体现，但那只能是一首诗中逐步的诗行关系或逐步的诗节关系。当然魏晋南北朝时期出现过一对到底的诗，谢灵运一些名篇倒都是如此做的，但这传统后人却无法继承下来，律诗中的颔联、颈联是讲对仗的，一整首诗就不如此，第一、二句和第七、八句就不是意群的相应对称（虽然排律可以一对到底，但这样做毕竟太呆板、单调，所以排律不发达），而是音顿等时停顿所显示的节奏。一首八行的诗有两种节奏体系并存似乎不是个办法，何况当中的两个对子更显著的还是"绝对的调和音节"，即本质上说也还是音顿等时停顿的节奏，它们的音群相应对称的做法，只是强化音顿等时停逗节奏并使之更鲜明的辅助手段。现在让我们以此再来检讨宽式的对对子，如同在《青纱帐——甘蔗林》中所显示的——且引诗的三节来看一看：

北方的青纱帐哟，常常满怀凛冽的白霜；
南方的甘蔗林呢，只有大气的芬芳；
北方的青纱帐哟，常常充溢炮火的寒光；
南方的甘蔗林呢，只有朝露的苍茫！

北方的青纱帐哟，平时只听见心跳的声响；
南方的甘蔗林呢，处处有欢欣的吟唱；
北方的青纱帐哟，长年只看到破烂的衣裳；
南方的甘蔗林呢，时时有节日的盛装！

何必这样问呢——到底更爱南方，还是北方？
我只能回答：我们的国土到处都是一样；
何必这样问呢——到底更爱甘蔗林，还是青纱帐？

---

① 丁芒：《新格律诗研究·序》，《现代格律诗坛》1994年第1期。

我只能回答：生活永远使人感到新鲜明朗。

就以上所引的第一、二节看，它们各自是严格的诗行意群相应对称，这也是我们所概括出来的那个格律诗规范原则中两两相交的、建筑在绝对调和音节基础上的排偶，它们体现为音顿等时停顿的诗行节奏两两相交地组行成节的特征，意群相应对称的诗行排偶只不过是辅助音顿等时停顿节奏使之更强化、鲜明一点而已。至于第三节的第二、四行两两相交的对应诗行并没有绝对地调和音节，（“到底更爱南方，还是北方”同“到底更爱甘蔗林，还是青纱帐”就不是绝对的调和音节，不过意群确是相应对称的）第一、三行两两相交的对应诗行绝对调和音节也谈不上，甚至连意群相应对称也不是（“我们的国土到处都是一样”和“生活永远使人感到新鲜明朗”就根本不是对子），却同样使人感到有一种复沓回环的节奏感，可见这一节的节奏只能建筑在“音顿等时停顿”的基础上。三个诗节，有两种节奏体系并存，可能吗？不可能的，其实第一、二节也还是音顿等时停顿节奏体系。不错，从现象上看，它们都有一种宽式意群相应对称的特点，用在这仅仅三个诗节中倒也还可以，但要是都这样做，就给人一种老在回旋打转之感，似乎每前进一步都会绊手绊脚叫人寸步难行似的。试想想如果全以这种“意群相应对称”来作为现代格律诗节奏表现的规范原则——特别是短诗行中这样做，读多了，肯定会使人感到因不断回旋而生的单调，节奏麻木而生的眩晕感，正像排律发达不起来一样也难以行得通，“郭小川体”大概也只在当年严阵的诗集《竹矛》中，今天王怀让的一些政治诗中流行过一阵子，并无更多人采用。

田穗也提出了一个新格律的主张。他认为“现代格律诗的声律必须从平仄律中解放出来，代之以现代汉语音响调节律。因为现代汉语洪亮、柔和、细腻三种响亮度的语言，已经形成响亮度相间的抑扬顿挫之美，能够满足汉语现代格律诗顿拍自然、语音节拍与意义节奏相一致的需要是现代格律诗的声韵基础。”而“平仄律在现代格律诗中，专一用在押韵方面，充分发挥它在韵律方面的长处”①。从这样的观点出发，他提出了一种叫“中华晶体格律诗”，并规定了“五项基本原则”。从这些原则中可以看出，这位提倡者企图集音组节奏与轻重音节奏于一炉，而真正关注的重心则在轻重音相间。田穗自已承认：“‘中华’之所以不同于以前任何一种格律诗形式而自成一家是因为它采用了现代汉语中洪亮级、细微级、柔和级三种不同语音响亮度，作为中华格律内在音乐性的基础。”为表明“三级响亮度”，他还创造了五个符号，有圆圈、三角形、圆圈中加一个三角形、圆圈中一横、圆圈中一竖。在写诗时诗行下面打上这些不同的符号以表示不同的“响亮度”，这是当年陆志韦已经做过的，只不过陆志韦用的是圈圈点点，还简单，中华体格律诗反显得更其复杂。试想想写诗时还得在诗行下面以五种符号分头注明何者洪亮、何者柔和，不仅太不方便了，而且“三级”的标准也很难定，显然难以付之于实践。

于是，又再次出现了林庚的“九言诗”。这位九言诗的提倡者在 20 世纪 90 年代又

① 田穗：《我是怎样发现中诚诗格律的》，《现代格律诗坛》1994 年第 1 期。

说："我想九言诗（包括十言）迟早是要为诗坛所采用的。"[①] 他的追随者黄淮也出版了一本九言八行体诗集《给你》，被人称颂为"具有匀称均齐美，即建筑美，同时具有节奏美、音乐美"。又出现了"九字绝句"，九言六行诗、八行诗、十二行诗直至十四行诗，不一而足。现代格律诗又成了以"言"之多少定节奏，这可是一边写诗一边要计算字数的；又出现了以行之多少为格律标志的"律诗"、"绝句"的翻版。说实在的，多数是由闻一多的"建筑美"派生出来的各式各样当代豆腐干体诗。

再进一步就出现了旧貌翻新的新古体格律诗。就在《现代格律诗坛》上可以看到范光陵博士的"新古诗选"，如《中华统一》："中国本一家/华夏多新花/统一天下势/一心为中华。"接着有罗绍书的《赠范博士》，如之二："大众能写诗，/诗为大众有；/宝岛范博士，/举笔朝前走。"读了这种"现代"格律诗，真使人深深怀念起胡适"尝试"新诗前夕写的半文不白的诗来，如《十二月五夜月》之二："我爱明月光，/更不想什么。/月可使人愁，/定不能愁我。"一比较，真是何等相似。胡先生写了这些"新古诗"以后大胆地写新诗了，不知范先生写了这些"新古诗"后准备写什么？是不是往回走去大胆写古诗了？我们不好随便猜测。新古体诗浅白、通俗，宜直接抒情，多少还有点市场，连张炯这样搞当代文学的，也写起了格律诗——新古体诗。不过这种复古式的现代格律诗倡导下去，是危险的。危险在哪里呢？在于把"现代格律诗"中的"现代"改成"古典"了。若让这样一条回头路真的走下去，那么经历了几十年的中国新诗革命岂不是准备宣告破产了吗？

其实新诗中格律诗体建设出现以上种种混乱现象，设计方案是否可行还不是主要的问题，主要的问题在节奏观念上。今天大家基本上还是认同了以音组等时停逗的节奏表现为新格律诗体建设的核心，或者基础，但这一基础工程的第一个设计者，从一开始起就显出了节奏观念的混乱。在《诗的格律》一文中，闻一多提出"格律就是节奏"，大体而言，这说法不能算错，但闻一多几次提这一点则自有其奥妙在：他在文中还强调诗中节奏表现的视觉效果，因此对"三美"中以句的均齐与节的匀称体现的建筑美分外重视，以致在他看来借此显示的诗的格律是诗歌节奏的主要表现，至于以音尺的等时停逗显示的声音节奏，得通过句的均齐与节的匀称的建筑美为标志的格律显示出来。值得特别指出的是：我们从闻一多的创作实践中发现：他的句的均齐实指诗行中字数的一致，节的匀称指诗节间对应诗行字数的一致，而他以自己的《死水》为例认为"每一行都是用三个'二字尺'和一个'三字尺'构成"才会达到"绝对的调和音节字句必定整齐"的结果的说法，就我们猜度，这其实是他为实现以齐言来显示建筑美的一种策略性说法而已，对音组等时停逗的声音节奏表现似乎并不像我们后人想象那样当一回事。对此，《闻一多诗学论》一书的作者在提出闻一多"特别注重诗歌视觉上的要求"[②] 后，还说过如下一段话：

谈及格律的审美，闻一多特别提出诗歌格律的视觉效果。这一观点是他针对

---

① 《现代格律诗坛·百家论坛》中林庚的发言，《现代格律诗坛》1994年第1期。

② 陈卫：《闻一多诗学论》，广西师范大学出版社2000年版，第141页。

> 诗坛泛滥的自由形式而言的，另一个问题则出于他的审美习惯。在《论〈悔与回忆〉》中，他谈到为什么会注意诗歌的外在形式："我是受过绘画的训练的，诗的外表形式，我总不能忘记。"绘画训练使闻一多养成了观察事物比例结构和颜色协调搭配的职业习惯，比一般诗人更注重诗歌的形式。①

这是很有见地的一段话。这现象使我们感到一点不安：谈诗歌格律如果过分强调视觉效果，会使格律与节奏分家。这会给诗歌形式探求带来不良后果。闻一多《静夜》这样的诗看着很齐整很讲究格律，其实内在的节奏并不和谐。因为它只求诗行字数的划一，而对音组型号的严格控制和在有机组合中求诗行顿数的一致却不讲究，从而丢弃了等时停逗节奏表现应有的效果。何其芳后来矫正了这一弊端，把时间表现上的听觉节奏提到了首要位置，淡化了空间表现上的视觉节奏，这是很对的。可是他对音组型号的使用并不严格控制，除了"二字尺"、"三字尺"，还无节制地起用单字音组、四字音组，甚至五字音组，又不强调不同型号的音组作诗行组合时搭配的规范要求，而只求以句的顿数均齐与节的顿数匀称，而我们晓得：不同型号音组搭配如果分寸掌握不好，对等时停逗的节奏和谐影响是不小的。结果闻一多的齐言格局是打破了，顿数一致得到了强调，但等时停逗的节奏感并不强。所以新格律节奏观念缺乏科学的辩证认识打破，使闻一多顾到建筑美而丢了节奏美，何其芳顾到顿数而忽略了等时停逗的节奏要求。不过何其芳坚持从顿出发而不从字数出发的节奏观念是要比闻一多科学一点的，这是体现了诗歌节奏是听觉的而非视觉的。我们应该珍视这一诗歌节奏的思路而不能搞调和折中，否则会增添一份新格律诗体建设格局的混乱。但是有些学者大概出于维护闻一多的学术尊严，却总想从调和的角度来谈闻一多的新格律体节奏观念。周仲器、周渡二位在《中国新格律诗论》中有些论说是很精辟的，但有些也值得商榷，如他们说到"用'顿'的要求来规范新格律诗，不能完全解决节奏感的问题"后，补了如下一句："从成功的例子看，多数是采取整齐的句式的（包括字数或顿数相同两种），如闻一多的《死水》……"《死水》算不算得上是成功的新格律体，这里暂且按下，容后再谈，这里我们只想说：这样的言说好像是把齐言说与齐顿说调和一下，都可营造出新格律体成功的节奏，实质是在为闻一多的齐言说作委婉的辩解。其实，新格律体建设就得扬弃齐言说建筑美的节奏观念。这一点即使是闻一多的挚友梁实秋也这样说："眼睛看着整齐，不能算是形式。诗的文学形式主要的是节奏，是用耳朵听的，豆腐干中看不中听。"② 至于徐志摩在《诗刊放假》中对追求豆腐干体的齐言诗所作的反省则已众所周知，不必再加引述。

的确，在新格律体探求中，只看到闻一多的道路，或者何其芳的道路，那就只会增添混乱。但就是有人喜欢步闻一多的后尘，结果在新格律体诗的创作上，今天也出现了一片混乱局面，这可是需要严肃注意的。

---

① 陈卫：《闻一多诗学论》，广西师范大学出版社2000年版，第143页。

② 《梁实秋批评文集·文学讲话》，珠海出版社1998年版，第229页。

二

当今诗坛，由于新格律诗体观念的混乱也就导致了格律体诗创作的混乱。

我们谈到过太多这一类诗：齐言或者对应的齐言，很有“建筑美”，可就是读起来不顺，节奏感十分乱。现代新诗就已确立了这个“传统”，如李唯建的大型组诗《影》中这样的诗节：

你退缩，时间不许你退缩，
你奔逃，生命的绳牵着你；
即使你两只腿都举不起，
你也得走！走得更加急速。

这个四行诗节每行 10 个字，组合成像“豆腐干”一样的方块，从格律上看，有建筑美，但节奏表现很别扭。可见这块“豆腐干”问题不少。诗人把单字、二字、三字、四字音组全用上了，结果四行诗顿数不一致，有四类：第一行“3232”，四顿；第二行“3313”，也四顿，第三行“334”，三顿；第四行“3/222”五顿，这是问题之一；音组诗行中作组合时搭配不规范，如第二行：“你奔逃，/生命的/绳/牵着你！”其中的单字组“绳”夹在两个三字音组中间。悬殊大，读来不和谐，这是问题之二；第二、三行的煞尾不是二字组，第二行是个三字组，第三行是个四字组，调性无法统一，这是问题之三。单凭这三个问题，已足够使这个诗节读起来别别扭扭了。这样的现象在现代新诗中不是个别的，即使大诗人也难免。如冯至在 1940 年代初写的那本《十四行集》中，如第十一首，献给鲁迅的，初看似乎很讲究格律，其实诗行内部的音组数——顿数并不那么统一；音组型号从单字组起到三字组，都大量使用，“建筑美”换来个节奏大杂烩，读来很拗口。这种节奏在当代新诗中情况更严重，如唐湜的一些被人看成很讲格律的新格律体诗，就并不是那么回事。如《卧游》中：

听高大的/奥赛罗/对他的/爱人
说远方的/征战，/冒险与/忧伤，
或者去/地中海湾的/小渔村，
看月下的/少女/拉银色的/小网。

全节诗字数是对应地一致的，第一、四行各十二个字，第二、三行各十一个字，但读来节奏感不强，甚至有些拗口，问题就出在不是句的顿数的均齐——或对应的均齐，前两行各四顿，是一致的，但第三行是三顿，第四行又回到四顿；问题还出在四字音组用得过多，还用了五字音组（“地中海湾的”），第四行是“4242”结构，“少女”这个二字组置于“看月下的”、“拉银色的”两个四字音组之间，音组节奏感悬殊大，不顺畅。闻一多求齐言而不求齐顿的弊端，何其芳求齐顿而不求音组型号有机搭配的弊端都集中在唐湜这样的诗节中了。

正是这种种经多年积累形成的传统病，使今天新格律体诗写作出现的问题越来越多。

问题的头一种表现是：这期间诗坛再次流行只求字数划一而无视顿数整齐，也不顾及节奏和谐的所谓新格律诗。如有首叫《两池赋》的诗，每节四行，每行十字，字数划一，章节整齐，但每一节内部组行成节的节奏却没有规律，不和谐，如：

弹起了/我悠扬的/伽椰琴，343
冬不拉的/旋律/同时/响起；4222
你的/欢歌/落满/我这/群峰，22222
我的/舞步/摇动/你那/清池。22222

这节诗的第一行是三顿，第二行四顿，第三、四行五顿，诗节节奏不统一；第一行收尾是三字音组“伽椰琴”，和后面三行的二字音组收尾，调性也不统一；还有，在第一行中用了“我悠扬的”、第二行中用了“冬不拉的”这样两个从严控制使用的四字音组。正是这三点，使这个诗节的诗行节奏与调性就不统一，全诗所有诗节节奏也不统一，结果是：貌似很格律化了，实则读来并不和谐。因此从严格意义上说，这首诗并无多少格律意味，勉强一点也只能说是宽式的格律诗。

其次一种表现是这期间诗坛又出现了诗行顿数虽统一，但诗节与诗篇节奏感并不鲜明的格律诗。如卞之琳的《飞临台湾上空》，共四节，每节八行，每行四顿，每节均押交韵，四行一转。这该是标准的格律体新诗了吧！但阅读效果却并不给我们这样的感觉。且引它的第一节：

可是为/鸟瞰/异国/风光，
一探头/穿出了/层层的/白云？
是岛！/我们的/岛！/还想望
见一下/应该是/熟稔的/人群，
我们/飞开了；/还历历/在目
是河流/葱茏的/山顶/山坳，
是一个/手掌，/久经/爱抚！
我可以/辨认/道路——/甚至桥！

说实在的，这个八行诗节虽然每行都四顿，节奏感却十分淡薄。问题出在哪里呢？首先是为了押韵和照顾每行四顿而削足适履，任意断句跨行，使人读来很不顺畅，如第三行为了让该行凑成四顿并和第一行呼应押交韵，竟把“还想望见一下应该是熟稔的人群”这一句把“望见”这个词汇活生生的分开，又把全句斩成两截，使“还想望”在第三行末尾，为的让“望”和第一行末尾“风光”的“光”押上交韵，“见一下……”向下移成为第四行。接着，为了让第五行凑成四顿，并和第七行响应押交韵，竟把“还历历在目是河流”这一句以“目”为界斩断，让“是河流”移至第六行，这样一来，“目”和“抚”可以押上交韵。这种做法有点荒唐，是盲目学习西方的结果。再还有：单字音组放在行首或行尾是允许的，但放在行中——像这里的“我们的/岛”这样的停逗就使人读来别扭。尤其不能容忍的是卞之琳竟违反自己在50年代一再提出的诗行收尾用二字或三字、单字要规范的原则，第三行收尾的“还想望”，第八行收尾的“甚至桥”都是他所谓的哼唱体三字音组，无规律地夹在一批诉说体的二字音组当中，读来调性不统一。至于押韵，前面我们已提出在汉语诗歌中押抱韵、交韵，中国读者读不习惯，卞之琳仍坚持用这种押韵法。作为感情的站口，这首用现代汉语写的新诗的韵味也就不足。正是以上种种，使这首格律诗节奏感不强，格律味十分淡薄，对于现代格律诗的探求来说，并不成功。

第三，也出现一批不顾及中国新诗形式规范，自搞一套，移植西诗格式的现代格律诗，如钱春绮的《岳阳之旅》，是一首很长很长的诗，他自认为：“诗形移植西方的斯宾塞诗体，即每节9行，第1—8行每行五步，第9行六步，每步用两个或三个汉字，押韵式为 ababbcbcc。”他这样地移植西诗格式来写，共写了400余节。且引一节来看看：

太阳/出来了，/我看/到了/青天。
我再/回到/岳阳楼，/登上/高台，
我又/依着/岳阳/楼外的/扶栏，
看到/迷茫的/大雾/已经/散开
洞庭湖/闪着/一片/明快的/色彩，
我搜/索着/白云/飘浮的/晴空，
看是/否有/古代的/仙人/飞来，
可是/我却/见不到/缥缈的/仙踪，
只有/几只/白鸥在/戏弄/湖上的/清风。

请读者谅解，我们把第一行中的“我看到了”这个四字音组划为“我看/到了”，成为两个音组，第六行的“我搜索着”划为“我搜/索着”这样两个音组，第七行“看是否有”划为“看是/否有”这样两个音组，实在是很不应该的，却无可奈何，只能这样做，因为钱春绮自认为每个诗行都是五顿，上述几个四字音组要是不分裂为两个，那几行诗就只能是四顿了。正是在这里，我们看到钱春绮划音组是自搞一套，无视于以意义划分音组这一规范原则，而在“移植”的前提下，他又不顾及汉语诗歌不宜押抱韵、交韵、随韵等的规范原则，反而进一步搞远距离押韵和频频换韵。这些硬性仿效西诗格式写成的诗，节奏感实在不强，不合格律体新诗的规范。还得提一提某些十四行诗中，这类问题尤其严重。这种对格律体新诗规范原则不屑一顾、自搞一套去勉强适应西诗格式的做法，把探求格律体新诗这一件事儿搞混乱了，不仅使有些人自认为的格律体新诗别别扭扭读不顺畅，也使具有特定格律形式的西诗的汉语译品也别别扭扭读不顺畅。

第四，把“在民歌和旧诗的基础上发展新诗”的方向理解成用民歌、旧诗的哼唱体节奏调性和新诗的口语诉说体节奏无机杂凑的格律诗写作方向，结果再度出现一批颇具怪味，读来更别别扭扭的现代格律诗。田间从前17年到新时期坚持写这类怪诗，阮章竞等也如此，以致一直把握不好新诗的音节。阮章竞的《钢都》一诗，就是两种节奏调性的拼盘。它的前两节是："古代阴山有只鹿，/为寻光明奔东方，/跃过河流越过山，/跃过荒凉迎朝阳。//阴山山下有座城，/鹿的地方——包克图。/社会主义建基地，/红柳身窝选钢都。"全属七言哼唱体，民歌、旧诗混杂的调性很浓。第三节则写成这样：

> 鹿会跳跃城会飞，
> 预见名字会出奇迹，
> 果然鹿的地方从人意，
> 六年一跃变钢铁市！

这可是变味了！第一行仍是七言民歌哼唱体，第三行是九言，虽仍可以读成四顿（即"从人意"作一顿读），但和上面的七言句法有差异。当然，也还可归入哼唱体节奏调性。所以，一、三行还可统一。但第二行是四个二字音组组合而成，二字音组收尾，口语诉说体节奏调性，夹在第一、三行中间，调性不统一，就已不是味儿了，怪的是第四行："六年/一跃/变钢铁市!"——看来只能是这样分顿的，因为诗行中间不允许出现单字音组，而只能在首尾出现，所以"变"只能和"钢铁市"结合在一起。这一来就出现一个三顿体，但以四字音组收尾的奇特诗行，它当然不可能是哼唱体调性，也不大像是诉说体调性，和全首诗其他十一行全是四顿也不统一。这样一个诗节，不仅内在诗行节奏不统一，并且搞成了各个诗行的调性拼盘，而全首诗的第一、二节是民歌体调性，和第三节不伦不类的调性又搞成了一个大拼盘，可说是整个儿乱了套，读来节奏感不仅不鲜明，总体调性也怪模怪样，别别扭扭。

总之，20世纪中国新诗坛越接近世纪末，不仅创格的念头愈淡薄，对格律体新诗到底该如何写的规范意识也一片混乱——诸如对节奏体现是否以音顿说为主的怀疑，对节奏调性是否以对诗行收尾音组作规范来显示的漠视，对如何中国化地押韵的不当一回事，对音组划分要以"音"为标准还是"义"为标准的不统一……使得这期间没有出现一批经得起艺术检验的优秀格律诗，纵有深圳"中国现代格律诗学会"成立，还出过几期《现代格律诗坛》，有些诗人也真诚地在为之奔走倡导，并在创作实践中作努力探求，但终究成果并不突出，吸引不了诗坛及读者广泛的重视，热闹了一阵子后也就偃旗息鼓了。

正因为这期间新格律诗不争气，出不了优秀文本，又加之创格中丢弃了统一的规范原则，各搞一套，弄得一片混乱，格律体新诗的地位也就江河日下，当有人提出新诗总要走格律化之路时，也就被视之为是背时的奇谈，于是，也就出现自由体诗当然是新诗正宗的普遍看法，而格律体新诗则同叙事诗、讽刺诗、散文诗一样，只是正宗下面的"分篇"。这现象不正常。就这样，格律体诗到底是怎么一回事，也越探求越糊涂了。

这糊涂表现在我们诗坛和诗学理论界竟连什么是自由体诗、什么是格律体诗都有些分不清了。西南师大新诗研究所编的三卷本《新中国50年诗选》中分类入选的作品，就出现了这种情况，如艾青的《一个黑人姑娘在歌唱》、梁上泉的《高原牧笛》、刘章的《春歌》、袁水柏的《西双版纳之夜》、青勃的《绿叶的声音》、桑恒昌的《读史》、臧克家的《探望》等，实在是格律体诗，却被排斥在格律体诗之外；而钱春绮的《小雁塔》，何其芳的《回答》、顾子欣的《泰姬陵》却至少两次以上出格，很难说可作为50年来新格律体诗的代表。深圳中国格律诗学会出版的《现代格律诗坛》中选刊的新格律体诗也存在模糊两类诗体界线的情况：雁翼的《海关赋》、《题立交桥》，晨枫的《孤独的夕阳》、《无言的诗行》，特别是明秋水的《菊展》等写得十分自由的诗也算成新格律体诗。新格律体诗的积极提倡者自己如果也搞不清新格律体的标准是什么，这样提倡下去，岂不在读者心中对新格律体的认识也会弄得越加混乱了。

不过根本问题还不在对新格律体的标准认识糊涂，而在于即使被大家公认的且合于一般标准的新格律体诗，就现今的文本创造成果来说，到底有多少新格律化的形式美感，这就使我们有必要进一步来看看几类新格律体诗的律化审美价值。

三

当今诗坛可以被大家公认的新格律体诗，大致可分三类：齐顿体，齐顿而齐言体，参差对称体。现在我们就来论析一下它们够不够律化的味。

先看齐顿体。我们既然认定新格律诗体不是建筑在齐言而是齐顿基础上的，那么这种齐顿体的新格律诗，主要标志该是什么？齐顿体的性质是听觉节奏，而非视觉节奏表现，因此并不追求建筑美。顿（音组数）在诗节中各诗行均齐或对应的均齐是这一特性的具体显示。但从节奏感的要求看，顿或音组数上的反映是很含混的，大致而言只能在诗行的半逗律上或者诗行间的比较中才能有所反映。而真正能具体而精微地反映节奏感的，还是在音组间的组合关系中，也就是我们前面所说的搭配中。这种搭配该如何运作才能使节奏感很具体、精微而又鲜明，是有规律的，因此须有适度规范。一般说这规范可有两大类：一类是不同型号音组在诗行中使用的选择要求，大致是宜用二字顿、三字顿（即二字音组、三字音组），控制使用四字顿与单字顿，四字顿在诗行中不能出现两次以上，单字顿只宜在诗行开头和煞尾处存在，句中要避免出现。至于五字顿尽可能不使用，万不得已，一个诗节也容许出现一、二次。另一类是不同型号音组在诗行中搭配的应循原则，大致是搭配须循序升降，二字顿后面可接三字顿，反之亦然；三字顿后面可接四字顿，反之亦然；尽量控制单字顿、二字顿与四字顿直接搭配；两个同型号的多字顿或少字顿在组合中若当中搭配上一个与它们字数悬殊的顿时，由于节奏波伏太大，会给人感觉不顺，故须尽可能避免这种搭配，特别是同一型号的顿，不能在一个诗行中持续出现三次以上，同一型号的顿不宜构成一个节奏诗行，等等。这一些规范原则我们在前面也已说过——只不过没有像现在这样集中来谈，而这些正是齐顿不齐言新格律体诗的写作所要遵循的。何其芳的齐顿说的提出力矫闻一多的齐言说，是很有价值的，可就是在等时停逗以显节奏上，对不同型号的音组的搭配规范没有进一步探讨，流弊之所及，使他自己的诗创作——即使是较出名的文本，也显出节奏感的不和谐顺畅。如《回答》就有这种倾向，如其中的第四首：

一个人/劳动的/时间/并没有/多久，　33232
鬓间的/白发/警告着/我四十岁的/来到。　32352
我身边/落下了/树叶/一样多的/日子，　33242
为什么/我结出的/果实/这样/稀少？　34222
难道/我是/一棵/不结果实的/树？　22251
难道/生长在/祖国的/肥沃的/原野上，　23333
我/不也是/除了/风霜的/吹打，　13232
还接受过/许多/雨露，/许多/阳光？　42222

这首每节八行五顿体的诗定稿在 1954 年 5 月，是何其芳发表《关于现代格律诗》以后的事，可以作为他实践齐顿说新格律体诗主张的范本，虽然做到了齐顿，但音组的选用与搭配违规情况相当严重：一、五字顿用了两次，不尽力避免使用；二、四字顿用了三次，也没有严控；三、同一型号的顿持续出现四次，有两个诗行（第 6 行“生长在/祖国的/肥沃的/原野上”和第 8 行“许多/雨露/许多/阳光”）；四、字数悬殊的顿直接搭配五次（第 2 行“警告着/我四十岁的”、第 3 行“树叶/一样多的”、第 5 行“一棵/不结果实的”、第 7 行“我/不也是”、第 8 行“还接受过/许多”）。正是这些方面的不规范，使何其芳这首写得相当动情的诗，在节奏表现上以新格律的要求来看，不够和谐顺畅。我们没有必要责备何其芳。在诗坛对新格律体诗作探求上，迄今为止似乎都有一个“大致如此”就好的心理定式，如“押大致相近的韵”呀，“大致上合于新格律原则”呀，满足于“自然”，如“规范要合于自然”呀，“节奏要合于自然语气”呀，等等。缺乏一种对规范原则须严格遵守的严肃态度。这都是不科学的。求大致如此也好，求合于自然也好，只有在按规律办事的前提下有一定限度地通融才行，不能以“大致”、“自然”作挡箭牌自由放纵。何其芳提倡齐顿的现代格律诗，但他自己的创作实践跟不上去，出格不少，越到晚年写的、收在《何其芳诗稿》中的诗，这种违规越严重，所以他的“现代格律”新主张，引不起更广泛的重视，大概同闻一多一样，自己也做不到。这种创格的心理弊端，影响了不少新格律体诗探求者，像被大家都称誉为新格律诗探求者中成绩显著的代表——唐湜、丁芒等，也都存在这些问题，特别是唐湜，合于自然语气的习惯，使他这位原本对汉诗语言音节很敏感、把握得住的诗人，原可以写出一批很成功的新格律体诗的可能性不能付之于实际。几乎他的每一首诗都可以找出不合于新格律体规范要求的毛病。譬如诗集《幻美之旅》的首篇《断思》：

这忽儿/我的/生命的/白帆，　3232
可离开了/白浪/滔天的/海洋，　4232
驶入了/小小的/蓝色的/海湾，　3332
眼看/要进入/恬静的/小港；　2332

好呵，/我的/青春的/幻想，　　2232
别再来/跟我/打花胡/哨儿了。　　3233
歌诗的/星辰，/我的/希望，　　3222
你可/该来/照耀/我的/梦床呢！　　22223

瞧，/这忽儿/是青葱似的/春天，　　1352
小蜂儿/采集了/最好的/花液，　　3332
该来酿/最芳烈/醉人的/花蜜；　　3332
瞧，/这忽儿/是茴香似的/春天，　　1352
珠贝/满孕着/季节的/痛苦，　　2332
该吐出/彩云样/光耀的/珍珠！　　3332

这首四顿体的十四行诗，至少有五处破格：（一）四字顿一个，五字顿竟用了两个；（二）一个诗行二字顿连续用三次的，一处（第 7 行），连续用四处的，一处（第 8 行）；（三）一个诗行三字音组连续用三次的，四处（第 3、10、11、14 行）；（四）字数悬殊的顿直接组合的，三处（第 2 行“可离开了/白浪”，第 9 行“这忽儿/是青葱似的”，第 12 行“这忽儿/是茴香似的”）；（五）第 8 行超越全诗的四顿体，而成五顿体诗行。正是这些破格情况的存在，使这个文本的节奏感不顺畅和谐。特别值得提出的是“齐顿”这个最基本的要求，不仅唐湜做不到，大多数以等时停逗节奏为标志的新格律体诗追求者也并不严格要求自已遵守。在这方面出点格好像是小事儿一桩。譬如严阵的《晨曲》是一首共 20 行的四顿体诗，但第一节的第二行“钟声送来了黎明”，第四节的第三行“这时幸福的幼儿们”，就都是三顿体，本来适当调整一个把它们改成四顿体是举手之劳的事，可他也就不愿做，任让这首新格律体诗在这两处破格。也许诗人们会说这样做是尊重自然语调，但如果一首诗有那么多自然语调要尊重，要突破那么多等时停逗节奏的规范要求，那你还写什么新格律体诗呢，何况诗人自认为的自然语调很难说在他人的节奏感知中是顺畅和谐的。这种自由惯了的习性，对新格律诗体建设是不利的。这种自由惯了的习性，在严阵写《晨曲》的年代特别盛行。有诗学理论家说前十七年当代文学中新诗重又走向格律化，自由体诗受到了压制，其实远不是那么回事。可以说那些年代公开发表、出版的新诗文本中，很难找得出多少严格意义上的新格律体诗——除了闻捷等不多的诗人有些这方面的作品。

再看齐顿而齐言体。闻一多曾说过绝对地调和音节必然齐言的话，所谓齐顿而齐言体，就是指这种新格律体诗。这里需要考虑两个问题：是否需要绝对地调和音节？齐言是否就会达到绝对地调和音节？齐顿而齐言的新格律体诗就在这两个问题上纠缠不清，以致把自身置于陷阱。站在齐顿的角度看，音节（此处指音组，或顿）的确需要调和，在上面论及齐顿体的一些规范时，我们已说到音组的选用及在诗行中的搭配原则，正表明调和音节在新格律体诗中的重要性。闻一多限定只使用“二字尺”、“三字尺”，且以《死水》为例，一个诗行限定四顿，其中一个是“三字尺”，三个“二字尺”，而在诗节中各诗行不同型号的“音尺”也要对应地一致。这样做，音节不只是调和，而且确是绝对地调和了，连带也达到了诗行间齐言的建筑美；这样做，节奏感不只是很强，而且是太铿锵整齐了。对于十行之内的短诗来说，这种太铿锵整齐的节奏感，审美效果肯定佳；但对于十行以外长一点的新格律体诗——特别是三十行以外的文本，审美效果就未必佳，甚至是不佳——太单调，因单调而生厌。这是由于太铿锵整齐的节奏容易使接受者发生节奏麻木，造成节奏感应的疲劳。这只要读一读朱湘的长篇叙事诗《玉娇》就可以获得这种印象，这里就引一首发表在《小说月报》第 19 卷第 7 号上露明的《歇司底里亚》来看一看：

我的妻做事从来不会差，
她最心爱的是首饰珠花，
我没有亚猛那样的奢华，
替我那茶花女头上满插；
我不是格来安公子豪家，
替我那漫郎捧着首饰匣；
只有月费五元钞曾给她，
她都小心的放在枕下压，
时时取出翻翻，掏掏，夹夹，
幻想着珍珠玛瑙押金发。

这首诗较长，我们就只引这一部分，都已可以看出绝对地调和音节造成齐顿而齐言的结果，节奏是够铿锵又多么单调，类似快板一样。在经过大半个世纪以后，我们的新格律体诗还在绝对地调和音节，追求节奏的铿锵而没有惊觉这种单调。如浪波的《回音壁》：“我静静站在回音壁前，/凝神倾听奇妙的声息。/可是哪个无名的工匠，/留下如此绝世的技艺？/莫非果真有一个精灵，/雨中把音波来往传递；/倘若录下历史的回声，/该有多少宫廷的奥秘——皇帝对于篡位的担心，/妃子对于失宠的恐惧，/太监对于赏赉的垂涎，/重臣对于权柄的觊觎……/对照万卷钦定的正史，/真实和虚假相映成趣；/于是我发现历代王朝，/建在何等脆弱的根基!”我们并不是说这诗就不好，可以看出诗人在绝对调和音节上还是煞费苦心的，可惜吃力不讨好，读者越读到后来越会在铿锵的节奏感中昏昏欲睡——出现节奏麻木了。这是一个值得关注的现象，由实践提供而值得来作理论探求，容后再议。齐顿以绝对地调和音节来显示，无疑也就达到了齐言。这本来是一个副产品而已，但有一些新格律体诗的探求者却颠倒了因果关系，在齐言容易齐顿难的情况下，他们欲以求齐言而达到齐顿。当然在有一些情况下这是可能的，但在多数情况下是办不好的。我们在前面已提到闻一多的《静夜》等作，就是齐言而没有齐顿的。新月诗派的创格追求中出现的诸多问题，当以此为最大，而今天的新格律体诗创作中，问题突出的恐怕这也是一个。如思宇的这首《雨》：

永远是/拧不干的/心绪

挂在/她长长的/睫毛上　　243
形容着/那滴/泪的/温暖　　3222
我不敢/伸出/手去/触摸　　3222
怕落在/手绢上的/撒娇　　342
湿了/方方/正正的/思念　　2232

经再三斟酌，这首“九言诗”的顿只有这样划。那就可以见出：第一、二行是三顿体，第三、四行是四顿体，第五行是三顿体，第六行又是四顿体。齐言了——每行一律九个字，却一点也不齐顿，节奏并不因为齐言而避免得了混乱、滞涩。这种种情况即使如对齐顿与齐言关系十分关注，调节得相当好的王端诚，有时也难免因齐言而丢了齐顿，如他在《今生》中的这节：

今生/你不能/成为/我的/新娘　　23222
这并不/会使我/感受到/忧伤　　3332
因为/你化作/我笔底的/诗句　　2342
已在/人们/心中/久久地/珍藏　　22232

作者自认为是“五步十一言八行体”，但实际上第二、三行是“四步”——四顿体诗行，可见即使也一样是十一言，也无法使诗行齐顿起来。这也就表明：观念中不抛弃齐顿和齐言的关系，那么以齐言取代齐顿以致弄得节奏混乱的现象还会出来。

再看参差对称体。这是以诗节中诗行的参差而诗节间以对称导致对应诗行“绝对地调和音节”的办法构成的新格律体。王独清的《我从Café中出来》、穆木天的《鸡鸣声》，都是参差对称的新格律体诗的代表性文本，这些文本前已引述或提及；卞之琳在《黄昏》、《胡琴》等诗里也作了这方面的探求。这类新格律体可以这样来概括其特征：节内自由体，节间格律体。它有着自由与规范混成的意味，作为一体我们在后面还要论及，但此处先得提一提：这是以自由为基础的新格律追求，如果节内自由的度没有把握好，一味的自由放纵，那么纵使诗节间很认真的对称，也还很难有鲜明的格律化节奏感。在这方面我们不禁想起曹葆华。他曾通过绝对地调和音节而做到了齐顿而齐言，但到写《无题草》中那些受现代派诗风影响的诗时，他开始尝试写参差对称体的新格律诗，他一改追求齐言的癖好，坚持从顿出发，不押韵。这场以对应诗行顿数一致为基础的参差对称新格律追求，却又不是对应诗行的绝对调和音节，不讲究格式的对称而只求对应诗行顿数的平衡，结果把新格律变得极自由，且缺乏节奏的集中、和谐、匀称感，如《无题草》第一辑之七：

一道巉崖
经过了万年风雨
早没有眼泪
更不恋想

五月晚天的颜色

是你的手指
敲开古远的天堂
吹一缕春风
泛起秋梦里
一片苍茫的微笑

只怕有一天
风云从天外爬起
隔断了山河
又得背向着人间
在冷风里屹立

这是一首颇显情调的诗，不求齐言，也不押韵，节内诗行顿数不一，形成参差不齐的格局，诗行间对应诗行却顿数一致，这个文本有两处出格：第三节第四行与前两节对应二顿体一样的诗行应是两顿，它却三顿，至于这一节中两顿体的第五行，和前两节中的对应诗行所用的三顿体不合，不过大体而言对应诗行顿数是一致的。但“绝对地调和音节”做不到。所以诗节间是复沓式平衡的，诗节内部却成了绝对自由的，加之不以押韵来辅助诗节内部节奏的集中，也不适当地使用叠句对偶句，所以纵使诗节间参差而对称，总使人感到节奏松散，形不成一股“节奏氛围”。参差对称式是更需要韵与对仗来做节奏辅助工作的，曹葆华却丢掉了，是实践的失策。当然过分讲究韵与对仗的辅助，节奏是铿锵了，却也会单调，闻一多的《渔阳曲》就存在这个问题。在现代新诗里，这一类追求有两个文本提供了成功的经验，一个是朱湘的《采莲曲》，它是节内对应诗行绝对地调和音节的产物，不妨引第一节看看：

　小船呀轻飘，
杨柳呀风里颠摇；
　荷叶呀翠盖
荷花呀人样娇娆。
　　日落，
　　微波，
金丝闪动过小河。
　　左行，
　　右撑，
莲舟上扬起歌声。

全诗就以这样的节奏诗节反复五次构成。朱湘懂得节奏表现的重点是在诗节内部，他在狠抓对应诗行绝对地调和音节以外，还要求对应诗行尽可能对仗（此节“荷花呀人样娇娆”与“莲舟上扬起歌声”没有做到），再是韵一个节奏单位一个，三个单位（1—4行、5—7行、8—10行）换三次韵，从而做到了诗节节奏于集中中有变化，避免了单调之感。另一个是艾青的《手推车》。这位以写自由体诗著称的诗人在创作的早期和抗战期间是反对押韵的，因此《手推车》也不押韵。艾青致力的是在以参差对称式写这首诗的同时，重点抓诗节内部的节奏集中，且看第一节：

在黄河流过的地域
在无数的枯干了的河底
手推车
以唯一的轮子
发出使阴暗的天空痉挛的尖音
穿过寒冷与静寂
从这一个山脚
到那一个山脚
彻响着
北国人民的悲哀

诗节内部并无对应诗行的设置，可以调和音节甚至绝对地调和音节，但他设置了两对排句（第一、二行与第七、八行）起了某种使诗节的节奏能适度集中的作用，他更大的追求是在节奏诗行循序起伏的组接上，因此这个诗节的节奏还是集中的，而两个诗节又是以对应诗行的顿数一致（并非绝对地调和音节）来显示整个文本的节奏诗节的参差的复沓、对称的平衡。这就远远超越了曹葆华的那个文本了。总之，由于朱湘的《采莲曲》、艾青的《手推车》作为现代新诗参差对称型新格律体诗成功的文本，经验传给当代新诗坛，也就使我们看到余光中的《民歌》有对《采莲曲》经验的回声，吉狄马加的《彝人之歌》有对《手推车》经验的回声。不过，更多的还是对这类新格律体原则的违反而不是突破。其中有一点是很值得我们注意的，那就是今日诗坛对参差对称型新格律体诗追求出现了一种搭积木的倾向，由于这是参差的诗节间的对称设置，也就会出现第一节设置好以后，后面所用的对称诗节成了无话找话的按谱填词，硬凑。如下面这首王世忠的《错过》：

站在院子里看风景，
水是碧的
桥是白的
草是青的
树是绿的
手却是空的
娇娆的花期已经离却

站在楼上望远方
天是高的
云是淡的
山是远的
河是流的
心却是枯的
美丽的季节已经错过

这个文本以两个诗节的复沓来显示参差对称的新格律体式，总的说并无出格的问题，但由于采用口语诉说的诗行组接而难以有节奏表现特别的集中与鲜明，虽经复沓一次，也无济于事。不过这一点还不是主要的。主要的还在与内容相应合的形式问题。这首诗不过是抒发了一点一切均已成过去的个人小哀怨，在第一节里已经表达清楚了，虽然所使用的意象只是点化、印证的符号而已，亦无多少新意可言，但为了凑足对称的第二节，作者又用了类似的意象符号来再表述一番。这种无话找话的重复，也影响到《错过》的参差对称型新格律追求更显得不成功了。这现象也提醒我们：这一类新格律体很容易成为诗情淡薄的形式主义追求的温床。卜白有一首短诗《小溪》这样写：

绿林间
一根
　　琴弦

幽谷里
一道
　　闪电

拉着山
一条
　　长纤

这是首写得很聪明的诗，以意象选用和组合的巧妙取胜，但诗情淡薄，用现在这样的新格律来表现，意象之单薄与节奏之单调是难以让接受者进入“节奏氛围”中去感兴更多诗情的。说真的，这样的诗也实在太单薄了，我们不难发现当今这类参差对称型新格律体诗大多是内容单薄、诗情淡薄的。不过这一类新格律体诗在当今诗坛存在的问题更严重的还是诗节内部太自由化引起的文本节奏松散、不集中，从而节奏感淡薄。不妨引一首赵中岩的《给我的女孩》来看看：

抚摸潮汐

留给　岸的纵深年轮
踏起浪舟套鞋
到海上脱胎换骨
女孩　你的南方
花　季　已　过
农历只是季候的一个标签

无法回避
重建工地的塔吊问号
揉破的第一张蜡笔画
蔚蓝的星星在梦中浮动
女孩　你的世界
离　我　很　远
逆行卡农没能逃出自己的怪圈

吃力阅读
省略部曲偏旁的无韵大书
闪电在学中凝固
黑发扬落糙韧的雷声
女孩　你的黄昏
美　得　痛　苦
冰山在北方航线找到停泊地

这首诗除了第二、三节第四行的四顿体和第一节的第四行的三顿体不对应一致以外，都还是能做到诗节间对应诗行顿数相等的，虽然这不能说是绝对地调和音节，却也算合律了，但问题出在诗节内部不押韵、不讲排偶，更无视各节奏诗行循序起伏或交替流转或复沓推排的组接，因此节奏感很不强。所以参差对称型新格律体诗在当今诗坛的探求也还是一片混乱，成就不高。

当今诗坛新格律体探求与对自由体的探求一样，一片混乱，成就不高。最根本点在哪里呢？值得作一番全面的检讨——从诗学理论的根本点出发。

第八章　语言与节奏体式之关系

在走向未来的路上，新诗的形式建设有一个重要的诗学理论问题需要明确，那就是形式和语言有必然的且是极其重要的关系。有关这一点，其实我们在谈词曲的节奏体式时已论及，只不过没有专门探讨。由于这涉及新诗的自由体与格律体创作提高审美层次的实际问题，所以将从语言与声律体式、自由体诗与新诗句法、新格律体诗与新句法这三方面展开论述。

第一节　句法与声律间的辩证法

什么样的语言决定什么样的诗歌体式，这在中国形式诗学研究中，已渐渐成为一个约定俗成的共识，但这个共识又只是存在于诗人与诗学理论家现象层次上的感觉把握，而没有提升为一种形式诗学的理论规律。当然任何高深的理论认识的获得总是从感觉开始的，因此这些感觉的共识还是值得珍视的，且可以借此作进入深一层次的思考。

一

要说在中国现代诗学理论史上最早发现语言与体式的关系极重要的，恐怕还是新诗的始作俑者胡适。在揭起新的一面诗界革命大旗、打倒旧诗、草创新诗的日子里，胡适首先提出以白话取代文言写诗。1917 年初他发表了一组白话诗，同年秋他又发表了一组白话词。他尝试着用白话写律绝，用白话填词。但这样的尝试似乎总还缺乏点革命味儿。作为和他站在一条线上的朋友刘半农有点不满，写了篇《我之文学改良观》，提出汉诗的“改良”需增加诗体的建议。刘半农这里说的诗体还是狭义的，不过是指体式，也就是说这场新的诗界革命在刘半农看来除了用白话取代文言写诗，还得以新的体式取代旧诗的格律。这建议启发了胡适，他不乏几分机灵地接过刘半农的言说，并使之发扬光大，提出这一场新诗取代旧诗的革命须从“诗体大解放”入手，这“诗体”是包括语言与体式两个方面的。而随之而起的则是大张旗鼓地破坏旧诗格律的束缚。于是，1918 年 1 月出版的《新青年》四卷一号上，发表了胡适、刘半农、沈尹默三人的九首具有白话新体特征的样板新诗，而在这些样板的导引下，一下子出现了许多用白话写的体式上不协平仄不讲对仗、句子参差不齐，完全不受旧体诗格律束缚的白话新体诗。胡适的智慧在于他还进一步看到：“丰富的材料，精密的观察，高深的理想，复杂的感情”能“跑到诗里去”，靠的是“这一层诗体的解放”，也就是说首先靠的是体式再不受旧体诗格律的束缚而有了充分自由，而这种“破”旧格律“立”新的自由体式，则是靠白话替代文言——如同词曲一样“从整齐句法变为比较自由的句法”[①] 逼出来的。显然，在胡适心目中“诗体大解放”的根本动力是白话替代文言的语言变革。他还在《答钱玄同书》中说过这么一段话：

> ……五言七言之诗，不合语言之自然，故变而为词。词旧名长短句，其长处正在长短互用，稍近语言之自然耳……故词与诗之别，并不在一可歌而不可歌，乃在一近言语之自然而一不近言语之自然也……词之重要，在于其为中国韵文添无数近于言语自然之诗体，此为活文学史者所最不可忽之点。[②]

① 胡适：《谈新诗》，杨匡汉、刘福春编《中国现代诗论》上，第 4—5 页。
② 《中国新文学大系·建设理论集》，第 86 页。

胡适在这里所一再说的“言语之自然”其实即他心目中至尊的白话。他所说的“近于言语自然之诗体”也表明在他看来诗的体式是由语言逼出来的，新诗的体式是由白话逼出来的。他的确已感觉到语言与体式具有密切的关系。

胡适当年这一点朦胧的感觉，自认为是“活文学史者所最不可忽之点”，但几十年来活文学史者似乎是忽视了。新诗研究者也鲜见有提出新诗的“大解放”的体式是由于白话替代文言导致的。倒是近年来有些学者的提法暗合了胡适的看法。

这就是郑伯农和周晓风。

2005 年 10 月，在马鞍山召开的第一届中国诗歌节学术论坛上，郑伯农作了《关于格律诗的回顾与前瞻》的发言，这篇发言的最大特点是把旧体诗一律称为格律诗，又把新诗一律称为自由诗。他虽然也说：“不能把格律诗和文言文等同起来”（此话恐有语病，文言文是散文，理所当然不能和格律诗等同，猜度意思，大概是说格律诗并不等于用文言写的旧诗）。但接着他又说：“诗的语言不等于自然状态的口语，它应当比口语更凝练，更简约。古人讲锤字炼句，道理就在这里……正因为如此，格律诗很注意从文言文中吸取养料，因为文言是以简约著称的。”[①] 这又是说用文言写的旧诗就是格律诗了。他又说“新诗很自由，接近口语”，但“不够凝练”，这是说用白话写的新诗就是自由诗。按这样的逻辑推论可以得出一个新见解：什么样的语言决定了诗该采用什么样的体式。

周晓风在 1997 年 7 月武夷山现代汉诗百年演变学术研究会上发表了《现代汉语与现代新诗》的论文。他这样说：“中国古典诗歌的语言媒介无疑是单音语言。如果说古代文言的单音节结构成就了中国古典诗歌的骈律化，现代汉语单音节结构的瓦解也就必然导致古典格律诗的破产。以双音节和多音节为基础的现代汉语只能造就语体型的白话自由诗。”[②] 他还在此立论的基础上进一步说：“现代新诗的白话语体形式从根本上决定了它只能是自由诗。这‘自由’的含义就是指它以口语为基础，没有固定的格律形式。即使新诗中的某些格式（如四行一段式，十四行体九言诗等），因某些诗人的努力或成功而产生了广泛的影响，也不可能成为新诗创作必须遵循的格律……因为新诗的语言媒介是现代白话，它决定了现代新诗必须是自由诗的语体形式。”[③] 这样的言说也表明：用主要是单音节词语构成的文言写的旧诗是格律诗，而用主要是双音节甚至多音节词语构成的文字——白话写的新诗则是自由诗。周晓风还根据这个说法而对新诗中的新格律主张提出自己的看法：“现代格律诗论所说的‘格律’仅仅是指在白话语体诗的基础上更加注重语言形式自身的精炼和结构之美，根本不同于传统格律诗中的‘格律’概念。它既没有突破白话语体诗这个基本界限，也就仍然是自由诗的一种形式。”[④] 看来周晓风比郑伯农更坚定而明确地表达了这个看法：语言决定诗的体式。如此坦诚地述说自己的主张，周晓风是令人钦佩的。

① 张同吾主编：《诗歌的审美期待》，安徽文艺出版社 2006 年版，第 164 页。

② 《现代汉语：反思与求学》，作家出版社 1998 年版，第 231 页。

③ 同上书，第 236 页。

④ 同上。

值得指出：郑先生的言说是为了维护格律体的旧诗，周先生的言说则是为了标榜自由体的新诗，他们的出发点并不相同，但又说得上殊途同归：语言决定诗的体式。虽然他们的立论颇有可商榷之处，下面我们还要详谈，但就其同归之终极而言，无论怎么说也是可取的。其实这也不足为奇，类似的殊途同归现象在胡适与胡先骕之间也发生过。上面我们提及胡适在草创新诗中以白话取代文言而带出一片破旧诗的体格声律而立自由体式的壮举，被学衡派的胡先骕在《评尝试集》中批得一钱不值，但他却在批判他人的激情中无意间引用并引申了“哈佛大学文学教授罗士”的话：“若使诗之媒介物，完全与普通言语之用法同，则不成其为诗矣。”他在论及自由诗时还说这‘无以异于美术之文’[①] 这位学贯中西却又在具体问题上不免保守的诗学理论家在这番话里表现出来的思路是：用口语作诗之媒介物写成的必是自由体诗。这个看法岂不和胡适颇为自得的看法一致了吗？的确，站在纯诗学理论的立场看，许多具体而个别的纠缠不清的问题，实在是可以统一起来的，反之，许多纠缠不清的具体问题最终也总可以追踪到诗学理论而求得统一。从诗学理论看，诗性语言的确是一个在某种意义上具有全面决定诗歌文本创造的功能价值。韦勒克、沃伦在《文学理论》中说：“每一件文学作品都只是一种特定语言中文字语汇的选择。”然后他引了贝特森的一段话：

> ……我相信，真正的诗歌史是语言的变化史，诗歌正是从这种不断变化的语言中产生的。[②]

这段话我们在前面也已经引用过，之所以再次引用，无非是想来证实诗歌体式的变化是由语言的变化决定的，体制格式须依从和服务于语言才是诗学理论宏观视野中的真谛。韦勒克、沃伦在《文学理论》中引了贝特森的话后提出一个看法：

> 格律的重要性就在于使文字具有实际存在的意义。

这句话若把它浓缩一下似乎可以说成是声律就句法。[③]

由此说来，郑伯农和周晓风的言说确是具有价值的：他们演绎了一个诗学理论中的重要命题：语言决定体式。

二

郑伯农和周晓风的说法在具体问题上却又难以站住脚。

他们都把目光盯在日常交流用语上而缺乏对诗性语言的特殊性作考虑。郑伯农认为旧诗采用的文言“更凝练更简约”，这其实是世上一切语言都要求其有的共性，文言可以有，白话可以有，别个民族的文字也一样可以有，所以这个提法是含糊其词不得

---

① 《中国新文学大系·文学论争集》，第271页。

② 《文学理论》，刘象愚等中译本，江苏教育出版社2005年版，第195页。

③ 同上书，第199页。

要领的。周晓风认为旧诗多用单音节词，而对仗也易齐言，所以采用律绝体的格律诗；新诗以双音节、多音节词为主，不易对仗也不易齐言，当然只有采用自由体了。由此推论岂不是说凡使用多音节词语言的民族就只有写自由体诗的分，不可能有格律体诗了。这是经不起追问的，其实凝练简约也好、单音节多音节也好，都不是诗性语言的本质要求，本质要求是语言如何具有兴发感动的意象隐喻功能和如何具有节奏流转的声音象征功能。从形式诗学的角度看，一种语言如何作巧妙的语音声调搭配以求得更能达到声音象征之目的的节奏体式，才是对诗性语言的要求，而日用语言不论是文言还是白话，则只能是为了达到上述目的而进行加工的媒介材料而已。按此立场看文言和白话，对诗歌形式建设实并无优劣之分。不妨看一看写于草创期的一首新诗：

原之头
　屋之角
　　林之间
尘非尘
　雾非雾
　　烟非烟

晚风儿
　吹野树
　　低声泣
四野里
　草虫儿
　　唧唧唧

这是田汉《黄昏》中的前两节。它纵使是白话，却也够凝练、简约的，纵使是以双音节为主的白话，也能显示节奏对仗。这样的白话写成的新诗，算不算格律诗？无疑是格律体新诗，只不过不是郑、周二位意识中的律绝体格律诗。这岂不证明白话入新诗，只要作恰如其分的加工，同样可用来写格律诗吗？我们这样说郑、周二位是不会认可的，因为他们有汉诗中何谓格律诗、自由诗的属于自己的概念。

这就牵涉到另一个问题：凡是汉诗中用单音节为主的、凝练简约的文言写的律绝体旧诗才配称格律诗吗？凡是汉诗中用双音节为主的白话写的诗，只配称自由诗？郑、周二位确是这样认为的，前面已作了介绍。但这样讲是违反常识的。他们的立论倒也的确是从语言出发来谈节奏体式并进而划定格律诗、自由诗之界限的。我们承认文言比白话更容易用来写格律体诗，白话比文言更容易把诗写得自由松散，节奏规整的难度较大一点，但这决非绝对，而是相对而言的。一切都在于对作为媒介材料的汉语的诗性加工程度如何。我们最难理解的是周晓风文章中那段前已引述过的话：“现代格律诗论所说的‘格律’，仅仅是指在白话语体诗的基础上更加注重语言形式自身的精练和结构之美，根本不同于传统格律诗中的‘格律’概念。它既然没有突破白话语体诗这个基本界限，也就仍然是自由诗的一种形式。”这段话把新格律诗说成是“根本不同于传统格律诗中的‘格律’，所以闻一多、何其芳等孜孜以求的现代格律诗就不能被认可为格律诗，真不知这个“传统格律诗中的‘格律’概念”是什么？是以形式诗学节奏体现规律为标准还是根据中国旧诗用文言、协平仄、讲对仗、押尾韵为依据？如果以后者为依据才是格律诗，这就不免偏激了。他又说：“既然没有突破白话语体诗这个基本界限，也就仍然是自由诗的一种形式”，当然是说用白话口语写的，不管怎么样也还是自由体诗。下此判断时不知是否想到这已从偏激走向了极端？周晓风在说上述那段话的前面，还有一段议论闻一多提倡现代格律诗的话，可说是一次铺垫，一番引渡的话，也值得引一下：“……有关现代格律诗的主张实际上相当含混。闻一多先生一方面相当具体地讨论了新诗格律建设的方方面面，另一方面又明确指出他所说的格律就是form（形式）的意思，强调新诗格律的特点是‘相体裁衣’，并无固定格式。”这段话倒是提供了一个属于周晓风格律认识的信息：格律不是几条原则，而是模式，如要提倡现代格律诗，就得像绝句、律诗、词牌、曲谱那样定几套模式来填写。现代格律诗要想获得认可，不能“相体裁衣”，而应是按模式填写，这观念不免陈旧了一点。因此读周晓风的论文，便情不自禁地想起胡先骕的《评尝试集》。周晓风认为新诗采用的白话是借鉴西方而形成的双音节或多音节语言，而“中国古典诗歌的语言媒介却无疑是单音节语言”，“如果说古代文言的单音节结构成就了中国古典诗歌的骈律化，……以双音节和多音节为基础的现代汉语只能造就语体型的白话自由诗”，这白话自由诗的诗行参差不齐和古典诗歌的骈律化和诗行齐言当然形成了鲜明的对照。这样的说法《评尝试集》里也可以看到。该文中就有“欧洲语言多为复音的，故不能与中国四言五言七言之整齐。”特别是周晓风文中提出的那个格律诗需模式化的主张，在《评尝试集》中有更具体的说法：

> 总而言之，中国诗以五言古诗为高格诗最佳之体裁，而七言古五七言律绝与词曲为其辅，如是则中国诗之体裁既已繁殊，无论何种题目何种情况，皆有合宜之体裁，以为发表思想之工具，不至如法国诗之为亚历山大体所限，尤无庸创造一种无纪律之新体裁以代之也。

这种思路是难以让人认同的。把格律化变成模式化，毫无疑问会限制主体情思表达与想象飞跃，这是不自由的，规定几条律化原则，以“相体裁衣”才是新格律体诗所要追求的。可惜今天还有人把格律化看成模式的，周先生算得上是一个。

检讨了郑伯农与周晓风的文章中的格律诗观与自由诗观，可以看出：他们言说中有关语言决定形式的具体论证和新形势下汉诗形式的发展是没有必然联系的，而他们的言说的负面效应则并不小。

首先，由于怀着二元对立的思维方式去看待文言与白话的关系，也就会进一步以二元对立的思维方式去看待格律体诗与自由体诗，更进而把旧诗与新诗也看成二元对立的了，这就使郑伯农确立了一个态度：我写我的文言旧体格律诗，你写你的白话新体自由诗，互不相涉。他在文章中作了这样一个设问："既然新旧体都有长处和短处，今后会不会出现一种融新旧体之优长于一身，弃新旧体之不足于门外的最'完美无缺'的新诗体？"然后他作了这样的回答：

……世界上任何事物都是既有长处又有短处的，想创造一种只有长处没有短处的诗体是不可能的……我以为，新诗和旧体诗可以互相学习，取长补短，它们都要随着时代的前进而进行艺术革新，但它们无须在文体上互相靠拢。为了取得各自的发展空间，它们应当努力弘扬自己的长处。自由诗如果没有必要的自由度，就不叫自由体。格律诗如果不讲押韵，平仄、对仗等等，也不能称为格律诗。让自由诗格律化，格律诗自由化，只能泯灭自己的特色。①

这段话明白不过地表明郑先生是不赞成未来的汉诗在形式建设上新旧诗融会的，而主张各走各的路，至于"互相学习、取长补短"只不过是放置于台面的一句空话。一个诗学理论家欲求高瞻远瞩的理论见解，大概需有个对立统一的辩证法在胸中。诗歌形式随着时代诗情的发展与社会审美趣味的改变，总是要有所发展变化的。而这种发展变化也只能沿着从分化到融合，又从融合到分化——这样一条否定之否定的路走，才能一步步取得进展，一步步迫近成熟境界。郑先生的这番话无形中给人以一种导向：守住家产，无须容纳百川、不断扬弃旧我而不时作新的探求。如果真会产生这样的效应，那是消极的，负面的。

其次，这种二元对立的思维方式也存在于周晓风的文章中。根据我们前面的引述也可将他的思考作这样的概述：一方面格律诗必须落实在模式上，按模式用文言填写的，就是格律诗，而汉诗中绝律词曲是有格律模式的才配称格律诗，按几条创格原则"相体裁衣"的就不能称格律诗；另一方面只要是用白话写的就是自由诗，即使按闻一多等确立的创格原则来"相体裁衣"的，也还是自由诗。这样极端对立而不可调和的，即是文言和白话的二元对立，也是格律模式化与几条创格原则化的二元对立，当然也是旧诗和新诗的二元对立。特别是周先生一方面显得很开放，倡导自由诗，甚至说自由诗是世界潮流；另一方面在格律诗上又显得很保守，用文言按模式填才算格律诗，定出创格几条原则"相体裁衣"这一点自由也不允许，这个二元对立恐怕已变成逻辑的混乱了。作为一种理论导向，这些见解把新诗未来的形式建设思路也搞混乱了。自由诗是合于世界潮流的，而新诗的自由诗是用白话—口语写的，那么白话—口语也是合乎世界潮流的最好的语言，无须探求对旧诗语言传统的继承。这种理论产生的效应也该是负面的。

其三，郑、周二位文章中的二元对立思路还引起了我们的进一步思考。二元对立是一种非辩证的思维方式，以此去对待事物，往往表现为相对立的也必是极端对立，相应合的也必是极端应合。上面我们言及的是他们对新旧诗语言体式上极端对立的思维特征，这里我们还想提一提，他们对诗歌形式与语言相应合上也有极端化偏向。本

① 张同吾主编：《诗歌的审美期待》，第164—165页。

来形式应合语言的思路，反映了他们形式观念的科学合理性，因此我们在前面曾予以大力肯定，可惜他们的文章越到后来越表现出这种相应合也趋向了极端：只看到语言决定形式或体格声律就句法，例如用白话写的新诗就只能是自由诗，用文言写的旧诗才配称格律诗，却没有深入考虑：形式也可反作用于语言，句法也有就体格声律的时候。新诗的自由体节奏体式应合白话句法，当然对，不过白话句法应合自由体节奏体式这现象就不存在？就不可以吗？如果承认也可以，那么我们还可以作进一步推论：当自由体节奏体式欲求改进或变异时，也得相应考虑白话句法的变化，不能以守住语法规范作明白晓畅的线性陈述为满足。这样的思路就是句法就声律。这可是未来新诗形式建设上一个重要的策略思想。郑、周的片面思路使他们只认定声律就句法，却没有把句法就声律提出来。

基于以上种种，我们认为郑伯农、周晓风二位的文章对未来新诗的形式建设有可珍视的一面，也有可商榷的地方，而由他们引出的那个句法就声律的话题，则是值得来深入地谈一谈的。

三

“句法就声律”是清代诗学理论家冒春荣提出来的，它的理论价值和实用意义越到今天越值得珍视。

我们在《语言篇》里就已谈到过冒春荣“句法就声律”之说。他有感于诗创作中存在句法直率而缺乏深婉之致，为力矫此弊才提出这个说法的。当然，这不是一场凭空设想，而是他从大量文本——特别是从唐诗中发现的一种现象的概括，不过他又不是作了一次“发掘报告”，而是通过现象来提纯出一条“诗家语”营构的规律，可以说他的初衷是为了句法上的纠偏。因此，如同此前已引述过的，在《葚原诗说》中他说了这么一番话：

> 唐人多以句法就声律，不以声律就句法，故语意多曲，耐人寻味。后人不知此法，顺笔写去，一见了然，无意味矣。如老杜“清旭楚宫南，霜空万里含”，顺之当云“万里楚宫南，霜空清旭含”也；“北归冲雨雪，谁悯敝貂裘”，顺之当云“谁悯貂裘敝，北冲雨雪归”也；“野禽啼杜宇，山蝶梦庄周”，顺之当云“庄周山蝶梦，杜宇野禽啼”也，玩此可以类推……句法有倒装横插，明暗呼应，藏头歇后诸法。法所以生，本为声律所拘，十字之意，不能直达，因委曲以就之，所以律诗法多于古诗实由唐人开此法门。后人不能尽晓其法，所以句多直率意多浅薄。

从这番话可以见出：冒春荣认为当句法与声律发生矛盾时，应该让句法迁就声律，而不是以声律来迁就句法。他因此进一步认为：唐人律诗句法的多样性，正是由于“声律所拘”，不能顺笔写去而产生的。而这一来，律诗的深婉意味由此而得了。值得指出这段话也使我们明白：近体诗为了使诗句合律而将语言作适当调整，虽出于无奈，但这一来也就使诗歌语言和日常用语有所不同，成了“诗家语”。这些表明：冒春荣是发现了这个现象而将句法与声律联系起来，从而提出“句法就声律”的。说到底他更关注的是：这一来诗歌语言由于句法上发生变异，也使诗意能够得到委婉深曲的表现。不过他也考虑到虽然声律逼使句法多样，但多样的句法也会反作用于声律，逼使它有更多样的节奏表现形态。因此他又从这一思路出发，对五律、七律的节奏表现作了细致的分析，认为："五字为句有上二下三，上三下二，上一下四，上四下一，上二下二中一，上二中二下一，上一中二下二，上一下一中三凡八种"，"七字为句……句法则有上四下三，上三下四，上二下五，上五下二，上一下六，上六下一，上二中二下三，上一中三下三，上二中四下一，上一中四下二，上四中一下二，上三中一下三，以十二法尽之。"这些归纳对未来新诗的形式建设不一定有实际意义，却让我们在理论思路上认识到"句法就声律"导致的多种句法对多样性的节奏表现能起强化的作用。不错，当年的冒春荣没有对此更具体地作分析例证，不过我们今天还是可以补做的。错综的句法，可以在协平仄上帮助文本的体格声律系统更合律鲜明。杜甫的《寄常征君》中有："楚妃堂上色殊众，海鹤阶前鸣向人。"这本当是"堂上楚妃色殊众，阶前海鹤鸣向人。"由于"楚妃"和"堂上"、"海鹤"和"阶前"这一对调，造成出句为平起仄收，对句为仄起平收，从而做到了平仄相协。再看看词序错综的句法对叶韵的作用。杜甫的《冬日怀李白》中有："寂寞书斋里，终朝独尔思。"以正常的语序论，第二行的后三字应为"独思尔"，但这个文本押上平声"支"韵，而"尔"属上声"纸"韵，不叶，经"思尔"颠倒这一特殊句法的营构，也就在叶韵上求得了和谐。特殊句法也能加强对仗的工整，促进节奏表现的复沓回环，如杜甫《秋兴八首·四》中有："听猿实下三声泪，奉使虚随八月槎。"按正常语序应是"听猿三声实下泪，奉使虚随八月槎。"现在依靠语序错综而将"三声"后置，这一联也就圆成了"对仗梦"，强化复沓回环的节奏表现。这种种均说明"句法就声律"追求的结果也会显示"声律就句法"的效果。可以说句法和声律或者说句法结构与韵律结构间的关系是互补的。

由此可以说：冒春荣的"句法就声律"一说，把语言和形式、句法和体格声律之间在更深层次上建立起了辩证的关系。

当然句法与声律这种辩证而密切结合的关系，并不是人人都一下子能接受的。新诗草创期间，大破旧诗的死文字和格律枷锁，追求"诗体大解放"的高潮中，也有人对此表示反对的。钱玄同在《寄陈独秀》中就说："杜诗，'香稻啄余鹦鹉粒，碧梧栖老凤凰枝'，'香稻'与'鹦鹉'、'碧梧'与'凤凰'，皆主宾倒置。此皆古人不通之句也。"[①] 这表明钱玄同对"句法就声律"很不以为然。对此，孙力平在《杜诗句法艺术阐释》中说过一段话：

> ……韵律结构不仅制约句法，导致了特殊句法现象的产生，而且为句法变异的可接受性奠定了基础，因为正是诗歌的韵律结构培养了读者相应的接受心理。当接触到那些有着固定诗行、特定节奏的语言形式时，人们就意识到这是一种特殊的语言，不能把它跟平常的语言相提并论，于是那些有悖于日常语言、散文语

---

① 《中国新文学大系·建设理论集》，第51页。

言句法的诗句才可能被心安理得、心平气和地欣赏和理解，而不再被视为文理不通甚至大谬不然。①

这是说得很得体的，看来我们需要一点阅读辩证法。

但我们需要进一步关注"句法就声律"的功能价值。上面已提及旧诗中的特殊句法在协平仄、叶韵、设置对仗等节奏表现方面所起的作用，除此以外，特殊的句法还会产生一种陌生化效果。陌生化是具有刺激作用的，对旧诗来说，这种刺激作用能使接受者增大语义联想的强度。那么新诗又如何呢？可以这样说：新诗更需重视"句法就声律"，其功能价值大致也是这两方面，只不过在特殊句法的陌生化上，主要的功能价值却是在刺激接受者增大声调联想的强度，这是特别值得来谈一谈的。且举卞之琳的一首诗《道旁》来看一看。此诗两节，第一节是："家驮在身上像一只蜗牛，/弓了背，弓了手杖，弓了腰/倦行人挨近来问树下人/（闲看流水里流云的）：/'请教北安村打哪儿走？"然后是：

骄傲于被问路于自己，
异乡人懂得水里的微笑，
又后悔不曾开倦行人的话匣，
像家里的小弟弟检查
远方归来的哥哥的行箧。

这是一首戏剧化的诗，两个流浪人在"道旁"相遇，从异乡归来的"倦行人"向正在异乡流浪的"异乡人"问去自己家的路。这是找不到家的人向没有家的人打听家，于是第二节展开了一场动人的心理戏剧表现："异乡人"因在"道旁"相遇一个像自己一样的"天涯沦落人"而感到亲切，因受到信任的垂询而大受鼓舞——"骄傲于被问路于自己"，一扬；但立即又感到这是像"水里的微笑"一样虚幻的，一抑；而"倦行人"又走了，什么也没留给他："又后悔不曾开倦行人的话匣"，更大的一抑；但又潜意识里想象自己是迎接哥哥的小弟弟多好，又一扬；但随即又想到自己不可能是"检查远方归来的哥哥的行箧"者，又一抑。所以第二节这场心理戏剧显示着"异乡人"内在的情绪节奏是"扬—抑—抑—扬—抑"的波伏过程，显示在外在语言节奏上，则是这样的节奏诗行组合："3＋4＋5＋3＋4"，即"三顿体诗行的明快＋四顿体诗行的沉滞＋五顿体诗行的更沉滞＋三顿体诗行的明快＋四顿体诗行的沉滞"，形成了"扬抑抑扬抑"的交替回荡的节奏。作为对一种节奏体式的设计考虑，卞之琳在第二节的第一行安排一个三顿体明快感的诗行，而这一行所欲表达的情思是这样："（他）感到自己被人家问及路该怎么走而无比的骄傲。"有 21 个字，要成为是三顿体的诗行是绝对办不到的，这样一个散文句子非得作句法改造不可，否则就无法适应诗行节奏的要求，卞之琳于是连用两个"于"把"感到……无比骄傲"和"被人家问及路该怎么走"这

① 孙力平：《杜诗句法艺术阐释》，江西教育出版社 2001 年版，第 144 页。

两层意思紧紧包蕴在一起，成为“骄傲于被问路于自己”，这是一个奇特的诗行，采用了特殊的句法构成，那就是复合式的介词短语充当补语的谓语词组。由于用了两个能显示包蕴关系的介词“于”，使这行诗既显示情思表达的曲折、委婉、柔软，又显示节奏表现那种拗口、滞涩的、欲抑制而无法抑制的兴奋，从而强化了节奏感应的刺激意味，刺激出“扬”的节奏期待所特具的强度与力度。这一来，句法辅助体格声律也就使体格声律表现达到了高层次的形式审美境界。

在论断了句法就声律在旧诗、新诗中的功能显示并作价值判断后，我们还得说：句法就声律对新诗未来的形式建设具有策略性的意义。而这一策略意义须通过百年新诗的两大形体格式——自由诗体、格律诗体与白话句法的独特关系的考察才有可能实现。

第二节　自由诗体与新诗句法

一般说直接抒叙的诗宜用长短句，因为直接抒叙重在情思的推进和意象的流变，而这种体式大致体现为循序起伏的推进型节奏，和直接抒叙很相适应。唯其如此，才使作为依附于乐谱的词曲和擅长于诉说的自由诗都采用了长短句的体式。所以自由诗与词曲实属同一形式体系。百年新诗统领诗坛的始终是自由诗，但自由诗越写越等同散文，于是吸收词曲节奏表现经验的呼声也就不时出现，抗战期间方殷在一次座谈会上说过一句话：“元曲可看做中国诗向伟大处发展的一个解放。”① 这个“向伟大处发展”值得我们来掂量，表明新诗的确须继承并发展长短句节奏表现之经验。值得进一步指出的是：词曲作为体现推进型节奏的长短句形体格式之所以能成立，和其采用的语言有着密切的关系。词曲倚声填词，情思与想象靠音乐的翅膀才得以飞起来，这也就要求飞翔之躯须轻灵，意思是情思的表达须直率、明朗，这可是直接涉及语言得透明、晓畅的，而增添虚字，作适度的语法规范也就成了对它的必然要求。有关这方面我们在前面已提及。新诗采用的白话本来就遵循语法规范，所以与词曲的语言性能相近。不过，对于诗性语言来说，直率、坦陈、明朗无异并不是本质特性，委婉曲折、含蓄蕴藉才是更合于其审美要求的，而以长短句为标志的词曲、自由诗体式，呈示的则是归属于散文节奏系统的推进型节奏，如果一味推进而没有留一点迂回的余地，也会引起节奏疲劳以致节奏麻木，因此对于自由体诗来说，句法就声律再进而让二者作双向交流也就成为十分必要的事。本节将通过自由诗的散文节奏特征、句式在散文节奏中的独特安排、谬理句对散文节奏的强化功能这三个方面来对自由体新诗的句法就声律作一探讨。

一

我们在论述词曲的节奏特征时，还没有用过散文节奏系统这个概念，因为它们还有回环与推进两类节奏形态；现在面对新诗中的自由体诗，就非得提出来不可了。谁

① 龙泉明编选：《诗歌研究史料选》，第13页。

都知道自由体诗讲究旋律化，旋律则是节奏中的推进形态，而这一种节奏形态就其本质而言，是不断变化的散文陈述性潜在的显示。圣茨伯里在《英文散文节奏史》中强调说散文节奏是建立在“变化”的基础上的[①]。韦勒克、沃伦在《文学理论》中虽认为假若这个“解释”是正确的，“那就根本没有什么节奏可言”[②] 了。其实圣茨伯里把散文节奏看成是不断推进型的，而不是往复回环型的，即的确是不断在“变化”中的。唯其如此，散文节奏才显示为非格律模式化的，而成了一种主观化的语调结构的具现。在这一点上，韦勒克、沃伦倒说了一句很得体的话：“散文的艺术性节奏可以描述为通常口语节奏的一种结构。”[③] 这口语节奏就是一种任随人按其主观习惯的口语语调呈示。所以散文节奏是和“要求诗人严格遵循”的格律图和格律模式相对立的，从而使它能“与散文的一般性节奏以及诗的节奏区别开来”[④]，成了介于二者之间的存在。这些决定了：散文节奏主要不是靠诗行中音组的等时停逗来显示，靠的是句法对节奏体式的巧妙应合，可以这样说：以散文节奏为特征的自由诗体，与句法有特别密切的关系，句法就声律在自由体诗的追求中，特别受到青睐。

这里需要谈一谈节奏与音律的关系，我们提到的“格律图和格律模式”确切地说应该是“韵律的图案”。在诗创作中，这韵律的图案是相同的，而节奏是有差异的，它属于每首诗的个别成分。对此，沃尔夫冈·凯塞尔坚定地说：“韵律和节奏因此必须分开。”接着他又说：

> ……谁肯定了一首诗的韵律，但还没有肯定它的节奏。两种现象的确是有关系的：无论勃伦塔诺和金斯莱诗中的节律怎样不同，它却依赖于作为基础的韵律的图案。韵律的图案就像一块帷布在完成刺绣之后就看不见了，但是它曾经影响了方向、结构和绣线的粗细程度。节奏是诗的一个完全特别的品质，它包含一个特殊的力量，一种特殊的魔术。有许多诗在韵律上完全正确，那就是说，它们的高音、低音和停逗都在适当的地方。可是它们起的效果很差：它们缺少一种统一的、能产生效果的节奏。创造的过程通常不以一种韵律的选择来开始，然后把这种韵律拙劣地和适当地苦心锤炼。我们有无数的诗人的证明：
>
> 首先是节奏，甚至还在一切思想和一切意义之前。[⑤]

我们在这里花较多笔墨来谈节奏和韵律的区别，目的是想把于前说过的“节奏体式”的含义明确一点。“节奏”的概念是明确的，无须多说。体式则包括节奏也包括韵律呈现的形体格式。韵律要求的体式即格律，那是固定的，律绝、词曲都有格律模式，或者说韵律的图案，与句法上的平仄律、音组律及其韵式等发生密切关系；节奏除了与句法上的音组律有必然关系外，却还有一个更重要的关系，那就是意义句法和句式安

① 转引自韦勒克、沃伦《文学理论》，江苏教育出版社 2005 年版，第 183 页。
② 同上。
③ 同上书，第 184 页。
④ 同上书，第 183—184 页。
⑤ 沃尔夫冈·凯塞尔：《语言的艺术作品》，陈铨中译本，第 315 页。

排。音组律是原则，可以归入格律，也可以不归入，因为它不像平仄律那样，是模式化或图案化的，有平仄固定的位置。意义句法和句式安排同韵律的图案的关系更加疏远，不过，它们对文本节奏的全局都能起重大的辅助、强化的作用，这是我们必须注意到的。由乐黛云等主编的《世界诗学大词典》的“节奏”条中也曾这样说：“还有一些因素可以帮助形成节奏式，如头韵、腰韵等韵式因素，对偶、首词重复、叠句等语义因素，拆行、改换字体、加标点等书写（印刷）因素，这些帮助因素有时会严重影响节奏……”①

在形式诗学的研究中，一些著名的学者都注意到意义句法、句式安排等对散文节奏的重要辅助作用。具有代表性的是韦勒克、沃伦在《文学理论》第十六章《谐音、节奏和格律》中的言说。他们这样说：

> ……在所有的语言中毫无疑问存在着感觉上的联合与联想的现象。这种联觉的现象一直被诗人们正确、精心地使用着……这里有“声音与意义”这样的总的语言学的问题，还有在文学作品中它的应用与结构之类的问题。特别是后一个问题，我们研究得还很不够。②

从这段话里我们已可以感到意义句法凭着联觉与联想对以声音为标志的散文节奏具有特殊的辅助作用，致力于语言构成中“感觉上的联合与联觉现象”，是造成谬理句为标志的独特的意义句法应合节奏体式的关键。的确，我们在这方面还缺乏应用的重视与深入的研究。韦勒克、沃伦对句式安排等策略措施对散文节奏的辅助谈得更多一些，他们还这样说：

> ……散文句子的开头与结尾较之中间部分有形成节奏规律的更大倾向性。节奏的规律性与周期性给人的一般印象通常由于语音和句法上的手法获得了加强。这些手法是声音、图形、平行句、对比平衡句等，通过这些手法整个意义的结构强有力地支持了节奏模式。在几乎是非节奏性的散文中，有从重音堆积的断句直到接近诗的整齐性的各种不同的节奏等级。③

这段话则集中在不同句式的结构安排——包括开头、结尾的句式、平行句、对比平衡的巧妙安排能“强有力地支持节奏模式”作了思考。他们还对散文节奏中“一个明显的特色，即结尾节奏”说了这样一番话：“这种节奏存在于拉丁语演说散文的传统中，拉丁语中对此有准确的模式与特殊的命名。特别是在疑问句与感叹句中，‘结尾节奏’是旋律的一部分。”④ 最后他们认为这种种句式安排对散文节奏具有如下作用，“这种节

① 《世界诗学大辞典》，春风文艺出版社1993年版，第242页。

② 韦勒克、沃伦：《文学理论》，江苏教育出版社2005年版，第181页。

③ 同上书，第184页。

④ 同上书，第183页。

奏如果使用得好，就能够使我们更完好地理解作品本质；它把白话组织起来，而组织就是艺术。”① 由此可见以独特而巧妙的句式安排为标志的句法，对应合散文节奏体式，辅助、强化这种属于自由诗的节奏体式意义更大。

写到这里不禁使我们想起艾青在《诗的形式问题》一文中谈到自由诗的那几句话。他说：“‘自由诗’没有一定的格式，只要有旋律，念起来流畅，像一条小河，有时声音高，有时声音低，因感情的起伏而变化。”② 这说得上是对自由诗最简单扼要的一种说法，至少可以让人明确如下两点：一、自由诗的节奏是推进式的旋律化表现；二、与此相应的是它没有固定的形体格式。而由此种种也能让人悟及如下一点：句法就声律这个说法在自由诗上要作适当调整：句法应是意义上的要求取代声音上的要求；而声律也应是节奏体式上的要求取代声韵格律上的要求。有鉴于此，我们打算从谬理句的强调使用和句式的巧妙安排这两方面来考察自由体新诗句法就声律的特征与价值。

二

自由体新诗强调使用意义谬理的句子有一个很重要原因：对自由诗的节奏表现能起一种独特的辅助作用。那么什么是谬理句呢？

谬理句按逻辑意义要求看，是一种不通的、甚至是荒谬的句子。舒婷的《祖国啊，我亲爱的祖国》中有：“我是你崭新的理想。”这个判断句以逻辑意义衡量，是谬理的；臧克家在《难民》中有：“黄昏还没溶尽归鸦的翅膀。”这个陈述句以逻辑意义来衡量，也是谬理的。因此，用以构成这些句子的句法，也是独特的，给人以一种陌生、新颖的效果。这样的句子之所以被允许在诗创作中存在，且被认为有较高的美学价值，原因何在？我们认为：如同上面引述的韦勒克、沃伦的话那样：人具有一种联觉能力，这种能力能促成奇特的联想现象出现，诗人们在创作中通过这种联觉能力来驾驭语言，也就出现了这样一种借以构成谬理句的独特句法。由于人普遍地具有联觉联想的能力，所以读者们在读这些谬理句时，也就会情不自禁地激活联觉联想，在诗人们创造的这些陌生而新颖的诗句中获得他对生活更广泛的把握和更深远的感受，这是诗性语言的功能，也是谬理句法陌生化的审美效应。有关这些，我们在《语言篇》中也有所论及。这里我们之所以要旧话重提，都是为了把这种句法的审美效应和自由体新诗的节奏表现挂上钩，看看谬理的意义句法究竟对这类推进式节奏表现有多少强化作用。

我们大致可把新诗中意义谬理句法强化节奏表现的做法分三类。

首先一类是谬理句强化推进节奏。

自由体诗是旋律化的节奏表现，它的特征是推进式。这种节奏由于缺乏回旋的余地，对接受者来说读多了容易产生节奏疲劳以致麻木，所以新诗人中作这类诗体追求的，采取了一点调剂措施，就是以特殊的句法在某些点上作句意的谬理化，使接受者在持续推进的节奏感知中读至此处有一种陌生化的刺激味儿出现，也就会适当地打破一点麻木，从而获得更鲜明而新颖的节奏感知。作为一种策略措施这是很管用的，许

① 韦勒克、沃伦：《文学理论》，江苏教育出版社 2005 年版，第 185 页。

② 《艾青选集》第 3 卷，四川人民出版社 1986 年版，第 264 页。

多人这样做了，如艾青的《吹号者》中有：

他吹过了吃饭号，
又吹过了集合号，
而当太阳以轰响的光采，
辉煌了整个天空的时候，
他以催促的热情，
吹出了出发号。

这个诗行群是"2＋2＋4＋4＋3＋2"的诗行组合，体现为基本上是两两相随的"扬—抑—渐扬"式推进节奏特征。这种多少类似于进行曲状的节奏感知是容易让人读多了因麻木而疲劳的。于是，为了制造一点陌生化效果，促使走向麻木的节奏感知因新奇刺激而重新兴奋，艾青在第三、四行之间用了个意义谬理句法，以"感觉的联合和联想现象"为基础，让"轰响"的听觉和"光采"的视觉打通，以"轰响的"去修饰"光采"。这两行作为一个时间状语从属句，就具有陌生化的异样情味，因新奇而刺激起鉴赏情绪的兴奋，从而消除了进行曲状的推进式节奏感知的麻木和疲劳。又如舒婷的《风暴过去之后》第四节：

台风早早已经登陆
可是，七十二个人被淹灭的呼吁
在铅字之间
曲曲折折地穿行
终于通过麦克风
撞响了正义的回音壁

这是舒婷为纪念"渤海 2 号"钻井船七十二名遇难者而写的悼诗，在这一节中诗人怀着沉痛的心情抒叙了一些人企图封锁消息而没有得逞终于有了社会正义的舆论，全节诗除了第二行开头因有个转折关联词"可是"而使全行与第一行对应而多了一顿，第三行与后面三行对应少了一顿，总体是从四顿体的沉郁向三顿体的激越推进的节奏表现，第二行相比于第一行的四顿体多一顿，则具有更沉郁的节奏感，而第三行比后面三行的三顿体少一顿，是具有更激越的节奏感的，一个五顿与一个二顿体诗行落差特大的组接，表现出一种突兀的大起大伏，预示着后三行推进的"扬"的节奏调性，所以这个诗节由"抑"而"扬"的节奏表现具有持续性。为了防止持续推进可能出现的节奏麻木，舒婷从第二行起到第六行采用意义谬理的句法，以"呼吁"在铅字间曲曲折折穿行和"呼吁"终于通过麦克风而"撞响了正义的回音壁"这两个拟喻式的谬理句而造成句法的陌生化，刺激起接受者的新奇感，从而也使持续推进的节奏感知增添了一份兴奋，强化了文本的节奏运行。这两例中若不以意义谬理的句法来辅助推进型节奏，前者改成"而当太阳以万丈光芒/辉煌了整个天穹的时候"，后者改成："可是，七十二人被淹灭的呼吁/在新闻报道中/曲曲折折地传开/终于通过麦克/得到了全社会正义的回声”，陌生化、新奇感是没有了，节奏感知的刺激效果也就不会出现，那样一来，自由体新诗中句法辅助节奏体式的职责也就变成失责的遗憾了。

其次一类是谬理句法可以强化断句的顿。

自由体新诗是受西方的影响而产生的。西方诗歌采用跨行来作诗行组接十分普遍，这样做既能使诗情似断又续连绵而下，也是节奏推进的一种语言表现技巧。这种跨行应用到汉语新诗中，往往成为断句，大量存在于自由诗中。断句以其独特的拗口不畅，反能起一种异样的节奏表现效果，那就是对断句断裂处的顿能特别得到强化。这一点情况也被新诗中的自由体诗追求者把握到了，他们似乎并不那么看中西方诗中以跨行作情思表现的价值，说真的，不少爱搞跨行的诗人搞跨行而写出来的新诗也未见得能受我们读者特别的青睐，新月诗派及受其影响的诗人爱跨行，并不受多少欢迎；九叶诗派及受其影响的诗人也爱搞跨行，反受到这样那样的指责。这种指责并非没有一定的道理，我们的汉语和西方语言不同，我们的欣赏习惯也不同于西方，无法接受跨行以求情思连绵而下的那种表现是正常的、情理中的事。当年亦门对郑敏作这方面的批评是值得肯定的，而我们在前面也对杭约赫的《最初的蜜》和唐湜的《手》、卞之琳的《飞临台湾海峡上空》有过批评。但如果把跨行或断句的审美追求集中在强化节奏表现上，则是值得在自由体新诗中提倡的，那是因为这能使诗行节奏的停逗获得异样的鲜明。而尤其是让谬理句断句甚至跨行，就更能使断裂处那一顿特显出节奏感知的强化，使读者读至此能获得力的韵致。我们且拿艾青的《透明的夜》中如下这个诗节来看看：

……阔笑从田堤上煽起……
一群酒徒，望
沉睡的村，哗然地走去……
村，
狗的吠声，叫颤了
满天的疏星

这首诗整体都发散着一股原始生命强力，这节诗也不例外。而这种原生力又是和阴郁而茫然的情绪内质搅在一起的，故它能集中地渲染出一片阴郁与茫然的精神氛围。此中的第二行，“一群酒徒”与“望”之间是断句关系，而“望”后面又断了，第三行是“望”后面未完成的句子的跨行，这跨行处的“望”一顿，就特别有力，节奏鲜明；“沉睡的村”与“哗然地走去”中间一逗号，是断句间的一顿，也有力而鲜明。这三行的前二行各是三顿体诗行，明快、激越，特别是第二行，因两处断裂，“徒”与“望”的顿特鲜明有力，加强了“扬”的节奏感知，但第三行是四顿体诗行，就显出了沉滞感，虽在“村”这个断裂处的顿鲜明有力，也难以淡化全诗行“抑”的节奏感。但原始生命强力却总要冲破这种沉郁滞涩，在茫然、郁勃的情绪内质中发散这股原生力，于是就有了后面三个诗行组接，由此显示的是一种涩的、拗口的力的发散——“扬”的节奏，它们是一顿体、三顿体与二顿体，三类诗行的组接是“一级扬+三级扬+二级扬”，但在茫然而阴郁的精神氛围中作这场原生力的发散，纵使这三行总体是“扬”的节奏，明快而激越，但“扬”得是不够的，于是艾青调动了谬理句法来辅助，这三行实是一个句子的三次断裂，第四行的“村”在断裂处，第五行的“吠声”、“叫颤了”也在断裂处，两处的顿不仅鲜明，而且“吠声”“叫颤了”满天疏星还是谬理的，这使得这个奇特的诗句以其谬理带来的陌生化而具有特别的刺激性，使这一场推进型节奏运行在持续推进中发生了因陌生化引起的兴奋刺激作用，把几近麻木的节奏感受到刺激作用引起的兴奋，进而强化了“扬”的节奏，特别是在谬理句作为断句的断裂处那个“叫颤了”的顿，更鲜明有力。充分显示出谬理句法对推进式节奏表现的应合和辅助、强化的作用。如果艾青不以谬理句法去应合，让“叫颤了”改成“多得像”成为“狗的吠声，多的像/满天的疏星”，肯定在断句的断裂处那一顿不会那么鲜明有力。再如穆旦在诗剧《神魔之争》中“魔”对“神”自认为是“美德的天堂”、“弱者的渴慕”的火辣辣的抨击：

是的，我不能。
因为你有这样的力！你有
双翼的铜像，指挥在
大理石的街心。你有胜利的
博览会，古典的文物，
聪明，高贵，神圣的契约。
你有自由，正义，和一切
我不能有的。
呵！我有什么！

这一个诗行群显示为“2＋5＋3＋4＋3＋4＋4＋2＋3”的诗行组接，它的节奏进程是“扬抑扬抑扬抑抑扬扬”——推进式的节奏表现，进行曲似的节奏持续运行，而这样整齐的节奏表现，也确实需要防止节奏麻木。为了求得一点刺激作用，穆旦采取的办法是两条：一条是跨行，不断出现断句现象，在断裂处的一顿因此显出一定程度的鲜明有力，但这不够，他又让谬理句法来就节奏表现，于是“你有双翼的铜像/指挥在/大理石的街心。你有胜利的/博览会……”就成了以拟喻显示的谬理句。这种奇特而陌生化的句子出现，大大加强了刺激性，使第二行末的“你有”、第三行末的“指挥在”、第四行末的“胜利的”等顿获得了比跨行的断裂造成的顿的强化效果更有力的新效果。总之，通过强化意义而强化顿的节奏，是谬理句法就节奏的重要体现。

第三，谬理句法可以强化节奏的起伏跌宕。

推进式节奏是旋律化的，致力于节奏运行的跌宕起伏；自由体新诗在节奏表现上就有这方面的要求。促成节奏的跌宕起伏，分行是个关键环节，而谬理句由于要突出地表现谬理的关系，往往把显示谬理的关键部位那个句子成分强调出来，办法就是在自由体诗分行时把它们单独列为一行，这些凸显的成分大多是一个音组或两个音组的，即顿数不多，而其他成分因守在一起，顿数就多，这使得按此要求分行的结果，就往往会出现诗行组接中各诗行间长度差距增大，以致造成节奏跌宕起伏十分显著。这是自由体新诗中的一条规律。我们无须作更广泛的引证，就拿艾青为例来作些论析。艾青写有两首以《旷野》为题的诗。在《旷野（又一章）》中有：

旷野——广大的，蛮野的……
为我所熟悉
又为我所害怕的
奔腾着土地、岩石与树林的
凶恶的海啊……

这节诗起伏跌宕很鲜明，它的前三行是“3＋2＋3”的诗行组接，系属于“扬”的诗行，总体节奏运行显现为“扬扬扬抑扬”的轨迹，这第五行的二顿体“扬”是从第四行的四顿体“抑”的诗行之后出现的，这种顿数差距较大的诗行组接。有一种突兀起伏的节奏感，但艾青似乎还不满足，又把这个诗节包蕴在一个判断句——“旷野是海”中，而这是一场谬理的判断，因为这个“海”是“奔腾着土地、岩石与树木”的海。为了突出这种判断的谬理，就把“海”这个表语成分另起一行，以“凶恶的海啊”这个特显大起高扬的二顿体诗行节奏感知凸显出来，因此这一场节奏的起伏跌宕不仅有诗行节奏自身组接中显示“扬”的成分，更有谬理句法带来的、节奏感知的刺激性在起作用。艾青的另一首《旷野》中写到旷野上的一个独特景点——“在那芦蒿和荆棘所编的篱围里/几间小屋挤聚着”后，有这样一个诗行群：

它们都一样地
以墙边柴木的凌乱
与竹竿上垂挂的褴褛
叹息着
徒然而无终止的勤劳；
又以凝霜的树皮盖的屋背上
无力地混合在雾里的炊烟
描绘了
不可逃避的贫穷……

这个诗行群也整个儿被一个谬理句所包蕴，即：“它们都一样地以褴褛叹息着徒然而无终止的勤劳且以炊烟描绘了不可逃避的贫穷。”这是有两个并列谓宾的大型简单句，由于“褴褛”不能“叹息”，“炊烟”不能“描绘”，这个句子就显出了谬理性；形成这种谬理关系的关键成分是两个并列的谓语“叹息”与“描绘”，因此在诗行组合中，它们要强调，要受特殊待遇：单独另列一行。这两个一顿体诗行中的第一个被置于前后两个三顿体诗行中间（“与竹竿上垂挂的褴褛/叹息着/徒然而无终止的勤劳”），第二个被置于前一个四顿体、后一个三顿体诗行中间（“无力地混合在雾里的炊烟/描绘了/不可逃避的贫穷……”），都是突兀起伏的组接，加之谬理句法所特具的陌生化刺激作用，越强化了这个诗行群节奏表现的起伏跌宕的性能。

三

自由体新诗以句式的巧妙安排来强化其散文节奏表现，尤其值得探讨，因为这更能反映出自由体新诗句法须应合节奏表现。这种巧妙安排，大致显示于感叹句、疑问句置于文本开头，祈使句、设问句置于文本末尾，排句置于文本主干部位三方面。

感叹句、疑问句置于文本开头，或者说文本开头使用感叹句、疑问句，作为一种句法现象，纯从诗性语言的情思传达媒介角度看，感叹句这一部位的设置可以为即将抒发的情思创造一层氛围，疑问句则能纲要性地提示抒情流向，但从强化节奏表现的角度看，则可成为推进式节奏展开的动力辅助。

文本开头设置感叹句这一举措，作为推进式节奏展开的动力辅助，具现在节奏调性的设定，即设定文本总体是降调还是升调（或者说是沉调还是浮调、抑调还是扬调）。郭沫若的《笔立山头展望》是这样写的：

> 大都会的脉搏呀！
> 生的鼓动呀！
> 打着在，吹着在，叫着在……
> 喷着在，飞着在，跳着在……
> 四面的天郊烟幕朦胧了！
> 我的心脏呀，快要跳出口来了！

我们这里引了文本的第一个诗行群（全诗不分节），也就可以看出：一、开头一行就是个二顿体，一种呼喊式语气为全诗跳跃状的激越亢奋打下了基调，这是不断向高扬推进的节奏表现，我们从所引这几行即可以见出。而到文本结束处的那两句：“哦哦。二十世纪的名花：/近代文明的严母呀！”坦率讲有点嗓子喊哑之感，这是由于激越高亢的呼喊一直下来，到此已力不从心了。但所有这些全是靠开头设置的那个近于惊呼的感叹句引出来的。如果说节奏的发生总出于某一动力的推动，那么这动力源就在这开头的一行，把一个感叹句置于此，对动力之源头作出辅助，价值的确不低。艾青在《旷野》的开头这样写：

> 薄雾在迷蒙着旷野啊……

这也是个感叹句。在对旷野作了一大片抒情后，文本结束处又再一次用了这一行诗，好像是漫不经心的一次前后呼应，其实有着节奏表现不同凡响的匠心在。这是个感叹句，三个三字顿，特别是末一个三字顿煞尾用了个感叹词“啊”组合成的诗行，本来具有三级明快度，这一来却显示了沉滞，有一种郁勃的节奏调性，而这个诗行又前后呼应地出现，更何况结束处是这样写：

旷野啊——
你将永远忧郁而容忍
不平而又缄默么？

薄雾在迷蒙着旷野啊……

这一场疑问句与感叹句的结合。且和文本一开头感叹句相应合，特别能显出全诗推进式节奏始终是被沉滞郁勃的节奏调性笼罩着的。所以文本开头设置的感叹句作为一场句法就声律的特殊体现，对全诗节奏运行之动力的辅助作用是相当大的。除了这两例以外，我们还发现自由体诗的文本开头设置的感叹句，对推进式节奏的辅助还可以具有复调意味。我们不妨看一看贺敬之那首富有才情的抒情长诗《放声歌唱》的开头：

无边的大海波涛汹涌……
啊，无边的
　　　大海
　　　　　波涛
　　　　　　　汹涌——
生活的浪花在滚滚沸腾……
啊，生活的
　　　浪花
　　　　　在滚滚
　　　　　　　沸腾！

说这样的感叹句开头对推进式节奏的辅助具有复调意味，指的乃是第一行“无边的大海波涛汹涌”和在第六行“生活的浪花在滚滚沸腾”都是四顿体诗行，作为感叹句，其诗行节奏从沉滞中显出一种庄严的调性。而第2—5行是“生活的大海波涛汹涌”这个四顿体以每一个音组为单位拆成了一顿体的四行作楼梯式排列；第7—10行则是“生活的浪花在滚滚沸腾”这个四顿体拆成了一顿体的四行作楼梯式排列，它们都是一级明快的诗行，作为感叹句其诗行群节奏则是从明快中显出一种激越的调性，所以这十行诗以感叹句开头的句法安排显得十分巧妙，辅助了推进式节奏感知具有庄严而激越、激越而庄严双向交流的特性，而这是和整个抒情文本的情思传达基调完全吻合的。我们说这首长诗显露着一种才情，这种复调感叹句开头的句法安排措施真是别出心裁，这就显示着才情。

以疑问句开头，这样的句法安排对推进式节奏的辅助作用也是为全诗的节奏定调。不过，感叹句定调多少还带有点迂回意味，甚至还有对立统一的复调意味，疑问句的定调却是直线式的，有相随地一直推演下去的意味，这是因为疑问句大致显示为肯定的疑问语气，所以这大多是有点专横性的定调。李广田的《窗》一开头就这样：

偶尔投在我的窗前的
是九年前的你的面影吗?
我的绿纱窗是褪成了苍白的,
九年前的却还是九年前。

这一节诗的第一、二行是一个句子，它以两个四顿体诗行组成的一个特长的疑问句开头，能于沉滞郁勃的节奏调性中给人以伤感的韵味，而疑问句自身并不表明有固定的节奏调性，对于多顿体诗行沉滞调性节奏而言，句式的疑问可以强化其抑的节奏，所以这首诗开头置以长诗行的疑问句，益显出其具有伤感韵味的抑的节奏感知，且因存在于文本开头，显出节奏推进的抑的持续。又如艾青的《浪》:

你也爱那白浪么——
它会啮啃岩石
更会残忍地折断船橹
　　　　撕碎布帆

这首诗是对动与力的象征性神往，情思的激越是具有庄重的性能而不显浮滑的，这使整个文本在一片三顿体、二顿体诗的组接中也适当插几行多顿体诗行。全诗十三行，多顿体占三行，这既是一种节奏调节，也表示出激越情思的庄重，特别是最后一行:“而我却爱那白浪/——当它的泡沫溅到我的身上时/我曾起了被爱者的感激”，这第一行是三顿体，明快而激越，但第二、三行分别是五顿、四顿的多顿体诗行，这里的节奏推进就给人以庄重感。所以全诗具有一种严肃庄重中的激越亢奋的节奏感知韵味，而这全是靠一个三顿体的明快亢奋调的诗行置于文本开头定调的，而这个诗行又是个疑问句，疑问句本身没有固定调性，只起一种辅助节奏诗行调性的作用。“你也爱那白浪么”是三顿体，明快而亢奋，采用疑问句式是强化了这个节奏诗行的“扬”的节奏性能。这种种凑在一起，使文本开头用一个疑问式的句法措施对全诗的“扬”的节奏表现确能起一种强化作用。还值得一提的是：置疑问句于文本开头，同感叹句的情况一样，也可能使文本具有复调节奏感。昌耀的《草原初章》的第一节是这样的:

是啼血的阳雀
在令人忧伤的暮色中鸣啾么?
大草原激荡起来了,
播弄着夜气。
村舍逐渐沉没。
再也看不清白杨的树冠。
再也辨不出马群火绒绒的脊背
只有那神秘的夜歌越来越响亮,
填充着失去的空间。

这开头两行是个兼语式疑问句，前一行是个二顿体，明快激越的“扬”的调性，后一行是个四顿体诗行，沉滞伤感的“抑”的调性。作为一个疑问句，一身兼两种调性——复调节奏感存在于句首，为整个文本定了复杂错综的节奏调性。所以这个诗节以“2＋4＋3＋2＋3＋4＋5＋5＋3”的节奏诗行组接而显示出“抑扬”错综的节奏。该诗的第二节是：“……一扇门户吱哑打开，/光亮中，一个女子向荒原投去，/她搓揉着自己高挺的胸脯，/分明听见那一声骚动/正是从那里漫逸的/心的独白。”也许微妙地表现一个女性春情萌动时复杂心态的这一节更能显出这种节奏调性错综、抑扬混杂的特性。而所有这些效果，靠的正是复调意味的疑问句置于开头这一句法措施发挥节奏辅助作用。

把感叹句、设问句置于文本末尾的句法措施，对强化自由体新诗的节奏表现来说，其功能价值比置于文本开头更高。这是节奏运行的终站，也是推宕的起点。艾青、何其芳、昌耀等特别爱选择这一类做法。先看结尾用感叹句。在艾青的《吹号者》中，当抒叙到“吹号者”在向敌阵冲去而被子弹射中寂然地倒下后，文本推出一组大特写镜头：“在那号角滑溜的铜皮上/映出了死者的血/和他的惨白的面容；/也映出了永远奔跑不完的/带着射击前进的人群/和嘶鸣的马匹，/和隆隆的车辆……/而太阳，太阳/使那号角射出闪闪的光芒……”按理，文本到此也可结束，但艾青不满足。又另写一节，以这样两行作结：

听啊，
那号角好像依然在响……

显然，这两个诗行表达了诗人对以身殉国者精神永存的由衷赞叹：它们以感叹句的形式出现在这结尾处，确是恰到好处。文本节奏运行至此，才算有情思慷慨激昂和肃穆庄严的结合，于是他用了一个一顿体的“听啊”，那是亢奋的“扬”的节奏，又用了一个四顿体的“那号角好像依然在响”，那是沉郁的“抑”的节奏，这样两个顿数如此悬殊的诗行组接，使这个感叹句一种突兀起伏的节奏凸显了出来，而这又是扬而抑的节奏推进，这个感叹句的节奏流变的造型，因了先扬后抑而能给人以沉思。所以置这个感叹句于此，使全诗既有现实悲壮地结束的情韵，又有历史沉思地推宕的意蕴。吉狄马加有《自画像》，是对一个具有为正义而血泪抗争千百年、为博爱而敞开胸怀永不背叛自己的土地、永远守住灵魂中的种性的山地民族所作的精神造像，全诗从“我是这片土地上用彝文写下的历史”开始，一直到“我是千百年来正义和邪恶的抗争”，“我是千百年来爱情和梦幻的儿孙”，“我是千百年来一次没有完的婚礼”，“我是千百年来一切背叛、一切忠诚、一切生、一切死”，诗思都显现为亢奋中的沉吟、沉吟中的亢奋双向交流的特色。不过历史的沉吟与生命的凝思偏重一点，这里需要有双向交流应有的平衡。于是在诗篇的末尾，吉狄马加用了如下一句作结：

啊，世界，请听我回答：
我—是—彝—人

句法上作这样一个感叹句的安排是十分巧妙的，它的存在不仅使情思表达从沉吟推向亢奋，也使这两行诗从前一行的四顿体突兀转向后一行的二顿体，显现为从沉着庄严向激越高亢的趋向，从而完成了文本总体节奏运行从抑向扬的轨迹，获得了兴奋人的审美效应；而作为一场潜在的节奏感的推宕，也隐喻着一个古老民族气质上的昂扬情调。

自由体新诗在文本的结束处用疑问句不那么多，多的是设问句，这是一种不求回答或者自问自答的句子，它有点接近于感叹句。何其芳的《月下》写的是抒情主人公在秋月下忧伤的相思，而这忧伤又带有美丽的情味。共九行，前面的七行是："今宵准有银色的梦了，/如白鸽展开沐浴的双翅，/如素莲从水影里坠下的花瓣，/如从琉璃似的梧桐叶/流到积霜的瓦上的秋声。/但眉眉，你那里也有这银色的月波吗？/即有，怕也结成玲珑的冰了。"诗篇到此，对秋月下那一脉忧伤得美丽的相思，也已抒述得够充分了。但何其芳似乎也还不满足，以一个设问句来作结：

梦纵如一只顺风的船，
能驶到冻结的夜里去吗？

让这个疑问句出现在结束处不能不说是个巧妙的安排，能充分显示句法辅助节奏表现的功能作用。从整个文本看，前七行的诗行组接是这样的："4＋4＋4＋4＋4＋5＋5"；从节奏推进看是从三级沉滞推向二级沉滞，有利于显示出降调——一种抑的节奏感知。不过从诗情境界的实际呈示看，它们表达的忧愁，是"流着透明的忧愁"——一种美丽的忧伤表现，声韵节奏向降调的"抑"步步深入并不能与之合拍，这就需要调整，于是在文本的结尾处安排了这个谬理的设问句。这样做无疑能使诗情境界依凭这个意象化的句子有了美丽的幻想色彩，淡化了一点低抑忧伤的实质性韵味，但更重要的是节奏调性的调整：这两个诗行的前一行是个四顿体的降调——三级沉滞，而后一行则是个三顿体的升调——三级明快，从降调转为升调，是抑向扬推进的节奏运行趋势。这是调整工作的第一项价值显示。其二是涉及设问句的，这一类句式虽不等于疑问句，但又含有相当多的疑问成分，而疑问形态的句子如前所述其自身并不显示节奏调性，它的功能是对所依附的句子所具有的节奏调性起辅助强化的作用。而文本最末的一行是个三顿体，因了有这个设问句从句法上对它作辅助，也就使它作为节奏诗行的"扬"的节奏调性有了强化；其三，这个设问句又是谬理性的——"梦"不可能是"顺风的船"，"夜"也不可能是液体会冻结，所以这个设问句又是新奇的，陌生化的，具有某种强化推进式节奏运行的刺激功能，从而强化从抑向扬转化。所以靠了这三点，这个谬理设问句置于文本末尾，确使这首诗从忧伤的降调中有所解脱出来，显示了并非纯是心灵绝望的痛苦，而有了某种品味自己这种心境的意味，这一来，也就使文本提供给我们的是一脉"透明的忧愁"——美丽的忧伤了。还有一种置于文本末尾的设问句则是自问自答式的。艾青很爱采用，他的《我爱这土地》、《死地》、《春》等诗都是安排这类句子来结束全诗的。如《我爱这土地》中，诗人把自己比拟为一只不断用嘶哑的喉咙作歌唱的鸟，他歌唱像被暴风雨所打击着一般的祖国大地，歌唱像河流汹涌一样永远在我们心中汹涌的悲愤，歌唱像无止息地吹刮着的风一样的民族抗争的愤怒激情，更歌唱像按时会从林间而来的黎明般的未来的光明，然后他说自己就可以死了，像鸟之死去连羽毛也腐烂在泥土里一样地把自己深深埋在祖国的土地中。作了这样一番抒情后，也许艾青考虑到纯粹以意象来抒情对于言志类的诗不够有力，必须插入直接抒情作点化才能达到审美地言志的更好效果，或者还考虑到：若到第七、八两行为止而结束，这两行（“然后我死了，/连羽毛也腐烂在土地里面”）从情思的意境到节奏的韵致还应该更庄严深沉一些，因此他再用了如下两行作结：

为什么我的眼里常含泪水？
因为我对这土地爱得深沉……

这两行诗是一场自问自答。艾青选用了这个设问句置于结束处，除了对前面八行一系列的意象表现作情感点化之外，更重要的是设问句的句法对这两个四顿体诗行节奏的辅助，可以强化这两个具有三级沉滞感的诗行所特具的节奏感知情味。当然，如果所设置的这个自问自答的设问句是谬理的，节奏审美的效果会更高。艾青的另一首诗《春》即如此。这是一首为纪念牺牲于上海龙华警备司令部的左联五烈士而写的悼诗。诗从春天起兴，说春天来到的时候龙华的桃花盛开了，但它们是在血迹点点的夜间开的，那些有风刮着的夜里，我们的古老的土地在寡妇的哭泣声中舐吮着年轻而顽强的“人之子”的血液，而这些血液在经过冰雪的季节和无数困乏的期待后，终于在东方的深黑的夜里爆开了蓓蕾，点缀得江南处处是春了。这是通过高度活跃而神秘的想象把诗人激越亢奋的情思抒发出来的纯粹抒情诗，但正像世上许多大诗人一样，艾青并不满足于纯情抒唱，他要从中提炼出一种生命的存在规律，一种顿悟的智慧，且必须从意象组合与节奏推进中提取出来，于是他选用了一个谬理的设问句作结：

人问：春从何处来？
我说：来自郊外的墓窟。

这两个诗行的组接是“3＋4”式的，前一个诗行三顿体，是三级明快的升调，扬的节奏，但随即一个四顿体是三级沉滞的降调，抑的节奏，这是从激越亢奋到肃穆庄严的转化，而作为一种特殊的、谬理化的设问句的句法安排，也因其设问和陌生化的辅助效应，使这两行诗从激越亢奋向肃穆庄严的节奏推进得到了强化，甚至出现余音绕梁不绝的节奏潜在推宕韵味。

作为句法上又一种句式，排句在文本节奏系统中的巧妙安排，对文本节奏的辅助作用是更其显著的。古典汉诗很早就已确立起讲对偶的传统，谢灵运不少诗甚至是对句排到底的，更不要说日后的律诗，八行诗当中两个对子，排偶占了文本的一半。这就是说：传统汉诗很讲究排偶。那么新诗中是否也要考虑这一问题呢？当然要考虑，并且是更值得考虑。只不过新诗以白话—口语为基本用语，单音节词的确大为减少，双音节、多音节大为增加，对偶句特别是像律诗中那样严格的对仗在新诗中已很不适应，不过宽式的对还是可以的，这种宽式的对已超越了古典诗歌中的两两相对，可以是两句宽式对，更可以是两句以上一种句式直排而下，特别在自由体新诗中用得更多，而所谓宽式的对，并不包括意对、平仄对，而只是句式的主干语言结构的对应一致，所以我们已不再用对偶、对仗的称谓，而改为排句——有关这些我们前面已论及，此处不再详述。这里须要论及的是排句对节奏表现为什么会有意义，并且还会有这样重要的意义。诗歌节奏是音组等时停逗的产物，其他的种种措施都是对等时停逗律这样那样的辅助，排句也属这种辅助之列。只不过这种句式相近似的句子重叠在一起，以强化节奏推进的气势为其节奏辅助的基本职能，自由体新诗大致是一种推进式节奏，因此特别重视排句的使用，甚至几乎达到没有排句就不像是自由诗似的。这里的所谓气势和白话语调的统一，自由体松散的节奏在特定部位的高度集中，有着密切的、甚至是必然的关系：唯其语调的统一才有可能促成松散的节奏集中，也才有可能在阅读中让人感到有一种一泻而下、层层进逼的气势出现。所以说到头来，排句对自由体诗节奏辅助的实质在于使节奏集中。本着这样的认识，我们不妨拿北岛的《一切》来看看：

一切都是命运
一切都是烟云
一切都是没有结局的开始
一切都是稍纵即逝的追寻
一切欢乐都没有微笑
一切苦难都没有泪痕
一切语言都是重复
一切交往都是重逢
一切爱情都在心里
一切往事都在梦中
一切希望都带着注释
一切信仰都带着呻吟
一切爆发都有片刻的宁静
一切死亡都有冗长的回声

这是一首两两宽式对仗的诗，说是宽式对仗指的是这种对仗绝没有律诗那么严格，内中个别地方是对不起来的，如最后两行的“爆发”和“死亡”、“宁静”与“回声”根本不能对。称两两相对实在相当勉强。不过，凭着“一切……”开头的句式，这十四行诗说排句倒完全可以，它们都因了“一切……”开头，可以视为全是一个排句家族的成员，一直排下去，节奏有大致的集中统一，气势颇盛，也不乏铿锵之感。这是整首诗以大致可以一致的句式化出来一批排句组成，最能显示全篇节奏集中的特色，但更多排句的运用则是逐步而非全篇的。自由体诗要求诗篇节奏既不能太松散也不能太集中统一，所以排句的使用也大多是逐步的。如舒婷在《祖国啊，我亲爱的祖国》中的一节：

我是你河边上破旧的老水车，
数百年来纺着疲惫的歌，
我是你额上熏黑的矿灯，
照在你历史的隧洞里蜗行摸索；
我是干瘪的稻穗；是失修的路基；
是淤滩上的驳船，
把纤绳深深
勒进你的肩膀，
——祖国呵！

这当然是更宽式的排句了，并且各排句自身实际的内涵与语言结构的膨胀，使排句间的距离也拉大了。不过即使是这样，也不会特别影响它们在特定的一个排句家族中的亲缘关系，这种大致上属于同一个句子框架的句子排在一起，还是有其节奏辅助功能的。但最忌同一意义方向的排句一排到底，会使人产生节奏疲劳。舒婷这种排句的膨胀与拉大距离也许就是为了避免太密集产生的节奏疲劳。拉大距离间相“排”的距离是不会太大地影响排句辅助节奏集中之功能的，所以不仅舒婷如此做，其他诗人也把原先的密集相排改为远距离相排。不过要避免节奏疲劳，排句在组合策略中还采用了更灵活的措施，让直排而下的排句在意义上逆转，给接受者惊异之感，以此消除疲劳与麻木之感，重新在节奏感知中惊醒、兴奋，这可是句法辅助节奏表现一项特别新颖的策略。蔡其矫的《祈求》即如此。这首诗的前面十行是六个宽式排句：“我祈求炎夏有风，冬日少雨；/我祈求花开有红有紫；/我祈求爱情不受讥笑/跌倒有人扶持/我祈求同情心——/当人悲伤/至少给予安慰/而不是冷眼竖眉；/我祈求知识有如泉源/每一天都涌流不息/而不是这也禁止，那也禁止；/我祈求歌声发自各自胸中/没有谁要制造模式/为所有的音调规定高低；”写到此，笔锋突然一转：

我祈求
总有一天，再没有人
像我作这样的祈求！

这是六个宽式排句层层推进到有点让人麻木之感后突然从肯定的祈使句转为否定的祈使句，句意的逆转不仅强化意蕴的深沉，且使几近麻木的节奏感知突然惊觉，把推进节奏推向最高的层次。由此可见句法活动因这样的排句设计而使几近麻木的节奏推进重新有节奏感的新鲜，可说是一场特见成效的辅助。不过，排句使用得太普遍，或者是用滥了，或者是习见而生厌，也就遭到一些非议。在抗战期间重庆召开的一次诗歌座谈会上，柳倩就说：“排句也不宜使用太多，有时常因作为前提的诸因素繁复的述说，每使表现的诸现象不能明确的浮雕出来，这是宜适当使用的，同时它要与述说的主句之间的间隙也不能离开过远，果尔一定会松懈起来的。”[1] 王亚平紧接此话题，也说：“……有些诗友爱用排句，按排句是写诗最所忌讳的：一来松弛情赋，二来使形式呆板，比如说太阳照着什么，就是一连地太阳照着河流，太阳照着山岳，太阳照着小草，太阳照着……这样写下去，就一定破坏诗的完美。”[2] 说排句使用过滥，以致作浪费的铺陈，的确值得批评，但说排句是写诗最忌讳的，且会使“情赋”松弛，形式呆板，也许有点言过其实，甚至把排句的功能作用搞错了。当然用滥而造成的弊端是要警惕的，如王亚平批评有人写太阳照着什么时用排句过滥，这是指艾青《向太阳》中“太阳照在……”那一节，过滥使用排句，且排句间间隔太远，的确是问题。这一弊端后来在郭小川、严阵、王怀让的政治抒情诗中有了恶性的发展，的确值得今后使用排句时警惕。

句法与自由体诗的节奏表现之间有着密切的关系，我们已作了多方面的考察与论析，可惜诗人们及诗学理论家在过去几十年中并不重视这个问题，在句法就声律这个总前提下，我们既要对句法与自由体诗的节奏表现之关系予以重视，也要对句法与新格律体诗节奏表现的关系予以重视。

第三节　句法与格律体新诗的节奏表现

句法对格律体新诗节奏表现的辅助作用，是更值得重视的。

在具体论述这种辅助作用之前，我们有必要对“句法就声律”中的两个术语“句法”和“声律”都给以恰如其分的定位。所谓句法，这里指的是成分组合以成句，句组合以成句群的方法，而不指音组组合以显诗行节奏、诗行组合以显诗行群节奏的方法。所以，句法不显示节奏；所谓声律，在这里指的是以音组等时停逗显示的节奏表现，而不指以平仄相协显示的节奏表现，因此在探讨格律体新诗的“句法就声律”时，我们以“节奏表现”取代声律。值得指出的是：句法虽不显示节奏，却对节奏表现的辅助作用相当大，能使节奏表现更显鲜明而深曲。过去几十年的新格律体诗探求之所以成绩不大，同不重视句法的辅助有关；未来的新格律体诗要想获得成功，就得重视句法就声律——充分发挥句法对新格律体诗节奏表现的辅助作用。

一

探讨句法对新格律体诗节奏表现的辅助作用，必须对新诗的三类节奏形态有所了解。所谓三类节奏形态，指的是视觉节奏、视觉听觉混合节奏和听觉节奏。

新诗的视觉节奏，也就是西方诗学理论家戏谑地称呼的“眼睛节奏”。闻一多在《诗的格律》一文中提倡的三美之一——建筑美，其实就是对视觉节奏的追求。新诗的节奏是靠音组的等时停逗来显示的，新诗中的音组是词语组合的产物，所以音组虽离

---

① 龙泉明编《诗歌研究史料选》，第 77 页。

② 同上书，第 81 页。

不了语言的声音有规律的组合，而用文字书写，则离不了汉字，即节奏表现对新诗来说须依赖汉字。汉字是方块字，像积木，易于搭建成各种形体，闻一多的建筑美即来源于此。如同搭成各种积木的汉字建筑美，是具有视觉鉴赏之可能性的。于是，以建筑形体可以体现的某种节奏感知，也就出之于视知觉。闻一多在《诗的格律》中一开头就提出节奏就是格律，格律就是“form”——形式，这在很大的程度上把他重视视觉节奏的潜在审美思路流现了出来。唯其如此才使闻一多从理论到实践都提倡齐言和对应诗行齐言的句的均齐、节的匀称。跟随闻一多这种视觉节奏趣味走的人不少，至少在新月诗派的诗人中，就流行着这种句的均齐与节的匀称。朱湘的《采莲曲》最具代表性，如第一节：

　　小船呀轻飘，
杨柳呀风里颠摇；
　　荷叶呀翠盖，
荷花呀人样娇娆。
　　　日落，
　　　微波，
金丝闪动过小河。
　　　左行
　　　右撑
莲舟上扬起歌声。

这首诗共五节，全是这样的诗节模式重复五次。沈从文在《论朱湘的诗》一文中对这首诗说过这样的话：“以一个东方民族的感情，对自然所感到的音乐与图画意味，由文字组合，成为一首诗；这文字也是采取自己一个民族文学中所遗留的文字。”此话的意思是：朱湘用汉民族的方块字来构成一首有“图画意味”又让人从中感到有音乐意味的诗来表现“一个东方民族的感情”[①]。的确这首诗的诗行排列形态就给人以小船在水波上左右荡动，回环漂浮的视觉节奏感。又如卞之琳的《一块破船片》：

潮来了，浪花捧给她
一块破船片。
　　　　　　　不说话，
她又在崖石上坐定，
让夕阳把她的发影
描上破船片。
　　　　　　　她许久
才又望大海的尽头，

① 沈从文：《论朱湘的诗》，《文艺月刊》第2卷第1期（1931年1月30日出版）。

不见了刚才的白帆。
潮退了，她只好送还
破船片
　　给大海漂去。

对这首诗，李广田在《诗的艺术》中有相当具体的章法分析：

> ……完全的、永久的之面前，流过那残缺的、暂存的，表现在形式中就是那整齐而差池的章法。这首诗一共九行，每行字数相同，除第九行外，前八行都是每两行一换韵。其中“破船片”一共出现三次，而每次出现时那一整行便分成了两个半截，而第一个“破船片”之前有一行，第二个“破船片”之前有两行，第三个之前就有三行。这像什么呢？这正如流水，也正如那流水上浮沉着一块破船片，是整齐的，而整齐中又是差池的。①

这就是说：《一块破船片》用方块字排列起来的格式给人以流水奔流、破船片浮沉的一种视觉节奏感。这些都是事实：由汉语方块字排成的诗歌文本格式在一定程度上可以获得视觉节奏感知。唯其如此，才使后来有些诗人追求一种图像诗，如台湾诗人白萩那首著名的《流浪者》，白萩自己在《由诗的绘画性谈起》中就说：“它不仅给你‘读’，并且给你‘看’。”② 既然是“给你‘看’”的，也就具有“看”的节奏感知。这些都表明从闻一多、朱湘开始，到白萩等，都有意在新诗创作中追求视觉节奏。但必须看到视觉节奏要想在形式诗学中得到确认，只有和听觉节奏结合在一起才有这种可能性。朱湘的《采莲曲》如同沈从文的论文中所说的，文本让人感到的是“音乐与图画意味”——视觉与听觉结合在一起的一种节奏审美感知。闻一多的《死水》，充分显示了句的均齐与节的匀称，而这又是从绝对地调和音节得来的，也是视觉节奏与听觉节奏有机地结合的反映，但是朱湘也好，闻一多也好，尤其是闻一多，由于对建筑美，对视觉节奏太感兴趣了，也就忽略了需要和听觉节奏结合的考虑，以致使他在《静夜》等诗里徒有像刀切过一般整整齐齐的建筑美——一种视觉把握到的节奏格式美，而无内在的、实质性的节奏和谐感。所以从《静夜》这样的新格律体诗的失败明确表明了一点：要提建筑美，追求视觉节奏，必须和听觉节奏结合在一起。那么，听觉节奏是否可以单独提呢？可以的。何其芳在《关于现代格律诗》中提出的现代格律诗，是只立足于音组——顿的等时停逗来作节奏表现的，却并不要求建筑美，如同前已提及的，何其芳是对闻一多作了场纠偏的工作：把建筑美和视觉节奏从格律体新诗的建设中排除了出去！

何其芳这样做有没有理论依据呢？有的。这依据来自于对诗歌节奏的本质意义的认识。沃尔夫冈·凯塞尔在《语言的艺术作品》中说过这么一段话：

---

① 李广田：《诗的艺术》，开明书店1946年版，第24页。

② 转引自萧萧：《现代新诗美学》，台湾尔雅出版社2007年版，第182页。

……我们在诗中感觉到一种秩序，这种秩序在散文中根本没有。更正确地倾听使我们认识到这种秩序大概同高音距离中的规律性有密切关系，在诗中具有高音的单位在接近相等的距离中重新回转。维雷尔……因此替节奏下了这个定义："节奏的构成是平均距离所标志着的时间的重新回转。"①

这段话明白不过地说节奏是声音单位等时的反复，节奏在诗中是属于时间的。而在另一处，凯塞尔还有更具体讨论"诗歌节奏感知"的说法：

节奏同具有最广阔意义的时间发生联系……为了能够弄得生动和可以捉摸，节奏需要一个感性的、在时间中进展的基础；节奏的感受性特别建筑在听觉、压觉和肌的感觉上。当一种无言的拍子在起节奏作用时，那末在听众方面也是肌肉的感觉而不是用眼睛给他传达这个印象。②

从这段话中我们获得了一个信息：诗的节奏同视觉没有必然联系。因此，沃尔夫冈·凯塞尔进一步把被他称之为"眼睛节奏"的视觉节奏的提倡看成是"一条迷途"，甚至宣称：

一个陷入"眼睛节奏"的危险威胁着我们。③

这句看来有点危言耸听的话，其实来自于实际情势，至少在中国新诗界决不是危言耸听的。在中国新诗坛，"眼睛节奏"作为一种危险倾向是从闻一多那篇《诗的格律》和他本人及新月诗派同仁的创作实践开始的。作为喜好"眼睛节奏"的闻一多的同道朱湘，在投江自尽51年后，他清华的同学罗念生在一篇回忆文章中也对他的诗创作作了客观的批评，文中这样说："朱湘的诗有一个缺点，就是讲究诗的'形体美'，有如闻一多讲究诗的'建筑美'，把每行诗的字数限定死了。诗是时间艺术，是合乎听的，不是拿来看的。古典诗歌字数整齐，是因为只用实字。新词采用口语，口语中有不少虚字，这些虚字并不占据实字那样长的时间。朱湘的一些诗行往往少用了字，偶尔又多用了字，显得做作而不自然。首先看出这种诗行弊端的是子潜，早在1925年他就注意到诗行中音节应当整齐（他后来给音节取名为'音组'，意思是'音节小组'）。字数可以多，可以少。这是散文中一条非常重要的原则。至于文学作品中的'建筑美'，不应当表现在字数的整齐上，而应当表现在布局、结构，戏剧中的场次、小说中的章节、散文中的诗节等的匀称和比例上。"④ 这段话不仅是针对朱湘讲的，也是对闻一多及新月诗派同仁讲的，更是对沉迷于"建筑美"、"眼睛节奏"者讲的，不仅中肯并且富于

① 沃尔夫冈·凯塞尔：《语言的艺术作品》，陈铨中译本，第321页。

② 同上书，第316页。

③ 同上书，第325页。

④ 孙玉石编《中国现代作家选集·朱湘》，人民文学出版社1985年版，第10页。

学理性。

何其芳正是看到了闻一多他们注重视觉节奏而相对地忽略了听觉节奏，所以才提出新诗须以音组的等时停逗作为其新格律体诗节奏表现唯一的基础，而这一提倡的合理性，使他顺理成章地把“建筑美”、视觉节奏从格律体新诗建设中驱逐了出去。至于他自己的新格律体诗的写作确实只考虑音组等时停逗来表现节奏。如《听歌》中：

我听见了迷人的歌声，
它那样快活，那样年轻，
就像我们年轻的共和国，
在歌唱她的不朽的青春；

就像早晨的金色的阳光，
因为快乐而颤抖在水波上，
春天突然回到了园子里，
花朵都带着露珠开放。

这是诗的前两节，每一行都是四顿体，充分做到了顿的均齐与节的匀称，比闻一多的《死水》等绝对地调和音节而字数必然整齐的诗，铿锵确实不及，但语气天然而自由流转却远胜于前者。不过我们也感到何其芳除了《听歌》，其他一些写于同时期的诗歌，虽也做到了顿的均齐与节的匀称，念起来节奏感却相当淡薄，如《张家庄的一晚》中的一节：

你抗日战争中参加了八路军，
解放后才领残废证回村，
你早出晚归，风里来雨里去，
现在是给大队赶着羊群。

这样一个诗节，每节四顿，而第二、四行还是两个二字顿，两个三字顿组合成的对应诗行。按理说，这个诗节的节奏应是相当和谐的，但事实上不是这么回事，什么缘故呢？只能归之于句法问题。何其芳采用了守语法规范进行线性陈述的白话—口语来写，十分流畅，而每行四顿的等时停逗节奏表现在守语法规范的白话—口语那种流利晓畅的语势挟持下，诗性节奏应具的有序整饬性与那种微妙、委婉、曲折的语调反被解体，如“你早出晚归，风里来雨里去，/现在是给大队赶着羊群。”完全是流畅的说话语气，我们很难感到有诗性节奏那种抑扬顿挫，艺术创造如果完全是生活的摹写，而不是从生活中来又超越生活，甚至和生活的外在形态适当地违反一点，一切如同每天接触的生活实际完全一样。没有一点新鲜感和陌生化情味，也就很难使接受者在鉴赏过程中引起感受强刺激，激活深层中存在的想象或联想。诗的节奏表现也一样，如果诗性节奏等同于现实生活的实际，也肯定会使人在审美鉴赏中找不到诗性节奏的新鲜、陌生化，而对习惯的“生活腔”觉得无趣而生厌倦感。所以何其芳失败的根本原因在于没有突破白话—口语带来的“生活腔”。

而这是个句法问题。具体点说是个句法就声律上必须解决的、有关句法方面的问题。

二

何其芳所提倡的音组等时停逗节奏并不要求绝对地调和音节。如果说何其芳所提倡的，因太“生活腔”而使诗性节奏太活，以致凌乱、涣散，那么绝对地调和音节的节奏表现则因太“格律腔”而使诗性节奏太死，以致凝固、呆板。而绝对地调和音节的节奏表现是闻一多提倡的。

闻一多提倡的那种节奏表现，对新诗的形式建设来说，隐伏的危机更大。

如同前已论及的：闻一多追求的是“绝对的调和音节，字句必定整齐”①，重心在字句整齐上。当然，闻一多在说了这句话后，还用括号括起来补充了一句：“但是反过来讲，字数整齐了，音调不一定会调和，那是因为只有字数的整齐，没有顾到音尺的整齐——这种整齐是死气板脸的、硬嵌上去的一个整齐的框子，不是充实的内容产生出来的天然的整齐的轮廓。”这话是对的，可是同他的创作实践结合起来看，如他的《静夜》，正是徒求字句的整齐而忽略了音节的调和。所以括号里这句说得很对的话只是门面话而已，说句实际的话，闻一多对绝对地调和音节缺乏耐心，而字句整齐毕竟容易得到，所以他的诗越写到后来越显出只求字句整齐而无心作绝对地调和音节了。他最后一首现代格律体长诗《奇迹》，除了个别诗行是16个字或15个字，基本上是14个字一行，说字句整齐是可以的，但绝对地调和音节不用说做不到，一般的调和音节也谈不上，这些也足以表明他感兴趣的是字句的整齐，以及由此带来的“眼睛节奏”——建筑美。

就实际情况而言，由《死水》型节奏格律模式写成的新诗，在新月诗派及受其影响的诗人的创作中是比比皆是的，徒有字句整齐而无音节调和的文本，比较而言算不得很多，但世人不管这种分别，凡是见到四四方方像刀切过一般齐的诗，一概以“豆腐干诗”讥之，连《死水》、连朱湘苦心孤诣追求的诗，都很难幸免，这又是什么缘故呢？难道胡适等打破一切格律的束缚，追求彻底的“诗体大解放”的言论主张，真的这样深入人心，谁也不喜欢新诗中有格律体追求了吗？看来事情并非完全如此，一切还得从“绝对地调和音节，字句必定整齐”的这一类新格律体诗自身中去找原因。

闻一多在《诗的格律》一文最后，曾不无几分兴奋地说：

> ……我希望读者注意，新诗的音节，从前面所分析的看来，确乎已经有了一种具体的方式可寻。这种音节的方式发现以后，我断言新诗不久定要走进一个新

① 杨匡汉、刘福春编《中国现代诗论》上，第127页。

的建设的时期了。无论如何，我们应该承认这在新诗的历史里是一个轩然大波。

这一个大波的荡动是进步还是退化，不久也就自然有了定论。①

闻一多这一番话就当年冲破诗坛放纵过分、自由无度、不重形式规范的风气来说，是很有意义的，对新诗必须走律化之路，且一定能走出来是起了“打气”——鼓舞新诗形式探求者的作用的，但从中国新诗格律探求历经几十年的实况看，闻一多的自信心未免太大了一点，从汉诗形式诗学的学理要求看，则显然存在着一个致命弱点：只考虑到音节调和的节奏本身，而没有把节奏表现与白话—口语的句法联系起来考虑，也就是说他没有考虑到：音节越调和得好，甚至达到绝对地调和音节的地步，使节奏极整齐、和谐，达到铿锵的地步，并非好事，会造成节奏感知的单调，而这是非得以遵循句法就声律的原则，改变白话—口语的规范句法，使其奇特、陌生化、并以此来辅助节奏表现不可的。这是对新诗节奏表现理论思考上的偏颇，而这一偏颇又几乎是新月同仁或强或弱都存在的。于赓虞也是这样的一个。他在《诗辨（上）》中说：“对于‘新诗’的形体，有两点应当顾及：第一，应使其富于美术性，即在其整体的匀称、调和、伸缩性上泛出美的气韵；第二，应留意中国文字之形象，将其特有体性表现出来，以增诗之美妙。中国文字之形体有其自然之美术性，其整齐为他种文字所未有，此作者于美的创造之天然的助益。”② 可见其推崇诗之“美术性”，即闻一多的推崇“建筑美”，是一样的“眼睛节奏”的喜好者。于赓虞同闻一多一样，也把音乐性的关注置于“美术性”之后：“我们既要求诗有美的形体，我们更要求那美的形体发出来调协的声音”，而这是指“音节、韵脚与平仄成一调协”③ 在他看来，所谓的句法也只是对声音调协的事儿，所以他说：“使这死静的文字，联合起来作合乎节律的舞蹈。”④ 至于从意义的角度谈成分组合成句的句法，及这种句法对节奏表现的辅助，他也没有去考虑。

但对于今天的我们来说“绝对地调和音节”的节奏追求，就必须考虑到后果是换来节奏感知的单调，而欲矫枉，必须使白话—口语的句法奇特、陌生化，以此来辅助节奏，冲淡其单调的性能。

的确，追求绝对的调和音节，使节奏运行绝对的统一、铿锵，并不是好事。沃尔夫冈·凯塞尔在《语言的艺术作品》中就这样指出：

事实上诗中节奏的秩序并不在于高音的距离是有规律的和各种补充必须服从一种简单的规律。我们已经强调，严格的规则性，那就是说，韵律图案准确的实现对于节奏会产生麻痹的作用。读者可以在引用的歌德和勃郎宁的诗上面作试验：他越是平均读出重音，诗就变得越是呆板。只有我们“不平均地”强调，它们才获得节奏的生命。⑤

---

① 杨匡汉、刘福春编《中国现代诗论》上，第127页。

②《于赓虞诗文辑存》下，河南大学出版社2004年版，第640—641页。

③ 同上书，第641页。

④ 同上书，第643页。

⑤ 沃尔夫冈·凯塞尔：《语言的艺术作品》，陈铨中译本，第325页。

这也可以作这样说：绝对地调和音节的实现，对于节奏会产生麻痹的作用：越是平均地显示音节（音组，顿）的运行，就会使节奏表现“越是呆板”。他还更严肃地说：

> ……作家在这里必须考虑：不要让每一行诗产生严格的、完整的、统一体的效果。同一统一体的有规则的重现会使人厌倦。不断重复就会产生单调的效果。一个审美的原则要求一切在时间中分布的东西依照分布原则的变化，最简单的方法就是“跳行”（上句牵入下句）；意义从一行跳入下一行，因而放松了行列的严格性。[①]

这段话让我们再次明白：绝对地调和音节而使顿数有规则的重现，是“会产生单调的效果”的。为此凯塞尔竟还提出“跳行”来冲淡单调的效果，可见西方诗学理论家也认为以特殊的句式来辅助节奏表现是一条很管用的途径。不过我们倍加关注的还是节奏太整齐而造成单调、令人生厌的问题。新月诗派及走闻一多的路去探求新格律体诗的人，文本中或强或弱地出现这种节奏单调感。我们在前面已对此略作例析。兹再举朱湘《八百罗汉》来看看：

善男信女不再磕头烧香，
都学时髦进了天主教堂。
素鸡素鸭不见供上神案，
这可慌了八百肥胖罗汉。
他们平日只知坐享干薪，
一切苦差皆让土地担承。
高兴之时听听签响堂下，
富求子嗣贫求财宝八卦；
回家以后他们或买彩票，
或买窑子——终于再来佛庙。

原诗太长，全用二字音组组成的五顿体诗行直排而下组接成篇，的确达到了绝对地调和音节而字句必然整齐的要求。但这样整齐的节奏如此地读下来，无疑是十分单调的，如若诗篇很长，这样单调的节奏进程，必然会出现节奏麻木。这种追求至今依然有人在做，如浪波的《回音壁》：“我静静站在回音壁前，/凝神倾听那奇妙的声音。/可是哪个无名的工匠，/留下如此绝世的技艺？/莫非果真有一个精灵/暗中把音波来往传递；/假若录下历史的回声，/该有多少宫廷的奥秘……”我们就引至此，也可了解全诗那种绝对地调和音节所产生的字句也刀切过般整齐划一的情况。就音组型号的选用得当、绝对地调和音节来看，浪波显然比闻一多、朱湘当年写的要成熟多了，几乎发现不了一个破格的弊端，但越是合于闻一多的齐顿而齐言的节奏营构与表现原则，反

---

① 沃尔夫冈·凯塞尔：《语言的艺术作品》，陈铨中译本，第105页。

越显出了节奏的单调，久读而使读者出现节奏麻木感。

这现象的出现，倒也引起当年新月同仁的注意，也有人开始对这种律化追求进行反思。徐志摩在《诗刊放假》中就说了这么一大段话：

> ……明白了诗的生命是在他内在的音节（Internal rhythm）的道理，我们才能领会到诗的真的趣味；不论思想怎样高尚，情绪怎样热烈，你得拿来彻底的“音节化”（那就是诗化）才可以取得诗的认识，要不然思想自思想，情绪自情绪，却不能说是诗。但这原则却并不在外形上制定某式不是诗，某式才是诗，谁要是拘拘的在行数字数间求字句的整齐，我说他是错了。行数的长短、字句的整齐或不整齐的决定，全得凭你体会到得音节的波动性；这种先后主从的关系在初学的最应得认清楚，否则就容易陷入一种新近已经流行的谬见，就是误从字句的整齐（那就外形的）是音节（那是内在的）的担保。实际上字句间尽你去剪裁个整齐，诗的境界离你还是一样的远着……要不然
>
> 他带了一顶草帽到街上去走，
> 碰见一只猫，又碰见一只狗。
>
> 一类的谐句都是诗了！我不惮厌烦的说这一点，就为我们，说也惭愧，已经发现了我们所标榜的“格律”的可怕的流弊！谁都会选用白话，谁都会切豆腐干似的切齐字句，谁都能似是而非的安排音节——但是诗，它连影儿都没有和你见面！①

这段话用得着“反思”二字来作概括！的确，徐志摩是在对“新月”同人的创格追求作反思。当然徐志摩反思的重心在不讲诗情徒求外形，却也从中可以见出他对“豆腐干似的切齐字句”已不满，不满的方面也包括着单调，他强调诗行的长短、字句的整齐与否全得凭诗人对内在音节的波动性。这内在音节是通过语调表达出来的，而这是个句法与节奏格律的关系问题。

由此看来，绝对地调和音节的节奏表现，要想淡化一点单调之感，必须解决一个句法就声律的问题，也就是如何让独特的句法去辅助节奏表现的问题。

三

现在我们终于可以对格律体新诗建设中那个核心策略——句法就声律如何付之于实践来进行具体探讨了。

如上所述：格律体新诗有两种节奏表现：何其芳提倡的以音组等时停逗来呈示的一种和闻一多提倡的以绝对地调和音节来呈示的一种。作为共奉于音组律的两类提倡，借以显现的体式也同以白话—口语的一般句法来构筑。不过以句法就声律而言，由于这两种节奏表现要求以句法变异所生陌生化刺激作用来辅助的侧重点不同，也使句法变异有所区别。大致说音组等时停逗类节奏表现辅助的侧重点是节奏感知集中，要求白话—口语句法的变异也重在句子断裂与谬理拟态；绝对地调和音节类节奏表现辅助

---

① 杨匡汉、刘福春编《中国现代诗论》上，第133页。

的重点是不使节奏单调，要求白话—口语句法的变异重在成分省略与语序错综。现在我们分头来作例析。

只求音组等时停逗来呈示节奏会对音组型号的严格控制忽略，以致单字、四字音组同二字、三字音组一样频频使用。五字音组也使用率不低，这就易导致节奏运行散漫，上面已论及何其芳创作实践失败的根本原因就在此。为力矫此弊计，求句法变异的陌生化刺激作用辅助，目的在求得节奏感知的集中，句子断裂与谬理拟态是最合适的两条路。其实，和闻一多的格律并不那么一致、不走绝对地调和音节之路而倾向于走音组等时停逗之路的徐志摩，就已考虑到以句法变异来辅助节奏感知集中了。他有《残诗》，就不是绝对地调和音节之作。且引前六行：

怨谁？怨谁？这不是青天里打雷？　　22332
关着，锁上，赶明儿瓷花砖上堆灰！　　22342
别瞧这白石台阶儿光润，赶明儿，哎，　　35231
石缝里长草，石板上青青的全是莓！　　32333
那廊下的青玉缸里养着鱼，真凤尾，　　42233
可还有谁给换水，谁给捞草，谁给喂？　　23243

这个诗行群是“5＋5＋5＋5＋5＋5”的节奏诗行组接，诗行群有顿的均齐，但没有能做到绝对地调和音节，字数也并不统一；此外，除了使用二字、三字音组，还用了好几个单字、四字音组，所以按理说这个诗行群节奏进程会是松散的。奇怪的是我们读起来十分流畅，节奏感知有板有眼，集中、统一、铿锵，这是什么缘故呢？这要归功于句子断裂所起的作用。所谓句子的断裂其实是省略了大量的成分，浓缩成只有光秃秃一个词语充当的句子拿来组合，确会使人有断裂感。如“怨谁”其实是“你怨谁”，省略了主语“你”；“关着，锁着”，是“房子关着，还锁上了”，省略了主语、连接词。自然成为一串断裂的句子了。正是这断裂的那一顿，特别重，也就特别鲜明。而六行诗每一行都有一到两处句子的断裂，因此也额外增加一到两处的顿特别鲜明，这也强化了半逗律，因此采用这种句子断裂的反常句法也就使诗行松散的节奏感知得以借外力促使各节奏单位（音组）之间加强相呼应的黏合力，从而使诗行群的节奏进程显示了集中与统一。这是一种句法变异对音组等时停逗节奏表现的辅助。还有一种谬理拟态的句法变异，对这一类节奏表现的辅助作用更大。对此我们想提出唐湜来谈谈。这位诗人同何其芳一样，并不严格控制型号不同的音组的使用，他还特别爱用四字音组，五字音组也时有出现。因此，他的新格律体诗也同何其芳的一样，多数的节奏表现纵使每行顿数也是均齐的，却总给人松散的感觉。不过也有一些文本没有这种松散感，这得益于谬理拟态的句法所起的辅助作用。如《幻美之旅》中：

一个宁静的晚年在面前
展开了冬日炉边的沉思，

多年来沉压着的生命的火焰，
喷涌了上来，那么深挚，
那可是热情的蓝色珍珠呢，
闪烁着幻想里最美的色彩，
像是天真的蓝翅鸟转动着，
那一对梦幻的小眼珠子来！

这个八行诗节除第七、八两行是比喻句，一般说也可以认为算不得真正意义上的谬理拟态，不过“蓝翅鸟”的“小眼珠子”以“梦幻的”去修饰，是主体心理感觉的幻化表现，也还可以算是谬理拟态。其余六行都是两行一个谬理拟态句，显示着遵语法修辞规范的白话—口语句法独特的变异。在这样的句法作用下的诗行，奇特而陌生，具有一种给读者以感觉刺激的功能。值得注意的是整个诗节虽有节奏诗行顿数的均齐——都是四顿体，但音组型号没有严格控制，不同型号音组的组合也缺乏循环起伏的适度有机性，它们中有单字音组、四字音组，而大量使用的是三字音组，且有一种习惯：在接踵地使用三字音组来组接，或三字音组与四字音组相沿袭的组接中，突然接上一个单字音组，如“那一对/梦幻似的/小眼珠子/来”，是“3441”式的音组组合，按理说这必然会造成节奏运行的松散（事实上也的确因音组选择与组合的不严格要求使唐湜许多新格律体诗节奏的运行是松散、不和谐的），不过这个诗节却没有这种松散的感觉，倒是觉得节奏运行集中而鲜明。这是依靠奇特而陌生化的句法的刺激作用。从此例中足以见出以音组等时停逗呈示节奏的格律体新诗句法就声律的必要性。

再来看绝对地调和音节以呈示节奏的那一类格律体新诗，句法辅助节奏表现的情况是更值得重视的，因为当今新格律体诗的探求，似乎更偏于绝对地调和音节而字句必然整齐的一路。当然，今天这一路的新格律探求，比起当年闻一多他们是大大进步了，我们已很少见到像闻一多的《静夜》那样只求字数刀切过那样齐而无视顿数统一的和谐美，或者说已把闻一多他们对“眼睛节奏”的重视淡化了不少（并不是全部，因为建筑美他们还是挺感兴趣的）。因此，像万龙生、黄淮等在新格律体诗创作中苦苦探求取得的成绩是值得大力肯定的，可以说今天一批聚集在中国现代格律诗学会周围的新格律派诗人已比当年新月诗派同仁的“创格”要成熟多了。但这一条闻一多路子还存在一个更大的问题：节奏感知的单调，迄今尚未能解决。要避免这单调感，只有让白话—口语的句法变异，以成分省略与语序错综的独特句法来辅助绝对地调和音节类节奏表现，才能解决一些根本性问题。

那么这样做成功的文本有没有呢？这使我们想起一位年轻诗人蓝云的《别》：

孤竹　轻影　白色的网
寂寞　空洞　茫然的眼

泪光　痛楚　矛盾的心

心意　诚意　莫名的情

你来　我去　流水的绿
离开　离开　天边的云

就诗的审美层次来说，它算不得怎么高，这一类抒情短章，直抒只能点化，更宜用丰盈的意象来感发，这方面是做得不够的。可称道的是这首诗很标准地做到了绝对地调和音组从而字句也必然整齐的要求，由于绝对地调和了音节，所以节奏表现是鲜明、整齐的，但它实在太鲜明、整齐了，按理说读到后来必会生单调之感。令人惊奇的是《别》没有给人这种单调感，原因就在于蓝云让白话—口语的句法变异，让成分大量省略而成光秃秃的词语，以此组合成诗行和诗篇，使词语与词语之间的断裂处那一顿突出而各诗行间对应的断隔处那一顿相互呼应，又加之半逗律十分鲜明且呼应得很有规律，这就大大辅助了节奏表现，使其整齐统一中有变化，变化又强化了整齐统一。如果不采用这种成分省略的句法来辅助，这个文本节奏表现的单调感是免不了的。语序错综的句法对淡化节奏的单调感，辅助作用最大。林庚在1935年前后一段时间里似乎在不自觉地作着追求。那期间，他写着《北平情歌》、《冬眠曲及其它》中的一些豆腐干式新格律体诗，走的是近似于闻一多的路子。但那些诗却少有节奏表现单调感的，倒是颇值得探求一下内中奥秘的。如《夜》：

清白的夜之灯下安慰了别情
窗前的风雨声乃无意的吹过
醒来后梦意使得奏一曲琴音
而花瓶却静静的盛开着芍药
人生如一曲哀歌作江头过客

这一首以五个五顿体诗行组成的诗，除了极少处出格，总体说是绝对地调和音节而字句必定整齐的产物。我们读来并不生单调麻木之感，实是靠句法错综引起陌生化刺激所致，如果按正常语序大概会是这样：

灯下的清白安慰了夜之别情
窗前吹过的乃无意的风雨声
梦意使醒来后得奏一曲琴音
而芍药盛开着花瓶却静静的
如江头过客作一曲哀歌人生

这就显得句读流利晓畅多了，却也添了一分节奏太统一整齐的麻痹感，单调反得到了强化。我们在前面已提及林庚是白话—口语新诗中作语序错综的能手，在这首《夜》中他也让语序得心应手地作了错综，也许他并没有考虑到此举大大地帮助了他，使他的这些豆腐干式新格律诗避免了节奏的单调。

从林庚此举中使我们得到了一个启发：闻一多及新月同仁苦苦追求的新格律体诗，如果在强调绝对地调和音节中也强调一下白话句法的变异，使它变得语序错综一些，很有可能也会使这一类节奏体式减少一点单调之感。这里我们不妨作一别出心裁的探求：将新月同仁的一些被讥为豆腐干体的诗，作一些语序的错综看看如何？新月同仁的这些新格律诗在语言上有一个特别值得我们注意的特点：严守语法规范，成分不随便省略，语序不随便颠倒，规规矩矩，明明白白，流畅自如，没有一点阅读阻塞，可也正是这一点，反使整齐统一的节奏表现增添了节奏麻痹单调的因素。闻一多认为自己的《死水》是很标准的新格律体诗。的确，节奏进程因绝对地调和音节而显得集中整齐、节奏感知十分鲜明。但伴随而来的却是单调。我们读这首诗越读到后面，越感到单调，感到节奏麻木，读完后不免产生了节奏感知的疲劳。只要不带着有意推崇之心，而是实事求是地谈阅读感受，我们认为节奏单调的感觉会是共同的。而这是闻一多当年就没有考虑到的问题，的确《死水》的语言守语法，有大量转折，连接词，十分流畅，这种规范的句法助长了本来节奏十分铿锵中更显铿锵，不妨引第一节来看看：

这是一沟绝望的死水，
清风吹不起半点漪沦。
不如多扔些破铜烂铁，
索性泼你的剩菜残羹。

你说语言流畅吗？不仅流畅并且陈述得十分明确；你说节奏整齐吗？不仅整齐而且铿锵。现在我们不妨把这节诗作些语序错综的改动，来比较一下：

这该是绝望：死水一湾，
清风，漪沦，吹不起半点。
不如多扔些破铜烂铁，
剩菜残羹也索性泼遍。

把这节诗在语言上作了这样适当的调整，就语言角度看，比起原作的平实陈说来，语言意象化的加强是显而易见的；就节奏表现来说，因了调整后语序的错综而造成的陌生化刺激作用，使节奏从太整齐转为多方面的阻碍生涩，显然能使几近麻痹的节奏感知重新惊觉清醒，并且因诗行加强了断裂，使几个重要断裂处的顿更鲜明，也能强化节奏起伏的力度。正是这种种，也就使原作单调的节奏不再单调了。

综上所述，我们可以这样说：句法就声律这个传统诗学见解必须重视。由此导引出来的有关白话句法与自由体、格律体新诗节奏表现的关系所作的探讨，其价值在于：可以为走向未来的新诗的形式建设提供一条极其重要的探求思路。这条思路启示我们：必须重视句法就声律，而自由体诗的节奏表现要使不松散，格律体新诗的节奏表现要使不单调，必须借用变异的白话句法所特具的辅助力量。

这辅助力量来自于变异性白话句法的陌生化刺激作用。

第九章　呼唤新体式

中国新诗在20世纪走过了近90年的探求历程。由于它至今尚未定型，所以这一诗国新生事物在中国诗歌史上是否定位得下来似乎还是个未知数。有鉴于此，21世纪的中国新诗再不能让它仍像一缕游魂样飘浮不定而必须定型了。当然，定型之说并非要求诗人们一起来搞几套模式，让大家能像古人“填诗”、“填词”那样按模式填写。诗篇定型所要求的不过是形式建设中语言节奏表现的规范原则的诗歌界的确认，说白了，不过是定形式规范的几条原则而已。如果连几条原则也不愿遵守，那还写什么新诗呢？

是的，我们必须把新诗的形式建设分两步走：第一步是造出几条形式规范的原则，并且作为“诗教”普及到全社会；第二步，在这几条规范原则作用下，未来的新诗的节奏形式体系建设也就可以展开了，展开的逻辑起点则是：把新旧诗两大节奏形式体系从二元对立转为二元统一。

未来新诗的形式建设不是不可能进行的，通过上面两节对过去新诗的形式建设经验与教训的总结以后，我们认为完全应该有信心获得这场建设的胜利，不过首先得摆正建设的总思路。如同前面一系列论述中我们所表明的那样，这条总思路可以定为：立足于回环节奏型形式体系而让回环节奏型形式与推进节奏型形式综合。百年新诗的形式建设虽并不成功，但也自有其一定的传统形成，不能一笔抹杀自由体新诗的传统价值。并且，在今天这个理性社会，人对世界的审美感应无不杂有较浓的理性分析色彩，逻辑思维潜入诗歌王国，也影响及诗歌形式，推进式的节奏形态无疑要在今后新诗形式建设中扮演核心的角色，但诗毕竟属情性而非理性的，诗的接受毕竟是复沓感发而非有序推论的，所以回环式的节奏形态对诗的形式建设来说理所当然要唱主角。有鉴于这些复杂关系，我们认为今后的新诗建设应有如下共识：在不违反已定形式规范原则的前提下，今后新诗坛要鼓励大家既采用回环节奏型形式写格律体新诗，也采用推进节奏型形式写自由体新诗。而尤其要提倡写这两大形式体系综合而成的兼容体新诗。自由体新诗与格律体新诗前面已有详细论及，今后还应提倡按已定规范原则写这两类体式的诗。那么兼容体新诗又是怎么个样子呢？

在分别对自由体新诗和格律体新诗的体式特征及其规范要求作了一番考察后，我们还发现如下这点：若把自由体新诗和格律体新诗进入一个体式系统中，它们似乎相互间有一种可以双向交流的关系：自由中见规范和规范中显自由。

这样的感觉是经得起理论阐释的。不论自由体新诗还是格律体新诗，自身都有其存在的质的规定性特征，那就是：诗人对自由体诗的诗行、诗节作主动的组合，是一个和情绪状态相应合的问题。而如何真能达到应合，则还须遵循情绪显现的外在律，这就是自由体诗的自由中见规范。诗人对格律体诗的诗行、诗节作被动的组合，是一个和预设模式相一致的问题，而如何真能做到一致，则还须尊重情绪本体的内在律，这就是格律体诗的规范中显自由。总之，这两种体式自身存在的辩证质素，是很可注意的，提供给新诗的诗体探求者一条思路：在既尊重情绪的自在状态，又尊重情绪的外显形态的前提下，新诗的自由体与格律体可以考虑合体而成一种兼容体新诗。这有可能吗？百年新诗在其诗体建设中，有无数诗人已对此作出了不懈的努力探求，今天终于可以说这思路已化为了现实。由于这种新诗体是上述两种诗体——自由诗体与格律诗体之间辩证关系的产物，因此在“兼容”中按照诗行组合形态的不同，可以分为三种兼容形态：格律化自由体、自由化格律体和兼容体。

第一节 格律化自由体

这是指诗行主动组合而诗节则是被动组合的一种兼容体诗，其操作方式是：组行成节须应合情绪波伏的内在节奏来选择不同长短、不同节奏性能的诗行，并按循序渐进或奇峰突起的组合策略来构成节奏诗节（或诗行群）——这是诗行的主动组合，是自由诗体本质属性的体现。但是在组节成篇中却按预定模式嵌入同一类型的节奏诗节来构成诗篇——这是诗节的被动组合，是格律诗体本质属性的体现。这样做所完成的就是一种格律化自由体新诗。如时湛的《浪淘沙》：

我已迷上旷放的中亚
唐古拉一天流霞
风急天高的万里漂
雁唳到天涯
啊，帆影星影，三峡三巴
历史呼唤着生命
浪淘尽黄沙

我更耽爱奔逝的汉唐
神女峰漫空飞霜
月白枫丹的千秋情
枕梦到海疆
呵，草萌草凋，秋阳春阳
生命体现成历史——
沙激起白浪

在这里我们可以感悟到：所谓历史乃是生命艰辛的探求与严酷的搏斗构成。这一人生沉思的主题，来自于情绪感受的沉淀，以致总显示为复沓回环中凝神静思的深化，而与之相应的外在形式，也就特别强调复沓回环的节奏表现。这种节奏表现是从两方面体现出来的：首先是诗节节奏表现。前已提及：不同长度（或不同顿数）的诗行，节奏性能也不同，四顿以上的诗行是重急，属于抑的节奏；一顿体诗行是轻缓，属于扬的节奏，三顿体诗行靠近四顿体诗行，是次抑；二顿体诗行靠近一顿体诗行，是次扬。诗节节奏的复沓回环是在诗行组合中循序渐进、周而复始的节奏进程中显示出来的，《浪淘沙》就这样做。这首诗的两个节奏诗节自身都可分为两个节奏单元：第一至四行是一个单元。第一行是四顿体，第二、三行是三顿体，第四行是二顿体，这也就显示为“抑—次抑—次抑—次扬”的节奏进程。第五至七行是一个单元。第五行是五顿体，第六行是三顿体，第七行是二顿体，是“抑—次抑—次扬”的节奏进程，这两个节奏单元合起来则是“抑—次抑—次抑—次扬—抑—次抑—次扬”这样一个诗节节奏进程，总体显示为“抑—扬”的节奏运行趋向。以此组行成节的节奏诗节就决非预先设计好一个模式，被动地填入长度不同的诗行所致，而是和内在情绪流势相应合的诗行的主动组合。其次是诗篇节奏表现。我们既已认定这首诗的外在形式要强调复沓回环的节奏表现，诗节节奏既已有了这样的体现，那么诗篇节奏也得如此做，做法只能是让一个典型节奏诗节作重复，从而显示为节奏诗节被动组合的建章立篇。由此看来，《浪淘沙》这样的诗其建节立篇显示为诗行、诗节主动化的被动组合特征。又如王独清的《我从 café 中出来……》：

我从 café 中出来，
身上添了
中酒的
疲乏，
我不知道
向哪一处走去，才是我底
暂时的住家……
啊，冷静的街衢，
黄昏，细雨。

我从 café 中出来，
在带着醉
无言地
独走，
我底心内
感着一种，要失了故国的
浪人底哀愁……
啊，冷静的街衢，
黄昏，细雨。

这首诗也两节，它们作为节奏诗节是同型号的，至于构造，如王独清自己所说的，是“把语句分开，用不齐的韵脚来表作者醉后断续的、起伏的思想。”这也正可以看出：王独清完全是依据主观的意图、应合一个异国流浪汉“醉后断续的、起伏的思想”情绪的内在节律来选择和有机地安排不同的节奏诗行，组合成节奏诗节的。这是自由体诗的体式追求。但是，在组节成篇中，它却是一个诗行主动组合体——节奏诗节的重复，这是格律体诗的体式追求。所以，《我从 café 中出来……》是兼容体中的一种——格律化自由体新诗。王独清对此曾颇为得意地说：“那样用很少的字数奏出合谐的音韵，我觉得才是最高的作品。但这类作品实在不是一件容易的事，稍一粗糙，便成了不伦不类的东西。”但随即他又不无感慨地说：“我怕在现在中国底文坛，还难得到能了解的人。”① 这种感慨出现在 1920 年代的中期是完全可以理解的。不过，很快的，这种格律化的自由体新诗写作，这种兼容体追求，在新诗坛涌现出来了。王独清又以此法写了一组《威尼市》的抒情诗，他的知音穆木天写了《鸡鸣声》，新月诗派的林徽音写了《笑》，曹葆华写了《她这一点头》等等。自由体诗适度的规范、适量地输入格律因素，不能说成了新诗体式追求中的时尚，倒也受诗人们所重用了。

但这里涉及节奏形态的问题。格律化自由体新诗从节奏诗节内部看，诗行组合在一起是参差不齐的，因此节奏抑扬顿挫，显现为一种层层推进形态，所以是旋律化的节奏显示。但从节奏诗节组合以成篇的角度看，似乎是复沓往复的，又显出回旋化的节奏性能。上引《浪淘沙》、《我从 café 中出来……》似乎都给人以复沓回环的节奏感。应该说，两种体式的兼容必然带来两类节奏形态的复合，造成的节奏感知效应是回环中有推进、推进中显回环，是一种螺旋式的旋进。从节奏的最佳选择看，这种复合，这种螺旋式的旋进形态是首选对象。新诗以自由体为主，如前已论及的，其节奏偏于推进形态。但我们已一再提出：旧诗的回环节奏型形式体系大有可取之处，节奏的回环形态值得在新诗中继承下来，理想的途径是推进型与回环型的复合，未来新诗得走一条综合的路，即确立螺旋式旋进的节奏形态。当然，综合中可以有偏重，如上引二诗，是偏于复沓式的旋进节奏。但格律化的自由体诗，实质上还是偏于推进式的旋进节奏的。卞之琳的《胡琴》、艾青的《手推车》、《给乌兰诺娃——看巴蕾舞“小夜曲”后作》等作可证实。如艾青的《手推车》：

在黄河流过的地域
在无数的枯干了的河底
手推车
以唯一的轮子
发出使阴暗的天空痉挛的尖音
穿过寒冷与静寂
从这一个山脚
到那一个山脚
彻响着

① 王独清：《再谭诗——寄给木天、伯奇》，杨匡汉、刘福春编《中国现代诗论》上，第 105 页。

北国人民的悲哀

在冰雪凝冻的日子
在贫穷的小村与小村之间
手推车
以单独的轮子
刻画在灰黄层土上的深深的辙迹
穿过广阔与荒漠
从这一条路
到那一条路
交织着
北国人民的悲哀

这首诗也是一个特定的节奏诗节两次重复而成，显示为诗节的被动组合。从篇章看，这是个格律体形态，但节奏诗节内部，却完全是诗行主动组合的产物，是主体应合自己对北国荒原手推车孤寂的辙迹和痉挛的尖音引发的悲凉感受选择有关诗行作相应组合而成的，由此体现的节奏进程是“次抑—抑—扬—次扬—抑—次抑—次扬—次扬—扬—次抑”，如果把这个具体的节奏进程作些必要的归并，实际显示的节奏进程线是：“次抑—抑—扬—次扬→抑—次抑—次扬—扬→次抑”，标有“→”这个符号的是一个节奏段向另一个节奏段推进的标记，所以这还可以缩为“次抑—次扬—抑—扬—次抑”这样的节奏进程。值得注意的是：从“次抑—次扬”向“抑—扬”的推进是和主体对“种族的悲感”的深化与强化相应合的，而最后一个“次抑”是和主体心中驱散不去的“北国人民的悲哀”——这一情绪状态相应合的。两个诗节的最后一行都安排了一句“北国人民的悲哀”，是对手推车荒寂的辙迹、痉挛的尖音——这两个意象系统的象征意蕴作类似画龙点睛般的点化，它们在篇章中的呼应，意示着“北国人民的悲哀”是亘古的；与之相应合的三顿体节奏诗行所显示的“次抑”，则是对“次抑—次扬→抑—扬”这个推演式节奏进程未来必然趋势的点化，两个节奏诗节在组成篇章中让这一“次抑”作呼应，意示着节奏进程最终推向“次抑”也是亘古的。所以我们说，格律化自由体诗两类节奏的复合纵然存在侧重面，但说到底还是归于螺旋式的旋进节奏形态——而这正是未来新诗形式建设中极重要的一项内容：立足于旧诗传统的回环节奏形态，纳入新诗传统的推进节奏形态，在二者的复合中形成新的形态——螺旋式旋进节奏。

第二节　自由化格律体

这是指诗行被动组合而诗节则是主动组合的一种兼容诗体，其操作方式是组行成节（或诗行群）中无须顾及情绪波伏的内在节奏律，而只须按预设的节奏诗节模式把相应的节奏诗行填入即可。这诗行的被动组合，是格律诗体本质属性的体现。但是在组节成篇中却须应合情绪波伏的内在节奏律，按不同类型的节奏诗节（或诗行群）循序渐进式或奇峰突起式的组合策略来构成诗篇。这诗节（或诗行群）的主动组合，是自由诗体本质属性的体现。就这样完成了一种自由化的格律体新诗。如殷夫的《青的游》：

青是池水，
青是芳草。
苍穹，甲虫，飞蝶，
白兔儿在天际奔跑……

你的心如兔毛纯洁，
你的眼如兔走飘疾。

我拈花，扎花，插襟，
你微笑，点头，红晕。
花上有水珠，
花下有深心。

青是池水，
青是芳草，
天上有白，白，白的云，
我们是永，永，永在一道。

作为一首情诗，《青的游》的青春气息很浓，诗人写出了阳春三月的生命都在苏生，都在跃动，都在梦幻地寻求美感，给人以明快轻灵与舒徐渺曼交织在一起的生存节律感。它形之于诗，也达到了一种融和的格调。殷夫选择了自由化格律体来写，也正是主体在把握世界中这种融和格调的反映。全诗共四节。每一个节奏诗节都显示为诗行对应的均齐和组合对应的匀称。所有这些都严格地按预定的格律模式铸造成。第一节和第四节都是两个二顿体诗行和两个三顿体诗行以“AABB”的模式相随地组合的，给人以从“明快—舒徐”的节奏效应中感发出来的“轻灵—渺曼”的生存美。第二节是两个三顿体诗行以“BB”模式相随地组合成的，给人以舒徐的节奏效应和渺曼的生存美。第三节是两个三顿体诗行和两个二顿体诗行以“BBAA”的模式相随地组合的，给人以从“舒徐—明快”的节奏中感发出来的“渺曼—轻灵”的生存美。殷夫是选择了这么几个诗节模式才铸造出四个格律体诗节的，但组节成篇则是应合阳春季节的情绪状态而主动地安排的。那就是按照如下的节奏进程线：从“明快—舒徐”（第一节）到“舒徐”（第二节）再到“舒徐—明快”而后又回到“明快—舒徐”，来体现情绪律动进程：从“轻灵—渺曼”到“渺曼—轻灵”再到“轻灵—渺曼”，从而完成主体从生的求索到灵的遐思这一青春生命的生态特征。这一场组节成篇完全出于主体合乎格律体节奏诗节来进行主动组合，可以看出这是自由化的格律体诗追求，一种独特的兼容体新诗。这种体式虽然也得依顺节奏诗行被动组合的规范原则，但诗人创作中的主动性却在节奏诗节的组合中大显身手，以致使诗篇因此而能有规范中显自由的特色。再如时湛抒发一个知识青年在十年动乱中身心遭受摧残之苦的诗《羊啊，不要再这样叫唤了》来看看：

小绵羊，你为何身倚栏栅，
身倚栏栅，仰望云天，
任暮霭遮断你的视线？
莫不是你正在怀念，
正在怀念碧色的草原，
草原上白云徜徉，阳光灿烂，
鲜花盛开在五月的湖畔？
小绵羊，你为何身倚栏栅，
身倚栏栅，咩咩叫唤，
任暮雨飘入你的眼帘，
莫不是你正在怀念，
正在怀念旧日的侣伴：
侣伴们迎着晚霞，盼你归返，
羊铃回荡在朦胧的草滩？

羊啊，羊啊，不要再这样凝望了吧！
你已勾起我愁绪万千：
羊啊，羊啊，不要再这样叫唤了吧！
你已催落我珠泪数点。

我也曾有过碧色的草原，
我也曾有过多情的侣伴！
但是正像你一样，
我失了自由放逐在东海岸边；
并且也像你一样，
我那生活里也有着一道栏栅！

这首诗三个节奏诗节，都按诗行被动组合——即预定模式铸造而成。第一节十四行，前七行和后七行是对应地顿数均齐的，形成了远距离相交的组合关系；第二节四行，也是对应地顿数均齐的，形成了近距离相交的组合关系；第三节六行，第一、二行是顿数均齐、相随的组合；第三至六行，顿数对应地均齐、相交的组合，所以这一个节奏诗节是相随、相交两类诗行群的复合。这三个节奏诗节从对应诗行相交、相随的组合形态看都十分匀称，却也显出反复推进的旋进式节奏形态，但作为节奏诗节的情绪节奏性能，是各具个性的：第一节以反复沉吟的语气显示茫然心境，第二节以反复长叹的语气显示悲郁心境，第三节以反复申述的语气显示激愤心境，主体就把这三类节奏诗节作了这样顺序的组合，从而反映着“茫然——悲郁——激愤”的递进关系是由降调向渐升调再向升调推演的外在节奏进程的基础，或者说：主体主动地作了这样顺序的诗节组合，所显示出来的外在节奏进程线正是“茫然——悲郁——激愤”的内在情绪律动线真实的体现。由此看来，《羊啊，不要再这样叫唤了》生动地显示着规范中见自由，显示着自由诗体式与格律诗体式的兼容，显示着节奏的推进形态与回环形态的复合而成螺旋状的旋进形态。未来新诗的节奏形式体系当以旋进节奏型体式作为优选对象，当可从此中见出端倪。

这种自由化格律体新诗有时还表现为不分节奏诗节，完全以节奏诗行群组合成一个类似放大了的节奏诗节一样的篇章结构形态，这样一种体式诗行长长短短不整齐，格律体意味从外形上看就不显著，而自由体意味反倒显著起来。其实这种不分节的自由化格律诗，其节奏诗行的组合还是严守格律模式的，只不过是从诗节格律模式转为诗行群格律模式了，而各个诗行群的组合则又全是主动行为、自由体化的。正由于不作明显分节，倒能增添一气流转的“诗气”，强化一点旋进式节奏性能。我们可举田汉的《夜半歌声》来看看：

空庭飞着流萤，
高台走着狸鼪，
人儿伴着孤灯，
梆儿敲着三更。
风凄凄，
雨淋淋，
花乱落，
叶飘零，
在这漫漫的黑夜里，
谁同我等待着天明？
我形儿是鬼似的狰狞，
心儿是铁似的坚贞，
我只要一息尚存，
誓和那封建的魔王抗争。
啊！姑娘，
只有你的眼能看破我的生命；
只有你的心能理解我的衷情。
你是天上的月，
我是那月边的寒星；
你是山上的树，
我是那树上的枯藤；
你是池中的水，

我是那水上的浮萍。
不！姑娘，
我愿意永做坟墓里的人，
埋掉世上的浮名；
我愿意学那刑余的史臣，
尽写出人间的不平。
哦！姑娘啊！
天昏昏，
地冥冥，
用什么来表我的愤怒？
唯有那江涛的奔腾；
用什么来慰你的寂寞？
唯有这夜半歌声，
唯有这夜半歌声！

这是一首爱与憎交织的诗，共36行，除了“啊，姑娘”、“不，姑娘”、“哦，姑娘”这三个类似插入语的诗行，可以不纳入全诗的节奏系统，其余的可分为八个诗行群，组合成一个节奏篇章。当然，这也可以说是个放大了的诗节——因为它不分节。不过，纵然如此，这八个诗行群还是可以充当八个诗节的。现在我们来分析一下这些诗行群：第1—4行，是四个三顿体诗行的并列组合，凡三顿体以下的诗行组成诗行群，其节奏性能偏于升调，所以这是个升调诗行群。第5—6行是两个二顿体诗行的并列组合，是升调；第7—9行，除第7行是三顿体，第8、9行都是四顿体，它们组合成一个诗行群从格律规范看有点出格，因为属三顿体以上的诗行组合，故是降调；第10—13行，是两个四顿体和两个三顿体诗行相抱地组成的诗行群，都是三顿体以上的诗行组合，故是降调；第15—18行，是两个三顿体、两个二顿体诗行相抱的组合，是升调；第19—24行，是六个三顿体诗行并列组合，是升调；第26—29行，是两个四顿体、两个三顿体诗行相交的组合，而“天昏昏，地冥冥”虽是两顿体的诗行，由于当中有一长逗号，停逗时间可使这个二顿体接近于三顿体诗行，和最后一行“唯有这夜半歌声”这个三顿体可以应合，等于它们和当中相交的四行再作相抱的组合，而成为六个诗行合成的诗行群，是降调。所以，这首诗的节奏体式有三个特点：一、每个诗行群基本上是严格地按行与行顿数均齐或对应均齐、诗行群匀称或对应匀称的规范要求组成的，是格律体的显示；二、八个诗行群是主动地按情绪节律体现的要求相应地搭配的，由于全诗是爱与憎交织而成，爱的情绪高扬会相应地对所憎的现实处境产生痛苦；憎的情绪高扬会相应地对爱得无奈的身世产生茫然，这使得《夜半歌声》的情绪节律始终是扬与抑、升调与降调的交替，于是在诗行群组合成节奏诗篇中，主体主动地安排了八个节奏诗行群是“升升—降降—升升—降降”（或“扬扬—抑抑—扬扬—抑抑”）这样的节奏进程。而这种诗行群的组合是按自由体诗规范进行的；再一个是，这首诗的体式是以格律体为基础，格律体和自由体叠合的兼容体式，而其节奏则是“扬—抑—扬—

抑”地进展的，但由于它的不分节，使这种进展没有明显的层次而显现为一气流转的螺旋形推进，因此具有螺旋式的节奏形态。

第三节　浑成体

在考察了格律化自由体诗和自由化格律体诗后，我们可以说这么一句话：未来中国新诗的形式建设，除了继承传统、大力提倡回环节奏的格律体，继续完善推进节奏的自由体以外，这两种兼容体是很有前途的，因为这种体式显示为自由中显规范、规范中见自由的辩证法，在更高一层意义上看，这是神话思维和逻辑思维相交融在形式建设中深刻的体现。所以对这种还处在成长状态中的兼容体，除了值得珍视、值得提倡以外，还值得作深入的研究，而研究的重心不是体式本身，而是能决定体式的节奏形态。在前面的论述中，我们已为兼容体新诗的节奏定位为螺旋状的旋进式表现，这是基于兼容体新诗既有自由诗体式以及推进式节奏形态，又有格律诗体式以及回环式节奏形态，而旋进式节奏是既有回环又显推进的，是两种节奏的兼容，也是对自由诗体与格律诗体兼容的呼应。有关这种旋进式节奏形态，我们在论析格律化自由体诗与自由化格律体诗时曾举例——如艾青的《手推车》和田汉的《夜半歌声》中较详细地谈过，但这里有个问题存在，即格律化自由体诗也好，自由化格律体诗也好，它们的旋进式节奏形态都多少有点跛足，因为都有侧重面：《手推车》侧重于节奏回环，《夜半歌声》侧重于节奏推进。所谓在回环中显推进，推进中显回环，其实都不过是在立足点上添了个附加物，是出于由意义引申的一点装饰，二者不是浑然一体的。出现这种现象的根本原因还是没有真正从音组有机组合出发来打破自由体与格律体的界限，建立一个既包括独立的旋进式节奏形态，也包括由兼容体经过改造而成为真正独立的新体式，这个新体式给予什么样的名称是不要紧的，要紧的是样品。这里就举时湛的一首诗——《隋梅》来看一看：

十四个世纪晨钟暮鼓
生命归何处
只有你仍疏影横斜
花如珠
暗香古刹山坞
犹记得杨广荡舟于运河
瓦岗起烽火
满江红，仰天长啸
南渡……
呵，依一方净土
让诗也像你那样青春长驻
沉沦与超越
今与古

历史的记忆永不荒芜

这是对浙江天台国清寺一株隋梅的抒情，由于这株梅树植于隋文帝时，至今已一千四百余年生命史，犹老树开花，香飘古刹。以隋梅喻诗人，扎根于生活的“净土”，灵魂历尽世纪的沉沦与超越，也应“青春长驻”。从总体说这是主体凝神观照中激情的沉静化体现，自有超越生命骚动、进入悠远的历史智悟蕴涵着，体现在外在形式上，也就特别要强调峰回路转的旋律显示。诗行组合达到旋律化的节奏变化表现，其基础无疑还是诗行组合在抑扬相间中的复沓回环。所以这样的诗行组合无法摆脱抑扬相间的规约，因而有另一种组合的被动意味，如第一行一个四顿体，是十分重急的“抑”的节奏，第二行是二顿体，承接轻缓的“次扬”节奏，第三行是三顿体的“次抑”，第四行则是一顿体的“扬”，第五行又是三顿体，转向了“次抑”，仅这五行就可见出这首诗无法超越“抑—次扬—次抑—扬—次抑”这样一种抑扬相间、复沓回环的节奏模式，但是，虽然诗行组合抑扬相间，却不按循序渐进的规约组合，主体在此充分发挥了主动性；用峰回路转的策略，把极长的诗行和极短的诗行直接组接，使抑扬之间产生极端悬殊的效果，打破循序渐进的节奏和谐，从而获得了峰回路转的旋律化旋进格局。这首诗因此出现了四个旋律程：“只有你仍疏影横斜/花如珠”是四顿体“极抑”的诗行节奏和一顿体“极扬”的诗行节奏组接；“满江红，仰天长啸，/南渡”是三顿体“抑”的诗行节奏和一顿体“极扬”的诗行节奏组接；“让诗也像你那样青春长驻/沉沦与超越/今与古”是五顿体“极抑”的诗行节奏与二顿体“扬”、一顿体“极扬”两个诗行节奏组接；而特别是最后两行“今与古/历史的记忆永不荒芜”，是一顿体“极扬”的诗行节奏和四顿体“极抑”的诗行节奏组接。全诗因了这四个旋律程的存在，不仅很鲜明地显出了“抑—扬—抑—扬—抑”的诗篇节奏进程，还在大起大落的诗行组合中显示出一条跌宕多姿的旋律进程。而以“抑”起到以“抑”终的旋律进程则沉静我们，外在旋律化节奏和内在的情绪起伏是十分应合的，这可是诗行主动组合的必然。而这首诗在诗行组合中也就充分地显示为被动化的主动组合特征。

就这样，在节奏诗行组合以建节、节奏诗节组合以建篇中，主动化的被动组合或被动化的主动组合导引出可以作为未来新诗形式建设中一个方向的又一种诗体——兼容诗体。特别是像《隋梅》这样的新兼容体，究其根源，这是新诗继承词曲传统的体现，也是1950—1970年代由戈壁舟、陆棨等人已探求出来的自由格律诗体的发展。这一种全新的诗体在1980—1990年代，通过时湛等人的进一步创作探求，获得了一些操作经验，也就可以为未来新诗的形式建设提供一份实验报告，概括出一条确立未来新诗节奏形式体系的探求思路了。

小　结

汉语诗体论体式篇的研究，到此已可告一段落。

我们在这项研究中所用的“体式”，是狭义的形成概念，系专对节奏体式的称谓，体式即形体格式。由于形体格式是节奏的外显形态，因此我们才把节奏体式连在一起来统称“形式”。

就传统汉诗的节奏体式而言其流变经历了三轮：由诗经的齐言体发展到楚辞的参差体为一轮；由楚辞的参差体发展到古诗、近体诗的齐言体，是第二轮；由登峰造极的近体诗的齐言体发展到词曲的参差体，为第三轮。这三轮流变的轨迹反映着传统汉诗的节奏表现显示为一步步从回环向旋进深化的趋势，所以传统汉诗的形式始终体现为受制于复沓旋进之节奏形态的形体格式，而这正是我们民族所特具的那种天人合一的神话思维在汉诗节奏感应上的具现，且和传统汉诗的圆美流转类结构、点面感发类语言相呼应。而这是合于诗的本体特征的，所以传统汉诗的形式体系合于诗性审美的高层次要求。五四新文化运动中出现的白话新体诗是受西方诗歌的影响发生的，西方诗歌的基因是逻辑思维，这也成了中国新诗的基因。在这一种思维方式的作用下，新诗的结构体系转向方美直突，语言体系转向线性陈述，形式体系也转向持续推进，这种形式体系所具现的节奏体式也是参差体，有词曲节奏表现一定的印痕，但它还未曾像词曲那样，最终把节奏表现定位于回环旋进，迄今为止还满足于逻辑思维方式操纵下过分地强调持续推进的节奏表现，以致缺失了传统汉诗的回环艺术的韵味。与之相应的则是体式上也缺失了平衡艺术的格局。这种种造成了以白话新体为标志的新诗，只有白话而不见新体出现，只让难显节奏审美、不具体式规范的自由体诗占住诗坛，大行其“怎么想就怎么写”那种任性为之的品性，显然大大地影响了新诗的艺术品位，从而越来越明显地显示出散文艺术的倾向。废名在《谈新诗》中几次说到新诗的内容是诗的、形式则是散文的话，把内容和形式对立起来的说法虽然未必妥当，却倒也的确反映出一个实际存在的现象：新诗在走向散文化。这个倾向是从率性为之的自由体形式作为逻辑起点走出来的。我们不可对自由体新诗滔滔者天下皆是的现象掉以轻心。须看到形式可反作用于内容。由于把诗创作当成可以不讲艺术规律的任意书写行为，势必助长非诗性内容以非诗性形式来任意挥写之风日益盛行。非诗的也就是散文的，有些甚至连散文也算不上。新诗的赝品大量上市，只能败坏新诗读者的胃口，败坏新诗的艺术声誉。

于是，要求新诗体式定型的呼声日高。

其实，新诗体式必须定型之说不自今日始，而是在新诗破土而出后不久就听到了。鲁迅在《致窦隐夫》一信中所说过的话，朱自清说过的话，前已引述，他们都表明：解决新诗的形式及其定型的问题应该和语言联系起来考虑。新诗采用的是分析—演绎的线性陈述语言，这同散文语言对对象世界恣意扩张容纳、广为关联地叙说的性能十分一致，这使得它繁复臃肿的形态决定了自身形式难以容忍格律的束缚，而非得走向自由化之路不可；也以其推论过程的特性，决定自身形式纵使接受格律的制约，也难以达到节奏的实际和谐。所以只要新诗的语言仍然停留于线性陈述性，那么其形式也只能让自由体霸占诗坛；新格律体纵使创格就绪，却总还是天生的弱不禁风，难与自由体诗相抗衡。因此，新诗不可能在体式上搞模式化那类定型，而只能定出几条大的规范原则来显示其定型。但遗憾的是：无论格律诗、自由诗，诗体规范原则都没有确立起来。从20世纪末起到21世纪这几年，甚至大有每况愈下之势。究其原因，主要一点乃是：这段时间新诗坛由于全面接受了西方影响，诗歌观念出现了极大的变化。这变化具现为把诗看成是生命的一种表现方式，并由此延伸出一个关于诗歌形式的新奇观念。如前已述的，有一个“东方人诗派”在宣言中就说：“至于形式，《东方人》相信：在一定的主体精神内容下必然有它最美的表现外壳。《东方人》强调艺术创作的随意性和自由组合性，反对一切束缚创作力和灵魂自由的语言形式框架。”[①] 这就回到了新诗草创期胡适在《谈新诗》中的主张：“不拘格律，不拘平仄，不拘长短；有什么题目，做什么诗；诗该怎样做，就怎样做。”中国新诗90年的诗体探索、定型化追求，到此时竟圆成了一个怪圈，回到出发点：新诗是极自由的、无须任何诗体规范。

这不能不让人有这么个感觉：当年胡适以“诗体大解放”作为新诗革命的突破口，今天看来得以“诗体大规范”来作为新诗秩序建设的突破口。

① 《中国现代主义诗群大观1986—1988》，第248—249页。